中华经典小说注释系列

西游记

修订本 上

〔明〕吴承恩 著
李天飞 校注

中华书局

图书在版编目(CIP)数据

西游记/(明)吴承恩著;李天飞校注. —2版,修订本. —北京:中华书局,2025.3. —(中华经典小说注释系列). —ISBN 978-7-101-17070-2

Ⅰ.I242.4

中国国家版本馆 CIP 数据核字第 2025X3J390 号

书　　名	西游记(修订本)(全二册)
著　　者	〔明〕吴承恩
校 注 者	李天飞
丛 书 名	中华经典小说注释系列
责任编辑	彭玉珊
封面设计	毛　淳
责任印制	韩馨雨
出版发行	中华书局
	(北京市丰台区太平桥西里 38 号　100073)
	http://www.zhbc.com.cn
	E-mail:zhbc@zhbc.com.cn
印　　刷	三河市鑫金马印装有限公司
版　　次	2014 年 10 月第 1 版 2025 年 3 月第 2 版 2025 年 3 月第 16 次印刷
规　　格	开本/880×1230 毫米　1/32 印张 40⅜　插页 5　字数 1050 千字
印　　数	91001-101000 册
国际书号	ISBN 978-7-101-17070-2
定　　价	92.00 元

前 言

《西游记》是一部奇书,其想象之瑰奇,情节之生动,带给我们无穷的乐趣,这自然不必细说。但是若深究起来,还是有许多东西,悬浮在我们的视野之外。当然,不懂这些知识,并不妨碍我们欣赏这部伟大的著作,但是终究有许多问题无法回避。例如《西游记》的著者究竟是谁,书中各个有趣的故事有无原型,各路神仙是什么来历,大量动物、植物、器物、典制是怎么一回事,诗词歌赋有没有出处,神奇的修炼口诀、法术咒语都是什么意思等。甚至小朋友都会问,齐天大圣为什么能大战十万天兵,取经路上的孙悟空却反而没那么厉害?

以下就这些问题,作一些简单的阐述。

关于《西游记》的著者

严格来说,讨论《西游记》的著者是谁,这个问题的表述本身就有点问题。因为古代通俗小说,不比晚近小说出于某个人的创作,它们往往源于话本、口头传说、戏剧,从开始流传到写定成书,经历了很长时间和很多人之手,很难说谁是主要的著者。如同一块石头经一锤一斧的雕凿,慢慢成了雕像,是渐渐而不是一次冲压成型的。即便是摆在我们眼前的这部世德堂本《西游记》,也很难说有一个明确的作者,因为那时对小说的著作权,通常没有专属的意识,文人和书商合作,对书稿你加一段,我改一段,和现在作者投稿给出版社并声明著作权的模式很不一样,所以很难说本书究竟写定于何人之手。另外,古今对文学作品价值的认识,也有很大的不同。在明清,专注于科举的文人,连嗜好写诗填词都有可能被歧视,做这种通俗小说的作者,更不是多么露脸的事。清代《西游记》重要版本《西游证道书》,是黄周星所纂。然而无论是他自撰的墓志铭,还是万言、陈鼎、汪有典为他作的传（分别见《管村文集》卷二、《留溪外传》卷五、《国朝耆献类徵》卷四七三），洋洋数千言，对此事却只字不提。所以，《西游记》同很多明清通俗小说一样，都不署作者真名（如世德堂本只题"华阳洞天主人校"）。当然，这更给书商随意增删提供了很大的余地。笔者接触到的一般读者，往往以为古书和今天的书一样，都会在封面上写上作者的名字以便公众知晓，这是一个可以原谅的误解。

在清初或更早，当市面上流传着《西游记》这部著作的时候，人们普遍相信，它是金末元初道士、全真教祖师丘处机作的。因为书中有很多金丹修炼的内容，而历史上确有一部《长春真人西游记》，记录丘处机去见西征的成吉思汗的事迹（这本来也是一桩极具传奇色彩的壮举，在金庸《射雕英雄传》中便有艺术化的描述），作者是丘真人的高徒李志常。但这部书太冷僻，一般人没见过；自清代大学者钱大昕将此书从道教经典总集《道藏》里抄出后，这个误解就逐渐消散了。

直到胡适的年代，人们对《西游记》的作者还没有共识。现在一般认为，《西游记》的著者是吴承恩。其主要证据即天启《淮安府志》中记录了吴承恩著有《西游记》一书，清吴玉搢《山阳志遗》与阮葵生《茶余客话》，均据此记录，认为此《西游记》即小说《西游记》，此说法经胡适、鲁迅等人的肯定，逐渐被人接受。此外还有一些旁证，例如认为《西游记》多淮地方言；吴承恩性喜谐谑，喜野史，所以能著此书；《西游记》据说曾出于王府，而吴氏恰做过荆王府的纪善（明代亲王属官，掌讲授之职）等。

但是，凭天启《淮安府志》著录了一部叫《西游记》的著作，就把著作权判给吴氏，这是非常草率的。因为古今中外同名的书太多了，如宋金盈之、罗烨均著有《醉翁谈录》，何文焕、吴景旭均著有《历代诗话》，"古人读书著书，对流略之学较少注意。寒士接触书林的机会不多，古书流传不广，见闻有限。因此他为自己著作题名时，就各行其是"（杜信孚等《同名异书汇录》序）。至于今天名为《中国文学史》《心理学》《多媒体教程》等同名书，更是多如牛毛。且方志之类的官修志书，出于对俗文学的歧视，一般没有著录通俗小说的习惯。例如苏州人冯梦龙是短篇小说集《三言》的纂辑者，但此事并不见于《苏州府志·艺文志》的著录，只散见于一些当时刊行的小说的序跋里。另外，根据淮方言和《西游记》可能源出王府等情况来裁判吴承恩的著作权，就更加等而下之了。因为我们知道，即便这些证据都成立（况且有学者考证，《西游记》中未必有那么多淮方言），也只能证明作者是一个满足这些条件的人，而未必就是吴承恩。至于津津乐道于吴承恩是怎样写《西游记》的，甚至演绎出许多吴承恩的光辉思想和事迹来，那就更不是科学的态度了。

相反，不支持此书作者是吴承恩的证据，反而越来越多。例如明末清初大藏书家黄虞稷似乎见过吴承恩的书，他的《千顷堂书目》里，把吴氏《西游记》归入地理类，而不是小说。还有学者发现，书中"承恩"二字随意使用（第七回"受箓承恩在玉京"、第九回"承恩的，袖蛇而走"），至于与不怎么光彩的八戒连用（如黄寿成先生指出二十九回回目为"承恩八戒转山林"等），这在有自讳其名习惯（如古人作文，提到自名往往作"某"；清代诗人王士禛写手谕，把自己的名字画个圈代替）的古人来说，是很可怪异的。

关于《西游记》作者的论辩，已经延续了一百多年，看来在没有找到新材料的情况下，它仍是一桩悬案。双方都拿不出铁证来驳倒对方，但是正方已经提出一位经得起部分考验的候选人；反方虽然有诸多反驳的证据，却没有一位更可靠的候选人（也有人说是明隆庆首辅李春芳、道士阎希言著的，但所谓的证据更加不可靠）。所以本书作为一部普及读物，仍然遵从习惯，题为"明吴承恩著"。

最后补充说明一点：世德堂本《西游记》，前有陈元之的序，署"壬辰夏端四日（壬辰年五月四日，端指端午，端四是一个习惯说法）"。据黄永年先生考证（见黄永年、黄寿成点校《西游证道书》前言，中华书局1993年），这个"壬辰"是嘉靖十一年（1532）而不是万历二十年（1592），这个判断应该不错。因为书中还有一些蛛丝马迹可以寻绎,举一小例:第八十二回,八戒见到无底洞的两个女怪"见他头上戴一顶一尺二三寸高的篦丝鬏髻,甚不时兴"。篦丝鬏髻,即用篦丝编的假髻。范濂《云间据目钞》卷二记上海、松江一带妇女发饰:"妇人头髻,在隆庆初年皆尚圆扁。"陈大声《嘲北妓》:"头上鬏髻高尺二,村娘,那里有雾鬓云鬟宫样妆。"今天的人,尤其是女士都知道,服饰时尚有一定的时间性。陈卒于1520年前后。可知当时视尺二高髻为村俗,和黄先生考证陈元之序作于1532年的时间正相去不远。另外,据杨光熙考证,《西游记》中各处反映的物价,也相当于嘉靖年间的水平(如第八十四回马价、八十九回猪羊价、棉衣价等,参见杨著《〈西游记〉中的货币与物价及其反映的时代》)。所以若《西游记》真是吴承恩(约生于1500年至1510年之间)所作,则此时他只有二十几岁,大也不过三十出头,求学科举之余,以如此年少即能写出一部百万言的皇皇巨著,这于情理似乎说不过去。

关于《西游记》的思想和主旨

对于文学作品我们惯有的思路是:它总会有一个中心思想,于是《西游记》几百年来也就被解读出不同的"主旨"。清代道士刘一明等很多人,相信《西游记》是一部讲金丹修炼的著作,并作了大量的评注。这种看法,甚至到今天还有人重提。到了二十世纪五六十年代,"农民起义说"又占据了话语权,认为孙悟空的造反代表了反抗统治者的农民起义。但由于难以对猴子进行"阶级分析","农民起义说"渐渐失去市场。又有学者提出《西游记》是讲市民阶层传奇的、战胜大自然的、人生成长历程的、灵魂救赎的、寻求自由的理想世界的,等等。也有人认为,《西游记》本是一部游戏之作,读者只是通过阅读获得一些快乐而已,没有什么高远的思想。

值得注意的是,这些说法虽然各立一派,但未必互相排斥,这正是经典名著的巨大包容性。所以,笔者既不强作解人,也不勉为折衷,而是本着"多研究些问题,少谈些主义"的态度,老老实实地先作文本上的解读,这样,虽然提不出一套像样的理论,但是至少会使读者在理解《西游记》时,不致在一些基本问题上出现偏差。我们知道,一部伟大的著作,总会在不同的时代、不同的人心中产生不同的回响;但自来也不曾听说,哪部经典一定就能被人轻易概括出了无可移易而类似标准答案的"中心思想"。我们应该虚心学习这些说法,但不要被任何一种说法,哪怕是权威的论断所左右;而是用自己的头脑,带着自己的问题去读经典,才能获得真正的收获。

这里仅就笔者所知见的范围,谈几个小问题。例如《西游记》中的佛教、道教关系问题。有学者认为,《西游记》宣扬了佛法无边的思想。但是第五十八回真假猴王打到西天,正遇到佛祖讲经,讲道:"不有中有,不无中无。不色中色,不空中空。非有为有,非无为无……"不经意间容易忽略:这段经文并非佛经,而是道教经典《太上洞玄灵宝升玄消灾护命妙经》。作者即便如鲁迅所谓"尤未学佛",也不至于糊涂到这步田地,把道经当作佛经抄了进来。至于用意如何,可以讨论,但它出于作者的故意,却是无可否认的。

第二十回卷首的偈语"法本从心生,还是从心灭"的出处,未见前人提及。有人据此研究《西游记》的"禅宗思想"。但这首偈子实出自元全真派道士何道全(号松溪道人、无垢子)《般若心经注解》。此偈置于全书之末,还有"注经已毕,更留一篇,请晚学同志详览研穷,二十年后有出身之路,休要忘了老何"云云的题注。《心经》对于宋元以后的道教是一大思想宝库(如全真教祖师王重阳主张三教平等,以《道德经》《心经》《孝经》作为传教经典。全真七子中,马钰有"悟彻心经无挂碍"的诗句,郝大通作过《心经解》等),所以我们看到,终《西游记》一书,佛教经典被正经八百提到并加以参详的,只有《心经》一卷,此外就是一些用作经忏的《孔雀经》《梁皇忏》,甚至《劝修功卷》等宝卷、《受生经》等伪经也被唐僧堂而皇之地宣说起来。其余如最早进入中国的《四十二章经》、净土重要经典《阿弥陀经》、玄奘亲笔编译的《成唯识论》、在文人中产生了重要影响的《楞严经》与《维摩诘经》,甚至与《心经》有密切关系的《金刚经》、广泛流传于民间号称佛家孝经的《地藏经》，却均较少被提到，有的甚至完全未提及。所以，此偈与其说是和尚家风，不如说是全真道士借禅说事。至于在佛教总部的大门口修一座道教的"玉真观"，要进灵山必须借路，就更是明白不过的暗示了。另外，从如来自称"阿弥陀佛"，诸菩萨献佛俗不可耐的"福禄寿"诗来看，也实在不能说作者对佛学有多高的造诣。

相反，作者对道教经典却相对熟悉一些。第七回讲玉帝的排场，有"八景鸾舆，九光宝盖"云云，是出自《高上玉皇本行集经》；九灵元圣故事中多处袭用《太乙救苦护身妙经》；车迟国斗法中道士求雨的仪轨，大体符合"雷霆三要一气火雷使者法"；各种《宝诰》中的文句，更是随手拈来。不过我们也可看到，这些经典，也仅限于有广泛民间影响的，甚至是否是纯正的道教还需要讨论。第四十七回称"和尚家岂不知斋事"，并列举了青苗斋、平安斋、了场斋、预修寄库斋、预修填还斋等，其实若注意到道教有青苗醮、平安醮、寄库醮、填还禄库醮等科仪，民间有青苗会、平安会等傩祭，则这里斋事的实际来源，恐怕还要作进一步的思考了。

《西游记》的文学价值

如果在中国古典小说里举一部最有世界性的作品，那无疑是《西游记》。阅读它不需要太高的门槛，太多背景知识的积累，而且老少咸宜。探幽索隐者，自然可以透过其中的禅机道法，参悟深刻的哲理；浅尝辄止者，也无妨通过一个个剧情张力拉满的故事，获得快乐的体验。为什么会是这个样子？前人之述备矣，今不妨从故事主题、故事源流和人物性格三个方面来说一说个人的体会。

首先是故事主题。《西游记》虽然洋洋洒洒将近一百万字，但它整个的故事主题其实是非常简单的，其主体就是一个"寻宝冒险故事"。这种故事在全世界各民族都有，无非是说遥远的地方有一处宝藏，需要通过千辛万苦去获得，而寻宝者往往是一支团队。甚至

《哈利·波特与魔法石》也是这样的结构。这个宝藏,可以是金羊毛,也可以是大乘真经,也可以是魔法石。这支寻宝的队伍,可以是伊阿宋和他的朋友们,可以是唐僧师徒,也可以是哈利、罗恩、赫敏。团队内部要协作,外部要面对各种各样的困难。事实上,人类就是这样团结在一起不断征服自然的。所以这种故事主题,就能在各种文化环境下得到共鸣,完全不需要额外的解释。

如果仅仅是一个寻宝冒险故事,还未必使《西游记》稳居于世界名著的行列之中。因为这个团队的领导者唐僧,有些天然的缺点。例如他的身份是一个佛教徒,那么如果是以他为主角的故事,就很难在佛教之外获得广泛的传播;他的原型玄奘法师又是一个凡人,让他作为和西天路上妖魔鬼怪作战的主力,就需要更多的解释成本。于是,这个故事流传到明代,不知道哪位天才作者,或许是吴承恩,或许是"华阳洞天主人"或不止一位前贤,大胆地把唐僧从一号主角黜落为二号,把孙悟空升格为一号,并在取经主线故事前面加了浓墨重彩的七回内容,讲述了孙悟空的诞生、学艺、闯龙宫、闹地府、闹天宫的故事。

这个天才的改动,可以说在中国小说史上是绝无仅有的。因为这样一来,原来的"寻宝冒险"的框架上,就增加了另外一重主题,这就是"英雄成长"。

在今天,编剧们津津乐道的"角色弧光"(角色在故事发展中经历的变化轨迹),几乎是写作者的常识;而现代学者总结的英雄成长规律(如坎贝尔《千面英雄》),也有力地指导着写作实践。但要知道,在四百多年前的明代,能够意识到这些,并不是一件简单的事情。那时候的大多数作者,还习惯于脸谱化的描写,扁平化的人物;人物性格的发展变化,是没有太多动力去探讨的。而孙悟空从诞生、学艺一直到闹天宫失败,被压五行山,再加上此后的接受新使命、戴上紧箍、一路斩妖除魔终成正果;这个成长模式,恰恰和世界各国、各种英雄的成长轨迹高度吻合。我们可以说是四百年前这位作者的天才直觉,也可以说是自觉的创作行为;不管如何,正是这个改动,把《西游记》从一个普通的寻宝冒险故事,提升到了世界名著的水平。

其次是故事源流。一个故事好看与否,主题固然关键,结构、细节、讲述节奏也是不容忽视的。《西游记》并不是一部由某个文人独立创作的小说,而是在几百年的流传过程中,每个故事都经历了书场、舞台的淘洗,去芜存菁,保留的几乎都是精华。

例如车迟国故事,这个故事最早被记录在元代汉语教科书《朴通事谚解》中,故事框架与百回本的相差不大,内容就是僧道斗法。但是在百回本中,这个故事被大大丰富了。首先是反方人物,由两个(伯眼、鹿皮)变成了三个(三位大仙),故事复杂程度就提高了。其情节,也增加了孙悟空放走僧人、留假圣水、登坛求雨等众多内容。尤其是登坛求雨,其笔墨之生动、细节之真实,使人几乎回到明代的求雨现场。最后通过砍头、剖腹、下油锅,以其人之道还治其人之身,让三位大仙依次死于自己制定的游戏规则之下。这些增益,环环相扣,逻辑紧密,可称故事范本。甚至每一小段,如求雨、坐禅、隔板猜物等,内部也是铺平垫稳,层层递进的。例如《朴通事谚解》原有的"隔板猜物"情节,从一次(桃变桃核)扩成三次(宫衣变旧衣、桃变桃核、道士变和尚),就有着类似曲艺"三翻四抖"的艺术效果。如果没有几百年文人、艺人的淘洗、加工,反复迭代,这种成熟丰赡的故事是难以产生的。

最后是人物性格。主要人物师徒四人的人物性格,诸多版本的文学史、教科书已经讲过许多,譬如孙悟空的聪明、机智,敢于挑战权威,唐僧的迂腐而坚定,八戒的懒惰、狡黠而不失质朴,沙僧的忠诚而善于协调,也都几成定论。这里仅就几个细节,谈一谈前人较少道及的话题。

孙悟空性格的底色,自然是自由不羁的。但是,他在取经路上的两次选择,却可以看出他性格发展变化的过程。

第一次是他三打白骨精,被唐僧赶回。猪八戒来请他回去,小猴们连忙阻拦。孙悟空对他们说:"待我还去保唐僧,取经回东土。

功成之后,仍回来与你们共乐天真。"

这个诺言到底是诚意的呢,还是敷衍的呢?从孙悟空的性格来看,不像是敷衍小猴们,但是最后,他食言了。他成了斗战胜佛,但并没有回花果山。

实际上,孙悟空的心态,在取经路上就已经慢慢改变了。后来他打死了几个强盗,唐僧第二次赶他走。孙悟空越想越委屈:

> 欲待回花果山水帘洞,恐本洞小妖见笑,笑我出乎尔反乎尔,不是个大丈夫之器;欲待要投奔天宫,又恐天宫内不容久住;欲待要投海岛,却又羞见那三岛诸仙;欲待要奔龙宫,又不伏气求告龙王;真个是无依无倚。

这个时候,他心中的价值反转了。他又有了回花果山的机会了,但他并没有,却怕他们笑话自己大功不成,半途而废。他瞻前顾后,最后跑到观世音菩萨那里诉苦去了。

这就像毕业之后的同学聚会,有些同学如果工作、生活不顺利,是不愿意来的。在他们的心目中,价值业已反转:当年的小伙伴,已经不再能吸引他的兴趣;担心受到嘲笑,反倒成了时时刻刻担心的问题。童年的世界,就这样被成年人的世界取代了。

大概每个孩子心目中,都有一个孙悟空和一座花果山。然而,这些最终会在成长的过程中渐渐淡去。这倒也不能用好事或坏事评价,因为这是一个真实的成长过程。而这种对人心的深度挖掘,不管作者是无意的还是自觉的,在四百年前的明代都是难能可贵的。

至于唐僧,他的身份虽然是佛教徒,却有一种强烈的士大夫气质。我们知道历史上的玄奘法师西行求法,是为了读到更多的佛经原典,学术研究的目的很强。但《西游记》里的唐僧,取经目的是"祈保我王江山永固",这是和历史上的唐僧完全不同的地方。

在西天路上,唐僧经常自称"贫僧是东土唐朝钦差灵山大雷音见佛求经的"。他无论走到哪里,介绍自己时一定要带上"钦差"两个字。不是"钦差",就是"奉旨",在通天河,唐僧见到许多商人在冰面上行走(当然是妖精变化的),就大发感慨:

三藏道:"世间事惟名利最重。似他为利的,舍死忘生;我弟子奉旨全忠,也只是为名,与他能差几何!"

这段话很有意思,因为它是一个为国尽忠的大臣说的话,却不像是一个宗教徒说的话。求得佛法,见到如来,倒还是其次,最主要的,是奉旨差遣,为国尽忠。这种性格,我们会想起事君能致其身、建功以垂青史的传统士大夫,而不是舍身求法的佛教徒。

至于猪八戒和沙和尚,前人的分析也已经十分到位,限于篇幅就不重复了。其实这四个人,恰恰构成了中国人的四副面孔:

唐僧虽然设定是高僧,却有儒生气质。孙悟空自由不羁,类似道家人物。猪八戒是个大俗人,普通的老百姓。沙和尚坚忍不拔,宁死也要往西天去,他的动力反而最纯粹,并不考虑什么为国尽忠,奉旨求经;比起唐僧来,他反倒更多一些虔诚僧侣的味道。

假如很粗略地概括一下,师徒四人可以概括为一儒、一道、一民、一释,恰好构成了中国人的四副面孔,也是中国文化的四个不同的侧面。

关于本书的校勘

明代百回《西游记》刻本有七种,其中繁本系统两种:1.《新刻出像官板大字西游记》,由明中期南京书坊世德堂刊行,故学界简称"世德堂本"或"世本",是《西游记》现存版本中最早、最重要的版本。2.《李卓吾先生批评西游记》,简称"李本",是仅次于世德堂本的《西游记》的重要版本。其文字最接近世本,且改正了世本的许多错讹,所以二者可相互校勘。

删本系统三种,根据世德堂本或综合了世本、李本删节而成:1.《鼎镌京本全像西游记》,因其题款中有"清白堂杨闽斋梓"等字样,故称"清白堂本"或"杨闽斋本"。2.《二刻官版唐三藏西游记》,各卷所题书名为"唐僧西游记",故称"唐僧本"。3.《新刻增补批评全像西游记》,因其书题有"闽斋堂杨居谦校梓"等字样,故称"闽斋堂本"。

简本系统两种:1.《全像唐僧出身西游记传》(某些卷又题"唐三藏西游释尼传",尼应系厄之误字)。因其中题有"朱鼎臣编辑"等字样,故称"朱本"。2.《新锲唐三藏出身全传》。因其中题有"阳志和编"字样(有时写作"杨致和"),故称"阳本"或"杨本"。

清代《西游记》刻本,繁本系统有《新说西游记》,删本系统有《西游证道书》《西游真诠》《西游原旨》《通易西游正旨》《西游记评注》,此外还有一个名为《西游记记》的抄本。

《西游记》的版本研究是一个非常复杂的学术问题,本文限于篇幅,不拟详细介绍,读者可参考曹炳建著《西游记版本源流考》(人民出版社2012年版)。

这些版本中,以世德堂本时间早,影响大,在《西游记》诸版本中最为重要,本书即以台湾天一出版社《明清善本小说丛刊》影印本为底本进行校勘。

世德堂本现存四部,一部收藏在台湾故宫博物院图书文献处,系日本大河内家旧藏,天一出版社据以影印。另三部在日本,分别是:广岛中央图书馆浅野文库世本(仅存后五十回)、天理大学图书馆藏世本、日光山轮王寺慈眼堂天海藏世本。慈眼堂所藏,因系寺产,至今寓目者寥寥无几,即便日本学者也几乎无人得见。

本校注本初版于2014年,彼时浅野世本和天理世本尚未公开,故以台湾世本为底本加以整理。但台湾世本多有缺页和漫漶不清之处。此次再版已历时十年,潘建国先生主持编纂的《海外所藏〈西游记〉珍稀版本丛刊》业已将浅野世本和天理世本收录,公之于世,嘉惠学林。故取以校勘,又订正了许多当时未能解决的错讹,实为幸事。

至今为止,对通俗小说的校勘,尚未形成一套完整、规范的方法和体系。原因很简单,古人对典籍的整理,对文本的校勘实践,基本上是围绕着以"十三经"为核心的经部文献进行的。学者们积累的经验、总结的规律,也都是以经部文献居多,然后才扩大范围,大量地校勘史部、子部、集部等典籍。对通俗小说的重视,是要到民国以后;而符合学术规范的整理、研究就更晚一些了。所以这些校勘规律,对通俗小说未必适用。人们普遍认为,小说通俗、简单,没什么要紧的东西,所以刊刻印行的古典小说,就这样随手改动了原文——有些改动甚至在刻本时代就出现了。今举几个市面上通行的《西游记》文本的例子:

1. 通行本:行者在匣中默默的念咒(三十七回)。

校原书,"默默"原是"魆魆",魆魆即悄悄,《西厢记诸宫调》卷四"背画烛魆魆地哭,泪滴了知多少",不可写作"默默地哭"。此因"魆魆"不常见而改。

2. 通行本:到老奶奶处,多多拜上,说请吃唐僧肉哩(三十四回)。

校原书,"拜上"原是"顶上",顶上是顶礼的意思。明陈洪谟《继世纪闻》:"凡拜帖写顶上,不敢云拜上,顶上之称自此起。"改作"拜上",泯灭了"顶上"之义。

3. 镇元大仙的法术,原书均作"袖褪乾坤",而通行本却作"袖里乾坤",更易懂些。褪(tùn),隐藏在袖内。也写作"吞"。元高文秀《襄阳会》第三折:"怀揣日月,袖褪乾坤。"鼓词《沉香太子雌雄剑》中,沉香师父霹雳老祖也使用过类似的法术:"袖吞乾坤多玄妙,七圣神兵用袖装。"

此外还有很多。所以,选用世德堂本作为底本,有利于对《西游记》的文本作一番正本清源的整理工作。

本书的校勘原则如下:

1. 改正错误。原本明显的讹、脱、衍、倒,据李本、闽本、唐僧本等改正。这几个本子都不能解决的问题,则参考《西游证道书》《新说西游记》等,如:

讹文。第十七回孙悟空打死给金池长老送信的小妖,世本原作:"是老孙就把那小猴打死,变作那老和尚,进他洞去,雏了一钟茶吃。"这里"小猴"显应作"小妖","雏"应作"骗"。

脱文。第八十七回凤仙郡求雨,世本原作:"那郡拜伏在地,哀告道。""郡"后脱一"侯"字。

衍文。第六十二回"城中询问,方可知也,长老须臾到"十余字,出现两次。

倒文。第七十三回蜈蚣精命童儿献茶,世本原作:"儿童,放了茶盘陪侍,等我去去就来。""儿童"显系"童儿"之上下误倒。另外,第四十一回红孩儿"咄的一么喝道",下文隔二十余字又有"绰甚声经儿",世本原刻"么""声"二字,恰在两行横向并排的位置上,这是刻工将二字左右误刻倒了。

改正的时候依据哪个本子,我们以尽量和世本接近为原则。一般来说,李本刻工较为清晰,内容完整,故参校李本的情况最多。现在看来,李本的特点在于:大概它是文人参与得多些,文字相对清通(当然比《西游证道书》还是差一些,但《西游证道书》随意删改的文字也太多),但随意改的也不少。闽本的特点在于:它在很多地方都和世德堂本相一致,虽然也跟着错了很多,但许多有价值且后世容易误改的文字,它都保留着原貌。

例如世本第七十九回孙悟空为比丘国王剖心,其中有一颗"俄慢心",今通行本多作"侮慢心",闽本仍作"俄慢心",而李本作"我慢心"。李本是可取的。因为"侮慢心"虽然可通,但除了见于《西游记》外,并不见其余文献提到。而"我慢心""贡高我慢之心"在佛典中俯拾即是,是修佛者亟须破除的坏毛病。《成唯识论》卷四:"我慢者,谓倨傲。恃所执我,令心高举,故名我慢。"李本的校刻者懂得"我慢"的意思。况且前面还有一个"望高心",义近"贡高心"。作"俄慢",当是"亻"与"忄"相近,涉"慢"的偏旁而误。

又如第六十二回,孙悟空和猪八戒带两个小妖去碧波潭找万圣老龙算账,世本原作"二人□着两个小妖,驾风头,使个摄法,径上东南去了"。□是个漫漶的字,闽本作"採",李本作"挟",但根据其剥泐残留的痕迹(左边的"扌"保留了,右下边中间有一竖),可以断定是"採"字。李本的"挟"是后改的。採,拉扯,尤其指不客气地拉扯。《儒林外史》第二十六回,有个考生作弊,"被鲍廷玺看见,要採他过来见太爷"。这是闽本的价值。

有异文而原本可通者,不改原本。惟他本较优者或有特殊意义者,出注说明。例如第三回地府里记载孙悟空个人资料的生死簿子,世本原作"槐字一千三百五十号"。"槐",闽本同,李本及以后刻本都作"魂"字。但是作"槐"不能算世本错。因为古代衙署整理公文档案,习惯是以《千字文》排号,而《千字文》正有一句"路侠槐卿"。编号编到"槐"字,是合情合理的。

还有一些问题,是综合利用各种校勘方法解决的。例如二郎神的扈从郭甲,世本在第一次出现时刻作"郭申",李本、《西游证道书》及以后的本子皆沿其误。但是,第一,世本后文此人再出现时均作"郭甲";第二,闽本也作"郭甲";第三,世本其他地方的"甲"字甚至以"甲"为偏旁的字常刻作"申";第四,杂剧、宝卷中提到二郎神扈从有"郭牙直"或"各牙治",当是"郭押直"之讹变。押、甲形音俱近,故改"郭申"为"郭甲"。

2. 统改或保留原貌。因本书不出校勘记,这项工作就显得更加重要。不出校勘记的原因是:第一,作为一部普及性质的读物,中华书局本系列丛书均不出校勘记。第二,古典通俗小说的异文、错讹现象非常多,倘若都按照普通古籍的校勘方法,这个校记将繁重不堪。所以校勘本书的原则,一方面尽量保留世德堂本的原貌而不丢失信息(如上文提到的"魆魆""顶上"之类),另一方面也在于给读者提供一个流畅的读本。所以,对世本书中用字的复杂现象,应该区分情况作统一或保留原貌的工作。世本中有些字,不合现在的用法;有些字或人名的用法,前后不一致;有些不同的字,只用一个字来代替。针对这些情况的处理方法有:(1)少量不合今日规范的词。为方便阅读起见,统一为规范写法,如世本"筋斗"例作"筋抖","尾巴"例作"尾耙","耳朵"例作"耳躲"。这种情况,例改为"筋斗""尾巴""耳朵"。又如"惊呀""悽惨""抖搜""湾头棍""攸扬""堤坊""皮厢""厢金""号跳"等,均改为常见的"惊讶""凄惨""抖擞""弯头棍""悠扬""提防""皮箱""镶金""号咷"。(2)少量字混用,影响理解文意。例如世本"稍""梢""捎"三字不分,均写作"稍",故均改作常用字。"諕(xià)""唬",作恐吓解,均统作"唬(xià)"。(3)少量字不合今天的用法,但体现了作者行文习惯的,一般保留原貌。如"撰"同"赚"(如《警世通言·吕大郎还金完骨肉》:"今日好利市,也撰他八个钱。"),第十一回相良夫妇"但撰得些钱儿",第八十四回赵寡妇"又撰不得他钱","撰"均不改为"赚"。(4)有些个别的字用法不统一,且全书仅此一两处。如"桌"偶作"卓"或"棹"(四十四回),"搬"偶作"般"(十六回,"般"也可作搬迁讲),"嘉"偶作"加"(七回),审视上下文,并不是一种行文习惯,故例统为"桌""搬""嘉"。(5)刊刻体例不一。如第二回"孙悟空"常作"孙悞空",第六十七回"沙悟净"常作"沙悟静";四海龙王或姓"敖",或姓"傲""鳌";西海龙王或名"敖顺",或名"敖闰";"公主"或作"宫主"等,均说明情况并作了统一。

3. 对漫漶、遗漏、缺页的补充。世本的版面不是很清晰,漫漶的地方很多;还有几回,缺失了一段甚至整页文字,为此,我们据李本补。同时也参校闽本、唐僧本、《西游证道书》和《新说西游记》等。

世本的其他特征:1. 世本前原有一篇署名陈元之的序,本次出版,也附在正文之前,以便读者参考。2. 世本原分二十卷,卷名取自宋邵雍的《清夜吟》,为月、到、天、心、处、风、来、水、面、时、一、般、清、意、味、料、得、少、人、知。每卷五回,共一百回。本次出版,仍依原回目,但不再分卷。3. 世本中有些文句,多与修炼有关。刊刻者逐字加了围圈,旨在标示其重要性,今均保留,唯改围圈为着重号。4. 世本原有少量随文小注,这也是它的特色,均保留,以小号字排。

世本没有唐僧的出身故事,而是用一篇"灵通本讳号金蝉"的韵文来代替。但小说第十一、三十七、九十三、九十八回中多次提及有关唐僧身世的故事,如第九十八回记唐僧受难簿"金蝉遭贬第一难,出胎几杀第二难,满月抛江第三难,寻亲报冤第四难",在世本中全无踪影。故清汪象旭、黄周星的《西游证道书》为了弥缝这个缺陷,将明朱鼎臣《西游释厄传》的唐僧出身故事增补进来,加以润饰,使之成为独立的一回,但毕竟不是原貌。人民文学出版社1979年版

《西游记》，处理方式是将唐僧出身故事作为"附录"，插在第九回和第十回之间。其他出版社也多如此处理。据此，本书也依通行习惯，作为附录处理，文字一从《西游证道书》的第九回。

本次修订，取浅野世本和天理世本对校，又有了不少收获，例如：

台湾世本第十五回、第七十五回等处，都有缺页，致使大段文字缺失。此前只能使用李评本补足，现在就可以根据浅野世本、天理世本补足。

台湾世本很多漫漶不清之处，多出现在每页的四角。因此四角往往是纸张容易翘起，难以着墨之处；有时候甚至有数行、半页漫漶。今校以浅野、天理本，基本上都得到了妥善解决。例如第四十七回，唐僧劝猪八戒变成一秤金，去与陈家替祭，说："常言'救人一命，胜造七级浮屠'。一则感谢厚情，二来当积阴□。""阴"后一字，台湾世本漫漶不清，李评本作"德"，后世刻本因之。今校天理世本，实是"骘"字。"阴骘"出自《尚书·洪范》："惟天阴骘下民。"意为上天默默安定下土百姓，后引申为暗中做的有德于人之事，义同"阴德"。

台湾世本还有刊刻错误之处，例如第七十二回，唐僧被七个蜘蛛精吊在盘丝洞里，说："我和尚这等命苦！只说是好人家化顿斋吃，岂知道落了火坑！徒弟呵！年来救我！""年来救我"显然有误字，李本改为"速来救我"。今校浅野世本，是"早来救我"。"年"系"早"之形讹。如此种种，不一而足。

本次修订，也订正了一些之前的失校之处。例如第六十六回描写武当山的韵语："幽含如诉语，驯鹿近人行。""幽含"二字不可索解，校诸本皆同。实应为"幽禽"之误。此段韵文又见《梼杌闲评》，文字大略相似，也是描写武当山风光的，此句即作"幽禽如诉语"。宋汪翔龙《访黄吏部不值》："闲蝶自专花富贵，幽禽如语竹平安。"其源有自。

关于本书的注释

关于本书的注释，也有几点要作说明。

对《西游记》注释的困难，在于它的知识体系极为广泛，不像文人诗词那么精致，基本从传世文献中就能找到答案。《西游记》涉及的知识，虽然每个部类都不深，却遍及经史子集四部及佛道二藏，甚至还得翻检宝卷、法律文书、建筑、壁画、雕塑等文献。通过注释，恰可以还原《西游记》的知识体系，同时也就是此书作者或作者群的知识面貌，从而把《西游记》还原到历史的一环去，尽可能反映出一个生动的明代社会。

《西游记》有许多关于内丹修炼的话头。而且现在个别学者，对这种话头不免求之过深，甚至认为《西游记》全书是一部系统的讲金丹修炼的著作。我们通过注释可知，大部分话头，都可以在道教文献中找到源头，大抵就是上起宋代张伯端，下到金元全真道所讲的那些东西。有些是原文照抄，有些是经过一番改头换面的加工。本书作者并没有加入太多的新花样。《西游记》的内丹思想固然值得研究，但决不可随意牵合文字，任意地去解释。

从历代丹经和丹家的叙述上看，内丹术并非完全是虚妄迷信之谈，其大量内容可以与现代心理学、医学相印证，这从德国汉学家卫礼贤和瑞士心理学大师荣格对丹经《太乙金华宗旨》的关注也可以看出来。只是内丹术非常重视个人体验，许多境界无法言说和再现，"虽在父兄，不能以移子弟"。不同丹家从自身修证出发，对丹法的理解、对概念的定义往往大相径庭，但可能都没错，是"皆有圣人之一体"的殊途同归。所以本书的注释，也仅限于语言文字之力所能及的范围、经典丹经的文本表述和产生了一定影响力、有一定公认度的概念。个体丹家的体悟、异说、别解，一般不作旁涉。本书涉及的参禅讲道的话头相当多，对此的解释也是相对粗浅的，仅从疏通文意或指明来历为主。因为"言语道断"，单靠语言往往是苍白无力的。

《西游记》直接或间接使用了许多文献,例如《鸣鹤余音》、全真七子的诗词,还有第九十八回所开列的那个荒诞的佛经目等。这方面,柳存仁、曹炳建先生均作过研究。笔者在他们的基础上,尽可能地将书中涉及的文献作些说明,如木仙庵树精所作诗词的出处、对《文殊指南图赞》的袭用、唐僧常训诫弟子的古语、第二十六回描述蓬莱仙山的诗词等。要知道,一位作者即使下笔千言,他写作的内容终不会凭空冒出来,而必会有原型、素材。搞清楚这些,作者的面貌就会逐渐清晰起来。

《西游记》涉及许多名物典制、风俗习惯和暗藏的逻辑,例如孙悟空穿了琵琶骨为何不能变化,小白龙变马之后为何"口衔横骨",大串天马的名称,蹴鞠的术语,武功招数,泾河龙王克扣点数背后的故事,为何玄英洞的犀牛要"四木禽星"降伏,为何治朱紫国王要那几味药,何为"醮面金睛鬼",定身法和拘唤山神土地要念什么咒语等。对于各路神仙,笔者也尽可能地注明他们的来历以及相互关系、在民间信仰中的地位。

本书并不回避问题。有一些不易回答的问题,例如为何金箍棒原是"定江河浅深的定子",哪吒为何封为"三坛海会大神",花果山的老猴为何以"马流""崩芭"命名,金字压帖"唵嘛呢叭呢吽"的含义等,笔者均按自己的理解作了阐释。这些阐释未必正确,所以均用"似是""当为"等字样,不作肯定之语;旨在借此提出问题,启发读者的兴味,以便作进一步的思考。

《西游记》的研究成果,到今天已蔚然可观。对于这些成果,若不加以吸收,实在是非常可惜的。在这部校注中,笔者采纳了前辈学人钱锺书、黄永年等对《西游记》的研究,域外柳存仁、太田辰夫、矶部彰、中野美代子等人的研究。当今国内学界,笔者采纳了蔡铁鹰先生的"孙悟空""齐天大圣"为两个形象之说,采纳了侯会先生"立帝货"为西方舶来之说及部分回目出于别手之说,采纳了杜贵晨先生黄眉怪兵器的性隐喻之说,采纳了郭健先生《取经之道与务本之道——〈西游记〉内丹学发微》的部分说法，采纳了杨光熙先生对《西游记》提到的物价的研究。第三十一回"种火"，采纳了蒋宗许先生的意见。第七十二回那一段蜘蛛精蹴鞠的术语，笔者也专门求教于体育史专家翁士勋先生。承翁先生不弃，对笔者的注释作了充分肯定，并以八十高龄赴图书馆查阅资料，提出指正意见。其余从其著述中受到教益的，尚有刘荫柏、刘怀玉、王学钧、张锦池、李时人、吴圣昔、陆扬、余国藩、陈洪、陈宏、苗怀明、潘建国等先生。程毅中师、顾青师惠赐参考资料，并审读了部分书稿；河南大学曹炳建先生，许我忘年，在校注过程中作了许多悉心的指导。此书得以出版，还应感谢中华书局基础图书分社社长王军先生的大力推奖，责任编辑宋凤娣、王守青、彭玉珊三位老师的辛勤工作。此外还有许多谋面或未曾谋面的师友，给予笔者不少启发和帮助，憾于篇幅，不能在书中一一提及和备列参考文献，谨在这里向以上各位师友致以衷心的感谢！

本书出版已逾十年，受到了各界读者的广泛关注，并蒙指谬赐教，所惠良多。例如文俊威先生《李天飞校注西游记释义补正》（《武陵学刊》2019年第2期，以后本书简称《补正》）订正了多条注释上的错讹；朱永清、魏兴先生通过联系邮箱发来多条有关宗教问题和文字、标点的订正；还有许多朋友，通过邮件或微博、微信的私信发来各种指正，均在此一并感谢！

限于校注者的学识，本书一定还有许多错误和不足，希望广大读者不吝赐教，我的邮箱是pensword@163.com，敬希赐下宝贵意见！

李天飞
2024年12月

目 录

上 册

刊《西游记》序 …………………………………………… 1
第 一 回 灵根育孕源流出　心性修持大道生 ……… 1
第 二 回 悟彻菩提真妙理　断魔归本合元神 ……… 18
第 三 回 四海千山皆拱伏　九幽十类尽除名 ……… 35
第 四 回 官封弼马心何足　名注齐天意未宁 ……… 50
第 五 回 乱蟠桃大圣偷丹　反天宫诸神捉怪 ……… 65
第 六 回 观音赴会问原因　小圣施威降大圣 ……… 79
第 七 回 八卦炉中逃大圣　五行山下定心猿 ……… 91
第 八 回 我佛造经传极乐　观音奉旨上长安 ……… 105
附　　录 陈光蕊赴任逢灾　江流僧复仇报本 ……… 120
第 九 回 袁守诚妙算无私曲　老龙王拙计犯天条 … 132
第 十 回 二将军宫门镇鬼　唐太宗地府还魂 ……… 146
第 十一 回 还受生唐王遵善果　度孤魂萧瑀正空门 … 159
第 十二 回 玄奘秉诚建大会　观音显象化金蝉 ……… 173
第 十三 回 陷虎穴金星解厄　双叉岭伯钦留僧 ……… 188
第 十四 回 心猿归正　六贼无踪 …………………… 202

第十五回	蛇盘山诸神暗佑　鹰愁涧意马收缰	217
第十六回	观音院僧谋宝贝　黑风山怪窃袈裟	230
第十七回	孙行者大闹黑风山　观世音收伏熊罴怪	243
第十八回	观音院唐僧脱难　高老庄大圣降魔	259
第十九回	云栈洞悟空收八戒　浮屠山玄奘受心经	269
第二十回	黄风岭唐僧有难　半山中八戒争先	283
第二十一回	护法设庄留大圣　须弥灵吉定风魔	296
第二十二回	八戒大战流沙河　木叉奉法收悟净	307
第二十三回	三藏不忘本　四圣试禅心	320
第二十四回	万寿山大仙留故友　五庄观行者窃人参	334
第二十五回	镇元仙赶捉取经僧　孙行者大闹五庄观	347
第二十六回	孙悟空三岛求方　观世音甘泉活树	360
第二十七回	尸魔三戏唐三藏　圣僧恨逐美猴王	374
第二十八回	花果山群妖聚义　黑松林三藏逢魔	385
第二十九回	脱难江流来国土　承恩八戒转山林	396
第三十回	邪魔侵正法　意马忆心猿	407
第三十一回	猪八戒义识猴王　孙行者智降妖怪	420
第三十二回	平顶山功曹传信　莲花洞木母逢灾	434
第三十三回	外道迷真性　元神助本心	447
第三十四回	魔王巧算困心猿　大圣腾那骗宝贝	459
第三十五回	外道施威欺正性　心猿获宝伏邪魔	471
第三十六回	心猿正处诸缘伏　劈破傍门见月明	482
第三十七回	鬼王夜谒唐三藏　悟空神化引婴儿	495
第三十八回	婴儿问母知邪正　金木参玄见假真	508
第三十九回	一粒金丹天上得　三年故主世间生	520
第四十回	婴儿戏化禅心乱　猿马刀圭木母空	533
第四十一回	心猿遭火败　木母被魔擒	545

第四十二回	大圣殷勤拜南海	观音慈善缚红孩	………	559
第四十三回	黑河妖孽擒僧去	西洋龙子捉鼍回	………	572
第四十四回	法身元运逢车力	心正妖邪度脊关	………	584
第四十五回	三清观大圣留名	车迟国猴王显法	………	597
第四十六回	外道弄强欺正法	心猿显圣灭诸邪	………	609
第四十七回	圣僧夜阻通天水	金木垂慈救小童	………	621
第四十八回	魔弄寒风飘大雪	僧思拜佛履层冰	………	633
第四十九回	三藏有灾沉水宅	观音救难现鱼篮	………	644
第 五 十 回	情乱性从因爱欲	神昏心动遇魔头	………	656

下　册

第五十一回	心猿空用千般计	水火无功难炼魔	………	669
第五十二回	悟空大闹金𥔲洞	如来暗示主人公	………	681
第五十三回	禅主吞餐怀鬼孕	黄婆运水解邪胎	………	693
第五十四回	法性西来逢女国	心猿定计脱烟花	………	706
第五十五回	色邪淫戏唐三藏	性正修持不坏身	………	718
第五十六回	神狂诛草寇	道昧放心猿	………	730
第五十七回	真行者落伽山诉苦	假猴王水帘洞誊文	…	742
第五十八回	二心搅乱大乾坤	一体难修真寂灭	………	752
第五十九回	唐三藏路阻火焰山	孙行者一调芭蕉扇	…	762
第 六 十 回	牛魔王罢战赴华筵	孙行者二调芭蕉扇	…	774
第六十一回	猪八戒助力破魔王	孙行者三调芭蕉扇	…	785
第六十二回	涤垢洗心惟扫塔	缚魔归正乃修身	………	798
第六十三回	二僧荡怪闹龙宫	群圣除邪获宝贝	………	809
第六十四回	荆棘岭悟能努力	木仙庵三藏谈诗	………	819
第六十五回	妖邪假设小雷音	四众皆遭大厄难	………	834

第六十六回	诸神遭毒手　弥勒缚妖魔	845
第六十七回	拯救驼罗禅性稳　脱离秽污道心清	856
第六十八回	朱紫国唐僧论前世　孙行者施为三折肱	868
第六十九回	心主夜间修药物　君王筵上论妖邪	881
第 七 十 回	妖魔宝放烟沙火　悟空计盗紫金铃	894
第七十一回	行者假名降怪犼　观音现象伏妖王	907
第七十二回	盘丝洞七情迷本　濯垢泉八戒忘形	920
第七十三回	情因旧恨生灾毒　心主遭魔幸破光	934
第七十四回	长庚传报魔头狠　行者施为变化能	947
第七十五回	心猿钻透阴阳窍　魔王还归大道真	959
第七十六回	心神居舍魔归性　木母同降怪体真	972
第七十七回	群魔欺本性　一体拜真如	984
第七十八回	比丘怜子遣阴神　金殿识魔谈道德	996
第七十九回	寻洞擒妖逢老寿　当朝正主救婴儿	1007
第 八 十 回	姹女育阳求配偶　心猿护主识妖邪	1016
第八十一回	镇海寺心猿知怪　黑松林三众寻师	1027
第八十二回	姹女求阳　元神护道	1038
第八十三回	心猿识得丹头　姹女还归本性	1050
第八十四回	难灭伽持圆大觉　法王成正体天然	1061
第八十五回	心猿妒木母　魔主计吞禅	1074
第八十六回	木母助威征怪物　金公施法灭妖邪	1086
第八十七回	凤仙郡冒天止雨　孙大圣劝善施霖	1099
第八十八回	禅到玉华施法会　心猿木母授门人	1110
第八十九回	黄狮精虚设钉钯宴　金木土计闹豹头山	1120
第 九 十 回	师狮授受同归一　盗道缠禅静九灵	1130
第九十一回	金平府元夜观灯　玄英洞唐僧供状	1141
第九十二回	三僧大战青龙山　四星挟捉犀牛怪	1153

第九十三回　给孤园问古谈因　天竺国朝王遇偶 ········ 1165
第九十四回　四僧宴乐御花园　一怪空怀情欲喜 ········ 1176
第九十五回　假合形骸擒玉兔　真阴归正会灵元 ········ 1186
第九十六回　寇员外喜待高僧　唐长老不贪富惠 ········ 1196
第九十七回　金酬外护遭魔毒　圣显幽魂救本原 ········ 1207
第九十八回　猿熟马驯方脱壳　功成行满见真如 ········ 1221
第九十九回　九九数完魔灭尽　三三行满道归根 ········ 1237
第 一 百 回　径回东土　五圣成真 ················ 1245

附录一　《西游记》里的神灵体系 ················ 1257
附录二　《西游记》主要妖怪一览表 ··············· 1263

刊《西游记》序

秣陵　陈元之撰

　　太史公曰："天道恢恢,岂不大哉！谭言微中,亦可以解纷。"庄子曰："道在屎溺。"善乎立言！是故"道恶乎往而不存,言恶乎存而不可"。若必以庄雅之言求之,则几乎遗《西游》一书,不知其何人所为①。或曰出今天潢何侯王之国,或曰出八公之徒,或曰出王自制。余览其意近跅弛滑稽之雄,卮言漫衍之为也。旧有叙,余读一过,亦不著其姓氏作者之名。岂嫌其丘里之言与。其叙以为孙,狲也,以为心之神。马,马也,以为意之驰。八戒,其所戒八也,以为肝气之木。沙,流沙,以为肾气之水。三藏,藏神、藏声、藏气之三藏,以为郛郭之主。魔,魔以为口耳鼻舌身意恐怖颠倒幻想之障。故魔以心生,亦心以摄。是故摄心以摄魔,摄魔以还理,还理以归之太初,即心无可摄。此其以为道之成耳,此其书直寓言者哉！彼以为大丹之数也,东生西成,故西以为纪。彼以为浊世不可以庄语也,故委蛇以浮世。委蛇不可以为教也,故微言以中道理。道之言不可以入俗也,故浪谑笑虐以恣肆。笑谑不可以见世也,故流连比类以明意。于是其言始参差而諔诡可观,谬悠荒唐,无端崖涯涘,而谭言微中,有作者之心,傲世之意,夫不可没已。

　　唐光禄既购是书,奇之,益俾好事者为之订校,秩其卷目梓之,凡二十卷数十万言有余,而充叙于余。余维太史漆园之意,道之所存,不欲尽废,况中虑者哉？故聊为缀其轶叙叙之。不欲其志之尽湮,而使后之人有览,得其意忘其言也。或曰："此东野之语,非君子所志。以为史则非信,以为子则非伦,以言道则近诬。吾为吾子之

---

①"则几乎遗《西游》一书"二句：此二句似当作"则几乎遗《西游》一书,《西游》不知其何人所为",即"一书"可能脱"西游"二字。

辱。"余曰："否,否,不然。子以为子之史皆信邪?子之子皆伦邪?子之子史皆中道邪?一有非信非伦,则子史之诬均。诬均则去此书非远。余何从而定之?故以大道观,皆非所宜有矣。以天地之大观,何所不有哉?故以彼见非者,非也;以我见非者,非也。人非人之非者,非非人之非;人之非者,又与非者也。是故必兼存之后可。于是兼存焉。而或者乃亦以为信。"属梓成,遂书冠之。时壬辰夏端四日也。

第一回

灵根育孕源流出　心性修持大道生

诗曰：
　　混沌未分天地乱,茫茫渺渺无人见。
　　自从盘古破鸿濛,开辟从兹清浊辨①。
　　覆载群生仰至仁,发明万物皆成善②。
　　欲知造化会元功③,须看《西游释厄传》④。

盖闻天地之数,有十二万九千六百岁为一元。将一元分为十二会,乃子、丑、寅、卯、辰、巳、午、未、申、酉、戌、亥之十二支也。每会该一万八百岁。且就一日而论:子时得阳气,而丑则鸡鸣;寅不通光,而卯则日出;辰时食后,而巳则挨排⑤;日午天中,而未则西蹉⑥;申时晡而日落酉;戌黄昏而人定亥⑦。譬于大数,若到戌会之终,则

---

①"混沌未分"四句:指盘古开天辟地的神话。据三国吴徐整《三五历记》:远古时候,天地是一团混沌,后来被盘古劈开,清气上升为天,浊气下降为地。
②"覆载群生"二句:这两句赞美天地的德行。例如宋代大学者朱熹解释《周易·系辞》的"天地之大德曰生"为:"仁者天地生物之心。"解释《周易·文言》"元者善之长"为:"便是万物资始之端。"
③造化:这里指世间万物的创造者。会元:宋思想家邵雍(谥号康节)的一种宇宙观。"会"和"元"都是时间单位,参见本回"'天地之数'至'人生于寅'"条注。
④《西游释厄传》:《西游记》故事,在历史上因为版本不同,曾经有多个称谓,如《西游记》、《西游证道书》等,明朱鼎臣编辑的《西游记》,题名《唐三藏西游释厄传》。
⑤挨排:依次排列。
⑥蹉(cuō):倾斜,下坠。
⑦人定:即亥时,相当于21点至23点,上下文涉及到的十二时辰名称有:鸡鸣(丑)、日出(卯)、食时(辰)、日中(午)、晡时(申)、日落(酉)、黄昏(戌)、人定(亥)。

天地昏矇而万物否矣①。再去五千四百岁，交亥会之初，则当黑暗，而两间人、物俱无矣②，故曰混沌。又五千四百岁，亥会将终，贞下起元③，近子之会，而复逐渐开明。邵康节曰："冬至子之半，天心无改移。一阳初动处，万物未生时④"。到此，天始有根。再五千四百岁，正当子会，轻清上腾，有日，有月，有星，有辰。日、月、星、辰，谓之四象；故曰天开于子。又经五千四百岁，子会将终，近丑之会，而遂渐坚实。《易》曰⑤："大哉乾元！至哉坤元！万物资生，乃顺承天⑥。"至此，地始凝结。再五千四百岁，正当丑会，重浊下凝，有水，有火，有山，有石，有土。水、火、山、石、土谓之五形⑦，故曰地辟于丑。又经五千四百岁，丑会终而寅会之初，发生万物。历曰："天气下降，地气上升；天地交合，群物皆生⑧。"至此，天清地爽，阴阳交合。再五千四百岁，正当寅会，生人，生兽，生禽，正谓天地人，三才定位⑨。故曰人

---

① 否(pǐ)：闭塞，这里指万物闭塞不生长。

② 两间：天地之间。

③ 贞下起元：儒家经典《周易》第一句是："乾，元、亨、利、贞。"后世学者认为此句意为天(乾)化育万物经历了元始、开通、和谐、贞固四个阶段，故用元、亨、利、贞来象征一个完整的阴阳相生的演化过程。"贞下起元"即"贞"阶段结束，复从"元"阶段开始，可以代表多种阴极阳生的现象，如冬去春来，夜尽日出，静极复动等。

④ "冬至子之半"四句：冬至是子月过了一半，天道并未改变。这个时候，阳气刚刚萌动，万物尚未生长。传统哲学认为冬至是阴尽阳生的初始时刻。

⑤ 《易》：本为占卜之书，后成为儒家"四书五经"之一。

⑥ "大哉乾元"四句：这四句摘录自《周易》的乾、坤二卦的《彖传》部分。大意是：天地之德是非常伟大的，是天下万物生长的依托，是顺承上天运行变化规律和意志的。

⑦ 五形：依《皇极经世》，构成地的元素为四种：水、火、土、石。吴澄《答田副使第三书》："水火土石，四者成形而共为地。"此云"五形"，当是一种衍义。

⑧ "天气下降"四句：出自《礼记·月令》："天气下降，地气上腾；天地和同，草木萌动。"

⑨ 三才：古以天、地、人为三才。也作"三材"。

生于寅①。

　　感盘古开辟，三皇治世②，五帝定伦③，世界之间，遂分为四大部洲④：曰东胜神洲，曰西牛贺洲，曰南赡部洲，曰北俱芦洲。这部书单表东胜神洲。海外有一国土，名曰傲来国⑤。国近大海，海中有一座名山，唤为花果山⑥。此山乃十洲之祖脉，三岛之来龙⑦，自开清浊而立，鸿濛判后而成。真个好山！有词赋为证。赋曰：

　　势镇汪洋，威宁瑶海。势镇汪洋，潮涌银山鱼入穴；威灵瑶海，

---

① "盖闻天地之数"至"人生于寅"一段：邵雍在《皇极经世》中提出一种宇宙观，即以30年为一世，12世为一运，30运为一会，12会为一元，故一元为129600年，是宇宙成毁一次的周期。邵雍以元、会、运、世之数来推演宇宙的演化和社会变迁。由于一日一夜也经历了昏暗—开明—昏暗的过程，类似微观的宇宙演化，所以从"且就一日而论"开始，用一日之中十二时辰的变化来比拟宇宙演化。从"譬于大数"开始，这一大段基本袭自宋末元初大学者吴澄《答田副使第三书》中的内容（明初张九韶编《理学类编》卷一收录），为吴澄对邵雍学说的进一步阐释，描述了从上一元末期（戌、亥两会）到下一元初期（子、丑、寅三会）的演化过程，为上一个世界的毁灭和下一个世界的创生。

② 三皇：传说中上古三位帝王，所指说法不一，按照汉班固的说法指伏羲、神农、燧人。他们的时代相当于中国的原始社会。

③ 五帝：传说中上古五位帝王，比"三皇"晚，一般认为是黄帝、颛顼、帝喾、尧、舜。他们统治的时代，开始形成文明，故称"五帝定伦"。

④ 四大部洲：又称四大洲、四天下，古印度的世界观，后被佛教吸收。认为世界正中为须弥山，山为咸海所围绕，海中四面各有一大陆，即如下文所说的四洲。南赡部洲，世德堂本原作"南膳部洲"，据上下文统一为"南赡部洲"。

⑤ 傲来国：此名不见于古籍记载，应是作者自拟的国名。

⑥ 花果山：较早见于唐宋时话本《大唐三藏取经诗话》。书中猴行者化作白衣秀才来辅佐唐玄奘，自称："我不是别人，我是花果山紫云洞八万四千铜头铁额猕猴王。"

⑦ 祖脉、来龙：都是堪舆（风水）学术语。风水师把山脉比成龙，祖脉、来龙即山脉的来源。

波翻雪浪蜃离渊①。木火方隅高积土②,东海之处耸崇巅。丹崖怪石,削壁奇峰。丹崖上,彩凤双鸣;削壁前,麒麟独卧。峰头时听锦鸡鸣,石窟每观龙出入。林中有寿鹿仙狐,树上有灵禽玄鹤。瑶草奇花不谢,青松翠柏长春。仙桃常结果,修竹每留云。一条涧壑藤萝密,四面原堤草色新。正是百川会处擎天柱,万劫无移大地根。

那座山,正当顶上,有一块仙石。其石有三丈六尺五寸高,有二丈四尺围圆。三丈六尺五寸高,按周天三百六十五度;二丈四尺围圆,按政历二十四气。上有九窍八孔,按九宫八卦③。四面更无树木遮阴,左右倒有芝兰相衬。盖自开辟以来,每受天真地秀,日精月华,感之既久,遂有灵通之意。内育仙胞,一日迸裂,产一石卵,似圆球样大。因见风,化作一个石猴,五官俱备,四肢皆全。便就学爬学走,拜了四方④。目运两道金光,射冲斗府⑤。惊动高天上圣大慈仁

---

① 蜃:大蛤。又,传说是蛟龙的一种,可以吐气结成海市蜃楼。
② 木火方隅高积土:根据后面说"连日东南风紧,把他送到西北岸前",可见花果山在东南方。按古代五行配五方的观念,东方属木,南方属火,花果山高耸于东南方位,故称"木火方隅高积土"。
③ "其石有三丈六尺五寸高"数句:这里仙石的尺寸和天地之数的巧合,都是为了附会说明孙悟空是"天地而生"的。古代天文学家把周天分为三百六十五度,一年分为二十四个节气。政历,即七政台历的省称,司天台根据七政运行颁布历法。七政指日月和五大行星七个天体,它们的运行可以为制定历法提供一些根据。九窍八孔,《庄子·知北游》:"九窍者胎生,八窍者卵生。"《大戴礼记》:"龁吞者八窍而卵生,咀嚼者九窍而胎生。"孙悟空是卵中孕育的石猴,兼具胎生和卵生的性质。九宫八卦,术数家所指的九个方位,一般指八卦所配的八方加上中央。八卦,参见第七回"八卦"条注。
④ 拜了四方:有的哺乳动物初生,有"拜四方"的现象。例如牛羊初生时尚不能站立,故学走时,往往屡屡摔倒,看上去犹如向各个方向朝拜。故民间有牛犊能拜四方的传说。明李一楫《月令采奇》卷四:"牛生则拜四方……此物则因时而报本也。"清张杰鑫《三侠剑》第一回:"羊羔下生,先拜天地,后拜四方,跪倒吃乳,乃为礼也。"
⑤ 斗府:星斗居住的地方,即天宫。

者玉皇大天尊玄穹高上帝①,驾座金阙云宫灵霄宝殿,聚集仙卿,见有金光焰焰,即命千里眼、顺风耳开南天门观看。二将果奉旨出门外,看的真,听的明。须臾回报道:"臣奉旨观听金光之处,乃东胜神洲海东傲来小国之界,有一座花果山,山上有一仙石,石产一卵,见风化一石猴,在那里拜四方,眼运金光,射冲斗府。如今服饵水食,金光将潜息矣。"玉帝垂赐恩慈曰:"下方之物,乃天地精华所生,不足为异。"

那猴在山中,却会行走跳跃,食草木,饮涧泉,采山花,觅树果;与狼虫为伴,虎豹为群,獐鹿为友,猕猿为亲;夜宿石崖之下,朝游峰洞之中。真是"山中无甲子②,寒尽不知年"。一朝天气炎热,与群猴避暑,都在松阴之下顽耍。你看他一个个:

跳树攀枝,采花觅果;抛弹子,邷么儿③;跑沙窝④,砌宝塔;赶蜻蜓,扑蚆蜡⑤;参老天,拜菩萨;扯葛藤,编草帓⑥;捉虱子,咬又捡;理毛衣⑦,剔指甲;挨的挨,擦的擦;推的推,压的压;扯的扯,拉的拉,青松林下任他顽,绿水涧边随洗濯。

---

① 高天上圣大慈仁者玉皇大天尊玄穹高上帝:即玉皇大帝,民间认为天神中权力最大者。实源于道教神灵之"玉皇",宋代之后渐与自古以来的最高天神"昊天上帝"相混。这里十八个字的全称,也并非官方的正式尊号,而是拼凑起来的。"高天上圣,大慈仁者",见《高上玉皇本行集经·玉皇功德品》。"玉皇大天尊,玄穹高上帝",见《弥罗宝诰》。

② 山中无甲子:传统纪年的方法叫"干支法",以十天干甲、乙、丙、丁、戊、己、庚、辛、壬、癸和十二地支子、丑、寅、卯、辰、巳、午、未、申、酉、戌、亥相配合纪年,也可以纪月日。干支的第一个配合为"甲子",故以"甲子"代指历日。

③ 邷(wǎ)么儿:一种儿童游戏,把碎瓦片磨成许多小块抓着玩,也称"抓子儿"。邷,用同"搲",也作"抓"。用勺舀或手作凹状抓取。

④ 跑:同"刨"。

⑤ 蚆蜡:同"八蜡",即蝗虫。上古的"八蜡"是对农业之神的一种祭祀,由于蝗灾为害较烈,后来人们兴建八蜡庙,专祭蝗神。"八蜡"即成为蝗虫的代称。

⑥ 帓:同"衿"。

⑦ 毛衣:毛发,皮毛。

一群猴子耍了一会,却去那山涧中洗澡。见那股涧水奔流,真个似滚瓜涌溅。古云:"禽有禽言,兽有兽语。"众猴都道:"这股水不知是那里的水。我们今日赶闲无事,顺涧边往上溜头寻看源流,耍子去耶①!"喊一声,都拖男挈女②,呼弟呼兄,一齐跑来,顺涧爬山,直至源流之处,乃是一股瀑布飞泉。但见那:

　　一派白虹起,千寻雪浪飞。
　　海风吹不断,江月照还依。
　　冷气分青嶂,余流润翠微③。
　　潺潺名瀑布④,真似挂帘帷。

众猴拍手称扬道:"好水! 好水! 原来此处远通山脚之下,直接大海之波。"又道:"那一个有本事的,钻进去寻个源头出来,不伤身体者,我等即拜他为王。"连呼了三声,忽见丛杂中跳出一个石猴,应声高叫道:"我进去! 我进去!"好猴! 也是他:

　　今日芳名显,时来大运通。
　　有缘居此地,天遣入仙宫⑤。

你看他瞑目蹲身,将身一纵,径跳入瀑布泉中,忽睁睛抬头观看,那里边却无水无波,明明朗朗的一架桥梁。他住了身,定了神,仔细再看,原来是座铁板桥。桥下之水,冲贯于石窍之间,倒挂流出去,遮闭了桥门。却又欠身上桥头,再走再看,却似有人家住处一般,真个好所在。但见那:

翠藓堆蓝,白云浮玉,光摇片片烟霞。虚窗静室,滑凳板生花。乳窟龙珠倚挂⑥,萦回满地奇葩。锅灶傍崖存火迹,樽罍靠案见肴渣⑦。石座石床真可爱,石盆石碗更堪夸。又见那一竿两竿修竹,三

---

①耍子:玩耍。
②挈:携带,率领。
③翠微:指青翠掩映的山腰幽深处。
④潺潺:水流的样子。
⑤天遣:原作"王遣",据李卓吾评本改。
⑥乳窟:长满钟乳石的洞窟。
⑦樽罍(léi):盛酒的容器,樽像后世的杯子,罍像后世的坛子。

点五点梅花。几树青松常带雨,浑然像个人家①。

　　看罢多时,跳过桥中间,左右观看,只见正当中有一石碣②。碣上有一行楷书大字,镌着"花果山福地,水帘洞洞天"③。石猴喜不自胜,急抽身往外便走。复瞑目蹲身,跳出水外,打了两个呵呵,道:"大造化!大造化!"众猴把他围住,问道:"里面怎么样?水有多深?"石猴道:"没水!没水!原来是一座铁板桥。桥那边是一座天造地设的家当。"众猴道:"怎见得是个家当?"石猴笑道:"这股水乃是桥下冲贯石桥,倒挂下来遮闭门户的。桥边有花有树,乃是一座石房。房内有石窝、石灶、石碗、石盆、石床、石凳。中间一块石碣上,镌着'花果山福地,水帘洞洞天'。真个是我们安身之处。里面且是宽阔,容得千百口老小。我们都进去住,也省得受老天之气。这里边:

　　　　刮风有处躲,下雨好存身。
　　　　霜雪全无惧,雷声永不闻。
　　　　烟霞常照耀,祥瑞每蒸薰。
　　　　松竹年年秀,奇花日日新。"

　　众猴听得,个个欢喜,都道:"你还先走,带我们进去,进去!"石猴却又瞑目蹲身,往里一跳,叫道:"都随我进来!进来!"那些猴有胆大的,都跳进去了;胆小的,一个个伸头缩颈,抓耳挠腮,大声叫喊,缠一会,也都进去了。跳过桥头,一个个抢盆夺碗,占灶争床,搬过来,移过去,正是猴性顽劣,再无一个宁时,只搬得力倦神疲方止。

　　石猿端坐上面道:"列位呵,'人而无信,不知其可'④。你们才说

---

① 像:原作"相",世德堂本凡"像"字多作"相",今统改为"像",后不出注。
② 石碣:圆头的石碑。
③ 水帘洞:水帘洞的名字,较早见于《唐三藏西天取经》杂剧,其中一段关于孙行者的台词:"花果山有神祇,水帘洞影幽微。"又,朝鲜古代汉语教科书《朴通事谚解》记载:"西域有花果山,山下有水帘洞,洞前有铁板桥,桥下有万丈洞,洞边有万个小洞,洞里多猴。"
④ 人而无信,不知其可:出自《论语》。意为人如果不讲信用,真不知道他该怎么做人了。

有本事进得来,出得去,不伤身体者,就拜他为王。我如今进来又出去,出去又进来,寻了这一个洞天与列位安眠稳睡,各享成家之福,何不拜我为王?"众猴听说,即拱伏无违。一个个序齿排班①,朝上礼拜,都称"千岁大王"。自此,石猿高登王位,将"石"字儿隐了,遂称美猴王。有诗为证。诗曰:

> 三阳交泰产群生②,仙石胞含日月精。
> 借卵化猴完大道,假他名姓配丹成③。
> 内观不识因无相,外合明知作有形。
> 历代人人皆属此,称王称圣任纵横④。

美猴王领一群猿猴、猕猴、马猴等,分派了君臣佐使,朝游花果

---

① 序齿排班:按照年龄的顺序排列队伍。
② 三阳交泰:也称"三阳开泰",古人用十二个月配合《周易》十二个卦象,十一月冬至为复卦,卦象为☷☳,一阳生;十二月为临卦,卦象为☷☱,二阳生;正月为泰卦,卦象为☷☰,三阳生。《周易·泰卦》:"天地交,泰。"故称"交泰"。天地之气融合,万物生长。
③ "借卵化猴完大道"二句:道教所谓使人长生不老的"金丹",有外丹和内丹两种。外丹是用矿物质烧炼成的,实际多具毒性。唐宋以后,道教徒逐渐抛弃了外丹,而认为用人体为炉鼎,用体内的精、气、神作药物,可以炼成"内丹"。现实中这个肉体(又叫"色身")是"假我","假我"是会消亡的,但无可凭借之余,也只能借助它来修炼先天的"真我"。即所谓"借假修真"。这里的卵、猴、名姓,指的是外在的有形有质之物,都是修丹得道的物质基础。大道、丹成,内丹术认为普通生命过程是"虚化神,神化气,气化精,精化形"的顺序过程,而内丹要反演这个过程,即"炼精化气,炼气化神,炼神返虚,炼虚合道",所以把丹成和得大道等同起来。
④ "内观不识因无相"四句:内丹家认为:炼内丹即是炼心(确切指炼心中之元神,参见第二回"显密圆通真妙诀"以下诸条注)。此四句意为内观自心,无形无相,似乎无法认识;但与外界万事万物无不合同,所以万事万物无不是心的外在体现。历代所有修行人都应从此入手,明心见性,才能成就仙佛。传明代尹真人弟子所著《性命双修万神圭旨》(以下简称《性命圭旨》)称:灵明之心,"最玄最妙,通圣通灵",故称之为王。

山,暮宿水帘洞,合契同情①,不入飞鸟之丛,不从走兽之类,独自为王,不胜欢乐。是以:

  春采百花为饮食,夏寻诸果作生涯。
  秋收芋栗延时节,冬觅黄精度岁华②。

  美猴王享乐天真,何期有三五百载。一日,与群猴喜宴之间,忽然忧恼,堕下泪来。众猴慌忙罗拜道:"大王何为烦恼?"猴王道:"我虽在欢喜之时,却有一点儿远虑,故此烦恼。"众猴又笑道:"大王好不知足!我等日日欢会,在仙山福地,古洞神洲,不伏麒麟辖,不伏凤凰管,又不伏人间王位所拘束,自由自在,乃无量之福,为何远虑而忧也?"猴王道:"今日虽不归人王法律,不惧禽兽威严,将来年老血衰,暗中有阎王老子管着,一旦身亡,可不枉生世界之中,不得久注天人之内?"

  众猴闻此言,一个个掩面悲啼,俱以无常为虑③。只见那班部中,忽跳出一个通背猿猴④,厉声高叫道:"大王若是这般远虑,真所谓道心开发也!如今五虫之内⑤,惟有三等名色,不伏阎王老子所管。"猴王道:"你知那三等人?"猿猴道:"乃是佛与仙与神圣三者,躲过轮回⑥,不生不灭,与天地山川齐寿。"猴王道:"此三者居于何所?"

---

① 合契:意气相投。
② 黄精:药草名,又名黄芝、野生姜、仙人余粮,形似嫩姜。
③ 无常:佛教认为世间一切事物不能久住,都处于生灭变异之中。后以无常代死亡。
④ 通背猿猴:一种传说中的猿猴,周索《孝子传》:"猿……通臂轻巢善缘。"清王士禛《池北偶谈》卷十八《明宗室画》载,南方有一种黑猿,二臂相通,一臂渐缩,则一臂渐长。
⑤ 五虫:古人把动物分为五类,即羽虫(禽类)、毛虫(兽类)、甲虫(昆虫类)、鳞虫(鱼类)、倮(luǒ,义同"裸",无毛)虫(人类),合称"五虫"。见《大戴礼记·易本命》。
⑥ 轮回:佛教认为生命死亡之后,还会投胎出生,继续生老病死的过程,像轮子一样循环不止。后道教和民间亦多袭用此说。

猿猴道："他只在阎浮世界之中①,古洞仙山之内。"猴王闻之,满心欢喜,道："我明日就辞汝等下山,云游海角,远涉天涯,务必访此三者,学一个不老长生,常躲过阎君之难。"

噫!这句话,顿教跳出轮回网,致使齐天大圣成。众猴鼓掌称扬,都道："善哉!善哉!我等明日越岭登山,广寻些果品,大设筵宴送大王也。"次日,众猴果去采仙桃,摘异果,刨山药,劚黄精②,芝兰香蕙,瑶草奇花,般般件件,整整齐齐,摆开石凳石桌,排列仙酒仙肴。但见那:

金丸珠弹,红绽黄肥。金丸珠弹腊樱桃,色真甘美;红绽黄肥熟梅子,味果香酸。鲜龙眼,肉甜皮薄;火荔枝,核小囊红。林檎碧实连枝献③,枇杷缃苞带叶擎④。兔头梨子鸡心枣,消渴除烦更解酲⑤。香桃烂杏,美甘甘似玉液琼浆;脆李杨梅,酸荫荫如脂酥膏酪。红囊黑子熟西瓜,四瓣黄皮大柿子。石榴裂破,丹砂粒现火晶珠;芋栗剖开,坚硬肉团金玛瑙。胡桃银杏可传茶,椰子葡萄能做酒。榛松榧柰满盘盛⑥,橘蔗柑橙盈案摆。熟煨山药,烂煮黄精,捣碎茯苓并薏苡⑦,石锅微火漫炊羹。人间纵有珍馐味,怎比山猴乐更宁?

群猴尊美猴王上坐,各依齿肩排于下边,一个个轮流上前,奉酒,奉花,奉果,痛饮了一日。次日,美猴王早起,教："小的们,替我折些枯松,编作筏子,取个竹竿作篙,收拾些果品之类,我将去也。"果独自登筏,尽力撑开,飘飘荡荡,径向大海波中,趁天风,来渡南赡

---

① 阎浮世界:梵语音译,即阎浮提,即所谓"南赡部洲",人类居住的世界。
② 劚(zhǔ):挖掘。
③ 林檎:一种水果,又称花红、沙果,味甜。
④ 缃:浅黄色。
⑤ 解酲:当作"解酲(chéng)"。酲,酒醉后神志不清。
⑥ 榧(fěi):香榧树的果实,两头尖,果仁可以吃。柰(nài):柰树的果实,和"林檎"同类。
⑦ 茯苓:寄生在松树根上的菌类植物,白色或粉红色,可以入药。薏苡:一种草本植物的果实,像珍珠,可以吃,也可以入药。

部洲地界。这一去,正是那:

　　天产仙猴道行隆,离山驾筏趁天风。
　　飘洋过海寻仙道,立志潜心建大功。
　　有分有缘休俗愿,无忧无虑会元龙①。
　　料应必遇知音者,说破源流万法通。

也是他运至时来,自登木筏之后,连日东南风紧,将他送到西北岸前,乃是南赡部洲地界。持篙试水,偶得浅水,弃了筏子,跳上岸来。只见海边有人捕鱼、打雁、窫蛤②、淘盐。他走近前,弄个把戏,妆个㺄虎③,吓得那些人丢筐弃网,四散奔跑。将那跑不动的拿住一个,剥了他的衣裳,也学人穿在身上,摇摇摆摆,穿州道府,在于市廛中学人礼④,学人话。朝餐夜宿,一心里访问佛仙神圣之道,觅个长生不老之方。见世人都是为名为利之徒,更无一个为身命者。正是那:

　　争名夺利几时休?早起迟眠不自由。
　　骑着驴骡思骏马,官居宰相望王侯。
　　只愁衣食耽劳碌,何怕阎君就取勾?
　　继子荫孙图富贵,更无一个肯回头。

猴王参访仙道,无缘得遇。在于南赡部洲,串长城,游小县,不觉八九年余。忽行至西洋大海,他想着海外必有神仙。独自个依前作筏,又飘过西海,直至西牛贺洲地界。登岸遍访多时,忽见一座高山秀丽,林麓幽深。他也不怕狼虫,不惧虎豹,登在山顶上观看。果是好山:

　　千峰排戟,万仞开屏。日映岚光轻锁翠,雨收黛色冷含青。瘦藤

---

①元龙:即"元阳",道教将元阳视为人体阳气的根本,这里指得道。《云笈七签》卷五十六《元气论》:"阳气化为元龙,阴气化为玉女。"
②窫(wā):挖,掘。
③㺄(qiā)虎:吓唬人的人。
④市廛(chán):店铺集中的市区。廛,商人存储货物的地方。

缠老树,古渡界幽程。奇花瑞草,修竹乔松。修竹乔松,万载常青欺福地;奇花瑞草,四时不谢赛蓬瀛①。幽鸟啼声近,源泉响溜清。重重谷壑芝兰绕,处处巉崖苔藓生②。起伏峦头龙脉好,必有高人隐姓名。

正观看间,忽闻得林深之处,有人言语,急忙趋步,穿入林中,侧耳而听,原来是歌唱之声。歌曰:

  观棋柯烂③,伐木丁丁,云边谷口徐行。
  卖薪沽酒,狂笑自陶情。
  苍径秋高对月,枕松根,一觉天明。
  认旧林,登崖过岭,持斧断枯藤。
  收来成一担,行歌市上,易米三升。
  更无些子争竞④,时价平平,
  不会机谋巧算,没荣辱,恬淡延生。
  相逢处,非仙即道,静坐讲《黄庭》⑤。

美猴王听得此言,满心欢喜道:"神仙原来藏在这里!"即忙跳入里面,仔细再看,乃是一个樵子,在那里举斧砍柴。但看他打扮非常:

头上带箬笠,乃是新笋初脱之箨⑥。身上穿布衣,乃是木绵捻就之纱。腰间系环绦,乃是老蚕口吞之丝。足下踏草履,乃是枯莎搓就之爽⑦。手执衠钢斧⑧,担挽火麻绳⑨。扳松劈枯树,争似此樵能!

---

① 蓬瀛:蓬莱和瀛洲,都是仙岛名,传说中海上神仙居住的地方。
② 巉(chán)崖:险峻陡峭的山崖。
③ 观棋柯烂:参见第十回"烂柯经"条注。
④ 些子:一点儿。
⑤ 《黄庭》:指《黄庭经》,是道教上清派的重要经典,也被内丹家奉为修炼内丹的重要经典。《西游记》全书含有内丹修炼的寓意,在这里,樵子了解《黄庭经》是符合主旨的。
⑥ 箨(tuò):竹笋皮,竹长成逐渐脱落。俗称笋壳。
⑦ 爽:同"緉",草鞋上的绞绳。
⑧ 衠(zhūn)钢斧:纯钢斧。衠,真,纯。
⑨ 火麻:又名大麻、绳麻,通常所用的麻绳、麻布、渔网等即用火麻纤维制成。

猴王近前叫道:"老神仙,弟子起手①。"那樵汉慌忙丢了斧,转身答礼道②:"不当人③!不当人!我拙汉衣食不全,怎敢当'神仙'二字?"猴王道:"你不是神仙,如何说出神仙的话来?"樵夫道:"我说甚么神仙话?"猴王道:"我才来至林边,只听的你说:'相逢处,非仙即道,静坐讲《黄庭》。'《黄庭》乃道德真言,非神仙而何?"樵夫笑道:"实不瞒你说,这个词名做《满庭芳》,乃一神仙教我的。那神仙与我舍下相邻。他见我家事劳苦,日常烦恼,教我遇烦恼时,即把这词儿念念。一则散心,二则解困。我才有些不足处思虑,故此念念。不期被你听了。"猴王道:"你家既与神仙相邻,何不从他修行?学得个不老之方,却不是好?"樵夫道:"我一生命苦,自幼蒙父母养育。至八九岁,才知人事,不幸父丧,母亲居孀。再无兄弟姊妹,只我一人,没奈何,早晚侍奉。如今母老,一发不敢抛离。却又田园荒芜,衣食不足,只得斫两束柴薪,挑向市廛之间,货几文钱,籴几升米,自炊自造,安排些茶饭,供养老母,所以不能修行④。"

猴王道:"据你说起来,乃是一个行孝的君子,向后必有好处。但望你指与我那神仙住处,却好拜访去也。"樵夫道:"不远,不远。此山叫做灵台方寸山,_{原注:灵台方寸,心也。}山中有座斜月三星洞⑤,原

---

① 起手:即"稽首",道教徒举一手向人行礼。
② 答礼:原作"的礼",据李卓吾评本改。
③ 不当人:也说"不当人子",是"罪过"的意思,意思是对尊长不敬。
④ "我一生命苦"数句:孙悟空拜师的故事,当受了禅宗祖师五祖弘忍、六祖慧能等求法故事的影响。这里樵夫的话,非常类似《坛经》记载的慧能在求法之前的经历:"此身不幸,父又早亡,老母孤遗,移来南海;艰辛贫乏,于市卖柴。"又禅宗史著作《祖堂集》记载有一位客人向慧能买柴,并问他为何不去修行,慧能说:"缘有老母,家乏欠阙。如何抛母,无人供给。"
⑤ 灵台方寸山、斜月三星洞:山名和洞名,都是"心"字的隐语。灵台,指心,出自《庄子·庚桑楚》:"不可内于灵台。"心处于胸中一寸见方之处,所以又叫方寸(有时也将脑部"元神"所居之处称为方寸)。宋秦观《南歌子》:"天外一钩残月带三星。"即喻"心"字。斜月,指心字的斜钩。三星,指心字的三点。道教内丹著作《修真十书·杂著指玄篇·偃月炉图》:"三点如星势,横钩似月斜。"

注:斜月象一勾,三星象三点,也是心。言学仙不必在远,只在此心。那洞中有一个神仙,称名须菩提祖师①。那祖师出去的徒弟,也不计其数,见今还有三四十人从他修行。你顺那条小路儿,向南行七八里远近,即是他家了。"猴王用手扯住樵夫道:"老兄,你便同我去去。若还得了好处,决不忘你指引之恩。"樵夫道:"你这汉子,甚不通变。我方才这般与你说了,你还不省?假若我与你去了,却不误了我的生意?老母何人奉养?我要斫柴,你自去,自去。"猴王听说,只得相辞。出深林,找上路径,过一山坡,约有七八里远,果然望见一座洞府。挺身观看,真好去处。但见:

烟霞散彩,日月摇光。千株老柏,万节修篁②。千株老柏,带雨半空青冉冉;万节修篁,含烟一壑色苍苍。门外奇花布锦,桥边瑶草喷香。石崖突兀青苔润,悬壁高张翠藓长。时闻仙鹤唳,每见凤凰翔。仙鹤唳时,声振九皋霄汉远③;凤凰翔起,翎毛五色彩云光。玄猿白鹿随隐见,金狮玉象任行藏。细观灵福地,真个赛天堂!

又见那洞门紧闭,静悄悄杳无人迹。忽回头,见崖头立一石碑,约有三丈余高、八尺余阔,上有一行十个大字,乃是"灵台方寸山,斜月三星洞"。美猴王十分欢喜,道:"此间人果是朴实。果有此山此洞。"看勾多时④,不敢敲门。且去跳上松枝梢头⑤,摘松子吃了顽耍。

少顷间,只听得呀的一声,洞门开处,里面走出一个仙童,真是丰姿英伟,像貌清奇,比寻常俗子不同。但见他:

---

① 须菩提祖师:这是一个糅合佛、道两教的人物。须菩提本是释迦牟尼的大弟子之一,意译为"空生",号称"解空第一"、"志在空寂",是佛陀最善解"空理"的弟子,故他为猴王命名"孙悟空"。
② 修篁:修长的竹子。
③ 九皋:曲折深远的沼泽。《诗经·小雅·鹤鸣》:"鹤鸣于九皋。"故后多指仙鹤鸣叫的地方。
④ 勾:和后文的"彀"都是"够"的异体字,下不出注。
⑤ 梢:原作"稍"。世德堂本"梢""稍"通用,今随文改为常用字,后不出注。

鬌髻双丝绾①,宽袍两袖风。
　　貌和身自别,心与相俱空。
　　物外长年客,山中永寿童。
　　一尘全不染,甲子任翻腾②。

那童子出得门来,高叫道:"甚么人在此搔扰?"猴王扑的跳下树来,上前躬身道:"仙童,我是个访道学仙之弟子,更不敢在搔扰。"仙童笑道:"你是个访道的么?"猴王道:"是。"童子道:"我家师父,正才下榻,登坛讲道。还未说出原由,就教我出来开门。说:'外面有个修行的来了,可去接待接待。'想必就是你了?"猴王笑道:"是我,是我。"童子道:"你跟我进来。"

这猴王整衣端肃,随童子径入洞天深处观看:一层层深阁琼楼,一进进珠宫贝阙③,说不尽那静室幽居。直至瑶台之下。见那菩提祖师端坐在台上,两边有三十个小仙侍立台下。果然是:

　　大觉金仙没垢姿④,西方妙相祖菩提。
　　不生不灭三三行⑤,全气全神万万慈⑥。

---

①鬌(zhuā)髻:梳在头顶两旁或脑后的发髻。
②甲子任翻腾:我国传统的干支纪年法,以十天干依次配十二地支,从"甲子"开始,六十年一个循环,又回到"甲子"。"甲子任翻腾"指任凭纪年循环往复、岁月流逝。
③珠宫贝阙:珍珠、紫贝装饰的宫殿,指神仙住的地方。语出《楚辞·河伯》,称河伯的住所为"紫贝阙兮珠宫"。
④大觉金仙:宋徽宗时期崇道贬佛,改称释迦牟尼为"大觉金仙"。此处以"大觉金仙"形容须菩提祖师,似有融合佛道的意味。
⑤三三行:佛教有"三三昧"的修行。三三昧,又称三解脱门,是进入涅槃(超脱生死轮回)的三道门槛。一是空解脱,二是无相解脱,三是无愿解脱,大致内容是要认识到事物及各自的差异虚幻不实,无论生与死,都不要刻意去追求。道教也有"三三"的说法。如《性命圭旨·元集》说"前三三,后三三,收拾起,一担担",《修真辨难参证》认为指的是人体正面和背后各有三关,通关即能通任督二脉,是修成内丹的必经之途。
⑥全气全神:道教认为人初生时有未曾破损的"元气""元神",但随着长大成人逐渐消耗。全气全神指通过清净心地,收心敛意等修炼,回复到本初的境界。元代道士李道纯《中和集》称,全真道人应当行全真之道,所谓全真者,就是全其本真,"全精、全气、全神,方谓之全真。才有欠缺,便不全也"。

空寂自然随变化①,真如本性任为之②。

与天同寿庄严体,历劫明心大法师③。

美猴王一见,倒身下拜,磕头不计其数,口中只道:"师父!师父!我弟子志心朝礼!志心朝礼!"祖师道:"你是那方人氏?且说个乡贯姓名明白④,再拜。"猴王道:"弟子乃东胜神洲傲来国花果山水帘洞人氏。"祖师喝令:"赶出去!他本是个撒诈捣虚之徒,那里修甚么道果!"猴王慌忙磕头不住,道:"弟子是老实之言,决无虚诈。"祖师道:"你既老实,怎么说东胜神洲?那去处到我这里,隔两重大海,一座南赡部洲,如何就得到此?"猴王叩头道:"弟子飘洋过海,登界游方⑤,有十数个年头,方才访到此处。"祖师道:"既是逐渐行来的也罢。你姓甚么?"猴王又道:"我无性。人若骂我,我也不恼;若打我,我也不嗔,只是陪个礼儿就罢了。一生无性⑥。"祖师道:"不是这个性。你父母原来姓甚么?"猴王道:"我也无父母。"祖师道:"既无父母,想是树上生的?"猴王道:"我虽不是树上生,却是石里长的。我只记得花果山上有一块仙石,其年石破,我便生也。"

祖师闻言,暗喜道:"这等说,却是个天地生成的。你起来走走我看。"猴王纵身跳起,拐呀拐的走了两遍。祖师笑道:"你身躯虽是

---

① 空寂:佛教认为事物没有不变不灭的本性,本无生灭。无诸相(一切事物的形相)曰空,无起灭曰寂。

② 真如:原为佛教用语,佛教认为用语言、思维表达事物的真相,终归是不究竟的,难以恰到好处,只能用"如"形容,即"照那样子"。道教用来指道性、真性,是蕴含在万事万物中统一的先天本性。

③ 历劫:指经历过宇宙的成毁。劫,梵语"劫波"的音译,指世界从生成到毁灭一次的周期,佛教认为世界经历若千万年毁灭一次再重新开始,这样一个周期叫做一"劫"。

④ 乡贯:家乡,籍贯。

⑤ 登界游方:登临各处地界,云游四方。

⑥ 无性:宋释契嵩《传法正宗记》等书记载四祖道信遇到七岁的弘忍,问他姓什么。弘忍回答说"没有常姓",因为"其姓(性)空故"。道信大为惊奇,收他为徒,后来弘忍成为禅宗五祖。

鄙陋，却像个食松果的猢狲。我与你就身上取个姓氏，意思教你姓'猢'。猢字去了个兽傍，乃是个古月。古者，老也；月者，阴也。老阴不能化育①，教你姓'狲'倒好。狲字去了兽傍，乃是个子系②。子者，儿男也；系者，婴细也。正合婴儿之本论③。教你姓'孙'罢。"

　　猴王听说，满心欢喜，朝上叩头道："好！好！好！今日方知姓也。万望师父慈悲！既然有姓，再乞赐个名字，却好呼唤。"祖师道："我门中有十二个字，分派起名，到你乃第十辈之小徒矣。"猴王道："那十二个字？"祖师道："乃广、大、智、慧、真、如、性、海、颖、悟、圆、觉十二字。排到你，正当'悟'字④。与你起个法名叫做'孙悟空'好么？"猴王笑道："好！好！好！自今就叫做孙悟空也！"正是：

　　　　鸿濛初辟原无姓，打破顽空须悟空⑤。
　　毕竟不知向后修些甚么道果，且听下回分解。

---

①老阴不能化育：我国古代哲学中，万事万物的特性都可以概括成阴（弱小、消极、衰老、僵化等）、阳（强大、积极、生长、活跃等）两个方面，老阴是消极、衰老、僵化等因素已达极致，犹如老妇不能生子，枯木不能生叶。如《周易·姤》卦"女壮，勿用取女"，清魏荔彤《大易通解》释："已壮之阴，老阴也，不宜室家（婚配），取之不能生育，如士夫得其老妇。"内丹修炼讲究在体内培育"圣胎"，所以此处避讳不能生育的字眼。

②子系：合起来是繁体的"孙"字。

③婴儿之本论：即婴儿一词的本意。道教认为内丹修炼到高级阶段可以出现"圣胎"，就是所谓的"婴儿"，它是由人体内精、气、神凝结成的，时机成熟，即可如同婴儿降生一样，将其移出体外，从而抛弃原来的躯壳，超凡入圣。

④悟：原作"悞"，世德堂本"悟""误""悞"常混用，今随文改正，后不出注。

⑤顽空：佛教、道教用语。指一种没有生机、僵死的修炼状态。宋代白玉蟾《修仙辨惑论》认为："日谈演问答，乃是干慧；长年枯兀昏沉，乃是顽空。然天仙之学，如水精盘中之珠。"

第二回

悟彻菩提真妙理① 断魔归本合元神②

话表美猴王得了姓名,怡然踊跃,对菩提前作礼启谢。那祖师即命大众引孙悟空出二门外,教他洒扫应对、进退周旋之节。众仙奉行而出。悟空到门外,又拜了大众师兄,就于廊庑之间③,安排寝处。次早,与众师兄学言语礼貌,讲经论道,习字焚香,每自如此。闲时即扫地锄园,养花修树,寻柴燃火,挑水运浆。凡所用之物,无一不备。在洞中不觉倏六七年。一日,祖师登坛高坐,唤集诸仙,开讲大道。真个是:

天花乱坠,地涌金莲。妙演三乘教④,精微万法全。慢摇麈尾喷珠玉⑤,响振雷霆动九天。说一会道,讲一会禅,三家配合本如然⑥。

---

① 菩提:佛教名词。用以指豁然彻悟的境界,又指觉悟的智慧和途径。这里也兼指孙悟空悟到了须菩提祖师传授的"妙理"。
② 元神:也称"元性""先天之性""先天一点灵光"等,道教内丹家指先天的意识。据宋张伯端《玉清金笥青华秘文金宝内炼丹诀》(以下简称《青华秘文》),元神是降生之初即进入体内的,但长成之后,元神受到蒙蔽,思维、行为等都受后天意识(也称"欲神")支配,需要徐徐铲除后天情性带来的这种意识,使本来面目显现出来,这是开始修习内丹时的重要环节。所谓断魔、归本,即指这个返本还源的过程。
③ 廊庑:堂下周围的走廊。
④ 三乘教:佛法分大乘、中乘、小乘;道教分大乘上法、中乘中法、小乘初法。均统称"三乘"。乘,即载运,修行者认为学习教法可以把人运到成仙成佛的彼岸。
⑤ 麈(zhǔ)尾:古人闲谈时执以驱虫、掸尘的用具,在木柄两边及上端插设兽毛,或直接让兽毛垂露外面,类似马尾松。因古代传说麈(一种大鹿)迁徙时,以前麈之尾为方向标志,故称。后古人清谈时必执麈尾,相沿成习,为名流雅器,不谈时,亦常执在手。
⑥ 三家:指儒、释、道三家。

开明一字皈诚理,指引无生了性玄①。

　　孙悟空在傍闻讲,喜得他抓耳挠腮,眉花眼笑。忍不住手之舞之,足之蹈之。忽被祖师看见,叫孙悟空道:"你在班中,怎么颠狂跃舞,不听我讲?"悟空道:"弟子诚心听讲,听到老师父妙音处,喜不自胜,故不觉作此踊跃之状。望师父恕罪!"祖师道:"此既识妙音,我且问你,你到洞中多少时了?"悟空道:"弟子本来懵懂,不知多少时节。只记得灶下无火,常去山后打柴,见一山好桃树,我在那里吃了七次饱桃矣。"祖师道:"那山唤名烂桃山。你既吃七次,想是七年了。你今要从我学些甚么道?"悟空道:"但凭尊师教诲,只是有些道气儿,弟子便就学了。"

　　祖师道:"'道'字门中有三百六十傍门②,傍门皆有正果。不知你学那一门哩?"悟空道:"凭尊师意思。弟子倾心听从。"祖师道:"我教你个'术'字门中之道,如何?"悟空道:"术门之道怎么说?"祖师道:"术字门中,乃是些请仙扶鸾③,问卜揲蓍④,能知趋吉避凶之理。"悟空道:"似这般可得长生么?"祖师道:"不能,不能。"悟空道:"不学!不学!"

---

① "开明一字皈诚理"二句:大意是:开示出至简至约而使人诚心皈依的法理,指引出那无生无灭的至高境界而使本性归于虚空的玄妙真谛。皈诚,诚心皈依。了性,内丹术语,与"了命"相对。了,完毕,结束。了命,指超越生命规律的控制,即"长生"。了性,指进一步连自我意识都熄灭掉,达到"无生",即与虚空同体。

② 傍门:道教内丹家以修炼内丹为正道,其他的都是"傍门"。一般也说三千六百旁门。托名钟离权、吕洞宾问答的《钟吕传道集·论大道》等书列举了斋戒、休粮、烧炼等数十种"傍门",并认为这都不能真正得道,与菩提祖师所言类似。

③ 扶鸾:即扶乩,一种占卜活动,在丁字形木架或簸箕边缘插一支木笔,架放在沙盘上,两人用手指对面扶住。由于木笔不稳,就会在沙盘上移动。观察沙盘上的痕迹以定吉凶。传说神仙降临的时候总是驾着鸾凤来,所以也叫扶鸾。

④ 揲蓍(shé shī):一种占卜活动。揲,点数的意思。蓍,一种草,古人用来占卜。通过一定的规程计点蓍草的数目来定吉凶。

祖师又道:"教你'流'字门中之道①,如何?"悟空又问:"流字门中,是甚义理?"祖师道:"流字门中,乃是儒家、释家、道家、阴阳家、墨家、医家,或看经,或念佛,并朝真降圣之类②。"悟空道:"似这般可得长生么?"祖师道:"若要长生,也似'壁里安柱'。"悟空道:"师父,我是个老实人,不晓得打市语③。怎么谓之'壁里安柱'?"祖师道:"人家盖房,欲图坚固,将墙壁之间,立一顶柱,有日大厦将颓,他必朽矣。"悟空道:"据此说,也不长久。不学!不学!"

祖师道:"教你'静'字门中之道,如何?"悟空道:"静字门中,是甚正果?"祖师道:"此是休粮守谷④,清静无为,参禅打坐,戒语持斋,或睡功,或立功,并入定坐关之类⑤。"悟空道:"这般也能长生么?"祖师道:"也似'窑头土坯'⑥。"悟空笑道:"师父果有些滴𠺕⑦。一行说我不会打市语⑧。怎么谓之'窑头土坯'?"祖师道:"就如那窑头上,造成砖瓦之坯,虽已成形,尚未经水火煅炼,原注:道家只在水火既

---

① 流:这里指学术流派。自战国以后,原来由贵族垄断的学术开始分化,出现了各种流派,依照汉代班固的说法,分为九流:儒家、道家、阴阳家、法家、名家、墨家、纵横家、杂家、农家。
② 朝真降圣:朝真,即朝礼神真,道教徒存想自己乘云升空,朝见神灵真仙。降圣,请神仙降临。
③ 市语:行话,行业内部的专门隐语。
④ 休粮守谷:休粮,即"辟谷",通过不吃或少吃东西达到神清体健的效果,道教的一种修炼方法。守谷,即守谷神,道教的一种修炼方法。谷,保养。神,指五脏神。《老子》"谷神不死"河上公注:"人能养神则不死,神谓五藏之神也。"金王处一(全真七子之一)《养浩吟》:"颐真养性存精秀,聚汞烹铅守谷神。"
⑤ 入定坐关:入定,修炼方法,收心打坐,不起杂念,使心达到既不纷驰又不昏沉的一种安和状态。坐关,一种修炼方法,把自己禁闭在房间或山洞里,与外界隔绝一定的时间。
⑥ 窑头土坯:传吕洞宾《窑头坯歌》:"窑头坯,随雨破,只是未曾经水火。若经水火烧成砖,留向世间住万年。"
⑦ 滴𠺕:噜苏,不爽快。
⑧ 一行:一向,一直。

济,才能得手。一朝大雨滂沱,他必滥矣。"悟空道:"也不长远。不学!不学!"

祖师道:"教你'动'字门中之道①,如何?"悟空道:"动门之道,却又怎么?"祖师道:"此是有为有作,采阴补阳,攀弓踏弩②,摩脐过气③,用方炮制,烧茅打鼎④,进红铅,炼秋石⑤,并服妇乳之类。"悟空道:"似这等也得长生么?"祖师道:"此欲长生,亦如'水中捞月'。"悟空道:"师父又来了!怎么叫做'水中捞月'?"祖师道:"月在长空,水中有影,虽然看见,只是无捞摸处,到底只成空耳。"悟空道:"也不学!不学!"

祖师闻言,咄的一声,跳下高台,手持戒尺,指定悟空道:"你这猢狲,这般不学,那般不学,却待怎么?"走上前,将悟空头上打了三下,倒背着手,走入里面,将中门关了,撇下大众而去。唬得那一班听讲的⑥,人人惊惧,皆怨悟空道:"你这泼猴,十分无状⑦!师父传你道法,如何不学,却与师父顶嘴?这番冲撞了他,不知几时才出来呵!"此时俱甚报怨他,又鄙贱嫌恶他。悟空一些儿也不恼,只是

---

① "动"字门中之道:动门之道所谓的"有为""有作",和"无为"相对,指有意识、有步骤的积极修炼方式,清刘一明《周易阐真》:"无为了性,有为了命。"此处动门之道,基本都是导引房中之术。
② 攀弓踏弩:明朱橚等编《普济方》卷二六七"吕公小成导引法"有"张弓仍踏弩"的动作:"张弓谓两手如攀弓之状。"
③ 摩脐过气:许多房中术如"提肾强精""撒手过黄河"等,都有用手摩擦丹田附近穴位(在肚脐附近,可参见明洪基《摄生总要》)的动作,旨在固精强肾。
④ 烧茅打鼎:原指立鼎烧火炼丹,房中术以女子身体喻鼎,以行房喻烧丹的过程。茅,茅草。
⑤ 红铅、秋石:都是所谓的仙药。红铅是用少女首次月经配其他药物提炼,秋石是用人尿提炼。《性命圭旨》"有采女经为红铅者,有炼小便为秋石者",此类方法盛行于明代。
⑥ 唬(xià):惊吓。
⑦ 无状:没有礼貌。

满脸赔笑。原来那猴王,已打破盘中之谜①,暗暗在心,所以不与众人争竞,只是忍耐无言。祖师打他三下者,教他三更时分存心,倒背着手,走入里面,将中门关上者,教他从后门进步,秘处传他道也。

当日悟空与众等,喜喜欢欢,在三星仙洞之前,盼望天色,急不能到晚。及黄昏时,却与众就寝,假合眼,定息存神。山中又没支更传箭②,不知时分,只自家将鼻孔中出入之气调定。约到子时前后,轻轻的起来,穿了衣服,偷开前门,躲离大众,走出外,抬头观看。正是那:

  月明清露冷,八极迥无尘③。
  深树幽禽宿,源头水溜汾。
  飞萤光散影,过雁字排云。
  正直三更候④,应该访道真。

你看他从旧路径至后门外,只见那门儿半开半掩。悟空喜道:"老师父果然注意与我传道,故此开着门也。"即曳步近前,侧身进得门里,只走到祖师寝榻之下。见祖师蜷跼身躯,朝里睡着了。悟空不敢惊动,即跪在榻前。那祖师不多时觉来,舒开两足,口中自吟道:

---

① 盘中之谜:语出"盘中诗"。相传汉苏伯玉久出不归,其妻作"盘中诗"以抒思念之情。其诗写于盘中,有"今时人,智不足,与其书,不能读,当从中央周四角"的句子,意为诗句盘旋往复,形如迷宫,若不明读法,则不知所云。这里祖师和孙悟空打的暗号,也应脱胎于弘忍为慧能传法的故事。《坛经》记载弘忍用杖把舂米的石碓打了三下,慧能就明白了弘忍的用意,夜里"三鼓入室",得传弘忍的道法。
② 支更:即"值更"。值夜打更。传箭:我国古代用漏壶来测量时间,壶里放一支带刻度的箭,水从漏壶里均匀漏出,箭就随着水位上升或下沉,通过观察箭的刻度来报告时间,称传箭。
③ 八极:古人认为的八方最远的地方。
④ 直:同"值"。

难！难！难！道最玄,莫把金丹作等闲。不遇至人传妙诀①,空言口困舌头干。

悟空应声叫道:"师父,弟子在此跪候多时。"祖师闻得声音是悟空,即起披衣盘坐,喝道:"这猢狲! 你不在前边去睡,却来我这后边作甚?"悟空道:"师父昨日坛前对众相允,教弟子三更时候,从后门里传我道理,故此大胆径拜老爷榻下。"祖师听说,十分欢喜,暗自寻思道:"这厮果然是个天地生成的! 不然,何就打破我盘中之暗谜也?"悟空道:"此间更无六耳②,止只弟子一人,望师父大舍慈悲,传与我长生之道罢,永不忘恩。"祖师道:"你今有缘,我亦喜说。既识得盘中暗谜,你近前来,仔细听之,当传与你长生之妙道也。"悟空叩头谢了,洗耳用心,跪于榻下。祖师云:

显密圆通真妙诀③,惜修性命无他说④。

---

① 不遇至人传妙诀:道教传法崇尚秘密,若非其人而传授,谓之"泄天机"。如《云笈七签·大还丹契秘图》规定,传丹法必须择贞良之士,斋戒七日,设黄金、彩帛,对天盟誓,方可传授。即使法术公开,某些秘密步骤、关键环节,亦须由师长择少数可信弟子,口耳相传,所谓"传丹不传火"。
② 六耳:指第三者。道教传秘诀有"三口不谈,六耳不闻"的说法。元陈致虚《上阳子金丹大要》卷十三:"道也,唯金丹之秘。六耳不可言,坐立不可谈。"
③ 显密圆通真妙诀:这段口诀属于道教的内丹修炼方法,大意是要修行自己的心神以及外在的形体,保持精、气、神,不要散逸。屏除邪欲,炼己持心,于是可以达到一种空明的境界,好像明月当空。然后阴阳相结,修成道果,超脱自然规律的限制,而成仙成佛。显、密,原指佛教的显教(教法可用语言文字公开传授)、密教(教法通过咒语、仪轨等方式秘密传授),这里的"显密圆通"指此口诀融通显、密,适合一切修行人。
④ 性命:此处的"性命"是道教重要术语。内丹术中"性"基本上可以对应人的精神、意识等层面(此"性"意近"心性",而非性别),"命"基本可以对应肉体、身体机能等层面。内丹家认为很多佛教徒单纯参禅打坐,是"修性不修命",故主张性命双修,基本思路是力图用净化后的意识(性)去感应自己的肉体(命),使二者发生交互作用。

都来总是精炁神①,谨固牢藏休漏泄。
休漏泄,体中藏,汝受吾传道自昌。
口诀记来多有益,屏除邪欲得清凉。
得清凉,光皎洁,好向丹台赏明月②。
月藏玉兔日藏乌,自有龟蛇相盘结。
相盘结,性命坚,却能火里种金莲③。

---

① 精炁(qì)神:内丹术秉承了传统医学的理论,认为人体含有精、炁(气)、神。根据近年学者的研究,精炁神可以和某些生命现象大致对应,精炁(气)即所谓命,神即所谓性。精炁(气)神分先天和后天。内丹术所谓后天之精,指精液和各种激素;先天之精(元精),指性欲、消化、分泌等生命本能。炁,同"气",后天之气指呼吸之气,先天之气(称元气,此时"气"亦作"炁")类似一种生命原始的能量、活力。后天之神指平常的记忆、判断、认知等意识,先天之神(元神),指平常纷乱的意识消退后一种安定、清醒而无思虑的状态,是"本来自我"。内丹术认为后天的精气神是容易耗散的衍生物,而先天的精炁神是修成内丹的基础和原料。

② "口诀记来多有益"四句:"口诀"句之前,叙述的是内丹术基本原理,此后叙述的是具体步骤。此四句介绍了内丹功法的入手步骤。意为扫除心中的杂念、欲望(一般通过调息、打坐等方式),现出皎洁明净如月的本来面目(使元神显现)。历代丹经隐晦守秘,故其中关键术语有非常多的异名代称。丹台,"心源"的代称,心源指元神所居之地(即大脑中)。元李道纯《中和集》"青天独露瑶台月,普印千潭一样圆""如何是不可见之身心? 云从山上,月向波心"及回目中的"断魔归本合元神",含义与此"好向丹台赏明月"相似。

③ "月藏玉兔日藏乌"四句:此四句介绍了内丹功法的进阶步骤。元神显现后,用意念引导元神和肾(此肾为抽象概念,更多侧重于元气的贮藏功能,非一定指肾器官)中元气逐渐相结合而结成丹,故称"相盘结"。内丹术认为元神、元气是内丹修炼的两大原料。金乌和蛇,玉兔和龟,分别是元神、元气的代称(古代传说月中有玉兔,日中有金乌)。火里种金莲,《悟真篇》"不识玄中颠倒颠,争知火里好栽莲",清董德宁释:"火里不可栽莲,男儿安得成孕? 今修炼之道,乃玄中之玄,妙中之妙,还返阴阳,颠倒造化,而使男子结胎以成丹,此犹火中栽莲以结子也。"人身本是凡体,既是凡体,便必定会消亡。故以火比喻凡体里原有的消亡因素(称为"杀机"),以结丹比喻培植金莲。另"借假修真""香从臭出"等内丹常用语,与此义同。

攒簇五行颠倒用,工完随作佛和仙①。

此时说破根源,悟空心灵福至,切切记了口诀,对祖师拜谢深恩,即出后门观看。但见东方天色微舒白,西路金光大显明。依旧路,转到前门,轻轻的推开进去,坐在原寝之处,故将床铺摇响道:"天光了,天光了,起耶!"那大众还正睡哩,不知悟空已得了好事。当日起来打混,暗暗维持,子前午后②,自己调息。

却早过了三年,祖师复登宝座,与众说法。谈的是公案比语③,论的是外像包皮④。忽问:"悟空何在?"悟空近前跪下:"弟子有。"祖师道:"你这一向修些甚么道来?"悟空道:"弟子近来法性颇通,根源亦渐坚固矣⑤。"祖师道:"你既通法性,会得根源,已注神体,却只是

---

①"攒簇五行颠倒用"二句:此二句介绍了内丹功法的高级步骤。攒簇五行,内丹家将眼、耳、鼻、舌、身的感觉,精、神、魂、魄、意的功能比附五行。元神和元气充分交会结丹之后(类似一颗黍米珠),此丹即具备了五行的全部功能。颠倒用,指变顺为逆的功法。内丹术认为,五行相生虽是自然之理,但生命也因此自然过程而磨损、耗散、消亡。修内丹就是要"五行逆生",把此过程颠倒过来,所谓"炼气化神,炼神还虚,炼虚合道",把后天纷乱、重浊、有形质的身心,炼回到先天有序、清净、空灵的状态,归于虚无,与道同体。
②子前午后:子、午原指夜半和正午两个时辰,子时阴极阳生,午时阳极阴生。内丹家借此比喻一阳纯精之气上升和一阴至阴之炁下降的时刻。这两个时辰宜调节意念和呼吸,保护微阳或抑制阴邪。宋张元幹《芦川归来集》卷五《沁园春》词:"子前午后,阳销阴长;自然炉鼎,何用安排。"
③公案:佛教禅宗指前辈祖师的言行范例。比语:用于帮助人悟道的比喻。
④外像包皮:指徒然搬弄语言概念,未能揭示本质的不彻底的法理。清刘一明《绝言歌》:"千言万语皆演真,一条一句有深意。不比包皮外象谈,尽是成仙了道秘。"
⑤根源:这里指心、肾的功能。而心、肾分别是储藏内丹的两大原料元神和元气的部位。《钟吕传道集》:"奉道之人,晚年觉悟,根源不甚坚固。肾者气之根。根不深则叶不茂矣;心者液之源,源不清则流不长矣。"根源坚固是修道成功的前提。

防备着三灾利害。"悟空听说,沉吟良久道:"师父之言谬矣。我尝闻道高德隆,与天同寿,水火既济①,百病不生,却怎么有个三灾利害?"祖师道:"此乃非常之道:夺天地之造化,侵日月之玄机;丹成之后,鬼神难容。虽注颜益寿,但到了五百年后,天降雷灾打你,须要见性明心②,预先躲避。躲得过,寿与天齐,躲不过,就此绝命。再五百年后,天降火灾烧你。这火不是天火,亦不是凡火,唤做'阴火'。自本身涌泉穴下烧起③,直透泥垣宫④,五脏成灰,四肢皆朽,把千年苦行,俱为虚幻。再五百年,又降风灾吹你。这风不是东西南北风,不是和薰金朔风,亦不是花柳松竹风,唤做'赑风'⑤。自囟门中吹入六府⑥,过丹田⑦,穿九窍⑧,骨肉消疏,其身自解。所以都要躲过。"

悟空闻说,毛骨竦然,叩头礼拜道:"万望老爷垂悯,传与躲避三灾之法,到底不敢忘恩。"祖师道:"此亦无难,只是你比他人不同,故传不得。"悟空道:"我也头圆顶天,足方履地,一般有九窍四肢,五脏六腑,何以比人不同?"祖师道:"你虽然像人,却比人少腮。"原来那猴子孤拐面⑨,凹脸尖嘴。悟空伸手一摸,笑道:"师父没成算!我虽

---

①水火既济:既济,是《周易》中六十四卦的一卦,卦象是☲☵。水上火下,水势下流,火势上腾,表示阴阳和谐,上下相通,大功告成。

②见性明心:指摒弃世俗一切杂念,彻悟因杂念而迷失了的本性。

③涌泉穴:穴位名,在脚心。

④泥垣宫:也作"泥丸宫"。指上丹田,在头顶正中,两眉间入内三寸。

⑤赑(bì)风:佛教认为,一劫快结束的时候,产生火、风、水三灾毁坏世界,其中风灾就是赑风,能摧毁一切。这里的雷、火、风三灾,系借用了佛教的三灾说法而又结合了本土动物修仙的"试炼"传说,移来指需要度过的三次劫难。赑,巨大,壮猛。

⑥六府:通作"六腑"。中医一般指胃、胆、三焦、膀胱、大肠、小肠。

⑦丹田:此指下丹田,指肚脐下三寸的地方。内丹术认为此处是产丹之地,故称"丹田"。

⑧九窍:两耳、两眼、两鼻孔、口、肛门、小便处为九窍。

⑨孤拐面:形容颧骨高的瘦脸。孤拐,脚腕两边突起的部分。

少腮,却比人多这个素袋①,亦可准折过也②。"祖师说:"也罢,你要学那一般?有一般天罡数,该三十六般变化,有一般地煞数③,该七十二般变化。"悟空道:"弟子愿多里捞摸,学一个地煞变化罢。"祖师道:"既如此,上前来,传与你口诀。"遂附耳低言,不知说了些甚么妙法。这猴王也是他一窍通时百窍通,当时习了口诀,自修自炼,将七十二般变化,都学成了。

忽一日,祖师与众门人在三星洞前戏玩晚景。祖师道:"悟空,事成了未曾?"悟空道:"多蒙师父海恩,弟子功果完备,已能霞举飞升也。"祖师道:"你试飞举我看。"

悟空弄本事,将身一耸,打了个连扯跟头④,跳离地有五六丈,踏云霞去勾有顿饭之时,返复不上三里远近⑤,落在面前,叉手道⑥:"师父,这就是飞举腾云了。"祖师笑道:"这个算不得腾云,只算得爬云而已。自古道神仙'朝游北海暮苍梧'⑦。似你这半日,去不上三里,即爬云也还算不得哩!"悟空道:"怎么为'朝游北海暮苍梧'?"祖师道:"凡腾云之辈,早辰起自北海,游过东海、西海、南海,复转苍

---

① 素袋:也作"嗉袋",即颊囊。灵长目动物猕猴和啮齿目动物松鼠、黄鼠、仓鼠等,口腔两侧有囊状结构,用于暂时储藏食物,和鸟类嗉囊的功能相似,俗称嗉袋。

② 准折:抵消。

③ 天罡(gāng)、地煞:道教认为,北斗众星中有三十六个天罡星,七十二个地煞星,每星各有神。道士作法时,常召其下凡降妖伏魔。这里只取数目"三十六""七十二"之意。后文"地煞变化""天罡数的变化"都是此意。

④ 连扯跟头:连续腾翻的跟头。

⑤ 上:原作"尚",世德堂本作达到、够(某一数量)解的"上"常作"尚",今统改为"上",后不出注。

⑥ 叉手:即叉手,两手胸前交叉,表示恭敬。

⑦ 朝游北海暮苍梧:出自托名吕洞宾所作《题岳州古寺》诗,意思是早晨在北海,晚上在苍梧,形容仙人自由自在地飞行。

梧,苍梧者,却是北海零陵之语话也①。将四海之外,一日都游遍,方算得腾云。"悟空道:"这个却难!却难!"祖师道:"世上无难事,只怕有心人。"悟空闻得此言,叩头礼拜,启道:"师父,'为人须为彻',索性舍个大慈悲,将此腾云之法,一发传与我罢,决不敢忘恩。"祖师道:"凡诸仙腾云,皆跌足而起②,你却不是这般。我才见你去,连扯方才跳上。我今只就你这个势,传你个'筋斗云'罢③。"悟空又礼拜恳求,祖师却又传个口诀道:"这朵云,捻着诀④,念动真言,攒紧了拳,将身一抖,跳将起来,一筋斗就有十万八千里路哩!"大众听说,一个个嘻嘻笑道:"悟空造化!若会这个法儿,与人家当铺兵⑤,送文书,递报单⑥,不管那里都寻了饭吃!"师徒们天昏各归洞府。这一夜,悟空即运神炼法,会了筋斗云。逐日家无拘无束,自在逍遥,此亦长生之美。

一日,春归夏至,大众都在松树下会讲多时。大众道:"悟空,你是那世修来的缘法⑦?前日老师父扴耳低言,传与你的躲三灾变化之法,可都会么?"悟空笑道:"不瞒诸兄长说,一则是师父传授,二来

---

① 零陵:与苍梧都是古地名,在今湖南西南或广西东部。按其地理位置,当称"南海零陵"。"北海零陵"疑有误,《山海经·海内经》:"南方苍梧之丘、苍梧之渊,其中有九嶷山,舜之所葬,在长沙零陵界中。北海之内有蛇山。"可能是因两句相连,作者误读为"在长沙零陵界中、北海之内,有蛇山",故以为零陵属于北海。
② 跌足:跺脚。
③ 筋斗:原作"觔抖",今统一作"筋斗",后不出注。
④ 捻着诀:即掐诀。道教认为手掌上的纹路、关节对应北斗、十二时辰、二十八宿,是浓缩的宇宙图景,所以用手指在手掌上掐某些部位,或者手指之间结合成某些特定的姿势,就能起到辅助法术的作用。例如左手二三指掐掌心,大拇指掐小指根,然后握拳,称雷诀,可以发动雷霆。右手大指掐食指根,称为驱病诀,可以驱除病气。
⑤ 铺兵:宋代以后的邮政机构称为急递铺。铺兵即急递铺里递送公文信件的兵卒。《元史·兵志四》:"铺兵须壮健善走者,不堪之人,随即易换。"
⑥ 报单:向上级呈请的文书,也指向得官、中举等人家送去的喜报。
⑦ 缘法:缘分。

也是我昼夜殷勤,那几般儿都会了。"大众道:"趁此良时,你试演演,让我等看看。"悟空闻说,抖擞精神,卖弄手段道:"众师兄请出个题目。要我变化甚么?"大众道:"就变棵松树罢①。"悟空捻着诀,念动咒语,摇身一变,就变做一棵松树。真个是:

郁郁含烟贯四时②,凌云直上秀贞姿③。
全无一点妖猴像,尽是经霜耐雪枝。

大众见了,鼓掌呵呵大笑。都道:"好猴儿!好猴儿!"不觉的嚷闹,惊动了祖师。祖师急拽杖出门来问道:"是何人在此喧哗?"大众闻呼,慌忙检束,整衣向前。悟空也现了本相,杂在丛中,道:"启上尊师,我等在此会讲,更无外姓喧哗。"祖师怒喝道:"你等大呼大叫,全不像个修行的体段!修行的人,口开神气散,舌动是非生。如何在此嚷笑?"大众道:"不敢瞒师父,适才孙悟空演变化耍子。教他变棵松树,果然是棵松树,弟子每俱称扬喝采④,故高声惊冒尊师,望乞恕罪。"祖师道:"你等起去。"叫:"悟空,过来。我问你,弄甚么精神,变甚么松树?这个工夫,可好在人前卖弄?假如你见别人有,不要求他?别人见你有,必然求你。你若畏祸,却要传他;若不传他,必然加害:你之性命又不可保。"悟空叩道:"只望师父恕罪!"祖师道:"我也不罪你,但只是你去罢。"悟空闻此言,满眼堕泪道:"师父教我往那里去?"祖师道:"你从那里来,便从那里去就是了。"悟空顿然醒悟道:"我自东胜神洲傲来国花果山水帘洞来的。"祖师道:"你快回去,全你性命,若在此间,断然不可!"悟空领罪:"上告尊师,我也离家有二十年矣,虽是回顾旧日儿孙,但念师父厚恩未报,不敢去。"祖师道:"那里甚么恩义?你只不惹祸,不牵带我就罢了!"

---

①棵:原作"科","科"同"棵",今统一作"棵",后不出注。
②贯四时:指松柏四季苍翠不改。语出《礼记·礼器》:"如松柏之有心也……故贯四时而不改柯易叶。"
③秀贞姿:坚贞秀异的容姿。陶渊明《和郭主簿二首》写松树:"怀此贞秀姿,卓为霜下杰。"
④每:同"们",常见于元、明小说、戏曲中。

悟空见没奈何，只得拜辞，与众相别。祖师道："你这去，定生不良。凭你怎么惹祸行凶，却不许说是我的徒弟。你说出半个字来，我就知之，把你这猢狲剥皮锉骨①，将神魂贬在九幽之处②，教你万劫不得翻身！"悟空道："决不敢提起师父一字，只说是我自家会的便罢。"悟空谢了。即抽身，捻着诀，丢个连扯，纵起筋斗云，径回东胜。那里消一个时辰，早看见花果山水帘洞。美猴王自知快乐，暗暗的自称道：

"去时凡骨凡胎重，得道身轻体亦轻。

举世无人肯立志，立志修玄玄自明。

当年过海波难进，今日回来甚易行。

别语叮咛还在耳，何期顷刻见东溟。"

悟空按下云头，直至花果山。找路而走，忽听得鹤唳猿啼，鹤唳声冲霄汉外，猿啼悲切甚伤情。即开口叫道："孩儿们，我来了也！"那崖下石坎边，花草中，树木里，若大若小之猴，跳出千千万万，把个美猴王围在当中，叩头叫道："大王，你好宽心！怎么一去许久？把我们俱闪在这里③，望你诚如饥渴！近来被一妖魔在此欺虐，强要占我们水帘洞府，是我等舍死忘生，与他争斗。这些时，被那厮抢了我们家火，捉了许多子侄，教我们昼夜无眠，看守家业。幸得大王来了，大王若再年载不来，我等连山洞尽属他人矣。"

悟空闻说，心中大怒道："是甚么妖魔，辄敢无状！你且细细说来，待我寻他报仇。"众猴叩头："告上大王，那厮自称混世魔王，住居在直北下。"悟空道："此间到他那里，有多少路程？"众猴道："他来时云，去时雾，或风或雨，或电或雷，我等不知有多少路。"悟空道："既

---

① 锉（cuò）：锉切，斩剁。

② 九幽：道教认为八方和中央都有幽暗的地狱，称为"九幽"，道教经典《上清灵宝济度大成金书》认为，九幽是北斗所化，东为幽冥，南为幽阴，西为幽夜，北为幽酆，东北为幽都，东南为幽治，西南为幽关，西北为幽府，中央为幽狱。

③ 闪：这里意为抛撇。

如此,你们休怕,且自顽耍,等我寻他去来!"

好猴王,将身一纵,跳起去,一路筋斗,直至北下观看,见一座高山,真是十分险峻。好山:

笔峰挺立,曲涧深沉。笔峰挺立透空霄,曲涧深沉通地户①。两崖花木争奇,几处松篁斗翠。左边龙,熟熟驯驯;右边虎,平平伏伏。每见铁牛耕,常有金钱种②。幽禽睍睆声③,丹凤朝阳立。石磷磷,波净净,古怪跷蹊真恶狞。世上名山无数多,花开花谢繁还众。争如此景永长存,八节四时浑不动。诚为三界坎源山④,滋养五行水脏洞⑤。

美猴王正默观看景致,只听得有人言语。径自下山寻觅,原来那陡崖之前,乃是那水脏洞。洞门外有几个小妖跳舞⑥,见了悟空就走。悟空道:"休走!借你口中言,传我心内事。我乃正南方花果山水帘洞洞主。你家甚么混世鸟魔,屡次欺我儿孙,我特寻来,要与他见个上下!"

那小妖听说,疾忙跑入洞里,报道:"大王!祸事了!"魔王道:"有甚祸事?"小妖道:"洞外有猴头称为花果山水帘洞洞主。他说你屡次欺他儿孙,特来寻你,见个上下哩。"魔王笑道:"我常

---

① 地户:地的门户。古代传说天有门,地有户。汉纬书《河图括地象》:"天不足西北,地不足东南。西北为天门,东南为地户;天门无上,地户无下。"因称地之东南为"地户"。

② 铁牛耕、金钱种:这里借用了传为吕洞宾所作《内景图诗》的诗句"铁牛耕地种金钱"。"铁牛耕地"比喻修炼下丹田,使精气神化合为真元一气。道教认为真元一气属金,故称"种金钱"。

③ 睍睆(xiàn huǎn):婉转的鸟鸣声。

④ 三界坎源山:三界,道教认为,宇宙虚空由十方三界构成,八方加上、下为十方,三界在时间上指无极界、太极界和现世界。空间上又借用佛教的观念指欲界、色界和无色界。人类属于欲界。坎源,坎是八卦之一,卦象是☵。象征水和北方。

⑤ 水脏洞:位于北方,故称"坎源"。

⑥ 跳舞:即跳跃、蹦跳。

闻得那些猴精说,他有个大王,出家修行去,想是今番来了。你们见他怎生打扮,有甚器械?"小妖道:"他也没甚么器械,光着个头,穿一领红色衣,勒一条黄丝绦,足下踏一对乌靴,不僧不俗,又不像道士神仙,赤手空拳,在门外叫哩。"魔王闻说:"取我披挂兵器来!"那小妖即时取出。那魔王穿了甲胄,绰刀在手①,与众妖出得门来,即高声叫道:"那个是水帘洞洞主?"悟空急睁睛观看,只见那魔王:

头戴乌金盔,映日光明;身挂皂罗袍,迎风飘荡。下穿着黑铁甲,紧勒皮条;足踏着花褶靴,雄如上将②。腰广十围,身高三丈,手执一口刀,锋刃多明亮。称为混世魔,磊落凶模样。

猴王喝道:"这泼魔这般眼大,看不见老孙!"魔王见了,笑道:"你身不满四尺,年不过三旬,手内又无兵器,怎么大胆猖狂,要寻我见甚么上下?"悟空骂道:"你这泼魔,原来没眼!你量我小,要大却也不难。你量我无兵器,我两只手勾着天边月哩!你不要怕,只吃老孙一拳!"纵一纵,跳上去,劈脸就打。那魔王伸手架住道:"你这般矬矮,我这般高长,你要使拳,我要使刀,使刀就杀了你,也吃人笑,待我放下刀,与你使路拳看。"悟空道:"说得是。好汉子走来!"那魔王丢开架手便打,这悟空钻进去相撞相迎。他两个拳搥脚踢,一冲一撞。原来长拳空大,短簇坚牢③。那魔王被悟空掏短胁,撞丫

---

①绰:用手不费力地抓、提。

②"头戴乌金盔"八句:此处有五行相配合的寓意。混世魔王的装束,以黑色为主,是因为坎卦属北方,属水,按照五行配五色的传统说法是黑色。孙悟空自称来自"正南方花果山水帘洞",南方属离卦,属火,按五行配五色是红色,所以身着红衣。此外,历来以内丹术注解《西游记》的学者,从人名、地名、细节、衣着、对话中发挥出更多的寓意,此处不赘。花褶靴,拼缝带花饰的皮靴。褶,服装布料、皮料之间的拼缝。如裤褶即裤缝。

③短簇:一种拳术打法,相当于今天所谓"短劲",逼到敌人近处,出拳距离短,发力快而狠。

裆,几下筋节①,把他打重了。他闪过,拿起那板大的钢刀②,望悟空劈头就砍。悟空急撤身,他砍了一个空。悟空见他凶猛,即使身外身法,拔一把毫毛,丢在口中嚼碎,望空中喷去,叫一声:"变!"即变做三二百个小猴,周围攒簇。原来人得仙体,出神变化无方。不知这猴王自从了道之后,身上有八万四千毛羽,根根能变,应物随心。那些小猴,眼乖会跳,刀来砍不着,枪去不能伤。你看他前踊后跃,钻上去,把个魔王围绕,抱的抱,扯的扯,钻裆的钻裆,扳脚的扳脚,踢打挦毛③,抠眼睛,捻鼻子,抬鼓弄④,直打做一个攒盘⑤。这悟空才去夺得他的刀来,分开小猴,照顶门一下,砍为两段。领众杀进洞中,将那大小妖精,尽皆剿灭。却把毫毛一抖,收上身来。又见那收不上身者,却是那魔王在水帘洞擒去的小猴。悟空道:"汝等何为到此?"约有三五十个,都含泪道:"我等因大王修仙去后,这两年被他争吵⑥,把我们都摄将来,那不是我们洞中的家火、石盆、石碗?都被这厮拿来也。"悟空道:"既是我们的家火,你们都搬出外去。"随即洞里放起火来,把那水脏洞烧得枯干,尽归了一体。对众道:"汝等跟我回去。"众猴道:"大王,我们来时,只听得耳边风响,虚飘飘到于此地,更不识路径,今怎得回乡?"悟空道:"这是他弄的个术法儿,有何难也。我如今一窍通,百窍通,我也会弄。你们都合了眼,休怕!"好猴王,念声咒语,驾阵狂风,云头落下。叫:"孩儿们,睁眼。"众猴却蹦实地⑦,认得是家乡,个个欢喜,都奔洞门旧路。那在洞众猴,都一齐簇拥同入,分班序齿,礼拜猴王。安排酒果,接风贺喜,启问降魔救子之事。悟空备细言了一遍,众猴称扬不尽道:"大王去到那方,不

---

① 筋节:这里指强劲有力。
② 钢刀:原作"钢斧",据上下文及李本等改。
③ 挦(xián):拔,摘取。
④ 抬鼓弄:许多人把一个人抬起来,使之翻倒。
⑤ 攒盘:包围殴打。
⑥ 争吵:原作"争炒",世德堂本"吵"常作"炒",今统一作"吵",后不出注。
⑦ 蹦(xǐ):踩,踏。

意学得这般手段!"悟空又道:"我当年别汝等,随波逐流,飘过东洋大海,径至南赡部洲学成人像,着此衣,穿此履,摆摆摇摇,云游了八九年余,更不曾有道;又渡西洋大海,到西牛贺洲地界,访问多时,幸遇一老祖,传了我与天同寿的真功果,不死长生的大法门。"众猴称贺。都道:"万劫难逢也!"悟空又笑道:"小的们,又喜我这一门皆有姓氏。"众猴道:"大王姓甚?"悟空道:"我今姓孙,法名悟空。"众猴闻说,鼓掌忻然道:"大王是老孙,我们都是二孙、三孙、细孙、小孙、一家孙、一国孙、一窝孙矣!"都来奉承老孙,大盆小碗的椰子酒、葡萄酒、仙花、仙果,真个是合家欢乐!咦!

贯通一姓身归本①,只待荣迁仙箓名②。

毕竟不知怎生结果,居此界终始如何,且听下回分解。

---

① 一姓:喻"一性",指明心见性,认清本源,早晚即可飞升成仙。
② 仙箓:箓本指道教中入道的凭信和行法的依据,相当于身份证件。道士接受了某道派的符箓,才能算是此派的正式弟子。道教认为,成仙后,名字也会记载在仙界的簿册上,称"登仙箓"。

第三回

四海千山皆拱伏　九幽十类尽除名①

却说美猴王荣归故里,自剿了混世魔王,夺了一口大刀,逐日操演武艺,教小猴砍竹为标②,削木为刀,治旗幡,打哨子③,一进一退,安营下寨,顽耍多时。忽然静坐处,思想道:"我等在此,恐作耍成真,或惊动人王,或有禽王、兽王认此犯头④,说我们操兵造反,兴师来相杀,汝等都是竹竿木刀,如何对敌?须得锋利剑戟方可。如今奈何?"众猴闻说,个个惊恐道:"大王所见甚长,只是无处可取。"正说间,转上四个老猴,两个是赤尻马猿⑤,两个是通背猿猴,走在面前道:"大王,若要治锋利器械,甚是容易。"悟空道:"怎见容易?"四猴道:"我们这山向东去,有二百里水面,那厢乃傲来国界。那国界中有一王位,满城中军民无数,必有金银铜铁等匠作。大王若去那里,或买或造些兵器,教演我等,守护山场,诚所谓保泰长久之机也。"

悟空闻说,满心欢喜道:"汝等在此顽耍,待我去来。"好猴王,即

---

① 十类:即第五十八回如来所谓"五仙"和"五虫"的合称。道教如《钟吕传道集》将仙人分为五等,即天仙、神仙、地仙、人仙、鬼仙。古代又把动物分为五种,参见第一回"五虫"条注。
② 标:即标枪。
③ 打哨子:哨子又称哨叶、啸叶,卷竹叶在口中吹响,用以军中警卫。明杨慎《升庵集》卷六十三:"今云南屯戍之所防盗之处名曰哨。……今俗云打哨子是也。"
④ 犯头:淮安方言,冒犯的由头,无意触怒对方而引起对方的误会,叫做"认犯头"或"认泛头"。一说,不安本分,惹是生非的言行(据王恺《西游记校注匡补》)。
⑤ 赤尻(kāo)马猿:红屁股猕猴。尻,屁股。马猿,即马猴,指猕猴。章太炎《新方言·释动物》:"猕猴,今人谓之马猴。"

纵筋斗云,霎时间过了二百里水面。果见那厢有座城池,六街三巷,万户千门,来来往往,人都在光天化日之下。悟空心中想道:"这里定有现成的兵器,我待下去买他几件,还不如使个神通觅他几件倒好。"他就捻起诀来,念动咒语,向巽地上吸一口气①,呼的吹将去,便是一阵狂风,飞沙走石,好惊人也:

> 炮云起处荡乾坤②,黑雾阴霾大地昏。
> 江海波翻鱼蟹怕,山林树折虎狼奔。
> 诸般买卖无商旅,各样生涯不见人③。
> 殿上君王归内院,阶前文武转衙门。
> 千秋宝座都吹倒,五凤高楼幌动根④。

风起处,惊散了那傲来国君王,三市六街,都慌得关门闭户,无人敢走。悟空才按下云头,径闯入朝门里,直寻到兵器馆武库中,打开门扇看时,那里面无数器械:刀枪剑戟、斧钺毛镰、鞭钯挝简、弓弩叉矛⑤,件件俱备。一见甚喜道:"我一人能拿几何?还使个分身法搬将去罢。"

好猴王,即拔一把毫毛,入口嚼烂,喷将出去,念动咒语,叫声:"变!"变做千百个小猴,都乱搬乱抢;有力的拿五七件,力小的拿三

---

① 巽地:东南方位。古代以八卦配八方。巽对应东南(按后天卦序)。参见第七回"八卦"条注。
② 炮云:即炮车云,一种预示着暴风将来的云。唐李肇《国史补》:"暴风之候,有炮车云。"
③ 生涯:这里意为生计、职业。
④ 五凤高楼:即五凤楼,原是唐洛阳皇宫楼名,唐玄宗曾在此处赐宴。李白有"隐隐五凤楼,峨峨横三川"的诗句。明、清皇城午门俗亦称五凤楼,清孙承泽《春明梦余录》卷八"午门即俗所谓五凤楼也"。戏剧小说中多指帝王宫殿的正门。
⑤ 钺(yuè)、毛镰、挝(zhuā)、简:均为武器名。钺,圆刃,形似斧而较大。毛镰即钩镰,长柄前端有弯刃。挝,同"抓",样子像爪子,前端有钩,可以钩住敌人。简,也写作"锏",长条形,较短,有棱,用来砸敌人。

二件，尽数搬个罄净①。径踏云头，弄个摄法，唤转狂风，带领小猴俱回本处。

却说那花果山大小猴儿，正在那洞门外顽耍，忽听得风声响处，见半空中丫丫叉叉，无边无岸的猴精，唬得都乱跑乱躲。少时，美猴王按落云头，收了云雾，将身一抖，收了毫毛，将兵器都乱堆在山前，叫道："小的们，都来领兵器！"众猴看时，只见悟空独立在平阳之地，俱跑来叩头问故。悟空将前使狂风、搬兵器一应事说了一遍。众猴称谢毕，都去抢刀夺剑，挝斧争枪，扯弓扳弩，吆吆喝喝，耍了一日。

次日，依旧排营。悟空会聚群猴，计有四万七千余口。早惊动满山怪兽，都是些狼虫虎豹、麖麂獐犯、狐狸獾狢、狮象狻猊、猩猩熊鹿、野豕山牛、羚羊青兕、狡儿神獒②，各样妖王，共有七十二洞，都来参拜猴王为尊。每年献贡，四时点卯③。也有随班操备的，也有随节征粮的，齐齐整整，把一座花果山造得似铁桶金城，各路妖王又有进金鼓，进彩旗，进盔甲的，纷纷攘攘，日逐家习舞兴师④。

美猴王正喜间，忽对众说道："汝等弓弩熟谙，兵器精通，奈我这口刀着实榔槺⑤，不遂我意，奈何？"四老猴上前启奏道："大王乃是仙圣，凡兵是不堪用；但不知大王水里可能去得？"悟空道："我自闻道之后，有七十二般地煞变化之功；筋斗云有莫大的神通；善能隐身遁

---

① 罄(qìng)：尽，一无所有。
② "狼虫虎豹"至"狡儿神獒"：麖(jīng)，即水鹿，又称马鹿、棕鹿。犯(bā)，同"豝"，大猪。狢(hé)，同"貉"，即貉子，样子像狐狸而肥。狻猊(suān ní)，传说中的一种狮子，能吃虎豹。兕(sì)，类似犀牛的一种大野牛。狡儿，少壮的狗。獒，高大凶猛的狗。
③ 点卯：旧时官署上班时间为卯时（约早晨五点），长官到时点名，故称点卯。
④ 日逐家：即"逐日地"。家，相当于助词"地"。
⑤ 榔槺：也作榔杭、狼犺、郎优，长大笨重，使用不便。清胡文英《吴下方言考》卷二："《宋书·文九王传》：休佑生平狼抗无赖。案，狼抗，大而无用，不可容也。今吴谚谓物之大而无处置放者曰狼抗。"

身,起法摄法①;上天有路,入地有门;步日月无影,入金石无碍;水不能溺,火不能焚。那些儿去不得?"四猴道:"大王既有此神通,我们这铁板桥下,水通东海龙宫。大王若肯下去,寻着老龙王,问他要件甚么兵器,却不趁心?"悟空闻言甚喜道:"等我去来。"

好猴王,跳至桥头,使一个闭水法,捻着诀,扑的钻入波中,分开水路,径入东洋海底。正行间,忽见一个巡海的夜叉,挡住问道:"那推水来的是何神圣?说个明白,好通报迎接。"悟空道:"吾乃花果山天生圣人孙悟空,是你老龙王的紧邻,为何不识?"那夜叉听说,急转水晶宫传报道②:"大王,外面有个花果山天生圣人孙悟空,口称是大王紧邻,将到宫也。"

东海龙王敖广即忙起身,与龙子龙孙、虾兵蟹将出宫迎道:"上仙请进,请进。"直至宫里相见,上坐献茶毕,问道:"上仙几时得道,授何仙术?"悟空道:"我自生身之后,出家修行,得一个无生无灭之体。近因教演儿孙,守护山洞,奈何没件兵器,久闻贤邻享乐瑶宫贝阙,必有多余神器,特来告求一件。"

龙王见说,不好推辞,即着鳜都司取出一把大杆刀奉上③。悟空道:"老孙不会使刀,乞另赐一件。"龙王又着鲌大尉④,领鳝力士,抬

---

① 隐身遁身,起法摄法:隐身即隐形之术。遁身也是隐形术的一种,但一般借助外物,且能随意移动。如明谢肇淛《五杂俎》卷六列五种遁法:"汉时解奴辜、张貂皆能隐沦,出入不由门户,此后世遁形之祖也。……其法有五,曰金遁,曰木遁,曰水遁,曰火遁,曰土遁。见其物则可隐,惟土遁最捷,盖无处无土也。"起法摄法,两种不同的法术。起法指运用法术兴起风、云、雷、电等自然力量。例如《道法会元》记有清微道法中的起风法、起雷法。摄法即摄召之法,用法术召致神灵、鬼魂等。
② 水晶宫:也作水精宫。南朝梁任昉《述异记》卷上:"(吴王)阊闾构水精宫,尤极珍怪,皆出之水府。"因谓水神所住之宫殿为水晶宫。
③ "即着鳜都司"句:都司,明代武官名,都指挥使司的简称,主管一省的军事。大杆刀,长柄大刀。杆,原作"捍",今统改为"杆"。世德堂本"木"旁与"扌"旁常混用,如"捡"与"检"、"札"与"扎"等,今随文改为常用字,后不出注。
④ 鲌(bó)大尉:鲌又叫白鱼,也称鲚。身体侧扁,大口,腹部有肉棱。大尉即太尉,秦汉时期为全国军事首脑,一般用作对武官的尊称。

出一杆九股叉来。悟空跳下来,接在手中,使了一路,放下道:"轻!轻!轻!又不趁手!再乞另赐一件。"龙王笑道:"上仙,你不曾看这叉,有三千六百斤重哩。"悟空道:"不趁手!不趁手!"

龙王心中恐惧,又着鲌提督、鲤总兵抬出一柄画杆方天戟①,那戟有七千二百斤重。悟空见了,跑近前接在手中,丢几个架子,撒两个解数,插在中间道:"也还轻!轻!轻!"老龙王一发害怕道:"上仙,我宫中只有这根戟重,再没甚么兵器了。"悟空笑道:"古人云:'愁海龙王没宝哩!'你再去寻寻看。若有可意的,一一奉价②。"龙王道:"委的再无③。"

正说处,后面闪过龙婆、龙女道:"大王,观看此圣,决非小可。我们这海藏中④,那一块天河定底的神珍铁,这几日霞光艳艳,瑞气腾腾,敢莫是该出现遇此圣也?"龙王道:"那是大禹治水之时,定江海浅深的一个定子⑤。是一块神铁,能中何用?"龙婆道:"莫管他用

---

① 鲌(biān)提督、鲤总兵:鲌,即鲂鱼。提督、总兵,都是武官名。明代有提督京营戎政等,多以勋戚大臣及太监充任。明代遣将出征,有总兵官、副总兵官以统领军务。其后总兵官镇守一方,渐成常驻武官,简称总兵。

② 奉价:按价钱付费,这是孙悟空的客气说法,其实根本没有付钱。

③ 委的:确实,真的。

④ 海藏:佛教传说,海龙王拥有无数宝藏。如《龙树菩萨传》称高僧龙树被龙王带入海中,"于宫殿中开七宝藏,发七宝华函,以诸方等深奥经典无量妙法授之"。

⑤ 定江海浅深的一个定子:金箍棒的艺术形象,似是融合了江河浅水中试水的探竿(也称点竿、探水竿)和深海中系船的"碇子"而来。明《海道经》:"勤戳点竿,寻投长滩一丈八尺,渐渐减至一丈五尺。"《古尊宿语录》卷三十八:"人将语试,水将杖试。"是棍棒能测水深。碇子,即船锚的前身。也写作矴、椗。有石碇、木碇。大型海船碇子一般作长柱状,重达千斤,系绳索抛入水底,使船停泊。量取碇绳的长度可知水深(按:碇石笨重,海船测深一般用小铅锤系细绳代替)。如宋洪迈《夷坚乙志》卷三测龙旋窝深:"以小绳数十丈矴石坠入穴内。"宋刘弇《独游狼山记》:"今之山……前五十载,海也。其深盖碇丝千寻莫能测。"1975年福建泉州法石乡出土宋元时期碇石,为一条两米余长石柱。又木碇用粗长原木制造,常用铁箍加固。金箍棒的形状也是"一根铁柱子",重万余斤,两头有箍。

不用,且送与他,凭他怎么改造,送出宫门便了。"

老龙王依言,尽向悟空说了。悟空道:"拿出来我看。"龙王摇手道:"扛不动!抬不动!须上仙亲去看看。"悟空道:"在何处?你引我去。"龙王果引导至海藏中间,忽见金光万道。龙王指定道:"那放光的便是。"悟空撩衣上前,摸了一把,乃是一根铁柱子,约有斗来粗,二丈有余长。他尽力两手挝过道:"忒粗忒长些,再短细些方可用。"说毕,那宝贝就短了几尺,细了一围。悟空又颠一颠道:"再细些更好!"那宝贝真个又细了几分。悟空十分欢喜,拿出海藏看时,原来两头是两个金箍,中间乃一段乌铁;紧挨箍有镌成的一行字,唤做"如意金箍棒,重一万三千五百斤"①。心中暗喜道:"想必这宝贝如人意。"一边走,一边心思口念,手颠着道:"再短细些更妙!"拿出外面,只有丈二长短②,碗口粗细。你看他弄神通,丢开解数,打转水晶宫里。唬得老龙王胆战心惊,小龙子魂飞魄散;龟鳖鼋鼍皆缩颈,鱼虾鳌蟹尽藏头。

悟空将宝贝执在手中,坐在水晶宫殿上,对龙王笑道:"多谢贤邻厚意。"龙王道:"不敢,不敢。"悟空道:"这块铁虽然好用,还有一说。"龙王道:"上仙还有甚说?"悟空道:"当时若无此铁,倒也罢了;如今手中既拿着他,身上更无衣服相趁,奈何?你这里若有披挂,索性送我一付,一总奉谢。"龙王道:"这个却是没有。"悟空道:"'一客不犯二主',若没有,我也定不出此门。"龙王道:"烦上仙再转一海,或者有之。"悟空又道:"'走三家不如坐一家',千万告求一副。"龙王道:"委的没有;如有即当奉承③。"悟空道:"真个没有,就和你试试此铁!"龙王慌了道:"上仙,切莫动手!切莫动手!待我看舍弟处可有,当送一副。"悟空道:"令弟何在?"龙王道:"舍弟乃南海龙王敖

---

① 一万三千五百斤:中医著作《难经》、宋代邵雍及道教内丹术等都认为人一天的呼吸次数为"一万三千五百息",此数字与金箍棒重量相同,似有一定的关系。

② 丈二:原作"二丈",据杨闽斋本改。

③ 奉承:这里指馈赠。

钦、北海龙王敖顺、西海龙王敖闰是也①。"悟空道："我老孙不去！不去！俗语谓'赊三不跌见二'②，只望你随高就低的送一副便了。"老龙道："不须上仙去。我这里有一面铁鼓，一口金钟，凡有紧急事，擂得鼓响，撞得钟鸣，舍弟们就顷刻而至。"悟空道："既是如此，快些去擂鼓撞钟！"

真个那鼍将便去撞钟，鳖帅即来擂鼓。霎时，钟鼓响处，果然惊动那三海龙王，须臾来到，一齐在外面会着敖广道："大哥，有甚紧事，擂鼓撞钟？"老龙道："贤弟，不好说！有一个花果山甚么天生圣人，早间来认我做邻居，后要求一件兵器，献钢叉嫌小，奉画戟嫌轻。将一块天河定底神珍铁，自己拿出，丢了些解数③。如今坐在宫中，又要索甚么披挂。我处无有，故响钟鸣鼓，请贤弟来。你们可有甚么披挂，送他一副，打发出门去罢了。"敖钦闻言，大怒道："我兄弟们，点起兵，拿他不是！"老龙道："莫说拿！莫说拿！那块铁，挽着些儿就死，磕着些儿就亡，挨挨儿皮破，擦擦儿筋伤！"西海龙王敖闰说："二哥不可与他动手；且只凑副披挂与他，打发他出了门，启表奏上上天，天自诛也。"北海龙王敖顺道："说的是。我这里有一双藕丝步云履哩。"西海龙王敖闰道："我带了一副锁子黄金甲哩。"南海龙王敖钦道："我有一顶凤翅紫金冠哩。"老龙大喜，引入水晶宫相见了，以此奉上。悟空将金冠、金甲、云履都穿戴停当，使动如意棒，一路打出去，对众龙道："聒噪④！聒噪！"四海龙王甚是不平，一边商议

---

① 西海龙王敖闰：下文南海龙王敖钦提出要捉拿孙悟空，世德堂本中西海龙王的名字反而变成了敖顺，这应是传刻之误。闰、顺音近，故书中西、北二海龙王名字常常混淆。今参照其他版本，本回统一定为西海龙王敖闰，北海龙王敖顺。

② 赊三不跌见二：赊卖三件货不如收现款卖两件货。意思是空许再多的好处，也比不上眼前现有的实惠。见，同"现"。今随文改作常用字，后不出注。

③ 解数：武术的套路。

④ 聒噪：打搅。

进表上奏不题。

你看这猴王,分开水道,径回铁板桥头,撺将上来,只见四个老猴领着众猴,都在桥边等候。忽然见悟空跳出波外,身上更无一点水湿,金灿灿的走上桥来。唬得众猴一齐跪下道:"大王,好华彩耶!好华彩耶!"悟空满面春风,高登宝座,将铁棒竖在当中。那些猴不知好歹,都来拿那宝贝,却便似蜻蜓撼铁树,分毫也不能禁动①。一个个咬指伸舌道:"爷爷呀,这般重,亏你怎的拿来也!"悟空近前,舒开手,一把挝起,对众笑道:"物各有主。这宝贝镇于海藏中,也不知几千百年,可可的今岁放光②。龙王只认做是块黑铁,又唤做天河镇底神珍。那厮每都扛抬不动,请我亲去拿之。那时此宝有二丈多长,斗来粗细;被我挝他一把,意思嫌大,他就小了许多;再教小些,他又小了许多;再教小些,他又小了许多;急对天光看处,上有一行字,乃'如意金箍棒,一万三千五百斤'。你都站开,等我再叫他变一变着。"

他将那宝贝颠在手中,叫:"小!小!小!"即时就小做一个绣花针儿相似,可以揌在耳朵里面藏下③。众猴骇然,叫道:"大王,还拿出来耍耍!"猴王真个去耳朵里拿出,托放掌上叫:"大!大!大!"即又大做斗来粗细,二丈长短。他弄到欢喜处,跳上桥,走出洞外,将宝贝揝在手中④,使一个法天像地的神通,把腰一躬,叫声:"长!"他就长的高万丈,头如太山,腰如峻岭,眼如闪电,口似血盆,牙如剑戟;手中那棒,上抵三十三天⑤,下至十八层地狱,把些虎豹狼虫,满

---

①禁:这里意为胜任,能够。
②可可的:恰好,恰巧。
③揌:同"塞"。堵塞。耳朵:世德堂本"耳朵"通作"耳躱",今统改为"耳朵",后不出注。
④揝:同"攥"。抓住,握住。
⑤三十三天:佛教和道教都有三十三天的说法,道教的三十三天以东、西、南、北各八天,加上中间最高的大罗天,合称三十三天。天,此谓神仙居住的天界。

山群怪,七十二洞妖王,都唬得磕头礼拜,战兢兢魄散魂飞。霎时收了法像,将宝贝还变做个绣花针儿,藏在耳内,复归洞府。慌得那各洞妖王,都来参贺。

此时遂大开旗鼓,响振铜锣。广设珍馐百味,满斟椰液萄浆,与众饮宴多时。却又依前教演。猴王将那四个老猴封为健将,将两个赤尻马猴唤做马流二元帅①;两个通背猿猴唤做崩芭二将军②。将那安营下寨,赏罚诸事,都付与四健将维持。他放下心,日逐腾云驾雾,遨游四海,行乐千山。施武艺,遍访英豪;弄神通,广交贤友。此时又会了个七弟兄,乃牛魔王、蛟魔王、鹏魔王、狮驼王、猕猴王、狨狨王③,连自家美猴王七个。日逐讲文论武,走斝传觞④,弦歌吹舞,朝去暮回,无般儿不乐。把那万里之遥,只当庭闱之路⑤,所谓点头径过三千里,扭腰八百有余程。

一日,在本洞分付四健将安排筵宴,请六王赴饮,杀牛宰马,祭

---

① 马流:也写作"马留",马流即猴子。宋赵彦卫《云麓漫钞》卷五:"北人谚语曰胡孙(即猢狲)为马流。"马流当源于北方少数民族语言,如满语至今称猴子为 monio,是其遗迹。

② 崩芭:不详其义,可能也来自元代以后少数民族语言的拟音,如蒙古语小老虎即谓之 bambar(бамбар),音"班巴尔"。"崩芭将军"或意即"虎将"。

③ 狮驼(tuó)王:实际并无名为"狮驼"的动物。山西现存有宋元时期队戏《迎神赛社四十曲礼节传簿》,演唐僧取经故事,第一站即"师陀国"。元明时期朝鲜汉语教科书《朴通事谚解》关于《西游记》的注文中,也称唐僧取经第一站是"师陀国",只说"遇猛虎毒蛇之害",与狮子精为两个故事,可见"师陀"本是传说中地名。元杂剧《二郎神醉射锁魔镜》中有"八角师陀鬼"(此鬼《南游记》作"八角头陀"),又写作"狮陀鬼",转写为"狮驼",则已与狮子精相牵合了。狨狨(yú róng)王:狨即禺,是一种长尾猿。郭璞注《山海经·南山经》称"禺似猕猴而大,赤目长尾"。狨即金丝猴,又称金线狨。

④ 斝(jiǎ):古代酒器,三足,圆口,顶缘带两根立柱。觞(shāng):盛满酒的杯子,后用作酒杯的统称。

⑤ 庭闱:内舍。

天享地,着众怪跳舞欢歌,俱吃得酩酊大醉。送六王出去,却又赏犒大小头目①,欹在铁板桥边松阴之下②,霎时间睡着。四健将领众围护,不敢高声。

只见那美猴王睡里见两人拿一张批文,上有"孙悟空"三字,走近身,不容分说,套上绳,就把美猴王的魂灵儿索了去,踉踉跄跄,直带到一座城边。猴王渐觉酒醒,忽抬头观看,那城上有一铁牌,牌上有三个大字,乃"幽冥界"。美猴王顿然醒悟道:"幽冥界乃阎王所居,何为到此?"那两人道:"你今阳寿该终,我两人领批,勾你来也。"猴王听说,道:"我老孙超出三界外,不在五行中,已不伏他管辖,怎么朦胧③,又敢来勾我?"那两个勾死人只管扯扯拉拉④,定要拖他进去。这猴王恼起性来,耳朵中掣出宝贝,幌一幌,碗来粗细,略举手,把两个勾死人打为肉酱。自解其索,丢开手,轮着棒,打入城中。唬得那牛头鬼东躲西藏,马面鬼南奔北跑⑤,众鬼卒奔上森罗殿,报着:"大王!祸事!祸事!外面有一个毛脸雷公打将来了⑥!"

慌得那十代冥王急整衣来看;见他相貌凶恶,即排下班次,应声高叫道:"上仙留名!上仙留名!"猴王道:"你既认不得我,怎么差人来勾我?"十王道:"不敢!不敢!想是差人差了。"猴王道:"我本是花果山水帘洞天生圣人孙悟空。你等是甚么官位?"十王躬身道:

---

① 赏犒:犒劳。
② 欹(qī):歪斜,倾斜。
③ 朦胧:这里意为糊涂。
④ 勾死人:又作勾司人,传说中的勾魂鬼。
⑤ 牛头鬼、马面鬼:佛教传说中阴间的鬼卒。《楞严经》卷八有"牛头狱卒,马头罗刹",世俗遂改"马头"作"马面"。
⑥ 雷公:司雷的神,民间传说中有的是鸟形,有的是牛形,而以猴形人身居多,雷公的画像和雕塑经常出现在各地的庙宇里,比较容易见到。《永乐大典》卷二九四八《雷神》诗"我闻古老说雷神,身矮长毫目烁金"。所以人们经常用雷公比喻孙悟空。

"我等是阴间天子十代冥王①。"悟空道:"快报名来,免打!"十王道:"我等是秦广王、初江王、宋帝王、仵官王、阎罗王、平等王、泰山王、都市王、卞城王、转轮王。"悟空道:"汝等既登王位,乃灵显感应之类②,为何不知好歹?我老孙修仙了道,与天齐寿,超升三界之外,跳出五行之中,为何着人拘我?"十王道:"上仙息怒。普天下同名同姓者多,敢是那勾死人错走了也?"悟空道:"胡说!胡说!常言道:'官差吏差,来人不差③。'你快取生死簿子来我看!"

十王闻言,即请上殿查看。悟空执着如意棒,径登森罗殿上,正中间南面坐下。十王即命掌案的判官取出文簿来查。那判官不敢怠慢,便到司房里④,捧出五六簿文书并十类簿子,逐一查看。蠃虫、毛虫、羽虫、昆虫、鳞介之属,俱无他名。又看到猴属之类,原来这猴似人相,不入人名;似蠃虫,不居国界;似走兽,不伏麒麟管;似飞禽,不受凤凰辖。另有个簿子,悟空亲自检阅,直到那槐字一千三百五十号上⑤,方注着孙悟空名字,乃天产石猴,该寿三百四十二岁,善终。悟空道:"我也不记寿数几何,且只消了名字便罢。取笔过来!"

---

① 十代冥王:即十殿阎王。在中国早期的神话传说中,地府的主宰者是泰山神。后来随着佛教传入,地府的主宰成为阎罗王,但只有一人,下设若干僚属而已。《佛祖统记》卷三十三:"世传唐道明和尚神游地府,见十王分治亡人,因传名世间。"自此民间传说中地府主宰开始变多。中晚唐以后,出现了十殿阎王的说法,佛典中较早讲十殿阎王的,如《预修十王生七经》。

② 灵显感应:神明灵验。感应,指神明对人事的反响。

③ 官差吏差,来人不差:谚语,意思是无论有什么样的过错,奉命而来的人没有过错。

④ 司房:本是元明时州县衙门里负责记录口供、管理案卷的文书部门,位于大堂两侧。道教和民间信仰受此影响,认为地府也有各种职能机构,就产生了"七十二司"或"七十六司"的说法,如速报司、生死司等。

⑤ 槐字:杨闽斋本同。古代习惯用《千字文》编号,如"天地玄黄"句,可编为"天"字、"地"字、"玄"字、"黄"字等。《千字文》有"路侠槐卿"句,则编号中可以有"槐"字。李卓吾评本及以后刻本均改为"魂"字,亦合文意。

那判官慌忙捧笔,饱掭浓墨①。悟空拿过簿子,把猴属之类,但有名者,一概勾之。捽下簿子道②:"了帐!了帐!今番不伏你管了!"一路棒打出幽冥界。那十王不敢相近,都去翠云宫同拜地藏王菩萨③,商量启表奏闻上天,不在话下。

这猴王打出城中,忽然绊着一个草纥繨④,跌了个跮蹱⑤,猛的醒来,乃是南柯一梦⑥。才觉伸腰,只闻得四健将与众猴高叫道:"大王,吃了多少酒,睡这一夜,还不醒来?"悟空道:"睡还小可,我梦见两个人,来此勾我,把我带到幽冥界城门之外,却才醒悟,是我显神通,直嚷到森罗殿,与那十王争吵,将我们的生死簿子看了,但有我等名号,俱是我勾了,都不伏那厮所辖也。"众猴磕头礼谢。自此,山猴多有不老者,以阴司无名故也。美猴王言毕前事,四健将报知各洞妖王,都来贺喜。不几日,六个义兄弟,又来拜贺;一闻销名之故,又个个欢喜,每日聚乐不题。

却表启那高天上圣大慈仁者玉皇大天尊玄穹高上帝,一日,驾坐金阙云宫灵霄宝殿,聚集文武仙卿早朝之际,忽有丘弘济真人启奏道⑦:"万岁,通明殿外,有东海龙王敖广进表,听天尊宣诏。"玉皇

---

① 掭(tiàn):用笔调蘸墨汁。

② 捽(zuó):投,扔。

③ 地藏王菩萨:即地藏菩萨,佛教认为他是幽冥教主,发誓"地狱不空誓不成佛,众生度尽方证菩提",所以为阴间的最高主宰。

④ 草纥繨:草结。纥繨,同"疙瘩"。

⑤ 跮蹱(lóng zhǒng):踉跄欲跌倒而抢步支持站住。

⑥ 南柯一梦:即一场梦。唐李公佐著《南柯太守传》,叙述淳于棼在梦中进入一棵大槐树中的蚂蚁国,在南柯(大树南边的树枝)做了二十年官,享尽荣华富贵,醒来方觉一场空虚,后来就把"南柯"作为梦的代称。

⑦ 丘弘济真人:《西游记》中四大天师之一,应是道教全真派祖师丘处机及其掌教弟子李志常的合称(据李时人《西游记论略》)。李志常被元武宗封为"真常妙应显文弘济大真人",著有《长春真人西游记》,记述其师丘处机自山东出发前往西域觐见成吉思汗的事迹。此书很长一段时间内与小说《西游记》相混。许多人认为小说《西游记》系丘处机所作。真人,修仙得道的人。详可参见第二十六回"太乙散数,未入真流"二句条注。

传旨:"着宣来。"敖广宣至灵霄殿下,礼拜毕。旁有引奏仙童接上表文。玉皇从头看过。表曰:

"水元下界东胜神洲东海小龙臣敖广启奏大天圣主玄穹高上帝君①:近因花果山生水帘洞住妖仙孙悟空者,欺虐小龙,强坐水宅,索兵器,施法施威;要披挂,骋凶骋势②。惊伤水族,唬走龟鼍。南海龙战战兢兢,西海龙凄凄惨惨,北海龙缩首归降,臣敖广舒身下拜。献神珍之铁棒,凤翅之金冠,与那锁子甲、步云履,以礼送出。他仍弄武艺,显神通,但云:'聒噪!聒噪!'果然无敌,甚为难制,臣今启奏,伏望圣裁③。恳乞天兵,收此妖孽,庶使海岳清宁,下元安泰。奉奏。"

圣帝览毕,传旨:"着龙神回海,朕即遣将擒拿。"老龙王顿首谢去。下面又有葛仙翁天师启奏道④:"万岁,有冥司秦广王赍奉幽冥教主地藏王菩萨表文进上⑤。"旁有传言玉女接上表文,玉皇亦从头看过。表曰:

"幽冥境界,乃地之阴司。天有神而地有鬼,阴阳轮转;禽有生而兽有死,反复雌雄。生生化化,孕女成男,此自然之数,不能易也。今有花果山水帘洞天产妖猴孙悟空,逞恶行凶,不服拘唤。弄神通,打绝九幽鬼使;恃势力,惊伤十代慈王。大闹森罗,强销名号。致使猴属之类无拘,猕猴之畜多寿;寂灭轮回,各无生死。贫僧具表,冒渎天威⑥。伏乞调遣神兵,收降此妖,整理阴阳,永安地府。谨奏。"

玉皇览毕,传旨:"着冥君回归地府,朕即遣将擒拿。"秦广王亦顿首谢去。

---

① 水元下界:道教称天空为上元,陆地为中元,水中为下元。水元和后文的下元都指水中。
② 骋:同"逞"。
③ 圣裁:对君王决策的尊称。
④ 葛仙翁天师:即葛玄,字孝先,三国时的方士。后世认为他成仙,称为天师。
⑤ 赍奉:捧持。
⑥ 冒渎:冒犯,亵渎。这里是谦辞,意思是用这点微不足道的事情来冒犯上天的威严。

大天尊宣众文武仙卿,问曰:"这妖猴是几年产育,何代出身,却就这般有道?"一言未已,班中闪出千里眼、顺风耳道:"这猴乃三百年前天产石猴。当时不以为然,不知这几年在何方修炼成仙,降龙伏虎,强销死籍也。"玉帝道:"那路神将下界收伏?"言未已,班中闪出太白长庚星①,俯伏启奏道:"上圣,三界中凡有九窍者,皆可修仙②。奈此猴乃天地育成之体,日月孕就之身,他也顶天履地,服露餐霞;今既修成仙道,有降龙伏虎之能,与人何以异哉?臣启陛下,可念生化之慈恩③,降一道招安圣旨④,把他宣来上界,授他一个大小官职,与他籍名在箓⑤,拘束此间,若受天命,后再升赏;若违天命,就此擒拿。一则不动众劳师,二则收仙有道也。"玉帝闻言甚喜,道:"依卿所奏。"即着文曲星官修诏⑥,着太白金星招安。

金星领了旨,出南天门外,按下祥云,直至花果山水帘洞。对众小猴道:"我乃天差天使,有圣旨在此,请你大王上界,快快报知!"洞外小猴,一层层传至洞天深处,道:"大王,外面有一老人,背着一角文书⑦,言是上天差来的天使,有圣旨请你也。"美猴王听得大喜,道:

---

① 太白长庚星:即金星之神,金星是九大行星之一,是天空中最明亮的星,出现在东方称启明,出现在西方称长庚。故这里称太白长庚星。
② 凡有九窍者,皆可修仙:道教常有"天有九星,地有九州,人有九窍"的说法,认为生有九窍方合乎天地之理,可以修仙。梁丘子注《黄庭经》"七曜九元冠生门":"九元:九辰,即人之九窍,废一不可。"
③ 生化之慈恩:生化,生育。古代认为天最大的仁德就是生育万物,参见第一回"覆载群生"条注。
④ 招安:劝说反抗者投降归顺。
⑤ 籍名在箓:把名字登记在仙箓上。籍,此指登记入册。
⑥ 文曲星官:道教《北斗经》中认为北斗九星(七星和斗柄旁两颗小星辅、弼)各有尊神,第四名玄冥文曲纽星君。又北斗上方有六颗星,称为文昌宫,主管功名文运。又四川梓潼原有张亚(一作"恶""亚")子祠,祭祀一位传说在晋代阵亡的将领张亚子,也主管功名,元代封张亚子神为文昌帝君。后来道教北斗崇拜中的文曲星君与民间崇祀的文昌帝君逐渐混淆。
⑦ 角:量词,封,份。常用在信件、公文的前面。

"我这两日正思量要上天走走,却就有天使来请。"叫:"快请进来!"猴王急整衣冠,门外迎接。金星径入当中,面南立定道:"我是西方太白金星,奉玉帝招安圣旨下界,请你上天,拜受仙箓。"悟空笑道:"多感老星降临。"教:"小的们!安排筵宴款待。"金星道:"圣旨在身,不敢久留;就请大王同往,待荣迁之后,再从容叙也。"悟空道:"承光顾,空退①!空退!"即唤四健将,分付:"谨慎教演儿孙,待我上天去看看路,却好带你们上去同居住也。"四健将领诺。这猴王与金星纵起云头,升在空霄之上,正是那:

　　高迁上品天仙位,名列云班宝箓中。

毕竟不知授个甚么官爵,且听下回分解。

————————

①空退:客人没有享用什么就离开了,义同怠慢。

第四回

官封弼马心何足　名注齐天意未宁

　　那太白金星与美猴王，同出了洞天深处，一齐驾云而起。原来悟空筋斗云比众不同，十分快疾，把个金星撇在脑后，先至南天门外。正欲收云前进，被增长天王领着庞刘苟毕、邓辛张陶①，一路大力天丁，枪刀剑戟，挡住天门，不肯放进。猴王道："这个金星老儿乃奸诈之徒。既请老孙，如何教人动刀动枪，阻塞门路？"正嚷间，金星俟到。悟空就觌面发狠道②："你这老儿，怎么哄我？被你说奉玉帝招安旨意来请，却怎么教这些人阻住天门，不放老孙进去？"金星笑道："大王息怒。你自来未曾到此天堂，却又无名，众天丁又与你素

---

① 增长天王：佛教护法四大天王之一。持国天王守护东方，增长天王守护南方，广目天王守护西方，多闻天王守护北方。这里的增长天王，身体为青色，执剑。道教神本无天王，此是对佛教神的借用。《洞玄灵宝诸天世界造化经·昆仑山王四天下品》："昆仑之山在黄曾天下，太微帝君或居中央，有四天王，各镇四边，各掌一方天下。"至于天王守门，唐宋以来民间对毗沙门天王极为信仰。"毗沙门"是梵语，本义为"多闻"，但中国民间长期以来不了解其本义，误以为"毗沙门"是天官的一个门，例如杨景贤《西游记》杂剧称："天兵百万总归降，金塔高擎镇北方。四海尽知名与姓，毗沙门下李天王。"既然北方已有"毗沙"门，则其余三个天王也就成了天官另外三个门的护卫了(据澳大利亚学者柳存仁说)。庞刘苟毕、邓辛张陶：道教的雷部神，在这里是增长天王手下天将。根据《道法会元》记载的各种雷法，道士求雨、驱邪等法事祈请的雷部神有：雷霆主帅欻火律令大神邓伯温、雷霆猛吏银牙耀目辛汉臣、雷霆飞捷报应使者张元伯、雷霆飞火掌令大神陶公济、八卦洞神天魂正将庞灵、八卦洞神天魂副将刘通、上清神烈阳雷神君苟留吉、上清神化阴雷神君毕宗远。作法时往往同时祈请其中的两位以上，顺序亦相对固定，于是形成了"庞刘苟毕""邓辛张陶"的固定说法。

② 觌(dí)面：对面，当面。觌，相见。

不相识,他怎肯放你擅入?等如今见了天尊,授了仙箓,注了官名,向后随你出入,谁复挡也?"悟空道:"这等说,也罢,我不进去了。"金星又用手扯住道:"你还同我进去。"将近天门,金星高叫道:"那天门天将,大小吏兵,放开路者。此乃下界仙人,我奉玉帝圣旨,宣他来也。"那增长天王与众天丁俱才敛兵退避。猴王始信其言,同金星缓步入里观看。真个是:

初登上界,乍入天堂。金光万道滚红霓,瑞气千条喷紫雾。只见那南天门,碧沉沉,琉璃造就;明幌幌,宝玉妆成。两边摆数十员镇天元帅,一员员顶梁靠柱,持铣拥旄①;四下列十数个金甲神人,一个个执戟悬鞭,持刀仗剑。外厢犹可,入内惊人:里壁厢有几根大柱,柱上缠绕着金鳞耀日赤须龙;又有几座长桥,桥上盘旋着彩羽凌空丹顶凤。明霞幌幌映天光,碧雾濛濛遮斗口②。这天上有三十三座天宫,乃遣云宫、毗沙宫、五明宫、太阳宫、化乐宫③,一宫宫脊吞金稳兽;又有七十二重宝殿,乃朝会殿、凌虚殿、宝光殿、天王殿、灵官殿,一殿殿柱列玉麒麟。寿星台上,有千千年不卸的名花;炼药炉边,有万万载常青的绣草。又至那朝圣楼前,绛纱衣,星辰灿烂;芙蓉冠,金璧辉煌。玉簪朱履,紫绶金章。金钟撞动,三曹神表进丹墀④;天鼓鸣时,万圣朝王参玉帝。又至那灵霄宝殿,金钉攒玉户,彩

---

① 铣(xiǎn):铲子,这里指铲状的仪仗。旄:用牦牛尾装饰的旗子,也是一种仪仗。
② 斗口:指北斗星前四颗星组成的勺形之口,又称斗魁。
③ 毗沙宫:系民间对梵语"毗沙门"之误解生造的名号,见本回"增长天王"条注。五明宫:《太上升玄消灾护命妙经》等谓元始天尊所居。太阳宫:《无上黄箓大斋立成仪》卷十谓是典考曹治。化乐宫:即佛教三十三天之一化乐天的天宫。
④ 三曹:即天、地、水三官各自管辖下的官署。曹,曹官,即有一定职权的属官。道教神比附人间制度,认为天官大帝、地官大帝、水官大帝各自有若干曹官,如明法曹、考正曹、司杀曹等,主管考校人间善恶、增福降祸等事。

凤舞朱门。复道回廊,处处玲珑剔透;三檐四簇①,层层龙凤翱翔。上面有个紫巍巍、明幌幌、圆丢丢、亮灼灼、大金葫芦顶;下面有天妃悬掌扇、玉女捧仙巾。恶狠狠,掌朝的天将;气昂昂,护驾的仙卿。正中间,琉璃盘内,放许多重重叠叠太乙丹②;玛瑙瓶中,插几枝弯弯曲曲珊瑚树。正是天宫异物般般有,世上如他件件无。金阙银銮并紫府,琪花瑶草暨琼葩。朝王玉兔坛边过,参圣金乌着底飞。猴王有分来天境,不堕人间点污泥。

太白金星领着美猴王,到于灵霄殿外。不等宣诏,直至御前,朝上礼拜。悟空挺身在傍,且不朝礼,但侧耳以听金星启奏。金星奏道:"臣领圣旨,已宣妖仙到了。"玉帝垂帘问曰:"那个是妖仙?"悟空却才躬身答应道:"老孙便是!"仙卿们都大惊失色道:"这个野猴!怎么不拜伏参见,辄敢这等答应道:'老孙便是!'却该死了!该死了!"玉帝传旨道:"那孙悟空乃下界妖仙,初得人身,不知朝礼,且姑恕罪。"众仙卿叫声:"谢恩!"猴王却才朝上唱个大喏③。

玉帝宣文选武选仙卿④,看那处少甚官职,着孙悟空去除授⑤。

---

① 三檐四簇:即三檐四角攒尖顶。即屋顶为三层檐,最上一层为四棱锥形,四条屋脊上聚于一点,称宝顶,一般作葫芦形、球形或塔形。即下文所谓"大金葫芦顶"。如今西安钟楼的楼顶。
② 太乙丹:太乙,又作"太一",本是先秦道家所称的"至道",即宇宙的本原,秦汉时被神化,成为最高天神。金丹家所炼丹药,往往托名太一(太乙)神所传,如《云笈七签》卷六十四《金丹部》记金华玉女称:"昔吾与天众朝会太一神君,闻无上大道,演度天人,宣说法要。其一名金液,其二名九转神丹,以授众真,普救世苦。"道士为丹药命名,亦多用"太乙"或"太一",如太一小还丹,太一金膏丹、太乙禹余粮等。
③ 唱个大喏(rě):古代男子叉手行礼,同时口中称"喏",称唱喏。打躬幅度大,弯腰扬声,表示格外恭敬,称"唱个大喏"或者"唱个肥喏"。
④ 文选武选:主管任命文武官员的部门。《西游记》一书,无论是天上还是人间的官职,实际多是明代官制的翻版。明代吏部设有文选司和武选司,分别主管文官和武官的升降任命。
⑤ 除授:拜官受职。除,封官。

傍边转过武曲星君①,启奏道:"天宫里各宫各殿,各方各处,都不少官,只是御马监缺个正堂管事②。"玉帝传旨道:"就除他做个'弼马温'罢③。"众臣叫谢恩,他也只朝上唱个大喏。玉帝又差木德星官送他去御马监到任④。当时猴王欢欢喜喜,与木德星官径去到任。事毕,木德回宫。他在监里,会聚了监丞、监副、典簿、力士⑤,大小官员人等,查明本监事务,止有天马千匹。乃是:

骅骝骐骥,騄駬纤离;龙媒紫燕,挟翼骕骦;駃騠银骠,騕褭飞黄;騊駼翻羽,赤兔超光;逾辉弥景,腾雾胜黄;追风绝地,飞翩奔霄;逸飘赤电,铜爵浮云;骢珑虎𩦡,绝尘紫鳞;四极大宛,八骏九逸,千里绝

---

① 武曲星君:北斗九星第六名北极武曲纪星君(据元《北斗经》)。民间认为武曲星君管理和军事、战争有关的事务。

② 御马监:本是明代宫廷的宦官机构,其行政长官由宦官充任,专为皇帝饲养马匹。

③ 弼马温:按明制,御马监长官应称"太监"(职官名,后世演变为宦官的泛称),历史上并无"弼马温"一职。民间传说,猴子养在马厩中,可以避免马匹患瘟疫。此说由来已久。《本草纲目》载"马厩畜母猴避马瘟疫",又拴马桩的桩头也多塑一猴像,用意与此同。这里的官名是作者采取了这个传说,用同音字更换成的。

④ 木德星官:即木德星君,木星之神,全称"东方木德岁星重华星君"。

⑤ 监丞、监副、典簿、力士:都是御马监的僚属。据《明史·职官志》,洪武二十八年(1395),御马监"设太监一人,左右少监各一人,左右监丞各一人,典簿一人,又设长随、奉御"。监副(下文又作"监付",今统一),相当于少监,是部门正职的副手;一般来说,内官(由宦官充任的内朝官)称少监,外官(即一般意义上的文武百官)称监副。典簿,负责文书公务。力士,不是宦官,是明代从民户中征发的军役,隶属于御马监管辖下的卫所,负责守备及粗活杂事。

群。此等良马,一个个,嘶风逐电精神壮,踏雾登云气力长①。

这猴王查看了文簿,点明了马数。本监中典簿管征备草料;力士官管刷洗马匹、扎草、饮水、煮料②;监丞、监副辅佐催办;弼马昼夜不睡,滋养马匹。日间舞弄犹可③,夜间看管殷勤,但是马睡的,赶起来吃草;走的,捉将来靠槽。那些天马见了他,泯耳攒蹄④,都养得肉肥膘满。

不觉的半月有余,一朝闲暇,众监官都安排酒席,一则与他接风,一则与他贺喜。正在欢饮之间,猴王忽停杯问曰:"我这'弼马温'是个甚么官衔?"众曰:"官名就是此了。"又问:"此官是个几品?"

---

① "骅骝骐骥"数句:这里列举的,都是古代的名马。传说周穆王有八匹名马,称为"八骏",其名传说不一,这里骅骝、绿耳(lù ěr)、挟翼、翻羽、逾辉、超光、腾雾、绝地、奔霄都是传说中八骏的名字。骐骥,骏马。纤离、弥景(当为蹑景。䙅、蹑字形近似)、飞翮、铜爵,都是秦始皇的名马。龙媒、大宛,汉代西域大宛国所产名马。"四极大宛"当作"西极大宛",汉《天马歌》有"天马来,从西极"的诗句。汉文帝有九匹名马,称为"九逸",这里紫燕、逸飘(当作逸骠)、赤电、浮云、绝尘、绝群都属九逸。骕骦(sù shuāng),春秋时唐成公的名马。駃騠,与騊駼均为商代北方民族所献名马。银騔(hé),当即银合马,本是一种白马,后在成吉思汗陵作为神物被祭祀(见《蒙古秘史》卷二)。騕褭(yǎo niǎo),名马,赤嘴黑身,日行五千里。飞黄,又名腾黄(即胜黄)、乘黄,西方名马,状如狐狸,背有角,寿千岁。騊駼(táo tú),禺氏(西北少数民族)的名马。赤兔,汉末大将吕布的坐骑。追风,北魏河间王元琛向波斯国求得的名马。骢珑,宋陆游《忆秦娥》词:"玉花骢,晚街金辔声珑珑。"又中亚阿兰语saurag,亦可音译为珑珑,是一种深色毛皮的名马。虎剌(lā),《蒙古秘史》卷八蒙语"红色"译音为"忽剌",虎剌当即红色的马。元高明《琵琶记》记马的毛色,有"布罕、虎剌"。紫鳞,当即"翔麟(lín)紫",唐太宗的名马"十骥"之一。

② 扎:同"铡"。

③ 舞弄:摆弄,这里意为忙碌工作。古代传说下界仙人初登天庭,要劳苦工作。晋葛洪《抱朴子内篇》卷一称:"天上多尊官大神,新仙者位卑,所奉事者非一,但更劳苦,故不足役役(奔走钻营的样子)于登天。"

④ 泯:同"抿"。合拢。

众道:"没有品从。"猴王道:"没品,想是大之极也。"众道:"不大,不大,只唤做'未入流'①。"猴王道:"怎么叫做'未入流'?"众道:"末等。这样官儿,最低最小,只可与他看马。似堂尊到任之后②,这等殷勤,喂得马肥,只落得道声'好'字,如稍有些尪羸③,还要见责;再十分伤损,还要罚赎问罪。"

猴王闻此,不觉心头火起,咬牙大怒道:"这般渺视老孙!老孙在那花果山,称王称祖,怎么哄我来替他养马?养马者,乃后生小辈,下贱之役,岂是待我的?不做他!不做他!我将去也!"忽辣的一声,把公案推倒,耳中取出宝贝,幌一幌,碗来粗细,一路解数,直打出御马监,径至南天门。众天丁知他受了仙箓,乃是个弼马温,不敢阻当,让他打出天门去了。

须臾,按落云头,回至花果山上。只见那四健将与各洞妖王,在那里操演兵卒。这猴王厉声高叫道:"小的们!老孙来了!"一群猴都来叩头迎接,进洞天深处,请猴王高登宝位,一壁厢办酒接风,都道:"恭喜大王,上界去十数年,想必得意荣归也?"猴王道:"我才半月有余,那里有十数年?"众猴道:"大王,你在天上,不觉时辰。天上一日,就是下界一年哩。请问大王,官居何职?"猴王摇手道:"不好说!不好说!活活的羞杀人!那玉帝不会用人,他见老孙这般模样,封我做个甚么'弼马温',原来是与他养马,未入流品之类。我初到任时不知,只在御马监中顽耍。只今日问我同寮,始知是这等卑贱。老孙心中大恼,推倒席面,不受官衔,因此走下来了。"众猴道:"来得好!来得好!大王

---

① 未入流:明、清称官阶不到从九品的职官为"未入流",也称"未入"。《明史·职官志一》:"凡文官之品九,品有正、从,为级一十八。不及九品曰未入流。"
② 堂尊:明清时对本署长官的敬称。
③ 尪羸(wāng léi):瘦弱。明代重视马政,《明太祖实录》卷七十九:"导官以时巡行群牧,视马肥瘦而劝惩之。任满,吏部考其生息多寡以为殿最(考核政绩)焉。"

在这福地洞天之处为王，多少尊重快乐，怎么肯去与他做马夫？"教："小的们！快办酒来，与大王释闷。"

正饮酒欢会间，有人来报道："大王，门外有两个独角鬼王，要见大王。"猴王道："教他进来。"那鬼王整衣跑入洞中，倒身下拜。美猴王问他："你见我何干？"鬼王道："久闻大王招贤，无由得见；今见大王授了天禄，得意荣归，特献赭黄袍一件①，与大王称庆。肯不弃鄙贱，收纳小人，亦得效犬马之劳。"

猴王大喜，将赭黄袍穿起，众等忻然排班朝拜，即将鬼王封为前部总督先锋。鬼王谢恩毕，复启道："大王在天许久，所授何职？"猴王道："玉帝轻贤，封我做个甚么'弼马温'。"鬼王听言，又奏道："大王有此神通，如何与他养马？就做个'齐天大圣'，有何不可？"猴王闻说，欢喜不胜，连道几个："好！好！好！"教四健将："就替我快置个旌旗，旗上写'齐天大圣'四大字，立竿张挂。自此以后，只称我为齐天大圣，不许再称大王。亦可传与各洞妖王，一体知悉。"此不在话下。

却说那玉帝次日设朝，只见张天师引御马监监丞、监副在丹墀下拜奏道②："万岁，新任弼马温孙悟空，因嫌官小，昨日反下天宫去了。"正说间，又见南天门外增长天王领众天丁，亦奏道："弼马温不知何故，走出天门去了。"玉帝闻言，即传旨："着两路神元，各归本

---

① 赭黄袍：又称柘黄袍、郁金袍。一种赤黄色的袍子，自隋文帝开始穿着，后来作为皇帝的常服。

② 张天师：本名张陵或张道陵（本书中写作张道龄），字辅汉，东汉人，入鹤鸣山修道，自称太上老君下降，受封天师之位，创天师道，作道书二十四篇，设立教徒组织二十四治，尊老子为祖师，是道教的实际创始人。其孙张鲁继续扩大影响，并在汉中一带建立了宗教性政权，尊其祖父张陵为天师。

职,朕遣天兵,擒拿此怪。"班部中闪上托塔李天王与哪吒三太子①,越班奏上道:"万岁,微臣不才,请旨降此妖怪。"玉帝大喜,即封托塔天王李靖为降魔大元帅,哪吒三太子为三坛海会大神②,即刻兴师下界。

李天王与哪吒叩头谢辞,径至本宫,点起三军,帅众头目,着巨

---

① 托塔李天王:李天王在明清戏剧小说中名李靖。李靖本是唐代开国名将,被民间崇拜。唐代已有李靖代龙王行雨的传说。而佛经中统率龙王的天王名毗留博叉(西方广目天王),又有率领众夜叉的天王名毗沙门(北方多闻天王),其中毗沙门天王在民间最受崇拜。民间又将两个有"毗"字的天王之名相混淆,故以为毗沙门天王就是李靖。后此形象与原来佛典里的多闻天王发生分离,成了两个人。多闻天王仍旧镇守北方,而李天王则成了天官的统兵大将了。宋人董逌《广川画跋·北天王像后题辨》称毗沙国王交战不利,逃于塔侧,方免其困。早在唐代,高僧不空翻译《北方毗沙门天王随军护法真言》中,即称天王有一宝塔,常由第三子哪吒捧护,不离左右。民间遂依据此形象,演绎出许多关于宝塔的故事,故李天王又称托塔天王。后蜀欧阳炯《应天寺壁天王歌》:"毗沙大像何光辉,手擎巨塔凌云飞。"哪吒三太子:佛典记载,毗沙门天王有五个儿子:最胜、独健、那吒(即哪吒)、常见、禅只。哪吒排第三,所以称三太子。本书中哪吒也作那吒、哪叱、哪咤,均统一为"哪吒"。后不出注。

② 三坛海会大神:不详其来源。按福建、台湾等东南沿海一带,民间祭祀场所常谓之"道坛"。"三坛"即可按左中右论,亦可按上中下论。当地奉哪吒为"中坛元帅",又称"太子爷""罗车太子",统领五方神兵。所谓"中坛",可能与当地供神之神桌有关。神桌分上下二桌,上桌供奉主神,下桌较上桌略矮,放置香炉等供品,并供奉护法神哪吒,此处即称为"中坛"。神桌之下称"下坛",多供"虎爷公",又称"下坛将军",一般置于地面或墙洞内。上坛即主神位置。流行于东南沿海一带的道教闾山派,咒语中常有"左坛龙树医王、右坛真武上帝、上坛普庵祖师、中坛哪吒太子、下坛黑虎将军"等内容。这里加封的"三坛海会大神"或即"中坛元帅"之"晋升"。海会,指众多神灵聚会。

灵神为先锋①,鱼肚将掠后②,药叉将催兵③。一霎时出南天门外,径来到花果山。选平阳处安了营寨,传令教巨灵神挑战。巨灵神得令,结束整齐,轮着宣花斧,到了水帘洞外。只见那洞门外,许多妖魔,都是些狼虫虎豹之类,丫丫叉叉④,轮枪舞剑,在那里跳斗咆哮。这巨灵神喝道:"那业畜!快早去报与弼马温知道,吾乃上天大将,奉玉帝旨意,到此收伏;教他早早出来受降,免致汝等皆伤残也。"那些怪,奔奔波波,传报洞中道:"祸事了!祸事了!"猴王问:"有甚祸事?"众妖道:"门外有一员天将,口称大圣官衔,道:奉玉帝圣旨,来此收伏;教早早出去受降,免伤我等性命。"猴王听说,教:"取我披挂来!"就戴上紫金冠,贯上黄金甲,登上步云鞋,手执如意金箍棒,领众出门,摆开阵势。这巨灵神睁睛观看,真好猴王:

　　身穿金甲亮堂堂,头戴金冠光映映。
　　手举金箍棒一根,足踏云鞋皆相称。
　　一双怪眼似明星,两耳过眉查又硬⑤。
　　挺挺身才变化多,声音响亮如钟磬。
　　尖嘴咨牙弼马温⑥,心高要做齐天圣。

　　巨灵神厉声高叫道:"那泼猴!你认得我么?"大圣听言,急问道:"你是那路毛神,老孙不曾会你,你快报名来。"巨灵神道:"我把你那欺心的猢狲!你是认不得我!我乃高上神霄托塔李天王部下先锋巨灵

---

① 巨灵神:根据《文选注》和《历世真仙体道通鉴》,巨灵神原是王母之女云华夫人手下神将,被派到大禹处开山引水,曾将华山劈为两半,至今山上尚留遗迹,称为"仙人掌"。
② 鱼肚将:《大集经·毗沙门天王品》记毗沙门天王手下除五个儿子之外,还有十六诸天神王,共同守护北方世界,其首名伊荼。"鱼肚"可能是"伊荼"的讹音。
③ 药叉将:也写作夜叉、悦叉,佛教中一种形象丑恶的鬼,也担任神佛的护法。佛典记载毗沙门天王手下有众夜叉,有无病、吉祥等夜叉大力军将。
④ 丫丫叉叉:杂乱交叉的样子。
⑤ 查:张开,分开。
⑥ 咨牙:即"呲牙"。

天将。今奉玉帝圣旨,到此收降你。你快卸了装束,归顺天恩,免得这满山诸畜遭诛;若道半个'不'字,教你顷刻化为齑粉①!"

猴王听说,心中大怒道:"泼毛神,休夸大口,少弄长舌!我本待一棒打死你,恐无人去报信;且留你性命,快早回天,对玉皇说:他甚不用贤。老孙有无穷的本事,为何教我替他养马?你看我这旌旗上字号。若依此字号升官,我就不动刀兵,自然的天地清泰;如若不依,时间就打上灵霄宝殿②,教他龙床定坐不成!"这巨灵神闻此言,急睁睛迎风观看,果见门外竖一高竿,竿上有旌旗一面,上写着"齐天大圣"四大字。巨灵神冷笑三声道:"这泼猴,这等不知人事,辄敢无状,你就要做齐天大圣!好好的吃吾一斧!"劈头就砍将去。那猴王正是会家不忙,将金箍棒应手相迎。这一场好杀:

棒名如意,斧号宣花。他两个乍相逢,不知深浅;斧和棒,左右交加。一个暗藏神妙,一个大口称夸。使动法,喷云嗳雾;展开手,播土扬沙。天将神通就有道,猴王变化实无涯。棒举却如龙戏水,斧来犹似凤穿花。巨灵名望传天下,原来本事不如他;大圣轻轻轮铁棒,着头一下满身麻。

巨灵神抵敌他不住,被猴王劈头一棒,慌忙将斧架隔,扢扠的一声③,把个斧柄打做两截,急撤身败阵逃生。猴王笑道:"脓包④!脓包!我已饶了你,你快去报信!快去报信!"

巨灵神回至营门,径见托塔天王,忙哈哈跪下道:"弼马温是果神通广大!末将战他不得,败阵回来请罪。"李天王发怒道:"这厮挫吾锐气,推出斩之!"傍边闪出哪吒太子,拜告:"父王息怒,且恕巨灵之罪,待孩儿出师一遭,便知深浅。"天王听谏,且教回营待罪管事。

---

① 齑(jī)粉:细碎的粉末。齑,用醋、酱拌和,切成碎末的菜或肉。
② 时间:此指眼下、马上。
③ 扢(gē)扠:象声词,同"喀嚓"。
④ 脓包:化脓时因脓液积聚而形成的隆起物,比喻无用的人。脓,也作"浓",今统改为"脓",后不出注。

这哪吒太子,甲胄齐整,跳出营盘,撞至水帘洞外。那悟空正来收兵,见哪吒来的勇猛。好太子:

总角才遮囟①,披毛未苫肩。

神奇多敏悟,骨秀更清妍。

诚为天上麒麟子,果是烟霞彩凤仙。

龙种自然非俗相,妙龄端不类尘凡。

身带六般神器械,飞腾变化广无边。

今受玉皇金口诏,敕封海会号三坛。

悟空迎近前来问曰:"你是谁家小哥?闯近吾门,有何事干?"哪吒喝道:"泼妖猴!岂不认得我?我乃托塔天王三太子哪吒是也。今奉玉帝钦差,至此捉你。"悟空笑道:"小太子,你的奶牙尚未退,胎毛尚未干,怎敢说这般大话?我且留你的性命,不打你。你只看我旌旗上是甚么字号,拜上玉帝:是这般官衔,再也不须动众,我自皈依;若是不遂我心,定要打上灵霄宝殿。"

哪吒抬头看处,乃"齐天大圣"四字。哪吒道:"这妖猴能有多大神通,就敢称此名号?不要怕,吃吾一剑!"悟空道:"我只站下不动,任你砍几剑罢。"那哪吒奋怒,大喝一声,叫:"变!"即变做三头六臂,恶狠狠,手持着六般兵器②,乃是斩妖剑、砍妖刀、缚妖索、降妖杵、绣

---

①总角:古时儿童束发为两结,向上分开,形状如角,故称总角。

②六般兵器:今天的影视、戏剧中,人们熟悉的哪吒法宝是"火尖枪、风火轮、乾坤圈、混天绫"等。而《西游记》中,哪吒形象尚未完全定型,故有些兵器保留了前代的痕迹,而后世小说未再提起。"斩妖剑"和"砍妖刀",当源于哪吒之父毗沙门天王唐代造像中常见的吴钩宝刀(见第五十一回"吃吾一刀"条注)。"缚妖索"当即"混天绫"的前身。元杂剧《二郎神醉射锁魔镜》、《南游记》等故事中,哪吒曾使用过"花花绣球"和"九节钢鞭"。"降妖杵"当即从九节钢鞭演化而来;"绣球儿"来源较早,宋洪迈《夷坚志》即记当时道士以"哪吒火球咒"发火球灭妖,后演化为绣球,内藏各种被哪吒降伏的精怪,施法时可以放出来助战。"火轮儿",见于《南游记》,本是华光的法宝,是从风火二桃化作的风火判官手里收缴来的。

球儿、火轮儿,丫丫叉叉,扑面来打。悟空见了,心惊道:"这小哥倒也会弄些手段。莫无礼,看我神通!"好大圣,喝声"变",也变做三头六臂;把金箍棒幌一幌,也变作三条;六只手拿着三条棒架住。这场斗,真是个地动山摇,好杀也:

六臂哪吒太子,天生美石猴王,相逢真对手,正遇本源流。那一个蒙差来下界,这一个欺心闹斗牛①。斩妖宝剑锋芒快,砍妖刀狠鬼神愁;缚妖索子如飞蟒,降妖大杵似狼头;火轮掣电烘烘艳,往往来来滚绣球。大圣三条如意棒,前遮后挡运机谋。苦争数合无高下,太子心中不肯休。把那六件兵器都教变,百千万亿照头丢。猴王不惧呵呵笑,铁棒翻腾自运筹。以一化千千化万,满空乱舞赛飞虬。唬得各洞妖王都闭户,遍山鬼怪尽藏头。神兵怒气云惨惨,金箍铁棒响飕飕。那壁厢,天丁呐喊人人怕;这壁厢,猴怪摇旗个个忧。发狠两家齐斗勇,不知那个刚强那个柔。

三太子与悟空各骋神威,斗了个三十回合。那太子六般兵,变做千千万万;孙悟空金箍,变作万万千千。半空中似雨点流星,不分胜负。原来悟空手疾眼快,正在那混乱之时,他拔下一根毫毛,叫声:"变!"就变做他的本相,手挺着棒,演着哪吒②;他的真身,却一纵,赶至哪吒脑后,着左膊上一棒打来。哪吒正使法间,听得棒头风响,急躲间时,不能措手,被他着了一下,负痛逃走;收了法,把六件兵器,依旧归身,败阵而回。

那阵上李天王早已看见,急欲提兵助战。不觉太子倏至面前,战兢兢报道:"父王,弼马温真个有本事!孩儿这般法力,也战他不过,已被他打伤膊也。"天王大惊失色道:"这厮恁的神通③,如何取胜?"太子道:"他洞门外竖一竿旗,上写'齐天大圣'四字,亲口夸称,

---

①斗(dǒu)牛:斗、牛都属二十八宿,斗牛官本指斗、牛二宿范围内的星空区域。后泛指天宫。
②演:意为搪塞、遮掩。
③恁的:这样,如此。

教玉帝就封他做齐天大圣，万事俱休；若还不是此号，定要打上灵霄宝殿哩！"天王道："既然如此，且不要与他相持，且去上界，将此言回奏，再多遣天兵，围捉这厮，未为迟也。"太子负痛，不能复战，故同天王回天启奏不题。

你看那猴王得胜归山，那七十二洞妖王与那六弟兄①，俱来贺喜。在洞天福地，饮乐无比。他却对六弟兄说："小弟既称齐天大圣，你们亦可以大圣称之。"内有牛魔王忽然高声叫道："贤弟言之有理，我即称做平天大圣。"蛟魔王道："我称做覆海大圣。"鹏魔王道："我称混天大圣。"狮驼王道："我称移山大圣。"猕猴王道："我称通风大圣。"犸狨王道："我称驱神大圣。"此时七大圣自作自为，自称自号，耍乐一日，各散讫。

却说那李天王与三太子领着众将，直至灵霄宝殿启奏道："臣等奉圣旨出师下界，收伏妖仙孙悟空，不期他神通广大，不能取胜，仍望万岁添兵剿除。"玉帝道："谅一妖猴，有多少本事，还要添兵？"太子又近前奏道："望万岁赦臣死罪！那妖猴使一条铁棒，先败了巨灵神，又打伤臣臂膊。洞门外立一竿旗，上书'齐天大圣'四字，道是封

---

① 六弟兄：在早期的杂剧里，猴王或名齐天大圣，或名通天大圣，各有不同。瑜伽教（一种融合了道教、民间信仰的佛教教派，宋代以后流行于福建等地，重视法术、咒语）中神名，多有以大圣命名者，如香山大圣、雪山大圣、象鼻大圣、雄威大圣、华光大圣等，参见第五回"五方揭谛"条注。猴精齐天大圣的故事，也源于东南沿海如福建等地，这一带很早就流传着《陈巡检梅岭失妻》之类猴精盗取人妇的传说，福建顺昌还发现刻有"齐天大圣"和"通天大圣"的石碑。《西游记》前七回的"齐天大圣"形象，和后九十三回孙行者的形象，很有可能不是一个来源：齐天大圣故事源于福建当地猴精传说，孙行者故事源于印度或中国上古神话。换言之，爱闯祸的"妖猴""齐天大圣"和保唐僧的"神猴""孙行者"本不是同一只猴子。而《西游记》一书，将二者捏合到了一起，创造了完整、丰满的孙悟空形象（更详细的论述，可参见蔡铁鹰《〈西游记〉的诞生》）。这里的六弟兄结义，到后来大多没有出现，这也应是前七回和后九十三回出于两个来源、甚至出于二人之手的证据。

他这官职,即便休兵来授;若不是此官,还要打上灵霄宝殿也。"

玉帝闻言,惊讶道:"何敢这般狂妄!着众将即刻诛之。"正说间,班部中又闪出太白金星,奏道:"那妖猴只知出言,不知大小。欲加兵与他争斗,想一时不能收伏,反又劳师。不若万岁大舍恩慈,还降招安旨意,就教他做个齐天大圣。只是加他个空衔,'有官无禄'便了①。"玉帝道:"怎么唤做'有官无禄'?"金星道:"名是齐天大圣,只不与他事管,不与他俸禄,且养在天壤之间,收他的邪心,使不生狂妄,庶乾坤安靖,海宇得清宁也。"玉帝闻言道:"依卿所奏。"即命降了诏书,仍着金星领去。

金星复出南天门,直至花果山水帘洞外观看。这番比前不同,威风凛凛,杀气森森,各样妖精,无般不有。一个个都执剑拈枪,拿刀弄杖的,在那里咆哮跳跃。一见金星,皆上前动手。金星道:"那众头目来,累你去报你大圣知之。吾乃上帝遣来天使,有圣旨在此请他。"众妖即跑入报道:"外面有一老者,他说是上界天使,有旨意请你。"悟空道:"来得好!来得好!想是前番来的那太白金星。那次请我上界,虽是官爵不堪,却也天上走了一次,认得那天门内外之路。今番又来,定有好意。"教众头目大开旗鼓,摆队迎接。大圣即带引群猴,顶冠贯甲,甲上罩了赭黄袍,足踏云履,急出洞门,躬身施礼,高叫道:"老星请进,恕我失迎之罪。"金星趋步向前,径入洞内,面南立着道:"今告大圣,前者因大圣嫌恶官小,躲离御马监,当有本监中大小官员奏了玉帝。玉帝传旨道:'凡授官职,皆由卑而尊,为何嫌小?'即有李天王领哪吒下界取战。不知大圣神通,故遭败北,回天奏道:'大圣立一竿旗,要做齐天大圣。'众武将还要支吾,是老汉力为大圣冒罪奏闻,免兴师旅,请大王授箓。玉帝准奏,因此来请。"

悟空笑道:"前番动劳,今又蒙爱,多谢!多谢!但不知上天可与你'齐天大圣'之官衔也?"金星道:"老汉以此衔奏准,方敢领旨而

---

① 有官无禄:本是星命占卜术语,大意是虽有官运,但无财运。

来;如有不遂,只坐罪老汉便是。"悟空大喜,恳留饮宴不肯,遂与金星纵着祥云,到南天门外。那些天丁天将,都拱手相迎,径入灵霄殿下。金星拜奏道:"臣奉诏宣弼马温孙悟空已到。"玉帝道:"那孙悟空过来。今宣你做个'齐天大圣',官品极矣,但切不可胡为。"这猴亦止朝上唱个喏,道声谢恩。玉帝即命工干官张、鲁二班①,在蟠桃园右首,起一座齐天大圣府,府内设个二司:一名安静司,一名宁神司②。司俱有仙吏,左右扶持。又差五斗星君送悟空去到任③,外赐御酒二瓶,金花十朵④,着他安心定志,再勿胡为。那猴王信受奉行⑤,即日与五斗星君到府,打开酒瓶,同众尽饮。送星官回转本宫,他才遂心满意,喜地欢天,在于天宫快乐,无挂无碍。正是:

　　仙名永注长生箓,不堕轮回万古传。

毕竟不知向后如何,且听下回分解。

---

①张、鲁二班:明清以来的民间行业信仰认为:张班和鲁班都是古代的建筑大师。张班为鲁班之师兄。鲁班是瓦、木、棚、石匠的祖师爷。张班是竹匠、梳篦行的祖师爷。

②安静司、宁神司:明清六部下设司,主管具体事务,如礼部下设仪制清吏司等。这里用安静、宁神二司,有"安心定志"的含义。

③五斗星君:即中斗、东斗、南斗、西斗、北斗星君,"东斗主算,西斗记名,北斗注死,南斗上生,中斗大魁(即总的首领),总监众临"(《元始无量度人上品经法》卷二)。

④御酒二瓶,金花十朵:御赐金花的习俗,可以上溯到唐代中进士之后的赐花,明清时期,赐金花成为习惯。如清陈康祺《郎潜纪闻》卷三:"三鼎甲皆簪金花,外有备用一枝,为总理监事所携归。"

⑤信受奉行:佛教常用语。指接受教诲,虔敬奉行。

第五回

乱蟠桃大圣偷丹　反天宫诸神捉怪

　　话表齐天大圣到底是个妖猴,更不知官衔品从,也不较俸禄高低,但只注名便了。那齐天府下二司仙吏,早晚伏侍,只知日食三餐,夜眠一榻,无事牵萦,自由自在。闲时节会友游宫,交朋结义。见三清①,称个"老"字;逢四帝②,道个"陛下"。与那九曜星、五方将、二十八宿、四大天王、十二元辰、五方五老、普天星相、河汉群神③,俱只以弟兄相待,彼此称呼。今日东游,明日西荡,云去云来,

---

① 三清:即道教对最高尊神元始天尊、灵宝天尊和太上老君的合称。
② 四帝:也称"四御",即玉皇大帝、紫微大帝、勾陈大帝、后土皇地祇的合称,在道教中地位仅次于三清。
③ 九曜星:星宿名,太阳星(日)、太阴星(月)及五大行星:荧惑(火星)、辰星(水星)、岁星(木星)、太白(金星)、镇星(土星),合起来称为"七曜",再加两颗想象中的罗睺星和计都星,称为"九曜"。五方将:又称"五方将吏",道教雷法中泛指供驱遣的五方将神。《道法会元》载《火师汪真君雷霆奥旨》有"五云叆叇如屯兵,点兵集将入雷城",意思是作法时心中存想"雷城"(司雷天神居住之处),五方将吏纷纷乘云集聚,如屯兵马。二十八宿:即二十八宿星君。古代天文学把太阳和月亮所经过的天区划分为二十八个区域,从东向西依次为:东方七宿,角亢氐房心尾箕;北方七宿,斗牛女虚危室壁;西方七宿,奎娄胃昴毕觜参;南方七宿,井鬼柳星张翼轸。道教认为二十八宿各有神,称二十八宿星君。十二元辰:道教神名,即十二地支子、丑、寅、卯、辰、巳、午、未、申、酉、戌、亥之神(见《太上洞玄灵宝天尊说罗天大醮上品妙经》)。《太平广记》卷三百一《食羊人》,记一人好吃羊头,见一羊头人身者,自称"未之神",前来威胁,自此不敢再吃。五方五老:指东西南北中五方(或金木水火土五行)的神灵,又称五方五帝,名号历代不一。据《灵宝领教济度金书》,分别是:东方青灵始老九炁天君,号青帝,下应泰山;南方丹灵真老三炁天君,号赤帝,下应衡山;中央元灵元老一炁天君,号黄帝,下应嵩山;西方皓灵皇老七炁天君,号白帝,下应华山;北方五灵玄老五炁天君,号黑帝,下应恒山。河汉:银河。

行踪不定。

一日,玉帝早朝,班部中闪出许旌阳真人①,颏囟启奏道②:"今有齐天大圣,无事闲游,结交天上众星宿,不论高低,俱称朋友。恐后闲中生事,不若与他一件事管,庶免别生事端。"玉帝闻言,即时宣诏。那猴王欣然而至,道:"陛下,诏老孙有何升赏?"玉帝道:"朕见你身闲无事,与你件执事。你且权管那蟠桃园,早晚好生在意。"大圣欢喜谢恩,朝上唱喏而退。

他等不得穷忙,即入蟠桃园内查勘。本园中有个土地拦住,问道:"大圣何往?"大圣道:"吾奉玉帝点差,代管蟠桃园,今来查勘也。"那土地连忙施礼,即呼那一班锄树力士、运水力士、修桃力士、打扫力士都来见大圣磕头,引他进去。但见那:

夭夭灼灼③,颗颗株株。夭夭灼灼桃盈树,颗颗株株果压枝。果压枝头垂锦弹④,花盈枝上簇胭脂。时开时结千年熟,无夏无冬万载迟。先熟的,酡颜醉脸;还生的,带蒂青皮。凝烟肌带绿,映日显丹姿。树下奇葩并异卉,四时不谢色齐齐。左右楼台并馆舍,盈空常

---

① 许旌阳:名许逊,据《三教源流搜神大全》,许逊是三国吴人,曾任旌阳县令,故称许旌阳,师从吴猛受仙法,仗剑斩蛟,晋太康年间白日飞升。宋代封"神功妙济真君"。

② 颏(fǔ)囟:叩头。颏,同"俯"。囟,即囟骨,指人头顶部分的骨头,俗称天灵盖。

③ 夭夭灼灼:美盛鲜明的样子。《诗经·周南·桃夭》形容桃花"桃之夭夭,灼灼其华"。

④ 锦弹:晋葛洪《西京杂记》卷四载汉代韩嫣性豪奢,好弹弓,用金制弹丸,射猎时常引得京师儿童逐拾。后以"金弹"或"锦弹"作为果实的美称。南朝梁庾肩吾《谢樱桃启》:"同秦人之逐弹,似得金丸。"

见罩云霓。不是玄都凡俗种①；瑶池王母自栽培②。

大圣看玩多时,问土地道:"此树有多少株数?"土地道:"有三千六百株:前面一千二百株,花微果小,三千年一熟,人吃了成仙了道,体健身轻。中间一千二百株,层花甘实,六千年一熟,人吃了霞举飞升,长生不老。后面一千二百株,紫纹缃核③,九千年一熟,人吃了与天地齐寿,日月同庚。"大圣闻言,欢喜无任,当日查明了株树,点看了亭阁回府。自此后,三五日一次赏玩,也不交友,也不他游。

一日,见那老树枝头,桃熟大半,他心里要吃个尝新。奈何本园土地、力士并齐天府仙吏紧随不便。忽设一计道:"汝等且出门外伺候,让我在这亭上少憩片时。"那众仙果退。只见那猴王脱了冠服,爬上大树,拣那熟透的大桃,摘了许多,就在树枝上自在受用。吃了一饱,却才跳下树来,簪冠着服,唤众等仪从回府④。迟三二日,又去设法偷桃,尽他享用。

一朝,王母娘娘设宴,大开宝阁,瑶池中做"蟠桃胜会"⑤,即着那红衣仙女、青衣仙女、素衣仙女、皂衣仙女、紫衣仙女、黄衣仙女、绿

---

① 玄都:唐长安有玄都观,观里的道士种的桃树非常有名,刘禹锡《游玄都观》有"玄都观里桃千树,尽是刘郎去后栽"的诗句。
② 王母:又称西王母、金母。先秦著作《山海经》《穆天子传》中,即有"西王母"的形象,居于昆仑山。《穆天子传》还记载周穆王与西王母在瑶池饮宴。汉代以后,西王母传说开始流行,五代杜光庭《墉城集仙录》称西王母是西华至妙之气所化,是道教女仙之长。民间因其名"王母",遂认为她是玉皇大帝的夫人。实际上在道教神谱中,西王母与玉帝并没有关系。
③ 紫纹缃核:缃,浅黄色。《西京杂记》载汉朝皇帝的上林苑有"缃核桃、金城桃、绮叶桃、紫文桃"等名贵桃树。按,此处前、中、后"一千二百株",世德堂本均作"一百二十株",此据前文"三千六百株"总数订正。
④ 仪从:仪卫随从。
⑤ 蟠桃胜会:魏晋间著作《汉武帝内传》载:西王母下降于汉武帝宫中,赐给汉武帝四颗仙桃,武帝吃完,欲留核自种,王母说:"此桃三千年一生实,中夏地薄,种之不生。"后遂有西王母种蟠桃、做蟠桃会的传说。

衣仙女,各顶花篮,去蟠桃园摘桃建会。七衣仙女直至园门首①,只见桃园土地、力士同齐天府二司仙吏,都在那里把门。仙女近前道:"我等奉王母懿旨②,到此摘桃设宴。"土地道:"仙娥且住。今岁不比往年了,玉帝点差齐天大圣在此督理,须是报大圣得知,方敢开园。"仙女道:"大圣何在?"土地道:"大圣在园内,因困倦,自家在亭子上睡哩。"仙女道:"既如此,寻他去来,不可迟误。"

土地即与同进。寻至花亭不见,只有衣冠在亭,不知何往。四下里都没寻处。原来大圣耍了一会,吃了几个桃子,变做二寸长的个人儿,在那大树梢头浓叶之下睡着了。七衣仙女道:"我等奉旨前来,寻不见大圣,怎敢空回?"傍有仙使道:"仙娥既奉旨来,不必迟疑。我大圣闲游惯了,想是出园会友去了。汝等且去摘桃,我们替你回话便是。"那仙女依言,入树林之下摘桃。先在前树摘了二篮,又在中树摘了三篮;到后树上摘取,只见那树上花果稀疏,止有几个毛蒂青皮的。原来熟的都是猴王吃了。

七仙女张望东西,只见向南枝上止有一个半红半白的桃子。青衣女用手扯下枝来,红衣女摘了,却将枝子望上一放。原来那大圣变化了,正睡在此枝,被他惊醒。大圣即现本相,耳朵里掣出金箍棒,幌一幌,碗来粗细,咄的一声道:"你是那方怪物,敢大胆偷摘我桃!"慌得那七仙女一齐跪下道:"大圣息怒。我等不是妖怪,乃王母娘娘差来的七衣仙女,摘取仙桃,大开宝阁,做'蟠桃胜会'。适至此

---

① 七衣仙女:秦汉以前,人们即认为织女星是天帝的孙女。曹植《灵芝篇》和晋干宝《搜神记》都讲述了天上织女为孝子董永所感动,下凡为他织布养家的故事。此后董永与仙女故事开始流传,终成著名民间传说《天仙配》。《清平山堂话本》保存了宋代董永故事《董永遇仙传》:董永孝行,感得天女下凡,为其生一儿子,名董仲舒,随即升天。董仲舒思念母亲,术士严君平为其卜卦,称七月七日众仙女下凡于太白山,其中第七位黄衣仙女便是其母。董仲舒依言前往,果然相认。此故事中,仙女已有七人。唐宋之际,人们相信天上女宿之扶筐七星掌管蚕桑女工,仙女有七位,且织布、提筐(篮)的形象,当从此处衍生出来。
② 懿旨:古代称皇后、皇太后或其他贵妇人的命令。

间,先见了本园土地等神,寻大圣不见。我等恐迟了王母懿旨,是以等不得大圣,故先在此摘桃,万望恕罪。"

大圣闻言,回嗔作喜道:"仙娥请起。王母开阁设宴,请的是谁?"仙女道:"上会自有旧规。请的是西天佛老菩萨、圣僧罗汉,南方南极观音,东方崇恩圣帝①,十洲三岛仙翁②,北方北极玄灵③,中央黄极黄角大仙④,这个是五方五老⑤。还有五斗星君,上八洞三清、四帝、太乙天仙等众⑥,中八洞玉皇、九垒、海岳神仙⑦,下八洞幽冥教主、注世地仙。各宫各殿大小尊神,俱一齐赴蟠桃嘉会。"大圣笑道:"可请我么?"仙女说:"不曾听得说。"大圣道:"我乃齐天大圣,就请我老孙做个席尊⑧,有何不可?"仙女道:"此是上会旧规,今会不

---

① 东方崇恩圣帝:即东华圣帝、东华帝君,参见第二十六回"东华大帝君"条注。东方崇恩圣帝不见于道教文献,道教有崇恩真君,即萨守坚。又有中岳中天崇圣帝,是五岳的中岳之神。此处崇恩圣帝可能是以上神仙名称的混淆。
② 十洲三岛:道教称大海中玄洲、瀛洲、祖洲等十处仙境,称十洲。蓬莱、方丈、瀛洲三个仙岛,叫三岛。
③ 北方北极玄灵:五方五老之一,又称北方五灵玄老君。
④ 黄角大仙:这里当指五方五老之一,中央元灵元老天君。由于道教认为他是中央黄精,下应嵩山。而嵩山主神为中岳大帝,姓角,名普生。"黄角大仙"当是两位职司相近的神灵之混合。
⑤ 五方五老:见本回"五方五老"条注。此处的五方五老羼杂了西天佛祖、南海观音在内,已是民间在正统的道教观念上的改造。
⑥ 八洞:民间传说中的洞府仙境,一般分上八洞、中八洞和下八洞。"八洞"之说,不见于道教经典记述。元《升仙梦》《玩江亭》等剧,已出现所谓上八洞神仙,有孙膑、铁拐李、汉钟离、张四郎、吕洞宾等,可知均是民间俗神。明谢肇淛《五杂俎》谓:"世传上中下八洞皆有仙人,故俗动称八仙云。"
⑦ 九垒(lěi):即"九地",此指九地之神,称为"九垒土皇君"。道教认为上有九天,下有九地。九地皆有神。《无上秘要》等书载,人间世界的下方有九层大地,称"九垒"。依次是:色润地、刚色地、脂色地、润泽地、金粟地、金刚泽地、水制地、大风泽地、洞渊无色纲维地。每垒均由一重土、一重水、一重风构成。每垒有四位土皇执掌,共三十六位土皇君。九垒之下,浩荡空虚不可极。
⑧ 席尊:首席。

知如何。"大圣道:"此言也是,难怪汝等。你且立下,待老孙先去打听个消息,看可请老孙不请。"

好大圣,捻着诀,念声咒语,对众仙女道:"住!住!住!"这原来是个定身法,把那七衣仙女一个个睖睖睁睁①,白着眼,都站在桃树之下。大圣纵朵祥云,跳出园内,径奔瑶池路上而去。正行时,只见那壁厢:

　　一天瑞霭光摇曳,五色祥云飞不绝。
　　白鹤声鸣振九皋,紫芝色秀分千叶。
　　中间现出一尊仙,相貌昂然丰采别。
　　神舞虹霓幌汉霄,腰悬宝箓无生灭。
　　名称赤脚大罗仙,特赴蟠桃添寿节。

那赤脚大仙觌面撞见大圣②,大圣低头定计,赚哄真仙,他要暗去赴会,却问:"老道何往?"大仙道:"蒙王母见招,去赴蟠桃嘉会。"大圣道:"老道不知。玉帝因老孙筋斗云疾,着老孙五路邀请列位,先至通明殿下演礼③,后方去赴宴。"大仙是个光明正大之人,就以他的诳语作真。道:"常年就在瑶池演礼谢恩,如何先去通明殿演礼,方去瑶池赴会?"无奈,只得拨转祥云,径往通明殿去了。

大圣驾着云,念声咒语,摇身一变,就变做赤脚大仙模样,前奔瑶池。不多时,直至宝阁,按住云头,轻轻移步,走入里面。只见那里:

　　琼香缭绕,瑞霭缤纷。瑶台铺彩结,宝阁散氤氲。凤翥鸾翔形缥缈④,金花玉萼影沉浮。上排着九凤丹霞扆⑤,八宝紫霓墩。五彩描金桌,千花碧玉盆。桌上有龙肝和凤髓,熊掌与猩唇。珍羞百味般般美,异果嘉肴色色新。

---

① 睖(lèng)睖睁睁:眼睛直视发呆。睖睁,也作"㱫挣"。
② 赤脚大仙:据《括异志》等书记载,宋仁宗在宫中好赤脚。民间即传说南岳有赤脚李仙人,喜饮酒,宋仁宗即其转世。
③ 通明殿:玉帝的宫殿。宋王钦若《翊圣保德传》载,宋代陕西凤翔居民张守真有一天朝见玉皇大殿,见匾额上写着"通明殿"三个字,意思是玉帝光明通彻,无所不照。演礼:古代朝见皇帝,礼仪比较繁琐,需要预先演习,称为演礼。
④ 翥(zhù):飞举上天。
⑤ 扆(yǐ):置于门窗之间的屏风。

那里铺设得齐齐整整,却还未有仙来。这大圣点看不尽,忽闻得一阵酒香扑鼻;忽转头,见右壁厢长廊之下,有几个造酒的仙官,盘糟的力士①,领几个运水的道人,烧火的童子,在那里洗缸刷瓮,已造成了玉液琼浆,香醪佳酿。大圣止不住口角流涎,就要去吃,奈何那些人都在这里。他就弄个神通,把毫毛拔下几根,丢入口中嚼碎,喷将出去,念声咒语,叫:"变!"即变做几个瞌睡虫,奔在众人脸上。你看那伙人,手软头低,闭眉合眼,丢了执事,都去盹睡。大圣却拿了些百味八珍,佳肴异品,走入长廊里面,就着缸,挨着瓮,放开量,痛饮一番。吃勾了多时,酕醄醉了②。自揣自摸道:"不好!不好!再过会,请的客来,却不怪我?一时拿住,怎生是好?不如早回府中睡去也。"

　　好大圣,摇摇摆摆,仗着酒,任情乱撞,一会把路差了;不是齐天府,却是兜率天宫。一见了,顿然醒悟道:"兜率宫是三十三天之上,乃离恨天太上老君之处③,如何错到此间?也罢!也罢!一向要来

---

① 盘糟:应是糟烧酒酿造工艺的一个环节,即"摊糟",又称"摊凉",酒糟摊平晾凉,继续发酵、蒸馏成酒。

② 酕醄(máo táo):大醉的样子。

③ 兜率宫、离恨天:民间传说中太上老君的居处。兜率宫,据佛典,三十三天之上有兜率天,兜率天的宫殿分内外院,其中内院是候补佛所居净土,由弥勒菩萨主持,为修佛者向往之处。这里的兜率宫当即指此。离恨天,民间传说中天的最高层。道教经典一般认为太上老君住在三清境,没有"离恨天"的说法。佛教的宇宙观中,世界中心为须弥山,三十三天在须弥山顶;山顶四方各八天城,加上中央帝释所住的善见城(喜见城),共有三十三处,故称三十三天。如善法堂天、山峰天、喜见城天等,也并没有"离恨天"。钱锺书先生在《管锥编·离骚经章句序》中认为,"离恨天"来历,可参见《大智度论·释萨陀波仑品》,称众香城有四娱乐园,其二名"离忧",《大般若波罗蜜多经》称南方经无数世界之后,有最后世界名"离一切忧"。民间却认为"离恨天"是"离愁别恨"之义,故元明戏剧中,常以"离恨"与"相思"并举,如《朝野新声太平乐府》卷八:"最高的离恨天堂,最低的相思地狱。"查应光《靳史》:"费长房缩不就相思地,女娲氏补不完离恨天。"郑德辉《倩女离魂》:"三十三天觑了离恨天最高,四百四病害了相思病最苦。"都是离别相思愁苦之极的具象比喻,与"最难买的是后悔药"大致相同。离恨天为诸天最高处的说法,当从此处衍生出来。

望此老,不曾得来,今趁此残步①,就望他一望也好。"即整衣撞进去,那里不见老君,四无人迹。原来那老君与燃灯古佛在三层高阁朱陵丹台上讲道②,众仙童、仙将、仙官、仙吏,都侍立左右听讲。这大圣直至丹房里面,寻访不遇,但见丹灶之傍,炉中有火。炉左右安放着五个葫芦,葫芦里都是炼就的金丹。大圣喜道:"此物乃仙家之至宝,老孙自了道以来,识破了内外相同之理③,也要炼些金丹济人,不期到家无暇;今日有缘,却又撞着此物,趁老子不在④,等我吃他几丸尝新。"他就把那葫芦都倾出来,就都吃了,如吃炒豆相似。

一时间丹满酒醒,又自己揣度道:"不好!不好!这场祸,比天还大;若惊动玉帝,性命难存。走!走!走!不如下界为王去也!"

他就跑出兜率宫,不行旧路,从西天门使个隐身法逃去。即按云头,回至花果山界。但见那旌旗闪灼,戈戟光辉,原来是四健将与七十二洞妖王,在那里演习武艺。大圣高叫道:"小的们!我来也!"众怪丢了器械,跪倒道:"大圣好宽心!丢下我等许久,不来相顾!"大圣道:"没多时!没多时!"且说且行,径入洞天深处。四健将打扫安歇叩头礼拜毕,俱道:"大圣在天这百十年,实受何职?"大圣笑道:"我记得才半年光景,怎么就说百十年话?"健将道:"在天一日,即在下方一年也。"大圣道:"且喜这番玉帝相爱,果封做'齐天大圣',起

---

① 残步:中途顺路前往他处。
② 燃灯古佛:佛教认为有过去、现在、未来三世佛,释迦牟尼是现在世佛,燃灯古佛是过去世佛。朱陵丹台:道教称南岳衡山为朱陵洞天,衡山有朱陵台。
③ 内外相同:以自己身体为鼎炉,自身精气神为药物所炼之丹称为内丹;以铅、汞及矿物等药物所炼之丹为外丹。道教认为内丹和外丹虽然形式不同,但本质和原理是一样的。传吕洞宾《敲爻歌》:"内丹成,外丹就。内外相接和谐偶。结成一块紫金丸,变化飞腾天地久。"
④ 老子:道教奉周代的哲学家老子(李耳)为教主,即太上老君。

一座齐天府,又设安静、宁神二司,司设仙吏侍卫。向后见我无事,着我待管蟠桃园。近因王母娘娘设'蟠桃大会',未曾请我,是我不待他请,先赴瑶池,把他那仙品、仙酒,都是我偷吃了。走出瑶池,踉踉跄跄,误入老君宫阙,又把他五个葫芦金丹也偷吃了。但恐玉帝见罪,方才走出天门来也。"

众怪闻言大喜,即安排酒果接风,将椰酒满斟一石碗奉上。大圣喝了一口,即呲牙俫嘴道①:"不好吃!不好吃!"崩芭二将道:"大圣在天宫,吃了仙酒、仙肴,是以椰酒不甚美口。常言道:'美不美,乡中水。'"大圣道:"你们就是'亲不亲,故乡人'。我今早在瑶池中受用时,见那长廊之下,有许多瓶罐,都是那玉液琼浆。你们都不曾尝着。待我再去偷他几瓶回来,你们各饮半杯,一个个也长生不老。"众猴欢喜不胜。大圣即出洞门,又翻一筋斗,使个隐身法,径至蟠桃会上。进瑶池宫阙,只见那几个造酒、盘糟、运水、烧火的,还鼾睡未醒。他将大的从左右胁下挟了两个,两手提了两个,即拨转云头回来,会众猴在于洞中,就做个"仙酒会",各饮了几杯,快乐不题。

却说那七衣仙女自受了大圣的定身法术,一周天方能解脱。各提花篮,回奏王母,说:"齐天大圣使术法困住我等,故此来迟。"王母问道:"汝等摘了多少蟠桃?"仙女道:"只有两篮小桃,三篮中桃。至后面大桃,半个也无,想都是大圣偷吃了。及正寻间,不期大圣走将出来,行凶拷打,又问设宴请谁。我等把上会事说了一遍,他就定住我等,不知去向。只到如今,才得醒解回来。"王母闻言,即去见玉帝,备陈前事。说不了,又见那造酒的一班人,同仙官等来奏:"不知甚么人,搅乱了'蟠桃大会',偷吃了玉液琼浆,其八珍百味,亦俱偷吃了。"

又有四个大天师来奏上②:"太上道祖来了。"玉帝即同王母出

---

① 呲牙俫(lái)嘴:即"呲牙咧嘴"。
② 四个大天师:在《西游记》里指张道陵、葛玄、许逊、丘弘济。

迎。老君朝礼毕,道:"老道宫中,炼了些'九转金丹'①,伺候陛下做'丹元大会',不期被贼偷去,特启陛下知之。"玉帝见奏悚惧。少时,又有齐天府仙吏叩头道:"孙大圣不守执事,自昨日出游,至今未转,更不知去向。"玉帝又添疑思。只见那赤脚大仙又颡囟上奏道:"臣蒙王母诏,昨日赴会,偶遇齐天大圣,对臣言万岁有旨,着他邀臣等先赴通明殿演礼,方去赴会。臣依他言语,即返至通明殿外,不见万岁龙车凤辇,又急来此俟候。"玉帝越发大惊道:"这厮假传旨意,赚哄贤卿,快着纠察灵官缉访这厮踪迹②!"灵官领旨,即出殿遍访,尽得其详细。回奏道:"搅乱天宫者,乃齐天大圣也。"又将前事尽诉一番。玉帝大恼,即差四大天王,协同李天王并哪吒太子,点二十八宿、九曜星官、十二元辰、五方揭谛、四值功曹、东西星斗、南北二神、五岳四渎、普天星相③,共十万天兵,布一十八架天罗地网下界④,去

---

① 九转金丹:经九次提炼的金丹,道教认为丹的炼制有一至九转之别,而提炼次数越多,金丹效力越大。例如唐宋时所传"九转青金灵砂丹"丹法,用水银、硫磺炒制,以此为料(称"青金头"),入炉烧炼,为第一转,称伏火灵砂。然后以前一转炼成的丹药为原料,加硫磺依次烧炼,即得二转重游丹、三转紫霞丹……直到九转真阳丹,至此丹成,可以服用。九转,也叫九还。转,次数。
② 纠察灵官:即王灵官,主管护法、纠察,参见第七回"王灵官"条注。《灵官咒》:"仰启神威豁落将,都天纠察大灵官。"
③ 四值功曹:原是官名,道教认为神庙都有负责值年、值月、值日、值时的神将,称四值功曹。东西星斗:道教认为星空分东斗、西斗、南斗、北斗、中斗,五大斗星各有神执掌,号五斗星君。这里的东西星斗即五斗星之神。参见第四回"五斗星君"条注。南北二神:道教和南北两个方位有关系的神很多,较早的说法为:南方之神曰祝融,北方之神曰玄冥。五岳:即泰山、华山、霍山(后来南岳改为衡山)、恒山、嵩山等五岳之神。五岳神不同时期有各种名号,宋代所封为东岳天齐仁圣帝、南岳司天昭圣帝、西岳金天顺圣帝、北岳安天元圣帝、中岳中天崇圣帝。四渎:即长江、黄河、淮河、济水(今已湮塞)四条大河的水神,称四渎水帝:江渎广源王、河渎灵源王、淮渎长源王、济渎清源王。
④ 天罗地网:原指冥冥中对人成仙的束缚。道教又有"天罗地网"法术,设坛、念咒、结天罗地网手印(双手摆出特定的姿势),认为这样可以撒出罗网,围捕鬼神妖魔。这里的"天罗地网"是对法术的形象化。

花果山围困,定捉获那厮处治。众神即时兴师,离了天宫。这一去,但见那:

> 黄风滚滚遮天暗,紫雾腾腾罩地昏。
> 只为妖猴欺上帝,致令众圣降凡尘。
> 四大天王,五方上帝①。
> 四大天王权总制,五方大圣调多兵。
> 李托塔中军掌号,恶哪吒前部先锋。
> 罗睺星为头检点,计都星随后峥嵘。
> 太阴星精神抖擞,太阳星照耀分明。
> 五行星偏能豪杰②,九曜星最喜相争。
> 元辰星子午卯酉,一个个都是大力天丁。
> 五瘟五岳东西摆③,六丁六甲左右行④。
> 四渎龙神分上下,二十八宿密层层。
> 角亢氐房为总领,奎娄胃昴惯翻腾。
> 牛斗女虚危室壁,心尾箕星个个能,
> 井鬼柳星张翼轸,轮枪舞剑显威灵。

---

① 五方上帝:据上下文,应作"五方揭谛"。揭谛,是梵语"去,去经历"的记音,不是神名。揭谛成为护法神,当与宋代以后瑜伽教的流行有关。瑜伽教的前身为古印度佛教的瑜伽行派,于唐代传入中国,流传福建一带,并与民间巫、道结合,重视法术、咒语,有许多特殊的神,并与《西游记》渊源很深。如揭谛神、深沙神、雄威大圣、猪头等(可参见南宋道士白玉蟾《海琼白真人语录》)。

② 五行星:即金、木、水、火、土五星之神,属于九曜。

③ 五瘟:即五瘟使者,传说中掌管瘟疫的神灵。

④ 六丁六甲:道教神名,不同教派说法不一。据宋代灵宝派科仪《灵宝领教济度金书》,六甲将军为甲子合形大将军凌飞、甲寅变形大将军蒋真等六位。六丁将军为丁丑大光大将军黄洞、丁卯元光大将军徐元哲等六位。宋洪迈《夷坚丁志·兴国道人》载,赣州兴国刘子昂焚一卷道书,"少顷神将数辈。如世所绘六丁力士者,涕泣辞诀",可知当时六丁六甲神的信仰颇为流行。

　　　　停云降雾临凡世,花果山前扎下营。
诗曰:
　　　　天产猴王变化多,偷丹偷酒乐山窝。
　　　　只因搅乱蟠桃会,十万天兵布网罗。
　　当时李天王传了令,着众天兵扎了营,把那花果山围得水泄不通。上下布了十八架天罗地网,先差九曜恶星出战。九曜即提兵径至洞外,只见那洞外大小群猴跳跃顽耍。星官厉声高叫道:"那小妖!你那大圣在那里?我等乃上界差调的天神,到此降你这造反的大圣。教他快快来归降;若道半个'不'字,教汝等一概遭诛!"那小妖慌忙传入道:"大圣,祸事了!祸事了!外面有九个凶神,口称上界差来的天神,收降大圣。"那大圣正与七十二洞妖王,并四健将分饮仙酒,一闻此报,公然不理道①:"今朝有酒今朝醉,莫管门前是与非!"说不了,一起小妖又跳来道:"那九个凶神,恶言泼语,在门前骂战哩!"大圣笑道:"莫采他。'诗酒且图今日乐,功名休问几时成'。"说犹未了②,又一起小妖来报:"爷爷!那九个凶神已把门打破了,杀进来也!"
　　大圣怒道:"这泼毛神,老大无礼!本待不与他计较,如何上门来欺我?"即命独角鬼王:"领帅七十二洞妖王出阵,老孙领四健将随后。"那鬼王疾帅妖兵,出门迎敌,却被九曜恶星一齐掩杀,抵住在铁板桥头,莫能得出。
　　正嚷间,大圣到了。叫一声:"开路!"掣开铁棒,幌一幌,碗来粗细,丈二长短,丢开架手,打将出来。九曜星那个敢抵,一时打退。那九曜星立住阵势道:"你这不知死活的弼马温!你犯了十恶之罪,先偷桃,后偷酒,搅乱了蟠桃大会,又窃了老君仙丹,又将御酒偷来此处享乐。你罪加罪,岂不知之?"大圣笑道:"这几桩事,实有!实

---

①公然:毫无顾忌的样子。
②犹:原作"由"。唐张鷟《游仙窟》:"鸟兽无情,由知怨别;心非木石,岂忘深恩?"今统改为"犹",后不出注。

有!但如今你怎么?"九曜星道:"吾奉玉帝金旨,帅众到此收降你,快早皈依!免教这些生灵纳命。不然,就蹋平了此山,掀翻了此洞也!"大圣大怒道:"量你这些毛神,有何法力,敢出浪言,不要走,请吃老孙一棒!"这九曜星一齐踊跃。那美猴王不惧分毫,轮起金箍棒,左遮右挡,把那九曜星战得筋疲力软,一个个倒拖器械,败阵而走,急入中军帐下,对托塔天王道:"那猴王果十分骁勇!我等战他不过,败阵来了。"

李天王即调四大天王与二十八宿,一路出师来斗。大圣也公然不惧,调出独角鬼王、七十二洞妖王与四个健将,就于洞门外列成阵势。你看这场混战,好惊人也:

寒风飒飒,怪雾阴阴。那壁厢旌旗飞彩,这壁厢戈戟生辉。滚滚盔明,层层甲亮。滚滚盔明映太阳,如撞天的银磬;层层甲亮砌岩崖,似压地的冰山。大杆刀①,飞云掣电,楮白枪②,度雾穿云。方天戟,虎眼鞭③,麻林摆列;青铜剑,四明铲④,密树排阵。弯弓硬弩雕翎箭,短棍蛇矛挟了魂。大圣一条如意棒,翻来覆去战天神。杀得那空中无鸟过,山内虎狼奔。扬砂走石乾坤黑,播土飞尘宇宙昏。只听兵兵朴朴惊天地,煞煞威威振鬼神。

这一场自辰时布阵,混杀到日落西山。那独角鬼王与七十二洞妖怪,尽被众天神捉拿去了,止走了四健将与那群猴,深藏在水帘洞底。这大圣一条棒,抵住了四大天神与李托塔、哪吒太子,俱在半空

---

① 大杆刀:星宿属天上神将,亦持长杆大刀等兵器。明唐顺之《武编》收有一种结合法术和实战的"演禽战法",其法器是用枣木刻二十八宿形象,其中规定翼火蛇形象为"蛇头人身,长七尺,面赤色。着青袍,柳黄比甲,白皮靴,手执大杆刀"。

② 楮白枪:又称出白枪,精钢制成的枪。

③ 虎眼鞭:鞭是击打型短兵器,柄部有孔,状如虎眼,故称虎眼鞭。

④ 四明铲:兵器中有"五明铲",如清韩世琦《抚吴疏草·冯令行取疏》记铲类有"五明铲、月牙铲"。今体育运动中,武术器械之铲,其铲头对称开有五孔,当即"五明铲"遗制。四明铲当即铲头开有四孔。

中。杀勾多时,大圣见天色将晚,即拔毫毛一把,丢在口中,嚼碎了喷将出去,叫声:"变!"就变了千百个大圣,都使的是金箍棒,打退了哪吒太子,战败了五个天王。

大圣得胜,收了毫毛,急转身回洞,早又见铁板桥头四个健将领众叩迎。那大众哽哽咽咽大哭三声,又唏唏哈哈大笑三声。大圣道:"汝等见了我,又哭又笑,何也?"健将道:"今早帅众阵与天王交战,把七十二洞妖王与独角鬼王,尽被众神捉了,我等逃生,故此该哭。适见大圣得胜回来,未曾伤损,故此该笑。"大圣道:"胜负乃兵家之常。古人云:'杀人一万,自损三千。'况捉了去的头目乃是虎豹狼虫、獾獐狐狢之类,我同类者未伤一个,何须烦恼?他虽被我使个分身法杀退,他还要安营在我山脚下。我等且紧紧防守,饱餐一顿,安心睡觉,养养精神。天明看我使个大神通,拿这些天将,与众报仇。"四将与众猴将椰酒吃了几碗,安心睡觉不题。

那四大天王收兵罢战,众各报功:有拿住虎豹的,有拿住狮象的,有拿住狼虫狐狢的,更不曾捉着一个猴精。当时果又安辕营,下大寨,赏犒了得功之将,分付了天罗地网之兵,各各提铃喝号,围困了花果山,专待明早大战。各人得令,一处处谨守。此正是:

　　妖猴作乱惊天地,布网张罗昼夜看。

毕竟天晓后如何处治,且听下回分解。

第六回

观音赴会问原因　小圣施威降大圣

　　且不言天神围绕,大圣安歇。话表南海普陀落伽山大慈大悲救苦救难灵感观世音菩萨,自王母娘娘请赴蟠桃大会,与大徒弟惠岸行者①,同登宝阁瑶池,见那里荒荒凉凉,席面残乱;虽有几位天仙,俱不就座,都在那里乱纷纷讲论。菩萨与众仙相见毕,众仙备言前事。菩萨道:"既无盛会,又不传杯②,汝等可跟贫僧去见玉帝。"众仙怡然随往。

　　至通明殿前,早有四大天师、赤脚大仙等众俱在此,迎着菩萨,即道玉帝烦恼,调遣天兵,擒怪未回等因。菩萨道:"我要见见玉帝,烦为转奏。"天师丘弘济即入灵霄宝殿,启知宣入。时有太上老君在上,王母娘娘在后。菩萨引众同入里面,与玉帝礼毕,又与老君、王母相见,各坐下。便问:"蟠桃盛会如何?"玉帝道:"每年请会,喜喜欢欢,今年被妖猴作乱,甚是虚邀也。"菩萨道:"妖猴是何出处?"玉帝道:"妖猴乃东胜神洲傲来国花果山石卵化生的。当时生出,即目运金光,射冲斗府。始不介意,继而成精,降龙伏虎,自削死籍。当有龙王、阎王启奏。朕欲擒拿,是长庚星启奏道:'三界之间,凡有九窍者,可以成仙。'朕即施教育贤,宣他上界,封为御马监弼马温官。那厮嫌恶官小,反了天宫。即差李天王与哪吒太子收降,又降诏抚安,宣至上界,就封他做个'齐天大圣',只是有官无禄。他因没事干

---

①惠岸行者:原是唐代高僧僧伽大师的弟子。佛教认为他是观音菩萨的化身,唐代观音塑像多以僧伽为原型,后才渐渐改为女相。僧伽有弟子慧岸和木叉,后在传说中渐渐合为一人,民间又把"叉"转写为"吒",于是得以与哪吒排行,成为托塔李天王的儿子。

②传杯:晋唐时饮酒,与后世每人各持一杯不同,是用一只酒杯,众人依次传递而饮,称为传杯(见明王嗣奭《杜臆》解杜甫《九日》诗)。

管理,东游西荡。朕又恐别生事端,着他代管蟠桃园。他又不遵法律,将老树大桃,尽行偷吃。及至设会,他乃无禄人员,不曾请他;他就设计赚哄赤脚大仙,却自变他相貌入会,将仙肴仙酒尽偷吃了,又偷老君仙丹,又偷御酒若干,去与本山众猴享乐。朕心为此烦恼,故调十万天兵、天罗地网收伏。这一日不见回报,不知胜负如何。"

　　菩萨闻言,即命惠岸行者道:"你可快下天宫,到花果山,打探军情如何。如遇相敌,可就相助一功,务必的实回话①。"惠岸行者整整衣裙,执一条铁棍,驾云离阙,径至山前。见那天罗地网,密密层层,各营门提铃喝号,将那山围绕的水泄不通。惠岸立住,叫:"把营门的天丁,烦你传报。我乃李天王二太子木叉,南海观音大徒弟惠岸,特来打探军情。"那营里五岳神兵,即传入辕门之外。早有虚日鼠、昴日鸡、星日马、房日兔②,将言传到中军帐下。李天王发下令旗,教开天罗地网,放他进来。此时东方才亮。惠岸随旗进入,见四大天王与李天王下拜。拜讫,李天王道:"孩儿,你自那厢来者?"惠岸道:"愚男随菩萨赴蟠桃会③,菩萨见胜会荒凉,瑶池寂寞,引众仙并愚男去见玉帝。玉帝备言父王等下界收伏妖猴,一日不见回报,胜负未知,菩萨因命愚男到此打听虚实。"李天王道:"昨日到此安营下寨,着九曜星挑战;被这厮大弄神通,九曜星俱败走而回。后我等亲自提兵,那厮也排开阵势。我等十万天兵,与他混战至晚,他使个分身法战退。及收兵查勘时,止捉他些狼虫虎豹之类,不曾捉得他半个妖猴。今日还未出战。"

　　说不了,只见辕门外有人来报道:"那大圣引一群猴精,在外面叫战。"四大天王与李天王并太子正议出兵,木叉道:"父王,愚男蒙

---

① 的实:确实。
② 虚日鼠:古代术数家用七曜、二十八宿与各种动物相配合,称为禽星,用来推算日月吉凶和人的命运。例如"虚日鼠",虚是二十八宿之一宿,日是七曜之一,鼠是与之配合的动物。
③ 愚男:儿子对父亲谦称自己,或者父亲对别人谦称自己儿子。

菩萨分付,下来打探消息,就说若遇战时可助一功,今不才愿往,看他怎么个大圣。"天王道:"孩儿,你随观音修行这几年,想必也有些神通。切须在意。"好太子,双手轮着铁棍,束一束绣衣,跳出辕门,高叫:"那个是齐天大圣?"大圣挺如意棒,应声道:"老孙便是。你是甚人,辄敢问我?"木叉道:"吾乃李天王第二太子木叉,今在观音菩萨宝座前为徒弟护教,法名惠岸是也。"大圣道:"你不在南海修行,却来此见我作甚?"木叉道:"我蒙师父差来打探军情,见你这般猖獗,特来擒你!"大圣道:"你敢说那等大话,且休走,吃老孙这一棒!"木叉全然不惧,使铁棒劈手相迎。他两个立那半山中,辕门外,这场好斗:

　　棍虽对棍铁各异,兵纵交兵人不同。一个是太乙散仙呼大圣①,一个是观音徒弟正元龙。浑铁棍乃千锤打,六丁六甲运神功;如意棒是天河定,镇海神珍法力洪。两个相逢真对手,往来解数实无穷。这个的阴手棍②,万千凶,绕腰贯索疾如风③;那个的夹枪棒,不放空,左遮右挡怎相容?那阵上旌旗闪闪,这阵上驼鼓冬冬④。万员天将团团绕,一洞妖猴簇簇丛。怪雾愁云漫地府,狼烟煞气射天宫⑤。昨朝混战还犹可,今日争持更又凶。堪羡猴王真本事,木叉复败又逃生。

　　这大圣与惠岸战经五六十合,惠岸臂膊酸麻,不能迎敌,虚幌一幌,败阵而走。大圣也收了猴兵,安扎在洞门之外。只见天王营门外大小天兵,接住了太子,让开大路,径入辕门,对四天王、李托塔、

---

①太乙散仙:未受职的仙人,参见第二十六回"太乙散数,未入真流"条注。
②阴手棍:"阴手棍"和后文的"夹枪棒"都属于棍法招式。明何良臣《阵记》卷二:"少林棍俱是夜叉棍法,故有前中后三堂之称,前堂棍名单手夜叉,中堂棍名阴手夜叉,类刀法也。后堂棍名夹枪带棒。"程宗献《少林棍法阐宗》载阴手棍的得名,是由于"两手持棍,俱阴近身,能缩入怀,长棍短用"。
③贯索:用绳索缠绕。这里指棍法中绕腰的动作。
④驼鼓:同"鼍鼓"。鼍(tuó),一种鳄鱼。用鼍皮蒙的鼓,声音非常宏亮。
⑤狼烟:燃狼粪升起的烟。古时边防用作军事上的报警信号。

哪吒,气哈哈的喘息未定:"好大圣!好大圣!着实神通广大!孩儿战不过,又败阵而来也!"李天王见了心惊,即命写表求助,便差大力鬼王与木叉太子上天启奏。

二人当时不敢停留,闯出天罗地网,驾起瑞霭祥云。须臾,径至通明殿下,见了四大天师,引至灵霄宝殿,呈上表章。惠岸又见菩萨施礼。菩萨道:"你打探的如何?"惠岸道:"始领命到花果山,叫开天罗地网门,见了父亲,道师父差命之意。父王道:'昨日与那猴王战了一场,止捉得他虎豹狮象之类,更未捉他一个猴精。'正讲间,他又索战,是弟子使铁棍与他战经五六十合,不能取胜,败走回营。父亲因此差大力鬼王同弟子上界求助。"菩萨低头思忖。

却说玉帝拆开表章,见有求助之言,笑道:"叵耐这个猴精①,能有多大手段,就敢敌过十万天兵!李天王又来求助,却将那路神兵助之?"言未毕,观音合掌启奏道:"陛下宽心,贫僧举一神,可擒这猴。"玉帝道:"所举者何神?"菩萨道:"乃陛下令甥显圣二郎真君,见居灌洲灌江口②,享受下方香火。他昔日曾力诛六怪,又有梅山兄弟与帐前一千二百草头神,神通广大。奈他只是听调不听宣③,陛下可降一道调兵旨意,着他助力,便可擒也。"玉帝闻言,即传调兵的旨意,就差大力鬼王赍调。

那鬼王领了旨,即驾起云,径至灌江口。不消半个时辰,直入真君之庙。早有把门的鬼判,传报至里道:"外有天使,捧旨而至。"二

---

① 叵耐:不可忍耐。叵,是"可"字的反写,读音为"不可"的合音。
② 灌江口:即今四川都江堰。在关于二郎神的较早传说中,二郎神是都江堰的建造者、秦蜀郡太守李冰的儿子,因降服水怪而成神。后来民间传说中,二郎神的名字和故事都发生了很多变化,有晋襄阳太守邓遐(称邓二郎)、隋嘉州太守赵昱(称赵二郎)等,但其传说的情节,基本离不开斩蛟、治水、驰猎。明以后,二郎神的名字逐渐变为杨戬,但其封号、形象、法宝、神迹,均借自历代各种二郎神传说。
③ 听调不听宣:听从调动,但拒绝进见。

郎即与众弟兄出门迎接旨意,焚香开读。旨意上云:"花果山妖猴齐天大圣作乱。因在宫偷桃、偷酒、偷丹,搅乱蟠桃大会,见着十万天兵,一十八架天罗地网,围山收伏,未曾得胜。今特调贤甥同义兄弟,即赴花果山助力剿除。成功之后,高升重赏。"真君大喜道:"天使请回,吾当就去①,拔刀相助也。"鬼王回奏不题。这真君即唤梅山六兄弟②,乃康、张、姚、李四太尉,郭甲、直健二将军,聚集殿前道:"适才玉帝调遣我等往花果山收降妖猴,同去去来。"众兄弟俱忻然愿往。即点本部神兵,驾鹰牵犬,踏弩张弓,纵狂风,霎时过了东洋大海,径至花果山。见那天罗地网,密密层层,不能前进。因叫道:"把天罗地网的神将听着:吾乃二郎显圣真君,蒙玉帝调来擒拿妖猴者,快开营门放行。"一时,各神一层层传入。四大天王与李天王俱出辕门迎接,相见毕,问及胜败之事,天王将上项事备陈一遍。真君笑道:"小圣来此,必须与他斗个变化,列公将天罗地网不要幔了顶上,只四围紧密,让我赌斗。若我输与他,不必列公相助,我自有兄弟扶持;若赢了他,也不必列公绑缚,我自有兄弟动手。只请托塔天

---

①吾当:参见第九回"朕当"条注。世本亦作"吾党"。
②梅山六兄弟:二郎神的扈从。根据时代和地域不同,二郎神的扈从常有变化。《灌志文徵·李冰父子治水记》载:"二郎喜驰猎之事,奉父命而斩蛟,其友七人实助之。世传梅山七圣。"《封神演义》中称杨戬曾降伏袁洪等梅山七怪。此七怪变成杨戬的扈从之后,又称七圣。元杂剧《二郎神锁齐天大圣》中,二郎神的扈从"郭牙直、抱刀鬼、奴廝儿、狗儿"之外,尚有"梅山七圣"。明代民间宝卷《清源妙道显圣真君一了真人护国佑民忠孝二郎宝卷》(以下简称《二郎宝卷》)之《心猿不动品》记二郎神的扈从有各牙治、黄毛童子、鄂猛、周苍等。各牙治或即郭牙直,这里的郭甲、直健,当是郭牙直的讹变。"郭甲",各本多作"郭申",误。牙直,即押直,元代宫中导从官名。且世德堂本"甲"、"申"易混。第十九回"押在斗牛宫前",原作"抻在斗牛宫前"。第六十回牛魔王"卸了盔甲","甲"亦误刻为"申"。

王与我使个照妖镜①,住立空中②。恐他一时败阵,逃窜他方,切须与我照耀明白,勿走了他。"天王各居四维,众天兵各挨排列阵去讫。

这真君领着四太尉、二将军,连本身七兄弟,出营挑战;分付众将,紧守营盘,收全了鹰犬。众草头神得令,真君只到那水帘洞外,见那一群猴,齐齐整整,排作个蟠龙阵势;中军里,立一竿旗,上书"齐天大圣"四字。真君道:"那泼妖,怎么称得起齐天之职?"梅山六弟道:"且休赞叹,叫战去来。"那营口小猴见了真君,急走去报知。那猴王即掣金箍棒,整黄金甲,登步云履,按一按紫金冠,腾出营门,急睁睛观看,那真君的相貌果是清奇,打扮得又秀气。真个是:

仪容清俊貌堂堂,两耳垂肩目有光。
头戴三山飞凤帽,身穿一领淡鹅黄。
缕金靴衬盘龙袜,玉带团花八宝妆。
腰挎弹弓新月样,手执三尖两刃枪。
两劈桃山曾救母,弹打棕罗双凤凰。
力诛八怪声名远,义结梅山七圣行。
心高不认天家眷,性傲归神住灌江。
赤城昭惠英灵圣,显化无边号二郎③。

---

① 照妖镜:能使妖鬼现形的镜子。晋葛洪《抱朴子·登涉》认为,凡物之老者皆可成精,唯不能在镜中改变真形。所以道士入山,用直径九寸以上的明镜,悬于背后,则鬼魅不敢近。这里的照妖镜即这种方术的具象化。
② 空:原作"官",世德堂本"官""空"常混用,今随文改正,后不出注。
③ "仪容清俊貌堂堂"以下韵文:八宝妆,按《二郎宝卷》,八宝本是王母所赐,为开山斧、两刃刀、升天帽等,"手提八装宝,捉拿孙悟空"。两劈桃山曾救母,传说二郎神曾用大斧劈开桃山,救出遭玉皇大帝贬谪的母亲。两劈桃山,当是将桃山劈为两半之意。"两"一作"斧"。弹打棕罗双凤凰,今传清太平歌词《二郎劈山救母全段》演唱杨二郎幼年习武时"手使金弓银弹子,梧桐树上打凤凰。打了一只不成对,下打一只配成双。有心再打三五个,怕误担山赶太阳"。棕罗,当即棕榈。赤城昭惠英灵圣,赤城,指四川灌县西南青城山,又名赤城山。唐玄宗曾封赵昱(赵二郎)为"赤城王"。宋徽宗封为"昭惠灵显真人"。元文宗至顺元年(1330),封灌县二郎为"英烈昭惠灵显仁祐王"。

大圣见了，笑嘻嘻的，将金箍棒掣起，高叫道："你是何方小将，辄敢大胆到此挑战？"真君喝道："你这厮有眼无珠，认不得我么！吾乃玉帝外甥，敕封昭惠灵显王二郎是也。今蒙上命，到此擒你这反天宫的弼马温猢狲，你还不知死活！"大圣道："我记得当年玉帝妹子思凡下界，配合杨君，生一男子，曾使斧劈桃山的，是你么？我行要骂你几声①，曾奈无甚冤仇，待要打你一棒，可惜了你的性命。你这郎君小辈，可急急回去，换你四大天王出来。"真君闻言，心中大怒道："泼猴！休得无礼！吃吾一刃！"大圣侧身躲过，疾举金箍棒，劈手相还。他两家这场好杀：

　　昭惠二郎神，齐天孙大圣，这个心高欺敌美猴王，那个面生压伏真梁栋②。两个乍相逢，各人皆赌兴③。从来未识浅和深，今日方知轻与重。铁棒赛飞龙，神锋如舞凤。左挡右攻，前迎后映。这阵上梅山六弟助威风，那阵上马流四将传军令。摇旗摇鼓各齐心，呐喊筛锣都助兴。两个钢刀有见机，一来一往无丝缝。金箍棒是海中珍，变化飞腾能取胜；若还身慢命该休，但要差池为蹭蹬④。

　　真君与大圣斗经三百余合，不知胜负。那真君抖擞神威⑤，摇身一变，变得身高万丈，两只手举着三尖两刃神锋，好便似华山顶上之峰，青脸獠牙⑥，朱红头发，恶狠狠，望大圣着头就砍。这大圣也使神通，变得与二郎身躯一样，嘴脸一般，举一条如意金箍棒，却就如昆仑顶上的擎天之柱，抵住二郎神。唬得那马流元帅，战兢兢，摇不得

---

①行：多用于称谓词后面，如我行、伊行等，表示处所，意为这里、那里。
②面生压伏真梁栋：指孙悟空和二郎神原来没有交情，所以不肯容让，有意欺压这位栋梁之才。
③赌兴：尽心争胜。
④差池：差错。蹭蹬：倒运，倒霉。
⑤抖擞：振作，奋发。世德堂本"抖擞"例作"抖搜"，今改为常用字，后不出注。
⑥獠牙：原作"撩牙"，世德堂本"獠"又作"奈""撩""𦛨"，今统一作"獠"，后不出注。

旌旗;崩芭二将,虚怯怯,使不得刀剑。这阵上,康、张、姚、李、郭甲、直健,传号令,撒放草头神,向他那水帘洞外,纵着鹰犬,搭弩张弓,一齐掩杀。可怜冲散妖猴四健将,捉拿灵怪二三千。那些猴,抛戈弃甲,撇剑丢枪;跑的跑,喊的喊;上山的上山,归洞的归洞;好似夜猫惊宿鸟,飞洒满天星。众弟兄得胜不题。

却说真君与大圣变做法天象地的规模,正斗时,大圣忽见本营中妖猴惊散,自觉心慌,收了法象,掣棒抽身就走。真君见他败走,大步赶上道:"那里走,趁早归降,饶你性命!"大圣不恋战,只情跑起①,将近洞口,正撞着康、张、姚、李四太尉,郭甲、直健二将军,一齐帅众挡住道:"泼猴!那里走!"大圣慌了手脚,就把金箍棒捏做个绣花针,藏在耳内,摇身一变,变作个麻雀儿,飞在树梢头钉住。那六兄弟,慌慌张张,前后寻觅不见,一齐吆喝道:"走了这猴精也!走了这猴精也!"

正嚷处,真君到了,问:"兄弟们,赶到那厢不见了?"众神道:"才在这里围住,就不见了。"二郎圆睁凤目观看,见大圣变了麻雀儿,钉在树上,就收了法象,撇了神锋,卸下弹弓,摇身一变,变作个鵊鹰儿②,抖开翅,飞将去扑打。大圣见了,搜的一翅飞起去,变作一只大鹚老③,冲天而去。二郎见了,急抖翎毛,摇身一变,变作一只大海鹤④,钻上云霄来嗛⑤。大圣又将身按下,入涧中,变作一个鱼儿,淬入水内⑥。二郎赶至涧边,不见踪迹。心中暗想道:"这猢狲必然下

---

①只情:尽管,只顾。
②鵊(sōng)鹰儿:即鵊鹰,参见第七十二回"七样鹰"条注。
③鹚老:又称秃鹙(qiū),中国古代南北均有分布。清李元《蠕范》卷七称,又名爱居、扶老、杂县,白者名胡鹚老。《本草纲目·禽一》记载,是一种大型水鸟,毛青苍色,长颈赤目黄嘴,头颈无毛,力大,能与人斗。当是大秃鹫。
④海鹤:即江鸥。杜甫《寄常征君》诗:"海鹤阶前鸣向人。"仇兆鳌注引《西京杂记》:"海鹤,江鸥。"
⑤嗛(xián):鸟类用喙啄。
⑥淬:原指刀剑烧红了放进水中,这里指钻进水里。

水去也。定变作鱼虾之类。等我再变变拿他。"果一变,变作个鱼鹰儿,飘荡在下溜头波面上。等待片时,那大圣变鱼儿,顺水正游,忽见一只飞禽,似青庄①,毛片不青;似鹭鸶,顶上无缨;似老鹳,腿又不红:"想是二郎变化了等我哩!"急转头,打个花就走②。二郎看见道:"打花的鱼儿,似鲤鱼,尾巴不红③;似鳜鱼,花鳞不见;似黑鱼,头上无星;似鲂鱼,腮上无针。他怎么见了我就回去了?必然是那猴变的。"赶上来,刷的啄一嘴。那大圣就撺出水中,一变,变作一条水蛇,游近岸,钻入草中。二郎因嗛他不着,他见水响中,见一条蛇撺出去,认得是大圣,急转身,又变了一只朱绣顶的灰鹤,伸着一个长嘴,与一把尖头铁钳子相似,径来吃这水蛇。水蛇跳一跳,又变作一只花鸨,木木樗樗的④,立在蓼汀之上。二郎见他变得低贱——花鸨乃鸟中至贱至淫之物,不拘鸾、凤、鹰、鸦都与交群——故此不去拢傍⑤,即现原身,走将去,取过弹弓拽满,一弹子把他打个踉跄。

那大圣趁着机会,滚下山崖,伏在那里又变,变一座土地庙儿:大张着口,似个庙门;牙齿变做门扇,舌头变做菩萨,眼睛变做窗棂。只有尾巴不好收拾,竖在后面,变作一根旗竿。真君赶到崖下,不见打倒的鸨鸟,只有一间小庙,急睁凤眼,仔细看之,见旗竿立在后面,笑道:"是这猢狲了!他今又在那里哄我。我也曾见庙宇,更不曾见一个旗竿竖在后面的。断是这畜生弄喧⑥!他若哄我进去,他便一口咬住。我怎肯进去?等我掣拳先捣窗棂,后踢门扇!"大圣听得,

---

①青庄:又名青鳟(zhuāng),即苍鹭,俗名"老等",江南水乡常见。毛青灰色,白天长时间站立在水边,等待捕鱼;晚上成群在树上栖息。清李元《蠕范·物知》:"鳟,青庄也,信天缘也。长喙修项,高足颓尾,不善捕鱼,终日凝立,不易其处,鱼过则取之。"
②打个花:打个漩涡。
③尾巴:世德堂本"尾巴"通作"尾耙",今统改为"尾巴",后不出注。
④木木樗樗(chū):痴呆的样子。
⑤交群:(禽、兽)交配。
⑥弄喧:弄玄虚,耍花招。

心惊道:"好狠!好狠!门扇是我牙齿,窗棂是我眼睛;若打了牙,捣了眼,却怎么是好?"扑的一个虎跳①,又冒在空中不见。

真君前前后后乱赶,只见四太尉、二将军一齐拥至道:"兄长,拿住大圣么?"真君笑道:"那猴儿才自变座庙宇哄我。我正要捣他窗棂,踢他门扇,他就纵一纵,又渺无踪迹。可怪!可怪!"众皆愕然四望,更无形影。真君道:"兄弟们在此看守巡逻,等我上去寻他。"急纵身驾云,起在半空,见那李天王高擎照妖镜,与哪吒住立云端。真君道:"天王,曾见那猴王么?"天王道:"不曾上来。我这里照着他哩。"真君把那赌变化,弄神通,拿群猴一事说毕,却道:"他变庙宇,正打处,就走了。"李天王闻言,又把照妖镜四方一照,呵呵的笑道:"真君,快去!快去!那猴使了个隐身法,走出营围,往你那灌江口去也。"

二郎听说,即取神锋,回灌江口来赶。却说那大圣已至灌江口,摇身一变,变作二郎爷爷的模样,按下云头,径入庙里。鬼判不能相认,一个个磕头迎接。他坐中间,点查香火:见李虎拜还的三牲②,张龙许下的保福③,赵甲求子的文书,钱丙告病的良愿。正看处,有人报:"又一个爷爷来了。"众鬼判急急观看,无不惊心。真君却道:"有个甚么齐天大圣,才来这里否?"众鬼判道:"不曾见甚么大圣,只有一个爷爷在里面查点哩。"真君撞进门,大圣见了,现出本相道:"郎君不消嚷,庙宇已姓孙了。"这真君即举三尖两刃神锋,劈脸就砍。那猴王使个身法,让过神锋,掣出那绣花针儿,幌一幌,碗来粗细,赶到前,对面相还。两个嚷嚷闹闹,打出庙门,半雾半云,且行且战,复打到花果山。慌得那四大天王等众,提防愈紧。这康、张太尉等迎着真君,合心努力,把那美猴王围绕不题。

---

①虎跳:突然跳起。
②拜还的三牲:意为在神灵面前祈求的事情应验后,用三牲来祭祀神灵以致谢意。三牲,牛、羊、猪,俗称三牲。
③保福:祭神求福所供的食物。

话表大力鬼王既调了真君与六兄弟提兵擒魔去后,却上界回奏。玉帝与观音菩萨、王母并众仙卿,正在灵霄殿讲话,道:"既是二郎已去赴战,这一日还不见回报。"观音合掌道:"贫僧请陛下同道祖出南天门外,亲去看看虚实如何?"玉帝道:"言之有理。"即摆驾,同道祖、观音、王母与众仙卿至南天门。早有些天丁、力士接着,开门遥观,只见众天丁布罗网,围住四面;李天王与哪吒,擎照妖镜,立在空中;真君把大圣围绕中间,纷纷赌斗哩。菩萨开口对老君说:"贫僧所举二郎神如何?果有神通,已把那大圣围困,只是未得擒拿。我如今助他一功,决拿住他也。"老君道:"菩萨将甚兵器?怎么助他?"菩萨道:"我将那净瓶杨柳抛下去,打那猴头;即不能打死,也打个一跌,教二郎小圣好去拿他。"老君道:"你这瓶是个磁器,常打着他便好;如打不着他的头,或撞着他的铁棒,却不打碎了?你且莫动手,等我老君助他一功。"菩萨道:"你有甚么兵器?"老君道:"有,有,有。"捋起衣袖,左膊上取下一个圈子,说道:"这件兵器,乃锟钢抟炼的①,被我将还丹点成②,养就一身灵气,善能变化,水火不侵,又能套诸物;一名'金钢琢',又名'金钢套'。当年过函关③,化胡为佛,甚是亏他。早晚最可防身。等我丢下去打他一下。"

话毕,自天门上往下一掼,滴流流,径落花果山营盘里,可可的着猴王头上一下。猴王只顾苦战七圣,却不知天上坠下这兵器,打中了天灵④,立不稳脚,跌了一跤,爬将起就跑;被二郎爷爷的细犬赶

---

①锟钢抟(tuán)炼:用优质赤铁造成的钢打造、锻炼。锟,优质赤铁。

②还丹:道教原指药物经多次提炼而成之金丹。内丹术用以指内丹,因内丹通过"返本还元"之功而炼成。

③过函关:据史籍记载,老子晚年,乘青牛西出函谷关,"莫知其所终"(《史记·老子韩非列传》)。西晋道士王浮为提高道教地位,称老子从此去了印度,化为释迦牟尼佛,并造《老子化胡经》。下文"化胡为佛"即此。

④天灵:即天灵盖,指头盖骨。

上①,照腿肚子上一口,又扯了一跌。他睡倒在地,骂道:"这个亡人②!你不去妨家长③,却来咬老孙!"急翻身爬不起来,被七圣一拥按住,即将绳索捆绑,使勾刀穿了琵琶骨④,再不能变化。

那老君收了金钢琢,请玉帝同观音、王母、众仙等,俱回灵霄殿。这下面四大天王与李天王诸神,俱收兵拔寨,近前向小圣贺喜,道:"此小圣之功也!"小圣道:"此乃天尊洪福,众圣威权,我何功之有?"康、张、姚、李道:"兄长不必多叙,且押这厮去上界见玉帝,请旨发落去也。"真君道:"贤弟,汝等未受天箓,不得面见玉帝。教天甲神兵押着,我同天王等上界回旨。你们帅众在此搜山,搜净之后,仍回灌口。待我请了赏,讨了功,回来同乐。"四太尉、二将军依言领诺。这真君与众即驾云头,唱凯歌,得胜朝天。不多时,到通明殿外。天师启奏道:"四大天王等众已捉了妖猴齐天大圣了。来此听宣。"玉帝传旨,即命大力鬼王与天丁等众,押至斩妖台,将这厮碎剁其尸。咦!正是:

欺诳今遭刑宪苦⑤,英雄气概等时休。

毕竟不知那猴王性命如何,且听下回分解。

---

①细犬:身体细长,敏捷凶猛的猎狗。此即二郎神的"哮天犬"。
②亡人:用来骂畜生的话。
③家长:这里是主人的意思。旧时谓仆人的生辰、家乡方位或家畜的毛色对主人不利,称为妨主或妨家长。
④琵琶骨:即肩胛骨,因形似琵琶而得名。清胡廷光《伤科汇纂》:"琵琶骨俗名饭鏊骨,在肩后左右,大如翅。"穿琵琶骨是一种沿用很久的刑罚,用于暂时限制人犯的反抗能力。即用利器在两肩胛骨位置穿透双肩,用锁链等贯穿其中。此处无内脏,也没有重要关节。如此,人犯尚可自行走动,但因疼痛,不能举手发力反抗。多名人犯亦可以此法前后鱼贯串连,便于押解。唐段成式《酉阳杂俎》卷七记唐代丰州一个守烽火台的士兵被党项族人掳到西蕃后,"蕃王令穴(刺透)肩骨,贯以皮索",叫他去放马。明黄溥《简籍遗闻》也记元末明初诗人戴良得罪了明太祖朱元璋,逃走被捉,"锁贯肩骨",最终死于狱中。至于孙悟空被穿了琵琶骨则不能变化,并非是法力失效,而应是其念咒时不能举手掐诀结印之故。
⑤刑宪:刑罚。宪,法令,法度。

第七回

八卦炉中逃大圣　五行山下定心猿①

富贵功名，前缘分定，为人切莫欺心。
正大光明，忠良善果弥深。
些些狂妄天加谴，眼前不遇待时临。
问东君因甚②，如今祸害相侵。
只为心高图罔极③，不分上下乱规箴④。

话表齐天大圣被众天兵押去斩妖台下，绑在降妖柱上，刀砍斧剁，枪刺剑刳，莫想伤及其身。南斗星奋令火部众神⑤，放火煨烧，亦不能烧着。又着雷部众神，以雷屑钉打⑥，越发不能伤损一毫。那大力鬼王与众启奏道："万岁，这大圣不知是何处学得这护身之法，臣等用刀砍斧剁，雷打火烧，一毫不能伤损，却如之何？"玉帝闻言道："这厮这等，这等，如何处治？"太上老君即奏道："那猴吃了蟠桃，饮了御酒，又盗了仙丹。我那五壶丹，有生有熟，被他都吃在肚里。运用三昧火，煅成一块，所以浑做金钢之躯，急不能伤。不若与老道领

---

①心猿：比喻攀援外境，浮躁不安的心如同猿猴。语出《维摩诘经·香积佛品第十》："以难化之人，心如猿猴，故以若干种法，制御其心，乃可调伏。"本书以心猿代指孙悟空。

②东君：东君原指太阳神或春神、主人，但此处不详其意。

③罔极：没有止境。

④乱规箴：似乱了规矩之意。规箴，原指劝勉，告诫，此处仅指"规矩"。

⑤南斗星：在某些道教经典里，南斗星掌火刑。如《灵宝度人无量上品妙经》卷五十："北斗水神，南斗火帝。"卷四十六："东斗纪善，西斗降祥，北斗水考，南斗火殃，中斗定刑，燎溺存亡，罪大殒命。"

⑥雷屑：后文也作"雷捐"，也作"雷楔"，似斧而无孔。唐封演《封氏闻见记》卷八记载：地面遭雷击处常见一种细石，"赤色，形如小斧，谓之霹雳斧"，又称霹雳楔。传说即雷公打雷的法器。

去,放在八卦炉中,以文武火煅炼①。炼出我的丹来,他身自为灰烬矣。"玉帝闻言,即教六丁六甲,将他解下,付与老君。老君领旨去讫。一壁厢宣二郎显圣,赏赐金花百朵,御酒百杯,还丹百粒,异宝、明珠、锦绣等件,教与义兄弟分享。真君谢恩,回灌江口不题。

那老君到兜率宫,将大圣解去绳索,放了穿琵琶骨之器,推入八卦炉中,命看炉的道人,架火的童子,将火扇起煅炼。原来那炉是乾、坎、艮、震、巽、离、坤、兑八卦②。他即将身钻在巽宫位下。巽乃风也,有风则无火。只是风搅得烟来,把一双眼燻红了③,弄做个老害病眼,故唤作"火眼金睛"。

真个光阴迅速,不觉七七四十九日,老君的火候俱全。忽一日,开炉取丹,那大圣双手侮着眼④,正自揉搓流涕,只听炉头声响。猛睁睛看见光明,他就忍不住,将身一纵,跳出丹炉,唿喇一声,蹬倒八卦炉,往外就走。慌得那架火、看炉,与丁甲一班人来扯,被他一个个都放倒,好似癫痫的白额虎,风狂的独角龙。老君赶上抓一把,被他一捽,捽了个倒栽葱,脱身走了。即去耳中掣出如意棒,迎风幌一幌,碗来粗细,依然拿在手中,不分好歹,却又大乱天宫,打得那九曜星闭门闭户,四天王无影无形。好猴

---

① 文武火:火力弱而小称文火,猛而大称武火。内丹术中以火候比喻意念和呼吸的强度:呼吸舒缓、意念自然称为文火;呼吸急促、意念振奋称为武火。

② 八卦:《周易》中的八种具有象征意义的基本图形,每个图形用三个代表阳的"—"(阳爻)和代表阴的"--"(阴爻)组成。《易传》作者认为八卦主要象征天与地(乾、坤)、风与雷(巽、震)、水与火(坎、离)、山与泽(艮、兑)八种两两对立的自然现象,并用来象征自然现象和社会现象的发展变化。八卦又可代表八方。此处正文中"乾、坎……"给出的是一种代表方式(称后天方位),从乾开始依次顺时针为:西北、正北、东北、正东、东南、正南、西南、正西。下文称巽宫位下,即八卦炉的东南方向。

③ 燻(chǎo):熏。

④ 侮:同"捂",掩住,遮住。

精!有诗为证。诗曰:

　　混元体正合先天,万劫千番只自然。
　　渺渺无为浑太乙,如如不动号初玄①。
　　炉中久炼非铅汞②,物外长生是本仙。
　　变化无穷还变化,三皈五戒总休言③。

又诗:

　　一点灵光彻太虚,那条拄杖亦如之。
　　或长或短随人用,横竖横排任卷舒。

又诗:

　　猿猴道体配人心,心即猿猴意思深。
　　大圣齐天非假论,官封弼马是知音。
　　马猿合作心和意④,紧缚牢拴莫外寻。
　　万相归真从一理,如来同契住双林⑤。

这一番,那猴王不分上下,使铁棒东打西敌,更无一神可挡。只

---

① "混元体正合先天"四句:混元,指天地元气,先天地而生,超越时空的物质。先天,指宇宙的本体,万物的本原。太乙,也作"太一",参见第四回"太乙丹"条注。如如,佛教语,谓诸法皆平等不二的法性理体。初玄,这里指最初的,不被外物迷惑遮盖的本心。

② 铅汞:铅和汞,道教炼丹的原料。这里的意思是人靠自身的修行即可成仙,不须外求什么仙丹。

③ 三皈五戒:归依佛、法、僧,称为三皈,佛教以不杀生、不偷盗、不邪淫、不妄语、不饮酒为五戒。皈,同"归"。

④ 马猿:佛教认为,浮躁不安的心像顽皮的猿猴、奔跑的野马。道教全真派更发挥了这一观念,认为要充分把握住这种心神,使之去除蒙蔽,达到光明平定安和的境界。这里的"马猿"指封为弼马温的孙悟空,和本书经常提到的"心猿"(孙悟空)、"意马"(白龙马)一样,都是一种比喻。

⑤ 如来同契住双林:同契,契合。双林,传说中佛祖寂灭的地方。

打到通明殿里,灵霄殿外。幸有佑圣真君的佐使王灵官执殿①。他见大圣纵横,掣金鞭近前挡住道:"泼猴何往!有吾在此,切莫猖狂!"这大圣不由分说,举棒就打。那灵官鞭起相迎。两个在灵霄殿前厮浑一处②。好杀:

　　赤胆忠良名誉大,欺天诳上声名坏。
　　一低一好幸相持③,豪杰英雄同赌赛④。
　　铁棒凶,金鞭快,正直无私怎忍耐?
　　这个是太乙雷声应化尊⑤,那个是齐天大圣猿猴怪。
　　金鞭铁棒两家能,都是神宫仙器械。
　　今日在灵霄宝殿下弄威风,各展雄才真可爱。
　　一个欺心要夺斗牛宫,一个竭力匡扶元圣界⑥。
　　苦争不让显神通,鞭棒往来无胜败。

他两个斗在一处,胜败未分,早有佑圣真君,又差将佐发文到雷

---

①佑圣真君:"北极四圣"之一,即真武大帝。据宋代道教神霄派的《紫微玄都雷霆玉经》,北极四圣是北极紫微大帝的四位统帅。分别是天蓬元帅、天猷(亦作佑)元帅、翊圣真君、佑圣真君(即真武)。王灵官:又称"灵官王元帅""玉枢火府天将"等。道教雷部、火部神将,其塑像常置于道观山门,主管护法、监督、纠察之职。据道经所传,王灵官原名王善,是湘阴地方崇祀的小神,后被萨守坚真人烧了庙宇,收其为部将。在真武大帝的传说里,《玄天上帝启圣录》记有五百人跟随真武修道,最终成仙,称五百灵官。据《五百灵官爵位姓氏总录》,第一位即"执法无私王元帅",为五百灵官之首。故称为佑圣真君的佐使。
②厮浑一处:搅和在一起。
③相持:双方对立争斗。
④赌赛:通过比赛定输赢。
⑤太乙雷声应化尊:《王灵官宝诰》称王灵官为"豁落猛吏,三五火车,太乙雷神应化天尊"。
⑥元圣界:即大圣人所住的仙界。元圣,大圣人,指玉帝等神圣。《尚书·汤诰》:"聿求元圣,与之戮力。"

府①,调三十六员雷将齐来②,把大圣围在垓心,各骋凶恶鏖战。那大圣全无一毫惧色,使一条如意棒,左遮右挡,后架前迎。一时,见那众雷将的刀枪剑戟、鞭简挝锤、钺斧金瓜、旄镰月铲③,来的甚紧,他即摇身一变,变做三头六臂;把如意棒幌一幌,变作三条;六只手使开三条棒,好便似纺车儿一般,滴流流,在那垓心里飞舞。众雷神莫能相近。真个是:

　　圆陀陀,光灼灼,亘古常存人怎学?
　　入火不能焚,入水何曾溺?
　　光明一颗摩尼珠,剑戟刀枪伤不着。
　　也能善,也能恶,眼前善恶凭他作。
　　善时成佛与成仙,恶处披毛并带角。
　　无穷变化闹天宫,雷将神兵不可捉④。

当时众圣把大圣攒在一处,却不能近身,乱嚷乱斗,早惊动玉帝。遂传旨着游奕灵官同翊圣真君上西方请佛老降伏⑤。那二圣得了旨,径到灵山胜境,雷音宝刹之前,对四金刚、八菩萨礼毕⑥,即烦

---

①雷府:即九天应元雷声普化天尊主治的玉霄府,总司各部雷神。
②三十六员雷将:即三十六雷公,分天雷、地雷、人雷三部,每部十二名,属九天应元雷声普化天尊管辖,有神霄雷公、五方雷公等名号。
③旄镰:即毛镰,带钩的杆状兵器。
④"圆陀陀"以下韵文:圆陀陀,原指孙悟空舞棍一团光明的姿态,与"摩尼珠"进一步比喻真心。《青华秘文》:"性之初见,如星大,圆陀陀,光烁烁。"《性命圭旨》:"此心灵灵不昧,了了常知。三教大圣教人修道,是修这个;成仙成佛,也是这个;戴角披毛,也是这个。"并参见第二回"灵台方寸山,斜月三星洞"条注。摩尼珠,梵语宝珠的译音。披毛并带角,指一念之恶,转为畜生之行。
⑤游奕灵官:即马灵官,名马胜,道教雷部神将。又称远捉使者、游奕将军、火犀大仙等。《道法会元》称他"昊天敕封游奕使,封山破洞掌威权"。翊圣真君:"北极四圣"之一。参见第三十三回"黑杀神"条注。
⑥四金刚:即持国、增长、广目、多闻四大天王,民间俗称四大金刚。八菩萨:不同的佛典,如《七佛八菩萨经》《八大菩萨曼荼罗经》等,说法不一,较流行的是文殊、观世音、弥勒、虚空藏、普贤、金刚手、除盖障、地藏八大菩萨。

转达。众神随至宝莲台下启知,如来召请①。二圣礼佛三匝②,侍立台下。如来问:"玉帝何事,烦二圣下临?"二圣即启道:"向时花果山产一猴,在那里弄神通,聚众猴,搅乱世界。玉帝降招安旨,封为'弼马温',他嫌官小反去。当遣李天王、哪吒太子擒拿未获,复招安他,封做'齐天大圣',先有官无禄。着他待管蟠桃园;他即偷桃;又走至瑶池,偷肴偷酒,搅乱大会;仗酒又暗入兜率宫,偷老君仙丹,反出天宫。玉帝复遣十万天兵,亦不能收伏。后观世音举二郎真君同他义兄弟追杀,他变化多端,亏老君抛金钢琢打重,二郎方得拿住。解赴御前,即命斩之。刀砍斧剁,火烧雷打,俱不能伤,老君奏准领去,以火煅炼。四十九日开鼎,他却又跳出八卦炉,打退天丁,径入通明殿里,灵霄殿外,被佑圣真君的佐使王灵官挡住苦战,又调三十六员雷将,把他困在垓心③,终不能相近。因此,玉帝特请如来救驾。"如来闻诏,即对众菩萨道:"汝等在此稳坐法堂,休得乱了禅位④,待我炼魔救驾去来⑤。"

如来即唤阿傩、迦叶二尊者相随⑥,离了雷音,径至灵霄门外。

---

① 如来:梵语"多陀阿伽陀"意译,也作"如去"。为佛十号之一。即佛之尊称。意为由真理而来(如实而来),而成正觉,故称如来。释迦牟尼即乘真理而来,由真如而现身,故尊称释迦牟尼为如来。又"如来"之称呼,亦为诸佛(对宇宙事理无所不知、无所不觉者,即可称佛)之通号,并非释迦牟尼所专有。

② 礼佛三匝:向佛礼拜,绕行三圈,是佛教特有的礼拜方式。匝,原作"咂",世德堂本"咂""匝"常混用,今统一为"匝",后不出注。

③ 垓心:重围之中。

④ 法堂、禅位:禅宗寺院设施。法堂为寺中长老为众僧讲学说法之处,中有高台,供高僧讲法。法堂四周为听讲僧人座位,称禅位。

⑤ 炼魔:降服妖魔。

⑥ 阿傩、迦叶二尊者:阿傩,一般作"阿难",和迦叶(本书也写作"迦业")是释迦牟尼的两位大弟子,在释迦牟尼灭度之后,迦叶、阿难相继执掌教团。寺庙佛像前常塑二人左右胁侍。尊者,梵语"阿梨耶"的意译,意为圣者,泛指具有较高的德行、智慧的僧人。

忽听得喊声振耳,乃三十六员雷将围困着大圣哩。佛祖传法旨:"教雷将停息干戈,放开营所,叫那大圣出来,等我问他有何法力。"众将果退。大圣也收了法象,现出原身近前,怒气昂昂,厉声高叫道:"你是那方善士①?敢来止住刀兵问我?"如来笑道:"我是西方极乐世界释迦牟尼尊者,南无阿弥陀佛②。今闻你猖狂村野,屡反天宫,不知是何方生长,何年得道,为何这等暴横?"大圣道:"我本:

> 天地生成灵混仙,花果山中一老猿。
> 水帘洞里为家业,拜友寻师悟太玄③。
> 炼就长生多少法,学来变化广无边。
> 因在凡间嫌地窄,立心端要住瑶天。
> 灵霄宝殿非他久,历代人王有分传。
> 强者为尊该让我,英雄只此敢争先。"

佛祖听言,呵呵冷笑道:"你那厮乃是个猴子成精,焉敢欺心,要夺玉皇上帝龙位?他自幼修持,苦历过一千七百五十劫,每劫该十二万九千六百年④。你算,他该多少年数,方能享受此无极大道?你那个初世为人的畜生,如何出此大言?不当人子!不当人子!折了你的寿算⑤!趁早皈依,切莫胡说。但恐遭了毒手,性命顷刻而休,

---

① 善士:有德之士,这里指佛教徒。
② 南无阿弥陀佛:南无,顶礼,致敬。佛教认为,阿弥陀佛是极乐世界的教主,而释迦牟尼(本书中所谓"如来佛祖")是这个现实世界的教主。佛教徒称说"南无阿弥陀佛",是为了死后往生到极乐世界去。这里释迦牟尼也说"南无阿弥陀佛",用法并不严谨。
③ 太玄:深奥玄妙的道理。
④ 每劫该十二万九千六百年:据佛典《俱舍论》《大毗婆沙论》,每一小劫为一千六百八十万年;道教以一万八百年为一小劫。这里一劫作"十二万九千六百年"的数目,是宋代大儒邵雍"一元"的年数。邵雍认为,一元之内,宇宙经历了一次从产生到灭亡的过程。这里是作者的疏忽,或是贯通儒、释、道三教的一种故意。
⑤ 寿算:寿命。算,原是古代记数用的小棍状的算筹,魏晋以前,人们认为人的寿命有一定的数量,由上天用算筹来统计。

可惜了你的本来面目！"大圣道："他虽年劫修长，也不应久占在此。常言道：'皇帝轮流做，明年到我家。'只教他搬出去，将天宫让与我，便罢了。若还不让，定要搅攘①，永不清平！"

佛祖道："你除了长生变化之法，再有何能，敢占天宫胜境？"大圣道："我的手段多哩！我有七十二般变化，万劫不老长生。会驾筋斗云，一纵十万八千里。如何坐不得天位？"佛祖道："我与你打个赌赛：你若有本事，一筋斗打出我这右手掌中，算你赢，再不用动刀兵苦争战，就请玉帝到西方居住，把天宫让你；若不能打出手掌，你还下界为妖，再修几劫，却来争吵。"那大圣闻言，暗笑道："这如来十分好呆！我老孙一筋斗去十万八千里。他那手掌，方圆不满一尺，如何跳不出去？"急发声道："既如此说，你可做得主张②？"佛祖道："做得！做得！"伸开右手，却似个荷叶大小。那大圣收了如意棒，抖擞神威，将身一纵，站在佛祖手心里，却道声："我出去也！"你看他一路云光，无形无影去了。

佛祖慧眼观看，见那猴王风车子一般相似不住，只管前进。大圣行时，忽见有五根肉红柱子，撑着一股青气。他道："此间乃尽头路了。这番回去，如来作证，灵霄宫定是我坐也。"又思量说："且住！等我留下些记号，方好与如来说话。"拔下一根毫毛，吹口仙气，叫："变！"变作一管浓墨双毫笔③，在那中间柱子上写一行大字云："齐天大圣到此一游。"写毕，收了毫毛。又不妆尊，却在第一根柱子根下撒了一泡猴尿。翻转筋斗云，径回本处，站在如来掌内道："我已去，今来了。你教玉帝让天宫与我。"

如来骂道："我把你这个尿精猴子④！你正好不曾离了我掌哩！"大圣道："你是不知。我去到天尽头，见五根肉红柱，撑着一股青气，

---

①搅攘：捣乱。
②做得主张：能够作主，说话算数。
③双毫笔：用两种毛（一般是一种软一种硬）合起来做成的笔，也叫兼毫笔。
④把：明清小说、戏剧里通常说"我把"某某人，是一种责骂的句式。

我留个记在那里,你敢和我同去看么?"如来道:"不消去,你只自低头看看。"那大圣睁圆火眼金睛,低头看时,原来佛祖右手中指写着"齐天大圣到此一游"①,大指丫里,还有些猴尿臊气。大圣吃了一惊道:"有这等事!有这等事!我将此字写在撑天柱子上,如何却在他手指上?莫非有个未卜先知的法术?我决不信,不信!等我再去来!"好大圣,急纵身又要跳出,被佛祖翻掌一扑,把这猴王推出西天门外,将五指化作金、木、水、火、土五座联山,唤名"五行山",轻轻的把他压住。众雷神与阿傩、迦叶,一个个合掌称扬道:"善哉!善哉!

  当年卵化学为人,立志修行果道真。
  万劫无移居胜境,一朝有变散精神。
  欺天罔上思高位,凌圣偷丹乱大伦。
  恶贯满盈今有报,不知何日得翻身。"

  如来佛祖殄灭了妖猴②,即唤阿傩、迦叶同转西方极乐世界。时有天蓬、天佑急出灵霄宝殿道③:"请如来少待,我主大驾来也。"佛祖闻言,回首瞻仰。须臾,果见八景鸾舆,九光宝盖;声奏玄歌妙乐,咏哦无量神章;散宝花,喷真香④,直至佛前谢曰:"多蒙大法收殄妖邪。望如来少停一日,请诸仙做一会筵奉谢。"如来不敢违悖,即合掌谢道:"老僧承大天尊宣命来此,有何法力?还是天尊与众神洪福,敢劳致谢?"玉帝传旨,即着雷部众神,分头请三清、四御、五老、六司、

---

①到:原作"寓",据上文及李卓吾评本、杨闽斋本改。
②殄(tiǎn):消灭。
③天蓬、天佑:和本回中的翊圣真君同属于"北极四圣"。天蓬,全称天蓬大元帅真君,本书中下凡为猪八戒。天佑,即"天猷",全称天猷副元帅真君。
④"八景鸾舆"以下数句:这一段出自道教玉帝信仰重要经典《高上玉皇本行集经》,经中为九天之一高虚清明天主的仪仗,此即指玉帝仪仗。

七元、八极、九曜、十都、千真万圣①,来此赴会,同谢佛恩。又命四大天师、九天仙女,大开玉京金阙、太玄宝宫、洞阳玉馆②,请如来高坐七宝灵台。调设各班座位,安排龙肝凤髓,玉液蟠桃。不一时,那玉清元始天尊、上清灵宝天尊、太清道德天尊、五炁真君、五斗星君、三官四圣、九曜真君、左辅、右弼、天王、哪吒③、玄虚一应灵通④,对对旌旗,双双幡盖,都捧着明珠异宝,寿果奇花,向佛前拜献曰:"感如来无量法力,收伏妖猴。蒙大天尊设宴呼唤,我等皆来陈谢。请如来将此会立一名,如何?"如来领众神之托曰:"今欲立名,可作个'安天大会'。"各仙老异口同声,俱道:"好个'安天大会'!好个'安天大会'!"言讫,各坐座位,走斝传觞,簪花鼓瑟,果好会也。有诗为证。诗曰:

宴设蟠桃猴搅乱,安天大会胜蟠桃。

---

① 四御:见第五回"四帝"条注。六司:指南斗六司,按南斗六星的数目,包括司命星君、司禄星君等六位星君,主管人一生的健康和祸福。七元:指北斗七元解厄星君,包括贪狼星君、巨门星君等七位星君。主管消灾解厄,保命延生。八极:八方极远的地方,这里指八方之神。十都:应即十大洞天(王屋山、委羽山等十个仙境,又称仙都)的神仙。

② "大开玉京金阙"句:此处提到的仙宫名,均见于道教经典。玉京金阙,托名晋葛洪《枕中书》引《真记》:"玄都玉京,七宝山,周回九万里,在大罗之上。"《神异经·西北荒经》:"西北荒中有两金阙,高百丈。"太玄宝宫,常见的道教仙宫名。《云笈七签》卷二十三记奔日月之法,铭于太玄宫高上台金柱玉壁之上。洞阳玉馆,《元始五老赤书玉篇真文天书》:"九天洞阳之馆,主九天神仙。"可参见《无上秘要·三界官府品》。

③ 五炁(qì)真君:应指"五灵五老天君",即掌管五方的"五方五老",见第五回"五方五老"条注。但后期掌管五大行星的五德星君也分别冠以五炁的名号,参见第五十一回"南方三炁火德星君"条注。三官四圣:三官,天官大帝、地官大帝、水官大帝。四圣,即北极四圣。左辅、右弼(bì):北斗星君名,左辅,全名北斗洞明左辅星君。右弼,全名北斗隐元右弼星君。左辅、右弼加上北斗七元,称为北斗九辰真君。

④ 玄虚一应灵通:即天上各路神仙。玄虚,指天空。

> 龙旗鸾辂祥光霭①,宝节幢幡瑞气飘。
> 仙乐玄歌音韵美,凤箫玉管响声高。
> 琼香缭绕群仙集,宇宙清平贺圣朝。

众皆畅然喜会,只见王母娘娘引一班仙子仙娥、美姬毛女②,飘飘荡荡舞向佛前,施礼曰:"前被妖猴搅乱蟠桃嘉会③,请众仙众佛,俱未成功。今蒙如来大法镣锁顽猴,喜庆'安天大会',无物可谢,今是我净手亲摘大株蟠桃数颗奉献。"真个是:

> 半红半绿喷甘香,艳丽仙根万载长。
> 堪笑武陵源上种④,争如天府更奇强。
> 紫纹娇嫩寰中少,缃核清甜世莫双。
> 延寿延年能易体,有缘食者自非常。

佛祖合掌向王母谢讫。王母又着仙姬仙子唱的唱,舞的舞。满会群仙,又皆赏赞。正是:

> 缥渺天香满座,缤纷仙蕊仙花。
> 玉京金阙大荣华,异品奇珍无价。
> 对对与天齐寿,双双万劫增加。
> 桑田沧海任更差⑤,他自无惊无讶。

王母正着仙姬仙子歌舞,觥筹交错,不多时,忽又闻得:

> 一阵异香来鼻噢⑥,惊动满堂星与宿。
> 天仙佛祖把杯停,各各抬头迎目候。

---

① 辂(lù):大车,多指帝王乘的车子。
② 毛女:传说中得道于华山的仙女。
③ 嘉:原作"加"。加,同"嘉"。《左传·文公十六年》"加羞珍异",即"嘉羞珍异"。世德堂本"嘉"常作"加",今统一为"嘉",后不出注。
④ 武陵源:晋陶渊明有名作《桃花源记》,谓武陵一条河的水源处有桃花林,桃林深处有一片与世隔绝的乐土。这里"武陵源上种"意思是上好的鲜桃。
⑤ 更差:更换,交替。
⑥ 鼻噢:即"鼻凹"。

霄汉中间现老人,手捧灵芝飞蔼绣①。
葫芦藏蓄万年丹,宝箓名书千纪寿②。
洞里乾坤任自由,壶中日月随成就。
遨游四海乐清闲,散淡十洲容辐辏③。
曾赴蟠桃醉几遭,醒时明月还依旧。
长头大耳短身躯,南极之方称老寿。

寿星又到④。见玉帝礼毕,又见如来,申谢曰:"始闻那妖猴被老君引至兜率宫煅炼,以为必致平安,不期他又反出。幸如来善伏此怪。设宴奉谢,故此闻风而来。更无他物可献,特具紫芝瑶草,碧藕金丹奉上。"诗曰:

碧藕金丹奉释迦,如来万寿若恒沙⑤。
清平永乐三乘锦⑥,康泰长生九品花⑦。
无相门中真法主⑧,色空天上是仙家⑨。
乾坤大地皆称祖,丈六金身福寿赊⑩。

如来忻然领谢。寿星得座,依然走斝传觞。只见赤脚大仙来至。向玉帝前颀囟礼毕,又对佛祖谢道:"深感法力,降伏妖猴。无物

---

① 蔼绣:有美丽花纹的云霭。
② 纪:纪年单位,十二年为一纪。
③ 辐辏:聚集,聚会。指寿星参加神仙们的聚会。
④ 寿星:参见第二十六回"寿星、福星、禄星"条注。
⑤ 恒沙:即"恒河沙数",佛教用语,恒河(印度境内的大河)中沙子的数量,形容数量之多。
⑥ 三乘锦:指佛教三乘(三种解脱之道)教法犹如锦绣。
⑦ 九品花:佛教净土宗认为,人往生西方极乐世界后,可以坐莲花台座,因各人生前修行深浅不同,而所坐莲台有九等的区别,叫九品莲台。参见第八回"上品莲台"条注。
⑧ 无相:佛教语。与"有相"相对。指摆脱世俗之有相认识所得之真如实相。
⑨ 色空:佛教用语,"色即是空"的省略。指一切事物都是虚幻不实的。色,佛教术语,指一切物质。
⑩ 赊:这里是多的意思。

可以表敬,特具交梨二颗①,火枣数枚奉献。"诗曰:

　　大仙赤脚枣梨香,敬献弥陀寿算长②。
　　七宝莲台山样稳,千金花座锦般妆。
　　寿同天地言非谬,福比洪波话岂狂。
　　福寿如期真个是,清闲极乐那西方。

如来又称谢了。叫阿傩、迦业,将各所献之物,一一收起,方向玉帝前谢宴。众各酩酊。只见个巡视灵官来报道:"那大圣伸出头来了。"佛祖道:"不妨,不妨。"袖中只取出一张帖子,上有六个金字"唵、嘛、呢、叭、呢、吽"③。递与阿傩,叫贴在那山顶上。这尊者即领帖子,拿出天门,到那五行山顶上,紧紧的贴在一块四方石上。那座山即生根合缝,可运用呼吸之气,手儿爬出,可以摇挣摇挣。阿傩回报道:"已将帖子贴了。"

如来即辞了玉帝众神,与二尊者出天门之外,又发一个慈悲心,念动真言咒语,将五行山召一尊土地神祇,会同五方揭谛,居住此山

---

① 交梨:和下文的火枣都是传说中的仙果,吃了可以羽化成仙。《灵宝领教济度金书》卷三十一:"交梨火枣,餐尝超五浊之乡。"
② 弥陀:即阿弥陀佛的省称,本书中似有将释迦牟尼与阿弥陀佛混淆的现象。参见本回"南无阿弥陀佛"条注。
③ 唵、嘛、呢、叭、呢、吽:即"六字真言",是含有六个梵语音节的咒语,本应读作"唵嘛呢叭咪吽",梵语莲花珠的译音,据称内涵极为丰富,象征一切诸菩萨的慈悲和加持。明永乐初年,迎天竺僧大定法王来京,教人诵六字真言。钱锺书《管锥编·史记会注考证·封禅书》称"明人尝嘲释氏之六字真言'唵嘛呢叭咪吽',谓'乃"俺把你哄"也,人不之悟耳'(《纪录汇编》卷一二八姚福《青溪暇笔》,佟世思《与梅堂遗集》附《耳书》作'盖"俺那里把你哄"也')",即指此事。若此,则明代民间本有谑称六字真言为"俺那里把你哄"的现象,此处意思是如来骗孙悟空上了当,也是作者对打着佛教旗号招摇撞骗现象的一种讽刺。且世德堂等明代版本《西游记》所有涉及六字真言之处,发音"咪"均作"呢",若非另有所本,则似是故意使六字真言读起来更像"俺那里把你哄",以使戏谑的效果更强。且第八回孙悟空对观音说:"如来哄了我。"也可见端倪。后世刊刻者不察,反回改为发音正确的"唵嘛呢叭咪(或嘧、㗄)吽"。

监押。但他饥时,与他铁丸子吃;渴时,与他溶化的铜汁饮。待他灾愆满日①,自有人救他。正是:

> 妖猴大胆反天宫,却被如来伏手降。
> 渴饮溶铜捱岁月,饥餐铁弹度时光。
> 天灾苦困遭磨蛰,人事凄凉喜命长。
> 若得英雄重展挣②,他年奉佛上西方。

又诗曰:

> 伏逞豪强大势兴,降龙伏虎弄乖能③。
> 偷桃偷酒游天府,受箓承恩在玉京。
> 恶贯满盈身受困,善根不绝气还升。
> 果然脱得如来手,且待唐朝出圣僧。

毕竟不知向后何年何月,方满灾殃,且听下回分解。

---

①灾愆(qiān):灾难。
②展挣:挣扎。
③弄乖:耍手段,卖弄能力。

第八回

我佛造经传极乐　观音奉旨上长安

试问禅关①,参求无数,往往到头虚老。
磨砖作镜,积雪为粮②,迷了几多年少?
毛吞大海,芥纳须弥③,金色头陀微笑④。
悟时超十地三乘⑤,凝滞了四生六道⑥。
谁听得绝想崖前,无阴树下⑦,杜宇一声春晓?

---

① 禅关:比喻领悟佛教教义必须越过的关口。
② 磨砖作镜,积雪为粮:想用砖磨成镜子,把积雪当粮食吃,比喻修炼时不得要领,空费力气。宋释道原《景德传灯录》卷五记:南岳怀让禅师见道一禅师坐禅,就用一砖在石上磨,道一问:"师作什么?"怀让说:"磨作镜。"道一说:"磨砖岂能成镜?"怀让说:"坐禅岂得成佛?"
③ 毛吞大海,芥纳须弥:见于《维摩诘经·不思议品》,维摩诘说四大海水入一毛孔,鱼鳖、龙王等都可以尽纳。须弥,佛教传说中的大山,而可以纳入一颗芥子。这两句的大意是微小的事物中可以悟到宏大的教法。
④ 金色头陀微笑:佛经记载,释迦牟尼佛拈花示众,众人默然,只有迦叶尊者微笑,佛祖就把"不立文字,教外别传"的禅宗教义传他。《指月录》记迦叶尊者"九十一劫,身皆金色",故称金色头陀。
⑤ 十地:佛教术语,指修行要经历的欢喜地、离垢地、发光地等十种境界。三乘:三种交通工具,比喻运载众生渡越生死到涅槃彼岸之三种法门。佛就众生根机之钝、中、利,应之而说声闻乘、缘觉乘、菩萨乘等三种教法,称为三乘。
⑥ 四生六道:佛教划分众生为胎生、卵生、湿生、化生,合称四生。又认为众生分为天道、人道、阿修罗(一种魔神)道、畜生道、饿鬼道、地狱道,众生按照生前的行为,不断地在这六道中轮回。
⑦ 绝想崖、无阴树:比喻断除思虑,心地澄明。元道士何道全(无垢子)《般若心经注解》:"日间无想夜无梦,不被颠倒境物弄。一拳打破上头关,翻身直上朝元洞。""脱落衣裳见本形,寸丝不挂得安宁。若人要躲浑身影,便向无阴树下行。"

曹溪路险①,鹫岭云深②,此处故人音杳。
　　千丈冰崖,五叶莲开③,古殿帘垂香袭。
　　那时节,识破源流,便见龙王三宝④。

这一篇词,名《苏武慢》⑤。话表我佛如来,辞别了玉帝,回至雷音宝刹,但见那三千诸佛、五百阿罗、八大金刚、无边菩萨,一个个都执着幢幡宝盖,异宝仙花,摆列在灵山仙境,娑罗双林之下接迎。如来驾住祥云,对众道:"我以

　　甚深般若⑥,遍观三界。
　　根本性原,毕竟寂灭。

---

① 曹溪:发源于广东曲江县的河流,曹溪上流有宝林寺,是佛教禅宗慧能大师传法的地方。又,内丹术以后背三椎骨下为曹溪,参见传为南宋《真仙秘传火候法》。

② 鹫岭:即"灵山",如来讲法的地方。又名"灵鹫山""耆阇崛山",位于中印度摩羯陀国首都王舍城东北,为佛陀说法之地,因山形似鹫鸟(一说山上多栖鹫鸟)得名。约在今印度贝哈尔州拉查基尔东南之塞拉吉里。又,内丹家或以头后为"鹫岭"。清柳华阳《慧命经》:"由漕溪上鹫岭。"谓鹫岭在头之后。"眼吐金光,耳闻风声,脑后鹫鸣",是内丹家"采大药"的征兆。

③ 五叶莲开:达摩祖师付法于二祖慧可时说偈云:"吾本来兹土,传法救迷情。一花开五叶,结果自然成。"后人认为一花开五叶指禅宗分化出五个宗派:沩(wéi)仰宗、云门宗、曹洞宗、临济宗、法眼宗。

④ 龙王三宝:当是"海龙王三宝阶"的省称。《海龙王经·请佛品》记:海龙王请佛至龙宫说法,"吾欲化作宝阶,从海边至海底,令佛及比丘众及诸菩萨,由是下海至我宫中,如昔世尊化作宝阶,从忉利天至阎浮利",于是龙王从海边化作金、银、琉璃三宝阶,引导佛在中阶、诸菩萨众在右阶、诸声闻弟子在左阶入龙宫。

⑤ 苏武慢:词牌名。这首词出自《鸣鹤余音》,元朝道士冯尊师作。原来的最后三句作"兔葛藤丛里,老婆游子,梦魂颠倒"。

⑥ 般若:梵语音译,佛教术语,即智慧。此段原出《涅槃经》后分卷上《憍陈如品》之末,为释迦牟尼临涅槃时对弟子的嘱托。《历代编年释氏通鉴》等本土化的佛教典籍将其改编为整齐的四字句式:"我以甚深般若,遍观三界。根本性离,毕竟寂灭。同虚空相,一无所有。法相如是。其知是者,名出世人。是事不知,名生死始。"

同虚空相，一无所有。
　　　珍伏乖猴，是事莫识。
　　　名生死始，法相如是。"

说罢，放舍利之光，满空有白虹四十二道①，南北通连。大众见了，皈身礼拜。少顷间，聚庆云彩雾②，登上品莲台③，端然坐下。那三千诸佛、五百罗汉、八金刚、四菩萨合掌近前礼毕④，问曰："闹天宫搅乱蟠桃者，何也？"如来道："那厮乃花果山产的一妖猴，罪恶滔天，不可名状。概天神将⑤，俱莫能降伏。虽二郎捉获，老君用火锻炼，亦莫能伤损。我去时，正在雷将中间，扬威耀武，卖弄精神，被我止住兵戈，问他来历。他言有神通，会变化，又驾筋斗云，一去十万八千里。我与他打了个赌赛，他出不得我手，却将他一把抓住，指化五行山，封压他在那里。玉帝大开金阙瑶宫，请我坐了首席，立安天大会谢我，却方辞驾而回。"大众听言喜说⑥，极口称扬。谢罢，各分班而退，各执乃事，共乐天真。果然是：

---

① 白虹四十二道：唐释道宣《广弘明集》卷十一载，释迦牟尼将涅槃时，暴风忽起，山川振动，"西方有白虹十二道，南北通过，连夜不灭"，时当中国周穆王在位。
② 庆云：吉祥的五色云。
③ 上品莲台：佛教认为诸佛菩萨及往生净土者均坐莲花之台。净土宗认为往生净土者临命终时，阿弥陀佛等极乐世界圣众持莲台来接引，依生前行愿，分上中下三品，每品又分三级，故共九品。上品往生者乘金刚台、紫金台、金莲华，故称上品莲台。
④ 三千诸佛：又称"三世三千佛"，过去世庄严劫一千佛，现在世贤劫一千佛和未来世宿劫一千佛的合称。五百罗汉：即五百阿罗，佛教指常随释迦牟尼听法传道的五百弟子。也有说法是佛寂灭后参加佛法结集（汇集佛法经典）的五百比丘。八金刚：佛的侍从力士，执金刚杵。八大金刚又称八大明王，《大妙金刚经》认为是大威德金刚、大轮金刚等八位。四菩萨：指文殊菩萨、普贤菩萨、观音菩萨和地藏菩萨。
⑤ 概天：即天上所有的。概，全，所有。
⑥ 说：同"悦"。

瑞霭漫天竺,虹光拥世尊①。西方称第一,无相法王门②。常见玄猿献果,麋鹿衔花;青鸾舞,彩凤鸣;灵龟捧寿,仙鹤噙芝③。安享净土祇园④,受用龙宫沙界⑤。日日花开,时时果熟,习静归真,参禅果正。不灭不生,不增不减。烟霞缥缈随来往,寒暑无侵不记年。诗曰:

　　去来自在任优游,也无恐怖也无愁。
　　极乐场中俱坦荡,大千之处没春秋。

佛祖居于灵山大雷音宝刹之间,一日,唤聚诸佛、阿罗、揭谛、菩萨、金刚、比丘僧尼等众⑥,曰:"自伏乖猿安天之后,我处不知年月,料凡间有半千年矣,今值孟秋望日⑦。我有一宝盆,盆中具设百样奇花,千般异果等物,与汝等享此'盂兰盆会'⑧,如何?"概众一个个合掌,礼佛三匝领会。如来却将宝盆中花果品物,着阿傩捧定,着迦叶布散。大众感激。各献诗伸谢。

---

① 世尊:佛的尊称。指佛为世间所尊重者。
② 法王:佛的尊称。王有最胜、自在之义。佛为法门之主,能自在教化众生,故称法王。
③ 禽:原作"擒",世德堂本"噙"常作"擒",今统改为"噙",后不出注。
④ 祇园:印度祇树给孤独园的简称,参见第九十三回"祇树给孤园"条注。
⑤ 沙界:指恒河沙数的世界。恒河沙数,参见第七回"恒沙"条注。
⑥ 阿罗:梵语译音,即阿罗汉,又称罗汉,解脱烦恼,修得小乘佛教最高成果的人。比丘僧尼:梵语译音,佛教中称受戒的男性为比丘,俗称和尚;称受戒的女性为比丘尼,俗称尼姑。比丘后面加一个僧字是中国式的称呼。
⑦ 孟秋望日:七月十五日。孟秋是秋天第一个月,即农历七月,古代称每月十五月圆之日为望日。
⑧ 盂兰盆会:据《盂兰盆经》记载,佛弟子中目连神通第一,其母死后为饿鬼,目连用尽神通,不能救拔,佛告诉目连,要在七月十五日用百味饮食供养僧人,才能使母亲解脱。据此经,梁武帝曾在同泰寺设盂兰盆斋,此后渐渐形成盂兰盆会的风俗。唐代皇家每逢七月十五日,向寺庙赠送宝盆,民间施主也到寺中奉献宝盆及种种杂物。考究的宝盆极其华丽,用香花、宝石、金银装饰。宋代以后,用盆奉僧逐渐变为用盆施鬼,做法事,演目连戏。盂兰,梵语音译,意为救倒悬。

福诗曰：
　　福星光耀世尊前，福纳弥深远更绵。
　　福德无疆同地久，福缘有庆与天连。
　　福田广种年年盛，福海洪深岁岁坚。
　　福满乾坤多福荫，福增无量永周全。

禄诗曰：
　　禄重如山彩凤鸣，禄随时太祝长庚①。
　　禄添万斛身康健，禄享千钟世太平。
　　禄俸齐天还永固，禄名似海更澄清。
　　禄恩远继多瞻仰，禄爵无边万国荣。

寿诗曰：
　　寿星献彩对如来，寿域光华自此开。
　　寿果满盘生瑞霭，寿花新采插莲台。
　　寿诗清雅多奇妙，寿曲调音按美才。
　　寿命延长同日月，寿如山海更悠哉。

　　众菩萨献毕，因请如来明示根本，指解源流。那如来微开善口，敷演大法，宣扬正果，讲的是三乘妙典，五蕴楞严②。但见那天龙围绕，花雨缤纷。正是禅心朗照千江月，真性清涵万里天。

　　如来讲罢，对众言曰："我观四大部洲，众生善恶者，各方不一：东胜神洲者，敬天礼地，心爽气平；北俱芦洲者，虽好杀生，只因糊口，性拙情疏，无多作践；我西牛贺洲者，不贪不杀，养气潜灵，虽无上真，人人固寿；但那南赡部洲者，贪淫乐祸，多杀多争，正所谓口舌

---

①太：同"泰"。如泰山也作"太山"，太平也作"泰平"。
②五蕴：色、受、想、行、识，大体相当于形象、嗜欲、意念、行为以及心灵。认为众生都要为这五蕴所支配。楞严：即首楞严，意译为一切事究竟坚固。佛典有《楞严经》。佛在此经中，讲解了五蕴（也称五阴）实由妄想产生，是虚妄不实的。

凶场,是非恶海。我今有三藏真经①,可以劝人为善。"诸菩萨闻言,合掌皈依,向佛前问曰:"如来有那三藏真经?"如来曰:"我有法一藏,谈天;论一藏,说地;经一藏,度鬼;三藏共计三十五部,该一万五千一百四十四卷,乃是修真之经,正善之门。我待要送上东土,颇耐那生民愚蠢,毁谤真言,不识我法门之旨要,怠慢了瑜迦之正宗②。怎么得一个有法力的,去东土寻一个善信③,交他苦历千山④,询经万水,到我处求取真经,永传东土,劝化众生,却乃是个山大的福缘,海深的善庆,谁肯去走一遭来?"当有观音菩萨,行近莲台,礼佛三匝,道:"弟子不才,愿上东土寻一个取经人来也。"诸众抬头观看,那菩萨:

理圆四德⑤,智满金身。缨络垂珠翠⑥,香环结宝明,乌云巧叠盘龙髻,绣带轻飘彩凤翎。碧玉纽,素罗袍,祥光笼罩;锦绒裙,金落索⑦,瑞气遮迎。眉如小月,眼似双星。玉面天生喜,朱唇一点红。净瓶甘露年年盛,斜插垂杨岁岁青。解八难⑧,度群生,大慈悯故;镇太山,居南海,救苦寻声。万称万应,千圣千灵。兰山欣紫竹,惠性

---

①三藏真经:佛教经典本来分为经(佛陀所教的经文)、律(佛陀所制定的戒律)、论(佛弟子所造阐释佛教专有名词概念的著述),合称"三藏"。此处如来说三藏是法、论、经,似与道教有关。晚明道教大师陆西星的《三藏真诠》,分为"法藏""华藏""论藏"三类。故《西游记》所谓"三藏"或可被视为作者混杂佛教经典传统与道书内容分门的结果。
②瑜迦之正宗:瑜迦宗是佛教的一个学派,这里泛指佛门、佛法。
③善信:对佛法虔诚信仰的人。
④交:同"教"。唐牛峤《杨柳枝》:"莫交移入灵和殿,宫女三千又妒伊。"
⑤四德:指如来所证得的四种德:常、乐、我、净。常,指恒常不变,无生无灭。乐,指永远寂灭、安闲、受用、无丝毫烦恼。我,指得大自在,没有丝毫的束缚。净,指解脱一切垢染,非常清净。
⑥缨络:用珠玉串成戴在颈项上的饰物。印度王公贵族及天神菩萨塑像常佩戴之。
⑦落索:同"络索"。链子。
⑧八难:参见本回下文"扫三灾救八难"条注。

爱香藤。他是落伽山上慈悲主,潮音洞里苦观音。

如来见了,心中大喜,道:"别个是也去不得,须是观音尊者,神通广大,方可去得。"菩萨道:"弟子此去东土,有甚言语分付?"如来道:"这一去。要踏看路道,不许在灵汉中行①,须是要半云半雾;目过山水,谨记程途远近之数,叮咛那取经人。但恐善信难行,我与你五件宝贝。"即命阿傩、迦业,取出锦襕袈裟一领②,九环锡杖一根,对菩萨言曰;"这袈裟、锡杖③。可与那取经人亲用。若肯坚心来此,穿我的袈裟,免堕轮回;持我的锡杖,不遭毒害。"这菩萨皈依拜领。

如来又取出三个箍儿,递与菩萨道:"此宝唤做'紧箍儿',虽是一样三个,但只用各不同。我有'金紧禁'的咒语三篇。假若路上撞见神通广大的妖魔。你须是劝他学好,跟那取经人做个徒弟。他若不伏使唤,可将此箍儿与他戴在头上,自然见肉生根。各依所用的咒语念一念,眼胀头痛,脑门皆裂,管交他入我门来。"那菩萨闻言,踊跃作礼而退,即唤惠岸行者随行。那惠岸使一条混铁棍,重有千斤,只在菩萨左右作一个降魔的大力士。菩萨遂将锦襕袈裟作一个包裹,令他背了。菩萨将金箍藏了,执了锡杖,径下灵山。这一去,有分交:佛子还来归本愿,金蝉长老裹栴檀④。

那菩萨到山脚下,有玉真观金顶大仙,在观门首接住,请菩萨献

---

① 灵汉:云汉,高空。唐赵彦昭《奉和七夕两仪殿会宴应制》:"今宵望灵汉,应得见蛾眉。"

② 锦襕袈裟:即"金缕袈裟"。以金缕织成之袈裟。又作金缕袈裟、金色衣、黄金叠衣、金色叠衣。印度早已行之。《贤愚经》卷十二载,佛陀之姨母摩诃波阇波提尝手织金色之叠,欲赠如来,如来因使憍昙弥施舍众僧,众僧不取,后为弥勒所披着。又《大唐西域记》卷九载,佛陀以姨母所献之金色袈裟传于迦叶。则此金襕袈裟与钵盂一样,也是传授法统的代表。襕,上衣下摆上加的一道横幅。

③ 锡杖:僧人所持的禅杖。杖头有铁环,中段用木,下安铁纂,乞食时摇动,发出锡锡的声音,主人可以闻声出来施舍,所以叫锡杖,并非用锡制作。

④ 栴(zhān)檀:亦作"旃檀",梵文"栴檀那"的省称,即檀香。佛教常以旃檀为香料,又用旃檀木雕刻佛像。

茶。菩萨不敢久停,曰:"今领如来法旨,上东土寻取经人去。"大仙道:"取经人几时方到?"菩萨道:"未定,约摸二三年间,或可至此。"遂辞了大仙,半云半雾,约记程途。有诗为证。诗曰:

> 万里相寻自不言,却云谁得意难全?
> 求人忽若浑如此,是我平生岂偶然?
> 传道有方成妄说,说明无信也虚传。
> 愿倾肝胆寻相识,料想前头必有缘①。

师徒二人正走间,忽然见弱水三千②,乃是流沙河界。菩萨道:"徒弟呀,此处却是难行。取经人浊骨凡胎,如何得渡?"惠岸道:"师父,你看河有多远?"那菩萨停立云步看时,只见:

> 东连沙碛③,西抵诸番④;南达乌戈⑤,北通鞑靼⑥。径过有八百里遥,上下有千万里远。水流一似地翻身,浪滚却如山耸背。洋洋浩浩,漠漠茫茫,十里遥闻万丈洪。仙槎难到此⑦,莲叶莫能浮⑧。

---

① "万里相寻自不言"诗:此诗出自宋僧惟白《文殊指南图赞》中对善财童子第四十四参迦毗罗城的赞语,文字小异(按此图赞之五十三参顺序与《华严经·入法界品》所记略有差异)。
② 弱水:古人所谓没有浮力的水。由于水道水浅,或当地人民不习惯造船而不通舟楫,只用皮筏济渡的,古人往往认为是水弱不能载舟,因称弱水,进而将其神化。《海内十洲记·凤麟洲》:"洲四面有弱水绕之,鸿毛不浮,不可越也。"
③ 沙碛(qì):沙漠。
④ 诸番:旧时指西北边境各少数民族。
⑤ 乌戈:当为"乌弋"。《汉书·西域传》有"乌弋山离国",在今阿富汗附近,后世常误写作"乌戈"。
⑥ 鞑靼:又写作"达达"。原是突厥统治下的一个部落。宋代以后,泛称蒙古及中国北方诸少数民族为鞑靼。
⑦ 仙槎(chá):神话中可以往来于海上和天河之间的木筏。晋张华《博物志》卷三记:旧说天河与海通,海边年年八月有浮槎来,从不失期,有人乘槎而去。十余日后,到达天河,遇见牵牛星。槎,木筏。
⑧ 莲叶:即太乙真人所乘之莲叶舟。宋李公麟有名画《太乙真人图》,《苕溪渔隐丛话》前集卷五十三记李公麟"画太一真人卧一大莲叶中,手执书卷仰读"。

衰草斜阳流曲浦,黄云影日暗长堤。那里得客商来往?何曾有渔叟依栖?平沙无雁落,远岸有猿啼。只是红蓼花繁知景色①,白蘋香细任依依②。

菩萨正然点看,只见那河中,泼剌一声响亮,水波里跳出一个妖魔来,十分丑恶。他生得:

青不青,黑不黑,晦气色脸③;长不长,短不短,赤脚筋躯。眼光闪烁,好似灶底双灯④;口角丫叉,就如屠家火钵⑤。獠牙撑剑刃,红发乱蓬松。一声吒咤如雷吼,两脚奔波似滚风。

那怪物手执一根宝杖,走上岸就捉菩萨,却被惠岸掣浑铁棒挡住,喝声:"休走!"那怪物就持宝杖来迎。两个在流沙河边。这一场恶杀,真个惊人:

木叉浑铁棒,护法显神通;怪物降妖杖,努力逞英雄。双条银蟒河边舞,一对神僧岸上冲。那一个威镇流沙施本事,这一个力保观音建大功。那一个翻波跃浪,这一个吐雾喷风。翻波跃浪乾坤暗,吐雾喷风日月昏。那个降妖杖,好便似出山的白虎;这个浑铁棒,却就如卧道的黄龙。那个使将来,寻蛇拨草;这个丢开去,扑鹞分松。只杀得昏漠漠,星辰灿烂;雾腾腾,天地朦胧。那个久住弱水惟他狠,这个初出灵山第一功。

他两个来来往往,战上数十合,不分胜负。那怪物架住了铁棒

---

①蓼:生长于水边,花红色或白色,呈穗状,味辛辣,可以调味。
②蘋:生长在浅水中的植物,也称四叶菜。
③晦气色脸:指青黄脸色。
④灶底双灯:灶里点的灯。《事文类聚·天时部》记,宋代京城每逢年夜,居民在灶里点灯,称为"照虚耗"。
⑤火钵:同"血钵",屠户盛血的盆子。本书"血""火"二字有混用现象。第九十回孙悟空打死了三个小妖,"只见地下火淋淋的三块肉饼","火淋淋"当作"血淋淋"。民国朱瘦菊《歇浦潮》第五十九回:"世芳半信半疑,教人将猪血钵头拿来,放在洗面架上。"俗语有"尖刀血钵头"之说,谓冤家对头,针锋相对。

道:"你是那里和尚,敢来与我抵敌?"木叉道:"我是托塔天王二太子木叉惠岸行者,今保我师父往东土寻取经人去。你是何怪,敢大胆阻路?"那怪方才惺悟道①:"我记得你跟南海观音在紫竹林中修行,你为何来此?"木叉道:"那岸上不是我师父?"怪物闻言,连声喏喏,收了宝杖,让木叉揪了去见观音。纳头下拜②,告道:"菩萨,恕我之罪,待我诉告。我不是妖邪,我是灵霄殿下侍銮舆的卷帘大将③。只因在蟠桃会上,失手打碎了玻璃盏,玉帝把我打了八百,贬下界来,变得这般模样;又叫七日一次,将飞剑来穿我胸胁百余下方回,故此这般苦恼。没奈何,饥寒难忍,三二日间,出波涛寻一个行人食用。不期今日无知,冲撞了大慈菩萨。"菩萨道:"你在天有罪,既贬下来,今又这等伤生,正所谓罪上加罪。我今领了佛旨,上东土寻取经人。你何不入我门来,皈依善果,跟那取经人做个徒弟,上西天拜佛求经?我叫飞剑不来穿你。那时节功成免罪,复你本职,心下如何?"那怪道:"我愿皈正果。"又向前道:"菩萨,我在此间吃人无数,向来有几次取经人来,都被我吃了。凡吃的人头,抛落流沙,竟沉水底,这个水,鹅毛也不能浮,惟有九个取经人的骷髅④,浮在水面,再不能沉。我以为异物,将索儿穿在一处,闲时拿来顽耍。这去,但恐取经人不得到此,却不是反误了我的前程也?"菩萨曰:"岂有不到之理?

---

① 惺悟:醒悟。明汤显祖《邯郸记·生寤》:"老翁,老翁,卢生如今惺悟了。"
② 纳头:低头。
③ 卷帘大将:指执行卷帘的神将。卷帘,是道教斋醮仪式的一项重要内容,类似人间帝王的升殿理事。斋醮时,坛上设有帘幕,在仪式开始时,帘幕垂下,法师作法,待认为玉帝等仙真升殿后,才卷起帘幕,象征仙真降临坛场,听取法师面陈奏疏(参见《上清灵宝大法》卷五十五、《金箓清醮卷帘科仪》等)。清俞樾《茶香室三钞》卷十九:"唐东岳庙尊胜经幢载诸神名,有南门卷帘将军。然则《西游记》衍义,有卷帘大将之名,亦非无本也。"
④ 九个取经人的骷髅:唐代以后,佛教密宗逐渐兴盛。密宗许多神灵以骷髅为饰。沙和尚形象,源于《大唐三藏取经诗话》的深沙神。《诗话》中说:唐僧前世曾两世为僧,赴天竺取经,途经沙漠,都被深沙神吃掉。这里的九个骷髅,即早期取经故事与密宗的痕迹。

你可将骷髅儿挂在头项下,等候取经人,自有用处。"怪物道:"既然如此,愿领教诲。"菩萨方与他摩顶受戒①,指沙为姓,就姓了沙,起个法名,叫做个沙悟净。当时入了沙门②,送菩萨过了河,他洗心涤虑,再不伤生,专等取经人。

菩萨与他别了,同木叉径奔东土。行了多时,又见一座高山,山上有恶气遮漫,不能步上。正欲驾云过山,不觉狂风起处,又闪上一个妖魔。他生得又甚凶险,但见他:

卷脏莲蓬吊搭嘴,耳如蒲扇显金睛。
獠牙锋利如钢锉,长嘴张开似火盆。
金盔紧系腮边带,勒甲丝绦蟒退鳞。
手执钉钯龙探爪,腰挎弯弓月半轮。
纠纠威风欺太岁③,昂昂志气压天神。

他撞上来,不分好歹,望菩萨举钯就筑④,被木叉行者挡住,大喝一声道:"那泼怪,休得无礼,看棒!"妖魔道:"这和尚不知死活,看钯!"两个在山底下,一冲一撞,赌斗输赢。真个好杀:

妖魔凶猛,惠岸威能。铁棒分心捣,钉钯劈面迎。播土扬尘天地暗,飞砂走石鬼神惊。九齿钯,光耀耀,双环响喨;一条棒,黑悠悠,两手飞腾。这个是天王太子,那个是元帅精灵。一个在普陀为护法,一个在山洞作妖精。这场相遇争高下,不知那个亏输那个赢⑤。

他两个正杀到好处,观世音在半空中,抛下莲花,隔开钯杖。怪物见了心惊,便问:"你是那里和尚,敢弄甚么眼前花儿哄我?"木叉

---

① 摩顶:《法华经》称释迦牟尼佛以大法付嘱大菩萨时,用右手摩其顶。后为佛教授戒传法时的仪轨。
② 沙门:梵语译音。原为古印度反婆罗门教思潮各个派别出家者的通称,佛教盛行后专指佛教僧侣。
③ 太岁:凶神名,参见第九回"'属龙的本命'以下数句"条注。
④ 筑:打击。
⑤ 亏输:战败。

道:"我把你这个肉眼凡胎的泼物!我是南海菩萨的徒弟。这是我师父抛来的莲花,你也不认得哩!"那怪道:"南海菩萨,可是扫三灾救八难的观世音么①?"木叉道:"不是他是谁?"怪物撇了钉钯,纳头下礼道:"老兄,菩萨在那里?累烦你引见一引见。"木叉仰面指道:"那不是?"怪物朝上磕头,厉声高叫道:"菩萨,恕罪!恕罪!"观音按下云头,前来问道:"你是那里成精的野豕②,何方作怪的老彘,敢在此间挡我?"那怪道:"我不是野豕,亦不是老彘,我本是天河里天蓬元帅。只因带酒戏弄嫦娥,玉帝把我打了二千锤,贬下尘凡;一灵真性,竟来夺舍投胎③,不期错了道路,投在个母猪胎里,变得这般模样。是我咬杀猪母,可死群彘④,在此处占了山场,吃人度日。不期撞着菩萨,万望拔救拔救。"

　　菩萨道:"此山叫做甚么山?"怪物道:"叫做福陵山。山中有一洞,叫做云栈洞。洞里原有个卵二姐⑤。他见我有些武艺,招我做了家长⑥,又唤做'倒踏门'⑦。不上一年,他死了,将一洞的家当尽归

---

① 扫三灾救八难:《楞严经》卷六记载,观世音菩萨能使一切众生获得十四种无畏(指消除众生的危难和恐怖)功德,其中包括八难无畏、三毒无畏。八难,指苦恼难、大火难、大水难、罗刹难、刀兵难、诸鬼难、枷锁难、劫贼难。三毒,指贪、嗔、痴。观世音菩萨的这种功德,被总结为"扫三灾救八难"。
② 豕(shǐ):和下文的"彘(zhì)"都是猪的意思。
③ 夺舍投胎:佛教和道教都有夺舍的说法,即灵魂借别的躯壳复生。投胎是灵魂投入孕妇胎中,从而转生世间。
④ 可:不详。一说为方言,用同"嗑",意为咬。
⑤ 卵二姐:一作"卵二姐",世德堂本原作"夘二姐","夘"系"卯"的异体字,作"卯"是。此或有术数干支配合的知识背景。星命术认为十二地支互有冲犯和合,故分为四组:申子辰合水,寅午戌合火,巳酉丑合金,亥卯未合木。结合书中以猪八戒(亥为猪)配五行之木看,此处为其配一"卯二姐",可能也是取亥卯属木,能相互和合之义。
⑥ 家长:户主,这里指丈夫。
⑦ 倒踏门:又叫"倒插门",即入赘,男方和女方成婚后,到女方家居住,成为女方的家庭成员。

我受用。在此日久年深,没有个赡身的勾当①。只是依本等吃人度日②,万望菩萨恕罪。"

菩萨道:"古人云:'若要有前程,莫做没前程。'你既上界违法,今又不改凶心,伤生造孽,却不是二罪俱罚?"那怪道:"前程!前程!若依你,教我嗑风!常言道:'依着官法打杀,依着佛法饿杀。'去也!去也!还不如捉个行人,肥腻腻的吃他家娘!管甚么二罪,三罪,千罪,万罪!"菩萨道:"'人有善愿,天必从之。'汝若肯归依正果,自有养身之处。世有五谷,可以济饥,为何吃人度日?"怪物闻言,似梦方觉,向菩萨施礼道:"我欲从正,奈何'获罪于天,无所祷也'③!"菩萨道:"我领了佛旨,上东土寻取经人。你可跟他做个徒弟,往西天走一遭来,将功折罪,管教你脱离灾瘴。"那怪满口道:"愿随!愿随!"菩萨才与他摩顶受戒,指身为姓,就姓了猪,替他起个法名,就叫做猪悟能。遂此领命归真,持斋把素,断绝了五荤三厌④,专候那取经人。

菩萨却与木叉辞了悟能,半兴云雾前来。正走处,只见空中有一条玉龙叫唤。菩萨近前问曰:"你是何龙,在此受罪?"那龙道:"我是西海龙王敖闰之子⑤。因纵火烧了殿上明珠,我父王表奏天庭,告了忤逆⑥。玉帝把我吊在空中,打了三百,不日遭诛。望菩萨搭救搭救。"观音闻言。即与木叉撞上南天门里。早有丘、张二天师接着,

---

① 赡身:养活自己。
② 本等:指分内应作或应有的事。
③ 获罪于天,无所祷也:语出《论语·八佾》。意思是如果得罪了天,那么祷告忏悔也没有用。
④ 五荤:佛教称大蒜、小蒜、洋葱、葱、薤等五种有刺激性气味的食物为五荤,不准食用。三厌:道教认为天上的雁(天厌)、地上的狗(地厌)和水里的鲤、鳝、鳖(水厌),食之不能成仙,故称三厌。参见《上清灵宝大法》卷八。
⑤ 敖闰:原作"傲闰",世德堂本四海龙王之姓,常作"敖",偶作"傲""鳌"。今统一改为"敖",后不出注。
⑥ 告了忤逆:古代父母若认为子女不孝,可以到官府以忤逆的罪名告发,称为"告忤逆"。

问道:"何往?"菩萨道:"贫僧要见玉帝一面。"二天师即忙上奏。玉帝遂下殿迎接。菩萨上前礼毕道:"贫僧领佛旨上东土寻取经人,路遇孽龙悬吊,特来启奏,饶他性命,赐与贫僧,教他与取经人做个脚力。"玉帝闻言,即传旨赦宥①,差天将解放,送与菩萨。菩萨谢恩而出。这小龙叩头谢活命之恩,听从菩萨使唤。菩萨把他送在深涧之中,只等取经人来,变做白马,上西方立功。小龙领命潜身不题。

　　菩萨带引木叉行者过了此山,又奔东土。行不多时,忽见金光万道,瑞气千条。木叉道:"师父,那放光之处,乃是五行山了,见有如来的压帖在那里。"菩萨道:"此却是那搅乱蟠桃会大闹天宫的齐天大圣,今乃压在此也。"木叉道:"正是,正是。"师徒俱上山来,观看帖子,乃是"唵嘛呢叭呢吽"六字真言。菩萨看罢,叹惜不已,作诗一首。诗曰:

　　　　堪叹妖猴不奉公,当年狂妄逞英雄。
　　　　欺心搅乱蟠桃会,大胆私行兜率宫。
　　　　十万军中无敌手,九重天上有威风。
　　　　自遭我佛如来困,何日舒伸再显功。

　　师徒们正说话处,早惊动了那大圣。大圣在山根下,高叫道:"是那个在山上吟诗,揭我的短哩?"菩萨闻言,径下山来寻看。只见那石崖之下,有土地、山神、监押大圣的天将,都来拜接了菩萨,引至那大圣面前看时,他原来压于石匣之中,口能言,身不能动。菩萨道:"姓孙的,你认得我么?"大圣睁开火眼金睛,点着头儿高叫道:"我怎么不认得你。你好的是那南海普陀落伽山救苦救难大慈大悲南无观世音菩萨②。承看顾!承看顾!我在此度日如年,更无一个相知的来看我一看。你从那里来也?"菩萨道:"我奉佛旨,上东土寻取经人去,从此经过,特留残步看你。"大圣道:"如来哄了我,把我压在此山,五百余年了,不能展挣,万望菩萨方便一二,救我老孙一救!"菩萨

---

①赦宥:宽恕,赦免。
②好的:确实,果然的意思。

道:"你这厮罪业弥深,救你出来,恐你又生祸害。反为不美。"大圣道:"我已知悔了,但愿大慈悲指条门路,情愿修行。"这才是:

> 人心生一念,天地尽皆知。
> 善恶若无报,乾坤必有私。

那菩萨闻得此言,满心欢喜,对大圣道:"圣经云①:'出其言善。则千里之外应之;出其言不善,则千里之外违之。'你既有此心,待我到了东土大唐国寻一个取经的人来,教他救你。你可跟他做个徒弟,秉教迦持②,入我佛门。再修正果,如何?"大圣声声道:"愿去!愿去!"菩萨道:"既有善果,我与你起个法名。"大圣道:"我已有名了,叫做孙悟空。"菩萨又喜道:"我前面也有二人归降,正是'悟'字排行。你今也是'悟'字,却与他相合,甚好,甚好。这等也不消叮嘱,我去也。"

那大圣见性明心归佛教,这菩萨留情在意访神僧。他与木叉离了此处,一直东来,不一日就到了长安大京国③。敛雾收云,师徒们变作两个疥癞游僧,入长安城里,早不觉天晚。行至大市街傍,见一座土地神祠,二人径入,唬得那土地心慌,鬼兵胆战。知是菩萨,叩头接入。那土地又急跑报与城隍、社令及满长安各庙神祇,都知是菩萨,参见告道:"菩萨,恕众神接迟之罪。"菩萨道:"汝等切不可走漏一毫消息。我奉佛旨,特来此处寻访取经人。借你庙宇,权住几日,待访着真僧即回。"众神各归本处,把个土地赶在城隍庙里暂住,他师徒们隐遁真形。毕竟不知寻出那个取经人来,且听下回分解。

---

① 圣经云:语出《周易·系辞》,以下二句意为:说出的话若是善的,千里之外的人都会应和他;说出的话若是不善的,千里之外的人都会反对他。这里宣扬了人心生善念或恶念,则天地鬼神均会感应的说法。《周易》是儒家重要经典之一,故称"圣经"。
② 秉教迦持:依教法施加佛力于人,保护扶持。"迦持"通常写作"加持"。
③ 京国:京城,国都。明高明《琵琶记·听女迎亲》:"若是到京国,相逢处,做个好筵席。"

附录①

陈光蕊赴任逢灾　江流僧复仇报本

　　话表陕西大国长安城,乃历代帝王建都之地。自周、秦、汉以来,三州花似锦②,八水绕城流③,真个是名胜之邦。方今却是大唐太宗文皇帝登基,改元贞观,此时已登极十三年,岁在己巳④,天下太平,八方进贡,四海称臣。

　　忽一日,太宗登位,聚集文武众官,朝拜礼毕,有魏徵丞相出班奏道:"方今天下太平,八方宁静,武将纷纷,文官少有,微臣欲依古法,开立选场,招取贤士,擢用人材,伏乞圣鉴。"太宗道:"贤卿所奏有理。"就出一道招贤榜文,颁布天下。各府州县,不拘军民人等,但有读书儒流,立志向上,文义明畅,三场精通者⑤,前赴长安应试,考取贤才授官。

---

① 附录:世德堂本《西游记》没有这一回,但小说第十一、三十七、九十三、九十九回中多次提及有关唐僧身世的故事,如第九十九回记唐僧受难簿"出胎几杀第二难,满月抛江第三难,寻亲报冤第四难",故清汪象旭、黄周星的《西游证道书》将明朱鼎臣《西游释厄传》的唐僧出身故事增补进来,此处依通行习惯,作为附录处理,文字一从《证道书》。

② 三州:这里指三辅。从汉朝开始,长安分左冯翊、右扶风、京兆尹三个部分,称为三辅。

③ 八水:指在长安附近穿流的渭、泾、沣、涝、潏(jué)、滈(hào)、浐、灞八条河流,均属黄河水系。

④ 岁在己巳:古人称木星为岁星,岁星约十二年绕太阳一圈,绕行五圈大致和六十甲子相配,所以古人用岁星来纪年。岁在己巳,就是岁星的位置到了己巳这一年。唐太宗贞观十三年(639),是己亥年,并非己巳,这里不过是小说家言。

⑤ 三场:这里托名唐代,实则反映的多是明代制度。明代科举考试的乡试(省级考试),共考三场,第一场考《四书》;第二场考试论,写作应用文;第三场考经史、时务策等。乡试通过,才能到京城参加会试。

此榜行至海州地方①,那海州弘农县聚贤庄有一人姓陈名萼②,表字光蕊,一日入城,见了此榜,即时回家,对母张氏道:"唐王出下黄榜③,诏开南省④,招取贤才,孩儿意欲前去应试。倘求得一官半职,封妻荫子,光显门闾⑤,乃儿之志也。特此禀告母亲前去。"张氏道:"我儿,你去赴举,路上须要小心,得了官,早早回来。"光蕊便分付家僮收拾行李,即日拜辞母亲上路,不则一日,已到长安,正值大开选场,光蕊就同众举子进场应考,及廷试三策,唐王御笔亲赐状元,跨马游街三日。

　　不期游到丞相殷开山门首⑥,有丞相所生一女,名唤温娇,又名满堂娇,未曾匹配与人,高结彩楼,抛打绣球⑦。正值陈光蕊在楼下经过,小姐一见光蕊人材出众,况是新科状元,心内十分欢喜,就在彩楼上将绣球抛下,正打着光蕊的乌纱帽。只听得一派笙箫细乐⑧,十数个婢妾走下楼来,把光蕊马头挽住,迎状元入了相府。即请丞相和夫人出堂,唤宾人赞礼⑨,小姐就与光蕊拜了天地,夫妻交拜毕,

---

①海州:明代海州,即今连云港。
②海州弘农县:弘农县在今河南省,海州并无弘农县,与本回江州、洪州一样,应都是作者地理知识或有意或无意的错乱。
③黄榜:发布殿试中式名单的公告。
④南省:特指隶属尚书省的礼部,负责科举考试,选拔人才。唐代尚书省在皇宫和中书省、门下省的南部,故称南省。
⑤门闾(lú):代指门庭,家庭。闾,里巷的大门。
⑥殷开山:即殷峤。原是隋臣,李渊起兵后,召至部下,后在唐任吏部尚书等职。
⑦抛打绣球:一种择偶婚俗,见于西南民族与元明戏曲小说。宋周去非《岭外代答》卷十"飞驼"条:"交阯俗,上巳日男女聚会,各为行列,以五色结为球,歌而抛之,谓之飞驼。男女目成(眉目传情),则女受驼而男婚已定。"
⑧细乐:指管弦乐器吹奏的音乐。和锣鼓等音响大的音乐相对而言,故称细乐。
⑨宾人赞礼:举行典礼时司仪宣唱仪节,引导人行礼。宾人,接引宾客,主持礼仪活动的人,即司仪。

又拜了岳丈岳母。丞相分付安排酒席，欢饮一宵。二人同携素手，共入兰房①。

次日五更三点，太宗驾坐金銮宝殿，文武众臣趋朝。太宗问道："新科状元陈光蕊应授何官？"魏徵丞相奏道："臣查所属州郡，止有江州缺官②。乞我王授他此职。"太宗就命光蕊为江州州主，即收拾起身，勿误限期。光蕊谢恩出朝，回到相府，与妻商议，拜谢岳丈岳母，同妻前赴江州之任。离了长安登途，正是暮春天气，和风吹柳绿，细雨点花红。光蕊便道回家，同妻参拜母亲张氏。张氏道："恭喜我儿，且又娶亲回来。"光蕊道："孩儿叨赖母亲福庇，忝中状元③，唐王赐儿游街，路往殷丞相门前经过，丞相将小姐招孩儿为婿。朝廷敕赐孩儿衣锦回家，除孩儿为江州州主，径来接取母亲，同去赴任。"张氏大喜，收拾行程。在路数日，前至万花店刘小二家安下，张氏身觉不快，与光蕊道："且在店中安歇两日再去。"次日早晨，只有店门前有一人把着个金色鲤鱼叫卖，光蕊即将一贯钱买了，欲待烹与母亲吃，只见其鱼闪闪睺眼④，光蕊道："怪哉，闻人说鱼蛇睺眼，决不是等闲之物！"遂问渔人道："这鱼那里打来的？"渔人道："离府十五里洪江内打来的。"光蕊就把鱼送在洪江里去了，回店对母亲道知此事，张氏道："我儿，你将去放生，甚好。"光蕊道："此店已住三日了，孩儿们明日起身也。"张氏道："我身子不快，此时路上炎热，恐生疾病。你可这里赁间房屋与我住，付些盘缠在此。你两口儿先上任去。候秋凉却来接我。"光蕊与妻商议，就租了屋宇，付了盘缠与母

---

①兰房：高雅的居室，一般是贵族女子居住的地方。
②江州：今江西九江市。按下文江州有金山寺、焦山寺，则江州当是指镇江而言。书中地理知识往往有误，系小说家言。元《西游记》杂剧称陈光蕊任"洪州（九江）知府"，刘洪害死陈光蕊后，就地上任。镇江金山寺在洪州下游千里之遥，殷夫人抛下玄奘后，是仗龙王神力，才得以一夜漂至金山寺，长大后溯江而上探母，用了近一个月时间，于事理反较通顺。
③忝(tiǎn)：羞愧，一般用作谦辞。
④睺：同"眨"。

亲，同妻拜辞前去。途路艰苦，甚不可言，晓行夜宿，不觉已到洪江渡口①。只见稍水刘洪、李彪二人②，撑船到岸迎接。也是光蕊前生合当有此灾难，正撞遇这冤家。光蕊令家僮将行李搬上船去，夫妻齐齐上船。刘洪睁眼看时，只见那殷小姐面如满月，眼似秋波，樱桃小口，绿柳蛮腰③，真个有沉鱼落雁之容，闭月羞花之貌。刘洪陡起狼心，私自与李彪设计，将船撑至没人烟处，候至夜静三更，先将家僮杀死，次将光蕊打死，把尸首都推在水里去了。小姐见他打死了丈夫，也便将身赴水，刘洪一把抱住道："你若从我，万事皆休。若不从时，一刀两段！"那小姐没奈何，只得权时应承，顺了刘洪。那贼把船渡到南岸，将船付与李彪自管，他就穿了光蕊衣冠，带了官凭，同小姐往江州上任去了。

却说刘洪杀死的家僮尸首，顺水流去，惟有陈光蕊的尸首，沉在水底不动。有洪江口巡海夜叉见了，星飞报入龙宫，正值龙王升殿，夜叉报道："今洪江口不知甚人把一个读书士子打死，将尸撇在水底。"龙王叫将尸抬来，放在面前，仔细一看道："此人正是救我的恩人，如何被人谋死？常言道，恩将恩报。我今日须索救他性命④，以报日前之恩。"即写下牒文一道，差夜叉径往洪州城隍土地处投下，要取秀才魂魄，来救他的性命。城隍土地遂唤小鬼把陈光蕊的魂魄交付与夜叉去，夜叉到水晶宫，禀覆了龙王，就将秀才魂魄放在那死尸上，霎时间，只见他返魂转来。龙王问道："你这秀才，姓甚名谁？何方人氏？因甚到此，被人打死？"光蕊躬身施礼道："上告龙君，小生陈萼，表字光蕊，系海州弘农县人。忝中新科状元，叨授江州州

---

① 洪江：湖南有洪江。江西南昌市古称洪州，隋、唐、宋时南昌为洪州治所，唐王勃《滕王阁序》："南昌故郡，洪都新府。"但此处洪州当指今江西九江市，在南昌北。

② 稍水：撑船的人。

③ 蛮腰：唐白居易有称赞歌妓小蛮的诗"杨柳小蛮腰"，后用蛮腰指女子的细腰。

④ 须索：一定要。

主,同妻赴任,行至江边上船,不料稍子刘洪贪谋我妻,将我打死抛尸,乞大王救我一救,没世不忘也。"龙王闻言道:"原来如此,先生,你前者所放金色鲤鱼乃是我也,你是我的大恩人,你今有难,吾当救之。"就把光蕊尸身放在一壁,口内含一颗定颜珠,休教损坏了,日后好待他报仇。龙王道:"汝今权且在我水府中做个都领。"光蕊叩头拜谢,龙王设宴相待不题。

却说殷小姐痛恨刘贼,恨不食肉寝皮,只因身怀有孕,未知男女,万不得已,权且勉强相从,再作区处。转盼之间,不觉已到江州。吏书门皂俱来迎接①。所属官员公堂设宴相叙。刘洪道:"学生到此,全赖诸公大力匡持。"属官答道:"堂尊至此,视民如子,讼简刑清②。我等合属有光,何必如此过谦?"公宴已罢,众人各散。

光阴迅速。一日,刘洪公事远出,小姐在衙思念亲夫,正在花亭上感叹,忽然身体困倦,腹内疼痛,晕闷在地,不觉生下一子。耳边听得有人嘱曰:"满堂娇,听吾叮嘱。吾乃南极星君,奉观世音菩萨法旨,特送此子与你,异日声名远大,非比等闲。刘贼若回,必害此子,汝可用心保护。汝夫已得龙王相救,日后夫妻相会,子母团圆,取冤报仇,定有日也。谨记吾言,快醒快醒!"言讫而去。小姐醒来,句句记得,将子抱定,无计可施。忽然刘洪回来,一见此子,便要淹杀,小姐再三哀求:"今日天色已晚,容待明日抛去江中。"

幸喜次早刘洪又有公事远出,小姐且将此子藏在身边,乳哺已及一月。小姐自思:"此番贼人回来,此子性命休矣! 不如及早抛弃江中,听其生死。倘或皇天见怜,有人收养此子,他日相逢,何以识认?"于是咬破手指,写下血书一纸,将父母姓名、跟脚缘由③,备细开载;又将此子左脚上一个小指,用口咬下,以为记验。取贴身汗衫一件,包裹此子,抱出衙门。幸喜官衙离江不远,小姐到了江边,大哭

---

①吏书门皂:吏员、书手、门人、皂隶(差役),都是古代衙门里的职员。
②讼简刑清:告状的人少,不轻用刑罚,是政务清明的表现。
③跟脚:一般写作"根脚",来历,出身。

一场。正欲将此子抛弃，忽见江岸岸侧飘起一片木板，小姐大喜："莫非天意要救此子？"即朝天拜祷，将此子安在板上，用带缚住，血书系在胸前，推放江中，听其所之。小姐仍大哭回衙不题。

却说此子在木板上顺水流去，一直流到金山寺脚下停住。那金山寺长老叫做法明和尚①，修真悟道，已得无生妙诀。当日打坐参禅，忽闻得小儿啼哭之声，一时心动，急走到江边观看，只见一片木板上睡着一个婴儿，长老道："善哉善哉，不知是何人家所弃，出家人慈悲为本，救人一命，胜造浮图。"即将此子取起，见了怀中血书，方知来历。将此子取个乳名，叫做江流，托人抚养，血书紧紧收藏。

光阴似箭，日月如梭，不觉其子年长一十八岁。长老就叫他削发修行，取法名为玄奘，磨顶受戒②，坚心修道。一日暮春天气，众人同在松阴之下，讲经参禅，谈说奥妙。那酒肉和尚却被玄奘难倒，和尚大怒骂道："没爷娘的杂种，我是个前辈，吃盐多似饭，何事不晓？你这业畜，姓名也不知，父母也不识，还在此捣甚么鬼！"玄奘被他骂出这般言语，入寺跪告师父，眼泪双流道："人生于天地之间，禀阴阳而资五行③，尽由父生母养，岂有为人在世而无父母者乎？"再三哀告，求问父母姓名。长老道："你真个要寻父母，可随我到方丈里来④。"

玄奘就跟着师父，直到方丈。长老到重梁之上，取下一个小匣儿，打开来，取出血书一纸，汗衫一件，付与玄奘。玄奘将血书拆开读之，才备细晓得父母姓名，并冤仇事迹。玄奘读罢，不觉哭倒在地

---

① 法明和尚：第十一回叙述唐僧出身一段韵文"海岛金山有大缘，迁安和尚将他养"，名"迁安"而非"法明"，则应是另有所本。

② 磨：同"摩"。

③ 禀阴阳而资五行：领受阴阳之气，具备五行的材质。

④ 方丈：《维摩诘经》记文殊菩萨探望维摩诘居士，维摩诘居士就用神力将室内清空，唯置一床，称疾而卧。《释氏要览》卷上记唐显庆年间，王玄策到了毗耶黎城维摩居士的卧室遗址，用手板纵横测量，每边长十笏（笏长一尺左右），故号方丈。后来用方丈代指寺院的主持者。

道:"父母之仇,不能报复,何以为人?十八年来,不识生身父母,至今日方知有母亲。此身若非师父抚养成人,亦安得有今日?待弟子去寻见母亲,然后头顶香盆①,重建殿宇,报答师父之深恩也!"师父道:"你要去寻母,可带这血书与汗衫前去,只做化缘,径往江州私衙,才得你母亲相见。"玄奘领了师父言语,就装做化缘的和尚,径至江州。适值刘洪有事出外,也是天教他母子相会,玄奘就直至私衙门口抄化②。

那殷小姐正在衙内思想,夜来得了一梦,梦见月缺再圆,小姐自思:"我丈夫被这贼谋杀,我的儿子抛在江中,若有人收养,屈指算来,今已十八年矣。或今日天教相会,亦未可知。"正沉吟间,忽听得私衙前有人念经,连叫"抄化",小姐便出来问道:"你是何处来的?"玄奘答道:"贫僧乃是金山寺法明长老的徒弟。"小姐道:"你既是金山寺长老的徒弟,且请坐下。"便将斋饭与玄奘吃。仔细看他举止言谈,好似我丈夫一般,小姐见四壁无人,私自问道:"你这小师父,还是自幼出家?还是中年出家③?姓甚名谁?可有父母否?"玄奘答道:"我也不是自幼出家,也不是中年出家,我说起来,冤有天来大,仇有海样深!我父被人打死,我母却被贼人占了。我师法明长老教我在江州衙内寻我母亲。"小姐问道:"你母姓甚?"玄奘道:"我母姓殷,名唤温娇;我父姓陈,名光蕊。我小名叫做江流,法名取为玄奘。"小姐道:"温娇就是我。但你今有何凭据?"玄奘听说是他母亲,双膝跪下,哀哀大哭:"我娘若不信,见有血书汗衫为证。"温娇接过一看,果然是真,母子相抱而哭,就叫:"我儿快去!"玄奘道:"十八年不识生身父母,今朝才见母亲,教孩儿如何割舍?"小姐道:"我儿,你

---

① 头顶香盆:头顶着焚香之盆,表示对神明或所爱戴人物的敬重,如《宋史·岳飞传》记岳飞被秦桧用奸计召回时,百姓拦马痛哭说:"我等戴香盆,运粮草,以迎官军,金人悉知之。"
② 抄化:募化,求乞。
③ 中年:这里指中途。

火速抽身前去。刘贼若回,他必害你性命。我明日假装一病,只说先年曾许舍百双僧鞋,来你寺中还愿。那时节,我有话与你说。"玄奘依言拜别。

却说小姐自见儿子之后,心内一喜一忧,忽一日推病,茶饭不吃,卧于床上。刘洪归衙,问其缘故。小姐道:"我幼时曾许下一愿,许舍僧鞋一百双。昨五日之前,梦见个和尚,手执利刃,要索僧鞋,便觉身子不快。"刘洪道:"这些小事,何不早说?"随升堂分付王左衙、李右衙①:江州城内百姓,每家要办僧鞋一双、暑袜一双,限五日内完纳②。百姓俱依限完纳讫。小姐对刘洪道:"既僧鞋做完,这里有甚么寺院,好去还愿?"刘洪道:"这江州有个金山寺、焦山寺,听你在那个寺里去。"小姐道:"久闻金山寺好个寺院,我就往金山寺去。"刘洪即唤王、李二衙办下船只。小姐带一个心腹人,同上了船,稍水将船撑开,就投金山寺去。

却说玄奘回寺,见法明长老,把前项事说了一遍,长老甚喜。次日,只见一个丫鬟先到,说夫人来寺还愿,众僧都出寺迎接。小姐径进寺门,参了菩萨,大设斋衬③,唤丫鬟将僧鞋暑袜托于盘内,来到法堂。小姐复拈心香礼拜④,就教法明长老分俵与众僧去讫⑤。玄奘见众僧散了,法堂上并无一人,他却近前跪下。小姐叫他脱了鞋袜看时,那左脚上果然少了一个小指头。当时两个又抱住而哭,双双拜谢长老养育之恩。

法明道:"汝今母子相会,恐奸贼知之,可速速抽身回去,庶免其祸。"小姐道:"我儿,我与你一只香环,你径到洪州西北地方,约有一千五百里之程,那里有个万花店,当时留下婆婆张氏在那里,是你父

---

① 左衙、右衙:俗指县令的属员县丞和典史。县丞的办事机构位于衙门左面,称为左衙;典史位于右面,称为右衙。
② 完纳:交纳(赋税等钱物)。
③ 斋衬:布施给寺观的钱物。
④ 心香:佛教语。谓内心虔诚,就像焚香供佛一样,这里指虔诚地上香。
⑤ 分俵(biào):分施,散发。

亲生身之母。我再写一封书与你,径到唐王皇城之内,金殿左边殿开山丞相,是你外公。你将我的书递与外公,叫外公奏上唐王,统领人马,擒杀此贼,与父报仇,那时才救得老娘的身子出来。我今不敢久停,诚恐贼汉怪我归迟。"玄奘悲啼,甚难割舍,小姐临行又嘱道:"我儿,紧记我的言语,火速起身,勿得担误。"小姐便出寺登舟而去。

玄奘哭回寺中,告过师父,即时拜别,径往洪州。来到万花店,问那店主刘小二道:"昔年有陈客官寄下一个婆婆在你店中,如今好么?"刘小二道:"他原在我店中,后来昏了眼,三四年并无店租还我。如今在南门头一个破瓦窑里,每日上街叫化度日。那客官一去许久,到如今竟无消息,不知为何。"玄奘听罢,即时问到南门头破瓦窑,寻着婆婆。婆婆道:"你声音好似我儿陈光蕊。"玄奘道:"我不是陈光蕊,我是陈光蕊的儿子。温娇小姐是我的娘。"婆婆道:"你爹娘怎么不来?"玄奘道:"我爹被强盗打死了,我娘被强盗霸占为妻。"婆婆道:"你怎么晓得来寻我?"玄奘道:"是我娘着我来寻婆婆。我娘有书在此,又有香环一只。"那婆婆接了书并香环,放声痛哭道:"我儿为功名到此,我只道他背义忘亲,那知他被人谋死!且喜得皇天怜念,不绝我儿之后,今日孙子来见我。"玄奘问:"婆婆的眼,如何都昏了?"婆婆道:"我因思量你父亲,终日悬望①,不见他来,因此上哭得两眼都昏了。"玄奘出了窑门,向天拜告道:"念玄奘一十八岁,父母之仇不能报复。今日领母命来寻婆婆,天若怜鉴弟子诚意,保我婆婆双眼光明。"玄奘祝罢,就进窑中,将舌尖与婆婆舔眼。须臾之间,双眼舔开,仍复如初。婆婆觑了小和尚道:"你果是我的孙子,恰和我儿子光蕊形容无二。"婆婆又喜又悲。玄奘就领婆婆出了窑门,还到刘小二店内,将些房钱赁屋一间与婆婆栖身,又将盘缠与婆婆道:"我此去只月余就回。"

随即辞了婆婆,径往京城。寻到皇城东街殷丞相府上。玄奘与门上人道:"小僧是亲眷,来探相公。"门上人禀知丞相,丞相道:"我

---

①悬望:盼望,挂念。

与和尚并无亲戚。"夫人道:"我昨夜梦见我女儿满堂娇来家,莫不是女婿有书信回来也。"丞相便教请小和尚来到厅上。小和尚见了丞相与夫人,哭拜在地,就怀中取出一封书来,递与丞相。丞相拆开,从头读罢,放声痛哭。夫人问道:"相公,有何事故?"丞相道:"这和尚是我与你的外甥。女婿陈光蕊被贼谋死,满堂娇被贼强占为妻。"夫人听罢,亦痛哭不止。丞相道:"夫人休得烦恼,来朝奏知主上,亲自统兵,定要与女婿报仇。"次早,丞相入朝,启奏唐王曰:"今有臣婿状元陈光蕊,带领家小往江州赴任,被稍水刘洪打死,占女为妻,假冒臣婿,为官多年,事属异变。乞陛下立发人马,剿除贼寇。"唐王见奏大怒,就发御林军六万,着殷丞相押兵前去。丞相领旨出朝,即到教场内点了兵①,径往江州进发。

晓行夜宿,星落乌飞,不觉已到江州。殷丞相兵马,俱在北岸下了营寨。星夜令金牌下户唤到江州同知、州判二人②,丞相对他说知此事,叫他提兵相助,一同过江而去。天尚未明,就把刘洪衙门围了。刘洪正在梦中,听得火炮一响,金鼓齐鸣,众兵杀进私衙,刘洪措手不及,早被众兵擒倒。丞相传下军令,将刘洪一干人犯③,绑赴法场,令众军俱在城外安营去了。

丞相直入衙内正厅坐下,请小姐出来相见。小姐欲待要出,又羞见父,就将绳索自缢。玄奘闻知,忙进宅内,急急将母救解,双膝跪下,对母道:"儿与外公统兵至此,与父报仇。今日贼已擒捉,母亲何故反要寻死? 母亲若死,孩儿岂能存乎?"丞相亦进衙劝解。小姐道:"吾闻妇人从一而终。痛夫已被贼人所杀,岂可靦颜从贼④? 止因遗腹在身,只得忍耻偷生。今幸儿已长大,又见老父提兵报仇,为女儿者,有何面目相见! 惟有一死以报丈夫耳!"丞相道:"此非我儿

---

①教场:操练和检阅军队的场地,也作"校场"。
②同知、州判:均为知州的副职。
③一干:一帮,一伙。
④靦(tiǎn)颜:厚颜无耻。靦,不知羞愧。

以盛衰改节①,皆因出乎不得已,何得为耻!"父子相抱而哭,玄奘亦哀哀不止。丞相拭泪道:"你二人且休烦恼,我今已擒捉仇贼,且去发落去来。"即起身到法场,恰好江州同知亦差哨兵拿获水贼李彪解到。丞相大喜,就令军牢押过刘洪、李彪,每人痛打一百大棍,取了供状,招了先年不合谋杀陈光蕊情由②,先将李彪钉在木驴上③,推去市曹,剐了千刀,枭首示众讫④;把刘洪拿至洪江渡口先年原打死陈光蕊处,丞相与小姐、玄奘三人亲到江边,望空祭奠,活剜取刘洪心肝,祭了光蕊,烧了祭文一道。

　　三人望江痛哭,早已惊动水府。有巡海夜叉将祭文呈与龙王。龙王看罢,就差鳖元帅去请光蕊来到,道:"先生,恭喜!恭喜!今有先生的夫人、公子同岳丈俱在江边祭你,我今送你还魂去也。再有如意珠一颗⑤,走盘珠二颗⑥,鲛绡十端⑦,明珠玉带一条奉送。你今日便可夫妻父子相会也。"光蕊再三拜谢。龙王就令夜叉将光蕊送出江口还魂,夜叉领命而去。

　　却说殷小姐哭奠丈夫一番,又欲将身赴水而死,慌得玄奘拚命扯住。正在仓皇之际,忽见水面上一个死尸浮出,靠近江岸之旁。小姐忙向前认看,认得是丈夫的尸首,一发嚎啕大哭不已。众人俱来观看,只见光蕊舒拳伸脚,身子渐渐展动,忽地爬将起来坐下,众人不胜惊骇。光蕊睁开眼,早见殷小姐与丈人殷丞相同着小和尚俱在身边啼哭。光蕊道:"你们为何在此?"小姐道:"因汝被贼人打死,

---

①盛衰改节:这里指妇女因丈夫发生贫富贵贱的变化而变心。
②不合:不应该。
③木驴:一种刑具,是装有轮轴的木架,把犯人捆在上面,游街示众后处死。
④枭首:把犯人的头砍下后挂在高处示众。
⑤如意珠:《智度论》《杂宝藏经》等佛典称如意珠出于龙王或摩羯鱼脑中,或是佛舍利变成,往往作为龙王的首饰。
⑥走盘珠:珍珠系在蚌壳内天然形成,故有的正圆,有的不圆。正圆的珍珠,在盘上滚动如意,毫无滞留。《明儒学案》卷三十一:"真如走盘之珠,到处圆成。"
⑦鲛绡:传说海中有一种半鱼半人的鲛人所织的一种轻薄的纱,称鲛绡。

后来妾身生下此子,幸遇金山寺长老抚养。此子大来寻我。我教他去寻外公,父亲得知,奏闻主上,统兵到此,拿住贼人。适才生取心肝,望空祭奠我夫,不知我夫怎生又得还魂?"光蕊道:"皆因我与你昔年在万花店时,买放了那尾金色鲤鱼,谁知那鲤鱼就是此处龙王。后来逆贼把我推在水中,全亏得他救我,方才又赐我还魂,送我宝物,俱在身上。更不想你生下这儿子,又得岳丈为我报仇。真是苦尽甘来,莫大之喜!"众官闻知,都来贺喜。丞相就令安排酒席,答谢所属官员,即日军马起程。

不觉来到万花店,丞相传令众人安营。光蕊便同玄奘到刘家店来寻婆婆。那婆婆当夜得一梦,梦见枯木开花,屋后喜鹊频频喧噪。婆婆想道:"莫不是我孙儿来也?"说犹未了,只见店门外光蕊父子齐到。小和尚指道:"这不是俺婆婆?"光蕊见了老母,连忙拜倒。母子抱头痛哭一场,把上项事说了一遍。算还了小二店钱,回见丞相。丞相即令起程,将软车护送婆婆与小姐一同到了京城。丞相进府,光蕊同小姐与婆婆、玄奘都来见了夫人。夫人不胜之喜,分付家僮大排筵宴庆贺。丞相道:"今日此宴可取名为团圆会。"真正合家欢乐。次日早朝,唐王登殿,殷丞相出班叩首,将前后事情备细启奏一本,并荐光蕊才可大用。唐王准奏,即命升陈萼为学士之职,随朝理政。玄奘立意安禅,送在洪福寺内修行①。后来殷小姐毕竟从容自尽,玄奘自到金山寺中报答法明师父。不知后来事体若何,且听下回分解。

---

①洪福寺:原作"弘福寺",位于陕西长安县南。唐太宗贞观八年(634)建。十九年,玄奘自西域归来,所携回之佛经、佛舍利等均置于此,并在此开办译场翻译佛经,撰写《大唐西域记》。

第九回

袁守诚妙算无私曲　　老龙王拙计犯天条

诗曰：

　　都城大国实堪观，八水周流绕四山。

　　多少帝王兴此处，古来天下说长安。

此单表陕西大国长安城，乃历代帝王建都之地。自周、秦、汉以来，三川花似锦，八水绕城流。三十六条花柳巷，七十二座管弦楼。华夷图上看①，天下最为头，真是个奇胜之方。今却是大唐太宗文皇帝登基，改元龙集贞观②。此时已登极十三年，岁在己巳。且不说他驾前有安邦定国的英豪，与那创业争疆的杰士。却说长安城外泾河岸边，有两个贤人：一个是渔翁，名唤张稍；一个是樵子，名唤李定。他两个是不登科的进士，能识字的山人。一日，在长安城里，卖了肩上柴，货了篮中鲤，同入酒馆之中，吃了半酣，各携一瓶，顺泾河岸边，徐步而回。张稍道："李兄，我想那争名的，因名丧体；夺利的，为利亡身；受爵的，抱虎而眠③；承恩的，袖蛇而走。算起来，还不如我们水秀山青，逍遥自在，甘淡薄，随缘而过。"李定道："张兄说得有理。但只是你那水秀，不如我的山青。"张稍道："你山青不如我的水秀。有一《蝶恋花》调为证④，词曰：

---

① 华夷图：相当于现在的世界地图。古代中国自称华，称外国为夷，历史上著名的有唐贾耽《海内华夷图》、宋代石刻《华夷图》等。

② 龙集贞观：龙，指岁星。集，是居、位于的意思。龙集，原义是附录提到的"岁在"，例如汉王莽《铜权铭》："岁在大梁，龙集戊辰。"这里的龙集贞观，就是年号定为贞观之意。

③ 抱虎而眠：和后文的"袖蛇而走"都指名利场上的危险。《宋史·洪咨夔传》记洪咨夔论宋金关系："与大敌为邻，抱虎枕蛟，事变叵测。"

④ 《蝶恋花》：与后面的鹧鸪天、天仙子、西江月、临江仙等，都是词牌名。

烟波万里扁舟小,静依孤篷,西施声音绕。
　　涤虑洗心名利少,闲攀蓼穗兼葭草①。
　　数点沙鸥堪乐道②,柳岸芦湾,妻子同欢笑。
　　一觉安眠风浪俏③,无荣无辱无烦恼。

李定道:"你的水秀,不如我的山青。也有个《蝶恋花》词为证,词曰:

　　云林一段松花满,默听莺啼,巧舌如调管④。
　　红瘦绿肥春正暖,倏然夏至光阴转。
　　又值秋来容易换,黄花香,堪供玩。
　　迅速严冬如指捻,逍遥四季无人管。"

渔翁道:"你山青不如我水秀,受用些好物,有一《鹧鸪天》为证:

　　仙乡云水足生涯,摆橹横舟便是家。
　　活剖鲜鳞烹绿鳖,旋蒸紫蟹煮红虾。
　　青芦笋,水荇芽⑤,菱角鸡头更可夸⑥。
　　娇藕老莲芹叶嫩,慈菇茭白乌英花⑦。"

樵夫道:"你水秀不如我山青,受用些好物,亦有一《鹧鸪天》为证:

　　崔巍峻岭接天涯,草舍茅庵是我家。
　　腌腊鸡鹅强蟹鳖,麈犴兔鹿胜鱼虾。

---

① 蒹葭:初生的芦苇。
② 沙鸥:栖息于沙滩、沙洲上的鸥鸟。
③ 俏:美好轻盈。
④ 调管:演奏笛箫之类的管乐。
⑤ 荇(xìng):即荇菜,水生植物。芽:原作"牙"。宋梅尧臣《初闻蛙》:"何时科斗生,草根已吐牙。"今统改为"芽",后不出注。
⑥ 鸡头:即"芡",水生草本植物,种子称"芡实"或"鸡头米"。
⑦ 慈菇:生在水田里的一种植物,也叫慈姑、茨菰。乌英花:应作乌英花,即蒲菜。又称蒲白、草芽。

香椿叶,黄练芽①,竹笋山茶更可夸。
　　紫李红桃梅杏熟,甜梨酸枣木樨花②。"

渔翁道:"你山青真个不如我的水秀,又有《天仙子》一首:
　　一叶小舟随所寓,万叠烟波无恐惧。
　　垂钓撒网捉鲜鳞,没酱腻,偏有味,老妻稚子团圆会。
　　鱼多又货长安市,换得香醪吃个醉。
　　蓑衣当被卧秋江,鼾鼾睡,无忧虑,不恋人间荣与贵。"

樵子道:"你水秀还不如我的山青,也有《天仙子》一首:
　　茅舍数椽山下盖,松竹梅兰真可爱。
　　穿林越岭觅干柴,没人怪,从我卖,或少或多凭世界。
　　将钱沽酒随心快,瓦钵磁瓯殊自在。
　　酕醄醉了卧松阴,无挂碍,无利害,不管人间兴与败。"

渔翁道:"李兄,你山中不如我水上生意快活,有一《西江月》为证:
　　红蓼花繁映月,黄芦叶乱摇风。
　　碧天清远楚江空,牵搅一潭星动。
　　入网大鱼捉队,吞钩小鳜成丛。
　　得来烹煮味偏浓,笑傲江湖打哄。"

樵夫道:"张兄,你水上还不如我山中的生意快活,亦有《西江月》为证:
　　败叶枯藤满路,破梢老竹盈山。
　　女萝干葛乱牵攀③,折取收绳杀担。
　　虫蛀空心榆柳,风吹断头松柟④。
　　采来堆积备冬寒,换酒换钱从俺。"

---

①黄练:即黄楝,落叶乔木,树皮和果实可入药。
②木樨花:即桂花。
③女萝:植物名,即松萝。多附生在松树上,成丝状下垂。
④柟:即楠树。《汉书·司马相如传上》:"其北则有阴林巨树,梗柟豫章。"颜师古注:"柟音南,今所谓楠木。"

渔翁道:"你山中虽可比过,还不如水秀的幽雅,有一《临江仙》为证:
　　潮落旋移孤艇去,夜深罢棹歌来。蓑衣残月甚幽哉。
　　宿鸥惊不起,天际彩云开。
　　困卧芦洲无个事,三竿日上还捱。随心尽意自安排。
　　朝臣寒待漏①,曾似我宽怀?"
樵夫道:"你水秀的幽雅,还不如我山青更幽雅,亦有《临江仙》可证:
　　苍径秋高拽斧去,晚凉抬担回来。野花插鬓更奇哉。
　　拨云寻路出,待月叫门开。
　　稚子山妻欣笑接,草床木枕敧挨。蒸梨吹黍旋铺排②。
　　瓮中新酿熟,真个壮幽怀!"
渔翁道:"这都是我两个生意,赡身的勾当,你却没有我闲时节的好处,有诗为证,诗曰:
　　闲看天边白鹤飞,停舟溪畔掩苍扉。
　　倚篷教子搓钩线,罢棹同妻晒网围。
　　性定果然知浪静,身安自是觉风微。
　　绿蓑青笠随时着,胜挂朝中紫绶衣。"
樵夫道:"你那闲时又不如我的闲时好也,亦有诗为证,诗曰:
　　闲观缥缈白云飞,独坐茅庵掩竹扉。
　　无事训儿开卷读,有时对客把棋围。
　　喜来策杖歌芳径,兴到携琴上翠微。
　　草履麻绦粗布被,心宽强似着罗衣。"
张稍道:"李定,我两个真是微吟可相狎,不须檀板共金樽③。但

---

①待漏:古代官员早朝,要在待漏院集会,等待漏壶通报的时间一到就朝见皇帝。
②蒸梨吹黍:当作"蒸藜炊黍"。蒸藜,煮野菜。炊黍,煮黍米饭。
③真是微吟可相狎,不须檀板共金樽:这是宋代林逋的诗,原文是"幸有微吟可相狎,不须檀板共金樽",意思是我可以写诗和你亲近,不需要檀板来助唱、金樽来助酒。唐朝人不可能事先用宋朝人的诗,这里是作者随意发挥的写法。

散道词章,不为稀罕,且各联几句①,看我们渔樵攀话何如?"李定道:"张兄言之最妙,请兄先吟。"

"舟停绿水烟波内,家住深山旷野中。
偏爱溪桥春水涨,最怜岩岫晓云蒙②。
龙门鲜鲤时烹煮③,虫蛀干柴日燎烘。
钓网多般堪赡老,担绳二事可容终。
小舟仰卧观飞雁,草径斜敧听唳鸿④。
口舌场中无我分,是非海内少吾踪。
溪边挂晒缯如锦⑤,石上重磨斧似锋。
秋月晖晖常独钓,春山寂寂没人逢。
鱼多换酒同妻饮,柴剩沽壶共子丛。
自唱自斟随放荡,长歌长叹任颠风⑥。
呼兄唤弟邀船伙,挈友携朋聚野翁。
行令猜拳频递盏,拆牌道字漫传钟⑦。
烹虾煮蟹朝朝乐,炒鸭爊鸡日日丰⑧。
愚妇煎茶情散淡,山妻造饭意从容。
晓来举杖淘轻浪,日出担柴过大冲⑨。
雨后披蓑擒活鲤,风前弄斧伐枯松。

---

① 各联几句:一种作诗方式。由两人或多人各成一句或几句,合而成篇。
② 岩岫(xiù):山洞,也指峰峦。
③ 龙门鲜鲤:传说鲤鱼在黄河龙门下逆水而上,越过的就可以成龙,这里"龙门鲜鲤"指上好的鲤鱼。
④ 唳鸿:鸣叫的鸿雁。
⑤ 缯(zēng):同"罾"。渔网。
⑥ 颠风:疯癫,义同放荡。
⑦ 拆牌道字:一种文字游戏,把一个字拆开,形成一句话。又叫拆白道字。如宋黄庭坚《两同心》词:"你共人女边着子,争知我门里挑心!"拆开的字合并起来是"好""闷"两字。
⑧ 爊(āo):今多写作"熬"。用慢火久煮。
⑨ 冲:山区里的平地。原作"街",据《新说西游记》改。

第九回　袁守诚妙算无私曲　老龙王拙计犯天条

潜踪避世妆痴蠢，隐姓埋名作哑聋。"

张稍道："李兄，我才僭先起句①，今到我兄，先起一联，小弟亦当续之。"

"风月伴狂山野汉，江湖寄傲老余丁②。
清闲有分随消洒，口舌无闻喜太平。
月夜身眠茅屋稳，天昏体盖箬蓑轻。
忘情结识松梅友，乐意相交鸥鹭盟。
名利心头无算计，干戈耳畔不闻声。
随时一酌香醪酒，度日三餐野菜羹。
两束柴薪为活计，一竿钓线是营生。
闲呼稚子磨钢斧，静唤憨儿补旧缯。
春到爱观杨柳绿，时融喜看荻芦青。
夏天避暑修新竹，六月乘凉摘嫩菱。
霜降鸡肥常日宰，重阳蟹壮及时烹。
冬来日上还沉睡，数九天高自不蒸③。
八节山中随放性④，四时湖里任陶情。
采薪自有仙家兴，垂钓全无世俗形。
门外野花香艳艳，船头绿水浪平平。
身安不说三公位，性定强如十里城。
十里城高防阃令，三公位显听宣声⑤。

---

①僭(jiàn)先：越礼占先。
②江湖寄傲老余丁：将旷放高傲的胸怀寄于江湖而超脱世外的人。余丁，原指军役编外的人口，这里指超脱世外的人。
③蒸：炎热。
④八节：古代以立春、立夏、立秋、立冬、春分、夏至、秋分、冬至为八节。
⑤"十里城高防阃(kǔn)令"二句：这两句的意思是：十里城虽然高，但总有驻军关防，总得听到维持治安的军令。三公虽然位尊，但总会有皇帝管着，时刻等待被宣召，都不如山野散人自由自在。十里城，《诗经·大雅·文王有声》说周文王筑丰城，"筑城伊淢"。淢，是围城一圈的护城河，方十里。故称十里城。阃令，军令，将令。三公，古代中央三种最高官衔的合称，各朝代名称不一，这里只是指达官显贵。

乐水乐山真是罕,谢天谢地谢神明。"

　　他二人既各道词章,又相联诗句,行到那分路去处,躬身作别。张稍道:"李兄呵,途中保重!上山仔细看虎。假若有些凶险,正是明日街头少故人!"李定闻言,大怒道:"你这厮惫懒①!好朋友也替得生死,你怎么咒我?我若遇虎遭害,你必遇浪翻江!"张稍道:"我永世也不得翻江。"李定道:"天有不测风云,人有暂时祸福。你怎么就保得无事?"张稍道:"李兄,你虽这等说,你还没捉摸;不若我的生意有捉摸,定不遭此等事。"李定道:"你那水面上营生,极凶极险,隐隐暗暗,有甚么捉摸?"张稍道:"你是不晓得。这长安城里,西门街上,有一个卖卦的先生。我每日送他一尾金色鲤,他就与我袖传一课②,依方位,百下百着。今日我又去买卦,他教我在泾河湾头东边下网,西岸抛钓,定获满载鱼虾而归。明日上城来,卖钱沽酒,再与老兄相叙。"二人从此叙别。

　　这正是路上说话,草里有人。原来这泾河水府有一个巡水的夜叉,听见了百下百着之言,急转水晶宫,慌忙报与龙王道:"祸事了!祸事了!"龙王问:"有甚祸事?"夜叉道:"臣巡水去到河边,只听得两个渔樵攀话。相别时,言语甚是利害。那渔翁说:长安城里西门街上,有个卖卦先生,算得最准。他每日送他鲤鱼一尾,他就袖传一课,教他百下百着。若依此等算准,却不将水族尽情打了?何以壮观水府,何以跃浪翻波辅助大王威力?"龙王甚怒,急提了剑就要上长安城,诛灭这卖卦的。傍边闪过龙子龙孙、虾臣蟹士、鲥军师、鳜少卿、鲤太宰③,一齐启奏道:"大王且息怒。常言道,过耳之言,不可听信。大王此去,必有云从,必有雨助,恐惊了长安黎庶④,上天见责。大王隐显莫测,变化无方,但只变一秀士,到长安城内,访问一

---

①惫懒:无赖,痞赖。
②袖传一课:即袖中课,一种叫"六壬"的占卜方式,通过计点手指节来预测吉凶,即所谓"掐指一算"。参见第四十九回"掐指巡纹"条注。
③少卿:中央某些部门的副官。太宰:明、清时称吏部尚书为太宰。
④黎庶:老百姓。

番。果有此辈,容加诛灭不迟;若无此辈,可不是妄害他人也?"

龙王依奏,遂弃宝剑,也不兴云雨,出岸上,摇身一变,变作一个白衣秀士,真个:

丰姿英伟,耸壑昂霄①。步履端祥,循规蹈矩。语言遵孔孟,礼貌体周文②。身穿玉色罗襕服③,头戴逍遥一字巾④。

上路来拽开云步,径到长安城西门大街上。只见一簇人,济济杂杂,闹闹哄哄,内有高谈阔论的道:"属龙的本命,属虎的相冲。寅辰巳亥,虽称合局,但只怕的是日犯岁君⑤。"龙王闻言,情知是那卖卜之处,走上前,分开众人,望里观看,只见:

四壁珠玑,满堂绮绣。宝鸭香无断⑥,磁瓶水恁清。两边罗列王维画,座上高悬鬼谷形⑦。端溪砚,金烟墨,相衬着霜毫大笔;《火珠

---

① 耸壑昂霄:耸出溪谷,仰首天外。意为出人头地,不同凡响。语出《旧唐书·房玄龄传》,房玄龄幼时聪明机敏,年老的高孝基对人说:"仆阅人多矣,未见如此郎者,必成伟器,但恨不睹其耸壑凌霄耳。"
② 周文:周文王,周朝的创始人,据说很多礼乐制度由他创立。
③ 罗襕:古代的丝制公服。
④ 一字巾:古时头巾之一种。相传起于宋代名将韩世忠。宋洪迈《夷坚甲志·韩郡王荐士》:"韩郡王既解枢柄,逍遥家居,常顶一字巾,跨骏骡,周游湖山之间。"
⑤ "属龙的本命"以下数句:这里是在为一对属龙、属虎的男女占卜婚姻是否相合。本命,指人生年的干支。相冲,即两地支方位相反的现象,占卜时认为不吉利。若将十二支依次排成一个圆,相对的位置称为"冲"(如钟表盘上12点与6点、4点与10点),如子与午冲,卯与酉冲。合局,即两人的生辰相合。岁君,即太岁,古人根据木星运行衍生出来的一颗想象中的星,和木星运行方向恰好相反,约十二年运行一周天。太岁本用来纪年,但后世星命、术数家认为太岁有神。年、月、日的干支,若和太岁所在干支相冲犯,则不吉利。年月日均有可能与太岁冲犯,而日犯是较严重的一种。《三命通会·论太岁》:"日犯岁君,灾殃必重。"
⑥ 宝鸭:鸭形的香炉。
⑦ 鬼谷:鬼谷子,古代隐士,传说战国辩士苏秦、张仪都做过他的学生。

林》①,郭璞数②,谨对了台政新经③。六爻熟谙④,八卦精通。能知天地理,善晓鬼神情。一盘子午安排定⑤,满腹星辰布列清。真个那未来事,过去事,观如月镜;几家兴,几家败,鉴若神明。知凶定吉,断死言生。开谈风雨迅,下笔鬼神惊。招牌有字书名姓,神课先生袁守诚。

此人是谁?原来是当朝钦天监台正先生袁天罡的叔父⑥,袁守诚是也。那先生果然相貌稀奇,仪容秀丽,名扬大国,术冠长安。龙王入门来,与先生相见。礼毕,请先生上坐,童子献茶。先生问曰:"公来问何事?"龙王曰:"请卜天上阴晴事如何。"先生即袖传一课,断曰:

云迷山顶,雾罩林梢。若占雨泽,准在明朝。

龙曰:"明日甚时下雨?雨有多少尺寸?"先生道:"明日辰时布云,巳时发雷,午时下雨,未时雨足,共得水三尺三寸零四十八点⑦。"

---

① 《火珠林》:相传为唐宋间麻衣道者著的一部占卜书。
② 郭璞:晋代著名的玄学家,后世流传着很多他善于占卜的传说。
③ 台政新经:即"台历",又称"七政台历",由国家司天台新颁布的历法。参见第一回"政历"注。
④ 六爻:《周易》以"- -"为阴爻,"—"为阳爻,六个组成一个完整卦象,叫六爻。每个卦象在占卜中都代表着一定的意义。
⑤ 一盘子午:指罗盘,古代辨别方向的工具,即盘面标有方位刻度的指南针。因南为午,北为子,又称子午盘。
⑥ 钦天监台正先生袁天罡:历代朝廷均设有天文台观测天象。唐称司天台,宋元称司天监。钦天监是明时朝廷设立的天文台,负责观察天象。监正。袁天罡,本作"袁天纲",唐代著名术数家,传说他善于预测、相面。
⑦ "明日辰时布云"以下数句:《西游记》描写降雨,常标明时辰尺寸,其背景是我国自唐宋以后形成的降雨测量、报告制度,即要求地方呈报时写明某时下雨,某时雨止,得水尺寸等。地方政府均有测量降雨量的容器,称为天池盆。测天池盆中水深尺寸,即可知降雨量。但天池盆口大底小,测得其深度后,需要换算,才能得出平地水深。如宋秦九昭《数书九章》:"今州郡多有天池盆,以测雨水。……假令盆口径二尺八寸,底径一尺二寸,深一尺八寸,接雨水深九寸。欲求平地雨降几何?答曰:平地雨降三寸。"可见天池盆所接雨水深,往往是平地雨水的三倍。测得降雨量后,须向上级汇报,但官员经常虚报数字时辰。司马光曾说:"诸州县奏雨,往往止欲解陛下之焦劳,一寸则云三寸,三寸则云一尺,多不以其实。"(《续资治通鉴长编》卷二五二)由此可以理解《西游记》中为何动辄降雨三尺以上,实则未必是实际水深。

龙王笑曰:"此言不可作戏。如是明日有雨,依你断的时辰数目,我送课金五十两奉谢。若无雨,或不按时辰数目,我与你实说,定要打坏你的门面,扯碎你的招牌,即时赶出长安,不许在此惑众!"先生忻然而答:"这个一定任你。请了,请了,明朝雨后来会。"

龙王辞别,出长安,回水府。大小水神接着,问曰:"大王访那卖卦的如何?"龙王道:"有,有,有!但是一个掉嘴口讨春的先生①。我问他几时下雨,他就说明日下雨;问他甚么时辰,甚么雨数,他就说辰时布云,巳时发雷,午时下雨,未时雨足,得水三尺三寸零四十八点,我与他打了个赌赛:若果如他言,送他谢金五十两;如略差些,就打破他门面,赶他起身,不许在长安惑众。"众水族笑曰:"大王是八河都总管,司雨大龙神,有雨无雨,惟大王知之,他怎敢这等胡言?那卖卦的定是输了!定是输了!"

此时龙子龙孙与那鱼卿蟹士正欢笑谈此事未毕,只听得半空中叫:"泾河龙王接旨。"众抬头上看,是一个金衣力士,手擎玉帝敕旨,径投水府而来。慌得龙王整衣端肃,焚香接了旨。金衣力士回空而去。龙王谢恩,拆封看时,上写着:

"敕命八河总,驱雷掣电行。
明朝施雨泽,普济长安城。"

旨意上辰时数目,与那先生判断者毫发不差,唬得那龙王魂飞魄散。少顷苏醒,对众水族曰:"尘世上有此灵人!真个是能通天地理,却不输与他呵!"鲥军师奏云:"大王放心。要赢他有何难处?臣有小计,管教灭那厮的口嘴。"龙王问计,军师道:"行雨差了时辰,少些点数,就是那厮断卦不准,怕不赢他?那时捽碎招牌,赶他跑路,果何难也?"龙王依他所奏,果不担忧。

---

①掉嘴口讨春:即卖弄嘴皮子算卦。讨春,算卦。

至次日,点札风伯、雷公、云童、电母①,直至长安城九霄空上。他挨到那已时方布云,午时发雷,未时落雨,申时雨止,却只得三尺零四十点,改了他一个时辰,克了他三寸八点,雨后发放众将班师。他又按落云头,还变作白衣秀士,到那西门里大街上,撞入袁守诚卦铺,不容分说,就把他招牌笔砚等一齐摔碎。那先生坐在椅上,公然不动。这龙王又轮起门板便打,骂道:"这妄言祸福的妖人,擅惑众心的泼汉!你卦又不灵,言又狂谬,说今日下雨的时辰点数俱不相对,你还危然高坐,趁早去,饶你死罪!"守诚犹公然不惧分毫,仰面朝天冷笑道:"我不怕!我不怕!我无死罪,只怕你倒有个死罪哩②!别人好瞒,只是难瞒我也。我认得你,你不是秀士,乃是泾河龙王。你违了玉帝敕旨,改了时辰,克了点数,犯了天条。你在那剐龙台上,恐难免一刀,你还在此骂我?"

龙王见说,心惊胆战,毛骨悚然,急丢了门板,整衣伏礼,向先生跪下道:"先生休怪。前言戏之耳,岂知弄假成真,果然违犯天条,奈何?望先生救我一救!不然,我死也不放你。"守诚曰:"我救你不得,只是指条生路与你投生便了。"龙曰:"愿求指教。"先生曰:"你明日午时三刻,该赴人曹官魏徵处听斩③。你果要性命,须当急急去告

---

① 点札:点名,调遣。风伯:先秦神话中即有风伯,又叫飞廉。云童:民间传说中的推云童子,主管布云。秦汉时期的司云之神,本与风伯并提,称为丰隆或屏翳,但后世不显。"推云童子"的传说不详来历。电母:俗称闪电娘娘或金光圣母,早期雷公兼管闪电,后分化出"电父"的神,专管闪电,如《三国志》引《管辂别志》,有"雷公电父、风伯雨师"的说法。到唐代,电父已变为电母,遂与雷公配为夫妻,如崔致远有"使电母雷公,凿外域朝天之路"的说法。

② 倒:原作"到",世德堂本副词之"倒"常作"到",今统一作"倒",后不出注。

③ 人曹官:清《曲海总目提要》卷二十八《钓鱼船》"上帝命三曹会议:天曹官李连。地曹官崔珏,人曹官魏徵","魏徵为人曹官之说,本系凿空。然元时刘元塑东岳大帝侍臣像,仿徵塑之,是必徵象怪奇,俨如神明也"(按,此说出于明谈迁《北游录》)。又民间传说,认为地狱有六曹:天曹、地曹、神曹、冥曹、人曹、鬼曹,常塑六曹神像于东岳庙或城隍庙中。

当今唐太宗皇帝方好。那魏徵是唐王驾下的丞相,若是讨他个人情,方保无事。"龙王闻言,拜辞含泪而去。

不觉红日西沉,太阴星上,但见:

烟凝山紫归鸦倦,远路行人投旅店。
渡头新雁宿眭沙①,银河现。
催更筹②,孤村灯火光无焰。
风袅炉烟清道院,蝴蝶梦中人不见③。
月移花影上栏杆,星光乱。
漏声换,不觉深沉夜已半。

这泾河龙王也不回水府,只在空中,等到子时前后,收了云头,敛了雾角,径来皇宫门首。此时唐王正梦出宫门之外,步月花阴,忽然龙王变作人相,上前跪拜。口叫:"陛下,救我!救我!"太宗云:"你是何人?朕当救你④。"龙王云:"陛下是真龙,臣是业龙⑤。臣因犯了天条,该陛下贤臣人曹官魏徵处斩,故来拜求,望陛下救我一救!"太宗曰:"既是魏徵处斩,朕可以救你。你放心前去。"龙王欢喜,叩谢而去。

却说太宗梦醒后,念念在心。早已至五鼓三点,太宗设朝,聚集两班文武官员。但见那:

烟笼凤阙,香蔼龙楼。光摇丹扆动,云拂翠华流⑥。君臣相契同尧舜,礼乐威严近汉周。侍臣灯,宫女扇,双双映彩;孔雀屏,麒麟

---

① 眭沙:杨闽斋本同,李卓吾评本作"汀沙"。
② 更筹:古代夜间报更用的计时竹签。
③ 蝴蝶梦:即梦境。《庄子·齐物论》记庄周梦见自己变成了蝴蝶,醒来后,不知是庄周梦为蝴蝶,还是蝴蝶梦为庄周,此处仅指梦境。
④ 朕当:即"朕",皇帝的自称。戏曲、小说中,"当"常作为人称的后缀。如吾当、朕当等。
⑤ 业龙:即孽龙,作恶的龙。
⑥ 翠华:天子仪仗中以翠羽为饰的旗帜或车盖。二句出元傅若金《奉和苏授经》。

殿,处处光浮。山呼万岁①,华祝千秋②。静鞭三下响③,衣冠拜冕旒④。宫花灿烂天香袭,堤柳轻柔御乐讴⑤。珍珠帘,翡翠帘,金钩高控;龙凤扇,山河扇,宝辇停留。文官英秀,武将揂搜⑥。御道分高下,丹墀列品流⑦。金章紫绶乘三象⑧,地久天长万万秋。

众官朝贺已毕,各各分班。唐王闪凤目龙睛,一一从头观看,只见那文官内是房玄龄、杜如晦、徐世勣、许敬宗、王珪等,武官内是马三宝、段志贤、殷开山、程咬金、刘洪纪、胡敬德、秦叔保等⑨,一个个威仪端肃,却不见魏徵丞相。唐王召徐世勣上殿道:"朕夜间得一怪梦,梦见一人迎面拜谒,口称是泾河龙王,犯了天条,该人曹官魏徵处斩,拜告寡人救他,朕已许诺。今日班前独不见魏徵,何也?"世勣对曰:"此梦告准,须唤魏徵来朝,陛下不要放他出门。过此一日,可救梦中之龙。"唐王大喜,即传旨,着当驾官宣魏徵入朝。

---

①山呼:据说汉武帝登上嵩山,山中传来呼喊"万岁"的声音。后来臣子朝见皇帝呼"万岁",即称山呼或嵩呼(见《汉书·武帝纪》)。
②华祝:传说尧游华山,管理山林的人祝他多寿、多福、多子,故称"华祝"(见《庄子·天地》)。
③静鞭:皇帝的一种仪仗,形如皮鞭,抽动时发出很大的声响,令人肃静,故称静鞭。
④冕旒(miǎn liú):冕,古代大夫以上的礼冠。顶有綖(覆在冠冕上的装饰),前有旒(悬垂的玉串),故称"冕旒",天子之冕十二旒。此处代指皇帝。
⑤堤柳:长安有灞河堤柳,是当地名胜。这里形容长安宫殿优美的环境。
⑥揂(dōu)搜:义同"抖擞"。
⑦丹墀(chí):指宫殿的赤色台阶或赤色地面。
⑧金章紫绶乘三象:指文武百官施展才能,如同日、月、星发出光芒。金章紫绶:金的印章,紫色的绶带,代指高官。三象,日、月、星合称三象。南朝梁沈约《齐武帝议谥》:"含精灵于五纬,驾贞明于三象。"
⑨"只见那文官内是房玄龄"以下数句:这里所列举的大臣,都是唐代的开国文武功臣,有些人名由于小说的传写或避后世帝王的讳,和史实有差异。段志贤,即段志玄。刘洪纪,即刘弘基。胡敬德,即尉迟敬德,因是胡人,所以民间又称胡敬德。秦叔宝,即秦琼,字叔宝。

却说魏徵丞相在府,夜观乾象,正爇宝香①,只闻得九霄鹤唳,却是天差仙使,捧玉帝金旨一道,着他午时三刻,梦斩泾河老龙。这丞相谢了天恩,斋戒沐浴,在府中试慧剑②,运元神,故此不曾入朝。一见当驾官赍旨来宣,惶惧无任,又不敢违迟君命,只得急急整衣束带,同旨入朝,在御前叩头请罪。唐王出旨道:"赦卿无罪。"那时诸臣尚未退朝,至此,却命卷帘散朝,独留魏徵,宣上金銮,召入便殿,先议论安邦之策,定国之谋。将近巳末午初时候,却命宫人取过大棋来:"朕与贤卿对弈一局。"众嫔妃随取棋枰,铺设御案。魏徵谢了恩,即与唐王对着。毕竟不知胜负如何,且听下回分解。

---

①爇(ruò):点燃。
②慧剑:佛教指用来斩断一切烦恼的智慧。道教中,元李道纯《中和集》有《慧剑歌》,说"此宝剑,本无形,为有神功强立名",也指破除心魔的心性智慧而言。这里魏徵的慧剑,亦为这种观念的具象化。

第十回

二将军宫门镇鬼　唐太宗地府还魂

　　却说太宗与魏徵在便殿对弈,一第一着,摆开阵势。正合《烂柯经》云①:

　　博弈之道,贵乎严谨。高者在腹,下者在边,中者在角,此棋家之常法。法曰:宁输一子,不失一先。击左则视右,攻后则瞻前。有先而后,有后而先。两生勿断,皆活勿连。阔不可太疏,密不可太促。与其恋子以求生,不若弃之而取胜;与其无事而独行,不若固之而自补。彼众我寡,先谋其生;我众彼寡,务张其势。善胜者不争,善阵者不战;善战者不败,善败者不乱。夫棋始以正合,终以奇胜。凡敌无事而自补者,有侵绝之意;弃小而不救者,有图大之心。随手而下者,无谋之人;不思而应者,取败之道。《诗》云:"惴惴小心,如临于谷②。"此之谓也。

　　诗曰:
　　　　棋盘为地子为天,色按阴阳造化全③。
　　　　下到玄微通变处,笑夸当日烂柯仙。
　　君臣两个对弈,此棋正下到午时三刻,一盘残局未终,魏徵忽然

---

①《烂柯经》:即《棋经十三篇》,传为宋代张拟著。烂柯,语出南朝梁任昉《述异记》卷上,称晋时王质伐木入石室山,见童子数人下棋,不久将出山,发现斧柄烂尽,山外世界已过千百年。柯,即斧柄。

②惴惴小心,如临于谷:出自《诗经·小雅·小宛》,意思是谨慎小心,像面临着深谷那样。

③"棋盘为地子为天"二句:古人认为棋盘方以象地,棋子圆而象天。棋子分黑白以象阴阳。《棋经十三篇》:"白黑相半,以法阴阳。……局方而静,棋圆而动。"又梁武帝《围棋赋》:"圆奁(棋盒)象天,方局法地。"

踏伏在案边①，鼾鼾盹睡。太宗笑曰："贤卿真是匡扶社稷之心劳，创立江山之力倦，所以不觉盹睡。"太宗任他睡着，更不呼唤。不多时，魏徵醒来，俯伏在地道："臣该万死！臣该万死！却才晕困，不知所为，望陛下赦臣慢君之罪。"太宗道："卿有何慢罪？且起来，拂退残棋，与卿从新更着。"

魏徵谢了恩，却才捻子在手，只听得朝门外大呼小叫。原来是秦叔保、徐茂公等，将着一个血淋的龙头，掷在帝前，启奏道："陛下，海浅河枯曾有见，这般异事却无闻。"太宗与魏徵起身道："此物何来？"叔宝、茂公道："千步廊南，十字街上，云端里落下这颗龙头，微臣不敢不奏。"唐王惊问魏徵："此是何说？"魏徵转身叩头道："是臣才一梦斩的。"唐王闻言，大惊道："贤卿盹睡之时，又不曾见动身动手，又无刀剑，如何却斩此龙？"魏徵奏道："主公，臣的：

身在君前，梦离陛下。身在君前对残局，合眼朦胧；梦离陛下乘瑞云，出神抖擞。那条龙，在剐龙台上，被天兵将绑缚其中。是臣道：'你犯天条，合当死罪。我奉天命，斩汝残生。'龙闻哀苦，臣抖精神。龙闻哀苦，伏爪收鳞甘受死；臣抖精神，撩衣进步举霜锋。挖挗一声刀过处，龙头因此落虚空。"

太宗闻言，心中悲喜不一。喜者夸奖魏徵好臣，朝中有此豪杰，愁甚江山不稳？悲者谓梦中曾许救龙，不期竟致遭诛。只得强打精神，传旨着叔保将龙头悬挂市曹②，晓谕长安黎庶，一壁厢赏了魏徵，众官散讫。

当晚回宫，心中只是忧闷，想那梦中之龙，哭啼啼哀告求生，岂知无常，难免此患。思念多时，渐觉神魂倦怠，身体不安。当夜二更时分，只听得宫门外有号泣之声，太宗愈加惊恐。正朦胧睡间，又见那泾河龙王，手提着一颗血淋淋的首级，高叫："唐太宗！还我命来！

---

①踏伏：同"塌伏"。趴伏。
②市曹：城市里商业集中的地方，古代常在这里处决人犯示众。《礼记·王制》："刑（处决）人于市，与众弃之。"据汉郑玄等人的解释，在人多的地方公开杀人是表示行刑审慎，而并非出于私怨。

还我命来！你昨夜满口许诺救我，怎么天明时反宣人曹官来斩我？你出来，你出来！我与你到阎君处折辨折辨①！"他扯住太宗，再三嚷闹不放，太宗箝口难言②，只挣得汗流遍体。正在那难分难解之时，只见正南上香风缭绕，彩雾飘飘，有一个女真人上前，将杨柳枝用手一摆，那没头的龙，悲悲啼啼，径往西北而去。原来这是观音菩萨，领佛旨上东土寻取经人，此住长安城都土地庙里，夜闻鬼泣神号，特来喝退业龙，救脱皇帝。那龙径到阴司地狱具告不题③。

却说太宗苏醒回来，只叫："有鬼！有鬼！"慌得那三宫皇后，六院嫔妃，与近侍太监，战兢兢一夜无眠。

不觉五更三点，那满朝文武多官，都在朝门外候朝。等到天明，犹不见临朝，唬得一个个惊惧踌躇。及日上三竿，方有旨意出来道："朕心不快，众官免朝。"不觉倏五七日，众官忧惶，都正要撞门见驾问安，只见太后有旨，召医官入宫用药，众人在朝门等候讨信。少时，医官出来，众问何疾。医官道："皇上脉气不正，虚而又数④，狂言见鬼，又诊得十动一代⑤，五脏无气，恐不讳只在七日之内矣⑥。"众官闻言大惊失色。正怆惶间，又听得太后有旨宣徐茂公、护国公、尉迟公见驾⑦。三公奉旨，急入到分宫楼下。拜毕，太宗正色强言道："贤卿，寡人十九岁领兵，南征北伐，东挡西除，苦历数载，更不曾见

---

①折辨：也作"折辩"。争辩，分辨。

②箝(qián)：夹住。

③具告：写状子告发。具，陈述，撰写。

④虚而又数(shuò)：中医的脉象术语。虚，指脉搏跳动无力。数，指脉搏跳动急促。

⑤十动一代：中医的脉象术语，脉搏跳动十次有一次紊乱，是病危的表现。《灵枢·根结》："十动一代者，四脏无气；不满十动一代者，五脏无气。"《素问》："脉候动不定曰代。"

⑥不讳：不避讳，这里是死亡的婉称。

⑦护国公：即秦琼秦叔宝。贞观十二年(638)秦琼去世，十三年(639)追封为胡国公。民间讹传为"护国公"。

半点邪祟,今日之下,却反见鬼!"尉迟公道:"创立江山,杀人无数,何怕鬼乎?"太宗道:"卿是不信。朕这寝宫门外,入夜就抛砖弄瓦,鬼魅呼号,着然难处①。白日犹可,昏夜难禁。"叔保道:"陛下宽心,今晚臣与敬德把守宫门,看有甚么鬼祟。"

太宗准奏,茂公谢恩而出。当日天晚,各取披挂,他两个介胄整齐,执金瓜钺斧,在宫门外把守。好将军!你看他怎生打扮:

头戴金盔光烁烁,身披铠甲龙鳞。护心宝镜幌祥云。狮蛮收紧扣②,绣带彩霞新。这一个凤眼朝天星斗怕,那一个环睛相映月光沉。他本是英雄豪杰旧勋臣,只落得千年称户尉,万古作门神③。

二将侍立门傍,一夜天晚,更不曾见一点邪祟。是夜,太宗在宫,安寝无事,晓来宣二将军,重重赏犒道:"朕自得疾数日,不能得睡,今夜仗二将军威势甚安。卿且请出安息安息,待晚间再一护卫。"二将谢恩而出。遂此二三夜把守俱安,只是御膳减损,病转觉重。太宗又不忍二将辛苦,又宣叔保、敬德与房、杜诸公入宫,分付道:"这两日朕虽得安,却只难为秦、胡二将军彻夜辛苦。朕欲召巧手丹青,传二将军真容,贴于门上,免得劳他,如何?"众臣即依旨,选两个会写真的,着胡、秦二公依前披挂,照样画了,贴在门上,夜间也即无事。

如此二三日,又听得后宰门乒乒乓乓砖瓦乱响,晓来急宣众臣曰:"连日前门幸喜无事,今夜后门又响,却不又惊杀寡人也!"茂公进前奏道:"前门不安,是敬德、叔保护卫;后门不安,该着魏徵护卫。"太宗准奏,又宣魏徵今夜把守后门。征领旨,当夜结束整齐,提着那诛龙的宝剑,侍立在后宰门前,真个的好英雄也!他怎生打扮:

---

① 着然:实在,着实。
② 狮蛮:古代武官腰带钩上饰有狮子、蛮王的形象,故称这种腰带为狮蛮。宋孟元老《东京梦华录》:"以粉作狮子蛮王之状,置于糕上,谓之狮蛮。"
③ 门神:民间认为两位门神左边的叫门丞,右边的叫户尉,其中一种说法认为门神即秦叔宝、胡敬德(见《三教源流搜神大全》)。下文唐太宗派人画下二人的容貌贴在门上,即是门神传说的来历。

熟绢青巾抹额①,锦袍玉带垂腰。
兜风氅袖采霜飘,压赛垒荼神貌②。
脚踏乌靴坐折③,手持利刃凶骁。
圆睛两眼四边瞧,那个邪神敢到?

一夜通明,也无鬼魅。虽是前后门无事,只是身体渐重。一日,太后又传旨,召众臣商议殡殓后事。太宗又宣徐茂公,分付国家大事,叮嘱仿刘蜀主托孤之意④。言毕,沐浴更衣,待时而已。

傍闪魏徵,手扯龙衣,奏道:"陛下宽心,臣有一事,管保陛下长生。"太宗道:"病势已入膏肓⑤,命将危矣,如何保得?"徵云:"臣有书一封,进与陛下,捎去到冥司⑥,付酆都判官崔珏⑦。"太宗道:"崔珏是谁?"徵云:"崔珏乃是太上先皇帝驾前之臣,先受兹洲令,后升礼部侍郎。在日与臣八拜为交,相知甚厚。他如今已死,现在阴司做掌生死文簿的酆都判官,梦中常与臣相会。此去若将此书付与他,他念微臣薄分,必然放陛下回来,管教魂魄还阳世,定取龙颜转帝

---

①抹额:束在额上的头巾。
②压赛垒荼神貌:压赛,即亚赛,好像,正如。垒荼,指神荼、郁垒,上古传说能制伏恶鬼的两位神人,后世遂以为门神,画像丑怪凶狠。汉王充《论衡·订鬼》引《山海经》称:海中度朔之山有鬼门,为万鬼所出入。上有二神人,一名神荼,一名郁垒,职掌检查统率众鬼之责。
③乌靴坐折:坐折,不详其义。坐,可能是"花"的异体"苍"或"華"之形误。折,同"褶"。参见第二回"花褶靴"条注。
④刘蜀主托孤:即三国蜀汉先主刘备临终前将幼主刘禅托付给诸葛亮之事。
⑤病势已入膏肓:指病势已险恶到无法医治。膏,心尖的脂肪。肓,心脏和隔膜之间。《左传·成公十年》记晋景公病重,向秦国求名医缓前来医治。缓未到时,景公梦见疾病化作两小儿,一个担忧缓是良医,无处可逃。另一个说:"居肓之上,膏之下,若我何?"缓到了晋国看病之后,果然认为病已入肓上膏下,药力已不能及。
⑥捎:原作"稍",世德堂本"捎""稍"常混,今随文改正,后不出注。
⑦酆(fēng)都:托名晋葛洪《枕中书》等道教著作认为,罗酆山是人死后灵魂的聚集地,后来人们用四川省酆都县(今名丰都县)来附会这个地方,认为是阴曹地府所在之处。

都。"太宗闻言,接在手中,笼入袖里,遂瞑目而亡。那三宫六院、皇后嫔妃、侍长储君及两班文武①,俱举哀戴孝,又在白虎殿上,停着梓宫不题②。

却说太宗渺渺茫茫,魂灵径出五凤楼前,只见那御林军马③,请大驾出朝采猎。太宗忻然从之,缥渺而去。行多时,人马俱无。独自个散步荒郊草野之间。正惊惶难寻道路,只见那一边,有一人高声大叫道:"大唐皇帝,往这里来!往这里来!"太宗闻言,抬头观看,只见那人:

头顶乌纱,腰围犀角。头顶乌纱飘软带,腰围犀角显金镶④。手擎牙笏凝祥霭⑤,身着罗袍隐瑞光。脚踏一双粉底靴,登云促雾;怀揣一本生死簿,注定存亡。鬓发蓬松飘耳上,胡须飞舞绕腮傍。昔日曾为唐国相,如今掌案侍阎王。

太宗行到那边,只见他跪拜路傍,口称:"陛下,赦臣失误远迎之罪!"太宗问曰:"你是何人?因甚事前来接拜?"那人道:"微臣半月前,在森罗殿上,见泾河鬼龙告陛下许救反诛之故,第一殿秦广大王即差鬼使催请陛下,要三曹对案⑥。臣已知之,故来此间候接,不期今日来迟,望乞恕罪恕罪。"太宗道:"你姓甚名谁?是何官职?"那人道:"微臣存日,在阳曹侍先君驾前,为兹州令,后拜礼部侍郎,姓崔名珏。今在阴司,得受酆都掌案判官。"太宗大喜,近前来御手忙搀道:"先生远劳。朕驾前魏徵有书一封,正寄与先生,却好相遇。"判

---

① 侍长储君:侍长,即侍妾之长,明代用来称呼亲王的女儿。明沈德符《野获编·使长侍长》:"侍长之号,则今各藩府(王府)之女,俱有此称。"储君,已确定为继承皇位的人,即太子。
② 梓宫:皇帝、皇后的棺木。多用梓木制作,故称梓宫。
③ 御林军:保卫皇帝和京城的部队。
④ 镶:原作"厢",今统改为常用字,后不出注。
⑤ 牙笏(hù):象牙制的笏板。笏,大臣朝见君主时手里拿的狭长板子,用来记事和保持恭敬的仪态。
⑥ 三曹对案:指诉讼中的原告、被告、证人三方一同到案会审。

官谢恩,问书在何处。太宗即袖中取出递与崔珏。珏接了,拆封而看。其书曰:

辱爱弟魏徵,顿首书拜大都案契兄崔老先生台下:忆昔交游,音容如在。倏尔数载,不闻清教。常只是遇节令设蔬品奉祭,未卜享否?又承不弃,梦中临示,始知我兄长大人高迁。奈何阴阳两隔,各天一方,不能面觌。今因我太宗文皇帝倏然而故,料是对案三曹,必然得与兄长相会。万祈俯念生日交情,方便一二,放我陛下回阳,殊为爱也。容再修谢。不尽①。

那判官看了书,满心欢喜道:"魏人曹前日梦斩老龙一事,臣已早知,甚是夸奖不尽。又蒙他早晚看顾臣的子孙,今日既有书来,陛下宽心,微臣管送陛下还阳,重登玉阙。"太宗称谢了。

二人正说间,只见那边有一对青衣童子,执幢幡宝盖②,高叫道:"阎王有请,有请。"太宗遂与崔判官并二童子举步前进。忽见一座城,城门上挂着一面大牌,上写着"幽冥地府鬼门关"七个大金字。那青衣将幢幡摇动,引太宗径入城中,顺街而走。只见那街傍边有

---

① "辱爱弟魏徵"以下一段:这里的旧式书信中,有许多固定的套语。辱,谦辞,承蒙的意思,含义是承蒙了您的恩惠使您受辱。顿首书,古代书信的格式,第一句往往用顿首、启上等词引领,最后用收信人身边的处所作结。崔珏是官员,就说拜到他的台下。第十七回黑熊精给金池长老写信,因金池长老是修行的人,黑熊精就说拜到他的丹房。如果收信人是教师,那么就说拜到他的教席。表示不敢直接和您对话,而是只敢把信送达您身边的地方。清教,高明的教诲。对人的意见的尊称。俯念,敬辞,表示对方在上,自己在下,所以对方对自己的动作为俯(反之称"仰")。不尽,书信末尾常用语,也说"不一一""不一",不详细说的意思。

② 幢(chuáng)幡:指佛、道教所用的旗。从头安宝珠的高大幢竿下垂,立于寺庙或道场之前。分言之则幢指竿柱,幡指所垂长帛。宝盖:佛道或帝王仪仗等的伞盖。

先主李渊,先兄建成,故弟元吉①,上前道:"世民来了! 世民来了!"那建成、元吉就来揪打索命。太宗躲闪不及,被他扯住。幸有崔判官唤一青面獠牙鬼使,喝退了建成、元吉,太宗方得脱身而去。行不数里,见一座碧瓦楼台,真个壮丽,但见:

> 飘飘万叠彩霞堆,隐隐千条红雾现。
> 耿耿檐飞怪兽头②,辉辉瓦叠鸳鸯片。
> 门钻几路赤金钉,槛设一横白玉段。
> 窗牖近光放晓烟③,帘栊幌亮穿红电④。
> 楼台高耸接青霄,廊庑平排连宝院。
> 兽鼎香云袭御衣,绛纱灯火明宫扇。
> 左边猛烈摆牛头,右下峥嵘罗马面。
> 接亡送鬼转金牌,引魄招魂垂素练。
> 唤作阴司总会门,下方阎老森罗殿。

太宗正在外面观看,只见那壁厢环珮叮当,仙香奇异,外有两对提烛,后面却是十代阎王降阶而至。是那十代阎君:

秦广王、初江王、宋帝王、仵官王、阎罗王、平等王、泰山王、都市王、卞城王、转轮王。

十王出在森罗宝殿,控背躬身迎迓太宗⑤。太宗谦下,不敢前行,十王道:"陛下是阳间人王,我等是阴间鬼王,凡所当然,何须过让?"太宗道:"朕得罪麾下⑥,岂敢论阴阳人鬼之道?"逊之不已。太

---

① 先兄建成,故弟元吉:李建成为唐太宗李世民的长兄,李元吉为李世民的四弟。唐武德九年(626)六月四日,李世民发动了玄武门政变,杀掉了李建成和李元吉。所以这里两人要来揪打索命。
② 耿耿:高远的样子。
③ 牖(yǒu):窗户。
④ 帘栊(lóng):窗帘和窗牖。也泛指门窗的帘子。
⑤ 控背:躬身行礼。控,容器口朝下,人头部放低。迓(yà):迎接。
⑥ 得罪麾下:即"冒犯了您"的谦称。得罪,冒犯。麾下,将帅的部下。这里意为不敢直接说冒犯了您,只敢说冒犯了您的手下。

宗前行,径入森罗殿上,与十王礼毕,分宾主坐定。

约有片时,秦广王拱手而进言曰:"泾河鬼龙告陛下许救而反杀之,何也?"太宗道:"朕曾夜梦老龙求救,实是允他无事,不期他犯罪当刑,该我那人曹官魏徵处斩。朕宣魏徵在殿着棋,不知他一梦而斩。这是那人曹官出没神机,又是那龙王犯罪当死,岂是朕之过也?"十王闻言,伏礼道:"自那龙未生之前,南斗星死簿上已注定该遭杀于人曹之手,我等早已知之。但只是他在此折辩,定要陛下来此三曹对案,是我等将他送入轮藏①,转生去了。今又有劳陛下降临,望乞恕我催促之罪。"言毕,命掌生死簿判官:"急取簿子来看。陛下阳寿天禄该有几何②?"崔判官急转司房,将天下万国国王天禄总簿,先逐一检阅,只见南赡部洲大唐太宗皇帝注定贞观一十三年。崔判官吃了一惊,急取浓墨大笔,将"一"字上添了两画,却将簿子呈上。十王从头看时,见太宗名下注定三十三年,阎王惊问:"陛下登基多少年了?"太宗道:"朕即位,今一十三年了。"阎王道:"陛下宽心勿虑,还有二十年阳寿。此一来已是对案明白,请返本还阳。"

太宗闻言,躬身称谢。十阎王差崔判官、朱太尉二人,送太宗还魂。太宗出森罗殿,又起手问十王道:"朕宫中老少安否如何?"十王道:"俱安,但恐御妹寿似不永。"太宗又再拜启谢:"朕回阳世,无物可酬谢,惟答瓜果而已。"十王喜曰:"我处颇有东瓜西瓜,只少南瓜。"太宗道:"朕回去即送来,即送来。"从此遂相揖而别。

那太尉执一首引魂幡③,在前引路,崔判官随后保着太宗,径出

---

① 轮藏:原指转轮藏,能旋转的放置佛经的书架,这里指所谓"轮回"。参见第十一回"六道轮回"条注。

② 天禄:天赐的福禄。《论语·尧曰》引述尧对舜说的话:"四海困穷,天禄永终。"意思是假如天下的百姓陷于困穷,上天赐给你的福禄就永远地终结了。后常指帝王享有帝位的时间。

③ 一首:一幅,多用于计量旗帜、布匹。

幽司。太宗举目而看，不是旧路，问判官曰："此路差矣。"判官道："不差。阴司里是这般，有去路，无来路。如今送陛下自转轮藏出身，一则请陛下游观地府，一则教陛下转托超生。"太宗只得随他两个引路前来。径行数里，忽见一座高山，阴云垂地，黑雾迷空。太宗道："崔先生，那厢是甚么山？"判官道："乃幽冥背阴山。"太宗悚惧道："朕如何去得？"判官道："陛下宽心，有臣等引领。"太宗战战兢兢，相随二人，上得山岩，抬头观看，只见：

形多凸凹，势更崎岖。峻如蜀岭，高似庐岩。非阳世之名山，实阴司之险地。荆棘丛丛藏鬼怪，石崖磷磷隐邪魔。耳畔不闻兽鸟噪，眼前惟见鬼妖行。阴风飒飒，黑雾漫漫。阴风飒飒，是神兵口内哨来烟①；黑雾漫漫，是鬼祟暗中喷出气。一望高低无景色，相看左右尽猖亡②。那里山也有，峰也有，岭也有，洞也有，涧也有；只是山不生草，峰不插天，岭不行客，洞不纳云，涧不流水。岸前皆魍魉③，岭下尽神魔。洞中收野鬼，涧底隐邪魂。山前山后，牛头马面乱喧呼；半掩半藏，饿鬼穷魂时对泣。催命的判官，急急忙忙传信票；追魂的太尉，吆吆喝喝趱公文。急脚子旋风滚滚④，勾司人黑雾纷纷。

太宗全靠着那判官保护，过了阴山前进，又历了许多衙门，一处处俱是悲声振耳，恶怪惊心。太宗又道："此是何处？"判官道："此是

---

① 哨：喷。
② 猖亡：凶恶的鬼。《太上洞神三元妙本福寿真经·地官厚本章》："凡世间九州八荒山川原野不正神祇、妖魔魍魉、幽爽猖亡，为人民患害者，悉属考校（考校：拷囚问罪）罚灭。"又：阴阳家所谓的直日凶神，有"猖鬼败亡"。
③ 魍魉（wǎng liǎng）：古代传说中一种水中的鬼怪。
④ 急脚子：急行传送书信或探送情报的人，这里指阴司里负责这类事务的鬼卒。

阴山背后一十八层地狱①。"太宗道："是那十八层？"判官道："你听我说：

　　吊筋狱、幽枉狱、火坑狱，寂寂寥寥，烦烦恼恼，尽皆是生前作下千般业，死后通来受罪名。酆都狱、拔舌狱、剥皮狱，哭哭啼啼，凄凄惨惨，只因不忠不孝伤天理，佛口蛇心堕此门。磨捱狱、碓捣狱、车崩狱，皮开肉绽，捼嘴咨牙，乃是瞒心昧己不公道，巧语花言暗损人。寒冰狱、脱壳狱、抽肠狱，垢面蓬头，愁眉皱眼，都是大斗小秤欺痴蠢，致使灾屯累自身②。油锅狱、黑暗狱、刀山狱，战战兢兢，悲悲切切，皆因暴横欺良善，藏头缩颈苦伶仃。血池狱、阿鼻狱、秤杆狱③，脱皮露骨，折臂断筋，也只为谋财害命，宰畜屠生，堕落千年难解释，沉沦永世不翻身。一个个紧缚牢栓，绳缠索绑，差些赤发鬼、黑脸鬼，长枪短剑；牛头鬼、马面鬼，铁简铜锤。只打得皱眉苦面血淋淋，叫地叫天无救应。正是人生却莫把心欺，神鬼昭彰放过谁？善恶到头终有报，只争来早与来迟④。"

---

　　①一十八层地狱：十八层地狱的说法，较早见于东汉安世高所译的《十八泥犁经》。《西游记》中的十八层地狱名称，即系佛教地狱传说与民间信仰结合改造的产物。我们今天熟知的幽冥世界传说，大致由"地府"传说和"地狱"传说组成，两者恰好构成了一套完整的封建社会衙门机构。"地府"源于古代"泰山治鬼"的神话，认为人死后由"泰山府君"（或作"太山府君"）管理亡魂。但这类传说主要凸显的是冥神的权力，并不强调亡魂受特别的苦楚，至多是让亡魂做些劳役。佛教传入后，泰山府君及其属员即演化为由十殿阎王、判官、勾魂使者等掌管的"地府"，但只是改了名字，职能依旧主要是审判、管理。而"地狱"非中国固有的观念，而是来自佛教经典。"地狱"本是梵文 Naraka 的意译，意为"苦的世界"，和天道、人道、畜生道等并列为"六道"之一，也算一种生命存在的形式。佛典中的地狱说主要描述地狱环境的恐怖以及亡魂受到的各种痛苦。地狱的结构和种类，不同的佛典说法不一，有八地狱、十六地狱，以至一百三十六地狱。

　　②灾屯：灾难，祸患。

　　③阿鼻狱：佛教传说的地狱中最下、最苦的地方，在那里所受的痛苦永无间断。阿鼻，梳语音译，意思是没有间断。

　　④早：原作"蚤"，蚤，同"早"。今统一作"早"，后不出注。

太宗听说，心中惊惨，进前又走。不多时，见一伙鬼卒，各执幢幡，路傍跪下道："桥梁使者来接。"判官喝令："起去。"上前引着太宗，从金桥而过。太宗又见那一边有一座银桥，桥上行几个忠孝贤良之辈，公平正大之人，亦有幢幡接引；那壁厢又有一桥，寒风滚滚，血浪滔滔，号泣之声不绝。太宗问道："那座桥是何名色？"判官道："陛下，那叫做奈河桥。若到阳间，切须传记，那桥下都是些：

　　奔流浩浩之水，险峻窄窄之路。俨如匹练搭长江，却似火坑浮上界。阴气逼人寒透骨，腥风扑鼻味钻心。波翻浪滚，往来并没渡人船；赤脚蓬头，出入尽皆作业鬼。桥长数里，阔只三厜①，高有百尺，深却千重。上无扶手栏杆，下有抢人恶怪。枷杻缠身，打上奈河险路。你看那桥边神将甚凶顽，河内孽魂真苦恼。杴杈树上，挂的是青红黄紫色丝衣；壁斗崖前，蹲的是毁骂公婆淫泼妇。铜蛇铁狗任争餐，永堕奈河无出路。

诗曰：
　　时闻鬼哭与神号，血水浑波万丈高。
　　无数牛头并马面，狰狞把守奈河桥。"

　　正说间，那几个桥梁使者，早已回去了。太宗心又惊惶，点头暗叹，默默悲伤，相随着判官、太尉，早过了奈河恶水，血盆苦界。

　　前又到枉死城，只听哄哄人嚷，分明说："李世民来了！李世民来了！"太宗听叫，心惊胆战。见一伙拖腰折臂、有足无头的鬼魅，上前拦住，都叫道："还我命来！还我命来！"慌得那太宗藏藏躲躲，只叫："崔先生救我！崔先生救我！"判官道："陛下，那些人都是那六十四处烟尘，七十二处草寇，众王子、众头目的鬼魂②；尽是枉死的冤业，无收无管，不得超生，又无钱钞盘缠，都是孤寒饿鬼。陛下得些

---

①厜：此处同"拃（zhǎ）"，拇指和食指伸开后之间的距离。
②"六十四处烟尘"几句：《隋唐演义》等评书戏曲中所说的隋朝末年起兵造反的势力，有十八路反王、六十四处烟尘、七十二处草寇。众王子（"子"读轻声），即十八路反王。

钱钞与他,我才救得哩。"太宗道:"寡人空身到此,却那里得有钱钞?"判官道:"陛下,阳间有一人,金银若干,在我这阴司里寄放。陛下可出名立一约,小判可作保,且借他一库,给散这些饿鬼,方得过去①。"太宗问曰:"此人是谁?"判官道:"他是河南开封府人氏,姓相名良,他有十三库金银在此。陛下若借用过他的,到阳间还他便了。"太宗甚喜,情愿出名借用。遂立了文书与判官,借钱金银一库,着太尉尽行给散。判官复分付道:"这些金银,汝等可均分用度②,放你大唐爷爷过去,他的阳寿还早哩。我领了十王钧语③,送他还魂,教他到阳间做一个水陆大会④,度汝等超生,再休生事。"众鬼闻言,得了金银,俱唯唯而退。判官令太尉摇动引魂幡,领太宗出离了枉死城中,奔上平阳大路,飘飘荡荡而去。毕竟不知从那条路出身,且听下回分解。

---

①"阳间有一人"以下数句:参见第十二回"受生度亡经"条注。
②钧:同"均"。相等,平均。
③钧语:对帝王将相命令的敬称。
④水陆大会:即水陆道场,佛教法会的一种。僧尼设坛诵经,施舍饮食,以超度水陆一切亡灵。

第十一回

还受生唐王遵善果　度孤魂萧瑀正空门

诗曰：
　　百岁光阴似水流，一生事业等浮沤。
　　昨朝面上桃花色，今日头边雪片浮。
　　白蚁阵残方是幻，子规声切早回头。
　　古来阴骘能延寿，善不求怜天自周①。

却说唐太宗随着崔判官、朱太尉，自脱了冤家债主，前进多时，却来到"六道轮回"之所②，又见那腾云的，身披霞帔③；受箓的，腰挂

---

① "百岁光阴似水流"诗：此诗改自元道士冯尊师《鸣鹤余音》卷九所收秦真人《升堂文》，原文作："百岁光阴，疾如流水；一生事业，空似浮沤。昨朝面上桃杏花开，今日头边雪霜照破。……白蚁阵残浑似梦，子规声切劝君归。"浮沤，水面上的泡沫。因其易生易灭，常比喻变化无常的世事和短暂的生命。白蚁阵残，唐李公佐《南柯太守传》记：淳于棼做梦进入了槐安国，娶了公主，并封为南柯郡太守，享尽荣华富贵，后来带兵出征战败，公主去世，被国王遣归。醒来后，发现所谓槐安国是庭前槐树下的大蚁穴，南柯郡是槐树南枝下另一个蚁穴。参见第三回"南柯一梦"条注。这里白蚁阵残即指淳于棼兵败失势的故事，比喻世事无常，人生如梦。阴骘(zhì)，阴德，指暗中做的有德于人的事。善不求怜天自周，指善人不必求长命，上天自会周全保佑。

② 六道轮回：佛教所谓六道轮回是指生命在天、人、阿修罗、畜生、饿鬼、地狱六道中反复运转，并不是一个有形状的设施。佛寺中类似转轮的实物，称为轮藏，是可以旋转的佛经书架。大型的轮藏高达数米，需要专门为之建造殿宇，如河北定兴龙兴寺转轮藏阁。民间可能将轮藏和轮回混同起来。在宣扬冥府信仰方面起过极大作用的《玉历宝钞》常绘六道轮回图，系一转轮，待转生的灵魂从轮正面进入，从轮缘分流，分为胎生、卵生、化生、湿生、鳏寡孤独和公侯将相六道。山西蒲县东岳庙明代壁画轮回图，也为一大轮，绘贵人、平民、贱人、兽、禽、虫六道。其余劝善书、寺庙壁画大抵同此。明代西大乘教《泰山东岳十王宝卷》："善多恶少转增禄位，罪多善少转来受穷。有恶无善堕在地狱，有善无恶转上天宫。"这些都与《西游记》一样，对轮回的种类进行了本土化的改造，体现了中国民间对"六道轮回"的理解。

③ 霞帔(pèi)：仙人用云霞制成的衣服。

金鱼①;僧尼道俗,走兽飞禽,魑魅魍魉②,滔滔都奔走那轮回之下,各进其道。唐王问曰:"此意何如?"判官道:"陛下明心见性,是必记了,传与阳间人知。这唤做'六道轮回':

　　行善的升化仙道,进忠的超生贵道,
　　行孝的再生福道,公平的还生人道,
　　积德的转生富道,恶毒的沉沦鬼道。"

唐王听说,点头叹曰:

　　"善哉真善哉!作善果无灾。
　　善心常切切,善道大开开。
　　莫教兴恶念,是必少刁乖③。
　　休言不报应,神鬼有安排。"

判官送唐王直至那超生贵道门,拜呼唐王道:"陛下呵,此间乃出头之处,小判告回,着朱太尉再送一程。"唐王谢道:"有劳先生远涉。"判官道:"陛下到阳间,千万做个水陆大会,超度那无主的冤魂,切勿忘了。若是阴司里无报怨之声,阳世间方得享太平之庆。凡百不善之处,俱可一一改过。普谕世人为善,管教你后代绵长,江山永固。"唐王一一准奏,辞了崔判官,随着朱太尉,闯入门来。那太尉见门里有一匹海骝马④,鞍鞯齐备⑤,急请唐王上马,太尉左右扶持。马行如箭,早到了渭水河边,只见那水面上有一对金色鲤鱼在河里翻波跳斗。唐王见了心喜,兜马贪看不舍。太尉道:"陛下,趱动些⑥,趁早赶时辰进城去也。"那唐王只管贪看,不肯前行,被太尉撮

---

①金鱼:唐代朝廷颁发的金质鱼形符,平时装在袋子里,供高级官员佩带,用来表示品级身分。

②魑魅魍魉(chī mèi wǎng liǎng):害人鬼怪的统称。魑,山中之怪,兽形。魅,老物成精。魍魉,水中之怪。

③刁乖:奸猾。

④海骝马:一种黄马,蒙语 sirġa (halieun)的音译。

⑤鞯(chàn):垫在马鞍下,垂于马背两旁,用来挡泥土的马具。

⑥趱(zǎn):赶路,快走。

着脚,高呼道:"还不走,等甚!"扑的一声,望那渭河推下马去,却就脱了阴司,径回阳世。

却说那唐朝驾下有徐茂公、秦叔宝、胡敬德、段志贤、马三保、程咬金、高士廉、李世勣、房玄龄、杜如晦、萧瑀、傅奕、张道源、张士衡、王珪等两班文武①,俱保着那东宫太子与皇后嫔妃、宫娥侍长,都在那白虎殿上举哀。一壁厢议传哀诏,要晓谕天下,欲扶太子登基。时有魏徵在傍道:"列位且住。不可!不可!假若惊动州县,恐生不测。且再按候一日,我王必还魂也。"下边闪上许敬宗道:"魏丞相言之甚谬。自古云'泼水难收,人逝不返',你怎么还说这等虚言,惑乱人心,是何道理?"魏徵道:"不瞒许先生说,下官自幼得授仙术,推算最明,管取陛下不死。"

正讲处,只听得棺中连声大叫道:"渰杀我耶②!"唬得个文官武将心慌,皇后嫔妃胆战。一个个:

面如秋后黄桑叶,腰似春前嫩柳条。储君脚软,难扶丧杖进哀仪;侍长魂飞,怎戴梁冠遵孝礼③? 嫔妃打跌,彩女欹斜。嫔妃打跌,却如狂风吹倒败芙蓉;彩女欹斜,好似骤雨冲歪娇菡萏。众臣悚惧,骨软筋麻。战战兢兢,痴痴癔癔。把一座白虎殿却像断梁桥,闹丧台就如倒塌寺。

此时众宫人走得精光,那个敢近灵扶柩?多亏了正直的徐茂公,理烈的魏丞相④,有胆量的秦琼,忒猛撞的敬德,上前来扶着棺材,叫道:"陛下有甚么放不下心处,说与我等,不要弄鬼,惊伤了眷族。"魏徵道:"不是弄鬼,此乃陛下还魂也。快取器械来!"打开棺盖,果见太宗坐在里面。还叫:"渰死我了!是谁救捞?"茂公等上前

---

① 高士廉:即高俭,唐开国功臣,字士廉。
② 渰:同"淹"。
③ 梁冠:指孝帽。今南方孝帽三梁冠、单梁冠,用竹皮、纱布制成,上有麻绳梁。
④ 理烈:秉持公理,刚方正直。烈,原作"冽",今统改作"烈",后不出注。

扶起道："陛下苏醒，莫怕，臣等都在此护驾哩。"唐王方才开眼道："朕当好苦，躲过阴司恶鬼难，又遭水面丧身灾。"众臣道："陛下宽心勿惧，有甚水灾来？"唐王道："我骑着马，正行至渭水河边，见双头鱼戏；被朱太尉欺心，将朕推下马来，跌落河中，几乎淬死。"魏徵道："陛下鬼气尚未解。"急着太医院进安神定魄汤药，又安排粥膳。连服一二次，方才反本还原，知得人事。一计唐王死去，已三昼夜，复回阳间为君。诗曰：

　　万古江山几变更，历来数代败和成。
　　周秦汉晋多奇事，谁似唐王死复生？

当日天色已晚，众臣请王归寝，各各散讫。次早，脱却孝衣，换了彩服，一个个红袍乌帽，一个个紫绶金章，在那朝门外等候宣符①。却说太宗自服了安神定魄之剂，连进了数次粥汤，被众臣扶入寝室，一夜稳睡，保养精神，直至天明方起，抖擞威仪，你看他怎生打扮：

　　戴一顶冲天冠，穿一领赭黄袍。系一条蓝田碧玉带②，踏一对创业无忧履③。貌堂堂，赛过当朝；威烈烈，重兴今日。好一个清平有道的大唐王，起死回生的李陛下！

唐王上金銮宝殿，聚集两班文武，山呼已毕，依品分班。只听得传旨道："有事出班来奏，无事退朝。"那东厢闪过徐世勣、魏徵、王珪、杜如晦、房玄龄、袁天罡、李淳风、许敬宗等；西厢闪过殷开山、刘洪基、马三保、段志贤、程咬金、秦叔保、胡敬德、薛仁贵等；一齐上前，在白玉阶前，俯伏启奏道："陛下前朝一梦，如何许久方觉？"太宗道："日前接得魏徵书，朕觉神魂出殿，只见羽林军请朕出猎④。正行时，人马无踪，又见那先君父王与先兄弟争嚷。正难解处，见一人乌

---

①宣符：宣召和命令。符，向下属发出命令或通知。
②蓝田：县名，在今陕西蓝田，古代以出产美玉闻名。
③无忧履：帝王所穿的鞋子。宋释圆悟《碧岩录》卷十记唐肃宗"头上卷轮冠，脚下无忧履"。
④羽林军：即"御林军"，负责保卫皇帝和京城的军队。

帽皂袍，乃是判官崔珏，喝退先兄弟。朕将魏徵书传递与他。正看时，又见青衣者，执幢幡，引朕入内，到森罗殿上，与十代阎王叙坐。他说那泾河龙诬告我许救转杀之事，是朕将前言陈具一遍。他说已三曹对过案了，急命取生死文簿，检看我的阳寿。时有崔判官传上簿子。阎王看了道，寡人有三十三年天禄，才过得一十三年，还该我二十年阳寿，即着朱太尉、崔判官送朕回来。朕与十王作别，允了送他瓜果谢恩。自出了森罗殿，见那阴司里，不忠不孝，非礼非义，作践五谷，明欺暗骗，大斗小秤，奸盗诈伪，淫邪欺罔之徒，受那些磨烧舂锉之苦，煎熬吊剥之刑，有千千万万，看看不足。又过着枉死城中，有无数的冤魂，尽都是六十四处烟尘的草寇，七十二处叛贼的魂灵，挡住了朕之来路。幸亏崔判官作保，借得河南相老儿的金银一库，买转鬼魂，方解前行。崔判官教朕回阳世，千万作一场水陆大会，超度那无主的孤魂，将此言叮咛。分别出了那六道轮回之下，有朱太尉请朕上马。飞也相似行到渭水河边，我看见那水面上有双头鱼戏。正欢喜处，他将我撮着脚，推下水中，朕方得还魂也。"众臣闻此言，无不称贺，遂此编行传报，天下各府县官员，上表称庆不题。

却说太宗又传旨赦天下罪人，又查狱中重犯。时有审官将刑部绞斩罪人，查有四百余名呈上。太宗放赦回家，拜辞父母兄弟，托产与亲戚子侄，明年今日赴曹，仍领应得之罪。众犯谢恩而退。又出恤孤榜文，又查宫中老幼彩女共有三千人①，出旨配军。自此，内外俱善，有诗为证，诗曰：

  大国唐王恩德洪，道过尧舜万民丰。
  死囚四百皆离狱，怨女三千放出宫②。
  天下多官称上寿，朝中众宰贺元龙③。

---

①彩女：身份较低的宫女。
②"死囚四百皆离狱"二句：语出唐白居易《七德舞》："怨女三千放出宫，死囚四百来归狱。"《佛祖历代通载》卷十一："己丑（贞观三年），放宫女三千。壬辰（贞观五年），纵死囚四百还家。"
③元龙：这里指皇帝。

善心一念天应佑,福阴应传十七宗①。

太宗既放宫女、出死囚已毕,又出御制榜文,遍传天下。榜曰:"乾坤浩大,日月照鉴分明;宇宙宽洪,天地不容奸党。使心用术,果报只在今生;善布浅求,获福休言后世。千般巧计,不如本分为人;万种强徒,争似随缘节俭。心行慈善,何须努力看经?意欲损人,空读如来一藏②。"

自此时,盖天下无一人不行善者。一壁厢又出招贤榜,招人进瓜果到阴司里去;一壁厢将宝藏库金银一库,差尉迟公胡敬德上河南开封府,访相良还债。榜张数日,有一赴命进瓜果的贤者,本是均州人,姓刘名全,家有万贯之资。只因妻李翠莲在门首拔金钗斋僧,刘全骂了他几句,说他不遵妇道,擅出闺门③。李氏忍气不过,自缢而死。撇下一双儿女年幼,昼夜悲啼。刘全又不忍见,无奈,遂舍了性命,弃了家缘④,撇了儿女,情愿以死进瓜,将皇榜揭了,来见唐王。王传旨意,教他去金亭馆里,头顶一对南瓜,袖带黄钱,口噙药物。

那刘全果服毒而死,一点魂灵,顶着瓜果,早到鬼门关上。把关的鬼使喝道:"你是甚人,敢来此处?"刘全道:"我奉大唐太宗皇帝钦差,特进瓜果与十代阎王受用的。"那鬼使欣然接引。刘全径至森罗宝殿,见了阎王,将瓜果进上道:"奉唐王旨意,远进瓜果,以谢十王宽宥之恩。"阎王大喜道:"好一个有信有德的太宗皇帝!"遂此收了瓜果。便

---

① 十七宗:唐代共有二十三任皇帝(不计短期废立的殇帝李重茂,其所谓"恭宗"庙号未行用),太宗之后,为高宗、中宗、睿宗、玄宗、肃宗、代宗、德宗、顺宗、宪宗、穆宗、敬宗、文宗、武宗、宣宗、懿宗、僖宗、昭宗,十七位称"宗"的皇帝。唐高祖李渊在李世民之前,武则天是女皇帝,唐中宗、睿宗做过两次皇帝,最后的唐哀帝是亡国之君,不称"宗"(曾有"景宗"之庙号,但未正式采用)。

② "乾坤浩大"榜文:这一段抄自明代善书《明心宝鉴·省心篇》,其文托言宋仁宗御制。

③ 擅:原作"善",世德堂本"擅"常作"善",今改正,后不出注。

④ 家缘:家业,家产。

问那进瓜的人姓名,那方人氏。刘全道:"小人是均州城民籍①,姓刘名全。因妻李氏缢死,撇下儿女,无人看待,小人情愿舍家弃子,捐躯报国,特与我王进贡瓜果,谢众大王厚恩。"十王闻言,即命查勘刘全妻李氏。那鬼使速取来在森罗殿下,与刘全夫妻相会。诉罢前言,回谢十王恩宥。那阎罗却检生死簿子看时,他夫妻们都有登仙之寿,急差鬼使送回。鬼使启上道:"李翠莲归阴日久,尸首无存,魂将何付?"阎王道:"唐御妹李玉英,今该促死;你可借他尸首,教他还魂去也。"

那鬼使领命,即将刘全夫妻二人还魂。带定出了阴司,那阴风绕绕,径到了长安大国,将刘全的魂灵,推入金亭馆里;将翠莲的灵魂,带进皇宫内院。只见那玉英宫主,正在花阴下,徐步绿苔而行,被鬼使扑个满怀,推倒在地,活捉了他魂;却将翠莲的魂灵,推入玉英身内。鬼使回转阴司不题。

却说宫院中的大小侍婢,见玉英跌死,急走金銮殿,报与三宫皇后道:"宫主娘娘跌死也②!"皇后大惊,随报太宗,太宗闻言点头叹曰:"此事信有之也。朕曾问十代阎君:'老幼安乎?'他道:'俱安,但恐御妹寿促。'果中其言。"合宫人都来悲切,尽到花阴下看时,只见那宫主微微有气。唐王道:"莫哭!莫哭!休惊了他。"遂上前将御手扶起头来,叫道:"御妹苏醒苏醒。"那宫主忽的翻身,叫:"丈夫慢行,等我一等!"太宗:"妹妹,是我等在此。"宫主抬头睁眼观看道:"你是谁人,敢来扯我?"太宗道:"是你皇兄、皇嫂。"宫主道:"我那里得个甚么皇兄、皇嫂!我娘家姓李,我的乳名唤做李翠莲;我丈夫姓刘名全。两口儿都是均州人氏。因为我三个月前,拔金钗在门首斋僧,我丈夫怪我擅出内门,不遵妇道,骂了我几句,是我气塞胸堂,将

---

① 民籍:元明将居民按职业编入不同种类的户籍,民籍为有户籍的普通居民,一般从事农业或商业活动。和军籍(职业军人)、匠籍(手工业者)等相对。

② 官主:即公主。世德堂本"宫主""公主"常混用,本回通作官主。下文"百花羞公主""铁扇公主"及天竺国公主,多作"公主",故随文统作"公主",后不出注。周代天子嫁女,请同姓诸侯(一般称公)主婚;秦汉以来,天子嫁女请三公主婚,故称公主。

白绫带悬梁缢死,撇下一双儿女,昼夜悲啼。今因我丈夫被唐王钦差,赴阴司进瓜果,阎王怜悯,放我夫妻回来。他在前走。因我来迟,赶不上他,我绊了一跌。你等无礼! 不知姓名,怎敢扯我!"太宗闻言,与众宫人道:"想是妹妹跌昏了,胡说哩。"传旨教太医院进汤药,将玉英扶入宫中。

唐王当殿,忽有当驾官奏道:"万岁,今有进瓜果人刘全还魂,在朝门外等旨。"唐王大惊,急传旨将刘全召进,俯伏丹墀。太宗问道:"进瓜果之事何如?"刘全道:"臣顶瓜果,径至鬼门关,引上森罗殿,见了那十代阎君,将瓜果奉上,备言我王殷勤致谢之意。阎君甚喜,多多拜上我王道:'真是个有信有德的太宗皇帝。'"唐王道:"你在阴司见些甚么来?"刘全道:"臣不曾远行,没见甚的,只闻得阎王问臣乡贯、姓名。臣将弃家舍子,因妻缢死,愿来进瓜之事,说了一遍。他急差鬼使,引过我妻,就在森罗殿下相会。一壁厢又检看死生文簿,说我夫妻都有登仙之寿,便差鬼使送回。臣在前走,我妻后行,幸得还魂。但不知妻投何所。"唐王惊问道:"那阎王可曾说你妻甚么?"刘全道:"阎王不曾说甚么,只听得鬼使说:'李翠莲归阴日久,尸首无存。'阎王道:'唐御妹李玉英今该促死,教翠莲即借玉英尸还魂去罢。'臣不知'唐御妹'是甚地方,家居何处,还未曾得去找寻哩。"

唐王闻奏,满心欢喜,当对多官道:"朕别阎君,曾问宫中之事;他言老幼俱安,但恐御妹寿促。却才御妹玉英花阴下跌死,朕急扶看,须臾苏醒,口叫:'丈夫慢行,等我一等!'朕只道是他跌昏了胡言。又问他详细,他说的话,与刘全一般。"魏徵奏道:"御妹偶尔寿促,少苏醒即说此言,此是刘全妻借尸还魂之事。此事也有。可请宫主出来,看他有甚话说。"唐王道:"朕才命太医院去进药,不知何如。"便教妃嫔入宫去请。那宫主在里面乱嚷道:"我吃甚么药?这里那是我家! 我家是清凉瓦屋,不像这个害黄病的房子①,花狸狐哨

---

① 害黄病:皇宫装饰多用黄色,此处形容皇宫像得了黄疸病(《西游记校注匡补》谓是贫血病)一样。底本作"害黄那",不可解,疑是"害黄瘴"之误,今从李评本作"害黄病"。

的门扇①！放我出去！放我出去！"

正嚷处，只见四五个女官，两三个太监，扶着他，直至殿上。唐王道："你可认得你丈夫么？"玉英道："说那里话，我两个从小儿的结发夫妻，与他生男长女，怎的不认得？"唐王叫内官搀他下去。那宫主下了宝殿，直至白玉阶前，见了刘全，一把扯住道："丈夫，你往那里去，就不等我一等！我跌了一跤，被那些没道理的人围住我嚷，这是怎的说！"那刘全听他说的话是妻之言，观其人非妻之面，不敢相认。唐王道："这正是山崩地裂有人见，捉生替死却难逢。"好一个有道的君王，即将御妹的妆奁、衣物、首饰②，尽赏赐了刘全，就如陪嫁一般。又赐与他永免差徭的御旨，着他带领御妹回去。他夫妻两个，便在阶前谢了恩，欢欢喜喜还乡。有诗为证：

> 人生人死是前缘，短短长长各有年。
> 刘全进瓜回阳世，借尸还魂李翠莲。

他两个辞君，径来均州城里，见旧家业儿女俱好，两口儿宣扬善果不题。却说那尉迟公将金银一库，上河南开封府访看相良，原来卖水为活，同妻张氏在门首贩卖乌盆瓦器营生③，但撺得些钱儿④，只以盘缠为足，其多少斋僧布施，买金银纸锭，记库焚烧，故有此善果臻身。阳世间是一条好善的穷汉，那世里却是个积玉堆金的长者。尉迟公将金银送上他门，唬得那相公、相婆魂飞魄散；又兼有本府官员，茅舍外车马骈集，那老两口子如痴如痖，跪在地下，只是磕头礼拜。尉迟公道："老人家请起。我虽是个钦差官，却赍着我王的金银送来还你。"他战兢兢的答道："小的没有甚么金银放债，如何敢受这不明之财？"尉迟公道："我也访得你是个穷汉；只是你斋僧布

---

① 花狸胡哨：形容颜色错杂艳丽，多有贬义。
② 妆奁(lián)：女子梳妆用的镜匣，这里指嫁妆。
③ 乌盆：瓦盆。
④ 撺：同"赚"。《警世通言·吕大郎还金完骨肉》："今日好利市，也撺他八个钱。"

施,尽其所用,就买办金银纸锭,烧记阴司,阴司里有你积下的钱钞。是我太宗皇帝死去三日,还魂复生,曾在那阴司里借了你一库金银,今此照数送还与你。你可一一收下,等我好去回旨。"那相良两口儿只是朝天礼拜,那里敢受。道:"小的若受了这些金银,就死得快了。虽然是烧纸记库①,此乃冥冥之事;况万岁爷爷那世里借了金银,亦何凭据?我决不敢受。"尉迟公道:"陛下说,借你的东西,有崔判官作保可证。你收下罢。"相良道:"就死也是不敢受的。"尉迟公见他苦苦推辞,只得具本差人启奏。太宗见了本,知相良不受金银,道:"此诚为善良长者。"即传旨教胡敬德将金银与他修理寺院,起盖生祠②,请僧作善,就当还他一般。旨意到日,敬德望阙谢恩宣旨,众皆知之。遂将金银买到城里军民无碍的地基一段,周围有五十亩宽阔,在上兴工,起盖寺院,名"敕建相国寺"③。左有相公相婆的生祠,镌碑刻石,上著着"尉迟公监造"。即今大相国寺是也。

　　工完回奏,太宗甚喜。却又聚集多官,出榜招僧,修建"水陆大会",超度冥府孤魂。榜行天下,着各处官员推选有道的高僧,上长安做会。那消个月之期,天下多僧俱到。唐王传旨,着太史丞傅奕选举高僧,修建佛事。傅奕闻旨,即上疏止浮图④,以言无佛。表曰:

---

①烧纸记库:旧俗认为生前焚烧纸钱,可寄存在阴间的库中,供死后使用或还账。参见第十二回"《受生度亡经》"条注。据宋王龙舒《龙舒增广净土文》卷四:佛经中并无阴府寄库之说,奉劝世人,以寄库所费,请僧为西方之供;一心西方,则必得往生。"若不为此,而为阴府寄库,则是志在阴府,死必入阴府矣"。

②生祠:为活人建立的祠庙。

③相国寺:在今河南开封,原为战国时魏公子信陵君故宅,北齐时始建寺庙。后毁于战火,唐代重建,本来和相公、相婆毫无关系,此处相国寺来历是作者根据民间传说加工而成。

④上疏止浮图:这里傅奕的奏章及与萧瑀诸臣论辩的情节,见于《新唐书·傅奕传》及元释念常《佛祖历代通载》卷十一。奏章即武德七年(624)傅奕所上《请除释教疏》的内容。当时佛教兴盛,僧尼人数与日俱增,但也出现了管理混乱、僧徒不劳而食等现象。这段话的意思是:佛法来自西域,本非中国原有的宗教,靠宣扬来世的福报或罪过来蛊惑民众,影响了帝王的威权、君臣父子的秩序。况且佛法没有传入的中国上古时代,政治一样清明,所以佛法是不足为信的。浮图,也作"浮屠",梵语音译,指佛、佛教,也指宝塔。

"西域之法,无君臣父子,以三途六道①,蒙诱愚蠢,追既往之罪,窥将来之福,口诵梵言,以图偷免。且生死寿夭,本诸自然;刑德威福,系之人主②。今闻俗徒矫托,皆云由佛。自五帝、三王,未有佛法;君明臣忠,年祚长久③。至汉明帝始立胡神,然惟西域桑门,自传其教。实乃夷犯中国,不足为信④。"

太宗闻言,遂将此表掷付群臣议之。时有宰相萧瑀,出班俯囟奏曰:"佛法兴自屡朝,弘善遏恶,冥助国家,理无废弃。佛,圣人也。非圣者无法,请置严刑。"傅奕与萧瑀论辩,言:"礼本于事亲事君,而佛背亲出家,以匹夫抗天子,以继体悖所亲;萧瑀不生于空桑,乃遵无父之教,正所谓非孝者无亲⑤。"萧瑀但合掌曰:"地狱之设,正为是人。"太宗召太仆卿张道源,中书令张士衡,问佛事营福,其应何如。

---

① 三途:佛教认为,作嗔、痴、贪三恶的人,将感生三恶道,一是镬汤炉炭地狱之途(火途),二是互相血食的畜生之途(血途),三是刀杖驱逼的饿鬼之途(刀途),合称三途《见《大明三藏法数》卷十二》。
② 刑德威福,系之人主:刑、威都指刑罚。德、福都指恩赏。刑罚恩赏的法令都由君主发布,不通过神明。《尚书·洪范》:"惟辟作福,惟辟作威。"辟即君主。按:中国传统政治思想历来较为现实,崇尚君主的威权,而不太注重超出现实权力以外的神秘力量,如上帝、佛祖等。傅奕的观点,实际即主张社会秩序应由君主或政府建立,而不能由神秘力量控制。
③ 年祚:立国的年数。
④ "至汉明帝始立胡神"以下数句:据《后汉书·西域传》:汉明帝梦见头顶有光的金人,大臣解释说这是西方圣人,称为佛。汉明帝就派人到天竺求访,带回了一些佛经、佛像和僧人。桑门,即沙门,梵语音译,指僧侣。
⑤ "傅奕与萧瑀论辩"以下数句:傅奕这段话的意思是:礼教的根本,是教人如何事奉父母和君主的;而佛教以佛法对抗天子的政令,子女出家,背弃了父母。萧瑀不是从空桑中出生的,也是有父有母的,却信奉背弃父母的宗教。既然反对孝行,那就是目无父母。继体,子女。空桑,传说商朝的贤臣伊尹生于空的桑树中,此用"生于空桑"指非父母所生,来历不明。非孝者无亲,出自儒家经典《孝经》。

二臣对曰：

"佛在清净仁恕，果正佛空。周武帝以三教分次；大慧禅师有赞幽远，历众供养而无不显；五祖投胎，达摩现象。自古以来，皆云三教至尊而不可毁，不可废。伏乞陛下圣鉴明裁①。"

太宗甚喜道："卿之言合理。再有所陈者，罪之。"遂着魏徵与萧瑀、张道源，邀请诸佛，选举一名有大德行者作坛主，设建道场，众皆顿首谢恩而退。自此时出了法律：但有毁僧谤佛者，断其臂②。

---

①"佛在清净仁恕"以下一段：《新唐书·张士衡传》：唐太宗的太子李承乾问："事佛营福，其应奈何？"张士衡回答，"事佛在清静仁恕"，若贪财骄横，用再多的钱奉佛也没有用。此事既非太宗所问，与张道源也并无关系，而张道源反而是傅奕的支持者。张士衡的意思，只是说崇奉佛法要心地清静，仁爱宽容，劝谏太子尽忠尽孝，并非主张尊佛。此后"果正佛空"云云，系作者对原文的改窜，并非张士衡的话。果正佛空，大意是一切皆空是佛教宣扬的正果。周武帝以三教分次，周武帝即南北朝时期北周皇帝宇文邕。他在位时，召集群臣、道士、名僧进行辩论，定出以儒教为先，道教为次，佛教为后的位次，后来下令禁佛，佛教在这一时期倍受打击。大慧禅师有赞幽远，历史上号为"大慧禅师"的高僧有几个，如唐代一行、怀让、宋代宗杲等，此处不详所指，似指北周的慧远。周武帝灭佛之举，受到了慧远的坚决反对，他认为佛法幽深，历代人们信奉，都有灵验，不可尽废。五祖投胎，五祖即我国佛教禅宗的第五代祖师弘忍。传说他生前曾经在破头山当栽松行者，遇到四祖道信，要求度化，因为年龄过大被拒绝。他自行投胎于浣衣女，后再遇四祖，投于门下，得法称为五祖（参见《五灯会元》卷一）。达摩现象，达摩即"菩提达摩"的省称，天竺高僧，南朝梁时来中国传法，被禅宗奉为初祖。传说达摩死后，北魏有一个使臣不知道达摩已死，在归国途中遇见达摩，见他手里提着一只鞋，向西而去，等回京才知达摩已死，于是打开他的棺木，见里面只剩下一只鞋子（参见《五灯会元》卷一）。

②断其臂：唐代、明代均没有这种法律。元代皇帝崇信藏传佛教，《元史·武宗本纪》记载，元武宗曾下令：殴打西番僧者截其手，骂西番僧者断其舌。但后被皇太子劝止。

第十一回　还受生唐王遵善果　度孤魂萧瑀正空门　171

　　次日，三位朝臣，聚众僧，在那山川坛里①，逐一从头查选，内中选得一名有德行的高僧。你道他是谁人？

　　　　灵通本讳号金蝉，只为无心听佛讲。
　　　　转托尘凡苦受摩②，降生世俗遭罗网。
　　　　投胎落地就逢凶，未出之前临恶党。
　　　　父是海州陈状元，外公总管当朝长。
　　　　出身命犯落江星③，顺水随波逐浪泱。
　　　　海岛金山有大缘，迁安和尚将他养。
　　　　年方十八认亲娘，特赴京都求外长。
　　　　总管开山调大军，洪州剿寇诛凶党。
　　　　状元光蕊脱天罗，子父相逢堪贺奖。
　　　　复谒当今受主恩，凌烟阁上贤名响④。
　　　　恩官不受愿为僧，洪福沙门将道访。
　　　　小字江流古佛儿，法名唤做陈玄奘。

　　当日对众举出玄奘法师。这个人自幼为僧，出娘胎，就持斋受戒。他外公见是当朝一路总管殷开山。他父亲陈光蕊中状元，官拜文渊殿大学士。一心不爱荣华，只喜修持寂灭。查得他根源又好，德行又高；千经万典，无所不通；佛号仙音，无般不会。当时三位引至御前，扬尘舞蹈。拜罢奏曰："臣瑀等，蒙圣旨，选得高僧一名陈玄奘。"太宗闻其名，沉思良久道："可是学士陈光蕊之儿玄奘否？"江流儿叩头曰："臣正是。"太宗喜道："果然举之不错。诚为有德行有禅

---

①山川坛：祭祀山岳江河的祭坛，从京城到州县均有设立。
②摩：同"磨"，磨难。
③落江星：原作"落红星"，据《新说西游记》改。
④凌烟阁：原作"灵烟阁"，据李评本改。封建帝王为表彰功臣而建筑的绘有功臣图像的高阁。唐太宗贞观十七年（643）画功臣像于凌烟阁之事最著名，有魏徵、房玄龄、杜如晦、长孙无忌、秦叔宝等二十四人。按，世德堂本"凌"常作"灵"，如后文"凌云渡"又作"灵云渡"（或"灵飞渡"），今随文改正，后不出注。

心的和尚。朕赐你左僧纲,右僧纲,天下大阐都僧纲之职①。"玄奘顿首谢恩,受了大阐官爵。又赐五彩织金袈裟一件,毗卢帽一顶②。教他用心再拜明僧,排次阇黎班首③;书办旨意,前赴化生寺,择定吉日良时,开演经法。

玄奘再拜领旨而出,遂到化生寺里,聚集多僧,打造禅榻,妆修功德④,整理音乐。选得大小明僧共计一千二百名,分派上中下三堂。诸所佛前,物件皆齐,头头有次。选到本年九月初三日黄道良辰开启,做七七四十九日"水陆大会"。即具表申奏,太宗及文武国戚皇亲,俱至期赴会,拈香听讲。

毕竟不知圣事何如,且听下回分解。

---

① 都僧纲:元代在州县设僧正司、都纲司,设僧官管理佛教事务。明承元制,设僧录司,有"左阐教、右阐教";府一级行政单位设"僧纲司",其僧官名"都纲"(也称"都僧纲")。又明太祖朱元璋曾授番僧朵儿只怯烈失思巴藏卜(又译"多尔济吹坞克斯巴勒藏布")为"都纲副禅师",命他"以西土之人,长西方之教"。这里唐僧的封号当即捏合以上职名而来。
② 毗卢帽:绣有毗卢佛像的僧帽,今影视戏剧中唐僧常戴者,内层中央结顶者为毗卢帽,外层有五片装饰者为五佛冠。
③ 阇(shé)黎:也作阇梨,梵语"阿阇梨"的省称。意谓高僧,泛指僧人。
④ 功德:这里指悬挂的功德幡幛。

第十二回

玄奘秉诚建大会　观音显象化金蝉

诗曰：

龙集贞观正十三，王宣大众把经谈。
道场开演无量法，云雾光乘大愿龛。
御敕垂恩修上刹，金蝉脱壳化西涵①。
普施善果超沉没，秉教宣扬前后三②。

贞观十三年，岁次己巳，九月甲戌初三日，癸卯良辰。陈玄奘大阐法师，聚集一千二百名高僧，都在长安城化生寺开演诸品妙经。那皇帝早朝已毕，帅文武多官，乘凤辇龙车，出离金銮宝殿，径上寺来拈香。怎见那銮驾？真个是：

一天瑞气，万道祥光。仁风轻淡荡，化日丽非常③。千官环佩分前后，五卫旌旗列两旁④。执金瓜，擎斧钺，双双对对；绛纱烛，御炉香，霭霭堂堂。龙飞凤舞，鹗荐鹰扬⑤。圣明天子正，忠义大臣良。

---

① 西涵：当指西方佛祖的包容和化育。
② 前后三："前三三与后三三"的省称。《五灯会元》卷九：唐无着文喜禅师到五台山，遇一老翁，无着问此地有多少僧人，老翁回答："前三三后三三。"无着即悟到此老翁是文殊菩萨。"前三三后三三"是禅宗的一句"机语"，历来有多种解释，这里仅指高深的佛法。
③ 化日：太阳光，也指白昼。
④ 五卫：元代有右卫、左卫、中卫、前卫、后卫五军，掌宿卫扈从，兼屯田。《元史·百官志二》："至元十八年，以蒙古侍卫总管府依五卫之例，为指挥使司。"元陈旅《次韵友人京华即事》之二："五卫旌旗秋甸里，千官剑佩晓云端。"则此二句似从陈诗套用而来。
⑤ 鹗(è)荐鹰扬：指文官贤良，武将威风。鹗，一种凶猛的雕，汉孔融《荐祢衡表》："鸷鸟累百，不如一鹗，使衡立朝，必有可观。"因用"鹗荐"谓举荐贤才。鹰扬，威武貌。《诗经·大雅·大明》赞扬姜太公伐纣时之英武："维师尚父，时维鹰扬。"毛传："鹰扬，如鹰之飞扬也。"

介福千年过舜禹①,升平万代赛尧汤。又见那曲柄伞,滚龙袍,辉光相射;玉连环,彩凤扇,瑞霭飘扬。珠冠玉带,紫绶金章。护驾军千队,扶舆将两行。这皇帝沐浴虔诚尊敬佛,皈依善果喜拈香。

　　唐王大驾,早到寺前。分付住了音乐响器,下了车辇,引着多官,拜佛拈香。三匝已毕,抬头观看,果然好座道场。但见:

　　幢幡飘舞,宝盖飞辉。幢幡飘舞,凝空道道彩霞摇;宝盖飞辉,映日翩翩红电彻。世尊金像貌臻臻②,罗汉玉容威烈烈。瓶插仙花,炉焚檀降③。瓶插仙花,锦树辉辉漫宝刹;炉焚檀降,香云霭霭透清霄。时新果品砌朱盘,奇样糖酥堆彩案。高僧罗列诵真经,愿拔孤魂离苦难。

　　太宗文武俱各拈香,拜了佛祖金身,参了罗汉。又见那大阐都纲陈玄奘法师引众僧罗拜唐王。礼毕分班,各安禅位。法师献上济孤榜文与太宗看④,榜曰:

　　至德渺茫,禅宗寂灭。清净灵通,周流三界。千变万化,统摄阴阳。体用真常⑤,无穷极矣。观彼孤魂,深宜哀愍。此是奉太宗圣命,选集诸僧,参禅讲法。大开方便门庭,广运慈悲舟楫,普济苦海

---

①介福:大福。介,大。
②臻臻:完美无缺的样子。
③降:"降真香"的省称,又名鸡骨香、紫藤香,是一种传说焚烧后能降神的香料。
④济孤榜文:超度孤魂野鬼的榜文。按照水陆大会仪轨,此榜应张贴在坛场左侧,与旗幡相对(参见梁释志公等《水陆仪轨会本》"榜式")。这一段实改动自元道士冯尊师收于《鸣鹤余音》卷九的《升堂文》,把其中道教的词汇改作了佛教的词汇,如"至德渺茫,禅宗寂灭"原作"至道渺漠,妙道希夷"等。这段话的意思是说:佛教灵通,变化无穷而永恒,孤魂野鬼是值得我们怜悯的。奉太宗旨意,选拔高僧,参禅讲法,为亡魂打开超生的大门,渡出苦海,摆脱六道轮回,导引他们前往无灭无生的境界,回到原初的面貌。
⑤体用真常:指"至德"(或至道)的本体和作用真实常住。

群生,脱免沉疴六趣①。引归真路,普玩鸿濛②;动止无为,混成纯素③。仗此良因,邀赏清都绛阙;乘吾胜会,脱离地狱凡笼。早登极乐任逍遥,求往西方随自在。诗曰:

> 一炉永寿香,几卷超生箓。
>
> 无边妙法宣,无际天恩沐。
>
> 冤孽尽消除,孤魂皆出狱。
>
> 愿保我邦家,清平万咸福。

太宗看了满心欢喜,对众僧道:"汝等秉立丹衷④,切休怠慢佛事。待后功成完备,各各福有所归,朕当重赏,决不空劳。"那一千二百僧,一齐顿首称谢。当日三斋已毕,唐王驾回。待七日正会,复请拈香。时天色将晚,各官俱退。怎见得好晚?你看那:

> 万里长空淡落辉,归鸦数点下楼迟。
>
> 满城灯火人烟静,正是禅僧入定时。

一宿晚景题过。次早,法师又升坐,聚众诵经不题。

却说南海普陀山观世音菩萨,自领了如来佛旨,在长安城访察取经的善人,日久未逢真实有德行者。忽闻得太宗宣扬善果,选举高僧,开建大会,又见得法师坛主,乃是江流儿和尚,正是极乐中降来的佛子,又是他原引送投胎的长老。菩萨十分欢喜,就将佛赐的宝贝,捧上长街,与木叉货卖。你道他是何宝贝?有一件锦襕异宝袈裟、九环锡杖。还有那金、紧、禁三个箍儿,密密藏收,以俟后用。只将袈裟、锡杖出卖。长安城里,有那选不中的愚僧,倒有几贯村

---

① 沉疴(kē)六趣:像重病一样痛苦的六道轮回。沉疴,重病。六趣,即六道。众生因所造业之不同而趣向六道,故称六趣。

② 普玩鸿濛:《升堂文》原作"复玩鸿濛",指研讨宇宙之初的道理。鸿濛,也作"鸿蒙",宇宙形成前的混沌状态。

③ 纯素:指纯净不杂乱的思想状态。《庄子·刻意》:"纯素之道,唯神是守,守而勿失,与神为一。"

④ 丹衷:赤诚的心。

钞①。见菩萨变化个疥癞形容,身穿破衲,赤脚光头,将袈裟捧定,艳艳生光,他上前问道:"那癞和尚,你的袈裟要卖多少价钱?"菩萨道:"袈裟价值五千两,锡杖价值二千两。"那愚僧笑道:"这两个癞和尚是风子②,是傻子!这两件粗物,就卖得七千两银子?只是除非穿上身长生不老,就得成佛作祖,也值不得这许多。拿了去,卖不成。"那菩萨更不争吵,与木叉往前又走。

行勾多时,来到东华门前,正撞着宰相萧瑀散朝而回,众头踏喝开街道③。那菩萨公然不避,当街上拿着袈裟,径迎着宰相。宰相勒马观看,见袈裟艳艳生光,着手下人问那卖袈裟的要价几何。菩萨道:"袈裟要五千两,锡杖要二千两。"萧瑀道:"有何好处,值这般高价?"菩萨道:"袈裟有好处,有不好处;有要钱处,有不要钱处。"萧瑀道:"何为好?何为不好?"菩萨道:"着了我袈裟,不入沉沦,不堕地狱,不遭恶毒之难,不遇虎狼之灾,便是好处;若贪淫乐祸的愚僧,不斋不戒的和尚,毁经谤佛的凡夫,难见我袈裟之面,这便是不好处。"又问道:"何为要钱,不要钱?"菩萨道:"不遵佛法,不敬三宝④,强买袈裟、锡杖,定要卖他七千两,这便是要钱;若敬重三宝,见善随喜⑤,皈依我佛,承受得起,我将袈裟、锡杖,情愿送他,与我结个善缘,这便是不要钱。"萧瑀闻言,倍添春色,知他是个好人。即便下马,与菩萨以礼相见。口称:"大法长老,恕我萧瑀之罪。我大唐皇帝十分好善,满朝的文武,无不奉行。即今起建水陆大会,这袈裟正好与大都阐陈玄奘法师穿用。我和你入朝见驾去来。"

---

①村:粗劣,粗俗。
②风:今作"疯"。
③头踏:也作"头搭""头答",官员出行时走在前面的仪仗队。
④三宝:佛教称佛、法、僧为三宝。
⑤随喜:佛教语,此指见到他人行善而生欢喜之意。

菩萨忻然从之,拽转步,径进东华门里。黄门官转奏①,蒙旨宣至宝殿。见萧瑀引着两个疥癞僧人,立于阶下,唐王问曰:"萧瑀来奏何事?"萧瑀俯伏阶前道:"臣出了东华门前,偶遇二僧,乃卖袈裟与锡杖者。臣思法师玄奘可着此服,故领僧人启奏。"太宗大喜,便问那袈裟价值几何。菩萨与木叉侍立阶下,更不行礼,因问袈裟之价,答道:"袈裟五千两,锡杖二千两。"太宗道:"那袈裟有何好处,就值许多?"菩萨道:"这袈裟:

龙披一缕,免大鹏吞噬之灾②;鹤挂一丝,得超凡入圣之妙。但坐处,有万神朝礼;凡举动,有七佛随身③。这袈裟是冰蚕造炼抽丝,巧匠翻腾为线。仙娥织就,神女机成。方方簇幅绣花缝,片片相帮堆锦簇④。玲珑散碎斗妆花⑤,色亮飘光喷宝艳。穿上满身红雾绕,脱来一段彩云飞。三天门外透元光,五岳山前生宝气。重重嵌就西番莲⑥,灼灼悬珠星斗象。四角上有夜明珠,攒顶间一颗祖母绿⑦。虽无全照原本体⑧,也有生光八宝攒。这袈裟,闲时折叠,遇圣才穿。

---

① 黄门官:东汉有黄门令、中黄门等官,均由宦官充任,负责皇宫的宿卫、值守门户以及随从皇帝出行等。戏曲小说中负责此类事务的官员统称黄门官。黄门,本指宫禁。唐杜佑《通典·职官三》:"凡禁门黄闼(门),故号黄门。"
② 大鹏吞噬之灾:佛教认为龙是众生之一,而大鹏金翅鸟以龙为食物。《海龙王经·金翅鸟品》记载,龙王怕被金翅鸟吃掉,佛就将皂衣"分与诸龙王皆令周遍",只要身带一丝一缕,就可以避免金翅鸟的吞噬。
③ 七佛:佛教认为释迦牟尼之前也有人成佛,七佛就是指释迦牟尼及其先出世的六位佛:毗婆尸佛、尸弃佛、毗舍浮佛、拘留孙佛、拘那含牟尼佛、迦叶佛。
④ 簇(kòu):织布机上的主要机件,用来固定线的位置,簇的长度就是织品横幅的宽度。
⑤ 斗:拼凑。
⑥ 西番莲:又称玉蕊花,藤类植物,是古建筑、器皿、织物中一种重要的装饰纹样。
⑦ 祖母绿:阿拉伯语音译,一种通体透明的绿宝石。
⑧ 本体:佛教称事物的根本自体或与应身(佛、菩萨显化的形象)相对的法身(佛成就一切功德的本来之身,没有具体的形象)。

闲时折叠,千层包裹透虹霓;遇圣才穿,惊动诸天神鬼怕。上边有如意珠、摩尼珠、逼尘珠、定风珠;又有那红玛瑙、紫珊瑚、夜明珠、舍利子。偷月沁白①,与日争红。条条仙气盈空,朵朵祥光捧圣。条条仙气盈空,照彻了天关;朵朵祥光捧圣,影遍了世界。照山川,惊虎豹;影海岛,动鱼龙。沿边两道销金锁②,叩领连环白玉琮③。诗曰:

  三宝巍巍道可尊,四生六道尽评论。
  明心解养人天法④,见性能传智慧灯。
  护体庄严金世界,身心清净玉壶冰。
  自从佛制袈裟后,万劫谁能敢断僧?"

  唐王在那宝殿上闻言,十分欢喜。又问:"那和尚,九环杖有甚好处?"菩萨道:"我这锡杖,是那:

  铜镶铁造九连环,九节仙藤永注颜。
  入手厌看青骨瘦,下山轻带白云还。
  摩呵立祖游天阙⑤,罗卜寻娘破地关⑥。
  不染红尘些子秽⑦,喜伴神僧上玉山。"

  唐王闻言,即命展开袈裟,从头细看,果然是件好物,道:"大

---

①偷月沁白:透出洁白的光泽,像是从月色偷借而来。
②销金锁:用嵌金的丝线密缝。
③叩:同"扣",后皆统改为"扣"。琮(cóng):方柱形中有圆孔的玉器,这里指胸前的玉环。袈裟本无钩纽,斜披在身,后为固定,左胸前加设钩环或纽扣。
④人天:佛教术语,六道轮回中的人道和天道,泛指众生。
⑤摩呵立祖游天阙:不详其义。李卓吾本等"立祖"皆作"五祖",则当指弘忍飞升天宫的故事。据《五祖黄梅宝卷》等弘忍故事:禅宗四祖道信把袈裟、锡杖、钵盂三件宝传与五祖弘忍。弘忍历经投胎修道,度化亲人后,飞升天宫,上奏玉帝。摩呵,也作"摩诃"。梵语音译。意为伟大、繁多,多加在菩萨、尊者名字前表示尊敬。
⑥罗卜寻娘破地关:罗卜即目连(目犍连),释迦牟尼的弟子,号称神通第一。其母坠入饿鬼道中,饮食未入口即变为火炭。目连用法力和功德把母亲拯救出来(据《佛说盂兰盆经》)。
⑦些子:少许,一点儿。

法长老,实不瞒你。朕今大开善教,广种福田①,见在那化生寺聚集多僧,敷演经法。内中有一个大有德行者,法名玄奘。朕买你这两件宝物,赐他受用。你端的要价几何?"菩萨闻言,与木叉合掌皈依,道声佛号,躬身上启道:"既有德行,贫僧情愿送他,决不要钱。"说罢,抽身便走。唐王急着萧瑀扯住,欠身立于殿上,问曰:"你原说袈裟五千两,锡杖二千两,你见朕要买,就不要钱,敢是说朕心倚恃君位,强要你的物件?更无此理。朕照你原价奉偿,却不可推避。"菩萨起手道:"贫僧有愿在前,原说果有敬重三宝,见善随喜,皈依我佛,不要钱,愿送与他。今见陛下明德正善,敬我佛门,况又高僧有德有行,宣扬大法,理当奉上,决不要钱。贫僧愿留下此物告回。"唐王见他这等恳恳,甚喜。随命光禄寺大排素宴酬谢②。菩萨又坚辞不受,畅然而去,依旧望都土地庙中,隐避不题。

却说太宗设午朝,着魏徵赍旨,宣玄奘入朝。那法师正聚众登坛,讽经诵偈③,一闻有旨,随下坛整衣,与魏徵同往见驾。太宗道:"求证善事,有劳法师,无物酬谢。早间萧瑀迎着二僧,愿送锦襕异宝袈裟一件,九环锡杖一条。今特召法师领去受用。"玄奘叩头谢恩。太宗道:"法师如不弃,可穿上与朕看看。"长老遂将袈裟抖开,披在身上,手持锡杖,侍立阶前。君臣个个忻然。诚为如来佛子,你看他:

凛凛威颜多雅秀,佛衣可体如裁就。
晖光艳艳满乾坤,结彩纷纷凝宇宙。
朗朗明珠上下排,层层金线穿前后。

---

① 福田:佛教用语。佛教认为供养布施,行善修德,可受福报,如同播种田亩,会有秋收的好处。
② 光禄寺:官署名,唐以后专司膳食。明代光禄寺主管宫中饮宴、日常膳食等。
③ 讽:诵读。

兜罗四面锦沿边①,万样稀奇铺绮绣。
八宝妆花缚钮丝②,金环束领攀绒扣。
佛天大小列高低,星象尊卑分左右。
玄奘法师大有缘,现前此物堪承受。
浑如极乐活阿罗,赛过西方真觉秀③。
锡杖叮当斗九环,毗卢帽映多丰厚。
诚为佛子不虚传,胜似菩提无诈谬。

当时文武阶前喝采,太宗喜之不胜。即着法师穿了袈裟,持了宝杖;又赐两队仪从,着多官送出朝门,教他上大街行道,往寺里去,就如中状元夸官的一般④。这去玄奘再拜谢恩,在那大街上,烈烈轰轰,摇摇摆摆。你看那长安城里,行商坐贾、公子王孙、墨客文人、大男小女,无不争看夸奖,俱道:"好个法师!真是活罗汉下降,活菩萨临凡。"玄奘直至寺里,僧人下榻来迎。一见他披此袈裟,执此锡杖,都道是地藏王来了,各各归依,侍于左右。玄奘上殿,炷香礼佛,又对众感述圣恩已毕,各归禅座。又不觉红轮西坠,正是那:

日落烟迷草树,帝都钟鼓初鸣。
叮叮三响断人行,前后街前寂静。
上刹晖煌灯火,孤村冷落无声。
禅僧入定理残经,正好炼魔养性。

光阴捻指,却当七日正会。玄奘又具表,请唐王拈香。此时善

---

① 兜罗:即兜罗锦,古代锦名,产于云南等地。明曹昭《格古要论》卷下:"兜罗锦,出南蕃、西蕃,莎罗树子内绵,织者与剪绒相似,阔五六尺,多作被,亦可作衣服。"

② 八宝:也称八吉祥纹。佛教纹饰,包括法轮、法螺、宝伞、白盖、莲花、宝瓶、金鱼、盘肠结八种。钮:即"纽",带子的结扣。

③ 真觉:佛教术语,指佛的最根本的觉悟。这里指得道的高僧。

④ 夸官:读书人考中进士或官员升迁时,排列鼓乐仪仗游街,以示荣耀,城中居民簇拥围观。明袁中道《珂雪斋外集·游居柿(fèi)录》记自己中进士后,夸官数日,"旗帜鲜明,几数百队,通国之人出观"。

声遍满天下。太宗即排驾,率文武多官,后妃国戚,早赴寺里。那一城人,无论大小尊卑,俱诣寺听讲。当有菩萨与木叉道:"今日是水陆正会,以一七继七七①,可矣了。我和你杂在众人丛中,一则看他那会何如,二则看金蝉子可有福穿我的宝贝,三则也听他讲的是那一门经法。"两人随投寺里。正是有缘得遇旧相识,般若还归本道场。入到寺里观看,真个是天朝大国,果胜娑婆②;赛过祇园舍卫③,也不亚上刹招提④。那一派仙音响喨,佛号喧哗,这菩萨直至多宝台边,果然是明智金蝉之相。诗曰:

　　万象澄明绝点埃⑤,大兴玄奘坐高台。
　　超生孤魂暗中到,听法高流市上来。
　　施物应机心路远,出生随意藏门开。
　　对看讲出无量法,老幼人人放喜怀。

又诗曰:

　　因游法界讲堂中⑥,逢见相知不俗同。

---

① 一七继七七:水陆大会一般做四十九天,分为七段,称为一七、二七……一直到七七。
② 娑婆:即"娑婆世界"的省称,梵语音译,是释迦牟尼所教化的三千大千世界的总称。
③ 舍卫:即舍卫城,印度的佛教圣地,传说佛在这里的祇园长期居住讲法。
④ 招提:梵语"拓斗提奢",省作"拓提",后误为"招提",意为四方,后来成为佛寺的代称。
⑤ "万象澄明绝点埃"诗:此诗出自宋僧惟白《文殊指南图赞》中对善财童子第十五参大兴城明智居士的赞语。原诗"玄奘"作"居士",三四句作"求财穷子纷纷到,听法高流叠叠来",七八句作"万般千祥从容落,无量人天饱暖回"。因系对明智居士赞语的改窜,故上文称"果然是明智金蝉之相"。大兴,原指善财童子所参谒的大兴城,此借指长安,隋代称大兴。"施物应机心路远"二句大意是:济度万物,顺应时机,智慧高远,打开随意出生藏法门。据《华严经·入法界品》,明智居士"得随意出生福德藏解脱门,凡有所须,悉满所愿,所谓衣服、璎珞、象马……如是一切资生之物,诸有所须悉令充满"。
⑥ "因游法界讲堂中"诗:此诗出自《文殊指南图赞》对善财童子第四十一参法界讲堂释种瞿波女的赞语。原诗第二句作"逢见瞿波女不同",七八句作"检点人生成好笑,香牙园里杏花红"。

尽说目前千万事,又谈尘劫许多功。
法云容曳舒群岳①,教网张罗满太空。
检点人生归善念,纷纷天雨落花红②。

那法师在台上,念一会《受生度亡经》③,谈一会《安邦天宝篆》,又宣一会《劝修功卷》④。这菩萨近前来,拍着宝台,厉声高叫道:"那和尚,你只会谈小乘教法,可会谈大乘教法么?"玄奘闻言,心中大喜,翻身跳下台来,对菩萨起手道:"老师父,弟子失瞻⑤,多罪。见前的盖众僧人,都讲的是小乘教法,却不知大乘教法如何。"菩萨道:"你这小乘教法,度不得亡者超升,只可浑俗和光而已⑥;我有大乘佛法三

---

① 法云:佛教比喻佛法如云,能覆盖一切。下文"教网"同此义。容曳:宽松舒展的样子。
② 纷纷天雨落花红:佛经常谓佛陀讲经,能感动天神,布散香花。《法华经·序品》:"佛说此经已,结加趺坐。……是时天雨曼陀罗华、摩诃曼陀罗华、曼殊沙华、摩诃曼殊沙华,而散佛上及诸大众。"
③ 《受生度亡经》:一种超度亡魂的经典,其产生、发展有一个逐渐演化、吸收中国民间信仰的过程。唐代佛教百科全书《法苑珠林》提到《五道受生经》的一段,其中内容见于《中阴经》,有超度死后众生的内容。佛典中又有一种托为"唐三藏法师"传授的《寿生经》("寿"也写作"受"),当出现较晚,说人投胎时,要在冥司借一定量的"寿生钱",才能投胎为人,渐渐冥司钱库已空。所以人应趁生时及时烧还这些钱,存入冥司库中,不可拖欠。道教有《五斗金章受生真经》、《城隍度亡真经》等,其内容与《寿生经》相似。民间还流传着一种《佛说度亡妙经》,其内容驳杂不堪,当是民间所为。结合第十回唐太宗曾在冥司挪借了相良所存一库金银的情节来看,这里的《受生度亡经》,当是已经与道教及民俗相融合的《寿生经》。
④ 《安邦天宝篆》《劝修功卷》:不是佛典,更不是所谓"小乘教法",而是民间劝善修行之类的宝卷。现存宝卷中有《安天宝卷》、《劝修宝卷》(又称《王花宝卷》)、《劝修行》(又称《猫猊劝修宝卷》)。道教符书常用篆书写成,称"宝篆""丹篆"。民间宝卷也有以篆为名者,以示神秘,如黄天教《珇璃印记文篆》《白花玉篆》。谈:即"谈经",用浅近平易的方式讲说经典,包括宣讲故事,唱念韵文等。宣:即"宣卷",僧道、艺人依宝卷对众宣唱。
⑤ 失瞻:敬语,意思是失于瞻仰拜候。
⑥ 浑俗和光:比喻不露锋芒,与世无争。浑俗,与世俗混同。和光,掩盖自己的光芒。

藏,能超亡者升天,能度难人脱苦,能修无量寿身①,能作无来无去②。"

正讲处,有那司香巡堂官急奏唐王道:"法师正讲谈妙法,被两个疥癞游僧,扯下来乱说胡话。"王令擒来,只见许多人将二僧推拥进后法堂。见了太宗,那僧人手也不起,拜也不拜,仰面道:"陛下问我何事?"唐王却认得他,道:"你是前日送袈裟的和尚?"菩萨道:"正是。"太宗道:"你既来此处听讲,只该吃些斋便了,为何与我法师乱讲,扰乱经堂,误我佛事?"菩萨道:"你那法师讲的是小乘教法,度不得亡者升天。我有大乘佛法三藏,可以度亡脱苦,寿身无坏。"太宗正色喜问道:"你那大乘佛法,在于何处?"菩萨道:"在大西天天竺国大雷音寺我佛如来处,能解百冤之结,能消无妄之灾。"太宗道:"你可记得么?"菩萨道:"我记得。"太宗大喜道:"教法师引去,请上台开讲。"

那菩萨带了木叉,飞上高台,遂踏祥云,直至九霄,现出救苦原身,托了净瓶杨柳。左边是木叉惠岸,执着棍,抖擞精神。喜的个唐王朝天礼拜,众文武跪地焚香,满寺中僧尼道俗,士人工贾,无一人不拜祷道:"好菩萨! 好菩萨!"有调为证,但见那:

瑞霭散缤纷,祥光护法身。九霄华汉里,现出女真人。那菩萨,头上戴一顶:金叶纽,翠花铺,放金光,生锐气的垂珠缨络;身上穿一领:淡淡色,浅浅妆,盘金龙,飞彩凤的结素蓝袍;胸前挂一面:对月明,舞清风,杂宝珠,攒翠玉的砌香环珮;腰间系一条冰蚕丝,织金边,登彩云,促瑶海的锦绣绒裙;面前又领一个飞东洋,游普世,感恩行孝,玉毛红嘴白鹦歌③;手内托着一个施恩济世的宝瓶,瓶内插着

---

① 无量寿身:无量寿本是阿弥陀佛的意译,这里"无量寿身"意即长生不老。
② 无来无去:佛教认为成佛之后,就到达了无生无灭的境界,这里的无来无去也同此意。谓如来之法身常住。《金刚经》:"如来者,无所从来,亦无所去,故名如来。"
③ 白鹦歌:也作白鹦哥、白鹦鸽。《杂宝藏经》卷一中有"鹦鹉子供养盲父母"故事,讲述佛前生曾做过雪山上的一只鹦鹉,父母眼盲,鹦鹉便采摘花果谷物奉献父母。后民间遂传说此鹦鸽被观音菩萨所收。例如《鹦鸽宝卷》称"小鹦哥敬孝心感动天地,惊动了南海的观音老母,观音佛收鹦鸽莲台座下,叫鹦鸽扁毛虫脱化全身"。《玉芝堂谈荟》卷三十四:"开元中,岭南献白鹦鹉……上及贵妃皆呼雪衣娘。"能诵《心经》。宋周韶《求落籍》:"开笼若放雪衣女,应念观音般若经。"故是白鹦哥。

一枝:洒青霄,撒大恶,扫开残雾垂杨柳。玉环穿绣扣,金莲足下深。三天许出入,这才是救苦救难观世音。

喜的个唐太宗,忘了江山;爱的那文武官,失却朝礼;盖众多人,都念"南无观世音菩萨"。太宗即传旨,教巧手丹青描下菩萨真象。旨意一声,选出个图神写圣远见高明的吴道子①。此人即后图功臣于凌烟阁者②。当时展开妙笔,图写真形。那菩萨祥云渐远,霎时间不见了金光。只见那半空中,滴溜溜落下一张简帖,上有几句颂子③,写得明白。颂曰:

礼上大唐君,西方有妙文。
程途十万八千里④,乘十进殷勤⑤。

---

① 吴道子:唐代著名画家,后世称为"画圣",吴道子生于唐睿宗年间(约680年以后),不可能在唐太宗的时代(599—649年)活动,这里是作者的虚构。
② 凌烟阁:唐太宗命画家阎立本画了开国二十四位功臣的像,悬挂在凌烟阁内,表示纪念。这里说是吴道子所画,是民间传闻的混淆。
③ 颂子:即偈颂,佛经中的唱颂词。
④ 十万八千里:历史上的玄奘西行求法,行程约五万里。十万八千里是旧传中国至天竺的距离,也是《坛经》所谓距西方极乐世界的距离。《坛经·决疑品》刺史韦璩问慧能大师:"弟子常见僧俗念阿弥陀佛,愿生西方。请和尚说,得生彼否?愿为破疑。"慧能说:"世尊在舍卫城中,说西方引化,经文分明,去此不远。若论相说里数有十万八千,即身中十恶八邪,便是说远。"并说:"先除十恶,即行十万;后除八邪,乃过八千。"唐李华《东都圣禅寺无畏三藏碑》记善无畏之师,那烂陀寺高僧法护有神通,在中国白马寺受了斋供,顷刻返回天竺。旁人"见油饵尚温,粟饭余暖,愕而叹曰:中国去此十万八千里,是彼朝熟而午时至,此何神速也"。然而西方极乐世界本是阿弥陀佛的佛国土,与天竺原无关系。明莲池袾宏大师《阿弥陀经疏钞》辨之曰:"《坛经》十万八千者,讹指今西域也","《坛经》又言西方去此十万八千里,是错以五天竺等为极乐也"。袾宏认为这是《坛经》记录者的讹误,或是慧能大师借天竺喻西方极乐。《西游记》中多处认为释迦牟尼所在的天竺即极乐世界,甚至认为释迦牟尼即阿弥陀佛,是一种或有意或无意的误解。
⑤ 乘十:不详其意。李卓吾本作"乘大",亦不通。乘十可能是"乘时"或"乘早"之误,或是"十乘"之意。佛教天台宗有观不思议境、发菩提心等十种方法,并将此法比喻为通往彼岸的车乘。故称"十乘"或"十乘观"。

此经回上国,能超鬼出群。

若有肯去者,求正果金身。

太宗见了颂子,即命众僧:"且收胜会,待我差人取得大乘经来,再秉丹诚,重修善果。"众官无不遵依。

当时在寺中问曰:"谁肯领朕旨意,上西天拜佛求经?"问不了,傍边闪过法师,帝前施礼道:"贫僧不才,愿效犬马之劳,与陛下求取真经,祈保我王江山永固。"唐王大喜,上前将御手扶起道:"法师果能尽此忠贤,不怕程途遥远,跋涉山川,朕情愿与你拜为兄弟。"玄奘顿首谢恩。唐王果是十分贤德,就去那寺里佛前,与玄奘拜了四拜,口称"御弟圣僧"。玄奘感谢不尽道:"陛下,贫僧有何德何能,敢蒙天恩眷顾如此?我这一去,定要捐躯努力,直至西天;如不到西天,不得真经,即死也不敢回国,永堕沉沦地狱。"随在佛前拈香,以此为誓①。唐王甚喜,即命回銮,待选良利日辰,发牒出行②,遂此驾回各散。

玄奘亦回洪福寺里。那本寺多僧与几个徒弟,早闻取经之事,都来相见,因问:"发誓愿上西天,实否?"玄奘道:"是实。"他徒弟道:"师父呵,尝闻人言,西天路远,更多虎豹妖魔;只怕有去无回,难保身命。"玄奘道:"我已发了洪誓大愿,不取真经,永堕沉沦地狱。大抵是受王恩宠,不得不尽忠以报国耳。我此去真是渺渺茫茫,吉凶难定。"又道:"徒弟们,我去之后,或三二年,或五七年,但看那山门里松枝头向东③,我即回来;不然,断不回矣。"众徒将此言切切而记。

---

① 以此为誓:《大唐大慈恩寺三藏法师传》卷一记载,玄奘出发前,曾发愿"若不至天竺,终不东归一步"。

② 牒:证件,凭证。这里唐王与玄奘拜为兄弟,并颁给通关文牒的故事,其原型是玄奘在西域高昌国的经历。据《大慈恩寺三藏法师传》卷一,玄奘经过高昌国时,受到国王麴文泰的敬重,并挽留他常住高昌。玄奘执意要前往印度,麴文泰苦留不住,便与其"约为兄弟",赠他大量侍从、金钱、马匹,"又作二十四封书,通屈支等二十四国",确保玄奘畅通无阻,大大减少了玄奘此后旅途上的艰难危险。

③ 松枝头向东:参见第一百回"'松树枝头'以下数句"条注。

次早,太宗设朝,聚集文武,写了取经文牒,用了通行宝印。有钦天监奏曰:"今日是人专吉星①,堪宜出行远路。"唐王大喜。又见黄门官奏道:"御弟法师朝门外候旨。"随即宣上宝殿道:"御弟,今日是出行吉日。这是通关文牒。朕又有一个紫金钵盂,送你途中化斋而用。再选两个长行的从者,又银镉的马一匹②,送为远行脚力。你可就此行程。"玄奘大喜,即便谢了恩,领了物事,更无留滞之意。

唐王排驾,与多官同送至关外,只见那洪福寺僧与诸徒将玄奘的冬夏衣服,俱送在关外相等。唐王见了,先教收拾行囊、马匹俱备,然后着宫人执壶酌酒。太宗举爵,又问曰:"御弟雅号甚称③?"玄奘道:"贫僧出家人,未敢称号。"太宗道:"当时菩萨说,西天有经三藏。御弟可指经取号,号作'三藏'④,何如?"玄奘又谢恩,接了御酒道:"陛下,酒乃僧家头一戒,贫僧自为人,不会饮酒。"太宗道:"今日之行,比他事不同。此乃素酒⑤,只饮此一杯,以尽朕奉饯之意。"三

---

① 人专吉星:道教观星择日术有一种"九星择日法",认为天有九星:妖星、或星、禾刀、煞贡、直星、卜木、角巳、人专、立早。每天都有相应的星当值,主管当天祸福,人专是吉星,此星当值的日子,适合移徙、开张、嫁娶等(见《九天上圣秘传金符经》)。

② 银镉的马:即银骝马(银合马),蒙古著名的白马。参见第四回"'骅骝骐骥'数句"条注。《新说西游记》作"钦赐白马",亦可通。

③ 雅号:僧人常用之字号。僧人本有法名,法名外也取字号,称道号、表德号等,一般以所居之地名,所表示之追求命名,例如澄观又称清凉,宗密又称圭峰。旁人往往不称僧人法名而称其字号。日本僧人无著道忠《禅林象器笺·称呼类下·雅号》:"有雅而呼者,有谑而名者,有诮而称者。"宋释晓莹《罗湖野录》:"湖州西余净端禅师,字表明。观弄狮子,顿契心法","自是丛林雅号为端狮子"。

④ 三藏:佛教经典包括经、律、论三个方面,称"三藏"。印度尊称通晓这三方面经典的高僧为"三藏法师"、"三藏比丘",或径称"三藏"。

⑤ 素酒:指酒精度较低,使人饮后不至昏醉乱性的酒。如葡萄酒、米酒等(参周岩壁《〈西游记〉和〈水浒传〉中的素酒与荤酒》一文),相对于荤酒(酒精度高易致醉的酒)而言。

藏不敢不受。接了酒，方待要饮，只见太宗低头，将御指拾一撮尘土，弹入酒中。三藏不解其意，太宗笑道："御弟呵，这一去，到西天，几时可回？"三藏道："只在三年，径回上国。"太宗道："日久年深，山遥路远，御弟可进此酒。宁恋本乡一捻土，莫爱他乡万两金。"三藏方悟捻土之意，复谢恩饮尽，辞谢出关而去。唐王驾回。

毕竟不知此去何如，且听下回分解。

第十三回

陷虎穴金星解厄　双叉岭伯钦留僧

诗曰：
　　大有唐王降敕封①，钦差玄奘问禅宗②。
　　坚心磨琢寻龙穴，着意修持上鹫峰。
　　边界远游多少国，云山前度万千重。
　　自今别驾投西去，秉教迦持悟大空。

却说三藏自贞观十三年九月望前三日③，蒙唐王与多官送出长安关外。一二日马不停蹄，早至法门寺④。本寺住持上房长老，带领众僧有五百余人⑤，两边罗列，接至里面，相见献茶。茶罢进斋，斋后不觉天晚。正是那：
　　影动星河近，月明无点尘。
　　雁声鸣远汉⑥，砧韵响西邻⑦。
　　归鸟栖枯树，禅僧讲梵音。
　　蒲团一榻上，坐到夜将分。

众僧们灯下议论佛门定旨，上西天取经的原由。有的说水远山

---

①大有：《周易》的一卦，表示丰富，宽广。
②禅宗：原指由达摩祖师创始的佛教宗派名。这里"禅"代指佛教，"禅宗"意即佛教本源。
③望前三日：即十二日。望，阴历每月十五日。
④法门寺：位于今陕西扶风县，离长安约一百公里，据说里面藏有释迦牟尼的灵骨。
⑤带领：原作"滞头"，据杨闽斋本改。
⑥汉：即"河汉"，银河。
⑦砧韵：捣衣声的美称。砧，古代洗衣服时，要把衣服放在石头上，用木杵捶捣。此石称捣衣砧。

高,有的说路多虎豹;有的说峻岭陡崖难度,有的说毒魔恶怪难降。三藏拑口不言,但以手指自心,点头几度。众僧们莫解其意,合掌请问道:"法师指心点头者,何也?"三藏答曰:"心生种种魔生,心灭种种魔灭①。我弟子曾在化生寺对佛设下洪誓大愿,不由我不尽此心。这一去,定要到西天,见佛求经,使我们法轮回转②,愿圣王皇图永固③。"众僧闻得此言,人人称羡,个个宣扬,都叫一声:"忠心赤胆大阐法师!"夸赞不尽,请师入榻安寐。

早又是竹敲残月落,鸡唱晓云生。那众僧起来,收拾茶水早斋。玄奘遂穿了袈裟,上正殿,佛前礼拜,道:"弟子陈玄奘,前往西天取经,但肉眼愚迷,不识活佛真形。今愿立誓:路中逢庙烧香,遇佛拜佛,遇塔扫塔。但愿我佛慈悲,早现丈六金身,赐真经,留传东土。"祝罢,回方丈进斋。斋毕,那二从者整顿了鞍马,促㑩行程④。三藏出了山门,辞别众僧。众僧不忍分别,直送有十里之遥,噙泪而返。三藏遂直西前进。正是那季秋天气⑤,但见:

数村木落芦花碎,几树枫杨红叶坠。

路途烟雨故人稀。黄菊丽,山骨细⑥,水寒荷破人憔悴。

白蘋红蓼霜天雪,落霞孤鹜长空坠。

---

① "心生种种魔生"二句:《坛经》记慧能临终时说"心生种种法生,心灭种种法灭"。此处的"法",佛教指一切事物和现象(自然也包括"魔"在内)。
② 法轮:比喻佛讲的法圆通无碍,运转不息,能像轮一样摧破众生的烦恼。轮,一种古印度的兵器。
③ 皇图:原指封建王朝的版图,引申为王朝的统治。
④ 促㑩:催促赶路。㑩,同"趱"。加快,赶快。
⑤ 季秋:秋天的最后一个月,即农历九月。季,最后。
⑥ 山骨:山中的岩石。晋张华《博物志》卷一:"地以名山为辅佐,石为之骨,川为之脉,草木为之毛,土为之肉。"

依稀黯淡野云飞。玄鸟去①,宾鸿至②,嘹嘹呖呖声宵碎③。

师徒们行了数日,到了巩州城④。早有巩州合属官吏人等,迎接入城中。安歇一夜,次早出城前去。一路饥餐渴饮,夜住晓行者三日,又至河州卫⑤。此乃是大唐的山河边界。早有镇边的总兵与本处僧道,闻得是钦差御弟法师,上西方见佛,无不恭敬;接至里面供给了,着僧纲请往福原寺安歇。本寺僧人,一一参见,安排晚斋。斋毕,分付二从者饱喂马匹,天不明就行。及鸡方鸣,随唤从者,却又惊动寺僧,整治茶汤斋供。斋罢,出离边界。

这长老心忙,太起早了。原来此时秋深时节,鸡鸣得早,只好有四更天气。一行三人,连马四口,迎着清霜,看着明月,行有数十里远近,见一山岭,只得拨草寻路,说不尽嵚崎难走⑥,又恐怕错了路径。正疑思之间,忽然失足,三人连马都跌落坑坎之中。三藏心慌,从者胆战。却才悚惧,又闻得里面哮吼高呼,叫:"拿将来!拿将来!"只见狂风滚滚,推出五六十个妖邪⑦,将三藏、从者揪了上去。这法师战战兢兢的,偷睛观看,上面坐的那魔王,十分凶恶。真个是:

---

① 玄鸟:燕子。玄,黑色。传说商代始祖契是其母简狄吞玄鸟(燕)卵而生。《诗经·商颂·玄鸟》:"天命玄鸟,降而生商。"
② 宾鸿:大雁。因为大雁经常在南方和北方之间飞来飞去,像作宾客一样,故称"宾鸿"。
③ 嘹嘹呖呖:也作"嘹嘹唳唳"。声音响亮凄清。宵碎:细碎。
④ 巩州:历史上的巩州有两个。唐太宗的时代还没有巩州,后来唐设立巩州,在现在的四川珙县。宋代的巩州在现在的甘肃陇西。这里指的是宋代之后的巩州。
⑤ 河州卫:卫是卫所,这是明代的称呼,唐朝没有"卫"这种行政区划,河州卫在现在的甘肃临夏。明洪武三年(1370),明将邓愈攻取河州,并于翌年设立河州卫,卫指挥使由汉族将军担任。这也是明朝在西北藏族地区设立卫所制的开端。故这里称是"大唐(实指'大明')的山河边界"。
⑥ 嵚(xī)崎:崎岖。
⑦ 推:疑为"拥"(拥)之形误。

雄威身凛凛，猛气貌堂堂。
　　电目飞光艳，雷声振四方。
　　锯牙舒口外，凿齿露腮旁。
　　锦绣围身体，文斑裹脊梁①。
　　钢须稀见肉，钩爪利如霜。
　　东海黄公惧②，南山白额王③。

唬得个三藏魂飞魄散，二从者骨软筋麻。魔王喝令绑了，众妖一齐将三人用绳索绑缚。正要安摆吞食，只听得外面喧哗，有人来报："熊山君与特处士二位来也。"三藏闻言，抬头观看，前走的是一条黑汉，你道他是怎生模样：

　　雄豪多胆量，轻健夯身躯④。
　　涉水惟凶力，咆林逞怒威。
　　向来符吉梦⑤，今独露英姿。
　　绿树能攀折，知寒善谕时。
　　唯灵惟显处，故此号山君。

又见那后边来的是一条胖汉。你道怎生模样：

　　嵯峨双角冠，端肃耸肩背。
　　性服青衣稳，蹄步多迟滞。
　　宗名父作牯，原号母称牸⑥。

---

① 斑：原作"班"。宋司马光《石松》："不久应为石，莓苔旧已班。"今随文改作常用字，后不出注。
② 东海黄公：《西京杂记》卷三记载，汉代东海有个叫黄公的人，能用法术降伏老虎。后来年迈力衰，饮酒过度，法术失效，反被虎所害。
③ 白额：猛虎。《晋书·周处传》记载，周处年轻时凶横强暴，乡人以南山白额猛虎、长桥下蛟和周处为"三害"。后周处悔过，杀虎斩蛟，终成忠臣。
④ 夯(bèn)：笨，呆。下文形容猪八戒的"夯货""夯力气"与此相同。
⑤ 吉梦：《诗经·小雅·南山》："吉梦维何？维熊维罴。"意思是如果梦到熊，就会生男孩子。
⑥ 牯(gǔ)：俗称阉割过的公牛。牸(zì)：母牛。

能为田者功,因名特处士①。

这两个摇摇摆摆,走入里面,慌得那魔王奔出迎接。熊山君道:"寅将军②,一向得意,可贺!可贺!"特处士道:"寅将军丰姿胜常,真可喜!真可喜!"魔王道:"二公连日如何?"山君道:"惟守素耳③。"处士道:"惟随时耳④。"三个叙罢,各坐谈笑。

只见那从者绑得痛切悲啼。那黑汉道:"此三者何来?"魔王道:"自送上门来者。"处士笑云:"可能待客否?"魔王道:"奉承!奉承!"山君道:"不可尽用,食其二,留其一可也。"魔王领诺,即呼左右,将二从者剖腹剜心,剁碎其尸。将首级与心肝奉献二客,将四肢自食,其余骨肉分给各妖。只听得啯啅之声⑤,真似虎啖羊羔,霎时食尽。把一个长老几乎唬死。这才是初出长安第一场苦难。

正怆慌之间,渐渐的东方发白。那二怪至天晓方散,俱道:"今日厚扰,容日竭诚奉酬。"方一拥而退。不一时,红日高升。三藏昏昏沉沉,也辨不得东西南北,正在那不得命处,忽然见一老叟,手持拄杖而来。走上前,用手一拂,绳索皆断,对面吹了一口,三藏方苏,跪拜于地道:"多谢老公公搭救贫僧性命。"老叟答礼道:"你起来。你可曾疏失了甚么东西?"三藏道:"贫僧的从人,已是被怪食了;只不知行李、马匹在于何处。"老叟用杖指定道:"那厢不是一匹马,两个包袱?"三藏回头看时,果是他的物件,并不曾失落,心才略放下些。问老叟曰:"老公公,此处是甚所在?公公何由在此?"老叟道:

---

① 特:公牛。处士:隐居的士人。这里的山君、处士都是熊精和牛精的自称。《太平广记·牛异》"宁茵"条:唐大中年间有秀才宁茵,夜吟于庭中,忽有二人相访,自称是"桃林斑特处士"与"南山斑寅将军",天明发现二人乃是牛、虎成精。

② 寅将军:十二生肖中寅属虎,故此处虎精称寅将军。

③ 守素:原意是保持平生的素志。这里是妖精附庸风雅的说法,意思是一直吃不上肉。

④ 随时:指饮食跟着季节时令,若无食物则吃不上。

⑤ 啯啅(guō zhào):吞咽食物的声音。

"此是双岐岭①,乃虎狼巢穴处。你为何堕此?"三藏道:"贫僧鸡鸣时出河州卫界,不料起得早了,冒霜拨露,忽失落此地。见一魔王,凶顽太甚。将贫僧与二从者绑了。又见一条黑汉,称是熊山君;一条胖汉,称是特处士;走进来,称那魔王道寅将军②。他三个把我二从者吃了,天光才散。不想我是那里有这大缘大分,感得老公公来此救我?"老叟道:"处士者是个野牛精。山君者是个熊罴精。寅将军者是个老虎精。左右妖邪,尽都是山精树鬼,怪兽苍狼。只因你的本性元明③,所以吃不得你。你跟我来,引你上路。"三藏不胜感激,将包袱挶在马上④,牵著缰绳,相随老叟径出了坑坎之中,走上大路。却将马拴在道旁草头上,转身拜谢那公公,那公公遂化作一阵清风,跨一只朱顶白鹤,腾空而去。只见风飘飘遗下一张简帖,书上四句颂子。颂子云:

"吾乃西天太白星,特来搭救汝生灵。
前行自有神徒助,莫为艰难报怨经。"

三藏看了,对天礼拜道:"多谢金星,度脱此难。"拜毕,牵了马匹,独自个孤孤恓恓,往前苦进。这岭上真个是:

寒飒飒雨林风,响潺潺涧下水。香馥馥野花开,密丛丛乱石磊。闹嚷嚷鹿与猿,一队队獐和麂⑤。嗜杂杂鸟声多,静悄悄人事靡⑥。那长老,战兢兢心不宁;这马儿,力怯怯蹄难举。

三藏舍身拼命,上了那峻岭之间。行经半日,更不见个人烟村舍。一则腹中饥了,二则路又不平。正在危急之际,只见前面有两

---

①岐(chā):岐岈,山峰参差耸立的样子。
②那:原作"即"。世德堂本常误刻"那"为"即",今改正,后不出注。道:原作"送",误,李本作"是",下文"伯钦道母亲呵",道原亦误为"送",今改正。
③元明:佛教术语,意思是众生固有的清净光明的本性。
④挶在马上:即将行李跨在马上,两头垂下。马上用的褡裢又称"挶马子"。挶,跨置。
⑤麂(jǐ):一种小鹿。
⑥人事靡:人烟稀少。

双猛虎咆哮,后边有几条长蛇盘绕。左有毒虫,右有怪兽。三藏孤身无策,只得放下身心,听天所命。又无奈那马腰软蹄弯,便是俱下①,伏倒在地,打又打不起,牵又牵不动。苦得个法师衬身无地,真个有万分凄楚,已自分必死,莫可奈何。

却说他虽有灾迍②,却有救应。正在那不得命处,忽然见毒虫奔走,妖兽飞逃,猛虎潜踪,长蛇隐迹。三藏抬头看时,只见一人,手执钢叉,腰悬弓箭,自那山坡前转出,果然是一条好汉。你看他:

头上戴一顶艾叶花斑豹皮帽,身上穿一领羊绒织锦叵罗衣③,腰间束一条狮蛮带,脚下踹一对麂皮靴。环眼圆睛如吊客,圈须乱扰似河奎④。悬一囊毒药弓矢,拿一杆点钢大叉⑤。雷声震破山虫胆,勇猛惊残野雉魂。

三藏见他来得渐近,跪在路傍,合掌高叫道:"大王救命!大王救命!"那条汉到边前,放下钢叉,用手搀起道:"长老休怕。我不是歹人,我是这山中的猎户,姓刘名伯钦,绰号镇山太保⑥。我才自来,要寻两只山虫食用,不期遇著你,多有冲撞。"三藏道:"贫僧是大唐驾下钦差往西天拜佛求经的和尚。适间来到此处,遇著些狼虎蛇

---

① 便是:应作"便屎"。
② 灾迍:同"灾屯"。
③ 叵(pǒ)罗衣:明曹昭《格古要论》卷下"叵罗"条称:叵罗出产于甘肃,用羊绒毛织成,宽一尺许。明方以智《物理小识·衣服类》将叵罗归入"锦丝类",应与藏族毛织品"氆氇"相类。叵罗常作猎人的服饰,明徐渭《边词》描写猎人"窄袖银貂茜叵罗"。
④ 吊客、河奎:都是凶神的名字。吊客,流年十二神煞之一。星命家认为人一生每年的运气都不一样,称流年。每年都有一位神煞主管,除吊客外还有官符、白虎、龙德等,共十二位。吊客主凶败死亡。河奎,又作"河魁",六壬十二神之一。六壬是古代的一种占卜术,这种占术认为,十二地支各有神将,如正月将为登明,三月将为从魁,六月将为胜光等。河魁为二月将,为凶神,主逃亡、损耗等事。
⑤ 点钢:经淬火处理的钢铁。
⑥ 太保:本是官名,宋元以来用作对绿林好汉或术士的尊称。

第十三回　陷虎穴金星解厄　双叉岭伯钦留僧

虫,四边围绕,不能前进。忽见太保来,众兽皆走,救了贫僧性命,多谢! 多谢!"伯钦道:"我在这里住人,专倚打些狼虎为生,捉些蛇虫过活,故此众兽怕我走了。你既是唐朝来的,与我都是乡里。此间还是大唐的地界,我也是唐朝的百姓。我和你同食皇王的水土,诚然是一国之人,你休怕,跟我来。到我舍下歇马,明朝我送你上路。"三藏闻言,满心欢喜。谢了伯钦,牵马随行。

　　过了山坡,又听得呼呼风响。伯钦道:"长老休走,坐在此间。风响处,是个山猫来了,等我拿他家去管待你。"三藏见说,又胆战心惊,不敢举步。那太保执了钢叉,拽开步,迎将上去。只见一只斑斓虎,对面撞见。他看见伯钦,急回头就走。这太保霹雳一声,咄道:"那业畜! 那里走!"那虎见赶急,转身轮爪扑来。这太保三股叉举手迎敌,唬得个三藏软瘫在草地。这和尚自出娘肚皮,那曾见这样凶险的勾当? 太保与那虎在那山坡下,人虎相持,果是一场好斗。但见:

　　怒气纷纷,狂风滚滚。怒气纷纷,太保冲冠多臂力;狂风滚滚,斑彪逞势喷红尘①。那一个张牙舞爪,这一个转步回身。三股叉擎天幌日,千花尾扰雾飞云。这一个当胸乱刺,那一个劈面来吞。闪过的再生人道,撞着的定见阎君。只听得那斑彪哮吼,太保声哏。斑彪哮吼,振裂山川惊鸟兽;太保声哏②,喝开天府现星辰。那一个金睛努出,这一个壮胆生嗔。可爱镇山刘太保,堪夸据地兽之君。人虎贪生争胜负,些儿有慢丧三魂。

　　他两个斗了有一个时辰,只见那虎爪慢腰松,被太保举叉平胸刺倒,可怜呵,钢叉尖穿透心肝,霎时间血流满地。揪著耳朵,拖上路来,好男子! 气不连喘,面不改色,对三藏道:"造化! 造化! 这只山猫,勾长老食用一日。"三藏夸赞不尽,道:"太保真山神也!"伯钦道:"有何本事,敢劳过奖? 这个是长老的洪福。去来! 赶早儿剥了

---

①斑彪:老虎身上的纹饰,引申为虎。
②哏:即"狠"。

皮,煮些肉,管待你也。"他一只手执著叉,一只手拖着虎,在前引路。三藏牵着马,随后而行。

迤逦行过山坡,忽见一座山庄。那门前真个是:

参天古树,漫路荒藤。万壑风尘冷,千崖气象奇。一径野花香袭体,数竿幽竹绿依依。卓门栖①,篱笆院,堪描堪画;石板桥,白土壁,真乐真稀。秋容潇索,爽气孤高。道傍黄叶落,岭上白云飘。疏林内山禽聒聒,庄门外细犬嘹嘹。

伯钦到了门首,将死虎掷下,叫:"小的们何在?"只见走出三四个家僮,都是怪形恶相之类,上前拖拖拉拉,把只虎扛将进去。伯钦分付教:"赶早剥了皮,安排将来待客。"复回头迎接三藏进内。彼此相见,三藏又拜谢伯钦厚恩怜悯救命。伯钦道:"同乡之人,何劳致谢。"坐定茶罢,有一老妪,领着一个媳妇,对三藏进礼。伯钦道:"此是家母、小妻。"三藏道:"请令堂上坐,贫僧奉拜。"老妪道:"长老远客,各请自珍,不劳拜罢。"伯钦道:"母亲呵,他是唐王驾下,差往西天见佛求经者。适间在岭头上遇着孩儿,孩儿念一国之人,请他来家歇马,明日送他上路。"老妪闻言,十分欢喜道:"好!好!好!就是请他,不得这般恰好。明日你父亲周忌②,就浼长老做些好事③,念卷经文,到后日送他去罢。"这刘伯钦虽是一个杀虎手,镇山的太保,他却有些孝顺之心。闻得母言,就要安排香纸,留住三藏。

说话间,不觉的天色将晚。小的们排开桌凳,拿几盘烂熟虎肉,热腾腾的放在上面。伯钦请三藏权用,再另办饭。三藏合掌当胸道:"善哉!贫僧不瞒太保说,自出娘胎,就做和尚,更不晓得吃荤。"伯钦闻得此说,沉吟了半响道:"长老,寒家历代以来,不晓得吃素;就是有些竹笋,采些木耳,寻些干菜,做些豆腐,也都是獐鹿虎豹的油煎,却无甚素处。有两眼锅灶,也都是油腻透了,这等奈何?反是

---

①卓门栖:《新说西游记》作"草门楼"。
②周忌:死者的周年忌日。
③浼(měi):央求,请求。

我请长老的不是。"三藏道:"太保不必多心,请自受用。我贫僧就是三五日不吃饭,也可忍饿,只是不敢破了斋戒。"伯钦道:"倘或饿死,却如之何?"三藏道:"感得太保天恩,搭救出虎狼丛里,就是饿死,也强如喂虎。"

　　伯钦的母亲闻说,叫道:"孩儿不要与长老闲讲,我自有素物,可以管待。"伯钦道:"素物何来?"母亲道:"你莫管我,我自有素的。"叫媳妇将小锅取下,着火烧了油腻,刷了又刷,洗了又洗,却仍安在灶上。先烧半锅滚水别用;却又将些山地榆叶子①,着水煎作茶汤;然后将些黄粱粟米,煮起饭来;又把些干菜煮熟;盛了两碗,拿出来铺在桌上。老母对三藏道:"长老请斋。这是老身与儿妇,亲自动手整理的些极洁极净的茶饭。"三藏下来谢了,方才上坐。那伯钦另设一处,铺排些没盐没酱的老虎肉、香獐肉、蟒蛇肉、狐狸肉、兔肉点剁、鹿肉干巴②,满盘满碗的,陪着三藏吃斋。方坐下,心欲举箸,只见三藏合掌诵经,唬得个伯钦不敢动箸,急起身立在傍边。三藏念不数句,却教:"请斋。"伯钦道:"你是个念短头经的和尚③?"三藏道:"此非是经,乃是一卷揭斋之咒④。"伯钦道:"你们出家人,偏有许多计较,吃饭便也念诵念诵。"

　　吃了斋饭,收了盘碗,渐渐天晚,伯钦引着三藏出中宅,到后边

---

① 山地榆:一种野菜,又名珍珠菜、扯根菜等。
② 兔肉点剁、鹿肉干巴:兔肉剁成的碎块,鹿肉制成的肉干。点剁,剁碎的肉。《笑林广记·讥刺部·担鬼人》:"钟馗好吃鬼,其妹送他寿礼,帖上写云:'酒一坛,鬼两个,送与哥哥做点剁。哥哥若嫌礼物少,连挑担的是三个。'"干巴,干硬的食物。
③ 短头经:篇幅很短的经咒。
④ 揭斋之咒:即僧人用饭前所念的偈颂、咒语。如早斋时应念"法力不思议。大悲无障碍。七粒遍十方。普施周沙界。唵度利益莎诃"七遍。午斋时应念"大鹏金翅鸟。旷野鬼神众。罗刹鬼子母。甘露悉充满。唵穆帝莎诃"七遍。大意是食物不易得,要用斋前要施食给无食的饿鬼,以解其饥饿;金翅鸟吃龙,鬼子母吃儿童,要预先施食给它们,以避免它们为祸。可参见《黄檗清规》《沙门日用》等佛教戒律类典籍。

走走。穿过夹道,有一座草亭。推开门,入到里面,只见那四壁上挂几张强弓硬弩,插几壶箭;过梁上搭两块血腥的虎皮;墙根头插着许多枪刀叉棒;正中间设两张坐器。伯钦请三藏坐坐。三藏见这般凶险醃藏①,不敢久坐,遂出了草亭。又往后再行,是一座大园子,却看不尽那丛丛菊蕊堆黄,树树枫杨挂赤。又见呼的一声,跑出十来只肥鹿,一大阵黄獐②,见了人,呢呢痴痴③,更不恐惧。三藏道:"这獐鹿想是太保养家了的?"伯钦道:"似你那长安城中人家,有钱的集财宝,有庄的集聚稻粮;似我们这打猎的,只得聚养些野兽,备天阴耳。"他两个说话闲行,不觉黄昏,复转前宅安歇。

次早,那家老小都起来,就整素斋,管待长老,请开启念经。这长老净了手,同太保家堂前拈了香④,拜了家堂。三藏方敲响木鱼,先念了净口业的真言⑤,又念了净身心的神咒⑥,然后开《度亡经》一

---

① 醃藏:即"肮脏"。
② 一大阵:一大群,一伙。
③ 呢呢痴痴:形容温柔驯良的神态。
④ 家堂:本指安放祖先神位的房间,后来专指祖先的神位。
⑤ 净口业的真言:即"修唎修唎。摩诃修唎。修修唎。萨婆诃"十四字。据《销释金刚经科仪会要注解》卷二载,诵此真言者,可清净一切口业,不诵此真言,即使以恒河水漱口,亦不得清净。业,梵文 karman(羯磨)的意译,指一切善恶思想行为。如好的思想、好的行为称善业,坏的思想、坏的行为称恶业。造业的原因是身、口、意。口业,指由口造的业(一般指恶业,下同),包括谎话、胡言乱语等恶业。身业,指由身造的业,如杀生、偷盗等。意业,指由意念所造的业。如起贪欲心、发怒、持有邪见等恶业。
⑥ 净身心的神咒:即与《净口业真言》相并列的《净身业真言》和《净意业真言》,这里称"净身心的神咒"是为了避免行文重复。《净身业真言》为"唵。修多唎。修多唎。修摩唎。修摩唎。娑婆诃",《净意业真言》为"唵。娑嚩。娑嚩秋驮。娑嚩达摩娑嚩。娑嚩秋度憾"。正式诵读经文前,应该念这三种真言(或念《净三业真言》)以消业。

卷①。诵毕，伯钦又请写荐亡疏一道②，再开念《金刚经》、《观音经》③，一一朗音高诵。诵毕，吃了午斋，又念《法华经》、《弥陀经》④。各诵几卷，又念一卷《孔雀经》⑤，及谈苾蒭洗业的故事⑥。早又天晚。献过了种种香火，化了众神纸马⑦，烧了荐亡文疏，佛事已毕，又

---

①《度亡经》：参见第十一回"受生度亡经"条注。
②荐亡疏：荐亡是为死者拜佛诵经，忏悔罪业，让他超生。疏，是僧道拜忏时所焚化的祈祷文。
③《观音经》：即《法华经》卷第八《观世音菩萨普门品》。由于观音信仰在中国非常盛行，故此经从《法华经》中抽出来，成为便于读诵的单行本，称《观音经》。
④《弥陀经》：即《佛说阿弥陀经》，净土宗重要经典，讲述西方极乐世界及其教主阿弥陀佛的功德，认为念诵阿弥陀佛名号即可往生极乐世界。
⑤《孔雀经》：即《佛母大孔雀明王经》，密宗重要经典，讲述一位比丘遭毒蛇所螫，不胜其苦。佛即说出祛除鬼魅、毒害、恶疾的孔雀明王咒。雪山有一大孔雀王，平素持诵此咒，但因嬉游而未诵此咒被猎人捕捉，在被缚之时，恢复正念，持诵此咒，终于解脱系缚，得到自由。佛教认为持诵此经能除灾厄，故影响很大。
⑥苾蒭(bì chú)洗业的故事：指佛为病比丘洗身的故事。《法句譬喻经·刀仗品》载：贤提国有一病比丘，臭秽人不敢近。佛用神水为之洗浴，于是大地震动，大放光明，比丘之病痊愈。原来此比丘前生是一恶人，常仗国王之势鞭打平民，死后堕地狱中受苦刑，经五百余世，赎罪完毕，复生为人，仍旧重病缠身。但当年偶因饶过一善人（即佛之前生），故今生得蒙佛为之洗身除业，这个故事宣扬了"作善恶殃福随身，虽更生死不可得免"的业报随身的观念。苾蒭，即"比丘"，佛教指受具足戒的男性，即俗所谓和尚。
⑦纸马：又称甲马、神马。祭祀时所用的神像纸，祭毕随即焚化。一说古代祭祀用木马，后改用纸。故称纸马。一说旧时所绘神像，皆画马于其上，供神佛乘骑之用，故称纸马。清赵翼《陔余丛考》卷三十"纸马"条："《天香楼偶得》云：俗于纸上画神象，涂以彩色，祭赛既毕，则焚化，谓之甲马。以此纸为神所凭依，似乎马也。"并云，有道士施亮生摄召温帅下降，"临去索马，连烧数纸不退。师云：'献马已多。'帅判云：'马足有疾，不中乘骑。'因取未化者视之，模板折坏，马足断而不连。乃以笔续之，帅遂退。然则昔时画神像于纸，皆有马以为乘骑之用，故曰纸马也。"

各安寝。

却说那伯钦的父亲之灵,超荐得脱沉沦,鬼魂儿早来到东家宅内,托一梦与合宅长幼道:"我在阴司里苦难难熬,日久不得超生。今幸得圣僧,念了经卷,消了我的罪业,阎王差人送我上中华富地,长者人家托生去了①。你们可好生谢送长老,不要怠慢,不要怠慢。我去也。"这才是:万法庄严端有意,荐亡离苦出沉沦。那合家儿梦醒,又早太阳东上。伯钦的娘子道:"太保,我今夜梦见公公来家,说他在阴司苦难难熬,日久不得超生。今幸得圣僧念了经卷,消了他的罪业,阎王差人送他上中华富地长者人家托生去,教我们好生谢那长老,不得怠慢。他说罢,径出门,徉徜去了②。我们叫他不应,留他不住,醒来却是一梦。"伯钦道:"我也是那等一梦,与你一般。我们起去对母亲说去。"他两口子正欲去说,只见老母叫道:"伯钦孩儿,你来,我与你说话。"二人至前,老母坐在床上道:"儿呵,我今夜得了个喜梦,梦见你父亲来家,说多亏了长老超度,已消了罪业,上中华富地长者家去托生。"夫妻们俱呵呵大笑道:"我与媳妇皆有此梦,正来告禀,不期母亲呼唤,也是此梦。"遂叫一家大小起来,安排谢意,替他收拾马匹,都至前拜谢道:"多谢长老超荐我亡父脱难超生,报答不尽!"三藏道:"贫僧有何能处,敢劳致谢?"伯钦把三口儿的梦话,对三藏陈诉一遍,三藏也喜。早供给了素斋,又具白银一两为谢。三藏分文不受。一家儿又恳恳拜央,三藏毕竟分文未受,但道:"是你肯发慈悲送我一程,足感至爱。"伯钦与母妻无奈,急做了些粗面烧饼干粮,叫伯钦远送。三藏欢喜收纳。太保领了母命,又唤两三个家僮,各带捕猎的器械,同上大路,看不尽那山中野景,岭上风光。

行经半日,只见对面处,有一座大山,真个是高接青霄,崔巍险峻。三藏不一时,到了边前。那太保登此山如行平地。正走到半山

---

① 长者:此指富贵之人。
② 徉徜:即"徜徉"。安闲自在地行走。

之中，伯钦回身，立于路下道："长老，你自前进，我却告回。"三藏闻言，滚鞍下马道："千万敢劳太保再送一程！"伯钦道："长老不知。此山唤做两界山。东半边属我大唐所管，西半边乃是鞑靼的地界。那厢狼虎，不伏我降，我却也不能过界，故此告回，你自去罢。"三藏心惊，轮开手，牵衣执袂①，滴泪难分。正在叮咛拜别之际，只听得山脚下叫喊如雷道："我师父来也！我师父来也！"唬得个三藏痴呆，伯钦打挣。毕竟不知是甚人叫喊，且听下回分解。

---

①袂（mèi）：衣袖。

第十四回

心猿归正　六贼无踪①

诗曰：
　　佛即心兮心即佛，心佛从来皆要物。
　　若知无物又无心，便是真如法身佛。
　　法身佛，没模样，一颗圆光涵万象②。
　　无体之体即真体，无相之相即实相。
　　非色非空非不空，不来不向不回向。
　　无异无同无有无，难舍难取难听望③。

---

① 六贼：佛教、道教都认为眼、耳、鼻、舌、身、意为六贼。色为眼之贼，声为耳之贼，香为鼻之贼，味为舌之贼，触为身之贼，法为意念之贼。

② "佛即心兮心即佛"六句：这首诗是宋张伯端的《即心即佛颂》。大乘佛教主张"即心即佛"，即认为心与佛非二物。迷时为众生，悟时为佛。《坛经·付嘱品》："自性若悟，众生是佛。"虽然"即心即佛"，但若持有这个观念，还是一种对外物的执着。要认为"心"、"物"也是虚妄不实的（第二句张诗原作"心佛原来皆妄物"），也是一种要舍弃的迷妄，才能见到清净的本心自性（法身）。唐本净禅师"若欲求佛，即心是佛，佛因心得。若悟无心，佛亦无佛。若欲会道，无心是道"（《祖堂集》卷三），与此四句义同。佛有三身：法身、报身、化身（报身指修行者通过累世修行成佛后获得之身，往往极其光明伟岸，甚至不可言说。化身指佛应度化众生的需要而变现的形象，所以是众生熟悉、能接受的。例如佛教创始者释迦牟尼、寺庙中的佛像，也可以是身边某个助人悟道的普通人，甚至可以是食物、器具）。法身又名自性身，即指常住不灭，人人具有的真如本性，"佛与众生同一法身"，只是众生迷而不显，而佛觉悟而证得了。此真性没有形象，不生不灭，但却包括宇宙万有。所以说"法身佛，没模样，一颗圆光涵万象"。

③ "无体之体即真体"六句：真体、实相、本性虽然人人具有，人人皆可修得，但因为人类语言的局限，不可描述，无法言说。但如果一定要解释的话，只能勉强用否定的方式描述为：真如本性是无体之体，无相之相，非有非无，非空非不空，非来非去，无法舍，也无法取，更不要说用视听的方式感知了。

内外灵光到处同,一佛国在一沙中。
一粒沙含大千界,一个身心万个同①。
知之须会无心诀,不染不滞为净业②。
善恶千端无所为,便是南无所迦叶③。

却说那刘伯钦与唐三藏惊惊慌慌,又闻得叫声"师父来也"。众家僮道:"这叫的必是那山脚下石匣中老猿。"太保道:"是他!是他!"三藏问:"是甚么老猿?"太保道:"这山旧名五行山,因我大唐王征西定国,改名两界山。先年间曾闻得老人家说,王莽篡汉之时④,天降此山,下压着一个神猴,不怕寒暑,不吃饮食,自有土神监押,教他饥餐铁丸,渴饮铜汁;自昔至今,冻饿不死。这叫必定是他。长老莫怕。我每下山去看来。"三藏只得依从,牵马下山。

行不数里,只见那石匣之间,果有一猴,露着头,伸着手,乱招手道:"师父,你怎么此时才来? 来得好! 来得好! 救我出来,我保你上西天去也!"这长老近前细看,你道他是怎生模样:

尖嘴朔腮⑤,金睛火眼。头上堆苔藓,耳中生薜萝。鬓边少发多青草,颔下无须有绿莎。眉间土,鼻凹泥,十分狼狈;指头粗,手掌

---

① "内外灵光到处同"四句:指本性是包容宇宙万有的,如同一粒沙中含有大千世界;众生虽然各具本性,但此本性是同一无差别的。换句话说,一切众生、万物都是从此唯一的本性中流变衍生出来的。

② 染:即感染,指欲望、烦恼对清净本性的染污。滞:即执着,执着于可感知、可思考的外物或概念。净业:指清净的善业(相对于恶业而言,参见第十三回"净口业的真言"条注)。

③ "善恶千端无所为"二句:佛性无善无恶。本着清净无染的心,便与迦叶一样。迦叶,佛大弟子之一,佛在灵山会上拈花示众。众皆默然,只有迦叶会心微笑。佛便把"不立文字、教外别传"的以心传心的"心印"传他,被禅宗奉为初祖。张氏原诗作"便是南无大迦叶"。

④ 王莽篡汉:西汉末年,权臣王莽篡夺皇位,改国号为"新",很快被推翻,时在公元9年至23年。历史上玄奘法师自长安出发赴印度,是在贞观元年(627),实际已过六百余年。

⑤ 朔:同"缩"。

厚,尘垢余多。还喜得眼睛转动,喉舌声和。语言虽利便,身体莫能挪①。正是五百年前孙大圣,今朝难满脱天罗。

刘太保诚然胆大,走上前来,与他拔去了鬓边草,颔下莎,问道:"你有甚么说话?"那猴道:"我没话说,教那个师父上来,我问他一问。"三藏道:"你问我甚么?"那猴道:"你可是东土大王差往西天取经去的么?"三藏道:"我正是,你问怎么?"那猴道:"我是五百年前大闹天宫的齐天大圣;只因犯了诳上之罪,被佛祖压于此处。前者有个观音菩萨,领佛旨意,上东土寻取经人。我教他救我一救,他劝我再莫行凶,归依佛法,尽殷勤保护取经人,往西方拜佛,功成后自有好处。故此昼夜提心,晨昏吊胆,只等师父来救我脱身。我愿保你取经,与你做个徒弟。"

三藏闻言,满心欢喜道:"你虽有此善心,又蒙菩萨教诲,愿入沙门,只是我又没斧凿,如何救得你出?"那猴道:"不用斧凿,你但肯救我,我自出来也。"三藏道:"我自救你,你怎得出来?"那猴道:"这山顶上有我佛如来的金字压帖。你只上山去将帖儿揭起,我就出来了。"

三藏依言,遂回头央浼刘伯钦道:"太保呵,我与你上山走遭。"伯钦道:"不知真假何如。"那猴高叫道:"是真!决不敢虚谬!"伯钦只得呼唤家僮,牵了马匹。他却扶着三藏,复上高山。攀藤附葛,只行到那极巅之处,果然见金光万道,瑞气千条,有块四方大石,石上贴着一封皮,却是"唵嘛呢叭呢吽"六个金字。三藏近前跪下,朝石头,看着金字,拜了几拜,望西祷祝道:"弟子陈玄奘,特奉旨意求经,果有徒弟之分,揭得金字,救出神猴,同证灵山;若无徒弟之分,此辈是个凶顽怪物,哄赚弟子,不成吉庆②,便揭不得起。"祝罢,又拜。拜毕,上前将六个金字轻轻揭下。只闻得一阵香风,劈手把压帖儿刮在空中,叫道:"吾乃监押大圣者。今日他的难满,吾等回见如来,缴

---

①挪:原作"那","那"同"挪",今统改为"挪",后不出注。
②不成吉庆:不成好事。

此封皮去也。"吓得个三藏与伯钦一行人望空礼拜。径下高山,又至石匣边,对那猴道:"揭了压帖矣,你出来么。"那猴欢喜,叫道:"师父,你请走开些,我好出来。莫惊了你。"伯钦听说,领着三藏,一行人回东即走。走了五七里远近,又听得那猴高叫道:"再走!再走!"三藏又行了许远,下了山,只闻得一声响喨,真个是地裂山崩。众人尽皆悚惧。只见那猴早到了三藏的马前,赤淋淋跪下,道声:"师父,我出来也!"对三藏拜了四拜,急起身,与伯钦唱个大喏道:"有劳大哥送我师父,又承大哥替我脸上薅草①。"谢毕,就去收拾行李,叩背马匹②。那马见了他,腰软蹄矬,战兢兢的立站不住。盖因那猴原是弼马温,在天上看养龙马的,有些法则③,故此凡马见他害怕。

　　三藏见他意思,实有好心,真个像沙门中的人物,便叫:"徒弟呵,你姓甚么?"猴王道:"我姓孙。"三藏道:"我与你起个法名,却好呼唤。"猴王道:"不劳师父盛意,我原有个法名,叫做孙悟空。"三藏欢喜道:"也正合我们的宗派。你这个模样,就像那小头陀一般④,我再与你起个混名,称为'行者',好么?"悟空道:"好!好!好!"自此时又称为孙行者。

　　那伯钦见孙行者一心收拾要行,却转身对三藏唱个喏道:"长老,你幸此间收得个好徒,甚喜,甚喜。此人果然去得。我却告回。"三藏躬身作礼相谢道:"多有拖步,感激不胜。回府多多致意令堂老夫人,令荆夫人⑤,贫僧在府多扰,容回时踵谢⑥。"伯钦回礼,遂此两下分别。

　　却说那孙行者请三藏上马,他在前边,背着行李,赤条条,拐步

---

①薅(hāo):拔。

②叩背:即"扣背",为马装好鞍辔。

③法则:这里指治理管教的办法。

④头陀:梵语音译,意为行脚乞食的僧人。又称"行者",指在寺院里服杂役,但尚未剃度的出家人。

⑤令堂:对别人母亲的尊称。令荆:对别人妻子的尊称。

⑥踵(zhǒng)谢:登门道谢。踵,脚后跟。

而行。不少时，过了两界山，忽然见一只猛虎，咆哮剪尾而来①，三藏在马上惊心。行者在路傍欢喜道："师父莫怕他，他是送衣服与我的。"放下行李，耳朵里拔出一个针儿，迎着风，幌一幌，原来是个碗来粗细一条铁棒。他拿在手中，笑道："这宝贝，五百余年不曾用着他，今日拿出来挣件衣服儿穿穿。"你看他拽开步，迎着猛虎，道声："业畜，那里去！"那只虎蹲着身，伏在尘埃，动也不敢动动。却被他照头一棒，就打的脑浆迸万点桃红，牙齿喷几珠玉块，唬得那陈玄奘滚鞍落马，咬指道声："天那！天那！刘太保前日打的斑斓彪，还与他斗了半日；今日孙悟空不用争持，把这虎一棒打得稀烂，正是'强中更有强中手'！"

行者拖将虎来道："师父略坐一坐，等我脱下他的衣服来，穿了走路。"三藏道："他那里有甚衣服？"行者道："师父莫管我，我自有处置。"好猴王，把毫毛拔下一根，吹口仙气，叫："变！"变作一把牛耳尖刀②，从那虎腹上挑开皮，往下一剥，剥下个囫囵皮来；剜去了爪甲，割下头来，割个四四方方一块虎皮，提起来，量了一量道："阔了些儿，一幅可作两幅。"拿过刀来，又裁为两幅。收起一幅，把一幅围在腰间，路旁揪了一条葛藤，紧紧束定，遮了下体道："师父，且去！且去！到了人家，借些针线，再缝不迟。"他把条铁棒，捻一捻，依旧像个针儿，收在耳里，背着行李，请师父上马。

两个前进，长老在马上问道："悟空，你才打虎的铁棒，如何不见？"行者笑道："师父，你不晓得。我这棍，本是东洋大海龙宫里得来的，唤做'天河镇底神珍铁'，又唤做'如意金箍棒'。当年大反天宫，甚是亏他。随身变化，要大就大，要小就小。刚才变做一个绣花针儿模样，收在耳内矣。但用时，方可取出。"三藏闻言暗喜。又问道："方才那只虎见了你，怎么就不动动，让自在打他③，何说？"悟空

---

①剪：这里指用尾巴扫动。
②牛耳尖刀：形如牛耳的短刀。
③自在：这里指随意。

道:"不瞒师父说,莫道是只虎,就是一条龙,见了我也不敢无礼。我老孙颇有降龙伏虎的手段,翻江搅海的神通,见貌辨色,聆音察理;大之则量于宇宙①,小之则摄于毫毛;变化无端,隐显莫测。剥这个虎皮,何为稀罕?见到那疑难处,看展本事来!"三藏闻得此言,愈加放怀无虑,策马前行。

师徒两个走着路,说着话,不觉得太阳星坠。但见:

　　焰焰斜晖返照,天涯海角归云。
　　千山鸟雀噪声频,觅宿投林成阵②。
　　野兽双双对对,回窝族族群群。
　　一钩新月破黄昏,万点明星光晕。

行者道:"师父走动些,天色晚了。那壁厢树木森森,想必是人家庄院,我们赶早投宿去来。"三藏果策马而行,径奔人家。到了庄院前下马。行者撇了行李,走上前,叫声:"开门! 开门!"那里面有一老者,扶筇而出③,唿喇的开了门,看见行者这般恶相,腰系着一块虎皮,好似个雷公模样,唬得脚软身麻,口出谵语道④:"鬼来了! 鬼来了!"三藏近前搀住,叫道:"老施主,休怕。他是我贫僧的徒弟,不是鬼怪。"老者抬头,见了三藏的面貌清奇,方然立定。问道:"你是那寺里来的和尚,带这恶人上我门来?"三藏道:"我贫僧是唐朝来的,往西天拜佛求经。适路过此间,天晚,特造檀府借宿一宵⑤,明早不犯天光就行⑥。万望方便一二。"老者道:"你虽是个唐人,那个恶

---

①量:原作"谅",据李评本改。又或为"弥"之形误。

②投林:鸟兽入林休息。

③筇(qióng):生长在四川邛地的竹子,名叫筇竹,适合制作手杖。后用"筇"泛指竹杖。

④谵(zhān)语:因神志不清而胡言乱语。

⑤檀府:僧人对施主住宅的敬称。宵:原作"霄",夜间。前蜀魏承班《黄钟乐》词:"惆怅闲霄含恨,愁坐思堪迷。"今凡作夜间解之"霄",统改为"宵",后不出注。

⑥不犯天光:不等天明。

的,却非唐人。"悟空厉声高呼道:"你这个老儿全没眼色!唐人是我师父,我是他徒弟。我也不是甚糖人蜜人,我是齐天大圣。你们这里人家,也有认得我的,我也曾见你来。"那老者道:"你在那里见我?"悟空道:"你小时不曾在我面前扒柴?不曾在我脸上挑菜?"老者道:"这厮胡说!你在那里住?我在那里住?我来你面前扒柴挑菜?"悟空道:"我儿子便胡说!你是认不得我了,我本是这两界山石匣中的大圣。你再认认看。"老者方才省悟道:"你倒有些像他,但你是怎么得出来的?"悟空将菩萨劝善,令我等待唐僧揭贴脱身之事,对那老者细说了一遍。老者却才下拜,将唐僧请到里面,即唤老妻与儿女都来相见,具言前事,个个忻喜。又命看茶。茶罢,问悟空道:"大圣呵,你也有年纪了?"悟空道:"你今年几岁了?"老者道:"我痴长一百三十岁了。"行者道:"还是我重子重孙哩!我那生身的年纪,我不记得是几时;但只在这山脚下,已五百余年了。"老者道:"是有,是有。我曾记得祖公公说,此山乃从天降下,就压了一个神猴。只到如今,你才脱体。我那小时见你,是你头上有草,脸上有泥,还不怕你;如今脸上无了泥,头上无了草,却像瘦了些,腰间又苫了一块大虎皮①,与鬼怪能差多少?"

　　一家儿听得这般话说,都呵呵大笑。这老儿颇贤,即令安排斋饭。饭后,悟空道:"你家姓甚?"老者道:"舍下姓陈。"三藏闻言,即下来起手道:"老施主与贫僧是华宗②。"行者道:"师父,你是唐姓,怎的和他是华宗?"三藏道:"我俗家也姓陈,乃是唐朝海州弘农郡聚贤庄人氏。我的法名叫做陈玄奘。只因我大唐太宗皇帝赐我做御弟三藏,指唐为姓,故名唐僧也。"那老者见说同姓,又十分欢喜。行者道:"老陈,左右打搅你家。我有五百多年不洗澡了,你可去烧些汤来③,与我师徒们洗浴洗浴,一法临行谢你④。"那老儿即令烧汤拿

---

①苫(shàn):覆盖。
②华宗:原指显贵的家族,后来用作同族或同姓人的美称。
③汤:开水。
④一法:更加。元无名氏《刘弘嫁婢》第一折:"这个姑夫老人家,一法老的糊突了。"

盆,掌上灯火。师徒浴罢,坐在灯前。行者道:"老陈,还有一事累你,有针线借我用用。"那老儿道:"有,有,有。"即教妈妈取针线来①,递与行者。行者又有眼色:见师父洗浴,脱下一件白布短小直裰未穿②,他即扯过来披在身上,却将那虎皮脱下,联接一处,打一个马面样的折子③,围在腰间,勒了藤条,走到师父面前道:"老孙今日这等打扮,比昨日如何?"三藏道:"好!好!好!这等样,才像个行者。"三藏道:"徒弟,你不嫌残旧,那件直裰儿,你就穿了罢。"悟空唱个喏道:"承赐!承赐!"他又去寻些草料喂了马。此时各各事毕,师徒与那老儿亦各归寝。

次早,悟空起来,请师父走路。三藏着衣,教行者收拾铺盖行李。正欲告辞,只见那老儿早具脸汤,又具斋饭。斋罢,方才起身。三藏上马,行者引路,不觉饥餐渴饮,夜宿晓行,又直初冬时候。但见那:

霜凋红叶千林瘦,岭上几株松柏秀。

未开梅蕊散香幽。暖短昼,小春候④,菊残荷尽山茶茂。

寒桥古树争枝斗,曲涧涓涓泉水溜。

淡云欲雪满天浮。朔风骤,牵衣袖,向晚寒威人怎受?

师徒们正走多时,忽见路傍唿哨一声⑤,闯出六个人来,各执长枪短剑,利刃强弓,大咤一声道:"那和尚!那里走!赶早留下马匹,放下行李,饶你性命过去!"唬得那三藏魂飞魄散,跌下马来,不能言语。行者用手扶起道:"师父放心,没些儿事。这都是送衣服送盘缠与我们的。"三藏道:"悟空,你想有些耳闭?他说教我们留马匹、行李,你倒问他要甚么衣服、盘缠?"行者道:"你管守着衣服、行李、马

---

① 妈妈:称年长的已婚妇女,这里指老人的老伴。
② 直裰(duō):僧袍,为偏衫与裙子相缀合者。元《敕修百丈清规》卷五:"相传前辈见僧有偏衫而无裙,有裙而无偏衫,遂合二衣为直裰。"
③ 马面样的折子:即马面裙,又称马面褶裙,流行于明清。类似今天的百褶裙,而裙正面中间有一尺左右宽平整无褶,这部分即称"马面"。
④ 小春:指夏历的秋天十月,因为多温暖天气,故称小春,又称小阳春。
⑤ 唿哨:把手指放在嘴里用力吹时发出的尖锐的声音。

匹,待老孙与他争持一场①,看是何如。"三藏道:"好手不敌双拳,双拳不如四手。他那里六条大汉,你这般小小的一个人儿,怎么敢与他争持?"

行者的胆量原大,那容分说,走上前来,叉手当胸,对那六个人施礼道:"列位有甚么缘故,阻我贫僧的去路?"那人道:"我等是剪径的大王②,行好心的山主。大名久播,你量不知,早早的留下东西,放你过去;若道半个'不'字,教你碎尸粉骨!"行者道:"我也是祖传的大王,积年的山主,却不曾闻得列位有甚大名。"那人道:"你是不知,我说与你听:一个唤做眼看喜,一个唤做耳听怒,一个唤做鼻嗅爱,一个唤作舌尝思,一个唤作意见欲,一个唤作身本忧。"悟空笑道:"原来是六个毛贼!你却不认得我这出家人是你的主人公③,你倒来挡路。把那打劫的珍宝拿出来,我与你作七分儿均分,饶了你罢!"

---

①争持:争斗。

②剪径:拦路抢劫。

③主人公:指真如本性或元神。此处六个强盗都具有象征意义,即眼、耳、鼻、舌、身、意而产生的喜、怒、爱、思、欲、忧的形象化比喻,是烦恼的根源。修行的人一定要首先断除这"六贼"。佛教、道教对人类意识的探讨非常深入。佛教唯识宗一般把心分为八个层次:表层的是眼识、耳识、鼻识、舌识、身识,这五种识较为简单,仅相当于摄影、录制、直接感觉外在世界的"感性认识"。五识的感觉传送到第六识意识,靠意识的分辨、判断、推理,创造出一个外在世界的投影,大致相当于"理性认识"。第七识末那识,负责把所有的信息传送到第八识阿赖耶识,同时第七识也是认为有"我"存在,产生烦恼的根源。第八识储藏了宇宙万有的所有信息,其中含有真如本性。它先天而生,靠人类普通的思维无法认识。玄奘法师有《八识规矩颂》,称阿赖耶识"去后来先作主公"。此外,尚有"第九识",即庵摩罗识,又称白净识、清净识。指阿赖耶识去除了垢染,而达到光明澄澈的境界。道教内丹术借用唯识宗的理论,提出"八识归元",认为阿赖耶识即内丹术百般修炼寻觅,务要显现出的"元神",故称元神为"主翁"、"主人公"。此处孙悟空自称主人公,剿灭六贼,即"明心见性",现出"元神""阿赖耶识"之谓。

那贼闻言,喜的喜,怒的怒,爱的爱,思的思,欲的欲,忧的忧。一齐上前乱嚷道:"这和尚无礼!你的东西全然没有,转来和我等要分东西!"他轮枪舞剑,一拥前来,照行者劈头乱砍,乒乒乓乓,砍有七八十下。悟空停立中间,只当不知。那贼道:"好和尚!真个的头硬!"行者笑道:"将就看得过罢了。你们也打得手困了,却该老孙取出个针儿来耍耍。"那贼道:"这和尚是一个行针灸的郎中变的①。我们又无病症,说甚么动针的话。"

行者伸手去耳朵里拔出一根绣花针儿,迎风一幌,却是一条铁棒,足有碗来粗细,拿在手中道:"不要走!也让老孙打一棍儿试试手!"唬得这六个贼四散逃走,被他拽开步,团团赶上,一个个尽皆打死。剥了他的衣服,夺了他的盘缠,笑吟吟走将来道:"师父请行,那贼已被老孙剿了。"三藏道:"你十分撞祸!他虽是剪径的强徒,就是拿到官司,也不该死罪;你纵有手段,只可退他去便了,怎么就都打死?这却是无故伤人的性命,如何做得和尚?出家人'扫地恐伤蝼蚁命,爱惜飞蛾纱罩灯'。你怎么不分皂白,一顿打死?全无一点慈悲好善之心!早还是山野中无人查考;若到城市,倘有人一时冲撞了你,你也行凶,执着棍子,乱打伤人,我可做得白客②,怎能脱身?"悟空道:"师父,我若不打死他,他却要打死你哩。"三藏道:"我这出家人,宁死决不敢行凶。我就死,也只是一身,你却杀了他六人,如何理说?此事若告到官,就是你老子做官,也说不过去。"行者道:"不瞒师父说,我老孙五百年前,据花果山称王为怪的时节,也不知打死多少人。假似你说这般到官,倒也得些状告是③。"三藏道:"只因你没收没管,暴横人间,欺天诳上,才受这五百年前之难。今既入了沙门,若是还像当时行凶,一味伤生,去不得西天,做不得和尚。忒恶!忒恶!"

---

①郎中:原是官名,后来指医生。
②白客:清白无辜的人。
③是:方言,语尾词。

原来这猴子一生受不得人气。他见三藏只管绪绪叨叨,按不住心头火发,道:"你既是这等说我做不得和尚,上不得西天,不必恁般绪咶恶我①,我回去便了!"那三藏却不曾答应,他就使一个性子,将身一耸,说一声:"老孙去也!"三藏急抬头,早已不见,只闻得呼的一声,回东而去。撇得那长老孤孤零零,点头自叹,悲怨不已,道:"这厮这等不受教诲。我但说他几句,他怎么就无形无影的,径回去了?罢,罢,罢!也是我命里不该招徒弟,进人口。如今欲寻他无处寻,欲叫他叫不应,去来!去来!"正是舍身拼命归西去,莫倚傍人自主张。

那长老只得收拾行李,捎在马上,也不骑马,一只手拄着锡杖,一只手揪着缰绳,凄凄凉凉,往西前进。行不多时,只见山路前面,有一个年高的老母,捧一件绵衣,绵衣上有一顶花帽。三藏见他来得至近,慌忙牵马,立于右侧让行。那老母问道:"你是那里来的长老,孤孤恓恓独行于此?"三藏道:"弟子乃东土大王奉圣旨往西天拜活佛求真经者。"老母道:"西方佛乃大雷音寺天竺国界,此去有十万八千里路。你这等单人独马,又无个伴侣,又无个徒弟,你如何去得!"三藏道:"弟子日前收得一个徒弟,他性泼凶顽,是我说了他几句,他不受教,遂渺然而去也。"老母道:"我有这一领绵布直裰,一顶嵌金花帽。原是我儿子用的。他只做了三日和尚,不幸命短身亡。我才去他寺里,哭了一场,辞了他师父,将这两件衣帽拿来,做个忆念。长老呵,你既有徒弟,我把这衣帽送了你罢。"三藏道:"承老母盛赐;但只是我徒弟已走了,不敢领受。"老母道:"他那厢去了?"三藏道:"我听得呼的一声,他回东去了。"老母道:"东边不远,就是我家,想必往我家去了。我那里还有一篇咒儿,唤做'定心真言'。又名做'紧箍儿咒'。你可暗暗的念熟,牢记心头,再莫泄漏一人知道。我去赶上他,教他还来跟你,你却将此衣帽与他穿戴。他若不服你使唤,你就默念此咒,他再不敢行凶,也再不敢去了。"

三藏闻言,低头拜谢。那老母化一道金光,回东而去。三藏情

---

① 绪咶:也作"絮聒"。啰嗦,唠叨。

知是观音菩萨授此真言,急忙撮土焚香,望东恳恳礼拜。拜罢,收了衣帽,藏在包袱中间。却坐于路傍,诵习那《定心真言》。来回念了几遍,念得烂熟,牢记心胸不题。

却说那悟空别了师父,一筋斗云,径转东洋大海。按住云头,分开水道,径至水晶宫前。早惊动龙王出来迎接,接至宫里坐下。礼毕,龙王道:"近闻得大圣难满,失贺!想必是重整仙山,复归古洞矣。"悟空道:"我也有此心性,只是又做了和尚了。"龙王道:"做甚和尚?"行者道:"我亏了南海菩萨劝善,教我正果,随东土唐僧,上西方拜佛,皈依沙门,又唤为行者了。"龙王道:"这等真是可贺!可贺!这才叫做改邪归正,惩创善心①。既如此,怎么不西去,复东回何也?"行者笑道:"那是唐僧不识人性。有几个毛贼剪径,是我将他打死,唐僧就绪绪叨叨,说了我若干的不是。你想老孙可是受得闷气的?是我撇了他,欲回本山,故此先来望你一望,求钟茶吃。"龙王道:"承降!承降!"

当时龙子、龙孙即捧香茶来献。茶毕,行者回头一看,见后壁上挂著一幅"圯桥进履"的画儿②。行者道:"这是甚么景致?"龙王道:"大圣在先,此事在后③,故你不认得。这叫做'圯桥三进履'。"行者道:"怎的是'三进履'?"龙王道:"此仙乃是黄石公,此子乃是汉世张良④。石公坐在圯桥上,忽然失履于桥下,遂唤张良取来。此子即忙

---

① 惩创:警戒。
② 圯(yí)桥:桥名,故址在今江苏下邳。
③ 大圣在先,此事在后:据《西游记》的情节,孙悟空本来阳寿是三百四十二岁,两次上天为官合计半年有余,老君炉里又炼了四十九日,按天上一日地下一年的算法,到王莽篡汉,天降五行山时,孙悟空的年龄约为五百七八十岁,则孙悟空出生于春秋时期(约与孔子同时)。而张良进履事发生在秦末,下距王莽篡汉仅二百余年,所以这里称"大圣在先,此事在后"。"大圣"原作"大王",据上下文改。
④ 张良:汉高祖刘邦的谋士,帮助刘邦推翻秦朝,打败项羽,夺得天下,功成后归隐。"圯桥进履"是他青年时代的故事。见《史记·留侯世家》。

取来,跪献于前。如此三度,张良略无一毫倨傲怠慢之心,石公遂爱他勤谨,夜授天书,着他扶汉。后果然运筹帷幄之中,决胜千里之外。太平后,弃职归山,从赤松子游①,悟成仙道。大圣,你若不保唐僧,不尽勤劳,不受教诲,到底是个妖仙,休想得成正果。"

悟空闻言,沉吟半晌不语。龙王道:"大圣自当裁处,不可图自在,误了前程。"悟空道:"莫多话,老孙还去保他便了。"龙王忻喜道:"既如此,不敢久留,请大圣早发慈悲,莫要疏久了你师父。"行者见他催促请行,急耸身,出离海藏,驾着云,别了龙王。正走,却遇着南海菩萨。菩萨道:"孙悟空,你怎么不受教诲,不保唐僧,来此处何干?"慌得个行者在云端里施礼道:"向蒙菩萨善言,果有唐朝僧到,揭了压帖,救了我命,跟他做了徒弟。他却怪我凶顽,我才子闪他一闪,如今就去保他也。"菩萨道:"赶早去,莫错过了念头。"言毕,各回。

这行者,须臾间看见唐僧在路傍闷坐。他上前道:"师父!怎么不走路?还在此做甚?"三藏抬头道:"你往那里去来?教我行又不敢行,动又不敢动,只管在此等你。"行者道:"我往东洋大海老龙王家讨茶吃吃。"三藏道:"徒弟呵,出家人不要说谎。你离了我,多一个时辰,就说到龙王家吃茶?"行者笑道:"不瞒师父说,我会驾筋斗云,一个筋斗有十万八千里路,故此得即去即来。"三藏道:"我略略的言语重了些儿,你就怪我,使个性子丢了我去。象你这本事的,讨得茶吃;象我这去不得的,只管在此忍饿。你也过意不去呀!"行者道:"师父,你若饿了,我便去与你化些斋吃。"三藏道:"不用化斋。我那包袱里,还有些干粮,是刘太保母亲送的,你去拿钵盂寻些水来,等我吃个儿走路罢。"

行者去解开包袱,在那包裹中间见有几个粗面烧饼,拿出来递与师父。又见那光艳艳的一领绵布直裰,一顶嵌金花帽,行者道:"这衣帽是东土带来的?"三藏就顺口儿答应道:"是我小时穿戴的。

---

① 赤松子:秦汉时传说中的上古仙人,据说是神农时的雨师。

这帽子若戴了，不用教经，就会念经；这衣服若穿了，不用演礼，就会行礼。"行者道："好师父，把与我穿戴了罢。"三藏道："只怕长短不一，你若穿得，就穿了罢。"行者遂脱下旧白布直裰，将绵布直裰穿上，也就是比量着身体裁的一般，把帽儿戴上。

　　三藏见他戴上帽子，就不吃干粮，却默默的念那《紧箍咒》一遍。行者叫道："头疼！头疼！"那师父不住的又念了几遍，把个行者疼得打滚，抓破了嵌金的纱帽。三藏又恐怕扯断金箍，住了口不念。不念时，他就不疼。伸手去头上摸摸，似一条金线儿模样，紧紧的勒在上面，取不下，揪不断，已此生了根了。他就耳里取出针儿来，插入箍里，往外乱捎①。三藏又恐怕他捎断了，口中又念起来，他依旧生疼，疼得竖蜻蜓②，翻筋斗，耳红面赤，眼胀身麻。那师父见他这等，又不忍不舍，复住了口，他的头又不疼了。

　　行者道："我这头，原来是师父咒我的。"三藏道："我念得是《紧箍经》，何曾咒你？"行者道："你再念念看。"三藏真个又念，行者真个又疼，只教："莫念！莫念！念动我就疼了。这是怎么说？"三藏道："你今番可听我教诲了？"行者道："听教了。""你再可无礼了？"行者道："不敢了。"

　　他口里虽然答应，心上还怀不善，把那针儿幌一幌，碗来粗细，望唐僧就欲下手，慌得长老口中又念了两三遍。这猴子跌倒在地，丢了铁棒，不能举手，只叫："师父，我晓得了！再莫念！再莫念！"三藏道："你怎么欺心，就敢打我？"行者道："我不曾敢打，我问师父，你这法儿是谁教你的？"三藏道："是适间一个老母传授我的。"行者大怒道："不消讲了！这个老母，坐定是那个观世音！他怎么那等害我！等我上南海打他去！"三藏道："此法既是他授与我，他必然先晓得了。你若寻他，他念起来，你却不是死了？"行者见说得有理，真个不敢动身，只得回心，跪下哀告道："师父！这是他奈何我的法儿，教

---

①捎（qiāo）：同"撬"。拨开，挑开。
②竖蜻蜓：头脚倒竖，用双手支撑全身的动作。

我随你西去。我也不去惹他,你也莫当常言,只管念诵。我愿保你,再无退悔之意了。"三藏道:"既如此,伏侍我上马去也。"那行者才死心塌地,抖擞精神,束一束锦布直裰,叩背马匹,收拾行李,奔西而进。毕竟这一去,后面又有甚话说,且听下回分解。

第十五回

蛇盘山诸神暗佑　鹰愁涧意马收缰

　　却说行者伏侍唐僧西进,行经数日,正是那腊日寒天,朔风凛凛,滑冻凌凌;去的是些悬崖峭壁崎岖路,叠岭层峦险峻山。三藏在马上,遥闻唿喇喇水声聒耳,回头叫:"悟空,是那里水响?"行者道:"我记得此处叫做蛇盘山鹰愁涧,想必是涧里水响。"说不了,马到涧边,三藏勒缰观看。但见:

　　涓涓寒脉穿云过,湛湛清波映日红。
　　声摇夜雨闻幽谷,彩发朝霞眩太空。
　　千仞浪飞喷碎玉,一泓水响吼清风。
　　流归万顷烟波去,鸥鹭相忘没钓逢①。

　　师徒两个正然看处,只见那涧当中响一声,钻出一条龙来,推波掀浪,撺出崖山,就抢长老。慌得个行者丢了行李,把师父抱下马来,回头便走。那条龙就赶不上,把他的白马连鞍辔一口吞下肚去,依然伏水潜踪。行者把师父送在那高埠上坐了,却来牵马挑担,止存得一担行李,不见了马匹。他将行李担送到师父面前道:"师父,那业龙也不见踪影,只是惊走我的马了。"三藏道:"徒弟呵,却怎生寻得马着么?"行者道:"放心,放心,等我去看来。"

　　他打个唿哨,跳在空中。火眼金睛,用手搭凉篷②,四下里观看,更不见马的踪迹。按落云头,报道:"师父,我们的马断乎是那龙吃了,四下里再看不见。"三藏道:"徒弟呀,那厮能有多大口,却将那匹

---

①鸥鹭相忘:据《列子·黄帝》记载,海边有一个人,海鸥喜欢和他相处,后来他想抓一只,于是海鸥"舞而不下",都不来了。后人就用"鸥鹭忘机"或"鸥鹭相忘"来形容人没有机心和算计,动物可以与之亲近。比喻淡泊隐居,不以世事为怀。
②凉篷:远望时手掌平遮在额上,用来遮住阳光,使视线不受干扰。

大马连鞍辔都吃了?想是惊张溜缰①,走在那山凹之中。你再仔细看看。"行者道:"你也不知我的本事。我这双眼,白日里常看一千里路的吉凶。像那千里之内,蜻蜓儿展翅,我也看见。何期那匹大马,我就不见?"三藏道:"既是他吃了,我如何前进?可怜呵!这万水千山,怎生走得?"说着话,泪如雨落。

行者见他哭将起来,他那里忍得住暴燥,发声喊道:"师父莫要这等脓包形么!你坐着!坐着!等老孙去寻着那厮,教他还我马匹便了。"三藏却才扯住道:"徒弟呀,你那里去寻他?只怕他暗地里撺将出来,却不又连我都害了?那时节人马两亡,怎生是好!"行者闻得这话,越加嗔怒,就叫喊如雷道:"你忒不济,不济!又要马骑,又不放我去,似这般看着行李,坐到老罢!"哏哏的吆喝,正难息怒,只听得空中有人言语,叫道:"孙大圣莫恼,唐御弟休哭。我等是观音菩萨差来的一路神祇,特来暗中保取经者。"那长老闻言,慌忙礼拜。行者道:"你等是那几个?可报名来,我好点卯。"众神道:"我等是六丁六甲、五方揭谛、四值功曹、一十八位护驾伽蓝②,各各轮流值日听候。"行者道:"今日先从谁起?"众揭谛道:"丁甲、功曹、伽蓝轮次。我五方揭谛,惟金头揭谛昼夜不离左右。"行者道:"既如此,不当值者且退,留下六丁神将与日值功曹和众揭谛保守着我师父。等老孙寻那涧中的业龙,教他还我马来。"众神遵令。三藏才放下心,坐在石崖之上,分付行者:"仔细。"行者道:"只管宽心。"好猴王,束一束锦布直裰,撩起虎皮裙子,揝着金箍铁棒,抖擞精神,径临涧壑,半云半雾的,在那水面上高叫道:"泼泥鳅,还我马来!还我马来!"

却说那龙吃了三藏的白马,伏在那涧底中间,潜灵养性。只听得有人叫骂索马,他按不住心中火发,急纵身跃浪翻波,跳将上来

---

①惊张:震惊张皇。溜缰:马因缰绳控制不住而逃走。
②护驾伽(qié)蓝:伽蓝原指寺庙。佛教吸收了古印度传说,认为有伽蓝神保护寺院、佛事。根据《七佛八菩萨所说大陀罗尼神咒经》卷四所说,伽蓝神有美音、梵音、天鼓等十八人。

道:"是那个敢在那里海口伤吾①?"行者见了他,大咤一声:"休走!还我马来!"轮着棍,劈头就打。那条龙张牙舞爪来抓。他两个在涧边前这一场赌斗,果是骁雄。但见那:

龙舒利爪,猴举金箍。那个须垂白玉线,这个眼幌赤金灯。那个须下明珠喷彩雾,这个手中铁棒舞狂风。那个是迷爷娘的业子,这个是欺天将的妖精。他两个都因有难遭磨折,今要成功各显能。

来来往往,战罢多时,盘旋良久,那条龙力软筋麻,不能抵敌,打一个转身,又撺于水内;深潜涧底,再不出头。被猴王骂詈不绝②,他也只推耳聋。

行者没及奈何,只得回见三藏道:"师父,这个怪被老孙骂将出来,他与我赌斗多时,怯战而走,只躲在水中间,再不出来了。"三藏道:"不知端的可是他吃了我马③?"行者道:"你看你说的话!不是他吃了,他怎肯出来招声④,与老孙犯对⑤?"三藏道:"你前日打虎时,曾说有降龙伏虎的手段,今日如何便不能降他?"原来那猴子吃不得人急他⑥。见三藏抢白了他这一句,他就发起神威道:"不要说!不要说!等我与他再见个上下!"

这猴王拽开步,跳到涧边,使出那翻江搅海的神通,把一条鹰愁陡涧彻底澄清的水,搅得似那九曲黄河泛涨的波。那孽龙在于深涧中,坐卧不宁,心中思想道:"这才是福无双降,祸不单行。我才脱了天条死难,不上一年,在此随缘度日,又撞着这般个泼魔,他来害我!"你看他越思越恼,受不得屈气,咬着牙,跳将出去,骂道:"你是那里来的泼魔,这等欺我!"行者道:"你莫管我那里不那里,你只还了马,我就饶你性命。"那龙道:"你的马是我吞下肚去,如何吐得出

---

① 海口:说大话,乱讲。
② 詈(lì):骂。
③ 端的:确实,究竟。
④ 招声:应声,答话。
⑤ 犯对:即作对。
⑥ 急:即"激",刺激,激发。

来?不还你,便待怎的?"行者道:"不还马时,看棍!只打杀你,偿了我马的性命便罢。"

他两个又在那山崖下苦斗。斗不数合,小龙委实难搪①,将身一幌,变作一条水蛇儿,钻入草科中去了②。猴王拿着棍,赶上前来,拨草寻蛇,那里得些影响③?急得他三尸神咋④,七窍烟生,念一声"唵"字咒语⑤,即唤出当坊土地、本处山神⑥,一齐来到,跪下道:"山神、土地来见。"行者道:"伸过孤拐来,各打五棍见面⑦,与老孙散散心!"二神叩头哀告道:"望大圣方便,容小神诉告。"行者道:"你说甚么?"二神道:"大圣一向久困,小神不知几时出来,所以不曾接得,万望恕罪。"行者道:"既如此,我且不打你。我问你:鹰愁涧里,是那方来的怪龙?他怎么抢了我师父的白马吃了?"二神道:"大圣自来不曾有师父,原来是个不伏天不伏地混元上真⑧,如何得有甚么师父的马

---

① 搪:抵挡。
② 草科:草窠,草丛。
③ 影响:影子和声响,踪迹。
④ 三尸神咋:唐段成式《酉阳杂俎·玉格》:"上尸青姑,伐人眼;中尸白姑,伐人五脏;下尸血姑,伐人胃命。"三尸神被激怒。道教认为人身上有上、中、下三尸神,住在人的脑、两眉间和腹胃里。三尸神是人身的阴神,令人愚痴呆笨,烦恼妄想,贪图男女饮食之欲。咋,同"炸",爆发,激怒。
⑤ "唵"字咒语:佛教用为咒文、祈祷文首先发者之圣音,"唵"字包括摄伏的功用,日僧信范《悉昙秘传记》:"譬如诸司百官有国王敕召时,身心寒暑参集;一切诸天龙神等闻唵字,皆悉摄伏参集也。"故孙悟空以此咒拘唤各路神祇。
⑥ 当坊土地:民间土地神崇拜,自宋代即很兴盛,在乡村则以自然村落为单位,在城市则以市坊(即里巷,相当于一个街区)为单位,居民各自供奉自己的土地神。如宋洪迈《夷坚支志·孝义坊土地》记有平江城孝义坊土地神保护本坊人民免受疫病的传说。故本区域的土地神可通称"当坊土地"。
⑦ 见面:"见面礼"的省称。
⑧ 混元:参见第七回"'混元'以下四句"条注。上真:真仙,上仙。

来?"行者道:"你等是也不知。我只为那诳上的勾当,整受了这五百年的苦难。今蒙观音菩萨劝善,着唐朝驾下真僧救出我来,故我跟他做徒弟,往西天去拜佛求经。因路过此处,失了我师父的白马。"二神道:"原来是如此。这涧中自来无邪,只是深陡宽阔,水光彻底澄清,鸦鹊不敢飞过;因水清照见自己的形影①,便认做同群之鸟,往往身掷于水内,故名'鹰愁陡涧'。只是向年间,观音菩萨因为寻访取经人去,救了一条玉龙,送他在此,教他等候那取经人,不许为非作歹。他只是饥了时,上岸来扑些鸟鹊吃,或是捉些獐鹿食用。不知他怎么无知,今日冲撞了大圣。"行者道:"先一次,他还与老孙侮手②,盘旋了几合;后一次,是老孙叫骂,他再不出。因此使了一个翻江搅海的法儿,搅混了他涧水,他就撺将上来,还要争持。不知老孙的棍重,他遮架不住,就变做一条水蛇,钻在草里。我赶来寻他,却无踪迹。"土地道:"大圣不知,这条涧千万个孔窍相通,故此这波澜深远。想是此间也有一孔,他钻将下去也。不须大圣发怒,在此找寻;要擒此物,只消请将观世音来,自然伏了。"

行者见说,唤山神、土地,同来见了三藏,具言前事。三藏道:"若要去请菩萨,几时才得回来?我贫僧饥寒怎忍?"说不了,只听得暗空中有金头揭谛叫道:"大圣,你不须动身,小神去请菩萨来也。"行者大喜,道声:"有累,有累!快行,快行!"那揭谛急纵云头,径上南海。行者吩咐山神、土地守护师父,日值功曹去寻斋供,他又去涧边巡绕不题。

却说金头揭谛,一驾云,早到了南海。按祥光,直至落伽山紫竹林中,托那金甲诸天与木叉惠岸转达③,得见菩萨。菩萨道:"汝来何

---

① "因水清"句:关于鸟因水清照影而溺死的传说,《太平御览》卷九百十八引《博物志》称:山鸡爱自己的美丽羽毛,常常在水中自照,目眩而不慎溺死。
② 侮手:交手,过招。
③ 诸天:佛教术语,指护法众天神。见第二十二回"二十四路诸天"条注。惠岸:世德堂本木叉行者之名或作"惠岸"、作"慧岸",今随原文,不加统一。

干?"揭谛道:"唐僧在蛇盘山鹰愁陡涧失了马,急得孙大圣进退两难。及问本处土神,说是菩萨送在那里的业龙吞了,那大圣着小神来告请菩萨降这业龙,还他马匹。"菩萨闻言道:"这厮本是西海敖闰之子。他为纵火烧了殿上明珠,他父告他忤逆,天庭上犯了死罪,是我亲见玉帝,讨他下来,教他与唐僧做个脚力。他怎么返吃了唐僧的马?这等说,等我去来。"那菩萨降莲台,径离仙洞,与揭谛驾着祥光,过了南海而来。有诗为证。诗曰:

佛说蜜多三藏经①,菩萨扬善满长城。
摩诃妙语通天地,般若真言救鬼灵。
致死金蝉重脱壳,故令玄奘再修行。
只因路阻鹰愁涧,龙子归真化马形。

那菩萨与揭谛,不多时到了蛇盘山。却在那半空里留住祥云,低头观看。只见孙行者正在涧边叫骂。菩萨着揭谛唤他来。那揭谛按落云头,不经由三藏,直至涧边,对行者道:"菩萨来也。"行者闻得,急纵云跳到空中,对他大叫道:"你这个七佛之师②,慈悲的教主!你怎么生方法儿害我!"菩萨道:"我把你这个大胆的马流,村愚的赤尻!我倒再三尽意,度得个取经人来,叮咛教他救你性命,你怎么不来谢我活命之恩,返来与我嚷闹?"行者道:"你弄得我好哩!你既放我出来,让我逍遥自在耍子便了;你前日在海上迎着我,伤了我几句,教我来尽心竭力,伏侍唐僧便罢了;你怎么送他一顶花帽,哄我戴在头上受苦?把这个箍子长在老孙头上,又教他念一卷甚么《紧箍儿咒》,着那老和尚念了又念,教我这头上疼了又疼,这不是你害我也?"

菩萨笑道:"你这猴子!你不遵教令,不受正果,若不如此拘系

---

① 蜜多:梵语音译,"波罗蜜多"的省称,意思是到彼岸。佛教认为菩萨可以从生、死之此岸达到觉悟和不生不灭的彼岸。
② 七佛之师:一般认为七佛之师是文殊菩萨,曾帮助过去七佛成就佛果,这里说观音是七佛之师,有误。参见第十二回"七佛"条注。

你,你又诳上欺天,知甚好歹!再似从前撞出祸来,有谁收管?须是得这个魔头,你才肯入我逾迦之门路哩①!"行者道:"这桩事,作做是我的魔头罢②,你怎么又把那有罪的业龙,送在此处成精,教他吃了我师父的马匹?此又是纵放歹人为恶,太不善也!"菩萨道:"那条龙,是我亲奏玉帝,讨他在此,专为求经人做个脚力。你想那东土来的凡马,怎历得这万水千山?怎到得那灵山佛地?须是得这个龙马,方才去得。"行者道:"像他这般惧怕老孙,潜躲不出,如之奈何?"菩萨叫揭谛道:"你去涧边叫一声'敖闰龙王玉龙三太子,你出来,有南海菩萨在此'。他就出来了。"

那揭谛果去涧边叫了两遍。那小龙翻波跳浪,跳出水来,变作一个人相,踏了云头,到空中对菩萨礼拜道:"向蒙菩萨解脱活命之恩,在此久等,更不闻取经人的音信。"菩萨指着行者道:"这不是取经人的大徒弟?"小龙见了道:"菩萨,这是我的对头。我昨日腹中饥馁,果然吃了他的马匹。他倚着有些力量,将我斗得力怯而回;又骂得我闭门不敢出来。他更不曾提着一个'取经'的字样。"行者道:"你又不曾问我姓甚名谁,我怎么就说?"小龙道:"我不曾问你是那里来的泼魔?你嚷道:'管甚么那里不那里,只还我马来!'何曾说出半个'唐'字?"菩萨道:"那猴头,专倚自强,那肯称赞别人?今番前去,还有归顺的哩。若问时,先提起取经的字来,却也不用劳心,自然拱伏。"

---

① 逾迦:应作"瑜伽"。瑜伽教是融合了中国本土信仰的一个佛教宗派,以法术驱邪、巫术降神为主,宋元以后大盛。明初朱元璋将学佛者分为禅(坐禅以求明心见性)、讲(讲习佛教义理)、教三类(《明太祖实录》卷二百九)。其中"教"类又称瑜伽,诵真言密咒,做经忏法事。此类僧人因为不需要太高的学问和修行,故数量最多,也较多为世人所熟悉。《西游记》中唐僧所主持的佛教活动多为水陆施食、念经拜忏之类,所宣讲的经文也多是《孔雀经》《梁皇水忏》和世俗宝卷等,"佛号仙音,无般不会"(第十一回),即瑜伽僧(经忏僧)常做的法事内容,体现了明代民间对"高僧"形象的认识。
② 作做是我的魔头:就当作是我的对头、克星。

行者欢喜领教。菩萨上前,把那小龙的项下明珠摘了①,将杨柳枝蘸出甘露,往他身上拂了一拂,吹口仙气,喝声叫:"变!"那龙即变做他原来的马匹毛片②。又将言语分付道:"你须用心了还业障;功成后,超越凡龙,还你个金身正果。"那小龙口衔着横骨③,心心领诺。

　　菩萨教:"悟空,领他去见三藏,我回海上去也。"行者扯住菩萨不放道:"我不去了,我不去了。西方路这等崎岖,保这个凡僧,几时得到?似这等多磨多折,老孙的性命也难全,如何成得甚么功果!我不去了,我不去了。"菩萨道:"你当年未成人道,且肯尽心修悟;你今日脱了天灾,怎么倒生懒惰?我门中以寂灭成真,须是要信心果正;假若到了那伤身苦磨之处,我许你叫天天应,叫地地灵。十分再到那难脱之际,我也亲来救你。你过来,我再赠你一般本事。"菩萨将杨柳叶儿摘下三个,放在行者的脑后,喝声:"变!"即变做三根救命的毫毛,教他:"若到那无济无生的时节,可以随机应变,救得你急苦之灾。"行者闻了这许多好言,才谢了大慈大悲的菩萨。那菩萨香风绕绕,彩雾飘飘,径转普陀而去。

　　这行者才按落云头,揪着那龙马的顶鬃,来见三藏道:"师父,马有了也。"三藏一见大喜道:"徒弟,这马怎么比前反肥盛了

---

①项下明珠:古代传说,龙脖子下生有明珠。例如《尸子》卷下称:骊龙蟠于玉渊之中,颔下有珠。

②毛片:毛色。

③横骨:本是穴道名,又指舌骨,中医经典《灵枢经》卷十称"横骨者,神气所使,主发舌",即是舌中软骨。元诗人耶律楚材《言无过失》诗"元知舌上无横骨,须信喉中有转关",则可知古人认为人之所以能说话,是因为无横骨阻塞咽喉通道。民间传说,动物口中、喉中(或腹部)生有横骨,故不能说话。清《施案奇闻》第四回讲一白猯獭(水獭)到施公处告状,由于是畜类,"横骨扎嗓,不能言语",故只能悲声乱叫。评书、相声提到不能说话的畜类,都常用"横骨插心"熟语。《封神演义》第十九回讲周文王之子伯邑考献给纣王一头白猿,因为"修炼得十二重楼(即喉管)横骨俱无",所以才善于歌唱。故此处小龙摘去明珠,"口衔横骨",当是甘愿变为畜类,不随意口吐人言的缘故。

些？在何处寻着的？"行者道："师父，你还做梦哩！却才是金头揭谛请了菩萨来，把那涧里龙化作我们的白马。其毛片相同，只是少了鞍辔，着老孙揪将来也。"三藏大惊道："菩萨何在？待我去拜谢他。"行者道："菩萨此时已到南海，不耐烦矣。"三藏就撮土焚香，望南礼拜。拜罢起身，即与行者收拾前进。行者喝退了山神土地，分付了揭谛功曹，却请师父上马。三藏道："那无鞍辔的马，怎生骑得？且待寻船渡过涧去，再作区处。"行者道："这个师父好不知时务！这个旷野山中，船从何来？这匹马，他在此久住，必知水势，就骑着他做个船儿过去罢。"三藏无奈，只得依言，跨了刬马①。行者挑着行囊，到了涧边。

只见那上流头有一个渔翁，撑着一个枯木的筏子，顺流而下。行者见了，用手招呼道："那老渔，你来，你来。我是东土取经去的。我师父到此难过，你来渡他一渡。"渔翁闻言，即忙撑拢。行者请师父下了马，扶持左右。三藏上了筏子，揪上马匹，安了行李。那老渔撑开筏子，如风似箭，不觉的过了鹰愁陡涧，上了西岸。三藏教行者解开包袱，取出大唐的几文钱钞，送与老渔。老渔把筏子一篙撑开道："不要钱，不要钱。"向中流渺渺茫茫而去。三藏甚不过意，只管合掌称谢。行者道："师父休致意了。你不认得他？他是此涧里的水神。不曾来接得我老孙，老孙还要打他哩。只如今免打就勾了他的，怎敢要钱？"那师父也似信不信，只得又跨着刬马，随着行者，径投大路，奔西而去。这正是：广大真如登彼岸，诚心了性上灵山。同师前进，不觉的红日沉西，天光渐晚，但见：

淡云撩乱，山月昏蒙。满天霜色生寒，四面风声透体。孤鸟去时苍渚阔②，落霞明处远山低。疏林千树吼，空岭独猿啼。长途不见行人迹，万里归舟入夜时。

三藏在马上遥观，忽见路傍一座庄院。三藏道："悟空，前面人

---

①刬(chǎn)马：没有鞍辔的光背马。刬，光着。
②渚：水中的小块陆地。

家,可以借宿,明早再行。"行者抬头看见道:"师父,不是人家庄院。"三藏道:"如何不是?"行者道:"人家庄院,却没飞鱼稳兽之脊①,这断是个庙宇庵院。"师徒们说着话,早已到了门首。三藏下了马,只见那门上有三个大字,乃"里社祠",遂入门里。那里边有一个老者,项挂着数珠儿,合掌来迎,教声:"师父请坐。"三藏慌忙答礼,上殿去参拜了圣像。那老者即呼童子献茶。茶罢,三藏问老者道:"此庙何为'里社'?"老者道:"敝处乃西番哈泌国界②。这庙后有一庄人家,共发虔心,立此庙宇。里者,乃一乡里地;社者,乃一社土神。每遇春耕、夏耘、秋收、冬藏之日,各办三牲花果,来此祭社,以保四时清吉,五谷丰登,六畜茂盛故也。"三藏闻言,点头夸赞:"正是'离家三里远,别是一乡风',我那里人家,更无此善。"老者却问:"师父仙乡是何处?"三藏道:"贫僧是东土大唐国,奉旨意,上西天拜佛求经的。路过宝坊,天色将晚,特投圣祠,告宿一宵,天光即行。"那老者十分欢喜,道了几声"失迎",又叫童子办饭。三藏吃毕,谢了。

　　行者的眼乖,见他房檐下,有一条搭衣的绳子,走将去,一把扯断,将马脚系住。那老者笑道:"这马是那里偷来的?"行者怒道:"你那老头子,说话不知高低!我们是拜佛的圣僧,又会偷马?"老儿笑道:"不是偷的,如何没有鞍辔缰绳,却来扯断我晒衣的索子?"三藏陪礼道:"这个顽皮,只是性燥。你要拴马,好生问老人家讨条绳子,如何就扯断他的衣索?老先③,休怪,休怪。我这马,实不瞒你说,不是偷的。昨日东来,至鹰愁陡涧,原有骑的一匹白马,鞍辔俱全。不

---

①飞鱼稳兽:屋脊上的鱼形和兽形饰件,除了庙宇、宫殿外,一般的人家没有这种豪华的装饰。明代建筑等级森严,《明太祖实录》洪武二十四年(1391)规定:"官民房屋,并不许盖造九五间数及歇山转角、重檐重栱、绘画藻井。"五品以上官员才可以用屋脊瓦兽(《明史·舆服志四》),平民房舍禁用彩色,开间不得超过三间。

②哈泌国:即"哈密国"。位于现在的新疆哈密。

③老先:即老先生,对长者的尊称。

期那涧里有条孽龙,在彼成精,他把我的马连鞍辔一口吞之。幸亏我徒弟有些本事,又感得观音菩萨来涧边擒住那龙,教他就变做我原骑的白马,毛片俱同,驮我上西天拜佛。今此过涧,未经一日,却到了老先的圣祠,还不曾置得鞍辔哩。"那老者道:"师父休怪,我老汉作笑耍子,谁知你高徒认真。我小时也有几个村钱,也好骑匹骏马。只因累岁迍邅①,遭丧失火,到此没了下稍②,故充为庙祝③,侍奉香火。幸亏这后庄施主家募化度日。我那里倒还有一副鞍辔,是我平日心爱之物,就是这等贫穷,也不曾舍得卖了。才听老师父之言,菩萨尚且救护神龙,教他化马驮你,我老汉却不能少有周济,明日将那鞍辔取来,愿送老师父,叩背前去,乞为笑纳。"三藏闻言,称谢不尽。早又见童子拿出晚斋。斋罢,掌上灯,安了铺,各各寝歇。

　　至次早,行者起来道:"师父,那庙祝老儿,昨晚许我们鞍辔,问他要,不要饶他。"说未了,只见那老儿果擎着一副鞍辔、衬屉、缰笼之类,凡马上一切用的,无不全备,放在廊下道:"师父,鞍辔奉上。"三藏见了,欢然领受。教行者拿了,背上马看,可相称否。行者走上前,一件件的取起看了,果然是些好物。有诗为证。诗曰:

　　　　雕鞍彩晃柬银星,宝凳光飞金线明。
　　　　衬屉几层绒苫叠,牵缰三股紫丝绳。
　　　　辔头皮扎团花粲,云扇描金舞兽形。

---

①迍邅(zhūn zhān):处境不利,困顿。
②没了下稍:没了好结局。下稍,结局。
③庙祝:庙宇中管香火的人。

环嚼扣成磨炼铁,两垂蘸水结毛缨①。

行者心中暗喜,将鞍辔背在马上,就似量着做的一般。三藏拜谢那老,那老慌忙搀起道:"惶恐!惶恐!何劳致谢?"那老者也不再留,请三藏上马,那长老出得门来,攀鞍上马。行者抬着行李。那老儿复袖中取出一条鞭儿来,却是皮丁儿寸扎的香藤柄子②,虎筋丝穿结的梢儿,在路傍拱手奉上道:"圣僧,我还有一条挽手儿③,一发送了你罢。"那三藏在马上接了道:"多承布施!多承布施!"

正打问讯,却早不见了那老儿。及回看那里社祠,是一片光地。只听得半空中有人言语道:"圣僧,多简慢你④。我是落伽山山神土地,蒙菩萨差送鞍辔与汝等的。汝等可努力西行,却莫一时怠慢。"慌得个三藏滚鞍下马,望空礼拜道:"弟子肉眼凡胎,不识尊神尊面,望乞恕罪。烦转达菩萨,深蒙恩佑。"你看他只管朝天磕头,也不计其数。路傍边活活的笑倒个孙大圣,孜孜的喜坏个美猴王,上前来扯住唐僧道:"师父,你起来罢。他已去得远了,听不见你祷祝,看不见你磕头。只管拜怎的?"长老道:"徒弟呀,我这等磕头,你也就不

---

① "雕鞍彩晃柬银星"以下韵文:这里描述了全副的马具。柬,即"錽(jiǎn)",在铜铁器上镂金银文,也作"减"。《明英宗实录》正统四年(1439):"减银摺铁刀并鞘一。"夏仁虎《旧京琐记》卷二:"京师工艺有曰减金、减银者,以金银丝嵌入铜铁器者是也。字当作'錽',读如'减'。汉马融《广成颂》'金錽玉镶',其字甚古。"雕鞍,指马鞍的鞍桥,用于骑坐。考究的鞍桥用名贵木材制成,镶嵌珠宝、雕刻花纹。凳,即马镫,挂在鞍两侧的脚踏。衬屉,即鞍鞯,马鞍下面的垫子,一般用皮毛、绸缎制成,讲究的鞍鞯有皮、棕、棉数层。屉指片形的附件。缰,即缰绳,系马的绳索。笼,即笼头,也叫辔头,用皮革扎制或用铁条制成,套在马头上,用于系缰绳、挂嚼子。云扇,当即鞍翅,又称鞍板,位于鞍桥之下两侧的扇形板,用来稳定鞍桥和系梢绳(原用来拖挂猎物,后变为装饰性的绳索)。环嚼,即嚼子,放在马口里的链形铁器,两端连在缰上,以便驾驭。毛缨,垂在马鞍两侧的装饰性缨穗。讲究的更用牦牛尾、银狐尾制成。

② 皮丁儿寸扎:用细皮条一节节扎制。

③ 挽手儿:即马鞭。

④ 简慢:轻忽怠慢。

拜他一拜,且立在傍边,只管哂笑,是何道理?"行者道:"你那里知道,像他这个藏头露尾的,本该打他一顿;只为看菩萨面上,饶他打尽勾了,他还敢受我老孙之拜?老孙自小儿做好汉,不晓得拜人,就是见了玉皇大帝、太上老君,我也只是唱个喏便罢了。"三藏道:"不当人子!莫说这空头话!快起来,莫误了走路。"那师父才起来收拾投西而去。

此去行有两个月太平之路,相遇的都是些㹶㹶、回回①,狼虫虎豹。光阴迅速,又值早春时候,但见山林锦翠色,草木发青芽;梅英落尽②,柳眼初开③。师徒们行玩春光,又见太阳西坠。三藏勒马遥观,山凹里有楼台影影,殿阁沉沉。三藏道:"悟空,你看那里是甚么去处?"行者抬头看了道:"不是殿宇,定是寺院。我们赶起些,那里借宿去。"三藏忻然从之,放开龙马,径奔前来。毕竟不知此去是甚么去处,且听下回分解。

---

①㹶㹶、回回:都是汉地对西北地区的少数民族的称呼。
②梅英:梅花。
③柳眼:早春初生的柳叶如同人的睡眼刚刚睁开,故称柳眼。唐元稹《生春》诗九:"何处生春早,春生柳眼中。"

第十六回

观音院僧谋宝贝　黑风山怪窃袈裟

却说他师徒两个,策马前来,直至山门首观看,果然是一座寺院。但见那:

层层殿阁,叠叠廊房,三山门外①,巍巍万道彩云遮;五福堂前,艳艳千条红雾绕。两路松篁,一林桧柏。两路松篁,无年无纪自清幽;一林桧柏,有色有颜随傲丽。又见那钟鼓楼高,浮屠塔峻。安禅僧定性,啼树鸟音闲。寂寞无尘真寂寞,清虚有道果清虚。

诗曰:

上刹祇园隐翠窝,招提胜景赛娑婆②。

果然净土人间少,天下名山僧占多。

长老下了马,行者歇了担,正欲进门,只见那门里走出一众僧来③。你看他怎生模样:

头戴左笄帽④,身穿无垢衣⑤。

铜环双坠耳,绢带束腰围。

草履行来稳,木鱼手内提。

---

① 三山门:佛教认为"空""无相""无作"三种门径可以通向最终解脱,称为"三解脱门",故寺院大门一般开三个门以象征之,称三门殿,亦称山门殿(据《释氏要览》上)。
② 娑婆:当作"娑罗",古印度阿利罗跋提河边有娑罗树,佛即在此入灭,是佛教圣地。此处指胜景比得上娑罗双树。按:娑罗常误作"娑婆"或"婆娑"。《红楼梦》第五回:"西方宝树唤婆娑,上结着长生果。"同此误。
③ 一众僧:即一个僧人。"众"用为量词。本回下文"过两界山,收了一众小徒",第二十回"那一众在那里",均同此意。
④ 左笄帽:见第八十回"左笄绒锦帽"条注。
⑤ 无垢衣:袈裟的美称,又称忍辱铠。佛教认为袈裟象征没有烦恼的垢染,故称无垢衣。

口中常作念,般若总皈依。

　　三藏见了,侍立门傍,道个问讯。那和尚连忙答礼,笑道:"失瞻。"问:"是那里来的?请入方丈献茶。"三藏道:"我弟子乃东土钦差,上雷音寺拜佛求经。至此处天色将晚,欲借上刹一宵。"那和尚道:"请进里坐,请进里坐。"三藏方唤行者牵马进来。那和尚忽见行者相貌,有些害怕,便问:"那牵马的是个甚么东西?"三藏道:"悄言!悄言!他的性愚,若听见你说是甚么东西,他就恼了。他是我的徒弟。"那和尚打了个寒禁,咬着指头道:"这般一个丑头怪脑的,好招他做徒弟?"三藏道:"你看不出来哩,丑自丑,甚是有用。"

　　那和尚只得同三藏与行者进了山门。山门里,又见那正殿上书四个大字,是"观音禅院"。三藏又大喜道:"弟子屡感菩萨圣恩,未及叩谢;今遇禅院,就如见菩萨一般,甚好拜谢。"那和尚闻言,即命道人开了殿门①,请三藏朝拜。那行者拴了马,丢了行李,同三藏上殿。三藏展背舒身,铺胸纳地,望金像叩头。那和尚便去打鼓,行者就去撞钟。三藏俯伏台前,倾心祷祝。祝拜已毕,那和尚住了鼓,行者还只管撞钟不歇,或紧或慢,撞了许久。那道人道:"拜已毕了,还撞怎么?"行者方丢了钟杵,笑道:"你那里晓得!我这是'做一日和尚撞一日钟'的。"

　　此时却惊动那寺里大小僧人、上下房长老,听得钟声乱响,一齐拥出道:"那个野人在这里乱敲钟鼓?"行者跳将出来,咄的一声道:"是你孙外公撞了耍子的!"那些和尚一见了,唬得跌跌滚滚,都爬在地下道:"雷公爷爷!"行者道:"雷公是我的重孙儿哩!起来,起来,不要怕,我们是东土大唐来的老爷。"众僧方才礼拜。见了三藏,都才放心不怕。内有本寺院主请道②:"老爷们到后方丈中奉茶。"遂而

---

①道人:这里指佛寺里打杂的人。
②院主:即监寺。寺院的高级管理人员。协助方丈监管寺院事务,负责应对官吏、探访施主、筹备日用等工作。原称院主、寺主,后因对住持特别尊崇,称住持为院主,而改院主、寺主为监寺,俗称当家。

解缰牵马,抬了行李,转过正殿,径入后房,序了坐次。

那院主献了茶,又安排斋供。天光尚早。三藏称谢未毕,只见那后面有两个小童,搀着一个老僧出来。看他怎生打扮:

头上戴一顶毗卢方帽,猫睛石的宝顶光辉①;身上穿一领锦绒褊衫②,翡翠毛的金边晃亮。一对僧鞋攒八宝③,一根拄杖嵌云星④。满面皱痕,好似骊山老母⑤;一双昏眼,却如东海龙君。口不关风因齿落,腰驼背屈为筋挛⑥。

众僧道:"师祖来了。"三藏躬身施礼迎接道:"老院主,弟子拜揖。"那老僧还了礼,又各叙坐。老僧道:"适间小的们说,东土唐朝来的老爷,我才出来奉见。"三藏道:"轻造宝山,不知好歹,恕罪!恕罪!"老僧道:"不敢!不敢!"因问:"老爷,东土到此,有多少路程?"三藏道:"出长安边界,有五千余里;过两界山,收了一众小徒,一路来,行过西番哈咇国,经两个月,又有五六千里,才到了贵处。"老僧道:"也有万里之遥了。我弟子虚度一生,山门也不曾出去,诚所谓'坐井观天',樗朽之辈⑦。"三藏又问:"老院主高寿几何?"老僧道:"痴长二百七十岁了。"行者听见道:"这还是我万代孙儿哩。"三藏瞅了他一眼道:"谨言!莫要不识高低,冲撞人。"那和尚便问:"老爷,你有多少年纪了?"行者道:"不敢说。"那老僧也只当一句风话,便不

---

① 猫睛石:即猫眼石,一种能发出像猫眼睛那样光彩的宝石。
② 褊(biǎn)衫:也作"偏衫",和尚和尼姑穿的类似袈裟的服装,开脊接领,斜披在左肩上。
③ 八宝:参见第十二回"八宝"条注。
④ 云星:即云星纹,一种绘有云气和星辰的装饰花纹。
⑤ 骊山老母:也作"梨山老母"。传说中的女仙,是一个慈祥的老妇人形象。《汉书·律历志》:"骊山女亦为天子,在殷周间。"后被人崇祀。传说唐李筌在长安附近的骊山下遇见一位老母,授给他《阴符经》等书,从此精于神仙之道。此后老母信仰逐渐兴盛,还出现了《骊山老母玄妙真经》等经典。
⑥ 驼:原作"馱",世德堂本"驼""馱"混用,今随文改为常用字,后不出注。
⑦ 樗朽:腐朽的樗木,比喻无用之人。常用作自谦之词。樗,臭椿树,不能用作建筑材料。

戒意,也再不问,只叫献茶。有一个小幸童①,拿出一个羊脂玉的盘儿②,有三个法蓝镶金的茶钟③;又一童,提一把白铜壶儿,斟了三杯香茶。真个是色欺榴蕊艳,味胜桂花香。三藏见了,夸爱不尽道:"好物件,好物件,真是美食美器!"那老僧道:"污眼!污眼!老爷乃天朝上国,广览奇珍,似这般器具,何足过奖?老爷自上邦来,可有甚么宝贝,借与弟子一观?"三藏道:"可怜!我那东土,无甚宝贝;就有时,路程遥远,也不能带得。"

　　行者在傍道:"师父,我前日在包袱里,曾见那领袈裟,不是件宝贝?拿与他看看何如?"众僧听说袈裟,一个个冷笑。行者道:"你笑怎的?"院主道:"老爷才说袈裟是件宝贝,言实可笑。若说袈裟,似我等辈者,不上二三十件;若论我师祖,在此处做了二百五六十年和尚,足有七八百件。"叫:"拿出来看看。"那老和尚,也是他一时卖弄,便叫道人开库房,头陀抬柜子,就抬出十二柜,放在天井中,开了锁,两边设下衣架,四围牵了绳子,将袈裟一件件抖开挂起,请三藏观看。果然是满堂绮绣,四壁绫罗。

　　行者一一观之,都是些穿花纳锦④,刺绣销金之物。笑道:"好,好,好。收起,收起。把我们的也取出来看看。"三藏把行者扯住,悄悄的道:"徒弟,莫要与人斗富。你我是单身在外,只恐有错。"行者道:"看看袈裟,有何差错?"三藏道:"你不曾理会得。古人有云:'珍奇玩好之物,不可使见贪婪奸伪之人。'倘若一经人目,必动其心;既动其心,必生其计。汝是个畏祸的,索之而必应其求,可也;不然,则殒身灭命,皆起于此,事不小矣。"行者道:"放心!放心!都在老孙身上!"

　　你看他不由分说,急急的走了去,把个包袱解开,早有霞光迸

---

①幸童:贴身的童仆。
②羊脂玉:像凝固的羊脂油一样温润的半透明白玉。
③法蓝:即珐琅。用特制的釉子涂在金属器物表面制成的器具,一般都色泽美观,花纹精巧,如景泰蓝即珐琅制品。
④纳锦:一种刺绣,在素纱上绣出几何图案。

进;尚有两层油纸裹定,去了纸,取出袈裟,抖开时,红光满室,彩气盈庭。众僧见了,无一个不心欢口赞。真个好袈裟! 上头有:

千般巧妙明珠坠,万样稀奇佛宝攒。
上下龙须铺彩绮,兜罗四面锦沿边。
体挂魍魉从此灭,身披魑魅入黄泉。
托化天仙亲手制,不是真僧不敢穿。

那老和尚见了这般宝贝,果然动了奸心,走上前对三藏跪下,眼中垂泪道:"我弟子真是没缘。"三藏搀起道:"老院师有何话说?"他道:"老爷这件宝贝,方才展开,天色晚了,奈何眼目昏花,不能看得明白,岂不是无缘?"三藏教:"掌上灯来,让你再看。"那老僧道:"爷爷的宝贝,已是光亮;再点了灯,一发幌眼,莫想看得仔细。"行者道:"你要怎的看才好?"老僧道:"老爷若是宽恩放心,教弟子拿到后房,细细的看一夜,明早送还老爷西去,不知尊意何如?"

三藏听说,吃了一惊,埋冤行者道:"都是你,都是你。"行者笑道:"怕他怎的? 等我包起来,等他拿了去看。但有疏虞,尽是老孙管整①。"那三藏阻当不住,他把袈裟递与老僧道:"凭你看去;只是明早照旧还我,不得损污些须。"老僧喜喜欢欢,着幸童将袈裟拿进去,却分付众僧,将前面禅堂扫净,取两张藤床,安设铺盖,请二位老爷安歇;一壁厢又教安排明早斋送行,遂而各散。师徒们关了禅堂,睡下不题。

却说那和尚把袈裟骗到手,拿在后房灯下,对袈裟号咷痛哭,慌得那本寺僧,不敢先睡。小幸童也不知为何,却去报与众僧道:"公公哭到二更时候,还不歇声。"有两个徒孙,是他心爱之人,上前问道:"师公,你哭怎的?"老僧道:"我哭无缘,看不得唐僧宝贝!"小和尚道:"公公年纪高大,发过了②。他的袈裟,放在你面前,你只消解开看便罢了,何须痛哭?"老僧道:"看的不长久。我今年二百七十

---

①管整:包办打理。
②发过了:已经发达过了。

岁,空挣了几百件袈裟,怎么得有他这一件?怎么得做个唐僧?"小和尚道:"师公差了。唐僧乃是离乡避井的一个行脚僧。你这等年高享用也勾了,倒要像他做行脚僧,何也?"老僧道:"我虽是坐家自在,乐乎晚景,却不得他这袈裟穿穿。若教我穿得一日儿,就死也闭眼,也是我来阳世间为僧一场!"众僧道:"好没正经!你要穿他的,有何难处?我们明日留他住一日,你就穿他一日;留他住十日,你就穿他十日,便罢了。何苦这般痛哭?"老僧道:"总然留他住了年载,也只穿得年载,到底也不得气长。他要去时,只得与他去,怎生留得长远?"

正说话处,有一个小和尚,名唤广智,出头道:"公公,要得长远,也容易。"老僧闻言,就欢喜起来道:"我儿,你有甚么高见?"广智道:"那唐僧两个是走路的人,辛苦之甚,如今已睡着了。我们想几个有力量的,拿了枪刀,打开禅堂,将他杀了,把尸首埋在后园,只我一家知道,却又谋了他的白马、行囊,却把那袈裟留下,以为传家之宝,岂非子孙长久之计耶?"老和尚见说,满心欢喜,却才揩了眼泪道:"好!好!好!此计绝妙!"即便收拾枪刀。

内中又一个小和尚,名唤广谋,就是那广智的师弟,上前来道:"此计不妙。若要杀他,须要看看动静。那个白脸的似易,那个毛脸的似难。万一杀他不得,却不返招己祸?我有一个不动刀枪之法,不知你尊意如何?"老僧道:"我儿,你有何法?"广谋道:"依小孙之见,如今唤聚东山大小房头①,每人要干柴一束,舍了那三间禅堂,放起火来,教他欲走无门,连马一火焚之。就是山前山后人家看见,只说是他自不小心,走了火,将我禅堂都烧了。那两个和尚,却不都烧

---

① 房头:僧人的师徒支系。禅宗寺院,分十方丛林与子孙丛林。十方丛林可以公开传戒,聘请高僧担任住持,寺产由僧团共管。子孙丛林不能公开传戒,但住持必由本寺僧人担任,即可以世袭,寺产为师徒私有。僧人可以自行收徒,徒又收徒,于是形成师祖、师父、徒弟、徒孙类似家族的支系,一个支系称为一个房头,故下文说此寺有"七八十个房头,僧人二百余众"。

死?又好掩人耳目。袈裟岂不是我们传家之宝?"那些和尚闻言,无不欢喜。都道:"强!强!强!此计更妙!更妙!"遂教各房头搬柴来。咦,这一计,正是弄得个高寿老僧该尽命,观音禅院化为尘。原来他那寺里,有七八十个房头,大小有二百余众。当夜一拥搬柴,把个禅堂前前后后四面围绕不通,安排放火不题。

却说三藏师徒,安歇已定。那行者却是个灵猴,虽然睡下,只是存神炼气,朦胧着醒眼。忽听得外面不住的人走,查查的柴响风生,他心疑惑道:"此时夜静,如何有人行得脚步之声?莫敢是贼盗,谋害我们的?"他就一骨鲁跳起。欲要开门出看,又恐惊醒师父。你看他弄个精神,摇身一变,变做一个蜜蜂儿,真个是:

口甜尾毒,腰细身轻。穿花度柳飞如箭,粘絮寻香似落星。小小微躯能负重,嚣嚣薄翅会乘风①。却自檐棱下,钻出看分明。

只见那众僧们,搬柴运草,已围住禅堂放火哩。行者暗笑道:"果依我师父之言,他要害我们性命,谋我的袈裟,故起这等毒心。我待要拿棍打他呵,可怜又不禁打,一顿棍都打死了,师父又怪我行凶。罢,罢,罢,与他个顺手牵羊,将计就计,教他住不成罢!"好行者,一筋斗跳上南天门里,唬得个庞、刘、苟、毕躬身,马、赵、温、关控背,俱道:"不好了,不好了,那闹天宫的主子又来了!"行者摇着手道:"列位免礼,休惊。我来寻广目天王的。"

说不了,却遇天王早到,迎着行者道:"久阔,久阔。前闻得观音菩萨来见玉帝,借了四值功曹、六丁六甲并揭谛等,保护唐僧往西天取经去,说你与他做了徒弟,今日怎么得闲到此?"行者道:"且休叙阔。唐僧路遇歹人,放火烧他,事在万分紧急,特来寻你借辟火罩儿,救他一救。快些拿来使使,即刻返上。"天王道:"你差了。即是歹人放火,只该借水救他,如何要辟火罩?"行者道:"你那里晓得就里。借水救之,却烧不起来,倒相应了他②;只是借此罩,护住了唐僧

---

①嚣:方言,薄。
②相应:合算,便宜。

无伤,其余管他,尽他烧去,快些,快些!此时恐已无及。莫误了我下边干事。"那天王笑道:"这猴子还是这等起不善之心,只顾了自家,就不管别人。"行者道:"快着!快着!莫要调嘴①,害了大事!"那天王不敢不借,遂将罩儿递与行者。

　　行者拿了,按着云头,径到禅堂房脊上,罩住了唐僧与白马、行李。他却去那后面老和尚住的方丈房上头坐,着意护那袈裟。看那些人放起火来,他转捻诀念咒,望巽地上吸一口气吹将去,一阵风起,把那火转刮得烘烘乱着。好火!好火!但见:

　　黑烟漠漠,红焰腾腾。黑烟漠漠,长空不见一天星;红焰腾腾,大地有光千里赤。起初时,灼灼金蛇;次后来,威威血马。南方三炁逞英雄②,回禄大神施法力③。燥干柴烧烈火性,说甚么燧人钻木④;熟油门前飘彩焰,赛过了老祖开炉⑤。正是那无情火发,怎禁这有意行凶,不去弭灾⑥,返行助虐。风随火势,焰飞有千丈余高;火趁风威,灰迸上九霄云外。乒乒乓乓,好便似残年爆竹;泼泼喇喇,却就如军中炮声。烧得那当场佛像莫能逃,东院伽蓝无处躲⑦。胜如赤壁夜鏖兵⑧,赛过阿房宫内火⑨!

　　这正是星星之火,能烧万顷之田。须臾间,风狂火盛,把一座观

---

①调嘴:耍嘴皮子。
②南方三炁:即道教火神。参见第五十一回"南方三炁火德星君"条注。
③回禄:上古传说中的火神。《左传·昭公十八年》:"郊人助祝史除于国北,禳火于玄冥、回禄。"即郊野居民帮助祝史在城北清除场地,祭祀水神玄冥、火神回禄。
④燧人:即燧人氏,传说中的上古帝王,钻木取火的发明者。
⑤老祖:指太上老君。
⑥弭:消除。
⑦东院伽蓝:伽蓝殿一般在寺院东侧,故称。伽蓝,参见第十五回"护驾伽蓝"条注。
⑧赤壁夜鏖(áo)兵:指东汉末年周瑜在赤壁大战中火攻曹操军队之事。鏖兵,激烈的战斗。
⑨阿房(ē páng)官:秦始皇修建的豪华宫殿,秦朝灭亡的时候,被项羽烧毁。

音院,处处通红。你看那众和尚,搬箱抬笼,抢桌端锅,满院里叫苦连天。孙行者护住了后边方丈,辟火罩罩住了前面禅堂,其余前后火光大发,真个是照天红焰辉煌,透壁金光照耀。

不期火起之时,惊动了一山兽怪。这观音院正南二十里远近,有座黑风山,山中有一个黑风洞,洞中有一个妖精,正在睡醒翻身。只见那窗门透亮,只道是天明。起来看时,却是正北下的火光幌亮,妖精大惊道:"呀!这必是观音院里失了火,这些和尚好不小心!我看时,与他救一救来。"好妖精,纵起云头,即至烟火之下,果然冲天之火①,前面殿宇皆空,两廊烟火方灼。他大拽步,撞将进去,正呼唤教取水来,只见那后房无火,房脊上有一人放风。他却情知如此,急入里面看时,见那方丈中间有些霞光彩气,台案上有一个青毡包袱。他解开一看,见是一领锦襕袈裟,乃佛门之异宝。正是财动人心,他也不救火,他也不叫水,拿着那袈裟,趁哄打劫,拽回云步,径转东山而去。

那场火只烧到五更天明,方才灭息。你看那众僧们,赤赤精精,啼啼哭哭,都去那灰内寻铜铁,拨腐炭,扑金银。有的在墙筐里,苦搭窝棚;有的赤壁根头,支锅造饭;叫冤叫屈,乱嚷乱斗不题。

却说行者取了辟火罩,一筋斗送上南天门,交与广目天王道:"谢借,谢借。"天王收了道:"大圣至诚了。我正愁你不还我的宝贝,无处寻讨,且喜就送来也。"行者道:"老孙可是那当面骗物之人?这叫做'好借好还,再借不难'。"天王道:"许久不面,请到宫少坐一时,何如?"行者道:"老孙比在前不同,烂板凳②,高谈阔论了;如今保唐僧,不得身闲。容叙,容叙。"急辞别坠云,又见那太阳星上。径来到禅堂前,摇身一变,变做个蜜蜂儿,飞将进去,现了本相看时,那师父还沉睡哩。行者叫道:"师父,天亮了,起来罢。"

三藏才醒觉,翻身道:"正是。"穿了衣服,开门出来,忽抬头只见

---

①冲:原作"充",世德堂本"充""冲"二字常混用,今改正,后不出注。
②烂板凳:比喻呆坐消磨时光,荒废事务。

些倒壁红墙,不见了楼台殿宇,大惊道:"怎么这殿宇俱无,都是红墙,何也?"行者道:"你还做梦哩!今夜走了火的。"三藏道:"我怎不知?"行者道:"是老孙护了禅堂,见师父浓睡,不曾惊动。"三藏道:"你有本事护了禅堂,如何就不救别房之火?"行者笑道:"好教师父得知。果然依你昨日之言,他爱上我们的袈裟,算计要烧杀我们。若不是老孙知觉,到如今皆成灰骨矣。"三藏闻言,害怕道:"是他们放的火么?"行者道:"不是他是谁?"三藏道:"莫不是怠慢了你,你干的这个勾当?"行者道:"老孙是这等怠懒之人,干这等不良之事?实实是他家放的。老孙见他心毒,果是不曾与他救火,只是与他略略助些风的。"三藏道:"天那!天那!火起时,只该助水,怎转助风?"行者道:"你可知古人云'人没伤虎心,虎没伤人意'。他不弄火,我怎肯弄风?"三藏道:"袈裟何在?敢莫是烧坏了也?"行者道:"没事,没事,烧不坏。那放袈裟的方丈无火。"三藏恨道:"我不管你。但是有些儿伤损,我只把那话儿念起念动,你就是死了!"行者慌了道:"师父,莫念!莫念!管寻还你袈裟就是了。等我去拿来走路。"三藏才牵着马,行者挑了担,出了禅堂,径往后方丈去。

却说那些和尚,正悲切间,忽的看见他师徒牵马挑担而来,唬得一个个魂飞魄散,道:"冤魂索命来了!"行者喝道:"甚么冤魂索命?快还我袈裟来!"众僧一齐跪倒叩头道:"爷爷呀,冤有冤家,债有债主。要索命不管我们事,都是广谋与老和尚定计害你的,莫问我们讨命。"行者呲的一声道:"我把你这些该死的畜生!那个问你讨甚么命?只拿袈裟来还我走路。"其间有两个胆量大的和尚道:"老爷,你们在禅堂里已烧死了,如今又来讨袈裟,端的还是人,是鬼?"行者笑道:"这伙业畜!那里有甚么火来?你去前面看看禅堂,再来说话。"众僧们爬起来往前观看,那禅堂外面的门窗槅扇①,更不曾燎灼

---

①槅(gé):窗上的格子。

了半分。众人悚惧,才认得三藏是种神僧①,行者是尊护法②。一齐上前叩头道:"我等有眼无珠,不识真人下界。你的袈裟在后面方丈中老师祖处哩。"三藏行过了三五层败壁破墙,嗟叹不已。只见方丈果然无火,众僧抢入里面,叫道:"公公!唐僧乃是神人,未曾烧死,如今反害了自己家当。趁早拿出袈裟,还他去也。"

原来这老和尚寻不见袈裟,又烧了本寺的房屋,正在万分烦恼焦燥之处,一闻此言,怎敢答应?因寻思无计,进退无方,拽开步,躬着腰,往那墙上着实撞了一头,可怜只撞得脑破血流魂魄散,咽喉气断染红沙!有诗为证。诗曰:

> 堪叹老衲性愚蒙,枉作人间一寿翁。
> 欲得袈裟传远世,岂知佛宝不凡同。
> 但将容易为长久,定是萧条取败功。
> 广智广谋成甚用?损人利己一场空。

慌得个众僧哭道:"师公已撞杀了,又不见袈裟,怎生是好?"行者道:"想是汝等盗藏起也。都出来!开具花名手本③,等老孙逐一查点。"那上下房的院主④,将本寺和尚、头陀、幸童、道人尽行开具手本二张,大小人等,共计二百三十名。行者请师父高坐,他却一一从头唱名搜检,都要解放衣襟,分明点过,更无袈裟。又将那各房头搬抢出去的箱笼物件,从头细细寻遍,那里得有踪迹。

三藏心中烦恼,懊恨行者不尽,却坐在上面念动那咒。行者扑的跌倒在地,抱着头,十分难禁,只教:"莫念,莫念!管寻还了袈裟。"那众僧见了,一个个战兢兢的,上前跪下劝解,三藏才合口不念。行者一骨鲁跳起来,耳朵里掣出铁棒,要打那些和尚,被三藏喝住道:"这猴头!你头疼还不怕,还要无礼?休动手,且莫伤人,再与我审问一问。"众僧们磕头礼拜,哀告三藏道:"老爷饶命!我等委实

---

① 种:应为"众"之误,见本回"一众僧"条注。
② 护法:护持佛法的人或神。
③ 花名手本:花名册。花,掺杂不一。
④ 上下房:参见第十七回"上下院"条注。

的不曾看见。这都是那老死鬼的不是。他昨晚看着你的袈裟,只哭到更深时候,看也不曾敢看,思量要图长久,做个传家之宝,设计定策,要烧杀老爷。自火起之候,狂风大作,各人只顾救火,搬抢物件,更不知袈裟去向。"

行者大怒,走进方丈屋里,把那老死鬼尸首抬出①,选剥了细看②,浑身更无那件宝贝;就把个方丈掘地三尺,也无踪影。行者忖量半晌,问道:"你这里可有甚么妖怪成精么?"院主道:"老爷不问,莫想得知。我这里正东南有座黑风山。黑风洞内有一个黑大王。我这老死鬼常与他讲道。他便是个妖精。别无甚物。"行者道:"那山离此有多远近?"院主道:"只有二十里,那望见山头的就是。"行者笑道:"师父放心,不须讲了,一定是那黑怪偷去无疑。"三藏道:"他那厢离此有二十里,如何就断得是他?"行者道:"你不曾见夜间那火,光腾万里,亮透三天,且休说二十里,就是二百里也照见了!坐定是他见火光焜耀③,趁着机会,暗暗的来到这里,看见我们袈裟是件宝贝,必然趁哄掳去也。等老孙去寻他一寻。"三藏道:"你去了时,我却何倚?"行者道:"这个放心,暗中自有神灵保护,明中等我叫那些和尚伏侍。"即唤众和尚过来道:"汝等着几个去埋那老鬼,着几个伏侍我师父,看守我白马。"众僧领诺。行者又道:"汝等莫顺口儿答应,等我去了,你就不来奉承。看师父的,要怡颜悦色;养白马的,要水草调匀;假有一毫儿差了,照依这个样棍,与你们看看!"

他掣出棍子,照那火烧的砖墙扑的一下,把那墙打得粉碎,又振倒了有七八层墙。众僧见了,个个骨软身麻,跪着磕头滴泪道:"爷爷宽心前去,我等竭力虔心,供奉老爷,决不敢一毫怠慢。"好行者,急纵筋斗云,径上黑风山,寻找这袈裟。正是那:

---

①老:原作"鬼",据杨闽斋本改。李卓吾评本作"触"。原刻"鬼""老"字形相近,"鬼"当是"老"之误。

②选剥:把衣服剥除干净。选,尽。

③焜(kūn):明亮的样子。

金蝉求正出京畿①,仗锡投西涉翠微②。
虎豹狼虫行处有,工商士客见时稀。
路逢异国愚僧妒,全仗齐天大圣威。
火发风生禅院废,黑熊夜盗锦襕衣。

毕竟此去不知袈裟有无,吉凶如何,且听下回分解。

---

① 京畿(jī):首都管辖的地区。
② 仗锡:也作"杖锡",拄着锡杖,代指僧人出行。

第十七回

孙行者大闹黑风山　观世音收伏熊罴怪

话说孙行者一筋斗跳将起去,唬得那观音院大小和尚并头陀、幸童、道人等一个个朝天礼拜道:"爷爷呀,原来是腾云驾雾的神圣下界!怪道火不能伤。恨我那个不识人的老剥皮,使心用心,今日反害了自己。"三藏道:"列位请起,不须恨了。这去寻着袈裟,万事皆休;但恐找寻不着,我那徒弟性子有些不好,汝等性命不知如何,恐一人不能脱也。"众僧闻得此言,一个个提心吊胆,告天许愿,只要寻得袈裟,各全性命不题。

却说孙大圣到空中,把腰儿扭了一扭,早来到黑风山上。住了云头,仔细看,果然是座好山。况正值春光时节,但见:

万壑争流,千崖竞秀。鸟啼人不见,花落树犹香。雨过天连青壁润,风来松卷翠屏张①。山草发,野花开,悬崖峭嶂②;薜萝生③,佳木丽,峻岭平岗。不遇幽人,那寻樵子?涧边双鹤饮,石上野猿狂。蠢蠢堆螺排黛色④,巍巍拥翠弄岚光⑤。

那行者正观山景,忽听得芳草坡前,有人言语。他却轻步潜踪,闪在那石崖之下,偷睛观看。原来是三个妖魔,席地而坐:上首的是一条黑汉,左首下是一个道人,右首下是一个白衣秀士。都在那里

---

①翠屏:长满绿色植物的崖壁。
②嶂:耸立如屏障的山峰。
③薜萝:薜荔和女萝,都是野生植物,常攀缘在山野林木或屋壁之上。
④堆螺排黛色:像螺一样的山峰呈现出青黑色。唐刘禹锡《望洞庭》:"遥望洞庭山水翠,白银盘里一青螺。"
⑤岚光:山间雾气经日光照射而发出的光彩。

高谈阔论。讲的是立鼎安炉,抟砂炼汞,白雪黄芽①,傍门外道。正说中间,那黑汉笑道:"后日是我母难之日②,二公可光顾光顾?"白衣秀士道:"年年与大王上寿,今年岂有不来之理?"黑汉道:"我夜来得了一件宝贝,名唤锦襕佛衣,诚然是件玩好之物。我明日就以他为寿,大开筵宴,邀请各山道官③,庆贺佛衣,就称为'佛衣会'如何?"道人笑道:"妙!妙!妙!我明日先来拜寿,后日再来赴宴。"

行者闻得佛衣之言,定以为是他宝贝。他就忍不住怒气,跳出石崖,双手举起金箍棒,高叫道:"我把你这伙贼怪!你偷了我的袈裟,要做甚么'佛衣会'?趁早儿将来还我!"喝一声:"休走!"轮起棒,照头一下,慌得那黑汉化风而逃,道人驾云而走;只把个白衣秀士,一棒打死,拖将过来看处,却是一条白花蛇怪。索性提起来,摔做五七断,径入深山④,找寻那个黑汉。转过尖峰,抹过峻岭⑤,又见那壁陡崖前,耸出一座洞府,但见那:

烟霞渺渺,松柏森森。烟霞渺渺采盈门,松柏森森青绕户。桥踏枯槎木⑥,峰巅绕薜萝。鸟衔红蕊来云壑,鹿践芳丛上石台。那门前时催花发,风送花香。临堤绿柳转黄鹂,傍岸夭桃翻粉蝶⑦。虽然

---

① "立鼎安炉"以下几句:都是道教金丹家的术语。炼丹之前,要起建丹灶,在灶上安放鼎器。金丹家立鼎安炉有诸多讲究,如《感气十六转金丹》载安炉立鼎之法:用古剑一口,古镜一面,建坛三层,高三尺六寸,坛方圆一丈以上,坛上建屋,坛下埋朱砂二十四两镇坛,坛上有灶,灶中安鼎。朱砂、汞、铅,都是炼丹的基本原料。白雪、黄芽,都是金丹家的隐语。白雪,指汞,即水银。黄芽,指铅。
② 母难之日:即生日。婴儿出生时,母亲要受到格外的痛苦。元白斑《湛渊静语》卷二记刘宏济逢生日,"必斋沐焚香端坐曰:父忧母难之日也"。后生日又称母难之日。
③ 道官:对僧道的敬称。
④ 深山:原作"你山",当是"深"草书㴱形近致误。
⑤ 抹:紧挨着转弯。
⑥ 枯槎:老树的枝杈。
⑦ 夭桃:美丽的桃花。参见第五回"夭夭灼灼"条注。

旷野不堪夸,却赛蓬莱山下景。

　　行者到于门首,又见那两扇石门,关得甚紧。门上有一横石板,明书六个大字,乃"黑风山黑风洞"。即便轮棒,叫声:"开门!"那里面有把门的小妖,开了门出来,问道:"你是何人,敢来击吾仙洞?"行者骂道:"你个作死的业畜! 甚么个去处,敢称仙洞! '仙'字是你称的? 快进去报与你那黑汉,教他快送老爷的袈裟出来,饶你一窝性命!"小妖急急跑到里面,报道:"大王,佛衣会做不成了! 门外有一个毛脸雷公嘴的和尚,来讨袈裟哩!"那黑汉被行者在芳草坡前赶将来,却才关了门,坐还未稳。又听得那话,心中暗想道:"这厮不知是那里来的,这般无礼,他敢嚷上我的门来。"教:"取披挂。"随结束了,绰一杆黑缨枪,走出门来。这行者闪在门外,执着铁棒,睁睛观看,只见那怪果生得凶险:

　　碗子铁盔火漆光,乌金铠甲亮辉煌。
　　皂罗袍罩风兜袖,黑绿丝绦軃穗长①。
　　手执黑缨枪一杆,足踏乌皮靴一双。
　　眼幌金睛如掣电,正是山中黑风王。

　　行者暗笑道:"这厮真个如烧窑的一般,筑煤的无二②! 想必是在此处刷炭为生③,怎么这等一身乌黑?"那怪厉声高叫道:"你是个甚么和尚,敢在我那里大胆?"行者执铁棒,撞至面前,大咤一声道:"不要闲讲! 快还你老外公的袈裟来!"那怪道:"你是那寺里和尚? 你的袈裟在那里失落了,敢来我这里索取?"行者道:"我的袈裟,在直北观音院后方丈里放着;只因那院里失了火,你这厮,趁哄掳掠,

---

① 軃(duǒ):下垂。宋晏殊《迎春乐》词:"长安紫陌春归,軃垂杨,染芳草。"
② 筑煤:古代制墨以松枝烧烟聚其灰,称为煤。制成墨锭之前要用杵捣细,称为"筑煤"或"捣煤"。清沈钦韩《宁国县志物产风俗序》:"柏子榨油,松明筑煤。"明程嘉燧《古松煤墨记》:"余博访烧松捣煤之法。"筑,捣。煤,烟灰。
③ 刷炭:古代制墨,将松枝置于竹棚内燃烧,烧尽后,煤烟会附着在棚顶。此时工人入棚,刷取棚顶炭灰,即为制墨锭的原料。故称"刷炭"。

盗了来,要做'佛衣会'庆寿,怎敢抵赖?快快还我,饶你性命!若牙迸半个'不'字,我推倒了黑风山,蹢平了黑风洞,把你这一洞妖邪,都碾为齑粉!"

那怪闻言,呵呵冷笑道:"你那个泼物,昨夜那火就是你放的。你在那方丈屋上,行凶招风,是我把一件袈裟拿来了,你待怎么?你是那里来的?姓甚名谁?有多大手段,敢那等海口浪言!"行者道:"是你也认不得你老外公哩。你老外公乃大唐上国驾前御弟三藏法师之徒弟,姓孙,名悟空行者。若问老孙的手段,说出来,教你魂飞魄散,死在眼前!"那怪道:"我不曾会,你有甚么手段,说来我听。"行者笑道:"我儿子,你站稳着,仔细听之!我:

　　自小神通手段高,随风变化逞英豪。
　　养性修真熬日月,跳出轮回把命逃。
　　一点诚心曾访道,灵台山上采药苗。
　　那山有个老仙长,寿年十万八千高。
　　老孙拜他为师父,指我长生路一条。
　　他说身内有丹药,外边采取枉徒劳。
　　得传大品天仙诀①,若无根本实难熬。
　　回光内照宁心坐②,身中日月坎离交③。
　　万事不思全寡欲,六根清净体坚牢④。
　　返老还童容易得,超凡入圣路非遥。

---

① 大品:佛经的全本称为大品,删节本称为小品。这里指传授了完全的、毫无保留的道法。

② 回光内照:也称"回光返照",收敛外驰的心神,回照内心。相当于第二回"屏除邪欲得清凉""好向丹台赏明月"。

③ 日月坎离交:即指元神和元气相交合炼成内丹。即第二回所谓"月藏玉兔日藏乌,自有龟蛇相盘结"。日与离、月与坎,分别是元神、元气的代称。又参见第十九回"'婴儿姹女配阴阳'以下四句"条注。

④ 六根清净:佛教认为眼为视根,耳为听根,鼻为嗅根,舌为味根,身为触根,意为念虑之根。六根清静指六根不受染污,清静自在。

三年无漏成仙体①，不同俗辈受煎熬。
十洲三岛还游戏，海角天涯转一遭。
活该三百多余岁，不得飞升上九霄。
下海降龙真宝贝，才有金箍棒一条。
花果山前为帅首，水帘洞里聚群妖。
玉皇大帝传宣诏，封我齐天极品高。
几番大闹灵霄殿，数次曾偷王母桃。
天兵十万来降我，层层密密布枪刀。
战退天王归上界，哪吒负重领兵逃。
显圣真君能变化，老孙硬赌跌平交。
道祖观音同玉帝，南天门上看降妖。
却被老君助一阵，二郎擒我到天曹。
将身绑在降妖柱，即命神兵把首枭。
刀砍锤敲不得坏，又教雷打火来烧。
老孙其实有手段，全然不怕半分毫。
送在老君炉里炼，六丁神火慢煎熬②。
日满开炉我跳出，手持铁棒绕天跑。
纵横到处无遮挡，三十三天闹一遭。
我佛如来施法力，五行山压老孙腰。
整整压该五百载，幸逢三藏出唐朝。

---

①无漏：佛教指断除了一切烦恼根源的境界。漏，佛教指烦恼。因为贪嗔等烦恼，日夜从六根漏泄流注不止；又烦恼能使人漏落于三恶道中，故亦称漏。内丹术指魂魄意等固于体内，神不散逸，精不外溢，称为无漏。
②六丁：丁丑、丁卯、丁巳、丁未、丁酉、丁亥六位丁神的合称。参见第五回"六丁六甲"条注。星命术以十天干配五行，丙、丁属火。按天干地支配合的一循环为六十年（或月、日），其中有六个丁年（或丁月、丁日），星命家认为逢丁的年月日属火。故称"六丁，火也，朱雀之神"（《玉照神应真经》张颙注）。

吾今皈正西方去,转上雷音见玉毫①。

你去乾坤四海问一问,我是历代持名第一妖②!"

那怪闻言笑道:"你原来是那闹天宫的弼马温么?"行者最恼的是人叫他弼马温;听见这一声,心中大怒。骂道:"你这贼怪,偷了袈裟不还,倒伤老爷。不要走,看棍!"那黑汉侧身躲过,缠长枪③,劈手来迎。两家这场好杀:

如意棒,黑缨枪,二人洞口逞刚强。分心劈脸刺,着臂照头伤。这个横丢阴棍手④,那个直捻急三枪⑤。白虎爬山来探爪,黄龙卧道转身忙。喷彩雾,吐毫光,两个妖仙不可量:一个是修正齐天圣,一个是成精黑大王。这场山里相争处,只为袈裟各不良。

那怪与行者斗了十数回合,不分胜负。渐渐红日当午,那黑汉举枪架住铁棒道⑥:"孙行者,我两个且收兵,等我进了膳来,再与你赌斗。"行者道:"你这个业畜,叫做汉子?好汉子,半日儿就要吃饭?似老孙在山根下,整压了五百余年,也未曾尝些汤水,那里便饿哩?莫推故,休走!还我袈裟来,方让你去吃饭!"那怪虚幌一枪,撤身入洞,关了石门,收回小怪,且安排筵宴,书写请帖,邀请各山魔王庆会不题。

却说行者攻门不开,也只得回观音院。那本寺僧人已葬埋了那老和尚,都在方丈里伏侍唐僧。早斋已毕,又摆上午斋。正那里添汤换水,只见行者从空降下,众僧礼拜,接入方丈,见了三藏。三藏道:"悟空,你来了?袈裟何如?"行者道:"已有了根由。早是不曾冤了这些和尚,原来是那黑风山妖怪偷了。老孙去暗暗的寻他,只见

---

① 玉毫:指佛眉间的白毫,佛教认为有巨大的神力。这里代指佛祖。
② 持名:底本如此,当作"驰名"。
③ 缠:枪术、刀术都有"缠"的动作。故舞动枪刀可称为"缠"。
④ 阴棍手:即第六回所谓"阴手棍"。
⑤ 急三枪:枪法的一种招式,迅猛刚健。下文"白虎探爪"是棍法招式,"黄龙卧道"是枪法招式。
⑥ 架:原作"驾",今统改为常用字,后不出注。

他与一个白衣秀士,一个老道人,坐在那芳草坡前讲话。也是个不打自招的怪物,他忽然说出道:后日是他母难之日,邀请诸邪来做生日;夜来得了一件锦襕佛衣,要以此为寿,作一大宴,唤做'庆赏佛衣会'。是老孙抢到面前,打了一棍,那黑汉化风而走,道人也不见了,只把个白衣秀士打死,乃是一条白花蛇成精。我又急急赶到他洞口,叫他出来,与他赌斗①。他已承认了,是他拿回。战勾这半日,不分胜负。那怪回洞,却要吃饭,关了石门,惧战不出。老孙却来回看师父,先报此信。已是有了袈裟的下落,不怕他不还我。"

众僧闻言,合掌的合掌,磕头的磕头,都念声:"南无阿弥陀佛!今日寻着下落,我等方有了性命矣!"行者道:"你且休喜欢畅快,我还未曾到手,师父还未曾出门哩。只等有了袈裟,打发得我师父好好的出门,才是你们的安乐处;若稍有些须不虞,老孙可是好惹的主子?可曾有好茶饭与我师父吃?可曾有好草料喂马?"众僧俱满口答应道:"有!有!有!更不曾一毫有怠慢了老爷。"三藏道:"自你去了这半日,我已吃过了三次茶汤,两餐斋供了。他俱不曾敢慢我。但只是你还尽心竭力,去寻取袈裟回来。"行者道:"莫忙!既有下落,管情拿住这厮②,还你原物。放心,放心!"

正说处,那上房院主,又整治素供,请孙老爷吃斋。行者却吃了些须,复驾祥云,又去找寻。正行间,只见一个小怪,左胁下夹着一个花梨木匣儿,从大路而来。行者度他匣内必有甚么柬札,举起棒,劈头一下,可怜不禁打,就打得似个肉饼一般。却拖在路傍,揭开匣儿观看,果然是一封请帖。帖上写着:

"侍生熊罴顿首拜③,启上大阐金池老上人丹房④:屡承佳惠,感激渊深。夜观回禄之难,有失救护,谅仙机必无他害。生偶得佛衣

---

① 赌斗:争斗。
② 管情:保管。
③ 侍生:明清时书信里后辈对前辈的谦称。罴(pí):熊的一种,俗称人熊。
④ 上人:道德高尚的人,多用作对和尚的尊称。《摩诃般若波罗蜜经》:"一心行阿耨多罗三藐三菩提(即无上正等正觉),心不散乱,是名上人。"

一件,欲作雅会,谨具花酌①,奉扳清赏②。至期千乞仙从过临一叙。是荷③。先二日具。"

行者见了,呵呵大笑道:"那个老剥皮,死得他一毫儿也不亏。他原来与妖精结党。怪道他也活了二百七十岁。想是那个妖精传他些甚么服气的小法儿④,故有此寿。老孙还记得他的模样,等我就变做那和尚,往他洞里走走,看我那袈裟放在何处。假若得手,即便拿回,却也省力。"

好大圣,念动咒语,迎着风一变,果然就像那老和尚一般,藏了铁棒,拽开步,径来洞口,叫声"开门"。那小妖开了门,见是这般模样,急转身报道:"大王,金池长老来了。"那怪大惊道:"刚才差了小的去下简帖请他,这时候还未到那里哩,如何他就来得那等迅速?想是小的不曾撞他,他断是孙行者呼他来讨袈裟的。管事的,可把佛衣藏了,莫教他看见。"

行者进了前门,但见那天井中松篁交翠,桃李争妍,丛丛花发,簇簇兰香,却也是个洞天之处。又见那二门上有一联对子,写着:"静隐深山无俗虑,幽居仙洞乐天真。"行者暗道:"这厮也是个脱垢离尘,知命的怪物。"入门里,往前又进,到于三层门里,都是些画栋雕梁,明窗彩户。只见那黑汉子,穿的是黑绿纻丝袢袄⑤,罩一领鸦

---

① 花酌:赏花饮酒的宴席。
② 奉扳清赏:希望能够请您到来作一番清雅的赏鉴。扳,攀附,高攀。
③ 是荷:客套话,意思是对你的帮助或恩惠表示感谢,常用在书信的末尾。
④ 服气:以气为食物,是一种修炼方法。唐司马承祯《服气精义论》认为"气全则生存,然后能养志,养志则合真",服气九年以上,可以役使鬼神,可以役使鬼神,号曰真人,享登仙之寿。
⑤ 纻(zhù)丝:即缎,先将蚕丝染色后再织成的丝织物(区别于织前不将蚕丝染色的绢、绫)。《吴县志·物产》:"纻丝俗名缎。"吴自牧《梦梁录·物产》记"纻丝,染丝所织,诸颜色者有织金、闪褐、间道等类"。袢(pàn)袄:一种有衬里的对襟夹衣。

青花绫披风①,戴一顶乌角软巾②,穿一双麂皮皂靴;见行者进来,整顿衣巾,降阶迎接道:"金池老友,连日欠亲。请坐,请坐。"行者以礼相见。见毕而坐,坐定而茶。茶罢,妖精欠身道:"适有小简奉启,后日一叙,何老友今日就下顾也?"行者道:"正来进拜,不期路遇华翰③,见有佛衣雅会,故此急急奔来,愿求见见。"那怪笑道:"老友差矣。这袈裟本是唐僧的,他在你处住扎,你岂不曾看见,返来就我看看?"行者道:"贫僧借来,因夜晚还不曾展看,不期被大王取来。又被火烧了荒山,失落了家私。那唐僧的徒弟,又有些骁勇,乱忙中,四下里都寻觅不见。原来是大王的洪福收来,故特来一见。"

正讲处,只见有一个巡山的小妖来报道:"大王!祸事了!下请书的小校④,被孙行者打死在大路傍边,他绰着经儿⑤,变化做金池长老,来骗佛衣也!"那怪闻言,暗道:"我说那长老怎么今日就来,又来得迅速,果然是他!"急纵身,拿过枪来,就刺行者。行者耳朵里急掣出棍子,现了本相,架住枪尖,就在他那中厅里跳出,自天井中斗到前门外,唬得那洞里群魔都丧胆,家间老幼尽无魂。这场在山头好赌斗,比前番更是不同。好杀:

那猴王胆大充和尚,这黑汉心灵隐佛衣。语去言来机会巧,随机应变不差池。袈裟欲见无由见,宝贝玄微真妙微。小怪巡山言祸事,老妖发怒显神威。翻身打出黑风洞,枪棒争持辨是非。棒架长枪声响亮,枪迎铁棒放光辉。悟空变化人间少,妖怪神通世上稀。这个要把佛衣来庆寿,那个不得袈裟肯善归?这番苦战难分手,就是活佛临凡也解不得围。

他两个从洞口打上山头,自山头杀在云外,吐雾喷风,飞砂走

---

① 鸦青:青赤色。清李斗《扬州画舫录》卷一:"青有红青,为青赤色,一曰鸦青。"
② 乌角软巾:即乌角巾,古代葛制有折角的头巾,常为隐士所戴。
③ 华翰:对他人文章书信的美称。
④ 小校:一种低级武官,也指小卒。
⑤ 绰着经儿:循着线索,乘着机会。

石,只斗到红日沉西,不分胜败。那怪道:"姓孙的,你且住了手。今日天晚,不好相持。你去,你去!待明早来,与你定个死活。"行者叫道:"儿子莫走!要战便像个战的,不可以天晚相推。"看他没头没脸的,只情使棍子打来。这黑汉又化阵清风,转回本洞,紧闭石门不出。

行者却无计策奈何,只得也回观音院里。按落云头,道声"师父"。那三藏眼儿巴巴的,正望他哩。忽见到了面前,甚喜;又见他手里没有袈裟,又惧;问道:"怎么这番还不曾有袈裟来?"行者袖中取出个简帖儿来,递与三藏道:"师父,那怪物与这死的老剥皮原是朋友。他着一个小妖送此帖来,还请他去赴'佛衣会'。是老孙就把那小妖打死,变做那老和尚,进他洞去,骗了一钟茶吃,欲问他讨袈裟看看,他不肯拿出。正坐间,忽被一个甚么巡风的走了风信,他就与我打将起来。只斗到这早晚,不分上下。他见天晚,闪回洞去,紧闭石门。老孙无奈,也暂回来。"三藏道:"你手段比他何如?"行者道:"我也硬不多儿,只战个手平。"三藏才看了简帖,又递与那院主道:"你师父敢莫也是妖精么?"那院主慌忙跪下道:"老爷,我师父是人;只因那黑大王修成人道,常来寺里与我师父讲经,他传了我师父些养神服气之术,故以朋友相称。"行者道:"这伙和尚没甚妖精,他一个个头圆顶天,足方履地,但比老孙肥胖长大些儿,非妖精也。你看那帖儿上写着'侍生熊罴',此物必定是个黑熊成精。"三藏道:"我闻得古人云'熊与猩猩相类'①。都是兽物,他却怎么成精?"行者笑道:"老孙是兽类,见做了齐天大圣,与他何异?大抵世间之物,凡有九窍者,皆可以修行成仙。"三藏又道:"你才说他本事与你手平,你却怎生得胜,取我袈裟回来?"行者道:"莫管,莫管,我有处治。"

正商议间,众僧摆上晚斋,请他师徒们吃了。三藏教掌灯,仍去前面禅堂安歇。众僧都挨墙倚壁,苦搭窝棚,各各睡下,只把个后方

---

① 熊与猩猩相类:类书《格致镜原·兽类·猩猩》引《文选注》:"猩猩,兽名,熊之类也。"

丈让与那上下院主安身①。此时夜静,但见:

银河现影,玉宇无尘。满天星灿烂,一水浪收痕。万籁声宁,千山鸟绝。溪边渔火息,塔上佛灯昏。昨夜阇黎钟鼓响,今宵一遍哭声闻。

是夜在禅堂歇宿。那三藏想着袈裟,那里得稳睡?忽翻身见窗外透白,急起叫道:"悟空,天明了,快寻袈裟去。"行者一骨鲁跳将起来,早见众僧侍立,供奉汤水。行者道:"你等用心伏侍我师父,老孙去也。"三藏下床扯住道:"你往那里去?"行者道:"我想这桩事都是观音菩萨没理,他有这个禅院在此,受了这里人家香火,又容那妖精邻住。我去南海寻他,与他讲三讲,教他亲来问妖精讨袈裟还我。"三藏道:"你这去,几时回来?"行者道:"时少只在饭罢,时多只在晌午就成功了。那些和尚,可好伏侍,老孙去也。"说声去,早已无踪。须臾间,到了南海。停云观看,但见那:

汪洋海远,水势连天。祥光笼宇宙,瑞气照山川。千层雪浪吼青霄,万叠烟波滔白昼。水飞四野,浪滚周遭。水飞四野振轰雷,浪滚周遭鸣霹雳。休言水势,且看中间。五色朦胧宝叠山,红黄紫皂绿和蓝。才见观音真胜境,试看南海落伽山。好去处!山峰高耸,顶透虚空。中间有千样奇花,百般瑞草。风摇宝树,日映金莲。观音殿瓦盖琉璃,潮音洞门铺玳瑁②。绿杨影里语鹦哥,紫竹林中啼孔雀。罗纹石上,护法威严;玛瑙滩前,木叉雄壮。

这行者观不尽那异景非常,径直按云头,到竹林之下。早有诸天迎接道:"菩萨前者对众言大圣归善,甚是宣扬。今保唐僧,如何得暇到此?"行者道:"因保唐僧,路逢一事,特见菩萨,烦为通报。"诸

---

①上下院:规模较大的寺往往有内外院,也称上下院。方丈、资历较老或专意修行的僧人一般居住于上院。下院受上院管辖,负责接待香客、游僧,做一些简单的世俗佛事,有的也有田庄,设专人管理,供应寺院日用钱粮。《百丈丛林清规证义记》卷六《下院执事约》:"庄主园头,另住之处,就稍远者言,故名下院。"

②玳瑁:一种龟类动物,甲壳有光泽,可以制装饰品。

天遂来洞口报知。菩萨唤入。行者遵法而行,至宝莲台下拜了。菩萨问曰:"你来何干?"行者道:"我师父路遇你的禅院,你受了人间香火,容一个黑熊精在那里邻住,着他偷了我师父袈裟,屡次取讨不与,今特来问你要的。"菩萨道:"这猴子说话,这等无状!既是熊精偷了你的袈裟,你怎来问我取讨?都是你这个业猴大胆,将宝贝卖弄,拿与小人看见,你却又行凶,唤风发火,烧了我的留云下院①,返来我处放刁!"行者见菩萨说出这话,知他晓得过去未来之事,慌忙礼拜道:"菩萨,乞恕弟子之罪,果是这般这等。但恨那怪物不肯与我袈裟,师父又要念那话儿咒语,老孙忍不得头疼,故此来拜烦菩萨。望菩萨慈悲之心,助我去拿那妖精,取衣西进也。"菩萨道:"那怪物有许多神通,却也不亚于你。也罢,我看唐僧面上,和你去走一遭。"行者闻言,谢恩再拜。即请菩萨出门,遂同驾祥云,早到黑风山,坠落云头,依路找洞。

正行处,只见那山坡前,走出一个道人,手拿着一个玻璃盘儿,盘内安着两粒仙丹,往前正走,被行者撞个满怀,掣出棒,就照头一下,打得脑里粉流出,腔中血迸撺。菩萨大惊道:"你这个猴子,还是这等放泼!他又不曾偷你袈裟,又不与你相识,又无甚冤仇,你怎么就将他打死?"行者道:"菩萨,你认他不得。他是那黑熊精的朋友。他昨日和一个白衣秀士,都在芳草坡前坐讲。后日是黑精的生日,请他们来庆'佛衣会'。今日他先来拜寿,明日来庆'佛衣会',所以我认得。定是今日替那妖去上寿。"菩萨说:"既是这等说来,也罢。"

行者才去把那道人提起来看,却是一只苍狼。傍边那个盘儿底下却有字,刻道"凌虚子制"。行者见了,笑道:"造化!造化!老孙也是便益,菩萨也是省力。这怪教做不打自招,那怪教他今日了劣②。"菩萨说道:"悟空,这叫怎么说?"行者道:"菩萨,我悟空有一句话儿,叫做将计就计,不知菩萨可肯依我?"菩萨道:"你说。"行者说

---

①留云下院:神仙可以暂时驻留仙步的香火院。
②了劣:了结,致死亡。

道:"菩萨,你看这盘儿中是两粒仙丹,便是我们与那妖魔的贽见①;这盘儿后面刻的四个字,说'凌虚子制',便是我们与那妖魔的勾头②。菩萨若要依得我时,我好替你作个计较,也就不须动得干戈,也不须劳得征战,妖魔眼下遭瘟,佛衣眼下出现;菩萨要不依我时,菩萨往西,我悟空往东,佛衣只当相送,唐三藏只当落空。"菩萨笑道:"这猴熟嘴③!"行者道:"不敢,倒是一个计较④。"菩萨说:"你这计较怎说?"行者道:"这盘上刻那凌虚子制,想这道人就号做凌虚子。菩萨,你要依我时,可就变做这个道人,我把这丹吃了一粒,变上一粒,略大些儿。菩萨你却捧了这个盘儿,两粒仙丹,去与那妖上寿,把这丸大些的让与那妖。待那妖一口吞之,老孙便于中取事,他若不肯献出佛衣,老孙将他肚肠,就也织将一件出来。"

菩萨没法,自得也点点头儿。行者笑道:"如何?"尔时菩萨乃以广大慈悲,无边法力,亿万化身,以心会意,以意会身,恍惚之间,变作凌虚仙子:

鹤氅仙风飒,飘飘欲步虚⑤。

苍颜松柏老,秀色古今无。

去去还无住⑥,如如自有殊⑦。

---

①贽见:见面礼。

②勾头:捉拿罪犯的传票。元无名氏《冤家债主》第四折:"只望哥哥准发一纸勾头文书,将那土地阎神也追的他来。"

③熟嘴:能说会道。

④计较:计策。

⑤步虚:指神仙凌空步行。

⑥去去还无住:此句意为菩萨虽然千变万化,却能保持本性。无住,佛教术语,意思是事物的真相。佛教认为法无自性,无所住着,随缘而起,故称"无住"。杨闽斋本"无住"作"无阻"。

⑦如如自有殊:意思是真如之性虽同,施用起来却千差万别,各具特色。

　　　　总来归一法，只是隔郛躯①。
　行者看道："妙阿！妙阿！还是妖精菩萨，还是菩萨妖精？"菩萨笑道："悟空，菩萨、妖精，总是一念；若论本来，皆属无有②。"行者心下顿悟，转身却就变做一粒仙丹：

　　　　走盘无不定，圆明未有方。
　　　　三三勾漏合③，六六少翁商④。
　　　　瓦铄黄金焰⑤，牟尼白昼光⑥。
　　　　外边铅与汞，未许易论量。

　行者变了那颗丹，终是略大些儿。菩萨认定，拿了那个琉璃盘儿，径到妖洞门口，看时，果然是：

　　崖深岫险，云生岭上；柏苍松翠，风飒林间。崖深岫险，果是妖邪出没人烟少；柏苍松翠，也可仙真修隐道情多。山有涧，涧有泉，潺潺流水咽鸣琴，便堪洗耳；崖有鹿，林有鹤，幽幽仙籁动闲岑⑦，亦可赏心。这是妖仙有分降菩提，弘誓无边垂恻隐。

---

①郛躯：身体。郛之居身躯内如居城池之中。宋邵雍《击壤集序》："心者，性之郛郭也。"此两句谓法性虽然本性同一，但具体施用则各有差异。因为它居于不同人身体之中，表现形式可以相隔甚远。

②"菩萨、妖精"以下数句：观音这里的意思是：菩萨、妖精，其实都是自己内心的变现。若心存恶念，欲望不除，就会招来妖魔，所有的妖魔其实都是心魔的化身；但若心存善念，戒欲克己，则立即有菩萨现前，此菩萨其实也是一念之善所化。

③三三勾漏合：意即葛洪炼九转还丹。三三，为九，丹要精炼九次才能成。勾漏，山名，在广西，传说是道教大师葛洪炼丹的地方。

④六六少翁商：意即少翁计算好三十六的数字来炼丹。六六，为三十六，炼丹中涉及到的三十六很多，有三十六个时辰的火候，三十六斤药，炼三十六天等。少翁，汉武帝时的方士，善于炼丹。商，计算。汉刘向《新序·刺奢》："魏王将起中天台……（许）绾曰：'虽无力，能商台。'"即许绾能计算台子的尺寸。

⑤铄（shuò）：熔化金属。

⑥牟尼：即"牟尼珠"，也作"摩尼珠"。宝珠。

⑦岑：小而高的山。

菩萨看了，心中暗喜道："这业畜占了这座山洞，却是也有些道分。"因此心中已此有个慈悲。走到洞口，只见守洞小妖，都有些认得道："凌虚仙长来了。"一边传报，一边接引。那妖早已迎出二门道："凌虚，有劳仙驾珍顾，蓬荜有辉①。"菩萨道："小道敬献一粒仙丹，敢称千寿。"他二人拜毕，方才坐定，又叙起他昨日之事。菩萨不答，连忙拿丹盘道："大王，且见小道鄙意。"觑定一粒大的②，推与那妖道："愿大王千寿。"那妖亦推一粒，递与菩萨道："愿与凌虚子同之。"让毕，那妖才待要咽，那药顺口儿一直滚下。现了本像，理起四平③，那妖滚倒在地。菩萨现相，问妖取了佛衣，行者早已从鼻孔中出去。菩萨又怕那妖无礼，却把一个箍儿，丢在那妖头上。那妖起来，提枪要刺，行者、菩萨早已起在空中，菩萨将真言念起。那怪依旧头疼，丢了枪，满地乱滚。半空里笑倒个美猴王，平地下滚坏个黑熊怪。那怪满口道："心愿皈依，只望饶命！"行者道："耽阁了工夫。"意欲就打。菩萨急止住道："休伤他命。我有用他处哩。"行者道："这样怪物，不打死他，返留他在何处用他？"菩萨道："我那落伽山后，无人看管，我要带他去做个守山大神。"行者笑道："诚然是个救苦慈尊，一灵不损④。若是老孙有这样咒语，就念上他娘千遍！这回儿就有许多黑熊，都教他了帐！"

　　却说那怪苏醒多时，公道难禁疼痛⑤，只得跪在地下哀告道："但饶性命，愿皈正果！"菩萨方坠落祥光，又与他摩顶受戒，教他执了长枪，跟随左右。那黑熊才一片野心今日定，无穷顽性此时收。菩萨分付道："悟空，你回去罢，好生伏侍唐僧是，休懈惰生事。"行者道：

---

① 蓬荜："蓬门荜户"的省称。指用草、树枝等做成的简陋门户，用于谦称自己的住宅。
② 觑定：看准。
③ 理起四平：武术练功的一种动作。纵身跃起，四肢挺直，仰身跌下，又称"跌四平"。
④ 一灵不损：一个生灵都不杀害，形容佛教徒慈悲为怀。
⑤ 公道：的确，实在。

"深感菩萨远来,弟子还当回送回送。"菩萨道:"免送。"行者才捧着袈裟,叩头而别。菩萨亦带了熊罴,径回大海。有诗为证,诗曰:

祥光霭霭凝金像,万道缤纷实可夸。
普济世人垂悯恤,遍观法界现金莲。
今来多为传经意,此去原无落点瑕。
降怪成真归大海,空门复得锦袈裟。

此去如何,且听下回分解。

第十八回①

观音院唐僧脱难　高老庄大圣降魔

行者辞了菩萨,按落云头,将袈裟挂在香楠树上,掣出棒来,打入黑风洞里。那洞里那得一个小妖？原来是他见菩萨出现,降得那老怪就地打滚,急急都散走了。行者一发行凶,将他那几层门上,都积了干柴,前前后后,一齐发火,把个黑风洞烧做个红风洞,却拿了袈裟,驾祥光,转回直北。

话说那三藏望行者急忙不来,心甚疑惑:不知是请菩萨不至,不知是行者托故而逃。正在那胡猜乱想之中,只见半空中彩雾灿灿,行者忽坠阶前,叫道:"师父,袈裟来了。"三藏大喜。众僧亦无不欢悦道:"好了！好了！我等性命,今日方才得全了。"三藏接了袈裟道:"悟空,你早间去时,原约到饭罢晌午,如何此时日西方回？"行者将那请菩萨施变化降妖的事情,备陈了一遍。三藏闻言,遂设香案,朝南礼拜罢,道:"徒弟呵,既然有了佛衣,可快收拾包裹去也。"行者道:"莫忙,莫忙。今日将晚,不是走路的时候,且待明日早行。"众僧们一齐跪下道:"孙老爷说得是。一则天晚,二来我等有些愿心儿,今幸平安,有了宝贝,待我还了愿,请老爷散了福②,明早再送西行。"行者道:"正是,正是。"你看那些和尚,都倾囊倒底,把那火里抢出的余赀,各出所有,整顿了些斋供,烧了些平安无事的纸,念了几卷消灾解厄的经。当晚事毕。

次早方刷扮了马匹,包裹了行囊出门。众僧远送方回。行者引路而去,正是那春融时节。但见那:

---

①第十八回:原无此回目,上下两回文字直接相连,今将李卓吾评本所加回目补于此。

②散了福:祭祀后,把祭神的食物分给大家吃,称散福。

草衬玉骢蹄迹软①,柳摇金线露华新②。
桃杏满林争艳丽,薜萝绕径放精神。
沙堤日暖鸳鸯睡,山涧花香蛱蝶驯③。
这般秋去冬残春过半,不知何年行满得真文。

师徒们行了五七日荒路,忽一日天色将晚,远远的望见一村人家。三藏道:"悟空,你看那壁厢有座山庄相近,我们去告宿一宵,明日再行何如?"行者道:"且等老孙去看看吉凶,再作区处。"那师父挽住丝缰,这行者定睛观看,真个是:

竹篱密密,茅屋重重。参天野树迎门,曲水溪桥映户。道傍杨柳绿依依,园内花开香馥馥。此时那夕照沉西,处处山林喧鸟雀;晚烟出爨④,条条道径转牛羊。又见那食饱鸡豚眠屋角,醉酣邻叟唱歌来。

行者看罢道:"师父请行。定是一村好人家,正可借宿。"那长老催动白马,早到街衢之口。又见一个少年,头裹绵布,身穿蓝袄,持伞背包,敛裩扎裤⑤,脚踏着一双三耳草鞋,雄纠纠的,出街忙走。行者顺手一把扯住道:"那里去?我问你一个信儿,此间是甚么地方?"那个人只管苦挣,口里嚷道:"我庄上没人,只是我好问信?"行者陪着笑道:"施主莫恼。'与人方便,自己方便'。你就与我说说地名何害?我也可解得你的烦恼。"那人挣不脱手,气得乱跳道:"蹭蹬!蹭蹬!家长的屈气受不了,又撞着这个光头,受他的清气⑥!"行者道:"你有本事,劈开我的手,你便就去了也罢。"那人左扭右扭,那里扭得动,却似一把铁钤拑住一般⑦,气得他丢了包袱,撇了伞,两只手,

---

① 骢:青白色相杂的马,这里指好马。
② 金线:指初春时节黄绿色的细嫩柳丝。露华:露水。
③ 蛱(jiá)蝶:蝴蝶。
④ 爨(cuàn):灶。
⑤ 裩(kūn):有裆的裤子。
⑥ 清气:闲气,因无关紧要的事情引起的气恼。
⑦ 钤(qián):此指钳子。

雨点似来抓行者。行者把一只手扶着行李,一只手抵住那人,凭他怎么支吾①,只是不能抓着。行者愈加不放,急得爆燥如雷。

三藏道:"悟空,你那里不有人来了?你再问那人就是,只管扯住他怎的?放他去罢。"行者笑道:"师父不知。若是问了别人没趣,须是问他,才有买卖。"那人被行者扯住不过,只得说出道:"此处乃是乌斯藏国界之地②,唤做高老庄。一庄人家有大半姓高,故此唤做高老庄。你放了我去罢。"行者又道:"你这样行装,不是个走近路的。你实与我说,你要往那里去?端的所干何事?我才放你。"

这人无奈,只得以实情告诉道:"我是高太公的家人,名叫高才。我那太公有一个老女儿③,年方二十岁,更不曾配人,三年前被一个妖精占了。那妖整做了这三年女婿。我太公不悦,说道:'女儿招了妖精,不是长法。一则败坏家门,二则没个亲家来往。'一向要退这妖精。那妖精那里肯退,转把女儿关在他后宅,将有半年,再不放出与家内人相见。我太公与了我几两银子,教我寻访法师,拿那妖怪。我这些时不曾住脚,前前后后,请了有三四个人,都是不济的和尚,脓包的道士,降不得那妖精。刚才骂了我一场,说我不会干事,又与了我五钱银子做盘缠,教我再去请好法师降他。不期撞着你这个纥刺星扯住④,误了我走路,故此里外受气,我无奈,才与你叫喊。不想你又有些拿法⑤,我挣不过你,所以说此实情。你放我去罢。"行者道:"你的造化,我有营生。这才是凑四合六的勾当⑥。你也不须远行,莫要花费了银子。我们不是那不济的和尚,脓包的道士,其实有些手段,惯会拿妖。这正是'一来照顾郎中,二来又医得眼好'。烦

---

① 支吾:抵挡,抗拒。
② 乌斯藏国:明代称西藏为乌斯藏,这里是作者根据西藏地区敷衍出来的国名。
③ 老女儿:最小的女儿。
④ 纥刺星:比喻意外的阻难。纥刺,用同"疙垃",绊人的土块。
⑤ 拿法:拳术中的擒拿手法。
⑥ 凑四合六:四和六凑在一起为十,意为十分巧合。

你回去上覆你那家主,说我们是东土驾下差来的御弟圣僧,往西天拜佛求经者,善能降妖缚怪。"高才道:"你莫误了我,我是一肚子气的人。你若哄了我,没甚手段,拿不住那妖精,却不又带累我来受气?"行者道:"管教不误了你。你引我到你家门首去来。"那人也无计奈何,真个提着包袱,拿了伞,转步回身,领他师徒到于门首道:"二位长老,你且在马台上略坐坐①,等我进去报主人知道。"行者才放了手,落担牵马,师徒们坐立门傍等候。

那高才入了大门,径往中堂上走,可可的撞见高太公。太公骂道:"你那个慢皮畜生②,怎么不去寻人,又回来做甚?"高才放下包伞道:"上告主人公得知,小人才行出街口,忽撞见两个和尚:一个骑马,一个挑担。他扯住我不放,问我那里去。我再三不曾与他说及,他缠得没奈何,不得脱手,遂将主人公的事情一一说与他知。他却十分欢喜,要与我们拿那妖怪哩。"高老道:"是那里来的?"高才道:"他说是东土驾下差来的御弟圣僧,前往西天拜佛求经的。"太公道:"既是远来的和尚,怕不真有些手段。他如今在那里?"高才道:"见在门外等候。"

那太公即忙换了衣服,与高才出来迎接,叫声"长老"。三藏听见,急转身,早已到了面前。那老者戴一顶乌绫巾,穿一领葱白蜀锦衣,踏一双糙米皮的靸子靴,系一条黑绿绦子,出来笑语相迎,便叫:"二位长老,作揖了。"三藏还了礼,行者站着不动。那老者见他相貌凶丑,便就不敢与他作揖。行者道:"怎么不唱老孙喏?"那老儿有几分害怕,叫高才道:"你这小厮却不弄杀我也?家里现有一个丑头怪脑的女婿打发不开,怎么又引这个雷公来害我?"行者道:"老高,你空长了许大年纪,还不省事!若专以相貌取人,干净错了③。我老孙丑自丑,却有些本事。替你家擒得妖精,捉得鬼魅,拿住你那女婿,

---

①马台:旧时高门大户前供上下马的石台。
②慢皮:顽劣,欠打。
③干净:绝对。

还了你女儿,便是好事,何必谆谆以相貌为言①!"

太公见说,战兢兢的,只得强打精神,叫声"请进"。这行者见请,才牵了白马,教高才挑着行李,与三藏进去。他也不管好歹,就把马拴在敞厅柱上②,扯过一张退光漆交椅③,叫三藏坐下。他又扯过一张椅子,坐在傍边。那高老道:"这个小长老,倒也家怀④。"行者道:"你若肯留我住得半年,还家怀哩。"

坐定,高老问道:"适间小价说⑤,二位长老是东土来的?"三藏道:"便是。贫僧奉朝命往西天拜佛求经,因过宝庄,特借一宿,明日早行。"高老道:"二位原是借宿的,怎么说会拿怪?"行者道:"因是借宿,顺便拿几个妖怪儿耍耍的。动问府上有多少妖怪?"高老道:"天那!还吃得有多少哩!只这一个怪女婿,也替他摩慌了!"行者道:"你把那妖怪的始末,有多大手段,从头儿说说我听,我好替你拿他。"

高老道:"我们这庄上,自古至今,也不晓得有甚么鬼祟魍魉,邪魔作耗。只是老拙不幸,不曾有子,止生三个女儿:大的唤名香兰,第二的名玉兰,第三的名翠兰。那二个从小儿配与本庄人家,止有小的个,要招个女婿,指望他与我同家过活,做个养老女婿,撑门抵户,做活当差。不期三年前,有一个汉子,模样儿倒也精致,他说是福陵山上人家,姓猪,上无父母,下无兄弟,愿与人家做个女

---

① 谆谆:此指讲话啰啰嗦嗦的样子。

② 敞厅:两面相通的大厅堂,也指宏敞的厅堂。"敞"原作"厰",今统改为"敞",后不出注。

③ 退光:又称推光,一种传统油漆工艺,家具上漆之后,在家具的木胎上刮生漆底灰、糊麻布,待干后再上漆二到三道,在已干燥的漆面上用湿砂磨,这个工艺上叫"退",俗称脱衣或破子。再用手掌摩擦漆膜表面使之发热放光。退光后的家具色泽古朴,风格典雅。交椅:腿交叉有靠背的折叠椅,结构类似现在的"马扎儿",但比较高而精致。

④ 家怀:谓不见外,不客套。

⑤ 小价:亦作"小介",谦称自己的仆人。价,旧称被派遣传递信息或供役使的人。

婿。我老拙见是这般一个无根无绊的人,就招了他。一进门时,倒也勤谨:耕田耙地,不用牛具;收割田禾,不用刀杖。昏去明来,其实也好;只是一件,有些会变嘴脸。"行者道:"怎么变么?"高老道:"初来时,是一条黑胖汉,后来就变做一个长嘴大耳朵的呆子,脑后又有一溜鬃毛,身体粗糙怕人,头脸就像个猪的模样。食肠却又甚大,一顿要吃三五斗米饭;早间点心,也得百十个烧饼才勾。喜得还吃斋素;若再吃荤酒,便是老拙这些家业田产之类,不上半年,就吃个罄净。"

三藏道:"只因他做得,所以吃得。"高老道:"吃还是件小事,他如今又会弄风,云来雾去,走石飞砂,唬得我一家并左邻右舍,俱不得安生。又把那翠兰小女关在后宅子里,一发半年也不曾见面①,更不知死活如何。因此知他是个妖怪,要请个法师与他去退去退②。"行者道:"这个何难? 老儿你管放心,今夜管情与你拿住,教他写个退亲文书,还你女儿如何?"高老大喜道:"我为招了他不打紧,坏了我多少清名,疏了我多少亲眷;但得拿住他,要甚么文书? 就烦与我除了根罢。"行者道:"容易! 容易! 入夜之时,就见好歹。"

老儿十分欢喜,才教展抹桌椅,摆列斋供。斋罢,将晚,老儿问道:"要甚兵器? 要多少人随? 趁早好备。"行者道:"兵器我自有。"老儿道:"二位只是那根锡杖,锡杖怎么打得妖精?"行者随于耳内取出一个绣花针来,捻在手中,迎风幌了一幌,就是碗来粗细的一根金箍铁棒,对着高老道:"你看这条棍子,比你家兵器如何? 可打得这怪否?"高老又道:"既有兵器,可要人跟?"行者道:"我不用人,只是要几个年高有德的老儿,陪我师父清坐闲叙,我好撇他而去。等我把那妖精拿来,对众取供,替你除了根罢。"那老儿即唤家僮,请了几个亲故朋友,一时都到,相见已毕,行者道:"师父,你放心稳坐,老孙

---

① 一发:索性,干脆。
② 去退:即"祛退"。驱除。

去也。"

你看他掣着铁棒,扯着高老道:"你引我去后宅子里妖精的住处看看。"高老遂引他到后宅门首。行者道:"你去取钥匙来。"高老道:"你且看看。若是用得钥匙,却不请你了。"行者笑道:"你那老儿,年纪虽大,却不识耍。我把这话儿哄你一哄,你就当真。"走上前,摸了一摸,原来是铜汁灌的锁子。狠得他将金箍棒一捣,捣开门扇道:"老高,你去叫你女儿一声,看他可在里面。"那老儿硬着胆叫道:"三姐姐①。"那女儿认得是他父亲的声音,才少气无力的应了一声道:"爹爹,我在这里哩。"行者闪金睛,向黑影里仔细看时,你道他怎生模样?但见那:

云鬓乱堆无掠,玉容未洗尘淄②。

一片兰心依旧,十分娇态倾颓。

樱唇全无气血,腰肢屈屈偎偎③。

愁戚戚蛾眉淡,瘦怯怯语声低。

他走来看见高老,一把扯住,抱头大哭。行者道:"且莫哭!且莫哭!我问你,妖怪往那里去了?"女子道:"不知往那里去。这些时,天明就去,入夜方来。云云雾雾,往回不知何所。因是晓得父亲要祛退他,他也常常防备,故此昏来朝去。"行者道:"不消说了。老儿,你带令爱往前边宅里,慢慢的叙阔④,让老孙在此等他。他若不来,你却莫怪;他若来了,定与你剪草除根。"那老高欢欢喜喜的,把女儿带将前去。行者却弄神通,摇身一变,变得就如那女子一般,独自个坐在房里等那妖精。不多时,一阵风来,真个是走石飞砂。好风:

起初时微微荡荡,向后来渺渺茫茫。

---

①姐姐:相当于"姐儿",父母对女儿的称呼。
②尘淄:灰尘,尘垢。
③屈屈偎偎:娇弱无力的样子。
④叙阔:述说阔别之情。

微微荡荡乾坤大,渺渺茫茫无阻碍。
凋花折柳胜摋麻①,倒树摧林如拔菜。
翻江搅海鬼神愁,裂石崩山天地怪。
衔花麋鹿失来踪,摘果猿猴迷在外。
七层铁塔侵佛头,八面幢幡伤宝盖。
金梁玉柱起根摇,房上瓦飞如燕块②。
举棹梢公许愿心,开船忙把猪羊赛③。
当坊土地弃祠堂,四海龙王朝上拜。
海边撞损夜叉船,长城刮倒半边塞。

那阵狂风过处,只见半空里来了一个妖精,果然生得丑陋:黑脸短毛,长喙大耳;穿一领青不青、蓝不蓝的梭布直裰④,系一条花布手巾⑤。行者暗笑道:"原来是这个买卖!"好行者,却不迎他,也不问他,且睡在床上推病,口里哼哼喷喷的不绝⑥。那怪不识真假,走进房,一把搂住,就要亲嘴。行者暗笑道:"真个要来弄老孙哩!"即使个拿法,托着那怪的长嘴,叫做个小跌。漫头一料⑦,扑的摜下床来。那怪爬起来,扶着床边道:"姐姐,你怎么今日有些怪我?想是我来得迟了。"行者道:"不怪!不怪!"那妖道:"既不怪我,怎么就丢我这一跌?"行者道:"你怎么就这等样小家子,就搂我亲嘴?我因今日有些不自在,若每常好时,便起来开门等你了。你可脱了衣服睡是。"那怪不解其意,真个就去脱衣。行者跳起来,坐在净桶上。那怪依旧复来床上摸一把,摸不着人,叫道:"姐姐,你往那里去了?请脱衣

---

①摋(sāi)麻:当指将花柳吹乱,残枝败叶像乱塞的麻。摋,塞。
②燕块:不详其义,"块"或应作"快",则此句意为屋瓦乱飞,如燕子一样快。
③赛:祭祀酬报神灵。
④梭布:家庭木织机织的布。
⑤手巾:原作"首巾"。
⑥哼哼喷喷(jī):同"哼哼唧唧"。病痛时的呻吟声。
⑦漫头一料:顺着头一摔。漫,顺。料,同"撂",摔。

服睡罢。"行者道:"你先睡,等我出个恭来①。"那怪果先解衣上床。

行者忽然叹口气,道声:"造化低了!"那怪道:"你恼怎的?造化怎么得低的?我得到了你家,虽是吃了些茶饭,却也不曾白吃你的。我也曾替你家扫地通沟,搬砖运瓦,筑土打墙,耕田耙地,种麦插秧,创家立业。如今你身上穿的锦,戴的金,四时有花果享用,八节有蔬菜烹煎,你还有那些儿不趁心处?这般短叹长呼,说甚么造化低了。"行者道:"不是这等说。今日我的父母,隔着墙,丢砖料瓦的,甚么打我骂我哩。"那怪道:"他打骂你怎的?"行者道:"他说我和你做了夫妻,你是他门下一个女婿,全没些儿礼体。这样个丑嘴脸的人,又会不得姨夫②,又见不得亲戚,又不知你云来雾去,端的是那里人家,姓甚名谁,败坏他清德,玷辱他门风,故此这般打骂,所以烦恼。"那怪道:"我虽是有些儿丑陋,若要俊,却也不难。我一来时,曾与他讲过,他愿意方才招我,今日怎么又说起这话!我家住在福陵山云栈洞。我以相貌为姓,故姓猪,官名叫做猪刚鬣③。他若再来问你,你就以此话与他说便了。"

行者暗喜道:"那怪却也老实,不用动刑,就供得这等明白。既有了地方、姓名,不管怎的也拿住他。"行者道:"他要请法师来拿你哩。"那怪笑道:"睡着!睡着!莫采他!我有天罡数的变化,九齿的钉钯,怕甚么法师、和尚、道士?就是你老子有虔心,请下九天荡魔祖师下界④,我也曾与他做过相识,他也不敢怎的我。"行者道:"他说请一个五百年前大闹天宫姓孙的齐天大圣,要来拿你哩。"那怪闻得

---

① 出个恭来:元代以后,科举考试时考生如需上厕所,必须领取一个牌子,上写"出恭入敬",故上厕所又称"出恭"。

② 姨夫:妻子姐妹的丈夫。即连襟。

③ 刚鬣(liè):古代祭祀所用的猪,因其肥而鬃毛坚硬得名。

④ 荡魔祖师:即真武大帝,《玄天上帝百字圣号》记真武大帝(即玄天上帝)的圣号有"金阙化身荡魔天尊"。荡魔祖师是民间的俗称。宋代以来,真武大帝与天蓬元帅、天猷(一作天佑)元帅、翊圣真君并称北极四圣。故猪八戒称曾与荡魔祖师做过相识。

这个名头,就有三分害怕道:"既是这等说,我去了罢。两口子做不成了。"行者道:"你怎的就去?"那怪道:"你不知道。那闹天宫的弼马温,有些本事,只恐我弄他不过,低了名头,不像模样。"他套上衣服,开了门,往外就走;被行者一把扯住,将自己脸上抹了一抹,现出原身。喝道:"好妖怪,那里走!你抬头看看我是那个?"那怪转过眼来,看见行者咨牙俫嘴,火眼金睛,磕头毛脸①,就是个活雷公相似,慌得他手麻脚软,划剌的一声,挣破了衣服,化狂风脱身而去。行者急上前,掣铁棒,望风打了一下。那怪化万道火光,径转本山而去。行者驾云,随后赶来,叫声:"那里走!你若上天,我就赶到斗牛宫;你若入地,我就追至枉死狱!"咦!毕竟不知这一去赶至何方,有何胜败,且听下回分解。

---

①磕:凸出。

第十九回

云栈洞悟空收八戒　浮屠山玄奘受心经

却说那怪的火光前走,这大圣的彩雾随跟。正行处,忽见一座高山,那怪把红光结聚,现了本相,撞入洞里,取出一柄九齿钉钯来战。行者喝一声道:"泼怪!你是那里来的邪魔?怎么知道我老孙的名号?你有甚么本事,实实供来,饶你性命!"那怪道:"是你也不知我的手段。上前来站稳着,我说与你听:我

自小生来心性拙,贪闲爱懒无休歇。
不曾养性与修真,混沌迷心熬日月。
忽朝闲里遇真仙,就把寒温坐下说。
劝我回心莫堕凡,伤生造下无边业。
有朝大限命终时①,八难三途悔不喋②。
听言意转要修行,闻语心回求妙诀。
有缘立地拜为师,指示天关并地阙③。
得传九转大还丹④,工夫昼夜无时辍。
上至顶门泥丸宫,下至脚板涌泉穴⑤。

---

① 大限:寿数,死期。
② 悔不喋:后悔不及。喋,同"迭"。
③ 天关并地阙:《黄庭经·三关章》认为,口为天关,是精神之机;足为地关,是生命之扉。修炼时要牢守这些关口,不要使精气漏泄。
④ 九转大还丹:参见第五回"九转金丹"条注。九转,也作"九还",本是外丹术语,指丹砂和水银的多次反应。内丹术借指内丹修炼中后天返先天的过程。《道枢·九转金丹篇》称"九还"是一还肾,二还心,三还肝,四还肺,五还脾,六还丹房,七还气户,八还精室,九还神室。经历这九次变化之后,就可以形体不坏,永住于世。
⑤ 涌泉穴:在脚底正中,为肾经之首。

周流肾水入华池①,丹田补得温温热。
婴儿姹女配阴阳,铅汞相投分日月。
离龙坎虎用调和,灵龟吸尽金乌血②。
三花聚顶得归根③,五气朝元通透彻④。
功圆行满却飞升,天仙对对来迎接。
朗然足下彩云生,身轻体健朝金阙。
玉皇设宴会群仙,各分品级排班列。
敕封元帅管天河,总督水兵称宪节⑤。
只因王母会蟠桃,开宴瑶池邀众客。
那时酒醉意昏沉,东倒西歪乱撒泼。

---

① 肾水:指肾中所藏之精(参见第二回"精炁神"条注)。华池:宋张伯端《青华秘文》认为在脐中气穴之下,两肾中一窍,在此生精。此精可以周流全身,洗涤脏腑。人随着年龄增长,元精逐渐耗散,所以炼内丹之前要补养元精,使之充足,这是修炼的基础功夫。

② "婴儿姹女配阴阳"四句:均指元神和元气的交合,是基础打牢后,内丹修炼的最关键步骤。金木、水火、坎离、虎龙、铅汞、月日、龟蛇、玉兔金乌、婴儿姹女,这些两两成对的概念,分别是命(或元气)、性(或元神)的具象化代称。大略说来,在不同的场合,或侧重描述元神、元气不同的特点时,内丹家往往用不同的代称。例如将元气、元神拟人化的时候,往往称为婴儿、姹女。把元气、元神比作药物这个场合,往往借外丹术语称之为铅、汞;谈到元气、元神相交时,往往称为"虎龙"或"龟蛇"(因为龙虎可以交斗,龟蛇可以交缠)。谈到元气、元神客观特性时,往往用坎离、水火、月日等。金乌血,即指元神。《性命圭旨》"汞取金乌心内血"。灵龟,指元气。《太上九要心印妙经》:"性者南方赤蛇,命者北方黑龟。"灵龟吸金乌之血,指元神("金乌"之精华)逐渐进入元气团聚之处(灵龟)与之交合。

③ 三花聚顶:内丹术指元神、元气充分交合后,精、气、神三者合为一体,聚于头顶。

④ 五气朝元:内丹术指五脏五行之气转化成阳神,上聚头部,是修炼的高级阶段。

⑤ 宪节:重要官员手持的符节。这里指猪八戒被委以重任。

逞雄撞入广寒宫①,风流仙子来相接。
　　见他容貌挟人魂,旧日凡心难得灭。
　　全无上下失尊卑,扯住嫦娥要陪歇。
　　再三再四不依从,东躲西藏心不悦。
　　色胆如天叫似雷,险些振倒天关阙。
　　纠察灵官奏玉皇,那日吾当命运拙②。
　　广寒围困不通风,进退无门难得脱。
　　却被诸神拿住我,酒在心头还不怯。
　　却赴灵霄见玉皇,依律问成该处决。
　　多亏太白李金星,出班俯囟亲言说。
　　改刑重责二千锤,肉绽皮开骨将折。
　　放生遭贬出天关,福陵山下图家业。
　　我因有罪错投胎,俗名唤做猪刚鬣。"

行者闻言道:"你这厮原来是天蓬水神下界③,怪道知我老孙名号。"那怪道声:"咴!你这诳上的弼马温,当年撞那祸时,不知带累我等多少,今日又来此欺人!不要无礼,吃我一钯!"行者怎肯容情,举起棒,当头就打。他两个在那半山之中,黑夜里赌斗。好杀:

　　行者金睛似闪电,妖魔环眼似银花。这一个口喷彩雾,那一个气吐红霞。气吐红霞昏处亮,口喷彩雾夜光华。金箍棒,九齿钯,两个英雄实可夸:一个是大圣临凡世,一个是元帅降天涯。那个因失威仪成怪物④,这个幸逃苦难拜僧家。钯去好似龙伸爪,棒迎浑若凤穿花。那个道:"你破人亲事如杀父!"这个道:"你强奸幼女正该

---

①广寒宫:旧题唐柳宗元《龙城录·明皇梦游广寒宫》记唐玄宗中秋节游月中,见一大官府名曰"广寒清虚之府"。故称月中仙宫为广寒宫。
②吾当:即"吾"。当,用于人称词的后缀,参见第九回"朕当"条注。
③天蓬水神:古代认为猪为水畜,《周易·说卦》:"坎为豕。"坎为八卦之一,代表水。《史记·天官书》:"奎(二十八宿之一)为封豕(大猪),为沟渎。"此处猪八戒为水神,似受此观念影响(据张锦池《西游记考论》)。
④威仪:庄重的仪容举止。

拿!"闲言语,乱喧哗,往往来来棒架钯。看看战到天将晓,那妖精两膊觉酸麻。

他两个自二更时分,只斗到东方发白。那怪不能迎敌,败阵而逃,依然又化狂风,径回洞里,把门紧闭,再不出头。行者在这洞门外看有一座石碣,上书"云栈洞"三字;见那怪不出,天又大明,心却思量:"恐师父等候,且回去见他一见,再来捉此怪不迟。"随踏云,点一点,早到高老庄。

却说三藏与那诸老谈今论古,一夜无眠。正想行者不来,只见天井里,忽然站下行者。行者收藏铁棒,整衣上厅,叫道:"师父,我来了。"慌得那诸老一齐下拜,谢道:"多劳!多劳!"三藏问道:"悟空,你去这一夜,拿得妖精在那里?"行者道:"师父,那妖不是凡间的邪祟,也不是山间的怪兽。他本是天蓬元帅临凡,只因错投了胎,嘴脸像一个野猪模样,其实灵性尚存。他说以相为姓,唤名猪刚鬣。是老孙从后宅里掣棒就打,他化一阵狂风走了。被老孙着风一棍,他就化道火光,径转他那本山洞里,取出一柄九齿钉钯,与老孙战了一夜。他适才天将明,怯战而走,把洞门紧闭不出。老孙还要打开那门,与他见个好歹,恐师父在此疑虑盼望,故先来回个信息。"

说罢,那老高上前跪下道:"长老,没及奈何,你虽赶得去了,他等你去后复来,却怎区处?索性累你与我拿住,除了根,才无后患。我老夫不敢怠慢,自有重谢。将这家财田地,凭众亲友写立文书,与长老平分。只是要剪草除根,莫教坏了我高门清德。"行者笑道:"你这老儿不知分限①。那怪也曾对我说,他虽是食肠大,吃了你家些茶饭,他与你干了许多好事。这几年挣了许多家货,皆是他之力量。他不曾白吃了你东西,问你祛他怎的。据他说,他是一个天神下界,替你巴家做活,又未曾害了你家女儿。想这等一个女婿,也门当户对,不怎么坏了家声,辱了行止。当真的留他也罢。"老高道:"长老,虽是不伤风化,但名声不甚好听。动不动着人就说:'高家招了一个

---

①分限:本分。

妖怪女婿。'这句话儿教人怎当？"三藏道："悟空，你既是与他做了一场，一发与他做个竭绝①，才见始终。"行者道："我才试他一试耍子，此去一定拿来与你们看，且莫忧愁。"叫："老高，你还好生管待我师父，我去也。"

　　说声去，就无形无影的，跳到他那山上，来到洞口，一顿铁棍，把两扇门打得粉碎，口里骂道："那馕糠的夯货②，快出来与老孙打么！"那怪正喘虚虚的睡在洞里，听见打得门响，又听见骂馕糠的夯货，他却恼怒难禁，只得拖着钯，抖擞精神，跑将出去，厉声骂道："你这个弼马温，着实惫懒！与你有甚相干，你把我大门打破？你且去看看律条，打进大门而入，该个杂犯死罪哩③！"行者笑道："这个呆子！我就打了大门，还有个辩处。像你强占人家女子，又没个三媒六证④，又无些茶红酒礼⑤，该问个真犯斩罪哩⑥！"那怪道"且休闲讲，看老猪这钯！"行者使棍支住道："你这钯可是与高老家做园工筑地种菜的？有何好处怕你！"那怪道："你错认了！这钯岂是凡间之物？你且听我道来：

　　　　此是锻炼神冰铁，磨琢成工光皎洁。
　　　　老君自己动钤锤，荧惑亲身添炭屑⑦。

---

①竭绝：尽，此指彻底消灭。
②馕(nǎng)：拼命地往嘴里塞食物。世德堂本"馕"又作"囊"，今统改为"馕"，后不出注。
③杂犯：古代法律术语，指各专类罪名以外的其他罪名。《大明律》卷十八《刑律·贼盗》规定，"夜无故入人家"，若被主家杀死者勿论。
④三媒六证：泛指旧时婚姻中的介绍人。三媒六证表示婚约郑重。
⑤茶红：古代订婚时以茶为礼，后泛指男方送女方的聘礼。又称"下茶"或"茶定"。
⑥真犯：指罪行真实的犯人。《大明律》卷六《户律·婚姻》"强占良家妻女"条规定，凡豪势之人强夺良家妻女，奸占为妻妾者，判绞刑。
⑦荧惑：火星，即火德星君。

五方五帝用心机①,六丁六甲费周折。
造成九齿玉垂牙,铸就双环金坠叶。
身妆六曜排五星,体按四时依八节。
短长上下定乾坤,左右阴阳分日月。
六爻神将按天条,八卦星辰依斗列。
名为上宝逊金钯,进与玉皇镇丹阙。
因我修成大罗仙,为吾养就长生客。
敕封元帅号天蓬,钦赐钉钯为御节②。
举起烈焰并毫光,落下猛风飘瑞雪。
天曹神将尽皆惊,地府阎罗心胆怯。
人间那有这般兵,世上更无此等铁。
随身变化可心怀,依意翻腾依口诀。
相携数载未曾离,伴我几年无日别。
日食三餐并不丢,夜眠一宿浑无撇。
也曾佩去赴蟠桃,也曾带他朝帝阙。
皆因仗酒却行凶,只为倚强便撒泼。
上天贬我降凡尘,下世尽我作罪孽。
石洞心邪曾吃人,高庄情喜婚姻结。
这钯下海掀翻龙住窝,上山抓碎虎狼穴。
诸般兵刃且休题,惟有吾当钯最切。
相持取胜有何难,赌斗求功不用说。
何怕你铜头铁脑一身钢,钯到魂消神气泄!

行者闻言,收了铁棒道:"呆子不要说嘴!老孙把这头伸在那里,你且筑一下儿,看可能魂消气泄?"那怪真个举起钯,着气力筑将来,扑的一下,钻起钯的火光焰焰,更不曾筑动一些儿头皮。唬得他

---

① 五方五帝:道教五方五帝,姓名字号各经不同,参见第五回"五方五老"条注。
② 节:符节,象征可以行使皇帝的权威。

第十九回　云栈洞悟空收八戒　浮屠山玄奘受心经

手麻脚软,道声:"好头!好头!"行者道:"你是也不知。老孙因为闹天宫,偷了仙丹,盗了蟠桃,窃了御酒,被小圣二郎擒住,押在斗牛宫前,众天神把老孙斧剁锤敲,刀砍剑刺,火烧雷打,也不曾损动分毫。又被那太上老君拿了我去,放在八卦炉中,将神火锻炼,炼做个火眼金睛,铜头铁臂。不信,你再筑几下,看看疼与不疼?"那怪道:"你这猴子,我记得你闹天宫时,家住在东胜神洲傲来国花果山水帘洞里,到如今久不闻名,你怎么来到这里,上门子欺我?莫敢是我丈人去那里请你来的?"行者道:"你丈人不曾去请我。因是老孙改邪归正,弃道从僧,保护一个东土大唐驾下御弟,叫做三藏法师,往西天拜佛求经,路过高庄借宿,那高老儿因话说起,就请我救他女儿,拿你这馕糠的夯货!"

那怪一闻此言,丢了钉钯,唱个大喏道:"那取经人在那里?累烦你引见引见。"行者道:"你要见他怎的?"那怪道:"我本是观世音菩萨劝善,受了他的戒行,这里持斋把素,教我跟随那取经人往西天拜佛求经,将功折罪,还得正果。教我等他,这几年不闻消息。今日既是你与他做了徒弟,何不早说取经之事,只倚凶强,上门打我?"行者道:"你莫诡诈欺心软我①,欲为脱身之计。果然是要保护唐僧,略无虚假,你可朝天发誓,我才带你去见我师父。"那怪扑的跪下,望空似捣碓的一般②,只管磕头道:"阿弥陀佛,南无佛,我若不是真心实意,还叫我犯了天条,劈尸万段!"

行者见他赌咒发愿,道:"既然如此,你点把火来烧了你这住处,我方带你去。"那怪真个搬些芦苇荆棘,点着一把火,将那云栈洞烧得像个破瓦窑,对行者道:"我今已无挂碍了,你却引我去罢。"行者道:"你把钉钯与我拿着。"那怪就把钯递与行者。行者又拔了一根毫毛,吹口仙气,叫:"变!"即变做一条三股麻绳,走过来,把手背绑剪了。那怪真个倒背着手,凭他怎么绑缚。却又揪着耳朵,拉着他,

---

① 软:表面柔顺,心怀诡计欺骗别人。
② 捣碓:形容磕头像捣米一样。碓,舂米的器具。

叫:"快走! 快走!"那怪道:"轻着些儿! 你的手重,揪得我耳根子疼。"行者道:"轻不成,顾你不得! 常言道,'善猪恶拿'。只等见了我师父,果有真心,方才放你。"他两个半云半雾的,径转高家庄来。有诗为证:

> 金性刚强能克木,心猿降得木龙归。
> 金从木顺皆为一,木恋金仁总发挥。
> 一主一宾无间隔,三交三合有玄微。
> 性情并喜贞元聚,同证西方话不违①。

顷刻间,到了庄前。行者拑着他的钯②,揪着他的耳道:"你看那厅堂上端坐的是谁? 乃吾师也。"那高氏诸亲友与老高,忽见行者把那怪背绑揪耳而来,一个个忻然迎到天井中,道声:"长老,长老,他正是我家的女婿。"那怪走上前,双膝跪下,背着手对三藏叩头,高叫道:"师父,弟子失迎,早知是师父住在我丈人家,我就来拜接,怎么

---

① "金性刚强能克木"诗:《西游记》本有将整个取经故事比拟一个人修炼内丹过程的意图,并以五行来比附取经队伍五众(包括白马),但因只是小说,所以并不严谨,且存在着混杂的现象。如孙悟空的身份,从《西游记》全书来看,是"心猿"(代表心);从取经五众来看,又是"金公"(代表元气)。木龙,即汞,指代元神,这里指猪八戒。"金从木顺皆为一"以下二句,语出《悟真篇》"木性爱金顺义,金情恋木慈仁。相吞相啖却相亲,始觉男儿有孕",指元神、元气亲密交合,产生金丹。发挥,把内在的性质或能力表现出来。主、宾,指性(元神)、命(元气)的关系,不同的修炼阶段,或以性为主,或以命为主,故称主宾。三交三合,确指不详。内丹中涉及和"三"有关的交合很多,如用真意调和元气、元神,使身、心、意合为一体,称为"三家相见"(参见第二十二回"只因木母克刀圭"条注)。整个内丹修炼是精合于气,气合于神,神合于道,也称"三合"。性情,内丹术术语,也称情性。指真汞(木、元神)、真铅(金、元气)凝结成丹时的亲和力。《参同契》陈致虚注:"金与水同名曰情,木与火同字曰性。"性与情聚合,相当于精与神凝结,返于至道。在这里情指孙悟空,性指猪八戒。贞元聚,即"贞下起元",参见第一回"贞下起元"条注,此指情性相合,阴阳相交后产生新的生机。

② 拑:同"箝"。扛着。

又受到许多拨折①?"三藏道:"悟空,你怎么降得他来拜我?"行者才放了手,拿钉钯柄儿打着,喝道:"呆子,你说么。"那怪把菩萨劝善事情,细陈了一遍。

三藏大喜。便叫:"高太公,取个香案用用。"老高即忙抬出香案。三藏净了手焚香,望南礼拜道:"多蒙菩萨圣恩!"那几个老儿也一齐添香礼拜。拜罢,三藏上厅高坐,教:"悟空,放了他绳。"行者才把身抖了一抖,收上身来,其缚自解。那怪从新礼拜三藏,愿随西去。又与行者拜了,以先进者为兄,遂称行者为师兄。三藏道:"既从吾善果,要做徒弟,我与你起个法名,早晚好呼唤。"他道:"师父,我是菩萨已与我摩顶受戒,起了法名,叫做猪悟能也。"三藏笑道:"好!好!你师兄叫做悟空,你叫做悟能,其实是我法门中的宗派。"悟能道:"师父,我受了菩萨戒行,断了五荤三厌,在我丈人家持斋把素,更不曾动荤。今日见了师父,我开了斋罢。"三藏道:"不可!不可!你既是不吃五荤三厌,我再与你起个别名,唤为八戒。"那呆子欢欢喜喜道:"谨遵师命。"因此又叫做猪八戒。

高老见这等去邪归正,更十分喜悦,遂命家僮安排筵宴,酬谢唐僧。八戒上前扯住老高道:"爷,请我拙荆出来②,拜见公公、伯伯,如何?"行者笑道:"贤弟,你既入了沙门,做了和尚,从今后,再莫题起那'拙荆'的话说。世间只有个火居道士③,那里有个火居的和尚?我们且来叙了坐次,吃顿斋饭,赶早儿往西天走路。"高老儿摆了桌席,请三藏上坐,行者与八戒坐于左右两傍,诸亲下坐。高老把素酒开樽,满斟一杯,奠了天地,然后奉与三藏。三藏道:"不瞒太公说,贫僧是胎里素④,自幼儿不吃荤。"老高道:"因知老师清素,不曾敢动荤。此酒也是素的,请一杯不妨。"三藏道:"也不敢用酒。酒是我僧家第一戒者。"悟能慌了道:"师父,我自持斋,却不曾断酒。"悟空道:

---

①拨折:同"波折"。周折。
②拙荆:对自己妻子的谦称。
③火居:也作"伙居"。有家室、娶妻生子的道士,称为"火居"。
④胎里素:生来就吃素的人。

"老孙虽量窄,吃不上坛把,却也不曾断酒。"三藏道:"既如此,你兄弟们吃些素酒也罢,只是不许醉饮误事。"遂而他两个接了头锺①。各人俱照旧坐下,摆下素斋,说不尽那杯盘之盛,品物之丰。

师徒们宴罢②,老高将一红漆丹盘,拿出二百两散碎金银,奉三位长老为途中之费;又将三领绵布褊衫,为上盖之衣③。三藏道:"我们是行脚僧,遇庄化饭,逢处求斋,怎敢受金银财帛?"行者近前,轮开手,抓了一把,叫:"高才,昨日累你引我师父,今日招了一个徒弟,无物谢你,把这些碎金碎银,权作带领钱,拿了去买草鞋穿。以后但有妖精,多作成我几个,还有谢你处哩。"高才接了,叩头谢赏。老高又道:"师父们既不受金银,望将这粗衣笑纳,聊表寸心。"三藏又道:"我出家人,若受了一丝之贿,千劫难修。只是把席上吃不了的饼果,带些去做干粮足矣。"八戒在旁边道:"师父、师兄,你们不要便罢,我与他家做了这几年女婿,就是挂脚粮也该三石哩④。丈人呵,我的直裰,昨晚被师兄扯破了,与我一件青锦袈裟;鞋子绽了,与我一双好新鞋子。"高老闻言,不敢不与,随买一双新鞋,将一领褊衫,换下旧时衣物。

那八戒摇摇摆摆,对高老唱个喏道:"上复丈母、大姨、二姨并姨夫、姑舅诸亲:我今日去做和尚了,不及面辞,休怪。丈人呵,你还好生看待我浑家⑤。只怕我们取不成经时,好来还俗,照旧与你做女婿过活。"行者喝道:"夯货,却莫胡说!"八戒道:"哥呵,不是胡说,只恐一时间有些儿差池,却不是和尚误了做,老婆误了娶,两下里都耽阁了?""少题闲话,我们赶早儿去来。"遂此收拾了一担行李,八戒担着;背了白马,三藏骑着;行者肩担铁棒,前面引路。一行三众,辞别

---

①头锺:第一杯酒。
②宴:原作"燕","宴"同"燕",今改作常用字。
③上盖:外衣,罩衫。
④挂脚粮:旧时入赘女婿为丈人做工所得的粮食。石:容量单位,十斗为一石。
⑤浑家:妻子,旧时妻子主内,故称。

高老及众亲友,投西而去。有诗为证,诗曰:

> 满地烟霞树色高,唐朝佛子苦劳劳。
> 饥餐一钵千家饭,寒着千针一衲袍。
> 意马胸头休放荡,心猿乖劣莫教嚎。
> 情和性定诸缘合①,月满金华是伐毛②。

三众进西路途,有个月平稳。行过了乌斯藏界,猛抬头见一座高山。三藏停鞭勒马道:"悟空、悟能、前面山高,须索仔细仔细。"八戒道:"没事。这山唤做浮屠山,山中有一个乌巢禅师③,在此修行。老猪也曾会他。"三藏道:"他有些甚么勾当?"八戒道:"他倒也有些道行。他曾劝我跟他修行,我不曾去罢了。"师徒们说着话,不多时,到了山上。好山!但见那

山南有青松碧桧,山北有绿柳红桃。闹聒聒山禽对语,舞翩翩仙鹤齐飞。香馥馥诸花千样色,青冉冉杂草万般奇。涧下有滔滔绿水,崖前有朵朵祥云。真个是景致非常幽雅处,寂然不见往来人。

那师父在马上遥观,见香桧树前,有一柴草窝。左边有麋鹿衔花,右边有山猴献果。树梢头,有青鸾彩凤齐鸣,玄鹤锦鸡咸集。八戒指道:"那不是乌巢禅师!"三藏纵马加鞭,直至树下。

---

① 情和性定:参见本回"'金性刚强能克木'诗"条注。
② 金华:托名唐吕洞宾《太乙金华宗旨》:"金华即光也。"宋张伯端《悟真篇》:"八月十五玩蟾辉,正是金精壮盛时。"这里是用月光渐满的自然现象比喻内丹修炼的过程,参见第三十六回"'月色光华'以下数句"条注。伐毛:即"伐毛洗髓",佛教、道教术语,意为削去旧的毛发,洗净骨髓,脱胎换骨。
③ 乌巢禅师:《五灯会元》卷二,记杭州有鸟窠禅师,又称鹊巢和尚,住在松树之上。白居易任杭州太守时曾去拜访,说:"禅师住处甚危险。"禅师说:"太守更危险。"白居易不解,禅师说:"薪火相交,识性不停。"唐慧立《大慈恩寺三藏法师传》(以下简称《三藏法师传》)卷一记载:玄奘法师在蜀地时,曾有一僧人,身患疥疮,臭秽不堪。法师给他衣服饮食,僧人便授给法师《般若心经》,能避恶鬼。又《太平广记》卷九十二《玄奘》记玄奘法师经过西域罽宾国,曾遇一生疮老僧,授给《多心经》一卷。这里的乌巢禅师,应从以上故事演化而来。

却说那禅师见他三众前来,即便离了巢穴,跳下树来。三藏下马奉拜,那禅师用手搀道:"圣僧请起,失迎,失迎。"八戒道:"老禅师,作揖了。"禅师惊问道:"你是福陵山猪刚鬣,怎么有此大缘,得与圣僧同行?"八戒道:"前年蒙观音菩萨劝善,愿随他做个徒弟。"禅师大喜道:"好,好,好!"又指定行者,问道:"此位是谁?"行者笑道:"这老禅怎么认得他,倒不认得我?"禅师道:"因少识耳。"三藏道:"他是我的大徒弟孙悟空。"禅师陪笑道:"欠礼,欠礼。"

三藏再拜,请问西天大雷音寺还在那里。禅师道:"远哩!远哩!只是路多虎豹难行。"三藏殷勤致意,再回:"路途果有多远?"禅师道:"路途虽远,终须有到之日,却只是魔瘴难消①。我有《多心经》一卷②,凡五十四句,共计二百七十字。若遇魔障之处,但念此经,自无伤害。"三藏拜伏于地恳求,那禅师遂口诵传之。经云《摩诃般若波罗蜜多心经》③:

  观自在菩萨,行深般若波罗蜜多时,照见五蕴皆空,度一切苦厄。舍利子,色不异空,空不异色;色即是空,空即是色。受想行识,亦复如是。舍利子,是诸法空相,不生不灭,不垢不净,不增不减。是故空中无色,无受想行识,无眼耳鼻舌身意,无色声香味触法,无眼界,乃至无意识界,无无明,亦无无明尽。乃至无老死,亦无老死尽。无苦集灭道,无智亦无得。以无所得故。菩提萨埵,依般若波罗蜜多故,心无挂碍;无挂碍故,无有

---

①魔瘴:也作"魔障"。佛教术语,修身的障碍。泛指成事的障碍、磨难。
②《多心经》:即《摩诃般若波罗蜜多心经》的省称,但是正确的省称是《心经》或者《般若心经》。因为"波罗蜜多"是梵语音译,拆解成"波罗蜜"和"多心经"是不规范的,《多心经》是连读"多"、"心"二字而致误。唐郑预、清石成金等学者都曾注《多心经》。《太平广记》卷九十二记玄奘西天求法,有一生疮老僧"口授《多心经》一卷"。可知此说法已相沿成习。
③《摩诃般若波罗蜜多心经》:属于《大品般若经》的一节,概括了般若经类的提要,讲授了佛教最基本的修行原理。《西游记》中记载的就是玄奘法师的译文。《心经》言简意赅,内容丰富,此处因文字繁冗,故不加注释。

恐怖;远离颠倒梦想,究竟涅槃。三世诸佛,依般若波罗蜜多故,得阿耨多罗三藐三菩提。故知般若波罗蜜多,是大神咒,是大明咒,是无上咒,是无等等咒,能除一切苦,真实不虚。故说般若波罗蜜多咒,即说咒曰:'揭谛!揭谛!波罗揭谛①!波罗僧揭谛!菩提萨婆诃!'"

此时唐朝法师本有根源,耳闻一遍《多心经》,即能记忆,至今传世。此乃修真之总经,作佛之会门也。

那禅师传了经文,踏云光,要上乌巢而去;被三藏又扯住奉告,定要问个西去的路程端的。那禅师笑云:

"道路不难行,试听我分付:
千山千水深,多瘴多魔处。
若遇接天崖,放心休恐怖。
行来摩耳岩,侧着脚踪步。
仔细黑松林,妖狐多截路。
精灵满国城,魔主盈山住。
老虎坐琴堂②,苍狼为主簿③。
狮象尽称王,虎豹皆作御。
野猪挑担子,水怪前头遇。
多年老石猴,那里怀嗔怒。
你问那相识,他知西去路。"

行者闻言,冷笑道:"我们去,不必问他,问我便了。"三藏还不解其意,那禅师化作金光,径上乌巢而去。长老往上拜谢,行者心中大怒,举铁棒望上乱捣,只见莲花生万朵,祥雾护千层。行者纵有搅海

---

①波罗揭谛:原缺此四字,据通行《心经》文本补。又"受想行识",原均作"受相行识";"是诸法空相",原作"是诸佛空相";"苦厄"误作"若厄";均据通行《心经》改正。

②琴堂:《吕氏春秋·察贤》载春秋时宓子贱做单父的长官,每天从容地弹琴,身不下堂,却把单父治理得很好。后称州、府、县的办公处所为琴堂。

③主簿:官名,主管文书,办理日常事务。

翻江力,莫想挽着乌巢一缕藤。三藏见了,扯住行者道:"悟空,这样一个菩萨,你捣他窝巢怎的?"行者道:"他骂了我兄弟两个一场去了。"三藏道:"他讲的西天路径,何尝骂你?"行者道:"你那里晓得?他说'野猪挑担子',是骂的八戒;'多年老石猴',是骂的老孙。你怎么解得此意?"八戒道:"师兄息怒。这禅师也晓得过去未来之事,但看他'水怪前头遇'这句话,不知验否,饶他去罢。"行者见莲花祥雾,近那巢边,只得请师父上马,下山往西而去。那一去:

　　　　管教清福人间少,致使灾魔山里多。
　　毕竟不知前程端的如何,且听下回分解。

第二十回

黄风岭唐僧有难　半山中八戒争先

偈曰①：
　　法本从心生，还是从心灭。
　　生灭尽由谁，请君自辨别。
　　既然皆己心，何用别人说②？
　　只须下苦功，扭出铁中血。
　　绒绳着鼻穿，挽定虚空结③。
　　拴在无为树，不使他颠劣④。

---

① 偈曰：此篇偈语原附于元代何道全《般若心经注解》书末，前有"注经已毕，更留一篇，请晚学同志详览研穷，二十年后有出身之路，休要忘了老何"云云的题注。何道全系全真派道士，故在《心经》注解中掺杂了许多道教思想。

② "法本从心生"六句：这里的"法"是佛教专有名词，梵语意译，指事物及其现象。六句意为：佛教认为，种种事物和现象的生灭，是由于心在动。所以心生则法生，心灭则法灭。

③ "只须下苦功"四句："只须下苦功"，何氏原作"直须自下手"。中，何氏原作"牛"。《五灯会元》卷五记：唐药山惟俨禅师曾在石头希迁禅师处问道不悟，又向马祖大师问道方悟，便说自己在石头处，如"蚊子上铁牛"。蚊子无法在铁牛身上吸血，比喻不得其门而入。此处"扭出铁中（牛）血"借用此典，意为无论如何也要明心见性。"绒绳着鼻穿"二句，宋普明禅师作《牧牛图颂》，用十幅牧童驯牛图并配诗比喻修行，此化用第二幅《初调》："我有芒绳蓦鼻穿，一回奔竞痛加鞭。从来劣性难调制，犹得山童尽力牵。"

④ "拴在无为树"二句：树，何氏原作"柱"。《牧牛图颂》第四幅《回首》绘牧童将牛系在树上。诗为："日久功深始转头，颠狂心力渐调柔。山童未肯全相许，犹把芒绳且系留。"比喻要紧紧抓住"一切皆空""无为"的本质，心才能不放逸，才能得大自在。

莫认贼为子①,心法都忘绝。
休教他瞒我,一拳先打彻②。
现心亦无心,现法法也辍③。
人牛不见时,碧天光皎洁。
秋月一般圆,彼此难分别④。

这一篇偈子,乃是玄奘法师悟彻了《多心经》,打开了门户⑤。那长老常念常存,一点灵光自透。且说他三众,在路餐风宿水,带月披星,早又至夏景炎天。但见那:

花尽蝶无情叙,树高蝉有声喧。
野蚕成茧火榴妍,沼内新荷出现。

那日正行时,忽然天晚,又见山路傍边,有一村舍。三藏道:"悟空,你看那日落西山藏火镜,月升东海现冰轮。幸而道傍有一人家,我们且借宿一宵,明日再走。"八戒道:"说得是,我老猪也有些饿了,且到人家化些斋吃,有力气,好挑行李。"行者道:"这个恋家鬼!你离了家几日,就生报怨!"八戒道:"哥呵,似不得你这喝风阿烟的人⑥。我从跟了师父这几日,长忍半肚饥,你可晓得?"三藏闻之道:"悟能,你若是在家心重呵,不是个出家的了,你还回去罢。"那呆子慌得跪下道:"师父,你莫听师兄之言。他有些赃埋人⑦。我不曾报

---

① 认贼为子:佛教术语,指错把妄想当作真实,把虚幻当作本心。
② 一拳先打彻:比喻要勇敢地破除由心产生的虚幻现象。即何道全《般若心经注解》注"远离颠倒梦想"谓"一拳打破上头关"之意。
③ "现心亦无心"二句:两"现"字,均应依何氏原作"观"。通过观心、观法而悟到心、法皆为空。
④ "人牛不见时"四句:《牧牛图颂》第十幅《双泯》仅绘一圆圈,比喻心静法空、物我俱空的境界。诗为:"人牛不见杳无踪,明月光含万象空。若问其中端的意,野花芳草自丛丛。"何道全《般若心经注解》注"是无上咒"句:"人牛不见时,便是灵山长。"
⑤ 打开了门户:指悟到了修行的门径。
⑥ 阿:同"屙"。
⑦ 赃埋人:栽赃、污陷别人。

怨甚的,他就说我报怨。我是个直肠的痴汉,我说道肚里饥了,好寻个人家化斋,他就骂我是恋家鬼。师父呵,我受了菩萨的戒行①,又承师父怜悯,情愿要伏侍师父往西天去,誓无退悔,这叫做恨苦修行②。怎的说不是出家的话!"三藏道:"既是如此,你且起来。"

那呆子纵身跳起,口里絮絮叨叨的,挑着担子,只得死心塌地,跟着前来。早到了路傍人家门首,三藏下马,行者接了缰绳,八戒歇了行李,都伫立绿荫之下。三藏挂着九环锡杖,按按藤缠篾织斗篷③,先奔门前,只见一老者,斜倚竹床之上,口里嘤嘤的念佛。三藏不敢高言,慢慢的叫一声:"施主,问讯了。"那老者一骨鲁跳将起来,忙敛衣襟,出门还礼道:"长老,失迎。你自那方来的?到我寒门何故?"三藏道:"贫僧是东土大唐和尚,奉圣旨,上雷音寺拜佛求经。适至宝方天晚,意投檀府告借一宵,万祈方便方便。"那老儿摆手摇头道:"去不得,西天难取经。要取经,往东天去罢。"三藏口中不语,意下沉吟:"菩萨指道西去,怎么此老说往东行?东边那得有经?"腼腆难言,半晌不答。

却说行者素性凶顽,忍不住,上前高叫道:"那老儿,你这们大年纪,全不晓事。我出家人远来借宿,就把这厌钝的话虎唬我④。十分你家窄狭,没处睡时,我们在树底下,好道也坐一夜⑤,不打搅你。"那老者扯住三藏道:"师父,你倒不言语,你那个徒弟,那般拐子脸,别颏腮⑥,雷公嘴,红眼睛的一个痨病魔鬼⑦,怎么返冲撞我这年老之

---

①戒行:佛教指恪守戒律的操行。
②恨苦:艰苦,痛苦。
③藤缠篾织斗篷:此指斗笠。明高濂《遵生八笺·起居安乐笺》"斗笠"条:"一名云笠,以细藤作笠,方广二尺四寸,以皂绢蒙之,缀檐以蔽风日。一名叶笠,以竹丝为之,上以檞叶细密铺盖,甚有道气。"
④厌钝:扫兴。
⑤好道:好歹,将就,勉强。
⑥别:同"瘪"。
⑦痨病:结核病。患了痨病的人往往面黄肌瘦,所以老人这样说。

人!"行者笑道:"你这个老儿,忒也没眼色!似那俊刮些儿的①,叫做中看不中吃。想我老孙,虽小,颇结实,皮裹一团筋哩。"

那老者道:"你想必有些手段。"行者道:"不敢夸言,也将就看得过。"老者道:"你家居何处?因甚事削发为僧?"行者道:"老孙祖贯东胜神洲海东傲来国花果山水帘洞居住。自小儿学做妖怪,称名悟空。凭本事,挣了一个齐天大圣。只因不受天禄,大反天宫,惹了一场灾愆。如今脱难消灾,转拜沙门,前求正果,保我这唐朝驾下的师父,上西天拜佛走遭,怕甚么山高路险,水阔波狂!我老孙也捉得怪,降得魔。伏虎擒龙,踢天弄井②,都晓得些儿。倘若府上有甚么丢砖打瓦,锅叫门开,老孙便能安镇。"

那老儿听得这篇言语,哈哈笑道:"原来是个撞头化缘的熟嘴儿和尚③。"行者道:"你儿子便是熟嘴!我这些时,只因跟我师父走路辛苦,还懒说话哩。"那老儿道:"若是你不辛苦,不懒说话,好道活活的聒杀我!你既有这样手段,西方也还去得,去得。你一行几众?请至茅舍里安宿。"三藏道:"多蒙老施主不叱之恩。我一行三众。"老者道:"那一众在那里?"行者指着道:"这老儿眼花,那绿荫下站的不是?"

老儿果然眼花,忽抬头细看,一见八戒这般嘴脸,就唬得一步一跌,往屋里乱跑,只叫:"关门!关门!妖怪来了!"行者赶上扯住道:"老儿莫怕,他不是妖怪,是我师弟。"老者战兢兢的道:"好!好!好!一个丑似一个的和尚!"八戒上前道:"老官儿,你若以相貌取人,干净差了。我们丑自丑,却都有用。"

那老者正在门前与三个和尚相讲,只见那庄南边有两个少年人,带着一个老妈妈,三四个小男女,敛衣赤脚,插秧而回。他看见一匹白马,一担行李,都在他家门首喧哗,不知是甚来历,都一拥上

---

①俊刮:漂亮。
②踢天弄井:语近"上天入地",形容本领很大。
③撞头:乱闯乱撞。

前问道："做甚么的？"八戒调过头来，把耳朵摆了几摆，长嘴伸了一伸，吓得那些人东倒西歪，乱蹡乱跌①。慌得那三藏满口招呼道："莫怕！莫怕！我们不是歹人，我们是取经的和尚。"那老儿才出了门，搀着妈妈道："婆婆起来，少要惊恐。这师父是唐朝来的，只是他徒弟脸嘴丑些，却也山恶人善②。带男女们家去。"那妈妈才扯着老儿，二少年领着儿女进去。

三藏却坐在他门楼里竹床之上，埋怨道："徒弟呀，你两个相貌既丑，言语又粗，把这一家儿吓得七损八伤，都替我身造罪哩！"八戒道："不瞒师父说，老猪自从跟了你，这些时俊了许多哩。若像往常在高老庄走时，把嘴朝前一掬，把耳两头一摆，常吓杀二三十人哩。"行者笑道："呆子不要乱说，把那丑也收拾起些。"三藏道："你看悟空说的话！相貌是生成的，你教他怎么收拾？"行者道："把那个耙子嘴，揣在怀里，莫拿出来；把那蒲扇耳，贴在后面，不要摇动，这就是收拾了。"那八戒真个把嘴揣了，把耳贴了，拱着头，立于左右。行者将行李拿入门里，将白马拴在桩上。

只见那老儿才引个少年，拿一个板盘儿，托三杯清茶来献。茶罢，又分付办斋。那少年又拿一张有窟窿无漆水的旧桌，端两条破头折脚的凳子，放在天井中，请三众凉处坐下。三藏方问道："老施主，高姓？"老者道："在下姓王。""有几位令嗣③？"道："有两个小儿，三个小孙。"三藏道："恭喜，恭喜。"又问："年寿几何？"道："痴长六十一岁。"行者道："好！好！好！花甲重逢矣。"三藏复问道："老施主，始初说西天经难取者，何也？"老者道："经非难取，只是道中艰涩难行。我们这向西去，只有三十里远近，有一座山，叫做八百里黄风岭，那山中多有妖怪。故言难取者，此也。若论此位小长老，说有许多手段，却也去得。"行者道："不妨！不妨！有了老孙与我这师弟，

---

① 蹡（qiàng）：形容行步不正的样子。
② 山恶人善：方言。相貌丑恶，却心地善良。
③ 令嗣：对别人儿子的尊称。

任他是甚么妖怪,不敢惹我。"

正说处,又见儿子拿将饭来,摆在桌上,道声"请斋"。三藏就合掌讽起斋经。八戒早已吞了一碗。长老的几句经还未了,那呆子又吃勾三碗。行者道:"这个馕糠,好道汤着饿鬼了①!"那老王倒也知趣,见他吃得快,道:"这个长老,想着实饿了,快添饭来。"那呆子真个食肠大,看他不抬头,一连就吃有十数碗。三藏、行者俱各吃不上两碗,呆子不住,便还吃哩。老王道:"仓卒无肴,不敢苦劝,请再进一筯。"三藏、行者俱道:"勾了。"八戒道:"老儿滴答甚么②,谁和你发课③,说甚么五爻六爻④;有饭只管添将来就是。"呆子一顿,把他一家子饭都吃得罄尽,还只说才得半饱。却才收了家火,在那门楼下,安排了竹床板铺睡下。

次日天晓,行者去背马⑤,八戒去整担,老王又教妈妈整治些点心汤水管待,三众方致谢告行。老者道:"此去倘路间有甚不虞,是必还来茅舍。"行者道:"老儿,莫说哈话⑥。我们出家人,不走回头路。"遂此策马挑担西行。噫!这一去,果无好路朝西域,定有邪魔降大灾。

三众前来,不上半日,果逢一座高山,说起来,十分险峻。三藏马到临崖,斜挑宝镫观看,果然那:

高的是山,峻的是岭;陡的是崖,深的是壑;响的是泉,鲜的是花。那山高不高,顶上接青霄;这涧深不深,底中见地府。山前面,

---

①汤:即"搪",碰。
②滴答:即"滴哒",参见第二回"滴哒"条注。
③发课:起课。旧时一种卜卦的占算法。
④五爻六爻:爻是《周易》中组成卦象的基本符号。"—"称阳爻,"--"称阴爻,六十四卦每卦都由六个爻从下到上组成,从第一爻开始,一直到第五爻、第六爻。这里老人说"无肴",意思是没有菜了,猪八戒却借谐音"五爻"打趣。
⑤背马:即鞴马,将鞍辔套在马身上。参见第十四回"叩背"条注。
⑥哈话:没有分寸、不中听的傻话(据刘怀玉《西游记中的淮安方言》)。

有骨都都白云①,屹嶝嶝怪石,说不尽千丈万丈挟魂崖。崖后有弯弯曲曲藏龙洞,洞中有叮叮咚咚滴水岩。又见些丫丫叉叉带角鹿,泥泥蛊蛊看人獐;盘盘曲曲红鳞蟒,耍耍顽顽白面猿。至晚巴山寻穴虎②,带晓翻波出水龙,登的洞门忽剌剌响。草里飞禽扑轳轳起;林中走兽掬唯唯行③。猛然一阵狼虫过,吓得人心跐蹬蹬惊。正是那当倒洞当当倒洞,洞当当倒洞当山④。青岱染成千丈玉,碧纱笼罩万堆烟。

那师父缓促银骢,孙大圣停云慢步,猪悟能磨担徐行⑤。正看那山,忽闻得一阵旋风大作。三藏在马上心惊,道:"悟空,风起了!"行者道:"风却怕他怎的!此乃天家四时之气⑥,有何惧哉!"三藏道:"此风甚恶,比那天风不同。"行者道:"怎见得不比天风?"三藏道:"你看这风:

巍巍荡荡飒飘飘,渺渺茫茫出碧霄。

过岭只闻千树吼,入林但见万竿摇。

岸边摆柳连根动,园内吹花带叶飘。

收网渔舟皆紧缆,落篷客艇尽抛锚。

途半征夫迷失路,山中樵子担难挑。

仙果林间猴子散,奇花丛内鹿儿逃。

崖前桧柏颗颗倒,涧下松篁叶叶凋。

播土扬尘沙迸进,翻江搅海浪涛涛。"

八戒上前,一把扯住行者道:"师兄,十分风大!我们且躲一躲

---

① 骨都都:连绵不断冒出的样子,即"咕嘟嘟"。
② 巴:同"爬"。攀援。
③ 掬唯唯(lǜ):形容急促的声音,如野兽行走、猛风烈火等。唯,鸣。此处用为象声词。
④ "当倒"二句:幽默的说法,仅表示山连山、洞连洞,山势幽深险峻的意思,听起来有趣味,但没有字面的意义。
⑤ 磨担:指把扁担换肩、换方向的动作。磨,意为转移,调转。
⑥ 天家:对天的拟人说法。

儿干净。"行者笑道:"兄弟不济! 风大时就躲,倘或亲面撞见妖精,怎的是好?"八戒道:"哥呵,你不曾闻得'避色如避仇,避风如避箭'哩! 我们躲一躲,也不亏人。"行者道:"且莫言语,等我把这风抓一把来闻一闻看。"八戒笑道:"师兄又扯空头谎了①,风又好抓得过来闻! 就是抓得来,便也渍了去了②。"行者道:"兄弟,你不知道老孙有个'抓风'之法。"好大圣,让过风头,把那风尾抓过来闻了一闻,有些腥气,道:"果然不是好风。这风的味道不是虎风,定是怪风。断乎有些蹊跷。"

说不了,只见那山坡下,剪尾跑蹄,跳出一只斑斓猛虎,慌得那三藏坐不稳雕鞍,翻根头跌下白马,斜倚在路旁,真个是魂飞魄散。八戒丢了行李,掣铁钯,不让行者走上前,大喝一声道:"业畜! 那里走!"赶将去,劈头就筑。那只虎直挺挺站将起来,把那前左爪轮起,抠住自家的眼膛③,往下一抓,滑刺的一声,把个皮剥将下来,站立道傍。你看他怎生恶相! 咦,那模样:

血津津的赤剥身躯,红媸媸的弯环腿足④。
火焰焰的两鬓蓬松,硬搠搠的双眉的竖。
白森森的四个钢牙,光耀耀的一双金眼。
气昂昂的努力大哮,雄纠纠的厉声高喊。

喊道:"慢来! 慢来! 吾当不是别人,乃是黄风大王部下的前路先锋。今奉大王严命,在山巡逻,要拿几个凡夫去做案酒⑤。你是那里来的和尚,敢擅动兵器伤我?"八戒骂道:"我把你这个业畜! 你是认不得我! 我等不是那过路的凡夫,乃东土大唐御弟三藏之弟子,奉旨上西方拜佛求经者。你早早的远避他方,让开大路,休惊了我

---

①空头谎:内容空洞没有根据的谎话。
②渍:滑,溜。
③眼膛:原作"剑膛",音近而误,见本回"眼膛"条注。
④红媸(chī)媸:红得怕人的样子。
⑤案酒:也作"按酒"。下酒的食物。

师父,饶你性命;若似前猖獗,钯举处,却不留情!"

那妖精那容分说,急近步,丢一个架子,望八戒劈脸来抓。这八戒忙闪过,轮钯就筑。那怪手内无兵,下头就走,八戒随后赶来。那怪到了山坡下,乱石丛中,取出两口赤铜刀,急轮起,转身来迎。两个在这坡前,一往一来,一冲一撞的赌斗。那里行者搀起唐僧道:"师父,你莫害怕,且坐住,等老孙去助助八戒,打倒那怪好走。"三藏才坐将起来,战兢兢的,口里念着《多心经》不题。

那行者掣了铁棒,喝声教:"拿了!"此时八戒抖擞精神,那怪败下阵去。行者道:"莫饶他!务要赶上!"他两个轮钉钯,举铁棒,赶下山来。那怪慌了手脚,使个"金蝉脱壳计",打个滚,现了原身,依然是一只猛虎。行者与八戒那里肯舍,赶着那虎,定要除根。那怪见他赶得至近,却又抠着眼眶①,剥下皮来,苫盖在那卧虎石上,脱真身,化一阵狂风,径回路口。路口上那师父正念《多心经》,被他一把拿住,驾长风摄将去了。可怜那三藏呵!江流注定多磨蜇,寂灭门中功行难。

那怪把唐僧擒来洞口,按住狂风,对把门的道:"你去报大王,说前路虎先锋拿了一个和尚,在门外听令。"那洞主传令,教:"拿进来。"那虎先锋,腰撒着两口赤铜刀②,双手捧着唐僧,上前跪下道:

---

① 眼眶:各本多作"胸膛",应误。眼眶,即眼眶。《西游记》中,小妖能与孙悟空兄弟过招者甚少,故此处尚留有《西游记》早期故事痕迹。《大唐三藏取经诗话·过长坑大蛇岭处第六》,记猴行者与玄奘法师遇白虎精,白虎精变作妇人,被猴行者识破,"妇人闻语,张口大叫一声,忽然面皮裂皱,露爪张牙,摆尾摇头,身长丈五",其变身亦从面部开始。《太平广记》卷四百二十六《易拔》,记豫章人易拔对人说:"汝看我面。""乃见眼目角张,身有黄斑色",便化为一只虎。从眼部发生裂变,情节正与此相似。而元杨景贤《西游记杂剧》第十一出"行者降妖"中,孙行者初归顺唐僧,在黄风山降伏了银额将军,也是虎精。则本回中的虎先锋,应承袭白虎精和银额将军而来,原应是黄风山妖首;而在长期演变中被"黄风怪"取代而降职为先锋,但仍保留了妖首的某些特征。

② 撒:即"煞"。方言。用绳子收束物品。

"大王,小将不才,蒙钧令差山上巡逻①,忽遇一个和尚,他是东土大唐驾下御弟三藏法师,上西方拜佛求经,被我擒来奉上,聊具一馔②。"

那洞主闻得此言,吃了一惊道:"我闻得前者有人传说:三藏法师乃大唐奉旨意取经的神僧。他手下有一个徒弟,名唤孙行者,神通广大,智力高强。你怎么能勾捉得他来?"先锋道:"他有两个徒弟:先来的,使一柄九齿钉钯,他生得嘴长耳大;又一个,使一根金箍铁棒,他生得火眼金睛。正赶着小将争持,被小将使一个'金蝉脱壳'之计,撤身得空,把这和尚拿来,奉献大王,聊表一餐之敬。"洞主道:"且莫吃他着。"先锋道:"大王,见食不食,呼为劣蹶③。"洞主道:"你不晓得,吃了他不打紧,只恐怕他那两个徒弟上门吵闹,未为稳便,且把他绑在后园定风桩上,待三五日,他两个不来搅扰,那时节,一则图他身子干净,二来不动口舌,却不任我们心意?或煮或蒸,或煎或炒,慢慢的自在受用不迟。"先锋大喜道:"大王深谋远虑,说得有理。"教:"小的们,拿了去。"傍边拥上七八个绑缚手,将唐僧拿去,好便似鹰拿燕雀,索绑绳缠。这的是苦命江流思行者,遇难神僧想悟能,道声:"徒弟呵!不知你在那山擒怪,何处降精,我却被魔头拿来,遭此毒害,几时再得相见!好苦阿!你们若早些儿来,还救得我命;若十分迟了,断然不能保矣!"一边嗟叹,一边泪落如雨。

却说那行者、八戒,赶那虎下山坡,只见那虎跑倒了,塌伏在崖前。行者举棒,尽力一打,转振得自己手疼。八戒复筑了一钯,亦将钯齿迸起。原来是一张虎皮,苫着一块卧虎石。行者大惊道:"不好了!不好了!中了他计也!"八戒道:"中他甚计?"行者道:"这个叫做'金蝉脱壳计':他将虎皮苫在此,他却走了。我们且回去看看师父,莫遭毒手。"两个急急转来,早已不见了三藏。行者大叫如雷道:

---

①钧令:义同前文的"钧语",都是对上级命令的尊称。
②馔:食物,菜肴。
③劣蹶:马发怒的时候,踢脚(尥蹶子),暴躁,形容不驯顺。

"怎的好！师父已被他擒去了。"八戒即便牵着马，眼中滴泪道："天那！天那！却往那里找寻！"行者抬着跳道①："莫哭！莫哭！一哭就剉了锐气。横竖想只在此山，我们寻寻去来。"

他两个果奔入山中，穿岗越岭，行阁多时，只见那石崖之下，耸出一座洞府。两人定步观瞻，果然凶险，但见那：

叠嶂尖峰，回峦古道。青松翠竹依依，绿柳碧梧冉冉。崖前有怪石双双，林内有幽禽对对。洞水远流冲石壁，山泉细滴漫沙堤。野云片片，瑶草芊芊②。妖狐狡兔乱撺梭，角鹿香獐齐斗勇。劈崖斜挂万年藤，深壑半悬千岁柏。奕奕巍巍欺华岳③，落花啼鸟赛天台④。

行者道："贤弟，你可将行李歇在藏风山凹之间，撒放马匹，不要出头。等老孙去他门首，与他赌斗，必须拿住妖精，方才救得师父。"八戒道："不消分付，请快去。"行者整一整直裰，束一束虎裙，掣了棒，撞至那门前，只见那门有六个大字，乃"黄风岭黄风洞"，却便丁字脚站定，执着棒，高叫道："妖怪！趁早儿送我师父出来，省得掀翻了你窝巢，蹯平了你住处！"

那小怪闻言，一个个害怕，战兢兢的，跑入里面报道："大王！祸事了！"那黄风怪正坐间，问："有何事？"小妖道："洞门外来了一个雷公嘴毛脸的和尚，手持着一根许大粗的铁棒⑤，要他师父哩！"那洞主惊张，即唤虎先锋道："我教你去巡山，只该拿些山牛、野彘、肥鹿、胡羊，怎么拿那唐僧来！却惹他那徒弟来此闹吵，怎生区处？"先锋道："大王放心稳便，高枕勿忧，小将不才，愿领五十个小妖校出去，把那甚么孙行者拿来凑吃。"洞主道："我这里除了大小头目，还有五七百

---

① 抬着：原文如此，疑有误。
② 芊芊：草木茂盛青翠的样子。
③ 奕奕：高大的样子。
④ 天台：天台山。浙江东部名山。
⑤ 许大：很大，那样大。

名小校,凭你选择,领多少去。只要拿住那行者,我们才自自在在吃那和尚一块肉,情愿与你拜为兄弟;但恐拿他不得,返伤了你,那时休得埋怨我也。"

虎怪道:"放心!放心!等我去来。"果然点起五十名精壮小妖,擂鼓摇旗,缠两口赤铜刀,腾出门来,厉声高叫道:"你是那里来的个猴和尚,敢在此间大呼小叫的做甚?"行者骂道:"你这个剥皮的畜生!你弄甚么脱壳法儿,把我师父摄了,倒转问我做甚?趁早好好送我师父出来,还饶你这个性命!"虎怪道:"你师父是我拿了,要与我大王做顿下饭。你识起倒①,回去罢!不然,拿住你,一齐凑吃,却不是'买一个又饶一个'?"行者闻言,心中大怒,挖迸迸②,钢牙错啮③;滴流流,火眼睁圆;掣铁棒喝道:"你多大欺心,敢说这等大话!休走!看棍!"那先锋急持刀按住。这一场果然不善,他两个各显威能。好杀:

> 那怪是个真鹅卵,悟空是个鹅卵石。
> 赤铜刀架美猴王,浑如垒卵来击石④。
> 乌鹊怎与凤凰争?鹁鸽敢和鹰鹞敌?
> 那怪喷风灰满山,悟空吐雾云迷日。
> 来往不禁三五回,先锋腰软全无力。
> 转身败了要逃生,却被悟空抵死逼⑤。

那虎怪撑持不住,回头就走。他原来在那洞主面前说了嘴,不敢回洞,径往山坡上逃生。行者那里肯放,执着棒,只情赶来,呼呼吼吼,喊声不绝,却赶到那藏风山凹之间。正抬头,见八戒在那里放马。八戒忽听见呼呼声喊,回头观看,乃是行者赶败的虎怪,就丢了

---

① 起倒:高低,好歹。
② 挖迸迸:也作"喀嘣嘣"。
③ 啮:咬。
④ 垒卵:也作"累卵",堆垒起来的蛋,形容极其危险的事物。
⑤ 抵死:竭力。

马,举起钯,剌斜着头一筑①。可怜那先锋,脱身要跳黄丝网,岂知又遇罩鱼人,却被八戒一钯,筑得九个窟窿鲜血冒,一头脑髓尽流干。有诗为证,诗曰:

  三二年前归正宗,持斋把素悟真空②。
  诚心要保唐三藏,初秉沙门立此功。

  那呆子一脚踏住他的脊背,两手轮钯又筑。行者见了,大喜道:"兄弟,正是这等!他领了几十个小妖,敢与老孙赌斗,被我打败了。他转不往洞跑,却跑来这里寻死。亏你接着;不然,又走了。"八戒道:"弄风摄师父去的可是他?"行者道:"正是,正是。"八戒道:"你可曾问他师父的下落么?"行者道:"这怪把师父拿在洞里,要与他甚么鸟大王做下饭。是老孙恼了,就与他斗将这里来,却着你送了性命。兄弟呀,这个功劳算你的,你可还守着马与行李,等我把这死怪拖了去,再到那洞口索战。须是拿得那老妖,方才救得师父。"八戒道:"哥哥说得有理。你去,你去,若是打败了这老妖,还赶将这里来,等老猪截住杀他。"好行者,一只手提着铁棒,一只手拖着死虎,径至他洞口。正是:

  法师有难逢妖怪,情性相和伏乱魔③。

  毕竟不知此去可降得妖怪,救得唐僧,且听下回分解。

---

①剌斜:也作"剌斜里",旁边或侧面。
②真空:佛教术语。一般指超出一切色相意识界限的境界。
③情性相和:参见第十九回"'金性刚强能克木'诗"条注。这里指孙、猪两人同心协力。

第二十一回

护法设庄留大圣　须弥灵吉定风魔

却说那五十个败残的小妖，拿着些破旗、破鼓，撞入洞里，报道："大王，虎先锋战不过那毛脸和尚，被他赶下东山坡去了。"老妖闻说，十分烦恼，正低头不语，默思计策，又有把前门的小妖道："大王，虎先锋被那毛脸和尚打杀了，拖在门口骂战哩。"那老妖闻言，愈加烦恼道："这厮却也无知！我倒不曾吃他师父，他转打杀我家先锋，可恨！可恨！"叫："取披挂来。我也只闻得讲甚么孙行者，等我出去，看是个甚么九头八尾的和尚，拿他进来，与我虎先锋对命①。"众小妖急急抬出披挂。老妖结束齐整，绰一杆三股钢叉，帅群妖跳出本洞。那大圣停立门外，见那怪走将出来，着实骁勇。看他怎生打扮，但见：

金盔晃日，金甲凝光。盔上缨飘山雉尾，罗袍罩甲淡鹅黄。勒甲绦盘龙耀彩，护心镜绕眼辉煌。鹿皮靴，槐花染色；锦围裙，柳叶绒妆。手持三股钢叉利，不亚当年显圣郎②。

那老妖出得门来，厉声高叫道："那个是孙行者？"这行者脚踹着虎怪的皮囊，手执着如意的铁棒，答道："你孙外公在此，送出我师父来！"那怪仔细观看，见行者身躯鄙猥③，面容赢瘦④，不满四尺。笑道："可怜！可怜！我只道是怎么样扳翻不倒的好汉，原来是这般一个骷髅的病鬼！"行者笑道："你这个儿子，忒没眼色！你外公虽是小小的，你若肯照头打一叉柄，就长三尺。"那怪道："你硬着头，吃吾一

---

① 对命：即抵命，偿命。对，义同"兑"。冲抵之意，如象棋中双方各放弃一同样棋子称为"兑子"。
② 显圣郎：指二郎神。
③ 鄙猥：丑陋矮小。
④ 赢瘦：瘦弱。

柄。"大圣公然不惧。那怪果打一下来,他把腰躬一躬,足长了三尺,有一丈长短。慌得那妖把钢叉按住,喝道:"孙行者,你怎么把这护身的变化法儿,拿来我门前使唤?莫弄虚头①!走上来,我与你见见手段!"行者笑道:"儿子呵,常言道'留情不举手,举手不留情'。你外公手儿重重的,只怕你捱不起这一棒!"那怪那容分说,捻转钢叉,望行者当胸就刺。这大圣正是会家不忙,忙家不会,理开铁棒,使一个"乌龙掠地势",拨开钢叉,又照头便打。他二人在那黄风洞口,这一场好杀:

　　妖王发怒,大圣施威。妖王发怒,要拿行者抵先锋;大圣施威,欲捉精灵救长老。叉来棍架,棍去叉迎。一个是镇山都总帅,一个是护法美猴王。初时还在尘埃战,后来各起在中央。点钢叉,尖明镈利②;如意棒,身黑箍黄。戳着的魂归冥府,打着的定见阎王。全凭着手疾眼快,必须要力壮身强。两家舍死忘生战,不知那个平安那个伤!

　　那老妖与大圣斗经三十回合,不分胜败。这行者要见功绩,使一个"身外身"的手段:把毫毛揪下一把,用口嚼得粉碎,望上一喷,叫声:"变!"变有个百十个行者,都是一样打扮,各执一根铁棒,把那怪围在空中。那怪害怕,也使一般本事:急回头,望着巽地上,把口张了三张,嘑的一口气③,吹将出去,忽然间一阵黄风,从空刮起。好风!真个利害:

　　冷冷飕飕天地变,无影无形黄沙旋。
　　穿林折岭倒松梅,播土扬尘崩岭坫④。
　　黄河浪泼彻底浑,湘江水涌翻波转。
　　碧天振动斗牛宫,争些刮倒森罗殿。

---

①弄虚头:耍花样。
②镈(zūn):兵器末端圆锥形的金属套,可插入地中。
③嘑:同"呼"。
④坫(diàn):台子。

五百罗汉闹喧天,八大金刚齐嚷乱。
文殊走了青毛狮①,普贤白象难寻见。
真武龟蛇失了群②,梓橦骡子飘其鞴③。
行商喊叫告苍天,梢公拜许诸般愿。
烟波性命浪中流,名利残生随水办。
仙山洞府黑攸攸,海岛蓬莱昏暗暗。
老君难顾炼丹炉,寿星收了龙须扇。
王母正去赴蟠桃,一风吹断裙腰钏④。
二郎迷失灌州城,哪吒难取匣中剑。
天王不见手心塔,鲁班吊了金头钻。
雷音宝阙倒三层,赵州石桥崩两断。
一轮红日荡无光,满天星斗皆昏乱。
南山鸟往北山飞,东湖水向西湖漫。
雌雄拆对不相呼,子母分离难叫唤。
龙王遍海找夜叉,雷公到处寻闪电。
十代阎王觅判官,地府牛头追马面。
这风吹倒普陀山,卷起观音经一卷。
白莲花卸海边飞,吹倒菩萨十二院。
盘古至今曾见风,不似这风来不善。
忽喇喇,乾坤险不乍崩开,万里江山都是颤!

那妖怪使出这阵狂风,就把孙大圣毫毛变的小行者刮得在那半空中,却似纺车儿一般乱转,莫想轮得棒,如何拢得身?慌得行者将

---

① 文殊:指文殊菩萨,骑青毛狮子。下文的普贤指普贤菩萨,骑白象。
② 真武:指真武大帝,龟蛇是他的护法神将。参见第六十六回"'幼而勇猛'以下韵文"条注。
③ 梓橦:也作"梓潼"。指梓潼真君,又称"文昌帝君",是主管科举、利禄的神,传说他的坐骑是一匹白骡。清褚人获《坚瓠余集·神骡》:"京师梓潼庙,在宣武门东,人常以白骡施庙中。"参见第三回"文曲星官"条。
④ 裙腰钏:钏,本指套在臂上的镯子,这里当指裙带上的环佩。

第二十一回 护法设庄留大圣 须弥灵吉定风魔

毫毛一抖,收上身来,独自个举着铁棒,上前来打,又被那怪劈脸喷了一口黄风,把两只火眼金睛,刮得紧紧闭合,莫能睁开;因此难使铁棒,遂败下阵来。那妖收风回洞不题。

却说猪八戒见那黄风大作,天地无光,牵着马,守着担,伏在山凹之间,也不敢睁眼,不敢抬头,口里不住的念佛许愿。又不知行者胜负何如,师父死活何如。正在那疑思之时,却早风定天晴。忽抬头往那洞门前看处,却也不见兵戈,不闻锣鼓。呆子又不敢上他门,又没人看守马匹、行李,果是进退两难,仓惶不已。

忧虑间,只听得孙大圣从西边呹喝而来,他才欠身迎着道:"哥哥,好大风呵!你从那里走来?"行者摆手道:"利害!利害!我老孙自为人,不曾见这大风。那老妖使一柄三股钢叉,来与老孙交战。战到有三十余合,是老孙使一个身外身的本事,把他围打,他甚着急,故弄出这阵风来,果是凶恶,刮得我站立不住,收了本事,冒风而逃。咦,好风!咦,好风!老孙也会呼风,也会唤雨,不曾似这个妖精的风恶!"八戒道:"师兄,那妖精的武艺如何?"行者道:"也看得过,叉法儿倒也齐整,与老孙也战个手平。却只是风恶了,难得赢他。"八戒道:"似这般怎生救得师父?"行者道:"救师父且等再处,不知这里可有眼科先生①,且教他把我眼医治医治。"八戒道:"你眼怎的来?"行者道:"我被那怪一口风喷将来,吹得我眼珠酸痛,这会子冷泪常流。"八戒道:"哥呵,这半山中,天色又晚,且莫说要甚么眼科,连宿处也没有了。"行者道:"要宿处不难。我料着那妖精还不敢伤我师父,我们且找上大路,寻个人家住下,过此一宵,明日天光,再来降妖罢。"八戒道:"正是,正是。"

他却牵了马,挑了担,出山凹,行上路口。此时渐渐黄昏,只听得那路南山坡下,有犬吠之声。二人停身观看,乃是一家庄院,影影的有灯火光明。他两个也不管有路无路,漫草而行,直至那家门首,但见:

---

① 先生:对医生的尊称。

紫芝翳翳,白石苍苍。紫芝翳翳多青草,白石苍苍半绿苔①。数点小萤光灼灼,一林野树密排排。香兰馥郁,嫩竹新栽。清泉流曲涧,古柏倚深崖。地僻更无游客到,门前惟有野花开。

他两个不敢擅入,只得叫一声:"开门,开门!"那里有一老者,带几个年幼的农夫,叉钯扫帚齐来,问道:"甚么人?甚么人?"行者躬身道:"我们是东土大唐圣僧的徒弟,因往西方拜佛求经,路过此山,被黄风大王拿了我师父去了,我们还未曾救得。天色已晚,特来府上告借一宵,万望方便方便。"那老者答礼道:"失迎,失迎。此间乃是云多人少之处,却才闻得叫门,恐怕是妖狐、老虎及山中强盗等类,故此小介愚顽,多有冲撞,不知是二位长老。请进,请进。"他兄弟们牵马挑担而入,径至里边,拴马歇担,与庄老拜见叙坐。又有苍头献茶。茶罢,捧出几碗胡麻饭。饭毕,命设铺就寝,行者道:"不睡还可,敢问善人,贵地可有卖眼药的?"老者道:"是那位长老害眼?"行者道:"不瞒你老人家说,我们出家人,自来无病,从不晓得害眼。"老人道:"既不害眼,如何讨药?"行者道:"我们今日在黄风洞口救我师父,不期被那怪将一口风喷来,吹得我眼珠酸痛;今有些眼泪汪汪,故此要寻眼药。"那老者道:"善哉!善哉!你这个长老,小小的年纪,怎么说谎?那黄风大王风最利害。他那风,比不得甚么春秋风、松竹风,与那东西南北风。"八戒笑道:"想必是甲恼风、羊耳风、大麻风、偏正头风②?"长者道:"不是,不是。他叫做'三昧神风'。"行者道:"怎见得?"老者道:"那风

  能吹天地怪,善刮鬼神愁。

  裂石崩崖恶,吹人命即休。

---

① "紫芝翳翳多青草"二句:出唐许浑《题四皓庙》诗。翳翳,草木茂密成荫的样子。

② 甲恼风:即"夹脑风",与以下几种"风"都是中医的病症,是猪八戒故意打趣的说法。凡头痛经久难愈,称为头风。若两太阳穴连脑疼痛,称夹脑风。偏正头风,是就病痛的位置而言。羊耳风,又叫羊儿风、羊癫风,即癫痫。大麻风,即麻风病,是一种慢性传染病。

你们若遇着他那风吹了呵,还想得活哩!只除是神仙,方可得无事。"行者道:"果然!果然!我们虽不是神仙,神仙还是我的晚辈,这条命急切难休,却只是吹得我眼珠酸痛。"那老者道:"既如此说,也是个有来头的人。我这敝处,却无卖眼药的。老汉也有些迎风冷泪,曾遇异人,传了一方,名唤'三花九子膏',能治一切风眼。"行者闻言,低头唱喏道:"愿求些儿点试试。"那老者应承,即走进去,取出一个玛瑙石的小罐儿来,拔开塞口,用玉簪儿蘸出少许与行者点上,教他不得睁开,宁心睡觉,明早就好。点毕,收了石罐,径领小介们退于里面。八戒解包袱,展开铺盖,请行者安置。行者闭着眼乱摸。八戒笑道:"先生①,你的明杖儿②呢?"行者道:"你这个馕糟的呆子,你照顾我做瞎子哩!"那呆子哑哑的暗笑而睡。行者坐在铺上,转运神功,只到有三更后,方才睡下。

不觉又是五更将晓,行者抹抹脸,睁开眼道:"果然好药!比常更有百分光明!"却转头后边望望,呀!那里得甚房舍窗门,但只见些老槐高柳,兄弟们都睡在那绿莎茵上。那八戒醒来道:"哥哥,你嚷怎的?"行者道:"你睁开眼看看。"呆子忽抬头,见没了人家,慌得一縠辘爬将起来道:"我的马哩?"行者道:"树上拴的不是?""行李呢?"行者道:"你头边放的不是?"八戒道:"这家子忒懒也。他搬了,怎么就不叫我们一声?通得老猪知道,也好与你送些茶果。想是躲门户的③,恐怕里长晓得④,却就连夜搬了。噫,我们也忒睡得死!怎么他家拆房子,响也不听见响响?"行者吸吸的笑道:"呆子,不要乱嚷,你看那树上是个甚么纸帖儿。"八戒走上前,用手揭了,原来上

---

① 先生:旧时盲人多从事相面、算卦等职业,而旧时称说书、相面、算卦、看风水等为业的人为先生,所以猪八戒以此来打趣。

② 明杖:盲人用来探路的手杖。

③ 躲门户:明代的徭役和苛捐杂税繁重,役税均按户征发,故很多居民离家逃亡,称"躲门户"。

④ 里长:里的主事者。里,古代的地方行政组织。明代以一百一十户为一里。

面四句颂子云:
"庄居非是俗人居,护法伽蓝点化庐。
妙药与君医眼痛,尽心降怪莫踌躇。"

行者道:"这伙强神,自换了龙马,一向不曾点他,他倒又来弄虚头!"八戒道:"哥哥莫扯架子,他怎么伏你点札!"行者道:"兄弟,你还不知哩。这护教伽蓝、六丁六甲、五方揭谛、四值功曹,奉菩萨的法旨,暗保我师父者。自那日报了名,只为这一向有了你,再不曾用他们,故不曾点札罢了。"八戒道:"哥哥,既奉法旨暗保师父,所以不能现身明显,故此点化仙庄。你莫怪他,昨日也亏他与你点眼,又亏他管了我们一顿斋饭,亦可谓尽心矣。你莫怪他,我们且去救师父来。"行者道:"兄弟说得是。此处到那黄风洞口不远。你且莫动身,只在林子里看马守担,等老孙去洞里打听打听,看师父下落何如,再与他争战。"八戒道:"正是这等,讨一个死活的实信。假若师父死了,各人好寻头干事;若是未死,我们好竭力尽心。"行者道:"莫乱谈,我去也!"

他将身一纵,径到他门首,门尚关着睡觉。行者不叫门,且不惊动妖怪,捻着诀,念个咒语,摇身一变,变做一个花脚蚊虫,真个小巧!有诗为证,诗曰①:

扰扰微形利喙,嘤嘤声细如雷。
兰房纱帐善通随,正爱炎天暖气。
只怕薰烟扑扇,偏怜灯火光辉。
轻轻小小忒钻疾,飞入妖精洞里。

只见那把门的小妖,正打鼾睡,行者往他脸上叮了一口,那小妖翻身醒了,道:"我爷哑!好大蚊子!一口就叮了一个大疙疸!"忽睁眼道:"天亮了。"又听得支的一声,二门开了。行者嘤嘤的飞将进去,只见那老妖分付:"各门上谨慎,一壁厢收拾兵器,只怕昨日那阵风不曾刮死孙行者,他今日必定还来,来时定教他一命休矣。"

---

①诗曰:这篇韵文实际是《西江月》词,不是诗,戏曲小说经常把诗词混称。

第二十一回　护法设庄留大圣　须弥灵吉定风魔

行者听说，又飞过那厅堂，径来后面。但见一层门，关得甚紧，行者漫门缝儿钻将进去，原来是个大空园子，那壁厢定风桩上绳缠索绑着唐僧哩。那师父纷纷泪落，心心只念着悟空、悟能，不知都在何处。行者停翅，叮在他光头上，叫声"师父"。那长老认得他的声音道："悟空阿，想杀我也！你在那里叫我哩？"行者道："师父，我在你头上哩。你莫要心焦，少得烦恼，我们务必拿住妖精，方才救得你的性命。"唐僧道："徒弟呵，几时才拿得妖精么？"行者道："拿你的那虎怪，已被八戒打死了，只是老妖的风势利害。料着只在今日，管取拿他。你放心莫哭，我去哑。"

说声去，嘤嘤的飞到前面，只见那老妖坐在上面，正点札各路头目；又见那洞前有一个小妖，把个令字旗磨一磨①，撞上厅来报道："大王，小的巡山，才出门，见一个长嘴大耳朵的和尚坐在林里；若不是我跑得快些，几乎被他捉住。却不见昨日那个毛脸和尚。"老妖道："孙行者不在，想必是风吹死也，再不便去那里求救兵去了！"众妖道："大王，若果吹杀了他，是我们的造化；只恐吹不死他，他去请些神兵来，却怎生是好？"老妖道："怕他怎的，怕那甚么神兵！若还定得我的风势，只除了灵吉菩萨来是②，其余何足惧也！"

行者在屋梁上，只听得他这一句言语，不胜欢喜，即抽身飞出，现本相来至林中，叫声："兄弟！"八戒道："哥，你往那里去来？刚才一个打令字旗的妖精，被我赶了去也。"行者笑道："亏你！亏你！老孙变做蚊虫儿，进他洞去探看师父，原来师父被他绑在定风桩上哭哩。是老孙分付，教他莫哭，又飞在屋梁上听了一听。只见那拿令字旗的，喘嘘嘘的，走进去报道：只是被你赶他，却不见我。老妖乱猜乱说，说老孙是风吹杀了，又说是请神兵去了。他却自家供出一个人来，甚妙！甚妙！"八戒道："他供的是谁？"行者道："他说怕甚么神兵，那个能定他的风势，只除是灵吉菩萨来是。但不知灵吉住在

---

①磨：挥动。
②灵吉菩萨：佛经无此菩萨，应是作者的虚构。

何处。"

正商议处,只见大路傍走出一个老公公来。你看他怎生模样:

  身健不扶拐杖,冰髯雪鬓蓬蓬。
  金花耀眼意朦胧,瘦骨衰筋强硬。
  屈背低头缓步,厐眉赤脸如童①。
  看他容貌是人称②,却似寿星出洞。

八戒望见大喜道:"师兄,常言道'要知山下路,须问去来人'③。你上前问他一声,何如?"真个大圣藏了铁棒,放下衣襟,上前叫道:"老公公,问讯了。"那老者半答不答的,还了个礼道:"你是那里和尚?这旷野处,有何事干?"行者道:"我们是取经的圣僧,昨日在此失了师父,特来动问公公一声:灵吉菩萨在那里住?"老者道:"灵吉在直南上,从此处到那里,还有二千里路。有一山,呼名小须弥山。山中有个道场,乃是菩萨讲经禅院。汝等是取他的经去了?"行者道:"不是取他的经,我有一事烦他,不知从那条路去。"老者用手向南指道:"这条羊肠路就是了。"哄得那孙大圣回头看路,那公公化作清风,寂然不见,只是路傍边下一张简帖,上有四句颂子云:

  "上覆齐天大圣听,老人乃是李长庚④。
  须弥山有飞龙杖,灵吉当年受佛兵。"

行者执了帖儿,转身下路。八戒道:"哥阿,我们连日造化低了。这两日忔日里见鬼⑤!那个化风去的老儿是谁?"行者把帖儿递与八戒,念了一遍道:"李长庚是那个?"行者道:"是西方太白金星的名号。"八戒慌得望空下拜道:"恩人!恩人!老猪若不亏金星奏准玉

---

①厐眉:眉毛黑白杂色。形容年老的样子。厐,同"庞"。
②是人称:即叫做人。称,叫做。这里将称字置后,是为了凑韵。
③去来人:过来人,老人。
④李长庚:长庚是金星的别称。金星出现在东方天空称为启明,出现在西方天空称为长庚。传说唐李白出生时,他母亲梦见金星入怀。故民间传说太白金星姓李。
⑤忔:同"划"。无端,平白地。

第二十一回　护法设庄留大圣　须弥灵吉定风魔

帝呵,性命也不知化作甚的了!"行者道:"兄弟,你却也知感恩。但莫要出头,只藏在这树林深处,仔细看守行李、马匹,等老孙寻须弥山,请菩萨去耶。"八戒道:"晓得,晓得,你只管快快前去,老猪学得个乌龟法,得缩头时且缩头。"

孙大圣跳在空中,纵筋斗云,径往直南上去,果然速快。他点头经过三千里,拷腰八百有余程。须臾,见一座高山,半中间有祥云出现,瑞霭纷纷,山凹里果有一座禅院,只听得钟磬悠扬,又见那香烟缥缈。大圣直至门前,见一道人,头戴数珠,口中念佛。行者道:"道人作揖。"那道人躬身答礼道:"那里来的老爷?"行者道:"这可是灵吉菩萨讲经处么?"道人道:"此间正是,有何话说?"行者道:"累烦你老人家与我传答传答:我是东土大唐驾下御弟三藏法师的徒弟,齐天大圣孙悟空行者。今有一事,要见菩萨。"道人笑道:"老爷字多话多,我不能全记。"行者道:"你只说是唐僧徒弟孙悟空来了。"道人依言,上讲堂传报。那菩萨即穿袈裟,添香迎接。这大圣才举步入门,往里观看,只见那:

满堂锦绣,一屋威严。众门人齐诵《法华经》,老班首轻敲金铸磬①。佛前供养,尽是仙果仙花;案上安排,皆是素肴素品。辉煌宝烛,条条金焰射虹霓;馥郁真香,道道玉烟飞彩雾。正是那讲罢心闲方入定,白云片片绕松梢。静收慧剑魔头绝,般若波罗善会高②。

那菩萨整衣出迓,行者登堂,坐了客位,随命看茶。行者道:"茶不劳赐,但我师父在黄风山有难,特请菩萨施大法力降怪救师。"菩萨道:"我受了如来法令,在此镇押黄风怪。如来赐了我一颗'定风丹',一柄'飞龙宝杖'。当时被我拿住,饶了他的性命,放他去隐性

---

① 班首:寺院的高层僧人,清仪润《百丈清规证义记》称首座、西堂、后堂、堂主"丛林以前四执,目之为四班首"。宋延寿《三时系念仪范》:"晨朝毕,法师行香礼佛,班首执手磬领大众绕坛行道。"是仪轨中常司鸣磬之职。
② 般若(bō rě)波罗:般若,梵语"智慧"之意。波罗,梵语"彼岸"之意。善会:指寺庙举行的法会。

归山，不许伤生造孽，不知他今日欲害令师，有违教令，我之罪也。"那菩萨欲留行者，治斋相叙，行者恳辞，随取了飞龙杖，与大圣一齐驾云。不多时，至黄风山上。菩萨道："大圣，这妖怪有些怕我，我只在云端里住定，你下去与他索战，诱他出来，我好施法力。"

行者依言，按落云头，不容分说，掣铁棒把他洞门打破，叫道："妖怪，还我师父来也！"慌得那把门小妖，急忙传报。那怪道："这泼猴着实无礼，再不伏善，反打破我门。这一出去，使阵神风，定要吹死。"仍前披挂，手绰钢叉，又走出门来；见了行者，更不打话，捻叉当胸就刺。大圣侧身躲过，举棒对面相还。战不数合，那怪吊回头，望巽地上，才待要张口呼风，只见那半空里，灵吉菩萨将飞龙宝杖丢将下来。不知念了些甚么咒语，却是一条八爪金龙，泼喇的轮开两爪，一把抓住妖精，提着头，两三摔，摔在山石崖边，现了本相，却是一个黄毛貂鼠。

行者赶上，举棒就打，被菩萨拦住道："大圣，莫伤他命，我还要带他去见如来。"对行者道："他本是灵山脚下的得道老鼠，因为偷了琉璃盏内的清油，灯火昏暗，恐怕金刚拿他，故此走了，却在此处成精作怪。如来照见了他，不该死罪，故着我辖押，但他伤生造孽，拿上灵山；今又冲撞大圣，陷害唐僧，我拿他去见如来，明正其罪，才算这场功绩哩。"行者闻言，却谢了菩萨。菩萨西归不题。

却说猪八戒在那林内，正思量行者，只听得山坡下叫声："悟能兄弟，牵马挑担来耶。"那呆子认得是行者声音，急收拾跑出林外，见了行者道："哥哥，怎的干事来？"行者道："请灵吉菩萨使一条飞龙杖，拿住妖精，原是个黄毛貂鼠成精，被他带去灵山见如来去了。我和你洞里去救师父。"那呆子才欢欢喜喜，二人撞入里面，把那一窝狡兔、妖狐、香獐、角鹿，一顿钉钯铁棒，尽情打死，却往后园拜救师父。师父出得门来，问道："你两人怎生捉得妖精？如何方救得我？"行者将那请灵吉降妖的事情，陈了一遍，师父谢之不尽。他兄弟们把洞中素物，安排些茶饭吃了，方才出门，找大路向西而去。毕竟不知向后如何，且听下回分解。

第二十二回

八戒大战流沙河　木叉奉法收悟净

　　唐僧师徒三众,脱难前来,不一日,行过了八百里黄风岭,进西却是一脉平阳之地①。光阴迅速,历夏经秋,见了些寒蝉鸣败柳,大火向西流②。正行处,只见一道大水狂澜,浑波涌浪。三藏在马上忙呼道:"徒弟,你看那前边水势宽阔,怎不见船只行走,我们从那里过去?"八戒见了道:"果是狂澜,无舟可渡。"那行者跳在空中,用手搭凉篷而看。他也心惊道:"师父呵,真个是难,真个是难!这条河若论老孙去呵,只消把腰儿扭一扭,就过去了;若师父,诚千分难渡,万载难行。"三藏道:"我这里一望无边,端的有多少宽?"行者道:"径过有八百远近。"八戒道:"哥哥怎的定得个远近之数?"行者道:"不瞒贤弟说,老孙这双眼,白日里常看得千里路上的吉凶。却才在空中看出:此河上下不知多远,但只见这径过足有八百里。"长老忧嗟烦恼,兜回马,忽见岸上有一通石碑。三众齐来看时,见上有三个篆字,乃"流沙河";腹上有小小的四行真字云③:

　　"八百流沙界,三千弱水深。
　　　鹅毛飘不起,芦花定底沉。"

　　师徒们正看碑文,只听得那浪涌如山,波翻若岭,河当中滑辣的钻出一个妖精④,十分凶丑:
　　　一头红焰发蓬松,两只圆睛亮似灯。

---

①平阳之地:指平地。
②大火向西流:大火星向西方天空偏移,说明秋天到了。大火,星名,即二十八星宿中的心宿(不是指火星)。流,落下。
③真字:指楷书。
④滑辣:同"哗啦"。形容水响的声音。

不黑不清蓝靛脸①,如雷如鼓老龙声。
身披一领鹅黄氅,腰束双攒露白藤。
项下骷髅悬九个,手持宝杖甚峥嵘。

那怪一个旋风,奔上岸来,径抢唐僧,慌得行者把师父抱住,急登高岸,回身走脱。那八戒放下担子,掣出铁钯,望妖精便筑。那怪使宝杖架住。他两个在流沙河岸,各逞英雄。这一场好斗:

九齿钯,降妖杖,二人相敌河崖上。这个是总督大天蓬,那个是谪下卷帘将。昔年曾会在灵霄,今日争持赌猛壮。这一个钯去探爪龙,那一个杖架磨牙象。伸开大四平,钻入迎风戗。这个没头没脸抓,那个无乱无空放。一个是久占流沙界吃人精,一个是秉教迦持修行将。

他两个来来往往,战经二十回合,不分胜负。那大圣护了唐僧,牵着马,守定行李,见八戒与那怪交战,就恨得咬牙切齿②,擦掌磨拳,忍不住要去打他,掣出棒来道:"师父,你坐着,莫怕。等老孙和他耍耍儿来。"那师父苦留不住。他打个唿哨,跳到边前。原来那怪与八戒正战到好处,难解难分。被行者轮起铁棒,望那怪着头一下,那怪急转身,慌忙躲过,径钻入流沙河里。气得个八戒乱跳道:"哥呵!谁着你来的!那怪渐渐手慢,难架我钯,再不上三五合,我就擒住他了!他见你凶险,败阵而逃,怎生是好!"行者笑道:"兄弟,实不瞒你说:自从降了黄风怪,下山来,这个把月不曾耍棍,我见你和他战的甜美,我就忍不住脚痒,故就跳将来耍耍的。那知那怪不识耍,就走了。"

他两个搀着手,说说笑笑,转回见了唐僧。唐僧道:"可曾捉得妖怪?"行者道:"那妖怪不奈战,败回钻入水去也。"三藏道:"徒弟,这怪久住于此,他知道浅深;似这般无边的弱水,又没了舟楫,须是

---

①蓝靛(diàn):即靛草,汁液常用作深蓝色染料。参见第三十九回"三伏靛"条注。
②恨:原作"狠",今随文改作常用字,后不出注。

得个知水性的,引领引领才好哩。"行者道:"正是这等说,常言道'近朱者赤,近墨者黑'。那怪在此,断知水性。我们如今拿住他,且不要打杀,只教他送师父过河,再做理会。"八戒道:"哥哥不必迟疑,让你先去拿他,等老猪看守师父。"行者笑道:"贤弟呀,这桩儿我不敢说嘴。水里勾当①,老孙不大十分熟。若是空走,还要捻诀②,又念念'避水咒',方才走得;不然,就要变化做甚么鱼虾蟹鳖之类,我才去得。若论赌手段,凭你在高山云里,干甚么蹊跷异样事儿,老孙都会;只是水里的买卖,有些儿榔杭。"八戒道:"老猪当年总督天河,掌管了八万水兵大众,倒学得知些水性,却只怕那水里有甚么眷族老小,七窝八代的都来,我就弄他不过。一时不被他捞而去耶?"行者道:"你若到他水中与他交战,却不要恋战,许败不许胜,把他引将出来,等老孙下手助你。"八戒道:"言得是,我去耶。"说声去,就剥了青锦直裰,脱了鞋,双手舞钯,分开水路,使出那当年的旧手段,跃浪翻波,撞将进去,径至水底之下,往前正走。

却说那妖败了阵回,方才喘定,又听得有人推得水响,忽起身观看,原来是八戒执了钯推水。那怪举杖当面高呼道:"那和尚!那里走!仔细看打!"八戒使钯架住道:"你是个甚么妖精,敢在此间挡路?"那妖道:"你是也不认得我。我不是那妖魔鬼怪,也不是少姓无名。"八戒道:"你既不是邪妖鬼怪,却怎生在此伤生?你端的甚么姓名,实实说来,我饶你性命。"那怪道:"我

　　自小生来神气壮,乾坤万里曾游荡。
　　英雄天下显威名,豪杰人家做模样。
　　万国九州任我行,五湖四海从吾撞。
　　皆因学道荡天涯,只为寻师游地旷。
　　常年衣钵谨随身,每日心神不可放。

---

①勾当:事情。
②捻诀:参见第二回"捻着诀"条注。

沿地云游数十遭,到处闲行百余溚①。
　　　因此才得遇真人,引开大道金光亮。
　　　先将婴儿姹女收,后把木母金公放②。
　　　明堂肾水入华池,重楼肝火投心脏③。
　　　三千功满拜天颜④,志心朝礼明华向⑤。
　　　玉皇大帝便加升,亲口封为卷帘将。
　　　南天门里我为尊,灵霄殿前吾称上。

---

① 溚:同"趟"。
② "先将婴儿姹女收"二句:婴儿、姹女,元气、元神。参见第十九回"'婴儿姹女配阴阳'以下四句"条注。木母,指汞,又称木龙,即元神。金公,道教称铅为金公,内丹术指元气。因为铅也写作铅,可拆为金、公两字。题名五代陈抟著《阴真君还丹歌注》有"金父木母真铅汞也",以金父与木母对称,即以真铅为父,真汞为母,结成内丹。但明代以前,道教基本没有以"木母"指称元神的说法,而以常配婴儿的"姹女"与金公搭配。"金公"本是拆字而得,公字没有意义,但容易理解为"金"性之"公",故为金公配出一个"木"性之"母"。一些托名唐道士吕洞宾所作的诗词经书,常金公、木母对称,是晚出之作,如《三品仙经》:"木曰仁也,谓之木母;金曰义也,谓之金公。"
③ "明堂肾水入华池"二句:明堂,应指肺(依《黄庭经》梁丘子注"肺为明堂"之说)。华池,肾中精穴,见第十九回"华池"条注。重楼,内丹术称气管为重楼,认为气管有十二节,故称十二重楼。《钟吕传道集》(五代施肩吾著,托名钟离权、吕洞宾之问答)认为:人体中有一种"气液相生"的循环。大致是:子时肾液生气,卯时气到肝,肝属阳,气过肝时所有的阴气被滤掉,成为纯阳(故称肝火),午时到心,积气生液。酉时液到肺,下一个子时液又到肾,然后再生气。"肾气传肝气,肝气传心气,心气太极而生液,液中有正阳之气",而"液中正阳之气莫不随气而上出于重楼"。此两句当指相生之气液从肺到肾中华池,再生出肾气传到肝,再传到心的循环过程。
④ 三千功满:道教认为行三千善功,可成天仙,宋陈显微《关尹子注·一字篇》:"功满三千,大罗为仙;行满八百,大罗为客。"
⑤ 明华:仙官名。《灵宝度人无量上品妙经》卷三十有"紫清玄洞五明华官"。《清微元降大法》卷八记有太极明华官。此泛指天官。

腰间悬挂虎头牌①,手中执定降妖杖。
头顶金盔幌日光,身披铠甲明霞亮。
往来护驾我当先,出入随朝予在上。
只因王母降蟠桃,设宴瑶池邀众将。
失手打破玉玻璃,天神个个魂飞丧。
玉皇即便怒生嗔,却令掌朝左辅相:
卸冠脱甲摘官衔,将身推在杀场上。
多亏赤脚大天仙,越班启奏将吾放。
饶死回生不点刑②,遭贬流沙东岸上。
饱时困卧此山中,饿去翻波寻食饷。
樵子逢吾命不存,渔翁见我身皆丧。
来来往往吃人多,翻翻复复伤生瘴。
你敢行凶到我门,今日肚皮有所望。
莫言粗糙不堪尝,拿住消停剁鲊酱③!"

八戒闻言大怒,骂道:"你这泼物,全没一些儿眼色!我老猪还掐出水沫儿来哩④,你怎敢说我粗糙,要剁鲊酱!看起来,你把我认做个老走硝哩⑤。休得无礼!吃你祖宗这一钯!"那怪见钯来,使一个"凤点头"躲过。两个在水中打出水面,各人踏浪登波。这一场赌斗,比前不同,你看那:

卷帘将,天蓬帅,各显神通真可爱。那个降妖宝杖着头轮,这个

---

① 虎头牌:元代高级官员所佩带,也称"虎头金牌",牌子上方刻有双虎相向图案,用于表明身份和行使一定的权力。
② 点刑:应为"典刑",受死刑。
③ 消停:从容,不匆忙。鲊(zhǎ):用腌、糟等方法加工的鱼类食品,也泛指腌制的食品。
④ 掐出水沫儿:比喻皮肤嫩滑润泽。这是猪八戒自夸皮肤娇嫩,是打趣的说法。
⑤ 走硝:朴硝在腌猪肉中起到嫩肉作用。走硝即硝性散失,皮肉又变得干硬。

九齿钉钯随手快。跃浪振山川,推波昏世界。凶如太岁撞幢翻①,恶似丧门掀宝盖②。这一个赤心凛凛保唐僧,那一个犯罪滔滔为水怪。钯抓一下九条痕,杖れ之时魂魄败。努力喜相持,用心要赌赛。算来只为取经人,怒气冲天不忍耐。搅得那鳊鲌鲤鳜退鲜鳞③,龟鳖鼋鼍伤嫩盖;红虾紫蟹命皆亡,水府诸神朝上拜。只听得波翻浪滚似雷轰,日月无光天地怪。

二人整斗有两个时辰,不分胜败。这才是铜盆逢铁帚,玉磬对金钟。却说那大圣保着唐僧,立于左右,眼巴巴的望着两个在水上争持,只是他不好动手。只见那八戒虚幌一钯,佯输诈败,转回头往东岸上走。那怪随后赶来,将近到了岸边,这行者忍耐不住,撇了师父,掣铁棒,跳到河边,望妖精劈头就打。那怪物不敢相迎,搜的又钻入河内。八戒嚷道:"你这弼马温,彻是个急猴子!你再缓缓些儿,等我哄他到了高处,你却阻住河边,叫他不能回首呵,却不拿住他也;他这进去,几时又肯出来?"行者笑道:"呆子,莫嚷!莫嚷!我们且回去见师父去来。"

八戒却同行者到高岸上,见了三藏。三藏欠身道:"徒弟辛苦哑。"八戒道:"且不说辛苦,只是降了妖精,送得你过河,方是万全之策。"三藏道:"你才与妖精交战何如?"八戒道:"那妖的手段,与老猪是个对手。正战处,使一个诈败,他才赶到岸上。见师兄举着棍子,他就跑了。"三藏道:"如此怎生奈何?"行者道:"师父放心,且莫焦恼。如今天色又晚,且坐在这崖次之下,待老孙去化些斋饭来,你吃了睡去,待明日再处。"八戒道:"说得是,你快去快来。"

行者急纵云跳起去,正到直北下人家化了一钵素斋,回献师父。师父见他来得甚快,便叫:"悟空,我们去化斋的人家,求问他一个过河之策,不强似与这怪争持?"行者笑道:"这家子远得狠哩!相去有

---

①太岁:即"岁星",传说是一位凶神。幢,当作"幡"。
②丧门:丧门星,和第十三回的吊客、河奎都属于丛辰名,是凶煞。
③鳊(biān):即鳊鱼,体肥,细鳞,生活在淡水中,味美。

五七千里之路。他那里得知水性？问他何益？"八戒道："哥哥又来扯谎了。五七千里路，你怎么这去来之快？"行者道："你那里晓得，老孙的筋斗云，一纵有十万八千里。像这五七千路，只消把头点上两点，把腰躬上一躬，就是个往回，有何难哉！"八戒道："哥呵，既是这般容易，你把师父背着，只消点点头，躬躬腰，跳过去罢了；何必苦苦的与他厮战？"行者道："你不会驾云？你把师父驮过去不是？"八戒道："师父的骨肉凡胎，重似太山，我这驾云的，怎称得起？须是你的筋斗方可。"行者道："我的筋斗，好道也是驾云，只是去的有远近些儿。你是驮不动，我却如何驮得动？自古道'遣太山轻如芥子，携凡夫难脱红尘'。象这泼魔毒怪，使摄法，弄风头，却是扯扯拉拉，就地而行，不能带得空中而去；像那样法儿，老孙也会使会弄；还有那隐身法、缩地法，老孙件件皆知。但只是师父要穷历异邦，不能勾超脱苦海，所以寸步难行也。我和你只做得个拥护，保得他身命在，替不得这些苦恼，也取不得经来；就是有能先去见了佛，那佛也不肯把经善与你我：正叫做'若将容易得，便作等闲看'。"那呆子闻言，唯唯听受。遂吃了些无菜的素食，师徒们歇在流沙河东崖次之下。

次早，三藏道："悟空，今日怎生区处？"行者道："没甚区处，还须八戒下水。"八戒道："哥哥，你要图干净，只作成我下水。"行者道："贤弟，这番我再不急性了，只让你引他上来，我拦住河沿，不让他回去，务要将他擒了。"

好八戒，抹抹脸，抖擞精神，双手拿钯，到河沿，分开水路，依然又下至窝巢。那怪方才睡醒，忽听推得水响，急回头睁睛看看。见八戒执钯下至，他跳出来，当头阻住。喝道："慢来！慢来！看杖！"八戒举钯架住道："你是个甚么哭丧杖①，断叫你祖宗看杖！"那怪道：

---

① 哭丧杖：又叫哭丧棒，丧礼上孝子拄的木杖，表示悲痛欲绝，需要用木杖来支撑身体。《礼记·檀弓上》："君子之执亲之丧也，水浆不入口者三日，杖而后能起。"《白虎通》卷四下："孝子失亲，悲哀哭泣，三日不食，身体羸病，故杖以扶身，明不以死伤生也。"

"你这厮甚不晓得哩!我这

宝杖原来名誉大,本是月里梭罗派①。
吴刚伐下一枝来,鲁班制造工夫盖。
里边一条金趁心②,外边万道珠丝玠③。
名称宝杖善降妖,永镇灵霄能伏怪。
只因官拜大将军,玉皇赐我随身带。
或长或短任吾心,要细要粗凭意态。
也曾护驾宴蟠桃,也曾随朝居上界。
值殿曾经众圣参,卷帘曾见诸仙拜。
养成灵性一神兵,不是人间凡器械。
自从遭贬下天门,任意纵横游海外。
不当大胆自称夸,天下枪刀难比赛。
看你那个锈钉钯④,只好锄田与筑菜!"

八戒笑道:"我把你少打的泼物!且莫管甚么筑菜,只怕汤了一下儿,交你没处贴膏药,九个眼子一齐流血!纵然不死,也是个到老的破伤风!"那怪丢开架手,在那水底下,与八戒依然打出水面。这一番斗,比前果更不同,你看他:

宝杖轮,钉钯筑,言语不通非眷属。只因木母克刀圭⑤,致令两

---

① 梭罗派:梭罗树的一枝。梭罗树,也作娑罗树、桫椤树。我国本有月中有桂树的旧说,而宋代以后,民间每指称月中树为娑罗。洪迈《容斋随笔》:"世俗多指言月中桂为娑罗树,不知所起。"应与佛教的流传有关。唐段成式《酉阳杂俎》卷三记六欲天的阎摩那婆罗天中有娑罗树,可以于中见到天人的善果报。派,分枝。
② 趁心:同"衬芯"。衬里,内芯。
③ 玠:大的圭,这里仅指玉饰。
④ 锈:原作秀,据《西游证道书》改。世德堂本等诸明本"锈",通作"秀"。
⑤ 只因木母克刀圭:木母,此处指猪八戒。刀圭,原指古代用于取药的小匙。因圭是两个土字组成,故又称二土。用作土的代称,这里指沙僧。在内丹术中,土代表意念(意念不动称阴土,移动称阳土,合称二土),又称"真意",大略指意识深层修炼成仙的信念。元气、元神分在两处,不能配合;只有具备了信念,才能主动地调和二者结丹。《悟真篇》:"木金结合会无因,须仗媒人勾引。"而取经过程中,沙僧正具备调和孙、猪二人关系的作用。

下相战触。没输赢,无反覆,翻波淘浪不和睦。这个怒气怎含容,那个伤心难忍辱。钯来杖架逞英雄,水滚流沙能恶毒。气昂昂,劳碌碌,多因三藏朝西域。钉钯老大凶,宝杖十分熟。这个揪住要往岸上拖,那个抓来就将水里沃①。声如霹雳动鱼龙,云暗天昏神鬼伏。

这一场,来来往往,斗经三十回合,不见强弱。八戒又使个佯输计,拖了钯走。那怪随后又赶来,拥波捉浪,赶至崖边。八戒骂道:"我把你这个泼怪!你上来!这高处,脚踏石地好打!"那妖骂言:"你这厮哄我上去,又交那帮手来哩。你下来,还在水里相斗。"原来那妖乖了,再不肯上岸,只在河沿与八戒闹吵。

却说行者见他不肯上岸,急得他心焦性爆,恨不得一把捉来。行者道:"师父!你自坐下,等我与他个'饿鹰雕食'。"就纵筋斗,跳在半空,刷的落下来,要抓那妖。那妖正与八戒嚷闹,忽听得风响,急回头,见是行者落下云来,却又收了那杖,一头淬下水,隐迹潜踪,渺然不见。行者伫立岸上,对八戒言:"兄弟哑,这妖也弄得滑了。他再不肯上岸,如之奈何?"八戒道:"难!难!难!战不胜他!就把吃奶的气力也使尽了,只绷得个手平。"行者道:"且见师父去。"

二人又到高岸,见了唐僧,备言难捉。那长老满眼下泪道:"似此艰难,怎生得渡!"行者道:"师父莫要烦恼。这怪深潜水底,其实难行。八戒,你只在此保守师父,再莫与他厮斗,等老孙往南海走走去来。"八戒道:"哥呵,你去南海何干?"行者道:"这取经的勾当,原是观音菩萨;及脱解我等,也是观音菩萨;今日路阻流沙河,不能前进,不得他,怎生处治?等我去请他,还强如和这妖精相斗。"八戒道:"也是,也是。师兄,你去时,千万与我上覆一声:向日多承指教。"三藏道:"悟空,若是去请菩萨,却也不必迟疑,快去快来。"

行者即纵筋斗云,径上南海。咦!那消半个时辰,早望见普陀

---

① 沃:用同"氼"(wò)。清胡文英《吴中方言考》卷十一:"《玉篇》'氼',内(同'纳')头水中也。案'氼',掷人头令入水中也。吴谚谓掷人头入水曰'氼杀'。"

山境。须臾间,坠下筋斗,到紫竹林外,又只见那二十四路诸天①,上前迎着道:"大圣何来?"行者道:"我师有难,特来谒见菩萨。"诸天道:"请坐,容报。"那轮日的诸天,径至潮音洞口报道:"孙悟空有事朝见。"菩萨正与捧珠龙女在宝莲池畔扶栏看花,闻报,即转云岩,开门唤入。大圣端肃皈依参拜。

　　菩萨问曰:"你怎么不保唐僧?为甚事又来见我?"行者启上道:"菩萨,我师父前在高老庄,又收了一个徒弟,唤名猪八戒,多蒙菩萨又赐法讳悟能。才行过黄风岭,今至八百里流沙河,乃是弱水三千,师父已是难渡。河中又有个妖怪,武艺高强,甚亏了悟能与他水面上大战三次,只是不能取胜,被他拦阻,不能渡河。因此特告菩萨,望垂怜悯,济渡他一济渡。"菩萨道:"你这猴子,又逞自满,不肯说出保唐僧的话来么?"行者道:"我们只是要拿住他,教他送我师父渡过。水里事,我又弄不得精细,只是悟能寻着他窝巢,与他打话,想是不曾说出取经的勾当。"菩萨道:"那流沙河的妖怪,乃是卷帘大将临凡,也是我劝化的善信,教他保护取经之辈。你若肯说出是东土取经人呵,他决不与你争持,断然归顺矣。"行者道:"那怪如今怯战,不肯上崖,只在水里潜踪,如何得他归顺我师?如何得渡弱水?"

　　菩萨即唤慧岸,袖中取出一个红葫芦儿,分付道:"你可将此葫芦,同孙悟空到流沙河水面上,只叫'悟净',他就出来了。先要引他归依了唐僧,然后把他那九个骷髅穿在一处,按九宫布列,却把这葫芦安在当中,就是法船一只,能渡唐僧过流沙河界。"慧岸闻言,谨遵师命,当时与大圣捧葫芦出了潮音洞,奉法旨辞了紫竹林。有诗为证,诗曰:

　　　　五行匹配合天真,认得从前旧主人。

---

①二十四路诸天:即二十四诸天。佛教中神称为天,诸天即佛教的护法神。早期庙宇供奉的诸天,从十、十二、十六到二十不等。明代以后,渐渐融入中国的神祇,逐渐规定为二十四诸天。包括功德天、大梵天、帝释天、坚牢地神、鬼子母、韦驮、紫微大帝、雷神等。一般供奉在佛殿或观音殿的两侧,所以这里二十四诸天得以成为观音的护法。

炼己立基为妙用,辨明邪正见原因。
金来归性还同类,木去求情共复沦。
二土全功成寂寞,调和水火没纤尘①。

他两个,不多时,按落云头,早来到流沙河岸。猪八戒认得是木叉行者,引师父上前迎接。那木叉与三藏礼毕,又与八戒相见。八戒道:"向蒙尊者指示,得见菩萨,我老猪果遵法教,今喜拜了沙门。这一向在途中奔碌,未及致谢,恕罪,恕罪。"行者道:"且莫叙阔。我们叫唤那厮去来。"三藏道:"叫谁?"行者道:"老孙见菩萨,备陈前事。菩萨说:这流沙河的妖怪,乃是卷帘大将临凡;因为在天有罪,堕落此河,忘形作怪。他曾被菩萨劝化,愿归师父往西天去的。但是我们不曾说出取经的事情,故此苦苦争斗。菩萨今差木叉,将此葫芦,要与这厮结作法船,渡你过去哩。"三藏闻言,顶礼不尽,对木叉作礼道:"万望尊者作速一行。"那木叉捧定葫芦,半云半雾,径到了流沙河水面上,厉声高叫道:"悟净!悟净!取经人在此久矣,你怎么还不归顺!"

却说那怪惧怕猴王,回于水底,正在窝中歇息。只听得叫他法名,情知是观音菩萨;又闻得说"取经人在此",他也不惧钺斧,急翻波伸出头来,又认得是木叉行者。你看他笑盈盈上前作礼道:"尊者

---

① "五行匹配合天真"诗:此诗旨在阐明五众会合,象征着人体内五行匹配。参见第十九回"'金性刚强能克木'诗"条注。认得从前旧主人,即"明心见性"之谓。何道全《般若心经注解》"若能静坐回光照,便见生前旧主人"。这首诗基本袭用了元陈致虚《周易参同契分章注》的章节名,炼己立基、辨明邪正、金来归性、二土全功、调和水火(原作"水火情性")等都是陈书的章节名。"金来归性""木去求情"(原作"今来归性","求去求情",据《西游证道书》改),参见第十九回"'金性刚强能克木'诗"条注,指金(元气)、木(元神)互相亲密配合。二土全功,二土指沙僧,参见本回"只因木母克刀圭"条注。寂寞,指空灵无为的境界。水火,可以指代元神、元气,同时也是一个抽象概念,以人体内上升的、运动的、活跃的因素为火,以下沉的、静止的、消极的因素为水。而土居其间,起到调和的作用。

失迎。菩萨今在何处?"木叉道:"我师未来,先差我来分付你早跟唐僧做个徒弟。叫把你项下挂的骷髅与这个葫芦,按九宫结做一只法船,渡他过此弱水。"悟净道:"取经人却在那里?"木叉用手指道:"那东岸上坐的不是?"悟净看见了八戒道:"他不知是那里来的个泼物,与我整斗了这两日,何曾言着一个取经的字儿?"又看见行者,道:"这个主子,是他的帮手,好不利害!我不去了。"木叉道:"那是猪八戒,这是孙行者。俱是唐僧的徒弟,俱是菩萨劝化的,怕他怎的?我且和你见唐僧去。"

那悟净才收了宝杖,整一整黄锦直裰,跳上岸来,对唐僧双膝跪下道:"师父,弟子有眼无珠,不认得师父的尊容,多有冲撞,万望恕罪。"八戒道:"你这脓包,怎的早不皈依,只管要与我打?是何说话!"行者笑道:"兄弟,你莫怪他,还是我们不曾说出取经的字样与姓名耳。"长老道:"你果肯诚心皈依吾教么?"悟净道:"弟子向蒙菩萨教化,指河为姓,与我起个法名,唤做沙悟净,岂有不从师父之理!"三藏道:"既如此。"叫:"悟空,取戒刀来,与他落了发。"大圣依言,即将戒刀与他剃了头。又来拜了三藏,拜了行者与八戒,分了大小。三藏见他行礼,真像个和尚家风,故又叫他做沙和尚。木叉道:"既秉了迦持,不必叙烦,早与作法船去来。"

那悟净不敢怠慢,即将颈项下挂的骷髅取下,用索子结作九宫,把菩萨的葫芦安在当中,请师父下岸。那长老遂登法船,坐于上面,果然稳似轻舟。左有八戒扶持,右有悟净捧托;孙行者在后面牵了龙马,半云半雾相跟;头直上又有木叉拥护①;那师父才飘然稳渡流沙河界,浪静风平过弱河。真个也如飞似箭,不多时,身登彼岸,得脱洪波;又不拖泥带水,幸喜脚干手燥,清净无为,师徒们脚踏实地。那木叉按祥云,收了葫芦。又只见那骷髅一时解化作九股阴风②,寂然不见。三藏拜谢了木叉,顶礼了菩萨。正是:

---

①头直上:头顶上。
②阴风:原作"英风",世本"英"、"阴"常混用,今随文改正,后不出注。

木叉径回东洋海,三藏上马却投西。

毕竟不知几时才得正果求经,且听下回分解。

第二十三回

三藏不忘本　四圣试禅心

诗曰：
　　奉法西来道路赊①，秋风淅淅落霜花。
　　乖猿牢锁绳休解②，劣马勤兜鞭莫加。
　　木母金公原自合③，黄婆赤子本无差④。
　　咬开铁弹真消息⑤，般若波罗到彼家。

这回书，盖言取经之道，不离了一身务本之道也。却说他师徒四众，了悟真如，顿开尘锁，自跳出性海流沙⑥，浑无挂碍，竟投大路西来。历遍了青山绿水，看不尽野草闲花。真个也光阴迅速，又值九秋，但见了些：

　　枫叶满山红，黄花耐晚风。

---

①赊：远，长。
②乖猿：顽劣的猿猴，和下文的劣马都是双关语，既指孙悟空和白马，也指放逸的心性。要紧紧拴束，不使之任意放纵驰骋。
③木母金公：此处指猪八戒、孙悟空。参见第二十二回"'先将婴儿姹女收'二句"条注。
④黄婆：内丹术术语，指土，土色为黄，金丹学认为土可以牵合金木，融汇铅汞，起到类似媒婆的作用，故称黄婆，因为沙僧在兄弟三人中经常起到调和的作用，所以作者认为他属土，将黄婆代指沙僧。赤子：道教指心。道教认为五脏各有一个神主管，心神的名字叫赤城童子，故称赤子。
⑤咬开铁弹：禅宗常用"铁弹子""铁橛""无孔铁锤"比喻无法明心见性。《圆通大应国师语录》："僧云：如何是铁弹子？师云：团圞璧不破。"禅宗又有"咬生铁橛"的说法，用以比喻突然悟彻。认为对"铁橛子"要"奋发大勇猛心，坚咬横咬，咬咬不止，则忽然一咬咬破，咬破将来，始知此中有无尽法味"（日本圆慈《宗门无尽灯论》）。消息：这里意为奥妙、真谛。
⑥性海：佛教语，指真如之理性深广如海。

老蝉吟渐懒,愁蟋思无穷①。

荷破青纨扇,橙香金弹丛。

可怜数行雁,点点远排空。

正走处,不觉天晚。三藏道:"徒弟,如今天色又晚,却往那里安歇?"行者道:"师父说话差了。出家人餐风宿水,卧月眠霜,随处是家。又问那里安歇,何也?"猪八戒道:"哥呵,你只知道你走路轻省,那里管别人累坠?自过了流沙河,这一向爬山过岭,身挑着重担,老大难挨也!须是寻个人家,一则化些茶饭,二来养养精神,才是个道理。"行者道:"呆子,你这般言语,似有报怨之心。还像在高老庄,倚赖不求福的自在,恐不能也。既是秉正沙门,须是要吃辛受苦,才做得徒弟哩。"八戒道:"哥哥,你看这担行李多重?"行者道:"兄弟,自从有了你与沙僧,我又不曾挑着,那知多重?"八戒道:"哥呵,你看数儿么:

四片黄藤篾②,长短八条绳。

又要防阴雨,毡包三四层。

匾担还愁滑,两头钉上钉。

铜镶铁打九环杖,篾丝藤缠大斗篷。

似这般许多行李,难为老猪一个逐日家担着走,偏你跟师父做徒弟,拿我做长工!"行者笑道:"呆子,你和谁说哩?"八戒道:"哥哥,与你说哩。"行者道:"错和我说了。老孙只管师父好歹,你与沙僧,专管行李马匹。但若怠慢了些儿,孤拐上先是一顿粗棍!"八戒道:"哥呵,不要说打,打就是以力欺人。我晓得你的尊性高傲,你是定不肯挑;但师父骑的马,那般高大肥盛,只驮着老和尚一个,教他带几件儿,也是弟兄之情。"

---

① 穷:原作"穹","穹"同"穷"。《诗经·豳风·七月》"穹窒熏鼠",意即穷尽地堵塞鼠穴。今随文改为常用字,后不出注。

② 篾(liè):竹箔。《广韵》:"篾,编竹为之。"明方以智《通雅》:"今韵书无此字,而江湖上船时时称之。或单称船仓中踏足隔货者曰篾。"此即指师徒四人睡觉的席子。

行者道:"你说他是马哩!他不是凡马,本是西海龙王敖闰之子,唤名龙马三太子。只因纵火烧了殿上明珠,被他父亲告了忤逆,身犯天条,多亏观音菩萨救了他的性命,他在那鹰愁陡涧,久等师父,又幸得菩萨亲临,却将他退鳞去角,摘了项下珠,才变做这匹马,愿驮师父往西天拜佛。这都是各人的功果,你莫攀他。"那沙僧闻言道:"哥哥,真个是龙么?"行者道:"是龙。"八戒道:"哥呵,我闻得古人云:龙能喷云嗳雾①,播土扬沙。有巴山掼岭的手段,有翻江搅海的神通。怎么他今日这等慢慢而走?"行者道:"你要他快走,我教他快走个儿你看。"好大圣,把金箍棒揝一揝,万道彩云生。那马看见拿棒,恐怕打来,慌得四只蹄疾如飞电,搜的跑将去了。那师父手软采不住②,尽他劣性,奔上山崖,才大达赸步走③。师父喘息始定,抬头远见一簇松阴内,有几间房舍,着实轩昂④。但见:

门垂翠柏,宅近青山。几株松冉冉,数茎竹斑斑。篱边野菊凝霜艳,桥畔幽兰映水丹。粉泥墙壁,砖砌围圜⑤。高堂多壮丽,大厦甚清安。牛羊不见无鸡犬,想是秋收农事闲。

那师父正按辔徐观,又见悟空兄弟方到。悟净道:"师父不曾跌下马来么?"长老骂道:"悟空这泼猴,他把马儿惊了,早是我还骑得住哩!"行者赔笑道:"师父莫骂我,都是猪八戒说马行迟,故此着他快些。"那呆子因赶马,走急了些儿,喘气虚虚,口里唧唧哝哝的闹道:"罢了!罢了!见自肚别腰松⑥,担子沉重,挑不上来,又弄我奔奔波波的赶马!"长老道:"徒弟呵,你且看那壁厢,有一座庄院,我们却好借宿去也。"行者闻言,急抬头举目而看,果见那半空中庆云笼罩,瑞霭遮盈,情知定是佛仙点化,他却不敢泄漏天机,只道:"好!

---

①嗳:吐。
②采:方言。拉,扯。
③大达赸(shàn)步:即"大踏赸步"。大踏步走。赸,走。
④轩昂:宽敞,宏大。
⑤围圜:围墙。
⑥别:同"瘪"。

好!好!我们借宿去来。"

　　长老连忙下马。见一座门楼,乃是垂莲象鼻①,画栋雕梁。沙僧歇了担子。八戒牵了马匹道:"这个人家,是过当的富实之家②。"行者就要进去。三藏道:"不可,你我出家人,各自避些嫌疑,切莫擅入。且自等他有人出来,以礼求宿方可。"八戒拴了马,斜倚墙根之下。三藏坐在石鼓上③。行者、沙僧坐在台基边。久无人出,行者性急,跳起身入门里看处,原来有向南的三间大厅,帘栊高控。屏门上,挂一轴寿山福海的横披画④;两边金漆柱上,贴着一幅大红纸的春联,上写着:"丝飘弱柳平桥晚,雪点香梅小院春。"正中间,设一张退光黑漆的香几,几上放一个古铜兽炉。上有六张交椅,两山头挂着四季吊屏⑤。

　　行者正然偷看处,忽听得后门内有脚步之声,走出一个半老不老的妇人来,娇声问道:"是甚么人,擅入我寡妇之门?"慌得个大圣喏喏连声道:"小僧是东土大唐来的,奉旨向西方拜佛求经。一行四众,路过宝方,天色已晚。特奔老菩萨檀府,告借一宵。"那妇人笑语相迎道:"长老,那三位在那里?请来。"行者高声叫道:"师父,请进来耶。"三藏才与八戒、沙僧牵马挑担而入。只见那妇人出厅迎接。八戒饧眼偷看⑥,你道他怎生打扮:

----

①垂莲:古建筑门前倒悬的短柱,头部雕刻成莲花形状,称垂莲柱。象鼻:斗拱的一种,形状如大象的鼻子。
②过当的:生活过得去,有家产。
③石鼓:古建筑大门两旁鼓形的石头,起装饰作用。参见第五十回"门枕"条注。
④寿山福海:古代绘画常见的题材,一般绘大海中耸立高山,蝙蝠(寓意"福")在海中飞翔,山上生长仙桃(寓意"寿"),表达福寿双全、吉祥如意的愿望。横披:长条形横幅字画。
⑤山头:这里指房屋的东西壁墙。四季吊屏:以四季景物为主题的屏条。如春季牡丹、夏季荷花、秋季菊花、冬季青松等。吊屏,即屏条,是竖直悬挂的长条形组画,一般是四幅一组。
⑥饧(xíng):眼半开半合,形容眼色朦胧。

穿一件织金官绿纻丝袄①,上罩着浅红比甲②;系一条结彩鹅黄锦绣裙,下映着高底花鞋。时样髢髻皂纱漫③,相衬着二色盘龙发④;宫样牙梳朱翠幌⑤,斜簪着两股赤金钗。云鬓半苍飞凤翅,耳环双坠宝珠排;脂粉不施犹自美,风流还似少年才。

那妇人见了他三众,更加欣喜,以礼邀入厅房,一一相见礼毕,请各叙坐看茶。那屏风后,忽有一个丫髻垂丝的女童,托着黄金盘、白玉盏,香茶喷暖气,异果散幽香。那人绰彩袖,春笋纤长⑥;擎玉盏,传茶上奉;对他们一一拜了。茶毕,又分付办斋。三藏启手道:"老菩萨,高姓?贵地是甚地名?"妇人道:"此间乃西牛贺洲之地。小妇人娘家姓贾,夫家姓莫⑦。幼年不幸,公姑早亡⑧,与丈夫守承祖业,有家资万贯,良田千顷。夫妻们命里无子,止生了三个女孩儿。前年大不幸,又丧了丈夫。小妇居孀,今岁服满⑨。空遗下田产家业,再无个眷族亲人,只是我娘女们承领。欲嫁他人,又难舍家业。适承长老下降,想是师徒四众。小妇娘女四人,意欲坐山招夫,四位恰好。不知尊意肯否如何。"三藏闻言,推聋妆哑,瞑目宁心,寂然不答。

那妇人道:"舍下有水田三百余顷,旱田三百余顷,山场果木三百余顷;黄水牛有一千余只,骡马成群,猪羊无数;东南西北,庄堡草

---

① 官绿:传统颜料的一种,纯正的绿色。元陶宗仪《南村辍耕录》卷十一"采绘法":"官绿,即枝条绿是。"
② 比甲:即背心。
③ 时样髢(dí)髻:时尚的发髻。髢髻,用丝编织,蒙以纱布,罩在发上的假髻。
④ 盘龙发:即盘龙髻,又称"如意缕",盛行于元代以后。造型如盘曲之龙,亦有用铁丝、假发盘成龙形者。
⑤ 宫样:皇宫中流行的装束、服具等的式样。
⑥ 春笋:形容女子纤细白皙的手指。
⑦ 娘家姓贾,夫家姓莫:暗指这个大户人家本来就是虚假的。贾,同"假"。莫,同"没"。
⑧ 姑:古代指婆婆。
⑨ 服满:服丧期满。

场,共有六七十处;家下有八九年用不着的米谷,十来年穿不着的绫罗;一生有使不着的金银,胜强似那锦帐藏春,说甚么金钗两路①。你师徒们若肯回心转意,招赘在寒家,自自在在,享用荣华,却不强如往西劳碌?"那三藏也只是如痴如蠢,默默无言。

  那妇人道:"我是丁亥年三月初三日酉时生。故夫比我年大三岁,我今年四十五岁。大女儿名真真,今年二十岁;次女名爱爱,今年十八岁;三小女名怜怜②,今年十六岁;俱不曾许配人家。虽是小妇人丑陋,却幸小女俱有几分颜色,女工针指③,无所不会。因是先夫无子,即把他们当儿子看养。小时也曾教他读些儒书,也都晓得些吟诗作对。虽然居住山庄,也不是那十分粗俗之类,料想也陪得过列位长老,若肯放开怀抱,长发留头,与舍下做个家长,穿绫着锦,胜强如那瓦钵缁衣,雪鞋云笠。"

  三藏坐在上面,好便似雷惊的孩子,雨淋的虾蟆;只是呆呆挣挣④,翻白眼儿打仰⑤。那八戒闻得这般富贵,这般美色,他却心痒难挠;坐在那椅子上,一似针戳屁股,左扭右扭的,忍耐不住。走上前,扯了师父一把道:"师父!这娘子告诵你话,你怎么佯佯不采?好道也做个理会是。"那师父猛抬头,咄的一声,喝退了八戒道:"你这个业畜!我们是个出家人,岂以富贵动心,美色留意,成得个甚么道理!"那妇人笑道:"可怜!可怜!出家人有何好处?"三藏道:"女

---

① 金钗两路:钗是古代妇女的头饰,分两股,通常作U字形或V字形,用于固定发髻,故称"金钗两路"。
② 真真、爱爱、怜怜:元代有名妓赵真真,元杂剧《金明池吴清逢爱爱》酒家女名卢爱爱,《逞风流王焕百花亭》有妓女名贺怜怜。古代妇女以叠字为名者,如苏小小、李师师,多是妓女;《水浒传》西门庆有相好张惜惜、李娇娇,都不是所谓正派人物。此处为莫家三女起这样三个名字,有"色乃伤身之剑,贪之必定遭殃"的寓意。
③ 女工针指:也作"女红针黹"。指女子做的纺织、刺绣、裁剪、缝纫等事。
④ 呆呆挣挣:形容发愣的样子。
⑤ 打仰:身子向后仰。

菩萨,你在家人,却有何好处?"那妇人道:"长老请坐,等我把在家人的好处说与你听。怎见得?有诗为证。诗曰:

  春裁方胜着新罗①,夏换轻纱赏绿荷。
  秋有新筹香糯酒②,冬来暖阁醉颜酡。
  四时受用般般有,八节珍羞件件多。
  衬锦铺绫花烛夜,强如行脚礼弥陀。"

  三藏道:"女菩萨,你在家人享荣华,受富贵,有可穿,有可吃,儿女团圆,果然是好;但不知我出家的人,也有一段好处。怎见得?有诗为证。诗曰:

  出家立志本非常,推倒从前恩爱堂。
  外物不生闲口舌,身中自有好阴阳。
  功完行满朝金阙,见性明心返故乡。
  胜似在家贪血食③,老来坠落臭皮囊④。"

  那妇人闻言,大怒道:"这泼和尚无礼!我若不看你东土远来,就该叱出。我倒是个真心实意,要把家缘招赘汝等,你倒反将言语伤我。你就是受了戒,发了愿,永不还俗,好道你手下人,我家也招得一个。你怎么这般执法⑤?"三藏见他发怒,只得者者谦谦⑥,叫道:"悟空,你在这里罢。"行者道:"我从小儿不晓得干那般事,教八戒在这里罢。"八戒道:"哥呵,不要栽人么⑦。大家从长计较。"三藏

---

①方胜:形状像由两个菱形部分重叠相连而成的一种串饰,多用丝带编成,类似今天的"中国结"。
②筹(chōu):滤酒用的竹具,也指用筹滤酒。
③血食:鱼肉之类的荤腥食物。
④臭皮囊:佛教和道教认为人的躯壳里多有污秽不洁的东西,力求修炼摆脱,所以称人的躯壳为臭皮囊。
⑤执法:执著,固执。
⑥者者谦谦:敷衍而顺从。者,同"遮",遮掩(用梅季《〈西游记〉词语补释》说法)。
⑦栽人:捉弄人。

道:"你两个不肯,便教悟净在这里罢。"沙僧道:"你看师父说的话。弟子蒙菩萨劝化,受了戒行,等候师父;自蒙师父收了我,又承教诲;跟着师父还不上两月,更不曾进得半分功果,怎敢图此富贵!宁死也要往西天去,决不干此欺心之事。"

那妇人见他们推辞不肯,急抽身转进屏风,扑的把腰门关上。师徒们撇在外面,茶饭全无,再没人出。八戒心中焦燥,埋怨唐僧道:"师父忒不会干事,把话通说杀了①。你好道还活着些脚儿②,只含糊答应,哄他些斋饭吃了,今晚落得一宵快活;明日肯与不肯,在乎你我了。似这般关门不出,我们这清灰冷灶,一夜怎过!"

悟净道:"二哥,你在他家做个女婿罢。"八戒道:"兄弟,不要栽人。从长计较。"行者道:"计较甚的?你要肯,便就教师父与那妇人做个亲家,你就做个倒踏门的女婿。他家这等有财有宝,一定倒陪妆奁③,整治个会亲的筵席,我们也落些受用。你在此间还俗,却不是两全其美?"八戒道:"话便也是这等说,却只是我脱俗又还俗,停妻再娶妻了。"

沙僧道:"二哥原来是有嫂子的?"行者道:"你还不知他哩,他本是乌斯藏高老儿庄高太公的女婿。因被老孙降了他,也曾受菩萨戒行,没及奈何,被我捉他来做个和尚,所以弃了前妻,投师父往西拜佛。他想是离别的久了,又想起那个勾当,却才听见这个勾当。断然又有此心。呆子,你与这家子做了女婿罢。只是多拜老孙几拜,我不检举你就罢了。"那呆子道:"胡说!胡说!大家都有此心,独拿老猪出丑。常言道'和尚是色中饿鬼'。那个不要如此?都这们扭扭捏捏的拿班儿④,把好事都弄得裂了。致如今茶水不得见面,灯火也无人管,虽熬了这一夜,但那匹马明日又要驮人,又要走路,再若

---

①杀:死板,无可变动。
②活着些脚儿:留些地步和退路。
③妆奁:这里指嫁妆。
④拿班儿:装腔作势,拿架子。

饿上这一夜,只好剥皮罢了。你们坐着,等老猪去放放马来。"那呆子虎急急的,解了缰绳,拉出马去。行者道:"沙僧,你且陪师父坐这里,等老孙跟他去,看他往那里放马。"三藏道:"悟空,你看便去看他,但只不可只管嘲他了。"行者道:"我晓得。"这大圣走出厅房,摇身一变,变作个红蜻蜓儿,飞出前门,赶上八戒。

那呆子拉着马,有草处且不教吃草,嗒嗒嗤嗤的,赶着马,转到后门首去。只见那妇人,带了三个女子,在后门外闲立着,看菊花儿耍子。他娘女们看见八戒来时,三个女儿闪将进去。那妇人伫立门首道:"小长老那里去?"这呆子丢了缰绳,上前唱个喏,道声:"娘!我来放马的。"那妇人道:"你师父忒弄精细,在我家招了女婿,却不强似做挂搭僧①,往西踙路②?"八戒笑道:"他们是奉了唐王的旨意,不敢有违君命,不肯干这件事。刚才都在前厅上栽我,我又有些奈上祝下的③,只恐娘嫌我嘴长耳大。"那妇人道:"我也不嫌,只是家下无个家长,招一个倒也罢了;但恐小女儿有些儿嫌丑。"八戒道:"娘,你上覆令爱,不要这等拣汉。想我那唐僧,人才虽俊,其实不中用。我丑自丑,有几句口号儿④。"妇人道:"你怎的说么?"八戒道:"我

  虽然人物丑,勤紧有些功。
  若言千顷地,不用使牛耕。
  只消一顿钯,布种及时生。
  没雨能求雨,无风会唤风。
  房舍若嫌矮,起上二三层。
  地下不扫扫一扫,阴沟不通通一通。
  家长里短诸般事,踢天弄井我皆能。"

---

 ①挂搭僧:游方的僧人。游方僧人投宿寺院,把衣钵悬挂在僧堂的钩上,称挂褡或者挂搭。
 ②踙:急急地走。
 ③奈上祝下:即"碍上阻下"。左右为难。
 ④口号:随口吟成的诗,相当于顺口溜。

那妇人道:"既然干得家事,你再去与你师父商量商量看,不尴尬①,便招你罢。"八戒道:"不用商量!他又不是我的生身父母,干与不干,都在于我。"妇人道:"也罢,也罢,等我与小女说。"看他闪进去,扑的掩上后门。八戒也不放马,将马拉向前来。怎知孙大圣已一一尽知,他转翅飞来,现了本相,先见唐僧道:"师父,悟能牵马来了。"长老道:"马若不牵,恐怕撒欢走了。"行者笑将起来,把那妇人与八戒说的勾当,从头说了一遍,三藏也似信不信的。

少时间,见呆子拉将马来拴下。长老道:"你马放了?"八戒道:"无甚好草,没处放马。"行者道:"没处放马,可有处牵马么②?"呆子闻得此言,情知走了消息,也就垂头扭颈,努嘴皱眉,半晌不言。又听得呀的一声,腰门开了,有两对红灯,一副提壶③,香云霭霭,环珮叮叮,那妇人带着三个女儿,走将出来,叫真真、爱爱、怜怜拜见那取经的人物。那女子排立厅中,朝上礼拜。果然也生得标致。但见他:

一个个蛾眉横翠,粉面生春。妖娆倾国色,窈窕动人心。花钿显现多娇态,绣带飘摇迥绝尘。半含笑处樱桃绽,缓步行时兰麝喷。满头珠翠,颤巍巍无数宝钗簪;遍体幽香,娇滴滴有花金缕钿。说甚么楚娃美貌④,西子娇容⑤?真个是九天仙女从天降,月里嫦娥出广寒!

那三藏合掌低头,孙大圣佯佯不采,小沙僧转背回身。你看那猪八戒,眼不转睛,淫心紊乱,色胆纵横,扭捏出悄语低声道:"有劳仙子下降。娘,请姐姐们去耶。"那三个女子,转入屏风,将一对纱灯留下。妇人道:"四位长老,可肯留心,着那个配我小女么?"悟净道:

---

① 尴尬(gān gà):处境困难或事情棘手,难以应付。
② 牵马:做媒又称牵马,这里是双关语。
③ 提壶:即提炉,有提梁的薰香炉,一般用于仪仗等礼仪场合。第七十一回:"那春娇即转前面,叫了七八个怪鹿妖狐,打着两对灯笼,一对提炉。"
④ 楚娃:秦汉楚地方言,称美丽女子为娃,故楚娃为美女的代称。
⑤ 西子:西施,古代著名的美人。

"我们已商议了,着那个姓猪的招赘门下。"八戒道:"兄弟,不要栽我,还从众计较。"行者道:"还计较甚么?你已此在后门首说合的停停当当,娘都叫了,又有甚么计较?师父做个男亲家,这婆儿做个女亲家,等老孙做个保亲,沙僧做个媒人。也不必看通书①,今朝是个天恩上吉日②,你来拜了师父,进去做了女婿罢。"八戒道:"弄不成!弄不成!那里好干这个勾当!"

行者道:"呆子,不要者嚣③,你那口里'娘'也不知叫了多少,又是甚么弄不成?快快的应成,带携我们吃些喜酒,也是好处。"他一只手揪着八戒,一只手扯住妇人道:"亲家母,带你女婿进去。"那呆子脚儿趄趄的④,要往那里走,那妇人即唤童子:"展抹桌椅,铺排晚斋,管待三位亲家。我领姑夫房里去也。"一壁厢又分付庖丁排筵设宴⑤,明辰会亲。那几个童子,又领命讫。他三众吃了斋,急急铺铺,都在客座里安歇不题。

却说那八戒跟着丈母,行入里面,一层层也不知多少房舍,磕磕撞撞,尽都是门槛绊脚。呆子道:"娘,慢些儿走,我这里边路生,你带我带儿。"那妇人道:"这都是仓房、库房、碾房各房,还不曾到那厨房边哩。"八戒道:"好大人家!"磕磕撞撞,转湾抹角,又走了半会,才是内堂房屋。那妇人道:"女婿,你师兄说今朝是天恩上吉日,就教你招进来了;却只是仓卒间,不曾请得个阴阳⑥,拜堂撒帐⑦,你可朝上拜八拜儿罢。"八戒道:"娘,娘说得是。你请上坐,等我也拜几拜,

---

① 通书:历书,记有某月某日适合婚姻、祭祀、动土等事。
② 天恩上吉日:天恩,阴阳家所谓吉神之一,天恩值日为吉日。
③ 者嚣:掩饰遮丑。者,遮。嚣,同"臊",羞。
④ 趄趄(jū):欲进又退的样子。
⑤ 庖丁:厨师。
⑥ 阴阳:阴阳先生的简称,指从事星相、占卜、相宅、相墓等职业的人。
⑦ 撒帐:旧时婚俗,新郎新娘交拜毕并坐在床沿,妇女撒掷金钱彩果。《土风录》卷二引《汉武帝内传》:"武帝与李夫人共坐帐中,官人遥撒五色同心果,帝及夫人以衣裾受之,云得多,得子多也。"

就当拜堂,就当谢亲①,两当一儿,却不省事?"他丈母笑道:"也罢,也罢,果然是个省事干家的女婿。我坐着,你拜么。"咦!满堂中银烛辉煌,这呆子朝上礼拜,拜毕道:"娘,你把那个姐姐配我哩?"他丈母道:"止是这些儿疑难:我要把大女儿配你,恐二女怪;要把二女配你,恐三女怪;欲将三女配你,又恐大女怪;所以终疑未定。"八戒道:"娘,既怕相争,都与我罢;省得闹闹吵吵,乱了家法。"他丈母道:"岂有此理!你一人就占我三个女儿不成!"八戒道:"你看娘说的话。那个没有三宫六院?就再多几个,你女婿也笑纳了。我幼年间,也曾学得个熬战之法②,管情一个个伏侍得他欢喜。"那妇人道:"不好!不好!我这里有一方手帕,你顶在头上,遮了脸,撞了天婚③,教我女儿从你根前走过,你伸开手扯倒那个,就把那个配了你罢。"呆子依言,接了手帕,顶在头上。有诗为证。诗曰:

　　痴愚不识本原由,色剑伤身暗自休。
　　从来信有周公礼④,今日新郎顶盖头。

那呆子顶裹停当。道:"娘,请姐姐们出来么。"他丈母叫:"真真、爱爱、怜怜,都来撞天婚,配与你女婿。"只听得珮环响亮,兰麝馨香,似有仙子来往,那呆子真个伸手去捞人。两边乱扑,左也撞不着,右也撞不着。来来往往,不知有多少女子行动,只是莫想捞着一个。东扑抱着柱科⑤,西扑摸着板壁,两头跑晕了,立站不稳,只是打跌。前来蹬着门扇,后去汤着砖墙。磕磕撞撞,跌得嘴肿头青。坐

---

①谢亲:迎娶后,女婿往女家致感谢意,称谢亲。

②熬战之法:指长时间保持性亢奋的一种房中术。

③撞了天婚:旧时一种不加选择、听天由命的择偶成婚方式,如"抛绣球"之类,意思是任凭"天意"促成的婚姻。明谢肇淛《滇略》卷十:"南诏神武王有女,欲为择配,女曰:'父王择配,非天婚也。我欲倒坐牛背,任牛所之,不问贫富贵贱,牛入之家则嫁之。'"

④周公:周朝初年政治家,姬姓,名旦,周武王之弟。传说包括婚礼在内的很多礼乐制度是由他创立的。

⑤柱科:柱根。科,即柱子或植物的根部。

在地下,喘气嘑嘑的道:"娘阿,你女儿这等乖滑得紧,捞不着一个,奈何!奈何!"那妇人与他揭了盖头道:"女婿,不是我女儿乖滑,他们大家谦让,不肯招你。"八戒道:"娘阿,既是他们不肯招我呵,你招了我罢。"那妇人道:"好女婿哑!这等没大没小的,连丈母也都要了!我这三个女儿,心性最巧。他一人结了一个珍珠嵌锦的汗衫儿。你若穿得那个的,就教那个招你罢。"八戒道:"好!好!好!把三件儿都拿来我穿了看;若都穿得,就教都招了罢。"那妇人转进房里,止取出一件来,递与八戒。那呆子脱下青锦布直裰,理过衫儿,就穿在身上;还未曾系上带子,扑的一跌①,跌倒在地。原来是几条绳紧绷绷住。那呆子疼痛难禁。这些人早已不见了。

却说三藏、行者、沙僧一觉睡省,不觉的东方发白。忽睁睛抬头观看。那里得那大厦高堂,也不是雕梁画栋,一个个都睡在松柏林中。慌得那长老忙呼行者。沙僧道:"哥哥,罢了!罢了!我们遇着鬼了!"孙大圣心中明白,微微的笑道:"怎么说?"长老道:"你看我们睡在那里耶!"行者道:"这松林下落得快活,但不知那呆子在那里受罪哩。"长老道:"那个受罪?"行者笑道:"昨日这家子娘女们,不知是那里菩萨,在此显化我等,想是半夜里去了,只苦了猪八戒受罪。"三藏闻言,合掌顶礼。又只见那后边古柏树上,飘飘荡荡的,挂着一张简帖儿。沙僧急去取来与师父看时,却是八句颂子云:

"黎山老母不思凡②,南海菩萨请下山。

普贤文殊皆是客,化成美女在林间。

圣僧有德还无俗,八戒无禅更有凡。

从此静心须改过,若生怠慢路途难!"

那长老、行者、沙僧正然唱念此颂,只听得林深处高声叫道:"师父呵,绷杀我了!救我一救!下次再不敢了!"三藏道:"悟空,那叫唤的可是悟能么?"沙僧道:"正是。"行者道:"兄弟,莫采他,我们去

---

① 跌:同"跌"。
② 黎山老母:即"骊山老母",参见第十六回"骊山老母"条注。

罢。"三藏道:"那呆子虽是心性愚顽,却只是一味懞直①,倒也有些膂力②,挑得行李;还看当日菩萨之念,救他随我们去罢。料他以后,再不敢了。"那沙和尚却卷起铺盖,收拾了担子;孙大圣解缰牵马,引唐僧入林寻看。咦!这正是:

    从正修持须谨慎,扫除爱欲自归真。

  毕竟不知那呆子凶吉如何,且听下回分解。

---

①懞直:忠厚率直。
②膂(lǚ)力:体力。膂,脊骨。

第二十四回

万寿山大仙留故友　五庄观行者窃人参

却说那三人穿林入里，只见那呆子绷在树上，声声叫喊，痛苦难禁。行者上前笑道："好女婿哑！这早晚还不起来谢亲，又不到师父处报喜，还在这里卖解儿耍子哩①！咄！你娘呢？你老婆呢？好个绷巴吊拷的女婿哑②！"那呆子见他来抢白着羞，唆着牙，忍着疼，不敢叫喊。沙僧见了老大不忍，放下行李，上前解了绳索救下。呆子对他们只是磕头礼拜，其实羞耻难当，有《西江月》为证：

色乃伤身之剑，贪之必定遭殃。
佳人二八好容妆③，更比夜叉凶壮。
只有一个原本④，再无微利添囊。
好将资本谨收藏，坚守休教放荡。

那八戒撮土焚香，望空礼拜。行者道："你可认得那些菩萨么？"八戒道："我已此晕倒昏迷，眼花撩乱，那认得是谁？"行者把那简帖儿递与八戒。八戒见了是颂子，更加惭愧。沙僧笑道："二哥有这般好处哩，感得四位菩萨来与你做亲！"八戒道："兄弟再莫题起。不当人子了！从今后，再也不敢妄为，就是累折骨头，也只是磨肩压担，随师父西域去也。"三藏道："既如此说才是。"

行者遂领师父上了大路。在路餐风宿水，行罢多时，忽见有高

---

① 卖解：旧时称杂技演员卖艺。
② 绷巴：即绷扒。剥去衣服捆绑起来。
③ 二八：十六岁。
④ 原本：指修行者的先天元气。内丹术认为，一个人成年以后，元气就达到一定数量，不再增长。每年消耗一些，耗尽即死。这几句词是借本、利等生意用语警示修行者要谨守自身元气这一本钱，不要贪图美色。

山挡路。三藏勒马停鞭道:"徒弟,前面一山,必须仔细,恐有妖魔作耗①,侵害吾党。"行者道:"马前但有我等三人,怕甚妖魔?"因此,长老安心前进。只见那座山,真是好山:

　　高山峻极,大势峥嵘。根接昆仑脉,顶摩霄汉中。白鹤每来栖桧柏,玄猿时复挂藤萝。日映晴林,叠叠千条红雾绕;风生阴壑,飘飘万道采云飞。幽鸟乱啼青竹里,锦鸡齐斗野花间。只见那千年峰、五福峰、芙蓉峰,巍巍凛凛放毫光;万岁石、虎牙石、三尖石,突突磷磷生瑞气。崖前草秀,岭上梅香。荆棘密森森,芝兰清淡淡。深林鹰凤聚千禽,古洞麒麟辖万兽。涧水有情,曲曲湾湾多绕顾;峰峦不断,重重叠叠自周回。又见那绿的槐,斑的竹,青的松,依依千载斗秾华;白的李,红的桃,翠的柳,灼灼三春争艳丽。龙吟虎啸,鹤舞猿啼。麋鹿从花出,青鸾对日鸣。乃是仙山真福地,蓬莱阆苑只如然②。又见些花开花谢山头景,云去云来岭上峰。

　　三藏在马上欢喜道:"徒弟,我一向西来,经历许多山水,都是那嵯峨险峻之处,更不似此山好景,果然的幽趣非常。若是相近雷音不远路,我们好整肃端严见世尊③。"行者笑道:"早哩!早哩!正好不得到哩!"沙僧道:"师兄,我们到雷音有多少远?"行者道:"十万八千里。十停中还不曾走了一停哩。"八戒道:"哥呵,要走几年才得到?"行者道:"这些路,若论二位贤弟,便十来日也可到;若论我走,一日也好走五十遭,还见日色;若论师父走,莫想!莫想!"唐僧道:"悟空,你说得几时方可到?"行者道:"你自小时走到老,老了再小,老小千番也还难;只要你见性志诚,念念回首处,即是灵山。"沙僧道:"师兄,此间虽不是雷音,观此景致,必有个好人居止。"行者道:"此言却当。这里决无邪祟,一定是个圣僧仙辈之乡。我们游玩慢行。"不题。

---

① 作耗:指妖物作怪。
② 阆苑:阆风之苑,传说中的神仙住处,在昆仑山。宋曾慥《类说》卷三引《神仙传》:"昆仑圃阆风苑有玉楼十二,玄室九层,右瑶池,左翠水。"
③ 整肃端严:整理容装,端庄严谨。

却说这座山,山中有一座观,名唤五庄观①;观里有一尊仙,道号镇元子②,混名与世同君。那观里出一般异宝,乃是混沌初分,鸿濛始判,天地未开之际,产成这颗灵根。盖天下四大部洲,惟西牛贺洲五庄观出此,唤名"草还丹",又名"人参果"③。三千年一开花,三千年一结果,再三千年才得熟,短头一万年方得吃④。似这万年,只结得三十个果子。果子的模样,就如三朝未满的小孩相似,手段俱全,五官咸备。人若有缘,得那果子闻了一闻,就活三百六十岁;吃一个,就活四万七千年。

---

① 五庄观:这里的五庄与下文中镇元、与世同君,以及后文的地仙之祖,不见于正统的道教经典,应都与道教内丹术有关,是作者特意设定的名字。内丹术称,修炼到"金液还丹"的中级阶段,会出现"五气朝元"的现象,即五脏五行之气转化成阳神,上聚头部。五脏又写作五藏,藏篆书作匨,又作胠,与"莊"极似,且第十九回"行过了乌斯藏界",世德堂本原作"行过了乌斯庄界",第五十四回唐僧向女儿国王介绍八戒籍贯亦称是"西牛贺洲乌斯庄人氏"。庄、藏书中本有混用现象,道经中"五脏"常写作"五藏",故"五庄"或即代表五行之"五脏"。

② 镇元子:不见于道教的神仙谱系,应是内丹术的隐喻。《钟吕传道集·论真仙》称"永镇压下田,炼形住世而得长生不死,以作陆地神仙,故曰地仙",下田即下丹田,又称关元、丹元,"镇元"或即"镇压关元"之意,影射地仙。又"镇"可拆为"真、金",元丘处机《大丹直指·五气朝元太阳炼形诀义》称"金液还丹变为金,其中纯阳气生,是为气中有气,已是陆地神仙,可与天地同其寿算"。"与世同君""万寿山"与后文提到的门上对联"与天同寿道人家",语意也与"与天地同其寿算"相似。又明周清原《西湖二集》中,屡次引用《西游记》,其文字与今传世德堂本几乎无异,唯独卷四《愚郡守玉殿生春》:"就把远志、石菖蒲等样买了数百斤,煎成一大锅,就像西游记中五圣观混元大仙要用滚油煎孙行者的一般。"似另有所本。五圣、混元,是较常见的道教宫观、人物名称。则"五庄""镇元"之名,似出于道教人士对《西游记》原文的改窜。

③ 人参果:《述异记》载:大食王国(古波斯)有一方石,石上多树干,赤枝青叶。上生有长六七寸的小儿,见人则笑,手足能动。头附着树枝,若摘一枝,小儿即死。人参果故事当从这类传说衍生而来。

④ 短头:将近。

第二十四回　万寿山大仙留故友　五庄观行者窃人参

当日镇元大仙得元始天尊的简帖,邀他到上清天上弥罗宫中听讲"混元道果"①。大仙门下出的散仙,也不计其数,见如今还有四十八个徒弟,都是得道的全真②。当日带领四十六个上界去听讲,留下两个绝小的看家:一个唤做清风,一个唤做明月。清风只有一千三百二十岁,明月才交一千二百岁。镇元子分付二童道:"不可违了大天尊的简帖,要往弥罗宫听讲,你两个在家仔细。不日有一个故人从此经过,却莫怠慢了他,可将我人参果打两个与他吃,权表旧日之情。"二童道:"师父的故人是谁?望说与弟子,好接待。"大仙道:"他是东土大唐驾下的圣僧,道号三藏,今往西天拜佛求经的和尚。"二童笑道:"孔子云:'道不同,不相为谋。'我等是太乙玄门,怎么与那和尚做甚相识!"大仙道:"你那里得知。那和尚乃金蝉子转生,西方圣老如来佛第二个徒弟。五百年前,我与他在'兰盆会'上相识③,他曾亲手传茶,佛子敬我,故此是为故人也。"二仙童闻言,谨遵师命。那大仙临行,又叮咛嘱付道:"我那果子有数,只许与他两个,不得多费。"清风道:"开园时,大众共吃了两个,还有二十八个在树,不敢多费。"大仙道:"唐三藏虽是故人,须要防备他手下人罗唣,不可惊动他知。"二童领命讫,那大仙承众徒弟飞升,竟朝天界。

　　却说唐僧四众,在山游玩,忽抬头,见那松篁一簇,楼阁数层。唐僧道:"悟空,你看那里是甚么去处?"行者看了道:"那所在,不是观宇,定是寺院。我们走动些,到那厢方知端的。"不一时,来于门首观看,见那:

---

① 上清天:道教认为三界之上还有三清仙境,称三清天,上清天是三清天之一,又名禹余天。弥罗宫:弥罗,本义为弥漫、遍布。常用作天庭宫殿名。明屠隆《昙花记》:"晃晃弥罗宫,巍巍郁萧殿。"

② 全真:道教的一个流派,由金代王喆(王重阳)创建,主张三教合一,出家修行,修炼内丹术,不重法术、外丹,成为道教直至今日最大的一个教派(另一个较大的教派为注重法术符箓的正一派),故往往称道士为全真。全真之得名,参见第一回"全气全神"条注。

③ 兰盆会:即盂兰盆会,见第八回"盂兰盆会"条注。

松坡冷淡,竹径清幽。往来白鹤送浮云,上下猿猴时献果。那门前池宽树影长,石裂苔花破。宫殿森罗紫极高①,楼台缥缈丹霞堕。真个是福地灵区,蓬莱云洞。清虚人事少,寂静道心生。青鸟每传王母信②,紫鸾常寄老君经。看不尽那巍巍道德之风,果然漠漠神仙之宅。

三藏离鞍下马,又见那山门左边有一通碑,碑上有十个大字,乃是"万寿山福地,五庄观洞天"。长老道:"徒弟,真个是一座观宇。"沙僧道:"师父,观此景鲜明,观里必有好人居住。我们进去看看,若行满东回,此间也是一景。"行者道:"说得好。"遂都一齐进去。又见那二门上有一对春联:"长生不老神仙府,与天同寿道人家。"

行者笑道:"这道士说大话唬人。我老孙五百年前大闹天宫时,在那太上老君门首,也不曾见有此话说。"八戒道:"且莫管他,进去!进去! 或者这道士有些德行,未可知也。"

及至二层门里,只见那里面急急忙忙,走出两个小童儿来。看他怎生打扮:

骨清神爽容颜丽,顶结丫髻短发鬔③。

道服自然襟绕雾,羽衣偏是袖飘风。

环绦紧束龙头结,芒履轻缠蚕口绒。

丰采异常非俗辈,正是那清风明月二仙童。

那童子控背躬身,出来迎接道:"老师父,失迎,请坐。"长老欢喜,遂与二童子上了正殿观看。原来是向南的五间大殿,都是上明下暗的雕花格子④。那仙童推开格子,请唐僧入殿处,只见那壁中间

---

① 紫极:即北极。

② 青鸟:《山海经》等神话传说均记载西王母有三青鸟,常为西王母取食传信。

③ 鬔:同"蓬"。形容头发散乱。

④ 格子:即格子门,又称格扇,中国传统建筑中安装的带格眼供采光的木门。

挂着五彩妆成的"天地"二大字①,设一张朱红雕漆的香几,几上有一副黄金炉瓶,炉边有方便整香。唐僧上前,以左手捻香注炉,三匝礼拜。拜毕,回头道:"仙童,你五庄观真是西方仙界,何不供养三清、四帝、罗天诸宰,只将'天地'二字侍奉香火?"童子笑道:"不瞒老师说。这两个字,上头的,礼上还当;下边的,还受不得我们的香火。是家师父谄佞出来的②。"三藏道:"何为谄佞?"童子道:"三清是家师的朋友,四帝是家师的故人;九曜是家师的晚辈,元辰是家师的下宾。"

那行者闻言,就笑得打跌。八戒道:"哥阿,你笑怎的?"行者道:"只讲老孙会捣鬼,原来这道童会捆风③!"三藏道:"令师何在?"童子道:"家师,元始天尊降简请上清天弥罗宫听讲'混元道果'去了,不在家。"行者闻言,忍不住喝了一声道:"这个臊道童!人也不认得,你在那个面前捣鬼,扯甚么空心架子④!那弥罗宫有谁是太乙天仙?请你这泼牛蹄子去讲甚么⑤!"三藏见他发怒,恐怕那童子回言,斗起祸来。便道:"悟空,且休争竞。我们既进来就出去,显得没了方情⑥。常言道'鹭鸶不吃鹭鸶肉'⑦。他师既是不在,搅扰他做甚?你去山门前放马,沙僧看守行李,教八戒解包袱,取些米粮,借他锅灶,做顿饭吃。待临行,送他几文柴钱,便罢了。各依执事,让我在此歇息歇息,饭毕就行。"他三人果各依执事而去。

那明月、清风,暗自夸称不尽道:"好和尚!真个是西方爱圣临

---

① 天地:宋施肩吾《钟吕传道集·论真仙》:"地仙者,天地之半。"镇元大仙号称地仙之祖,故下文童子说:"上头的,礼上还当;下边的,还受不得我们的香火。"
② 谄佞:阿谀逢迎。
③ 捆风:说谎。
④ 空心架子:指装模作样的大话。
⑤ 牛蹄子:意同"牛鼻子",对道士的戏称或蔑称。
⑥ 方情:交情,友谊。
⑦ 鹭鸶不吃鹭鸶肉:谚语,比喻不损害同类。

凡①,真元不昧②。师父命我们接待唐僧,将人参果与他吃,以表故旧之情;又教防着他手下人罗唣。果然那三个嘴脸凶顽,性情粗糙。幸得就把他们调开了;若在边前,却不与他人参果见面。"清风道:"兄弟,还不知那和尚可是师父的故人。问他一问看,莫要错了。"二童子又上前道:"启问老师可是大唐往西天取经的唐三藏?"长老回礼道:"贫僧就是。仙童为何知我贱名?"童子道:"我师临行,曾分付教弟子远接。不期车驾来促,有失迎迓。老师请坐,待弟子办茶来奉。"三藏道:"不敢。"那明月急转本房,取一杯香茶,献与长老。茶毕,清风道:"兄弟,不可违了师命,我和你去取果子来。"

二童别了三藏,同到房中,一个拿了金击子,一个拿了丹盘,又多将绿帕垫着盘底,径到人参园内。那清风爬上树去,使金击子敲果;明月在树下,以丹盘等接。须臾,敲下两个果来,接在盘中,径至前殿奉献道:"唐师父,我五庄观土僻山荒,无物可奉,土宜素果二枚③,权为解渴。"那长老见了,战战兢兢,远离三尺道:"善哉!善哉!今岁倒也年丰时稔④,怎么这观里作荒吃人⑤? 这个是三朝未满的孩童,如何与我解渴?"清风暗道:"这和尚在那口舌场中⑥,是非海里,弄得眼肉胎凡,不识我仙家异宝。"明月上前道:"老师,此物叫做'人参果',吃一个儿不妨。"三藏道:"胡说!胡说!他那父母怀胎,不知受了多少苦楚,方生下未及三日,怎么就把他拿来当果子?"清风道:"实是树上结的。"长老道:"乱谈!乱谈!树上又会结出人来?拿过去,不当人子!"

---

①爱圣:不详其义。似是"慈爱之圣人"的意思。《佛名经》中有"爱圣佛"。
②真元:人的本性。
③土宜:也称"土仪"。用来送人的土产品。宋周密《武林旧事·西湖游幸》:"至于果蔬、羹酒……粉饵,时花、泥婴等,谓之湖中土宜。"
④稔(rěn):庄稼成熟。
⑤作荒:旧时指荒年将至,百姓饭量增大的现象。宋罗大经《鹤林玉露》卷四:"岁将饥,小民餐必倍,俗谓之'作荒'。"
⑥口舌场:和下文的"是非海"都指凡间争名夺利、纷繁扰闹的环境。

那两个童儿,见千推万阻不吃,只得拿着盘子,拿转本房。那果子却也跷蹊,久放不得;若放多时,即僵了,不中吃。二人到于房中,一家一个,坐在床边上,只情吃起。

　　噫!原来有这般事哩!他那道房,与那厨房紧紧的间壁。这边悄悄的言语,那边即便听见。八戒正在厨房里做饭,先前听见说,取金击子,拿丹盘,他已在心;又听见他说,唐僧不认得是人参果,即拿在房里自吃,口里忍不住流涎道:"怎得一个儿尝新!"自家身子又狼犺,不能勾得动,只等行者来,与他计较。他在那锅门前,更无心烧火,不时的伸头探脑,出来观看。不多时,行者牵将马来,拴在槐树上,径往后走。那呆子用手乱招道:"这里来!这里来!"行者转身到于厨房门首,道:"呆子,你嚷甚的?想是饭不勾吃。且让老和尚吃饱,我们前边大人家,再化吃去罢。"八戒道:"你进来,不是饭少。这观里有一件宝贝,你可晓得?"行者道:"甚么宝贝?"八戒笑道:"说与你,你不曾见;拿与你,你不认得。"行者道:"这呆子笑话我老孙。老孙五百年前,因访仙道时,也曾云游在海角天涯。那般儿不曾见?"八戒道:"哥阿,人参果你曾见么?"行者惊道:"这个真不曾见。但只常闻得人说,人参果乃是草还丹,人吃了极能延寿。如今那里有得?"八戒道:"他这里有。那童子拿两个与师父吃,那老和尚不认得,道是三朝未满的孩儿,不曾敢吃。那童子老大悭懒,师父既不吃,便该让我们,他就瞒着我们,才自在这隔壁房里,一家一个,啯啅啯啅的吃了出去,就急得我口里水泱①。怎么得一个儿尝新?我想你有些溜撒②,去他那园子里偷几个来尝尝,如何?"行者道:"这个容易。老孙去手到擒来。"急抽身,往前就走。八戒一把扯住道:"哥呵,我听得他在这房里说,要拿甚么金击子去打哩。须是干得停当,不可走露风声。"行者道:"我晓得,我晓得。"

　　那大圣使一个隐身法,闪进道房看时,原来那两个道童,吃了果

---

①泱:流淌。
②溜撒:行动迅速敏捷。

子,上殿与唐僧说话,不在房里。行者四下里观看,看有甚么金击子,但只见窗棂上挂着一条赤金:有二尺长短,有指头粗细;底下是一个蒜疙疸的头子;上边有眼,系着一根绿绒绳儿。他道:"想必就是此物叫做击子。"他却取下来,出了道房,径入后边去,推开两扇门,抬头观看,呀,却是一座花园!但见:

朱栏宝槛,曲砌峰山。奇花与丽日争妍,翠竹共青天斗碧。流杯亭外①,一湾绿柳似拖烟;赏月台前,数簇乔松如泼靛。红拂拂,锦巢榴②;绿依依,绣墩草③。青茸茸,碧砂兰④;攸荡荡,临溪水。丹桂映金井梧桐⑤,锦槐傍朱栏玉砌。有或红或白千叶桃⑥,有或香或黄九秋菊⑦。荼蘼架⑧,映着牡丹亭;木槿台⑨,相连芍药圃。看不尽傲霜君子竹⑩,欺雪大夫松⑪。更有那鹤庄鹿宅⑫,方沼圆池;泉流碎

---

①流杯亭:亭中地面开凿沟渠,引入流水,众人围坐水边,将酒杯置于其中,酒杯流到谁面前,谁就饮酒。这样的亭子称流杯亭。今北京故宫、潭柘寺等地尚存。
②锦巢榴:石榴多子,色泽鲜红,故称"锦巢榴"。
③绣墩草:又称书带草、沿阶草、麦冬,常种植在园林、庭院中,作花坛边缘和地被植物。
④碧砂兰:即碧兰,宋王贵学《兰谱》记载:碧兰花色碧而芳香。用红沙种,用雨水浇灌,是福建的名花。
⑤金井梧桐:金井一般指宫廷园林中的井,古人常用金井梧桐来表示在宫廷中察觉到秋天到来。如唐王昌龄《长信宫词》"金井梧桐秋叶黄"。
⑥千叶桃:碧桃的别称,碧桃在同一花枝上能开出粉红色和白色两色花朵,故称"或红或白千叶桃"。
⑦九秋菊:即秋天盛开的菊花。秋天有三个月,每月三旬,共九旬,合称"九秋"。
⑧荼蘼(mí):一种蔷薇科的草本花卉,又叫荼蘼、酴醾,开白色花,结红色果实,适合作篱笆。
⑨木槿:落叶灌木或小乔木,开白、红、紫等色花。其花、根、树皮都可以入药。
⑩君子竹:竹耐寒挺立,虚心有节,有君子的风范,故称"君子竹"。《诗经·卫风·淇澳》:"瞻彼淇澳,绿竹猗猗。有斐君子,如切如磋,如琢如磨。"
⑪大夫松:《史记·秦始皇本纪》载,秦始皇登泰山遇雨,在一株松树下避雨,后封此松树为"五大夫松"(五大夫是秦代爵号),后来泛指松树。
⑫鹤庄鹿宅:养鹤和鹿地方的美称。

玉,地萼堆金;朔风触绽梅花白,春来点破海棠红。诚所谓人间第一仙景,西方魁首花丛。

那行者观看不尽,又见一层门,推开看处,却是一座菜园:

> 布种四时蔬菜,菠芹荠苨姜苔①。
> 笋薯瓜瓠茭白②,葱蒜芫荽韭薤③。
> 窝蕖童蒿苦蕒④,葫芦茄子须栽。
> 蔓菁萝卜羊头埋⑤,红苋青菘紫芥⑥。

行者笑道:"他也是个自种自吃的道士。"走过菜园,又见一层门。推开看处,呀!只见那正中间有根大树,真个是青枝馥郁,绿叶阴森,那叶儿却似芭蕉模样,直上去有千尺余高,根下有七八丈围圆。那行者倚在树下,往上一看,只见向南的枝上,露出一个人参果,真个像孩儿一般。原来尾间上是个扢蒂,看他丁在枝头,手脚乱动,点头幌脑,风过处似乎有声。行者欢喜不尽,暗自夸称道:"好东西哑!果然罕见!果然罕见!"他倚着树,搜的一声,撺将上去。

那猴子原来第一会爬树偷果子。他把金击子敲了一下,那果子扑的落将下来。他也随跳下来跟寻,寂然不见;四下里草中找寻,更无踪影。行者道:"蹊跷!蹊跷!想是有脚的会走;就走也跳不出墙去。我知道了,想是花园中土地不许老孙偷他果子,他收了去也。"他就捻着诀,念一口"唵"字咒,拘得那花园土地前来,对行者施礼道:"大圣,呼唤小神,有何分付?"行者道:"你不知老孙是盖天下有

---

① 荠苨(jūn dá):即"荠苨菜",又称恭菜、甜菜。
② 瓠(hù):瓠瓜,瓜的一种,也叫葫子、瓠子,又指葫芦。
③ 芫荽(yán suī):即香菜。薤(xiè):类似蒜的一种蔬菜,又叫藠(jiào)头、野蒜、野韭等。
④ 窝蕖:即莴苣,又叫莴笋。童蒿:又叫茼蒿、菊花菜,俗称蒿子杆。苦蕒(xù):一种菊类植物,类似蒲公英。可以吃,也可以入药。
⑤ 蔓菁:又叫芜菁,肉质块根可做蔬菜,俗称大头菜。羊头:不详。可能指萝卜状似羊头,或者"羊"是"芋"之误。
⑥ 红苋:苋菜的一种,叶子紫红色。菘:即白菜。

名的贼头。我当年偷蟠桃,盗御酒,窃灵丹,也不曾有人敢与我分用;怎么今日偷他一果子,你就抽了我的头分去了①!这果子是树上结的,空中过鸟也该有分,老孙就吃他一个,有何大害?怎么刚打下来,你就捞了去?"土地道:"大圣,错怪了小神也。这宝贝乃是地仙之物,小神是个鬼仙②,怎么敢拿去?只是闻也无福闻闻。"行者道:"你既不曾拿去,如何打下来就不见了?"土地道:"大圣只知这宝贝延寿,更不知他的出处哩。"行者道:"有甚出处?"土地道:"这宝贝,三千年一开花,三千年一结果,再三千年方得成熟。短头一万年,只结得三十个。有缘的,闻一闻,就活三百六十岁;吃一个,就活四万七千年。却是只与五行相畏。"行者道:"怎么与五行相畏?"土地道:"这果子遇金而落,遇木而枯,遇水而化,遇火而焦,遇土而入。敲时必用金器,方得下来。打下来,却将盘儿用丝帕衬垫方可;若受些木器,就枯了,就吃也不得延寿。吃他须用磁器,清水化开食用,遇火即焦而无用。遇土而入者,大圣方才打落地上,他即钻下土去了。这个土有四万七千年,就是钢钻钻他也钻不动些须,比生铁也还硬三四分。人若吃了,所以长生。大圣不信时,可把这地下打打儿看。"行者即掣金箍棒,筑了一下,响一声,迸起棒来,土上更无痕迹。行者道:"果然!果然!我这棍,打石头如粉碎,撞生铁也有痕。怎么这一下打不伤些儿?这等说,我却错怪了你了,你回去罢。"那土地即回本庙去讫。

　　大圣却有算计:爬上树,一只手使击子,一只手将锦布直裰的襟儿扯起来,做个兜子等住。他却串枝分叶,敲了三个果,兜在襟中,跳下树,一直前来,径到厨房里去。那八戒笑道:"哥哥,可有么?"行者道:"这不是?老孙的手到擒来。这个果子,也莫背了沙僧,可叫他一声。"八戒招手叫道:"悟净,你来。"那沙僧撇下行李,跑进厨房

---

①头分:又叫头钱、抽头,旧时赌场的主人从赢者所得的钱中提取的部分。
②鬼仙:道教将仙分为五种品位,即鬼仙、人仙、地仙、神仙和天仙。鬼仙是能够通灵的鬼,虽然已经成仙,但在神仙的等级里是最低的。

道:"哥哥,叫我怎的?"行者放开衣兜道:"兄弟,你看这个是甚的东西?"沙僧见了道:"是人参果。"行者道:"好呵!你倒认得,你曾在那里吃过的?"沙僧道:"小弟虽不曾吃,但旧时做卷帘大将,扶侍鸾舆赴蟠桃宴,尝见海外诸仙将此果与王母上寿。见便曾见,却未曾吃。哥哥,可与我些儿尝尝?"行者道:"不消讲,兄弟们一家一个。"

他三人将三个果各各受用。那八戒食肠大,口又大,一则是听见童子吃时,便觉馋虫拱动,却才见了果子,拿过来,张开口,毂辘的吞咽下肚①,却白着眼胡赖,向行者、沙僧道:"你两个吃的是甚么?"沙僧道:"人参果。"八戒道:"甚么味道?"行者道:"悟净,不要采他!你倒先吃了,又来问谁?"八戒道:"哥哥,吃的忙了些,不像你们细嚼细咽,尝出些滋味。我也不知有核无核,就吞下去了。哥阿,为人为彻,已经调动我这馋虫,再去弄个儿来,老猪细细的吃吃。"行者道:"兄弟,你好不知止足。这个东西,比不得那米食面食,撞着尽饱。像这一万年只结得三十个,我们吃他这一个,也是大有缘法,不等小可。罢罢罢,勾了。"他欠起身来,把一个金击子,瞒窗眼儿丢进他道房里②,竟不采他。

那呆子只管絮絮叨叨的唧哝,不期那两个道童复进房来取茶去献,只听得八戒还嚷甚么:"人参果吃得不快活,再得一个儿吃吃才好。"清风听见,心疑道:"明月,你听那长嘴和尚讲'人参果还要个吃吃'。师父别时叮咛,教防他手下人罗唣,莫敢是他偷了我们宝贝么?"明月回头道:"哥耶,不好了!不好了!金击子如何落在地下?我们去园里看看来!"他两个急急忙忙的走去,只见花园开了。清风道:"这门是我关的,如何开了?"又急转过花园,只见菜园门也开了。忙入人参园里,倚在树下,望上查数;颠倒来往,只得二十二个。明月道:"你可会算帐?"清风道:"我会,你说将来。"明月道:"果子原是三十个。师父开园,分吃了两个,还有二十八个;适才打两个与唐僧

---

①毂辘:同轱辘、骨碌。
②瞒:即"漫"。沿着,顺着。

吃，还有二十六个；如今止剩得二十二个，却不少了四个？不消讲，不消讲，是那伙恶人偷了，我们只骂唐僧去来。"

　　两个出了园门，径来殿上，指着唐僧，秃前秃后，秽语污言，不绝口的乱骂；贼头鼠脑，臭短臊长，没好气的胡嚷。唐僧听不过道："仙童阿，你闹的是甚么？消停些儿；有话慢说不妨，不要胡说散道的。"清风说："你的耳聋？我是蛮话①，你不省得？你偷吃了人参果，怎么不容我说。"唐僧道："人参果怎么模样？"明月道："才拿来与你吃，你说像孩童的不是？"唐僧道："阿弥陀佛！那东西我见我就心惊胆战，还敢偷他吃哩！就是害了馋痞，也不敢干这贼事。不要错怪了人。"清风道："你虽不曾吃，还有手下人要偷吃的哩。"三藏道："这等也说得是，你且莫嚷，等我问他们看。果若是偷了，教他赔你。"明月道："赔哑！就有钱那里去买？"三藏道："纵有钱没处买呵，常言道，'仁义值千金'。教他赔你个礼，便罢了。也还不知是他不是他哩。"明月道："怎的不是他？他那里分不均，还在那里嚷哩。"三藏叫声："徒弟，且都来。"沙僧听见道："不好了！决撒了②！老师父叫我们，小道童胡厮骂③，不是旧话儿走了风④，却是甚的！"行者道："活羞杀人！这个不过是饮食之类，若说出来，就是我们偷嘴了，只是莫认。"八戒道："正是，正是，昧了罢。"他三人只得出了厨房，走上殿去。毕竟不知怎么与他抵赖，且听下回分解。

---

　　①蛮话：指不易听懂的南方话。民国黄漪午《同仲深品茗》诗写一操粤语之军官："参军遮莫（遮莫：尽管，任凭）操蛮话，隔座人还解戏谈。"
　　②决撒：败露，揭穿。
　　③厮：相当于"相"，一方对一方有动作，如厮骂、厮闹等。
　　④旧话儿：指偷吃人参果的事情，和后文的"旧话儿经""那话儿"一样，是对不愿提起的事情的一种讳饰说法。

第二十五回

镇元仙赶捉取经僧　　孙行者大闹五庄观

却说他兄弟三众,到了殿上,对师父道:"饭将熟了,叫我们怎的?"三藏道:"徒弟,不是问饭。他这观里,有甚么人参果,似孩子一般的东西,你们是那一个偷他的吃了?"八戒道:"我老实,不晓得,不曾见。"清风道:"笑的就是他!笑的就是他!"行者喝道:"我老孙生的是这个笑容儿,莫成为你不见了甚么果子,就不容我笑?"三藏道:"徒弟息怒,我们是出家人,休打诳语,莫吃昧心食。果然吃了他的,赔他个礼罢,何苦这般抵赖?"

行者见师父说得有理,他就实说道:"师父,不干我事,是八戒隔壁听见那两个道童吃甚么人参果,他想一个儿尝新,着老孙去打了三个,我兄弟人各吃了一个。如今吃也吃了,待要怎么?"明月道:"偷了我四个,这和尚还说不是贼哩!"八戒道:"阿弥陀佛!既是偷了四个,怎么只拿出三个来分,预先就打起一个偏手①?"那呆子倒转胡嚷。

二仙童问得是实,越加骂毁。就恨得个大圣钢牙咬响,火眼睁圆,把条金箍棒揝了又揝,忍了又忍道:"这童子!只说当面打人,也罢,受他些气儿,送他个绝后计,教他大家都吃不成。"好行者,把脑后的毫毛拔了一根,吹口仙气,叫:"变!"变做个假行者,跟定唐僧,陪着悟能、悟净,忍受着道童嚷骂;他的真身,出一个神,纵云头,跳将起去,径到人参园里,揲金箍棒往树上乒乓一下,又使个推山移岭的神力,把树一推推倒。可怜叶落桠开根出土②,道人断绝草还丹!

那大圣推倒树,却在枝儿上寻果子,那里得有半个。原来这宝

---

①偏手:正常收入以外的收入。
②桠:树杈。

贝遇金而落,他的棒刃头却是金裹之物,况铁又是五金之类,所以敲着就振下来。既下来,又遇土而入,因此上边再没一个果子。他道:"好!好!好!大家散火!"他收了铁棒,径往前来,把毫毛一抖,收上身来。那些人肉眼凡胎,看不明白。

却说那仙童骂勾多时,清风道:"明月,这些和尚也受得气哩,我们就象骂鸡一般,骂了这半会,他通没个招声,想必他不曾偷吃。倘或树高叶密,数得不明,不要诳骂了他。我和你再去查查。"明月道:"也说得是。"他两个果又到园中,只见那树倒枒开,果无叶落。唬得清风脚软跌根头,明月腰酥打骸垢①。那两个魂飞魄散。有诗为证。诗曰:

　　三藏西临万寿山,悟空断送草还丹。
　　枒开叶落仙根露,明月清风心胆寒。

他两个倒在尘埃,语言颠倒,只叫:"怎的好!怎的好!害了我五庄观里的丹头②,断绝我仙家的苗裔!师父来家,我两个怎的回话?"明月道:"师兄莫嚷。我们且整了衣冠,莫要惊张了这几个和尚。这个没有别人,定是那个毛脸雷公嘴的那厮,他来出神弄法,坏了我们的宝贝。若是与他分说,那厮毕竟抵赖,定要与他相争,争起来,就要交手相打。你想我们两个,怎么敌得过他四个?且不如去哄他一哄,只说果子不少,我们错数了,转与陪个不是。他们的饭已熟了,等他吃饭时,再贴他些儿小菜。他一家拿着一个碗,你却站在门左,我却站在门右,扑的把门关倒,把锁锁住,将这几层门都锁了,不要放他。待师父来家,凭他怎的处置。他又是师父的故人,饶了他,也是师父的人情;不饶他,我们也拿住个贼在,庶几可以免我等

---

①打骸垢:也作"打颏歌"。战栗,哆嗦。参见第四十八回"咳歌打战"条注。
②丹头:道教外丹术指用铅汞等药物合炼成的可以点化他物的丹饵,一点点丹饵即可将大量的药石点化成丹。其作用类似于现代化学所谓"催化剂"。内丹术指修炼内丹的根基,例如生于体内丹田之中的精气。元李道纯《中和集》卷三:"学神仙法,不必多为,但炼精气神三宝为丹头。三宝会于中宫,金丹成矣。"

之罪。"清风闻言道:"有理!有理!"

他两个强打精神,勉生欢喜,从后园中径来殿上,对唐僧控背躬身道:"师父,适间言语粗俗,多有冲撞,莫怪,莫怪。"三藏问道:"怎么说?"清风道:"果子不少,只因树高叶密,不曾看得明白;才然又去查查,还是原数。"那八戒就趁脚儿跻道①:"你这个童儿,年幼不知事体,就来乱骂,白口咀咒②,枉赖了我们也,不当人子!"行者心上明白,口里不言,心中暗想道:"是谎,是谎!果子已了了帐,怎的说这般话?想必有起死回生之法?"三藏道:"既如此,盛将饭来,我们吃了去罢。"那八戒便去盛饭,沙僧安放桌椅。二童忙取小菜,却是些酱瓜、酱茄、糟萝卜、醋豆角、腌窝蕖、绰芥菜③,共排了七八碟儿,与师徒们吃饭;又提一壶好茶,两个茶钟,伺候左右。那师徒四众,却才拿起碗来,这童儿一边一个,扑的把门关上,插上一把两簧铜锁④。八戒笑道:"这童子差了。你这里风俗不好,却怎的关了门里吃饭?"明月道:"正是,正是,好歹吃了饭儿开门。"清风骂道:"我把你这个害馋劳、偷嘴的秃贼!你偷吃了我的仙果,已该一个擅食田园瓜果之罪,却又把我的仙树推倒,坏了我五庄观里仙根,你还要说嘴哩!若能勾到得西方参佛面,只除是转背摇车再托生⑤!"三藏闻言,丢下饭碗,把个石头放在心上。那童子将那前山门、二山门,通都上了锁,却又来正殿门首,恶语恶言,贼前贼后,只骂到天色将晚才去吃饭。饭毕,归房去了。

唐僧埋怨行者道:"你这个猴头,番番撞祸!你偷吃了他的果子,就受他些气儿,让他骂几句便也罢了;怎么又推倒他的树!若论

---

① 趁脚儿跻(qiāo):顺着,趁势。跻,同"跷"。
② 咀咒:同"诅咒"。
③ 绰:同"焯"。把蔬菜等放在开水里稍微一煮就拿出来。
④ 簧:同"簧"。锁簧,锁中有弹力的机件。
⑤ 转背摇车:指死亡后投胎,再从婴儿做起。背,即死亡。摇车,即摇篮,明李诩《戒庵老人漫笔·摇篮》称:古人制婴儿睡车,因为能摇晃使婴儿睡,故称为摇车。

这般情由,告起状来,就是你老子做官,也说不通。"行者道:"师父莫闹。那童儿都睡去了,只待他睡着了,我们连夜起身。"沙僧道:"哥呵,几层门都上了锁,闭得甚紧,如何走么?"行者笑道:"莫管!莫管!老孙自有法儿。"八戒道:"愁你没有法儿哩!你一变个甚么虫蛭儿①,瞒格子眼里就飞将出去,只是我们不会变的,便在此顶缸受罪哩②!"唐僧道:"他若干出这个勾当,不同你我出去呵,我就念起旧话经儿,他却怎生消受?"八戒闻言,又愁又笑道:"师父,你说的那里话?我只听得佛教中有卷《楞严经》、《法华经》、《孔雀经》、《观音经》、《金刚经》,不曾听见个甚那'旧话儿经'呵。"行者道:"兄弟,你不知道。我顶上戴的这个箍儿,是观音菩萨赐与我师父的;师父哄我戴了,就如生根的一般,莫想拿得下来,叫做《紧箍儿咒》,又叫做《紧箍儿经》。他说'旧话儿经',即此是也。但若念动,我就头疼,故有这个法儿难我。师父,你莫念,我决不负你,管情大家一齐出去。"

　　说话后,都已天昏,不觉东方月上。行者道:"此时万籁无声,冰轮明显,正好走了去罢。"八戒道:"哥呵,不要捣鬼,门俱锁闭,往那里走?"行者道:"你看手段。"好行者,把金箍棒捻在手中,使一个"解锁法"③,往门上一指,只听得突𪩘的一声响,几层门双锁俱落,唿喇

---

① 虫蛭(zhì)儿:小虫子。
② 顶缸:代人受过。明张存绅《雅俗稽言》卷三六载,南京江岸常崩塌,有人说是猪婆龙作祟,因"猪"与皇帝姓"朱"同音,故不敢称是猪婆龙,而称是大鼋为害(元为明所代),"上命捕之,适钓得鼋,不能出,因取沙缸罩出之。谚云:猪婆龙为殃,癞头鼋顶缸。吴中谓代人受过曰顶缸本此"。
③ 解锁法:《道法会元》记有"解锁法",是用啄木鸟血和朱砂书符。《鬼谷子天髓灵文》记载,用小儿墓上木,削成七寸三分,藏于五彩衣内。用手摩门户自开,并能开一切锁。这里的"解锁法",当即源于此类道教法术。

的开了门扇。八戒笑道:"好本事!就是叫小炉儿匠使揙子①,便也不像这等爽利!"行者道:"这个门儿,有甚稀罕!就是南天门,指一指也开了。"却请师父出了门,上了马,八戒挑着担,沙僧拢着马,径投西路而去。行者道:"你们且慢行。等老孙去照顾那两个童儿睡一个月。"三藏道:"徒弟,不可伤他性命;不然,又一个得财伤人的罪了。"行者道:"我晓得。"行者复进去,来到那童儿睡的房门外。他腰里有带的瞌睡虫儿,原是在东天门与增长天王猜枚耍子赢的②。他摸出两个来,瞒窗眼儿弹将进去,径奔到那童子脸上,鼾鼾沉睡,再莫想得醒。他才拽开云步,赶上唐僧,顺大路一直西奔。

这一夜马不停蹄,只行到天晓。三藏道:"这个猴头弄杀我也!你因为嘴,带累我一夜无眠!"行者道:"不要只管埋怨。天色明了,你且在这路旁边树林中将就歇歇,养养精神再走。"那长老只得下马,倚松根权作禅床坐下。沙僧歇了担子打盹。八戒枕着石睡觉。孙大圣偏有心肠,你看他跳树扳枝顽耍。四众歇息不题。

却说那大仙自元始宫散会,领众小仙出离兜率③,径下瑶天,坠祥云,早来到万寿山五庄观门首。看时,只见观门大开,地上干净,大仙道:"清风、明月,却也中用。常时节,日高三丈,腰也不伸;今日我们不在,他倒肯起早,开门扫地。"众小仙俱悦。行至殿上,香火全无,人踪俱寂,那里有明月、清风?众仙道:"他两个想是因我们不在,拐了东西走了。"大仙道:"岂有此理!修仙的人,敢有这般坏心

---

① 炉儿匠:以铜锅、做焊活、修锁等为职业的人。揙(tiǎn)子:补锅、补缸匠人所用的工具,状为细扁铁棍,用于搅拌、涂抹。《梼杌闲评》第五回:"丑驴……想道老婆拜匣沉重,必有私房,便去寻了把揙子。等老婆睡熟了,揙开了锁,见匣中有许多银包。"清朱翊清《埋忧集》续集卷二载,顺治时,毗陵有人上锁后,"弃其钥匙于井。……不得已觅铜匠以铁丝揙开之"。

② 猜枚:一种游戏,多用为酒令,把瓜子、莲子、黑白棋子等握在手心里,让别人猜单双、数目或颜色,猜中者为胜,不中者罚酒。

③ 小仙:道教尤其是全真派对年轻道士或道童的称呼,如全真教祖师马钰有《赠凤翔小李仙》《赠张小仙》等。

的事?想是昨晚忘却关门,就去睡了,今早还未醒哩。"众仙到他房门首看处,真个关着房门,鼾鼾沉睡;这外边打门乱叫,那里叫得醒来。众仙撬开门板,着头扯下床来,也只是不醒。大仙笑道:"好仙童阿!成仙的人,神满再不思睡,却怎么这般困倦?莫不是有人做弄了他也?快取水来。"一童急取水半盏递与大仙。大仙念动咒语,噀一口水①,喷在脸上,随即解了睡魔。

二人方醒,忽睁睛,抹抹脸,抬头观看,认得是与世同君和仙兄等众,慌得那清风顿首,明月叩头道:"师父阿!你的故人,原是东来的和尚,一伙强盗,十分凶狠!"大仙笑道:"莫惊恐,慢慢的说来。"清风道:"师父阿,当日别后不久,果有个东土唐僧,一行有四个和尚,连马五口。弟子不敢违了师命,问及来因,将人参果取了两个奉上。那长老俗眼愚心,不识我们仙家的宝贝。他说是三朝未满的孩童,再三不吃,是弟子各吃了一个。不期他那手下有三个徒弟,有一个姓孙的,名悟空行者,先偷四个果子吃了。是弟子们向伊理说,实实的言语了几句,他却不容,暗自里弄了个出神的手段——苦阿!"二童子说到此处,止不住腮边泪落。众仙道:"那和尚打你来?"明月道:"不曾打,只是把我们人参树打倒了。"大仙闻言,更不恼怒,道:"莫哭!莫哭!你不知那姓孙的,也是个太乙散仙,也曾大闹天宫,神通广大。既然打倒了宝树,你可认得那些和尚?"清风道:"都认得。"大仙道:"既认得,都跟我来。众徒弟们,都收拾下刑具,等我回来打他。"

众仙领命。大仙与明月、清风纵起祥光,来赶三藏。顷刻间就有千里之遥。大仙在云端里平西观看,不见唐僧;及转头向东看时,道:"多赶了九百余里。"原来那长老一夜马不停蹄,只行了一百二十里路;大仙的云头一纵,赶过了九百余里。仙童道:"师父,那路旁树下坐的是唐僧。"大仙道:"我已见了。你两个回去安排下绳索,等我

---

①噀(xùn):含在口中而喷出。

自家拿他。"清风先回不题①。

那大仙按落云头,摇身一变,变作个行脚全真。你道他怎生模样:

穿一领百纳袍②,系一条吕公绦③。手摇麈尾,渔鼓轻敲④。三耳草鞋登脚下⑤,九阳巾子把头包⑥。飘飘风满袖,口唱《月儿高》⑦。

径直来到树下,对唐僧高叫道:"长老,贫道起手了。"那长老忙忙答礼道:"失瞻!失瞻!"大仙问:"长老是那方来的?为何在途中打坐?"三藏道:"贫僧乃东土大唐差往西天取经者。路过此间,权为一歇。"大仙惊讶道:"长老东来,可曾在荒山经过?"长老道:"不知仙宫是何宝山?"大仙道:"万寿山五庄观,便是贫道栖止处。"

行者闻言,他心中有物的人,忙答道:"不曾!不曾!我们是打上路来的。"那大仙指定笑道:"我把你这个泼猴!你瞒谁哩?你倒在我观里,把我人参果树打倒,你连夜走在此间,还不招认,遮饰甚么?不要走,趁早去还我树来!"那行者闻言,心中恼怒,掣铁棒,不容分说,望大仙劈头就打。大仙倒身躲过,踏祥光,径到空中。行者也腾云,急赶上去。大仙在半空现了本相,你看他怎生打扮:

头戴紫金冠,无忧鹤氅穿⑧。履鞋登足下,丝带束腰间。体如童子貌,面似美人颜。三须飘领下,鸦翎叠鬓边⑨。相迎行者无兵器,

---

① 清风先回不题:此处应缺"明月"二字。
② 百纳袍:即百衲袍,由化缘而来的布头拼凑缝成的袍子。
③ 吕公绦:道士系的丝绦,用数股丝缕编织而成,两头有五色丝绦。传说因八仙中的吕洞宾常用而得名。
④ 渔鼓:道士用的敲击乐器。竹筒为体,底端蒙皮,用手敲打。
⑤ 三耳草鞋:草鞋侧有绊,形似耳朵,用来穿麻绳,系在脚上,其作用与今天运动鞋的鞋带孔相似。最少为双耳,三耳草鞋即有三个绊,多者可至八个绊,称"八搭麻鞋"。耳越多,鞋越贴脚。
⑥ 九阳巾:道士的冠名,道士所戴的一种黑色软帽,脑后坠两条飘带。
⑦ 《月儿高》:原是琵琶古曲,后改作民间歌曲。
⑧ 鹤氅:道士所穿的外袍,上绣仙鹤。
⑨ 鸦翎:乌鸦的羽毛,比喻黑发。

止将玉麈手中撚①。

那行者没高没低的,棍子乱打。大仙把玉麈左遮右挡,奈了他两三回合,使一个"袖褪乾坤"的手段②,在云端里,把袍袖迎风轻轻的一展,刷地前来,把四僧连马一袖子笼住。八戒道:"不好了!我们都装在搭裢里了③!"行者道:"呆子,不是搭裢,我们被他笼在衣袖中哩。"八戒道:"这个不打紧。等我一顿钉钯,筑他个窟窿,脱将下去,只说他不小心,笼不牢,吊的了罢。"那呆子使钯乱筑,那里筑得动:手捻着虽然是个软的,筑起来就比铁还硬。

那大仙转祥云,径落五庄观坐下,叫徒弟拿绳来。众小仙一一伺候。你看他从袖子里,却像撮傀儡一般④,把唐僧拿出,缚在正殿檐柱上;又拿出他三个,每一根柱上绑了一个;将马也拿出拴在庭下,与他些草料;行李抛在廊下;又道:"徒弟,这和尚是出家人,不可用刀枪,不可加铁钺⑤,且与我取出皮鞭来,打他一顿,与我人参果出气!"众仙即忙取出一条鞭,不是甚么牛皮、羊皮、麂皮、犊皮的,原来是龙皮做的七星鞭,着水浸在那里。令一个有力量的小仙,把鞭执定道:"师父,先打那个?"大仙道:"唐三藏做大不尊,先打他。"

行者闻言,心中暗道:"我那老和尚不禁打;假若一顿鞭打坏了啊,却不是我造的业?"他忍不住,开言道:"先生差了。偷果子是我,吃果子是我,推倒树也是我,怎么不先打我,打他做甚?"大仙笑道:"这泼猴倒言语膂烈⑥。这等便先打他。"小仙问:"打多少?"大仙道:"照依果数,打三十鞭。"那小仙轮鞭就打。行者恐仙家法大,睁圆眼

---

①撚(niǎn):执,拿着。
②褪(tùn),隐藏在袖内。也写作"吞"。元高文秀《襄阳会》第三折:"怀揣日月,袖褪乾坤。"鼓词《沉香太子雌雄剑》中,沉香师父霹雳老祖也使用过类似的法术:"袖吞乾坤多玄妙,七圣神兵用袖装。"
③搭裢:也作"褡裢"。一种两头有袋,可以搭在肩上的布囊。
④傀儡:木偶。
⑤铁(fǔ)钺:同"斧钺"。古代军法用以斩杀罪犯的斧子。泛指刑戮。
⑥膂烈:刚强。

瞅定,看他打那里。原来打腿,行者就把腰扭一扭,叫声:"变!"变作两条熟铁腿,看他怎么打。那小仙一下一下的,打了三十,天早向午了。大仙又分付道:"还该打三藏训教不严,纵放顽徒撒泼。"那仙又轮鞭来打。行者道:"先生又差了。偷果子时,我师父不知,他在殿上与你二童讲话,是我兄弟们做的勾当。纵是有教训不严之罪,我为弟子的,也当替打。再打我罢。"大仙笑道:"这泼猴,虽是狡猾奸顽,却倒也有些孝意。既这等,还打他罢。"小仙又打了三十。行者低头看看,两只腿似明镜一般,通打亮了,更不知些疼痒。此时天色将晚,大仙道:"且把鞭浸在水里,待明朝再拷打他。"小仙且收鞭去浸,各各归房。晚斋已毕,尽皆安寝不题。

那长老泪眼双垂,怨他三个徒弟道:"你等闯出祸来,却带累我在此受罪,这是怎的起?"行者道:"且休报怨,打便先打我。你又不曾吃打,倒转嗟呀怎的①?"唐僧道:"虽然不曾打,却也绑得身上疼哩。"沙僧道:"师父,还有陪绑的在这里哩。"行者道:"都莫要嚷,再停会儿走路。"八戒道:"哥哥又弄虚头了。这里麻绳喷水,紧紧的绑着,还比关在殿上,被你使解锁法捆开门走哩!"行者道:"不是夸口说,那怕他三股的麻绳喷上水,就是碗粗的棕缆,也只好当秋风!"

正话处,早已万籁无声,正是天街人静。好行者,把身子小一小,脱下索来道:"师父去哑!"沙僧慌了道:"哥哥,也救我们一救!"行者道:"悄言!悄言!"他却解了三藏,放下八戒、沙僧,整束了偏衫,扣背了马匹,廊下拿了行李,一齐出了观门。又教八戒:"你去把那崖边柳树伐四颗来。"八戒道:"要他怎的?"行者道:"有用处,快快取来!"

那呆子有些夯力,走了去,一嘴一颗,就拱了四颗,一抱抱来。行者将枝梢折了,教兄弟二人复进去,将原绳照旧绑在柱上。那大圣念动咒语,咬破舌尖,将血喷在树上,叫:"变!"一根变作长老,一根变作自身,那两根变作沙僧、八戒;都变得容貌一般,相貌皆同,问

---

① 嗟呀:叹息。

他也就说话,叫名也就答应。他两个却才放开步,赶上师父。这一夜依旧马不停蹄,躲离了五庄观。

只走到天明,那长老在马上摇桩打盹①。行者见了,叫道:"师父不济!出家人怎的这般辛苦?我老孙千夜不眠,也不晓得困倦。且下马来,莫教走路的人看见笑你,权在山坡下藏风聚气处,歇歇再走。"

不说他师徒在路暂住。且说那大仙天明起来,吃了早斋,出在殿上。教拿鞭来:"今日却该打唐三藏了。"那小仙轮着鞭,望唐僧道:"打你哩。"那柳树也应道:"打么。"乒乓打了三十。轮过鞭来,对八戒道:"打你哩。"那柳树也应道:"打么。"及打沙僧,也应道教打。及打到行者,那行者在路,偶然打个寒禁道:"不好了!"三藏问道:"怎么说?"行者道:"我将四颗柳树变作我师徒四众,我只说他昨日打了我两顿,今日想不打了;却又打我的化身,所以我真身打禁,收了法罢。"那行者慌忙念咒收法。

你看那些道童害怕,丢了皮鞭,报道:"师父呵,为头打的是大唐和尚,这一会打的都是柳树之根!"大仙闻言,呵呵冷笑,夸不尽道:"孙行者,真是一个好猴王!曾闻他大闹天宫,布地网天罗,拿他不住,果有此理。你走了便也罢,却怎么绑些柳树在此,冒名顶替?决莫饶他!赶去来!"那大仙说声赶,纵起云头,往西一望,只见那和尚挑包策马,正然走路。大仙低下云头,叫声:"孙行者,往那里走?还我人参树来!"八戒听见道:"罢了,对头又来了!"行者道:"师父,且把善字儿包起,让我们使些儿凶恶,一发结果了他,脱身去罢。"唐僧闻言,战战兢兢,未曾答应,沙僧掣宝杖,八戒举钉钯,大圣使铁棒,一齐上前,把大仙围住在空中,乱打乱筑。这场恶斗,有诗为证。诗曰:

悟空不识镇元仙,与世同君妙更玄。
三件神兵施猛烈,一根麈尾自飘然。

---

①摇桩:身体摇晃。

左遮右挡随来往,后架前迎任转旋。
　　夜去朝来难脱体,淹留何日到西天!

　他兄弟三众,各举神兵,一齐攻打,那大仙只把蝇帚儿演架。那里有半个时辰,他将袍袖一展,依然将四僧一马并行李,一袖笼去。返云头,又到观里。众仙接着,仙师坐于殿上。却又在袖儿里一个个搬出,将唐僧绑在阶下矮槐树上;八戒、沙僧各绑在两边树上;将行者捆倒,行者道:"想是调问哩①。"不一时,捆绑停当,教把长头布取十匹来。行者笑道:"八戒,这先生好意思,拿出布来与我们做中袖哩②。减省些儿,做个一口中罢了③。"那小仙将家机布搬将出来。大仙道:"把唐三藏、猪八戒、沙和尚都使布裹了!"众仙一齐上前裹了。行者笑道:"好!好!好!夹活儿就大殓了!"须臾,缠裹已毕。又教拿出漆来。众仙即忙取了些自收自晒的生熟漆,把他三个布裹漆漆了,浑身俱裹漆,上留着头脸在外。八戒道:"先生,上头倒不打紧,只是下面还留孔儿,我们好出恭。"那大仙又教把大锅抬出来。行者笑道:"八戒,造化,抬出锅来,想是煮饭我们吃哩。"八戒道:"也罢了;让我们吃些饭儿,做个饱死的鬼也好看。"众仙果抬出一口大锅支在阶下。大仙叫架起干柴,发起烈火,教:"把清油抌上一锅④,烧得滚了,将孙行者下油锅扎他一扎⑤,与我人参树报仇!"

　行者闻言暗喜道:"正可老孙之意。这一向不曾洗澡,有些儿皮

---

① 调问:抽问,单独审问。
② 中袖:应是明清僧道的一种服装。明杨仪《高坡异纂》卷上记张三丰曾到甘州张指挥家,赠张中袖、葫芦。《金陵梵刹志》卷二:永乐十七年十一月初七日赐给僧人纻丝棉直裰、偏衫、中袖各一领。则中袖与直裰、偏衫一样,属于僧人的常服。可能即"海青",大袖宽广,如海东青展翅,故名"海青"。故孙悟空说"减省些儿",认为这种衣服费布。
③ 一口中:一种没有袖子,不开衩的长衣,领口紧窄,下摆宽大,形状如钟,又称一口钟。
④ 抌:同"舀"。用勺取液体。
⑤ 扎:同"炸"。

风燥痒,好歹盪盪①,足感盛情。"顷刻间,那油锅将滚。大圣却又留心:恐他仙法难参,油锅里难做手脚,急回头四顾,只见那台下东边是一座日规台②,西边是一个石狮子。行者将身一纵,滚到西边,咬破舌尖,把石狮子喷了一口,叫声:"变!"变作他本身模样,也这般捆在一团;他却出了元神,起在云端里,低头看着道士。

只见那小仙报道:"师父,油锅滚透了。"大仙教:"把孙行者抬下去!"四个仙童抬不动;八个来,也抬不动;又加四个,也抬不动。众仙道:"这猴子恋土难移,小自小,倒也结实。"却教二十个小仙,扛将起来,往锅里一掼,烹的响了一声,湛得些滚油点子,把那小道士们脸上盪了几个燎浆大泡。只听得烧火的小童道:"锅漏了!锅漏了!"说不了,油漏得罄尽,锅底打破,原来是一个石狮子放在里面。

大仙大怒道:"这个泼猴,着然无礼!教他当面做了手脚!你走了便罢,怎么又捣了我的灶?这泼猴枉自也拿他不住;就拿住他,也似抟砂弄汞③,捉影捕风。罢!罢!罢!饶他去罢。且将唐三藏解下,另换新锅,把他扎一扎,与人参树报报仇罢。"那小仙真个动手,拆解布漆。

行者在半空里听得明白。他想着:"师父不济:他若到了油锅里,一滚就死,二滚就焦,到三五滚,他就弄做个希烂的和尚了。我还去救他一救。"好大圣,按落云头,上前叉手道:"莫要拆坏了布漆,我来下油锅了。"那大仙惊骂道:"你这猢狲!怎么弄手段捣了我的灶?"行者笑道:"你遇着我就该倒灶④,管我甚事?我才自也要领你

---

① 盪盪(dàng dàng):江淮方言,意思是在热水里过一下。
② 日规:同"日晷"。测日影定时刻的仪器,一般的结构是一个斜放的刻度盘中间插一根金属针,通过观察金属针在刻度盘上投下的影子确定时间。
③ 抟砂弄汞:用来比喻枉费力气,无法管束。砂,即朱砂,化学成分是硫化汞,道教炼丹经常从朱砂中提炼水银。水银易挥发散逸,经常无法收集到。
④ 倒灶:时运不济,倒霉。

些油汤油水之爱,但只是大小便急了,若在锅里开风①,恐怕污了你的熟油,不好调菜吃;如今大小便通干净了,才好下锅。不要扎我师父,还来扎我。"那大仙闻言,呵呵冷笑,走出殿来,一把扯住。毕竟不知有何话说,端的怎么脱身,且听下回分解。

---

①开风:大小便。

第二十六回

孙悟空三岛求方　观世音甘泉活树

诗曰：
　　处世须存心上刃①，修身切记寸边而②。
　　常将刃字为生意，但要三思戒怒欺。
　　上士无争传亘古③，圣人怀德继当时。
　　刚强更有刚强辈，究竟终成空与非。

　　却说那镇元大仙用手搀着行者道："我也知道你的本事，我也闻得你的英名，只是你今番越礼欺心，纵有腾那④，脱不得我手。我就和你讲到西天，见了你那佛祖，也少不得还我人参果树。你莫弄神通。"行者笑道："你这先生好小家子样！若要树活，有甚疑难！早说这话，可不省了一场争竞？"大仙道："不争竞，我肯善自饶你？"行者道："你解了我师父，我还你一棵活树如何？"大仙道："你若有此神通，医得树活，我与你八拜为交，结为兄弟。"行者道："不打紧，放了他们，老孙管教还你活树。"

　　大仙谅他走不脱，即命解放了三藏、八戒、沙僧。沙僧道："师父呵，不知师兄捣得是甚么鬼哩。"八戒道："甚么鬼！这叫做当面人情鬼。树死了，又可医得活？他弄个光皮散儿好看⑤，者着求医治

---

①心上刃：即"忍"字。
②寸边而：即"耐"字。
③上士无争：语出老子《道德经》"上士无争，下士好争"，意为高明的人不与人争，不高明的人反而争强好胜。
④腾那：指拳术中窜跳躲闪的动作，这里泛指机智变化的本领。也作"腾挪""謄那"，世德堂本"腾""謄"常混，今统作"腾那"，后不出注。
⑤光皮散儿：表面，外表。

树①,单单了脱身走路,还顾得你和我哩!"三藏道:"他决不敢撒了我们,我们问他那里求医去。"遂叫道:"悟空,你怎么哄了仙长,解放我等?"行者道:"老孙是真言实语,怎么哄他?"三藏道:"你往何处去求方?"行者道:"古人云,'方从海上求'。我今要上东洋大海,遍游三岛十洲,访问仙翁圣老,求一个起死回生之法,管教医得他树活。"三藏道:"此去几时可回?"行者道:"只消三日。"三藏道:"既如此,就依你说,与你三日之限。三日里来便罢;若三日之外不来,我就念那话儿经了。"行者道:"遵命,遵命。"

你看他急整虎皮裙,出门来对大仙道:"先生放心,我就去就来。你却要好生伏侍我师父,逐日家三茶六饭,不可欠缺。若少了些儿,老孙回来和你算帐,先捣塌你你的锅底。衣服穰了②,与他浆洗浆洗③。脸儿黄了些儿,我不要;若瘦了些儿,不出门。"那大仙道:"你去,你去,定不教他忍饿。"

好猴王,急纵筋斗云,别了五庄观,径上东洋大海。在半空中,快如掣电,疾如流星,早到蓬莱仙境。按云头,仔细观看,真个好去处!有诗为证,诗曰:

> 大地仙乡列圣曹,蓬莱分合镇波涛。
> 瑶台影蘸天心冷,巨阙光浮海面高。
> 五色烟霞含玉籁,九霄星月射金鳌。
> 西池王母常来此,奉祝三仙几次桃④。

---

① 者着:即"遮着",借事遮掩。者,同"遮"。

② 穰(ráng):方言。脏。

③ 浆洗:洗净衣物,并且用米汁浸泡,使之坚挺。

④ "大地仙乡列圣曹"诗:此诗原见于南宋陈元靓《事林广记》前集卷六"蓬莱山"条,蓬莱山"在东海中,高一千里,地方二千里,上有金台玉阙,乃神山之都,上帝游息之地。……歌曰:大帝仙乡……","合"作"命","烟霞含"作"雪霜浮"。最后两句作"东方曼倩曾来此,偷摘林中数颗桃"。圣曹,仙圣的行列。玉籁,仙乐的美称。金鳌,传说中的巨龟,它们驮着蓬莱等仙山浮在海上。按:《西游记》作者改窜原诗,当是欲将东方朔安排在东华帝君处,而不使情节有所冲突。

那行者看不尽仙景,径入蓬莱。正然走处,见白云洞外,松阴之下,有三个老儿围棋;观局者是寿星,对局者是福星、禄星①。行者上前叫道:"老弟们,作揖了。"那三星见了,拂退棋枰,回礼道:"大圣何来?"行者道:"特来寻你们要子。"寿星道:"我闻大圣弃道从释,脱性命保护唐僧往西天取经,逐日奔波山路,那些儿得闲,却来要子?"行者道:"实不瞒列位说,老孙因往西方,行在半路,有些儿阻滞,特来小事欲干,不知肯否?"福星道:"是甚地方?是何阻滞?乞为明示,吾好裁处。"行者道:"因路过万寿山五庄观有阻。"三老惊讶道:"五庄观是镇元大仙的仙宫。你莫不是把他人参果偷吃了?"行者笑道:"偷吃了能值甚么?"三老道:"你这猴子,不知好歹。那果子闻一闻,活三百六十岁;吃一个,活四万七千年,叫做'万寿草还丹'。我们的道,不及他多矣。他得之甚易,就可与天齐寿;我们还要养精、炼气、存神,调和龙虎,捉坎填离②,不知费多少工夫。你怎么说他的能值甚紧?天下只有此种灵根!"行者道:"灵根!灵根!我已弄了他个

---

① 寿星、福星、禄星:民间俗神。三星中最早受崇祀的是寿星,即南方天空最亮恒星老人星之神南极老人。福禄寿三星合称,约起于明代。但福禄寿三星具体指何神,历来众说纷纭。如明代《金箓斋玄灵转经早朝行道仪》有"南极老人寿德星君""上清福德星君""上清禄德星君",《金箓祈寿早朝仪》称"南极老人福禄寿三星真君",现在一般认为,福星指天地水三官中之天官,禄星指文昌帝君,寿星指南极老人。
② 调和龙虎,捉坎填离:参见第十九回"'婴儿姹女配阴阳'以下四句"条注。内丹术借周易解释内丹原理,认为人都具备阴阳两种因素,先天的阴阳是完整的,是真阴真阳,经男女交媾,新生儿降生后,变为后天阴阳。后天的阴阳业已破损掺杂,阳中含有一点阴,阴中含有一点阳。正如乾☰、坤☷二卦,后天变为坎☵、离☲。要想回到先天完整的状态,就要"取坎填离",将坎正中完整的一阳爻补到离卦正中缺损之处去,使离卦☲变成乾卦☰。具体操作,即以肾中元气象征阴中一点真阳(坎卦中间一画),心中元神象征阳中一点真阴(离卦中间一画)。元气与元神交合,变为纯阳之体。宋张伯端《悟真篇》:"取将坎位心中实,点化离宫腹内阴。从此变成乾健体,潜藏飞跃总由心。"

断根哩!"三老惊道:"怎的断根?"行者道:"我们前日在他观里,那大仙不在家,只有两个小童,接待了我师父,却将两个人参果奉与我师。我师不认得,只说是三朝未满的孩童,再三不吃。那童子就拿去吃了,不曾让得我们。是老孙就去偷了他三个,我三兄弟吃了。那童子不知高低,贼前贼后的骂个不住。是老孙恼了,把他树打了一棍,推倒在地,树上果子全无,芽开叶落,根出枝伤,已枯死了。不想那童子关住我们,又被老孙扭开锁走了。次日清辰,那先生回家赶来,问答间,语言不和,遂与他赌斗,被他闪一闪,把袍袖展开,一袖子都笼去了。绳缠索绑,拷问鞭敲,就打了一日。是夜又逃了,他又赶上,依旧笼去。他身无寸铁,只是把个麈尾遮架,我兄弟这等三般兵器,莫想打得着他。这一番仍旧摆布,将布裹漆了我师父与两师弟,却将我下油锅。我又做了个脱身本事走了,把他锅都打破。他见拿我不住,尽有几分醋我①。是我又与他好讲,教他放了我师父、师弟,我与他医树管活,两家才得安宁。我想着'方从海上来',故此特游仙境,访三位老弟,有甚医树的方儿,传我一个,急救唐僧脱苦。"

三星闻言,心中也闷道:"你这猴儿,全不识人。那镇元子乃地仙之祖,我等乃神仙之宗;你虽得了天仙,还是太乙散数,未入真流②,你怎么脱得他手?若是大圣打杀了走兽飞禽,蜾虫鳞长,只用

---

①醋:同"怵"。惧怕。
②太乙散数,未入真流:宋李简易《玉溪子丹经指要》称:修仙必须积累功德,到一定程度,"修真得道,先居蓬莱、方丈、瀛洲,得为散仙,太一元君乃召受图名题仙籍,以次阶升之跻圣位,上朝玉帝,位号真人"。真流,即真人,先秦道家指能存养本性、体悟大道的人。汉晋以后,真人开始神化,并且出现了各种等级。《太平经》卷四二认为,真人有一定的职责,位在大神人之下,仙人之上。唐宋以后,"真人"称号开始泛滥,凡著名的道士,都有机会受到朝廷敕封,获得"真人"称号,如萨守坚、全真七子等。故所谓"太乙散数"、"太乙散仙",实均指成仙不久,未成"真人",而须等待太一元君("太一"同"太乙")评定等级的初级仙人。

我黍米之丹①，可以救活。那人参果乃仙木之根，如何医治？没方，没方。"那行者见说无方，却就眉峰双锁，额蹙千痕。福星道："大圣，此处无方，他处或有，怎么就生烦恼？"行者道："无方别访，果然容易，就是游遍海角天涯，转透三十六天②，亦是小可；只是我那唐长老法严量窄，止与了我三日期限。三日以外不到，他就要念那《紧箍儿咒》哩。"三星笑道："好！好！好！若不是这个法儿拘束你，你又钻天了。"寿星道："大圣放心，不须烦恼。那大仙虽称上辈，却也与我等有识。一则久别，不曾拜望；二来是大圣的人情。如今我三人同去望他一望，就与你道达此情，教那唐和尚莫念《紧箍儿咒》，休说三日五日，只等你求得方来，我们才别。"行者道："感激！感激！就请三位老弟行行，我去也。"大圣辞别三星不题。

却说这三星驾起祥光，即往五庄观而来。那观中合众人等忽听得长天鹤唳，原来是三老光临。但见那：

盈空蔼蔼祥光簇，霄汉纷纷香馥郁。
彩雾千条护羽衣，轻云一朵擎仙足。
青鸾飞，丹凤翻③，袖引香风满地扑。
拄杖悬龙喜笑生，皓髯垂玉胸前拂。
童颜欢悦更无忧，壮体雄威多有福。

---

① 黍米之丹：《周易参同契》："先白而后黄兮，赤黑达表里。名曰第一鼎兮，食如大黍米。"内丹术认为先天元气凝结如黍米大小之丹（并非内丹修炼的最终结果）。宋张伯端《金丹四百字》："混沌包虚空，虚空括三界。及寻其根源，一粒如黍大。"《悟真篇注疏》称："惟真一之气，圣人以法追摄于一时辰内，结成一粒，如黍米，号曰金丹，又曰真铅。"
② 三十六天：即道教三十三天加上三清天（清微天、禹余天、大赤天），见第三回"三十三天"和第二十四回"上清天"条注。
③ 翻(sù)：即鹔鹴，传说中凤凰之类的神鸟。此应作"鷫"，鸟振羽的声音。

执星筹①,添海屋,腰挂葫芦并宝箓。
万纪千旬福寿长,十洲三岛随缘宿。
常来世上送千祥,每向人间增百福。
概乾坤,荣福禄,福寿无疆今喜得。
三老乘祥谒大仙,福堂和气皆无极。

　　那仙童看见,即忙报道:"师父,海上三星来了。"镇元子正与唐僧师弟闲叙,闻报即降阶奉迎。那八戒见了寿星,近前扯住,笑道:"你这肉头老儿,许久不见,还是这般脱洒,帽儿也不带个来。"遂把自家一个僧帽,扑的套在他头上,扑着手呵呵大笑道:"好!好!好!真是'加冠进禄'也!"那寿星将帽子掼了,骂道:"你这个夯货,老大不知高低!"八戒道:"我不是夯货,你等真是奴才!"福星道:"你倒是个夯货,反敢骂人是奴才!"八戒又笑道:"既不是人家奴才,好道叫做'添寿'、'添福'、'添禄'②?"

　　那三藏喝退了八戒,急整衣拜了三星。那三星以晚辈之礼见了大仙,方才叙坐。坐定,禄星道:"我们一向久阔尊颜,有失恭敬,今因孙大圣搅扰仙山,特来相见。"大仙道:"孙行者到蓬莱去的?"寿星道:"是,因为伤了大仙的丹树,他来我处求方医治,我辈无方,他又到别处求访,但恐违了圣僧三日之限,要念《紧箍儿咒》。我辈一来奉拜,二来讨个宽限。"三藏闻言,连声应道:"不敢念,不敢念。"

　　正说处,八戒又跑进来,扯住福星,要讨果子吃。他去袖里乱摸,腰里乱吞③,不住的揭他衣服搜检。三藏笑道:"那八戒是甚么规

---

①星筹:和下文的"海屋"出自宋苏轼《东坡志林·三老语》:有三位老人相遇,一个老人说:"海水变成桑田的时候,我就拿一根算筹放起来,现在筹棍已经堆满了十间屋子了。"故"星筹"和"海屋"都是高寿的代称。筹,一种竹棍,古代用来计数。

②添寿、添福、添禄:旧时大户人家取吉祥之意,常用"添寿"、"添福"、"添禄"为自己的仆人命名,故猪八戒说海上三星是奴才。

③吞:把手伸进洞孔中掏摸。

矩!"八戒道:"不是没规矩,此叫做'番番是福'①。"三藏又叱令出去,那呆子跮出门②,瞅着福星,眼不转睛的发狠。福星道:"夯货!我那里恼了你来,你这等恨我?"八戒道:"不是恨你,这叫做'回头望福'。"那呆子出得门来,只见一个小童,拿了四把茶匙,方去寻钟取果看茶,被他一把夺过,跑上殿,拿着个小磬儿,用手乱敲乱打,两头玩耍。大仙道:"这个和尚,越发不尊重了!"八戒笑道:"不是不尊重,这叫做'四时吉庆'③。"

且不说八戒打诨乱缠④,却表行者纵祥云离了蓬莱,又早到方丈仙山。这山真好去处,有诗为证,诗曰:

　　方丈巍峨别是天,太元官府会神仙。
　　紫台光照三清路,花木香浮五色烟。
　　金凤自多盘蕊阙,玉膏谁逼灌芝田?
　　碧桃紫李新成熟,又换仙人信万年⑤。

那行者按落云头,无心玩景,正走处,只闻得香风馥馥,玄鹤声鸣,那壁厢有个神仙,但见:

　　盈空万道霞光现,彩雾飘飘光不断。
　　丹凤衔花也更鲜,青鸾飞舞声娇艳。

---

①番番是福:每一件事情都吉利。番,同"翻"。
②跮(wǎ):走路挪蹭的样子。
③四时吉庆:即"四匙击磬"。这些都是猪八戒借同音字开三星的玩笑。
④打诨:戏曲演员即兴说趣话逗乐,泛指取闹,开玩笑。
⑤"方丈巍峨别是天"诗:此诗袭自《事林广记》前集卷六"方丈山"条,方丈山"在大海中,高四万七千丈,上有太元之宫,即是三清司命众真之居。上有金浆玉髓,饮之长生,瑞禽奇木,莫可名状。又列九源丈人官府,主领天下水神蛟龙巨鲸水族之众"。原文"逼"作"逗","信"作"二"。方丈山为东华大帝君的住所。蕊阙,即"蕊珠宫",也称"蕊宫",道教所谓仙宫。玉膏,玉的脂膏,传说中的仙药。纬书《河图玉版》:"少室山,其上有白玉膏,一服即仙矣。"芝田,传说中仙人种灵芝的地方。晋王嘉《拾遗记·昆仑山》:"第九层,山形渐小狭窄,下有芝田、蕙圃,皆数百顷,群仙种耨(nòu,除草)焉。"

> 福如东海寿如山,貌似小童身体健。
> 壶隐洞天不老丹,腰悬与日长生篆①。
> 人间数次降祯祥,世上几番消厄愿。
> 武帝曾宣加寿龄,瑶池每赴蟠桃宴。
> 教化众生脱俗缘②,指开大道明如电。
> 也曾跨海祝千秋,常去灵山参佛面。
> 圣号东华大帝君③,烟霞第一神仙眷。

孙行者觌面相迎④,叫声:"帝君,起手了。"那帝君慌忙回礼道:"大圣,失迎。请荒居奉茶。"遂与行者搀手而入。果然是贝阙珠宫,看不尽瑶池琼阁。方坐待茶,只见翠屏后转出一个童儿。他怎生打扮:

> 身穿道服飘霞烁,腰束丝绦光错落。
> 头戴纶巾布斗星,足登芒履游仙岳。
> 炼元真,脱本壳,功行成时遂意乐。
> 识破原流精气神,主人认得无虚错。
> 逃名今喜寿无疆,甲子周天管不着。
> 转回廊,登宝阁,天上蟠桃三度摸。

---

① 篆:印章多用篆体字刻成,故印章又称篆。印是道教重要法器,又称"神印""天篆",象征天界与神仙的权威。

② 众生:原作"众僧"。世德堂本《西游记》常误"生"为"僧",如第九十八回"若到你那南赡部洲,示一切众僧",九十九回"已创建一座院宇,名之曰救僧寺"。今随文改正,后不出注。

③ 东华大帝君:又称东王公或木公,古代神话传说中主管东方的神灵,修道成仙的人要先觐见东王公和西王母,才能升入天庭。《仙传拾遗》载汉代童谣:"着青裙,入天门。揖金母,拜木公。"

④ 觌面:当面。"觌"原作"觑"。世德堂本"觌"常误作"觑",今改正,后不出注。

缥缈香云出翠屏,小仙乃是东方朔①。

行者见了,笑道:"这个小贼在这里哩,帝君处没有桃子你偷吃。"东方朔朝上进礼,答道:"老贼,你来这里怎的?我师父没有仙丹你偷吃。"帝君叫道:"曼倩休乱言,看茶来也。"曼倩原是东方朔的道名,他急入里取茶二杯。饮讫,行者道:"老孙此来,有一事奉干,未知允否?"帝君道:"何事?自当领教。"行者道:"近因保唐僧西行,路过万寿山五庄观,因他那小童无状,是我一时发怒,把他人参果树推倒,因此阻滞,唐僧不得脱身,特来尊处求赐一方医治,万望慨然。"帝君道:"你这猴子,不管一二,到处里撞祸。那五庄观镇元子,圣号与世同君,乃地仙之祖。你怎么就冲撞于他?他那人参果树,乃草还丹。你偷吃了,尚说有罪;却又连树推倒,他肯干休?"行者道:"正是呢。我们走脱了,被他赶上,把我们就当汗巾儿一般②,一袖子都笼了去,所以阁气③。没奈何,许他求方医治,故此拜求。"帝君道:"我有一粒'九转太乙还丹',但能治世间生灵,却不能医树。树乃水土之灵,天滋地润。若是凡间的果木,医治还可;这万寿山乃先天福地,五庄观乃贺洲洞天,人参果又是天开地辟之灵根,如何可治?无方!无方!"

---

① "身穿道服飘霞烁"以下数句:东方朔在历史上是汉武帝的臣子,有口才,博学多识,被后世神化。据《汉武帝内传》,汉武帝好神仙,西王母降临和他相会,给了汉武帝几枚仙桃,忽有人来窥看,王母说:"是汝侍郎东方朔,是我邻家小儿也。性多滑稽,会三来偷此桃。"又称东方朔曾为太上仙官,在方丈山助三天司命收录仙家。东方朔到了方丈山,却只好山水游戏,不务正业,又擅弄雷电,终于被九源丈人告于上帝,遂被贬在人间。故书中说东方朔在方丈仙山。孙悟空故事与东方朔故事本有渊源,如明郑之珍《新编目连救母劝善戏文》被认为是孙悟空原型之一的白猿自我介绍:"天上瑶池王母母,也曾三让我蟠桃。"此白猿神通广大,保护目连西去,又被观音戴紧箍咒。纶巾,古时头巾名,以丝带编成,一般为青色。周天,指一定的时间循环,和"甲子"同义,泛指时间。

② 汗巾:擦汗擦泪用的手帕。

③ 阁气:斗气,怄气。

行者道:"既然无方,老孙告别。"帝君仍欲留奉玉液一杯,行者道:"急救事紧,不敢久滞。"遂驾云复至瀛洲海岛。也好去处,有诗为证,诗曰:

珠树玲珑照紫烟,瀛洲宫阙接诸天。
青山绿水琪花艳,玉液锟铻铁石坚。
五色碧鸡啼海日,千年丹凤吸朱烟。
世人罔究壶中景,象外春光亿万年①。

那大圣至瀛洲,只见那丹崖珠树之下,有几个皓发皤髯之辈,童颜鹤鬓之仙,在那里着棋饮酒,谈笑讴歌。真个是:

祥云光满,瑞霭香浮。彩鸾鸣洞口,玄鹤舞山头。碧藕冰桃为按酒,交梨火枣寿千秋。一个个丹诏无闻,仙符有籍;逍遥随浪荡,散淡任清幽。周天甲子难拘管,大地乾坤只自由,献果玄猿,对对参随多美艾②;衔花白鹿,双双拱伏甚绸缪③。

那些老儿正然洒乐,这行者厉声高叫道:"带我耍耍儿便怎的!"众仙见了,急忙趋步相迎。有诗为证,诗曰:

人参果树灵根折,大圣访仙求妙诀。
缭绕丹霞出宝林,瀛洲九老来相接④。

行者笑道:"老兄弟们自在哩!"九老道:"大圣当年若存正,不闹天宫,比我们还自在哩。如今好了,闻你归真向西拜佛,如何得暇至此?"行者将那医树求方之事,具陈了一遍。九老也大惊道:"你也忒

---

① "珠树玲珑照紫烟"以下数句:此诗袭自《事林广记》前集卷六"瀛洲"条。瀛洲仙山地方四千里,去岸七千里,上有青丘、翠水二仙真宫。地生玉酒,饮之长生。又产昆吾之铁,为刀切玉如泥,地生神芝灵草。珠树,即三珠树,《山海经》等古代传说中的珍木,似柏树,叶皆为珍珠。锟铻,同"昆吾"。壶中景,据北魏郦道元《水经注·汝水》载,汉代有个卖药的老翁,他有一只仙壶,可以随意进出,壶中自有一方天地。后以"壶中景"指仙境。

② 艾:美好。或疑为"爱"之音误。

③ 绸缪:情意殷切的样子。

④ 九老:即九老丈人,《海内十洲记》记:蓬莱山之外有圆海,水黑色,无风而波涛百丈,凡人不可到,上有九老丈人。

惹祸！惹祸！我等实是无方。"行者道："既是无方,我且奉别。"九老又留他饮琼浆,食碧藕。行者定不肯坐,止立饮了他一杯浆,吃了一块藕,急急离了瀛洲,径转东洋大海。早望见落伽山不远,遂落下云头,直到普陀岩上,见观音菩萨在紫竹林中与诸天、大神、木叉、龙女,讲经说法。有诗为证,诗曰：

  海主城高瑞气浓,更观奇异事无穷。
  须知隐约千般外,尽出希微一品中。
  四圣授时成正果,六凡听后脱凡笼。
  少林别有真滋味,花果馨香满树红①。

  那菩萨早已看见行者来到,即命守山大神去迎。那大神出林来,叫声："孙悟空,那里去？"行者抬头喝道："你这个熊罴！我是你叫的悟空？当初不是老孙饶了你,你已此做了黑风山的尸鬼矣。今日跟了菩萨,受了善果,居此仙山,常听法教,你叫不得我一声'老爷'？"那黑熊真个得了正果,在菩萨处镇守普陀,称为大神,是也亏了行者。他只得陪笑道："大圣,古人云,'君子不念旧恶',只管题他怎的！菩萨着我来迎你哩。"这行者就端肃尊诚,与大神到了紫竹林里,参拜菩萨。

  菩萨道："悟空,唐僧行到何处也？"行者道："行到西牛贺洲万寿山了。"菩萨道："那万寿山有座五庄观,镇元大仙你曾会他么？"行者顿首道："因是在五庄观,弟子不识镇元大仙,毁伤了他的人参果树,

---

① "海主城高瑞气浓"诗：此诗出自宋僧惟白《文殊指南图赞》中对善财童子第十四参海住城赞语。原诗"海主"作"海住","一品"作"一器"。一器,语本善财童子在此城参见具足优婆夷（佛教称敬信三宝、受持五戒的女居士为优婆夷）,"安一小器,涌无量宝,万方来者悉得满足"。本书窜改为观音菩萨的赞语,是为了满足情节的需要。"听后"作"食后"。希微,指空寂玄妙的境界。四圣,佛教术语,称声闻（闻佛之言教而得道者）、缘觉（不因佛教自悟得道）、菩萨、佛为四圣。六凡,即六道,天、人、阿修罗、畜生、地狱、饿鬼为六道众生。四圣、六凡,合称十界,前六界是凡夫之迷界,后四界是圣者之悟界。少林,禅宗祖庭少林寺,引申指禅宗。

冲撞了他，他就困滞了我师父，不得前进。"那菩萨情知，怪道："你这泼猴，不知好歹！他那人参果树，乃天开地辟的灵根。镇元子乃地仙之祖，我也让他三分，你怎么就打伤他树！"行者再拜道："弟子实是不知。那一日，他不在家，只有两个仙童，候待我等。是猪悟能晓得他有果子，要一个尝新，弟子委偷了他三个，兄弟们分吃了。那童子知觉，骂我等无已。是弟子发怒，遂将他树推倒。他次日回来赶上，将我等一袖子笼去，绳绑鞭抽，拷打了一日。我等当夜走脱，又被他赶上，依然笼了。三番两次，其实难逃，已允了与他医树。却才自海上求方，遍游三岛，众神仙都没有本事。弟子因此志心朝礼，特拜告菩萨，伏望慈悯，俯赐一方，以救唐僧早早西去。"菩萨道："你怎么不早来见我，却往岛上去寻找？"

行者闻此言，心中暗喜道："造化了，造化了，菩萨一定有方也！"行者又上前恳求，菩萨道："我这净瓶底的甘露水，善治得仙树灵苗。"行者道："可曾经验过么①？"菩萨道："经验过的。"行者问："有何经验？"菩萨道："当年太上老君曾与我赌胜。他把我的杨柳枝拔了去，放在炼丹炉里，炙得焦干，送来还我。是我拿了插在瓶中，一昼夜，复得青枝绿叶，与旧相同。"行者笑道："真造化了！真造化了！烘焦了的尚能医活，况此推倒的，有何难哉！"菩萨吩咐大众："看守林中，我去去来。"遂手托净瓶，白鹦哥前边巧啭②，孙大圣随后相从。有诗为证。诗曰：

　　玉毫金象世难论，正是慈悲救苦尊。
　　过去劫逢无垢佛，至今成得有为身。
　　几生欲海澄清浪，一片心田绝点尘。

---

①经验：效验，验证。
②啭：婉转地歌唱。

甘露久经真妙法,管教宝树永长春①。

却说那观里大仙与三老正然清话②,忽见孙大圣按落云头,叫道:"菩萨来了,快接快接!"慌得那福寿星与镇元子共三藏师徒,一齐迎出宝殿。菩萨才住了祥云,先与镇元子陪了话,后与三星作礼。礼毕上坐,那阶前,行者引唐僧、八戒、沙僧都拜了。那观中诸仙也来拜见。行者道:"大仙不必迟疑,趁早儿陈设香案,请菩萨替你治那甚么果树去。"大仙躬身谢菩萨道:"小可的勾当,怎么敢劳菩萨下降?"菩萨道:"唐僧乃我之弟子,孙悟空冲撞了先生,理当赔偿宝树。"三老道:"既如此,不须谦讲了。请菩萨都到园中去看看。"

那大仙即命设具香案,打扫后园,请菩萨先行,三老随后。三藏师徒与本观众仙都到园内观看时,那棵树倒在地下,土开根现,叶落枝枯。菩萨叫:"悟空,伸手来。"那行者将左手伸开。菩萨将杨柳枝,蘸出瓶中甘露,把行者手心里画了一道起死回生的符字,教他放在树根之下,但看水出为度。那行者捏着拳头,往那树根底下揣着③,须臾有清泉一汪。菩萨道:"那个水不许犯五行之器,须用玉瓢舀出,扶起树来,从头浇下,自然根皮相合,叶长芽生,枝青果出。"行者道:"小道士们,快取玉瓢来。"镇元子道:"贫道荒山,没有玉瓢,只有玉茶盏、玉酒杯,可用得么?"菩萨道:"但是玉器,可舀得水的便罢,取将来看。"大仙即命小童子取出有二三十个茶盏,四五十酒盏,却将那根下清泉舀出。行者、八戒、沙僧,抗起树来,扶得周正,拥上

---

①"玉毫金象世难论"诗:此诗袭自宋僧惟白《文殊指南图赞》中对善财童子第二十参安住城中不动优婆夷的赞语。原诗为:"夷夷相好世难伦,正是当年个女人。过去劫逢无垢佛,至今成得有为身。几生欲海澄清浪,一片心田绝点尘。求法既云未休歇,朱颜应不惜青春。"《华严经》载:不动优婆夷于过去世离垢劫中为电光国王之女,遇修臂佛教化,成就菩萨无坏法门,故称"过去劫逢无垢佛"云云。此诗本是叙述不动优婆夷身世的赞语,被作者改窜而为观世音菩萨的赞语。

②清话:高雅不俗的言谈,这里指闲谈。

③揣着:端着,放着。

土,将玉器内甘泉,一瓯瓯捧与菩萨①。菩萨将杨柳枝细细洒上,口中又念着经咒。不多时,洒净那臼出之水,只见那树果然依旧青绿叶阴森,上有二十三个人参果。清风、明月二童子道:"前日不见了果子时,颠倒只数得二十二个,今日回生,怎么又多了一个?"行者道:"日久见人心。前日老孙只偷了三个,那一个落下地来,土地说这宝遇土而入,八戒只嚷我打了偏手,故走了风信,只缠到如今,才见明白。"菩萨道:"我方才不用五行之器者,知道此物与五行相畏故耳。"

那大仙十分欢喜,急令取金击子来,把果子敲下十个,请菩萨与三老复回宝殿,一则谢劳,二来做个"人参果会"。众小仙遂调开桌椅,铺设丹盘,请菩萨坐了上面正席,三老左席,唐僧右席,镇元子前席相陪,各食了一个。有诗为证。诗曰:

万寿山中古洞天,人参一熟九千年。
灵根现出芽枝损,甘露滋生果叶全。
三老喜逢皆旧契②,四僧皆遇是前缘。
自今会服人参果,尽是长生不老仙。

此时菩萨与三老各吃了一个,唐僧始知是仙家宝贝,也吃了一个,悟空三人亦各吃一个,镇元子陪了一个,本观仙众分吃了一个。行者才谢了菩萨回上普陀岩,送三星径转蓬莱岛。镇元子却又安排蔬酒,与行者结为兄弟。这才是不打不成相识,两家合了一家。师徒四众,喜喜欢欢,天晚歇了。那长老才是:

有缘吃得草还丹,长寿苦捱妖怪难。

毕竟到明日如何作别,且听下回分解。

---

①瓯(ōu):盆盂一类的瓦器,这里作量词用。
②旧契:老朋友。

第二十七回

尸魔三戏唐三藏　圣僧恨逐美猴王

却说三藏师徒，次日天明，收拾前进。那镇元子与行者结为兄弟，两人情投意合，决不肯放，又安排管待，一连住了五六日。那长老自服了草还丹，真似脱胎换骨，神爽体健。他取经心重，那里肯淹留，无已，遂行。

师徒别了上路，早见一座高山。三藏道："徒弟，前面有山险峻，恐马不能前，大家须仔细仔细。"行者道："师父放心，我等自然理会。"好猴王，他在那马前，横担着棒，剖开山路，上了高崖，看不尽：

峰岩重叠，涧壑湾环。虎狼成阵走，麂鹿作群行。无数獐豝钻簇簇，满山狐兔聚丛丛。千尺大蟒，万丈长蛇。大蟒喷愁雾，长蛇吐怪风。道傍荆棘牵漫，岭上松楠秀丽。薜萝满目，芳草连天。影落沧溟北，云开斗柄南①。万古常含元气老②，千峰巍列日光寒。

那长老马上心惊，孙大圣布施手段，舞着铁棒，哮吼一声，唬得那狼虫颠窜，虎豹奔逃。师徒们入此山，正行到嵯峨之处，三藏道："悟空，我这一日，肚中饥了，你去那里化些斋吃？"行者陪笑道："师父好不聪明。这等半山之中，前不巴村，后不着店，有钱也没买处，教往那里寻斋？"三藏心中不快，口里骂道："你这猴子！想你在两界山被如来压在石匣之内，口能言，足不能行，也亏我救你性命，摩顶受戒，做了我的徒弟。怎么不肯努力，常怀懒惰之心！"行者道："弟子亦颇殷勤，何尝懒惰？"三藏道："你既殷勤，何不化斋我吃？我肚饥怎行？况此地山岚瘴气，怎么得上雷音？"行者道："师父休怪，少

---

① "影落沧溟北"二句：山的影子投在北方大海的北面；山高插云，到了北斗七星的斗柄旁边。这两句袭自元刘因《恒山楼》诗。沧溟，此指北溟，即传说中极北之地的海洋。

② 常：原作"寻"，据《新说西游记》改。语涉"寻常"而误混。

要言语。我知你尊性高傲,十分违慢了你,便要念那话儿咒。你下马稳坐,等我寻那里有人家处化斋去。"行者将身一纵,跳上云端里,手搭凉篷,睁眼观看。可怜西方路甚是寂寞,更无庄堡人家,正是多逢树木少见人烟去处。看多时,只见正南上有一座高山,那个山向阳处,有一片鲜红的点子。行者按云头道:"师父,有吃的了。"那长老问甚东西,行者道:"这里没人家化饭,那南山有一片红的,想必是熟透了的山桃,我去摘几个来你充饥。"三藏喜道:"出家人若有桃子吃,就为上分了,快去!"行者取了钵盂,纵起祥光,你看他筋斗幌幌,冷气飕飕,须臾间,奔南山摘桃不题。

却说常言有云:山高必有怪,岭峻却生精。果然这山上有个妖精①,孙大圣去时,惊动那怪。他在云端里,踏着阴风,看见长老坐在地下,他就不胜欢喜道:"造化!造化!几年家人都讲东土的唐和尚取大乘,他本是金蝉子化身,十世修行的原体。有人吃他一块肉,长寿长生。真个今日到了。"那妖精上前就要拿他,只见长老左右手下有两员大将护持,不敢拢身。他说两员大将是谁?说是八戒、沙僧。八戒、沙僧虽没甚么大本事,然八戒是天蓬元帅,沙僧是卷帘大将,他的威气尚不曾泄,故不敢拢身。妖精说:"等我且戏他戏,看怎么说。"

好妖精,停下阴风,在那山凹里,摇身一变,变做个月貌花容的女儿,说不尽那眉清目秀,齿白唇红,左手提着一个青砂罐儿,右手提着一个绿磁瓶儿,从西向东,径奔唐僧:

  圣僧歇马在山岩,忽见裙钗女近前。
  翠袖轻摇笼玉笋,湘裙斜拽显金莲②。

---

① 有个妖精:原作"有两个妖精",删"两"字。
② 湘裙:湘地丝织品制成的女裙,是上好的服饰。一作"缃裙",即浅黄色的裙子。金莲:《南史·东昏侯纪》载,南北朝时南朝齐东昏侯宠爱美人潘妃,他听说佛教有佛祖步步生莲花的传说,就用黄金做成莲花贴在地上,让潘妃在上面走。后以"金莲"称女子的小脚。

汗流粉面花含露，尘拂蛾眉柳带烟。

仔细定睛观看处，看看行至到身边。

三藏见了，叫："八戒，沙僧，悟空才说这里旷野无人，你看那里不走出一个人来了？"八戒道："师父，你与沙僧坐着，等老猪去看看来。"那呆子放下钉钯，整整直裰，摆摆摇摇，充作个斯文气象，一直的觌面相迎。真个是远看未实，近看分明，那女子生得：

冰肌藏玉骨，衫领露酥胸。

柳眉积翠黛，杏眼闪银星。

月样容仪俏，天然性格清。

体似燕藏柳，声如莺啭林。

半放海棠笼晓日，才开芍药弄春晴。

那八戒见他生得俊俏，呆子就动了凡心，忍不住胡言乱语，叫道："女菩萨，往那里去？手里提着是甚么东西？"分明是个妖怪，他却不能认得。那女子连声答应道："长老，我这青罐里是香米饭，绿瓶里是炒面筋，特来此处无他故，因还誓愿要斋僧。"八戒闻言，满心欢喜，急抽身，就跑了个猪颠风，报与三藏道："师父，'吉人自有天报'，师父饿了，教师兄去化斋，那猴子不知那里摘桃儿耍子去了。桃子吃多了，也有些嘈人①，又有些下坠。你看那不是个斋僧的来了？"唐僧不信道："你这个夯货胡缠！我们走了这向，好人也不曾遇着一个，斋僧的从何而来！"八戒道："师父，这不到了？"

三藏一见，连忙跳起身来，合掌当胸道："女菩萨，你府上在何处住？是甚人家？有甚愿心，来此斋僧？"分明是个妖精，那长老也不认得。那妖精见唐僧问他来历，他立地就起个虚情，花言巧语来赚哄道："师父，此山叫做蛇回兽怕的白虎岭，正西下面是我家。我父母在堂，看经好善，广斋方上远近僧人，只因无子，求神作福，生了奴奴，欲扳门第②，配嫁他人，又恐老来无倚，只得将奴招了一个女婿，

---

①嘈：消化不良，肠胃不舒服。

②扳门第：攀附大户。扳，攀附。

养老送终。"三藏闻言道:"女菩萨,你语言差了。圣经云'父母在,不远游,游必有方'①。你既有父母在堂,又与你招了女婿,有愿心,教你男子还,便也罢,怎么自家在山行走?又没个侍儿随从。这个是不遵妇道了。"那女子笑吟吟,忙陪俏语道:"师父,我丈夫在山北凹里,带几个客子锄田②。这是奴奴煮的午饭,送与那些人吃的。只为五黄六月③,无人使唤,父母又年老,所以亲身来送。忽遇三位远来,却思父母好善,故将此饭斋僧,如不弃嫌,愿表芹献④。"三藏道:"善哉!善哉!我有徒弟摘果子去了,就来,我不敢吃。假如我和尚吃了你饭,你丈夫晓得,骂你,却不罪坐贫僧也?"那女子见唐僧不肯吃,却又满面春生道:"师父呵,我父母斋僧,还是小可;我丈夫更是个善人,一生好的是修桥补路,爱老怜贫。但听见说这饭送与师父吃了,他与我夫妻情上,比寻常更是不同。"三藏也只是不吃,旁边子恼坏了八戒。那呆子努着嘴,口里埋怨道:"天下和尚也无数,不曾像我这个老和尚罢软⑤!现成的饭三分儿倒不吃,只等那猴子来,做四分才吃!"他不容分说,一嘴把个罐子拱倒,就要动口。

只见那行者自南山顶上,摘了几个桃子,托着钵盂,一筋斗,点将回来,睁火眼金睛观看,认得那女子是个妖精,放下钵盂,掣铁棒,当头就打。唬得个长老用手扯住道:"悟空!你走将来打谁?"行者道:"师父,你面前这个女子,莫当做个好人。他是个妖精,要来骗你哩。"三藏道:"你这猴头,当时倒也有些眼力,今日如何乱道!这女菩萨有此善心,将这饭要斋我等,你怎么说他是个妖精?"行者笑道:

---

① 父母在,不远游,游必有方:出自《论语·里仁》,意思是父母如果还健在,就不要长期出门在外;一定要出门,要把去的地方告诉父母。

② 客子:佣工。

③ 五黄六月:泛指农历五六月间天气比较炎热的时候。

④ 芹献:《列子·杨朱》载,有一个人吃了苍耳、水芹等野菜,觉得很香,就向人推荐。别人一尝,又苦又涩,就责怪了他。后来就以"芹献"自谦所献菲薄,不足当意。

⑤ 罢(pí)软:没有主见。

"师父,你那里认得!老孙在水帘洞里做妖魔时,若想人肉吃,便是这等:或变金银,或变庄台,或变醉人,或变女色。有那等痴心的,爱上我,我就迷他到洞里,尽意随心,或蒸或煮受用;吃不了,还要晒干了防天阴哩!师父,我若来迟,你定入他套子,遭他毒手!"那唐僧那里肯信,只说是个好人。行者道:"师父,我知道你了,你见他那等容貌,必然动凡心。若果有此意,叫八戒伐几棵树来,沙僧寻些草来,我做木匠,就在这里搭个窝铺,你与他圆房成事,我们大家散了,却不是件事业?何必又跋涉,取甚经去!"那长老原是个软善的人,那里吃得他这句言语,唬得个光头彻耳通红。

三藏正在此羞惭,行者又发起性来,掣铁棒,望妖精劈脸一下。那怪物有些手段,使个解尸法,见行者棍子来时,他却抖擞精神,预先走了,把一个假尸首打死在地下。唬得个长老战战兢兢,口中作念道:"这猴着然无礼!屡劝不从,无故伤人性命!"行者道:"师父莫怪,你且来看看这罐子里是甚东西。"沙僧搀着长老,近前看时,那里是甚香米饭,却是一罐子拖尾巴的长蛆;也不是面筋,却是几个青蛙、癞虾蟆,满地乱跳。长老才有三分儿信了,怎禁猪八戒气不忿,在傍漏八分儿唆嘴道①:"师父,说起这个女子,他是此间农妇,因为送饭下田,路遇我等,却怎么栽他是个妖怪?哥哥的棍重,走将来试手打他一下,不期就打杀了;怕你念甚么《紧箍儿咒》,故意的使个胀眼法儿②,变做这等样东西,演幌你眼,使不念咒哩。"

三藏自此一言,就是晦气到了③,果然信那呆子撺唆④,手中捻诀,口里念咒,行者就叫:"头疼!头疼!莫念!莫念!有话便说。"唐僧道:"有甚话说!出家人时时常要方便,念念不离善心,扫地恐

---

① 漏八分:一种隐语,又叫"露八分",即不把要说的话直接说出来,而是用一种曲折但和原义有关联的方式来表达,这里指说怪话。唆嘴:搬弄口舌。
② 胀眼法:即"障眼法"。遮蔽别人视线使看不清真相的手法。
③ 晦气:倒霉。原作"悔气"。"悔"通"晦",今改为常用字,后不出注。
④ 撺唆:怂恿,挑唆。

伤蝼蚁命,爱惜飞蛾纱罩灯。你怎么步步行凶,打死这个无故平人,取将经来何用?你回去罢!"行者道:"师父,你教我回那里去?"唐僧道:"我不要你做徒弟。"行者道:"你不要我做徒弟,只怕你西天路去不成。"唐僧道:"我命在天,该那个妖精蒸了吃,就是煮了,也算不过。终不然,你救得我的大限?你快回去!"行者道:"师父,我回去便也罢了,只是不曾报得你的恩哩。"唐僧道:"我与你有甚恩?"那大圣闻言,连忙跪下叩头道:"老孙因大闹天宫,致下了伤身之难,被我佛压在两界山;幸观音菩萨与我受了戒行,幸师父救脱吾身;若不与你同上西天,显得我知恩不报非君子,万古千秋作骂名。"原来这唐僧是个慈悯的圣僧,他见行者哀告,却也回心转意道:"既如此说,且饶你这一次,再休无礼。如若仍前作恶,这咒语颠倒就念二十遍!"行者道:"三十遍也由你,只是我不打人了。"却才伏侍唐僧上马,又将摘来桃子奉上。唐僧在马上也吃了几个,权且充饥。

却说那妖精,脱命升空。原来行者那一棒不曾打杀妖精,妖精出神去了。他在那云端里,咬牙切齿,暗恨行者道:"几年只闻得讲他手段,今日果然话不虚传。那唐僧已此不认得我,将要吃饭。若低头闻一闻儿,我就一把捞住,却不是我的人了?不期被他走来,弄破我这勾当,又几乎被他打了一棒。若饶了这个和尚,诚然是劳而无功也,我还下去戏他一戏。"

好妖精,按落阴云,在那前山坡下,摇身一变,变作个老妇人,年满八旬,手拄着一根弯头竹杖,一步一声的哭着走来。八戒见了,大惊道:"师父!不好了!那妈妈儿来寻人了!"唐僧道:"寻甚人?"八戒道:"师兄打杀的,定是他女儿。这个定是他娘寻将来了。"行者道:"兄弟莫要胡说!那女子十八岁,这老妇有八十岁,怎么六十多岁还生产?断乎是个假的,等老孙去看来。"好行者,拽开步,走近前观看,那怪物:

　　假变一婆婆,两鬓如冰雪。
　　走路慢腾腾,行步虚怯怯。
　　弱体瘦伶仃,脸如枯菜叶。

颧骨望上翘，嘴唇往下别。
　　老年不比少年时，满脸都是荷包摺。

　　行者认得他是妖精，更不理论，举棒照头便打。那怪见棍子起时，依然抖擞，又出化了元神，脱真儿去了；把个假尸首又打死在山路之下。唐僧一见，惊下马来，睡在路傍，更无二话，只是把《紧箍儿咒》颠倒足足念了二十遍。可怜把个行者头，勒得似个亚腰儿葫芦①，十分疼痛难忍，滚将来哀告道："师父莫念了，有甚话说了罢！"唐僧道："有话说？出家人耳听善言，不堕地狱。我这般劝化你，你怎么只是行凶？把平人打死一个，又打死一个，此是何说？"行者道："他是妖精。"唐僧道："这个猴子胡说！就有这许多妖怪？你是个无心向善之辈，有意作恶之人，你去罢！"行者道："师父又教我去，回去便也回去了，只是一件不相应。"唐僧道："你有甚么不相应处？"八戒道："师父，他要和你分行李哩。跟着你做了这几年和尚，不成空着手回去？你把那包袱里的甚么旧褊衫、破帽子，分两件与他罢。"

　　行者闻言，气得暴跳道："我把你这个孽嘴的夯货！老孙一向秉教沙门，更无一毫嫉妒之意，贪恋之心，怎么要分甚么行李？"唐僧道："你既不嫉妒贪恋，如何不去？"行者道："实不瞒师说，老孙百十年前，居花果山水帘洞大展英雄之际，收降七十二洞邪魔，手下有四万七千群怪，头戴的是紫金冠，身穿的是赭黄袍，腰系的是蓝田带，足踏的是步云履，手执的是如意金箍棒，着实也曾为人。自从涅槃罪度②，削发秉正沙门，跟你做了徒弟，把这个金箍儿勒在我头上，若回去，却也难见故乡人。师父果若不要我，把那个《松箍儿咒》念一念，退下这个箍子，交付与你，套在别人头上，我就快活相应了，也是跟你一场。莫不成这些人意儿也没有了？"唐僧大惊道："悟空，我当时只是菩萨暗受一卷儿《紧箍儿咒》，却没有甚么《松箍儿咒》。"行者道："若无《松箍儿咒》，你还带我去走走罢。"长老又没奈何道："你且

---

①亚腰：中间细两头粗的样子。
②罪度：佛教指从罪孽中拔脱引渡人。

起来,我再饶你这一次,却不可再行凶了。"行者道:"再不敢了,再不敢了。"又伏侍师父上马,剖路前行。

却说那妖精,原来行者第二棍也不曾打杀他。那怪物在半空中,夸奖不尽道:"好个猴王,着然有眼!我那般变了去,他也还认得我。这些和尚,他去得快,若过此山,西下四十里,就不伏我所管了。若是被别处妖魔捞了去,好道就笑破他人口,使碎自家心,我还下去戏他一戏。"好妖怪,按耸阴风,在山坡摇身一变,变成一个老公公,真个是:

　　白发如彭祖①,苍髯赛寿星。
　　耳中鸣玉磬②,眼里幌金星。
　　手拄龙头拐,身穿鹤氅轻。
　　数珠掐在手,口诵南无经。

唐僧在马上见了,心中欢喜道:"阿弥陀佛!西方真是福地!那公公路也走不上来,逼法的还念经哩③。"八戒道:"师父,你且莫要夸奖,那个是祸的根哩。"唐僧道:"怎么是祸根?"八戒道:"行者打杀他的女儿,又打杀他的婆子,这个正是他的老儿寻将来了。我们若撞在他的怀里呵,师父,你便偿命,该个死罪;把老猪为从,问个充军;沙僧喝令,问个摆站④;那行者使个遁法走了,却不苦了我们三个顶缸?"

行者听见道:"这个呆根,这等胡说,可不唬了师父?等老孙再去看看。"他把棍藏在身边,走上前迎着怪物,叫声:"老官儿,往那里

---

①彭祖:传说中上古高寿之人,寿至八百岁。
②玉磬:形容年老耳鸣的声音。
③逼法:强撑着。一说是象声词。
④摆站:处徒刑的人被发配到驿站充驿卒。《大明律》卷十九《刑律·人命》"斗殴及故杀人"条及其后《条例》规定:凡斗殴杀人者,杀者斩。同谋者杖一百后流放三千里外服劳役;同参加殴人者,发边卫充军。所以这里猪八戒这样说。

去？怎么又走路，又念经？"那妖精错认了定盘星①，把孙大圣也当做个等闲的，遂答道："长老阿，我老汉祖居此地，一生好善斋僧，看经念佛。命里无儿，止生得一个小女，招了个女婿，今早送饭下田，想是遭逢虎口。老妻先来找寻，也不见回去，全然不知下落，老汉特来寻看。果然是伤残他命，也没奈何，将他骸骨收拾回去，安葬茔中。"行者笑道："我是个做婴虎的祖宗，你怎么袖子里笼了个鬼儿来哄我？你瞒了诸人，瞒不过我，我认得你是个妖精！"那妖精唬得顿口无言。行者掣出棒来，自忖道："若要不打他，显得他倒弄个风儿；若要打他，又怕师父念那话儿咒语。"又思量道："不打杀他，他一时间抄空儿把师父掳去，却不又费心劳力去救他？还打的是。就一棍子打杀他，师父念起那咒，常言道，'虎毒不吃儿'。凭着我巧言花语，嘴伶舌便，哄他一哄，好道也罢了。"

好大圣，念动咒语叫当坊土地、本处山神道："这妖精三番来戏弄我师父，这一番却要打杀他。你与我在半空中作证，不许走了。"众神听令，谁敢不从？都在云端里照应。那大圣棍起处，打倒妖魔，才断绝了灵光。

那唐僧在马上，又唬得战战兢兢，口不能言。八戒在傍边又笑道："好行者，风发了！只行了半日路，倒打死三个人！"唐僧正要念咒，行者急到马前，叫道："师父，莫念！莫念！你且来看看他的模样。"却是一堆粉骷髅在那里。唐僧大惊道："悟空，这个人才死了，怎么就化作一堆骷髅？"行者道："他是个潜灵作怪的僵尸，在此迷人败本②；被我打杀，他就现了本相。他那脊梁上有一行字，叫做'白骨夫人'。"唐僧闻说，倒也信了，怎禁那八戒傍边唆嘴道："师父，他的手重棍凶，把人打死，只怕你念那话儿，故意变化这个模样，掩你的眼目哩！"唐僧果然耳软，又信了他，随复念起。行者禁不得疼痛，跪

---

①定盘星：原指戥子或秤杆上的第一刻度（星状标志），秤砣置于此处所称重量为零。多用以比喻确定的基准或一定的主意。

②败本：败乱人的本性。

于路傍,只叫:"莫念!莫念!有话快说了罢!"唐僧道:"猴头,还有甚说话!出家人行善,如春园之草,不见其长,日有所增;行恶之人,如磨刀之石,不见其损,日有所亏①。你在这荒郊野外,一连打死三人,还是无人检举,没有对头;倘到城市之中,人烟凑集之处②,你拿了那哭丧棒,一时不知好歹,乱打起人来,撞出大祸,教我怎的脱身?你回去罢!"行者道:"师父错怪了我也。这厮分明是个妖魔,他实有心害你。我倒打死他,替你除了害,你却不认得,返信了那呆子谗言冷语,屡次逐我。常言道,事不过三。我若不去,真是个下流无耻之徒。我去!我去!去便去了,只是你手下无人。"唐僧发怒道:"这泼猴越发无礼!看起来,只你是人,那悟能、悟净就不是人?"那大圣一闻得说他两个是人,止不住伤情凄惨,对唐僧道声:"苦阿!你那时节,出了长安,有刘伯钦送你上路;到两界山,救我出来,投拜你为师,我曾穿古洞,入深林,擒魔捉怪,收八戒,得沙僧,吃尽千辛万苦。今日昧着惺惺使糊涂③,只教我回去:这才是'鸟尽弓藏,狗烹兔死④!'罢!罢!罢!但只是多了那《紧箍儿咒》。"唐僧道:"我再不念了。"行者道:"这个难说。若到那毒魔苦难处不得脱身,八戒、沙僧救不得你,那时节,想起我来,忍不住又念诵起来,就是十万里路,我的头也是疼的;假如再来见你,不如不作此意。"

唐僧见他言言语语,越添恼怒,滚鞍下马来,叫沙僧包袱内取出纸笔,即于涧下取水,石上磨墨,写了一纸贬书,递与行者道:"猴头,

---

① "如春园之草"以下数句:这是《明心宝鉴·继善篇》托名东岳圣帝的话。
② 凑集:密集,集中。
③ 昧着惺惺使胡涂:又作"揣着惺惺使糊涂"。指内心明白,表面装糊涂。惺惺,清醒。
④ 鸟尽弓藏,狗烹兔死:《史记·越王勾践世家》记载越王勾践灭吴国之后,立下大功的谋臣范蠡却远走高飞,并写信给另一位谋臣文种,信中说:"飞鸟尽,良弓藏;狡兔死,走狗烹。"意思是鸟打光了,弓箭就要藏起来了;野兔猎尽了,猎狗就要被煮来吃了。比喻事情成功后,出过力的人会被抛弃。后来文种果然因受勾践猜忌而被赐死。

执此为照,再不要你做徒弟了。如再与你相见,我就堕了阿鼻地狱!"行者连忙接了贬书道:"师父,不消发誓,老孙去罢。"他将书摺了,留在袖中,却又软款唐僧道①:"师父,我也是跟你一场,又蒙菩萨指教,今日半途而废,不曾成得功果。你请坐,受我一拜,我也去得放心。"唐僧转回身不采,口里唧唧哝哝的道:"我是个好和尚,不受你歹人的礼!"大圣见他不采,又使个身外法,把脑后毫毛拔了三根,吹口仙气,叫:"变!"即变了三个行者,连本身四个,四面围住师父下拜。那长老左右躲不脱,好道也受了一拜。

大圣跳起来,把身一抖,收上毫毛,却又分付沙僧道:"贤弟,你是个好人,却只要留心防着八戒诂言诂语②,途中更要仔细。倘一时有妖精拿住师父,你就说老孙是他大徒弟。西方毛怪,闻我的手段,不敢伤我师父。"唐僧道:"我是个好和尚,不题你这歹人的名字,你回去罢。"那大圣见长老三番两覆,不肯转意回心,没奈何才去。你看他:

噙泪叩头辞长老,含悲留意嘱沙僧。
一头拽进坡前草,两脚登翻地上藤。
上天下地如轮转,跨海飞山第一能。
顷刻之间不见影,霎时疾返旧途程。

你看他忍气别了师父,纵筋斗云,径回花果山水帘洞去了。独自个凄凄惨惨,忽闻得水声聒耳。大圣在那半空里看时,原来是东洋大海潮发的声响。一见了,又想起唐僧,止不住腮边泪坠,停云住步,良久方去。毕竟不知此去反复何如,且听下回分解。

---

①软款:殷勤,温柔。这里指摆出温柔的态度。
②诂(diān)言诂语:花言巧语,胡说八道。

第二十八回

花果山群妖聚义　黑松林三藏逢魔

却说那大圣虽被唐僧逐赶,然犹思念,感叹不已,早望见东洋大海,道:"我不走此路者,已五百年矣!"只见那海水:

烟波荡荡,巨浪悠悠。烟波荡荡接天河,巨浪悠悠通地脉。潮来汹涌,水浸湾环。潮来汹涌,犹如霹雳吼三春①;水浸湾环,却似狂风吹九夏②。乘龙福老,往来必定皱眉行;跨鹤仙童,反覆果然忧虑过。近岸无村社,傍水少渔舟。浪卷千年雪,风生六月秋。野禽凭出没,沙鸟任沉浮。眼前无钓客,耳畔只闻鸥。海底游鱼乐,天边过雁愁。

那行者将身一纵,跳过了东洋大海,早至花果山。按落云头,睁睛观看,那山上花草俱无,烟霞尽绝;峰岩倒塌,林树焦枯。你道怎么这等?只因他闹了天宫,拿上界去,此山被显圣二郎神,率领那梅山七弟兄,放火烧坏了。这大圣倍加凄惨,有一篇败山颓景的古风为证,古风云:

回顾仙山两泪垂,对山凄惨更伤悲。
当时只道山无损,今日方知地有亏。
可恨二郎将我灭,堪嗔小圣把人欺。
行凶掘你先灵墓,无干破尔祖坟基。
满天霞雾皆消荡,遍地风云尽散稀。
东岭不闻斑虎啸,西山那见白猿啼。

---

①三春:农历正月称孟春,二月称仲春,三月称季春,合称三春。
②九夏:夏天。明王逵《蠡海集·气候类》"三春三冬九夏九秋之说"认为:因"九"为阳数之最大者,继续发展将变为阴;而夏季是一年中阳气最盛之时,秋季为一年中阳气尽而阴气初始之时,故称九夏。

北溪狐兔无踪迹，南谷獐豝没影遗。
青石烧成千块土，碧沙化作一堆泥。
洞外乔松皆倚倒，崖前翠柏尽稀少。
椿杉槐桂栗檀焦，桃杏李梅梨枣了。
柘绝桑无怎养蚕？柳稀竹少难栖鸟。
峰头巧石化为尘，洞底泉干都是草。
崖前土黑没芝兰，路畔泥红藤薜攀。
往日飞禽飞那处？当时走兽走何山？
豹嫌蟒恶倾颓所，鹤避蛇回败坏间。
想是日前行恶念，致令时下受艰难。

那大圣正当悲切，只听得那芳草坡前、曼荆凹里响一声，跳出七八个小猴，一拥上前，围住叩头，高叫道："大圣爷爷！今日来家了？"美猴王道："你们因何不耍不顽，一个个都潜踪隐迹？我来多时了，不见你们形影，何也？"群猴听说，一个个垂泪告道："自大圣擒拿上界，我们被猎人之苦，着实难捱！怎禁他硬弩强弓，黄鹰劣犬①，网扣枪钩，故此各惜性命，不敢出头顽耍，只是深潜洞府，远避窝巢。饥去坡前偷草食，渴来涧下吸清泉。却才听得大圣爷爷声音，特来接见，伏望扶持。"那大圣闻得此言，愈加凄惨，便问："你们还有多少在此山上？"群猴道："老者小者，只有千把。"大圣道："我当时共有四万七千群妖，如今都往那里去了？"群猴道："自从爷爷去后，这山被二郎菩萨点上火，烧杀了大半。我们蹲在井里，钻在涧里，藏于铁板桥下，得了性命。及至火灭烟消，出来时，又没花果养赡，难以存活，别处又去了一半。我们这一半，捱苦的住在山中②，这两年，又被些打猎的抢了一半去也。"行者道："他抢你去何干？"群猴道："说起这猎户可恨！他把我们中箭着枪的，中毒打死的，拿了去剥皮剔骨，酱煮醋蒸，油煎盐炒，当做下饭食用。或有那遭网的，遇扣的，夹活儿拿

---

①劣犬：性情凶恶的狗。
②捱（ái）苦：受苦。捱，忍受。

去了,教他跳圈做戏,翻筋斗,竖蜻蜓,当街上筛锣擂鼓,无所不为的顽耍。"

大圣闻此言,更十分恼怒道:"洞中有甚么人执事?"群妖道:"还有马流二元帅,奔巴二将军管着哩。"大圣道:"你们去报他知道,说我来了。"那些小妖,撞入门里报道:"大圣爷爷来家了。"那马流、奔巴闻报,忙出门叩头,迎接进洞。大圣坐在中间,群怪罗拜于前,启道:"大圣爷爷,近闻得你得了性命,保唐僧往西天取经,如何不走西方,却回本山?"大圣道:"小的们,你不知道,那唐三藏不识贤愚。我为他一路上捉怪擒魔,使尽了平生的手段,几番家打杀妖精,他说我行凶作恶,不要我做徒弟,把我逐赶回来,写立贬书为照,永不听用了。"

众猴鼓掌大笑道:"造化!造化!做甚么和尚,且家来,带携我们耍子几年罢!"叫:"快安排椰子酒来,与爷爷接风。"大圣道:"且莫饮酒,我问你那打猎的人,几时来我山上一度?"马流道:"大圣,不论甚么时度,他逐日家在这里缠扰。"大圣道:"他怎么今日不来?"马流道:"看待来耶。"大圣分付:"小的们,都出去把那山上烧酥了的碎石头与我搬将起来堆着。或二三十个一堆,或五六十个一堆,堆着我有用处。"那些小猴都是一窝风,一个个跳天捆地①,乱搬了许多堆集。大圣看了,教:"小的们,都往洞内藏躲,让老孙作法。"

那大圣上了山巅看处,只见那南半边,冬冬鼓响,当当锣鸣,闪上有千余人马,都架着鹰犬,持着刀枪。猴王仔细看那些人,来得凶险。好男子,真个骁勇!但见:

　　狐皮苫肩顶,锦绮裹腰胸。
　　袋插狼牙箭,胯挂宝雕弓。
　　人似搜山虎,马如跳涧龙。
　　成群引着犬,满膀架其鹰。

---

①跳天捆(shuò)地:跳跃不停的样子。

>　　荆筐抬火炮，带定海东青①。
>　　粘竿百十辴②，兔叉有千根③。
>　　牛头拦路网，阎王扣子绳④。
>　　一齐乱吆喝，散撒满天星。

大圣见那些人布上他的山来，心中大怒。手里捻诀，口内念念有词，往那巽地上吸了一口气，嘑的吹将去，便是一阵狂风。好风！但见：

>　　扬尘播土，倒树摧林。海浪如山耸，浑波万叠侵。乾坤昏荡荡，日月暗沉沉。一阵摇松如虎啸，忽然入竹似龙吟。万窍怒号天噫气⑤，飞砂走石乱伤人。

大圣作起这大风，将那碎石，乘风乱飞乱舞，可怜把那些千余人马，一个个：

>　　石打乌头粉碎，沙飞海马俱伤。
>　　人参官桂岭前忙，血染朱砂地上。

---

①海东青：一种凶猛的雕类，产于黑龙江下游及附近海岛，常用作猎鹰。

②粘竿：顶端涂有胶的竹竿，用来粘鸟。辴(tiān)：原意为吐舌，亦通"舔"，用舌粘取食物。此处似是以"辴"或"舔"作为粘竿的计数单位。粘竿又名黐(chī，木胶)竿。明陈大声《滑稽余韵·粘竿》："搓黐惗(tiǎn)竹手便捷，捕雀拿禽心毒切。"惗，亦同"舔"。他本多作"担"，不妥。捕鸟用粘竿往往长达丈余，通常扛在肩上，难用担装。《梼杌闲评》第四回："个个手提淬筒，人人肩着粘竿。"

③兔叉：箭名。有铁兔叉、木兔叉。《大清会典图·武备五》记：铁兔叉以杨木为杆，长二尺九寸，铁簇长二寸五分，端为四棱云叶，中为圆椎，后周施四铁齿，长一寸四分，有倒钩向外，"以射雉兔，易于探取"。

④"牛头拦路网"二句：此二句形容拦路网、扣子绳像牛头鬼和阎王一样可怕。牛头，即牛头鬼。拦路网，即拦网，今又称粘鸟网、缠鸟网，网眼细密，张设于鸟类常经过的道路上。扣子绳，应即"扣子"，捕鸟专用绳索。一般用马尾编成一条长绳，绳上按一定间距系若干小绳圈，鸟钻入小圈则被缚住。今按捕鸟种类不同又称"画眉套""竹鸡套"等。

⑤万窍怒号天噫气：出自《庄子·齐物论》："大块噫气，其名为风。是唯无作，作则万窍怒呼。"

附子难归故里,槟榔怎得还乡?

尸骸轻粉卧山场,红娘子家中盼望①。

诗曰:

人亡马死怎归家?野鬼孤魂乱似麻。

可怜抖擞英雄辈,不辨贤愚血染沙。

大圣按落云头,鼓掌大笑道:"造化!造化!自从归顺唐僧,做了和尚,他每每劝我话道:千日行善,善犹不足;一日行恶,恶自有余。真有此话?我跟着他,打杀几个妖精,他就怪我行凶,今日来家,却结果了这许多猎户②。"叫:"小的们,出来!"那群猴,狂风过去,听得大圣呼唤,一个个跳将出来。大圣道:"你们去南山下,把那打死的猎户衣服,剥得来家洗净血迹,穿了遮寒;把死人的尸首,都推在那万丈深潭里;把死倒的马,拖将来,剥了皮,做靴穿,将肉腌着,慢慢的食用;把那些弓箭枪刀,与你们操演武艺;将那杂色旗号,收来我用。"群猴一个个领诺。

那大圣把旗拆洗,总斗做一面杂彩花旗③,上写着"重修花果山复整水帘洞齐天大圣"十四字,竖起杆子,将旗挂于洞外,逐日招魔聚兽,积草屯粮,不题"和尚"二字。他的人情又大,手段又高,便去四海龙王,借些甘霖仙水,把山洗青了。前栽榆柳,后种松楠,桃李枣梅,无所不备,逍遥自在,乐住安居不题。

却说唐僧听信狡性④,纵放心猿,攀鞍上马,八戒前边开路,沙僧挑着行李西行。过了白虎岭,忽见一带林丘,真个是藤攀葛绕,柏翠松青。三藏叫道:"徒弟呀,山路蹊岖,甚是难走,却又松林丛簇,树

---

① "石打乌头粉碎"数句:石打(石打穿)、乌头、沙飞(沙飞草)、海马、人参、官桂、朱砂、附子、槟榔、轻粉、红娘子,都是药名,取药名的字面意义或谐音,是作者的一种文字游戏,如乌头借指人的头,海马借指战马,人参即人身,附子即父子,红娘子借指猎人的妻子等。

② 结果:原作"结裹",今随文改为常用字,后不出注。

③ 斗:拼合,杂凑。

④ 狡性:猜疑的心性。

木森罗,切须仔细,恐有妖邪妖兽。"你看那呆子,抖擞精神,叫沙僧带着马,他使钉钯开路,领唐僧径入松林之内。正行处,那长老兜住马道:"八戒,我这一日其实饥了,那里寻些斋饭我吃?"八戒道:"师父请下马在此,等老猪去寻。"长老下了马,沙僧歇了担,取出钵盂,递与八戒。八戒道:"我去也。"长老问:"那里去?"八戒道:"莫管,我这一去,钻冰取火寻斋至,压雪求油化饭来。"

你看他出了松林,往西行径十余里,更不曾撞着一个人家,真是有狼虎无人烟的去处。那呆子走得辛苦,心内沉吟道:"当年行者在日,老和尚要的就有,今日轮到我的身上,诚所谓当家才知柴米价,养子方晓父娘恩,公道没去化处。"他又走得瞌睡上来,思道:"我若就回去,对老和尚说没处化斋,他也不信我走了这许多路。须是再多幌个时辰,才好去回话。也罢,也罢,且往这草科里睡睡。"呆子就把头拱在草里睡下,当时也只说朦胧朦胧就起来,岂知走路辛苦的人,丢倒头,只管鼾鼾睡起。

且不言八戒在此睡觉,却说长老在那林间,耳热眼跳,身心不安,急回叫沙僧道:"悟能去化斋,怎么这早晚还不回?"沙僧道:"师父,你还不晓得哩,他见这西方上人家斋僧的多,他肚子又大,他管你?只等他吃饱了才来哩。"三藏道:"正是呀,倘或他在那里贪着吃斋,我们那里会他?天色晚了,此间不是个住场,须要寻个下处方好哩。"沙僧道:"不打紧,师父,你且坐在这里,等我去寻他来。"三藏道:"正是,正是。有斋没斋罢了,只是寻下处要紧。"沙僧绰了宝杖,径出松林来找八戒。

长老却独坐林中,十分闷倦,只得强打精神,跳将起来,把行李攒在一处,将马拴在树上,束下戴的斗笠①,插定了锡杖,整一整缁衣②,徐步幽林,权为散闷。那长老看遍了野草山花,听不得归巢鸟噪。原来那林子内都是些草深路小的去处,只因他情思紊乱,却走

---

①束:不详,似是方言,意为摘。
②缁衣:黑色的衣服,僧尼常穿的一种服装。

错了。他一来也是要散散闷。二来也是要寻八戒、沙僧。不期他两个走得是直西路,长老转了一会,却走向南边去了。出得松林,忽抬头,见那壁厢金光闪烁,彩气腾腾,仔细看处,原来是一座宝塔,金顶放光。这是那西落的日色,映着那金顶放亮。他道:"我弟子却没缘法哩!自离东土,发愿逢庙烧香,见佛拜佛,遇塔扫塔。那放光的不是一座黄金宝塔?怎么就不曾走那条路?塔下必有寺院,院内必有僧家,且等我走走。这行李、白马,料此处无人行走,却也无事。那里若有方便处,待徒弟们来,一同借歇。"噫!长老一时晦气到了。你看他拽开步,径至塔边,但见那:

石崖高万丈,山大接青霄。根连地厚,峰插天高。两边杂树数千棵,前后藤缠百余里。花映草梢风有影,水流云窦月无根①。倒木横担深涧,枯藤结挂光峰。石桥下,流滚滚清泉;台座上,长明明白粉②。远观一似三岛天堂,近看有如蓬莱胜境。香松紫竹绕山溪,鸦鹊猿猴穿峻岭。洞门外,有一来一往的走兽成行;树林里,有或出或入的飞禽作队。青青香草秀,艳艳野花开。这所在分明是恶境,那长老怍气撞将来③。

那长老举步进前,才来到塔门之下,只见一个斑竹帘儿,挂在里面。他破步入门,揭起来,往里就进,猛抬头,见那石床上,侧睡着一个妖魔。你道他怎生模样:

青靛脸,白獠牙,一张大口呀呀。两边乱蓬蓬的鬓毛,却都是些胭脂染色;三四紫巍巍的髭髯,恍疑是那荔支排芽。鹦嘴般的鼻儿拱拱,曙星样的眼儿巴巴。两个拳头,和尚钵盂模样;二只蓝脚,悬

---

① 云窦:云气出没的山洞。
② 白粉:不详,似指菅草,多生于山坡草地,可做炊帚、刷子、绳索等。三国吴陆玑《毛诗草木鸟兽虫鱼疏》卷上"白华菅兮":"菅似茅而滑泽无毛,根下五寸中有白粉者,柔韧宜为索。"唐皮日休《登初阳楼》:"危楼新制号初阳,白粉青菅射沼光。"
③ 怍(zuò)气:不详,当是"晦气"之脱坏。

崖榾柮桠槎①。斜披着淡黄袍帐,赛过那织锦袈裟。拿的一口刀,精光耀映;眠的一块石,细润无瑕。他也曾小妖排蚁阵②,他也曾老怪坐蜂衙③,你看他威风凛凛,大家吆喝,叫一声爷。他也曾月作三人壶酌酒④,他也曾风生两腋盏倾茶⑤,你看他神通浩浩,霎着下眼游遍天涯。荒林喧鸟雀,深莽宿龙蛇。仙子种田生白玉⑥,道人伏火养丹砂⑦。小小洞门,虽到不得那阿毗地狱;楞楞妖怪,却就是一个牛头夜叉。

那长老看见他这般模样,唬得打了一个倒退,遍体酥麻,两腿酸软,即忙的抽身便走。刚刚转了一个身,那妖魔他的灵性着实是强大,撑开着一双金睛鬼眼,叫声:"小的们,你看门外是甚么人!"一个小妖就伸头望门外打一看,看见是个光头的长老,连忙跑将进去,报道:"大王,外面是个和尚哩,团头大面,两耳垂肩,嫩刮刮的一身肉,细娇娇的一张皮:且是好个和尚!"那妖闻言,呵声笑道:"这叫做个蛇头上苍蝇,自来的衣食。你众小的们,疾忙赶上也,与我拿将来,我这里重重有赏!"那些小妖,就是一窝蜂,齐齐拥上。三藏见了,虽

---

① 榾柮(gǔ duò):树根,木柴块。桠槎(yā chá):也写做"枒槎",纷错歧出的样子。
② 蚁阵:蚂蚁战斗时的阵势,形容阵势密集。
③ 蜂衙:群蜂早晚聚集,簇拥蜂王,像官吏到上司衙门排班参见。这里指小妖拜见妖王。
④ 月作三人壶酌酒:唐李白《月下独酌》:"举杯邀明月,对影成三人。"此处仅指饮酒。
⑤ 风生两腋盏倾茶:唐卢仝《走笔谢孟谏议新茶》:"七碗吃不得也,惟觉两腋习习清风生。"此处仅指喝茶。
⑥ 仙子种田生白玉:典出晋干宝《搜神记》:杨伯雍在路边为路人供水行善,有人饮水后,"以一斗石子与之,使至高平好地有石处种之,云:'玉当生其中。'"数年后,田中生出白玉,杨伯雍即以白璧五双娶到了当地名门徐氏的女儿。
⑦ 道人伏火养丹砂:道士炼丹,调低炉火的温度称"伏火",目的是防止朱砂等气化挥发而使药物变成不散失的物质,故称"养"。

则是一心忙似箭,两脚走如飞,终是心惊胆颤,腿软脚麻,况且是山路崎岖,林深日暮,步儿那里移得动?被那些小妖,平抬将去,正是:

龙游浅水遭虾戏,虎落平洋被犬欺。
纵然好事多磨障,谁像唐僧西向时?

你看那众小妖,抬得长老,放在那竹帘儿外,欢欢喜喜,报声道:"大王,拿得和尚进来了。"那老妖,他也偷眼瞧一瞧,只见三藏头直上,貌堂堂,果然好一个和尚,他便心中想道:"这等好和尚,必是上方人物,不当小可的,若不做个威风,他怎肯服降哩?"陡然间,就狐假虎威,红须倒竖,血发朝天,眼睛迸裂,大喝一声道:"带那和尚进来!"众妖们,大家响响的答应了一声:"是!"就把三藏望里面只是一推。这是既在矮檐下,怎敢不低头!三藏只得双手合着,与他见个礼,那妖道:"你是那里和尚?从那里来?到那里去?快快说明!"三藏道:"我本是唐朝僧人,奉大唐皇帝敕命,前往西方访求经偈,经过贵山,特来塔下谒圣。不期惊动威严,望乞恕罪。待往西方取得经回东土,永注高名也①。"那妖闻言,呵呵大笑道:"我说是上邦人物,果然是你。正要吃你哩,却来的甚好!甚好!不然,却不错放过了?你该是我口里的食,自然要撞将来,就放也放不去,就走也走不脱!"叫小妖:"把那和尚拿去绑了!"果然那些小妖一拥上前,把个长老绳缠索绑,缚在那定魂桩上。

老妖持刀又问道:"和尚,你一行有几人?终不然一人敢上西天?"三藏见他持刀,又老实说道:"大王,我有两个徒弟,叫做猪八戒、沙和尚,都出松林化斋去了。还有一担行李,一匹白马,都在松林里放着哩。"老妖道:"又造化了。两个徒弟,连你三个,连马四个,勾吃一顿了。"小妖道:"我们去捉他来。"老妖道:"不要出去,把前门关了。他两个化斋来,一定寻师父吃,寻不着,一定寻着我门上。常言道,上门的买卖好做,且等慢慢的捉他。"众小妖把前门闭了。

且不言三藏逢灾。却说那沙僧出林找八戒,真有十余里远近,

---

①注:此处意为记载。

不曾见个庄村。他却站在高埠上正然观看，只听得草中有人言语，急使杖拨开深草看时，原来是呆子在里面说梦话哩。被沙僧揪着耳朵，方叫醒了，道："好呆子呵！师父教你化斋，许你在此睡觉的？"那呆子冒冒失失的醒来道："兄弟，有甚时候了？"沙僧道："快起来！师父说有斋没斋也罢，教你我那里寻下住去哩。"呆子懵懵懂懂的，托着钵盂，拑着钉钯，与沙僧径直回来，到林中看时，不见了师父。沙僧埋怨道："都是你这呆子化斋不来，必有妖精拿师父也。"八戒笑道："兄弟，莫要胡说。那林子里是个清雅的去处，决然没有妖精。想是老和尚坐不住，往那里观风去了①。我们寻他去来。"二人只得牵马挑担，收拾了斗篷锡杖，出松林寻找师父。

　　这一回，也是唐僧不该死。他两个寻一会不见，忽见下有金光闪灼，八戒道："兄弟呵，有福的只是有福。你看师父往他家去了，那放光的是座宝塔，谁敢怠慢？一定要安排斋饭，留他在那里受用。我们还不走动些，也赶上去吃些斋儿。"沙僧道："哥呵，定不得吉凶哩。我们且去看来。"

　　二人雄纠纠的到了门前，呀！闭着门哩。只见那门上横安了一块白玉石板，上镌着六个大字"碗子山波月洞"。沙僧道："哥呵，这不是甚么寺院，是一座妖精洞府也。我师父在这里，也见不得哩。"八戒道："兄弟莫怕，你且拴下马匹，守着行李，待我问他的信看。"那呆子举着钯，上前高叫："开门！开门！"那洞里有把门的小妖开了门，忽见他两个的模样，急抽身跑入里面报道："大王，买卖来了！"老妖道："那里买卖？"小妖道："洞门外有一个长嘴大耳的和尚，与一个晦气色的和尚，来叫门了。"老妖大喜道："是猪八戒与沙僧寻将来也。噫，他也会寻哩。怎么就寻到我这门上？既然嘴脸凶顽，却莫要怠慢了他。"叫："取披挂来！"小妖抬来，就结束了，绰刀在手，径出门来。

　　却说那八戒、沙僧在门前正等，只见妖魔来得凶险。你道他怎

---

① 观风：观赏风光。

第二十八回　花果山群妖聚义　黑松林三藏逢魔

生打扮：

青脸红须赤发飘，黄金铠甲亮光饶①。
裹肚衬腰碌石带②，攀胸勒甲步云绦。
闲立山前风吼吼，闷游海外浪滔滔。
一双蓝靛焦筋手，执定追魂取命刀。
要知此物名和姓，声扬二字唤黄袍。

那黄袍老怪出得门来，便问："你是那方和尚，在我门首吆喝？"八戒道："我儿子，你不认得我是你老爷？我是大唐差往西天去的。我师父是那御弟三藏。若在你家里，趁早送出来，省了我钉钯筑进去！"那怪笑道："是，是，是，有一个唐僧在我家。我也不曾怠慢他，安排些人肉包儿与他吃哩。你们也进去吃一个儿，何如？"这呆子认真就要进去，沙僧一把扯住道："哥呵，他哄你哩，你几时又吃人肉哩？"呆子却才省悟，掣钉钯，望妖怪劈脸就筑。那怪物侧身躲过，使钢刀急架相迎。两个都显神通，纵云头，跳在空中厮杀。沙僧撇了行李白马，举宝杖，急急帮攻。此时两个狠和尚，一个泼妖魔，在云端里，这一场好杀，正是那：

杖起刀迎，钯来刀架。一员魔将施威，两个神僧显化。九齿钯真个英雄，降妖杖诚然凶咤。没前后左右齐来，那黄袍公然不怕。你看他蘸钢刀幌亮如银③，其实的那神通也为广大。只杀得满空中雾绕云迷；半山里崖崩岭咋。一个为声名，怎肯干休？一个为师父，断然不怕。

他三个在半空中，往往来来，战经数十回合，不分胜负。各因性命要紧，其实难解难分。毕竟不知怎救出唐僧，且听下回分解。

---

①饶：丰富。
②砗（qú）石：砗磲的壳。砗磲为软体动物，栖息热带海洋中。肉可食用。壳大而厚，略呈三角形，长可达一米，可制器皿及装饰品。
③蘸钢：即点钢，经过淬火工艺的钢。参见第五十回"点钢"条注。

第二十九回

脱难江流来国土　承恩八戒转山林

诗曰：
　　妄想不复强灭，真如何必希求①？
　　本原自性佛前修，迷悟岂居前后②？
　　悟即刹那成正，迷而万劫沉流。
　　若能一念合真修，灭尽恒沙罪垢③。

却说那八戒、沙僧与怪斗经个三十回合，不分胜负。你道怎么不分胜负？若论赌手段，莫说两个和尚，就是二十个，也敌不过那妖精。只为唐僧命不该死，暗中有那护法神祇保着他，空中又有那六丁六甲、五方揭谛、四值功曹、一十八位护教伽蓝，助着八戒、沙僧。

且不言他三人战斗，却说那长老在洞里悲啼，思量他那徒弟，眼中流泪道："悟能呵，不知你在那个村中逢了善友，贪着斋供。悟净呵，你又不知在那里寻他，可能得会？岂知我遇妖魔，在此受难。几时得会你们，脱了大难，早赴灵山。"正当悲啼烦恼，忽见那洞里走出一个妇人来，扶着定魂桩叫道："那长老，你从何来？为何被他缚在此处？"长老闻言，泪眼偷看，那妇人约有三十年纪，遂道："女菩萨，

---

① "妄想不复强灭"二句：这首《西江月》出自宋人张伯端的《悟真篇》外集《悟真性宗直指》。这两句的意思是说：假如不具备悟性的话，不下力气灭除自己的种种杂念，那么就不必追求真如之性了。

② "本原自性佛前修"二句：本源自性之心当与佛性同修，世人有迷有悟，迷、悟不讲什么先来后到。先修的未必早悟。本原，也作"本源"，指自性清净心。

③ "悟即刹那成正"四句：悟了就会立即成佛，有了妄想只能在迷途中漂流沉没。只要一念合乎真正的修证，就能把种种杂念清除干净，灭尽千万劫来所造的罪孽。

不消问了,我已是该死的,走进你家门来也。要吃就吃了罢,又问怎的?"那妇人道:"我不是吃人的。我家离此西下,有三百余里。那里有座城,叫做宝象国。我是那国王的第三个公主,乳名叫做百花羞。只因十三年前八月十五日夜,玩月中间,被这妖魔一阵狂风摄将来,与他做了十三年夫妻。在此生儿育女,杳无音信回朝,思量我那父母,不能相见。你从何来,被他拿住?"唐僧道:"贫僧乃是差往西天取经者,不期闲步,误撞在此。如今要拿住我两个徒弟,一齐蒸吃哩。"那公主陪笑道:"长老宽心,你既是取经的,我救得你。那宝象国是你西方去的大路,你与我捎一封书儿去,拜上我那父母,我就教他饶了你罢。"三藏点头道:"女菩萨,若还救得贫僧命,愿做捎书寄信人。"

那公主急转后面,即修了一纸家书,封固停当,到桩前解放了唐僧,将书付与。唐僧得解脱,捧书在手道:"女菩萨,多谢你活命之恩。贫僧这一去,过贵处,定送国王处。只恐日久年深,你父母不肯相认,奈何?切莫怪我贫僧打了诳语。"公主道:"不妨,我父王无子,止生我三个姊妹,若见此书,必有相看之意。"三藏紧紧袖了家书,谢了公主,就往外走,被公主扯住道:"前门里你出不去!那些大小妖精,都在门外摇旗呐喊,擂鼓筛锣①,助着大王,与你徒弟厮杀哩。你往后门里去罢,若是大王拿住,还审问审问;只恐小妖儿捉了,不分好歹,挟生儿伤了你的性命。等我去他面前,说个方便。若是大王放了你呵,待你徒弟讨个示下,寻着你一同好走。"三藏闻言,磕了头,谨依分付,辞别公主,躲离后门之外,不敢自行,将身藏在荆棘丛中。

却说公主娘娘,心生巧计,急往前来,出门外,分开了大小群妖,只听得叮叮当当,兵刃乱响,原来是八戒、沙僧与那怪在半空里厮杀哩。这公主厉声高叫道:"黄袍郎!"那妖王听得公主叫唤,即丢了八戒、沙僧,按落云头,撇了钢刀,搀着公主道:"浑家,有甚话说?"公主

---

① 筛锣:敲锣。

道:"郎君呵,我才时睡在罗帏之内,梦魂中忽见个金甲神人。"妖魔道:"那个金甲神？上我门怎的？"公主道:"是我幼时,在宫里对神暗许下一桩心愿:若得招个贤郎驸马,上名山,拜仙府,斋僧布施。自从配了你,夫妻们欢会,到今不曾题起。那金甲神人来讨誓愿,喝我醒来,却是南柯一梦。因此,急整容来郎君处诉知,不期那桩上绑着一个僧人,万望郎君慈悯,看我薄意,饶了那个和尚罢,只当与我斋僧还愿,不知郎君肯否？"那怪道:"浑家,你却多心呐！甚么打紧之事。我要吃人,那里不捞几个吃吃？这个把和尚,到得那里,放他去罢。"公主道:"郎君,放他从后门里去罢。"妖魔道:"奈烦哩,放他去便罢,又管他甚么后门前门哩。"他遂绰了钢刀,高叫道:"那猪八戒,你过来。我不是怕你,不与你战,看着我浑家的分上,饶了你师父也。趁早去后门首,寻着他,往西方去罢。若再来犯我境界,断乎不饶！"

那八戒与沙僧闻得此言,就如鬼门关上放回来的一般,即忙牵马挑担,鼠窜而行,转过那波月洞后门之外,叫声:"师父！"那长老认得声音,就在那荆棘中答应。沙僧就剖开草径,搀着师父,慌忙的上马。这里

　　　　狠毒险遭青面鬼,殷勤幸有百花羞。
　　　　鳌鱼脱却金钩钓,摆尾摇头逐浪游。

八戒当头领路,沙僧后随,出了那松林,上了大路。你看他两个咋咋嘈嘈①,埋埋怨怨,三藏只是解和。遇晚先投宿,鸡鸣早看天,一程一程,长亭短亭②,不觉的就走了二百九十九里。猛抬头,只见一座好城,就是宝象国。真好个处所也:

　　　　云渺渺,路迢迢。地虽千里外,景物一般饶。瑞霭祥烟笼罩,清

---

①咋咋嘈嘈:形容说话声音又急又乱。
②长亭短亭:旧时城外大道旁,五里设短亭,十里设长亭,供行人休息或送行饯别。

风明月招摇。崒崒崪崪的远山①,大开图画;潆潆溇溇的流水,碎溅琼瑶。可耕的连阡带陌②,足食的密蕙新苗③。渔钓的几家三涧曲,樵采的一担两峰椒④。廓的廓,城的城,金汤巩固;家的家,户的户,只斗逍遥⑤。九重的高阁如殿宇,万丈的层台似锦标⑥。也有那太极殿、华盖殿、烧香殿、观文殿、宣政殿、延英殿:一殿殿的玉陛金阶,摆列着文冠武弁⑦;也有那大明宫、昭阳宫、长乐宫、华清宫、建章宫、未央宫:一宫宫的钟鼓管籥⑧,撒抹了闺怨春愁。也有禁苑的,露花匀嫩脸;也有御沟的,风柳舞纤腰。通衢上,也有个顶冠束带的,盛仪容,乘五马,幽僻中,也有个持弓挟矢的,拨云雾,贯双雕。花柳的巷,管弦的楼,春风不让洛阳桥⑨。取经的长老,回首大唐肝胆裂;伴师的徒弟,息肩小驿梦魂消。

　　看不尽宝象国的景致。师徒三众,收拾行李、马匹,安歇馆驿中。唐僧步行至朝门外,对阁门大使道⑩:"有唐朝僧人,特来面驾,倒换文牒,乞为转奏转奏。"那黄门奏事官⑪,连忙走至白玉阶前奏道:"万岁,唐朝有个高僧,欲求见驾,倒换文牒。"那国王闻知是唐朝大国,且又说是个方上圣僧,心中甚喜,即时准奏,叫:"宣他进来。"

---

①崒崒(lǜ)崪崪(zú):形容山高峻。也作"崒崒"。

②阡、陌:即田界。一般说来,南北方向为阡,东西方向为陌。

③蕙:当作"穗"。

④椒:山顶。《文选·谢庄〈月赋〉》:"菊散芳于山椒。"李善注:"山椒,山顶也。"

⑤只斗逍遥:意思是满足于一只鸡一斗酒的平静生活。只斗,即"只鸡斗酒"的省称。语出《后汉书·桥玄传》,曹操与友人桥玄相约,死后若从坟前经过,"不以只鸡斗酒相沃酹,车过三步,腹痛勿怨"。

⑥锦标:锦制的旗帜。

⑦武弁(biàn):代指武将。弁,古代的一种帽子。武将戴皮弁。

⑧籥(yuè):一种管乐器,类似于排箫。

⑨洛阳桥:指洛阳天津桥,是城内繁华之处。

⑩阁门大使:五代十国至宋设置有阁门使,执掌礼仪。元代事务官多称大使。明初尚有此官,后被明太祖革除。

⑪黄门奏事官:参见第十二回"黄门官"条注。

把三藏宣至金阶,舞蹈山呼礼毕。两边文武多官,无不叹道:"上邦人物,礼乐雍容如此!"那国王道:"长老,你到我国中何事?"三藏道:"小僧是唐朝释子①,承我天子敕旨,前往西方取经。原领有文牒,到陛下上国,理合倒换。故此不识进退,惊动龙颜。"国王道:"既有唐天子文牒,取上来看。"三藏双手捧上去,展开放在御案上。牒云:

"南赡部洲大唐国奉天承运唐天子牒行:切惟朕以凉德②,嗣续丕基③,事神治民,临深履薄④,朝夕是惴。前者,失救泾河老龙,获谴于我皇皇后帝⑤,三魂七魄,倏忽阴司,已作无常之客。因有阳寿未绝,感冥君放送回生,广陈善会,修建度亡道场。感蒙救苦观世音菩萨,金身出现,指示西方有佛有经,可度幽亡,超脱孤魂。特着法师玄奘,远历千山,询求经偈。倘到西邦诸国,不灭善缘,照牒放行。须至牒者⑥。大唐贞观一十三年秋吉日御前文牒(上有宝印九颗)。"

国王见了,取本国玉宝⑦,用了花押⑧,递与三藏。三藏谢了恩,收了文牒,又奏道:"贫僧一来倒换文牒,二来与陛下寄有家书。"国王大喜道:"有甚书?"三藏道:"陛下第三位公主娘娘,被碗子山波月洞黄袍妖摄将去,贫僧偶尔相遇,故寄书来也。"国王闻言,满眼垂泪道:"自十三年前,不见了公主。两班文武官,也不知贬退了多少;宫里宫外,大小婢子太监,也不知打死了多少,只说是走出皇宫,迷失

---

①释子:释迦的弟子,佛教徒。
②凉德:薄德,缺少仁义,一般用于王侯的谦辞。凉,原指薄酒,引申为薄。
③丕基:伟大的基业。丕,大。
④临深履薄:像走在深渊边上,踏在薄冰上面那样小心翼翼,出自《诗经·小雅·小旻》。
⑤皇皇后帝:指天帝。出自《诗经·鲁颂·閟(bì)宫》。
⑥须至牒者:"须至……者"是旧时公文及执照结句习惯用语,没有具体的意义,仅表示肯定、劝勉的口气,如须至榜者、须至咨者等。
⑦宝:帝王的印信。秦代称帝、后为"玺",至唐代改称"宝"。
⑧花押:旧时文书契约末尾的草书签名或代替签名的特种符号。由于各人书写习惯不同,故可以起到一定的防伪作用。类似今天的花体签名。

路径,无处找寻,满城中百姓人家,也盘诘了无数,更无下落。怎知道是妖怪摄了去!今日乍听得这句话,故此伤情流泪。"三藏袖中取出书来献上。国王接了,见有平安二字①,一发手软,拆不开书,传旨宣翰林院大学士上殿读书。学士随即上殿,殿前有文武多官,殿后有后妃宫女,俱侧耳听书。学士拆开朗诵,上写着:

"不孝女百花羞顿首百拜大德父王万岁龙凤殿前,暨三宫母后昭阳宫下②,及举朝文武贤卿台次③:拙女幸托坤宫④,感激劬劳万种⑤,不能竭力怡颜,尽心奉孝。乃于十三年前八月十五日,良夜佳辰,蒙父王恩旨,着各宫排宴,赏玩月华,共乐清宵盛会。正欢娱之间,不觉一阵香风,闪出个金睛蓝面青发魔王,将女擒住,驾祥光,只带至半野山中无人处,难分难辨,被妖倚强,霸占为妻。是以无奈捱了一十三年,产下两个妖儿,尽是妖魔之种。论此真是败坏人伦,有伤风化,不当传书玷辱。但恐女死之后,不显分明。正含怨思忆父母,不期唐朝圣僧,亦被魔王擒住。是女滴泪修书,大胆放脱,特托寄此片楮⑥,以表寸心。伏望父王垂悯,遣上将早至碗子山波月洞捉获黄袍怪,救女回朝,深为恩念。草草欠恭,面听不一。逆女百花羞再顿首顿首。"

那学士读罢家书,国王大哭,三宫滴泪,文武伤情,前前后后,无不哀念。

国王哭之许久,便问两班文武:"那个敢兴兵领将,与寡人捉获妖魔,救我百花公主?"连问数声,更无一人敢答,真是木雕成的武将,泥塑就的文官。那国王心生烦恼,泪若涌泉。只见那多官齐俯

---

① 平安:旧时写信,常在信封上书写"平安"二字,表示没有重大的变故。
② 暨:和。昭阳宫:原为汉成帝宠妃赵飞燕的寝宫,泛指后妃居住的宫殿。唐白居易《长恨歌》:"昭阳殿里恩爱绝,蓬莱宫中日月长。"
③ 台次:台下,台边。台,尊称对方和对方有关的行为。次,旁边。
④ 坤宫:后宫,王后、公主住的地方。坤,女性、阴性的代称。
⑤ 劬(qú)劳:劳累,劳苦。
⑥ 片楮(chǔ):片纸。楮,一种树木,皮可以造纸。故以楮代称纸。

伏奏道:"陛下且休烦恼,公主已失,至今一十三载无音。偶遇唐朝圣僧,寄书来此,未知的否。况臣等俱是凡人凡马,习学兵书武略,止可布阵安营,保国家无侵陵之患①。那妖精乃云来雾去之辈,不得与他觌面相见,何以征救?想东土取经者,乃上邦圣僧。这和尚'道高龙虎伏,德重鬼神钦',必有降妖之术。自古道,'来说是非者,就是是非人'。可就请这长老降妖邪,救公主,庶为万全之策。"

那国王闻言,急回头便请三藏道:"长老若有手段,放法力,捉了妖魔,救我孩儿回朝,也不须上西方拜佛,长发留头,朕与你结为兄弟,同坐龙床,共享富贵如何?"三藏慌忙启上道:"贫僧粗知念佛,其实不会降妖。"国王道:"你既不会降妖,怎么敢上西天拜佛?"那长老瞒不过,说出两个徒弟来了,奏道:"陛下,贫僧一人,实难到此。贫僧有两个徒弟,善能逢山开路,遇水叠桥,保贫僧到此。"国王怪道:"你这和尚大没理,既有徒弟,怎么不与他一同进来见朕?若到朝中,虽无中意赏赐,必有随分斋供②。"三藏道:"贫僧那徒弟丑陋,不敢擅自入朝,但恐惊伤了陛下的龙体。"国王笑道:"你看你这和尚说话,终不然朕当怕他?"三藏道:"不敢说。我那大徒弟姓猪,法名悟能八戒,他生得长嘴獠牙,刚鬃扇耳,身粗肚大,行路生风。第二个徒弟姓沙,法名悟净和尚,他生得身长丈二,臂阔三停③,脸如蓝靛,口似血盆,眼光闪灼,牙齿排钉。他都是这等个模样,所以不敢擅领入朝。"国王道:"你既这等样说了一遍,寡人怕他怎的?宣进来。"随即着金牌至馆驿相请。

那呆子听见来请,对沙僧道:"兄弟,你还不教下书哩,这才见了下书的好处。想是师父下了书,国王道:'捎书人不可怠慢。'一定整治筵宴待他。他的食肠不济,有你我之心,举出名来,故此着金牌来

---

① 侵陵:也作"侵凌"。侵犯欺凌。
② 随分:依例享有的份额。
③ 三停:指身体的全长。小说、戏曲常说人"膀阔三停",指膀宽腰粗如同身长,是一种夸张的说法。

请。大家吃一顿,明日好行。"沙僧道:"哥阿,知道是甚缘故,我们且去来。"遂将行李马匹俱交付驿丞,各带随身兵器,随金牌入朝。早行到白玉阶前,左右立下,朝上唱个喏,再也不动。那文武多官,无人不怕,都说道:"这两个和尚,貌丑也罢,只是粗俗太甚。怎么见我王更不下拜,喏毕平身,挺然而立,可怪!可怪!"八戒听见道:"列位,莫要议论,我们是这般。乍看果有些丑,只是看下些时来,却也耐看。"

那国王见他丑陋,已是心惊;及听得那呆子说出话来,越发胆颤,就坐不稳,跌下龙床,幸有近官员扶起。慌得个唐僧跪在殿前,不住的叩头道:"陛下,贫僧该万死!万死!我说徒弟丑陋,不敢朝见,恐伤龙体,果然惊了驾也。"那国王战战兢兢走近前,搀起道:"长老,还亏你先说过了;若未说,猛然见他,寡人一定唬杀了也!"国王定性多时,便问:"猪长老、沙长老,是那一位善于降妖?"那呆子不知好歹,答道:"老猪会降。"国王道:"怎么家降?"八戒道:"我乃是天蓬大帅,只因罪犯天条,堕落下世,幸今皈正为僧。自从东土来此,第一会降妖的是我。"国王道:"既是天将临凡,必然善能变化。"八戒道:"不敢,不敢,也将就晓得几个变化儿。"国王道:"你试变一个我看看。"八戒道:"请出题目,照依样子好变。"国王道:"变一个大的罢。"

八戒他也有三十六变化,就在阶前卖弄手段,却便捻诀念咒,喝一声叫:"长!"把腰一躬,就长了有八九丈长,却似个开路神一般①。吓得那两班文武,战战兢兢;一国君臣,呆呆挣挣。时有镇殿将军问道:"长老,似这等变得身高,必定长到甚么去处,才有止极?"那呆子又说出呆话来道:"看风,东风犹可,西风也将就;若是南风起,把青天也拱个大窟窿!"那国王大惊道:"收了神通罢,晓得是这般变化

---

① 开路神:又称开路神君、显道神、阡陌将军。身体高大,状貌狰狞,源出《周礼》中驱除疫鬼精怪的方相神。丧家出殡时,用纸糊开路神像置于队列最前面。

了。"八戒把身一矬①,依然现了本相,侍立阶前。

国王又问道:"长老此去,有何兵器与他交战?"八戒腰里掣出钯来道:"老猪使的是钉钯。"国王笑道:"可败坏门面!我这里有的是鞭简瓜锤,刀枪钺斧,剑戟矛镰,随你选称手的拿一件去。那钯算做甚么兵器?"八戒道:"陛下不知,我这钯,虽然粗夯,实是自幼随身之器。曾在天河水府为帅,辖押八万水兵,全仗此钯之力。今临凡世,保护吾师,逢山筑破虎狼窝,遇水掀翻龙蜃穴,皆是此钯。"国王闻得此言,十分欢喜心信。即命九嫔妃子:"将朕亲用的御酒,整瓶取来,权与长老送行。"遂满斟一爵,奉与八戒道:"长老,这杯酒聊引奉劳之意。待捉得妖魔,救回小女,自有大宴相酬,千金重谢。"那呆子接杯在手,人物虽是粗鲁,行事倒有斯文,对三藏唱个大喏道:"师父,这酒本该从你饮起,但君王赐我,不敢违背,让老猪先吃了,助助兴头,好捉妖怪。"那呆子饮而干,才斟一爵,递与师父。三藏道:"我不饮酒,你兄弟们吃罢。"沙僧近前接了。八戒就足下生云,直上空里,国王见了道:"猪长老又会腾云!"呆子去了,沙僧将酒亦一饮而干,道:"师父,那黄袍怪拿住你时,我两个与他交战,只战个手平。今二哥独去,恐战不过他。"三藏道:"正是,徒弟呵,你可去与他帮帮功。"沙僧闻言,也纵云跳将起去。那国王慌了,扯住唐僧道:"长老,你且陪寡人坐坐,也莫腾云去了。"唐僧道:"可怜,可怜,我半步儿也去不得。"此时二人在殿上叙话不题。

却说那沙僧赶上八戒道:"哥哥,我来了。"八戒道:"兄弟,你来怎的?"沙僧道:"师父叫我来帮帮功的。"八戒大喜道:"说得是,来得好。我两个努力齐心,去捉那怪物,虽不怎的,也在此国扬扬姓名。"你看他:

　　　　暧𩆷祥光辞国界②,氤氲瑞气出京城。
　　　　领王旨意来山洞,努力齐心捉怪灵。

---

①矬:矮。
②暧𩆷(ài dài):形容云气缤纷缭绕的样子。

他两个不多时,到了洞口,按落云头。八戒掣钯,往那波月洞的门上,尽力气一筑,把他那石门筑了斗来大小的个窟窿。吓得那把门的小妖开门,看见是他两个,急跑进去报道:"大王,不好了!那长嘴大耳与那晦气脸的和尚,又来把门都打破了!"那怪惊道:"这个还是猪八戒、沙和尚二人。我饶了他师父,怎么又敢复来打我的门!"小妖道:"想是忘了甚么物件,来取的。"老怪咄的一声道:"胡缠!忘了物件,就敢打上门来?必有缘故。"急整束了披挂,绰了钢刀,走出来问道:"那和尚,我既饶了你师父,你怎么又敢来打上我门?"八戒道:"你这泼怪干得好事儿!"老魔道:"甚么事?"八戒道:"你把宝象国三公主骗来洞里,倚强霸占为妻,住了一十三载,也该还他了。我奉国王旨意,特来擒你。你快快进去,自家把绳子绑缚出来,还免得老猪动手!"那老怪闻言,十分发怒。你看他屹迸迸①,咬响钢牙;滴溜溜,睁圆环眼;雄纠纠,举起刀来;赤淋淋,拦头便砍。八戒侧身躲过,使钉钯劈面迎来,随后又有沙僧举宝杖赶上前齐打。这一场在山头上赌斗,比前不同,真个是:

言差语错招人恼,意毒情伤怒气生。这魔王大钢刀,着头便砍;那八戒九齿钯,对面来迎。沙悟净丢开宝杖,那魔王抵架神兵。一猛怪,二神僧,来来往往甚消停。这个说:"你骗国理该死罪!"那个说:"你罗闲事报不平②!"这个说:"你强婚公主伤国体!"那个说:"不干你事莫闲争!"算来只为捎书故,致使僧魔两不宁。

他们在那山坡前,战经八九个回合,八戒渐渐不济将来,钉钯难举,气力不加。你道如何这等战他不过?当时初相战斗,有那护法诸神,为唐僧在洞,暗助八戒、沙僧,故仅得个手停③;此时诸神都在宝象国护定唐僧,所以二人难敌。那呆子道:"沙僧,你且上前来与

---

① 屹(gē)迸迸:同"咯嘣嘣"。
② 罗:张罗,兜揽。
③ 手停:即手平。停,均等。元陶宗仪《南村辍耕录·写山水诀》:"矾法:春秋胶矾停(胶和明矾的分量相等),夏日胶多矾少,冬天矾多胶少。"

他斗着,让老猪出恭来。"他就顾不得沙僧,一溜往那高草薜萝、荆棘葛藤里,不分好歹,一顿钻进;那管刮破头皮,掭伤嘴脸,一觳觫睡倒,再也不敢出来。但留半边耳朵,听着梆声。那怪见八戒走了,就奔沙僧。沙僧措手不及,被怪一把抓住,捉进洞去。小妖将沙僧四马攒蹄捆住①。毕竟不知端的性命如何,且听下回分解。

---

①四马攒蹄:比喻两手两脚捆在一起。

第三十回

邪魔侵正法　意马忆心猿

却说那怪把沙僧捆住，也不来杀他，也不曾打他，骂也不曾骂他一句。绰起钢刀，心中暗想道："唐僧乃上邦人物，必知礼义，终不然我饶了他性命，又着他徒弟拿我不成？噫！这多是我浑家有甚么书信到他那国里，走了风汛。等我去问他一问。"那怪陡起凶性，要杀公主。

却说那公主不知，梳妆方毕，移步前来，只见那怪怒目攒眉，咬牙切齿。那公主还陪笑脸迎道："郎君有何事这等烦恼？"那怪唑的一声骂道："你这狗心贱妇，全没人伦！我当初带你到此，更无半点儿说话。你穿的锦，戴的金，缺少东西我去寻，四时受用，每日情深。你怎么只想你父母，更无一点夫妇心？"那公主闻说，吓得跪倒在地，道："郎君呵，你怎么今日说起这分离的话？"那怪道："不知是我分离，是你分离哩！我把那唐僧拿来，算计要他受用，你怎么不先告过我，就放了他？原来是你暗地里修了书信，教他替你传寄；不然，怎么这两个和尚又来打上我门，教还你回去？这不是你干的事？"公主道："郎君，你差怪我了，我何尝有甚书去？"老怪道："你还强嘴哩！现拿住一个对头在此，却不是证见？"公主道："是谁？"老妖道："是唐僧第二个徒弟沙和尚。"

原来人到了死处，谁肯认死？只得与他放赖。公主道："郎君且息怒，我和你去问他一声。果然有书，就打死了，我也甘心；假若无书，却不枉杀了奴奴也？"那怪闻言，不容分说，轮开一只簸箕大小的蓝靛手，抓住那金枝玉叶的发万根①，把公主揪上前，摔在地下，执着

---

① 金枝玉叶：旧指皇族子孙，也比喻出身高贵的或者娇弱的女子。此处指百花公主。

钢刀,却来审沙僧,咄的一声道:"沙和尚!你两个辄敢擅打上我们门来,可是这女子有书到他那国,国王教你们来的?"

沙僧已捆在那里,见妖精凶恶之甚,把公主掼倒在地,持刀要杀。他心中暗想道:"分明是他有书去,救了我师父。此是莫大之恩。我若一口说出,他就把公主杀了,此却不是恩将仇报?罢!罢!罢!想老沙跟我师父一场,也没寸功报效;今日已此被缚,就将此性命与师父报了恩罢。"遂喝道:"那妖怪不要无礼!他有甚么书来,你这等枉他,要害他性命?我们来此问你要公主,有个缘故,只因你把我师父捉在洞中,我师父曾看见公主的模样动静。及至宝象国,倒换关文,那皇帝将公主画影图形,前后访问。因将公主的形影,问我师父沿途可曾看见。我师父遂将公主说起,他故知是他儿女,赐了我等御酒,教我们来拿你,要他公主还宫。此情是实,何尝有甚书信?你要杀就杀了我老沙,不可枉害平人,大亏天理!"

那妖见沙僧说得雄壮,遂丢了刀,双手抱起公主道:"是我一时粗卤,多有冲撞,莫怪,莫怪。"遂与他挽了青丝,扶上宝髻,软款温柔,怡颜悦色,搊哄着他进去了,又请上坐陪礼。那公主是妇人家水性①,见他错敬,遂回心转意道:"郎君呵,你若念夫妇的恩爱,可把那沙僧的绳子略放松些儿。"老妖闻言,即命小的们把沙僧解了绳子,锁在那里。沙僧见解缚锁住,立起来,心中暗喜道:"古人云,'与人方便,自己方便'。我若不方便了他,他怎肯教把我松放松放?"

那老妖又教安排酒席,与公主陪礼压惊。吃酒到半酣,老妖忽的又换了一件鲜明的衣服,取了一口宝刀,佩在腰里。转过手,摸着公主道:"浑家,你且在家吃酒,看着两个孩儿,不要放了沙和尚。趁那唐僧在那国里,我也赶早儿去认认亲也。"公主道:"你认甚亲?"老妖道:"认你父王。我是他驸马,他是我丈人,怎么不去认认?"公主道:"你去不得。"老妖道:"怎么去不得?"公主道:"我父王不是马挣

---

①水性:水随势而流,形容心性不专一。

力战的江山①,他本是祖宗遗留的社稷。自幼儿是太子登基,城门也不曾远出,没有见你这等凶汉。你这嘴脸相貌,生得丑陋,若见了他,恐怕吓了他,反为不美;却不如不去认的还好。"老妖道:"既如此说,我变个俊的儿去便罢。"公主道:"你试变来我看看。"

好怪物,他在那酒席间,摇身一变,就变做一个俊俏之人。真个生得:

形容典雅,体段峥嵘。言语多官样,行藏正妙龄②。才如子建成诗易③,貌似潘安掷果轻④。头上戴一顶鹊尾冠⑤,乌云敛伏;身上穿一件玉罗褶⑥,广袖飘迎。足下乌靴花摺⑦,腰间鸾带光明⑧。丰神真是奇男子,耸壑轩昂美俊英。

公主见了,十分欢喜。那妖笑道:"浑家,可是变得好么?"公主道:"变得好!变得好!你这一进朝呵,我父王是亲不灭⑨,一定着文武多官留你饮宴。倘吃酒中间,千千仔细,万万个小心,却莫要现出原嘴脸来,露出马脚,走了风汛,就不斯文了。"老妖道:"不消分付,自有道理。"

你看他纵云头,早到了宝象国。按落云光,行至朝门之外。对阁门大使道:"三驸马特来见驾,乞为转奏转奏。"那黄门奏事官来至白玉阶前,奏道:"万岁,有三驸马来见驾,现在朝门外听宣。"那国王正与唐僧叙话,忽听得三驸马,便问多官道:"寡人只有两个驸马,怎么又有个三驸马?"多官道:"三驸马,必定是妖怪来了。"国王道:"可

---

① 马挣力战:靠武力取得。
② 行藏:《论语·述而》:"用之则行,舍之则藏。"故后人用行藏来表示行止。
③ 子建成诗:三国时期文学家曹植字子建,文思敏捷,能够七步成诗。
④ 潘安掷果:晋潘岳,字安仁,故又称潘安。他容貌俊美,出游时受妇女欢迎。妇女们都丢果子给他,果子堆满一车(见《晋书·潘岳传》)。
⑤ 鹊尾冠:汉高祖用竹皮作冠,因形似鹊尾,故名鹊尾冠。
⑥ 褶(xí):一种古代的便服。
⑦ 花摺:参见第二回"花褶靴"条注。
⑧ 鸾带:一种两端有须的宽腰带,也作"銮带"。
⑨ 是亲不灭:只要是亲戚就不会亏待。灭,方言。欺负,亏待。

好宣他进来?"那长老心惊道:"陛下,妖精阿,不精者不灵。他能知过去未来,他能腾云驾雾,宣他也进来,不宣他也进来,倒不如宣他进来,还省些口面①。"

国王准奏,叫宣,把怪宣至金阶。他一般的也舞蹈山呼的行礼②。多官见他生得俊丽,也不敢认他是妖精。他都是些肉眼凡胎,却当做好人。那国王见他耸壑昂霄,以为济世之梁栋。便问他:"驸马,你家在那里居住?是何方人氏?几时得我公主配合?怎么今日才来认亲?"那老妖叩头道:"主公,臣是城东碗子山波月庄人家。"国王道:"你那山离此处多远?"老妖道:"不远,只有三百里。"国王道:"三百里路,我公主如何得到那里,与你匹配?"那妖精巧语花言,虚情假意的答道:"主公,微臣自幼儿好习弓马,采猎为生。那十三年前,带领家童数十,放鹰逐犬,忽见一只斑斓猛虎,身驮着一个女子,往山坡下走。是微臣兜弓一箭,射倒猛虎,将女子带上本庄,把温水温汤灌醒,救了他性命。因问他是那里人家,他更不曾题'公主'二字。早说是万岁的三公主,怎敢欺心,擅自配合?当得进上金殿,大小讨一个官职荣身。只因他说是民之女,才被微臣留在庄所。女貌郎才,两相情愿,故配合至此多年。当时配合之后,欲将那虎宰了,邀请诸亲,却是公主娘娘教且莫杀。其不杀之故,有几句言词,道得甚好。说道:

　　托天托地成夫妇,无媒无证配婚姻。
　　前世赤绳曾系足③,今将老虎做媒人。

臣因此言,故将虎解了索子,饶了他性命。那虎带着箭伤,跑蹄剪尾而去。不知他得了性命,在那山中,修了这几年,炼体成精,专

---

①口面:口角,争吵。
②舞蹈山呼:舞蹈,臣子拜见皇帝的礼拜动作。山呼,参见第九回"山呼"条注。
③赤绳曾系足:传说月下老人主管人间婚姻,他用红色的绳子在冥冥中系住男女的脚,双方就注定成为夫妇。

一迷人害人。臣闻得昔年也有几次取经的,都说是大唐来的唐僧;想是这虎害了唐僧,得了他文引①,变作那取经的模样,今在朝中哄骗主公。主公呵,那绣墩上坐的,正是那十三年前驮公主的猛虎,不是真正取经之人!"

你看那水性的君王,愚迷肉眼,不识妖精,转把他一片虚词,当了真实,道:"贤驸马,你怎的认得这和尚是驮公主的老虎?"那妖道:"主公,臣在山中,吃的是老虎,穿的也是老虎,与他同眠同起,怎么不认得?"国王道:"你既认得,可教他现出本相来看。"怪物道:"借半盏净水,臣就教他现了本相。"国王命官取水,递与驸马。那怪接水在手,纵起身来,走上前,使个"黑眼定身法"②,念了咒语,将一口水望唐僧喷去,叫声:"变!"那长老的真身,隐在殿上,真个变作一只斑斓猛虎。此时君臣同眼观看,那只虎生得:

白额圆头,花身电目。四只蹄,挺直峥嵘;二十爪③,钩弯锋利。锯牙包口,尖耳连眉。狞狰壮若大猫形,猛烈雄如黄犊样。刚须直直插银条,刺舌骍骍喷恶气④。果然是只猛斑斓,阵阵威风吹宝殿。

国王一见,魄散魂飞。唬得那多官尽皆躲避,有几个大胆的武将,领着将军、校尉一拥上前,使各项兵器乱砍。这一番,不是唐僧该有命不死,就是二十个僧人,也打为肉酱。此时幸有丁甲、揭谛、功曹、护教诸神,暗在半空中护佑,所以那些人兵器皆不能打伤。众臣嚷到天晚,才把那虎活活的捉了,用铁绳锁了,放在铁笼里,收于朝房之内。

那国王却传旨,教光禄寺大排筵宴,谢驸马救拔之恩;不然,险被那和尚害了。当晚众臣朝散,那妖魔进了银安殿。又选十八个宫娥彩女,吹弹歌舞,劝妖魔饮酒作乐。那怪物独坐上席,左右排列

---

① 文引:准予通行的文书。
② 黑眼定身法:《万法归宗》卷五记有黑眼定身法,是用泥塑小人一个,辅以咒语,即能使人如立井中,不能移动。此处应即从这类法术中脱胎而来。
③ 二十爪:爪,指爪甲,老虎四足,每只足掌上生有五个爪甲,共有二十爪。
④ 骍骍(xīng):红色。骍,原指红色的马。

的,都是那艳质娇姿。你看他受用。饮酒至二更时分,醉将上来,忍不住胡为,跳起身大笑一声,现了本相,陡发凶心,伸开簸箕大手,把一个弹琵琶的女子,抓将过来,挖咋的把头咬了一口。吓得那十七个宫娥,没命的前后乱跑乱藏。你看那:

宫娥悚惧,彩女忙惊。宫娥悚惧,一似雨打芙蓉笼夜雨;彩女忙惊,就如风吹芍药舞春风。摔碎琵琶顾命,跌伤琴瑟逃生。出门那分南北,离殿不管西东。磕损玉面,撞破娇容。人人逃命走,各各奔残生。

那些人出去,又不敢吆喝。夜深了,又不敢惊驾,都躲在那短墙檐下,战战兢兢不题。却说那怪物坐在上面,自家斟酒。喝一盏,扳过人来,血淋淋的啃上两口。他在里面受用,外面人尽传道:"唐僧是个虎精!"乱传乱嚷,嚷到金亭馆驿。此时驿里无人,止有白马在槽上吃草吃料。他本是西海小龙王,因犯天条,锯角退鳞,变白马,驮唐僧往西方取经。忽闻人讲唐僧是个虎精,他也心中暗想道:"我师父分明是个好人,必然被怪把他变做虎精,害了师父。怎的好!怎的好!大师兄去得久了,八戒、沙僧又无音信。"他只捱到二更时分,万籁无声,却才跳将起来道:"我今若不救唐僧,这功果休矣!休矣!"他忍不住,顿绝缰绳,抖松鞍辔,急纵身,忙显化,依然化作龙。驾起乌云,直上九霄空里观看。有诗为证。诗曰:

三藏西来拜世尊,途中偏有恶妖氛。

今宵化虎灾难脱,白马垂缰救主人①。

小龙王在半空里,只见银安殿内,灯烛辉煌。原来那八个满堂红上②,点着八根蜡烛。低下云头,仔细看处,那妖魔独自个在上面,逼法的饮酒吃人肉哩。小龙笑道:"这厮不济!走了马脚,识破风

---

① 垂缰:据南朝宋刘敬叔《异苑》记载,前秦世祖皇帝苻坚在一次战役中,失足掉在了山涧里,他的坐骑跪在涧边,将缰绳垂下来让苻坚抓住,使他脱离了危险。

② 满堂红:一种彩绢方灯(据清翟灏《通俗编·器用》)。此当指方灯的铁架。

汛,蹦匾秤砣了①。吃人可是个长进的？却不知我的师父下落何如，倒遇着这个泼怪。且等我去戏他一戏。若得手，拿住妖精，再救师父不迟。"

好龙王，他就摇身一变，也变做个宫娥。真个的身体轻盈，仪容娇媚。忙移步走入里面，对妖魔道声万福："驸马呵，你莫伤我性命，我来替你把盏。"那妖道："斟酒来。"小龙接过壶来，将酒斟在他盏中，酒比钟高出三五分来，更不漫出。这是小龙使的"逼水法"。那怪见了不识，心中喜道："你有这般手段！"小龙道："还斟得有几分高哩。"那怪道："再斟上！再斟上！"他举着壶，只情斟，那酒只情高，就如十三层宝塔一般，尖尖满满，更不漫出些须。那怪物伸过嘴来，吃了一钟；扳着死人，吃了一口。道："会唱么？"小龙道："也略晓得些儿。"依腔韵唱了一个小曲，又奉了一钟。那怪道："你会舞么？"小龙道："也略晓得些儿；但只是素手②，舞得不好看。"那怪揭起衣服，解下腰间所佩宝剑③，掣出鞘来，递与小龙。小龙接了刀，就留心，在那酒席前，上三下四，左五右六，丢开了花刀法。那怪看得眼咤④，小龙丢了花字⑤，望妖精劈一刀来。好怪物，侧身躲过，慌了手脚，举起一根满堂红，架住宝刀。那满堂红原是熟铁打造的，连柄有八九十斤。两个出了银安殿，小龙现了本相，却驾起云头，与那妖魔在那半空中相杀。这一场，黑地里好杀！怎见得：

那一个是碗子山生成的怪物，这一个是西洋海罚下的真龙。一个放毫光，如喷白电；一个生锐气，如迸红云。一个好似白牙老象走

---

①蹦匾秤砣：即"踩扁秤砣"。秤砣本不能踩扁，比喻人急于做某事而不管不顾的心理。这里形容黄袍怪急于吃人，全然不顾现了本相。
②素手：徒手，空手。
③宝剑：按上下文应作"宝刀"。
④眼咤：眼花缭乱。
⑤丢了花字：不再使花刀招数。

人间,一个就如金爪狸猫飞下界。一个是擎天玉柱,一个是架海金梁①。银龙飞舞,黄鬼翻腾。左右宝刀无急慢,往来不歇满堂红。

他两个在云端里,战勾八九回合,小龙的手软筋麻,老魔的身强力壮。小龙抵敌不住,飞起刀去,砍那妖怪,妖怪有接刀之法,一只手接了宝刀,一只手抛下满堂红便打,小龙措手不及,被他把后腿上着了一下。急慌慌按落云头,多亏了御水河救了性命。小龙一头钻下水去。那妖魔赶来寻他不见,执了宝刀,拿了满堂红,回上银安殿,照旧吃酒睡觉不题。

却说那小龙潜于水底,半个时辰听不见声息,方才咬着牙,忍着腿疼跳将起去,踏着乌云,径转馆驿。还变作依旧马匹,伏于槽下。可怜浑身是水,腿有伤痕。那时节:

　　意马心猿都失散,金公木母尽凋零。
　　黄婆伤损通分别,道义消疏怎得成!

且不言三藏逢灾,小龙败战。却说那猪八戒,从离了沙僧,一头藏在草科里,拱了一个猪浑塘②。这一觉,只睡到半夜时候才醒。醒来时,又不知是甚么去处,摸摸眼,定了神思,侧耳才听,噫!正是那山深无犬吠,野旷少鸡鸣。他见那星移斗转,约莫有三更时分,心中想道:"我要回救沙僧,诚然是'单丝不线,孤掌难鸣'。罢!罢!罢!我且进城去见了师父,奏准当今③,再选些骁勇人马,助着老猪,明日来救沙僧罢。"

那呆子急纵云头,径回城里,半霎时,到了馆驿。此时人静月明,两廊下寻不见师父。只见白马睡在那厢,浑身水湿,后腿有盘子大小一点青痕。八戒失惊道:"双晦气了!这亡人又不曾走路,怎么身上有汗,腿有青痕?想是歹人打劫师父,把马打坏了。"那白马认得是八戒,忽然口吐人言,叫声:"师兄!"这呆子吓了一跌,扒起来,

---

①架海金梁:即跨海的金桥。梁,桥。《锦绣万花谷》后集卷二十六"架海桥"条引唐柳涣《赵郡浚河石桥铭》,称赵州桥"架海维河"。
②猪浑塘:猪拱出来的烂泥坑。
③当今:旧时称在位的皇帝。

往外要走,被那马探探身,一口咬住皂衣,道:"哥呵,你莫怕我。"八戒战兢兢的道:"兄弟,你怎么今日说起话来了? 你但说话,必有大不祥之事①。"小龙道:"你知师父有难么?"八戒道:"我不知。"小龙道:"你是不知,你与沙僧在皇帝面前弄了本事,思量拿倒妖魔,请功求赏,不想妖魔本领大,你们手段不济,禁他不过。好道着一个回来,说个信息是,却更不闻音。那妖精变做一个俊俏文人,撞入朝中,与皇帝认了亲眷。把我师父变作一个斑斓猛虎,见被众臣捉住,锁在朝房铁笼里面。我听得这般苦恼,心如刀割。你两日又不在不知,且一时伤了性命。只得化龙身去救,不期到朝里,又寻不见师父。及到银安殿外,遇见妖精,我又变做个宫娥模样,哄那怪物。那怪叫我舞刀他看,遂尔留心,砍他一刀,早被他闪过,双手举个满堂红,把我战败。我又飞刀砍去,他又把刀接了,摔下满堂红,把我后腿上着了一下;故此钻在御水河,逃得性命。腿上青是他满堂红打的。"

八戒闻言道:"真个有这样事?"小龙道:"莫成我哄你了!"八戒道:"怎的好? 怎的好! 你可挣得动么?"小龙道:"我挣得动便怎的?"八戒道:"你挣得动,便挣下海去罢。把行李等老猪挑去高老庄上,回炉做女婿去呀。"小龙闻说,一口咬住他直裰子,那里肯放,止不住眼中滴泪道:"师兄呵,你千万休生懒惰!"八戒道:"不懒惰便怎么? 沙兄弟已被他拿住,我是战不过他,不趁此散火,还等甚么?"

小龙沉吟半晌,又滴泪道:"师兄呵,莫说散火的话。若要救得师父,你只去请个人来。"八戒道:"教我请谁么?"小龙道:"你趁早儿驾云回上花果山,请大师兄孙行者来。他还有降妖的大法力,管寻救了师父,也与你我报得这败阵之仇。"八戒道:"兄弟,另请一个儿便罢了。那猴子与我有些不睦。前者在白虎岭上,打杀了那白骨夫

---

① 必有大不祥之事:古以畜牲作人语为不祥。《太平广记·马》"卢从事"条,载唐岭南从事卢传素家有一黑驹,忽作人语,卢传素谓:"尔畜生也,忽人语,必有冤抑之事,可尽言也。"

人,他怪我撺掇师父念《紧箍儿咒》。我也只当耍子,不想那老和尚当真的念起来,就把他赶逐回去。他不知怎么样的恼我。他也决不肯来。倘或言语上略不相对,他那哭丧棒又重,假若不知高低,捞上几下,我怎的活得成么?"小龙道:"他决不打你。他是个有仁有义的猴王。你见了他,且莫说师父有难,只说'师父想你哩',把他哄将来。到此处,见这样个情节,他必然不忿,断乎要与那妖精比并,管情拿得那妖精,救得我师父。"八戒道:"也罢,也罢。你倒这等尽心,我若不去,显得我不尽心了。我这一去,果然行者肯来,我就与他一路来了;他若不来,你却也不要望我,我也不来了。"小龙道:"你去,你去;管情他来也。"

真个呆子收拾了钉钯,整束了直裰,跳将起去,踏着云,径往东来。这一回,也是唐僧有命。那呆子正遇顺风,撑起两个耳朵,好便似风篷一般,早过了东洋大海,按落云头。不觉的太阳星上,他却入山寻路。

正行之际,忽闻得有人言语。八戒仔细看时,原来是行者在山凹里,聚集群妖。他坐在一块石头崖上,面前有一千二百多猴子,分序排班,口称:"万岁!大圣爷爷!"八戒道:"且是好受用!且是好受用!怪道他不肯做和尚,只要来家哩!原来有这些好处,许大的家业,又有这多的小猴伏侍。若是老猪有这一座山场,也不做甚么和尚了。如今既到这里,却怎么好?必定要见他一见是。"那呆子有些怕他,又不敢明明的见他;却往草崖边,溜阿溜的,溜在那一千二三百猴子当中挤着,也跟那些猴子磕头。

不知孙大圣坐得高,眼又乖滑,看得他明白。便问:"那班部中乱拜的是个夷人①,是那里来的?拿上来!"说不了,那些小猴一窝风,把个八戒推将上来,按倒在地。行者道:"你是那里来的夷人?"八戒低着头道:"不敢,承问了;不是夷人,是熟人,熟人。"行者道:

---

① 夷人:旧时称少数民族或外国人,这里指外族人,生人。

"我这大圣部下的群猴,都是一般模样。你这嘴脸生得各样①,相貌有些雷堆②,定是别处来的妖魔。既是别处来的,若要投我部下,先来递个脚色手本③,报了名字,我好留你在这随班点扎。若不留你,你敢在这里乱拜!"八戒低着头,拱着嘴道:"不羞!就拿出这副嘴脸来了。我和你兄弟也做了几年,又推认不得,说是甚么夷人!"行者笑道:"抬起头来我看。"那呆子把嘴往上一伸道:"你看么!你认不得我,好得认得嘴耶!"行者忍不住笑道:"猪八戒。"他听见一声叫,就一毂辘跳将起来道:"正是!正是!我是猪八戒!"他又思量道:"认得就好说话了。"

行者道:"你不跟唐僧取经去,却来这里怎的?想是你冲撞了师父,师父也贬你回来了?有甚贬书,拿来我看。"八戒道:"不曾冲撞他。他也没甚么贬书,也不曾赶我。"行者道:"既无贬书,又不曾赶你,你来我这里怎的?"八戒道:"师父想你,着我来请你的。"行者道:"他也不请我,他也不想我。他那日对天发誓,亲笔写了贬书,怎么又肯想我,又肯着你远来请我?我断然也是不好去的。"八戒就地扯个谎,忙道:"委是想你!委是想你!"行者道:"他怎的想我来?"八戒道:"师父在马上正行,叫声'徒弟',我不曾听见,沙僧又推耳聋;师父就想起你来,说我们不济,说你还是个聪明伶俐之人,常时声叫声应,问一答十。因这般想你,转转教我来请你的。万望你去走走,一则不孤他仰望之心④,二来也不负我远来之意。"

行者闻言,跳下崖来,用手搀住八戒道:"贤弟,累你远来,且和我耍耍儿去。"八戒道:"哥呵,这个所在路远,恐师父盼望去迟,我不耍子了。"行者道:"你也是到此一场,看看我的山景何如。"那呆子不敢苦辞,只得随他走走。

---

①各样:与众不同的样子。
②雷堆:方言。粗笨,累赘。
③脚色手本:相当于今天的履历表,宋代以后,做官或谋职需要填写乡贯、户头、家口、年龄、有无犯罪经历等,称为脚色,附于名帖(即手本)上递呈。
④孤:即辜负。

二人携手相搀,概众小妖随后,上那花果山极巅之处。好山!自是那大圣回家,这几日,收拾得复旧如新。但见那:

青如削翠,高似摩云。周围有虎踞龙蟠,四面多猿啼鹤唳。朝出云封山顶,暮观日挂林间。流水潺潺鸣玉珮,涧泉滴滴奏瑶琴。山前有崖峰峭壁,山后有花木秾华①。上连玉女洗头盆②,下接天河分派水。乾坤结秀赛蓬莱,清浊育成真洞府。丹青妙笔画时难,仙子天机描不就③。玲珑怪石石玲珑,玲珑结彩岭头峰。日影动千条紫艳,瑞气摇万道红霞。洞天福地人间有,遍山新树与新花。

八戒观之不尽,满心欢喜道:"哥阿,好去处!果然是天下第一名山!"行者道:"贤弟,可过得日子么?"八戒笑道:"你看师兄说的话。宝山乃洞天福地之处,怎么说度日之言也?"二人谈笑多时,下了山。只见路傍有几个小猴,捧着紫巍巍的葡萄,香喷喷的梨枣,黄森森的枇杷,红艳艳的杨梅,跪在路傍叫道:"大圣爷爷,请进早膳。"行者笑道:"我猪弟食肠大,却不是以果子作膳的。也罢也罢,莫嫌菲薄,将就吃个儿当点心罢。"八戒道:"我虽食肠大,却也随乡入乡是。拿来拿来,我也吃几个儿尝新。"

二人吃了果子,渐渐日高。那呆子恐怕误了救唐僧,只管催促道:"哥哥,师父在那里盼望我和你哩。望你和我早早儿去罢。"行者道:"贤弟,请你往水帘洞里去耍耍。"八戒坚辞道:"多感老兄盛意。奈何师父久等,不劳进洞罢。"行者道:"既如此,不敢久留,请就此处奉别。"八戒道:"哥哥,你不去了?"行者道:"我往那里去?我这里天不收,地不管,自由自在,不要子儿,做甚么和尚?我是不去,你自去罢。但上覆唐僧:既赶退了,再莫想我。"呆子闻言,不敢苦逼,只恐

---

①秾华:繁盛艳丽的花朵。
②玉女洗头盆:原是华山玉女祠前石臼,相传是女仙弄玉洗发的地方。《太平御览》卷六百六十九:"华山……玉女祠前有五石臼,号曰玉女洗头盆,其中水碧绿深澄,雨不加溢,旱不减耗。"
③天机:这里指天女的织机。

逼发他性子,一时打上两棍。无奈,只得喏喏告辞,找路而去。

行者见他去了,即差两个溜撒的小猴①,跟着八戒,听他说些甚么。真个那呆子下了山,不上三四里路,回头指着行者,口里骂道:"这个猴子,不做和尚,倒做妖怪!这个猢狲!我好意来请他,他却不去!你不去便罢!"走几步,又骂几声。那两个小猴,急跑回来报道:"大圣爷爷,那猪八戒不大老实,他走走儿,骂几声。"行者大怒,叫:"拿将来!"那众猴满地飞来赶上,把个八戒扛翻倒了,抓鬃扯耳,拉尾揪毛,捉将回去。毕竟不知怎么处治,性命死活若何,且听下回分解。

---

①溜撒:指行动迅速敏捷。

第三十一回

猪八戒义识猴王①　孙行者智降妖怪

义结孔怀②，法归本性。
金顺木驯成正果，心猿木母合丹元。
共登极乐世界，同来不二法门。
经乃修行之总径③，佛配自己之元神。
兄和弟会成三契④，妖与魔色应五行⑤。

---

①义识：诸明本正文均作"义释"，台湾世本目录漫漶不清，而天理世本目录作"义识"。"义识"谓猪八戒识得孙悟空之义气。"义释"系音近而误。清刻本又多因八戒用激将法，改作"义激"，非。今据天理世本改正。

②孔怀：此指兄弟。《诗经·小雅·常棣》："兄弟孔怀。"孔，非常。孔怀，非常思念。后来用为兄弟的代称。

③"经乃修行之总径"二句：本书借取经故事阐发内丹术时，"经"或"真经"（谐音"真金"），似皆指元气（内丹术金、木分喻元气、元神）而言。托名吕洞宾《真经歌》"说真经，不脱空，西川涧底产黄金"，也是此意。而内丹术入手皆要修炼元气，故称"经乃修行之总径"（据郭健《〈西游记〉中"真经"的内丹学含义》）。内丹家认为内丹成就与成佛本是一回事，即使自己的元神摆脱物质的束缚，如宋张伯端《即心即佛颂》（第十四回）即表明了这一宗旨。

④兄和弟会成三契：即所谓"三家相见"，参见第十九回"'金性刚强能克木'诗"条注。

⑤妖与魔色应五行：自取经五众会齐后，经历了"四圣试禅心"和"偷吃人参果"等"准备工作"后，正式遇到妖魔是从白骨精开始，依次为白骨精、黄袍怪、青狮精、红孩儿、黑水河。其妖魔均有颜色标识，按五色配五行的顺序依次为金、土、木、火、水，其关系似为有意安排。按：黄袍怪与青狮精之间还有金角、银角大王故事，但据侯会《试论〈西游记〉莲花洞故事之晚起》考证，此故事应系晚起，是另一作者所插入。据第九十九回唐僧难簿，世德堂本黑水河之难非常靠后，而此处也存特意向前调整的痕迹。

剪除六门趣①,即赴大雷音。

却说那呆子被一窝猴子捉住了,扛抬扯拉,把一件直裰子揪破。口里劳劳叨叨的,自家念诵道:"罢了!罢了!这一去有个打杀的情了!"不一时,到洞口。那大圣坐在石崖之上,骂道:"你这馕糠的夯货!你去便罢了,怎么骂我?"八戒跪在地下道:"哥呵,我不曾骂你;若骂你,就嚼了舌头根。我只说哥哥不去,我自去报师父便了,怎敢骂你?"行者道:"你怎么瞒得过我?我这左耳往上一扯,晓得三十三天人说话;我这右耳往下一扯,晓得十代阎王与判官算帐。你今走路把我骂,我岂不听见?"八戒道:"哥呵,我晓得。你贼头鼠脑的,一定又变作个甚么东西儿,跟着我听的。"

行者叫:"小的们,选大棍来!先打二十个见面孤拐,再打二十个背花②,然后等我使铁棒与他送行!"八戒慌得磕头道:"哥哥,千万看师父面上,饶了我罢!"行者道:"我想那师父好仁义儿哩!"八戒又道:"哥哥,不看师父呵,请看海上菩萨之面,饶了我罢!"

行者见说起菩萨,却有三分儿转意道:"兄弟,既这等说,我且不打你。你却老实说,不要瞒我。那唐僧在那里有难,你却来此哄我?"八戒道:"哥呵,没甚难处,实是想你。"行者骂道:"这个好打的夯货!你怎么还要者嚣?我老孙身回水帘洞,心逐取经僧。那师父步步有难,处处该灾。你趁早儿告诵我,免打!"八戒闻得此言,叩头上告道:"哥呵,分明要瞒着你,请你去的;不期你这等样灵。饶我打,放我起来说罢。"行者道:"也罢,起来说。"众猴撒开手,那呆子跳得起来,两边乱张③,行者道:"你张甚么?"八戒道:"看看那条路儿空阔,好跑。"行者道:"你跑到那里?我就让你先走三日,老孙自有本事赶转你来!快早说来,这一恼发我的性子,断不饶你!"

八戒道:"实不瞒哥哥说。自你回后,我与沙僧保师父前行。只

---

①六门趣:即"六趣",参见第十二回"沉疴六趣"条注。
②背花:旧时的一种杖刑。将脊背打破,称"背花"。
③张:张望。

见一座黑松林,师父下马,教我化斋。我因许远,无一个人家,辛苦了,略在草里睡睡。不想沙僧别了师父,又来寻我。你晓得师父没有坐性;他独步林间玩景,出得林,见一座黄金宝塔放光,他只当寺院,不期塔下有个妖精,名唤黄袍,被他拿住。后边我与沙僧回寻,止见白马、行囊,不见师父,随寻至洞口,与那怪厮杀。师父在洞,幸亏了一个救星。原是宝象国王第三个公主,被那怪摄来者。他修了一封家书,托师父寄去,遂说方便,解放了师父。到了国中,递了书子,那国王就请师父降妖,取回公主。哥呵,你晓得,那老和尚可会降妖?我二人复去与战。不知那怪神通广大,将沙僧又捉了。我败阵而走,伏在草中。那怪变做个俊俏文人入朝,与国王认亲,把师父变作老虎。又亏了白龙马夜现龙身,去寻师父。师父倒不曾寻见,却遇着那怪在银安殿饮酒。他变一宫娥,与他巡酒、舞刀,欲乘机而砍,反被他用满堂红打伤马腿。就是他教我来请师兄的,说道:'师兄是个有仁有义的君子。君子不念旧恶,一定肯来救师父一难。'万望哥哥念'一日为师,终身为父'之情,千万救他一救!"

　　行者道:"你这个呆子!我临别之时,曾叮咛又叮咛,说道:'若有妖魔捉住师父,你就说老孙是他大徒弟。'怎么却不说我?"八戒又思量道:"请将不如激将,等我激他一激。"道:"哥呵,不说你还好哩,只为说你,他一发无状!"行者道:"怎么说?"八戒道:"我说:'妖精,你不要无礼,莫害我师父。我还有个大师兄,叫做孙行者。他神通广大,善能降妖。他来时教你死无葬身之地!'那怪闻言,越加忿怒,骂道:'是个甚么孙行者,我可怕他?他若来,我剥了他皮,抽了他筋,啃了他骨,吃了他心!饶他猴子瘦,我也把他剁鲊着油烹!'"行者闻言,就气得抓耳挠腮,暴躁乱跳道:"是那个敢这等骂我!"八戒道:"哥哥息怒,是那黄袍怪这等骂来,我故学与你听也。"行者道:"贤弟,你起来。不是我去不成;既是妖精敢骂我,我就不能降他?我和你去。老孙五百年前大闹天宫,普天的神将看见我,一个个控背躬身,口口称呼大圣。这妖怪无礼,他敢背前面后骂我!我这去,把他拿住,碎尸万段,以报骂我之仇。报毕,我即回来。"八戒道:"哥哥,正是。你只去拿了妖精,报了你仇,那时来与不来,任从尊命。"

那猴才跳下崖,撞入洞里,脱了妖衣。整一整锦直裰,束一束虎皮裙,执了铁棒,径出门来。慌得那群猴拦住道:"大圣爷爷,你往那里去?带挈我们耍子几年也好。"行者道:"小的们,你说那里话!我保唐僧的这桩事,天上地下,都晓得孙悟空是唐僧的徒弟。他倒不是赶我回来,倒是教我来家看看,送我来家自在耍子。如今只因这件事,你们却都要仔细看守家业,依时插柳栽松,毋得废坠。待我还去保唐僧,取经回东土。功成之后,仍回来与你们共乐天真①。"众猴各各领命。

那大圣才和八戒携手驾云,离了洞,过了东洋大海,至西岸,住云光,叫道:"兄弟,你且在此慢行,等我下海去净净身子。"八戒道:"忙忙的走路,且净甚么身子?"行者道:"你那里知道。我自从回来这几日,弄得身上有些妖精气了。师父是个爱干净的,恐怕嫌我。"八戒于此始识得行者是片真心,更无他意。

须臾洗毕,复驾云西进,只见那金塔放光。八戒指道:"那不是黄袍怪家?沙僧还在他家里。"行者道:"你在空中,等我下去,看看那门前如何,好与妖精见阵。"八戒道:"不要去,妖精不在家。"行者道:"我晓得。"好猴王,按落祥光,径至洞门外观看。只见有两个小孩子,在那里使弯头棍,打毛毯,抢窝耍子哩②。一个有十来岁,一个有八九岁了。正戏处,被行者赶上前,也不管他是张家李家的,一把抓着顶搭子③,提将过来。那孩子吃了唬,口里夹骂带哭的乱嚷,惊动那波月洞的小妖,急报与公主道:"奶奶,不知甚人把二位公子抢去也!"

原来那两个孩子是公主与那怪生的。公主闻言,忙忙走出洞门来,只见行者提着两个孩子,站在那高崖之上,意欲往下掼。慌得那公主厉声高叫道:"那汉子,我与你没甚相干,怎么把我儿子拿去?

---

① 天真:无拘无束。
② 抢窝:一种儿童游戏。用弯头棍把毛发缠成的球(即毛球)打进洞(即窝)里,以用最少的次数把球打进洞里为胜,与今天的高尔夫类似。
③ 顶搭子:儿童留在头顶的一撮头发。

他老子利害①,有些差错,决不与你干休!"行者道:"你不认得我?我是那唐僧的大徒弟孙悟空行者。我有个师弟沙和尚在你洞里。你去放他出来,我把这两个孩儿还你。似这般两个换一个,还是你便宜。"那公主闻言,急往里面,喝退那几个把门的小妖,亲动手,把沙僧解了。沙僧道:"公主,你莫解我:恐你那怪来家,问你要人,带累你受气。"公主道:"长老呵,你是我的恩人,你替我折辩了家书,救了我一命,我也留心放你;不期洞门之外,你有个大师兄孙悟空来了,叫我放你哩。"

噫!那沙僧一闻孙悟空的三个字,好便似醍醐灌顶②,甘露滋心。一面天生喜,满腔都是春。也不似闻得个人来,就如拾着一方金玉一般。你看他摔手拂衣,走出门来,对行者施礼道:"哥哥,你真是从天而降也!万乞救我一救!"行者笑道:"你这个沙尼③!师父念《紧箍儿咒》,可肯替我方便一声?都弄嘴施展!要保师父,如何不走西方路,却在这里蹲甚么?"沙僧道:"哥哥,不必说了。君子人既往不咎。我等是个败军之将,不可语勇,救我救儿罢!"行者道:"你上来。"沙僧才纵身跳上石崖。

却说那八戒停立空中,看见沙僧出洞,即按下云头,叫声:"沙兄弟,心忍④!心忍!"沙僧欠身道:"二哥,你从那里来?"八戒道:"我昨日败阵,夜间进城,会了白马,知师父有难,被黄袍使法,变做个老虎。那白马与我商议,请师兄来的。"行者道:"呆子,且休叙阔,把这两个孩子,你抱着一个,先进那宝象城去激那怪来,等我在这里打他。"沙僧道:"哥阿,怎么样激他?"行者道:"你两个驾起云,站在那金銮殿上,莫分好歹,把那孩子往那白玉阶前一掼。有人问你是甚

---

①利害:同"厉害"。

②醍醐灌顶:比喻灌输智慧,使人彻底醒悟。醍醐,古时指从牛奶中提炼出来的精华。

③沙尼:即"沙弥尼"。初出家的佛教徒,男性称沙弥,女性称沙弥尼。这里是孙悟空对沙僧的嘲笑。

④心忍:心里难忍,表示同情的意思。

人,你便说是黄袍妖精的儿子,被我两个拿将来也。那怪听见,管情回来,我却不须进城与他斗了。若在城上厮杀,必要喷云嗳雾,播土扬尘,惊扰那朝廷与多官黎庶,俱不安也。"八戒笑道:"哥哥,你但干事,就左我们①。"行者道:"如何为左你?"八戒道:"这两个孩子,被你抓来,已此唬破胆了;这一会声都哭哑,再一会必死无疑;我们拿他往下一掼,掼做个肉坨子,那怪赶上肯放?定要我两个偿命。你却还不是个干净人?连见证也没你,你却不是左我们?"行者道:"他若扯你,你两个就与他扛将这里来②。这里有战场宽阔,我在此等候打他。"沙僧道:"正是,正是。大哥说得有理。我们去来。"他两个才倚仗威风,将孩子拿去。

行者即跳下石崖,到他塔门之下。那公主道:"你这和尚,全无信义:你说放了你师弟,就与我孩儿,怎么你师弟放去,把我孩儿又留,反来我门首做甚?"行者陪笑道:"公主休怪。你来的日子已久,带你令郎去认他外公去哩。"公主道:"和尚莫无礼。我那黄袍郎比众不同。你若唬了我的孩儿,与他柳柳惊是③。"

行者笑道:"公主阿,为人生在天地之间,怎么便是得罪④?"公主道:"我晓得。"行者道:"你女流家,晓得甚么?"公主道:"我自幼在宫,曾受父母教训。记得古书云:五刑之属三千,而罪莫大于不孝⑤。"行者道:"你正是个不孝之人。盖'父兮生我,母兮鞠我。哀哀父母,生我劬劳⑥'!故孝者,百行之原,万善之本,却怎么将身陪伴

---

①左:骗。
②扛(gāng):冲撞,相斗。
③柳柳惊:摸摸头安抚,压压惊。柳柳,淮方言,摸摸的意思。
④得罪:获罪,犯下过错。
⑤五刑之属三千,而罪莫大于不孝:语出《孝经》,五刑是古代五种轻重不同的刑罚,施用于三千种罪名:墨罚(脸上刺字)一千,劓(yì)罚(割掉鼻子)一千,剕(fèi)罚(割掉脚)五百,宫罚(割掉生殖器)三百,大辟(杀头)二百。
⑥"父兮生我"四句:语出《诗经·小雅·蓼莪》,意为:父亲辛勤生养我,母亲辛勤哺育我。可怜我的父和母,生儿育女劳苦多。

妖精，更不思念父母，非得不孝之罪如何？"公主闻此正言，半晌家耳红面赤，惭愧无地。忽失口道："长老之言最善。我岂不思念父母？只因这妖精将我摄骗在此，他的法令又谨，我的步履又难，路远山遥，无人可传音信。欲要自尽，又恐父母疑我逃走，事终不明。故没奈何，苟延残喘，诚为天地间一大罪人也！"说罢，泪如泉涌。

　　行者道："公主不必伤悲。猪八戒曾告诵我，说你有一封书，曾救了我师父一命，你书上也有思念父母之意。老孙来，管与你拿了妖精，带你回朝见驾，别寻个佳偶，侍奉双亲到老。你意如何？"公主道："和尚阿，你莫要寻死。昨者你两个师弟，那样好汉，也不曾打得过我黄袍郎。你这般一个筋多骨少的瘦鬼，一似个螃蟹模样，骨头都长在外面，有甚本事，你敢说拿妖魔之话？"行者笑道："你原来没眼色，认不得人。俗语云：'尿泡虽大无斤两①，秤砣虽小压千斤。'他们相貌，空大无用；走路抗风，穿衣费布，种火心空，顶门腰软②，吃食无功。老孙小自小，斤节③。"那公主道："你真个有手段么？"行者道："我的手段，你是也不曾看见，绝会降妖，极能伏怪。"公主道："你却莫误了我耶。"行者道："决然误你不得。"公主道："你既会降妖伏怪，如今却怎样拿他？"行者说："你且回避回避，莫在我这眼前。倘他来时，不好动手脚，只恐你与他情浓了，舍不得他。"公主道："我怎的舍不得他？其稽留于此者，不得已耳！"行者道："你与他做了十三年夫妻，岂无情意？我若见了他，不与他儿戏，一棍便是一棍，一拳便是一拳，须要打倒他，才得你回朝见驾。"

　　那公主果然依行者之言，往僻静处躲避。也是他姻缘该尽，故

---

①尿泡：指膀胱。

②种火心空，顶门腰软：旧时用柴草作燃料，需要用拨火木棍常在炉膛里搅动，使之透气易燃，称为"种火"。这种棍子需要短而致密，才方便使用而不易燃，不能使用空心的木料。旧时插门用门闩，需要用长而坚实的木材，才不易被破门而入。心空、腰软，即形容拨火、插门时无用的木料。《二刻拍案惊奇》卷二二："种火又长，拄门又短，谁来要这个废物？"

③斤节：即"筋节"。结实，强劲。

遇着大圣来临。那猴王把公主藏了,他却摇身一变,就变做公主一般模样,回转洞中,专候那怪。

却说八戒、沙僧,把两个孩子,拿到宝象国中,往那白玉阶前摔下,可怜都掼做个肉饼相似,鲜血迸流,骨骸粉碎。慌得那满朝多官报道:"不好了!不好了!天上掼下两个人来了!"八戒厉声高叫道:"那孩子是黄袍妖精的儿子,被老猪与沙弟拿将来也!"

那怪还在银安殿,宿酒未醒。正睡梦间,听得有人叫他名字,他就翻身,抬头观看,只见那云端里是猪八戒、沙和尚二人吆喝。妖怪心中暗想道:"猪八戒便也罢了;沙和尚是我绑在家里,他怎么得出来?我的浑家,怎么肯放他?我的孩儿,怎么得到他手?这怕是猪八戒不得我出去与他交战,故将此计来羁我。我若认了这个泛头①,就与他打呵,噫!我却还害酒哩!假若被他筑上一钯,却不灭了这个威风,识破了那个关窍?且等我回家看看,是我的儿子不是我的儿子,再与他说话不迟。"

好妖怪,他也不辞王驾,转山林,径去洞中查信息。此时朝中已知他是个妖怪了。原来他夜里吃了一个宫娥,还有十七个脱命去的,五更时,奏了国王,说他如此如此。又因他不辞而去,越发知他是怪。那国王即着多官看守着假老虎不题。

却说那怪径回洞口。行者见他来时,设法哄他,把眼挤了一挤,扑漱漱泪如雨落,儿天儿地的,跌脚捶胸,于此洞里嚎啕痛哭。那怪一时间,那里认得。上前搂住道:"浑家,你有何事,这般烦恼?"那大圣编成的鬼话,捏出的虚词,泪汪汪的告道:"郎君呵!常言道'男子无妻财没主,妇女无夫身落空'!你昨日进朝认亲,怎不回来?今早被猪八戒劫了沙和尚,又把我两个孩儿抢去,教我苦告,更不肯饶他。说拿去朝中认认外公。这半日不见孩儿,又不知存亡如何,你又不见来家,教我怎生割舍?故此止不住伤心痛哭。"那怪闻言,心中大怒道:"真个是我的儿子?"行者道:"正是,被猪八戒抢去了。"

---

①泛头:参第三回的"犯头"条注。

那妖魔气得乱跳道:"罢了!罢了!我儿被他掼杀了!已是不可活也!只好拿那和尚来与我儿子偿命报仇罢!浑家,你且莫哭。你如今心里觉道怎么?且医治一医治。"行者道:"我不怎的,只是舍不得孩儿,哭得我有些心疼。"妖魔道:"不打紧:你请起来,我这里有件宝贝,只在你那疼上摸一摸儿,就不疼了。却要仔细,休使大指儿弹着;若使大指头儿弹着呵,就看出我本相来了。"行者闻言,心中暗笑道:"这泼怪,倒也老实;不动刑法,就自家供了。等他拿出宝贝来,我试弹他一弹,看他是个甚么妖怪。"那怪携着行者,一直行到洞里深远密闭之处。却从口中吐出一件宝贝,有鸡子大小,是一颗舍利子玲珑内丹①。行者心中暗喜道:"好东西耶!这件物不知打了多少坐工,炼了几年魔难,配了几转雌雄②,炼成这颗内丹舍利。今日大有缘法,遇着老孙。"那猴子拿将过来,那里有甚么疼处,特故意摸了一摸,一指头弹将去。那妖慌了,劈手来抢,你思量,那猴子好不溜撒,把那宝贝一口吸在肚里。那妖魔揝着拳头就打,被行者一手隔住,把脸抹了一抹,现出本相,道声"妖怪!不要无礼!你且认认看!我是谁?"

那妖怪见了,大惊道:"呀!浑家,你怎么拿出这一副嘴脸来耶?"行者骂道:"我把你这个泼怪!谁是你浑家?连你祖宗也还不认得哩?"那怪忽然省悟道:"我像有些认得你哩。"行者道:"我且不打你,你再认认看。"那怪道:"我虽见你眼熟,一时间却想不起姓名。你果是谁?从那里来的?你把我浑家估倒在何处③,却来我家诈诱我的宝贝?着实无理可恶!"行者道:"你是也不认得我。我是唐僧的大徒弟,叫做孙悟空行者。我是你五百年前的旧祖宗哩!"那怪道:"没有这话!没有这话!我拿住唐僧时,止知他有两个徒弟,叫

---

① 舍利子玲珑内丹:内丹术认为修炼到一定程度,体内可以"结丹",是一种圆丸形物。宋施肩吾《钟吕传道集·论龙虎》:"形若弹丸,色如朱橘,名曰丹药。"舍利,佛教指释迦牟尼的遗体火化后结成的珠状物,这里仅指形状像舍利的内丹。

② 配了几转雌雄:参见第二十六回"调和龙虎,捉坎填离"条注。

③ 估倒:方言。同"鼓捣"。弄,搞。

做猪八戒、沙和尚,何曾见有人说个姓孙的。你不知是那里来的个怪物,到此骗我!"行者道:"我不曾同他二人来,是我师父因老孙惯打妖怪,杀伤甚多,他是个慈悲好善之人,将我逐回,故不曾同他一路行走。你是不知你祖宗名姓。"那怪道:"你好不丈夫呵!既受了师父赶逐,却有甚么嘴脸,又来见人!"行者道:"你这个泼怪,岂知'一日为师,终身为父','父子无隔宿之仇'!你伤害我师父,我怎么不来救他?你害他便也罢;却又背前面后骂我,是怎的说?"妖怪道:"我何尝骂你?"行者道:"是猪八戒说的。"那怪道:"你不要信他。那个猪八戒,尖着嘴,有些会说老婆舌头,你怎听他?"行者道:"且不必讲此闲话,只说老孙今日到你家里,你好怠慢了远客。虽无酒馔款待,头却是有的。快快将头伸过来,等老孙打一棍儿,当茶!"那怪闻得说打,呵呵大笑道:"孙行者,你差了计较了!你既说要打,不该跟我进来。我这里大小群妖,还有百十。饶你满身是手,也打不出我的门去。"行者道:"不要胡说!莫说百十个,就有几千,几万,只要一个个查明白了好打,棍棍无空,教你断根绝迹!"

那怪闻言,急传号令,把那山前山后群妖,洞里洞外诸怪,一齐点起,各执器械,把那三四层门,密密拦阻不放。行者见了,满心欢喜,双手理棍,喝声叫:"变!"变的三头六臂;把金箍棒幌一幌,变做三根金箍棒。你看他六只手,使着三根棒,一路打将去,好便似虎入羊群,鹰来鸡栅;可怜那小怪,汤着的,头如粉碎;刮着的,血似水流!往来纵横,如入无人之境。止剩一个老妖,赶出门来骂道:"你这泼猴,其实悫懒!怎么上门子欺负人家!"行者急回头,用手招呼道:"你来!你来!打倒你,才是功绩!"

那怪物举宝刀,分头便砍;好行者,掣铁棒,觌面相迎。这一场在那山顶上,半云半雾的杀哩:

大圣神通大,妖魔本事高。这个横理生金棒①,那个斜举蘸钢

---

① 生金棒:元杨景贤《西游记杂剧》中,孙行者使用的武器是生金棍。当是后来如意金箍棒的前身。

刀。悠悠刀起明霞亮,轻轻棒架彩云飘。往来护顶翻多次,返复浑身转数遭。一个随风更面目,一个立地把身摇。那个大睁火眼伸猿膊,这个明幌金睛折虎腰。你来我去交锋战,刀迎棒架不相饶。猴王铁棍依《三略》①,怪物钢刀按《六韬》。一个惯行手段为魔主,一个广施法力保唐僧。猛烈的猴王添猛烈,英豪的怪物长英豪。死生不顾空中打,都为唐僧拜佛遥。

他两个战有五六十合,不分胜负。行者心中暗喜道:"这个泼怪,他那口刀,倒也抵得住老孙的这根棒。等老孙丢个破绽与他,看他可认得。"好猴王,双手举棍,使一个"高探马"的势子②。那怪不识是计,见有空儿,舞着宝刀,径奔下三路砍;被行者急转个"大中平"③,挑开他那口刀,又使个"叶底偷桃势",望妖精头顶一棍,就打得他无影无踪。急收棍子看处,不见了妖精。行者大惊道:"我儿阿,不禁打,就打得不见了。果是打死,好道也有些脓血,如何没一毫踪影?想是走了。"急纵身跳在云端里看处,四边更无动静。"老孙这双眼睛,不管那里,一抹都见,却怎么走得这等溜撒?我晓得了:那怪说有些儿认得我,想必不是凡间的怪,多是天上来的精。"

那大圣一时忍不住怒发,揝着铁棒,打个筋斗,只跳到南天门上。慌得那庞、刘、苟、毕、张、陶、邓、辛等众,两边躬身控背,不敢拦阻,让他打入天门,直至通明殿下。早有张、葛、许、丘四大天师问道:"大圣何来?"行者道:"因保唐僧至宝象国,有一妖魔,欺骗国女,伤害吾师,老孙与他赌斗。正斗间,不见了这怪。想那怪不是凡间之怪,多是天上之精,特来查勘,那一路走了甚么妖神。"天师闻言,即进灵霄殿上启奏,蒙差查勘九曜星官、十二元辰、东西南北中央五斗、河汉群辰、五岳四渎、普天神圣都在天上,更无一个敢离方位。

---

① 《三略》:《三略》和下文的《六韬》都是古代兵书名,也是兵法的代名词。这里指娴熟的技法。

② 高探马:拳术、棍术都有这种招式,脚尖点地,攻击的方位在上身。

③ 大中平:即中平棍,持棍居身体中部,击打对方胸腹部。

又查那斗牛宫外,二十八宿,颠倒只有二十七位,内独少了奎星。天师回奏道:"奎木狼下界了。"玉帝道:"多少时不在天了?"天师道:"四卯不到。三日点卯一次,今已十三日了。"玉帝道:"天上十三日,下界已是十三年。"即命本部收他上界。

那二十七宿星员,领了旨意,出了天门,各念咒语,惊动奎星。你道他在那里躲避?他原来是孙大圣大闹天宫时打怕了的神将,闪在那山涧里潜灾,被水气隐住妖云,所以不曾看见他。听得本部星员念咒,方敢出头,随众上界。被大圣拦住天门要打,幸亏众星劝住,押见玉帝。那怪腰间取出金牌,在殿下叩头纳罪。玉帝道:"奎木狼,上界有无边的胜景,你不受用,却私走一方,何也?"奎宿叩头奏道:"万岁,赦臣死罪。那宝象国王公主,非凡人也。他本是披香殿侍香的玉女,因欲与臣私通;臣恐点污了天宫胜境,他思凡先下界去,托生于皇宫内院,是臣不负前期,变作妖魔,占了名山,摄他到洞府,与他配了一十三年夫妻。'一饮一啄,莫非前定'①,今被孙大圣到此成功。"玉帝闻言,收了金牌,贬他去兜率宫与太上老君烧火,带俸差操②,有功复职,无功重加其罪。行者见玉帝如此发放,心中欢喜。朝上唱个大喏,又向众神道:"列位,起动了③。"天师笑道:"那个妖猴还是这等村俗。替他收了怪神,也倒不谢天恩,却就喏喏而退。"玉帝道:"只得他无事,落得天上清平是幸。"

那大圣按落祥光,径转碗子山波月洞,寻出公主,将那思凡下界收妖的言语正然陈诉。只听得半空中八戒、沙僧厉声高叫道:"师

---

① 一饮一啄,莫非前定:出自《庄子》:"泽雉十步一啄,百步一饮,不蕲畜乎樊中。"意思是说泽雉自由自在地啄食,不希望被养在笼子里。后来人们引申为一饮一啄,都是分内注定的事情。

② 带俸差操:明代对军官的一种处分,免除其职事,带俸禄编入军队服役。《明史·职官志五》:"不任事入队,曰带俸差操。"《明武宗实录》卷三十七:"(军官)其有罪问发立功者,每年纳银二十两,免其立功,许冠带。仍俟原拟立功满日,照旧带俸差操。"差操,差使,差遣。

③ 起动:敬词。烦劳,劳顿。

兄,有妖精,留几个儿我们打耶。"行者道:"妖精已尽绝矣。"沙僧道:"既把妖精打绝,无甚挂碍,将公主引入朝中去罢。不要睁眼。兄弟们使个缩地法来①。"

那公主只闻得耳内风响,霎时间径回城里。他三人将公主带上金銮殿上。那公主参拜了父王、母后,会了姊妹,各官俱来拜见。那公主才启奏道:"多亏孙长老法力无边,降了黄袍怪,救奴回国。"那国王问曰:"黄袍是个甚怪?"行者道:"陛下的驸马,是上界的奎星;令爱乃侍香的玉女,因思凡降落人间,不非小可,都因前世前缘,该有这些姻眷。那怪被老孙上天宫启奏玉帝,玉帝查得他四卯不到,下界十三日,就是十三年了,盖天上一日,下界一年。随差本部星宿,收他上界,贬在兜率宫立功去讫;老孙却救得令爱来也。"那国王谢了行者的恩德,便教:"看你师父去来。"

他三人径下宝殿,与众官到朝房里,抬出铁笼,将假虎解了铁索。别人看他是虎,独行者看他是人。原来那师父被妖术魇住,不能行走,心上明白,只是口眼难开。行者笑道:"师父呵,你是个好和尚,怎么弄出这般个恶模样来也?你怪我行凶作恶,赶我回去,你要一心向善,怎么一旦弄出个这等嘴脸?"八戒道:"哥阿,救他救儿罢。不要只管揭挑他了②。"行者道:"你凡事撺唆,是他个得意的好徒弟,你不救他,又寻老孙怎的?原与你说来,待降了妖精,报了骂我之仇,就回去的。"沙僧近前跪下道:"哥阿,古人云'不看僧面看佛面'。兄长既是到此,万望救他一救。若是我们能救,也不敢许远的来奉请你也。"行者用手挽起道:"我岂有安心不救之理?快取水来。"那八戒飞星去驿中,取了行李、马匹,将紫金钵盂取出,盛水半盂,递与行者。行者接水在手,念动真言,望那虎劈头一口喷上,退了妖术,解了虎气。

---

① 缩地法:即缩地术,一种道教法术,如《神仙传》称费长房能把所谓"地脉"收缩,化远为近,到达目的地后,将地脉放开如旧。
② 揭挑:揭露别人的短处。

第三十一回　猪八戒义识猴王　孙行者智降妖怪

长老现了原身，定性睁睛，才认得是行者。一把搀住道："悟空！你从那里来也？"沙僧侍立左右，把那请行者降妖精，救公主，解虎气，并回朝上项事，备陈了一遍。三藏谢之不尽，道："贤徒，亏了你也！亏了你也！这一去，早诣西方，径回东土，奏唐王，你的功劳第一。"行者笑道："莫说！莫说！但不念那话儿，足感爱厚之情也。"国王闻此言，又劝谢了他四众。整治素筵，大开东阁①。他师徒受了皇恩，辞王西去。国王又率多官远送。这正是：

君回宝殿定江山，僧去雷音参佛祖。

毕竟不知此后又有甚事，几时得到西天，且听下回分解。

---

①东阁：古代称宰相招致、款待宾客的地方，这里指朝廷待客之处。语出《汉书·公孙弘传》："弘……数年至宰相封侯，于是起客馆，开东阁以延贤人。"

第三十二回

平顶山功曹传信　莲花洞木母逢灾

话说唐僧复得了孙行者,师徒们一心同体,共诣西方。自宝象国救了公主,承君臣送出城西。说不尽沿路饥餐渴饮,夜住晓行。却又值三春景候。那时节:

轻风吹柳绿如丝,佳景最堪题。
时催鸟语,暖烘花发,遍地芳菲。
海棠庭院来双燕,正是赏春时。
红尘紫陌①,绮罗弦管,斗草传卮②。

师徒正行赏间,又见一山挡路。唐僧道:"徒弟们仔细,前遇山高,恐有虎狼阻挡。"行者道:"师父,出家人莫说在家话。你记得那乌巢和尚的《心经》云'心无挂碍;无挂碍,方无恐怖,远离颠倒梦想'之言? 但只是'扫除心上垢,洗净耳边尘。不受苦中苦,难为人上人'。你莫生忧虑,但有老孙,就是塌下天来,可保无事。怕甚么虎狼!"长老勒回马道:"我:

当年奉旨出长安,只忆西来拜佛颜。
舍利国中金像采,浮屠塔里玉毫斑。
寻穷天下无名水,历遍人间不到山。
逐逐烟波重叠叠③,几时能勾此身闲?"

行者闻说,笑呵呵道:"师要身闲,有何难事? 若功成之后,万缘都罢,诸法皆空。那时节,自然而然,却不是身闲也?"长老闻言,只

---

①紫陌:指京城郊野的道路。
②斗草:一种古代游戏。以花草名相对精巧者为胜,如狗耳草对鸡冠花。传卮(zhī):即传杯。参见第六回"传杯"条注。卮,古代的一种酒器。
③逐逐:奔忙的样子。

得乐以忘忧。放辔催银濯①,兜缰趱玉龙。师徒们上得山来,十分险峻,真个嵯峨,好山:

巍巍峻岭,削削尖峰。湾环深涧下,孤峻陡崖边。湾环深涧下,只听得唿喇喇戏水蟒翻身;孤峻陡崖边,但见那崒嵂嵂出林虎剪尾。往上看,峦头突兀透青霄;回眼观,壑下深沉邻碧落②。上高来似梯似凳;下低行如堑如坑。真个是古怪巅峰岭,果然是连尖削壁崖。巅峰岭上,采药人寻思怕走;削壁崖前,打柴夫寸步难行。胡羊野马乱撺梭,狡兔山牛如布阵。山高蔽日遮星斗,时逢妖兽与苍狼。草径迷漫难进马,怎得雷音见佛王?

长老勒马观山,正在难行之处。只见那绿莎坡上,伫立着一个樵夫。你道他怎生打扮:

头戴一顶老蓝毡笠,身穿一领毛皂衲衣。老蓝毡笠,遮烟盖日果稀奇;毛皂衲衣,乐以忘忧真罕见。手持钢斧快磨明,刀伐干柴收束紧。担头春色③,幽然四序融融④;身外闲情,常是三星淡淡⑤。到老只干⑥随分过,有何荣辱暂关心?

那樵子:

> 正在坡前伐朽柴,忽逢长老自东来。
> 停柯住斧出林外,趋步将身上石崖。

对长老厉声高叫道:"那西进的长老!暂停片时。我有一言奉告:此山有一伙毒魔狠怪,专吃你东来西去的人哩。"长老闻言,魂飞魄散,战兢兢坐不稳雕鞍。急回头,忙呼徒弟道:"你听那樵夫报道'此山有毒魔狠怪'。谁敢去细问他一问?"行者道:"师父放心,等老

---

① 银濯:濯应作"骝"。骁骝,野马。这里泛指马。
② 碧落:道教指青天。
③ 担头春色:语出宋赵孟坚《朝中措·客中感春》词"担头看尽百花春"。
④ 四序:指按顺序变化的春夏秋冬四季,这里指担头的应季柴草。
⑤ 三星:一般认为指参宿三星,在今天的猎户座。语出《诗经·唐风·绸缪》:"绸缪(紧紧地捆)束薪,三星在天。"
⑥ 干:疑为"甘"之音误,一作"于"。

孙去问他一个端的。"好行者,拽开步,径上山来,对樵子叫声"大哥",道个问讯。樵夫答礼道:"长老呵,你们有何缘故来此?"行者道:"不瞒大哥说,我们是东土差来西天取经的。那马上是我的师父。他有些胆小。适蒙见教,说有甚么毒魔狠怪,故此我来奉问一声:那魔是几年之魔,怪是几年之怪?还是个把势①,还是个雏儿②?烦大哥老实说说,我好着山神、土地递解他起身③。"

樵子闻言,仰天大笑道:"你原来是个风和尚④。"行者道:"我不风阿,这是老实话。"樵子道:"你说是老实,便怎敢说把他递解起身?"行者道:"你这等长他那威风,胡言乱语的拦路报信,莫不是与他有亲?不亲必邻,不邻必友。"樵子笑道:"你这个风泼和尚,忒没道理。我倒是好意,特来报与你们。教你们走路时,早晚间防备,你倒转赖在我身上。且莫说我不晓得妖魔出处;就晓得呵,你敢把他怎么的递解?解往何处?"行者道:"若是天魔,解与玉帝;若是土魔,解与土府。西方的归佛,东方的归圣⑤。北方的解与真武,南方的解与火德。是蛟精解与海主,是鬼祟解与阎王。各有地头方向。我老孙到处里人熟,发一张批文,把他连夜解着飞跑。"

那樵子止不住呵呵冷笑道:"你这个风泼和尚,想是在方上云游,学了些书符咒水的法术⑥,只可驱邪缚鬼,还不曾撞见这等狠毒的怪哩。"行者道:"怎见他狠毒?"樵子道:"此山径过有六百里远近,名唤平顶山。山中有一洞,名唤莲花洞。洞里有两个魔头,他画影

---

① 把势:也作把式,原指精通武艺的人,引申为老手,行家。
② 雏儿:年轻未经世故的人,也指外行。
③ 递解:旧时指把犯人解往远地,由沿途官衙派人轮流押送。
④ 风:同"疯"。
⑤ 圣:这里当指东岳天齐仁圣帝。
⑥ 书符咒水:书符即书写道符,道士在纸、木上书写特定的符号,认为这种符号会带有召致鬼神、驱除邪祟的灵力。咒水,即对水念咒,咒过的水称为"神水""法水",然后喷洒在指定的地方驱邪,或者让患者喝下。

图形,要捉和尚;抄名访姓①,要吃唐僧。你若别处来的还好,但犯了一个'唐'字儿,莫想去得,去得!"行者道:"我们正是唐朝来的。"樵子道:"他正要吃你们哩。"行者道:"造化!造化!但不知他怎的样吃哩?"樵子道:"你要他怎的吃?"行者道:"若是先吃头,还好耍子;若是先吃脚,就难为了。"樵子道:"先吃头怎么说?先吃脚怎么说?"行者道:"你还不曾经着哩。若是先吃头,一口将他咬下,我已死了,凭他怎么煎炒熬煮,我也不知疼痛;若是先吃脚,他啃了孤拐,嚼了腿亭②,吃到腰截骨,我还急忙不死,却不是零零碎碎受苦?此所以难为也。"樵子道:"和尚,他那里有这许多工夫?只是把你拿住,捆在笼里,囫囵蒸吃了。"行者笑道:"这个更好!更好!疼倒不忍疼,只是受些闷气罢了。"樵子道:"和尚不要调嘴。那妖怪随身有五件宝贝,神通极大极广。就是擎天的玉柱,架海的金梁,若保得唐朝和尚去也,须要发发昏是。"行者道:"发几个昏么?"樵子道:"要发三四个昏是。"行者道:"不打紧,不打紧。我们一年,常发七八百个昏儿,这三四个昏儿易得发;发发儿就过去了。"

好大圣,全然无惧,一心只是要保唐僧,摔脱樵夫,拽步而转。径至山坡马头前道:"师父,没甚大事。有便有个把妖精儿,只是这里人胆小,放他在心上。有我哩,怕他怎的?走路!走路!"长老见说,只得放怀随行。

正行处,早不见了那樵夫。长老道:"那报信的樵子如何就不见了?"八戒道:"我们造化低,撞见日里鬼了。"行者道:"想是他钻进林子里寻柴去了。等我看看来。"好大圣,睁开火眼金睛,漫山越岭的望处,却无踪迹。忽抬头往云端里一看,看见是日值功曹,他就纵云赶上,骂了几声"毛鬼",道:"你怎么有话不来直说,却那般变化了,演漾老孙③?"慌得那功曹施礼道:"大圣,报信来迟,勿罪,勿罪。那

---

①抄:搜查,查点。

②腿亭:也作"腿脡"。即小腿。元高文秀《黑旋风》第一折:"我将烟毡帽遮了眼睛,粗布帛缚了腿脡,着谁人识破我乔行径?"

③演漾:迷惑。

怪果然神通广大,变化多端。只看你腾那乖巧,运动神机,仔细保你师父;假若怠慢了些儿,西天路莫想去得。"

行者闻言,把功曹叱退,切切在心。按云头,径来山上。只见长老与八戒、沙僧,簇拥前进,他却暗想:"我若把功曹的言语实实告诵师父,师父他不济事,必就哭了;假若不与他实说,梦着头①,带着他走,常言道:'乍入芦圩②,不知深浅'。倘或被妖魔捞去,却不又要老孙费心?且等我照顾八戒一照顾,先着他出头与那怪打一仗看。若是打得过他,就算他一功;若是没手段,被怪拿去,等老孙再去救他不迟。却好显我本事出名。"正自家计较,以心问心道:"只恐八戒躲懒,便不肯出头。师父又有些护短。等老孙羁勒他羁勒③。"

好大圣,你看他弄个虚头,把眼揉了一揉,揉出些泪来。迎着师父,往前径走。八戒看见,连忙叫:"沙和尚,歇下担子,拿出行李来,我两个分了罢!"沙僧道:"二哥,分怎的?"八戒道:"分了,便你往流沙河还做妖怪,老猪往高老庄上盼盼浑家④。把白马卖了,买口棺木,与师父送老⑤,大家散火。还往西天去哩?"长老在马上听见,道:"这个夯货!正走路,怎么又胡说了?"八戒道:"你儿子便胡说!你不看见孙行者那里哭将来了?他是个钻天入地,斧砍火烧,下油锅都不怕的好汉;如今戴了个愁帽⑥,泪汪汪的哭来,必是那山险峻,妖怪凶狠。似我们这样软弱的人儿,怎么去得?"长老道:"你且休胡谈。待我问他一声,看是怎么说话。"问道:"悟空,有甚话当面计较。你怎么自家烦恼?这般样个哭包脸,是虎唬我也⑦!"行者道:"师父阿,刚才那个报信的,是日值功曹。他说妖精凶狠,此处难行,果然

---

① 梦:同"蒙"。
② 芦圩(wéi):芦苇塘,水道多纵横交错,杂乱难认。
③ 羁勒:束缚,此指设法为难。
④ 盼:探望。
⑤ 送老:送终。
⑥ 戴了个愁帽:谑语,摆出一副发愁的样子。
⑦ 虎唬(xià):即吓唬。

的山高路峻,不能前进。改日再去罢。"长老闻言,恐惶悚惧,扯住他虎皮裙子道:"徒弟呀,我们三停路已走了停半①,因何说退悔之言?"行者道:"我没个不尽心的。但只恐魔多力弱,行势孤单。'总然是块铁,下炉能打得几根钉'?"长老道:"徒弟呵,你也说得是。果然一个人也难。兵书云:'寡不可敌众。'我这里还有八戒、沙僧,都是徒弟,凭你调度使用,或为护将帮手,协力同心,扫清山径,领我过山,却不都还了正果?"

那行者这一场扭捏,只斗出长老这几句话来。他揾了泪道②:"师父阿,若要过得此山,须是猪八戒依得我两件事儿,才有三分去得;假若不依我言,替不得我手,半分儿也莫想过去。"八戒道:"师兄不去,就散火罢。不要攀我。"长老道:"徒弟,且问你师兄,看他教你做甚么。"呆子真个对行者说道:"哥哥,你教我做甚事?"行者道:"第一件是看师父,第二件是去巡山。"八戒道:"看师父是坐,巡山去是走;终不然教我坐一会又走,走一会又坐。两处怎么顾盼得来?"行者道:"不是教你两件齐干,只是领了一件便罢。"八戒又笑道:"这等也好计较。但不知看师父是怎样,巡山是怎样。你先与我讲讲,等我依个相应些儿的去干罢。"行者道:"看师父呵:师父去出恭,你伺候;师父要走路,你扶持;师父要吃斋,你化斋。若他饿了些儿,你该打;黄了些儿脸皮,你该打;瘦了些儿形骸,你该打。"八戒慌了道:"这个难!难!难!伺候扶持,通不打紧,就是不离身驮着,也还容易;假若教我去乡下化斋,他这西方路上,不识我是取经的和尚,只道是那山里走出来的一个半壮不壮的健猪③,伙上许多人,叉钯扫帚,把老猪围倒,拿家去宰了,腌着过年,这个却不就遭瘟④了?"行者道:"巡山去罢。"八戒道:"巡山便怎么样儿?"行者道:"就入此山,打

---

① 停半:一停半,一份半。停,常用做量词,表示把整体分成若干份之后的一份。
② 揾(wèn):擦,拭。
③ 健猪:方言,公猪。
④ 遭瘟:患了瘟疫,引申为倒霉。

听有多少妖怪,是甚么山,是甚么洞,我们好过去。"八戒道:"这个小可,老猪去巡山罢。"那呆子就撒起衣裙,挺着钉钯,雄纠纠径入深山,气昂昂奔上大路。

行者在傍,忍不住嘻嘻冷笑。长老骂道:"你这个泼猴!兄弟们全无爱怜之意,常怀嫉妒之心。你做出这样獐智①,巧言令色,撮弄他去甚么巡山,却又在这里笑他!"行者道:"不是笑他。我这笑中有味。你看猪八戒这一去,决不巡山,也不敢见妖怪,不知往那里去躲闪半会,捏一个谎来,哄我们也。"长老道:"你怎么就晓得他?"行者道:"我估出他是这等。不信,等我跟他去看看,听他一听:一则帮副他手段降妖,二来看他可有个诚心拜佛。"长老道:"好!好!好!你却莫去捉弄他。"

行者应诺了。径直赶上山坡,摇身一变,变作个蟭蟟虫儿②。其实变得轻巧。但见他:

翅薄舞风不用力,腰尖细小如针。

穿蒲抹草过花阴,疾似流星还甚。

眼睛明映映,声气渺瘖瘖。

昆虫之类惟他小,亭亭款款机深。

几番闲日歇幽林。一身浑不见,千眼莫能寻。

嘤的一翅飞将去,赶上八戒,丁在他耳朵后面鬃根底下。那呆子只管走路,怎知道身上有人?行有七八里路,把钉钯撇下,吊转头来,望着唐僧,指手画脚的骂道:"你罢软的老和尚,捉掐的弼马温③,

---

① 獐智:原作"张置","张官置吏"的省称,也作"张致"、"张智"(据朱季海《风俗通义校笺·过誉第四》)。引申为装模作样。

② 蟭蟟:古书上称是一种小蝉,又叫"蟓"。按书中所谓蟭蟟,均应作"蟭螟",传说中的一种特别小的虫。也作"焦冥",语出《晏子春秋》外篇下十四,东海有虫,作巢于蚊子睫毛之上,而蚊不觉,"东海渔者命曰'焦冥'"。

③ 捉掐:刁钻,喜欢捉弄人。

面弱的沙和尚①！他都在那里自在,琢弄我老猪来踣路②！大家取经,都要望成正果,偏是教我来巡甚么山！哈哈哈！晓得有妖怪,躲着些儿走。还不勾一半③,却教我去寻他,这等晦气哩！我往那里睡觉去,睡一觉回去,含含糊糊的答应他,只说是巡了山,就了其帐也。"那呆子一时间侥倖,搴着钯又走④。只见山凹里一弯红草坡,他一头钻得进去,使钉钯扑个地铺,縠辘的睡下。把腰伸了一伸,道声:"快活！就是那弼马温,也不得像我这般自在！"原来行者在他耳根后,句句儿听着哩;忍不住,飞将起来,又琢弄他一琢弄。又摇身一变,变作个啄木虫儿。但见:

  铁嘴尖尖红溜,翠翎艳艳光明。
  一双钢爪利如钉,腹馁何妨林静⑤。
  最爱枯槎朽烂,偏嫌老树伶仃。
  圜睛决尾性丢灵⑥,辟剥之声堪听。

这虫鹥不大不小的⑦,上秤称,只有二三两重。红铜嘴,黑铁脚,刷剌的一翅飞下来。那八戒丢倒头,正睡着了,被他照嘴唇上吃揸的一下。那呆子慌得爬将起来,口里乱嚷道:"有妖怪！有妖怪！把我戳了一枪去了！嘴上好不疼呀！"伸手摸摸,浃出血来了。他道:"蹭蹬呵！我又没甚喜事,怎么嘴上挂了红耶?"他看着这血手,口里絮絮叨叨的两边乱看,却不见动静,道:"无甚妖怪,怎么戳我一枪么?"忽抬头往上看时,原来是个啄木虫,在半空中飞哩。呆子咬牙骂道:"这个亡人！弼马温欺负我罢了,你也来欺负我！我晓得了。

---

① 面弱:即面软,指顾及情面,妥协退让。
② 琢弄:即"捉弄"。
③ 还不勾一半:意思是躲着妖怪走,还躲不及,兴许还有一半的机会能碰上。
④ 搴(qiān):举,扛。
⑤ 馁:饥饿。
⑥ 圜睛:圆圆的眼睛。决尾:分叉的尾巴。决,张开,分叉。丢灵:活泼,灵巧。
⑦ 虫鹥(yì):小的雀和虫,也作"虫蚁"。

他一定不认我是个人,只把我嘴当一段黑朽枯烂的树,内中生了虫,寻虫儿吃的,将我啄了这一下也。等我把嘴揣在怀里睡罢。"那呆子毂辘的依然睡倒。行者又飞来,着耳根后又啄了一下。呆子慌得爬起来道:"这个亡人,却打搅得我狠!想必这里是他的窠巢,生蛋布雏,怕我占了,故此这般打搅。罢!罢!罢!不睡他了!"掣着钯,径出红草坡,找路又走。可不喜坏了孙行者,笑倒个美猴王。行者道:"这夯货大睁着两个眼,连自家人也认不得!"

好大圣,摇身又一变,还变做个蟭蟟虫,丁在他耳朵后面,不离他身上。那呆子入深山,又行有四五里,只见山凹中有桌面大的四四方方三块青石头。呆子放下钯,对石头唱个大喏。行者暗笑道:"这呆子!石头又不是人,又不会说话,又不会还礼的,唱他喏怎的,可不是个瞎帐①?"原来那呆子把石头当着唐僧、沙僧、行者三人,朝着他演习哩。他道:"我这回去,见了师父,若问有妖怪,就说有妖怪。他问甚么山,我若说是泥捏的,土做的,锡打的,铜铸的,面蒸的,纸糊的,笔画的,他们见说我呆哩,若讲这话,一发说呆了②;我只说是石头山。他问甚么洞,也只说是石头洞。他问甚么门,却说是钉钉的铁叶门。他问里边有多远,只说入内有三层。十分再搜寻,问门上钉子多少,只说老猪心忙记不真。此间编造停当,哄那弼马温去!"

那呆子捏合了,拖着钯,径回本路。怎知行者在耳朵后,一一听得明白。行者见他回来,即腾两翅预先回去。现原身,见了师父。师父道:"悟空,你来了,悟能怎不见回?"行者笑道:"他在那里编谎哩。就待来也。"长老道:"他两个耳朵盖着眼,愚拙之人也,他会编甚么谎?又是你捏合甚么鬼话赖他哩。"行者道:"师父,你只是这等护短,这是有对问的话。"把他那钻在草里睡觉,被啄木虫叮醒,朝石头唱喏,编造甚么石头山、石头洞、铁叶门、有妖精的话,预先说了。

---

①瞎帐:糊涂帐,比喻白费心力毫无功效的蠢事。

②一发:这里是更加的意思。

说毕,不多时,那呆子走将来。又怕忘了那谎,低着头,口里温习。被行者喝了一声道:"呆子!念甚么哩?"八戒掀起耳朵来看看道:"我到了地头了!"那呆子上前跪倒。长老搀起道:"徒弟,辛苦阿。"八戒道:"正是。走路的人,爬山的人,第一辛苦了。"长老道:"可有妖怪么?"八戒道:"有妖怪!有妖怪!一堆妖怪哩!"长老道:"怎么打发你来?"八戒说:"他叫我做猪祖宗、猪外公,安排些粉汤素食,教我吃了一顿,说道,摆旗鼓送我们过山哩。"行者道:"想是在草里睡着了,说得是梦话?"呆子闻言,就吓得矮了三寸道:"爷爷哑!我睡他怎么晓得?"行者上前,一把揪住道:"你过来,等我问你。"呆子又慌了,战战兢兢的道:"问便罢了,揪扯怎的?"行者道:"是甚么山?"八戒道:"是石头山。"——"甚么洞?"道:"是石头洞。"——"甚么门?"道:"是钉钉铁叶门。""里边有多远?"道:"入内是三层。"行者道:"你不消说了,后半截我记得真。恐师父不信,我替你说了罢。"八戒道:"嘴脸①!你又不曾去,你晓得那些儿,要替我说?"行者笑道:"'门上钉子有多少,只说老猪心忙记不真'。可是么?"那呆子即慌忙跪倒。行者道:"朝着石头唱喏,当做我三人,对他一问一答。可是么?又说'等我编得谎儿停当,哄那弼马温去',可是么?"那呆子连忙只是磕头道:"师兄,我去巡山,你莫成跟我去听的?"行者骂道:"我把你个馕糠的夯货!这般要紧的所在,教你去巡山,你却去睡觉!不是啄木虫叮你醒来,你还在那里睡哩。及叮醒,又编这样大谎,可不误了大事?你快伸过孤拐来,打五棍记心!"

八戒慌了道:"那个哭丧棒重,擦一擦儿皮塌,挽一挽儿筋伤,若打五下,就是死了!"行者道:"你怕打,却怎么扯谎?"八戒道:"哥哥哑,只是这一遭儿,以后再不敢了。"行者道:"一遭便打三棍罢。"八戒道:"爷爷哑,半棍儿也禁不得!"呆子没计奈何,扯住师父道:"你替我说个方便儿。"长老道:"悟空说你编谎,我还不信。今果如此,其实该打。但如今过山少人使唤,悟空,你且饶他,待过了山,再打

---

① 嘴脸:丑陋的面目,猥琐的模样。

罢。"行者道:"古人云:'顺父母言情,呼为大孝。'师父说不打,我就且饶你。你再去与他巡山。若再说谎误事,我定一下也不饶你!"

那呆子只得爬起来又去。你看他奔上大路,疑心生暗鬼,步步只疑是行者变化了跟住他。故见一物,即疑是行者。走有七八里,见一只老虎,从山坡上路过,他也不怕,举着钉钯道:"师兄来听说谎的?这遭不编了。"又走处,那山风来得甚猛,呼的一声,把颗枯木刮倒,滚至面前,他又跌脚搥胸的道:"哥阿!这是怎的起!一行说不敢编谎罢了,又变甚么树来打人!"又走向前,只见一个白颈老鸦,当头喳喳的连叫几声,他又道:"哥哥,不羞!不羞!我说不编就不编了,只管又变着老鸦怎的?你来听么?"原来这一番行者却不曾跟他去,他那里却自惊自怪,乱疑乱猜,故无往而不疑是行者随他身也。

呆子惊疑且不题。却说那山叫做平顶山,那洞叫做莲花洞。洞里两妖:一唤金角大王,一唤银角大王。金角正坐,对银角说:"兄弟,我们多少时不巡山了?"银角道:"有半个月了。"金角道:"兄弟,你今日与我去巡巡。"银角道:"今日巡山怎的?"金角道:"你不知,近闻得东土唐朝差个御弟唐僧往西方拜佛,一行四众,叫做孙行者、猪八戒、沙和尚,连马五口。你看他在那处,与我把他拿来。"银角道:"我们要吃人,那里不捞几个?这和尚到得那里,让他去罢。"金角道:"你不晓得。我当年出天界,尝闻得人言:唐僧乃金蝉长老临凡,十世修行的好人,一点元阳未泄①。有人吃他肉,延寿长生哩。"银角道:"若是吃了他肉就可以延寿长生,我们打甚么坐,立甚么功,炼甚么龙与虎,配甚么雌与雄?只该吃他去了。等我去拿他来。"金角道:"兄弟,你有些性急,且莫忙着。你若走出门,不管好歹,但是和尚就拿将来,假如不是唐僧,却也不当人子。我记得他的模样,曾将他师徒画了一个影,图了一个形,你可拿去。但遇着和尚,以此照验照验。"又将某人是某名字,一一说了。银角得了图象,知道姓名,即

---

① 元阳:人体阳气的根本。内丹家称维持男子生命活力的某种物质或功能,泛指元气、元精之类。参见第二十四回"原本"条注。

却说八戒运拙。正行处,可可的撞见群魔,当面挡住道:"那来的甚么人?"呆子才抬起头来,掀着耳朵,看见是些妖魔,他就慌了,心中暗道:"我若说是取经的和尚,他就捞了去。"只是说:"走路的。"小妖回报道:"大王,是走路的。"那三十名小怪,中间有认得的,有不认得的,傍边有听着指点说话的,道:"大王,这个和尚,像这图中猪八戒模样。"叫挂起影神图来①。八戒看见,大惊道:"怪道这些时没精神哩!原来是他把我的影神传将来也!"小妖用枪挑着,银角用手指道:"这骑白马的是唐僧。这毛脸的是孙行者。"八戒听见道:"城隍②,没我便也罢了,猪头三牲③,清醮二十四分④……"口里劳叨,只管许愿。那怪又道:"这黑长的是沙和尚,这长嘴大耳的是猪八戒。"呆子听见说他,慌得把个嘴揣在怀里藏了。那怪叫:"和尚,伸出嘴来!"八戒道:"胎里病⑤,伸不出来。"那怪令小妖使钩子钩出来。八戒慌得把个嘴伸出道:"小家形。罢了,这不是?你要看便就看,钩怎的?"

那怪认得是八戒,掣出宝刀,上前就砍。这呆子举钉钯按住道:"我的儿,休无礼!看钯!"那怪笑道:"这和尚是半路出家的。"八戒道:"好儿子,有些灵性!你怎么就晓得老爷是半路出家的?"那怪

---

① 影神:指画像,迷信认为人的画像或影子有灵魂寄托,被人画像、拍照或用镜子映照,就会使灵魂脱离本体。宋邓公寿《画继》卷六:"未满三十岁,不可令朱待诏(朱渐)写真,恐其夺精神。"

② 城隍:城墙和护城河,后专指守护城池的神。民间习俗,人们经常到城隍前祈祷还愿,所以这里猪八戒也对城隍许愿。

③ 猪头三牲:醮仪的祭品。

④ 清醮(jiào):醮是道教祭祀鬼神的仪式,有清醮和幽醮的区别,清醮的内容是祈福谢恩、却病延寿等为活人做的法事,今福建、广东、台湾仍常见祈安清醮。幽醮的内容是摄召亡魂、炼度施食等为亡人做的法事。分:即神位,根据祭祀神位的多寡,有六分、十二分、二十四分醮,乃至三千六百分罗天大醮。

⑤ 胎里病:先天性的疾病。

道:"你会使这钯,一定是在人家园圃中筑地,把他这钯偷将来也。"八戒道:"我的儿,你那里认得老爷这钯。我不比那筑地之钯。这是:

> 巨齿铸来如龙爪,渗金妆就似虎形。
> 若逢对敌寒风洒,但遇相持火焰生。
> 能替唐僧消瘴碍,西天路上捉妖精。
> 轮动烟霞遮日月,使起昏云暗斗星。
> 筑倒泰山老虎怕,掀翻大海老龙惊。
> 饶你这妖有手段,一钯九个血窟窿!"

那怪闻言,那里肯让。使七星剑,丢开解数,与八戒一往一来,在山中赌斗,有二十回合,不分胜负。八戒发起狠来,舍死的相迎。那怪见他摔耳朵,喷粘涎,舞钉钯,口里吆吆喝喝的,也尽有些悚惧,即回头招呼小怪,一齐动手。若是一个打一个,其实还好。他见那些小妖齐上,慌了手脚,遮架不住,败了阵,回头就跑。原来是道路不平,未曾细看,忽被蓏萝藤绊了个跟蹡①。挣起来正走,又被个小妖睡倒在地,扳着他脚跟,扑的又跌了个狗吃屎;被一群赶上按住,抓鬃毛,揪耳朵,扯着脚,拉着尾,扛扛抬抬,擒进洞去。咦!正是:

> 一身魔发难消灭,万种灾生不易除。

毕竟不知猪八戒性命如何,且听下回分解。

---

① 蓏(luǒ)萝藤:瓜类植物的藤。

第三十三回

外道迷真性　元神助本心

却说那怪将八戒拿进洞去道:"哥哥阿,拿将一个来了。"老魔喜道:"拿来我看。"二魔道:"这不是?"老魔道:"兄弟,错拿了,这个和尚没用。"八戒就绰经说道:"大王,没用的和尚,放他出去罢。不当人子!"二魔道:"哥哥,不要放他;虽然没用,也是唐僧一起的,叫做猪八戒。把他且浸在后边净水池中,浸退了毛衣,使盐腌着,晒干了,等天阴下酒。"八戒听言道:"蹭蹬阿!撞着个贩腌腊的妖怪了!"

那小妖把八戒抬进去,抛在水里不题。却说三藏坐在坡前,耳热眼跳,身体不安,叫声:"悟空!怎么悟能这番巡山,去之久而不来?"行者道:"师父还不晓得他的心哩。"三藏道:"他有甚心?"行者道:"师父阿,此山若是有怪,他半步难行,一定虚张声势,跑将回来报我;想是无怪,路途平静,他一直去了。"三藏道:"假若真个去了,却在那里相会?此间乃是山野空阔之处,比不得那店市城井之间。"行者道:"师父莫虑,且请上马。那呆子有些懒惰,断然走的迟慢。你把马打动些儿,我们定赶上他,一同去罢。"真个唐僧上马,沙僧挑担,行者前面引路上山。

却说那老怪又唤二魔道:"兄弟,你既拿了八戒,断乎就有唐僧。再去巡巡山来,切莫放过他去。"二魔道:"就行,就行。"你看他急点起五十名小妖,上山巡逻。

正走处,只见祥云缥缈,瑞气盘旋,二魔道:"唐僧来了。"众妖道:"唐僧在那里?"二魔道:"好人头上祥云照顶,恶人头上黑气冲天。那唐僧原是金蝉长老临凡,十世修行的好人,所以有这祥云缥缈。"众怪都不看见,二魔用手指道:"那不是?"那三藏就在马上打了一个寒噤;又一指,又打个寒噤。一连指了三指,他就一连打了三个寒噤,心神不宁,道:"徒弟呵,我怎么打寒噤么?"沙僧道:"打寒噤,想是伤食病发了。"行者道:"胡说,师父是走着这深山峻岭,必然小心虚惊。莫怕!莫怕!等老孙把棒打一路与你压压惊。"好行者,理开棒,在马前丢几个解数,上三下四,左五右六,尽按那六韬三略,使起神通。那长老在马上观之,真个是寰中少有,世上全无。剖开路一直前行,险些儿唬倒那怪物。他在山顶上看见,魂飞魄丧,忽失声道:"几年间闻说孙行者,今日才知话不虚传果是真。"众怪上前道:"大王,怎么长他人之志气,灭自己之威风?你夸谁哩?"二魔道:"孙行者神通广大,那唐僧吃他不成。"众怪道:"大王,你没手段,等我们着几个去报大大王,教他点起本洞大小兵来,摆开阵势,合力齐心,怕他走了那里去!"二魔道:"你们不曾见他那条铁棒,有万夫不当之勇。我洞中不过有四五百兵,怎禁得他那一棒?"众妖道:"这等说,唐僧吃不成,却不把猪八戒错拿了?如今送还他罢。"二魔道:"拿便也不曾错拿,送便也不好轻送。唐僧终是要吃,只是眼下还尚不能。"众妖道:"这般说,还过几年么?"二魔道:"也不消几年。我看见那唐僧,只可善图,不可恶取。若要倚势拿他,闻也不得一闻。只可以善去感他,赚得他心与我心相合,却就善中取计,可以图之。"众妖道:"大王如定计拿他,可用我等?"二魔道:"你们都各回本寨,但不许报与大王知道。若是惊动了他,必然走了风讯,败了我计策。我自有个神通变化,可以拿他。"

众妖散去,他独跳下山来,在那道路之傍,摇身一变,变做个年老的道者。真个是怎生打扮?但见他:

星冠晃亮①,鹤发蓬松。羽衣围绣带,云履缀黄棕②,神清目朗如仙客,体健身轻似寿翁。说甚么清牛道士③,也强如素券先生④。

---

① 星冠:本指通晓星象的人所戴的冠,后多指道士的帽子。
② 云履:绣有云形花纹的鞋子。
③ 清牛道士:应作"青牛道士"。《汉武内传》记:封君达喜道术,入鸟鼠山百余年才回到乡里,常乘青牛,故称青牛道士。
④ 素券先生:道教尊称有一定法位、学识的道士为"先生",唐《初学记》引《太上丹简墨录经》称:道士受法位,"至真一及太一素券之号",可以称为先生。

妆成假像如真像，捏作虚情似实情。

他在那大路傍妆做个跌折腿的道士，脚上血淋津，口里哼哼的，只叫"救人！救人！"

却说这三藏仗着孙大圣与沙僧，欢喜前来，正行处，只听得叫"师父救人"。三藏闻得道："善哉！善哉！这旷野山中，四下里更无村舍，是甚么人叫？想必是虎豹狼虫唬倒的。"这长老兜回俊马，叫道："那有难者是甚人？可出来。"这怪从草科里爬出，对长老马前，乒乓的只情磕头。三藏在马上见他是个道者，却又年纪高大，甚不过意，连忙下马挽道："请起，请起。"那怪道："疼！疼！疼！"丢了手看处，只见他脚上流血。三藏惊问道："先生呵，你从那里来？因甚伤了尊足？"那怪巧语花言，虚情假意，道："师父呵，此山西去，有一座清幽观宇。我是那观里的道士。"三藏道："你不在本观中侍奉香火，演习经法，为何在此闲行？"那魔道："因前日山南里施主家邀道众禳星①，散福来晚，我师徒二人，一路而行。行至深衢②，忽遇着一只斑斓猛虎，将我徒弟衔去。贫道战兢兢的亡命奔走，一跤跌在乱石坡上，伤了腿足，不知回路。今日大有天缘，得遇师父，万望师父大发慈悲，救我一命。若得到观中，就是典身卖命③，一定重谢深恩。"

三藏闻言，认为真实，道："先生呵，你我都是一命之人，我是僧，你是道，衣冠虽别。修行之理则同。我不救你呵，就不是出家之辈。救便救你，你却走不得路哩。"那怪道："立也立不起来，怎生走路？"三藏道："也罢，也罢。我还走得路，将马让与你骑一程，到你上宫，还我马去罢。"那怪道："师父，感蒙厚情，只是腿胯跌伤，不能骑马。"三藏道："正是。"叫沙和尚："你把行李捎在我马上，你驮他一程罢。"

---

①禳（ráng）星：禳除凶星。道教的一种法事。禳，除邪消灾的祭祀。
②深衢（qú）：深远的岔路。
③典身：典押自己，一般是给人做苦力。

沙僧道："我驮他。"那怪急回头，抹了他一眼道①："师父呵，我被那猛虎唬怕了，见这晦气色脸的师父，愈加惊怕，不敢要他驮。"三藏叫道："悟空，你驮罢。"行者连声答应道："我驮我驮！"那妖就认定了行者，顺顺的要他驮，再不言语。沙僧笑道："这个没眼色的老道！我驮着不好，颠倒要他驮。他若看不见师父时，三尖石上，把筋都掼断了你的哩！"行者驮了，口中笑道："你这个泼魔，怎么敢来惹我！你也问问老孙是几年的人儿！你这般鬼话儿，只好瞒唐僧，又来好瞒我？我认得你是这山中的怪物，想是要吃我师父哩。我师父又非是等闲之辈，是你吃的？你要吃他，也须是分多一半与老孙是。"那魔闻得行者口中念诵，道："师父，我是好人家儿孙，做了道士。今日不幸，遇着虎狼之厄，我不是妖怪。"行者道："你既怕虎狼，怎么不念《北斗经》②？"三藏正然上马，闻得此言，骂道："这个泼猴！'救人一命，胜造七级浮屠'。你驮他驮儿便罢了，且讲甚么'北斗经'、'南斗经'！"行者闻言道："这厮造化哩！我那师父是个慈悲好善之人，又有些外好里杴槎③。我待不驮你，他就怪我。驮便驮，须要与你讲开：若是大小便，先和我说。若在脊梁上淋下来，臊气不堪，且污了我的衣服，没人浆洗。"那怪道："我这般一把子年纪，岂不知你的话说？"行者才拉将起来，背在身上。同长老、沙僧，奔大路西行。那山上高低不平之处，行者留心慢走，让唐僧前去。

行不上三五里路，师父与沙僧下了山凹之中，行者却望不见，心中埋怨道："师父偌大年纪，再不晓得事体。这等远路，就是空身子，也还嫌手重，恨不得摔了，却又教我驮着这个妖怪！莫说他是妖怪，就是好人，这们年纪，也死得着了，掼杀他罢，驮他怎的？"这大圣正算计要掼，

---

①抹：扫视。
②《北斗经》：即《太上玄灵北斗本命延生真经》，托名为汉道士张道陵所作，道教认为北斗诸神主管凡人的罪福善恶，诵读《北斗经》可以消除罪业，避免灾祸。
③外好里杴槎：形容人外面很好，但实际很难相处。杴槎，纷错歧出的样子。此指棘手、麻烦。

原来那怪就知道了。且会遣山,就使一个"移山倒海"的法术,就在行者背上捻诀,念动真言,把一座须弥山遣在空中,劈头来压行者。这大圣慌的把头偏一偏,压在左肩臂上,笑道:"我的儿,你使甚么重身法来压老孙哩?这个倒也不怕,只是正担好挑,偏担儿难挨。"那魔道:"一座山压他不住!"却又念咒语,把一座峨眉山遣在空中来压。行者又把头偏一偏,压在右肩背上。看他挑着两座大山,飞星来赶师父!那魔头看见,就吓得浑身是汗,遍体生津道:"他却会担山!"又整性情,把真言念动,将一座泰山遣在空中,劈头压住行者。那大圣力软筋麻,遭逢他这泰山下顶之法,只压得三尸神咋,七窍喷红。

好妖魔,使神通压倒行者,却疾驾长风,去赶唐三藏。就于云端里伸下手来,马上挝人。慌得个沙僧丢了行李,掣出降妖棒,当头挡住。那妖魔举一口七星剑,对面来迎。这一场好杀:

七星剑,降妖杖,万映金光如闪亮。这个圜眼凶如黑杀神①,那个铁脸真是卷帘将。那怪山前大显能,一心要捉唐三藏。这个努力保真僧,一心宁死不肯放。他两个喷云嗳雾照天宫,播土扬尘遮斗象。杀得那一轮红日淡无光,大地乾坤昏荡荡。来往相持八九回,不期战败沙和尚。

那魔十分凶猛,使口宝剑,流星的解数滚来,把个沙僧战得软弱难搪,回头要走,早被他逼住宝杖,轮开大手,挝住沙僧,挟在左胁下,将右手去马上拿了三藏,脚尖儿钩着行李,张开口,咬着马鬃,使起摄法,把他们一阵风,都拿到莲花洞里。厉声高叫道:"哥哥!这和尚都拿来了!"

老魔闻言,大喜道:"拿来我看。"二魔道:"这不是?"老魔道:"贤弟呀,又错拿来了也。"二魔道:"你说拿唐僧的。"老魔道:"是便就是

---

① 黑杀神:也作"黑煞神""黑煞将军"。北宋初年,有神附在凤翔人张守真身上,自称玉帝之辅臣黑杀将军。宋太祖赵匡胤召见张守真,附体的神暗示赵匡胤要传位其弟赵光义。宋太宗赵光义即位后,尊黑杀神为翊圣将军。宋真宗又尊为翊圣保德真君,后被列为"北极四圣"之一。

唐僧，只是还不曾拿住那有手段的孙行者。须是拿住他，才好吃唐僧哩。若不曾拿得他，切莫动他的人。那猴王神通广大，变化多般。我们若吃了师父，他肯甘心？来那门前吵闹，莫想能得安生。"二魔笑道："哥呵，你也忒会抬举人。若依你夸奖他，天上少有，地下全无；自我观之，也只如此，没甚手段。"老魔道："你拿住了？"二魔道："他已被我遣三座大山压在山下，寸步不能举移。所以才把唐僧、沙和尚连马、行李，都摄将来也。"那老魔闻言，满心欢喜道："造化！造化！拿住这厮，唐僧才是我们口里的食哩。"叫小妖："快安排酒来，且与你二大王奉一个得功的杯儿。"二魔道："哥哥，且不要吃酒，叫小的们把猪八戒捞上水来吊起。"遂把八戒吊在东廊，沙僧吊在西边，唐僧吊在中间，白马送在槽上，行李收将进去。

　　老魔笑道："贤弟好手段！两次捉了三个和尚。但孙行者虽是有山压住，也须要作个法，怎么拿他来凑蒸，才好哩。"二魔道："兄长请坐。若要拿孙行者，不消我们动身，只教两个小妖，拿两件宝贝，把他装将来罢。"老魔道："拿甚么宝贝去？"二魔道："拿我的紫金红葫芦，你的羊脂玉净瓶。"老魔将宝贝取出道："差那两个去？"二魔道："差精细鬼、伶俐虫二人去。"分付道："你两个拿着这宝贝，径至高山绝顶，将底儿朝天，口儿朝地，叫一声'孙行者'，他若应了，就已装在里面，随即贴上'太上老君急急如律令奉敕'的帖儿①。他就一时三刻化为脓了。"二小妖叩头，将宝贝领出去拿行者不题。

　　却说那大圣被魔使法压住在山根之下，遇苦思三藏，逢灾念圣僧，厉声叫道："师父阿！想当时你到两界山，揭了压帖，老孙脱了大难，秉教沙门；感菩萨赐与法旨，我和你同住同修，同缘同相，同见同

---

　　①太上老君急急如律令奉敕：道教常用咒语。汉代公文常以"如律令"或"急急如律令"结尾，意思是立即按照法律命令办理。敕，也是命令的意思。律令，说法不一。据唐李匡乂《资暇集》，律令是雷边捷鬼，速度和雷一样快，所以"如律令"的意思是像律令一样急速。道教的咒语用为套语，勒令鬼神按符咒执行命令。

知,乍想到了此处①,遭逢魔瘴,又被他遣山压了。可怜!可怜!你死该当,只难为沙僧、八戒与那小龙化马一场!这正是树大招风风撼树,人为名高名丧人!"

叹罢,那珠泪如雨,早惊了山神、土地与五方揭谛神众,会金头揭谛道:"这山是谁的?"土地道:"是我们的。""你山下压的是谁?"土地道:"不知是谁。"揭谛道:"你等原来不知。这压的是五百年前大闹天宫的齐天大圣孙悟空行者。如今皈依正果,跟唐僧做了徒弟。你怎么把山借与妖魔压他?你们是死了。他若有一日脱身出来,他肯饶你?就是从轻,土地也问个摆站,山神也问个充军,我们也领个大不应是②。"那山神、土地才怕道:"委实不知,不知,只听得那魔头念起遣山咒法,我们就把山移将来了。谁晓得是孙大圣?"揭谛道:"你且休怕,律上有云:'不知者不坐'③。我与你计较,放他出来,不要教他动手打我们。"土地道:"就没理了。既放出来又打?"揭谛道:"你不知。他有一条如意金箍棒,十分利害:打着的就死,挽着的就伤,磕一磕儿筋断,擦一擦儿皮塌哩!"

那土地、山神,心中恐惧,与五方揭谛商议了,却来到三山门外叫道:"大圣!山神、土地、五方揭谛来见。"好行者,他虎瘦雄心还在,自然的气象昂昂,声音朗朗道:"见我怎的?"土地道:"告大圣得知。遣开山,请大圣出来,赦小神不恭之罪。"行者道:"遣开山,不打你。"喝声:"起去!"就如官府发放一般。那众神念动真言咒语,把山仍遣归本位,放起行者。

行者跳将起来,抖抖土,束束裙,耳后掣出棒来,叫:"山神、土地,都伸过孤拐来,每人先打两下,与老孙散散闷!"众神大惊道:"刚

---

① 乍想:怎想,哪想。
② 不应:又称"不应为"。《大明律》指法律条文虽无明确规定,但依情理不应做的事。
③ 不知者不坐:《大明律》的条款用语,常用于私造公文、假称官员等场合,除作伪者本人当治罪外,若明知为伪仍听之任之者,也应予治罪,一般的判罚是流放、充军;但同时规定"不知者不坐",即不知情者不治罪。

才大圣已分付,恕我等之罪;怎么出来就变了言语要打?"行者道:"好土地!好山神!你倒不怕老孙,却怕妖怪!"土地道:"那魔神通广大,法术高强,念动真言咒语,拘唤我等在他洞里,一日一个轮流当值哩!"

行者听见"当值"二字,却也心惊。仰面朝天,高声大叫道:"苍天!苍天!自那混沌初分,天开地辟,花果山生了我,我也曾遍访明师,传授长生秘诀。想我那随风变化,伏虎降龙,大闹天宫,名称大圣。更不曾把山神、土地欺心使唤。今日这个妖魔无状,怎敢把山神、土地唤为奴仆,替他轮流当值?天阿!既生老孙,怎么又生此辈?"

那大圣正感叹间,又见山凹里霞光焰焰而来,行者道:"山神、土地,你既在这洞中当值,那放光的是甚物件?"土地道:"那是妖魔的宝贝放光,想是有妖精拿宝贝来降你。"行者道:"这个却好耍子儿阿!我且问你,他这洞中有甚人与他相往?"土地道:"他爱的是烧丹炼药,喜的是全真道人。"行者道:"怪道他变个老道士,把我师父骗去了。既这等,你都且记打,回去罢。等老孙自家拿他。"那众神俱腾空而散。这大圣摇身一变,变做个老真人。你道他怎生打扮:

头挽双髽髻,身穿百衲衣。
手敲渔鼓简,腰系吕公绦。
斜倚大路下,专候小魔妖。
顷刻妖来到,猴王暗放刁。

不多时,那两个小妖到了。行者将金箍棒伸开,那妖不曾防备,绊着脚,扑的一跌。爬起来,才看见行者,口里嚷道:"忞懒!忞懒!若不是我大王敬重你这行人①,就和比较起来②。"行者陪笑道:"比较甚么?道人见道人,都是一家人。"那怪道:"你怎么睡在这里,绊

---

①这行人:这一行业的人,这一类人。
②比较:较量,相争。

我一跌?"行者道:"小道童见我这老道人,要跌一跌儿做见面钱。"那妖道:"我大王见面钱只要几两银子,你怎么跌一跌儿做见面钱?你别是一乡风,决不是我这里道士。"行者道:"我当真不是。我是蓬莱山来的。"那妖道:"蓬莱山是海岛神仙境界。"行者道:"我不是神仙,谁是神仙?"那妖却回嗔作喜,上前道:"老神仙,老神仙!我等肉眼凡胎,不能识认,言语冲撞,莫怪,莫怪。"行者道:"我不怪你。常言道'仙体不踏凡地',你怎知之?我今日到你山上,要度一个成仙了道的好人。那个肯跟我去?"精细鬼道:"师父,我跟你去。"伶俐虫道:"师父,我跟你去。"

行者明知故问,道:"你二位从那里来的?"那怪道:"自莲花洞来的。""要往那里去?"那怪道:"奉我大王教命,拿孙行者去的。""拿那个?"那怪又道:"拿孙行者。"孙行者道:"可是跟唐僧取经的那个孙行者么?"那妖道:"正是,正是。你也认得他?"行者道:"那猴子有些无礼。我认得他,我也有些恼他。我与你同拿他去,就当与你助功。"那怪道:"师父,不须你助功,我二大王有些法术,遣了三座大山把他压在山下,寸步难移,教我两个拿宝贝来装他的。"行者道:"是甚宝贝?"精细鬼道:"我的是红葫芦,他的是玉净瓶。"行者道:"怎么样装他?"小妖道:"把这宝贝的底儿朝天,口儿朝地,叫他一声,他若应了,就装在里面;贴上一张'太上老君急急如律令奉敕'的帖子,他就一时三刻化为脓了。"行者见说,心中暗惊道:"利害!利害!当时日值功曹报信,说有五件宝贝,这是两件了,不知那三件又是甚么东西。"行者笑道:"二位,你把宝贝借我看看。"那小妖那知甚么诀窍,就于袖中取出两件宝贝,双手递与行者。行者见了,心中暗喜道:"好东西!好东西!我若把尾子一抉①,搜的跳起走了,只当是送老孙。"忽又思道:"不好!不好!抢便抢去,只是坏了老孙的名头。这叫做白日抢夺了②。"复递与他去,道:"你还不曾见我的宝贝哩。"那

---

① 抉:即"撅"。
② 白日抢夺:参见第五十八回"白昼抢夺"条注。

怪道:"师父有甚宝贝？也借与我凡人看看压灾。"

好行者，伸下手把尾上毫毛拔了一根，捻一捻，叫"变"，即变做一个一尺七寸长的大紫金红葫芦，自腰里拿将出来道:"你看我的葫芦么？"那伶俐虫接在手，看了道:"师父，你这葫芦长大，有样范①，好看，却只是不中用。"行者道:"怎的不中用？"那怪道:"我这两件宝贝，每一个可装千人哩。"行者道:"你这装人的，何足稀罕？我这葫芦，连天都装在里面哩！"那怪道:"就可以装天？"行者道:"当真的装天。"那怪道:"只怕是谎。就装与我们看看才信；不然，决不信你。"行者道:"天若恼着我，一月之间，常装他七八遭。不恼着我，就半年也不装他一次。"伶俐虫道:"哥阿，装天的宝贝，与他换了罢。"精细鬼道:"他装天的，怎肯与我装人的相换？"伶俐虫道:"若不肯阿，贴他这个净瓶也罢。"行者心中暗喜道:"葫芦换葫芦，余外贴净瓶：一件换两件，其实甚相应！"即上前扯住那伶俐虫道:"装天可换么？"那怪道:"但装天就换；不换，我是你的儿子！"行者道:"也罢，也罢，我装与你们看看。"

好大圣，低头捻诀，念个咒语，叫那日游神、夜游神、五方揭谛神②:"即去与我奏上玉帝，说老孙皈依正果，保唐僧去西天取经，路阻高山，师逢苦厄。妖魔那宝，吾欲诱他换之，万千拜上，将天借与老孙装闭半个时辰，以助成功。若道半声不肯，即上灵霄殿，动起刀兵！"

那日游神径至南天门里，灵霄殿下，启奏玉帝，备言前事。玉帝道:"这泼猴头，出言无状。前者观音来说，放了他保护唐僧，朕这里又差五方揭谛，四值功曹，轮流护持，如今又借天装，天可装乎？"才说装不得，那班中闪出哪吒三太子，奏道:"万岁，天也装得。"玉帝道:"天怎样装？"哪吒道:"自混沌初分，以轻清为天，重浊为地。天

---

①样范：模样，式样。
②日游神：旧历书所谓凶神名，相传在白天定期出游，凡人应当避忌。下文"夜游神"和日游神类似。

是一团清气而扶托瑶天宫阙,以理论之,其实难装;但只孙行者保唐僧西去取经,诚所谓泰山之福缘,海深之善庆①,今日当助他成功。"玉帝道:"卿有何助?"哪吒道:"请降旨意,往北天门问真武借皂雕旗在南天门上一展②,把那日月星辰闭了。对面不见人,捉白不见黑,哄那怪道,只说装了天,以助行者成功。"玉帝闻言:"依卿所奏。"那太子奉旨,前来北天门,见真武,备言前事。那祖师随将旗付太子。

早有游神急降大圣耳边道:"哪吒太子来助功了。"行者仰面观之,只见祥云缭绕,果是有神。却回头对小妖道:"装天罢。"小妖道:"要装就装,只管阿绵花屎怎的③?"行者道:"我方才运神念咒来。"那小妖都睁着眼,看他怎么样装天。这行者将一个假葫芦儿抛将上去。你想,这是一根毫毛变的,能有多重?被那山顶上风吹去,飘飘荡荡,足有半个时辰,方才落下。只见那南天门上,哪吒太子把皂旗拨喇喇展开,把日月星辰俱遮闭了。真是乾坤墨染就,宇宙靛妆成。二小妖大惊道:"才说话时,只好向午,却怎么就黄昏了?"行者道:"天既装了,不辨时候,怎不黄昏!""如何又这等样黑?"行者道:"日月星辰都装在里面,外却无光,怎么不黑!"小妖道:"师父,你在那厢说话哩?"行者道:"我在你面前不是?"小妖伸手摸着道:"只见说话,更不见面目。师父,此间是甚么去处?"行者又哄他道:"不要动脚,此间乃是渤海岸上。若塌了脚,落下去呵,七八日还不得到底哩!"小妖大惊道:"罢!罢!罢!放了天罢。我们晓得是这样装了。若弄一会子,落下海去,不得归家!"

好行者,见他认了真实,又念咒语,惊动太子,把旗卷起,却早见日光正午。小妖笑道:"妙阿!妙阿!这样好宝贝,若不换呵,诚为不是养家的儿子!"那精细鬼交了葫芦,伶俐虫拿出净瓶,一齐儿递

---

① 善庆:《周易·坤》"积善之家,必有余庆",后以"善庆"指善行多福。
② 皂雕旗:即真武大帝的"皂纛(dào,大旗)"。《太上说玄天大圣真武本传神咒妙经》称真武"拥之者皂纛玄雾,蹑之者苍龟巨蛇"。
③ 阿绵花屎:即"屙棉花屎"。比喻拖拖拉拉,拖延时间。

与行者。行者却将假葫芦儿递与那怪。行者既换了宝贝,却又干事找绝:脐下拔一根毫毛,吹口仙气,变作一个铜钱,叫道:"小童,你拿这个钱去买张纸来。"小妖道:"何用?"行者道:"我与你写个合同文书。你将这两件装人的宝贝换了我一件装天的宝贝,恐人心不平,向后去日久年深,有甚反悔不便,故写此各执为照。"小妖道:"此间又无笔墨,写甚文书?我与你赌个咒罢。"行者道:"怎么样赌?"小妖道:"我两件装人之宝,贴换你一件装天之宝,若有返悔,一年四季遭瘟。"行者笑道:"我是决不返悔;如有返悔,也照你四季遭瘟。"说了誓,将身一纵,把尾子趫了一趫,跳在南天门前,谢了哪吒太子麾旗相助之功①。太子回宫缴旨,将旗送还真武不题。这行者伫立霄汉之间,观看那个小妖。毕竟不知怎生区处,且听下回分解。

---

① 麾:同"挥"。

第三十四回

魔王巧算困心猿　大圣腾那骗宝贝

却说那两个小妖,将假葫芦拿在手中,争看一会,忽抬头不见了行者。伶俐虫道:"哥呵,神仙也会打诳语。他说换了宝贝,度我等成仙,怎么不辞就去了?"精细鬼道:"我们相应便宜的多哩,他敢去得成?拿过葫芦来,等我装装天,也试演试演看。"真个把葫芦往上一抛,扑的就落将下来。慌得个伶俐虫道:"怎么不装!不装!莫是孙行者假变神仙,将假葫芦换了我们的真的去耶?"精细鬼道:"不要胡说!孙行者是那三座山压住了,怎生得出?拿过来,等我念他那几句咒儿装了看。"这怪也把葫芦儿望空丢起,口中念道:"只有半声不肯,就上灵霄殿上,动起刀兵!"念不了,扑的又落将下来。两妖道:"不装!不装!一定是个假的!"

正嚷处,孙大圣在半空里听得明白,看得真实,恐怕他弄得时辰多了,紧要处走了风汛,将身一抖,把那变葫芦的毫毛,收上身来,弄得那两妖四手皆空。精细鬼道:"兄弟,拿葫芦来。"伶俐虫道:"你拿着的。天呀!怎么不见了?"都去地下乱摸,草里胡寻,吞袖子,揣腰间,那里得有?二妖吓得呆呆挣挣道:"怎的好!怎的好!当时大王将宝贝付与我们,教拿孙行者;今行者既不曾拿得,连宝贝都不见了。我们怎敢去回话?这一顿直直的打死了也!怎的好!怎的好!"伶俐虫道:"我们走了罢。"精细鬼道:"往那里走么?"伶俐虫道:"不管那里走罢。若回去说没宝贝,断然是送命了。"精细鬼道:"不要走,还回去。二大王平日看你甚好,我推一句儿在你身上。他若肯将就,留得性命;说不过,就打死,还在此间。莫弄得两头不着。去来!去来!"那怪商议了,转步回山。

行者在半空中见他回去,又摇身一变,变作苍蝇儿。飞下去,跟着小妖。你道他既变了苍蝇,那宝贝却放在何处?如丢在路上,藏在草里，被人看见拿去，却不是劳而无功？他还带在身上。带在身上呵，苍蝇不过豆粒大小，如何容得？原来他那宝贝，与他金箍棒相同，叫做如意佛宝，随身变化，可以大，可以小，故身上亦可容得。他嘤的一声飞下去，跟定那怪。不一时，到了洞里。

只见那两个魔头，坐在那里饮酒。小妖朝上跪下。行者就钉在那门柜上，侧耳听着。小妖道："大王。"二老魔即停杯道："你们来了？"小妖道："来了。"又问："拿着孙行者否？"小妖叩头，不敢声言。老魔又问，又不敢应，只是叩头。问之再三，小妖俯伏在地："赦小的万千死罪！赦小的万千死罪！我等执着宝贝，走到半山之中，忽遇着蓬莱山一个神仙。他问我们那里去，我们答道，拿孙行者去。那神仙听见说孙行者，他也恼他，要与我们帮工。是我们不曾叫他帮工，却将拿宝贝装人的情由，与他说了。那神仙也有个葫芦，善能装天。我们也是妄想之心，养家之意：他的装天，我的装人，与他换了罢。原说葫芦换葫芦，伶俐虫又贴他个净瓶。谁想他仙家之物，经不得凡人之手。正试演处，就连人都不见了。万望饶小的们死罪！"老魔听说，暴燥如雷道："罢了！罢了！这就是孙行者假妆神仙骗哄去了！那猴头神通广大，处处人熟，不知那个毛神，放他出来，骗去宝贝！"

二魔道："兄长息怒。叵耐那猴头着然无礼。既有手段，便走了也罢，怎么又骗宝贝？我若没本事拿他，永不在西方路上为怪！"老魔道："怎生拿他？"二魔道："我们有五件宝贝，去了两件，还有三件，务要拿住他。"老魔道："还有那三件？"二魔道："还有七星剑与芭蕉扇在我身边；那一条幌金绳，在压龙山压龙洞老母亲那里收着哩。如今差两个小妖去请老母来吃唐僧肉，就教他带幌金绳来拿孙行者。"老魔道："差那个去？"二魔道："不差这样废物去！"将精细鬼、伶俐虫一声喝起。二人道："造化！造化！打也不曾打，骂也不曾骂，却就饶了。"二魔道："叫那常随的伴当巴山虎、倚海龙来①。"二人跪

---

①伴当：旧指随从主人出门的差役或仆人。

下,二魔吩咐道:"你却要小心。"俱应道:"小心。""却要仔细。"俱应道:"仔细。"又问道:"你认得老奶奶家么?"又俱应道:"认得。""你既认得,你快早走动,到老奶奶处,多多顶上①,说请吃唐僧肉哩;就着带幌金绳来,要拿孙行者。"

二怪领命疾走,怎知那行者在傍,一一听得明白。他展开翅,飞将去,赶上巴山虎,钉在他身上。行经二三里,就要打杀他两个,又思道:"打死他,有何难事?但他奶奶身边有那幌金索,又不知住在何处。等我且问他一问再打。"好行者,嘤的一声,躲离小妖,让他先行有百十步,却又摇身一变,也变做个小妖儿,戴一顶狐皮帽子,将虎皮裙子倒插上来勒住,赶上道:"走路的,等我一等。"那倚海龙回头问道:"是那里来的?"行者道:"好哥阿,连自家人也认不得?"小妖道:"我家没有你。"行者道:"怎么没我?你再认认看。"小妖道:"面生,面生,不曾相会。"行者道:"正是。你们不曾会着我,我是外班的。"小妖道:"外班长官,是不曾会。你往那里去?"行者道:"大王说差你二位请老奶奶来吃唐僧肉,教他就带幌金绳来,拿孙行者。恐你二位走得缓,有些贪顽,误了正事,又差我来催你们快去。"小妖见说着海底眼②,更不疑惑,把行者果认做一家人,急急忙忙往前飞跑。一气又跑有八九里,行者道:"忒走快了些,我们离家有多少路了?"小怪道:"有十五六里了。"行者道:"还有多远?"倚海龙用手一指道:"乌林子里就是。"行者抬头见一带黑林不远,料道那老怪只在林子里外。却立定步,让那小怪前走,即取出铁棒,走上前,着脚后一刮。可怜忒不禁打,就把两个小妖刮做一团肉饼,却拖着脚,藏在路傍深草科里。即便拔下一根毫毛,吹口仙气,叫:"变!"变做个巴山虎,自身却变做个倚海龙。假妆做两个小妖,径往那压龙洞请老奶奶。这

---

① 顶上:即"拜上"。明陈洪谟《继世纪闻》:"凡拜帖写'顶上',不敢云'拜上','顶上'之称自此起。"相应地,口头的问候也称"顶上"。《金瓶梅词话》七十一回:"夏公又留下了一个双红拜帖儿,说道:'多顶上老公公,拜迟恕罪。'"
② 海底眼:底细,隐秘。

叫做七十二变神通大,指物腾那手段高。

三五步,跳到林子里,正找寻处,只见有两扇石门,半开半掩,不敢擅入。只得洋叫一声①:"开门!开门!"早惊动那把门的一个女怪,将那半扇儿开了,道:"你是那里来的?"行者道:"我是平顶山莲花洞里差来请老奶奶的。"那女怪道:"进去。"到了三层门下,闪着头往里观看,又见那正当中高坐着一个老妈妈儿。你道他怎生模样?但见:

雪鬓蓬松,星光幌亮。脸皮红润皱文多,牙齿稀疏神气壮。貌似菊残霜里色,形如松老雨余颜。头缠白练攒丝帕,耳坠黄金嵌宝环。

孙大圣见了,不敢进去,只在二门外件着脸②,脱脱的哭起来。你道他哭怎的,莫成是怕他?就怕也便不哭,况先哄了他的宝贝,又打杀他的小妖,却为何而哭?他当时曾下九鼎油锅,就煠了七八日也不曾有一点泪儿③。只为想起唐僧取经的苦恼,他就泪出痛肠,放眼便哭,心却想道:"老孙既显手段,变做小妖,来请这老怪,没有个直直的站了说话之理,一定见他磕头才是。我为人做了一场好汉,止拜了三个人④:西天拜佛祖;南海拜观音;两界山师父救了我,我拜了他四拜。为他使碎六叶连肝肺⑤,用尽三毛七孔心⑥。一卷经能

---

① 洋叫一声:扬声高叫一声。洋,同"扬"。
② 件:同"掯"。
③ 煠(zhá):同"炸"。
④ 止拜了三个人:按《西游记》全书的情节,孙悟空还应拜过菩提祖师,当是拜过四个人。但这段孙悟空内心独白中不见提起,又上文称孙悟空"曾下九鼎油锅",今书中不见这个情节。若非作者故意回避,则在《西游记》成书过程中,莲花洞故事可能与孙悟空学艺故事出于不同来源,故留下前后不一致的痕迹(其余例证,参侯会《试论〈西游记〉莲花洞故事之晚起》)。
⑤ 六叶连肝肺:根据中医著作《难经》的说法,肺有六叶两耳,在肝之旁,故称"六叶连肝肺"。
⑥ 三毛七孔心:根据《史记·扁鹊仓公列传》唐张守节《正义》的说法,心重十二两,中有七孔,三毛,盛精汁三合,故心脏又称"三毛七孔心"。

值几何?今日却教我去拜此怪。若不跪拜,必定走了风汛。苦阿!算来只为师父受困,故使我受辱于人!"到此际也没及奈何,撞将进去,朝上跪下道:"奶奶磕头。"那怪道:"我儿,起来。"行者暗道:"好!好!好!叫得结实!"老怪问道:"你是那里来的?"行者道:"平顶山莲花洞,蒙二位大王有令,差来请奶奶去吃唐僧肉;教带幌金绳,要拿孙行者哩。"老怪大喜道:"好孝顺的儿子!"就去叫抬出轿来。行者道:"我的儿阿,妖精也抬轿!"后壁厢即有两个女怪,抬出一顶香藤轿,放在门外,挂上青绢纬幔。老怪起身出洞,坐在轿里。后有几个小女怪,捧着减妆①,端着镜架,提着手巾,托着香盒,跟随左右。那老怪道:"你们来怎的?我往自家儿子去处,愁那里没人伏侍,要你们去献勤塌嘴②?都回去!关了门看家!"那几个小妖果俱回去,止有两个抬轿的。老怪问道:"那差来的叫做甚么名字?"行者连忙答应道:"他叫做巴山虎,我叫做倚海龙。"老怪道:"你两个前走,与我开路。"行者暗想道:"可是晦气!经倒不曾取得,且来替他做皂隶③!"却又不敢抵强④,只得向前引路,大四声喝起⑤。

　　行了五六里远近,他就坐在石崖上。等候那抬轿的到了,行者道:"若歇歇如何?压得肩头疼阿。"小怪那知甚么诀窍,就把轿子歇下。行者在轿后,胸脯上拔下一根毫毛,变做一个大烧饼,抱着啃。

---

①减妆:古代妇女的梳妆匣子。
②塌嘴:多嘴。也作"嗒嘴"。清胡文英《吴下方言考》卷十一:"扬雄《蜀都赋》:齐嗒楚而喉不感慨。案:嗒,杂也,傥也,吴中谓儳杂而言为嗒嘴。"
③皂隶:皂、隶都是古代奴隶的等级,《左传·昭公七年》:"故王臣(臣,役使)公,公臣大夫,大夫臣士,士臣皂,皂臣舆,舆臣隶。"后来专称旧衙门里的差役。
④抵强:逞强,抵抗。
⑤大四声:古代官员出行,衙役在前面大声喝道开路,一般是接连呼喊四声"行人回避"等口号。清袁枚《随园随笔》卷九:"官府行街有呵喊声,谓之喝道。"明孙高亮《于少保萃忠全传》第十三回:"于公早朝回归,忽见前面大喝四声'行人回避'。"

轿夫道："长官，你吃的是甚么？"行者道："不好说。这远的路，来请奶奶，没些儿赏赐，肚里饥了，原带来的干粮，等我吃些儿再走。"轿夫道："把些儿我们吃吃。"行者笑道："来么，都是一家人，怎么计较？"那小妖不知好歹，围着行者，分其干粮，被行者掣出棒，着头一磨，一个汤着的，打得稀烂；一个擦着的，不死还哼。那老怪听得人哼，轿子里伸出头来看时，被行者跳到轿前，劈头一棍，打了个窟窿，脑浆迸流，鲜血直冒。拖出轿来看处，原是个九尾狐狸。行者笑道："造业畜！叫甚么老奶奶！你叫老奶奶，就该称老孙做上太祖公公是！"好猴王，把他那幌金绳搜出来，笼在袖里，欢喜道："那泼魔纵有手段，已此三件儿宝贝姓孙了！"却又拔两根毫毛变做个巴山虎、倚海龙；又拔两根变做两个抬轿的，他却变做老奶奶模样，坐在轿里。将轿子抬起，径回本路。

　　不多时，到了莲花洞口，那毫毛变的小妖，俱在前道："开门！开门！"内有把门的小妖，开了门道："巴山虎、倚海龙来了？"毫毛道："来了。""你们请的奶奶呢？"毫毛用手指道："那轿内的不是？"小怪道："你且住，等我进去先报。"报道："大王，奶奶来耶。"

　　两个魔头闻说，即命排香案来接。行者听得暗喜道："造化！也轮到我为人了！我先变小妖，去请老怪，磕了他一个头；这番来，我变老怪，是他母亲，定行四拜之礼①。虽不怎的，好道也撰他两个头儿！"好大圣，下了轿子，抖抖衣服，把那四根毫毛收在身上。那把门的小妖，把空轿抬入门里。他却随后徐行，那般娇娇啻啻②，扭扭捏捏，就像那老怪的行动，径自进去。又只见大小群妖，都来跪接，鼓乐箫韶③，一派响喨；博山炉里④，霭霭香烟。他到正厅中，南面坐

---

①四拜之礼：古代幼者礼敬长者的礼节。
②娇娇啻啻：娇娇滴滴。啻，此处为"商"之异体，音 dī。
③箫韶：上古舜帝奏的音乐，泛指美妙的音乐。
④博山炉：古香炉名，因炉盖上的造型像传闻中的海中名山博山而得名，后作为名贵香炉的代称。

下。两个魔头,双膝跪倒,朝上叩头,叫道:"母亲,孩儿拜揖。"行者道:"我儿起来。"

却说猪八戒吊在梁上,哈哈的笑了一声。沙僧道:"二哥好阿!吊出笑来也!"八戒道:"兄弟,我笑中有故。"沙僧道:"甚故?"八戒道:"我们只怕是奶奶来了,就要蒸吃。原来不是奶奶,是旧话来了。"沙僧道:"甚么旧话?"八戒笑道:"弼马温来了。"沙僧道:"你怎么认得是他?"八戒道:"弯倒腰叫'我儿起来',那后面就掬起猴尾巴子。我比你吊得高,所以看得明也。"沙僧道:"且不要言语,听他说甚么话。"八戒道:"正是,正是。"

那孙大圣坐在中间问道:"我儿,请我来有何事干?"魔头道:"母亲阿,连日儿等少礼,不曾孝顺得。今早愚兄弟拿倒东土唐僧,不敢擅吃,请母亲来献献生①,好蒸与母亲吃了延寿。"行者道:"我儿,唐僧的肉,我倒不吃;听见有个猪八戒的耳朵甚可,可割将下来整治整治我下酒。"那八戒听见慌了道:"遭瘟的!你来为割我耳朵的!我喊出来不好听呵!"

噫,只为呆子一句通情话,走了猴王变化的风。那里有几个巡山的小怪,把门的众妖,都撞将进来,报道:"大王,祸事了!孙行者打杀奶奶,他妆来耶!"魔头闻此言,那容分说,掣七星宝剑,望行者劈脸砍来。好大圣,将身一幌,只见满洞红光,预先走了。似这般手段,着实好耍子。正是那聚则成形,散则成气。唬得个老魔头魂飞魄散,众群精噬指摇头②。老魔道:"兄弟,把唐僧与沙僧、八戒、白马、行李都送还那孙行者,闭了是非之门罢。"二魔道:"哥哥,你说那里话?我不知费了多少辛勤,施这计策,将那和尚都摄将来。如今似你这等怕惧孙行者的诡谲③,就俱送去还他,真所谓畏刀避剑之人,岂大丈夫之所为也?你且请坐勿惧。我闻你说孙行者神通广

---

①献生:打到猎物,先献给神灵或尊长,称献生。
②噬指:咬指,害怕的样子。
③诡谲(jué):变化多端,也指善施阴谋诡计。

大,我虽与他相会一场,却不曾与他比试。取披挂来,等我寻他交战三合。假若他三合胜我不过,唐僧还是我们之食;如三合我不能胜他,那时再送唐僧与他未迟。"老魔道:"贤弟说得是。"教:"取披挂。"众妖抬出披挂,二魔结束齐整,执宝剑,出门外,叫声:"孙行者!你往那里走了?"此时大圣已在云端里,闻得叫他名字,急回头观看,原来是那二魔。你看他怎生打扮:

  头戴凤盔欺腊雪①,身披战甲幌镔铁。
  腰间带是蟒龙筋,粉皮靴勒梅花摺②。
  颜如灌口活真君,貌比巨灵无二别。
  七星宝剑手中擎,怒气冲霄威烈烈。

二魔高叫道:"孙行者!快还我宝贝与我母亲来,我饶你唐僧取经去!"大圣忍不住骂道:"这泼怪物,错认了你孙外公!赶早儿送还我师父、师弟、白马、行囊,仍打发我些盘缠,往西走路。若牙缝里道半个不字,就自家搓根绳儿去罢③,也免得你外公动手。"二魔闻言,急纵云,跳在空中,轮宝剑来刺。行者掣铁棒劈手相迎。他两个在半空中,这场好杀:

  棋逢对手,将遇良才。棋逢对手难藏兴,将遇良才可用功。那两员神将相交,好便似南山虎斗,北海龙争。龙争处,鳞甲生辉;虎斗时,爪牙乱落。爪牙乱落撒银钩,鳞甲生辉支铁叶。这一个翻翻复复,有千般解数;那一个来来往往,无半点放闲。金箍棒,离顶门只隔三分;七星剑,向心窝惟争一蹍④。那个威风逼得斗牛寒,这个怒气胜如雷电险。

他两个战了有三十回合,不分胜负。行者暗喜道:"这泼怪倒也架得住老孙的铁棒!我已得了他三件宝贝,却这般苦苦的与他厮

---

①腊雪:腊月里的冰雪,形容金属明亮有光泽。
②靴勒:即靴筒。梅花摺:参见第二回"花褶靴"条注。
③自家搓根绳儿:诙谐的说法,指让妖精自己搓绳上吊。
④蹍:同"拃(zhǎ)"。参见第十回"巘"条注。

杀，可不误了我的工夫？不若拿葫芦或净瓶装他去，多少是好。"又想道："不好！不好！常言道'物随主便'。倘若我叫他不答应，却又不误了事业？且使幌金绳扣头罢。"好大圣，一只手使棒，架住他的宝剑；一只手把那绳抛起，刷喇的扣了魔头。原来那魔头有个《紧绳咒》，有个《松绳咒》。若扣住别人，就念《紧绳咒》，莫能得脱；若扣住自家人，就念《松绳咒》，不得伤身。他认得是自家的宝贝，即念《松绳咒》，把绳松动，便脱出来，返望行者抛将去，却早扣住了大圣。大圣正要使"瘦身法"，想要脱身，却被那魔念动《紧绳咒》，紧紧扣住，怎能得脱？褪至颈项之下，原是一个金圈子套住。那怪将绳一扯，扯将下来，照光头上砍了七八宝剑，行者头皮儿也不曾红了一红。那魔道："这猴子，你这等头硬，我不砍你；且带你回去，再打你。将我那两件宝贝趁早还我！"行者道："我拿你甚么宝贝，你问我要？"那魔头将身上细细搜检，却将那葫芦、净瓶都搜出来；又把绳子牵着，带至洞里道："兄长，拿将来了。"老魔道："拿了谁来？"二魔道："孙行者。你来看，你来看。"老魔一见，认得是行者，满面欢喜道："是他！是他！把他长长的绳儿拴在柱科上耍子！"真个把行者拴住，两个魔头，却进后面堂里饮酒。

那大圣在柱根下爬蹉①，忽惊动八戒。那呆子吊在梁上，哈哈的笑道："哥哥呵，耳朵吃不成了！"行者道："呆子，可吊得自在么？我如今就出去，管情救了你们。"八戒道："不羞！不羞！本身难脱，还想救人？罢！罢！罢！师徒们都在一处死了，好到阴司里问路！"行者道："不要胡说！你看我出去。"八戒道："我看你怎么出去。"

那大圣口里与八戒说话，眼里却抹着那些妖怪。见他在里边吃酒，有几个小妖拿盘拿盏，执壶酾酒②，不住的两头乱跑，关防的略松了些儿③。他见面前无人，就弄神通，顺出棒来，吹口仙气，叫："变！"

---

①爬蹉：即"爬蹉"。来回爬动磨搓。
②酾（shī）酒：斟酒。
③关防：防范。

即变做一个纯钢的锉儿。扳过那颈项的圈子,三五锉,锉做两段。扳开锉口,脱将出来,拔了一根毫毛,叫:"变!"做一个假身,拴在那里,真身却幌一幌,变做个小妖,立在傍边。八戒又在梁上喊道:"不好了！不好了！拴的是假货,吊的是正身!"老魔停杯便问:"那猪八戒吆喝的是甚么?"行者已变做小妖,上前道:"猪八戒撺道孙行者①,教变化走了罢,他不肯走,在那里吆喝哩。"二魔道:"还说猪八戒老实,原来这等不老实,该打二十多嘴棍。"

　　这行者就去拿条棍来打。八戒道:"你打轻些儿；若重了些儿,我又喊起。我认得你。"行者道:"老孙变化,也只为你们,你怎么倒走了风息？这一洞里妖精,都不认得,怎的偏你认得?"八戒道:"你虽变了头脸,还不曾变得屁股。那屁股上两块红不是？我因此认得是你。"行者随往后面,演到厨中,锅底上摸了一把,将两臀擦黑,行至前边。八戒看见又笑道:"那个猴子去那里混了这一会,弄做个黑屁股来了。"

　　行者仍站在跟前,要偷他宝贝,真个甚有见识：走上厅,对那怪扯个腿子道:"大王,你看那孙行者拴在柱上,左右爬蹭,磨坏那根金绳,得一根粗壮些的绳子换将下来才好。"老魔道:"说得是。"即将腰间的狮蛮带解下,递与行者。行者接了带,把假妆的行者拴住,换下那条绳子,一窝儿窝儿笼在袖内。又拔一根毫毛,吹口仙气,变作一根假幌金绳,双手送与那怪。那怪只因贪酒,那曾细看,就便收下。这个是大圣腾那弄本事,毫毛又换幌金绳。

　　得了这件宝贝,急转身跳出门外,现了原身。高叫:"妖怪!"那把门的小妖问道:"你是甚人,在此呼喝?"行者道:"你快早进去报与你那泼魔,说者行孙来了。"那小妖如言报告。老魔大惊道:"拿住孙行者,又怎么有个者行孙?"二魔道:"哥哥,怕他怎的？宝贝都在我手里,等我拿那葫芦出去,把他装将来。"老魔道:"兄弟仔细。"二魔拿了葫芦,走出山门,忽看见与孙行者模样一般,只是略矮些儿,问

---

①撺道：同"撺掇"。怂恿。

道："你是那里来的？"行者道："我是孙行者的兄弟。闻说你拿了我家兄，却来与你寻事的。"二魔道："是我拿了，锁在洞中。你今既来，必要索战。我也不与你交兵，我且叫你一声，你敢应我么？"行者道："可怕你叫上千声，我就答应你万声！"那魔执了宝贝，跳在空中，把底儿朝天，口儿朝地，叫声："者行孙。"行者却不敢答应，心中暗想道："若是应了，就装进去哩。"那魔道："你怎么不应我？"行者道："我有些耳闭，不曾听见。你高叫。"那怪物又叫声："者行孙。"行者在底下掐着指头算了一算，道："我真名字叫做孙行者，起的鬼名字叫做者行孙。真名字可以装得，鬼名字好道装不得。"却就忍不住，应了他一声，搜的被他吸进葫芦去，贴上帖儿。原来那宝贝，那管甚么名字真假，但绰个应的气儿，就装了去也。

大圣到他葫芦里，浑然乌黑，把头往上一顶，那里顶得动，且是塞得甚紧，却才心中焦燥道："当时我在山上，遇着那两个小妖，他曾告诵我说：不拘葫芦、净瓶，把人装在里面，只消一时三刻，就化为脓了，敢莫化了我么？"一条心又想着道："没事！化不得我！老孙五百年前大闹天宫，被太上老君放在八卦炉中炼了四十九日，炼成个金子心肝，银子肺腑，铜头铁背，火眼金睛，那里一时三刻就化得我？且跟他进去，看他怎的！"

二魔拿入里面道："哥哥，拿来了。"老魔道："拿了谁？"二魔道："者行孙，是我装在葫芦里也。"老魔欢喜道："贤弟请坐。不要动，只等摇得响再揭帖儿。"行者听得道："我这般一个身子，怎么便摇得响？只除化成稀汁，才摇得响是。等我撒泡溺罢，他若摇得响时，一定揭帖起盖，我乘空走他娘罢！"又思道，"不好！不好！溺虽可响，只是污了这直裰。等他摇时，我但聚些唾津漱口，稀漓呼喇的，哄他揭开，老孙再走罢。"大圣作了准备，那怪贪酒不摇。大圣作个法，意思只是哄他来摇，忽然叫道："天呀！孤拐都化了！"那魔也不摇。大圣又叫道："娘阿！连腰截骨都化了！"老魔道："化至腰时，都化尽矣。揭起帖儿看看。"

那大圣闻言，就拔了一根毫毛，叫："变！"变作个半截的身子，在葫芦底上,真身却变做个蟭蟟虫儿,叮在那葫芦口边。只见那二魔揭起帖子看时,大圣早已飞出。打个滚,又变做个倚海龙。倚海龙却是原去请老奶奶的那个小妖。他变了,站在傍边。那老魔扳着葫芦口,张了一张,见是个半截身子动耽①,他也不认真假,慌忙叫:"兄弟,盖上!盖上!还不曾化得了哩!"二魔依旧贴上。大圣在傍暗笑道:"不知老孙已在此矣!"

那老魔拿了壶,满满的斟了一杯酒,近前双手递与二魔道:"贤弟,我与你递个钟儿。"二魔道:"兄长,我们已吃了这半会酒,又递甚钟?"老魔道:"你拿住唐僧、八戒、沙僧犹可;又索了孙行者,装了者行孙,如此功劳,该与你多递几钟。"二魔见哥哥恭敬,怎敢不接?但一只手托着葫芦,一只手不敢去接,却把葫芦递与倚海龙,双手去接杯,不知那倚海龙是孙行者变的。你看他端葫芦,殷勤奉侍。二魔接酒吃了,也要回奉一杯,老魔道:"不消回酒,我这里陪你一杯罢。"两人只管谦逊。行者顶着葫芦,眼不转睛,看他两个左右穿杯,全无计较,他就把个葫芦摁入衣袖。拔根毫毛,变个假葫芦,一样无二,捧在手中。那魔递了一会酒,也不看真假,一把接过宝贝。各上席,安然坐下,依然叙饮。孙大圣撤身走过,得了宝贝,心中暗喜道:

"饶这魔头有手段,毕竟葫芦还姓孙!"

毕竟不知向后怎样施为,方得救师灭怪,且听下回分解。

---

①动耽:同"动弹"。

第三十五回

外道施威欺正性　心猿获宝伏邪魔

　　本性圆明道自通，翻身跳出网罗中。
　　修成变化非容易，炼就长生岂俗同？
　　清浊几番随运转，辟开数劫任西东。
　　逍遥万亿年无计，一点神光永注空。

　　此诗暗合孙大圣的道妙。他自得了那魔真宝，笼在袖中，喜道："泼魔苦苦用心拿我，诚所谓水中捞月；老孙若要擒你，就好似火上弄冰。"藏着葫芦，密密的溜出门外，现了本相，厉声高叫道："精怪开门！"傍有小妖道："你又是甚人，敢来吆喝？"行者道："快报与你那老泼魔，吾乃行者孙来也。"

　　那小妖急入里报道："大王，门外有个甚么行者孙来了。"老魔大惊道："贤弟，不好了！惹动他一窝风了①！幌金绳现拴着孙行者，葫芦里现装着者行孙，怎么又有个甚么行者孙？想是他几个兄弟都来了。"二魔道："兄长放心。我这葫芦装下一千人哩。我才装了者行孙一个，又怕那甚么行者孙！等我出去看看，一发装来。"老魔道："兄弟仔细。"

　　你看那二魔拿着个假葫芦，还像前番。雄纠纠，气昂昂，走出门高呼道："你是那里人氏，敢在此间吆喝？"行者道："你认不得我？

　　家居花果山，祖贯水帘洞。
　　只为闹天宫，多时罢争竞。
　　如今幸脱灾，弃道从僧用。

---

①一窝风：同"一窝蜂"。

> 秉教上雷音，求经归觉正①。
> 相逢野泼魔，却把神通弄。
> 还我大唐僧，上西参佛圣。
> 两家罢战争，各守平安径。
> 休惹老孙焦，伤残老性命！"

那魔道："你且过来，我不与你相打，但我叫你一声，你敢应么？"行者笑道："你叫我，我就应了；我若叫你，你可应么？"那魔道："我叫你，是我有个宝贝葫芦，可以装人；你叫我，却有何物？"行者道："我也有个葫芦儿。"那魔道："既有，拿出来我看。"行者就于袖中取出葫芦道："泼魔，你看！"幌一幌，复藏在袖中，恐他来抢。

那魔见了大惊道："他葫芦是那里来的？怎么就与我的一般？纵是一根藤上结的，也有个大小不同，偏正不一，却怎么一般无二？"他便正色叫道："行者孙，你那葫芦是那里来的？"行者委的不知来历，接过口来，就问他一句道："你那葫芦是那里来的？"那魔不知是个见识，只道是句老实言语，就将根本从头说出道："我这葫芦是混沌初分，天开地辟，有一位太上老祖，解化女娲之名②，炼石补天，普救阎浮世界。补到乾宫夬地③，见一座昆仑山脚下，有一缕仙藤，上

---

① 觉正：即"正觉"，佛教指真正的觉悟。

② 解化女娲之名：道教《三天内解经》称太上老君是道的化身，天地人物都由其化生，化出天地星辰之后，"老君因冲和气化为九国，置九人，三男六女。至伏羲女娲时，各作姓名"，则伏羲、女娲，亦为老君所化出。

③ 乾宫夬地：八卦为乾（天）、坤（地）、震（雷）、巽（风）、坎（水）、离（火）、艮（山）、兑（泽）。以八卦配八方，就可以把平面空间均分为八个圆弧，每个圆弧称为一宫。八卦两两组合，成为六十四卦，以六十四卦围成一个整圆，即可以将三百六十度的整圆细分为六十四个等分，每一个方位用一个卦名表示。始于正北方，终于正西北方，这八分之一圆弧，称为乾宫。乾宫依次为八个含有乾（天）的卦：乾（两乾卦相重）、夬（泽天）、大有（火天）、大壮（雷天）、小畜（风天）、需（水天）、大畜（山天）、泰（地天）。乾位在正北，而夬位仅次于乾方，在正北偏西一点。这种定位方式广泛用于古代的占卜、测向、建筑定位及航海等领域。

结着这个紫金红葫芦,却便是老君留下到如今者。"大圣闻言,就绰了他口气道:"我的葫芦,也是那里来的。"魔头道:"怎见得?"大圣道:"自清浊初开,天不满西北,地不满东南,太上道祖解化女娲,补完天缺,行至昆仑山下,有根仙藤,藤结有两个葫芦①。我得一个是雄的,你那个却是雌的。"那怪道:"莫说雌雄,但只装得人的,就是好宝贝。"大圣道:"你也说得是,我就让你先装。"

那怪甚喜,急纵身跳将起去,到空中,执着葫芦,叫一声:"行者孙。"大圣听得,却就不歇气连应了八九声,只是不能装去。那魔坠将下来,跌脚捶胸道:"天那!只说世情不改变哩!这样个宝贝,也怕老公,雌见了雄,就不敢装了!"行者笑道:"你且收起,轮到老孙该叫你哩。"急纵筋斗,跳起去,将葫芦底儿朝天,口儿朝地,照定妖魔,叫声"银角大王"。那怪不敢闭口,只得应了一声,倏的装在里面,被行者贴上"太上老君急急如律令奉敕"的帖子,心中暗喜道:"我的儿,你今日也来试试新了!"

他就按落云头,拿着葫芦,心心念念,只是要救师父,又往莲花洞口而来。那山上都是些洼踏不平之路②,况他又是个圈盘腿,拐呀拐的走着,摇的那葫芦里漷漷索索③,响声不绝。你道他怎么便有响声?原来孙大圣是熬炼过的身体,急切化他不得。那怪虽也能腾云驾雾,不过是些法术,大端是凡胎未脱,到于宝贝里就化了。行者还不当他就化了,笑道:"我儿子阿,不知是撒尿耶,不知是漱口哩。这是老孙干过的买卖。不等到七八日,化成稀汁,我也不揭盖来看。忙怎的?有甚要紧?想着我出来的容易,就该千年不看才好!"他拿着葫芦说着话,不觉的到了洞口,把那葫芦摇摇,一发响了。他道:

---

①两个葫芦:葫芦分雌雄,参见第七十一回"如何辨得雌雄"条注。
②洼踏:同"洼塌"。
③漷漷(huò)索索:形容水哗哗啦啦的声音。

"这个像发课的筒子响①,倒好发课。等老孙发一课,看师父甚么时才得出门。"你看他手里不住的摇,口里不住的念道:"周易文王、孔子圣人、桃花女先生、鬼谷子先生。"那洞里小妖看见道:"大王,祸事了!行者孙把二大王爷爷装在葫芦里发课哩!"那老魔闻得此言,唬得魂飞魄散,骨软筋麻,扑的跌倒在地,放声大哭道:"贤弟呀!我和你私离上界,转托尘凡,指望同享荣华,永为山洞之主。怎知为这和尚,伤了你的性命,断吾手足之情!"满洞群妖,一齐痛哭。

猪八戒吊在梁上,听得他一家子齐哭,忍不住叫道:"妖精,你且莫哭,等老猪讲与你听。先来的孙行者,次来的者行孙,后来的行者孙,返复三字,都是我师兄一人。他有七十二变化腾那,进来盗了宝贝,装了令弟。令弟已是死了,不必这等扛丧②,快些儿刷净锅灶,办些香蕈、蘑菰、茶芽、竹笋、豆腐、面筋、木耳、蔬菜,请我师徒们下来,与你令弟念卷《受生经》③。"那老魔闻言,心中大怒道:"只说猪八戒老实,原来甚不老实!他倒作笑话儿打觑我!"叫小妖:"且休举哀,把猪八戒解下来,蒸得稀烂,等我吃饱了,再去拿孙行者报仇。"沙僧埋怨八戒道:"好么!我说教你莫多话,多话的要先蒸吃哩!"那呆子也尽有几分悚惧。傍一小妖道:"大王,猪八戒不好蒸。"八戒道:"阿弥陀佛!是那位哥哥积阴德的?果是不好蒸。"又有一个妖道:"将他皮剥了,就好蒸。"八戒慌了道:"好蒸!好蒸!皮骨虽然粗糙,汤

---

① 发课的筒子响:发课,即占卦、卜算,用写有各种命运内容的竹签装进竹筒,占卜时摇动竹筒,然后抽取一支进行卜算。下文的周文王、孔子、桃花女、鬼谷子都是传说中占卜的祖师。民间算命多根据《周易》,相传《周易》六十四卦是周文王所推演,而孔子为《周易》作过传述。桃花女是传说中的人物,善于占卦、术数、禳解。元王晔有《桃花女破法嫁周公》杂剧。鬼谷子相传为战国时人,是纵横家苏秦、张仪,军事家孙膑、庞涓的老师,也精于占卦术数。

② 扛丧:举哀,哭泣。

③《受生经》:又叫《寿生经》、《受生尊经》,常用来超度亡魂。参见第十二回"受生度亡经"条注。

滚就烂。榍户①！榍户！"

正嚷处，只见前门外一个小妖报道："行者孙又骂上门来了！"那老魔又大惊道："这厮轻我无人！"叫："小的们，且把猪八戒照旧吊起，查一查还有几件宝贝。"管家的小妖道："洞中还有三件宝贝哩。"老魔问："是那三件？"管家的道："还有七星剑、芭蕉扇与净瓶。"老魔道："那瓶子不中用。原是叫人，人应了就装得，转把个口诀儿教了那孙行者，倒把自家兄弟装去了。不用他，放在家里。快将剑与扇子拿来。"那管家的即将两件宝贝献与老魔。老魔将芭蕉扇插在后项衣领，把七星剑提在手中，又点起大小群妖，有三百多名，都教一个个拈枪弄棒，理索轮刀。这老魔却顶盔贯甲，罩一领赤焰焰的丝袍。群妖摆出阵去，要拿孙大圣。那孙大圣早已知二魔化在葫芦里面，却将他紧紧拴扣停当，撒在腰间，手持着金箍棒，准备厮杀。只见那老妖红旗招展，跳出门来。却怎生打扮：

　　头上盔缨光焰焰，腰间带束彩霞鲜。
　　身穿铠甲龙鳞砌，上罩红袍烈火然。
　　圆眼睛开光掣电，钢须飘起乱飞烟。
　　七星宝剑轻提手，芭蕉扇子半遮肩。
　　行似流云离海岳，声如霹雳震山川。
　　威风凛凛欺天将，怒帅群妖出洞前。

那老魔急令小妖摆开阵势，骂道："你这猴子，十分无礼！害我兄弟，伤我手足，着然可恨！"行者骂道："你这讨死的怪物！你一个妖精的性命舍不得，似我师父、师弟，连马四个生灵，平白的吊在洞里，我心何忍！情理何干！快快的送将出来还我，多多贴些盘费，喜喜欢欢打发老孙起身，还饶了你这个老妖的狗命！"那怪那容分说，举宝剑劈头就砍。这大圣使铁棒举手相迎。这一场在洞门外好杀！咦！

　　金箍棒与七星剑，对撞霞光如闪电。悠悠冷气逼人寒，荡荡昏

---

①榍（juān）户：指在圈里喂养的牲畜。比野外放养的皮肉柔嫩，容易煮烂。

云遮岭堰。那个皆因手足情,些儿不放善;这个只为取经僧,毫厘不容缓。两家各恨一般仇,二处每怀生怒怨。只杀得天昏地暗鬼神惊,日淡烟浓龙虎战。这个咬牙锉玉钉,那个努目飞金焰。一来一往逞英雄,不住翻腾棒与剑。

这老魔与大圣战经二十回合,不分胜负。他把那剑梢一指,叫声"小妖齐来!"那三百余精,一齐拥上,把行者围在垓心。好大圣,公然无惧,使一条棒,左冲右撞,后抵前遮。那小妖都有手段,越打越上,一似绵絮缠身,搂腰扯腿,莫肯退后。大圣慌了,即使个身外身法,将左胁下毫毛,拔了一把,嚼碎喷去,喝声叫:"变!"一根根都变做行者。你看他长的使棒,短的轮拳,再小的没处下手,抱着孤拐啃筋,把那小妖都打得星落云散,齐声喊道:"大王阿,事不谐矣!难矣乎哉①!满地盈山皆是孙行者了!"被这身外法把群妖打退,止撇得老魔围困中间,赶得东奔西走,出路无门。

那魔慌了,将左手擎着宝剑,右手伸于项后,取出芭蕉扇子,望东南丙丁火②,正对离宫③,唿喇的一扇子,搧将下来,只见那就地上火光焰焰。原来这般宝贝,平白地搧出火来。那怪物着实无情,一连搧了七八扇子,熯天炽地④,烈火飞腾。好火:

那火不是天上火,不是炉中火,也不是山头火⑤,也不是灶底火,

---

① "事不谐矣"二句:这是用古书来打趣的话。事不谐矣,见于《后汉书·宋弘传》,汉光武帝要把湖阳公主嫁他,叫他抛弃原妻。宋弘说"糟糠之妻不下堂",拒绝皇帝的要求,光武帝于是对公主说"事不谐矣"。难矣哉,是《论语》中孔子经常叹息的话。

② 丙丁火:古代以甲、乙、丙、丁、午、己、庚、辛、壬、癸十位天干配五行四方,丙、丁属火,配南方,称丙丁火。

③ 离宫:后天八卦的正南方向。

④ 熯(hàn):焚烧,燃烧。

⑤ 山头火:这里天上火、炉中火、山头火,都借用了"纳音五行"的术语,纳音五行是一种将天干、地支及五行相配的占卜术,对五行的每一行都细分,并赋予了一定的特征。如甲子、乙丑是"海中金",丙子、丁丑是"涧下水",丙戌、丁亥是"屋上土"等,利用这些带有一定特征的金、木、水、火、土,来占卜吉凶。

乃是五行中自然取出的一点灵光火。这扇也不是凡间常有之物,也不是人工造就之物,乃是自开辟混沌以来产成的珍宝之物。用此扇,扇此火,煌煌烨烨,就如电掣红绡;灼灼辉辉,却似霞飞绛绮。更无一缕青烟,尽是满山赤焰,只烧得岭上松翻成火树,崖前柏变作灯笼。那窝中走兽贪性命,西撞东奔;这林内飞禽惜羽毛,高飞远举。这场神火飘空燎,只烧得石烂溪干遍地红!

　　大圣见此恶火,却也心惊胆颤,道声:"不好了!本身可处,毫毛不济。一落这火中,岂不真如燎毛之易?"将身一抖,遂将毫毛收上身来。只将一根变作假身子,避火逃灾。他的真身,捻着避火诀,纵筋斗,跳将起去,脱离了大火之中,径奔他莲花洞里,想着要救师父。急到门前,把云头按落。又见那洞门外有百十个小妖,都破头折脚,肉绽皮开。原来都是他分身法打伤了的,都在这里声声唤唤,忍疼而立。大圣见了,按不住恶性凶顽,轮起铁棒,一路打将进去。可怜把那苦炼人身的功果息①,依然是块旧皮毛!

　　那大圣打绝了小妖,撞入洞里,要解师父,又见那内面有火光焰焰,唬得他手慌脚忙道:"罢了!罢了!这火从后门口烧起来,老孙却难救师父也!"正悚惧处,仔细看时,呀!原来不是火光,却是一道金光。他正了性,往里视之,乃羊脂玉净瓶放光,却自心中欢喜道:"好宝贝耶!这瓶子曾是那小妖拿在山上放光,老孙得了,不想那怪又复搜去。今日藏在这里,原来也放光。"你看他窃了这瓶子,喜喜欢欢,且不救师父,急抽身往洞外而走。才出门,只见那妖魔提着宝剑,拿着扇子,从南而来。孙大圣回避不及,被那老魔喝道:"那里走!"举剑劈头就砍。大圣急纵筋斗云,跳将起去,无影无踪的逃了不题。

　　却说那怪到得门口,但见尸横满地,就是他手下的群精,慌得仰天长叹,止不住放声大哭道:"苦哉!痛哉!"有诗为证。诗曰:

　　　　可恨猿乖马劣顽,灵胎转托降尘凡。

────────

①息:消灭,停止。

只因错念离天阙,致使忘形落此山。
　　鸿雁失群情切切,妖兵绝族泪潺潺。
　　何时孽满开愆锁,返本还原上御关?

　　那老魔惭惶不已,一步一声,哭入洞内。只见那什物家火俱在,只落得静悄悄,没个人形;悲切切,愈加凄惨。独自个坐在洞中,踢伏在那石案之上,将宝剑斜倚案边,把扇子插于肩后,昏昏默默睡着了。这正是"人逢喜事精神爽,闷上心来瞌睡多"。

　　话说孙大圣拨转筋斗云,伫立山前,想着要救师父,把那净瓶儿牢扣腰间,径来洞口打探。见那门开两扇,静悄悄的不闻消耗①,随即轻轻移步,潜入里边。只见那魔斜倚石案,呼呼睡着,芭蕉扇褪出肩衣,半盖着脑后,七星剑还斜倚案边。却被他轻轻的走上前,拔了扇子,急回头,呼的一声,跑将出去。原来这扇柄儿刮着那怪的头发,早惊醒他。抬头看时,是孙行者偷了,急慌忙执剑来赶。那大圣早已跳出门前,将扇子撒在腰间,双手轮开铁棒,与那魔抵敌。这一场好杀:

　　恼坏泼妖王,怒发冲冠志。恨不过挝来囫囵吞,难解心头气。恶口骂猢狲:"你老大将人戏! 伤我若干生,还来偷宝贝。这场决不容,定见存亡计!"大圣喝妖魔:"你好不知趣! 徒弟要与老孙争,累卵焉能击石碎?"宝剑来,铁棒去,两家更不留仁义。一翻二复赌输赢,三转四回施武艺。盖为取经僧,灵山参佛位,致令金火不相投,五行拨乱伤和气。扬威耀武显神通,走石飞沙弄本事。交锋渐渐日将晡,魔头力怯先回避。

　　那老魔与大圣战经三四十合,天将晚矣,抵敌不住,败下阵来;径往西南上,投奔压龙洞去不题。这大圣才按落云头,闯入莲花洞里,解下唐僧与八戒、沙和尚来。他三人脱得灾危,谢了行者,却问:"妖魔那里去了?"行者道:"二魔已装在葫芦里,想是这会子已化了。大魔才然一阵战败,往西南压龙山去讫。概洞小妖,被老孙分身法

---

①消耗:即音信,声息。

打死一半,还有些败残回的,又被老孙杀绝,方才得入此处,解放你们。"唐僧谢之不尽道:"徒弟阿,多亏你受了劳苦!"行者笑道:"诚然劳苦。你们还只是吊着受疼,我老孙再不曾住脚,比急递铺的铺兵还甚①,反复里外,奔波无已。因是偷了他的宝贝,方能平退妖魔。"猪八戒道:"师兄,你把那葫芦儿拿出来与我们看看。只怕那二魔已化了也。"大圣先将净瓶解下,又将金绳与扇子取出,然后把葫芦儿拿在手道:"莫看!莫看!他先曾装了老孙,被老孙漱口,哄得他揭开盖子,老孙方得走了。我等切莫揭盖,只怕他也会弄喧走了。"师徒们喜喜欢欢,将他那洞中的米面菜蔬寻出。烧刷了锅灶,安排些素斋吃了。饱餐一顿,安寝洞中,一夜无词,早又天晓。

却说那老魔径投压龙山,会聚了大小女怪,备言打杀母亲,装了兄弟,绝灭妖兵,偷骗宝贝之事。众女怪一齐大哭。哀痛多时道:"你等且休凄惨。我身边还有这口七星剑,欲会汝等女兵,都去压龙山后,会借外家亲戚,断要拿住那孙行者报仇。"说不了,有门外小妖报道:"大王,山后老舅爷帅领若干兵卒来也。"老魔闻言,急换了缟素孝服,躬身迎接。原来那老舅爷是他母亲之弟,名唤狐阿七大王。因闻得哨山的妖兵报道,他姐姐被孙行者打死,假变姐形,盗了外甥宝贝,连日在平顶山拒敌。他却帅本洞妖兵二百余名,特来助阵,故此先拢姐家问信。才进门,见老魔挂了孝服,二人大哭。哭久,老魔拜下,备言前事。那阿七大怒,即命老魔换了孝服,提了宝剑,尽点女妖,合同一处,纵风云,径投东北而来。

这大圣教沙僧整顿早斋,吃了走路,忽听得风声,走出门看,乃是一伙妖兵,自西南上来。行者大惊,急抽身,忙呼八戒道:"兄弟,妖精又请救兵来也。"三藏闻言,惊恐失色道:"徒弟,似此如何?"行者笑道:"放心!放心!把他这宝贝都拿来与我。"大圣将葫芦、净瓶系在腰间,金绳笼于袖内,芭蕉扇插在肩后,双手轮着铁棒,教沙僧

---

① 急递铺:宋代以后传递文书的驿站。十里或十五里、二十五里设一铺,设铺司、铺兵,专门递送官府公文。参见第二回"铺兵"条注。

保守师父,稳坐洞中;着八戒执钉钯,同出洞外迎敌。

那怪物摆开阵势,只见当头的是阿七大王。他生的玉面长髯,钢眉刀耳,头戴金炼盔,身穿锁子甲,手执方天戟,高声骂道:"我把你个大胆的泼猴!怎敢这等欺人!偷了宝贝,伤了眷族,杀了妖兵,又敢久占洞府!赶早儿一个个引颈受死,雪我姐家之仇!"行者骂道:"你这伙作死的毛团,不识你孙外公的手段!不要走,领吾一棒!"那怪物侧身躲过,使方天戟劈面相还。两个在山头一来一往,战经三四回合,那怪力软,败阵回走,行者赶来,却被老魔接住。又斗了三合,只见那狐阿七复转来攻。这壁厢八戒见了,急掣九齿钯挡住。一个抵一个,战经多时,不分胜败。那老魔喝了一声,众妖兵一齐围上。

却说那三藏坐在莲花洞里,听得喊声振地,便叫:"沙和尚,你出去看你师兄胜负何如。"沙僧果举降妖杖出来,喝一声,撞将出去,打退群妖。阿七见事势不利,回头就走,被八戒赶上,照背后一钯,就筑得九点鲜红往外冒,可怜一灵真性赴前程。急拖来剥了衣服看处,原来也是个狐狸精。

那老魔见伤了他老舅,丢了行者,提宝剑,就劈八戒。八戒使钯架住。正赌斗间,沙僧撞近前来,举杖便打。那怪抵敌不住,纵风云往南逃走。八戒、沙僧紧紧赶来。大圣见了,急纵云跳在空中,解下净瓶,罩定老魔,叫声:"金角大王。"那怪只道是自家败残的小妖呼叫,就回头应了一声;搜的装将进去,被行者贴上"太上老君急急如律令奉敕"的帖子。只见那七星剑坠落尘埃,也归了行者。八戒迎着道:"哥哥,宝剑你得了,精怪何在?"行者笑道:"了了!已装在我这瓶儿里也。"沙僧听说,与八戒十分欢喜。

当时通扫净诸邪,回至洞里,与三藏报喜道:"山已净,妖已无矣,请师父上马走路。"三藏喜不自胜。师徒们吃了早斋,收拾了行李、马匹,奔西找路。正行处,猛见路傍闪出一个瞽者①,走上前扯住

---

① 瞽(gǔ)者:盲人。

三藏马,道:"和尚,那里去?还我宝贝来!"八戒大惊道:"罢了!这是老妖来讨宝贝了!"行者仔细观看,原来是太上李老君,慌得近前施礼道:"老官儿,那里去?"那老祖急升玉局宝座①,九霄空里伫立,叫:"孙行者,还我宝贝。"大圣起到空中道:"甚么宝贝?"老君道:"葫芦是我盛丹的,净瓶是我盛水的,宝剑是我炼魔的,扇子是我搧火的,绳子是我一根勒袍的带。那两个怪:一个是我看金炉的童子,一个是我看银炉的童子,只因他偷了我的宝贝,走下界来,正无觅处,却是你今拿住,得了功绩。"大圣道:"你这老官儿,着实无礼。纵放家属为邪,该问个钤属不严的罪名。"老君道:"不干我事,不可错怪了人。此乃海上菩萨问我借了三次,送他在此托化妖魔,看你师徒可有真心往西去也。"大圣闻言,心中作念道:"这菩萨也老大惫懒!当时解逃老孙,教保唐僧西去取经,我说路途艰涩难行,他曾许我到急难处亲来相救。如今反使精邪揩害②,语言不的③,该他一世无夫!若不是老官儿亲来,我决不与他。既是你这等说,拿去罢。"那老君收得五件宝贝,揭开葫芦与净瓶盖口,倒出两股仙气,用手一指,仍化为金银二童子,相随左右。只见那霞光万道。咦!

缥缈同归兜率院,逍遥直上大罗天。

毕竟不知此后又有甚事,孙大圣怎生保护唐僧,几时得到西天,且听下回分解。

---

①玉局宝座:即四脚弯曲的玉座。宋《云笈七签》卷二十八等书记载:东汉永寿元年(155),太上老君和张道陵来到成都,地中涌出一张局脚(弯曲的脚)玉床,老君升座讲《南斗经》,于是后人在此建立玉局观。

②揩(kèn):压制,刁难。

③不的(dí):不可靠,不确实。

第三十六回

心猿正处诸缘伏　劈破傍门见月明

却说孙行者按落云头,对师父备言菩萨借童子,老君收去宝贝之事。三藏称谢不已,死心塌地,办虔诚,舍命投西,攀鞍上马。猪八戒挑着行李,沙和尚拢着马头,孙行者执了铁棒,剖开路,径下高山前进。说不尽那水宿风餐,披霜冒露。师徒们行罢多时,前又一山阻路。三藏在那马上高叫:"徒弟啊,你看那里山势崔巍,须是要仔细提防,恐又有魔障侵身也。"行者道:"师父休要胡思乱想,只要定性存神,自然无事。"三藏道:"徒弟呀,西天怎么这等难行?我记得离了长安城,在路上春尽夏来,秋残冬至,有四五个年头,怎么还不能得到?"行者闻言,呵呵笑道:"早哩!早哩!还不曾出大门哩!"八戒道:"哥哥,不要扯谎。人间就有这般大门?"行者道:"兄弟,我们还在堂屋里转哩!"沙僧笑道:"师兄,少说大话吓我。那里就有这般大堂屋,却也没处买这般大过梁呵①。"行者道:"兄弟,若依老孙看时,把这青天为屋瓦,日月作窗棂,四山五岳为梁柱,大地犹如一敞厅!"八戒听说道:"罢了!罢了!我们只当转些时回去罢。"行者道:"不必乱谈,只管跟着老孙走路。"

好大圣,横担了铁棒,领定了唐僧,剖开山路,一直前进。那师父在马上遥观,好一座山景。真个是:

山顶嵯峨摩斗柄,树梢仿佛接云霄。青烟堆里,时闻得谷口猿啼;乱翠阴中,每听得松间鹤唳。啸风山魅立溪间②,戏弄樵夫;成器

---

①过梁:建筑物的横梁。
②山魅:传说中的山中精怪。

狐狸坐崖畔①,惊张猎户②。好山!看那八面崔巍,四围险峻。古怪乔松盘翠盖,枯攈老树挂藤萝。泉水飞流,寒气透人毛发冷;巅峰屹岦③,清风射眼梦魂惊。时听大虫哮吼,每闻山鸟时鸣。麂鹿成群,穿荆棘往来跳跃;獐犯结党,寻野食前后奔跑。伫立草坡,一望并无客旅;行来深凹,四边俱有豺狼。应非佛祖修行处,尽是飞禽走兽场。

那师父战战兢兢,进此深山,心中凄惨,兜住马,叫声:"悟空啊!我

　　自从益智登山盟,王不留行送出城。
　　路上相逢三棱子,途中催趱马兜铃。
　　寻坡转涧求荆芥,迈岭登山拜茯苓。
　　防己一身如竹沥,茴香何日拜朝廷④?"

孙大圣闻言,呵呵冷笑道:"师父不必挂念,少要心焦。且自放心前进,还你个功到自然成也。"师徒们玩着山景,信步行时,早不觉红轮西坠。正是:

　　十里长亭无客走,九重天上现星辰。
　　八河船只皆收港,七千州县尽关门。
　　六宫五府回官宰,四海三江罢钓纶。
　　两座楼头钟鼓响,一轮明月满乾坤。

那长老在马上遥观,只见那山凹里有楼台叠叠,殿阁重重。三藏道:"徒弟,此时天色已晚,幸得那壁厢有楼阁不远,想必是庵观寺院,我们都到那里借宿一宵,明日再行罢。"行者道:"师父说得是。不要忙,等我且看好歹如何。"那大圣跳在空中,仔细观看,果然是座

---

① 成器:成精。
② 惊张:指使惊慌,惊动。
③ 岦(lì):形容山耸立。
④ "自从益智登山盟"诗:益智、王不留行、三棱子、马兜铃、荆芥、茯苓、防己、竹沥、茴香,都是中药名,这首诗和第二十八回"石打乌头粉碎"词一样,如三棱子代三个徒弟,马兜铃代马的铃铛,茴香代回乡等。

山门,但见:

八字砖墙泥红粉①,两边门上钉金钉。
叠叠楼台藏岭畔,层层宫阙隐山中。
万佛阁对如来殿,朝阳楼应大雄门。
七层塔屯云宿雾,三尊佛神现光荣。
文殊台对伽蓝舍,弥勒殿靠大慈厅。
看山楼外青光舞,步虚阁上紫云生。
松关竹院依依绿②,方丈禅堂处处清。
雅雅幽幽供乐事,川川道道喜回迎。
参禅处有禅僧讲,演乐房多乐器鸣。
妙高台上昙花坠③,说法坛前贝叶生④。
正是那林遮三宝地,山拥梵王宫⑤。
半壁灯烟光闪灼,一行香霭雾朦胧。

孙大圣按下云头,报与三藏道:"师父,果然是一座寺院,却好借宿,我们去来。"这长老放开马,一直前来,径到了山门之外。行者道:"师父,这一座是甚么寺?"三藏道:"我的马蹄才然停住,脚尖还未出镫,就问我是甚么寺,好没分晓!"行者道:"你老人家自幼为僧,须曾讲过儒书,方才去演经法。文理皆通,然后受唐王的恩宥⑥。门上有那般大字,如何不认得?"长老骂道:"泼猢狲!说话无知!我才面西催马,被那太阳影射,奈何门虽有字,又被尘垢朦胧,所以未曾

---

① 八字砖墙:由两边向内收缩,门建在内侧,俯视呈八字形状的门墙。
② 松关:柴门。
③ 妙高台:宁波雪窦寺等地均有妙高台。妙高,是梵语"须弥山"的意译。昙花:优昙钵花的简称,花大,白色,多在夜间开放,时间很短,佛教经常用来比喻人生苦短,佛法宝贵。
④ 贝叶:古代印度人用以写经的树叶。亦借指佛经。
⑤ 梵王宫:佛教指大梵天王(佛教色界十八天中初禅天之王)的宫殿,后为佛寺的通称。按:世德堂本作"○拥梵王宫",据李卓吾评本改。
⑥ 恩宥:降恩宽宥。

看见。"行者闻言,把腰儿躬一躬,长了二丈余高,用手展去灰尘,道:"师父请看。"上有五个大字,乃是"敕建宝林寺"①。行者收了法身。道:"师父,这寺里谁进去借宿?"三藏道:"我进去。你们的嘴脸丑露,言语粗疏,性刚气傲,倘或冲撞了本处僧人,不容借宿,反为不美。"行者道:"既如此,请师父进去,不必多言。"

那长老却丢了锡杖,解下斗篷,整衣合掌,径入山门,只见两边红漆栏杆里面,高坐着一对金刚②,妆塑的威仪恶丑:

一个铁面钢须似活容,一个燥眉圜眼若玲珑③。左边的拳头骨突如生铁④,右边的手掌崚嶒赛赤铜⑤。金甲连环光灿烂,明盔绣带映飘风。西方真个多供佛,石鼎中间香火红。

三藏见了,点头长叹道:"我那东土,若有人也将泥胎塑这等大菩萨,烧香供养呵,我弟子也不去西天去矣。"正叹息处,又到了二层山门之内。见有四大天王之相,乃是持国、多闻、增长、广目,按东北西南风调雨顺之意。进了二层门里,又见有乔松四树,一树树翠盖蓬蓬,却如伞状。忽抬头,乃是大雄宝殿⑥。那长老合掌皈依,舒身下拜。拜罢起来,转过佛台,到于后门之下。又见有倒座观音普度南海之相⑦。那壁上都是良工巧匠装塑的那鱼虾蟹鳖,出头露尾,跳海水波潮耍子。长老又点头三五度,感叹万千声道:"可怜呵!鳞甲

---

① 敕建:奉诏令修建。
② 一对金刚:佛寺塑在山门殿的两金刚,称为执金刚,或金刚手、金刚力士,本是护卫帝释天宫门的夜叉神,遇佛出世,即保护世尊,守卫道场。世俗中有根据《封神演义》等书认为山门殿的两位金刚名叫"哼哈二将"的,实是一种误解。
③ 玲珑:当是"碧玲珑"的省称。一种多孔的太湖石。
④ 骨突:骨节显露的样子。
⑤ 崚嶒:形容山的高低不平,这里借喻手掌的凹凸。
⑥ 大雄宝殿:佛寺中供释迦牟尼的大殿。大雄,梵文 Mahavīra 的意译,即伟大英雄。佛教用为释迦牟尼的尊号。
⑦ 倒座:寺庙经常在释迦牟尼正殿的背后塑海岛,上塑海岛观音像。

众生都拜佛,为人何不肯修行!"

正赞叹间,又见三门里走出一个道人。那道人忽见三藏象貌稀奇,丰姿非俗,急趋步上前施礼道:"师父那里来的?"三藏道:"弟子是东土大唐驾下,差来上西天拜佛求经的。今到宝方,天色将晚,告借一宿。"那道人道:"师父莫怪,我做不得主。我是这里扫地撞钟打勤劳的道人①。里面还有个管家的老师父哩,待我进去禀他一声。他若留你,我就出来奉请;若不留你,我却不敢羁迟②。"三藏道:"累及你了。"

那道人急到方丈报道:"老爷,外面有个人来了。"那僧官即起身,换了衣服,按一按毗卢帽,披上袈裟,急开门迎接,问道人:"那里人来?"道人用手指定道:"那正殿后边不是一个人?"那三藏光着一个头,穿一领二十五条达摩衣③,足下登一双拖泥带水的达公鞋④,斜倚在那后门首。僧官见了,大怒道:"道人少打!你岂不知我是僧官,但只有城上来的士夫降香⑤,我方出来迎接。这等个和尚,你怎么多虚少实,报我接他!看他那嘴脸,不是个诚实的,多是云游方上僧,今日天晚,想是要来借宿。我们方丈中,岂容他打搅!教他往前廊下蹲罢了,报我怎么!"抽身转去。

长老闻言,满眼垂泪道:"可怜!可怜!这才是'人离乡贱'!我弟子从小儿出家,做了和尚,又不曾拜忏吃荤生歹意,看经怀怒坏禅心;又不曾丢瓦抛砖伤佛殿,阿罗脸上剥真金。噫,可怜阿!不知是

---

①打勤劳:做杂务劳动。

②羁迟:淹留耽搁。这是客气的说法,意思是不肯留宿。

③二十五条达摩衣:即僧衣的一种。僧衣用一条条的布缝制成,有许多种类,分五条、七条、九条,直到二十五条。二十五条衣是以二十五条布横缀而成,每一条上又竖缀长布四、短布一,称为四长一短。凡入王宫、升座说法、入里乞食、降伏外道等时,当着此衣。达摩,天竺高僧,南朝梁时来中国,禅宗东土六祖中的第一祖。

④达公鞋:当指达摩大师的鞋子,泛指僧鞋。

⑤士夫:士大夫,读书人。降香:指官吏入庙焚香叩拜。

那世里触伤天地,教我今生常遇不良人!和尚你不留我们宿便罢了,怎么又说这等怠懒话,教我们在前道廊下去蹲?此话不与行者说还好,若说了,那猴子进来,一顿铁棒,把孤拐都打断你的!"长老道:"也罢,也罢。常言道:'人将礼乐为先①。'我且进去问他一声,看意下如何。"

那师父踏脚迹,跟他进方丈门里。只见那僧官脱了衣服,气嘑嘑的坐在那里,不知是念经,又不知是与人家写法事,见那桌案上有些纸札堆积。唐僧不敢深入,就立于天井里,躬身高叫道:"老院主,弟子问讯了!"那和尚就有些不奈烦他进里边来的意思,半答不答的还了个礼,道:"你是那里来的?"三藏道:"弟子乃东土大唐驾下差来,上西天拜活佛求经的。经过宝方天晚,求借一宿,明日不犯天光就行了。万望老院主方便方便。"那僧官才欠起身来道:"你是那唐三藏么?"三藏道:"不敢,弟子便是。"僧官道:"你既往西天取经,怎么路也不会走?"三藏道:"弟子更不曾走贵处的路。"他道:"正西去,只有四五里远近,有一座三十里店,店上有卖饭的人家,方便好宿。我这里不便,不好留你们远来的僧。"三藏合掌道:"院主,古人有云:庵观寺院,都是我方上人的馆驿,见山门就有三升米分。你怎么不留我,却是何情?"僧官怒声叫道:"你这游方的和尚,便是有些油嘴油舌的说话!"三藏道:"何为油嘴油舌?"僧官道:"古人云:老虎进了城,家家都闭门。虽然不咬人,日前坏了名。"三藏道:"怎么'日前坏了名'②?"他道:"向年有几众行脚僧来,于山门口坐下,是我见他寒

---

① 人将礼乐为先:约成书于南宋以后的善书《名贤集》:"人将礼乐为先,树将枝叶为林。"意为为人处世,首先要讲究礼节。

② 日前坏了名:这一段所描述的游方僧劣行,当有其社会现实的根源,明代常有游手好闲者借僧人管理制度混乱托蔽僧籍之中,《明宪宗实录》成化十五年:"命禁约游僧⋯⋯此辈游食天下,奸盗诈伪靡所不为。使不早为处置,大则啸聚山林,谋为不轨;小则兴造妖言,扇惑人心。"如云游僧徒启明见某寺院富裕,强占寺产,欺压群僧,"佛殿漏自漏,香灯减自减,国课负自负,神明官府,不以为意"。

薄,一个个衣破鞋无,光头赤脚。我叹他那般蓝缕,即忙请入方丈,延之上坐。款待了斋饭,又将故衣各借一件与他,就留他住了几日。怎知他贪图自在衣食,更不思量起身,就住了七八个年头。住便也罢,又干出许多不公的事来。"三藏道:"有甚么不公的事?"僧官道:"你听我说:

闲时沿墙抛瓦,闷来壁上扳钉。
冷天向火折窗棂,夏月拖门拦径。
幡布扯为脚带,牙香偷换蔓菁①。
常将琉璃把油倾②,夺碗夺锅赌胜。"

三藏听言,心中暗道:"可怜呵!我弟子可是那等样没脊骨的和尚③?"欲待要哭,又恐那寺里的老和尚笑。他但暗暗扯衣揩泪,忍气吞声,急走出去,见了三个徒弟。那行者见师父面上含怒,向前问:"师父,寺里和尚打你来?"唐僧道:"不曾打。"八戒说:"一定打来。不是,怎么还有些哭包声?"那行者道:"骂你来?"唐僧道:"也不曾骂。"行者道:"既不曾打,又不曾骂,你这般苦恼怎么?好道是思乡哩?"唐僧道:"徒弟,他这里不方便。"行者笑道:"这里想是道士?"唐僧怒道:"观里才有道士,寺里只是和尚。"行者道:"你不济事。但是和尚,即与我们一般。常言道:'既在佛会下,都是有缘人。'你且坐,等我进去看看。"

好行者,按一按顶上金箍,束一束腰间裙子,执着铁棒,径到大雄宝殿上,指着那三尊佛像道:"你本是泥塑金妆假像,内里岂无感应?我老孙保领大唐圣僧往西天拜佛求取真经,今晚特来此处投宿,趁早与我报名!假若不留我等,就一顿棍打碎金身,教你还现本相泥土!"

---

①牙香:即香角,沉香的别名,燃烧时有强烈香味。
②琉璃:指佛前的琉璃油灯。
③没脊骨:没有脊梁骨,比喻不正当,不规矩。

第三十六回　心猿正处诸缘伏　劈破傍门见月明

　　这大圣正在前边发狠，捣叉子乱说①。只见一个烧晚香的道人，点了几枝香，来佛前炉里插。被行者咄的一声，唬了一跌；爬起来看见脸，又是一跌。吓得滚滚蹡蹡，跑入方丈里报道："老爷！外面有个和尚来了！"那僧官道："你这伙道人都少打！一行说教他往前廊下去蹲，又报甚么！再说打二十！"道人说："老爷，这个和尚比那个和尚不同，生得恶躁②，没脊骨。"僧官道："怎的模样？"道人道："是个圆眼睛，查耳朵，满面毛，雷公嘴。手执一根棍子，咬牙恨恨的，要寻人打哩。"僧官道："等我出去看。"

　　他即开门，只见行者撞进来了。真个生得丑陋：七高八低孤拐脸，两只黄眼睛，一个磕额头，獠牙往外生，就像属螃蟹的——肉在里面，骨在外面。那老和尚慌得把方丈门关了。行者赶上，扑的打破门扇，道："赶早将干净房子打扫一千间，老孙睡觉！"僧官躲在房里，对道人说："怪他生得丑么，原来是说大话，折作的这般嘴脸③。我这里连方丈、佛殿、钟鼓楼、两廊，共总也不上三百间。他却要一千间睡觉，却打那里来？"道人说："师父，我也是吓破胆的人了，凭你怎么答应他罢。"那僧官战索索的高叫道："那借宿的长老，我这小荒山不方便，不敢奉留，往别处去宿罢。"

　　行者将棍子变得盆来粗细，直壁壁的竖在天井里，道："和尚，不方便，你就搬出去！"僧官道："我们从小儿住的寺，师公传与师父，师父传与我辈，我辈要远继儿孙。他不知是那里勾当，冒冒实实的④，教我们搬哩。"道人说："老爷，十分不尴尬，搬出去也罢。杠子打进门来了。"僧官道："你莫胡说！我们老少众人四五百名和尚，往那里搬？搬出去，却也没处住。"行者听见道："和尚，没处搬，便着一个出来打样棍！"老和尚叫："道人，你出去与我打个样棍来。"那道人慌了道："爷爷呀！那等个大杠子，教我去打样棍？"老和尚道："'养军千

---

① 捣叉子：找岔子，寻衅惹事。叉子，同"岔子"。
② 恶躁：凶恶，凶猛。
③ 折作：因做坏事或享受了过分的待遇而受到报应。
④ 冒冒实实：同"冒冒失失"。

日,用军一朝'。你怎么不出去?"道人说:"那杠子莫说打来,若倒下来,压也压个肉泥!"老和尚道:"也莫要说压,只道竖在天井里,夜晚间走路,不记得呵,一头也撞个大窟窿!"道人说:"师父,你晓得这般重,却教我出去打甚么样棍?"他自家里面转闹起来。

　　行者听见道:"是也禁不得。假若就一棍打杀一个,我师父又怪我行凶了。且等我另寻一个甚么打与你看看。"忽抬头,只见方丈门外有一个石狮子,却就举起棍来,乒乓一下,打得粉乱麻碎。那和尚在窗眼儿里看见,就吓得骨软筋麻,慌忙往床下拱。道人就往锅门里钻①,口中不住叫:"爷爷,棍重,棍重!禁不得!方便,方便!"行者道:"和尚,我不打你。我问你,这寺里有多少和尚?"僧官战索索的道:"前后是二百八十五房头,共有五百个有度牒的和尚。"行者道:"你快去把那五百个和尚都点得齐齐整整,穿了长衣服出去,把我那唐朝的师父接进来,就不打你了。"僧官道:"爷爷,若是不打,便抬也抬进来。"行者道:"趁早去!"僧官叫:"道人,你莫说吓破了胆,就是吓破了心,便也去与我叫这些人来接唐僧老爷爷来。"

　　那道人没奈何,舍了性命,不敢撞门,从后边狗洞里钻将出去,径到正殿上,东边打鼓,西边撞钟。钟鼓一齐响处,惊动了两廊大小僧众,上殿问道:"这早还不晚哩,撞钟打鼓做甚?"道人说:"快换衣服,随老师父排班,出山门外迎接唐朝来的老爷。"那众和尚,真个齐齐整整,摆班出门迎接。有的披了袈裟,有的着了偏衫,无的穿着个一口钟直裰。十分穷的,没有长衣服,就把腰裙接起两条披在身上。行者看见道:"和尚,你穿的是甚么衣服?"和尚见他恶丑,道:"爷爷,不要打,等我说。这是我们城中化的布。此间没有裁缝,是自家做的个'一裹穷'②。"

　　行者闻言暗笑,押着众僧,出山门下跪下。那僧官磕头高叫道:"唐老爷,请方丈里坐。"八戒看见道:"师父老大不济事。你进去时,

---

①锅门:灶门,火灶进燃料及出灰的洞口。
②一裹穷:指最简陋的衣服。

泪汪汪,嘴上挂得油瓶。师兄怎么就有此獐智,教他们磕头来接?"三藏道:"你这个呆子,好不晓礼! 常言道'鬼也怕恶人哩'。"沙僧见他们磕头礼拜,甚是不过意,上前叫:"列位请起。"众僧叩头道:"老爷,若和你徒弟说声方便,不动杠子,就跪一个月也罢。"唐僧叫:"悟空,莫要打他。"行者道:"不曾打。若打,这会已打断了根矣。"那些和尚却才起身,牵马的牵马,挑担的挑担,抬着唐僧,驮着八戒,挽着沙僧,一齐都进山门里去,却到后面方丈中,依叙坐下。

众僧却又礼拜,三藏道:"院主请起,再不必行礼,作践贫僧。我和你都是佛门子弟。"僧官道:"老爷是上国钦差,小和尚有失迎接。今到荒山,奈何俗眼不识尊仪,与老爷邂逅相逢。动问老爷:一路上是吃素? 是吃荤? 我们好去办饭。"三藏道:"吃素。"僧官道:"徒弟,这个爷爷好的吃荤。"行者道:"我们也吃素,都是胎里素。"那和尚道:"爷爷呀,这等凶汉也吃素!"有一个胆量大的和尚,近前又问:"老爷既然吃素,煮多少米的饭方勾吃?"八戒道:"小家子和尚! 问甚么! 一家煮上一石米。"那和尚都慌了,便去刷洗锅灶,各房中安排茶饭。高掌明灯,调开桌椅,管待唐僧。

师徒们都吃罢了晚斋,众僧收拾了家火,三藏称谢道:"老院主,打搅宝山了。"僧官道:"不敢,不敢。怠慢,怠慢。"三藏道:"我师徒却在那里安歇?"僧官道:"老爷不要忙,小和尚自有区处。"叫道人:"那壁厢有几个人听使令的?"道人说:"师父,有。"僧官分付道:"你们着两个去安排草料,与唐老爷喂马;着几个去前面把那三间禅堂,打扫干净,铺设床帐,快请老爷安歇。"

那些道人听命,各各整顿齐备,却来请唐老爷安寝。他师徒们牵马挑担,出方丈,径至禅堂门首看处,只见那里面灯火光明,两梢间铺着四张藤替床①。行者见了,即唤办草料的道人,将草料抬来,

---

① 替:同"屉"。《南史·宋孝武宣贵妃》:贵妃殷淑仪死,"帝常思见之,遂为通替棺,欲见辄引替睹尸"。即造一类似今停尸柜之有抽屉棺木,安放贵妃遗体。

放在禅堂里面,拴下白马,教道人都出去。三藏坐在中间灯下,两班儿立五百个和尚,都伺候着,不敢侧离。三藏欠身道:"列位请回,贫僧好自在安寝也。"众僧决不敢退。僧官上前,分付大众:"伏侍老爷安置了再回。"三藏道:"即此就是安置了,都就请回。"众人却才敢散去讫。

唐僧举步出门小解,只见明月当天,叫:"徒弟。"行者、八戒,沙僧都出来侍立。因感这月清光皎洁,玉宇深沉,真是一轮高照,大地分明。对月怀归,口占一首古风长篇。诗云:

  皓魄当空宝镜悬①,山河摇影十分全。
  琼楼玉宇清光满,冰鉴银盘爽气旋②。
  万里此时同皎洁,一年今夜最明鲜。
  浑如霜饼离沧海,却似冰轮挂碧天。
  别馆寒窗孤客闷③,山村野店老翁眠。
  乍临汉苑惊秋鬓,才到秦楼促晚奁。
  庾亮有诗传晋史④,袁宏不寐泛江船⑤。
  光浮杯面寒无力,清映庭中健有仙。
  处处窗轩吟白雪,家家院宇弄冰弦⑥。
  今宵静玩来山寺,何日相同返故园?

行者闻言,近前答曰:"师父呵,你只知月色光华,心怀故里,更

---

① 皓魄:明月。
② 冰鉴:指月亮。鉴,镜子。
③ 别馆:招待宾客的住所。
④ 庾亮有诗传晋史:庾亮是东晋人,《世说新语·容止》:"庾太尉在武昌,秋夜气佳景清,佐吏殷浩、王胡之之徒,登南楼理咏。"庾亮来,坐胡床上与之共咏。唐李白《陪宋中丞武昌夜饮怀古》:"庾公爱秋月,乘兴坐胡床。"
⑤ 袁宏不寐泛江船:《世说新语·文学》载:晋袁宏年轻时地位卑贱,某夜清风朗月,镇西将军谢尚在采石矶泛舟,忽然听到袁宏在读他的《咏史诗》,就邀他来谈话,从此袁宏得到了谢尚的赏识,名声渐大。
⑥ 冰弦:传说中有用冰蚕丝作的琴弦,故"冰弦"为琴弦的美称。

不知月家之意,乃先天法象之规绳也。月至三十日,阳魂之金散尽,阴魄之水盈轮,故纯黑而无光,乃曰'晦'。此时与日相交,在晦朔两日之间,感阳光而有孕。至初三日一阳现,初八日二阳生,魄中魂半,其平如绳,故曰'上弦'。至今十五日,三阳备足,是以团圆,故曰'望'。至十六日一阴生,二十二日二阴生,此时魂中魄半,其平如绳,故曰'下弦'。至三十日三阴备足,亦当晦。此乃先天采炼之意。我等若能温养二八,九九成功,那时节,见佛容易,返故田亦易也①。诗曰:

前弦之后后弦前,药味平平气象全。
采得归来炉里炼,志心功果即西天②。"

那长老听说,一时解悟,明彻真言,满心欢喜,称谢了悟空。沙僧在傍笑道:"师兄此言虽当,只说的是弦前属阳,弦后属阴,阴中阳

---

① "月色光华"以下数句:这段话是宋张伯端《青华秘文·蟾光论》的节略说法,借月象变化讲述内丹术"炼气化神"的原理。因为月球本体昏暗不发光(昏暗部分称为阴、魄),因受日光照射,发光部分每天都增加一点(发光部分称为阳、魂),从初一开始到十五,昏暗的魄完全褪尽,光明布满月面。丹家借此象征在元气滋养下元神逐步显现的过程(可参见第二回"'口诀'以下四句"条注)。月亮从初一到十五,亮面不断增加,比喻元神自完全隐藏到完全显露。张伯端谓之"以命取性"。十五日后,日光渐少,月面渐缺,比喻元神逐渐消隐,张伯端谓之"以性安命"。经常进行这样的循环,性命皆牢,金丹逐渐结成。规绳,圆规和矩尺、绳墨,指法度,法则。阳魂之金、阴魄之水,即月面上阳光照射和背光部分。二八,古代以十六两为一斤,丹家将内丹作为一个数量单位,视为一斤,合理的配比即元气、元神各"半斤八两"。丹家将其比作明暗各占一半的上弦月和下弦月。
② "前弦之后后弦前"诗:此诗录自《悟真篇》,但是最后一句原作"炼成温养自烹煎"。大意是说,前弦、后弦的这两个时刻,是阴阳平衡的,移用到内丹上,就是精与神相等,是凝合的最佳时机,这时应该及时采药,并放入炉中(体内)修炼,才能成就正果。前弦,指上弦月。后弦,指下弦月。这两个时间点月面明暗平分,丹家借指体内阴阳均衡的时机。药味平平,精、气、神为药,味指精与气、神凝合的程度。药味平平指凝合的程度均平,恰到好处。气象全,指上下弦月时机齐备的状态。

半,得水之金。更不道:

    水火相搀各有缘,全凭土母配如然①。
    三家同会无争竞,水在长江月在天。"

  那长老闻得,亦开茅塞。正是理明一窍通千窍,说破无生即是仙。八戒上前扯住长老道:"师父,莫听乱讲,误了睡觉。这月呵:

    缺之不久又团圆,似我生来不十全②。
    吃饭嫌我肚子大,拿碗又说有粘涎。
    他都伶俐修来福,我自痴愚积下缘。
    我说你取经还满三途业,摆尾摇头直上天!"

  三藏道:"也罢,徒弟们走路辛苦,先去睡下。等我把这卷经来念一念。"行者道:"师父差了。你自幼出家,做了和尚,小时的经文,那本不熟?却又领了唐王旨意,上西天见佛,求取大乘真典。如今功未完成,佛未得见,经未曾取,你念的是那卷经儿?"三藏道:"我自出长安,朝朝跋涉,日日奔波,小时的经文恐怕生了。幸今夜得闲,等我温习温习。"行者道:"既这等说,我们先去睡也。"他三人各往一张藤床上睡下。长老掩上禅堂门,高剔银釭③,铺开经本,默默看念。正是那:

    楼头初鼓人烟静,野浦渔舟火灭时。

  毕竟不知那长老怎么样离寺,且听下回分解。

---

①土母:土是调和水火的媒介,有了土的调和,才能使水火各安其分,融合贯通。土母是沙僧的代称,这里沙僧强调除了元气、元神之外,还要重视"元意"的功效。

②十全:完美无缺。

③釭:油灯。唐崔道融《拟乐府子夜四时歌》:"银釭照残梦,零泪霑粉臆。"

第三十七回

鬼王夜谒唐三藏　悟空神化引婴儿

却说三藏坐于宝林寺禅堂中,灯下念一会《梁皇水忏》①,看一会《孔雀真经》②,只坐到三更时候,却才把经本包在囊里,正欲起身去睡,只听得门外扑剌剌一声响亮,淅零零刮阵狂风。那长老恐吹灭了灯,慌忙将偏衫袖子遮住,又见那灯或明或暗,便觉有些心惊胆战。此时又困倦上来,伏在经案上盹睡,虽是合眼朦胧,却还心中明白,耳内嘤嘤,听着那窗外阴风飒飒。好风:

真个那淅淅潇潇,飘飘荡荡。淅淅潇潇飞落叶,飘飘荡荡卷浮云。满天星斗皆昏昧,遍地尘沙尽洒纷。一阵家猛,一阵家纯。纯时松竹敲清韵,猛处江湖波浪浑。刮得那山鸟难栖声哽哽,海鱼不定跳喷喷。东西馆阁门窗脱,前后房廊神鬼瞋。佛殿花瓶吹堕地,琉璃摇落慧灯昏。香炉欹倒香灰迸,烛架歪斜烛焰熏。幢幡宝盖都摇拆,钟鼓楼台撼动根。

那长老昏梦中,听着风声一时过处,又闻得禅堂外,隐隐的叫一声"师父"。忽抬头梦中观看,门外站着一条汉子,浑身上下,水淋淋的,眼中垂泪,口里不住的只叫:"师父!"三藏欠身道:"你莫是魍魉妖魅,神怪邪魔,至夜深时,来此戏我?我却不是那贪欲贪嗔之类。我本是个光明正大之僧,奉东土大唐旨意,上西天拜佛求经者。我手下有三个徒弟,都是降龙伏虎之英豪,扫怪除魔之壮士。他若见了你,碎尸粉骨,化作微尘。此是我大慈悲之意,方便之心。你趁早

---

①《梁皇水忏》:又称《梁武忏》、《梁皇宝忏》,梁武帝为超度夫人所制的道场忏法。

②《孔雀真经》:全称是《佛母大孔雀明王经》,参见第十三回《孔雀经》条注。

儿潜身远遁,莫上我的禅门来。"那人倚定禅堂道:"师父,我不是妖魔鬼怪,亦不是魍魉邪神。"三藏道:"你既不是此类,却深夜来此何为?"那人道:"师父,你舍眼看我一看。"长老果仔细定睛看处,呀!只见他:

　　头戴一顶冲天冠,腰束一条碧玉带,身穿一领飞龙舞凤赭黄袍,足踏一双云头绣口无忧履,手执一柄列斗罗星白玉圭①。面如东岳长生帝②,形似文昌开化君③。

　　三藏见了,大惊失色。急躬身厉声高叫道:"是那一朝陛下?请坐。"用手忙搀,扑了个空虚,回身坐定。再看处,还是那个人。长老便问:"陛下,你是那里皇王?何邦帝主?想必是边土不宁,谗臣欺虐,半夜逃生至此。有何话说?说与我听。"这人才泪滴腮边谈旧事,愁攒眉上诉前因,道:"师父阿,我家住在正西,离此只有四十里远近。那厢有座城池,便是兴基之处④。"三藏道:"叫做甚么地名?"那人道:"不瞒师父说,便是朕当时创立家邦,改号乌鸡国。"三藏道:"陛下这等惊慌,却因甚事至此?"那人道:"师父呵,我这里五年前,天年干旱,草子不生,民皆饥死,甚是伤情。"三藏闻言,点头叹道:"陛下呵,古人云:国正天心顺。想必是你不慈恤万民,既遭荒歉,怎么就躲离城郭?且去开了仓库,赈济黎民,悔过前非,重兴今善,放赦了那枉法冤人。自然天心和合,雨顺风调。"那人道:"我国中仓廪空虚⑤,钱粮尽绝,文武两班停俸禄,寡人膳食亦无荤。仿效禹王治水,与万民同受甘苦,沐浴斋戒,昼夜焚香祈祷。如此三年,只干得河枯井涸。正都在危急之处,忽然钟南山来了一个全真,能呼风唤雨,点石成金。先见我文武多官,后来见朕当,即请他登坛祈祷,果

---

①圭:上尖下方的长条形玉器,古代用于朝见、祭祀等重要场合。
②东岳长生帝:泰山主神,即东岳天齐仁圣帝。
③文昌开化君:文昌帝君,即梓潼帝君。
④兴基:创立基业。
⑤仓廪(lǐn):仓库,储藏米谷的地方。

然有应,只见令牌响处①,顷刻间大雨滂沱。寡人只望三尺雨足矣,他说久旱不能润泽,又多下了二寸。朕见他如此尚义,就与他八拜为交,以'兄弟'称之。"三藏道:"此陛下万千之喜也。"那人道:"喜自何来?"三藏道:"那全真既有这等本事,若要雨时,就教他下雨;若要金时,就教他点金。还有那些不足,却离了城阙来此?"那人道:"朕与他同寝食者,只得二年。又遇着阳春天气,红杏夭桃,开花绽蕊,家家士女②,处处王孙③,俱去游春赏玩。那时节,文武归衙,嫔妃转院。朕与那全真携手缓步,至御花园里,忽行到八角琉璃井边,不知他抛下些甚么物件,井中有万道金光。哄朕到井边看甚么宝贝。他陡起凶心,扑通的把寡人推下井内,将石板盖住井口,拥上泥土,移一株芭蕉栽在上面。可怜我呵,已死去三年,是一个落井伤生的冤屈之鬼也!"

　　唐僧见说是鬼,唬得筋力酥软,毛骨耸然。没奈何,只得将言又问他道:"陛下,你说的这话,全不在理。既死三年,那文武多官,三宫皇后,遇三朝见驾殿上,怎么就不寻你?"那人道:"师父阿,说起他的本事,果然世间罕有! 自从害了朕,他当时在园内摇身一变,就变做朕的模样,更无差别。现今占了我的江山,暗侵了我的国土。他把我两班文武,四百朝官,三宫皇后,六院嫔妃,尽属了他矣。"三藏道:"陛下,你忒也懦。"那人道:"何懦?"三藏道:"陛下,那怪倒有些神通,变作你的模样,侵占你的乾坤,文武不能识,后妃不能晓,只有你死的明白。你何不在阴司阎王处具告,把你的屈情伸诉伸诉?"那人道:"他的神通广大,官吏情熟。都城隍常与他会酒,海龙王尽与

---

①令牌:道教科仪中的一种法器,以铁、木制成的长方形牌,雕有图形或文字,行法时用来发布号令,召遣神将。
②士女:古代指已成年而未婚的男女,后泛指成年男女。
③王孙:国王的子孙,后来泛指贵族子弟。

他有亲;东岳天齐是他的好朋友①,十代阎罗是他的异兄弟。因此这般,我也无门投告。"

三藏道:"陛下,你阴司里既没本事告他,却来我阳世间作甚?"那人道:"师父啊,我这一点冤魂,怎敢上你的门来?山门前有那护法诸天、六丁六甲、五方揭谛、四值功曹、一十八位护教伽蓝,紧随鞍马。却才驱夜游神一阵神风,把我送将进来。他说我三年水灾该满,着我来拜谒师父。他说你手下有一个大徒弟,是齐天大圣,极能斩怪降魔。今来志心拜恳,千乞到我国中,拿住妖魔,辨明邪正。朕当结草衔环②,报酬师恩也!"三藏道:"陛下,你此来是请我徒弟与你去除却那妖怪么?"那人道:"正是!正是!"三藏道:"我徒弟干别的事不济,但说降妖捉怪,正合他宜。陛下呵,虽是着他拿怪,但恐理上难行。"那人道:"怎么难行?"三藏道:"那怪既神通广大,变得与你相同;满朝文武,一个个言和心顺;三宫妃嫔,一个个意合情投。我徒弟纵有手段,决不敢轻动干戈。倘被多官拿住,说我们欺邦灭国,问一款大逆之罪,困陷城中,却不是画虎刻鹄也③?"

那人道:"我朝中还有人哩。"三藏道:"却好!却好!想必是一

---

① 东岳天齐:即前文所谓"东岳长生帝",东岳泰山的主神。唐代以前,佛教的地狱说还没有流行,民间认为死者的鬼魂要到东岳去报到,受东岳大帝的管理。

② 结草衔环:比喻感恩报德,至死不忘。《左传·宣公十五年》记:春秋时晋国魏颗在父亲临死的时候,没让父亲的爱妾殉葬,而是把她嫁给了别人,后来魏颗上阵作战时,一个老人用草绳套住敌将,使魏颗获胜。夜里魏颗梦见老人来说,他就是那个没被殉葬的妾的父亲,是来报恩的。南朝梁吴均《续齐谐记》记:汉杨宝小时救过一只黄雀,后来黄雀赠给他四枚玉环,于是杨宝的四代子孙都当了大官,且为政清廉。

③ 画虎刻鹄:《后汉书·马援传》记:马援告诫侄子说,他有两个朋友,一个节俭敦厚,一个豪侠仗义,但他希望侄子向前者学习,因为就算学不成,还不失为做个老实人;但是学了后者,如果学不像,就会成为轻薄的人。就像刻鹄不像,还能像鸭子,要是画虎画不像,就像一条狗了。后比喻好事没做成,反变成了坏事。鹄,天鹅。

代亲王侍长,发付何处镇守去了?"那人道:"不是。我本宫有个太子,是我亲生的储君。"三藏道:"那太子想必被妖魔贬了?"那人道:"不曾,他只在金銮殿上,五凤楼中,或与学士讲书,或共全真登位。自此三年,禁太子不入皇宫,不能勾与娘娘相见。"三藏道:"此是何故?"那人道:"此是妖怪使下的计策,只恐他母子相见,闲中论出长短,怕走了消息。故此两不会面,他得永住常存也。"三藏道:"你的灾屯,想应天付,却与我相类。当时我父曾被水贼伤生。我母被水贼欺占,经三个月,分娩了我。我在水中逃了性命,幸金山寺恩师,救养成人。记得我幼年无父母,此间那太子失双亲。"惭惶不已,又问道:"你纵有太子在朝,我怎的与他相见?"那人道:"如何不得见?"三藏道:"他被妖魔拘辖,连一个生身之母尚不得见,我一个和尚,欲见何由?"那人道:"他明早出朝来也。"三藏问:"出朝作甚?"那人道:"明日早朝,领三千人马,架鹰犬出城采猎,师父断得与他相见。见时肯将我的言语说与他,他便信了。"三藏道:"他本是肉眼凡胎,被妖魔哄在殿上,那一日不叫他几声父王?他怎肯信我的言语?"那人道:"既恐他不信,我留下一件表记与你罢。"三藏问:"是何物件?"那人把手中执的金镶白玉圭放下道:"此物可以为记。"三藏道:"此物何如?"那人道:"全真自从变作我的模样,只是少变了这件宝贝。他到宫中,说那求雨的全真拐了此圭去了,自此三年,还没此物。我太子若看见,他睹物思人,此仇必报。"三藏道:"也罢,等我留下,着徒弟与你处置。却在那里怎么?"那人道:"我也不敢等。我这去,还央求夜游神再使一阵神风,把我送进皇宫内院,托一梦与我那正宫皇后,教他母子们合意,你师徒们同心。"三藏点头应承道:"你去罢。"那冤魂叩头拜别。

举步相送,不知怎么塌了脚,跌了一个筋斗,把三藏惊醒,却原来是南柯一梦,慌得对着那盏昏灯,连忙叫:"徒弟!徒弟!"八戒醒来道:"甚么'土地土地'?当时我做好汉,专一吃人度日,受用腥膻,其实快活。偏你出家,教我们保护你跑路!原说只做和尚,如今拿做奴才,日间挑包袱牵马,夜间提尿瓶务脚①!这早晚不睡,又叫徒弟作甚?"三藏道:"徒弟,我刚才伏在案上打盹,做了一个怪梦。"行者跳将起来道:"师父,梦从想中来。你未曾上山,先怕妖怪;又愁雷音路远,不能得到;思念长安,不知何日回程;所以心多梦多。似老孙一点真心,专要西方见佛,更无一个梦儿到我。"三藏道:"徒弟,我这桩梦,不是思乡之梦。才然合眼,见一阵狂风过处,禅房门外有一朝皇帝,自言是乌鸡国王。浑身水湿,满眼泪垂。"这等这等,如此如此,将那梦中话一一的说与行者。行者笑道:"不消说了,他来托梦与你,分明是照顾老孙一场生意。必然是个妖怪在那里篡位谋国,等我与他辨个真假,灭那妖魔,棍到处,立业成功。"三藏道:"徒弟,他说那怪神通广大哩。"行者道:"怕他甚么广大!早知老孙到,教他即走无方!"三藏道:"我又记得留下一件宝贝作表记。"八戒答道:"师父莫要胡缠;做个梦便罢了,怎么只管当真?"沙僧道:"不信直中直,须防仁不仁。我们打起火,开了门,看看如何便是。"行者果然开门,一齐看处,只见星月光中,阶檐上,只见真个放着一柄金镶白玉圭。八戒近前拿起道:"哥哥,这是甚么东西?"行者道:"这是国王手中执的宝贝,名唤玉圭。师父呵,既有此物,想此事是真。明日拿妖,全都在老孙身上,只是要你三桩儿造化低哩。"八戒道:"好!好!好!做个梦罢了,又告诵他。他那些儿不会作弄人哩?就教你三桩儿造化低。"三藏回入里面道:"是那三桩?"行者道:"明日要你顶缸、受气、遭瘟。"八戒笑道:"一桩儿也是难的,三桩儿却怎么耽得?"唐僧是个聪明的长老,便问:"徒弟呵,此三事如何讲?"行者道:"也不消讲,等我先与你二件物。"

好大圣,拔了一根毫毛,吹口仙气,叫声:"变!"变做一个红金漆匣儿,把白玉圭放在内盛着,道:"师父,你将此物捧在手中,到天晓时,穿上锦襕袈裟,去那正殿坐着念经,等我去看看他那城池。端的是个妖怪,就打杀他,也在此间立个功绩;假若不是,且休撞祸。"三

---

① 务脚:同"焐脚"。焐,使温暖。

藏道："正是！正是！"行者道："那太子不出城便罢；若真个应梦出城来，我定引他来见你。"三藏道："见了我如何迎答？"行者道："来到时，我先报知你。把那匣盖儿扯开些，我等变作二寸长的一个小和尚，钻在匣儿里，你连我捧在手中。那太子进了寺来，必然拜佛。你尽他怎的下拜，只是不采他。他见你不动身，一定教拿你。你凭他拿下去，打也由他，绑也由他，杀也由他。"三藏道："呀！他的军令大，真个杀了我，怎么好？"行者道："没事，有我哩，若到那紧关处，我自然护你。他若问时，你说是东土钦差，上西天拜佛取经进宝的和尚。他道'有甚宝贝'，你却把锦襕袈裟对他说一遍，说道：'此是三等宝贝，还有头一等、第二等的好物哩。'但问处，就说这匣内有一件宝贝，上知五百年，下知五百年，中知五百年，共一千五百年过去未来之事，俱尽晓得，却把老孙放出来。我将那梦中话告诵那太子，他若肯信，就去拿了那妖魔，一则与他父王报仇，二来我们立个名节；他若不信，再将白玉圭拿与他看。只恐他年幼，还不认得哩。"三藏闻言大喜道："徒弟呵，此计绝妙！但说这宝贝，一个叫做锦襕袈裟，一个叫做白玉圭，你变的宝贝却叫做甚名？"行者道："就叫做'立帝货'罢①。"三藏依言，记在心上。师徒们一夜那曾得睡，盼到天明，恨不得点头唤出扶桑日②，喷气吹散满天星。

不多时，东方发白。行者又分付了八戒、沙僧，教他两个："不可搅扰僧人，出来乱走。待我成功之后，共汝等同行。"才别了唐僧，打

---

① 立帝货：立帝货之名，不见于中国典籍。据侯会《〈西游记〉中的王子复仇记》考证，乌鸡国故事，以弟害兄、夜遇鬼王、隐瞒妻子、揭穿奸王等情节，与莎士比亚根据丹麦传说而写就的《哈姆雷特》非常类似。可能是明代传教士来华时，《西游记》故事与西方戏剧发生过交流。"立帝货"也可能是作者受天主教耶稣形象创造出来的。"立帝货"称"共知一千五百年过去未来之事"。而《西游记》成书的公元1500年前后，即耶稣诞生1500年。"立帝货"发音也与拉丁文"耶稣"（Redimere）相近。

② 扶桑：神话中的树名，在东方很远的地方，太阳从那里升起。所以扶桑日指太阳。

了唿哨，一筋斗跳在空中。睁火眼平西看处，果见有一座城池。你道怎么就看见了？当时说那城池离寺只有四十里，故此凭高就望见了。行者近前仔细看处，又见那怪雾愁云漠漠，妖风怨气纷纷。行者在空中赞叹道：

"若是真王登宝座，自有祥光五色云。
只因妖怪侵龙位，腾腾黑气锁金门。"

行者正然感叹。忽听得炮声响喨，又只见东门开处，闪出一路人马，真个是采猎之军，果然势勇。但见

晓出禁城东，分围浅草中。
彩旗开映日，白马骤迎风。
驼鼓冬冬擂，标枪对对冲。
架鹰军猛烈，牵犬将骁雄。
火炮连天振，粘竿映日红。
人人支弩箭，个个拷雕弓。
张网山坡下，铺绳小径中。
一声惊霹雳，千骑拥貔熊①。
狡兔身难保，乖獐智亦穷。
狐狸该命尽，麋鹿丧当中。
山雉难飞脱，野鸡怎避凶？
他都要捡占山场擒猛兽，摧残林木射飞虫。

那些人出得城来，散布东郊，不多时，有二十里向高田地，又只见中军营里，有小小的一个将军：顶着盔，贯着甲，果肚花②，十八札，手执青锋宝剑，坐下黄骠马，腰带满弦弓。真个是

隐隐君王像，昂昂帝主容。
规模非小辈，行动显真龙。

---

①貔(pí)熊：比喻勇猛的将士。貔，古代传说中的一种似虎的兽。
②果肚：即"裹肚"，亦称"抱肚""包肚"。宋代以后男子长衣外包裹腰肚的锦布，从身后绕至身前，用带拴束，初用于武士，后文武通用。

行者在空暗喜道:"不须说,那个就是皇帝的太子了。等我戏他一戏。"好大圣,按落云头,撞入军中太子马前,摇身一变,变作一个白兔儿,只在太子马前乱跑。太子看见,正合欢心,拈起箭,拽满弓,一箭正中了那兔儿。原来是那大圣故意教他中了,却眼乖手疾,一把接住那箭头,把箭翎花落在前边①,丢开脚步跑了。那太子见箭中了玉兔,兜开马,独自争先来赶。不知马行的快,行者如风;马行的迟,行者慢走;只在他面前不远。看他一程一程,将太子哄到宝林寺山门之下。行者现了本身——不见兔儿,只见一枝箭插在门槛上——径撞进去,见唐僧道:"师父,来了!来了!"却又一变,变做二寸长短的小和尚儿,钻在红匣之内。

却说那太子赶到山门前,不见了白兔,只见门槛上插住一枝雕翎箭。太子大惊失色道:"怪哉!怪哉!分明我箭中了玉兔,玉兔怎么不见,只见箭在此间?想是年多日久,成了精魅也。"拔了箭,抬头看处,山门上有五个大字,写着"敕建宝林寺"。太子道:"我知之矣。向年间曾记得我父王在金銮殿上差官赍些金帛,与这和尚修理佛殿佛像,不期今日到此。正是'因过竹院逢僧话,又得浮生半日闲'②,我且进去走走。"

那太子跳下马来,正要进去,只见那保驾的官将与三千人马赶上,簇簇拥拥,都入山门里面。慌得那本寺众僧,都来叩头拜接,接入正殿中间,参拜佛像。却才举目观瞻,又欲游廊玩景,忽见正当中坐着一个和尚,太子大怒道:"这个和尚无礼!我今半朝銮驾进山③,虽无旨意知会,不当远接,此时军马临门,也该起身,怎么还坐着不

---

① 箭翎花:箭尾部的翎毛。
② 因过竹院逢僧话,又得浮生半日闲:出自唐李涉《题鹤林寺僧舍》,意为拜访遍生竹林的寺庙,和僧人聊天,生命里又多了半天的闲暇。
③ 半朝銮驾:皇帝出巡的车马仪仗称銮驾,太子的仪仗较皇帝所用减少一半左右,如《明史·仪卫志》载,皇帝用十二面龙旗,太子用六面龙旗;皇帝用二十四名响节(首有饰物、能发出响声的竹杖或木杖),太子用十二名响节。小说、戏曲常称太子(或亲王)的仪仗为"半朝銮驾"。

动?"教:"拿下来!"说声"拿"字,两边校尉,一齐下手,把唐僧抓将下来,急理绳索便捆。行者在匣里魆魆的念咒①,教道:"护法诸天、六丁六甲,我今设法降妖,这太子不能知识,将绳要捆我师父,汝等即早护持。若真捆了,汝等都该有罪!"那大圣暗中分付,谁敢不遵,却将三藏护持定了。有些人摸也摸不着他光头,好似一壁墙挡住,难拢其身。

那太子道:"你是那方来的,使这般隐身法欺我?"三藏上前施礼道:"贫僧无隐身法,乃是东土唐僧,上雷音寺拜佛求经进宝的和尚。"太子道:"你那东土虽是中原,其穷无比,有甚宝贝,你说来我听。"三藏道:"我身上穿的这袈裟,是第三样宝贝。还有第一等,第二等更好的物哩!"太子道:"你那衣服,半边苦身,半边露臂,能值多少物,敢称宝贝!"三藏道:"这袈裟虽不全体,有诗几句,诗曰:

　　佛衣偏袒不须论,内隐真如脱世尘。
　　万线千针成正果,九珠八宝合元神。
　　仙娥圣女恭修制,遗赐禅僧静垢身②。
　　见驾不迎犹自可,你的父冤未报枉为人!"

太子闻言,心中大怒道:"这泼和尚胡说!你那半片衣,凭着你口能舌便,夸好夸强。我的父冤从何未报?你说来我听。"三藏进前一步,合掌问道:"殿下,为人生在天地之间,能有几恩?"太子道:"有四恩③。"三藏道:"那四恩?"太子道:"感天地盖载之恩,日月照临之恩,国王水土之恩,父母养育之恩。"三藏笑曰:"殿下言之有失,人只有天地盖载,日月照临,国王水土,那得个父母养育来?"太子道:"这

---

① 魆魆(xū):暗暗,悄悄。如《四游记·孙行者收伏妖魔》:"行者魆魆的盗了芭蕉扇。"

② 垢身:指不洁净的肉体躯壳。

③ 四恩:指人生来就受到的四种恩惠。四恩的种类说法不一,佛教"四恩"一般指父母恩、众生恩、国王恩、三宝恩。但宋延寿《三时系念仪范》:"荷三宝之慈悲,赖四恩之造化。乾坤覆载,日月照临,国王水土生成,父母劬劳养育。"此后多有沿用。

和尚是那游手游食削发逆君之徒！人不得父母养育，身从何来？"三藏道："殿下，贫僧不知。但只这红匣内，有一件宝贝，叫做'立帝货'，他上知五百年，中知五百年，下知五百年，共知一千五百年过去未来之事，便知无父母养育之恩，令贫僧在此久等多时矣。"太子闻说，教："拿来我看。"三藏扯开匣盖儿，那行者跳将出来，妭呀妭的①，两边乱走。太子道："这星星小人儿，能知甚事？"行者闻言嫌小，却就使个神通，把腰伸一伸，就长了有三尺四五寸。众军士吃惊道："若是这般快长，不消几日，就撑破天也。"行者长到原身，就不长了。太子才问道："立帝货，这老和尚说你能知未来过去吉凶，你却有龟作卜②，有蓍作筮？凭书句断人祸福？"行者道："我一毫不用，只是全凭三寸舌，万事尽皆知。"太子道："这厮又是胡说。自古以来，《周易》之书，极其玄妙，断尽天下吉凶，使人知所趋避。故龟所以卜，蓍所以筮。听汝之言，凭据何理？妄言祸福，扇惑人心！"

行者道："殿下且莫忙，等我说与你听。你本是乌鸡国王的太子。你那里五年前，年程荒旱③，万民遭苦，你家皇帝共臣子，秉心祈祷。正无点雨之时，钟南山来了一个道士，他善呼风唤雨，点石为金。君王忒也爱小④，就与他拜为兄弟。这桩事有么？"太子道："有！有！有！你再说说。"行者道："后三年不见全真，称孤的却是谁？"太子道："果是有个全真，父王与他拜为兄弟，食则同食，寝则同寝。三年前在御花园里玩景，被他一阵神风，把父王手中金镶白玉圭，摄回锺南山去了。至今父王还思慕他。因不见他，遂无心赏玩，把花园紧闭了，已三年矣。做皇帝的非我父王而何？"

行者闻言，哂笑不绝。太子再问，不答，只是哂笑。太子怒道：

---

① 妭（bá）呀妭的：形容走路一跛一拐的样子。妭：同"跋"。《集韵》卷九："跋，蹩（xiè，跛行）行貌。"
② 有龟作卜：古代占卜，用龟甲放在火里烧灼，通过观察裂纹（这种裂纹称为"兆"）来判断吉凶。
③ 年程：同"年成"。
④ 爱小：贪图小利。

"这厮当言不言,如何这等哂笑?"行者又道:"还有许多话哩。奈何左右人众,不是说处。"太子见他言语有因,将袍袖一展,教军士且退。那驾上官将,急传令,将三千人马,都出门外住扎。此时殿上无人,太子坐在上面,长老立在前边,左手傍立着行者。本寺诸僧皆退,行者才正色上前道:"殿下,化风去的,是你生身之父母;见坐位的,是那祈雨之全真。"太子道:"胡说!胡说!我父自全真去后,风调雨顺,国泰民安。照依你说,就不是我父王了。还是我年孺①,容得你;若我父王听见你这反话,拿了去,碎尸万段!"把行者咄的喝下来。行者对唐僧道:"如何?我说他不信,果然!果然!如今却拿那宝贝进与他,倒换关文,往西方去罢。"三藏即将红匣子递与行者。行者接过来,将身一抖,那匣儿卒不见了。原是他毫毛变的,被他收上身去。却将白玉圭双手捧上,献与太子。

太子见了道:"好和尚!好和尚!你五年前本是个全真,来骗了我家的宝贝,如今又妆做和尚来进献!"叫:"拿了!"一声传令,把长老唬得慌忙指着行者道:"你这弼马温!专撞空头祸②,带累我哩!"行者近前一齐拦住道:"休嚷!莫走了风!我不叫做立帝货,还有真名哩。"太子怒道:"你上来!我问你个真名字,好送法司定罪!"

行者道:"我是那长老大徒弟,名唤悟空孙行者,因与我师父上西天取经,昨宵到此觅宿。我师父夜读经卷,至三更时分,得一梦,梦见你父王道,他被那全真欺害,推在御花园八角琉璃井内,全真变作他的模样。满朝官不能知,你年幼亦无分晓,禁你入宫,关了花园,大端怕漏了消息③。你父王今夜特来请我降魔,我恐不是妖邪,自空中看了,果然是个妖精。正欲动手拿他,不期你出城打猎。你箭中的玉兔,就是老孙。老孙把你引到寺里见师父,诉此衷肠,句句

---

①孺:年纪幼小。
②空头祸:没来由引出的祸事。
③大端:大约,大概。

是实。你既然认得白玉圭,怎么不念鞠养恩情①,替亲报仇?"那太子闻言,心中惨惨,暗自伤愁道:"若不信此言语,他却有三分儿真实;若信了,争奈殿上见是我父王?"这才是进退两难心问口,三思忍耐口问心。行者见他疑惑不定,又上前道:"殿下不必心疑,请殿下驾回本国,问你国母娘娘一声,看他夫妻恩爱之情,比三年前如何。只此一问,便知真假矣。"

那太子回心道:"正是!且待我问我母亲去来。"他跳起身,笼了玉圭就走。行者扯住道:"你这些人马都回,却不走漏消息,我难成功?但要你单人独马进城,不可扬名卖弄,莫入正阳门,须从后宰门进去②。到宫中见你母亲,切休高声大气,须是悄语低言。恐那怪神通广大,一时走了消息,你娘儿们性命俱难保也。"太子谨遵教命,出山门分付将官:"稳在此扎营,不得移动。我有一事,待我去了就来,一同进城。"看他:

指挥号令屯军士,上马如飞即转城。

这一去,不知见了娘娘,有何话说,且听下回分解。

---

①鞠养:抚养。见第三十一回"'父兮生我'以下四句"条注。
②正阳门、后宰门:明代北京和南京宫城南门为正门,均称正阳门。北门为后门,均称后宰门。如明吕毖《明朝小史·崇祯纪》记崇祯帝"缢于后宰门煤山之红阁"。又山东泰山岱庙之南北门,也称正阳门、后宰门。这里的名称即系借用。

第三十八回

婴儿问母知邪正　金木参玄见假真

逢君只说受生因,便作如来会上人。
一念静观尘世佛,十方同看降威神。
欲知今日真明主,须问当年嫡母身。
别有世间曾未见,一行一步一花新①。

却说那乌鸡国王太子,自别大圣,不多时,回至城中。果然不奔朝门,不敢报传宣诏,径至后宰门首,见几个太监在那里把守。见太子来,不敢阻滞,让他进去了。好太子,夹一夹马,撞入里面,忽至锦香亭下。只见那正宫娘娘坐在锦香亭上,两边有数十个嫔妃掌扇,那娘娘倚雕栏儿流泪哩。你道他流泪怎的?原来他四更时也做了一梦,记得一半,含糊了一半,沉沉思想。这太子下马,跪于亭下。叫:"母亲!"那娘娘强整欢容,叫声:"孩儿,喜呀!喜呀!这二三年在前殿与你父王开讲,不得相见,我甚思量。今日如何得暇来看我一面?诚万千之喜!诚万千之喜!孩儿,你怎么声音悲惨?你父王年纪高迈,有一日龙归碧海,凤返丹霄②,你就传了帝位,还有甚么不悦?"

太子叩头道:"母亲,我问你:即位登龙是那个?称孤道寡果何人?"娘娘闻言道:"这孩儿发风了!做皇帝的是你父王,你问怎的?"太子叩头道:"万望母亲赦子无罪,敢问;不赦,不敢问。"娘娘道:"子母家有何罪?赦你,赦你,快快说来。"太子道:"母亲,我问你三年前

---

① "逢君只说受生因"诗:此诗出自宋僧惟白《文殊指南图赞》中对善财童子第四十参毗岚园妙德圆满主夜神的赞语。原诗"会上"作"家里";"真明"和"嫡母",分别作"园林"和"乳母"。威神,指佛菩萨等无法被凡人测度的伟大神力。《胜鬘宝窟》称:"外使物畏"为威,"内难测度"为神。

② 龙归碧海,凤返丹霄:讳称帝王死亡。

夫妻宫里之事与后三年恩爱同否,如何?"娘娘见说,魂飘魄散,急下亭抱起,紧搂在怀,眼中滴泪道:"孩儿!我与你久不相见,怎么今日来宫问此?"太子发怒道:"母亲有话早说,不说时,且误了大事。"娘娘才喝退左右,泪眼低声道:"这桩事,孩儿不问,我到九泉之下,也不得明白。既问时,听我说:

  三载之前温又暖,三年之后冷如冰。
  枕边切切将言问,他说老迈身衰事不兴①!"

  太子闻言,撒手脱身,攀鞍上马。那娘娘一把扯住道:"孩儿,你有甚事,话不终就走?"太子跪在前面道:"母亲,不敢说。今日早期,蒙钦差架鹰逐犬,出城打猎,偶遇东土驾下来的个取经圣僧,有大徒弟乃孙行者,极善降妖。原来我父王死在御花园八角琉璃井内,这全真假变父王,侵了龙位。今夜三更,父王托梦,请他到城捉怪。孩儿不敢尽信,特来问母。母亲才说出这等言语,必然是个妖精。"那娘娘道:"儿呵,外人之言,你怎么就信为实?"太子道:"儿还不敢认实,父王遗下表记与他了②。"娘娘问是何物,太子袖中取出那金镶白玉圭,递与娘娘。

  那娘娘认得是当时国王之宝,止不住泪如泉涌。叫声:"主公!你怎么死去三年,不来见我,却先见圣僧,后见太子③?"太子道:"母亲,这话是怎的说?"娘娘道:"儿呵,我四更时分,也做了一梦,梦见你父王水淋淋的,站在我跟前,亲说他死了,鬼魂儿拜请了唐僧降假皇帝,救他前身。记便记得是这等言语,只是一半儿不得分明。正在这里狐疑,怎知今日你又来说这话,又将宝贝拿出?我且收下,你且去请那圣僧,急急为之。果然扫荡妖气,辨明邪正,庶报你父王养育之恩也。"

  太子急忙上马,出后宰门,躲离城池,真个是噙泪叩头辞国母,

---

①事不兴:此指性功能衰退。
②表记:信物,纪念品。
③后见太子:按情节国王并未托梦于太子,他本或改作"后来见我",恐故事流传中在此处留有痕迹,故存之。

含悲顿首复唐僧。不多时，出了城门，径至宝林寺山门前下马。众军士接着太子，又见红轮将坠。太子传令，不许军士乱动。他又独自个入了山门，整束衣冠，拜请行者。只见那猴王从正殿摇摇摆摆走来。那太子双膝跪下道："师父，我来了。"行者上前搀住道："请起，你到城中，可曾问谁么？"太子道："问母亲来。"将前言尽说了一遍。行者微微笑道："若是那般冷呵，想是个甚么冰冷的东西变的。不打紧！不打紧！等我老孙与你扫荡。却只是今日晚了，不好行事。你先回去，待明早我来。"太子跪地叩拜道："师父，我只在此伺候，到明日同师父一路去罢。"行者道："不好！不好！若是与你一同入城，那怪物生疑。不说是我撞着你，却说是你请老孙，却不惹他返怪你也？"太子道："我如今进城，他也怪我。"行者道："怪你怎么？"太子道："我自早朝蒙差，带领若干人马鹰犬出城，今一日更无一件野物，怎么见驾？若问我个不才之罪，监陷羑里①，你明日进城，却将何倚？况那班部中，更没个相知人也。"行者道："这甚打紧！你肯早说时，却不寻下些等你？"

　　好大圣，你看他就在太子面前，显个手段，将身一纵，跳在云端里。捻着诀，念一声"唵蓝净法界"的真言②，拘得那山神、土地在半空中施礼道："大圣，呼唤小神，有何使令？"行者道："老孙保护唐僧至此，欲拿邪魔，奈何那太子打猎无物，不敢回朝。问汝等讨个人情，快将獐犯鹿兔，走兽飞禽，各寻些来，打发他回去。"山神、土地闻言，敢不承命，又问各要几何。大圣道："不拘多少，取些来便罢。"那各神即着本处阴兵，刮一阵聚兽阴风，捉了些野鸡山雉，角鹿肥獐，狐獾狢兔，虎豹狼虫，共有百千余只，献与行者。行者道："老孙不要。你可把他都捻就了筋③，单摆在那四十里路上两傍，教那些人不纵鹰犬，拿回城去，算了汝等之功。"众神依言，散了阴风，摆在左右。

―――――――――

　　①羑（yǒu）里：在今河南汤阴境内，传说商纣王在这里囚禁过周文王姬昌。《史记·殷本纪》："纣囚西伯羑里。"
　　②唵蓝净法界：参见第六十五回"唵嚂净法界，乾元亨利贞"条注。
　　③捻就了筋：意为"捻抽了筋"。就，方言。痉挛，抽搐。

行者才按云头,对太子道:"殿下请回,路上已有物了,你自收去。"太子见他在半空中弄此神通,如何不信,只得叩头拜别。出山门传了令,教军士们回城。只见那路傍果有无限的野物,军士们不放鹰犬,一个个俱着手擒捉喝采,俱道是千岁殿下的洪福,怎知是老孙的神功?你听凯歌声唱,一拥回城。

　　这行者保护了三藏。那本寺中的和尚,见他们与太子这样绸缪,怎不恭敬?却又安排斋供,管待了唐僧,依然还歇在禅堂里。

　　将近有一更时分,行者心中有事,急睡不着。他一毂辘爬起来,到唐僧床边,叫:"师父。"此时长老还未睡哩。他晓得行者会失惊打怪的①,推睡不应。行者摸着他的光头,乱摇道:"师父,怎睡着了?"唐僧怒道:"这个顽皮!这早晚还不睡,吆喝甚么?"行者道:"师父,有一桩事儿,和你计较计较。"长老道:"甚么事?"行者道:"我日间与那太子夸口,说我的手段比山还高,比海还深,拿那妖精如探囊取物一般,伸了手去就拿将转来,却也睡不着,想起来,有些难哩。"唐僧道:"你说难,便就不拿了罢。"行者道:"拿是还要拿,只是理上不顺。"唐僧道:"这猴头乱说!妖精夺了人君位,怎么叫做理上不顺?"行者道:"你老人家只知念经拜佛,打坐参禅,那曾见那萧何的律法②?常言道'拿贼拿赃'。那怪物做了三年皇帝,又不曾走了马脚,漏了风声。他与三宫妃后同眠,又和两班文武共乐,我老孙就有本事拿住他,也不好定个罪名。"唐僧道:"怎么不好定罪?"行者道:"他就是个没嘴的葫芦,也与你滚上几滚。他敢道:'我是乌鸡国王。有甚逆天之事,你来拿我?'将甚执照与他折辩③?"唐僧道:"凭你怎生裁处?"

---

①失惊打怪:大惊小怪。
②萧何的律法:萧何是汉代法律的制定者,后以"萧律"或"萧何律"代指法律。《汉书·刑法志》:"汉兴,高祖初入关,约法三章……其后四夷未附,兵革未息,三章之法不足以御奸,于是相国萧何捃摭(jùn zhí,采取)秦法,取其宜于时者,作律九章。"
③执照:这里指证据、证明。

行者笑道:"老孙的计已成了。只是干碍着你老人家有些儿护短①。"唐僧道:"我怎么护短?"行者道:"八戒生得夯,你有些儿偏向他。"唐僧道:"我怎么向他?"行者道:"你若不向他呵,且如今把胆放大些,与沙僧只在这里。待老孙与八戒趁此时先入那乌鸡国城中,寻着御花园,打开琉璃井,把那皇帝尸首捞将上来,包在我们包袱里。明日进城,且不管甚么倒换文牒,见了那怪,掣棍子就打。他但有言语,就将骨榇与他看②,说你杀的是这个人。却教太子上来哭父,皇后出来认夫,文武多官见主,我老孙与兄弟们动手。这才是有对头的官事好打。"唐僧闻言,暗喜道:"只怕八戒不肯去。"行者笑道:"如何?我说你护短,你怎么就知他不肯去?你只像我叫你时不答应,半个时辰便了。我这去,但凭三寸不烂之舌,莫说是猪八戒,就是'猪九戒',也有本事教他跟着我走。"唐僧道:"也罢,随你去叫他。"

　　行者离了师父,径到八戒床边,叫:"八戒!八戒!"那呆子是走路辛苦的人,丢倒头,只情打呼,那里叫得醒。行者揪着耳朵,抓着鬃,把他一拉,拉起来,叫声"八戒"。那呆子还打棱挣。行者又叫一声,呆子道:"睡了罢,莫顽!明日要走路哩!"行者道:"不是顽,有一桩买卖,我和你做去。"八戒道:"甚么买卖?"行者道:"你可曾听得那太子说么?"八戒道:"我不曾见面,不曾听见说甚么。"行者说:"那太子告颂我,说那妖精有件宝贝,万夫不当之勇。我们明日进朝,不免与他争敌。倘那怪执了宝贝,降倒我们,却不反成不美?我想着打人不过,不如先下手。我和你去偷他的来,却不是好?"八戒道:"哥哥,你哄我去做贼哩。这个买卖,我也去得,果是晓得实实的帮寸③,我也与你讲个明白:偷了宝贝,降了妖精,我却不奈烦甚么小家罕气的分宝贝,我就要了。"行者道:"你要作甚?"八戒道:"我不如你们乖姣能言,人面前化得出斋来。老猪身子又夯,言语又粗,不能念经,

---

①干碍:妨碍,关涉。
②骨榇(chèn):死人埋葬后经过腐烂剩下来的骨头,这里指尸体。
③帮寸:帮衬。

若到那无济无生处①,可好换斋吃么?"行者道:"老孙只要图名,那里图甚宝贝,就与你罢便了。"那呆子听见说都与他,他就满心欢喜,一毂辘爬将起来,套上衣服,就和行者走路。这正是青酒红人面,黄金动道心。两个密密的开了门,躲离三藏,纵祥光,径奔那城。

不多时到了,按落云头,只听得楼头方二鼓矣。行者道:"兄弟,二更时分了。"八戒道:"正好!正好!人都在头觉里正浓睡也②。"二人不奔正阳门,径到后宰门首,只听得梆铃声响。行者道:"兄弟,前后门皆紧急,如何得入?"八戒道:"那见做贼的从门里走么?瞒墙跳过便罢。"行者依言,将身一纵,跳上里罗城墙③。八戒也跳上去。二人潜入里面,找着门路,径寻那御花园。

正行时,只见有一座三檐白簇的门楼,上有三个亮灼灼的大字,映着那星月光辉,乃是"御花园"。行者近前看了,有几重封皮,公然将锁门锈住了。即命八戒动手,那呆子擎铁钯,尽力一筑,把门筑得粉碎。行者先举步趷入④,忍不住跳将起来,大呼小叫。唬得八戒上前扯住道:"哥呀,害杀我也!那见做贼的乱嚷,似这般吆喝!惊醒了人,把我们拿住,送入官司,就不该死罪,也要解回原籍充军⑤。"行者道:"兄弟呵,你却不知我发急为何?你看这:

"彩画雕栏狼狈,宝妆亭阁敧歪。
莎汀蓼岸尽尘埋⑥,芍药荼蘼俱败。

---

① 无济无生:没有补给,无法生存。
② 头觉:第一觉,指睡眠时间的开始一段。
③ 罗城:城墙之外另有城墙,称为罗城或外罗城;相应地,内层城墙称为内城或里罗城。一般里罗城内部是重要的机构,如皇宫、王府、衙署等重地。
④ 趷(chà):方言。大步迈进。
⑤ 解回原籍充军:这里孙悟空和猪八戒是到皇宫内院盗取物品。根据《大明律》卷十八《刑律·贼盗》"盗内府财物"一条及其后《条例》,凡盗内府(即皇室的仓库)财物,除车马衣服要判死罪外,银六十两以上者,发往边疆永远充军。
⑥ 莎(suō)汀:长满莎草的水边平地。莎,即莎草,多生于潮湿地区或河边沙地。茎三棱形,块茎称"香附子",可入药。蓼岸:长着蓼草的水岸。蓼是水生植物名,有水蓼、红蓼、刺蓼等。

茉莉玫瑰香暗,牡丹百合空开。
芙蓉木槿草垓垓①,异卉奇葩壅坏②。
巧石山峰俱倒,池塘水涸鱼衰。
青松紫竹似干柴,满路茸茸蒿艾。
丹桂碧桃枝损,海榴棠棣根歪③。
桥头曲径有苍苔,冷落花园境界!"

八戒道:"且叹他做甚?快干我们的买卖去来!"行者虽然感慨,却留心想起唐僧的梦来,说芭蕉树下方是井。正行处,果见一株芭蕉,生得茂盛,比众花木不同。真是:

一种灵苗秀,天生体性空。
枝枝抽片纸,叶叶卷芳丛④。
翠缕千条细,丹心一点红。
凄凉愁夜雨,憔悴怯秋风。
长养元丁力⑤,栽培造化工。
缄书成妙用⑥,挥洒有奇功⑦。
凤翎宁得似,鸾尾迥相同⑧。

---

①垓垓:多而杂乱的样子。
②壅坏:因土埋而损坏。
③棠棣:花名,俗称棣棠,花黄色,春末开。
④"一种灵苗秀"四句:这里咏芭蕉诗的前四句,应系改自唐路德延《芭蕉》诗:"一种灵苗异,天然体性虚。叶如斜界纸,心似倒抽书。"全真教祖师丘处机《寓声恨欢迟》"一种灵苗性体殊"和王重阳的《望远行》"叶叶皆灵,枝枝总秀"等,也袭用了路德延的句子。
⑤元丁:同"园丁"。
⑥缄书成妙用:唐钱珝《未展芭蕉》:"一缄书札藏何事,会被东风暗拆看。"将卷曲的芭蕉叶在春季展开比作书信被春风拆看。
⑦挥洒有奇功:唐书法家怀素家贫没有纸练字,故"种芭蕉万株,以供挥洒"(《说郛》卷二十三引陆羽《怀素传》)。
⑧鸾尾迥相同:宋钱希白咏芭蕉句:"绿章封事缄初启,青凤求凰尾四开。"把芭蕉叶比作凤尾。

薄露瀼瀼滴,轻烟淡淡笼。
青阴遮户牖,碧影上帘栊。
不许栖鸿雁,何堪系玉骢①。
霜天形槁悴,月夜色朦胧。
仅可消炎暑,犹宜避日烘。
愧无桃李色,冷落粉墙东。

行者道:"八戒,动手么! 宝贝在芭蕉树下埋着哩。"那呆子双手举钯,筑倒了芭蕉,然后用嘴一拱,拱了有三四尺深,见一块石板盖住。呆子欢喜道:"哥呀,造化了,果有宝贝! 是一片石板盖着哩。不知是坛儿盛着,是柜儿装着哩。"行者道:"你掀起来看看。"那呆子果又一嘴,拱开看处,又见有霞光灼灼,白气明明。八戒笑道:"造化!造化!宝贝放光哩!"又近前细看时,呀!原来是星月之光,映得那井中水亮。八戒道:"哥呀,你但干事,便要留根。"行者道:"我怎留根?"八戒道:"这是一眼井。你在寺里,早说是井中有宝贝,我却带将两条捆包袱的绳来,怎么作个法儿,把老猪放下去。如今空手,这里面东西,怎么得下去上来耶?"行者道:"你下去么?"八戒道:"正是要下去,只是没绳索。"行者笑道:"你脱了衣服,我与你个手段。"八戒道:"有甚么好衣服? 解了这直裰子就是了。"

好大圣,把金箍棒拿出来,两头一扯,叫:"长!"足有七八丈长。教:"八戒,你抱着一头儿,把你放下井去。"八戒道:"哥呀,放便放下去,若到水边,就住了罢。"行者道:"我晓得。"那呆子抱着铁棒,被行者轻轻提将起来,将他放下去。不多时,放至水边。八戒道:"到水了!"行者听见他说,却将棒往下一按。那呆子扑通的一个没头蹲②,丢了铁棒,便就负水③,口里哺哺的嚷道哺哺④:"这天杀的! 我说到水莫放,他却就把我一按!"行者掣上棒来,笑道:"兄弟,可有宝贝

---

①何堪系玉骢(cōng):芭蕉茎中空,虽高大,但不能系马。
②没(mò)头蹲:双脚先入水,全身随之沉入水底。
③负水:同"凫水"。游水。
④哺哺:底本作"哺哺",疑为"喃喃"之形误。

么?"八戒道:"那见甚么宝贝,只是一井水!"行者道:"宝贝沉在水底下哩,你下去摸一摸来。"呆子真个深知水性,却就打个猛子①,淬将下去,呀!那井底深得紧!他却着实又一淬,忽睁睛,见有一座牌楼,上有"水晶宫"三个字。八戒大惊道:"罢了,罢了!错走了路了。蹽下海来也!海内有个水晶宫,井里如何有之?"原来八戒不知此是井龙王的水晶宫。

八戒正叙话处,早有一个巡水的夜叉,开了门,看见他的模样,急抽身进去报道:"大王,祸事了!井上落一个长嘴大耳的和尚来了!赤淋淋的,衣服全无,还不死,逼法说话哩。"那井龙王忽闻此言,心中大惊道:"这是天蓬元帅来也。昨夜夜游神奉上敕旨,来取乌鸡国王魂灵去拜见唐僧,请齐天大圣降妖。这怕是齐天大圣、天蓬元帅来了,却不可怠慢他,快接他去也。"

那龙王整衣冠,领众水族,出门来厉声高叫道:"天蓬元帅,请里面坐。"八戒却才欢喜道:"原来是个故知。"那呆子不管好歹,径入水晶宫里。其实不知上下,赤淋淋的,就坐在上面②。龙王道:"元帅,近闻你得了性命,皈依释教,保唐僧西天取经,如何得到此处?"八戒道:"正为此说。我师兄孙悟空多多拜上,着我来问你取甚么宝贝哩。"龙王道:"可怜我这里怎么得个宝贝?比不得那江、河、淮、济的龙王③,飞腾变化,便有宝贝。我久困于此,日月且不能长见,宝贝果何自而来也?"八戒道:"不要推辞,有便拿出来罢。"龙王道:"有便有一件宝贝,只是拿不出来,就元帅亲自来看看,何如?"八戒道:"妙!妙!妙!须是看看来也。"

那龙王前走,这呆子随后,转过了水晶宫殿,只见廊庑下,横躺着

---

①猛子:以头栽入水中的泅水法。
②坐在上面:指猪八戒不知道房间里有主位客位的分别,就径直坐在主人的位置上。
③江、河、淮、济:长江、黄河、淮河、济水,古代有名的四大河流,称为"四渎"。参见第五回"五岳四渎"条注。

一个六尺长躯①。龙王用手指定道:"元帅,那厢就是宝贝了。"八戒上前看了,呀!原来是个死皇帝,戴着冲天冠,穿着赭黄袍,踏着无忧履,系着蓝田带,直挺挺睡在那厢。八戒笑道:"难!难!难!算不得宝贝!想老猪在山为怪时,时常将此物当饭。且莫说见的多少,吃也吃勾无数,那里叫做甚么宝贝。"龙王道:"元帅原来不知。他本是乌鸡国王的尸首;自到井中,我与他定颜珠定住,不曾得坏。你若肯驮他出去,见了齐天大圣,假有起死回生之意呵,莫说宝贝,凭你要甚么东西都有。"八戒道:"既这等说,我与你驮出去,只说把多少烧埋钱与我②?"龙王道:"其实无钱。"八戒道:"你好白使人!果然没钱,不驮!"龙王道:"不驮,请行。"八戒就走。龙王差两个有力量的夜叉,把尸抬将出去,送到水晶宫门外。丢在那厢,摘了辟水珠,就有水响。

八戒急回头看,不见水晶宫门,一把摸着那皇帝的尸首,慌得他脚软筋麻,撺出水面,扳着井墙,叫道:"师兄!伸下棒来救我一救!"行者道:"可有宝贝么?"八戒道:"那里有!只是水底下有一个井龙王,教我驮死人。我不曾驮他,就把我送出门来,就不见那水晶宫了,只摸着那个尸首,唬得我手软筋麻,挣搓不动了③!哥呀!好歹救我救儿!"行者道:"那个就是宝贝,如何不驮上来?"八戒道:"知他死了多少时了,我驮他怎的?"行者道:"你不驮,我回去耶。"八戒道:"你回那里去?"行者道:"我回寺中,同师父睡觉去。"八戒道:"我就不去了?"行者道:"你爬得上来,便带你去;爬不上来,便罢。"八戒慌了:"怎生爬得动!你想,城墙也难上,这井肚子大,口儿小,壁陡的圈墙,又是几年不曾打水的井,团团都长的是苔痕,好不滑也,教我怎爬?哥哥,不要失了兄弟们和气,等我驮上来罢。"行者道:"正是。快快驮上来,我同你回去睡觉。"那呆子又一个猛子,淬将下去,摸着

---

①躲(duǒ):方言。这里指躺着。
②烧埋钱:旧时指办理丧事、埋葬死者的费用。
③挣搓:同"挣挫"。挣扎,勉力支撑。

尸首，拽过来，背在身上，撺出水面。扶井墙道："哥哥，驮上来了。"那行者睁睛看处，真个的背在身上。却才把金箍棒伸下井底，那呆子着了恼的人，张开口，咬着铁棒，被行者轻轻的提将出来。

八戒将尸放下，捞过衣服穿了。行者看时，那皇帝容颜依旧，似生时未改分毫。行者道："兄弟呵，这人死了三年，怎么还容颜不坏？"八戒道："你不知之，这井龙王对我说，他使了定颜珠定住了，尸首未曾坏得。"行者道："造化！造化！一则是他的冤仇未报，二来该我们成功。兄弟，快把他驮了去。"八戒道："驮往那里去？"行者道："驮了去见师父。"八戒口中作念道："怎的起！怎的起！好好睡觉的人，被这猢狲花言巧语，哄我教做甚么买卖，如今却干这等事，教我驮死人！驮着他，腌臜臭水淋将下来①，污了衣服，没人与我浆洗。上面有几个补丁，天阴发潮，如何穿么？"行者道："你只管驮了去，到寺里，我与你换衣服。"八戒道："不羞！连你穿的也没有，又替我换！"行者道："这般弄嘴，便不驮罢！"八戒道："不驮！"行者道："便伸过孤拐来，打二十棒！"八戒慌了道："哥哥，那棒子重，若是打上二十，我与这皇帝一般了。"行者道："怕打时，趁早儿驮着走路！"八戒果然怕打，没好气，把尸首拽将过来，背在身上，拽步出园就走。

好大圣，捻着诀，念声咒语，往巽地上吸一口气，吹将去，就是一阵狂风，把八戒撮出皇宫内院，躲离了城池，息了风头，二人落地，徐徐的走将来。那呆子心中暗恼，算计要恨报行者，道："这猴子捉弄我，我到寺里也捉弄他捉弄，撺道师父，只说他医得活；医不活，教师父念《紧箍儿咒》，把这猴子的脑浆勒出来，方趁我心！"走着路，再再寻思道："不好！不好！若教他医人，却是容易。他去阎王家讨将魂灵儿来，就医活了。只说不许赴阴司，阳世间就能医活，这法儿才好。"

说不了，却到了山门前，径直进去，将尸首丢在那禅堂门前，道："师父，起来看耶！"那唐僧睡不着，正与沙僧讲行者哄了八戒去久不

---

①腌臜（ā zā）：肮脏，不干净。

回之事。忽听得他来叫了一声，唐僧连忙起身道："徒弟，看甚么？"八戒道："行者的外公，教老猪驮将来了。"行者道："你这馕糟的呆子！我那里有甚么外公？"八戒道："哥，不是你外公，却教老猪驮他来怎么？也不知费多少力了！"那唐僧与沙僧开门看处，那皇帝容颜未改，似活的一般。长老忽然惨凄道："陛下，你不知那世里冤家，今生遇着他，暗丧其身，抛妻别子，致令文武不知，多官不晓！可怜你妻子昏蒙，谁曾见焚香献茶？"忽失声泪如雨下。

八戒笑道："师父，他死了可干你事？又不是你家父祖①，哭他怎的！"三藏道："徒弟呵，出家人慈悲为本，方便为门。你怎的这等心硬？"八戒道："不是心硬。师兄和我说来，他能医得活。若是医不活，我也不驮他来了。"那长老原来是一头水的②，被那呆子摇动了，也便就叫："悟空，若果有手段医活这个皇帝，正是救人一命，胜造七级浮图。我等也强似灵山拜佛。"行者道："师父，你怎么信这呆子乱谈！人若死了，或三七五七，尽七七日③，受满了阳间罪过，就转生去了④，如今已此三年，如何救得！"三藏闻其言道："也罢了。"八戒苦恨不息，道："师父，你莫被他瞒了。他有些夹脑风⑤。你只念念那话儿，管他还你一个活人。"真个唐僧就念《紧箍儿咒》，勒得那猴子眼胀头疼。毕竟不知怎生医救，且听下回分解。

---

① 父祖：父亲和祖父，泛指祖先。
② 一头水：没有主见，像水一样，哪头重就向哪头倒。
③ 七七日：原作"七百日"，按佛教说法，当作"七七日"。
④ 转生去了：佛教的说法，人死之后尚未投胎之前，有一个由微细物质形成的化生身来维持生命，称为中阴身。中阴身在死后的四十九天中，每七天一生死，经过七番生死，就等待业缘的安排，而去投生。
⑤ 夹脑风：一种头痛病，参见第二十一回"甲脑风"条注。

第三十九回

一粒金丹天上得　三年故主世间生

　　话说那孙大圣头痛难禁,哀告道:"师父,莫念！莫念！等我医罢！"长老问:"怎么医?"行者道:"只除过阴司,查勘那个阎王家有他魂灵,请将来救他。"八戒道:"师父莫信他。他原说不用过阴司,阳世间就能医活,方见手段哩。"那长老信邪风,又念《紧箍儿咒》,慌得行者满口招承道:"阳世间医罢！阳世间医罢！"八戒道:"莫要住！只管念！只管念!"行者骂道:"你这呆孽畜,撺道师父咒我哩！"八戒笑得打跌道:"哥耶！哥耶！你只晓得捉弄我,不晓得我也捉弄你捉弄！"行者道:"师父,莫念！莫念！待老孙阳世间医罢。"三藏道:"阳世间怎么医?"行者道:"我如今一筋斗云,撞入南天门里,不进斗牛宫,不入灵霄殿,径到那三十三天之上,离恨天宫兜率院内,见太上老君,把他'九转还魂丹'求得一粒来,管取救活他也。"

　　三藏闻言,大喜道:"就去快来。"行者道:"如今有三更时候罢了,投到回来①,好天明了。只是这个人睡在这里,冷淡冷淡,不像个模样。须得举哀人看着他哭②,便才好哩。"八戒道:"不消讲,这猴子一定是要我哭哩。"行者道:"怕你不哭！你若不哭,我也医不成！"八戒道:"哥哥,你自去,我自哭罢了。"行者道:"哭有几样:若干着口喊,谓之嚎;扭搜出些眼泪儿来③,谓之啕。又要哭得有眼泪,又要哭得有心肠,才算着嚎啕痛哭哩。"八戒道:"我且哭个样子你看看。"他不知那里扯个纸条,捻作一个纸捻儿④,往鼻孔里通了两通,打了几

---

① 投:到,待。表示时间。宋王明清《挥麈录余话·王俊首岳侯状》:"投他人马到这里时,我已到襄阳府了也。"
② 举哀:办丧事时高声号哭,表示哀悼。
③ 扭搜:硬挤。
④ 纸捻儿:用纸搓成的卷儿。

个涕喷,你看他眼泪汪汪,粘涎答答的,哭将起来。口里不住的絮絮叨叨,数黄道黑①,真个像死了人的一般。哭到那伤情之处,唐长老也泪滴心窝。行者笑道:"正是那样哀痛,再不许住声。你这呆子哄得我去了,你就不哭。我还听哩。若是这等哭便罢;若略住住声儿,定打二十个孤拐!"八戒笑道:"你去!你去!我这一哭动头,有两日哭哩。"沙僧见他数落,便去寻几枝香来烧献。行者笑道:"好好好!一家儿都有些敬意,老孙才好用功。"

好大圣,此时有半夜时分,别了他师徒三众,纵筋斗云,只入南天门里。果然也不谒灵霄宝殿,不上那斗牛天宫,一路云光,径来到三十三天离恨天兜率宫中。才入门,只见那太上老君正坐在那丹房中,与众仙童执芭蕉扇搧火炼丹哩。他见行者来时,即分付看丹的童儿:"各要仔细,偷丹的贼又来也。"行者作礼笑道:"老官儿,这等没搭撒②。防备我怎的?我如今不干那样事了。"老君道:"你那猴子,五百年前大闹天宫,把我灵丹偷吃无数,着小圣二郎捉拿上界,送在我丹炉炼了四十九日,炭也不知费了多少。你如今幸得脱身,皈依佛果,保唐僧往西天取经。前者在平顶山上降魔,弄刁难,不与我宝贝,今日又来做甚?"行者道:"前日事,老孙更没稽迟③,将你那五件宝贝当时交还,你反疑心怪我?"

老君道:"你不走路,潜入吾宫怎的?"行者道:"自别后,西遇一方,名乌鸡国。那国王被一妖精假妆道士,呼风唤雨,阴害了国王。那妖假变国王相貌,现坐金銮殿上。是我师父夜坐宝林寺看经,那国王鬼魂参拜我师,敦请老孙与他降妖,辨明邪正。正是老孙思无指实,与弟八戒,夜入园中,打破花园,寻着埋藏之所,乃是一眼八角琉璃井内,捞上他的尸首,容颜不改。到寺中见了我师,也发慈悲,

---

①数黄道黑:说长道短,形容举哀人哭诉的样子。
②没搭撒:也作"没搭煞"。没有出息,无用。明徐阳辉《有情痴》曲:"人都道你没搭煞,做不来。"
③稽迟:延误,滞留。

着老孙医救,不许去赴阴司里求索灵魂,只教在阳世间救治。我想着无处回生,特来参谒。万望道祖垂怜,把'九转还魂丹'借得一千丸儿,与我老孙,搭救他也①。"老君道:"这猴子胡说!甚么一千丸,二千丸!当饭吃哩!是那里土块挼的②,这等容易?咄!快去!没有!"行者笑道:"百十丸儿也罢。"老君道:"也没有。"行者道:"十来丸也罢。"老君怒道:"这泼猴却也缠帐③!没有,没有!出去,出去!"行者笑道:"真个没有,我问别处去救罢。"老君喝道:"去!去!去!"这大圣拽转步,往前就走。

老君忽的寻思道:"这猴子惫懒哩,说去说去,只怕溜进来就偷。"即命仙童叫回来道:"你这猴子,手脚不稳,我把这'还魂丹'送你一丸罢。"行者道:"老官儿,既然晓得老孙的手段,快把金丹拿出来,与我四六分分,还是你的造化哩。不然,就送你个'皮笊篱④,一捞个罄尽'。"那老祖取过葫芦来,倒吊过底子,倾出一粒金丹,递与行者道:"止有此了。拿去,拿去。送你这一粒,医活那皇帝,只算你的功果罢。"行者接了道:"且休忙,等我尝尝看,只怕是假的,莫被他哄了。"扑的往口里一丢,慌得那老祖上前扯住,一把揪着顶瓜皮,揝着拳头,骂道:"这泼猴若要咽下去,就直打杀了!"行者笑道:"嘴脸!小家子样!那个吃你的哩!能值几个钱!虚多实少的。在这里不是?"原来那猴子颏下有嗉袋儿。他把那金丹噙在嗉袋里,被老祖捻着道:"去罢!去罢!再休来此缠绕!"这大圣才谢了老祖,出离了兜率天宫。

---

① 搭救:原作"答救",世德堂本"搭"、"答"或"达"常混,今随文改作常用字,后不出注。

② 土块挼(zùn)的:用土团成的,这是反话,表示金丹哪里像土块团成的那么来得容易。挼,搓捏。

③ 缠帐:也作"缠账"。纠缠,搅扰。

④ 皮笊篱:笊篱用来捞汤水中的固状物,皮笊篱没有孔,能连汤一起捞净,比喻贪得无厌、白吃白拿的人。明戏曲《金雀记》第十出:小丑扮皮笊篱上:"小子皮笊篱便是,平日无他活计,专要白吃人的东西。"

你看他千条瑞霭离瑶阙,万道祥云降世尘,须臾间下了南天门,回到东观①,早见那太阳星上。按云头,径至宝林寺山门外,只听得八戒还哭哩。忽近前叫声:"师父。"三藏喜道:"悟空来了,可有丹药?"行者道:"有。"八戒道:"怎么得没有?他偷也去偷人家些来!"行者笑道:"兄弟,你过去罢,用不着你了。你揩揩眼泪,别处哭去。"教:"沙和尚,取些水来我用。"沙僧急忙往后面井上,有个方便吊桶,即将半钵盂水递与行者。行者接了水,口中吐出丹来,安在那皇帝唇里。两手扳开牙齿,用一口清水,把金丹冲灌下肚。有半个时辰,只听他肚里呼呼的乱响,只是身体不能转移。行者道:"师父弄我,金丹也不能救活,可是捱杀老孙么!"三藏道:"岂有不活之理。似这般久死之尸,如何吞得水下?此乃金丹之仙力也。自金丹入腹,却就肠鸣了。肠鸣乃血脉和动,但气绝不能回伸。莫说人在井里浸了三年,就是生铁也上锈了。只是元气尽绝,得个人度他一口气便好②。"那八戒上前就要度气,三藏一把扯住道:"使不得!还教悟空来。"那师父甚有主张:原来猪八戒自幼儿伤生作孽吃人,是一口浊气;惟行者从小修持,咬松嚼柏,吃桃果为生,是一口清气。这大圣上前,把个雷公嘴,噙着那皇帝口唇,呼的一口气,吹入咽喉,度下重楼③,转明堂④,径至丹田,从涌泉倒返泥垣宫。呼的一声响亮,那君王气聚神归,便翻身,轮拳曲足,叫了一声:"师父!"双膝跪在尘埃道:"记得昨夜鬼魂拜谒,怎知道今朝天晓返阳神!"三藏慌忙搀起道:"陛下,不干我事,你且谢我徒弟。"行者笑道:"师父说那里话?常言道'家无二主'。你受他一拜儿不亏。"

三藏甚不过意,搀起那皇帝来,同入禅堂。又与八戒、行者、沙僧拜见了,方才按座。只见那本寺的僧人,整顿了早斋,却欲来奉

---

① 东观:不详。"观"字疑误。或"回到"后疑脱"寺院"等字。
② 度:授予,给予。
③ 重楼:指咽下气管。参见第二十二回"'明堂肾水入华池'二句"条注。
④ 明堂:道教的所谓的明堂有多处,有眉间、喉下、肺、鼻尖等。这里的明堂当指喉咙之下或肺。

献。忽见那个水衣皇帝,个个惊张,人人疑说。孙行者跳出来道:"那和尚,不要这等惊疑,这本是乌鸡国王,乃汝之真主也。三年前被怪害了性命,是老孙今夜救活。如今进他城去,要辨明邪正。若有了斋,摆将来,等我们吃了走路。"众僧即奉献汤水,与他洗了面,换了衣服。把那皇帝赭黄袍脱了,本寺僧官,将两领布直裰,与他穿了;解下蓝田带,将一条黄丝绦子与他系了;褪下无忧履,与他一双旧僧鞋撒了①。却才都吃了早斋,扣背马匹。

行者问:"八戒,你行李有多重?"八戒道:"哥哥,这行李日逐挑着,倒也不知有多重。"行者道:"你把那一担儿分为两担,将一担儿你挑着,将一担儿与这皇帝挑。我们赶早进城干事。"八戒欢喜道:"造化!造化!当时驮他来,不知费了多少力。如今医活了,原来是个替身。"那呆子就弄玄虚,将行李分开,就问寺中取条扁担,轻些的自己挑了,重些的教那皇帝挑着。行者笑道:"陛下,着你那般打扮,挑着担子,跟我们走走,可亏么?"那国王慌忙跪下道:"师父,你是我重生父母一般,莫说挑担,情愿执鞭坠镫②,伏侍老爷,同行上西天去也。"行者道:"不要你去西天。我内中有个缘故。你只挑得四十里进城。待捉了妖精,你还做你的皇帝,我们还取我们的经也。"八戒听言道:"这等说,他只挑四十里路,我老猪还是长工!"行者道:"兄弟,不要胡说,趁早外边引路。"

真个八戒领那皇帝前行,沙僧伏侍师父上马,行者随后。只见那本寺五百僧人,齐齐整整,吹打着细乐,都送出山门之外。行者笑道:"和尚们不必远送,但恐官家有人知觉,泄漏我的事机,返为不美。快回去!快回去!但把那皇帝的衣服冠带,整顿干净,或是今晚明早,送进城来,我讨些封赠赏赐谢你。"众僧依命各回讫。行者搀开大步,赶上师父,一直前来,正是:

---

①撒:同"靸(sà)"。把脚尖穿在鞋内,拖着鞋。
②坠镫:也作"坠镫"。向下拉正马镫,侍候尊长上马。亦表示对人敬仰,甘执贱役之意。

西方有诀好寻真,金木和同却炼神。
丹母空怀慃懂梦,婴儿长恨机榾身①。
必须井底求明主,还要天堂拜老君。
悟得色空还本性,诚为佛度有缘人。

师徒们在路上,那消半日,早望见城池相近。三藏道:"悟空,前面想是乌鸡国了。"行者道:"正是,我们快赶进城干事。"那师徒进得城来,只见街市上人物齐整,风光闹热,早又见凤阁龙楼,十分壮丽。有诗为证。诗曰:

海外官楼如上邦,人间歌舞若前唐。
花迎宝扇红云绕,日照鲜袍翠雾光。
孔雀屏开香霭出,珍珠帘卷彩旗张。
太平景象真堪贺,静列多官没奏章。

三藏下马道:"徒弟呵,我们就此进朝倒换关文,省得又拢那个衙门费事。"行者道:"说得有理。我兄弟们都进去,人多才好说话。"唐僧道:"都进去,莫要撒村②,先行了君臣礼,然后再讲。"行者道:"行君臣礼,就要下拜哩。"三藏道:"正是,要行五拜三叩头的大礼③。"行者笑道:"师父不济。若是对他行礼,诚为不智。你且让我先走到里边,自有处置。等他若有言语,让我对答。我若拜,你们也拜;我若蹲,你们也蹲。"

你看那惹祸的猴王,引至朝门,与阁门大使言道:"我等是东土大唐驾下差来,上西天拜佛求经者。今到此倒换关文,烦大人转达,

---

① "西方有诀好寻真"四句:这几句指孙悟空和猪八戒协作,救出了国王,这时沙僧还在梦中。可是国王的身体却是肉骨凡胎,只能靠金丹点化。机榾(chū),光秃的臭椿树,比喻不成材料,没有出息。

② 撒村:说粗鲁话。

③ 五拜三叩头:明代朝见皇帝的礼仪。俯首至手为拜,五次;叩头至地三次。清代改为"三跪九叩"。《明世宗实录》嘉靖元年(1522)元月一日,"上御奉天殿,文武百官及四夷朝贡使行五拜三叩头礼"。

是谓不误善果。"那黄门官即入端门①,跪下丹墀,启奏道:"朝门外有五众僧人,言是东土唐国钦差上西天拜佛求经。今至此倒换关文,不敢擅入,现在门外听宣。"

那魔王即令传宣。唐僧却同入朝门里面,那回生的国主随行。正行,忍不住腮边堕泪,心中暗道:"可怜!我的铜斗儿江山,铁围的社稷,谁知被他阴占了!"行者道:"陛下切莫伤感,恐走漏消息。这棍子在我耳朵里跳哩,如今决要见功。管取打杀妖魔,扫荡邪物。这江山不久就还归你也。"那君王不敢违言,只得扯衣揩泪,舍死相从,径来到金銮殿下。又见那两班文武,四百朝官,一个个威严端肃,像貌轩昂。这行者引唐僧站立在白玉阶前,挺身不动。那阶下众官,无不悚惧,道:"这和尚十分愚浊!怎么见我王便不下拜,亦不开言呼祝?喏也不唱一个,好大胆无礼!"说不了,只听得那魔王开口问道:"那和尚是那方来的?"行者昂然答道:"我是南赡部洲东土大唐国奉钦差前往西域天竺国大雷音寺拜活佛求真经者。今到此方,不敢空度,特来倒换通关文牒。"那魔王闻说,心中作怒道:"你东土便怎么!我不在你朝进贡,不与你国相通,你怎么见吾抗礼②,不行参拜!"行者笑道:"我东土古立天朝,久称上国,汝等乃下土边邦。自古道:'上邦皇帝,为父为君;下邦皇帝,为臣为子。'你倒未曾接我,且敢争我不拜?"那魔王大怒,教文武官:"拿下这野和尚去!"说声叫"拿",你看那多官一齐踊跃。这行者喝了一声,用手一指,教:"莫来!"那一指,就使个定身法,众官俱莫能行动,真个是校尉阶前如木偶,将军殿上似泥人。

那魔王见他定住了文武多官,急纵身,跳下龙床,就要来拿。猴王暗喜道:"好!正合老孙之意。这一来就是个生铁铸的头,汤着棍子,也打个窟窿!"正动身,不期傍边转出一个救命星来③。你道是

---

①端门:明代皇宫正门之一,位于正阳门内。
②抗礼:行对等之礼,以平等的礼仪相待。
③救命星:即"救星"。原本是星命术语,指起到救助、转运作用的星神。后指帮助别人脱离苦难的人。

谁,原来是乌鸡国王的太子,急上前扯住那魔王的朝服,跪在面前道:"父王息怒。"妖精问:"孩儿怎么说?"太子道:"启父王得知。三年前闻得人说,有个东土唐朝驾下钦差圣僧往西天拜佛求经,不期今日才来到我邦。父王尊性威烈,若将这和尚拿去斩首,只恐大唐有日得此消息,必生嗔怒。你想那李世民自称王位,一统江山,尚心未足,又兴过海征伐①。若知我王害了他御弟圣僧,一定兴兵发马,来与我王争敌。奈何兵少将微,那时悔之晚矣。父王依儿所奏,且把那四个和尚,问他个来历分明,先定他一段不参王驾,然后方可问罪。"

这一篇,原来是太子小心,恐怕来伤了唐僧,故意留住妖魔,更不知行者安排着要打。那魔王果信其言,立在龙床前面,大喝一声道:"那和尚是几时离了东土?唐王因甚事着你求经?"行者昂然而答道:"我师父乃唐王御弟,号曰三藏。自唐王驾下有一丞相,姓魏名徵,奉天条梦斩泾河老龙。大唐王梦游阴司地府,复得回生之后,大开水陆道场,普度冤魂孽鬼。因我师父敷演经文②,广运慈悲,忽得南海观世音菩萨指教来西。我师父大发弘愿,情忻意美,报国尽忠,蒙唐王赐与文牒。那时正是大唐贞观十三年九月望前三日。离了东土,前至两界山,收了我做大徒弟,姓孙,名悟空行者。又到乌斯国界高家庄,收了二徒弟,姓猪,名悟能八戒。流沙河界,又收了三徒弟,姓沙,名悟净和尚③。前日在敕建宝林寺,又新收个挑担的行童道人④。"

魔王闻说,又没法搜检那唐僧,弄巧计盘诘行者,怒目问道:"那和尚,你起初时,一个人离东土,又收了四众。那三僧可让,这一道

---

① 过海征伐:指唐太宗于贞观十八年(644)攻打高丽的事情。
② 敷演:陈述并加以发挥。
③ 悟净:原作"悟静",世德堂本"悟净"常作"悟静",今统改为"悟净",后不出注。
④ 行童:供寺院役使的小和尚。

难容。那行童断然是拐来的。他叫做甚么名字?有度牒是无度牒?拿他上来取供。"唬得那皇帝战战兢兢道:"师父呵!我却怎的供?"孙行者捻他一把道:"你休怕,等我替你供。"

好大圣,趋步上前,对怪物厉声高叫道:"陛下,这老道是一个瘖瘂之人①,却又有些耳聋。只因他年幼间曾走过西天,认得道路。他的一节儿起落根本②,我尽知之,望陛下宽恕,待我替他供罢。"魔王道:"趁早实实的替他供来,免得取罪。"行者道:

"供罪行童年且迈,痴聋瘖瘂家私坏。
祖居原是此间人,五载之前遭破败。
天无雨,民干坏,君王黎庶都斋戒。
焚香沐浴告天公,万里全无云叆叇。
百姓饥荒若倒悬,锺南忽降全真怪。
呼风唤雨显神通,然后暗将他命害。
推下花园水井中,阴侵龙位人难解。
幸吾来,功果大,起死回生无挂碍。
情愿皈依作行童,与僧同去朝西界。
假变君王是道人,道人转是真王代。"

那魔王在金銮殿上,闻得这一篇言语,唬得他心头撞小鹿,面上起红云。急抽身就要走路,奈何手内无一兵器。转回头,只见一个镇殿将军,腰挎一口宝刀,被行者使了定身法,直挺挺如痴如瘂,立在那里。他近前,夺了这宝刀,就驾云头望空而去。气得沙和尚爆燥如雷,猪八戒高声喊叫,埋怨行者是一个急猴子:"你就慢说些儿,却不稳住他了?如今他驾云逃走,却往何处追寻?"行者笑道:"兄弟们且莫乱嚷。我等叫那太子下来拜父,嫔后出来拜夫。"却又念个咒语,解了定身法:"教那多官苏醒回来拜君,方知是真实皇帝。教诉前情,才见分晓,我再去寻他。"好大圣,分付八戒、沙僧:"好生保护

---

①瘖瘂(yīn yǎ):哑巴,不能说话。瘖,哑。
②起落根本:出身来历。

他君臣父子嫔后与我师父!"只听说声去,就不见形影。

他原来跳在九霄空里,睁眼四望,看那魔王哩。只见那畜果逃了性命,径往东北上走哩。行者赶得将近,喝道:"那怪物,那里去!老孙来了也!"那魔王急回头,掣出宝刀,高叫道:"孙行者,你好惫懒!我来占别人的帝位,与你无干,你怎么来抱不平,泄漏我的机密!"行者呵呵笑道:"我把你那个大胆的泼怪!皇帝又许你做?你既知我是老孙,就该远遁。怎么还刁难我师父,要取甚么供状?适才那供状是也不是?你不要走,好汉吃我老孙这一棒!"那魔侧身躲过,缠宝刀劈面相还。他两个搭上手,这一场好杀,真是:

　　猴王猛,魔王强,刀迎棒架敢相当。
　　一天云雾迷三界,只为当朝立帝王。

他两个战经数合,那妖魔抵不住猴王,急回头复从旧路跳入城里,闯在白玉阶前两班文武丛中,摇身一变,即变得与唐三藏一般模样,并搀手,立在阶前。这大圣赶上,就欲举棒来打,那怪道:"徒弟莫打,是我!"急掣棒要打那个,唐僧却又道:"徒弟莫打,是我!"一样两个唐僧,实难辨认。——"倘若一棒打杀妖怪变的唐僧,这个也成了功果;假若一棒打杀我的真实师父,却怎么好!"只得停手,叫八戒、沙僧问道:"果然那一个是怪,那一个是我的师父?你指与我,我好打他。"八戒道:"你在半空中相打相嚷,我们瞽瞽眼就见两个师父,也不知谁真谁假。"

行者闻言,捻诀念声咒语,叫那护法诸天、六丁六甲、五方揭谛、四值功曹、一十八位护驾伽蓝、当坊土地、本境山神道:"老孙至此降妖,妖魔变作我师父,气体相同,实难辨认。汝等暗中知会者,请师父上殿,让我擒魔。"原来那妖怪善腾云雾,听得行者言语,急撒手跳上金銮宝殿。这行者举起棒望唐僧就打。可怜!若不是唤那几位神来,这一下,就是二十个唐僧,也打为肉酱。多亏众神架住铁棒道:"大圣,妖怪会腾云,先上殿去了。"行者赶上殿,他又跳将下来扯住唐僧,在人丛里又混了一混,依然难认。

行者心中不快,又见那八戒在傍冷笑,行者大怒道:"你这夯货怎的？如今有两个师父，你有得叫，有得应，有得伏侍哩，你这般欢喜得紧！"八戒笑道："哥啊，说我呆，你比我又呆哩！师父既不认得，何劳费力？你且忍些头疼，叫我师父念念那话儿，我与沙僧各揝一个听着。若不会念的，必是妖怪，有何难也？"行者道："兄弟，亏你也。正是，那话儿只有三人记得。原是我佛如来心苗上所发，传与观世音菩萨，菩萨又传与我的师父，便再没人知道。也罢，师父，念念。"真个那唐僧就念起来。那魔王怎么知得，口里胡哼乱哼。八戒道："这哼的却是妖怪了！"他放了手，举钯就筑。那魔王纵身跳起，踏着云头便走。

好八戒，喝一声，也驾云头赶上；慌得那沙和尚丢了唐僧，也掣出宝杖来打。唐僧才停了咒语。孙大圣忍着头疼，撺着铁棒，赶在空中。呀！这一场，三个狠和尚，围住一个泼妖魔。那魔王被八戒、沙僧使钉钯宝杖左右攻住了，行者笑道："我要再去，当面打他，他却有些怕我，只恐他又走了。等我老孙跳高些，与他个捣蒜打，结果了他罢。"

这大圣纵祥光，起在九霄，正欲下个切手①。只见那东北上，一朵彩云里面，厉声叫道："孙悟空，且休下手！"行者回头看处，原来文殊菩萨。急收棒，上前施礼道："菩萨，那里去？"文殊道："我来替你收这个妖怪的。"行者谢道："累烦了。"那菩萨袖中取出照妖镜，照住了那怪的原身。行者才招呼八戒、沙僧齐来见了菩萨。却将镜子里看处，那魔王生得好不凶恶：

眼似琉璃盏，头若炼砂缸②。

浑身三伏靛③，四爪九秋霜。

---

① 切手：绝招，毒手。
② 炼砂缸：即用陶土烧制的砂缸。
③ 三伏靛：三伏天制作的蓝靛染料。明《树艺篇·蓝》引《便民图纂》记载古代制靛的方法：五六月烈日下，将处理过的蓝草梗叶浸水缸内滤净，缸内加矿灰，以木扒打，澄清去水即成。按生产次序，分头靛、二靛、三靛。生产蓝靛必在盛夏，蓝草易烂，故称"三伏靛"。

搭拉两个耳①,一尾扫帚长。
青毛生锐气,红眼放金光。
匾牙排玉板,圆须挺硬枪。
镜里观真像,原是文殊一个狮狲王②。

行者道:"菩萨,这是你坐下的一个青毛狮子,却怎么走将来成精,你就不收服他?"菩萨道:"悟空,他不曾走,他是佛旨差来的。"行者道:"这畜类成精,侵夺帝位,还奉佛旨差来。似老孙保唐僧受苦,就该领几道敕书!"

菩萨道:"你不知道。当初这乌鸡国王,好善斋僧,佛差我来度他归西,早证金身罗汉。因是不可原身相见,变做一种凡僧,问他化些斋供。被吾几句言语相难,他不识我是个好人,把我一条绳捆了,送在那御水河中,浸了我三日三夜。多亏六甲金身救我归西,奏与如来,如来将此怪令到此处推他下井,浸他三年,以报吾三日水灾之恨。'一饮一啄,莫非前定'。今得汝等来此,成了功绩。"行者道:"你虽报了甚么'一饮一啄'的私仇,但那怪物不知害了多少人也。"菩萨道:"也不曾害人,自他到后,这三年间,风调雨顺,国泰民安,何害人之有?"行者道:"固然如此,但只三宫娘娘,与他同眠同起,点污了他的身体,坏了多少纲常伦理,还叫做不曾害人?"菩萨道:"点污他不得,他是个骗了的狮子③。"八戒闻言,走近前,就摸了一把,笑道:"这妖精,真个是'糟鼻子不吃酒——枉担其名了'④!"行者道:

---

① 搭拉:同"耷拉"。下垂。
② 狮狲:文殊菩萨为梵语音译"文殊师利"之略,又译"曼殊室利""满殊尸利"等。本无名"狮狲"之动物。此当系涉"文殊师利"之"师利"二字而随意捏合的名字。唐张彦远《历代名画记》卷九:"今慈恩寺塔下南面师利、普贤极妙。"清王士禛《池北偶谈》:"丁南羽画师利像亦奇。"皆指文殊师利菩萨。
③ 骗:对禽兽的阉割。
④ 糟鼻子不吃酒——枉担其名:糟鼻子是一种皮肤病,又叫酒糟鼻。得了酒糟鼻的人不一定是喝酒引起的,所以这样说。

"既如此,收了去罢。若不是菩萨亲来,决不饶他性命。"那菩萨却念个咒,喝道:"畜生,还不皈正,更待何时!"那魔王才现了原身。菩萨放莲花罩定妖魔,坐在背上,踏祥光辞了行者。咦!

径转五台山上去,宝莲座下听谈经。

毕竟不知那唐僧师徒怎的出城,且听下回分解。

第四十回

婴儿戏化禅心乱　猿马刀圭木母空

却说那孙大圣兄弟三人,按下云头,径至朝内。只见那君臣储后,几班儿拜接谢恩。行者将菩萨降魔收怪的那一节,陈诉与他君臣听了,一个个顶礼不尽。正都在贺喜之间,又听得黄门官来奏:"主公,外面又有四个和尚来也。"八戒慌了道:"哥哥,莫是妖精弄法,假捏文殊菩萨,哄了我等,却又变作和尚,来与我们斗智哩?"行者道:"岂有此理!"即命宣进来看。

众文武传令,着他进来。行者看时,原来是那宝林寺僧人,捧着那冲天冠、碧玉带、赭黄袍、无忧履进得来也。行者大喜道:"来得好!来得好!"且教道人过来,摘下包巾,带上冲天冠;脱了布衣,穿上赭黄袍;解了绦子,系上碧玉带;褪了僧鞋,登上无忧履。教太子拿出白玉圭来,与他执在手里,早请上殿称孤。正是自古道:"朝廷不可一日无君。"那皇帝那里肯坐,哭啼啼,跪在阶心道:"我已死三年,今蒙师父救我回生,怎么又敢妄自称尊?请那一位师父为君,我情愿领妻子城外为民足矣。"那三藏那里肯受,一心只是要拜佛求经。又请行者,行者笑道:"不瞒列位说。老孙若肯要做皇帝,天下万国九州皇帝,都做遍了。只是我们做惯了和尚,是这般懒散。若做了皇帝,就要留头长发,黄昏不睡,五鼓不眠;听有边报,心神不安;见有灾荒,忧愁无奈。我们怎么弄得惯?你还做你的皇帝,我还做我的和尚,修功行去也。"那国王苦让不过,只得上了宝殿,南面称孤,大赦天下,封赠了宝林寺僧人回去。却才开东阁,筵宴唐僧。一壁厢传旨宣召丹青,写下唐师弟四位喜容①,供养在金銮殿上。

---

①师弟:此指老师和弟子。金王若虚《论语辨惑·总论》:"子贡问当时从政者,夫子比之斗筲而不数,盖师弟之间,商评之语,何害于德。"喜容:生时的画像。

那师徒们安了邦国，不肯久停，欲辞王驾投西。那皇帝与三宫妃后、太子、诸臣，将镇国的宝贝，金银缎帛①，献与师父酬恩。那三藏分毫不受，只是倒换关文，催悟空等背马早行。那国王甚不过意，摆整朝銮驾请唐僧上坐，着两班文武引导，他与三宫妃后并太子一家儿，捧毂推轮②，送出城廓，却才下龙辇，与众相别。国王道："师父呵，到西天经回之日，是必还到寡人界内一顾。"三藏道："弟子领命。"那皇帝阁泪汪汪③，遂与众臣回去了。

那唐僧一行四僧，上了羊肠大路，一心里专拜灵山。正值秋尽冬初时节，但见：

霜凋红叶林林瘦，雨熟黄粱处处盈④。

日暖岭梅开晓色，风摇山竹动寒声。

师徒们离了乌鸡国，夜住晓行，将半月有余。忽又见一座高山，真个是摩天碍日。三藏马上心惊，急兜缰忙呼行者。行者道："师父有何分付？"三藏道："你看前面又有大山峻岭，须要仔细提防，恐一时又有邪物来侵我也。"行者笑道："只管走路，莫再多心。老孙自有防护。"那长老只得宽怀，加鞭策马，奔至山岩，果然也十分险峻。但见得：

高不高，顶上接青霄；深不深，涧中如地府。山前常见骨都都白云，坌腾腾黑雾。红梅翠竹，绿柏青松。山后有千万丈挟魂灵⑤，台后有古古怪怪藏魔洞。洞中有叮叮当当滴水泉，泉下更有弯弯曲曲

---

①缎：原作"段"。质地厚密有光泽的丝织物。明宋应星《天工开物•乃服》："先染丝而后织者曰缎。"宋周密《武林旧事•乾淳奉亲》："上于阁子库取赐五两数殊子一号、细色北段各十匹。"今统改为"缎"，后不出注。

②捧毂（gǔ）推轮：扶着车毂推车前进，古代帝王对臣下的隆重礼遇。毂，车轮中心插轴的部位。

③阁泪：含着眼泪。阁，在这里有搁置的意思。宋范成大《八场坪闻猿》："天寒林深山石恶，行人举头双泪阁。"

④黄粱：黄小米。

⑤挟魂灵：原本如此，这段与第二十回几乎相同，应作"挟魂崖"。

流水涧。又见那跳天搊地献果猿,丫丫叉叉带角鹿,呢呢痴痴看人獐。至晚巴山寻穴虎,待晓翻波出水龙。登得洞门嗙喇的哝,惊得飞禽扑鲁的起,看那林中走兽鞠律律的行。见此一伙禽和兽,吓得人心挖磴磴惊。堂倒洞堂堂倒洞,洞当当倒洞当仙。青石染成千块玉,碧纱笼罩万堆烟。

　　师徒们正当悚惧,又只见那山凹里有一朵红云,直冒到九霄空内,结聚了一团火气。行者大惊,走近前,把唐僧挡着脚①,推下马来,叫:"兄弟们,不要走了,妖怪来矣。"慌得个八戒急掣钉钯,沙僧忙轮宝杖,把唐僧围护在当中。

　　话分两头。却说红光里,真是个妖精。他数年前,闻得人讲:"东土唐僧往西天取经,乃是金蝉长老转生,十世修行的好人。有人吃他一块肉,延生长寿,与天地同休②。"他朝朝在山间等候,不期今日到了。他在那半空里,正然观看,只见三个徒弟,把唐僧围护在马上,各各准备。这精灵夸赞不尽道:"好和尚!我才看着一个白面胖和尚骑了马,真是那唐朝圣僧,却怎么被三个丑和尚护持住了!一个个伸拳敛袖,各执兵器,似乎要与人打的一般。噫!不知是那个有眼力的,想应认得我了。似此模样,莫想得那唐僧的肉吃。"沉吟半晌,以心问心的自家商量道:"若要倚势而擒,莫能得近;或者以善迷他,却到得手。但哄得他心迷惑,待我在善内生机③,断然拿了。且下去戏他一戏。"好妖怪,即散红光,按云头按下。去那山坡里,摇身一变,变作七岁顽童,赤条条的,身上无衣,将麻绳捆了手足,高吊在那松树梢头,口口声声,只叫:"救人!救人!"

　　却说那孙大圣忽抬头再看处,只见那红云散尽,火气全无,便叫:"师父,请上马走路。"唐僧道:"你说妖怪来了,怎么又敢走路?"行者道:"我才然间,见一朵红云从地而起,到空中结做一团火气,断

---

①挡:抓,揪。
②休:吉庆,福禄。《左传·襄公二十八年》"承天之休",即承袭上天赐与的福禄。
③生机:生出机智。

然是妖精。这一会红云散了,想是个过路的妖精,不敢伤人。我们去耶!"八戒笑道:"师兄说话最巧,妖精又有个甚么过路的。"行者道:"你那里知道。若是那山那洞的魔王设宴,邀请那诸山各洞之精赴会,却就有东南西北四路的精灵都来赴会,故此他只有心赴宴,无意伤人。此乃过路之妖精也。"

三藏闻言,也似信不信的,只得攀鞍在马,顺路奔山前进。正行时,只听得叫声:"救人!"长老大惊道:"徒弟呀,这半山中,是那里甚么人叫?"行者上前道:"师父只管走路,莫缠甚么'人轿''骡轿''明轿''睡轿'①。这所在,就有轿,也没个人抬你。"唐僧道:"不是扛抬之轿,乃是叫唤之叫。"行者笑道:"我晓得,莫管闲事,且走路。"

三藏依言,策马又进。行不上一里之遥,又听得叫声:"救人!"长老道:"徒弟,这个叫声,不是鬼魅妖邪;若是鬼魅妖邪,但有出声,无有回声。你听他叫一声,又叫一声,想必是个有难之人。我们可去救他一救。"行者道:"师父,今日且把这慈悲心略收起收起,待过了此山,再发慈悲罢。这去处凶多吉少。你知道那倚草附木之说②,是物可以成精。诸般还可,只有一般蟒蛇,但修得年远日深,成了精魅,善能知人小名儿。他若在草科里,或山凹中,叫人一声,人不答应还可;若答应一声,他就把人元神绰去,当夜跟来,断然伤人性命。且走!且走!古人云:'脱得去,谢神明。'切不可听他。"

长老只得依他,又加鞭催马而去。行者心中暗想:"这泼怪不知

---

① 人轿:人抬的轿子。骡轿:放在骡背上的轿子。明轿:敞开的轿子。睡轿:封闭的、人可以在里面睡觉的轿子。
② 倚草附木:指妖魔鬼怪或游魂附于物上,为非作歹。明周琦《东溪日谈录》卷五载,有祠庙中神甚灵,后破神像,腹中得一虫,以热油煮之方死,于是庙神不再灵验,"可见庙祀厉鬼之能灵者,非鬼灵也,有依草附木者,如是虫之灵也"。

在那里,只管叫阿叫的。等老孙送他一个'卯酉星法'①,教他两不见面。"好大圣,叫沙和尚前来:"拢着马,慢慢走着,让老孙解解手。"你看他让唐僧先行几步,却念个咒语,使个移山缩地之法,把金箍棒往后一指,他师徒过此峰头,往前走了,却把那怪物撇下。他再拽开步,赶上唐僧,一路奔山。只见那三藏又听得那山背后叫声:"救人!"长老道:"徒弟呀,那有难的人,大没缘法,不曾得遇着我们。我们走过他了,你听他在山后叫哩。"八戒道:"在便还在山前,只是如今风转了也。"行者道:"管他甚么转风不转风,且走路。"因此,遂都无言语,恨不得一步跨过此山,不题话下。

却说那妖精在山坡里,连叫了三四声,更无人到,他心中思量道:"我等唐僧在此,望见他离不上三里,却怎么这半晌还不到?想是抄下路去了。"他抖一抖身躯,脱了绳索,又纵红光,上空再看。不觉孙大圣仰面回观,识得是妖怪,又把唐僧撮着脚推下马来道:"兄弟们,仔细!仔细!那妖精又来也!"慌得那八戒、沙僧各持兵刃,将唐僧又围护在中间。那精灵见了,在半空中称羡不已道:"好和尚!我才见那白面和尚坐在马上,却怎么又被他三人藏了?这一去见面方知。先把那有眼力的弄倒了,方才捉得唐僧。不然呵,徒费心机难获物,枉劳情兴总成空。"却又按下云头,却似前番变化,高吊在松树山头等候,这番却不上半里之地。

却说那孙大圣抬头再看,只见那红云又散,复请师父上马前行。三藏道:"你说妖精又来,如何又请走路?"行者道:"这还是个过路的妖精,不敢惹我们。"长老又怀怒道:"这个泼猴,十分弄我!正当有妖魔处,却说无事;似这般清平之所,却又恐吓我,不时的嚷道有甚妖精。虚多实少,不管轻重,将我挡着脚,摔下马来,如今却解说甚么过路的妖精。假若跌伤了我,却也过意不去!这等,这等!"行者道:

---

① 卯酉星法:星法是一种方术,内容是把社会人事的年月日时、地域方位和五行、星辰对应,推定吉凶祸福。因为卯时日出,酉时日落,正好相背,故这里的"卯酉星法"是一种谑称,意思是"两不见面"。

"师父莫怪，若是跌伤了你的手足，却还好医治；若是被妖精捞了去，却何处跟寻？"三藏大怒，哏哏的，要念《紧箍儿咒》，却是沙僧苦劝，只得上马又行。

还未曾坐得稳，只听又叫："师父救人呵！"长老抬头看时，原来是个小孩童，赤条条的，吊在那树上，兜住缰，便骂行者道："这泼猴多大悫懒！全无有一些儿善良之意，心心只是要撒泼行凶哩！我那般说叫唤的是个人声，他就千言万语只嚷是妖怪！你看那树上吊的不是个人么？"大圣见师父怪下来了，却又觌面看见模样，一则做不得手脚，二来又怕念《紧箍儿咒》，低着头，再也不敢回言，让唐僧到了树下。那长老将鞭梢指着问道："你是那家孩儿？因有甚事，吊在此间？说与我，好救你。"噫！分明他是个精灵，变化得这等，那师父却是个肉眼凡胎，不能相识。

那妖魔见他下问，越弄虚头，眼中噙泪，叫道："师父哑，山西去有一条枯松涧，涧那边有一庄村。我是那里人家。我祖公公姓红，只因广积金银，家私巨万，混名唤做红百万。年老归世已久，家产遗与我父。近来人事奢侈，家私渐废，改名唤做红十万，专一结交四路豪杰，将金银借放，希图利息。怎知那无籍之人①，设骗了去呵，本利无归。我父发了洪誓，分文不借。那借金银人，身贫无计，结成凶党，明火执杖，白日杀上我门，将我财帛尽情劫掳，把我父亲杀了。见我母亲有些颜色，拐将去做甚么压寨夫人。那时节，我母亲舍不得我，把我抱在怀里，哭哀哀，战兢兢，跟随贼寇。不期到此山中，又要杀我。多亏我母亲哀告，免教我刀下身亡，却将绳子吊我在树上，只教冻饿而死。那些贼将我母亲不知掠往那里去了。我在此已吊三日三夜，更没一个人来行走。不知那世里修积，今生得遇老师父，若肯舍大慈悲，救我一命回家，就典身卖命，也酬谢师恩，致使黄沙盖面②，更不敢忘也。"

---

①无籍之人：原指不纳税的人，此指无赖汉。
②黄沙盖面：代指死亡。

三藏闻言,认了真实,就教八戒解放绳索,救他下来。那呆子也不识人,便要上前动手。行者在傍,忍不住喝了一声道:"那泼物!有认得你的在这里哩!若要只管架空捣鬼①,说谎哄人,你既家私被劫,父被贼伤,母被人掳,救你去交与谁人?你将何物与我作谢?这谎脱节了耶!"那怪闻言,心中害怕,就知大圣是个能人,暗将他放在心上;却又战战兢兢,滴泪而言曰:"师父,虽然我父母空亡,家财尽绝,还有些田产未动,亲戚皆存。"行者道:"你有甚么亲戚?"妖怪道:"我外公家在山南,姑娘住居岭北②。涧头李四,是我姨夫;林内红三,是我族伯。还有堂叔堂兄都住在本庄左右。老师父若肯救我,到了庄上,见了诸亲,将老师父拯救之恩,一一对众言说,典卖些田产,重重酬谢也。"

八戒听说,扛住行者道③:"哥哥,这等一个小孩子家,你只管盘诘他怎的!他说得是,强盗只打劫他些浮财,莫成连房屋田产也劫得去?若与他亲戚们说了,我们纵有广大食肠,也吃不了他十亩田价。救他下来罢。"呆子只是想着吃食,那里管甚么好歹,使戒刀挑断绳索,放下怪来。那怪对唐僧马下,泪汪汪只情磕头。长老心慈,便叫:"孩儿,你上马来,我带你去。"那怪道:"师父呵,我手脚都吊麻了,腰胯疼痛,一则是乡下人家,不惯骑马。"唐僧叫八戒驮着,那妖怪抹了一眼道:"师父,我的皮肤都冻熟了,不敢要这位师父驮。他的嘴长耳大,脑后鬃硬,搠得我慌。"唐僧道:"教沙和尚驮着。"那怪也抹了一眼道:"师父,那些贼来打劫我家时,一个个都搽了花脸,带假胡子,拿刀弄杖的。我被他唬怕了,见这位晦气脸的师父,一发没了魂了,也不敢要他驮。"唐僧教孙行者驮着,行者呵呵笑道:"我驮!我驮!"

那怪物暗自欢喜。顺顺当当的要行者驮他。行者把他扯在路

---

① 架空:虚浮不实。
② 姑娘:这里指姑母。
③ 扛:阴拦,横架。

傍边，试了一试，只好有三斤十来两重。行者笑道："你这个泼怪物，今日该死了，怎么在老孙面前捣鬼！我认得你是个'那话儿'呵。"妖怪道："师父，我是好人家儿女，不幸遭此大难，我怎么是个甚么那话儿？"行者道："你既是好人家儿女，怎么这等骨头轻？"妖怪道："我骨格儿小。"行者道："你今年几岁了？"那怪道："我七岁了。"行者笑道："一岁长一斤，也该七斤。你怎么不满四斤重么？"那怪道："我小时失乳。"行者说："也罢，我驮着你，若要尿尿把把①，须和我说。"三藏才与八戒、沙僧前走，行者背着孩儿随后，一行径投西去。有诗为证。诗曰：

　　道德高隆魔瘴高，禅机本静静生妖。
　　心君正直行中道②，木母痴顽蹻外趍③。
　　意马不言怀爱欲，黄婆无语自忧焦。
　　客邪得志空欢喜，毕竟还从正处消④。

孙大圣驮着妖魔，心中埋怨唐僧，不知艰苦："行此险峻山场，空身也难走，却教老孙驮人。这厮莫说他是妖怪，就是好人，他没了父母，不知将他驮与何人，倒不如攒杀他罢。"那怪物却早知觉了，便就使个神通，往四下里吸了四口气，吹在行者背上，便觉重有千斤。行者笑道："我儿呵，你弄重身法压我老爷哩！"那怪闻言，恐怕大圣伤他，却就解尸，出了元神，跳将起去，伫立在九霄空里，这行者背上越重了。猴王发怒，抓过他来，往那路傍边赖石头上滑辣的一掼，将尸骸掼得像个肉饼一般。还恐他又无礼，索性将四肢扯下，丢在路两边，俱粉碎了。

---

①尿尿把把：把把，方言。指粪便。托起小孩两腿使之大小便亦称把把。
②心君：即心，道教认为心为人体的君主，这里指孙悟空。宋董思靖《道德真经集解》卷三："若以身喻天下，则心为君，炁为民。"
③蹻外趍：踏上了歪路。趍，同"趋"。指鞋。
④"客邪得志空欢喜"二句：意为虽然妖邪一时占了便宜，但是终究邪不压正，最终会被正气消灭。客邪，中医指侵入机体的邪气。内丹术借指侵入心灵的邪念。

那物在空中，明明看着，忍不住心头火起道："这猴和尚，十分愆懒！就作我是个妖魔，要害你师父，却还不曾见怎么下手哩，你怎么就把我这等伤损！早是我有算计，出神走了，不然，是无故伤生也。若不趁此时拿了唐僧，再让一番，越教他停留长智①。"好怪物，就在半空里弄了一阵旋风，呼的一声响喨，走石扬沙，诚然凶狠。好风：

淘淘怒卷水云腥，黑气腾腾闭日明。

岭树连根通拔尽，野梅带干悉皆平。

黄沙迷目人难走，怪石伤残路怎平。

滚滚团团平地暗，遍山禽兽发哮声。

刮得那三藏马上难存，八戒不敢仰视，沙僧低头掩面。孙大圣情知是怪物弄风，急纵步来赶时，那怪已骋风头，将唐僧摄去了，无踪无影，不知摄向何方，无处跟寻。一时间，风声暂息，日色光明。行者上前观看，只见白龙马战兢兢发喊声嘶，行李担丢在路下，八戒伏于崖下呻吟，沙僧蹲在坡前叫唤。行者喊："八戒！"那呆子听见是行者的声音，却抬头看时，狂风已静。爬起来，扯住行者道："哥哥，好大风阿！"沙僧却也上前道："哥哥，这是一阵旋风。"又问："师父在那里？"八戒道："风来的紧，我们都藏头遮眼，各自躲风，师父也伏在马上的。"行者道："如今却往那里去了？"沙僧道："是个灯草做的，想被一风卷去也。"

行者道："兄弟们，我等自此就该散了。"八戒道："正是，趁早散了，各寻头路，多少是好。那西天事无穷无尽，几时能到得？"沙僧闻言，打了一个失惊，浑身麻木道："师兄，你都说的是那里话。我等因为前生有罪，感蒙观世音菩萨劝化，与我们摩顶受戒，改换法名，皈依佛果，情愿保护唐僧上西方拜佛求经，将功折罪。今日到此，一旦俱休，说出这等各寻头路的话来，可不违了菩萨的善果，坏了自己的德行，惹人耻笑，说我们有始无终也！"行者道："兄弟，你说的也是，奈何师父不听人说。我老孙火眼金睛，认得好歹。才然这风，是那树上吊的孩儿弄的。

---

①长智：学乖，想出办法。

我认得他是个妖精,你们不识,那师父也不识,认作是好人家儿女,教我驮着他走。是老孙算计要摆布他,他就弄个重身法压我。是我把他掼得粉碎,他想是又使解尸之法,弄阵旋风,把我师父摄去也。因此上怪他每每不听我说。故我意懒心灰,说各人散了。既是贤弟有此诚意,教老孙进退两难。八戒,你端的要怎的处?"八戒道:"我才自失口乱说了几句,其实也不该散。哥哥,没及奈何,还信沙弟之言,去寻那妖怪救师父去。"行者却回嗔作喜道:"兄弟们,还要来结同心,收拾了行李马匹,上山找寻怪物,搭救唐僧去。"

三个人附葛扳藤,寻坡转涧,行经有五七十里,却也没个音信。那山上飞禽走兽全无,老柏乔松常见。孙大圣着实心焦,将身一纵,跳上那巅险峰头,喝一声叫:"变!"变作三头六臂,似那大闹天宫的本像。将金箍棒,幌一幌,变作三根金箍棒,劈哩扑辣的,往东打一路,往西打一路,两边不住的乱打。八戒见了道:"沙和尚,不好了,师兄是寻不着师父,恼出气心风来了。"

那行者打了一会,打出一伙穷神来。都披一片,挂一片,裈无裆,裤无口的,跪在山前,叫:"大圣,山神、土地来见。"行者道:"怎么就有许多山神、土地?"众神叩头道:"上告大圣。此山唤做'六百里钻头号山'。我等是十里一山神,十里一土地,共该三十名山神,三十名土地。昨日已此闻大圣来了,只因一时会不齐,故此接迟,致令大圣发怒,万望恕罪。"行者道:"我且饶你罪名。我问你:这山上有多少妖精?"众神道:"爷爷哑,只有得一个妖精,把我们头也摩光了。弄得我们少香没纸,血食全无,一个个衣不充身,食不充口,还吃得有多少妖精哩!"行者道:"这妖精在山前住,是山后住?"众神道:"他也不在山前山后。这山中有一条涧,叫做枯松涧。涧边有一座洞,叫做火云洞,那洞里有一个魔王,神通广大,常常的把我们山神、土地拿了去,烧火顶门,黑夜与他提铃喝号。小妖儿又讨甚么常例钱①。"行者道:"汝等乃是阴鬼之仙,有何钱钞?"众神道:"正是没钱

---

①常例钱:按惯例送的贿赂。

与他,只得捉几个山獐、野鹿,早晚间打点群精。若是没物相送,就要来拆庙宇,剥衣裳,搅得我等不得安生!万望大圣与我等剿除此怪,拯救山上生灵。"行者道:"你等既受他节制,常在他洞下,可知他是那里妖精,叫做甚么名字?"众神道:"说起他来,或者大圣也知道。他是牛魔王的儿子,罗刹女养的。他曾在火焰山修行了三百年,炼成'三昧真火',却也广大神通。牛魔王使他来镇守号山,乳名叫做红孩儿,号叫做圣婴大王。"

行者闻言,满心欢喜。喝退了土地、山神,却现了本像,跳下峰头,对八戒、沙僧道:"兄弟们放心,再不须思念,师父决不伤生,妖精与老孙有亲。"八戒笑道:"哥哥,莫要说谎。你在东胜神洲,他这里是西牛贺洲,路程遥远,隔着万水千山,海洋也有两道,怎的与你有亲?"行者道:"刚才这伙人都是本境土地山神。我问他妖怪的原因,他道是牛魔王的儿子,罗刹女养的,名字唤做红孩儿,号圣婴大王。想我老孙五百年前大闹天宫时,遍游天下名山,寻访大地豪杰,那牛魔王曾与老孙结七兄弟。一般五六个魔王,止有老孙生得小巧,故此把牛魔王称为大哥。这妖精是牛魔王的儿子,我与他父亲相识,若论将起来,还是他老叔哩。他怎敢害我师父?我们趁早起来。"沙和尚笑道:"哥哇,常言道'三年不上门,当亲也不亲'哩。你与他相别五六百年,又不曾往还杯酒,又没有个节礼相邀①,他那里与你认甚么亲耶?"行者道:"你怎么这等量人?常言道'一叶浮萍归大海,为人何处不相逢',纵然他不认亲,好道也不伤我师父。不望他相留酒席,必定也还我个囫囵唐僧。"三兄弟各办虔心,牵着白马,马上驮着行李,找大路一直前进。

无分昼夜,行了百十里远近,忽见一松林,分中有一条曲涧,涧下有碧澄澄的活水飞流,那涧梢头有一座石板桥,通着那厢洞府。行者道:"兄弟,你看那壁厢有石崖磷磷,想必是妖精住处了。我等从众商议,那个管看守行李、马匹,那个肯跟我过去降妖?"八戒道:

---

① 节礼:节日赠送的礼品等。

"哥哥,老猪没甚坐性,我随你去罢。"行者道:"好!好!"教沙僧:"将马匹行李俱潜在树林深处,小心守护,待我两个上门去寻师父耶。"那沙僧依命,八戒相随,与行者各持兵器前来。正是:

   未炼婴儿邪火胜①,心猿木母共扶持。

毕竟不知这一去吉凶何如,且听下回分解。

---

①邪火:即红孩儿所放之妖火。内丹术所谓邪火,指错误调节了意念、呼吸,或者心生杂念情欲,致使身心焦灼、狂躁。明伍守阳《内炼金丹心法》:"火本呼吸之有形,若即以有形用之,则长邪火。"清人编《大成捷要》描述了邪火发动的幻觉:"养胎之士,于静定之中,忽见火生,而不能使之灭。此患多因饮食有动火之物,或因热水沫(měi,洗脸)浴身体,引动丹火,到处流光。"

第四十一回

心猿遭火败　木母被魔擒

善恶一时忘念,荣枯都不关心。
晦明隐现任浮沉,随分饥餐渴饮。
神静湛然常寂,昏冥便有魔侵。
五行蹭蹬破禅林,风动必然寒凛①。

却说那孙大圣引八戒别了沙僧,跳过枯松涧,径来到那怪石崖前,果见有一座洞府,真个也景致非凡。但见：

回銮古道幽还静,风月也听玄鹤弄。
白云透出满川光,流水过桥仙意兴。
猿啸乌啼花木奇,藤萝石蹬芝兰胜.
苍摇崖壑散烟霞,翠染松篁招彩凤。
远列巅峰似插屏②,山朝涧绕真仙洞。
昆仑地脉发来龙③,有分有缘方受用。

将近行到门前,见有一座石碣,上镌八个大字,乃是"号山枯松涧火云洞"。那壁厢一群小妖,在那里轮枪舞剑的,跳风顽耍④。孙

---

①"善恶一时忘念"词：此《西江月》词原出宋张伯端《悟真篇》,前五句相同,后三句原作："不妨坐外歌吟,一池秋水碧仍深,风动鱼惊尽任。""神静湛然常寂"以下二句,《太上老君说常清静经》："无无既无,湛然常寂；寂无所寂,欲岂能生？欲既不生,即是真静。"湛然,安然。"五行蹭蹬破禅林"以下二句,五行不和,破坏了修道之心,杂念萌生。禅林,禅门,这里代指修道的心。风,比喻杂念。
②插屏：几案上的一种摆设,在镜框里插入图画或大理石、彩绘瓷版等,下有座架。
③昆仑地脉发来龙：风水学中认为山势为龙,称其起伏绵亘的姿态为龙脉。这里指昆仑山是这条龙脉的来源。
④跳风：意即在户外蹦跳、撒欢。宋楼钥《题施武子所藏老融二牛图》："骏犊跳风仍却顾。"

大圣厉声高叫道:"那小的们,趁早去报与洞主知道,教他送出我唐僧师父来,免你这一洞精灵的性命!牙迸半个'不'字,我就掀翻了你的山场,蹦平了你的洞府!"那些小妖,闻得此言,慌忙急转身,各归洞里,关了两扇石门,到里边来报:"大王,祸事了!"

却说那怪自把三藏拿到洞中,选剥了衣服,四马攒蹄,捆在后院里,着小妖打干净水刷洗,要上笼蒸吃哩。忽听得报声祸事,且不刷洗,便来前庭上问:"有何祸事?"小妖道:"有个毛脸雷公嘴的和尚,带一个长嘴大耳的和尚,在门前要甚么唐僧师父哩。但若牙迸半个'不'字,就要掀翻山场,蹦平洞府。"魔王微微冷笑道:"这是孙行者与猪八戒。他却也会寻哩。我拿他师父,自半山中到此,有百五十里,却怎么就寻上门来?"教:"小的们,把管车的,推出车去!"那一班几个小妖,推出五辆小车儿来,开了前门。八戒望见道:"哥哥,这妖精想是怕我们,推出车子,往那厢搬哩。"行者道:"不是,且看他放在那里。"只见那小妖将车子按金、木、水、火、土安下,着五个看着,五个进去通报。那魔王问:"停当了?"答应:"停当了。"教:"取过枪来。"有那一伙管兵器的小妖,着两个抬出一杆丈八长的火尖枪,递与妖王。妖王轮枪拽步,也无甚么盔甲,只是腰间束一条锦绣战裙,赤着脚,走出门前。行者与八戒,抬头观看,但见那怪物:

面如傅粉三分白①,唇若涂朱一表才。
鬓挽青云欺靛染,眉分新月似刀裁。
战裙巧绣盘龙凤,形比哪吒更富胎②。
双手绰枪威凛冽,祥光护体出门来。
哏声响若春雷吼,暴眼明如掣电乖。
要识此魔真姓氏,名扬千古唤红孩。

那红孩儿怪,出得门来,高呼道:"是甚么人,在我这里吆喝!"行者近前笑道:"我贤侄,莫弄虚头。你今早在山路傍,高吊在松树梢

---

① 傅:同"敷"。涂,搽。
② 富胎:富态,指儿童胖。

头,是那般一个瘦怯怯的黄病孩儿,哄了我师父。我倒好意驮着你,你就弄风儿把我师父摄将来。你如今又弄这个样子,我岂不认得你?趁早送出我师父,不要白了面皮①,失了亲情;恐你令尊知道,怪我老孙以长欺幼,不像模样。"那怪闻言,心中大怒,咄的一声喝道:"那泼猴头!我与你有甚亲情?你在这里满口胡柴②,绰甚么经儿!那个是你贤侄?"行者道:"哥哥③,是你也不晓得。当年我与你令尊做弟兄时,你还不知在那里哩。"那怪道:"这猴子一发胡说!你是那里人,我是那里人,怎么得与我父亲做兄弟?"行者道:"你是不知。我乃五百年前大闹天宫的齐天大圣孙悟空是也。我当初未闹天宫时,遍游海角天涯,四大部洲,无方不到。那时节,专慕豪杰。你令尊叫做牛魔王,称为平天大圣,与我老孙结为七兄弟,让他做了大哥;还有个蛟魔王,称为覆海大圣,做了二哥;又有大鹏魔王,称为混天大圣,做了三哥;又有个狮驼王,称为移山大圣,做了四哥;又有个猕猴王,称为通风大圣,做了五哥;又有个狨狨王,称为驱神大圣,做了六哥;惟有老孙身小,称为齐天大圣,排行第七。我老弟兄们那时节耍子时,还不曾生你哩!"

那怪物闻言,那里肯信,举起火尖枪就刺。行者正是那会家不忙④,又使了一个身法,闪过枪头,轮起铁棒,骂道:"你这小畜生,不识高低!看棍!"那妖精也使身法,让过铁棒道:"泼猢狲,不达时务!看枪!"他两个也不论亲情,一齐变脸,各使神通,跳在云端里,好杀:

行者名声大,魔王手段强。一个横举金箍棒,一个直挺火尖枪。吐雾遮三界,喷云照四方。一天杀气凶声吼,日月星辰不见光。语

---

①白了面皮:人发怒时脸色发白,这里指变脸。
②胡柴:胡说,胡扯。
③哥哥:这里相当于"小哥",对男孩子的称呼。
④会家不忙:行家对自己熟悉的事,应付自如,不会慌乱。

言无逊让,情意两乖张①。那一个欺心失礼义,这一个变脸没纲常。棒架威风长,枪来野性狂。一个是混元真大圣,一个是正果善财郎。二人努力争强胜,只为唐僧拜法王。

那妖魔与孙大圣战经二十合,不分胜败。猪八戒在傍边,看得明白:妖精虽不败阵,却只是遮拦隔架,全无攻杀之能;行者总不赢他,棒法精强,来回只在那妖精头上,不离了左右。八戒暗想道:"不好阿,行者溜撒,一时间丢个破绽,哄那妖魔钻进来,一铁棒打倒,就没了我的功劳。"你看他抖擞精神,举着九齿钯,在空里,望妖精劈头就筑。那怪见了心惊,急拖枪败下阵来。行者喝教八戒:"赶上!赶上!"

二人赶到他洞门前,只见妖精一只手举着火尖枪,站在那中间一辆小车儿上;一只手捏着拳头,往自家鼻子上搥了两拳。八戒笑道:"这厮放赖不羞!你好道搥破鼻子,淌出些血来,搽红了脸,往那里告我们去耶?"那妖魔搥了两拳,念个咒语,口里喷出火来,鼻子里浓烟迸出,闸闸眼②,火焰齐生。那五辆车子上,火光涌出。连喷了几口,只见那红焰焰大火烧空,把一座火云洞,被那烟火迷漫,真个是煤天炽地。八戒慌了道:"哥哥,不停当!这一钻在火里,莫想得活;把老猪弄做个烧熟的,加上香料,尽他受用哩!快走!快走!"说声走,他也不顾行者,跑过涧去了。

这行者神通广大,捏着避火诀,撞入火中,寻那妖怪。那妖怪见行者来,又吐上几口,那火比前更胜。好火:

炎炎烈烈盈空燎,赫赫威威遍地红。却似火轮飞上下,犹如炭屑舞西东。这火不是燧人钻木③,又不是老子炮丹,非天火,非野火,乃是妖魔修炼成真三昧火。五辆车儿合五行,五行生化火煎成。肝

---

① 乖张:不顺,不正常。
② 闸:同"眨"。
③ 燧人钻木:传说上古有帝王名燧人氏,教人们钻木取火,于是人们才知道把食物烧熟来吃。

木能生心火旺①,心火致令脾土平。脾土生金金化水,水能生木彻通灵。生生化化皆因火②,火遍长空万物荣。妖邪久悟呼三昧,永镇西方第一名。

　　行者被他烟火飞腾,不能寻怪,看不见他洞门前路径,抽身跳出火中。那妖精在门首,看得明白。他见行者走了,却才收了火具,帅群妖,转于洞内,闭了石门,以为得胜,着小的排宴奏乐,欢笑不题。

　　却说行者跳过枯松涧,按下云头,只听得八戒与沙僧朗朗的在松间讲话。行者上前喝八戒道:"你这呆子,全无人气!你就惧怕妖火,败走逃生,却把老孙丢下。早是我有些南北哩③!"八戒笑道:"哥阿,你被那妖精说着了,果然不达时务。古人云:'识得时务者,呼为俊杰④。'那妖精不与你亲,你强要认亲;既与你赌斗,放出那般无情的火来,又不走,还要与他恋战哩!"行者道:"那怪物的手段比我何如?"八戒道:"不济。""枪法比我何如?"八戒道:"也不济。老猪见他撑持不住,却来助你一钯,不期他不识耍,就败下阵来,没天理,就放火了。"行者道:"正是。你不该来。我再与他斗几合,我取巧儿捞他

---

①肝木能生心火旺:按中医五行理论,五脏中肝属木,心属火,脾属土,肺属金,肾属水。内丹术将人体比作炉鼎,所以非常重视火的作用。陈虚白《规中指南》引白玉蟾:"火本南方离卦,属心。心者神也,神即火也,炁即药也,以火炼药而成丹者,即是以神驭炁而成道也。"但是心神之火不能单独发生,需要靠五行相生的法则来配合产生,即六十二回所谓"五行联络如钩"。五脏五行循环生发作用,修炼才能成功。

②生生化化皆因火:道教认为火可以变化其余四行,起主导的作用。《太平经钞》乙部《安乐王者法》:"故火能化四行自与五,故得称君象也。木性和而专,得火而散成灰。金性坚刚,得火而柔。土性大柔,得火而坚成瓦。水性寒,得火而温。火自与五行同,又能变化无常,其性动而上行。阴顺于阳,臣顺于君,又得照察机彻,分别是非,故得称君,其余不能也。"

③南北:计谋,本领。

④识得时务者,呼为俊杰:三国时期刘备在荆州寻访人才,司马徽告诉他:"儒生俗士,岂识时务?识时务者,在乎俊杰。此间自有伏龙、凤雏。"向他推荐了诸葛亮。

一棒,却不是好?"

　　他两个只管论那妖精的手段,讲那妖精的火毒。沙和尚倚着松根,笑得捱了①。行者看见道:"兄弟,你笑怎么?你好道有甚手段,擒得那妖魔,破得那火阵?这桩事,也是大家有益的事。常言道:'众毛攒毬。'你若拿得妖魔,救了师父,也是你的一件大功绩。"沙僧道:"我也没甚手段,也不能降妖。我笑你两个都着了忙也。"行者道:"我怎么着忙?"沙僧道:"那妖精手段不如你,枪法不如你,只是多了些火势,故不能取胜。若依小弟说,以相生相克拿他,有甚难处?"行者闻言,呵呵笑道:"兄弟说得有理。果然我们着忙了,忘了这事。若以相生相克之理论之,须是以水克火;却往那里寻些水来,泼灭这妖火,可不救了师父?"沙僧道:"正是这般,不必迟疑。"行者道:"你两个只在此间,莫与他索战,待老孙去东洋大海求借龙兵,将些水来,泼息妖火,捉这泼怪。"八戒道:"哥哥放心前去,我等理会得。"

　　好大圣,纵云离此地,顷刻到东洋。却也无心看玩海景,使个逼水法,分开波浪。正行时,见一个巡海夜叉相撞,看见是孙大圣,急回到水晶宫里,报知那老龙王。敖广即率龙子龙孙、虾兵蟹卒一齐出门迎接,请里面坐。坐定,礼毕,告茶,行者道:"不劳茶,有一事相烦。我因师父唐僧往西天拜佛取经,经过号山枯松涧火云洞,有个红孩儿妖精,号圣婴大王,把我师父拿了去。是老孙寻到洞边,与他交战,他却放出火来。我们禁不得他,想着水能克火,特来问你求些水去,与我下场大雨,泼灭了妖火,救唐僧一难。"那龙王道:"大圣差来。若要求取雨水,不该来问我。"行者道:"你是四海龙王,主司雨泽,不来问你,却去问谁?"龙王道:"我虽司雨,不敢擅专;须得玉帝旨意,分付在那地方,要几尺几寸,甚么时辰起住,还要三官举笔,太

---

①笑得捱了:即笑呆了。捱,即"骏",呆。

乙移文①，会令了雷公、电母、风伯、云童。俗语'龙无云而不行'哩。"行者道："我也不用着风云雷电，只是要些雨水灭火。"龙王道："大圣不用风云雷电，但我一人也不能助力；着舍弟们同助大圣一功如何？"行者道："令弟何在？"龙王道："南海龙王敖钦、北海龙王敖闰、西海龙王敖顺②。"行者笑道："我若再游过三海，不如上界去求玉帝旨意了。"龙王道："不消大圣去，只我这里撞动铁鼓、金钟，他自顷刻而至。"行者闻其言道："老龙王，快撞钟鼓。"

须臾间，三海龙王拥至，问："大哥，有何事命弟等？"敖广道："孙大圣在这里借雨助力降妖。"三弟即引进见毕，行者备言借水之事。众神个个欢从，即点起：

鲨鱼骁勇为前部，鳠痴口大作先锋③。
鲤元帅翻波跳浪，鳜提督吐雾喷风。
鲭太尉东方打哨④，鲌都司西路催征。
红眼马郎南面舞⑤，黑甲将军北下冲⑥。
鳇把总中军掌号⑦，五方兵处处英雄。

---

①三官举笔，太乙移文：道教神霄派《九天应元雷声普化天尊玉枢宝经》载世人作恶之时，会有"三官鼓（摇动）笔，太乙移文"，命令雷神将其击毙。道教祈雨咒语也常向"三官""太乙"祝祷，如《道法会元》卷一百一十七载祈雨咒："三官刊明，五帝信幽。太乙敕命，龙飞雨流"。三官，参见第四回"三曹"条、第七回"三官"条注。太乙，当即太乙元君，道教太乙派雷法崇祀的司雷天神。

②敖闰、敖顺：此处四海龙王之名，概依原文。又，敖闰、敖顺及下文"敖氏昆玉"之敖，原皆作"傲"。

③鳠(hù)：即鲴鱼，粘液多，类似鲇鱼。

④鲭(qīng)：即青鱼、红眼马浪等，淡水鱼的一种。

⑤红眼马郎：又称赤眼鳟，淡水鱼的一种。

⑥黑甲将军：当即鲇鱼。

⑦鳇(huáng)：即"鳇"，又名鲟鳇鱼，体型很大，可达五米。

　　　　纵横机巧鼍枢密①，妙算玄微龟相公。
　　　　有谋有智鼈丞相，多变多能鳌总戎。
　　　　横行蟹士轮长剑，直跳虾婆扯硬弓。
　　　　鲇外郎查明文簿②，点龙兵出离波中。
　　诗曰：
　　　　四海龙王喜助功，齐天大圣请相从。
　　　　只因三藏途中难，借水前来灭火红。

　　那行者领着龙兵，不多时，早到号山枯松涧上。行者道："敖氏昆玉③，有烦远涉。此间乃妖魔之处，汝等且停于空中，不要出头露面。让老孙与他赌斗，若赢了他，不须列位捉拿；若输与他，也不用列位助阵；只是他但放火时，可听我呼唤，一齐喷雨。"龙王俱如号令。

　　行者却按云头，入松林里，见了八戒、沙僧，叫声："兄弟。"八戒道："哥哥来得快哑！可曾请得龙王来？"行者道："俱来了。你两个切须仔细，只怕雨大，莫湿了行李，待老孙与他打去。"沙僧道："师兄放心前去，我等俱理会得了。"

　　行者跳过涧，到了门首，叫声"开门！"那些小妖又去报道："孙行者又来了。"红孩仰面笑道："那猴子想是火中不曾烧了他，故此又来。这一来切莫饶他，断然烧个皮焦肉烂才罢！"急纵身，挺着长枪，教："小的们，推出火车子来！"他出门前，对行者道："你又来怎的？"行者道："还我师父来。"那怪道："你这猴头，忒不通变。那唐僧与你做得师父，也与我做得按酒，你还思量要他哩，莫想！莫想！"行者闻言，十分恼怒，掣金箍棒劈头就打。那妖精，使火尖枪，急架相迎。这一场赌斗，比前不同。好杀：

　　　　怒发泼妖魔，恼急猴王将。这一个专救取经僧，那一个要吃唐三藏。心变没亲情，情疏无义让。这个恨不得捉住活剥皮，那个恨

---

①枢密：即枢密使，官名，宋代枢密使管理全国军事，明以后多用为掌管军事的大臣的代称。
②外郎：宋元以后对衙门书吏的称呼。亦指县府小吏。小说词曲中多用。
③昆玉：称人兄弟的敬词。

不得拿来生蘸酱。真个忒英雄,果然多猛壮。棒来枪架赌输赢,枪去棒迎争下上。举手相轮二十回,两家本事一般样。

那妖王与行者战经二十回合,见得不能取胜,虚幌一枪,急抽身,捏着拳头,又将鼻子揾了两下,却就喷出火来。那门前车子上,烟火迸起;口眼中,赤焰飞腾。孙大圣回头叫道:"龙王何在?"那龙王兄弟,帅众水族,望妖精火光里喷下雨来。好雨!真个是:

潇潇洒洒,密密沉沉。潇潇洒洒,如天边坠落银星;密密沉沉,似海口倒悬浪滚。起初时如拳大小,次后来瓮泼盆倾。满地浇流鸭顶绿,高山洗出佛头青①。沟壑水飞千丈玉,涧泉波涨万条银。三叉路口看看满,九曲溪中渐渐平。这个是唐僧有难神龙助,扳倒天河往下倾。

那雨淙淙大小,莫能止息那妖精的火势。原来龙王私雨,只好泼得凡火;妖精的三昧真火,如何泼得?好一似火上浇油,越泼越灼。大圣道:"等我捻着诀,钻入火中!"轮铁棒,寻妖要打。那妖见他来到,将一口烟,劈脸喷来。行者急回头,燋_{原注:音秋}得"眼花雀乱"②,忍不住泪落如雨。原来这大圣不怕火,只怕烟。当年因大闹天宫时,被老君放在八卦炉中,煅过一番,他幸在那巽位安身,不曾烧坏,只是风搅得烟来,把他燋做火眼金睛,故至今只是怕烟。那妖又喷一口,行者当不得,纵云头走了。那妖王却又收了火具,回归洞府。

这大圣一身烟火,炮燥难禁③,径投于涧水内救火。怎知被冷水一逼,弄得火气攻心,三魂出舍。可怜气塞胸堂喉舌冷,魂飞魄散丧

---

① "满地浇流鸭顶绿"二句:鸭顶绿,同"鸭头绿",像野鸭(绿头鸭)头部那样的绿色。多用来形容水的颜色。唐李白《襄阳歌》:"遥看汉水鸭头绿。"元陶宗仪《南村辍耕录》卷十一"采绘法":"鸭头绿用枝条绿入高漆绺合。"佛头青,相传佛发为青色,清李斗《扬州画舫录》卷一:"佛头青,即深青。"故用"佛头青"比喻青黛色的山峦。
② 眼花雀乱:即"眼花缭乱"。
③ 炮燥:灼热。

残生！慌得那四海龙王在半空里，收了雨泽，高声大叫："天蓬元帅！卷帘将军！休在林中藏隐，且寻你师兄出来！"

　　八戒与沙僧听得呼他圣号，急忙解了马，挑着担，出林来，也不顾泥泞，顺涧边找寻，只见那上溜头翻波滚浪，急流中淌下一个人来。沙僧见了，连衣跳下水中，抱上岸来，却是孙大圣身躯。噫！你看他蹊跷四肢伸不得，浑身上下冷如冰。沙和尚满眼垂泪道："师兄！可惜了你，亿万年不老长生客，如今化作个中途短命人！"八戒笑道："兄弟莫哭。这猴子推佯死，吓我们哩。你摸他摸，胸前还有一点热气没有？"沙僧道："浑身都冷了，就有一点儿热气，怎的就得回生？"八戒道："他有七十二般变化，就有七十二条性命。你扯着脚，等我摆布他。"真个那沙僧扯着脚，八戒扶着头，把他拽个直，推上脚来，盘膝坐定。八戒将两手搓热，仵住他的七窍，使一个按摩禅法①。原来那行者被冰水逼了，气阻丹田，不能出声。却幸得八戒按摩揉擦，须臾间，气透三关②，转明堂，冲开孔窍，叫了一声："师父呵！"沙僧道："哥阿，你生为师父，死也还在口里。且苏醒，我们在这里哩。"行者睁开眼道："兄弟们在这里？老孙吃了亏也！"八戒笑道："你才子发昏的，若不是老猪救你呵，已此了帐了，还不谢我哩！"行者却才起身，仰面道："敖氏弟兄何在？"那四海龙王在半空中答应道："小龙在此伺候。"行者道："累你远劳，不曾成得功果，且请回去，改日再谢。"龙王帅水族，泱泱而回③，不在话下。

---

　①按摩禅法：当是一种源于佛教的按摩法。《明世宗实录》嘉靖六年（1527）："僧有善按摩法者，锦衣千户聂能迁以闻礼部。"近代黄汉如《黄氏医话》："推拿一科，发明于岐伯。……梁武帝时，达摩以为旧法过简，不敷应症，复取旧法而光大之，增入搓、抄、滚、捻、缠、揉六法。"今尚流传有"一指禅推法"。

　②三关：道教的"三关"说法不一，有时指耳、目、口，有时指后背的尾闾、夹脊、玉枕三个穴位。由下文"转明堂，冲开孔窍"可知，这里的"三关"指下丹田。

　③泱泱：同"怏怏"。不高兴或不满意的神情。

沙僧搀着行者,一同到松林之下坐定。少时间,却定神顺气,止不住泪滴腮边,又叫:"师父阿!

忆昔当年出大唐,岩前救我脱灾殃。
三山六水遭魔障①,万苦千辛割寸肠。
托钵朝餐随厚薄,参禅暮宿或林庄。
一心指望成功果,今日安知痛受伤!"

沙僧道:"哥哥,且休烦恼。我们早安计策,去那里请兵助力,搭救师父耶?"行者道:"那里请救么?"沙僧道:"当初菩萨分付,着我等保护唐僧,他曾许我们叫天天应,叫地地应。那里请救去?"行者道:"想老孙大闹天宫时,那些神兵,都禁不得我。这妖精神通不小,须是比老孙手段大些的,才降得他哩。天神不济,地煞不能,若要拿此妖魔,须是去请观音菩萨才好。奈何我皮肉酸麻,腰膝疼痛,驾不起筋斗云,怎生请得?"八戒道:"有甚话分付,等我去请。"行者笑道:"也罢,你是去得。若见了菩萨,切休仰视,只可低头礼拜。等他问时,你却将地名、妖名说与他,再请救师父之事。他若肯来,定取擒了怪物。"八戒闻言,即便驾了云雾,向南而去。

却说那个妖王在洞里欢喜道:"小的们,孙行者吃了亏去了。这一阵虽不得他死,好道也发个大昏。咦,只怕他又请救兵来也。快开门,等我去看他请谁。"众妖开了门,妖精就跳在空里观看,只见八戒往南去了。妖精想着南边再无他处,断然是请观音菩萨,急按下云,叫:"小的们,把我那皮袋寻出来。多时不用,只恐口绳不牢,与我换上一条,放在二门之下,等我去把八戒赚将回来,装于袋内,蒸得稀烂,犒劳你们。"原来那妖精有一个如意的皮袋。众小妖拿出来,换了口绳,安于洞门内不题。

却说那妖王久居于此,俱是熟游之地。他晓得那条路上南海去

---

① 三山六水:元明以后,流传着天下土地"三山六水一分田"的说法,即山地、海洋和能耕种的土地的比例,例如明杨循吉自撰墓碑:"宇宙虽大,莫能充填。三山六水,一分之田。谷少人多,将何具饘(zhān,糊口)?"

近,那条去远。他从那近路上,一驾云头,赶过了八戒,端坐在壁岩之上,变作一个假观世音模样,等候着八戒。

那呆子正纵云行处,忽然望见菩萨。他那里识得真假?这才是见像作佛①。呆子停云下拜道:"菩萨,弟子猪悟能叩头。"妖精道:"你不保唐僧去取经,却见我有何事干?"八戒道:"弟子因与师父行至中途,遇着号山枯松涧火云洞,有个红孩儿妖精,他把我师父摄了去。是弟子与师兄等,寻上他门,与他交战。他原来会放火,头一阵,不曾得赢;第二阵,请龙王助雨,也不能灭火。师兄被他烧坏了,不能行动,着弟子来请菩萨。万望垂慈,救我师父一难。"

妖精道:"那火云洞洞主,不是个伤生的,一定是你们冲撞了他也。"八戒道:"我不曾冲撞他,是师兄悟空冲撞他的。他变作一个小孩子,吊在树上,试我师父。师父甚有善心,教我解下来,着师兄驮他一程。是师兄掼了他一掼,他就弄风儿,把师父摄去了。"妖精道:"你起来,跟我进那洞里见洞主,与你说个人情,你陪一个礼,把你师父讨出来罢。"八戒道:"菩萨哑,若肯还我师父,就磕他一个头也罢。"

妖王道:"你跟来。"那呆子不知好歹,就跟着他,径回旧路,却不向南洋海,随赴火云门。顷刻间,到了门首。妖精进去道:"你休疑忌。他是我的故人,你进来。"呆子只得举步入门。众妖一齐呐喊,将八戒捉倒,装于袋内,束紧了口绳,高吊在驮梁之上②。妖精现了本相,坐在当中道:"猪八戒,你有甚么手段,就敢保唐僧取经,就敢请菩萨降我?你大睁着两个眼,还不认得我是圣婴大王哩!如今拿你,吊得三五日,蒸熟了赏赐小妖,权为案酒!"八戒听言,在里面骂

---

① 见像作佛:原指见到佛像,便要作真佛想,才能得到佛的保佑。这里指见到假像便以为是真佛。

② 驮梁:指人字梁。元高德基《平江记事》载,吴城玄妙观玉皇阁塌陷一角,修复费钱甚多,故搁置数年,"燕山一匠来,自称张拨天,谓观主不须拆卸,惟换一小驮梁,添一斗栱,即皆端正"。

道:"泼怪物!十分无礼!若论你百计千方,骗了我吃,管教你一个个遭种头天瘟!"呆子骂了又骂,嚷了又嚷,不题。

却说孙大圣与沙僧正坐,只见一阵腥风,刮面而过,他就打了一个喷嚏道:"不好!不好!这阵风,凶多吉少。想是猪八戒走错路也。"沙僧道:"他错了路,不会问人?"行者道:"想必撞见妖精了。"沙僧道:"撞见妖精,他不会跑回?"行者道:"不停当。你坐在这里看守,等我跑过涧去打听打听。"沙僧道:"师兄腰疼,只恐又着他手,等小弟去罢。"行者道:"你不济事,还让我去。"

好行者,咬着牙,忍着疼,捻着铁棒,走过涧,到那火云洞前,叫声:"妖怪!"那把门的小妖,又急入里报:"孙行者又在门首叫哩!"那妖王传令叫拿,那伙小妖,枪刀簇拥,齐声呐叫,即开门,都道:"拿住!拿住!"行者果然疲倦,不敢相迎,将身钻在路傍,念个咒语叫:"变!"即变做一个销金包袱。小妖看见,报道:"大王,孙行者怕了。只见说一声'拿'字,慌得把包袱丢下走了。"妖王笑道:"那包袱也无甚么值钱之物,左右是和尚的破偏衫,旧帽子,背进来拆洗做补衬①。"一个小妖果将包袱背进,不知是行者变的。行者道:"好了!这个销金包袱,背着了!"那妖精不以为事,丢在门内。

好行者,假中又假,虚里还空:即拔一根毫毛,吹口仙气,变作个包袱一样;他的真身,却又变作一个苍蝇儿,丁在门枢上。只听得八戒在那里哼哩哼的,声音不清,却似一个瘟猪。行者嘤的飞了去寻时,原来他吊在皮袋里也。行者丁在皮袋,又听得他恶言恶语骂道妖怪长,妖怪短:"你怎么假变作个观音菩萨,哄我回来,吊我在此,还说要吃我!有一日我师兄

　　大展齐天无量法,满山泼怪等时擒。
　　解开皮袋放我出,筑你千钯方趁心!"

行者闻言暗笑道:"这呆子虽然在这里面受闷气,却还不倒了旗

---

① 补衬:用来打补丁的碎布块。

枪①。老孙一定要拿了此怪,若不如此,怎生雪恨!"

正欲设法拯救八戒出来,只听那妖王叫道:"六健将何在?"时有六个小妖,是他知己的精灵,封为健将,都有名字:一个叫做云里雾,一个叫做雾里云;一个叫做急如火,一个叫做快如风;一个叫做兴烘掀,一个叫做掀烘兴②。六健将上前跪下,妖王道:"你们认得老大王家么?"六健将道:"认得。"妖王道:"你与我星夜去请老大王来,说我这里捉唐僧蒸与他吃,寿延千纪。"六怪领命,一个个厮拖厮扯,径出门去了。行者嘤的一声,飞下袋来,跟定那六怪,躲离洞中。毕竟不知怎的请来,且听下回分解。

---

①不倒了旗枪:比喻士气不衰。旗枪,旗与枪,都是战争中使用的。
②兴烘掀、掀烘兴:兴烘,性交之隐语。《蜃楼志》十七回:"和尚尼姑睡一床,兴烘二十四干他娘。"此处有戏谑意(据李小龙《〈西游记〉的真假情色》)。

第四十二回

大圣殷勤拜南海　观音慈善缚红孩

话说那六健将出洞门，径往西南上，依路而走。行者心中暗想道："他要请老大王吃我师父，老大王断是牛魔王。我老孙当年与他相会，真个意合情投，交游甚厚。至如今我归正道，他还是邪魔。虽则久别，还记得他模样，且等老孙变作牛魔王，哄他一哄，看是何如。"好行者，躲离了六个小妖，展开翅，飞向前边，离小妖有十数里远近，摇身一变，变作个牛魔王，拔下几根毫毛，叫："变！"即变作几个小妖。在那山凹里，驾鹰牵犬，搭弩张弓，充作打围的样子，等候那六健将。

那一伙厮拖厮扯，正行时，忽然看见牛魔王坐在中间，慌得兴烘烘、烘烘兴扑的跪下道："老大王爷爷在这里也。"那云里雾、雾里云、急如火、快如风都是肉眼凡胎，那里认得真假，也就一同跪倒，磕头道："爷爷！小的们是火云洞圣婴大王处差来，请老大王爷爷去吃唐僧肉，寿延千纪哩。"行者借口答道："孩儿们起来，同我回家去，换了衣服来也。"小妖叩头道："望爷爷方便，不消回府罢。路程遥远，恐我大王见责。小的们就此请行。"行者笑道："好乖儿女，也罢，也罢，向前开路，我和你去来。"六怪抖擞精神，向前喝路，大圣随后而来。

不多时，早到了本处。快如风、急如火撞进洞里报："大王，老大王爷爷来了。"妖王欢喜道："你们却中用，这等来的快。"即便叫："各路头目，摆队伍，开旗鼓，迎接老大王爷爷。"满洞群妖，遵依旨令，齐齐整整，摆将出去。这行者昂昂烈烈，挺着胸脯，把身子抖了一抖，却将那架鹰犬的毫毛都收回身上。拽开大步，径走入门里，坐在南面当中。红孩儿当面跪下，朝上叩头道："父王，孩儿拜揖。"行者道："孩儿免礼。"那妖王四大拜拜毕，立于下手。

行者道："我儿，请我来有何事？"妖王躬身道："孩儿不才，昨日获得一人,乃东土大唐和尚。常听得人讲,他是一个十世修行之人,有人吃他一块肉,寿似蓬瀛不老仙。愚男不敢自食,特请父王同享唐僧之肉,寿延千纪。"行者闻言,打了个失惊道:"我儿,是那个唐僧?"妖王道:"是往西天取经的人也。"行者道:"我儿,可是孙行者师父么?"妖王道:"正是。"行者摆手摇头道:"莫惹他!莫惹他!别的还好惹,孙行者是那样人哩。我贤郎,你不曾会他。那猴子神通广大,变化多端。他曾大闹天宫,玉皇上帝差十万天兵,布下天罗地网,也不曾捉得他。你怎么敢吃他师父!快早送出去还他,不要惹那猴子。他若打听着你吃了他师父,他也不来和你打,他只把那金箍棒往山腰里搠个窟窿,连山都掬了去。我儿,弄得你何处安身,教我倚靠何人养老?"

妖王道:"父王说那里话,长他人志气,灭孩儿的威风。那孙行者共有兄弟三人,领唐僧在我半山之中,被我使个变化,将他师父摄来。他与那猪八戒当时寻到我的门前,讲甚么攀亲托熟之言,被我怒发冲天,与他交战几合,也只如此,不见甚么高作①。那猪八戒剌邪里就来助战,是孩儿吐出三昧真火,把他烧败了一阵。慌得他去请四海龙王助雨,又不能灭得我三昧真火,被我烧了一个小发昏,连忙着猪八戒去请南海观音菩萨。是我假变观音,把猪八戒赚来,见吊在如意袋中,也要蒸他与众小的们吃哩。那行者今早又来我的门首吡喝,我传令教拿他,慌得他把包袱都丢下走了。却才去请父王来看看唐僧活像,方可蒸与你吃,延寿长生不老也。"

行者笑道:"我贤郎呵,你只知有三昧火赢得他,不知他有七十二般变化哩!"妖王道:"凭他怎么变化,我也认得,谅他决不敢进我门来。"行者道:"我儿,你虽然认得他,他却不变大的,如狼犺大像,恐进不得你门;他若变作小的,你却难认。"妖王道:"凭他变甚小的。我这里每一层门上,有四五个小妖把守,他怎生得入?"行者道:"你

---

①高作:高明的招数。

是不知,他会变苍蝇、蚊子、虼蚤①,或是蜜蜂、蝴蝶并蟭蟟虫等项,又会变我模样,你却那里认得?"妖王道:"勿虑;他就是铁胆铜心,也不敢近我门来也。"

行者道:"既如此说,贤郎甚有手段,实是敌得他过,方来请我吃唐僧的肉,奈何我今日还不吃哩。"妖王道:"如何不吃?"行者道:"我近来年老,你母亲常劝我作些善事。我想无甚作善,且持些斋戒。"妖王道:"不知父王是长斋②,是月斋③?"行者道:"也不是长斋,也不是月斋,唤做'雷斋'④。每月只该四日。"妖王问:"是那四日?"行者道:"三辛逢初六。今朝是辛酉日,一则当斋,二来酉不会客⑤。且等明日,我去亲自刷洗蒸他,与儿等同享罢。"

那妖王闻言心中暗想道:"我父王平日吃人为生,今活勾有一千余岁,怎么如今又吃起斋来了?想当初作恶多端,这三四日斋戒,那里就积得过来?此言有假,可疑!可疑!"即抽身走出二门之下,叫六健将来问:"你们老大王是那里请来的?"小妖道:"是半路请来的。"妖王道:"我说你们来的快,不曾到家么?"小妖道:"是,不曾到家。"妖王道:"不好了,着了他假也!这不是老大王!"小妖一齐跪下道:"大王,自家父亲,也认不得?"妖王道:"观其形容动静都像,只是言语不像,只怕着了他假,吃了人亏。你们都要仔细:会使刀的,刀要出鞘;会使枪的,枪要磨明;会使棍的使棍,会使绳的使绳。待我再去问他,看他言语如何。若果是老大王,莫说今日不吃,明日不吃,便迟个月何妨?假若言语不对,只听我哏的一声,就一齐下手。"

---

① 虼(gè)蚤:跳蚤。
② 长斋:指佛教徒长期坚持过午不食。后多指长期素食。
③ 月斋:佛教认为,每年正、五、九三个月,帝释天、四大天王巡查人间善恶,故应在这三个月持斋,称为月斋。
④ 雷斋:敬奉雷神的人所持的斋戒,每年雷部辛天君诞辰和每月三个辛日及初六斋戒。俗称"三辛一板,六不御荤"。
⑤ 酉不会客:《天中记》卷四十四引《典论》称:杜康善于造酒,死于酉日,故酉日有不饮酒会客的习俗。

群魔各各领命讫。

这妖王复转身到于里面,对行者当面又拜。行者道:"孩儿,家无常礼,不须拜,但有甚话,只管说来。"妖王伏于地下道:"愚男一则请来奉献唐僧之肉,二来有句话儿上请。我前日闲行,驾祥光,直至九霄空内,忽逢着祖延道龄张先生①。"行者道:"可是做天师的张道龄么②?"妖王道:"正是。"行者问曰:"有甚话说?"妖王道:"他见孩儿生得五官周正,三停平等③,他问我是几年、那月、那日、那时出世。儿因年幼,记得不真。先生子平精熟④,要与我推看五星⑤。今请父王,正欲问此。倘或下次再得会他,好烦他推算。"

行者闻言,坐在上面暗笑道:"好妖怪哑!老孙自归佛果,保唐师父,一路上也捉了几个妖精,不似这厮克剥⑥。他问我甚么家长礼短,少米无柴的话说,我也好信口捏脓答他⑦。他如今问我生年月日,我却怎么知道?"好猴王,也十分乖巧,巍巍端坐中间,也无一些儿惧色,面上反喜盈盈的笑道:"贤郎请起。我因年老,连日有事不遂心怀,把你生时果偶然忘了。且等到明日回家,问你母亲便知。"

妖王道:"父王把我八个字时常不离口论说⑧,说我有同天不老

---

① 祖延:不详,诸本均同。《新说西游记》于此句下注:"天师之始祖,张良之孙。"
② 张道龄:即张道陵,见第四回"张天师"条注。
③ 三停:相法术语,相面者以人体及面部各分三部,称上中下三停,三停齐等为福相。
④ 子平:宋徐子平精通星命之术,后以"子平"代称星命之学。
⑤ 推看五星:古代星命术士以人的生辰与金木水火土五星的位置相配,来推算命运,称为"五星术"。
⑥ 克剥:同"克薄"。苛刻,苛求。
⑦ 捏脓:捏造,编造。
⑧ 八个字:即"八字",星命家以人出生的年、月、日、时,各配以天干地支,每项两个字,合称"八字",假如此人生于1990年2月10日晚12点(子时),则根据万年历可查得这个时间是庚午年戊寅月丙午日戊子时,这里庚午、戊寅、丙午、戊子即此人的八字。术士认为此八字可以影响人的命运。

第四十二回　大圣殷勤拜南海　观音慈善缚红孩

之寿,怎么今日一旦忘记?岂有此理!必是假的!"哏的一声,群妖枪刀簇拥,望行者没头没脸的扎来。这大圣使金箍棒架住了,现出本像,对妖精道:"贤郎,你却没理。那里儿子好打爷的?"那妖王满面羞惭,不敢回视。行者化金光,走出他的洞府。小妖道:"大王,孙行者走了。"妖王道:"罢!罢!罢!让他走了罢!我吃他这一场亏也!且关了门,莫与他打话,只来刷洗唐僧,蒸吃便罢。"

却说那行者挈着铁棒,呵呵大笑,自涧那边而来。沙僧听见,急出林迎着道:"哥阿,这半日方回,如何这等哂笑,想救出师父来也?"行者道:"兄弟,虽不曾救得师父,老孙却得个上风来了。"沙僧道:"甚么上风?"行者道:"原来猪八戒被那怪假变观音哄将回来,吊于皮袋之内。我欲设法救援,不期他着甚么六健将去请老大王来吃师父肉。是老孙想着他老大王必是牛魔王,就变了他的模样,充将进去,坐在中间。他叫父王,我就应他;他便叩头,我就直受,着实快活!果然得了上风!"沙僧道:"哥呵,你便图这般小便宜,恐师父性命难保。"行者道:"不须虑,等我去请菩萨来。"沙僧道:"你还腰疼哩。"行者道:"我不疼了。古人云:'人逢喜事精神爽。'你看着行李马匹,等我去。"沙僧道:"你置下仇了,恐他害我师父。你须快去快来。"行者道:"我来得快,只消顿饭时,就回来矣。"

好大圣,说话间躲离了沙僧,纵筋斗云,径投南海。在那半空里,那消半个时辰,望见普陀山景。须臾,按下云头,直至落伽崖上①。端肃正行,只见二十四路诸天迎着道:"大圣,那里去?"行者作礼毕,道:"要见菩萨。"诸天道:"少停,容通报。"时有鬼子母诸天来

---

① 落伽崖:即洛迦山,位于浙江普陀山东南海中,传说是观世音菩萨修行显圣之地。

潮音洞外报道菩萨得知①："孙悟空特来参见。"菩萨闻报，即命进去。大圣敛衣皈命，捉定步②，径入里边，见菩萨倒身下拜。菩萨道："悟空，你不领金蝉子西方求经去，却来此何干？"行者道："上告菩萨，弟子保护唐僧前行，至一方，乃号山枯松涧火云洞。有一个红孩儿妖精，唤作圣婴大王，把我师父摄去，是弟子与猪悟能等寻至门前，与他交战。他放出三昧火来，我等不能取胜，救不出师父。急上东洋大海，请到四海龙王，施雨水，又不能胜火，把弟子都熏坏了，几乎丧了残生。"菩萨道："既他是三昧火，神通广大，怎么去请龙王，不来请我？"行者道："本欲来的，只是弟子被烟熏了，不能驾云，却教猪八戒曾请菩萨。"菩萨道："悟能不曾来哑。"行者道："正是。未曾到得宝山，被那妖精假变做菩萨模样，把猪八戒又赚入洞中，现吊在一个皮袋里，也要蒸吃哩。"

菩萨听说，心中大怒道："那泼妖敢变我的模样！"恨了一声，将手中宝珠净瓶往海心里扑的一掼，唬得那行者毛骨竦然，即起身侍立下面，道："这菩萨火性不退，好是怪老孙说的话不好③，坏了他的德行，就把净瓶掼了。可惜！可惜！早知送了我老孙，却不是一件大人事④？"

说不了，只见那海当中，翻波跳浪，钻出个瓶来，原来是一个怪物驮着出来。行者仔细看那驮瓶的怪物，怎生模样：

　　根源出处号帮泥⑤，水底增光独显威。

----

①鬼子母：佛教传说中的人物，原为恶神，专吃人间儿童，被佛法教化后，成为专门保护儿童的护法神。后被吸收为二十四诸天之一。参见第二十二回"二十四路诸天"条注。元杨景贤杂剧《西游记》中原有鬼子母故事，讲述鬼子母之子爱奴儿变化为儿童，诱捉唐僧，被如来降伏。此当即红孩儿故事之早期源头，而鬼子母形象弱化，在此仅留一点痕迹。

②捉：把握，稳住。

③好是：大概是。

④人事：指赠送的礼品。

⑤帮泥：晋王嘉《拾遗记》称，大禹治水的时候，有玄龟背负青泥相助，故"帮泥"为龟的代称。

世隐能知天地性,安藏偏晓鬼神机。
藏身一缩无头尾,展足能行快似飞。
文王画卦曾元卜①,常纳庭台伴伏羲②。
云龙透出千般俏,号水推波把浪吹。
条条金线穿成甲,点点装成彩玳瑁。
九宫八卦袍披定,散碎铺遮绿灿衣。
生前好勇龙王幸,死后还驮佛祖碑。
要知此物名和姓,兴风作浪恶乌龟。

那龟驮着净瓶,爬上崖边,对菩萨点头二十四点,权为二十四拜③。行者见了,暗笑道:"原来是看瓶的,想是不见瓶,就问他要。"菩萨道:"悟空,你在下面说甚么?"行者道:"没说甚么。"菩萨教:"拿上瓶来。"这行者即去拿瓶,咦!莫想拿得他动。好便似蜻蜓撼石柱,怎生摇得半分毫? 行者上前跪下道:"菩萨,弟子拿不动。"菩萨道:"你这猴头,只会说嘴,瓶儿你也拿不动,怎么去降妖缚怪?"行者道:"不瞒菩萨说,平日拿得动,今日拿不动。想是吃了妖精亏,筋力弱了。"菩萨道:"常时是个空瓶,如今是净瓶抛下海去,这一时间,转过了三江五湖,八河四渎,溪源潭洞之间,共借了一海水在里面。你那里有架海的斤量? 此所以拿不动也。"行者合掌道:"是弟子

---

① 文王画卦:据《汉书·艺文志》,周文王是八卦的推演者,六十四卦的创始人。司马迁《报任安书》也说:"文王拘而演《周易》。"
② 伏羲:上古帝王,传说他是八卦的创始人。《周易·系辞》:"古者包栖氏(同"伏羲氏")之王天下也,仰则观象于天,俯则观法于地……近取诸身,远取诸物,于是始作八卦,以通神明之德,以类万物之情。"
③ 二十四拜:祭祀天神的礼仪,古代以祭天、祭神为最隆重,规格高于礼拜皇帝的"五拜三叩头"或"三拜九叩"。《明史·礼志》记:洪武九年(1376)朱元璋规定祭天地、宗庙礼仪,献祭环节为十二拜,迎神、饮福受胙、送神三个环节各为四拜,合为二十四拜。祈谷(祈求收成)礼也是二十四拜。至今苏北、鲁西南拜祭亡者仍有二十四拜遗俗。俗语"二十四拜都拜了,不差这一哆嗦"出于此。

不知。"

那菩萨走上前,将右手轻轻的提起净瓶,托在左手掌上。只见那龟点点头,钻下水去了。行者道:"原来是个养家看瓶的夯货!"菩萨坐定道:"悟空,我这瓶中甘露水浆,比那龙王的私雨不同,能灭那妖精的三昧火。待要与你拿了去,你却拿不动;待要着善财龙女与你同去,你却又不是好心,专一只会骗人。你见我这龙女貌美,净瓶又是个宝物,你假若骗了去,却那有工夫又来寻你?你须是留须些甚么东西作当。"行者道:"可怜!菩萨这等多心,我弟子自秉沙门,一向不干那样事了。你教我留些当头,却将何物?我身上这件锦布直裰,还是你老人家赐的。这条虎皮裙子,能值几个铜钱?这根铁棒,早晚却要护身。但只是头上这个箍儿,是个金的,却又被你弄了个方法儿长在我头上,取不下来。你今要当头①,情愿将此为当,你念个《松箍儿咒》,将此除去罢,不然,将何物为当?"菩萨道:"你好自在阿!我也不要你的衣服、铁棒、金箍,只将你那脑后救命的毫毛拔一根与我作当罢。"行者道:"这毫毛,也是你老大人家与我的。但恐拔下一根,就拆破群了,又不能救我性命。"菩萨骂道:"你这猴子!你便一毛也不拔,教我这善财也难舍②。"行者笑道:"菩萨,你却也多疑。正是'不看僧面看佛面'。千万救我师父一难罢!"那菩萨:

　　逍遥欣喜下莲台,云步香飘上石崖。
　　只为圣僧遭瘴害,要降妖怪救回来。

孙大圣十分欢喜,请观音出了潮音仙洞。诸天大神都列在普陀岩上。菩萨道:"悟空过海。"行者躬身道:"请菩萨先行。"菩萨道:"你先过去。"行者磕头道:"弟子不敢在菩萨面前施展。若驾筋斗云呵,掀露身体,恐菩萨怪我不敬。"菩萨闻言,即着善才龙女去莲花池里,劈一瓣莲花,拖在石岩下边水上,教行者:"你上那莲花瓣儿,我渡你过海。"行者见了道:"菩萨,这花瓣儿又轻又薄,如何载得我起?

---

①当(dàng)头:抵押品,典押品。
②善财也难舍:参见本回"善财童子"条注。

这一踊翻跌下水去,却不湿了虎皮裙?走了硝,天冷怎穿!"菩萨喝道:"你且上去看!"行者不敢推辞,舍命往上跳。果然先见轻小,到上面比海船还大三分,行者欢喜道:"菩萨,载得我了。"菩萨道:"既载得,如何不过去?"行者道:"又没个篙、桨、篷、桅,怎生得过?"菩萨道:"不用。"只把他一口气吹开吸拢,又着实一口气,吹过南洋苦海,得登彼岸。行者却脚踏实地,笑道:"这菩萨卖弄神通,把老孙这等呼来喝去,全不费力也!"

那菩萨分付概众诸天各守仙境,着善才龙女闭了洞门,他却纵祥云,躲离普陀岩,到那边叫:"惠岸何在①?"惠岸乃托塔李天王第二个太子,俗名木叉是也,乃菩萨亲传授的徒弟,不离左右,称为护法惠岸行者,即对菩萨合掌伺候。菩萨道:"你快上界去,见你父王,问他借天罡刀来一用。"惠岸道:"师父用着几何?"菩萨道:"全副都要。"惠岸领命,即驾云头,径入南天门里,到云楼宫殿,见父王下拜。天王见了,问:"儿从何来?"木叉道:"师父是孙悟空请来降妖,着儿拜上父王,将天罡刀借了一用。"天王即唤哪吒将刀取三十六把,递与木叉。木叉对哪吒说:"兄弟,你回去多拜上母亲,我事紧急,等送刀来再磕头罢。"忙忙相别,按落祥光,径至南海,将刀捧与菩萨。

菩萨接在手中,抛将去,念个咒语,只见那刀化作一座千叶莲台。菩萨纵身上去,端坐在中间。行者在傍暗笑道:"这菩萨省使俭用,那莲花池里有五色宝莲台,舍不得坐将来,却又问别人去借。"菩萨道:"悟空休言语,跟我来也。"却才都驾着云头,离了海上。白鹦哥展翅前飞,孙大圣与惠岸随后。

顷刻间,早见一座山头,行者道:"这山就是号山了。从此处到那妖精门首,约摸有四百余里。"菩萨闻言,即命住下祥云,在那山头上念一声"唵"字咒语,只见那山左山右,走出许多神鬼,却乃是本山土地众神,都到菩萨宝莲座下磕头。菩萨道:"汝等俱莫惊张,我今

---

① 惠岸:惠岸和木叉本非一人,后来在民间传说里渐渐相混。参见第六回"惠岸行者"条注。

来擒此魔王。你与我把这团围打扫干净,要三百里远近地方,不许一个生灵在地。将那窝中小兽,窟内雏虫,都送在巅峰之上安生。"众神遵依而退。须臾间,又来回复,菩萨道:"既然干净,俱各回祠。"遂把净瓶扳倒,唿喇喇倾出水来,就如雷响。真个是:

　　漫过山头,冲开石壁。漫过山头如海势,冲开石壁似汪洋。黑雾涨天全水气,沧波影日幌寒光。遍崖冲玉浪,满海长金莲。菩萨大展降魔法,袖中取出定身禅。化做落伽仙景界,真如南海一般般。秀蒲①挺出昙花嫩,香草舒开贝叶鲜。紫竹几竿鹦鹉歇,青松数簇鹧鸪喧。万叠波涛连四野,只闻风吼水漫天。

　　孙大圣见了,暗中赞叹道:"果然是一个大慈大悲的菩萨!若老孙有此法力,将瓶儿望山一倒,管甚么禽兽蛇虫哩!"菩萨叫:"悟空,伸手过来。"行者即忙敛袖,将左手伸出。菩萨拔杨柳枝,蘸甘露,把他手心里写一个"迷"字,教他:"捏着拳头,快去与那妖精索战,许败不许胜。败将来我这跟前,我自有法力收他。"

　　行者领命,返云光,径来至洞口,一只手使拳,一只手使棒,高叫道:"妖怪开门!"那些小妖又进去报道:"孙行者又来了!"妖王道:"紧关了门!莫采他!"行者叫道:"好儿子,把老子赶在门外,还不开门!"小妖又报道:"孙行者骂出那话儿来了!"妖王只教:"莫采他!"行者叫两次,见不开门,心中大怒,举铁棒,将门一下打了一个窟窿。慌得那小妖跌将进去道:"孙行者打破门了!"妖王见报几次,又听说打破前门,急纵身跳将出去,挺长枪,对行者骂道:"这猴子,老大不识起倒!我让你得些便宜,你还不知尽足,又来欺我!打破我门,你该个甚么罪名?"行者道:"我儿,你赶老子出门,你该个甚么罪名?"

　　那妖王羞怒,缠长枪劈胸便刺;这行者举铁棒,架隔相还。一番搭上手,斗经四五个回合,行者捏着拳头,拖着棒,败将下来。那妖王立在山前道:"我要刷洗唐僧去哩!"行者道:"好儿子,天看着你哩!你来!"那妖精闻言,愈加嗔怒,喝一声,赶到面前,挺枪又刺。

---

①秀蒲:即菖蒲,一种水生香草。

这行者轮棒又战几合,败阵又走。那妖王骂道:"猴子,你在前有二三十合的本事,你怎么如今正斗时就要走了,何也?"行者笑道:"贤郎,老子怕你放火。"妖精道:"我不放火了,你上来。"行者道:"既不放火,走开些,好汉子莫在家门前打人。"那妖精不知是诈,真个举枪又赶。行者拖了棒,放了拳头,那妖王着了迷乱,只情追赶。前走的如流星过度①,后走的如弩箭离弦。

不一时,望见那菩萨了。行者道:"妖精,我怕你了,你饶我罢。你如今赶至南海观音菩萨处,怎么还不回去?"那妖王不信,咬着牙,只管赶来。行者将身一幌,藏在那菩萨的神光影里。这妖精见没了行者,走近前,睁圆眼,对菩萨道:"你是孙行者请来的救兵么?"菩萨不答应。妖王捻转长枪喝道:"咄!你是孙行者请来的救兵么?"菩萨也不答应。妖精望菩萨劈心刺一枪来,那菩萨化道金光,径走上九霄空内。行者跟定道:"菩萨,你好欺伏我罢了!那妖精再三问你,你怎么推聋妆痖,不敢做声,被他一枪搠走了,却把那个莲台都丢下耶!"菩萨只教:"莫言语,看他再要怎的。"此时行者与木叉俱在空中,并肩同看。只见那妖呵呵冷笑道:"泼猴头,错认了我也!他不知把我圣婴当作个甚人。几番家战我不过,又去请个甚么脓包菩萨来,却被我一枪,搠得无形无影去了,又把个宝莲台儿丢了,且等我上去坐坐。"好妖精,他也学菩萨,盘手盘脚的,坐在当中。行者看见道:"好!好!好!莲花台儿好送人了!"菩萨道:"悟空,你又说甚么?"行者道:"说甚?说甚?莲台送了人了。那妖精坐放臀下,终不得你还要哩?"菩萨道:"正要他坐哩。"行者道:"他的身躯小巧,比你还坐得稳当。"菩萨叫:"莫言语,且看法力。"

他将杨柳枝往下指定,叫一声:"退!"只见那莲台花彩俱无,祥光尽散,原来那妖王坐在刀尖之上。即命木叉:"使降妖杵,把刀柄儿打打去来。"那木叉按下云头,将降魔杵,如筑墙一般,筑了有千百余下。那妖精,穿通两腿刀尖出,血深成汪皮肉开。好怪物,你看他

---

①度:指星度,星辰运行的位置。

咬着牙,忍着疼,且丢了长枪,用手将刀乱拔。行者却道:"菩萨呵,那怪物不怕痛,还拔刀哩。"菩萨见了,唤上木叉:"且莫伤他生命。"却又把杨柳枝垂下,念声"唵"字咒语,那天罡刀都变做倒须勾儿,狼牙一般,莫能褪得。那妖精却才慌了,扳着刀尖,痛声苦告道:"菩萨,我弟子有眼无珠,不识你广大法力。千乞垂慈,饶我性命!再不敢恃恶,愿入法门戒行也。"

菩萨闻言,却与二行者、白鹦哥低下金光,到了妖精面前,问道:"你可受吾戒行么?"妖王点头滴泪道:"若饶性命,愿受戒行。"菩萨道:"你可入我门么?"妖王道:"果饶性命,愿入法门。"菩萨道:"既如此,我与你摩顶受戒。"就袖中取出一把金剃头刀儿,近前去,把那怪分顶剃了几刀,剃作一个太山压顶①,与他留下三个顶搭,挽起三个窝角揪儿。行者在傍笑道:"这妖精大晦气!弄得不男不女,不知像个甚么东西!"菩萨道:"你今既受我戒,我却也不慢你,称你做善财童子②,如何?"那妖点头受持,只望饶命。菩萨却用手一指,叫声:"退!"撞的一声,天罡刀都脱落尘埃,那童子身躯不损。菩萨叫:"惠岸,你将刀送上天宫,还你父王,莫来接我,先到普陀岩会众诸天等候。"那木叉领命,送刀上界,回海不题。

却说那童子野性不定,见那腿疼处不疼,臀破处不破,头挽了三个揪儿,他走去绰起长枪,望菩萨道:"那里有甚真法力降我?原来是个掩样术法儿。不受甚戒,看枪!"望菩萨劈脸刺来。恨得个行者轮铁棒要打,菩萨只叫:"莫打,我自有惩治。"却又袖中取出一个金箍儿来道:"这宝贝原是我佛如来赐我往东土寻取经人的'金紧禁'三个箍儿。紧箍儿先与你戴了;禁箍儿收了守山大神;这个金箍儿

---

① 太山压顶:即泰山压顶,留下三片头发、其余剃光的发型。
② 善财童子:原是《华严经》中佛弟子名。善财童子自幼发愿修道,参拜五十三位善知识(能教导正道的人)求道,最后遇普贤菩萨而成佛道。《华严经》记善财童子出世时,众宝自然出现,故称善财。后有"善财难舍"及前文"善才龙女"的说法,系从善财童子故事讹变而来。

未曾舍得与人,今观此怪无礼,与他罢。"好菩萨,将箍儿迎风一幌,叫声:"变!"即变作五个箍儿,望童子身上抛了去,喝声:"着!"一个套在他头顶上,两个套在他左右手上,两个套在他左右脚上。菩萨道:"悟空,走开些,等我念念《金箍儿咒》。"行者慌了道:"菩萨呀,请你来此降妖,如何却要咒我?"菩萨道:"这篇咒,不是《紧箍儿咒》咒你的,是《金箍儿咒》咒那童子的。"行者却才放心,紧随左右,听得他念咒。菩萨捻着诀,默默的念了几遍,那妖精搓耳揉腮,攒蹄打滚。正是:

　　一句能通遍沙界,广大无边法力深。

毕竟不知那童子怎的皈依,且听下回分解。

第四十三回

黑河妖孽擒僧去　西洋龙子捉鼍回

却说那菩萨念了几遍,却才住口,那妖精就不疼了。又正性起身看处,颈项里与手足上都是金箍,勒得疼痛,便就除那箍儿时,莫想褪得动分毫,这宝贝已此是见肉生根,越抹越痛。行者笑道:"我那乖乖,菩萨恐你养不大,与你戴个颈圈镯头哩①。"那童子闻此言,又生烦恼,就此绰起枪来,望行者乱刺。行者急闪身,立在菩萨后面,叫:"念咒!念咒!"那菩萨将杨柳枝儿蘸了一点甘露,洒将去,叫声:"合!"只见他丢了枪,一双手合掌当胸,再也不能开放,至今留了一个"观音扭",即此意也。那童子开不得手,拿不得枪,方知是法力深微,没奈何,才纳头下拜。

菩萨念动真言,把净瓶敲倒,将那一海水,依然收去,更无半点存留,对行者道:"悟空,这妖精已是降了,却只是野心不定,等我教他一步一拜,只拜到落伽山,方才收法。你如今快早去洞中,救你师父去来!"行者转身叩头道:"有劳菩萨远涉,弟子当送一程。"菩萨道:"你不消送,恐怕误了你师父性命。"行者闻言,欢喜叩别。那妖精早归了正果,五十三参②,参拜观音,且不题善菩萨收了童子。

---

① 颈圈镯头:民间习俗,认为给婴儿戴上刻有"长命百岁"等文字的项圈和镯子,孩子就可以健康长寿。此俗当源自古代系长命缕习俗。晋宗懔《荆楚岁时记》引周处《风土记》,端午时"五彩系臂,谓为缕"。清《清风闸》第二十七回皮奉山生子后,"老太代奶奶撕尿布,做布毛衫子,打项圈锁,打金兜索子,打金镯,打脚镯,都是金的",为新生婴儿戴于颈胸脚各处。
② 五十三参:《华严经·入法界品》载,善财童子为了求法,参拜了五十三处良师益友,才得以成就。这是佛经关于善财童子的说法,和《西游记》不同。这里的五十三参仅指参拜的意思。因善财童子曾参拜过观音(系五十三参中的第二十八参),故人们常认为善财童子是观音的胁从。

第四十三回　黑河妖孽擒僧去　西洋龙子捉鼍回

却说那沙僧久坐林间，盼望行者不到；将行李捎在马上，一只手执着降妖宝杖，一只手牵着缰绳，出松林向南观看。只见行者欣喜而来。沙僧迎着道："哥哥，你怎么去请菩萨，此时才来？焦杀我也。"行者道："你还做梦哩，老孙已请了菩萨，降了妖怪。"行者却将菩萨的法力备陈了一遍。沙僧十分欢喜道："救师父去也！"他两个才跳过涧去，撞到门前，拴下马匹，举兵器齐打入洞里，剿净了群妖，解下皮袋，放出八戒来。那呆子谢了行者道："哥哥，那妖精在那里？等我去筑他几钯，出出气来。"行者道："且寻师父去。"

三人径至后边，只见师父赤条条，捆在院中哭哩。沙僧连忙解绳，行者即取衣服穿上，三人跪在面前道："师父吃苦了。"三藏谢道："贤徒阿，多累你等，怎生降得妖魔也？"行者又将请菩萨、收童子之言，备陈一遍。三藏听得，即忙跪下，朝南礼拜。行者道："不消谢他，转是我们与他作福，收了一个童子。"如今说童子拜观音，五十三参，参参见佛，即此是也。教沙僧将洞内宝物收了，且寻米粮，安排斋饭，管待了师父。那长老得性命全亏孙大圣，取真经只靠美猴精。师徒们出洞来，攀鞍上马，找大路，笃志投西。

行经一个多月，忽听得水声振耳，三藏大惊道："徒弟哑，又是那里水声？"行者笑道："你这老师父，忒也多疑，做不得和尚。我们一同四众，偏你听见甚么水声。你把那《多心经》又忘了也？"唐僧道："《多心经》乃浮屠山乌巢禅师口授，共五十四句，二百七十个字。我当时耳传，至今常念，你知我忘了那句儿？"行者道："老师父，你忘了'无眼耳鼻舌身意'。我等出家人，眼不视色，耳不听声，鼻不嗅香，舌不尝味，身不知寒暑，意不存妄想，如此谓之祛褪六贼。你如今为求经，念念在意；怕妖魔，不肯舍身，要斋吃，动舌；喜香甜，嗅鼻；闻声音，惊耳；睹事物，凝眸；招来这六贼纷纷，怎生得西天见佛？"三藏闻言，默然沉虑道："徒弟呵，我

　　一自当年别圣君，奔波昼夜甚殷勤。
　　芒鞋踏破山头雾，竹笠冲开岭上云。
　　夜静猿啼殊可叹，月明鸟噪不堪闻。

何时满足三三行,得取如来妙法文?"

行者听毕,忍不住鼓掌大笑道:"这师父原来只是思乡难息,若要那三三行满,有何难哉?常言道'功到自然成'哩。"八戒回头道:"哥阿,若照依这般魔障凶高,就走上一千年也不得成功!"沙僧道:"二哥,你和我一般,拙口钝腮,不要惹大哥热擦①。且只捱肩磨担,终须有日成功也。"

师徒们正话间,脚走不停,马蹄正疾,见前面有一道黑水滔天,马不能进。四众停立崖边,仔细观看,但见那:

层层浓浪,叠叠浑波,层层浓浪翻乌潦②,叠叠浑波卷黑油。近观不照人身影,远望难寻树木形。滚滚一地墨,滔滔千里灰。水沫浮来如积炭,浪花飘起似翻煤。牛羊不饮,鸦鹊难飞。牛羊不饮嫌深黑,鸦鹊难飞怕渺弥。只是岸上芦蘋知节令,滩头花草斗青奇。湖泊江河天下有,溪源泽洞世间多。人生皆有相逢处,谁见西方黑水河!

唐僧下马道:"徒弟,这水怎么如此浑黑?"八戒道:"是那家泼了靛缸了。"沙僧道:"不然,是谁家洗笔砚哩。"行者道:"你们且休胡猜乱道,且设法保师父过去。"八戒道:"这河若是老猪过去不难;或是驾了云头,或是下河负水,不消顿饭时,我就过去了。"沙僧道:"若教我老沙,也只消纵云蹚水,顷刻而过。"行者道:"我等容易,只是师父难哩。"三藏道:"徒弟阿,这河有多少宽么?"八戒道:"约摸有十来里宽。"三藏道:"你三个计较,着那个驮我过去罢。"行者道:"八戒驮得。"八戒道:"不好驮。若是驮着腾云,三尺也不能离地。常言道:'背凡人重若丘山。'若是驮着负水,转连我坠下水去了。"

师徒们在河边,正都商议,只见那上溜头,有一人棹下一只小船儿来。唐僧喜道:"徒弟,有船来了。叫他渡我们过去。"沙僧厉声高叫道:"棹船的,来渡人!来渡人!"船上人道:"我不是渡船,如何渡

---

① 热擦:发急,恼火。
② 潦:积水。

人?"沙僧道:"天上人间,方便第一。你虽不是渡船,我们也不是常来打搅你的。我等是东土钦差取经的佛子,你可方便方便,渡我们过去,谢你。"那人闻此言,却把船儿棹近崖边,扶着桨道:"师父呵,我这船小,你们人多,怎能全渡?"三藏近前看了,那船儿原来是一段木头克的①,中间只有一个仓口,只好坐下两个人。三藏道:"怎生是好?"沙僧道:"这般呵,两遭儿渡罢。"八戒就使心术,要躲懒讨乖,道:"悟净,你与大哥在这边看着行李、马匹,等我保师父先过去,却再来渡马。教大哥跳过去罢。"行者点头道:"你说的是。"

那呆子扶着唐僧,那梢公撑开船,举棹冲流,一直而去。方才行到中间,只听得一声响喨,卷浪翻波,遮天迷目。那阵狂风十分利害,好风:

> 当空一片炮云起,中溜千层黑浪高。
> 两岸飞沙迷日色,四边树倒振天号。
> 翻江搅海龙神怕,播土扬尘花木凋。
> 呼呼响若春雷吼,阵阵凶如饿虎哮。
> 蟹鳖鱼虾朝上拜,飞禽走兽失窝巢。
> 五湖船户皆遭难,四海人家命不牢。
> 溪内渔翁难把钩,河间梢子怎撑篙?
> 揭瓦翻砖房屋倒,惊天动地太山摇。

这阵风,原来就是那棹船人弄的,他本是黑水河中怪物。眼看着那唐僧与猪八戒,连船儿淬在水里,无影无形,不知摄了那方去也。

这岸上,沙僧与行者心慌道:"怎么好?老师父步步逢灾,才脱了魔瘴,幸得这一路平安,又遇着黑水迍遭!"沙僧道:"莫是翻了船,我们往下溜头找寻去。"行者道:"不是翻船。若翻船,八戒会水,他必然保师父负水而出。我才见那个棹船的有些不正气,想必就是这厮弄风,把师父拖下水去了。"沙僧闻言道:"哥哥何不早说,你看着

---

①克:同"刻"。

马与行李,等我下水找寻去来。"行者道:"这水色不正,恐你不能去。"沙僧道:"这水比我那流沙河如何?去得!去得!"

好和尚,脱了褊衫,找抹了手脚①,轮着降妖宝杖,扑的一声,分开水路,钻入波中,大搭步行将进去。正走处,只听得有人言语。沙僧闪在傍边,偷睛观看,那壁厢有一座亭台,台门外横封了八个大字,乃是"衡阳峪黑水河神府"。又听得那怪物坐在上面道:"一向辛苦,今日方能得物。这和尚乃十世修行的好人,但得吃他一块肉,便做长生不老人。我为他也等彀多时,今朝却不负我志。"教:"小的们!快把铁笼抬出来,将这两个和尚囫囵蒸熟,具柬去请二舅爷来,与他暖寿②。"沙僧闻言,按不住心头火起,掣宝杖,将门乱打,口中骂道:"那泼物,快送我唐僧师父与八戒师兄出来!"唬得那门内妖邪急跑去报:"祸事了!"老怪问:"甚么祸事?"小妖道:"外面有一个晦气色脸的和尚,打着前门骂,要人哩!"

那怪闻言,即唤取披挂。小妖抬出披挂,老妖结束整齐,手提一根竹节钢鞭,走出门来,真个是凶顽毒像。但见:

　　方面圜睛霞彩亮,卷唇巨口血盆红。
　　几根铁线稀髯摆,两鬓朱砂乱发蓬。
　　形似显灵真太岁,貌如发怒狠雷公。
　　身披铁甲团花灿,头戴金盔嵌宝浓。
　　竹节钢鞭提手内,行时滚滚拽狂风。
　　生来本是波中物,脱去原流变化凶。
　　要问妖邪真姓字,前身唤做小鼍龙。

那怪喝道:"是甚人在此打我门哩?"沙僧道:"我把你个无知的泼怪!你怎么弄玄虚,变作梢公,架船将我师父摄来?快早送还,饶你性命!"那怪呵呵笑道:"这和尚不知死活。你师父是我拿了,如今

---

① 找抹:弄整齐,使平整。
② 暖寿:旧时习俗,在寿诞前一天置酒食祝贺,称为暖寿。清恽毓鼎《澄斋日记》光绪三十年(1904)六月初九日"晚至大兄处暖寿",初十日"为大兄拜寿,吃面归"。

要蒸熟了请人哩!你上来,与我见个雌雄!三合敌得我呵,还你师父;如三合敌不得,连你一发都蒸吃了,休想西天去也!"沙僧闻言大怒,轮宝杖,劈头就打。那怪举钢鞭,急架相还。两个在水底下,这场好杀:

降妖杖、竹节鞭,二人怒发各争先。一个是黑水河中千载怪,一个是灵霄殿外旧时仙。那个因贪三藏肉中吃,这个为保唐僧命可怜。都来水底相争斗,各要功成两不然①。杀得虾鱼对对摇头躲,蟹鳖双双缩首潜。只听水府群妖齐擂鼓,门前众怪乱争喧。好个沙门真悟净,单身独力展威权。跃浪翻波无胜败,鞭迎杖架两牵连。算来只为唐和尚,欲取真经拜佛天。

他二人战经三十回合,不见高低。沙僧暗想道:"这怪物是我的对手,枉自不能取胜,且引他出去,教师兄打他。"这沙僧虚丢了个架子,拖着宝杖就走。那妖精更不赶来,道:"你去罢,我不与你斗了,我且具柬帖儿去请客哩。"

沙僧气呼呼跳出水来,见了行者道:"哥哥,这怪物无礼。"行者问:"你下去许多时才出来,端的是甚妖邪?可曾寻见师父?"沙僧道:"他这里边,有一座亭台;台门外横书八个大字,唤做'衡阳峪黑水河神府'。我闪在傍边,听着他在里面说话,教小的们刷洗铁笼,待要把师父与八戒蒸熟了,去请他舅爷来暖寿。是我发起怒来,就去打门。那怪物提一条竹节钢鞭走出来,与我斗了这半日,约有三十合,不分胜负。我却使个佯输法,要引他出来,着你助阵。那怪物乖得紧,他不来赶我,只要回去具柬请客,我才上来了。"行者道:"不知是个甚么妖邪?"沙僧道:"那模样像一个大鳖;不然,便是个鼍龙也。"行者道:"不知那个是他舅爷。"

说不了,只见那下湾里走出一个老人,远远的跪下叫:"大圣,黑水河河神叩头。"行者道:"你莫是那棹船的妖邪,又来骗我么?"那老人磕头滴泪道:"大圣,我不是妖邪,我是这河内真神。那妖精旧年

---

① 不然:不认为对方正确,闹矛盾。

五月间,从西洋海趁大潮来于此处,就与小神交斗。奈我年迈身衰,敌他不过,把我坐的那衡阳峪黑水神府,就占夺去住了,又伤了我许多水族。我却没奈何,径往海内告他。原来西海龙王是他的母舅,不准我的状子,教我让与他住。我欲启奏上天,奈何神微职小,不能得见玉帝。今闻得大圣到此,特来参拜投生①。万望大圣与我出力报冤。"行者闻言道:"这等说,四海龙王都该有罪。他如今摄了我师父与师弟,扬言要蒸熟了,去请他舅爷暖寿。我正要拿他,幸得你来报信。这等啊,你陪着沙僧在此看守,等我去海中,先把那龙王捉来,教他擒此怪物。"河神道:"深感大圣大恩!"

行者即驾云,径至西洋大海。按筋斗,捻了避水诀,分开波浪;正然走处,撞见一个黑鱼精捧着一个浑金的请书匣儿②,从下流头似箭如梭钻将上来,被行者扑个满面,掣铁棒分顶一下,可怜就打得脑浆迸出,腮骨查开,唿都的一声飘出水面。他却揭开匣儿看处,里边有一张简帖,上写着:

"愚生鼍洁③,顿首百拜,启上二舅爷敖老大人台下:向承佳惠,感感④。今因获得二物,乃东土僧人,实为世间之罕物。甥不敢自用。因念舅爷圣诞在迩⑤,特设菲筵⑥,预祝千寿。万望车驾速临是荷。"

行者笑道:"这厮却把供状先递与老孙也。"正才袖了帖儿,往前再行。早有一个探海的夜叉望见行者,急抽身撞上水晶宫报:"大王,齐天大圣孙爷爷来了!"那龙王敖顺即领众水族出宫

---

①投生:投奔生路。

②浑金:没有冶炼过的金子。《世说新语·赏誉》:"王戎目山巨源(即山涛)如璞玉浑金,人皆钦其宝,莫知名其器。"

③生:同"甥"。唐张祜《赠外甥》:"衰年生侄少。"鼍(tuó)洁:清陈士斌《西游真诠》注:"鼍居黑水而自名洁,犹人怀浊念而不知污。"可以参考。

④感感:感激。

⑤在迩:在即,在近。

⑥菲筵:菲薄的筵席。谦辞。

迎接道："大圣,请入小宫少坐献茶。"行者道："我还不曾吃你的茶,你倒先吃了我的酒也。"龙王笑道："大圣一向皈依佛门,不动荤酒,却几时请我吃酒来?"行者道："你便不曾去吃酒,只是惹下一个吃酒的罪名了。"敖顺大惊道："小龙为何有罪?"行者袖中取出简帖儿,递与龙王。

龙王见了,魂飞魄散,慌忙跪下,叩头道："大圣恕罪!那厮是舍妹第九个儿子。因妹夫错行了风雨,刻减了雨数,被天曹降旨,着人曹官魏徵丞相梦里斩了。舍妹无处安身,是小龙带他到此,恩养成人。前年不幸,舍妹疾故,惟他无方居住,我着他在黑水河养性修真,不期他作此恶孽,小龙即差人去擒他来也。"行者道："你令妹共有几个贤郎?都在那里作怪?"龙王道："舍妹有九个儿子。那八个都是好的。第一个小黄龙,见居淮渎;第二个小骊龙,见住济渎;第三个青背龙,占了江渎;第四个赤髯龙,镇守河渎;第五个徒劳龙,与佛祖司钟;第六个稳兽龙,与神宫镇脊;第七个敬仲龙,与玉帝守擎天华表;第八个蜃龙,在大家兄处砥据太岳。此乃第九个鼍龙,因年幼无甚执事,自旧年才着他居黑水河养性,待成名,别迁调用。谁知他不遵吾旨,冲撞大圣也。"

行者闻言笑道："你妹妹有几个妹丈?"敖顺道："只嫁得一个妹丈,乃泾河龙王。向年已此被斩,舍妹孀居于此,前年疾故了。"行者道："一夫一妻,如何生这几个杂种?"敖顺道："此正谓'龙生九种①,九种各别'。"行者道："我才心中烦恼,欲将简帖为证,上奏天庭,问你个通同作怪,抢夺人口之罪;据你所言,是那厮不遵教诲,我且饶你这次。一则是看你昆玉分上;二来只该怪那厮年幼无知,你也不

---

① 龙生九种:民间传说,一龙所生的九子,往往形状性格各异。此说始于明代,九子之名也传说不一。此处的徒劳龙,即蒲牢,据说性好叫吼,故钟纽上铸其像。稳兽龙,即螭吻,据说性好望,故置于宫殿屋脊之角。其余不见于典籍记载,当出于作者随手捏合。

甚知情。你快差人擒来，救我师父，再作区处。"敖顺即唤太子摩昂①："快点五百虾鱼壮兵，将小鼍捉来问罪。一壁厢安排酒席，与大圣陪礼。"行者道："龙王再勿多心，既讲开饶了你便罢，又何须办酒？我今虽与你令郎同回：一则老师父遭愆，二则我师弟盼望。"

那老龙苦留不住，又见龙女捧茶来献。行者立饮他一盏香茶，别了老龙，随与摩昂领兵，离了西海。早到黑水河中，行者道："贤太子，好生捉怪，我上岸去也。"摩昂道："大圣宽心，小龙子将他拿上来，先见了大圣，惩治了他罪名，把师父送上来，才敢带回海内，见我家父。"行者忻然相别，捏了避水诀，跳出波津，径到了东边崖上。沙僧与那河神迎着道："师兄，你去时从空而去，怎么回来却自河内而回？"行者把那打死鱼精，得简帖，怪龙王，与太子同领兵来之事，备陈了一遍。沙僧十分欢喜。都立在崖边，候接师父不题。

却说那摩昂太子着介士先到他水府门前，报与妖怪道："西海老龙王太子摩昂来也。"那怪正坐，忽闻摩昂来，心中疑惑道："我差黑鱼精投简帖拜请二舅爷，这早晚不见回话，怎么舅爷不来，却是表兄来耶？"正说间，只见那巡河的小怪又来报："大王，河内有一枝兵，屯于水府之西，旗号上书着'西海储君摩昂小帅'。"妖怪道："这表兄却也狂妄，想是舅爷不得来，命他来赴宴；既是赴宴，如何又领兵劳士？咳，但恐其间有故。"教："小的们，将我的披挂钢鞭俟候，恐一时变暴，待我且出去迎他，看是何如。"众妖领命，一个个擦掌摩拳准备。

这鼍龙出得门来，真个见一枝海兵扎营在右，只见：

　　征旗飘绣带，画戟列明霞。

　　宝剑凝光彩，长枪缨绕花。

---

①摩昂：摩昂之名，可能来自《佛说人仙经》摩竭国频婆娑罗王，此王受释迦牟尼感化，托生为毗沙门天王的儿子，中国民间认为毗沙门天王是龙王之首（参见第四回"托塔李天王"条注），故"摩竭国王"在民间传说中也就成了龙王的儿子。《东游记》第四八回，八仙过海，各显法宝神通，惊动龙王，龙王"急令太子摩揭巡视"。"揭""昂"形近，故《西游记》写作"摩昂"（据柳存仁《毗沙门天王父子与中国小说之关系》）。

弓弯如月小,箭插似狼牙。
大刀光灿灿,短棍硬沙沙。
鲸鳌并蛤蚌,蟹鳖共鱼虾。
大小齐齐摆,干戈似密麻。
不是元戎令①,谁敢乱爬蹅!

　　鼍怪见了,径至那营门前厉声高叫:"大表兄,小弟在此拱候,有请。"有一个巡营的螺螺②,急至中军帐报:"千岁殿下,外有鼍龙叫请哩。"太子按一按顶上金盔,束一束腰间宝带,手提一根三棱简,拽开步,跑出营去道:"你来请我怎么?"鼍龙进礼道:"小弟今早有简帖拜请舅爷,想是舅爷见弃,着表兄来的,兄长既来赴席,如何又劳师动众? 不入水府,扎营在此,又贯甲提兵,何也?"太子道:"你请舅爷做甚?"妖精道:"小弟一向蒙恩赐居于此,久别尊颜,未得孝顺。昨日捉得一个东土僧人,我闻他是十世修行的元体,人吃了他,可以延寿,欲请舅爷看过,上铁笼蒸熟,与舅爷暖寿哩。"太子喝道:"你这厮十分懵懂! 你道僧人是谁?"妖怪道:"他是唐朝来的僧人,往西天取经的和尚。"太子道:"你只知他是唐僧,不知他手下徒弟利害哩。"妖怪道:"他有一个长嘴的和尚,唤做个猪八戒,我也把他捉住了,要与唐和尚一同蒸吃。还有一个徒弟,唤做沙和尚,乃是一条黑汉子,晦气色脸,使一根宝杖,昨日在这门外与我讨师父,被我帅出河兵,一顿钢鞭,战得他败阵逃生,也不见怎的利害。"

　　太子道:"原来是你不知! 他还有一个大徒弟,是五百年前大闹天宫上方太乙金仙齐天大圣,如今保护唐僧往西天拜佛求经,是普陀岩大慈大悲观音菩萨劝善,与他改名,唤做孙悟空行者。你怎么没得做,撞出这件祸来? 他又在我海内遇着你的差人,夺了请帖,径入水晶宫,拿捏我父子们③,有'结连妖邪,抢夺人口'之罪。你快把

---

①元戎:原指大的兵车,《诗经·小雅·六月》:"元戎十乘。"后指主将。
②螺螺:方言。田螺。
③拿捏:要挟,刁难。

唐僧、八戒送上河边,交还了孙大圣,凭着我与他赔礼,你还好得性命,若有半个'不'字,休想得全生居于此也。"那怪鼍闻此言,心中大怒道:"我与你嫡亲的姑表①,你倒反护他人?听你所言,就教把唐僧送出,天地间那里有这等容易事也?你便怕他,莫成我也怕他?他若有手段,敢来我水府门前,与我交战三合,我才与他师父;若敌不过我,就连他也拿来,一齐蒸熟,也没甚么亲人,也不去请客,自家关了门,教小的们唱唱舞舞,我坐在上面,自自在在,吃他娘不是!"

太子见说,开口骂道:"这泼邪!果然无状!且不要教孙大圣与你对敌,你敢与我相持么?"那怪道:"要做好汉,怕甚么相持!"教:"取披挂!"呼唤一声,众小妖跟随左右,献上披挂,捧上钢鞭。他两个变了脸,各逞英雄;传号令,一齐擂鼓。这一场比与沙僧争斗,甚是不同,但见那:

旌旗招耀,戈戟摇光。这壁厢营盘解散,那壁厢门户开张。摩昂太子提金简,鼍怪轮鞭急架偿。一声炮响河兵烈,三棒锣鸣海士狂。虾与虾争,蟹与蟹斗。鲸鳌吞赤鲤,鳊鲌起黄鲿。鲨鲻吃鲚鲭鱼走,牡蛎擒蛏蛤蚌慌。少扬刺硬如铁棍,鳎司针利似锋芒。鳟鳓追白鳝,鲈鲙捉乌鲳②。一河水怪争高下,两处龙兵定弱强。混战多时波浪滚,摩昂太子赛金刚。喝声金简当头重,拿住妖鼍作怪王。

这太子将三棱简闪了一个破绽,那妖精不知是诈,钻将进来;被他使个解数,把妖精右臂,只一简,打了个趔趄;赶上前,又一拍脚,跌倒在地。众海兵一拥上前,揪翻住,将绳子背绑了双手,将铁索穿了琵琶骨,拿上岸来,押至孙行者面前道:"大圣,小龙子捉住妖鼍,

---

① 姑表:一家之父与另一家之母为兄妹或姐弟的亲戚关系。
②"鲸鳌吞赤鲤"以下数句:鲿(cháng),黄鲿鱼。又名黄颊鱼,俗称黄蜡丁、黄刺骨。鲻(zī),鱼名,体长,身体圆扁,像青鱼,颜色黑。俗称乌鲻、乌仔鱼。鲚(jì),刀鱼。蛏,贝类,两壳狭长。少扬,一般写作"少阳鱼",也称海鹞鱼、蒲鱼、鳑鱼、荷叶鱼等。应即魟鱼,体扁平,居海底沙中,尾呈鞭状,有毒刺。鳎(áng)司,昂刺鱼,即前面提到的黄鲿,背鳍和胸鳍有发达的毒刺,又名黄刺骨。故这里称"刺硬""针利"。鲙(kuài),鳓鱼。又名快鱼。

请大圣定夺。"

行者与沙僧见了道:"你这厮不遵旨令,你舅爷原着你在此居住,教你养性存身,待你名成之日,别有迁用;你怎么强占水神之宅,倚势行凶,欺心诳上,弄玄虚,骗我师父、师弟?我待要打你这一棒,奈何老孙这棒子甚重,略打打儿就了了性命。你将我师父安在何处哩?"那怪叩头不住道:"大圣,小鼍不知大圣大名。却才逆了表兄,骋强背理,被表兄把我拿住。今见大圣,幸蒙大圣不杀之恩,感谢不尽。你师父还捆在那水府之间,望大圣解了我的铁索,放了我手,等我到河中送他出来。"摩昂在傍道:"大圣,这厮是个逆怪,他极奸诈。若放了他,恐生恶念。"沙和尚道:"我认得他那里,等我寻师父去。"

他两个跳入水中,径至水府门前,那里门扇大开,更无一个小卒。直入亭台里面,见唐僧、八戒,赤条条都捆在那里。沙僧即忙解了师父,河神亦随解了八戒,一家背着一个出水面,径至岸边。猪八戒见那妖精锁绑在侧,急掣钯上前就筑,口里骂道:"泼邪畜!你如今不吃我了?"行者扯住道:"兄弟,且饶他死罪罢。看敖顺贤父子之情。"摩昂进礼道:"大圣,小龙子不敢久停。既然救得你师父,我带这厮去见家父;虽大圣饶了他死罪,家父决不饶他活罪,定有发落处置,仍回复大圣谢罪。"行者道:"既如此,你领他去罢,多多拜上令尊,尚容面谢。"那太子押着那妖泼,投水中,帅领海兵,径转西洋大海不题。

却说那黑水河神谢了行者,道:"多蒙大圣复得水府之恩!"唐僧道:"徒弟呵,如今还在东岸,如何渡此河也?"河神道:"老爷勿虑,且请上马,小神开路,引老爷过河。"那师父才骑了白马,八戒采着缰绳,沙和尚挑了行李,孙行者扶持左右,只见河神作起阻水的法术,将上流挡住。须臾下流撒干,开出一条大路。师徒们行过西边,谢了河神,登崖上路。这正是:

  禅僧有救朝西域,彻地无波过黑河。

毕竟不知怎生得拜佛求经,且听下回分解。

第四十四回

法身元运逢车力　心正妖邪度脊关①

诗曰：
　　求经脱瘴向西游，无数名山不尽休。
　　兔走乌飞催昼夜，鸟啼花落自春秋。
　　微尘眼底三千界，锡杖头边四百州②。
　　宿水餐风登紫陌，未期何日是回头。

话说唐三藏幸亏龙子降妖，黑水河神开路，师徒们过了黑河，找大路一直西来。真个是迎霜冒雪，戴月披星，行勾多时，又值早春天气，但见：

　　三阳转运，万物光辉。三阳转运，满天明媚开图画；万物生辉，

---

① 脊关：内丹术语，又名夹脊、辘轳关、双关、肘后关，认为此关在人脊背上，内丹修炼过程中，元气产生后，要经过"河车搬运"的步骤，即真气从下丹田下降转到人体背后，沿督脉经尾闾（在脊椎骨下端）、夹脊、玉枕（在脑后）上升到头顶，再沿人体前面的任脉返回下丹田。这个循环又称"转河车"。夹脊是转河车的必经之路，由于元气在这里往往难以通过，故将其比作狭窄的关口。内丹学认为，引导元气经过尾闾、夹脊、玉枕三关时，需要用不同的力度，如同不同动物拉的车。羊车比喻轻柔，鹿车比喻迅捷，牛车比喻奋猛。而此回中所谓"虎力大仙""鹿力大仙""羊力大仙"似与内丹学"牛车""鹿车""羊车"的隐喻有关（朝鲜汉语教材《朴通事谚解》保留的早期西游故事中，即有车迟国斗法故事，而妖道为一虎精，其徒名鹿皮。本书有鹿、羊而未及牛，当是早期西游故事留下的痕迹，与下文"大力王菩萨"相类）。详可参见王重阳《重阳真人金关玉锁诀》中关于"三车"的叙述。
② 四百州：宋时天下有三百多个州，后以成数"四百州"指中国全土。此二句袭自宋佛海瞎堂禅师《佛海瞎堂禅师广录》卷四："钵盂根底三千界。挂杖头边四百州。"

第四十四回 法身元运逢车力 心正妖邪度脊关

遍地芳菲设绣茵。梅残数点雪,麦涨一川云。渐开冰解山泉溜,尽放萌芽没烧痕①。正是那:太昊乘震②,勾芒御辰③;花香风气暖,云淡日光新。道傍杨柳舒青眼,膏雨滋生万象春。

师徒们在路上,游观景色,缓马而行,忽听得一声吆喝,好便似千万人呐喊之声。唐三藏心中害怕,兜住马不能前进,急回头道:"悟空,是那里这等响振?"八戒道:"好一似地裂山崩。"沙僧道:"也就如雷声霹雳。"三藏道:"还是人喊马嘶。"孙行者笑道:"你们都猜不着,且住,待老孙看是何如。"

好行者,将身一纵,踏云光,起在空中,睁眼观看,远见一座城池;又近觑,倒也祥光隐隐,不见甚么凶气纷纷。行者暗自沉吟道:"好去处!如何有响声振耳?那城中又无旌旗闪灼,戈戟光明,又不是炮声响振,何以若人马喧哗?"正议间,只见那城门外,有一块沙滩空地,攒簇了许多和尚,在那里扯车儿哩。原来是一齐着力打号,齐喊"大力王菩萨"④,所以惊动唐僧。行者渐渐按下云头来看处,呀!那车子装的都是砖瓦木植土坯之类⑤;滩头上坡坂最高,又有一道夹脊小路,两座大关,关下之路都是直立壁陡之崖,那车儿怎么拽得上去?虽是天色和暖,那些人却也衣衫蓝缕,看此像十分窘迫。行者心疑道:"想是修盖寺院。他这里五谷丰登,寻不出杂工人来,所以这和尚亲自努力。"正自猜疑未定,只见那城门里,摇摇摆摆,走出两个少年道士来。你看他怎生打扮,但见他:

头戴星冠,身披锦绣。头戴星冠光耀耀,身披锦绣彩霞飘。足

---

① 烧痕:野火烧过的痕迹。两句化用宋苏轼《正月二十日往岐亭》诗:"稍闻决决流冰谷,尽放青青没烧痕。"
② 太昊乘震:震是八卦之一,对应东方(按后天卦序),按五行属春。春天是由东方之神太昊主管,故春天称太昊乘震。
③ 勾芒御辰:勾芒是我国神话传说中的木神名。御辰,意为掌管这个时令。
④ 大力王菩萨:《西游记》的前身《西游记平话》中孙悟空在取经功成后被授予的佛号是"大力王菩萨",这里当是早期西游故事留下的痕迹。
⑤ 木植:木柱,木材。

踏云头履,腰系熟丝绦。面如满月多聪俊,形似瑶天仙客娇。

那些和尚见道士来,一个个心惊胆战,加倍着力,恨苦的拽那车子。行者就晓得了:"咦!想必这和尚们怕那道士;不然阿,怎么这等着力拽扯?我曾听得人言,西方路上,有个敬道灭僧之处,断乎此间是也。我待要回报师父,奈何事不明白,返惹他怪,敢道这等一个伶俐之人,就不能探个实信?且等下去问得明白,好回师父话。"

你道他来问谁?好大圣,按落云头,去郡城脚下,摇身一变,变做个游方的云水全真①,左臂上挂着一个水火篮儿②,手敲着渔鼓,口唱着道情词③,近城门,迎着两个道士,当面躬身道:"道长,贫道起手。"那道士还礼道:"先生那里来的?"行者道:"我弟子:

  云游于海角,浪荡在天涯。
  今朝来此处,欲慕善人家。

动问二位道长,这城中那条街上好道?那个巷里好贤?我贫道好去化些斋吃。"那道士笑道:"你这先生,怎么说这等败兴的话?"行者道:"何为败兴?"道士道:"你要化些斋吃,却不是败兴?"行者道:"出家人以乞化为由,却不化斋吃,怎生有钱买?"道士笑道:"你是远方来的,不知我这城中之事。我这城中,且休说文武官员好道,富民长者爱贤,大男小女见我等拜请奉斋,这般都不须挂齿,头一等就是万岁君王好道爱贤。"行者道:"我贫道一则年幼,二则是远方乍来,实是不知。烦二位道长将这里地名君位、好道爱贤之事,细说一遍,足见同道之情。"

道士说:"此城名唤车迟国。宝殿上君王与我们有亲。"行者闻言,呵呵笑道:"想是道士做了皇帝?"他道:"不是。只因这二十年

---

①云水:僧道漫游四方,像行云流水一样飘泊无定,故用云水代指僧道云游。
②水火篮儿:即药篮,道人游方的必备物品,明高濂《遵生八笺·起居安乐笺》"药篮"条:"即水火篮也,制有佳者,惟远红漆为佳,内实应验方药、膏药,以便随处济人。"篮子为红色,里面药多为黑色,故称水火篮。
③道情:曲艺的一种,用渔鼓和简板伴奏。原为道士演唱的道教故事的曲子,后来用一般民间故事做题材。

前,民遭亢旱,天无点雨,地绝谷苗,不论君臣黎庶,大小人家,家家沐浴焚香,户户拜天求雨。正都在倒悬捱命之处,忽然天降下三个仙长来,俯救生灵。"行者问道:"是那三个仙长?"道士说:"便是我家师父。"行者道:"尊师甚号?"道士云:"我大师父,号做虎力大仙;二师父,鹿力大仙;三师父,羊力大仙。"行者问曰:"三位尊师,有多少法力?"道士云:"我那师父,呼风唤雨,只在翻掌之间,指水为油,点石成金,却如转身之易;所以有这般法力,能夺天地之造化,换星斗之玄微,君臣相敬,与我们结为亲也。"行者道:"这皇帝十分造化。常言道'术动公卿'。老师父有这般手段,结了亲,其实不亏他。噫,不知我贫道可有星星缘法①,得见那老师父一面哩?"道士笑曰:"你要见我师父。有何难处!我两个是他靠胸贴肉的徒弟,我师父却又好道爱贤,只听见说个道字,就也接出大门。若是我两个引进你,乃吹灰之力。"

　　行者深深的唱个大喏道②:"多承举荐,就此进去罢。"道士说:"且少待片时,你在这里坐下,等我两个把公事干了来,和你进去。"行者道:"出家人无拘无束,自由自在,有甚公干?"道士用手指定那沙滩上僧人:"他做的是我家生活,恐他躲懒,我们去点他一卯就来。"行者笑道:"道长差了。僧道之辈都是出家人,为何他替我们做活,伏我们点卯?"道士云:"你不知道,因当年求雨之意:僧人在一边拜佛,道士在一边告斗③,都请朝廷的粮偿④;谁知那和尚不中用,空念空经,不能济事。后来我师父一到,唤雨呼风,拔济了万民涂炭。

---

①星星:一点点。
②喏:原作"惹",世德堂本"喏"常作"惹",今统作"喏",后不出注。
③告斗:道教法事,向北斗星祷告。也称拜斗、拜北斗等。道教对北斗特别崇拜,元徐道龄《太上玄灵北斗本命延生真经注》:"北斗居天之中,为天之枢纽,斡运四时,凡天地日月、五星列曜、六甲二十八宿、诸仙众真,上自天子,下及黎庶,寿禄贫富,生死祸福,幽冥之事,无不属于北斗之总统也。人若诚心启祝,叩之必应。"
④粮偿:粮米报偿。

却才恼了朝廷,说那和尚无用,拆了他的山门,毁了他的佛像,追了他的度牒,不放他回乡,御赐与我们家做活,就当小厮一般。我家里烧火的也是他,扫地的也是他,顶门的也是他。因为后边还有住房,未曾完备,着这和尚来拽砖瓦,拖木植,起盖房宇。只恐他贪顽躲懒,不肯拽车,所以着我两个去查点查点。"

行者闻言。扯住道士滴泪道:"我说我无缘,真个无缘,不得见老师父尊面!"道士云:"如何不得见面?"行者道:"我贫道在方上云游,一则是为性命①,二则也为寻亲。"道士问:"你有甚么亲?"行者道:"我有一个叔父,自幼出家,削发为僧,向日年程饥馑,也来外面求乞。这几年不见回家,我念祖上之恩,特来顺便寻访,想必是羁迟在此等地方,不能脱身,未可知也。我怎的寻着他见一面,才可与你进城。"道士云:"这般却是容易。我两个且坐下,即烦你去沙滩上替我一查,只点头目有五百名数目便罢。看内中那个是你令叔。果若有哑,我们看道中情分,放他去了,却与你进城好么?"

行者顶谢不尽,长揖一声②,别了道士,敲着渔鼓,径往沙滩之上。过了双关,转下夹脊,那和尚一齐跪下磕头道:"爷爷,我等不曾躲懒,五百名半个不少,都在此扯车哩。"行者看见,暗笑道:"这些和尚被道士打怕了,见我这假道士就这般悚惧,若是个真道士,好道也活不成了。"行者又摇手道:"不要跪,休怕。我不是监工的,我来此是寻亲的。"众僧们听说认亲,就把他圈子阵围将上来,一个个出头露面,咳嗽打响,巴不得要认出去。道:"不知那个是他亲哩。"

行者认了一会,呵呵笑将起来,众僧道:"老爷不认亲,如何发笑?"行者道:"你们知我笑甚么?笑你这些和尚全不长俊③。父母生

---

① 性命:参见第二回"性命"条注。
② 长揖:拱手高举,自上而下行礼。
③ 长俊:长进。

下你来,皆因命犯华盖①,妨爷克娘②,或是不招姊妹③,才把你舍断了出家。你怎的不遵三宝,不敬佛法,不去看经拜忏,却怎么与道士佣工,作奴婢使唤?"众僧道:"老爷,你来羞我们哩!你老人家想是个外边来的,不知我这里利害。"行者道:"果是外方来的,其实不知你这里有甚利害。"

众僧滴泪道:"我们这一国君王,偏心无道,只喜得是老爷等辈,恼的是我们佛子。"行者道:"为何来?"众僧道:"只因呼风唤雨,三个仙长来此处,灭了我等,哄信君王,把我们寺拆了,度牒追了,不放归乡,亦不许补役当差,赐与那仙长家使用,苦楚难当!但有个游方道者至此,即请拜王领赏;若是和尚来,不分远近,就拿来与仙长家佣工。"行者道:"想必那道士还有甚么巧法术,诱了君王?若只是呼风唤雨,也都是傍门小法术耳,安能动得君心?"众僧道:"他会炼砂干汞,打坐存神,点水为油,点石成金。如今兴盖三清观宇,对天地昼夜看经忏悔,祈君王万年不老,所以就把君心惑动了。"行者道:"原来这般。你们都走了便罢。"众僧道:"老爷,走不脱!那仙长奏准君王,把我们画了影身图,四下里长川张挂④。他这车迟国地界也宽,各府州县乡村店集之方,都有一张和尚图,上面是御笔亲题。若有官职的,拿得一个和尚,高升三级;无官职的,拿得一个和尚,就赏白银五十两,所以走不脱。且莫说是和尚,就是剪鬃、秃子、毛稀的,都

---

①华盖:星命家的说法,命犯华盖星,会给人带来灾祸,克伤父母妻子。
②克:迷信认为因命相、时辰、方位等凶象而对人造成的灾厄。
③不招姊妹:迷信认为前一胎的孩子会对后一胎带来影响,不招姊妹即不能为父母带来女孩。明代僧人社会来源极为广泛,出家多是因为家庭困难,如《明神宗实录》卷二〇七记载:"畿民铺商之役,困累至极。查本部各役,万历十三年原金四十余名,曾未三年,有削发为僧弃家远遁者。"
④长川:长久,经常。也写作"常川"。明张居正《议处史职疏》:"每人专管一曹,俱常川在馆供事。"

也难逃。四下里快手又多①,缉事的又广,凭你怎么也是难脱。我们没奈何,只得在此苦捱。"

行者道:"既然如此,你们死了便罢。"众僧道:"老爷,有死的。到处捉来与本处和尚,也共有二千余众。到此熬不得苦楚,受不得燷煎,忍不得寒冷,服不得水土,死了有六七百,自尽了有七八百,只有我这五百个不得死。"行者道:"怎么不得死?"众僧道:"悬梁绳断,刀刎不疼;投河的飘起不沉,服药的身安不损。"行者道:"你却造化,天赐汝等长寿哩!"众僧道:"老爷哑,你少了一个字儿,是长受罪哩!我等日食三餐,乃是糙米熬得稀粥。到晚就在沙滩上冒露安身,才合眼就有神人拥护。"行者道:"想是累苦了,见鬼么?"众僧道:"不是鬼,乃是六丁六甲、护教伽蓝。但至夜,就来保护。但有要死的,就保着,不教他死。"行者道:"这些神却也没理,只该教你们早死早生天,却来保护怎的?"众僧道:"他在梦寐中劝解我们,教:'不要寻死,且苦捱着,等那东土大唐圣僧往西天取经的罗汉。他手下有个徒弟,乃齐天大圣,神通广大,专秉忠良之心,与人间报不平之事,济困扶危,恤孤念寡。只等他来显神通,灭了道士,还敬你们沙门禅教哩。'"

行者闻得此言,心中暗笑道:"莫说老孙无手段,预先神圣早传名。"他急抽身,敲着渔鼓,别了众僧,径来城门口见了道士。那道士迎着道:"先生,那一位是令亲?"行者道:"五百个都与我有亲。"两个道士笑道:"你怎么就有许多亲?"行者道:"一百个是我左邻,一百个是我右舍,一百个是我父党②,一百个是我母党③,一百个是我交契。你若肯把这五百人都放了,我便与你进去;不放,我不去了。"道士云:"你想有些风病,一时间就胡说了。那些和尚,乃国王御赐,若放

---

① 快手:和下文"缉事"类似,是旧时专门逮捕人犯的差役。据顾炎武《日知录》卷二十四,快手之名原出于《宋书·王镇恶传》:"东从旧将犹有六队千余人,西将及能细直吏快手复有二千余人。"
② 父党:父系宗族,如叔、伯、姑之类。
③ 母党:母系宗族,如姨、舅之类。

一二名，还要在师父处递了病状①，然后补个死状，才了得哩。怎么说都放了？此理不通！不通！且不要说我家没人使唤，就是朝廷也要怪。他那里长要差官查勘，或时御驾也亲来点札，怎么敢放？"行者道："不放么？"道士说："不放！"行者连问三声，就怒将起来，把耳朵里铁棒取出，迎风捻了一捻，就碗来粗细，晃了一晃，照道士脸上一刮，可怜就打得头破血流身倒地，皮开颈折脑浆倾。

那滩上僧人，远远望见他打杀了两个道士，丢了车儿，跑将上来道："不好了！不好了！打杀皇亲了！"行者道："那个是皇亲？"众僧把他簸箕阵围了，道："他师父上殿不参王，下殿不辞王，朝廷常称做'国师兄长先生'。你怎么到这里闯祸？他徒弟出来监工，与你无干，你怎么把他来打死？那仙长不说是你来打杀，只说是来此监工，我们害了他性命，我等怎了？且与你进城去，会了人命出来。"

行者笑道："列位休嚷，我不是云水全真，我是来救你们的。"众僧道："你倒打杀人，害了我们，添了担儿，如何是救我们的？"行者道："我是大唐圣僧徒弟孙悟空行者，特特来此救你们性命。"众僧道："不是！不是！那老爷我们认得他。"行者道："又不曾会他，如何认得？"众僧道："我们梦中尝见一个老者，自言太白金星，常教诲我等，说那孙行者的模样，莫教错认了。"行者道："他和你怎么说来？"众僧道："他说那大圣：

磕额金睛幌亮，圆头毛脸无腮。
咨牙尖嘴性情乖，貌比雷公古怪。
惯使金箍铁棒，曾将天阙攻开。
如今皈正保僧来，专救人间灾害。"

行者闻言，又嗔又喜，喜道替老孙传名；嗔道那老贼愆懒，把我的元身都说与这伙凡人。忽失声道："列位诚然认我不是孙行者，我是孙行者的门人，来此处学闯祸耍子的。那里不是孙行者来了？"用手向东一指，哄得众僧回头，他却现了本相，众僧们方才认得。一个

---

① 病状：得病的证明文件。下文的"死状"是人员死亡的证明文件。

个倒身下拜道:"爷爷! 我等凡胎肉眼,不知是爷爷显化。望爷爷与我们雪恨消灾,早进城降邪从正也!"行者道:"你们且跟我来。"众僧紧随左右。

那大圣径至沙滩上,使个神通,将车儿拽过两关,穿过夹脊,提起来,摔得粉碎①。把那些砖瓦木植,尽抛下坡坂,喝教众僧:"散! 莫在我手脚边,等我明日见这皇帝,灭那道士!"众僧道:"爷爷呀,我等不敢远走,但恐在官人拿住解来,却又吃打发赎,返又生灾。"行者道:"既如此,我与你个护身法儿。"

好大圣,把毫毛拔了一把,嚼得粉碎,每一个和尚与他一截,都教他:"捻在无名指甲里,捻着拳头,只情走路。无人敢拿你便罢;若有人拿你,攒紧了拳头,叫一声齐天大圣,我就来护你。"众僧道:"爷爷,倘若去得远了,看不见你,叫你不应,怎么是好?"行者道:"你只管放心,就是万里之遥,可保全无事。"众僧有胆量大的,捻着拳头,悄悄的叫声:"齐天大圣!"只见一个雷公站在面前,手执铁棒,就是千军万马,也不能近身。此时有百十众齐叫,足有百十个大圣护持,众僧叩头道:"爷爷! 果然灵显!"

行者又分付:"叫声'寂'字,还你收了。"真个是叫声"寂",依然还是毫毛在那指甲缝里。众和尚却才欢喜逃生,一齐而散。行者道:"不可十分远遁,听我城中消息。但有招僧榜出,就进城还我毫毛也。"五百个和尚,东的东,西的西,走的走,立的立,四散不题。

却说那唐僧在路傍,等不得行者回话,教猪八戒引马投西,遇着些僧人奔走;将近城边,见行者还与十数个未散的和尚在那里。三藏勒马道:"悟空,你怎么来打听个响声,许久不回?"行者引了十数个和尚,对唐僧马前施礼,将上项事说了一遍。三藏大惊道:"这般呵,我们怎了?"那十数个和尚道:"老爷放心,孙大圣爷爷乃天神降的,神通广大,定保老爷无虞。我等是这城里敕建智渊寺内僧人。因这寺是先王太

---

①"将车儿拽过两关"以下数句:当是内丹术"河车搬运"的隐喻,参见本回"脊关"条注。

祖御造的,现有先王太祖神像在内,未曾拆毁,城中寺院,大小尽皆拆了。我等请老爷赶早进城,到我荒山安下。待明日早朝,孙大圣必有处置。"行者道:"汝等说得是;也罢,趁早进城去来。"

那长老却才下马,行到城门之下。此时已太阳西坠。过吊桥,进了三层门里,街上人见智渊寺的和尚牵马挑包,尽皆回避。正行时,却到山门前。但见那门上高悬着一面金字大扁,乃"敕建智渊寺"。众僧推开门,穿过金刚殿,把正殿门开了。唐僧取袈裟披起,拜毕金身,方入。众僧叫:"看家的!"老和尚走出来,看见行者就拜道,"爷爷!你来了?"行者道:"你认得我是那个爷爷,就这等呼拜?"那和尚道:"我认得你是齐天大圣孙爷爷,我们夜夜梦中见你。太白金星常常来托梦,说道只等你来,我们才得性命。今日果见尊颜与梦中无异。爷爷哑,喜得早来!再迟一两日,我等已俱做鬼矣!"行者笑道:"请起,请起。明日就有分晓。"众僧安排了斋饭,他师徒们吃了,打扫干净方丈,安寝一宿。

二更时候,孙大圣心中有事,偏睡不着,只听那里吹打,悄悄的爬起来,穿了衣服,跳在空中观看,原来是正南上灯烛荧煌。低下云头仔细再看,却乃是三清观道士禳星哩。但见那:

灵区高殿,福地真堂。灵区高殿,巍巍壮似蓬壶景;福地真堂,隐隐清如化乐宫。两边道士奏笙簧,正面高公擎玉简①。宣理消灾忏,开讲《道德经》。扬尘几度尽传符,表白一番皆俯伏②。咒水发檄③,烛焰飘摇冲上界;查罡布斗④,香烟馥郁透清霄。案头有供献

---

① 高公:即"高功"。道教斋醮执事的名称,是斋醮的主持者。一般以德高望重、精于斋仪者担任。

② 表白:佛教和道教中专管宣唱的人,也指这种宣唱的行为。

③ 咒水:即对水念咒。道教认为经过念咒的水具有神力,将其洒在法坛上,可以清净坛场,荡涤污秽。发檄:即道士作法时诵读征召神将的咒文,认为可以驱使神将或召请当地的神灵。

④ 查罡(gāng)布斗:应作"踏罡布斗",道教法师祈祷或作法的步伐,表示脚踏在天官罡星斗宿之上。参见第六十九回"步了罡诀"条注。

新鲜,桌上有斋筵丰盛。殿门前挂一联黄绫织锦的对句,绣着二十二个大字,云:"雨顺风调,愿祝天尊无量法;河清海晏①,祈求万岁有余年。"

行者见三个老道士,披了法衣,想是那虎力、鹿力、羊力大仙。下面有七八百个散众,司鼓司钟,侍香表白,尽都侍立两边。行者暗自喜道:"我欲下去与他混一混,奈何单丝不线,孤掌难鸣,且回去照顾八戒沙僧,一同来耍耍。"按落祥云,径至方丈中,原来八戒与沙僧通脚睡着②。行者先叫:"悟净。"沙和尚醒来道:"哥哥,你还不曾睡哩?"行者道:"你且起来,我和你受用些来。"沙僧道:"半夜三更,口枯眼涩,有甚受用?"行者道:"这城里果有一座三清观。观里道士们修醮,三清殿上有许多供养:馒头足有斗大,烧果有五六十斤一个③,衬饭无数④,果品新鲜。和你受用去来。"那猪八戒睡梦里,听见说吃好东西就醒了,道:"哥哥,就不带挈我些儿?"行者道:"兄弟,你要吃东西,不要大呼小叫,惊醒了师父,都跟我来。"

他两个套上衣服,悄悄的走出门前,随行者踏了云头,跳将起去。那呆子看见灯光,就要下手,行者扯住道:"且休忙,待他散了,方可下去。"八戒道:"他才念到兴头上,却怎么肯散?"行者道:"等我弄个法儿,他就散了。"

好大圣,捻着诀,念个咒语,往巽地上吸一口气,呼的吹去,便是一阵狂风,径直卷尽那三清殿上,把他些花瓶竹台,四壁上悬挂的功德⑤,一齐刮倒,遂而灯火无光。众道士心惊胆战,虎力大仙道:"徒弟们且散,这阵神风所过,吹灭了灯烛香花,各人归寝,明朝早起,多念几卷经文补数。"众道士果各退回。

---

①河清海晏:黄河水清,大海波平。形容国内安定,天下太平。
②通脚:同床两头睡。
③烧果:烤制的点心。
④衬饭:斋供的饭食。
⑤功德:这里指悬挂的功德幡幛。

这行者却引八戒、沙僧，按落云头，闯上三清殿。呆子不论生熟，拿过烧果来，张口就啃，行者掣铁棒，着手便打。八戒缩手躲过道："还不曾尝着甚么滋味，就打！"行者道："莫要小家子行，且叙礼坐下受用①。"八戒道："不羞！偷东西吃，还要叙礼！若是请将来，却要如何？"行者道："这上面坐的是甚么菩萨？"八戒笑道："三清也认不得，却认做甚么菩萨！"行者道："那三清？"八戒道："中间的是元始天尊，左边的是灵宝道君，右边的是太上老君。"行者道："都要变得这般模样，才吃得安稳哩。"那呆子急了，闻得那香喷喷供养要吃，爬上高台，把老君一嘴拱下去道："老官儿，你也坐得彀了，让我老猪坐坐。"八戒变做太上老君，行者变做元始天尊，沙僧变作灵宝道君。把原像都推下去。及坐下时，八戒就抢大馒头吃，行者道："莫忙哩！"八戒道："哥哥，变得如此，还不吃等甚？"行者道："兄弟哑，吃东西事小，泄漏天机事大。这圣像都推在地下，倘有起早的道士来撞钟扫地，或绊一个根头，却不走漏消息？你把他藏过一边来。"八戒道："此处路生，摸门不着，却那里藏他？"行者道："我才进来时，那右手下有一重小门儿，那里面秽气畜人②，想必是个五谷轮回之所③。你把他送在那里去罢。"

这呆子有些夯力量，跳下来，把三个圣像拿在肩膊上，扛将出来；到那厢，用脚登开门看时，原来是个大东厕，笑道："这个弼马温着然会弄嘴弄舌！把个毛坑也与他起个道号，叫做甚么'五谷轮回之所'！"那呆子扛在肩上且不丢了去，口里哏哏哝哝的祷道：

"三清三清，我说你听：远方到此，惯灭妖精。欲享供养，无处安宁。借你坐位，略略少停。你等坐久，也且暂下毛坑。你平日家受用无穷，做个清净道士；今日里不免享些秽物，也做个受臭气的

---

①叙礼：按尊卑、长幼、宾主之礼相见并就座。

②畜：方言。熏，呛。

③五谷轮回之所：指厕所。食物化为粪便，粪便又施进田里，长出五谷，故称五谷轮回之所。

天尊。"

祝罢，烹的望里一摔，瓒了半衣襟臭水①，走上殿来。行者道："可藏得好么？"八戒道："藏便藏得好；只是瓒起些水来，污了衣服，有些腌脏臭气，你休恶心。"行者笑道："也罢，你且来受用，但不知可得个干净身子出门哩。"那呆子还变做老君。三人坐下，尽情受用，先吃了大馒头，后吃簇盘、衬饭、点心、拖炉、饼锭、油煠、蒸酥②，那里管甚么冷热，任情吃起。原来孙行者不大吃烟火食，只吃几个果子，陪他两个。那一顿如流星赶月，风卷残云，吃得罄尽。已此没得吃了，还不走路，且在那里闲讲，消食耍子。

噫，有这般事！原来那东廊下有一个小道士，才睡下，忽然起来道："我的手铃儿忘记在殿上，若失落了，明日师父见责。"与那同睡者道："你睡着，等我寻去。"急忙中不穿底衣，止扯一领直裰，径到正殿中寻铃。摸来摸去，铃儿摸着了，正欲回头，只听得有呼吸之声。道士害怕，急拽步往外走时，不知怎的，蹁着一个荔枝核子，扑的滑了一跌，唑的一声，把个铃儿跌得粉碎。猪八戒忍不住呵呵大笑出来，把个小道士唬走了三魂，惊回了七魄，一步一跌，撞到后方丈外，打着门叫："师公！不好了，祸事了！"三个老道士还未曾睡，即开门问："有甚祸事？"他战战兢兢道："弟子忘失了手铃儿，因去殿上寻铃，只听得有人呵呵大笑，险些儿唬杀我也！"老道士闻言即叫："掌灯来！看是甚么邪物？"一声传令，惊动那两廊道士，大大小小，都爬起来点灯着火，往正殿上观看。不知端的何如，且听下回分解。

---

① 瓒（zàn）：污水洒或溅。
② 簇盘：拼盘。拖炉：即"拖炉饼"，一种小酥饼，用两只炉子上下放置烤制。饼锭：圆形小饼。油煠（zhá）：即油炸饼。蒸酥：即蒸饼，古名起溲。

第四十五回

三清观大圣留名　车迟国猴王显法

　　却说孙大圣左手把沙和尚捻一把，右手把猪八戒捻一把，他二人却就省悟。坐在高处，侄着脸①，不言不语。凭那些道士点灯着火，前后照看。他三个就如泥塑金妆一般模样。虎力大仙道："没有歹人，如何把供献都吃了？"鹿力大仙道："却像人吃的勾当，有皮的都剥了皮，有核的都吐出核，却怎么不见人形？"羊力大仙道："师兄勿疑。想是我们虔心志意，在此昼夜诵经，前后申文，又是朝廷名号，断然惊动天尊。想是三清爷爷圣驾降临，受用了这些供养。趁今仙从未返，鹤驾在斯，我等可拜告天尊，恳求些圣水金丹，进与陛下，却不是长生永寿，见我们的功果也？"虎力大仙道："说的是。"教徒弟们动乐诵经，一壁厢取法衣来："等我步罡拜祷②。"那些小道士俱遵命，两班儿摆列齐整。哨的一声磬响，齐念一卷《黄庭道德真经》。虎力大仙披了法衣，擎着玉简，对面前舞蹈扬尘，拜伏于地，朝上启奏道：

　　"诚惶诚恐，稽首归依。臣等兴教，仰望清虚③。灭僧鄙俚，敬道光辉。敕修宝殿，御制庭闱。广陈供养，高挂龙旗。通宵秉烛，镇日香馡。一诚达上，寸敬虔归。今蒙降驾，未返仙车，望赐些金丹圣水，进与朝廷，寿比南山。"

　　八戒闻言，心中忐忑，默对行者道："这是我们的不是：吃了东西，且不走路，只等这般祷祝，却怎么答应？"行者又捻一把，忽地开口，叫声："晚辈小仙，且休拜祝。我等自蟠桃会上来的，不曾带得金

---

①侄：用同"绷""板"。做出严肃的表情。
②步罡：即"踏罡布斗"。参见第六十九回"步了罡诀"条注。
③清虚：清静虚无，代指道教。

丹圣水，待改日再来垂赐。"那些大小道士听见说出话来，一个个抖衣而战道："爷爷哑！活天尊临凡，是必莫放，好歹求个长生的法儿。"鹿力大仙上前，又拜云：

"扬尘顿首，谨办丹诚。微臣归命，俯仰三清①。自来此界，兴道除僧。国王心喜，敬重玄龄②。罗天大醮，彻夜看经。幸天尊之不弃，降圣驾而临庭。俯求垂念，仰望恩荣。是必留些圣水，与弟子们延寿长生。"

沙僧捻着行者，默默的道："哥哑，要得紧，又来祷告了。"行者道："与他些罢。"八戒寂寂道："那里有得？"行者道："你只看着我，我有时，你们也都有了。"那道士吹打已毕，行者开言道："那晚辈小仙，不须伏拜。我欲不留些圣水与你们，恐灭了苗裔③；若要与你，又忒容易了。"众道闻言，一齐俯伏叩头道："万望天尊念弟子恭敬之意，千乞喜赐些须。我弟子广宣道德，奏国王普敬玄门。"行者道："既如此，取器皿来。"那道士一齐顿首谢恩。虎力大仙爱强，就抬一口大缸，放在殿上；鹿力大仙端一砂盆安在供桌之上；羊力大仙把花瓶摘了花，移在中间。行者道："你们都出殿前，掩上格子，不可泄了天机，好留与你些圣水。"众道一齐跪伏丹墀之下，掩了殿门。

那行者立将起来，掀着虎皮裙，撒了一花瓶臊溺。猪八戒见了欢喜道："哥阿，我把你做这几年兄弟，只这些儿不曾弄我。我才吃了些东西，道要干这个事儿哩。"那呆子揭衣服，忽喇喇，就似吕梁洪倒下坂来④，沙沙的溺了一砂盆。沙和尚却也撒了半缸。依旧整衣端坐在上道："小仙领圣水。"

那些道士推开格子，磕头礼拜谢恩，抬出缸去，将那瓶盆总归一

---

① 俯仰：这里指朝拜。
② 玄龄：字面意为幽远的年代，这里指长生不老的人或道法。金侯善渊《上清太玄集》卷四："玄龄久视，宝福延生。"
③ 苗裔：子孙后代。这里指道法的继承者。
④ 吕梁洪：泗水上的险滩，在江苏铜山县东南五十里，有上下二洪，水流汹涌。

处,教:"徒弟,取个钟子来尝尝。"小道士即便拿了一个茶钟,递与老道士。道士舀出一钟来,喝下口去,只情抹唇咂嘴。鹿力大仙道:"师兄,好吃么?"老道士努着嘴道:"不甚好吃,有些酣酖之味①。"羊力大仙道:"等我尝尝。"也喝了一口,道:"有些猪溺臊气。"行者坐在上面,听见说出这话儿来,已此识破了,道:"我弄个手段,索性留个名罢。"大叫云:

"道号道号②,你好胡思!那个三清,肯降凡基?吾将真姓,说与你知。大唐僧众,奉旨来西。良宵无事,下降宫闱。吃了供养,闲坐嬉嬉。蒙你叩拜,何以答之?那里是甚么圣水,你们吃的都是我一溺之尿!"

那道士闻得此言,拦住门,一齐动叉钯扫帚、瓦块石头,没头没脸往里面乱打。好行者,左手挟了沙僧,右手挟了八戒,闯出门,驾着云光,径转智渊寺方丈。不敢惊动师父,三人又复睡下。

早是五鼓三点。那国王设朝,聚集两班文武,四百朝官,但见绛纱灯火光明,宝鼎香云叆叇。此时唐三藏醒来叫:"徒弟,徒弟,伏侍我倒换关文去来。"行者与沙僧、八戒急起身,穿了衣服,侍立左右道:"上告师父。这昏君信着那些道士,兴道灭僧,恐言语差错,不肯倒换关文。我等护持师父,都进朝去也。"

唐僧大喜,披了锦襕袈裟。行者带了通关文牒,教悟净捧着钵盂,悟能拿了锡杖;将行囊、马匹,交与智渊寺僧看守。径到五凤楼前,对黄门官作礼,报了姓名。言是东土大唐取经的和尚来此倒换关文,烦为转奏。那阁门大使进朝俯伏金阶,奏曰:"外面有四个和尚,说是东土大唐取经的,欲来倒换关文,现在五凤楼前候旨。"国王闻奏道:"这和尚没处寻死,却来这里寻死!那巡捕官员,怎么不拿他解来?"傍边闪过当驾的太师,启奏道:"东土大唐,乃南赡部洲,号曰中华大国,到此有万里之遥,路多妖怪。这和尚一定有些法力,方

---

① 酣酖(dān):形容酒变质后的酸涩味道。酖,浊酒,不好的酒。
② 道号:即道士。

敢西来。望陛下看中华之远僧，且召来验牒放行，庶不失善缘之意。"国王准奏，把唐僧等宣至金銮殿下。师徒们排列阶前，捧关文递与国王。

国王展开方看，又见黄门官来奏："三位国师来也。"慌得国王收了关文，急下龙座，着近侍的设了绣墩，躬身迎接。三藏等回头观看，见那大仙，摇摇摆摆，后带着一双丫髻蓬头的小童儿，往里直进。两班官控背躬身，不敢仰视。他上了金銮殿，对国王径不行礼。那国王道："国师，朕未曾奉请，今日如何肯降？"老道士云："有一事奉告，故来也。那四个和尚是那国来的？"国王道："是东土大唐差去西天取经的，来此倒换关文。"那三道士鼓掌大笑道："我说他走了，原来还在这里！"国王惊道："国师有何话说？他才来报了姓名，正欲拿送国师使用，曾奈当驾太师所奏有理，朕因看远来之意，不灭中华善缘，方才召入验牒；不期国师有此问。想是他冒犯尊颜，有得罪处也？"道士笑云："陛下不知，他昨日来的，在东门外打杀了我两个徒弟，放了五百个囚僧，摔碎车辆。夜间闯进观来，把三清圣像毁坏，偷吃了御赐供养。我等被他蒙蔽了，只道是天尊下降，求些圣水金丹，进与陛下，指望延寿长生。不期他遗些小便，哄瞒我等。我等各喝了一口，尝出滋味，正欲下手擒拿，他却走了。今日还在此间，正所谓'冤家路儿窄'也！"

那国王闻言发怒，欲诛四众。孙大圣合掌开言，厉声高叫道："陛下暂息雷霆之怒，容僧等启奏。"国王道："你冲撞了国师，国师之言，岂有差谬！"行者道："他说我昨日到城外打杀他两个徒弟，是谁知证？我等且曲认了，着两个和尚偿命，还放两个去取经。他又说我摔碎车辆，放了囚僧，此事亦无见证，料不该死，再着一个和尚领罪罢了。他说我毁了三清，闹了观宇，这又是栽害我也。"国王道："怎见栽害？"行者道："我僧乃东土之人，乍来此处，街道尚且不通，如何夜里就知他观中之事？既遗下小便，就该当时捉住，却这早晚坐名害人。天下假名托姓的无限，怎么就说是我？望陛下回嗔详察。"那国王本来昏乱，被行者说了一遍，他就决断不定。

第四十五回 三清观大圣留名 车迟国猴王显法

正疑惑之间,又见黄门官来奏:"陛下,门外有许多乡老听宣。"国王道:"有何事干?"即命宣来。宣至殿前,有三四十名乡老,朝上叩头道:"万岁,今年一春无雨,但恐夏月干荒,特来启奏,请那位国师爷爷祈一场甘雨,普济黎民。"国王道:"乡老且退,就有雨来也。"乡老谢恩而出。国王道:"唐朝僧众,朕敬道灭僧为何?只为当年求雨,我朝僧人,更未尝求得一点;幸天降国师,拯援涂炭①。你今远来,冒犯国师,本当即时问罪;姑且恕你,敢与我国师赌胜求雨么?若祈得一场甘雨,济度万民,朕即饶你罪名,倒换关文,放你西去。若赌不过,无雨,就将汝等推赴杀场典刑示众。"行者笑道:"小和尚也晓得些儿求祷。"

国王见说,即命打扫坛场;一壁厢教摆驾:"寡人亲上五凤楼观看。"当时多官摆驾。须臾上楼坐了。唐三藏随着行者、沙僧、八戒,侍立楼下,那三道士陪国王坐在楼上。少时间,一员官飞马来报:"坛场诸色皆备,请国师爷爷登坛。"

那虎力大仙欠身拱手,辞了国王,径下楼来。行者向前拦住道:"先生那里去?"大仙道:"登坛祈雨。"行者道:"你也忒自重了,更不让我远乡之僧。也罢,这正是'强龙不压地头蛇',先生先去,必须对君前讲开。"大仙道:"讲甚么?"行者道:"我与你都上坛祈雨,知雨是你的,是我的?不见是谁的功绩了。"国王在上听见,心中暗喜,道:"那小和尚说话倒有些筋节②。"沙僧听见,暗笑道:"不知一肚子筋节,还不曾拿出来哩!"大仙道:"不消讲,陛下自然知之。"行者道:"虽然知之,奈我远来之僧未曾与你相会。那时彼此混赖,不成勾当。须讲开方好行事。"大仙道:"这一上坛,只看我的令牌为号:一声令牌响,风来;二声响,云起;三声响,雷闪齐鸣;四声响,雨至;五声响,云散雨收。"行者笑道:"妙阿!我僧是不曾见,请了,请了!"

大仙拽开步前进,三藏等随后,径到了坛门外。抬头观看,那里

---

①涂炭:烂泥和炭火,比喻极困苦的境地。
②筋节:这里指言语上的分寸和关键。

有一座高台,约有三丈多高。台左右插着二十八宿旗号,顶上放一张桌子,桌上有一个香炉,炉中香烟霭霭。两边有两只烛台,台上风烛煌煌。炉边靠着一个金牌,牌上镌的是雷神名号。底下有五个大缸,都注着满缸清水,水上浮着杨柳枝。杨柳枝上,托着一面铁牌,牌上书的是雷霆都司的符字①。左右有五个大桩,桩上写着五方蛮雷使者的名录②。每一桩边,立两个道士,各执铁锤,伺候着打桩③。台后面有许多道士,在那里写作文书。正中间设一架纸炉,又有几个像生的人物④,都是那执符使者、土地、赞教之神⑤。

　那大仙走进去,更不谦逊,直上高台立定。傍边有个小道士,捧了几张黄纸书就的符字,一口宝剑,递与大仙。大仙执着宝剑,念声咒语,将一道符在烛上烧了。那底下两三个道士,拿过一个执符的像生,一道文书,亦点火焚之。那上面乒的一声令牌响⑥,只见那半空里,悠悠的风色飘来。猪八戒口里作念道:"不好了,不好了,这道

---

① 雷霆都司:即五雷都司,道教神霄派认为天界主管雷霆的机构,由玉清真王管辖,分天雷、地雷、水雷、龙雷、社令雷。
② 蛮雷使者:雷法中雷霆三帅之一辛汉臣手下属神,共五位,配合五方,主管行雷。
③ 打桩:这里虎力大仙的祈雨术,当出自道教雷法。如神霄派所传"雷霆三要一气火雷使者法",坛场需要设水缸和木桩、旗帜。《道法会元》卷九十三称:凡立坛祈祷,须用净水五缸,布置五方。桩的作用是捆缚旗幡。打桩时要存想斧子为雷斧,一面念咒,一面击打。打三遍至稳,将旗杆缚在桩侧。
④ 像生:用纸或彩帛扎成的人、物形象,用于祭祀。
⑤ 执符使者:当即"直符使者",例如雷霆三要法中召请的是先天一气火雷飞捷使者旸谷神君张珏,其形象《道法会元》规定为:三目两翅,青身赤体,左手执召雷旗,右手执斧,腰带碧玉牌,一面金字。这里的像生,即为按道教仪轨规定的直符使者像。赞教:泛指辅助行法的神。赞,辅佐。
⑥ 一声令牌响:雷霆三要求雨法,号令诸神需要击打令牌。《道法会元》卷九十三《雷霆三要诀例》:"凡击令,不可乱下。如发遣,只击一下。如欲雷声随令震响,直见闪电一动,却下令,则雷声立应。"

士果然有本事。令牌响了一下,果然就刮风。"行者道:"兄弟悄悄的,你们再莫与我说话,只管护持师父,等我干事去来。"

好大圣,拔下一根毫毛,吹口仙气,叫:"变!"就变作一个假行者,立在唐僧手下。他的真身出了元神,赶到半空中,高叫:"那司风的是那个?"慌得那风婆婆捻住布袋,巽二郎扎住口绳,上前施礼。行者道:"我保护唐朝圣僧西天取经,路过车迟国,与那妖道赌胜祈雨,你怎么不助老孙,返助那道士?我且饶你,把风收了。若有一些风儿,把那道士的胡子吹得动动,各打二十铁棒!"风婆婆道:"不敢!不敢!"遂而没些风气。八戒忍不住乱嚷道:"那先儿请退①!令牌已响,怎么不见一些风儿?你下来,让我们上去!"

那道士又执令牌,烧了符檄②,扑的又打了一下,只见那空中云雾遮满。孙大圣又当头叫道:"布云的是那个?"慌得那推云童子、布雾郎君当面施礼。行者又将前事说了一遍,那云童、雾子也收了云雾,放出太阳星耀耀,一天万里更无云。八戒笑道:"这先儿只好哄这皇帝,搪塞黎民,全没些真实本事!令牌响了两个,如何又不见云生?"

那道士心中焦燥,仗宝剑,解散了头发,念着咒,烧了符,再一令牌打将下去,只见那南天门里,邓天君领着雷公、电母到当空③,迎着行者进礼。行者又将前项事说了一遍,道:"你们怎么来的志诚,是何法旨?"天君道:"那道士五雷法是个真的④。他发了文书,烧了文

---

① 先儿:即"先生儿"的省称。唐以后道士亦称先生。
② 符檄:《道法会元》卷九十三规定:凡书符命牒檄,并用皂纸为紧,黄纸次之。并用浓墨调朱书,想昏太阳之义也。
③ 邓天君:雷霆三要法召请的雷将为"主雷欻火律令大神邓燮",以及"雷公电母,风伯雨师,五方蛮雷使者,合部雷神"。
④ 五雷法:即雷法,又称"五雷正法",道教神霄派役使鬼神,招致雷雨的法术。此法术为神霄派法术的主要内容,信仰雷部正神,如神霄真王、五雷院、五方雷将等。认为行法应以自身内丹修炼为本,用行者的元神召致雷霆,"人能聚五行之炁,运五行之炁为五雷,则雷法乃先天之道,雷神乃在我之神"(《道法会元》卷六十七),故又称五雷法。

橛,惊动玉帝①,玉帝掷下旨意,径至九天应元雷声普化天尊府下②。我等奉旨前来,助雷电下雨。"行者道:"既如此,且都住了,伺候老孙行事。"果然雷也不鸣,电也不灼。

那道士愈加着忙,又添香、烧符、念咒③,打下令牌。半空中又有四海龙王一齐拥至。行者当头喝道:"敖广!那里去?"那敖广、敖钦、敖顺、敖闰上前施礼。行者又将前项事说了一遍。道:"向日有劳,未曾成功;今日之事,望为助力。"龙王道:"遵命!遵命!"行者又谢了敖顺道:"前日亏令郎缚怪,搭救师父。"龙王道:"那厮还锁在海中,未敢擅便,正欲请大圣发落。"行者道:"凭你怎么处治了罢,如今且助我一功。那道士四声令牌已毕,却轮到老孙下去干事了。但我不会发符,烧橛,打甚令牌,你列位却要助我行行。"邓天君道:"大圣分付,谁敢不从?但只是得一个号令,方敢依令而行;不然,雷雨乱了,显得大圣无款也。"行者道:"我将棍子为号罢。"那雷公大惊道:"爷爷哎!我们怎吃得这棍子?"行者道:"不是打你们,但看我这棍子往上一指,就要刮风。"那风婆婆、巽二郎没口的答应道:"就放风!"——"棍子第二指,就要布云。"那推云童子、布雾郎君道:"就布云,就布云!"——"棍子第三指,就要雷电皆鸣。"那雷公、电母道:"奉承,奉承!"——"棍子第四指,就要下雨。"那龙王道:"遵命,遵命!"——"棍子第五指,就要大日天晴,却莫违误。"

分付已毕,遂按下云头,把毫毛一抖,收上身来。那些人肉眼凡胎,那里晓得?行者遂在傍边高叫道:"先生请了!四声令牌俱已响毕,更没有风云雷雨,该让我了!"那道士无奈,不敢久占,只得下了台让他,努着嘴,径往楼上见驾。行者道:"等我跟他去,看他说些甚

---

① 玉帝:《道法会元》卷九十三规定,"昊天至尊玉皇上帝"为雷霆三要法的主法。所谓主法,即道教重大法术所凭依的最高尊神,施行前应予指明。
② 九天应元雷声普化天尊:道教中雷部的最高神,据雷法经典称,是由元始天尊第九个儿子玉清真王化生而来,又称神霄真王,下辖神霄玉府等雷部组织。
③ 添香:雷霆三要法规定,坛上应多焚桃木香。

的。"只听得那国王问道："寡人这里洗耳诚听，你那里四声令响，不见风雨，何也？"道士云："今日龙神都不在家。"行者厉声道："陛下，神龙俱在家；只是这国师法不灵，请他不来。等和尚请来你看。"国王道："即去登坛，寡人还在此候雨。"

行者得旨，急抽身到坛所，扯着唐僧道："师父请上台。"唐僧道："徒弟，我却不会祈雨。"八戒笑道："他害你了，若还没雨，拿上柴蓬①，一把火了帐。"行者道："你不会求雨，好的会念经，等我助你。"那长老才举步登坛，到上面端然坐下，定性归神，默念那《密多心经》。正坐处，忽见一员官，飞马来问："那和尚，怎么不打令牌，不烧符檄？"行者高声答道："不用不用，我们是静功祈祷。"那官去回奏不题。

行者听得老师父经文念尽，却去耳朵内取出铁棒，迎风幌了一幌，就有丈二长短，碗来粗细，将棍望空一指，那风婆婆见了，心忙扯开布袋，巽二郎解放口绳。只听得呼呼风响，满城中揭瓦翻砖，扬砂走石。看起来，真个好风，却比那寻常之风不同也，但见：

折柳伤花，摧林倒树。九重殿损壁崩墙，五凤楼摇梁撼柱。天边红日无光，地下黄砂有翅。演武厅前武将惊，会文阁内文官惧。三宫粉黛乱青丝，六院嫔妃蓬宝髻。侯伯金冠落绣缨，宰相乌纱飘展翅。当驾有言不敢谈，黄门执本无由递。金鱼玉带不依班，象简罗衫无品叙。彩阁翠屏尽损伤，绿窗朱户皆狼狈。金銮殿瓦走砖飞，锦云堂门歪槅碎。这阵狂风果是凶，刮得那君王父子难相会。六街三市没人踪，万户千门皆紧闭。

正是那狂风大作，孙行者又显神通，把金箍棒钻一钻②，望空又

---

① 拿上柴蓬：民间有将求雨者放在柴堆上焚烧，以感动上天降雨的习俗。此俗来源甚早。《左传·僖公二十一年》："夏，大旱，公欲焚巫尪（wāng，女巫）。"《后汉书·戴封传》记载：戴封任西华县令时，天大旱，戴封积柴薪，坐其上而自焚，于是天降大雨。

② 钻一钻：同"攒一攒"。

一指,只见那:

推云童子,布雾郎君。推云童子显神威,骨都都触石垂天①;布雾郎君施法力,浓漠漠飞烟盖地。茫茫三市暗,冉冉六街昏。因风离海上,随雨出昆仑。顷刻漫天地,须臾蔽世尘。宛然如混沌,不见凤楼门。

此时昏雾朦胧,浓云叆叇。孙行者又把金箍棒钻一钻,望空又一指,慌得那:

雷公奋怒,电母生嗔。雷公奋怒,倒骑火兽下天关;电母生嗔,乱掣金蛇离斗府。唿喇喇施霹雳,振碎了铁叉山;淅沥沥闪红绡,飞出了东洋海。呼呼隐隐滚车声,烨烨煌煌飘稻米。万萌万物精神改,多少昆虫蛰已开②,君臣楼上心惊骇。

那沉雷护闪,乒乒乓乓,一似那地裂山崩之势,唬得那满城人,户户焚香,家家化纸。孙行者高呼:"老邓!仔细替我看那贪赃坏法之官,忤逆不孝之子,多打死几个示众!"那雷越发振响起来。行者却又把铁棒望上一指,只见那:

龙施号令,雨漫乾坤。势如银汉倾天堑,疾似云流过海门。楼头声滴滴,窗外响潇潇。天上银河泻,街前白浪滔。淙淙如瓮捡③,滚滚似盆浇。孤庄将漫屋,野岸欲平桥。真个桑田变沧海,霎时陆岸滚波涛。神龙藉此来相助,抬起长江望下浇。

这场雨,自辰时下起,只下到午时前后,下得那车迟城,里里外

---

① 触石:《公羊传·僖公三十一年》:"触石而出,肤寸而合,不崇朝而遍雨乎天下者,唯泰山尔。"后以"触石"谓山中云气与峰峦相碰击,吐出云来。垂天:指悬在天空之云。《庄子·逍遥游》:"鹏之背,不知其几千里也;怒而飞,其翼若垂天之云。"

② 多少昆虫蛰已开:昆虫冬天蛰伏,据说春天的雷声可以把它们唤醒。《礼记·月令》,仲春之月(二月):"是月也,日夜分。雷乃发声,始电。蛰虫咸动,启户始出。"

③ 瓮捡:不详其义。文俊威《补正》认为通"瓮溅","溅"又通"潋",水溢出,可从。瓮,杨闽斋本作"瓦",李卓吾评本作"筧"。

外,水漫了街衢。那国王传旨道:"雨彀了!雨彀了!十分再多,又渰坏了禾苗,返为不美。"五凤楼下听事官策马冒雨来报:"圣僧,雨彀了。"行者闻言,将金箍棒往上又一指,只见霎时间,雷收风息,雨散云收。国王满心欢喜,文武尽皆称赞道:"好和尚!这正是'强中更有强中手'!就是我国师求雨虽灵,若要晴,细雨儿还下半日,便不清爽;怎么这和尚要晴就晴,顷刻间杲杲日出,万里就无云也?"

国王教回銮,倒换关文,打发唐僧过去。正用御宝时,又被那三个道士上前阻住道:"陛下,这场雨全非和尚之功,还是我道门之力。"国王道:"你才说龙王不在家,不曾有雨;他走上去,以静功祈祷,就雨下来,怎么又与他争功,何也?"虎力大仙道:"我上坛发了文书,烧了符檄,击了令牌,那龙王谁敢不来?想是别方召请①,风云雷雨五司俱不在,一闻我令,随赶而来;适遇着我下他上,一时撞着这个机会,所以就雨。从根算来,还是我请的龙,下的雨,怎么算作他的功果?"那国王昏乱,听此言,却又疑惑未定。

行者近前一步,合掌奏道:"陛下,这些傍门法术,也不成个功果,算不得我的他的。如今有四海龙王,见在空中,我僧未曾发放,他还不敢遽退。那国师若能叫得龙王现身,就算他的功劳。"国王大喜道:"寡人做了二十三年皇帝,更不曾看见活龙是怎么模样。你两家各显法力,不论僧道,但叫得来的,就是有功;叫不出的,有罪。"那道士怎么有那样本事?就叫,那龙王见大圣在此,也不敢出头。道士云:"我辈不能,你是叫来。"那大圣仰面朝空,厉声高叫:"敖广何在?弟兄们都现原身来看!"那龙王听唤,即忙现了本身。四条龙在半空中度雾穿云,飞舞向金銮殿上,但见:

---

①别方召请:《道法会元》卷九十三"雷霆三要诀例"记作法后雨反而下到别处的情况:"凡祈雨,若见雨过他方,此间发号去彼催用。……见彼风云动,方逐渐取号,缓缓回来面前,则雷随他来了。"是其法术之设计,本已考虑到不灵验的可能,故要求法师观察别处风云的变化,有向己方变动的趋势,才相机发号施令,以显灵验。所以这里虎力大仙有此理由为自己开脱。

飞腾变化，绕雾盘云。玉爪垂钩白，银鳞舞镜明。髯飘素练根根爽，角耸轩昂挺挺清。磕额崔巍，圆睛幌亮。隐显莫能测，飞扬不可评。祷雨随时布雨，求晴即便天晴。这才是有灵有圣真龙像，祥瑞缤纷绕殿庭。

那国王在殿上焚香。众公卿在阶前礼拜。国王道："有劳贵体降临，请回，寡人改日醮谢。"行者道："列位众神各自归去，这国王改日醮谢哩。"那龙王径自归海，众神各各回天。这正是：

　　广大无边真妙法，至真了性劈傍门。

毕竟不知怎除邪，且听下回分解。

第四十六回

外道弄强欺正法　心猿显圣灭诸邪

话说那国王见孙行者有呼龙使圣之法,即将关文用了宝印,便要递与唐僧,放行西路。那三个道士,慌得拜倒在金銮殿上启奏。那皇帝即下龙位,御手忙搀道:"国师今日行此大礼,何也?"道士说:"陛下,我等至此,匡扶社稷,保国安民,苦历二十年来,今日这和尚弄法力,抓了丢去①,败了我们声名。陛下以一场之雨,就恕杀人之罪,可不轻了我等也?望陛下且留住他的关文,让我兄弟与他再赌一赌,看是何如。"那国王着实昏乱,东说向东,西说向西,真个收了关文,道:"国师,你怎么与他赌?"虎力大仙道:"我与他赌坐禅②。"国王道:"国师差矣。那和尚乃禅教出身,必然先会禅机,才敢奉旨求经;你怎与他赌此?"大仙道:"我这坐禅,比常不同:有一异名,教做'云梯显圣'。"国王道:"何为'云梯显圣'?"大仙云:"要一百张桌子,五十张作一禅台,一张一张叠将起去,不许手攀而上,亦不用梯凳而登,各驾一朵云头,上台坐下,约定几个时辰不动。"

国王见此有些难处,就便传旨问道:"那和尚,我国师要与你赌'云梯显圣'坐禅,那个会么?"行者闻言,沉吟不答。八戒道:"哥哥,怎么不言语?"行者道:"兄弟,实不瞒你说。若是踢天弄井,搅海翻江,担山赶月,换斗移星,诸般巧事,我都干得;就是砍头剁脑,剖腹剜心,异样腾那,却也不怕;但说坐禅,我就输了。我那里有这坐性?你就把我锁在铁柱上,我也要上下爬蹲,莫想坐得住。"三藏忽的开言道:"我会坐禅。"行者欢喜道:"却好!却好!可坐得多少时?"三

---

①抓了丢去:抢了功,占了先。
②坐禅:佛教修炼方法。指静坐安心,屏除思虑,达到入定的状态。

藏道:"我幼年遇方上禅僧讲道,那性命根本上,定性存神,在死生关里①,也坐二三个年头。"行者道:"师父若坐二三年,我们就不取经罢;多也不上二三个时辰,就下来了。"三藏道:"徒弟呵,却是不能上去。"行者道:"你上前答应,我送你上去。"那长老果然合掌当胸道:"贫僧会坐禅。"国王教传旨立禅台。国家有倒山之力,不消半个时辰,就设起两座台,在金銮殿左右。

那虎力大仙下殿,立于阶心,将身一纵,踏一朵席云,径上西边台上坐下。行者拔一根毫毛,变做假像,陪着八戒、沙僧,立于下面,他却作五色祥云,把唐僧撮起空中,径至东边台上坐下。他又敛祥光,变作一个蟭蟟虫,飞在八戒耳朵边道:"兄弟,仔细看着师父,再莫与老孙替身说话。"那呆子笑道:"理会得!理会得!"

却说那鹿力大仙在绣墩上坐看多时,他两个在高台上,不分胜负,这道士就助他师兄一功:将脑后短发,拔了一根,捻着一团,弹将上去,径至唐僧头上,变作一个大臭虫,咬住长老。那长老先前觉痒,然后觉疼。原来坐禅的不许动手,动手算输,一时间疼痛难禁,他缩着头,就着衣襟擦痒。八戒道:"不好了!师父羊儿风发了。"沙僧道:"不是,是头风发了②。"行者听见道:"我师父乃志诚君子,他说会坐禅,断然会坐;说不会,只是不会。君子家,岂有谬乎?你两个休言,等我上去看看。"好行者,嘤的一声,飞在唐僧头上,只见有豆粒大小一个臭虫叮他师父。慌忙用手捻下,替师父挠挠按按③。那长老不疼不痒,端坐上面。行者暗想道:"和尚头光,虱子也安不得一个,如何有此臭虫?想是那道士弄的玄虚,害我师父。哈哈!枉自也不见输赢,等老孙去弄他一弄!"这行者飞将去,金殿兽头上落下,摇身一变,变作一条七寸长的蜈蚣,径来道士鼻凹里叮了一下。

---

① 死生关:生死之际,生死的关头。

② 头风:头痛,中医的病症名。

③ 按按:原作"接接"。世德堂本"按"常误作"接",如第六回:"变作二郎爷爷的模样,按下云头。""按"原作"接"。按,抚摸,明袁宏道《长安有狭邪行》:"按金驹,立长沟。"又有"按摩"一词,同此义。杨闽斋本作"扑扑"。

那道士坐不稳,一个筋斗,翻将下去,几乎丧了性命;幸亏大小官员人多救起。国王大惊,即着当驾太师领他往文华殿里梳洗去了。行者仍驾祥云,将师父驮下阶前,已是长老得胜。

那国王只教放行。鹿力大仙又奏道:"陛下,我师兄原有暗风疾,因到了高处,冒了天风,旧疾举发,故令和尚得胜。且留下他,等我与他赌'隔板猜枚'。"国王道:"怎么叫做'隔板猜枚'?"鹿力道:"贫道有隔板知物之法,看那和尚可能勾。他若猜得过我,让他出去;猜不着,凭陛下问拟罪名,雪我昆众之恨①,不污了二十年保国之恩也。"

真个那国王十分昏乱,依此谗言。即传旨,将一朱红漆的柜子,命内官抬到宫殿。教娘娘放上件宝贝。须臾抬出,放在白玉阶前,教僧道:"你两家各赌法力,猜那柜中是何宝贝。"三藏道:"徒弟,柜中之物,如何得知?"行者敛祥光,还变作蟭蟟虫,叮在唐僧头上道:"师父放心,等我去看看来。"好大圣,轻轻飞到柜上,爬在那柜脚之下,见有一条板缝儿。他钻将进去,见一个红漆丹盘,内放一套宫衣,乃是山河社稷袄,乾坤地理裙。用手拿起来,抖乱了,咬破舌尖上,一口血,哨喷将去,叫声"变",即变作一件破烂流丢一口钟②;临行又撒上一泡臊溺,却还从板缝里钻出来,飞在唐僧耳朵上道:"师父,你只猜是破烂流丢一口钟。"三藏道:"他教猜宝贝哩,流丢是件甚宝贝?"行者道:"莫管他,只猜着便是。"

唐僧进前一步,正要猜,那鹿力大仙道:"我先猜,那柜里是山河社稷袄,乾坤地理裙。"唐僧道:"不是,不是,柜里是件破烂流丢一口钟。"国王道:"这和尚无礼!敢笑我国中无宝,猜甚么流丢一口钟!"教:"拿了!"那两班校尉就要动手,慌得唐僧合掌高呼:"陛下,且赦贫僧一时,待打开柜看。端的是宝,贫僧领罪;如不是宝,却不屈了

---

① 昆众:即"昆仲"。称他人兄弟的敬词。长为昆,次为仲。
② 破烂流丢:方言。形容破破烂烂的腐朽样子。流丢,多用在形容词后,如"黑不流丢"。

贫僧也?"国王教打开看。当驾官即开了,捧出丹盘来看,果然是件破烂流丢一口钟。国王大怒道:"是谁放上此物?"龙座后面,闪上三宫皇后道:"我主,是梓童亲手放的山河社稷袄①,乾坤地理裙,却不知怎么变成此物。"国王道:"御妻请退,寡人知之。宫中所用之物,无非是缎绢绫罗,那有此甚么流丢?"教:"抬上柜来,等朕亲藏一宝贝,再试如何。"

那皇帝即转后宫,把御花园里仙桃树上结得一个大桃子——有碗来大小——摘下,放在柜内,又抬下叫猜。唐僧道:"徒弟呵,又来猜了。"行者道:"放心,等我再去看看。"又嘤的一声飞将去,还从板缝儿钻进去,见是一个桃子,正合他意,即现了原身,坐在柜里,将桃子一顿口啃得干干净净,连两边腮凹儿都啃净了,将核儿安在里面。仍变蟭蟟虫,飞将出去,叮在唐僧耳朵上道:"师父,只猜是个桃核子。"长老道:"徒弟呵,休要弄我。为前不是口快,几乎拿去典刑。这番须猜宝贝方好,桃核子是甚宝贝?"行者道:"休怕,只管赢他便了。"

三藏正要开言,听得那羊力大仙道:"贫道先猜,是一颗仙桃。"三藏猜道:"不是桃,是个光桃核子。"那国王喝道:"是朕放的仙桃,如何是核?三国师猜着了。"三藏道:"陛下,打开来看就是。"当驾官又抬上去打开,捧出丹盘,果然是一个核子,皮肉俱无。国王见了,心惊道:"国师,休与他赌斗了,让他去罢。寡人亲手藏的仙桃,如今只是一核子,是甚人吃了?想是有鬼神暗助他也。"八戒听说,与沙僧微微冷笑道:"还不知他是会吃桃子的积年哩②!"

正话间,只见那虎力大仙从文华殿梳洗了,走上殿道:"陛下,这和尚有搬运抵物之术,抬上柜来,我破他术法,与他再猜。"国王道:"国师还要猜甚?"虎力道:"术法只抵得物件,却不抵得人身。将这道童藏在里面,管教他抵换不得。"这小童果藏在柜里,掩上柜盖,抬

---

①梓童:相当于"子童"。皇后、仙女的自称。
②积年:指有多年实践、经验丰富的人。

将下去,教:"那和尚再猜,这三番是甚宝贝。"三藏道:"又来了。"行者道:"等我再去看看。"嘤的又飞去,钻入里面,见是一个小童儿。好大圣,他却有见识,果然是腾那天下少,似这伶俐世间稀。他就摇身一变,变作个老道士一般容貌,进柜里叫声:"徒弟。"童儿道:"师父,你从那里来的?"行者道:"我使遁法来的。"童儿道:"你来有甚教诲?"行者道:"那和尚看见你进柜来了,他若猜个道童,却又不输了?是特来和你计较计较,剃了头,我们猜和尚罢。"童儿道:"但凭师父处治,只要我们赢他便了。若是再输与他,不但低了声名,又恐朝廷不敬重了。"行者道:"说得是。我儿过来,赢了他,我重重赏你。"将金箍棒就变作一把剃头刀,搂抱着那童儿,口里叫道:"乖乖,忍着疼,莫放声,等我与你剃头。"须臾,剃下发来,窝作一团,塞在那柜脚纥络里①,收了刀儿,摸着他的光头道:"我儿,头便像个和尚,只是衣裳不趁。脱下来,我与你变一变。"那道童穿的一领葱白色云头花绢绣锦沿边的鹤氅,真个脱下来,被行者吹一口仙气,叫:"变!"即做一件土黄色的直裰儿,与他穿了。却又拔下两根毫毛,变作一个木鱼儿,递在他手里道:"徒弟,须听着。但叫道童,千万莫出去;若叫和尚,你就与我顶开柜盖,敲着木鱼,念一卷佛经钻出来,方得成功也。"童儿道:"我只会念《三官经》《北斗经》《消灾经》②,不会念佛家经。"行者道:"你可会念佛?"童儿道:"阿弥陀佛,那个不会念?"行者道:"也罢,也罢,就念佛,省得我又教你。切记着,我去也。"还变蟭蟟虫,钻出去,飞在唐僧耳轮边道:"师父,你只猜是个和尚。"三藏道:"这番也准赢了③。"行者道:"你怎么定得?"三藏道:"经上有云:'佛、法、僧三宝。'和尚却也是一宝。"

---

① 纥络:同"旮旯"。角落。
② 《三官经》:即《太上三元赐福赦罪解厄消灾延生保命妙经》,也作《三官真经》《三官感应妙经》,称颂三官大帝的福德及神通,为道教徒日常诵读的经典。《消灾经》:说法不一,一说是全称《太上灵宝升玄消灾护命经》,又说为《太上老君说消灾经》等。
③ 也:原作"他",据李卓吾评本改。

正说处,只见那虎力大仙道:"陛下,第三番是个道童。"只管叫,他那里肯出来。三藏合掌道:"是个和尚。"八戒尽力高叫道:"柜里是个和尚!"那童儿忽的顶开柜盖,敲着木鱼,念着佛,钻出来。喜得那两班文武,齐声喝采。唬得那三个道士,拑口无言。国王道:"这和尚是有神鬼辅佐!怎么道士入柜,就变做和尚?纵有待诏跟进去①,也只剔得头便了,如何衣服也能趁体,口里又会念佛?国师呵,让他去罢!"

虎力大仙道:"陛下,左右是'棋逢对手,将遇良材'。贫道将钟南山幼时学的武艺,索性与他赌一赌。"国王道:"有甚么武艺?"虎力道:"弟兄三个,都有些神通。会砍下头来,又能安上;剖腹剜心,还再长完;滚油锅里,又能洗澡。"国王大惊道:"此三事都是寻死之路!"虎力道:"我等有此法力,才敢出此朗言,断要与他赌个才休。"那国王叫道:"东土的和尚,我国师不肯放你,还要与你赌砍头剖腹,下滚油锅洗澡哩。"

行者正变作䗫蟟虫,往来报事。忽听此言,即收了毫毛,现出本相,哈哈大笑道:"造化!造化!买卖上门了!"八戒道:"这三件都是丧性命的事,怎么说买卖上门?"行者道:"你还不知我的本事。"八戒道:"哥呵,你只像这等变化腾那也勾了,怎么还有这等本事?"行者道:"我呵:

砍下头来能说话,剁了臂膊打得人。

扎去腿脚会走路,剖腹还平妙绝伦②。

就似人家包匾食③,一捻一个就囫囵。

油锅洗澡更容易,只当温汤涤垢尘。"

八戒、沙僧闻说,呵呵大笑。行者上前道:"陛下,小和尚会砍头。"国王道:"你怎么会砍头?"行者道:"我当年在寺里修行,曾遇着

―――――――――

①待诏:原为官名,后来演变为对理发师的称呼。

②还平:还归平整。

③匾食:同"扁食"。方言。水饺、锅贴之类的面食。

一个方上禅和子①,教我一个砍头法,不知好也不好,如今且试试新。"国王笑道:"那和尚年幼不知事。砍头那里好试新?头乃六阳之首,砍下即便死矣。"虎力道:"陛下,正要他如此,方才出得我们之气。"那昏君信他言语,即传旨,教设杀场。

一声传旨,即有羽林军三千,摆列朝门之外。国王教:"和尚先去砍头。"行者忻然应道:"我先去!我先去!"拱着手,高呼道:"国师,恕大胆,占先了。"拽回头,往外就走。唐僧一把扯住道:"徒弟呀,仔细些。那里不是耍处。"行者道:"怕他怎的!撒了手,等我去来。"

那大圣径至杀场里面,被刽子手挝住了,捆做一团。按在那土墩高处,只听喊一声:"开刀!"飕的把个头砍将下来。又被刽子手一脚踢了去,好似滚西瓜一般,滚有三四十步远近。行者腔子中更不出血,只听得肚里叫声:"头来!"慌得鹿力大仙见有这般手段,即念咒语,教本坊土地神祇:"将人头扯住,待我赢了和尚,奏了国王,与你把小祠堂盖作大庙宇,泥塑像改作正金身。"原来那些土地神祇因他有五雷法,也服他使唤,暗中真个把行者头按住了。行者又叫声:"头来!"那头一似生根,莫想得动。行者心焦,捻着拳,挣了一挣,将捆的绳子就皆挣断,喝声:"长!"飕的腔子内长出一个头来。唬得那刽子手个个心惊,羽林军人人胆战。那监斩官急走入朝奏道:"万岁,那小和尚砍了头,又长出一颗来了。"八戒冷笑道:"沙僧,那知哥哥还有这般手段。"沙僧道:"他有七十二般变化,就有七十二个头哩。"

说不了,行者走来叫声"师父"。三藏大喜道:"徒弟,辛苦么?"行者道:"不辛苦,倒好耍子。"八戒道:"哥哥,可用刀疮药么?"行者道:"你是摸摸看,可有刀痕?"那呆子伸手一摸,就笑得呆呆挣挣道:"妙哉!妙哉!却也长得完全,截疤儿也没些儿!"

兄弟们正都欢喜,又听得国王叫领关文:"赦你无罪。快去!快

---

①禅和子:参禅人的通称。

去!"行者道:"关文虽领,必须国师也赴曹砍砍头,也当试新去来。"国王道:"大国师,那和尚也不肯放你哩。你与他赌胜,且莫唬了寡人。"虎力也只得去,被几个刽子手也捆翻在地,幌一幌,把头砍下,一脚也踢将去,滚了有三十余步,他腔子里也不出血,也叫一声:"头来!"行者即忙拔下一根毫毛,吹口仙气,叫:"变!"变作一条黄犬,跑入场中,把那道士头一口衔来,径跑到御水河边丢下不题。

却说那道士连叫三声,人头不到,怎似行者的手段,长不出来,腔子中骨都都红光迸出,可怜空有唤雨呼风法,怎比长生果正仙?须臾,倒在尘埃。众人观看,乃是一只无头的黄毛虎。

那监斩官又来奏:"万岁,大国师砍下头来,不能长出,死在尘埃,是一只无头的黄毛虎。"国王闻奏,大惊失色。目不转睛,看那两个道士。鹿力起身道:"我师兄已是命到禄绝了,如何是只黄虎!这都是那和尚怠懒,使的掩样法儿,将我师兄变作畜类!我今定不饶他,定要与他赌那剖腹剜心!"

国王听说,方才定性回神。又叫:"那和尚,二国师还要与你赌哩。"行者道:"小和尚久不吃烟火食,前日西来,忽遇斋公家劝饭,多吃了几个馍馍。这几日腹中作痛,想是生虫,正欲借陛下之刀,剖开肚皮,拿出脏腑,洗净脾胃,方好上西天见佛。"国王听说,教:"拿他赴曹。"那许多人,搀的搀,扯的扯。行者展脱手道①:"不用人搀,自家走去。但一件,不许缚手,我好用手洗刷脏腑。"国王传旨,教:"莫绑他手。"

行者摇摇摆摆,径至杀场,将身靠着大桩,解开衣带,露出肚腹。那刽子手将一条绳套在他膊项上,一条绳扎住他腿足,把一口牛耳短刀,幌一幌,着肚皮下一割,搠个窟窿。这行者双手爬开肚腹,拿出肠脏来,一条条理勾多时,依然安在里面。照旧盘曲,捻着肚皮,吹口仙气,叫:"长!"依然长合。国王大惊,将他那关文捧在手中道:"圣僧莫误西行,与你关文去罢。"行者笑道:"关文小可,也请二国师

———

①展脱:挣脱。

剖剖剜剜,何如?"国王对鹿力说:"这事不与寡人相干,是你要与他做对头的。请去,请去。"鹿力道:"宽心,料我决不输与他。"

你看他也像孙大圣,摇摇摆摆,径入杀场,被刽子手套上绳,将牛耳短刀,唿喇的一声,割开肚腹,他也拿出肝肠,用手理弄。行者即拔一根毫毛,吹口仙气,叫:"变!"变作一只饿鹰,展开翅爪,搜的把他五脏心肝,尽情抓去,不知飞向何方受用。这道士弄做一个空腔破肚淋漓鬼,少脏无肠浪荡魂。那刽子手蹬倒大桩,拖尸来看,呀!原来是一只白毛角鹿。

慌得那监斩官又来奏道:"二国师晦气,正剖腹时,被一只饿鹰将脏腑肝肠都刁去了,死在那里。原身是个白毛角鹿也。"国王害怕道:"怎么是个角鹿?"那羊力大仙又奏道:"我师兄既死,如何得现兽形?这都是那和尚弄术法坐害我等。我等与师兄报仇者。"国王道:"你有甚么法力赢他?"羊力道:"我与他赌下滚油锅洗澡。"国王便教取一口大锅,满着香油,教他两个赌去。行者道:"多承下顾。小和尚一向不曾洗澡,这两日皮肤燥痒,好歹盪盪去①。"

那当驾官果安下油锅,架起干柴,燃着烈火,将油烧滚,教和尚先下去。行者合掌道:"不知文洗,武洗?"国王道:"文洗如何?武洗如何?"行者道:"文洗不脱衣服,似这般叉着手,下去打个滚,就起来,不许污坏了衣服,若有一点油腻算输。武洗要取一张衣架,一条手巾,脱了衣服,跳将下去,任意翻筋斗,竖蜻蜓,当耍而洗也。"国王对羊力说:"你要与他文洗,武洗?"羊力道:"文洗恐他衣服是药炼过的,隔油,武洗罢。"行者又上前道:"恕大胆,屡次占先了。"你看他脱了布直裰,褪了虎皮裙,将身一纵,跳在锅内,翻波斗浪,就似负水一般顽耍。

八戒见了,咬着指头,对沙僧道:"我们也错看了这猴子了!平时间剽言讪语②,斗他耍子,怎知他有这般真实本事!"他两个唧唧哝哝

---

① 盪盪:同"烫烫",参第二十五回"盪"条注。
② 剽(chán)言讪语:刻薄、嘲讽、玩笑之言。剽,讽刺。

哝,夸奖不尽。行者望见,心疑道:"那呆子笑我哩,正是'巧者多劳拙者闲',老孙这般舞弄,他倒自在。等我作成他捆一绳,看他可怕。"正洗浴,打个尖子①,淬在油锅底上,变作个枣核钉儿,再也不起来了。

那监斩官近前又奏:"万岁,小和尚被滚油烹死了。"国王大喜,教捞上骨骸来看。刽子手将一把铁笊篱,在油锅里捞,原来那笊篱眼稀,行者变得钉小,往往来来,从眼孔漏下去了,那里捞得着?又奏道:"和尚身微骨嫩,俱札化了②。"

国王教:"拿三个和尚下去!"两边校尉,见八戒面凶,先揪翻,把背心捆了,慌得三藏高叫:"陛下,赦贫僧一时。我那个徒弟,自从归教,历历有功;今日冲撞国师,死在油锅之内,奈何先死者为神,我贫僧怎敢贪生!正是天下官员也管着天下百姓。陛下若教臣死,臣岂敢不死?只望宽恩,赐我半盏凉浆水饭,三张纸马③,容到油锅边,烧此一陌纸④,也表我师徒一念,那时再领罪也。"国王闻言道:"也是那中华人多有义气。"命取些浆饭、黄钱与他。果然取了,递与唐僧。

唐僧教沙和尚同去。行至阶下,有几个校尉,把八戒揪着耳朵,拉在锅边,三藏对锅祝曰:"徒弟孙悟空:

　　自从受戒拜禅林⑤,护我西来恩爱深。
　　指望同时成大道,何期今日你归阴。
　　生前只为求经意,死后还存念佛心。
　　万里英魂须等候,幽冥做鬼上雷音。"

八戒听见道:"师父,不是这般祝了。沙和尚,你替我奠浆饭,等我祷。"那呆子捆在地下,气呼呼的道:

---

①尖(mèi):方言。潜水。宋周去非《岭外代答》卷四:"广西俗字甚多。……尖,音魅,言没人在水下也。"

②札:同"炸"。

③纸马:即"神马"。旧俗祭祀时所用的神像纸,祭毕随即焚化。

④陌:同"佰"。为计算钱数的单位,钱一百为"陌"。

⑤禅林:指寺院。僧徒聚居之处。

"闯祸的泼猴子,无知的弼马温!
该死的泼猴子,油烹的弼马温!
猴儿了帐,马温断根!"

那行者在油锅底上,听得那呆子乱骂,忍不住现了本相。赤淋淋的,站在油锅底道:"馕糟的夯货!你骂那个哩!"唐僧见了道:"徒弟,唬杀我也!"沙僧道:"大哥干净推佯死惯了。"慌得那两班文武,上前来奏道:"万岁,那和尚不曾死,又打油锅里钻出来了。"监斩官恐怕虚诳朝廷,却又奏道:"死是死了,只是日期犯凶,小和尚来显魂哩①。"

行者闻言大怒,跳出锅来,揩了油腻,穿上衣服,掣出棒,挝过监斩官,着头一下,打做了肉团,道:"我显甚么魂哩!"唬得多官连忙解了八戒,跪地哀告:"恕罪!恕罪!"国王走下龙座。行者上殿扯住道:"陛下不要走,且教你三国师也下下油锅去。"那皇帝战战兢兢道:"三国师,你救朕之命,快下锅去,莫教和尚打我。"

羊力下殿,照依行者脱了衣服,跳下油锅,也那般支吾洗浴。行者放了国王,近油锅边,叫烧火的添柴,却伸手探了一把,哑!那滚油都冰冷。心中暗想道:"我洗时滚热,他洗时却冷。我晓得了,这不知是那个龙王在此护持他哩。"急纵身跳在空中,念声"唵"字咒语,把那北海龙王唤来:"我把你这个带角的蚯蚓,有鳞的泥鳅!你怎么助道士冷龙护住锅底,教他显圣赢我!"唬得那龙王喏喏连声道:"敖顺不敢相助。大圣原来不知,这个孽畜,苦修行了一场,脱得本壳,却只是五雷法真受,其余都蹦了傍门,难归仙道。这个是他在小茅山学来的'大开剥'。那两个已是大圣破了他法,现了本相。这一个也是他自己炼的冷龙,只好哄瞒世俗之人耍子,怎瞒得大圣!小龙如今就收了他冷龙,管教他骨碎皮焦,显甚么手段。"行者道:"趁早收了,免打!"那龙王化一阵旋风,到油锅边,将冷龙捉下海去不题。

---

① 显魂:迷信谓人死后灵魂出现。

行者下来,与三藏、八戒、沙僧立在殿前,见那道士在滚油锅里打挣,爬不出来。滑了一跌,霎时间骨脱皮焦肉烂。监斩官又来奏道:"万岁,三国师爀化了也。"那国王满眼垂泪,手扑着御案,放声大哭道:

"人身难得果然难,不遇真传莫炼丹。
空有驱神咒水术,却无延寿保生丸。
圆明混,怎涅槃？徒用心机命不安。
早觉这般轻折挫,何如秘食稳居山!"

这正是:

点金炼汞成何济,唤雨呼风总是空。

毕竟不知师徒们怎的维持,且听下回分解。

第四十七回

圣僧夜阻通天水　金木垂慈救小童

却说那国王倚着龙床，泪如泉涌，只哭到天晚不住。行者上前高呼道："你怎么这等昏乱！见放着那道士的尸骸，一个是虎，一个是鹿，那羊力是一个羚羊。不信时，捞上骨头来看。那里人有那样骷髅？他本是成精的山兽，同心到此害你。因见气数还旺，不敢下手。若再过二年，你气数衰败，他就害了你性命，把你江山一股儿尽属他了。幸我等早来，除妖邪救了你命。你还哭甚！哭甚！急打发关文，送我出去。"国王闻此，方才省悟。那文武多官俱奏道："死者果然是白鹿、黄虎；油锅里果是羊骨。圣僧之言，不可不听。"国王道："既是这等，感谢圣僧。今日天晚，"教："太师，且请圣僧至智渊寺。明日早朝，大开东阁，教光禄寺安排素净筵宴酬谢。"果送至寺里安歇。

次日五更时候，国王设朝，聚集多官，传旨："快出招僧榜文，四门各路张挂。"一壁厢大排筵宴，摆驾出朝，至智渊寺门外，请了三藏等，共入东阁赴宴，不在话下。

却说那脱命的和尚闻有招僧榜，个个忻然，都入城来寻孙大圣，交纳毫毛谢恩。这长老散了宴，那国王换了关文，同皇后嫔妃、两班文武送出朝门。只见那些和尚跪拜道傍，口称："齐天大圣爷爷！我等是沙滩上脱命僧人。闻知爷爷扫除妖孽，救拔我等，又蒙我王出榜招僧，特来交纳毫毛，叩谢天恩。"行者笑道："汝等来了几何？"僧人道："五百名，半个不少。"行者将身一抖，收了毫毛。对君臣僧俗人说道："这些和尚实是老孙放了。车辆是老孙运转双关穿夹脊，摔碎了。那两个妖道也是老孙打死了。今日灭了妖邪，方知是禅门有道。向后来再不可妄为乱信。望你把三教归一：也敬僧，也敬道，也养育人才。我保你江山永固。"国王依言，感谢不尽，遂送唐僧出城去讫。

这一去,只为殷勤经三藏,努力修持光一元①。晓行夜住,渴饮饥餐,不觉的春尽夏残,又是秋光天气。一日,天色已晚。唐僧勒马道:"徒弟,今宵何处安身也?"行者道:"师父,出家人莫说那在家人的话。"三藏道:"在家人怎么?出家人怎么?"行者道:"在家人,这时候温床暖被,怀中抱子,脚后登妻,自自在在睡觉;我等出家人,那里能勾?便是要带月披星,餐风宿水,有路且行,无路方住。"八戒道:"哥哥,你只知其一,不知其二。如今路多险峻,我挑着重担,着实难走,须要寻个去处,好眠一觉,养养精神,明日方好捱担;不然,却不累倒我也?"行者道:"趁月光再走一程,到有人家之所再住。"师徒们没奈何,只得相随行者往前又行。

不多时,只听得滔滔浪响。八戒道:"罢了,来到尽头路了!"沙僧道:"是一股水挡住也。"唐僧道:"却怎生得渡?"八戒道:"等我试之,看深浅何如。"三藏道:"悟能,你休乱谈,水之浅深,如何试得?"八戒道:"寻一个鹅卵石,抛在当中。若是溅起水泡来,是浅;若是骨都都沉下有声是深。"行者道:"你去试试看。"那呆子在路傍摸了一块顽石,望水中抛去,只听得骨都都泛起鱼津②,沉下水底。他道:"深!深!深!去不得!"唐僧道:"你虽试得深浅,却不知有多少宽阔。"八戒道:"这个却不知,不知。"行者道:"等我看看。"好大圣,纵筋斗云,跳在空中,定睛观看,但见那:

洋洋光浸月,浩浩影浮天。
灵派吞华岳③,长流贯百川。
千层汹浪滚,万叠峻波颠。
岸口无渔火,沙头有鹭眠。
茫然浑似海,一望更无边。

---

①光一元:似指先天一元之灵光,即元神之意。
②鱼津:鱼在水中窜跃所溅起的水泡。泛指类似的水泡。
③灵派:即灵脉。

第四十七回　圣僧夜阻通天水　金木垂慈救小童

急收云头，按落河边道："师父，宽哩！宽哩！去不得！老孙火眼金睛，白日里常看千里，凶吉晓得是①。夜里也还看三五百里。如今通看不见边岸，怎定得宽阔之数？"

三藏大惊，口不能言，声音哽咽道："徒弟呵，似这等怎了？"沙僧道："师父莫哭。你看那水边立的，可不是个人么？"行者道："想是扳罾的渔人②，等我问他去来。"拿了铁棒，两三步，跑到面前看处，呀！不是人，是一面石碑。碑上有三个篆文大字，下边两行，有十个小字。三个大字，乃"通天河"，十个小字，乃"径过八百里，亘古少人行"。行者叫："师父，你来看看。"三藏看见，滴泪道："徒弟啊，我当年别了长安，只说西天易走；那知道妖魔阻隔，山水迢遥！"

八戒道："师父，你且听，是那里鼓钹声音？想是做斋的人家。我们且去赶些斋饭吃，问个渡口寻船，明日过去罢。"三藏马上听得，果然有鼓钹之声："却不是道家乐器，足是我僧家举事。我等去来。"行者在前引马，一行闻响而来。那里有甚正路，没高没低，漫过沙滩，望见一簇人家住处，约摸有四五百家，却也都住得好。但见：

倚山通路，傍岸临溪。原注：此时入夜矣。处处柴扉掩，家家竹院关。沙头宿鹭梦魂清，柳外啼鹃喉舌冷。短笛无声，寒砧不韵。红蓼枝摇月，黄芦叶斗风。陌头村犬吠疏篱，渡口老渔眠钓艇。灯火稀，人烟静，半空皎月如悬镜。忽闻一阵白蘋香，却是西风隔岸送。

三藏下马，只见那路头上有一家儿，门外竖一首幢幡，内里有灯烛荧煌，香烟馥郁。三藏道："悟空，此处比那山凹河边，却是不同。在人间屋檐下，可以遮得冷露，放心稳睡。你都莫来，让我先到那斋公门首告求③。若肯留我，我就招呼汝等；假若不留，你却休要撒泼。汝等脸嘴丑陋，只恐唬了人，闯出祸来，却倒无住处矣。"行者道："说

---

① 晓：杨闽斋本作"饶"，则上下文可读为"白日里常看千里凶吉，饶得是夜里，也还看三五百里"。
② 扳罾（zēng）：用木棍或竹竿做支架的方形鱼网（称"罾"），置水中，待鱼类游到网上后扳动转轮，使罾升起捕捉。
③ 斋公：旧时对僧道的尊称，这里指款待僧道斋饭的人。

得有理。请师父先去,我们在此守待。"

那长老才摘了斗笠,光着头,抖抖褊衫,拖着锡杖,径来到人家门外。见那门半开半掩,三藏不敢擅入。聊站片时,只见里面走出一个老者,项下挂着数珠,口念阿弥陀佛,径自来关门,慌得这长老合掌高叫:"老施主,贫僧问讯了。"那老者还礼道:"你这和尚,却来迟了。"三藏道:"怎么说?"老者道:"来迟无物了。早来啊,我舍下斋僧,尽饱吃饭,熟米三升,白布一段,铜钱十文。你怎么这时才来?"三藏躬身道:"老施主,贫僧不是赶斋的。"老者道:"既不赶斋,来此何干?"三藏道:"我是东土大唐钦差往西天取经者。今到贵处,天色已晚。听得府上鼓钹之声,特来告借一宿,天明就行也。"那老者摇手道:"和尚,出家人休打诳语。东土大唐到我这里,有五万四千里路。你这等单身,如何来得?"三藏道:"老施主见得最是。但我还有三个小徒,逢山开路,过水叠桥,保护贫僧,方得到此。"老者道:"既有徒弟,何不同来?"教:"请,请,我舍下有处安歇。"三藏回头,叫声:"徒弟,这里来。"

那行者本来性急,八戒生来粗鲁,沙僧却也莽壮,三个人听得师父招呼,牵着马,抬着担,不问好歹,一阵风,闯将进去。那老者看见,唬得跌倒在地,口里只说是:"妖怪来了!妖怪来了!"三藏搀起道:"施主莫怕。不是妖怪,是我徒弟。"老者战兢兢道:"这般好俊师父,怎么寻这样丑徒弟?"三藏道:"虽然相貌不中,却倒会降龙伏虎,捉怪擒妖。"老者似信不信的,扶着唐僧慢走。

却说那三个凶顽闯入厅房上,拴了马,丢下行李。那厅中原有几个和尚会经①。八戒掬着长嘴,喝道:"那和尚,会的是甚经?"那

---

① 会经:即念经。《禅苑清规》第三卷"藏主":"藏主掌握金文。严设几案。准备茶汤油火香烛。选请殿主街坊表白供赡本寮及看经大众。……会经僧应于藏内烧香礼拜。殿重捧经路中。不得与人语笑。案上不得堆经。"这里所谓"会经",亦即"看经"。看经非止默读,须出声,义与念经同。所以僧道均有"看经道场"。五代宋初欧阳炯《贯休应梦罗汉画歌》有"看经弟子拟闻声,瞌睡山童疑有梦"的诗句,也说明看经应读出声。

些和尚听见问了一声,忽然抬头：

> 观看外来人,嘴长耳朵大。
> 身粗背膊宽,声响如雷咋。
> 行者与沙僧,容貌更丑漏。
> 厅堂几众僧,无人不害怕。
> 阇黎还念经,班首教行罢。
> 难顾磬和铃,佛像且丢下。
> 一齐吹息灯,惊散光乍乍。
> 跌跌与爬爬,门限何曾跨。
> 你头撞我头,似倒葫芦架。
> 清清好道场,翻成大笑话。

　　这兄弟三人,见那些人跌跌爬爬,鼓着掌哈哈大笑。那些僧越加悚惧,磕头撞脑,各顾性命,通跑净了。三藏搀那老者,走上厅堂,灯火全无,三人嘻嘻哈哈的还笑。唐僧骂道："这泼物,十分不善,我朝朝教诲,日日叮咛。古人云：'不教而善①,非圣而何！教而后善,非贤而何！教亦不善,非愚而何！'汝等这般撒泼,诚为至下至愚之类！走进门不知高低,唬倒了老施主,惊散了念经僧,把人家好事都搅坏了,却不是堕罪与我？"说得他们不敢回言。那老者方信是他徒弟,急回头作礼道："老爷,没大事,没大事,才然关了灯,散了花②,佛事将收也。"八戒道："既是了帐,摆出满散的斋来③,我们吃了睡觉。"老者叫："掌灯来！掌灯来！"家里人听得,大惊小怪道："厅上念经,有许多香烛,如何又教掌灯？"几个童仆出来看时,这个黑洞洞的,即便点火把灯笼,一拥而至。忽抬头见八戒、沙僧,慌得丢了火把,忽抽身关了中门。往里嚷道："妖怪来了！妖怪来了！"

---

　　①不教而善：语出宋邵雍《戒子孙》。
　　②散了花：也称"散华",即法会仪式中,于佛前散花的仪式。即于仪式进行中,置樒(mì,一种香木)花与纸制之莲瓣于笼中,一边咏诵,一边行走(或绕佛),一边散花。
　　③满散：做佛事或道场期满谢神的一种仪式。

行者拿起火把,点上灯烛,扯过一张交椅,请唐僧坐在上面。他兄弟们坐在两傍。那老者坐在前面。正叙坐间,只听得里面门开处,又走出一个老者,拄着拐杖,道:"是甚么邪魔,黑夜里来我善门之家?"前面坐的老者,急起身迎到屏门后道:"哥哥莫嚷,不是邪魔,乃东土大唐取经的罗汉。徒弟们相貌虽凶,果然是山恶人善。"那老者方才放下拄杖,与他四位行礼。礼毕,也坐了面前,叫:"看茶来。排斋。"连叫数声,几个僮仆战战兢兢,不敢拢帐。

八戒忍不住问道:"老者,你这盛介①,两边走怎的?"老者道:"教他们捧斋来侍奉老爷。"八戒道:"几个人伏侍?"老者道:"八个人。"八戒道:"这八个人伏侍那个?"老者道:"伏侍你四位。"八戒道:"那白面师父,只消一个人;毛脸雷公嘴的,只消两个人;那晦气脸的,要八个人;我得二十个人伏侍方彀。"老者道:"这等说,想是你的食肠大些。"八戒道:"也将就看得过。"老者道:"有人,有人。"七大八小,就叫出有三四十人出来。

那和尚与老者一问一答的讲话,众人方才不怕。却将上面排了一张桌,请唐僧上坐;两边摆了三张桌,请他三位坐;前面一张桌,坐了二位老者。先排上素果品菜蔬,然后是面饭、米饭、闲食、粉汤,排得齐齐整整。唐长老举起箸来,先念一卷启斋经②。那呆子一则有些急吞,二来有些饿了,那里等唐僧经完,拿过红漆木碗来,把一碗白米饭,扑的丢下口去,就了了。傍边小的道:"这位老爷忒没算计,不笼馒头,怎的把饭笼了③,却不污了衣服?"八戒笑道:"不曾笼,吃了。"小的道:"你不曾举箸,怎么就吃了?"八戒道:"儿子们便说谎!分明吃了。不信,再吃与你看。"那小的们又端了碗,盛一碗递与八戒。呆子幌一幌,又丢下口去就了了。众僮仆见了道:"爷爷哑!你是磨砖砌的喉咙,着实又光又溜。"那唐僧一卷经还未完,他已五六

---

①盛介:对别人仆役的尊称。
②启斋经:僧人开斋前所念的经卷。参见第十三回"揭斋之咒"条注。
③笼:向宽大的衣袖里藏东西。

碗过手了。然后却才同举箸,一齐吃斋。呆子不论米饭面饭,果品闲食,只情一捞乱嚼,口里还嚷:"添饭!添饭!"渐渐不见来了。行者叫道:"贤弟,少吃些罢。也强似在山凹里忍饿,将就彀得半饱也好了。"八戒道:"嘴脸!常言道'斋僧不饱,不如活埋'哩。"行者教:"收了家火,莫采他!"二老者躬身道:"不瞒老爷说。白日里倒也不怕,似这大肚子长老,也斋得起百十众。只是晚了,收了残斋,只蒸得一石面饭、五斗米饭与几桌素食,要请几个亲邻与众僧们散福。不期你列位来,唬得众僧跑了,连亲邻也不曾敢请,尽数都供奉了列位。如不饱,再教蒸去。"八戒道:"再蒸去!再蒸去!"

话毕,收了家火桌席。三藏拱身,谢了斋供。才问:"老施主,高姓?"老者道:"姓陈。"三藏合掌道:"这是我贫僧华宗了。"老者道:"老爷也姓陈?"三藏道:"是,俗家也姓陈。请问适才做的甚么斋事?"八戒笑道:"师父问他怎的!岂不知道?必然是'青苗斋'、'平安斋'、'了场斋'罢了①。"老者道:"不是,不是。"三藏又问:"端的为何?"老者道:"是一场'预修亡斋'。"八戒笑得打跌道:"公公忒没眼力。我们是扯谎架桥哄人的大王,你怎么把这谎话哄我?和尚家岂不知斋事?只有个'预修寄库斋'、'预修填还斋'②,那里有个'预修亡斋'的?你家人又不曾有死的,做甚亡斋?"

---

① 青苗斋:即青苗会,为祈求庄稼生长而做的斋事。平安斋:当为类似"楞严会"之类的法会,祈祷平安。了场斋:当是秋季为祈祷丰年所作的斋事。了场,《嘉靖隆庆志》卷七:"九月下旬,里中彼此相邀饮,谓之了场。"

② 预修寄库斋:即于生前预先焚纸钱、作佛事,寄托冥官,以冀死后取用。此时所焚之纸钱,即称为寄库钱。《佛祖统纪》卷三十三称鄂渚王姓老妇,"常买纸钱作寄库"。预修填还斋:当与"填还禄库醮"类似。道教认为一切众生归地府管辖,当得人身之日,曾于地府所属冥司借贷禄库受生钱财。凡在生时付清借贷者则有福报;负欠冥司者则贫穷多病。世人富贵贫贱之别,皆因冥官阳禄填算阴债使然。故天尊劝世人在生时钦敬三宝,方便布施,设斋诵经,烧还禄库受生钱。此醮最好在生填还,亦可百岁之后填还。此处亦当指这类斋事。

行者闻言,暗喜道:"这呆子乖了些也。老公公,你是错说了,怎么叫做'预修亡斋'?"那二位欠身道:"你等取经,怎么不走正路,却跼到我这里来?"行者道:"走的是正路,只见一股水挡住,不能得渡;因闻鼓钹之声,特来造府借宿。"老者道:"你们到水边,可曾见些甚么?"行者道:"止见一面石碑,上书'通天河'三字,下书'径过八百里,亘古少人行'十字,再无别物。"老者道:"再往上崖走走,好的离那碑记只有里许,有一座灵感大王庙,你不曾见?"行者道:"未见。请公公说说,何为灵感?"那两个老者一齐垂泪道:"老爷呵!那大王:

感应一方兴庙宇,威灵千里祐黎民。
年年庄上施甘露,岁岁村中落庆云。"

行者道:"施甘雨,落庆云,也是好意思,你却这等伤情烦恼,何也?"那老者跌脚搥胸,哏了一声道:"老爷呵!

虽则恩多还有怨,总然慈惠却伤人。
只因要吃童男女,不是昭彰正直神①。"

行者道:"要吃童男女么?"老者道②:"正是。"行者道:"想必轮到你家了?"老者道:"今年正到舍下。我们这里,有百家人家居住此处,属车迟国元会县所管,唤做陈家庄。这大王一年一次祭赛,要一个童男,一个童女,猪羊牲醴供献他。他一顿吃了,保我们风调雨顺;若不祭赛,就来降祸生灾。"行者道:"你府上几位令郎?"二老搥胸道:"可怜,可怜。说甚么令郎,羞杀我等。这个是我舍弟,名唤陈清,老拙叫做陈澄。我今年六十三岁,他今年五十八岁,儿女上都艰难。我五十岁上还没儿子,亲友们劝我纳了一妾,没奈何,寻下一房,生得一女。今年才交八岁,取名唤做一秤金。"八戒道:"好贵名!怎么叫做一秤金?"老者道:"我因儿女艰难,修桥补路,建寺立塔,布

---

①昭彰:明察。正直:《左传·昭公三十二年》:"神,聪明正直而壹(专一)者也。"
②老者道:诸明本均作"老者笑道",据《西游证道书》删。

施斋僧,有一本帐目,那里使三两,那里使五两;到生女之年,却好用过有三十斤黄金。三十斤为一秤①,所以唤做一秤金。"

行者道:"那个的儿子么?"老者道:"舍弟有个儿子,也是偏出②,今年七岁了,取名唤做陈关保。"行者问:"何取此名?"老者道:"舍下供养关圣爷爷,因在关爷之位下求得这个儿子,故名关保。我兄弟二人,年岁百二,止得这两个人种,不期轮次到我家祭赛,所以不敢不献。故此父子之情,难割难舍,先与孩儿做个超生道场。故曰'预修亡斋'者,此也。"

三藏闻言,止不住腮边泪下道:"这正是古人云:'黄梅不落青梅落,老天偏害没儿人。'"行者笑道:"等我再问他。老公公,你府上有多大家当?"二老道:"颇有些儿,水田有四五十顷,旱田有六七十顷,草场有八九十处;水黄牛有二三百头,驴马有三二十匹,猪羊鸡鹅无数。舍下也有吃不着的陈粮,穿不了的衣服。家财产业,也尽得数。"行者道:"你这等家业,也亏你省将起来的。"老者道:"怎见我省?"行者道:"既有这家私,怎么舍得亲生儿女祭赛?拼了五十两银子,可买一个童男;拼了一百两银子,可买一个童女,连绞缠不过二百两之数③,可就留下自己儿女后代,却不是好?"二老滴泪道:"老爷,你不知道。那大王甚是灵感,常来我们人家行走。"行者道:"他来行走,你们看见他是甚么嘴脸?有几多长短?"二老道:"不见其形,只闻得一阵香风,就知是大王爷爷来了,即忙满斗焚香,老少望风下拜。他把我们这人家,匙大碗小之事,他都知道。老幼生时年月,他都记得。只要亲生儿女,他方受用。不要说二三百两没处买,就是几千万两,也没处买这般一模一样同年同月的儿女。"

---

① 三十斤为一秤:按古代计量单位,均以十五斤为一秤,三十斤为一钧(据《事林广记别集》)。此处以三十斤为一秤,不详所出。
② 偏出:庶出,妾所生的子女。
③ 绞缠:费用,开销。邓之诚《骨董琐记》卷二:"今旗下贵家,必买臊鞑子小口,以多为胜,竞相夸耀。男口至五十金,女口倍之。"

行者道:"原来这等,也罢,也罢,你且抱你令郎出来,我看看。"那陈清急入里面,将关保儿抱出厅上,放在灯前。小孩儿那知死活,笼着两袖果子,跳跳舞舞的,吃着耍子。行者见了,默默念声咒语,摇身一变,变作那关保儿一般模样。两个孩儿,搀着手,在灯前跳舞,唬得那老者慌忙跪着唐僧道:"老爷,不当仁子①!不当仁子!这位老爷才然说话,怎么就变作我儿一般模样,叫他一声,齐应齐走,却折了我们年寿。请现本相,请现本相。"行者把脸抹了一把,现了本相。那老者跪在面前道:"老爷原来有这样本事。"行者笑道:"可像你儿子么?"老者道:"像,像,像。果然一般嘴脸,一般声音,一般衣服,一般长短。"行者道:"你还没细看哩。取秤来称称,可与他一般轻重。"老者道:"是,是,是。是一般重。"行者道:"似这等可祭赛得过么?"老者道:"忒好,忒好,祭得过了。"

行者道:"我今替这个孩儿性命,留下你家香烟后代,我去祭赛那大王去也。"那陈清跪地磕头道:"老爷果若慈悲替得,我送白银一千两,与唐老爷做盘缠往西天去。"行者道:"就不谢谢老孙?"老者道:"你已替祭,没了你也。"行者道:"怎的得没了?"老者道:"那大王吃了。"行者道:"他敢吃我?"老者道:"不吃你,好道嫌腥?"行者笑道:"任从天命,吃了我,是我的命短;不吃,是我的造化。我与你祭赛去。"

那陈清只管磕头相谢,又允送银五百两。惟陈澄也不磕头,也不说谢,只是倚着那屏门痛哭。行者知之,上前扯住道:"大老②,你这不允我,不谢我,想是舍不得你女儿么?"陈澄才跪下道:"是舍不得。敢蒙老爷盛情,救替了我侄子也罢了。但只是老拙无儿,止此一女,就是我死之后,他也哭得痛切,怎么舍得!"行者道:"你快去蒸上五斗米的饭,整治些好素菜,与我那长嘴师父吃。教他变作你的女儿,我兄弟同去祭赛。索性行个阴骘,救你两个儿女性命,如何?"

---

①不当仁子:一般作"不当人子"。
②大老:指排行居长的人,犹言老大。《儒林外史》第五回:"他家大老那宗笔下,怎得会补起廪来的。"

那八戒听得此言,心中大惊道:"哥哥,你要弄精神,不管我死活,就要攀扯我。"行者道:"贤弟,常言道:'鸡儿不吃无工之食。'你我进门,感承盛斋,你还嚷吃不饱哩,怎么就不与人家救些患难?"八戒道:"哥阿,你便会变化,我却不会哩。"行者道:"你也有三十六般变化,怎么不会?"唐僧叫:"悟能,你师兄说得最是,处得甚当。常言'救人一命,胜造七级浮屠'。一则感谢厚情,二来当积阴骘①。况凉夜无事,你兄弟耍耍去来。"八戒道:"你看师父说的话!我只会变山,变树,变石头,变赖象,变水牛,变大胖汉还可;若变小女儿,有几分难哩。"行者道:"老大莫信他,抱出你令爱来看。"那陈澄急入里边,抱将一秤金孩儿,到了厅上。一家子妻妾大小,不分老幼内外,都出来磕头礼拜,只请救孩儿性命。那女儿头上戴一个八宝垂珠的花翠箍,身上穿一件红闪黄的纻丝袄,上套着一件官绿缎子棋盘领的披风,腰间系一条大红花绢裙,脚下踏一双虾蟆头浅红纻丝鞋,腿上系两只绡金膝裤儿②;也袖着果子吃哩。行者道:"八戒,这就是女孩儿。你快变的像他,我们祭赛去。"八戒道:"哥哑,似这般小巧俊秀,怎变?"行者叫:"快些,莫讨打!"八戒慌了道:"哥哥不要打,等我变了看。"

这呆子念动咒语,把头摇了几摇,叫:"变!"真个变过头来,就也像女孩儿面目,只是肚子胖大,郎伉不像。行者笑道:"再变变。"八戒道:"凭你打了罢。变不过来,奈何?"行者道:"莫成是丫头的头,

---

① 阴骘(zhì):阴德。《尚书·洪范》:"惟天阴骘下民。"原指上天不言而默默安定下民,后将暗中做有德之事也称阴骘。
② 膝裤:古时对无底半袜(亦称裤腿)、袜均称"膝裤"。明胡应麟《少室山房笔丛·双行缠》:"自昔人以罗袜咏女子,六代相承,唐诗尤众,至杨妃马嵬所遗,足征唐世妇人皆着袜无疑也。然今妇人缠足,其上亦有半袜罩之,谓之膝裤。恐古罗袜或此类。"清赵翼《陔馀丛考·袜膝裤》:"俗以男子足衣为袜,女子足衣为膝裤;古时则女子亦称袜,男子亦称膝裤。今俗袜有底,而膝裤无底,形制各别。"

和尚的身子？弄的这等不男不女，却怎生是好？你可布起罡来①。"他就吹他一口仙气，果然即时把身子变过，与那孩儿一般。便教："二位老者，带你宝眷与令郎令爱进去，不要错了。一会家，我兄弟躲懒讨乖，走进去，转难识认。你将好果子与他吃，不可教他哭叫。恐大王一时知觉，走了风讯。等我两人耍子去也。"

　　好大圣，分付沙僧保护唐僧，他变作陈关保，八戒变作一秤金。二人俱停当了，却问："怎么供献？还是捆了去，是绑了去？蒸熟了去，是剁碎了去？"八戒道："哥哥，莫要弄我。我没这个手段。"老者道："不敢！不敢！只是用两个红漆丹盘，请二位坐在盘里，放在桌上，着两个后生抬一张桌子，把你们抬上庙去。"行者道："好好好！拿盘子出来，我们试试。"那老者即取出两个丹盘。行者与八戒坐上，四个后生，抬起两张桌子，往天井里走走儿，又抬回放在堂上。行者欢喜道："八戒，像这般子走走耍耍，我们也是上台盘的和尚了②。"八戒道："若是抬了去，还抬回来，两头抬到天明，我也不怕；只是抬到庙里，就要吃哩，这个却不是耍子。"行者道："你只看着我。划着吃我时③，你就走了罢。"八戒道："知他怎么吃哩？如先吃童男，我便好跑；如先吃童女，我却如何？"老者道："常年祭赛时，我这里有胆大的，钻在庙后，或在供桌底下，看见他先吃童男，后吃童女。"八戒道："造化！造化！"

　　兄弟正然谈论，只听得锣鼓喧天，灯火照耀，同庄众人打开前门，叫："抬出童男童女来！"这老者哭哭啼啼，那四个后生将他二人抬将出去。端的不知性命何如，且听下回分解。

---

　　①布起罡：即"步罡"，按照星斗位置踏步作法。参见第六十九回"步了罡诀"条注。
　　②上台盘：指能应付上等场面，有脸面，有身份。宋陶穀《清异录》卷下："五代五十年间……当时贵势，以筵具更相尚。陆珍水异毕集于前，至于方丈之案不胜列。傍挺二案翼之，珠花玉果，蔬笋鲊醢，糖品香剂，参差数百，谓之绰楔台盘。"
　　③划（chǎn）着：估摸着。

第四十八回

魔弄寒风飘大雪　僧思拜佛履层冰

话说陈家庄众信人等,将猪羊牲醴与行者、八戒,喧喧嚷嚷,直抬至灵感庙里排下,将童男女设在上首。行者回头,看见那供桌上香花蜡烛,正面一个金字牌位,上写"灵感大王之神",更无别的神像。众信摆列停当,一齐朝上叩头道:"大王爷爷,今年、今月、今日、今时,陈家庄祭主陈澄等众信,年甲不齐①,谨遵年例,供献童男一名陈关保,童女一名陈一秤金,猪羊牲醴如数,奉上大王享用,保祐风调雨顺,五谷丰登。"祝罢,烧了纸马,各回本宅不题。

那八戒见人散了,对行者道:"我们家去罢。"行者道:"你家在那里?"八戒道:"往老陈家睡觉去。"行者道:"呆子又乱谈了,既允了他,须与他了这愿心才是哩。"八戒道:"你倒不是呆子,反说我是呆子。只哄他耍耍便罢,怎么就与他祭赛,当起真来。"行者道:"莫胡说,为人为彻,一定等那大王来吃了,才是个全始全终;不然,又教他降灾贻害,返为不美。"

正说间,只听得呼呼风响。八戒道:"不好了,风响是那话儿来了!"行者只叫:"莫言语,等我答应。"顷刻间,庙门外来了一个妖邪,你看他怎生模样:

　　金甲金盔灿烂新,腰缠宝带绕红云。
　　眼如晚出明星皎,牙似重排锯齿分。
　　足下烟霞飘荡荡,身边雾霭暖薰薰。
　　行时阵阵阴风冷,立处层层煞气温。
　　却似卷帘扶驾将,犹如镇寺大门神。

那怪物拦住庙门问道:"今年祭祀的是那家?"行者笑吟吟的答

---

①年甲:年龄。

道:"承下问,庄头是陈澄、陈清家。"那怪闻答,心中疑似道:"这童男胆大,言谈伶俐。常来供养受用的,问一声不言语;再问声,唬了魂,用手去捉,已是死人。怎么今日这童男善能应对?"怪物不敢来拿,又问:"童男女叫甚名字?"行者笑道:"童男陈关保,童女一秤金。"怪物道:"这祭赛乃上年旧规,如今供献我,当吃你。"行者道:"不敢抗拒,请自在受用。"怪物听说,又不敢动手,拦住门喝道:"你莫顶嘴!我常言先吃童男,今年倒要先吃童女!"八戒慌了道:"大王还照旧罢,不要吃坏例子。"

那怪不容分说,放开手,就捉八戒。呆子扑的跳下来,现了本相,掣钉钯,劈手一筑,那怪物缩了手,往前就走,只听得当的一声响。八戒道:"筑破甲了!"行者也现本相看处,原来是冰盘大小两个鱼鳞①,喝声:"赶上!"二人跳到空中。那怪物因来赴会,不曾带得兵器,空手在云端里问道:"你是那方和尚,到此欺人,破了我的香火,坏了我的名声!"行者道:"这泼物原来不知,我等乃东土大唐圣僧三藏奉钦差西天取经之徒弟。昨因夜寓陈家,闻有邪魔,假号灵感,年年要童男女祭赛,是我等慈悲,拯救生灵,捉你这泼物!趁早实实供来,一年吃两个童男女,你在这里称了几年大王?吃了多少男女?一个个算还我,饶你死罪!"那怪闻言就走,被八戒又一钉钯,未曾打着。他化一阵狂风,钻入通天河内。

行者道:"不消赶他了。这怪想是河中之物。且待明日设法拿他,送我师父过河。"八戒依言,径回庙里,把那猪羊祭醴,连桌面一齐搬到陈家。此时唐长老、沙和尚共陈家兄弟正在厅中候信,忽见他二人将猪羊等物都丢在天井里。三藏迎来问道:"悟空,祭赛之事何如?"行者将那称名赶怪钻入河中之事,说了一遍。二老十分欢喜,即命打扫厢房,安排床铺,请他师徒就寝不题。

却说那怪得命,回归水内,坐在宫中,默默无言,水中大小眷族问道:"大王每年享祭,回来欢喜,怎么今日烦恼?"那怪道:"常

---

①冰盘:大的瓷盘。

年享毕,还带些余物与汝等受用,今日连我也不曾吃得。造化低,撞着一个对头,几乎伤了性命。"众水族问:"大王,是那个?"那怪道:"是一个东土大唐圣僧的徒弟,往西天拜佛求经者,假变男女,坐在庙里。我被他现出本相,险些儿伤了性命。一向闻得人讲:唐三藏乃十世修行好人,但得吃他一块肉,延寿长生。不期他手下有这般徒弟,我被他坏了名声,破了香火,有心要捉唐僧,只怕不得能彀。"

那水族中,闪上一个斑衣鳜婆,对怪物跩跩拜拜①,笑道:"大王,要捉唐僧,有何难处!但不知捉住他,可赏我些酒肉?"那怪道:"你若有谋,合同用力,捉了唐僧,与你拜为兄妹,共席享之。"鳜婆拜谢了道:"久知大王有呼风唤雨之神通,搅海翻江之势力,不知可会降雪?"那怪道:"会降。"又问:"既会降雪,不知可会作冷结冰?"那怪道:"更会!"鳜婆鼓掌笑道:"如此,极易!极易!"那怪道:"你且将极易之功,讲来我听。"鳜婆道:"今夜有三更天气,大王不必迟疑,趁早作法,起一阵寒风,下一阵大雪,把通天河尽皆冻结。着我等善变化者,变作几个人形,在于路口,背包持伞,担担推车,不住的在冰上行走。那唐僧取经之心甚急,看见如此人行,断然踏冰而渡。大王稳坐河心,待他脚踪响处,迸裂寒冰,连他那徒弟们一齐坠落水中,一股可得也。"那怪闻言。满心欢喜道:"甚妙!甚妙!"即出水府,踏长空兴风作雪,结冷凝冻成冰不题②。

却说唐长老师徒四人,歇在陈家,将近天晓,师徒们衾寒枕冷。八戒咳歌打战睡不得③,叫道:"师兄,冷呵!"行者道:"你这呆子,忒不长俊。出家人寒暑不侵,怎么怕冷?"三藏道:"徒弟,果然冷。你看,就是那:

重衾无暖气,袖手似揣冰。此时败叶垂霜蕊,苍松挂冻铃。地

---

①跩跩拜拜:形容极恭敬的样子。跩,文俊威《补正》以为同"跪",从之。
②凝:原作"信",疑是"作"之误。据《西游证道书》改。
③咳歌打战:咳歌,又作"骸垢""颏歌",发抖,打哆嗦。同"打战"。

裂因寒甚,池平为水凝。渔舟不见叟,山寺怎逢僧?樵子愁柴少,王孙喜炭增。征人须似铁,诗客笔如菱①。皮袄犹嫌薄,貂裘尚恨轻。蒲团僵老衲,纸帐旅魂惊②。绣被重裀褥,浑身战抖铃。"

师徒们都睡不得,爬起来穿了衣服,开门看处,呀!外面白茫茫的,原来下雪哩。行者道:"怪道你们害冷哩,却是这般大雪。"四人眼同观看,好雪!但见那:

彤云密布,惨雾重浸。彤云密布,朔风凛凛号空;惨雾重浸,大雪纷纷盖地。真个是:六出花③,片片飞琼;千林树,株株带玉。须臾积粉,顷刻成盐。白鹇浑失素④,皓鹤羽毛同。平添吴楚千江水,压倒东南几树梅。却便似战退玉龙三百万⑤,果然如败鳞残甲满天飞。那里得东郭履⑥,袁安卧⑦,孙康映读⑧;更不见子猷舟⑨,王恭氅⑩,

---

① 笔如菱:指毛笔冻得发硬,像菱角尖一样,无法写字。
② 纸帐:用藤皮茧纸缝制的帐子。据明高濂《遵生八笺》卷八记载,其制法为:"用藤皮茧纸缠于木上,以索缠紧,勒作皱纹,不用糊,以线折缝缝之。顶不用纸,以稀布为顶,取其透气。"
③ 六出花:雪花有六个角,故称"六出花"。
④ 白鹇浑失素:底本漫漶,李本改作"白鹦歌失素",据天理世本补。此句及下句语出谢惠连《雪赋》"皓鹤夺鲜,白鹇失素",谓雪之洁白,使白鹇、白鹤失色。
⑤ 战退玉龙三百万:这句和下句"败鳞残甲满天飞"都出自宋张元《雪》诗。
⑥ 东郭履:《史记·滑稽列传》载:东郭先生贫困饥寒,"行雪中,履有上无下,足尽践地,道中人笑之"。
⑦ 袁安卧:《后汉书·袁安传》载:东汉袁安没做官的时候,一次洛阳大雪,人们多出外找东西吃,袁安为不打扰别人,反在家僵卧不起。后人称之为"袁安高卧"。
⑧ 孙康映读:《孙氏世录》载:晋孙康因为家穷,没钱买油点灯,冬天夜里就映着雪光读书。
⑨ 子猷舟:南朝宋刘义庆《世说新语·任诞》载:晋朝王子猷和戴安道为好友,一次王子猷雪夜驾船去访戴安道,到了门前,没见面就回来了,说:"乘兴而来,兴尽而返,何必访戴?"
⑩ 王恭氅:《世说新语·企羡》载:晋王恭雪中穿鹤氅,别人很羡慕他,叹为神仙中人。

苏武餐毡①。但只是几家村舍如银砌,万里青山似玉团,好雪。柳絮漫桥,梨花盖舍。柳絮漫桥,桥边渔叟挂蓑衣;梨花盖舍,舍下野翁煨骨柮②。客子难沽酒,苍头苦觅梅③。洒洒潇潇裁蝶翅,飘飘荡荡剪鹅衣。团团滚滚随风势,叠叠层层道路迷。阵阵寒威穿小幕,搜搜冷气透幽帏。丰年祥瑞从天降,堪贺人间好事宜。

那场雪,纷纷洒洒,果如剪玉飞绵。师徒们叹玩多时,只见陈家老者,着两个僮仆,扫开道路④,又两个送出热汤洗面。须臾,又送滚茶乳饼⑤,又抬出炭火;俱到厢房,师徒们叙坐。长老问道:"老施主,贵处时令,不知可分春夏秋冬?"陈老笑道:"此间虽是僻地,但只风俗人物,与上国不同,至于诸凡谷苗牲畜,都是同天共日,岂有不分四时之理?"三藏道:"既分四时,怎么如今就有这般大雪,这般寒冷?"陈老道:"此时虽是七月,昨日已交白露,就是八月节了。我这里常年八月间就有霜雪。"三藏道:"甚比我东土不同,我那里交冬节方有之。"

正话间,又见僮仆来安桌子,请吃粥。粥罢之后,雪比早间又大,须臾,平地有二尺来深。三藏心焦垂泪,陈老道:"老爷放心,莫见雪深忧虑。我舍下颇有几石粮食,供养得老爷们半生。"三藏道:"老施主不知贫僧之苦。我当年蒙圣恩赐了旨意,摆大驾亲送出关,唐王御手擎杯奉饯,问道:'几时可回?'贫僧不知有山川之险,顺口回奏:'只消三年,可取经回国。'自别后,今已七八个年头,还未见佛

---

①苏武餐毡:《汉书·苏武传》载:汉苏武出使匈奴被扣留,他渴了就吃雪,饿了就吃毡子,体现了不屈的气节。
②骨柮(duò):也作"榾柮"。木柴块,树根疙瘩,可代炭用。
③苍头:头发斑白。指年老的人。
④扫开道路:诸明本均作"折开道路",或系"拆开道路"之讹。据《西游证道书》改。
⑤乳饼:一种乳制品。元《居家必用事类全集·造乳饼》"取牛乳一斗绢滤",入锅煮沸,点入醋,结块后滤出,"绢布之类裹,以石压之"。

面,恐违了钦限;又怕的是妖魔凶狠,所以焦虑。今日有缘得寓潭府①,昨夜愚徒们略施小惠报答,实指望求一船只渡河;不期天降大雪,道路迷漫,不知几时才得功成回故土也!"陈老道:"老爷放心,正是多的日子过了,那里在这几日?且待天晴,化了冰,老拙倾家费产,必处置送老爷过河。"只见一僮又请进早斋。到厅上吃毕,叙不多时,又午斋相继而进。三藏见品物丰盛,再四不安道:"既蒙见留,只可以家常相待。"陈老道:"老爷,感蒙替祭救命之恩,虽逐日歌筵奉款,也难酬难谢。"

此后大雪方住,就有人行走。陈老见三藏不快,又打扫花园,大盆架火,请去雪洞里闲耍散闷。八戒笑道:"那老儿忒没算计。春三二月好赏花园;这等大雪,又冷,赏玩何物!"行者道:"呆子不知事。雪景自然幽静,一则游赏,二来与师父宽怀。"陈老道:"正是,正是。"遂此邀请到园,但见:

景值三秋,风光如腊。苍松结玉蕊,衰柳挂银花。阶下玉苔堆粉屑,窗前翠竹吐琼芽。巧石山头,养鱼池内。巧石山头,削削尖峰排玉笋;养鱼池内,清清活水作冰盘。临岸芙蓉娇色浅,傍崖木槿嫩枝垂。秋海棠,全然压倒;腊梅树,聊发新枝。牡丹亭、海榴亭、丹桂亭,亭亭尽鹅毛堆积;放怀处、款客处、遣兴处,处处皆蝶翅铺漫。两篱黄菊玉绡金,几树丹枫红间白。无数闲庭冷难到,且观雪洞冷如春。那里边放一个兽面象足铜火盆,热烘烘炭火才生;那上下有几张虎皮搭苫漆交椅,软温温纸窗铺设。四壁上挂几轴名公古画,却是那:七贤过关②,寒江独钓③,叠嶂层峦团雪景;苏武餐毡,折梅逢

---

①潭府:唐韩愈《符读书城南》:"一为公与相,潭潭府中居。"后因以"潭府"尊称他人的住宅。潭潭,深邃的样子。
②七贤过关:古代名画之一,"七贤"和画的作者说法不一,根据明朝人陆深的说法,画为郑虔所作,内容是唐开元冬雪后,张说、张九龄、李白、李华、王维、郑虔、孟浩然七人出蓝田关,游龙门寺的事情。
③寒江独钓:取唐柳宗元《江雪》"孤舟蓑笠翁,独钓寒江雪"的诗意。

使①,琼林玉树写寒文。说不尽那:家近水亭鱼易买,雪迷山径酒难沽。真个可堪容膝处,算来何用访蓬壶?

众人观玩良久,就于雪洞里坐下,对邻叟道取经之事,又捧香茶饮毕。陈老问:"列位老爷,可饮酒么?"三藏道:"贫僧不饮,小徒略饮几杯素酒。"陈老大喜,即命:"取素果品,顿②暖酒,与列位汤寒③。"那僮仆即抬桌围炉,与两个邻叟各饮了几杯,收了家火。

不觉天色将晚,又仍请到厅上晚斋,只听得街上行人都说:"好冷天呵!把通天河冻住了。"三藏闻言道:"悟空,冻住河,我们怎生是好?"陈老道:"乍寒乍冷,想是近河边浅水处冻结。"那行人道:"把八百里都冻的似镜面一般,路口上有人走哩!"三藏听说有人走,就要去看。陈老道:"老爷莫忙,今日晚了,明日去看。"遂此别却邻叟。又晚斋毕,依然歇在厢房。

及次日天晓,八戒起来道:"师兄,今夜更冷,想必河冻住也。"三藏迎着门,朝天礼拜道:"众位护教大神,弟子一向西来,虔心拜佛,苦历山川,更无一声报怨。今至于此,感得皇天祐助,结冻河水,弟子空心权谢,待得经回,奏上唐皇,竭诚酬答。"礼拜毕,遂教悟净背马,趁冰过河。陈老又道:"莫忙,待几日雪融冰解,老拙这里办船相送。"沙僧道:"就行也不是话,再住也不是话,口说无凭,耳闻不如眼见。我背了马,且请师父亲去看看。"陈老道:"言之有理。"教:"小的们,快去背我们六匹马来!且莫背唐僧老爷马。"就有六个小介跟随,一行人径往河边来看,真个是:

雪积如山耸,云收破晓晴。寒凝楚塞千峰瘦,冰结江湖一片平。朔风凛凛,滑冻棱棱。池鱼偎密藻,野鸟恋枯槎。塞外征夫俱坠指,江头梢子乱敲牙。裂蛇腹,断鸟足,果然冰山千百尺,万壑冷浮银,

---

①折梅逢使:取南北朝时期陆凯"折梅逢驿使,寄与陇头人"诗意。
②顿:用同"炖"。慢火煮。
③汤(tàng)寒:挡寒,搪寒。汤,热物接冷物使之增温。

一川寒浸玉。东方自信出僵蚕①,北地果然有鼠窟②。王祥卧③,光武渡④,一夜溪桥连底固。曲沼结棱层⑤,深渊重叠冱⑥。通天阔水更无波,皎洁冰漫如陆路。

三藏与一行人到了河边,勒马观看。真个那路口上有人行走。三藏问道:"施主,那些人上冰往那里去?"陈老道:"河那边乃西梁女国。这起人都是做买卖的。我这边百钱之物,到那边可值万钱;那边百钱之物,到这边亦可值万钱。利重本轻,所以人不顾生死而去。常年家有五七人一船,或十数人一船,飘洋而过。见如今河道冻住,故舍命而步行也。"三藏道:"世间事惟名利最重。似他为利的,舍死忘生;我弟子奉旨全忠,也只是为名,与他能差几何!"教:"悟空,快回施主家,收拾行囊,叩背马匹,趁此层冰,早奔西方去也。"行者笑吟吟答应。沙僧道:"师父呵,常言道'千日吃了千升米'⑦。今已托赖陈府上,且再住几日,待天晴化冻,办船而过,忙中恐有错也。"三藏道:"悟净,怎么这等愚见!若是正二月,一日暖似一日,可以待得冻解。此时乃八月,一日冷似一日,如何可便望解冻!却不又误了半载行程?"

八戒跳下马来:"你们且休讲闲口,等老猪试看有多少厚薄。"行

---

① 僵蚕:即冰蚕。晋王嘉《拾遗记》载,东方员峤山上有冰蚕,"长七寸,黑色,有角有鳞,以霜雪覆之,然后作茧。长一尺,其色五彩,织为文锦,入水不濡,以之投火,经宿不燎"。
② 鼠窟:《神异经·北荒经》载:"北方层冰万里,厚百丈,有磎鼠在冰下土中焉。形如鼠,食草木,肉重千斤。"
③ 王祥卧:《晋书·王祥传》载:晋王祥的母亲冬天想吃鱼,他就卧在冰上,用体温暖冰,冰融化,有鲤鱼跃出。
④ 光武渡:指汉光武帝刘秀被敌人追击,逃到滹沱河时没有船,幸而河面结冰,因而得过。事见《东观汉记》卷十。
⑤ 曲沼:曲折迂回的池塘。
⑥ 冱(hù):冻结。《庄子·齐物论》:"河汉冱而不能寒。"
⑦ 千日吃了千升米:一千天总要吃到一千升米。意谓不管在哪里,日常消耗总是一样的。

者道:"呆子,前夜试水,能去抛石;如今冰冻重漫,怎生试得?"八戒道:"师兄不知。等我举钉钯筑他一下。假若筑破,就是冰薄,且不敢行;若筑不动,便是冰厚,如何不行?"三藏道:"正是,说得有理。"那呆子撩衣拽步,走上河边,双手举钯,尽力一筑,只听扑的一声,筑了九个白迹,手也振得生疼。呆子笑道:"去得!去得!连底都锢住了。"

三藏闻言,十分欢喜,与众同回陈家,只教收拾走路。那两个老者苦留不住,只得安排些干粮烘炒,做些烧饼馍馍相送。一家子磕头礼拜,又捧出一盘子散碎金银,跪在面前道:"多蒙老爷活子之恩,聊表途中一饭之敬。"三藏摆手摇头,只是不受,道:"贫僧出家人,财帛何用?就途中也不敢取出。只是以化斋度日为正事,收了干粮足矣。"二老又再三央求,行者用指尖儿捻了一小块,约有四五钱重,递与唐僧道:"师父,也只当些衬钱①,莫教空负二老之意。"

遂此相向而别。径至河边冰上,那马蹄滑了一滑,险些儿把三藏跌下马来。沙僧道:"师父,难行!"八戒道:"且住!问陈老官讨个稻草来我用。"行者道:"要稻草何用?"八戒道:"你那里得知?要稻草包着马蹄方才不滑,免教跌下师父来也。"陈老在岸上听言,急命人家中取一束稻草,却请唐僧上岸下马。八戒将草包裹马足,然后踏冰而行。别陈老离河边,行有三四里远近,八戒把九环锡杖递与唐僧道:"师父,你横此在马上。"行者道:"这呆子奸诈。锡杖原是你挑的,如何又叫师父拿着?"八戒道:"你不曾走过冰泠,不晓得;凡是冰冻之上,必有泠眼②;倘或踏着泠眼,脱将下去,若没横担之物,骨都的落水,就如一个大锅盖盖住,如何钻得上来?须是如此架住方

---

① 衬钱:做佛事的布施。又作斋衬、斋嚫。斋,即斋食。嚫,即布施,或指所布施之物,或谓僧为回报施财物而说法。斋嚫,乃斋、嚫二字并举,即供养斋食,并布施金钱、财物等。

② 泠眼:当即"凌眼"。冰窟窿。泠,冰凌。明李开先《词谑》引咏瘧疾曲:"热时节热的在蒸笼里坐,冷时节冷的在冰泠上卧"。

可。"行者暗笑道："这呆子倒是个积年走冰的。"果然都依了他。长老横担着锡杖，行者横担着铁棒，沙僧横担着降妖宝杖，八戒肩挑着行李，腰横着钉钯，师徒们放心前进。这一日行到天晚，吃了些干粮，却又不敢久停，对着星月光华，映的冰冻上亮灼灼、白茫茫，只情奔走，果然是马不停蹄。师徒们莫能合眼，走了一夜。天明又吃些干粮，望西又进。

正行时，只听得冰底下扑喇喇一声响亮，险些儿唬倒了白马。三藏大惊道："徒弟哑！怎么这般响唬？"八戒道："这河忒也冻得结实，地冷响了。或者这半中间连底通锢住了也。"三藏闻言，又惊又喜，策马前进，趱行不题。

却说那妖邪自从回归水府，引众精在于冰下等候多时。只听得马蹄响处，他在底下弄个神通，滑喇的迸开冰冻。慌得孙大圣跳上空中，早把那白马落于水内，三人尽皆脱下。

那妖邪将三藏捉住，引群精径回水府。厉声高叫："鳜妹何在？"老鳜婆迎门施礼道："大王，不敢！不敢！"妖邪道："贤妹何出此言！一言既出，驷马难追。原说听从汝计，捉了唐僧，与你拜为兄妹。今日果成妙计，捉了唐僧，就好昧了前言？"教："小的们，抬过案桌，磨快刀来，把这和尚剖腹剜心，剥皮剐肉；一壁厢响动乐器，与贤妹共而食之，延寿长生也。"鳜婆道："大王，且休吃他，恐他徒弟们寻来吵闹。且宁耐两日，让那厮不来寻，然后剖开，请大王上坐，众眷族环列，吹弹歌舞，奉上大王，从容自在享用，却不好也？"那怪依言，把唐僧藏于宫后，使一个六尺长的石匣盖在中间，不题。

却说八戒、沙僧在水里捞着行囊，放在白马身上驮了，分开冰路，涌浪翻波，负水而出。只见行者在半空中看见，问道："师父何在？"八戒道："师父姓'陈'，名'到底'了，如今没处找寻，且上岸再作区处。"原来八戒本是天蓬元帅临凡，他当年掌管天河八万水兵大众；沙和尚是流沙河内出身；白马本是西海龙孙：故此能知水性。大圣在空中指引。须臾,回转东崖,晒刷了马匹,绠掠了衣裳①,大圣云头按落,一同到于陈家庄上。早有人报与二老道:"四个取经的老爷,如今只剩了三个来也。"兄弟即忙接出门外,果见衣裳还湿,道:"老爷们,我等那般苦留,却不肯住,只要这样方休。怎么不见三藏老爷?"八戒道:"不叫做三藏了,改名叫做'陈到底'也。"二老垂泪道:"可怜!可怜!我说等雪融备船相送,坚执不从,致令丧了性命!"行者道:"老儿,莫替古人耽忧,我师父管他不死长命。老孙知道,决然是那灵感大王弄法算计去了。你且放心,与我们浆浆衣服,晒晒关文,取草料喂着白马,等我弟兄寻着那厮,救出师父,索性剪草除根,替你一庄人除了后患,庶几永永得安生也。"陈老闻言,满心欢喜,即命安排斋供。

兄弟三人饱餐一顿。将马匹、行囊交与陈家看守。各整兵器,径赴道边寻师擒怪。正是:

误踏层冰伤本性,大丹脱漏怎周全②?

毕竟不知怎么救得唐僧,且听下回分解。

---

①绠(zhěn)掠:拧干,梳理。绠,扭。掠,梳理。
②大丹脱漏:此处借唐僧漏于水下,比喻内丹术修炼过程中的"漏丹"。内丹学认为:若修炼不得法,元精会转变为凡精而"走漏",体现为遗精、口水外溢、鼻涕双垂等现象。漏丹是内丹修习者需要尽力避免的,一旦出现,说明此前很长一段功夫劳而无功。

第四十九回

三藏有灾沉水宅　观音救难现鱼篮

　　却说孙大圣与八戒、沙僧辞陈老来至河边，道："兄弟，你两个议定，那一个先下水。"八戒道："哥呵，我两个手段不见怎的，还得你先下水。"行者道："不瞒贤弟说，若是山里妖精，全不用你们费力，水中之事，我去不得。就是下海行江，我须要捻着避水诀①，或者变化甚么鱼蟹之形才去得；若是那般捻浓②，却轮不得铁棒，使不得神通，打不得妖怪。我久知你两个乃惯水之人，所以要你两个下去。"沙僧道："哥呵，小弟虽是去得，但不知水底如何。我等大家都去。哥哥变作甚么模样，或是我驮着你，分开水道，寻着妖怪的巢穴，你先进去打听打听。若是师父不曾伤损，还在里边，我们好努力征讨；假若不是这怪弄法，或者溻杀师父，或者被妖吃了，我等不须苦求，早早的别寻道路何如？"行者道："贤弟说得有理。你们那个驮我？"八戒暗喜道："这猴子不知捉弄了我多少，今番原来不会水，等老猪驮他，也捉弄他捉弄！"呆子笑嘻嘻的叫道："哥哥，我驮你。"行者就知有意，却便将计就计道："是也好，你比悟净还有些膂力。"

　　八戒就背着他，沙僧剖开水路，弟兄们同入通天河内，向水底下行有百十里远近。那呆子捉弄行者，行者随即拔下一根毫毛，变做假身，伏在八戒背上，真身变作一个猪虱子，紧紧的贴在他耳朵里。八戒正行，忽然打个趷蹱，得故子把行者往前一捵③，扑的跌了一跤。原来那个假身本是毫毛变的，却就飘起去，无影无形。沙僧道："二

---

　　①捻着避水诀：捻诀需要双手摆出一定的姿势以辅助施行法术，故这里说捻避水诀则抡不得铁棒。
　　②捻浓：不详。或同"捻弄""捻搭"，用手捏、捻。
　　③得故子：借机会。

哥,你是怎么说?不好生走路,就跌在泥里,便也罢了,却把大哥不知跌在了那里去了。"八戒道:"那猴子不禁跌,一跌就跌化了。兄弟,莫管他死活,我和你且去寻师父去。"沙僧道:"不好,还得他来。他虽不知水性,他比我们乖巧。若无他来,我不与你去。"行者在八戒耳朵里,忍不住高叫道:"悟净!老孙在这里也。"沙僧听得,笑道:"罢了,这呆子是死了。你怎么就敢捉弄他。如今弄得闻声不见面,却怎是好?"八戒慌得跪在泥里磕头道:"哥哥,是我不是了。待救了师父,上岸陪礼。你在那里做声?就影杀我也①!你请现原身出来。我驮着你,再不敢冲撞你了。"行者道:"是你还驮着我哩。我不弄你,你快走!快走!"那呆子絮絮叨叨,只管念诵着陪礼,爬起来与沙僧又进。

　　行了又有百十里远近,忽抬头望见一座楼台,上有"水鼋之第"四个大字。沙僧道:"这厢想是妖精住处,我两个不知虚实,怎么上门索战?"行者道:"悟净,那门里外可有水么?"沙僧道:"无水。"行者道:"既无水,你再藏隐在左右,待老孙去打听打听。"

　　好大圣,爬离了八戒耳朵里,却又摇身一变,变作个长脚虾婆,两三跳跳到门里。睁眼看时,只见那怪坐在上面,众水族摆列两边,有个斑衣鳜婆坐于侧手,都商议要吃唐僧。行者留心,两边寻找不见,忽看见一个大肚虾婆走将来,径往西廊下立定。行者跳到边前,称呼道:"姆姆,大王与众商议要吃唐僧,唐僧却在那里?"虾婆道:"唐僧被大王降雪结冰,昨日拿在宫后石匣中间,只等明日,他徒弟们不来吵闹,就奏乐享用也。"

　　行者闻言,演了一会,径直寻到宫后看,果有一个石匣,却象人间槽房里的猪槽,又似人间一口石棺材之样,量量足有六尺长短。却伏在上面听了一会,只听得三藏在里面嘤嘤的哭哩。行者不言语,侧耳再听,那师父挫得牙响,哏了一声道:

　　"自恨江流命有愆,生时多少水灾缠。

---

①影:方言。指对未知事物的害怕感觉。

出娘胎腹淘波浪，拜佛西天堕渺渊。
　　前遇黑河身有难，今逢冰解命归泉。
　　不知徒弟能来否，可得真经返故园？"
　行者忍不住叫道："师父莫恨水灾。经云：'土乃五行之母，水乃五行之源。无土不生，无水不长。'老孙来了！"三藏闻得道："徒弟呵，救我耶！"行者道："你且放心，待我们擒住妖精，管教你脱难。"三藏道："快些儿下手。再停一日，足足闷杀我也！"行者道："没事，没事，我去也！"急回头，跳将出去，到门外现了原身，叫："八戒！"那呆子与沙僧近道："哥哥，如何？"行者道："正是此怪骗了师父。师父未曾伤损，被怪物盖在石匣之下。你两个快早挑战，让老孙先出水面。你若擒得他就擒；擒不得，做个佯输，引他出水，等我打他。"沙僧道："哥哥放心先去，待小弟们鉴貌辨色。"这行者捻着避水诀，钻出波中，停立岸边等候不题。
　你看那猪八戒行凶，闯至门前，厉声高叫："泼怪物！送我师父出来！"慌得那门里小妖，急报："大王，门外有人要师父哩！"妖邪道："这定是那泼和尚来了。"教："快取披挂兵器来！"众小妖连忙取出。妖邪结束了，执兵在手，即命开门，走将出来。八戒与沙僧对列左右，见妖邪怎生披挂。好怪物！你看他：
　　头戴金盔晃且辉，身披金甲掣虹霓。
　　腰围宝带团珠翠，足踏烟黄靴样奇。
　　鼻准高隆如峤耸①，天庭广阔若龙仪②。
　　眼光闪灼圆还暴，牙齿钢锋尖又齐。
　　短发蓬松飘火焰，长须潇洒挺金锥。
　　口咬一枝青嫩藻，手拿九瓣赤铜锤。
　　一声咿哑门开处，响似三春惊蛰雷。
　　这等形容人世少，敢称灵显大王威。

---

①准：鼻子。峤（qiáo）：高而锐的山。
②天庭：相术指人两眉之间。亦指前额中央。

妖邪出得门来，随后有百十个小妖，一个个轮枪舞剑，摆开两哨，对八戒道："你是那寺里和尚？为甚到此喧嚷？"八戒喝道："我把你这打不死的泼物！你前夜与我顶嘴，今日如何推不知来问我？我本是东土大唐圣僧之徒弟，往西天拜佛求经者。你弄玄虚，假作甚么灵感大王，专在陈家庄要吃童男童女，我本是陈清家一秤金，你不认得我么？"那妖邪道："你这和尚，甚没道理！你变做一秤金，该一个冒名顶替之罪。我倒不曾吃你，反被你伤了我手背。已此让了你，你怎么又寻上我的门来？"八戒道："你既让我，却怎么又弄冷风，下大雪，冻结坚冰，害我师父？快早送我师父出来，万事皆休！牙迸半个'不'字，你只看看手中钯，决不饶你！"妖邪闻言，微微冷笑道："这和尚卖此长舌，胡夸大口。果然是我作冷下雪冻河，摄你师父。你今嚷上门来，思量取讨，只怕这一番不比那一番了。那时节，我因赴会，不曾带得兵器，误中你伤。你如今且休要走，我与你交敌三合。三合敌得过我，还你师父；敌不过，连你一发吃了。"

八戒道："好乖儿子！正是这等说！仔细看钯！"妖邪道："你原来是半路上出家的和尚。"八戒道："我的儿，你真个有些灵感，怎么就晓得我是半路出家的？"妖邪道："你会使钯，想是雇在那里种园，把他钉钯拐将来也。"八戒道："儿子，我这钯，不是那筑地之钯。你看：

巨齿铸就如龙爪，逊金妆来似蟒形①。
若逢对敌寒风洒，但遇相持火焰生。
能与圣僧除怪物，西方路上捉妖精。
轮动烟云遮日月，使开霞彩照分明。
筑倒太山千虎怕，掀翻大海万龙惊。
饶你威灵有手段，一筑须教九窟窿！"

那个妖邪那里肯信，举铜锤劈头就打。八戒使钉钯架住道："你这泼物，原来也是半路上成精的邪魔！"那怪道："你怎么认得我是半

---

①逊金：同"渗金"。以金粉或金箔装饰物体表面。

路上成精的?"八戒道:"你会使铜锤,想是雇在那个银匠家扯炉①,被你得了手,偷将出来的。"妖邪道:"这不是打银之锤,你看:

　　九瓣攒成花骨朵,一竿虚孔万年青。
　　原来不比凡间物,出处还从仙苑名。
　　绿房紫菂瑶池老②,素质清香碧沼生。
　　因我用功抟炼过,坚如钢锐彻通灵。
　　枪刀剑戟浑难赛,钺斧戈矛莫敢经。
　　总让你钯能利刃,汤着吾锤迸折钉!"

　　沙和尚见他两个攀话,忍不住近前高叫道:"那怪物!休得朗言!古人云:'口说无凭,做出便见。'不要走!且吃我一杖!"妖邪使锤杆架住道:"你也是半路里出家的和尚。"沙僧道:"你怎么认得?"妖邪道:"你这个模样,像一个磨博士出身③。"沙僧道:"如何认得我像个磨博士?"妖邪道:"你不是磨博士,怎么会使赶面杖?"沙僧骂道:"你这业障,是也不曾见:

　　这般兵器人间少,故此难知宝杖名。
　　出自月宫无影处,梭罗仙木琢磨成。
　　外边嵌宝霞光耀,内里钻金瑞气凝。
　　先日也曾陪御宴,今朝秉正保唐僧。
　　西方路上无知识,上界官中有大名。
　　唤做降妖真宝杖,管教一下碎天灵!"

　　那妖邪不容分说,三家变脸,这一场,在水底下好杀:

　　铜锤宝杖与钉钯,悟能悟净战妖邪。一个是天蓬临世界,一个是上将降天涯。他两个夹攻水怪施威武,这一个独抵神僧势可夸。

---

①扯炉:拉风箱烧火。
②房:莲蓬,莲房。菂(dì):莲实。
③磨博士:以磨粉为业的人。宋元以后,社会上"民擅官称"现象很多。明黄省曾《吴风录》:"自张士诚(元末起义军领袖,后称王)走卒厮养皆授官爵,至今称呼椎油作面佣夫为博士,剃工为待诏,家人奴仆为郎中,吏人为相公。"

有分有缘成大道，相生相克秉恒沙。土克水，水干见底；水生木，木旺开花。禅法参修归一体，还丹炮炼伏三家。土是母，发金芽，金生神水产婴娃；水为本，润木华，木有辉煌烈火霞。攒簇五行皆别异，故然变脸各争差。看他那铜锤九瓣光明好，宝杖千丝彩绣佳。钯按阴阳分九曜，不明解数乱如麻。捐躯弃命因僧难，舍死忘生为释迦。致使铜锤忙不坠，左遮宝杖右遮钯。

　　三人在水底下斗经两个时辰，不分胜败。猪八戒料道不得赢他，对沙僧丢了个眼色，二人诈败佯输，各拖兵器，回头就走。那怪物教："小的们，扎住在此，等我赶上这厮，捉将来与汝等凑吃哑！"你看他如风吹败叶，似雨打残花，将他两个赶出水面。

　　那孙大圣在东岸上，眼不转睛，只望着河边水势。忽然见波浪翻腾，喊声号吼，八戒先跳上岸道："来了！来了！"沙僧也到岸边道："来了！来了！"那妖邪随后叫："那里走！"才出头，被行者喝道："看棍！"那妖邪闪身躲过，使铜锤急架相还。一个在河边涌浪，一个在岸上施威。搭上手，未经三合，那妖遮架不住，打个花，又淬于水里，遂此风平浪息。

　　行者回转高崖道："兄弟们，辛苦阿。"沙僧道："哥阿，这妖精，他在岸上觉到不济，在水底也尽利害哩！我与二哥左右齐攻，只战得个两平，却怎么处置救师父也？"行者道："不必疑迟，恐被他伤了师父。"八戒道："哥哥，我这一去哄他出来，你莫做声，但只在半空中等候。估着他钻出头来，却使个捣蒜打，照他顶门上着着实实一下。总然打不死他，好道也护疼发晕，却等老猪赶上一钯，管教他了帐！"行者道："正是！正是！这叫做'里迎外合'，方可济事。"他两个复入水中不题。

　　却说那妖邪败阵逃生，回归本宅。众妖接到宫中，鳜婆上前问道："大王赶那两个和尚到那方来？"妖邪道："那和尚原来还有一个帮手。他两个跳上岸去，那帮手轮一条铁棒打我，我闪过与他相持。也不知他那棍子有多少斤重，我的铜锤莫想架得他住。战未三合，我却败回来也。"鳜婆道："大王，可记得那帮手是甚相貌？"妖邪道：

"是一个毛脸雷公嘴,查耳朵,折鼻梁,火眼金睛和尚。"鳜婆闻说,打了一个寒禁道:"大王呵!亏了你识俊①,逃了性命!若再三合,决然不得全生!那和尚我认得他。"妖邪道:"你认得他是谁?"鳜婆道:"我当年在东洋海内,曾闻得老龙王说他的名誉,乃是五百年前大闹天宫,混元一气上方太乙金仙美猴王齐天大圣。如今归依佛教,保唐僧往西天取经,改名唤做孙悟空行者。他的神通广大,变化多端。大王,你怎么惹他?今后再莫与他战了。"

说不了,只见门里小妖来报:"大王,那两个和尚又来门前索战哩!"妖精道:"贤妹所见甚长,再不出去,看他怎么。"急传令,教:"小的们,把门关紧了。正是任君门外叫,只是不开门。让他缠两日,性摊了回去时②,我们却不自在受用唐僧也?"那小妖一齐都搬石头,塞泥块,把门闭杀。八戒与沙僧连叫不出,呆子心焦,就使钉钯筑门。那门已此紧闭牢关,莫想能勾;被他七八钯,筑破门扇,里面却都是泥土石块,高叠千层。沙僧见了道:"二哥,这怪物惧怕之甚,闭门而走,我和你且回上河崖,再与大哥计较去来。"八戒依言,径转东岸。

那行者半云半雾,提着铁棒等哩。看见他两个上来,不见妖怪,即按云头,迎至岸边,问道:"兄弟,那话儿怎么不上来?"沙僧道:"那怪物紧闭宅门,再不出来见面;被二哥打破门扇看时,那里面都使些泥土石块实实的叠住了。故此不能得战,却来与哥哥计议,再怎么设法去救师父。"行者道:"似这般却也无法可治。你两个只在河岸上巡视着,不可放他往别处走了,待我去来。"八戒道:"哥哥,你往那里去?"行者道:"我上普陀岩拜问菩萨,看这妖怪是那里出身,姓甚名谁。寻着他的祖居,拿了他的家属,捉了他的四邻,却来此擒怪救师。"八戒笑道:"哥呵,这等干,只是忒费事,担阁了时辰了。"行者道:"管你不费事,不担阁,我去就来。"

好大圣,急纵祥光,躲离河口,径赴南海。那里消半个时辰,早

---

①识俊:知趣,识相。
②性摊了:怒气平息了,泄劲了。摊,同"瘫"。

望见落伽山不远。低下云头,径至普陀崖上。只见那二十四路诸天与守山大神、木叉行者、善财童子、捧珠龙女,一齐上前,迎着施礼道:"大圣何来?"行者道:"有事要见菩萨。"众神道:"菩萨今早出洞,不许人随,自入竹林里观玩。知大圣今日必来,分付我等在此候接大圣,不可就见。请在翠岩前聊坐片时,待菩萨出来,自有道理。"行者依言,还未坐下,又见那善财童子上前施礼道:"孙大圣,前蒙盛意,幸菩萨不弃收留,早晚不离左右,专侍莲台之下,甚得善慈。"行者知是红孩儿,笑道:"你那时节魔业迷心,今朝得成正果,才知老孙是好人也。"

行者久等不见,心焦道:"列位与我传报传报,但迟了,恐伤吾师之命。"诸天道:"不敢报。菩萨分付,只等他自出来哩。"行者性急,那里等得,急耸身往里便走。噫!

    这个美猴王,性急能鹘薄①。
    诸天留不停,要往里边跢②。
    拽步入深林,睁睛偷觑着。
    远观救苦尊,盘坐衬残箬③。
    懒散怕梳妆,容颜多绰约。
    散挽一窝丝,未曾戴缨络。
    不挂素蓝袍,贴身小袄缚。
    漫腰束锦裙,赤了一双脚。
    披肩绣带无,精光两臂膊。
    玉手执钢刀,正把竹皮削。

行者见了,忍不住厉声高叫道:"菩萨,弟子孙悟空志心朝礼。"菩萨教:"外面俟候。"行者叩头道:"菩萨,我师父有难,特来拜问通天河妖怪根源。"菩萨道:"你且出去,待我出来。"

---

① 鹘薄:同"嚻薄"。浮薄。
② 跢(duò):原意指赤脚,这里是闯入的意思。
③ 箬(ruò):竹笋的外壳。

行者不敢强，只得走出竹林，对众诸天道："菩萨今日又重置家事哩。怎么不坐莲台，不妆饰，不喜欢①，在林里削篾做甚？"诸天道："我等却不知。今早出洞，未曾妆束，就入林中去了，又教我等在此接候大圣，必然为大圣有事。"行者没奈何，只得等候。

　　不多时，只见菩萨手提一个紫竹篮儿出林道："悟空，我与你救唐僧去来。"行者慌忙跪下道："弟子不敢催促，且请菩萨着衣登座。"菩萨道："不消着衣，就此去也。"那菩萨撇下诸天，纵祥云腾空而去。孙大圣只得相随。

　　顷刻间，到了通天河界。八戒与沙僧看见道："师兄性急，不知在南海怎么乱嚷乱叫，把一个未梳妆的菩萨逼将来也。"说不了，到于河岸。二人下拜道："菩萨，我等擅干②，有罪！有罪！"菩萨即解下一根束袄的丝绦，将篮儿拴定，提着丝绦，半踏云彩，抛在河中，往上溜头扯着，口念颂子道："死的去，活的住！死的去，活的住！"念了七遍，提起篮儿，但见那篮里亮灼灼一尾金鱼，还斩眼动鳞。菩萨叫："悟空，快下水救你师父耶。"行者道："未曾拿住妖邪，如何救得师父？"菩萨道："这篮儿里不是？"八戒与沙僧拜问道："这鱼儿怎生有那等手段？"菩萨道："他本是我莲花池里养大的金鱼。每日浮头听经，修成手段。那一柄九瓣铜锤，乃是一枝未开的菡萏③，被他运炼成兵。不知是那一日，海潮泛涨，走到此间。我今早扶栏看花，却不见这厮出拜。掐指巡纹④，算着他在此成精，害你师父，故此未及梳妆，运神功，织个竹篮儿擒他。"

　　行者道："菩萨，既然如此，且待片时，等我叫陈家庄众信人等，看看菩萨的金面；一则留恩，二来说此收怪之事，好教凡人信心供

---

①不喜欢：这里意为不开心。
②擅干：擅自干犯，随意冒犯。
③菡萏(hàn dàn)：荷花。
④掐指巡纹：掐指算卦，又称袖传一课，是古代六壬占卜的一种，方法是用除拇指外四个手指的十二个指节配合十二地支，掐指节计算干支位置，所以叫"掐指巡纹"。

养。"菩萨道:"也罢,你快去叫来。"那八戒与沙僧,一齐飞跑至庄前,高呼道:"都来看活观音菩萨!都来看活观音菩萨!"一庄老幼男女,都向河边,也不顾泥水,都跪在里面,磕头礼拜。内中有善图画者,传下影神,这才是鱼篮观音现身①。当时菩萨就归南海。

八戒与沙僧,分开水道,径往那水鼋之第找寻师父。原来那里边水怪鱼精,尽皆死烂。却入后宫,揭开石匣,驮着唐僧,出离波津,与众相见。那陈清兄弟叩头称谢道:"老爷不依小人劝留,致令如此受苦。"行者道:"不消说了。你们这里人家,下年再不用祭赛。那大王已此除根,永无伤害。陈老儿,如今才好累你,快寻一只船儿,送我们过河去也。"那陈清道:"有!有!有!"就教解板打船。众庄客闻得此言,无不喜舍。那个道我买桅篷,这个道我办篙桨。有的说我出绳索,有的说我雇水手。正都在河边上吵闹,忽听得河中间高叫:"孙大圣,不要打船,花费人家财物。我送你师徒们过去。"众人听说,个个心惊,胆小的走了回家,胆大的战兢兢贪看。须臾,那水里钻出一个怪来,你道怎生模样:

方头神物非凡品,九肋灵机号水仙②。
曳尾能延千纪寿③,潜身静隐百川渊。
翻波跳浪冲江岸,向日朝风卧海边。
养气含灵真有道,多年粉盖赖头鼋。

那老鼋又叫:"大圣,不要打船,我送你师徒过去。"行者轮着铁棒道:"我把你这个孽畜!若到边前,这一棒就打死你!"老鼋道:"我感大圣之恩,情愿办好心送你师徒,你怎么返要打我?"行者道:"与你有甚恩惠?"老鼋道:"大圣你不知,这底下水鼋之第,乃是我的住

---

①鱼篮观音:观音三十三相之一。
②九肋:原作"九助",误。九肋是一种产于沅江的珍稀品种的龟。语出五代王定保《唐摭言·自负》:唐卢肇是袁州人,中举人之后,有人问:"袁州也出举人吗?"卢肇说:"袁州出举人,如同沅江出九肋龟那样稀有。"
③曳尾:《庄子·秋水》载:神龟不愿死后受人供奉,而是愿意活着的时候在泥中拖着尾巴爬。庄子借此表达自己高洁的志向。

宅。自历代以来，祖上传留到我。我因省悟本根，养成灵气，在此处修行，被我将祖居翻盖了一遍，立做一个水鼋之第。那妖邪乃九年前海啸波翻，他赶潮头，来于此处，仗逞凶顽，与我争斗；被他伤了我许多儿女，夺了我许多眷族。我斗他不过，将巢穴白白的被他占了。今蒙大圣至此搭救唐师父，请了观音菩萨扫净妖氛，收去怪物，将第宅还归于我，我如今团圞老小①，再不须挨土帮泥，得居旧舍。此恩重若丘山，深如大海。且不但我等蒙惠，只这一庄上人，免得年年祭赛，全了多少人家儿女，此诚所谓一举而两得之恩也！敢不报答？"

行者闻言，心中暗喜，收了铁棒道："你端的是真实之情么？"老鼋道："因大圣恩德洪深，怎敢虚谬？"行者道："既是真情，你朝天赌咒。"那老鼋张着红口，朝天发誓道："我若真情不送唐僧过此通天河，将身化为血水！"行者笑道："你上来，你上来。"老鼋却才负近岸边，将身一纵，爬上河崖。众人近前观看，有四丈围圆的一个大白盖。行者道："师父，我们上他身，渡过去也。"三藏道："徒弟呀，那层冰厚冻，尚且邅迍②，况此鼋背，恐不稳便。"老鼋道："师父放心。我比那层冰厚冻，稳得紧哩。但歪一歪，不成功果！"行者道："师父呵，凡诸众生，会说人话，决不打诳语。"教："兄弟们，快牵马来。"

到了河边，陈家庄老幼男女一齐来拜送。行者教把马牵在白鼋盖上，请唐僧站在马的颈项左边，沙僧站在右边，八戒站在马后，行者站在马前；又恐那鼋无礼，解下虎筋绦子，穿在老鼋的鼻之内，扯起来，像一条缰绳；却使一只脚踏在盖上，一只脚登在头上，一只手执着铁棒，一只手扯着缰绳，叫道："老鼋，慢慢走呵。歪一歪儿，就照头一下！"老鼋道："不敢！不敢！"他却登开四足，踏水面如行平地。众人都在岸上，焚香叩头，都念"南无阿弥陀佛"。这正是真罗汉临凡，活菩萨出现。众人只拜的望不见形影方回，不题。

却说那师父驾着白鼋，那消一日，行过了八百里通天河界，干手

---

① 团圞(luán)：也作"团栾"。团聚。

② 邅迍(zhān zhūn)：同"迍邅"。困难，难行。

干脚的登岸。三藏上崖,合手称谢道:"老鼋累你,无物可赠,待我取经回谢你罢。"老鼋道:"不劳师父赐谢。我闻得西天佛祖无灭无生,能知过去未来之事。我在此间,整修行了一千三百余年;虽然延寿身轻,会说人话,只是难脱本壳。万望老师父到西天与我问佛祖一声,看我几时得脱本壳,可得一个人身。"三藏响允道:"我问,我问。"那老鼋才淬水中去了。行者遂伏侍唐僧上马。八戒挑着行囊,沙僧跟随左右。师徒们找大路,一直奔西。这的是:

圣僧奉旨拜弥陀,水远山遥灾难多。
意志心诚不惧死,白鼋驮渡过天河。

毕竟不知此后还有多少路程,还有甚么凶吉,且听下回分解。

第五十回

情乱性从因爱欲　神昏心动遇魔头

诗曰①：
　　心地频频扫，尘情细细除②。莫教坑堑陷毗卢③。
　　常净常清净④，方可论元初。
　　性烛须挑剔⑤，曹溪任吸呼⑥。勿令猿马气声粗。
　　昼夜绵绵息，方显是功夫⑦。

---

① 诗曰：这首词词牌名为《南柯子》，是金全真教道士马钰（王重阳首徒）所作，见《渐悟集》卷下，略有改动。主张通过勤谨的修行，即"渐悟"，逐渐达到成仙成佛的境界。
② "心地频频扫"二句：即唐代高僧神秀偈语的化用。神秀是禅宗北宗的创始人，其师弘忍欲传授衣钵，命弟子作偈语，神秀偈语为"身是菩提树，心如明镜台，时时勤拂拭，莫使惹尘埃"，弘忍认为未见心性，故将衣钵付与慧能，后创禅宗的南宗。但神秀在北方声名极高，世人认为北宗主张渐悟，南宗主张顿悟。尘情，即凡心俗情。
③ 毗卢："毗卢舍那"的省称，即法身佛，又称法身。法身本是佛教用语，佛教认为众生皆有妄想，错误认为世界是真实的，有"我"存在。一旦熄灭这种妄想，本来的法性显出，就成佛体，显法成身，名为法身。金马钰认为只有达到真性的清净，才能成仙了道，不可使真性陷溺。
④ 常净常清净：这是金人马钰的原词原作"常静常清"，而《西游记》有的版本（如《西游证道书》）作"本体常清净"，当出自后人的改窜。
⑤ 性烛：相当于"心灯"，比喻自性光明，像烛火一样明亮。金马钰《和胡讲师韵》："常教命灯朗朗，无令性烛沉埋"。挑剔：把灯火挑明。
⑥ 曹溪：禅宗六祖慧能在曹溪宝林寺讲法，故称禅宗南宗为曹溪。又内丹术以脊椎末端之尾闾穴为"曹溪路"，真气从此上升。元金月岩《抱一子三峰老人丹诀》："人身脊骨有二十四节，从下数起第一节下，名尾闾穴，又名龙虎穴，又名曹溪路。"
⑦ "勿令猿马气声粗"以下几句：内丹修炼首先要练习呼吸，以绵远深长为佳。马钰原作"昼夜绵绵、端的好功夫"。马钰《怀修炼》："常细细，绵绵来往，功到赴蓬庄。"猿马，即心猿意马，指心和意。

这一首词,牌名《南柯子》,单道着唐僧脱却通天河寒冰之灾,踏白鼋负登彼岸。四众奔西,正遇严冬之景,但见那林光漠漠烟中淡,山骨棱棱水外青。师徒们正当行处,忽然又遇一山,路窄崖高,石多岭峻,人马难进。三藏在马上兜缰,叫声:"徒弟。"时有孙行者引八戒、沙僧近前侍立道:"师父,有何分付?"三藏道:"你看那前面山高,只恐虎狼作怪,妖兽伤人,今番是必仔细!"行者道:"师父放心莫虑。我等兄弟三人,性和意合,归正求真,使出荡怪降妖之法,怕甚么虎狼妖兽!"三藏闻言,只得放怀前进。到于谷口,登崖抬头观看,好山:

嵯峨矗矗,峦削巍巍。嵯峨矗矗冲霄汉,峦削巍巍碍碧空。怪石乱堆如坐虎,苍松斜挂似飞龙。岭上鸟啼娇韵美,崖前梅放异香浓。涧水潺潺流出冷,巅云黯淡过来凶。又见那飘飘雪,凛凛风,咆哮饿虎吼山中。寒鸦拣树无栖处,野鹿寻窝没定踪。可叹行人难进步,皱眉愁脸把头蒙。

师徒四众,冒雪冲寒,战澌澌行过那巅峰峻岭,远望见山凹中有楼台高耸,房舍清幽。唐僧马上忻然道:"徒弟呵,这一日又饥又寒,幸得那山凹里有楼台房舍,断乎是庄户人家,庵观寺院;且去化些斋饭,吃了再走。"行者闻言,急睁睛看,只见那壁厢凶云隐隐,恶气纷纷,回首对唐僧道:"师父,那厢不是好处。"三藏道:"见有楼台亭宇,如何不是好处?"行者笑道:"师父呵,你那里知道?西方路上多有妖怪邪魔,善能点化庄宅。不拘甚么楼台房舍,馆阁亭宇,俱能指化了哄人。你知道'龙生九种',内有一种名蜃。蜃气放出,就如楼阁浅池。若遇大江昏迷,蜃现此势。倘有鸟鹊飞腾,定来歇翅。那怕你上万论千,尽被他一气吞之。此意害人最重,那壁厢气色凶恶,断不可入。"

三藏道:"既不可入,我却着实饥了。"行者道:"师父果饥,且请下马,就在这平处坐下,待我别处化些斋来你吃。"三藏依言下马。八戒采定缰绳,沙僧放下行李,即去解开包裹,取出钵盂,递与行者。行者接钵盂在手,分付沙僧道:"贤弟,却不可前进。好生保护师父,稳坐于此,待我化斋回来,再往西去。"沙僧领诺。行者又向三藏道:"师父,这去处少吉多凶,切莫要动身别往。老孙化斋去也。"唐僧道:"不必多言,但要你快去快来。我在这里等你。"行者转身欲行,却又回来道:"师父,我知你没甚坐性,我与你个安身法儿。"即取金箍棒,幌了一幌,将那平地下周围画了一道圈子,请唐僧坐在中间;着八戒沙僧侍立左右,把马与行李都放在近身。对唐僧合掌道:"老孙画的这圈,强似那铜墙铁壁。凭他甚么虎豹狼虫,妖魔鬼怪,俱莫敢近。但只不许你们走出圈外,只在中间稳坐,保你无虞;但若出了圈儿,定遭毒手。千万,千万!至祝①,至祝!"三藏依言,师徒俱端然坐下。

　　行者才起云头,寻庄化斋,一直南行,忽见那古树参天,乃一村庄舍。按下云头,仔细点看,但只见:

　　雪欺衰柳,冰结方塘。疏疏修竹摇青,郁郁乔松凝翠。几间茅屋半妆银,一座小桥斜砌粉。篱边微吐水仙花,檐下长垂冰冻筋。飒飒寒风送异香,雪漫不见梅开处。

　　行者随步点看庄景,只听得呀的一声,柴扉响处,走出一个老者,手拖藜杖②,头顶羊裘,身穿破衲,足踏蒲鞋③,拄着杖,仰身朝天道:"西北风起,明日晴了。"说不了,后边跑出一个哈巴狗儿来,望着行者,汪汪的乱吠。老者却才转过头来,看见行者捧着钵盂,打个问讯道:"老施主,我和尚是东土大唐钦差上西天拜佛求经者。适路过宝方,我师父腹中饥馁,特造尊府募化一斋。"

　　老者闻言,点头顿杖道:"长老,你且休化斋,你走错路了。"行者道:"不错。"老者道:"往西天大路,在那直北下。此间到那里有千里之遥,还不去找大路而行?"行者笑道:"正是直北下。我师父现在大路上端坐,等我化斋哩。"那老者道:"这和尚胡说了。你师父在大路

---

①祝:同"嘱"。宋华岳《田家》:"拂晓呼儿去采樵,祝妻早办午炊烧。"
②藜杖:用藜的老茎做的手杖。质轻而坚实。
③蒲鞋:用蒲草编的鞋子。

上等你化斋,似这千里之遥,就会走路,也须得六七日,走回去又要六七日;却不饿坏他也?"行者笑道:"不瞒老施主说。我才然离了师父,还不上一盏热茶之时,却就走到此处。如今化了斋,还要趁去作午斋哩。"

老者见说,心中害怕道:"这和尚是鬼!是鬼!"急抽身往里就走。行者一把扯住道:"施主那里去?有斋快化些儿。"老者道:"不方便,不方便,别转一家儿罢!"行者道:"你这施主,好不会事!你说我离此有千里之遥,若再转一家,却不又有千里?真是饿杀我师父也。"那老者道:"实不瞒你说。我家老小六七口,才淘了三升米下锅,还未曾煮熟。你且到别处去转转再来。"行者道:"古人云,'走三家不如坐一家'。我贫僧在此等一等罢。"那老者见缠得紧,恼了,举藜杖就打。行者公然不惧,被他照光头上打了七八下,只当与他拂痒。那老者道:"这是个撞头的和尚!"行者笑道:"老官儿,凭你怎么打,只要记得杖明白。一杖一升米,慢慢量来。"那老者闻言,急丢了藜杖,跑进去把门关了,只嚷:"有鬼!有鬼!"慌得那一家儿战战兢兢,把前后门俱关上。

行者见他关了门,心中暗想:"这老贼才说淘米下锅,不知是虚是实。常言道:'道化贤良释化愚①。'且等老孙进去看看。"好大圣,

---

① 道化贤良释化愚:道教高深,需要道德、悟性上佳的人才能传承道法(如许多秘法需要择人而授);而佛教内容博大,普度众生,愚笨的人也可以接受基本的教义。这里引申为道教徒向上层人士募化,而佛教徒向底层大众募化的意思。明朱权编《天皇至道太清玉册》"禁言道化贤释化愚"条载晋成帝谓王导曰,中国之人,愿往生西方为胡人,"不愿生于中国,何愚之至也。昔汉章帝所谓道化贤、释化愚,是乎?"王导曰:"诚实言也,可为万世之戒。故世方有道化贤、释化愚之说。自此始,虽世常有是言,其道士切不可言,恐生函矢(矛盾),大宜忌之。按皇甫真人曰:圣人设教,各随风土,禀受之性,所立性识愚钝者,本乎地则以死为乐,性识聪慧者,本乎天则以生为乐,《周易》所谓本乎天者亲上,本乎地者亲下是也。以死为乐者,《涅盘经》佛谓坐灭,灭矣。寂灭为乐。以生为乐者,老子谓我命在我不在于天。死生之道,贤愚皆有,其乐又何必究其贤愚哉!"

捻着诀,使个隐身遁法①,径走入厨中看处,果然那锅里气腾腾的,煮了半锅干饭。就把钵盂往里一揠,满满的揠了一钵盂②,即驾云回转不题。

却说唐僧坐在圈子里,等待多时,不见行者回来,欠身怅望道:"这猴子往那里化斋去了?"八戒在傍笑道:"知他往那里耍子去来,化甚么斋,却教我们在此坐牢。"三藏道:"怎么谓之坐牢?"八戒道:"师父,你原来不知。古人划地为牢。他将棍子划个圈儿,强似铁壁铜墙,假如有虎狼妖兽来时,如何挡得他住?只好白白的送与他吃罢了。"三藏道:"悟能,凭你怎么处治。"八戒道:"此间又不藏风,又不避冷,若依老猪,只该顺着头,往西且行。师兄化了斋,驾了云,必然来快,让他赶来。如有斋,吃了再走。如今坐了这一会,老大脚冷!"

三藏闻此言,就是晦气星进宫③。遂依呆子,一齐出了圈外。沙僧牵了马,八戒担了担,那长老顺路步行前进。不一时,到了那楼阁之所,原来是坐北向南之家。门外八字粉墙,有一座倒垂莲升斗门楼④,都是五色妆的。那门儿半开半掩。八戒就把马拴在门枕石鼓

---

① 隐身遁法:道教的隐身之法有多种,《抱朴子·内篇》即有"隐沦之道",《云笈七签》记有"出有入无之术""隐沦飞霄之术"。上清派有隐地八术,以及五行遁术等,其方法大多是踏罡布斗,同时存想念咒,即使身形隐遁。

② 揠(yà):舀取。清胡文英《吴下方言考》卷十一:"斡(音握),《前汉·食货志》:欲擅斡山海之货。案'斡',量物不顺理也,吴谚谓量物去面不用量,用斗深入者曰斡。"

③ 晦气星进宫:晦气星,即"晦气",是星命术中的一种星神。宫,星命术术语,有身宫、命宫等概念。大略来说,所谓宫,是黄道附近的某个天区。一般认为,出生时东方地平线刚刚升起的星座所在的天区,即命宫;而此时月亮所在的天区,即身宫。此外还有种种复杂的宫位名称和不同的计算方法,而以身、命二宫最为重要。星命术认为,不同的星神进入宫位,代表着不同的命运。晦气星进入命宫或身宫,主波折不顺。

④ 倒垂莲升斗门楼:倒垂莲,参见第二十三回"垂莲象鼻"条注。升、斗都是古建筑的结构部件。

上①。沙僧歇了担子。三藏畏风,坐于门限之上。八戒道:"师父,这所在想是公侯之宅,相辅之家。前门外无人,想必都在里面烘火。你们坐着,让我进去看看。"唐僧道:"仔细耶,莫要冲撞了人家。"呆子道:"我晓得。自从归正禅门,这一向也学了些礼数,不比那村莽之夫也。"

那呆子把钉钯揌在腰里,整一整青锦直裰,斯斯文文,走入门里。只见是三间大厅,帘栊高控,静悄悄全无人迹,也无桌椅家火。转屏门,往里又走,乃是一座穿堂②。堂后有一座大楼,楼上窗格半开,隐隐见一顶黄绫帐幔。呆子道:"想是有人怕冷,还睡哩。"他也不分内外,拽步走上楼来。用手掀开看时,把呆子唬了一个跳踵。原来那帐里,象牙床上,白媸媸的一堆骸骨,骷髅有巴斗大③,腿挺骨有四五尺长④。呆子定了性,止不住腮边泪落,对骷髅点头叹云:"你不知是

> 那代那朝元帅体,何邦何国大将军。
> 当时豪杰争强胜,今日凄凉露骨筋。
> 不见妻儿来侍奉,那逢士卒把香焚?
> 谩观这等真堪叹,可惜兴王霸业人。"

八戒正才感叹,只见那帐幔后有火光一幌。呆子道:"想是有侍奉香火之人在后面哩。"急转步过帐观看,却是穿楼的窗扇透光。那壁厢有一张彩漆的桌子,桌子上乱搭着几件锦绣绵衣。呆子提起来看时,却是三件纳锦背心儿。他也不管好歹,拿下楼来,出厅房,径到门外道:"师父,这里全没人烟,是一所亡灵之宅。老猪走进里面,

---

① 门枕:门前两侧的石条,又称门墩、门座、抱鼓石。门枕是门槛内外两侧稳固门扉转轴的构件,起到加固门扉、平衡门框的作用。因其雕成枕头形或箱子形,故称门枕石。上面雕成石鼓形状,是一种装饰。

② 穿堂:房屋之间的过道。

③ 巴斗:即"笆斗",又称"栲栳"。用柳条编成的一种箩筐,底为半球形,直径约二尺。

④ 腿挺骨:小腿骨。即"腿䯒"。参见第三十二回"腿䯒"条注。

直至高楼之下,黄绫帐内,有一堆骸骨。串楼傍有三件纳锦的背心①,被我拿来了,也是我们一程儿造化②。此时天气寒冷,正当用处。师父,且脱了褊衫,把他且穿在底下,受用受用,免得吃冷。"三藏道:"不可!不可!律云:'公取窃取皆为盗③。'倘或有人知觉,赶上我们,到了当官,断然是一个窃盗之罪。还不送进去与他搭在原处?我们在此避风坐一坐,等悟空来时走路。出家人不要这等爱小。"八戒道:"四顾无人,虽鸡犬亦不知之,但只我们知道,谁人告我?有何证见?就如拾到的一般,那里论甚么公取窃取也!"三藏道:"你胡做呵!虽是人不知之,天何盖焉!'玄帝垂训云④,暗室亏心,神目如电'⑤。趁早送去还他,莫爱非礼之物。"

那呆子莫想肯听,对唐僧笑道:"师父呵,我自为人,也穿了几件背心,不曾见这等纳锦的。你不穿,且等老猪穿一穿,试试新,晤晤脊背⑥。等师兄来,脱了还他走路。"沙僧道:"既如此说,我也穿一件儿。"两个齐脱了上盖直裰,将背心套上。才紧带子,不知怎么立站不稳,扑的一跌。原来这背心儿赛过绑缚手,霎时间,把他两个背剪手贴心捆了。慌得个三藏跌足报怨,急忙上前来解,那里便解得开?三个人在那里吆喝之声不绝,却早惊了魔头也。

话说那座楼房果是妖精点化的,终日在此拿人。他在洞里正坐,忽闻得怨恨之声,急出门来看,果见捆住几个人了。妖魔即唤小妖,同到那厢,收了楼台房屋之形,把唐僧挽住,牵了白马,挑了行李,将八戒、沙僧一齐捉到洞里。老妖魔登台高坐,众小妖把唐僧推

---

①串楼:即前文的"穿楼",两楼之间二层有廊相通,称为串楼。
②一程儿:一段儿,一些儿。
③公取窃取皆为盗:这是《大明律》卷十八《刑律·贼盗》中的话。
④玄帝:指真武大帝,又称玄天上帝。
⑤暗室亏心,神目如电:这两句托名真武大帝所言,意为暗中做了坏事,神灵的眼睛却像闪电一样,看得很清楚。出自元明之际的劝善书《明心宝鉴·天理篇》。
⑥晤:同"焐"。

近台边,跪伏于地。妖魔问道:"你是那方和尚?怎么这般胆大,白日里偷盗我的衣服?"三藏滴泪告曰:"贫僧是东土大唐钦差往西天取经的。因腹中饥馁,着大徒弟去化斋未回,不曾依得他的言语,误撞仙庭避风。不期我这两个徒弟爱小,拿出这衣物。贫僧决不敢坏心,当教送还本处。他不听吾言,要穿此晤晤脊背,不料中了大王机会①,把贫僧拿来。万望慈悯,留我残生,求取真经,永注大王恩情,回东土千古传扬也!"

那妖魔笑道:"我这里常听得人言:有人吃了唐僧一块肉,发白还黑,齿落更生。幸今日不请自来,还指望饶你哩!你那大徒弟叫做甚么名字?往何方化斋?"八戒闻言,即开口称扬道:"我师兄乃五百年前大闹天宫齐天大圣孙悟空也。"那妖魔听说是齐天大圣孙悟空,老大有些悚惧,口内不言,心中暗想道:"久闻那厮神通广大,如今不期而会。"教:"小的们,把唐僧捆了;将那两个解下宝贝,换两条绳子,也捆了。且抬在后边,待我拿住他大徒弟,一发刷洗,却好凑灶蒸吃。"众小妖答应一声,把三人一齐捆了,抬在后边,将白马拴在槽头,行李挑在屋里。众妖都磨兵器,准备擒拿行者不题。

却说孙行者自南庄人家摄了一钵盂斋饭,驾云回返旧路;径至山坡平处,按下云头,早已不见唐僧,不知何往,棍划的圈子还在,只是人马都不见了。回看那楼台处所,亦俱无矣,惟见山根怪石。行者心惊道:"不消说了,他们定是遭那毒手也!"急依路看着马蹄,向西而赶。

行有五六里,正在凄怆之际,只闻得北坡外有人言语。看时,乃一个老翁,毡衣苫体,暖帽蒙头②,足下踏一双半新半旧的油靴③,手持着一根龙头拐棒,后边跟一个年幼的僮仆,折一枝腊梅花,自坡前

---

① 机会:即机关、圈套。
② 暖帽:保暖用的帽子。清刘廷玑《在园杂志》卷一:"今之暖帽,以貂为贵,次有染银鼠,染黄鼠以为帽檐者,至于玄狐,则有阶级(等差)矣。"
③ 油靴:桐油涂制的可以防水的长筒靴。

念歌而走。行者放下钵盂,觌面道个问讯,叫:"老公公,贫僧问讯了。"那老翁即便回礼道:"长老那里来的?"行者道:"我们东土来的,往西天拜佛求经。一行师徒四众。我因师父饥了,特去化斋,教他三众坐在那山坡平处相候。及回来不见,不知往那条路上去了。动问公公,可曾看见?"

老者闻言,呵呵冷笑道:"你那三众,可有一个长嘴大耳的么?"行者道:"有!有!有!""又有一个晦气色脸的,牵着一匹白马,领着一个白脸的胖和尚么?"行者道:"是!是!是!"老翁道:"他们走错路了。你休寻他,各人顾命去也。"行者道:"那白脸者是我师父,那怪样者是我师弟。我与他共发虔心,要往西天取经,如何不寻他去?"老翁道:"我才然从此过时,看见他错走了路径,闯入妖魔口里去了。"行者道:"烦公公指教指教,是个甚么妖魔,居于何方,我好上门取索他等,往西天去也。"老翁道:"这座山,叫做金岘山。山前有个金岘洞。那洞中有一个独角兕大王。那大王神通广大,威武高强。那三众那回断没命了。你若去寻,只怕连你也难保,不如不去之为愈也。我也不敢阻你,也不敢留你,只凭你心中度量。"

行者再拜称谢道:"多蒙公公指教。我岂有不寻之理!"把这斋饭倒与他,将这空钵盂自家收拾。那老翁放下拐棒,接了钵盂,递与僮仆,现出本像,双双跪下,叩头叫:"大圣,小神不敢隐瞒。我们两个就是此山山神、土地,在此候接大圣。这斋饭连钵盂,小神收下,让大圣身轻好施法力。待救唐僧出难,将此斋还奉唐僧,方显得大圣至恭至孝。"行者喝道:"你这毛鬼讨打!既知我到,何不早迎?却又这般藏头露尾,是甚道理?"土地道:"大圣性急,小神不敢造次,恐犯威颜,故此隐像告知。"行者息怒道:"你且记打,好生与我收着钵盂,待我拿那妖头去来。"土地、山神遵领。

这大圣却才束一束虎筋绦,拽起虎皮裙,执着金箍棒,径奔山前,找寻妖洞。转过山崖,只见那乱石磷磷,翠崖边有两扇石门,门外有许多小妖,在那里轮枪舞剑。真个是:

烟云凝瑞,苔藓堆青。崚嶒怪石列,崎岖曲道萦。猿啸鸟啼风景丽,鸾飞凤舞若蓬瀛。向阳几树梅初放,弄暖千竿竹自青。陡崖之下,深涧之中,陡崖之下雪堆粉,深涧之中水结冰。两林松柏千年秀,几簇山茶一样红。

这大圣观看不尽,拽开步径至门前,厉声高叫道:"那小妖,你快进去与你那洞主说,我本是唐朝圣僧徒弟齐天大圣孙悟空。快教他送我师父出来,免教你等丧了性命!"

那伙小妖,急入洞里报道:"大王,前面有一个毛脸勾嘴的和尚,称是齐天大圣孙悟空,来要他师父哩。"那魔王闻得此言,满心欢喜道:"正要他来哩!我自离了本宫,下降尘世,更不曾试试武艺。今日他来,必是个对手。"即命:"小的们取出兵器。"那洞中大小群魔,一个个精神抖擞,即忙抬出一根丈二长的点钢枪①,递与老怪。老怪传令教:"小的们,各要整齐。进前者赏,退后者诛!"众妖得令,随着老怪,腾出门来。叫道:"那个是孙悟空?"行者在傍闪过,见那魔王生得好不凶丑:

独角参差,双眸幌亮。顶上粗皮突,耳根黑肉光。舌长时搅鼻,口阔版牙黄。毛皮青似靛,筋挛硬如钢。比犀难照水②,像牸不耕荒。全无喘月犁云用③,倒有欺天振地强。两只焦筋蓝靛手,雄威直挺点钢枪。细看这等凶模样,不枉名称兕大王!

---

① 点钢:经淬火处理过的钢铁。即"健钢"。明宋应星《天工开物》卷十《冶铁》载凡熟铁、钢铁,出火时用清水淬火,称为"健钢、健铁"。清刘声木《苌楚斋续笔》卷八:"芜湖县城北门外之人,多业铁工,夙精以水点钢之法,亦名闻远近。闻北门外有一井,其水稍带红色,铁工必以此水点钢乃成,他水则否。"

② 比犀难照水:语出南朝宋刘敬叔《异苑》卷七:"晋温峤至牛渚矶,闻水底有音乐之声,水深不可测,传言下多怪物,乃燃犀角而照之。须臾见水族覆火,奇形异状。"

③ 喘月:南朝宋刘义庆《世说新语·言语》记载:吴地炎热,所以水牛看到月亮以为是太阳,喘息不止,称"喘月"。犁云:即耕云。明彭大翼《山堂肆考》卷一百九记载:宋代管师复自号卧云先生,宋仁宗召见他,要授他官职,管师复说:"满坞白云耕不尽,一潭明月钓无痕。"辞而不受。

孙大圣上前道："你孙外公在这里也！快早还我师父，两无毁伤。若道半个'不'字，我教你死无葬身之地！"那魔喝道："我把你这个大胆泼猴精！你有些甚么手段，敢出这般大言！"行者道："你这泼物，是也不曾见我老孙的手段！"那妖魔道："你师父偷盗我的衣服，实是我拿住了，如今待要蒸吃。你是个甚么好汉，就敢上我的门来取讨！"行者道："我师父乃忠良正直之僧，岂有偷你甚么妖物之理？"妖魔道："我在山路边点化一座仙庄，你师父潜入里面，心爱情欲，将我三领纳锦绵装背心儿偷穿在身，见有赃证，故此我才拿他。你今果有手段，即与我比势。假若三合敌得我，饶了你师之命；如敌不过我，教你一路归阴！"

行者笑道："泼物！不须讲口！但说比势，正合老孙之意。走上来，吃吾之棒！"那怪物那怕甚么赌斗，挺钢枪劈面迎来。这一场好杀！你看那：

金箍棒举，长杆枪迎。金箍棒举，亮霍霍似电掣金蛇；长杆枪迎，明幌幌如龙离黑海。那门前小妖擂鼓，排开阵势助威风；这壁厢大圣施功，使出纵横逞本事。他那里一杆枪，精神抖擞；我这里一条棒，武艺高强。正是英雄相遇英雄汉，果然对手才逢对手人。那魔王口喷紫气盘烟雾，这大圣眼放光华结绣云。只为大唐僧有难，两家无义苦争轮。

他两个战经三十合，不分胜负。那魔王见孙悟空棍法齐整，一往一来，全无些破绽，喜得他连声喝采道："好猴儿！好猴儿！真个是那闹天宫的本事！"这大圣也爱他枪法不乱，右遮左挡，甚有解数，也叫道："好妖精！好妖精！果然是一个偷丹的魔头！"二人又斗了一二十合。那魔王把枪尖点地，喝令小妖齐来。那些泼怪，一个个拿刀弄杖，执剑轮枪，把个孙大圣围在中间。行者公然不惧，只叫："来得好！来得好！正合吾意！"使一条金箍棒，前迎后架，东挡西除。那伙群妖，莫想肯退。行者忍不住焦躁，把金箍棒丢将起去，喝声："变！"即变作千百条铁棒，好便似飞蛇走蟒，盈空里乱落下来。那伙妖精见了，一个个魄散魂飞，抱头缩颈，尽往洞中逃命。老魔王稀稀冷笑道:"那猴不要无礼！看手段！"即忙袖中取出一个亮灼灼白森森的圈子来,望空抛起,叫声:"着!"唿喇一下,把金箍棒收做一条,套将去了。弄得孙大圣赤手空拳,翻筋斗逃了性命。那妖魔得胜回归洞,行者朦胧失主张。这正是:

  道高一尺魔高丈,性乱情昏错认家。
  可恨法身无坐位,当时行动念头差。

毕竟不知这番怎么结果,且听下回分解。

西游记

修订本 下

〔明〕吴承恩 著

李天飞 校注

中华经典小说注释系列

中华书局

第五十一回

心猿空用千般计　水火无功难炼魔

　　话说齐天大圣空着手败了阵，来坐于金皘山后，扑梭梭两眼滴泪，叫道："师父呵！指望和你：
　　　　佛恩有德有和融，同幼同生意莫穷。
　　　　同住同修同解脱，同慈同念显灵功。
　　　　同缘同相心真契，同见同知道转通。
　　　　岂料如今无主杖，空拳赤脚怎兴隆①！"
　　大圣凄惨多时，心中暗想道："那妖精认得我。我记得他在阵上夸奖道：'真个是闹天宫之类！'这等呵，决不是凡间怪物，定然是天上凶星。想因思凡下界。又不知是那里降下来魔头，且须上界去查勘查勘。"
　　行者这才是以心问心，自张自主，急翻身，纵起祥云，直至南天门外。忽抬头见广目天王，当面迎着长揖道："大圣何往？"行者道："有事要见玉帝。你在此何干？"广目道："今日轮该巡视南天门。"说未了，又见那马、赵、温、关四大元帅作礼道："大圣，失迎。请待茶。"行者道："有事哩。"遂辞了广目并四元帅，径入南天门里。直至灵霄殿外，果又见张道龄、葛仙翁、许旌阳、丘弘济四天师②，并南斗六司、

---

①"佛恩有德有和融"诗：这首诗较早见于宋僧惟白《文殊指南图赞》中对善财童子第五十一参到妙意花城参德生童子、有德童女的赞语。前六句除"德生"改窜为"佛恩"、"冥"作"真"外完全相同，最后两句原作"若要一生成佛果，毗卢楼阁在南中"。
②四天师：民间一般崇祀的道教四天师是张道陵、葛仙翁、许旌阳、萨守坚。这里的丘弘济有可能是《西游记》流传过程中，有全真教背景的作者加进去的，参见第三回"丘弘济"条注。

北斗七元都在殿前迎着行者①,一齐起手道:"大圣如何到此?"又问:"保唐僧之功完否?"行者道:"早哩,早哩。路遥魔广,才有一半之功。见如今阻住在金䒵山金䒵洞。有一个凶怪,把唐师父拿于洞里,是老孙寻上门与他交战一场,那厮的神通广大,把老孙的金箍棒抢去了,因此难缚魔王。疑是上界那个凶星思凡下界,又不知是那里降来的魔头,老孙因此来寻寻玉帝,问他个钳束不严。"许旌阳笑道:"这猴头还是如此放刁!"行者道:"不是放刁,我老孙一生是这口儿紧些,才寻的着个头儿。"张道龄道:"不消多说,只与他传报便了。"行者道:"多谢,多谢。"

当时四天师传奏灵霄,引见玉陛。行者朝上唱个大喏道:"老官儿,累你!累你!我老孙保护唐僧往西天取经,一路凶多吉少,也不消说。于今来在金䒵山金䒵洞,有一凶怪,把唐僧拿在洞里,不知是要蒸,要煮,要晒。是老孙寻上他门,与他交战,那怪却就有些认得老孙,卓是神通广大②,把老孙的金箍棒抢去,因此难缚妖魔。疑是上天凶星,思凡下界,为此老孙特来启奏。伏乞天尊垂慈洞鉴,降旨查勘凶星,发兵收剿妖魔,老孙不胜战栗屏营之至③!"却又打个深躬道:"以闻④。"旁有葛仙翁笑道:"猴子是何前倨后恭?"行者道:"不敢不敢!不是甚前倨后恭,老孙于今是没棒弄了。"

彼时玉皇天尊闻奏,即忙降旨可韩司知道:"既如悟空所奏,可随查诸天星斗,各宿神王,有无思凡下界,随即覆试施行以闻。"可韩丈人真君领旨⑤,当时即同大圣去查。先查了四天门门上神王官吏;

---

① 南斗六司、北斗七元:参见第七回"六司""七元"条注。
② 卓是:实在是。
③ 不胜战栗屏营之至:旧时奏章后面的套语,意思是面对皇帝说话,颤抖惶恐。
④ 以闻:以此奏闻。
⑤ 可韩丈人真君:道教神霄派的神灵,是和九天应元雷声普化天尊并列的"九宸"之一,又称青城丈人朱陵度命天尊。

次查了三微垣垣中大小群真①；又查了雷霆官将陶、张、辛、邓、苟、毕、庞、刘；最后才查三十三天，天天自在；又查二十八宿：东七宿，角、亢、氐、房、心、尾、箕，西七宿，斗、牛、女、虚、危、室、壁；南七宿，北七宿，宿宿安宁；又查了太阳、太阴、水、火、木、金、土七政；罗睺、计都、炁孛四馀②。满天星斗，并无思凡下界。行者道："既是如此，我老孙也不消上那灵霄宝殿。打搅玉皇大帝，深为不便。你自回旨去罢。我只在此等你回话便了。"那可韩丈人真君依命。孙行者等候良久，作诗纪兴曰：

"风清云霁乐升平，神静星明显瑞祯。

河汉安宁天地泰，五方八极偃戈旌。"

那可韩司丈人真君历历查勘，回奏玉帝道："满天星宿不少，各方神将皆存，并无思凡下界者。"玉帝闻奏："着孙悟空挑选几员天将，下界擒魔去也。"

四大天师奉旨意，即出灵霄宝殿，对行者道："大圣呵，玉帝宽恩，言天宫无神思凡，着你挑选几员天将擒魔去哩。"行者低头暗想道："天上将不如老孙者多，胜似老孙者少。想我闹天宫时，玉帝遣十万天兵，布天罗地网，更不曾有一将敢与我比手。向后来，调了小圣二郎，方是我的对手。如今那怪物手段又强似老孙，却怎么得能勾取胜？"许旌阳道："此一时，彼一时，大不同也。常言道，'一物降一物'哩。你好违了旨意？但凭高见，选用天将，勿得迟疑误事。"行

---

① 三微垣：即"三垣"，传统天文学划分的星空区域，太微垣、紫微垣、天市垣的合称。

② 罗睺、计都、炁孛四馀：炁，紫炁星。孛，月孛星。罗睺、计都、紫炁、月孛合称四馀。七政四馀是古代天文学和占星学的术语。七政，即日月和五行星，见第一回"'其石有三丈六尺五寸高'以下数句"条注。四馀，指在七政之外，天文术数家为了描述天体运行而虚拟的星。一般认为，罗睺为月球绕地轨道与地球绕日轨道的降交点，计都为升交点，月孛则指月球远地点，紫炁为一种辅助月球的行踪不定的星。因为这四星本是假想出来的，故称"四馀"，又称"隐曜"。七政、四馀在被用于天文学研究的同时，也被神化，成为术数家用来占卜的星神。

者道:"既然如此,深感上恩。果是不好违旨,一则老孙又不可空走这遭。烦旌阳转奏玉帝,只教托塔天王与哪吒太子。他还有几件降妖兵器,且下界与那怪见一仗,以看如何。果若能擒得他,是老孙之幸;若不能,那时再作区处。"

真个那天师启奏了玉帝,玉帝即令李天王父子,领众部天兵,与行者助力。那天王即奉旨来会行者。行者又对天师道:"蒙玉帝遣差天王,谢谢不尽。还有一事,再烦转达:但得两个雷公使用,等天王战斗之时,教雷公在云端里下个雷楔①,照顶门上锭死那妖魔②,深为良计也。"天师笑道:"好,好,好。"天师又奏玉帝,传旨教九天府下点邓化、张蕃二雷公③,与天王合力缚妖救难。遂与天王、孙大圣径下南天门外。

顷刻而到。行者道:"此山便是金峺山。山中间乃是金峺洞。列位商议,却教那个先去索战?"天王停下云头,扎住天兵在于山南坡下④,道:"大圣素知小儿哪吒,曾降九十六洞妖魔,善能变化,随身有降妖兵器,须教他先去出阵。"行者道:"既如此,等老孙引太子去来。"

那太子抖擞雄威,与大圣跳在高山,径至洞口,但见那洞门紧闭,崖下无精。行者上前高叫:"泼魔,快开门!还我师父来也!"那洞里把门的小妖看见,急报道:"大王,孙行者领着一个小童男,在门前叫战哩。"那魔王道:"这猴子铁棒被我夺了,空手难争,想是请得救兵来也。"叫:"取兵器!"魔王绰枪在手,走到门外观看,那小童男生得相貌清奇,十分精壮。真个是:

---

① 楔:即楔,雷神所持法宝。据沈括《梦溪笔谈》:"楔乃石耳,似斧而无孔。"
② 锭:同"钉"。
③ 邓化、张蕃:道教雷将的名字随法术、流派不同,往往不定。《道法会元》卷一百二十四"上清雷霆火车五雷大法"中,召请的雷将有火车大将邓化。卷八十二"先天一气火雷张使者祈祷大法",为召请"先天一气火雷飞捷报应使者张燔(一名张珏)"的法术。此"张蕃"当即"张燔"之流。
④ 天兵:原作"家眷",据李卓吾评本改。

玉面娇容如满月，朱唇方口露银牙。
眼光掣电睛珠暴，额阔凝霞发鬖髿。
绣带舞风飞彩焰，锦袍映日放金花。
环绦灼灼攀心镜，宝甲辉辉衬战靴。
身小声洪多壮丽，三天护教恶哪吒。

魔王笑道："你是李天王第三个孩儿，名唤做哪吒太子，却如何到我这门前呼喝？"太子道："因你这泼魔作乱，困害东土圣僧，奉玉帝金旨，特来拿你！"魔王大怒道："你想是孙悟空请来的。我就是那圣僧的魔头哩！量你这小儿曹有何武艺①，敢出朗言！不要走！吃吾一枪！"这太子使斩妖剑劈手相迎。他两个搭上手，却才赌斗，那大圣急转山坡，叫："雷公何在？快早去，着妖魔下个雷掼，助太子降伏来也！"邓张二公即踏云光，正欲下手，只见那太子使出法来，将身一变，变作三头六臂，手持六般兵器，望妖魔砍来；那魔王也变作三头六臂，三柄长枪抵住。这太子又弄出降妖法力，将六般兵器抛将起去。是那六般兵器？却是砍妖剑、砍妖刀、缚妖索、降魔杵、绣球、火轮儿。大叫一声："变！"一变十，十变百，百变千，千变万，都是一般兵器，如骤雨冰雹，纷纷密密，望妖魔打将去。那魔王公然不惧，一只手取出那白森森的圈子来，望空抛起，叫声："着！"唿喇的一下，把六般兵器套将下来，慌得那哪吒太子赤手逃生。魔王得胜而回。

邓、张二雷公，在空中暗笑道："早是我先看头势，不曾放了雷掼。假若被他套将去，却怎么回见天尊？"二公按落云头，与太子来山南坡下，对李天王道："妖魔果神通广大。"悟空在傍笑道："那厮神通也只如此，争奈那个圈子利害。不知是甚么宝贝，丢起来善套诸物。"哪吒恨道："这大圣甚不成人！我等折兵败阵，十分烦恼，都只为你；你反喜笑何也？"行者道："你说烦恼，终然我老孙不烦恼？我如今没计奈何，哭不得，所以只得笑也。"

天王道："似此怎生结果？"行者道："凭你等再怎计较。只是圈

---

①儿曹：儿辈。

子套不去的,就可拿住他了。"天王道:"套不去者,惟水火最利。常言道:'水火无情。'"行者闻言道:"说得有理!你且稳坐在此,待老孙再上天走走来。"邓、张二公道:"又去做甚的?"行者道:"老孙这去,不消启奏玉帝,只到南天门里,上彤华宫,请荧惑火德星君来此放火,烧那怪物一场,或者连那圈子烧做灰烬,捉住妖魔。一则取兵器还汝等归天,二则可解脱吾师之难。"太子闻言甚喜,道:"不必迟疑,请大圣早去早来,我等只在此拱候。"

行者纵起祥光,又至南天门外。那广目与四将迎道:"大圣如何又来?"行者道:"李天王着太子出师,只一阵,被那魔王把六件兵器捞了去了。我如今要到彤华宫请火德星君助阵哩。"四将不敢久留,让他进去。至彤华宫,只见那火部众神即入报道:"孙悟空欲见主公。"那南方三炁火德星君整衣出门迎进道①:"昨日可韩司查点小宫,更无一人思凡。"行者道:"已知。但李天王与太子败阵,失了兵器,特来请你救援救援。"星君道:"那哪吒乃三坛海会大神,他出身时,曾降九十六洞妖魔,神通广大;若他不能,小神又怎敢望也?"行者道:"因与李天王计议,天地间至利者,惟水火也。那怪物有一个圈子,善能套人的物件,不知是甚么宝贝,故此说火能灭诸物,特请星君领火部到下方纵火烧那妖魔,救我师父一难。"

火德星君闻言,即点本部神兵,同行者到金山南坡下,与天王、雷公等相见了。天王道:"孙大圣,你还去叫那厮出来,等我与他交战。待他拿动圈子,我却闪过,教火德帅众烧他。"行者笑道:"正是,我和你去来。"火德共太子、邓、张二公立于高峰之上,与他挑战。

这大圣到了金洞口,叫声:"开门,快早还我师父!"那小妖又急通报道:"孙悟空又来了。"那魔帅众出洞,见了行者道:"你这泼猴,又请了甚么兵来耶?"这壁厢转上托塔天王,喝道:"泼魔头!认得我

---

① 南方三炁火德星君:道教认为五大行星均有神,火星之神为"南方火德荧惑星君"(《无上黄箓大斋立成仪》)。又有"南方赤帝三炁君"(《上清众经诸真圣秘》)或"南方丹灵真老三炁天君",属于五方五帝之一,是主管南方的神灵。后世遂造出"南方三炁火德星君"的名号。

么?"魔王笑道:"李天王,想是要与你令郎报仇,欲讨兵器么?"天王道:"一则报仇要兵器,二来是拿你救唐僧。不要走,吃吾一刀①!"那怪物侧身躲过,挺长枪随手相迎。他两个在洞前,这场好杀! 你看那:

天王刀砍,妖怪枪迎。刀砍霜光喷烈火,枪迎锐气迸愁云。一个是金𠵸山生成的恶怪,一个是灵霄殿差下的天神。那一个因欺禅性施威武,这一个为救师灾展大伦。天王使法飞沙石,魔怪争强播土尘。播土能教天地暗,飞沙善着海江浑。两家努力争功绩,皆为唐僧拜世尊。

那孙大圣见他两个交战,即转身跳上高岸,对火德星君道:"三㤰用心者!"你看那个妖魔与天王正斗到好处,却又取出圈子来。天王看见,即拨祥光,败阵而走。这高岸上火德星君忙传号令,教众部火神,一齐放火。这一场真个利害。好火:

经云:"南方者火之精也。"虽星星之火,能烧万顷之田;乃三㤰之威,能变百端之火。今有火枪、火刀、火弓、火箭,各部神祇,所用不一,但见那半空中火鸦飞噪;满山头火马奔腾。双双赤鼠,对对火龙。双双赤鼠喷烈焰,万里通红;对对火龙吐浓烟,千方共黑。火车儿推出,火葫芦撒开。火旗摇动一天霞,火棒搅行盈地燎。说甚么宁戚鞭牛②,胜强似周郎赤壁。这个是天火非凡真利害,烘烘烕烕火风红③!

---

①吃吾一刀:托塔天王的兵器一般是刀。托塔天王的原型是毗沙门天王,参见第四回"托塔李天王"条注。唐《兴唐寺毗沙门天王记》:"毗沙门天王者,佛之臂指也。右扼吴钩,左持宝塔,其旨将以摧毁群魔,护佛事,善善恶恶,保绥斯人。"吴钩,形似剑而弯曲的一种刀。

②宁戚鞭牛:宁戚是春秋时魏国人,在齐国经商,曾经敲着牛角作歌,被齐桓公发现,任他为客卿,其故事与火无关,这里是作者误用,应为田单鞭牛。田单是战国时齐国将领。燕国军队围齐之即墨城,他摆下"火牛阵",在上千头牛身后绑上易燃物,放火焚烧。牛受惊冲入敌营,大败燕军。

③烕(fú):也作"烞"。火盛的样子。

那妖魔见火来时，全无恐惧。将圈子望空抛起，唿喇一声，把这火龙、火马、火鸦、火鼠、火枪、火刀、火弓、火箭，一圈子又套将下去，转回本洞，得胜收兵。

这火德星君手执着一杆空旗，招回众将，会合天王等，坐于山南坡下，对行者道："大圣呵，这个凶魔，真是罕见。我今折了火具，怎生是好？"行者笑道："不须报怨。列位且请宽坐坐，老孙再去去来。"天王道："你又往那里去？"行者道："那怪物既不怕火，断然怕水。常言道：'水能克火。'等老孙去北天门里，请水德星君施布水势①，往他洞里一灌，把魔王潦死，取物件还你们。"天王道："此计虽妙，但恐连你师父都潦杀也。"行者道："没事，潦死我师，我自有个法儿教他活来。如今稽迟列位，甚是不当。"火德道："既如此，且请行，请行。"

好大圣，又驾筋斗云，径到北天门外。忽抬头，见多闻天王向前施礼道："孙大圣何往？"行者道："有一事要入乌浩宫见水德星君。你在此作甚？"多闻道："今日轮该巡视。"正说处，又见那庞、刘、苟、毕四大天将，进礼邀茶。行者道："不劳，不劳。我事急矣！"遂别却门神，直至乌浩宫，着水部众神即时通报。众神报道："齐天大圣孙悟空来了。"水德星君闻言，即将查点四海五湖、八河四渎、三江九派并各处龙王俱遣退②。整冠束带，接出宫门，迎进宫内道："日昨可韩司查勘小宫，恐有本部之神思凡作怪，正在此点查江海河渎之神，尚未完也。"行者道："那魔王不是江河之神，此乃广大之精。先蒙玉帝差李天王父子并两个雷公下界擒拿，被他弄个圈子，将六件神兵套去。老孙无奈，又上彤华宫请火德星君帅火部众神放火，又将火龙火马等物，一圈子套去。我想此物既不怕火，必然怕水，特来告请星君施水势，与我捉那妖精，取兵器归还天将。吾师之难，亦可救也。"

---

① 水德星君：即水星之神，全称"北方水德辰星伺辰星君"。
② 三江九派：三江，长江下游地区有很多分枝和河流，统称"三江"（有松江、娄江、东江或北江、中江、南江等不同说法）。九派，长江在湖北、江西一带有很多支流，统称"九江"或"九派"。

水德闻言,即令黄河水伯神王①:"随大圣去助功。"水伯自衣袖中取出一个白玉盂儿道:"我有此物盛水。"行者道:"看这盂儿能盛几何? 妖魔如何渰得?"水伯道:"不瞒大圣说。我这一盂,乃是黄河之水。半盂就是半河,一盂就是一河。"行者喜道:"只消半盂足矣。"遂辞别水德,与黄河神躲离天阙。

那水伯将盂儿望黄河舀了半盂,跟大圣至金峻山,向南坡下见了天王、太子、雷公、火德,具言前事。行者道:"不必细讲,且放水伯跟我去。待我叫开他门,不要等他出来,就将水往门里一倒,那怪物一窝子可都渰死,我却去捞师父的尸首,再救活不迟。"那水伯依命,紧随行者,转山坡,径至洞口,叫声:"妖怪开门!"那把门的小妖,听得是孙大圣的声音,急又去报道:"孙悟空又来矣。"那魔闻说,带了宝贝,绰枪就走;响一声,开了石门。这水伯将白玉盂向里一倾,那妖见是水来,撒了长枪,即忙取出圈子,撑住二门。只见那股水骨都都的都往外泛将出来,慌得孙大圣急纵筋斗,与水伯跳在高岸。那天王同众都驾云停于高岸之前观看,那水波涛泛涨,着实狂澜。好水! 真个是:

一勺之多,果然不测。盖唯神功运化,利万物而流涨百川。只听得那潺潺声振谷,又见那滔滔势漫天。雄威响若雷奔走,猛涌波如雪卷颠。千丈波高漫路道,万层涛激泛山岩。冷冷如漱玉,滚滚似鸣弦。触石沧沧喷碎玉,回湍渺渺漩窝圆。低低凹凹随流荡,满涧平沟上下连。

行者见了心慌道:"不好呵! 水漫四野,渰了民田,未曾灌在他的洞里,曾奈之何?"唤水伯急忙收水。水伯道:"小神只会放水,却不会收水。常言道:'泼水难收。'"咦! 那座山却也高峻,这场水只奔低流。须臾间,四散而归涧壑。

又只见那洞外跳出几个小妖,在外边吆吆喝喝,伸拳逻袖,弄棒拈

---

①黄河水伯神王:即黄河之神。自古以来,人们就认为黄河有神灵主管,称为"河伯"。道教称四渎(长江、黄河、淮河、济水)之神为"四渎源王",其中黄河之神称"河渎灵源王"或"河伯水帝"。

枪,依旧喜喜欢欢耍子。天王道:"这水原来不曾灌入洞内,枉费一场之功也!"行者忍不住心中怒发,双手轮拳,闯至妖魔门首,喝道:"那里走!看打!"唬得那几个小妖,丢了枪棒,跑入洞里,战兢兢的报道:"大王,打将来了!"魔王挺长枪迎出门前道:"这泼猴老大急懒!你几番家敌不过我,纵水火亦不能近,怎么又踵将来送命?"行者道:"这儿子反说了哩!不知是我送命,是你送命!走过来,吃老外公一拳!"那妖魔笑道:"这猴儿强勉缠帐!我倒使枪,他却使拳。那般一个筋骷子拳头①,只好有个核桃儿大小,怎么称得个锤子起也?罢!罢!罢!我且把枪放下,与你走一路拳看看。"行者笑道:"说得是,走上来。"那妖撩衣进步,丢了个架手,举起两个拳来,真似打油的铁锤模样。这大圣展足挪身,摆开解数,在那洞门前,与那魔王递起拳势。这一场好打!咦!

　　拽开大四平,踢起双飞脚。韬胁劈胸墩,剜心摘胆着。仙人指路,老子骑鹤。饿虎扑食最伤人,蛟龙戏水能凶恶。魔王使个蟒翻身,大圣却施鹿解角。翘跟淬地龙,扭腕擎天橐。青狮张口来,鲤鱼跌子跃。盖顶撒花,绕腰贯索。迎风贴扇儿,急雨催花落。妖精便使观音掌,行者就对罗汉脚。长拳开阔自然松,怎比短拳多紧削?两个相持数十回,一般本事无强弱②。

---

①筋骷子:不详。骷,当作"髊(kuā)",即髂,腰骨。黄肃秋注本认为是"腱子肉","形容筋包骨",可备一说。

②"拽开大四平"以下一段:这里青牛精所用的,都是长拳的招式(同样的招式名在不同套路里可能不同),就今天可考的有:大四平、淬地龙,长拳常用招式,均见于戚继光三十二式长拳,称四平势、雀地龙。韬胁劈胸墩,少林太祖长拳有磨腰掏肋捶。韬,应作"掏"。胁,应作"肋"。仙人指路和蟒翻身(即怪蟒翻身),均见于李氏太极长拳。饿虎扑食,见于韩门太祖长拳。青狮张口来,即狮子开口,见于南兵拳。撒花盖顶,亦作"插花盖顶",见于少林罗汉拳。迎风贴扇儿,当即"迎门铁扇子",现是红拳"三十六排手"之一。观音掌,硬功的一种,与铁砂掌类似。孙悟空的招式中,"老子骑鹤",太极拳中有"仙人跨鹤"。"蛟龙戏水",洪拳有"金龙戏水"。橐(tuó),当即"托",通背缠拳中有"托手",指手、肘向上扶托,转变机势。鲤鱼跌子跃,通背缠拳有"鲤鱼打挺跌"。急雨催花落,当即"雨打残花"。罗汉脚,当即"罗汉腿",属少林武术。

他两个在那洞门前厮打,只见这高峰头,喜得个李天王厉声喝采,火德星鼓掌夸称。那两个雷公与哪吒太子,帅众神跳到跟前,都要来相助;这壁厢群妖摇旗擂鼓,舞剑轮刀一齐护。孙大圣见事不谐,将毫毛拔下一把,望空撒起,叫:"变!"即变做三五十个小猴,一拥上前,把那妖缠住,抱腿的抱腿,扯腰的扯腰,抓眼的抓眼,捽毛的捽毛。那怪物慌了,急把圈子拿将出来。大圣与天王等见他弄出圈套,拨转云头,走上高峰逃阵。那妖把圈子往上抛起,唿喇的一声,把三五十个毫毛变的小猴收为本相,套入洞中,得了胜,领兵闭门,贺喜而去。

　　这太子道:"孙大圣还是个好汉!这一路拳,走得似锦上添花;使分身法,正是人前显贵。"行者笑道:"列位在此远观,那怪的本事,比老孙如何?"李天王道:"他拳松脚慢,不如大圣的紧疾。他见我们去时,也就着忙;又见你使出分身法来,他就急了;所以大弄个圈套。"行者道:"魔王好治,只是圈子难降。"火德与水伯道:"若还取胜,除非得了他那宝贝,然后可擒。"行者道:"他那宝贝如何可得?只除是偷去来。"邓、张二公笑道:"若要行偷礼①,除大圣再无能者,想当年大闹天宫时,偷御酒,偷蟠桃,偷龙肝凤髓及老君之丹,那是何等手段!今日正该拿此处用也。"行者道:"好说!好说!既如此,你们且坐,等老孙打听去来。"

　　好大圣,跳下峰头,私至洞口,摇身一变,变做个麻苍蝇儿。真个秀溜②!你看他:

　　　　翎翅薄如竹膜,身躯小似花心。
　　　　手足比毛更壮③,星星眼窟明明。
　　　　善自闻香逐气,飞时迅速乘风。

---

①行偷礼:这是诙谐的说法,意为干偷盗的事情。

②秀溜:轻巧灵活。

③壮:世德堂本作"奘",杨闽斋本作"奘",李卓吾评本、《唐僧西游记》本作"壮"。据李本、唐僧本改。按,或是"歪(ēn)"字之讹。歪,物件小。

称来刚压定盘星，可爱些些有用。

轻轻的飞在门上，爬到门缝边，钻进去，只见那大小群妖，舞的舞，唱的唱，排列两傍；老魔王高坐台上，面前摆着些蛇肉、鹿脯、熊掌、驼峰、山蔬果品，有一把青磁酒壶，香喷喷的羊酪椰醪，大碗家宽怀畅饮。行者落于小妖丛里，又变做一个獾头精，慢慢的演近台边，看勾多时，全不见宝贝放在何方。急抽身转至台后，又见那后厅上高吊着火龙吟啸，火马号嘶。忽抬头，见他的那金箍棒靠在东壁，喜得他心痒难挝，忘记了更容变像，走上前拿了铁棒，现原身丢开解数，一路棒打将出去。慌得那群妖胆战心惊，老魔王措手不及，却被他推倒三个，放倒两个，打开一条血路，径自出了洞门。这才是：

　　魔头骄傲无防备，主杖还归与本人。

毕竟不知吉凶如何，且听下回分解。

第五十二回

悟空大闹金兜洞　如来暗示主人公

话说孙大圣得了金箍棒,打出门前,跳上高峰,对众神满心欢喜。李天王道:"你这场如何?"行者道:"老孙变化进他洞去,那怪物越发唱唱舞舞的,吃得胜酒哩,更不曾打听得他的宝贝在那里。我转他后面,忽听得马叫龙吟,知是火部之物。东壁厢靠着我的金箍棒,是老孙拿在手中,一路打将出来也。"众神道:"你的宝贝得了,我们的宝贝何时到手?"行者道:"不难!不难!我有了这根铁棒,不管怎的,也要打倒他,取宝贝还你。"正讲处,只听得那山坡下锣鼓齐鸣,喊声振地,原来是兕大王帅众精灵来赶行者。行者见了,叫道:"好,好,好,正合吾意!列位请坐,待老孙再去捉他。"

好大圣,举铁棒劈面迎来,喝道:"泼魔那里走!看棍!"那怪使枪支住,骂道:"贼猴头,着实无礼!你怎么白昼劫吾物件?"行者道:"我把你这个不知死的业畜!你倒弄圈套白昼抢夺我物。那件儿是你的?不要走,吃老爷一棍!"那怪物轮枪隔架。这一场好战:

大圣施威猛,妖魔不顺柔。两家齐斗勇,那个肯干休。这一个铁棒如龙尾,那一个长枪似蟒头。这一个棒来解数如风响,那一个枪架雄威似水流。只见那彩雾朦朦山岭暗,祥云霭霭树林愁。满空飞鸟皆停翅,四海狼虫尽缩头。那阵上小妖呐喊,这壁厢行者抖擞。一条铁棒无人敌,打遍西方万里游。那杆长枪真对手,永镇金兜称上筹。相遇这场无好散,不见高低誓不休。

那魔王与孙大圣战经三个时辰,不分胜败,早又见天色将晚。妖魔支着长枪道:"悟空,你住了。天昏地暗,不是个赌斗之时,且各歇息歇息,明朝再与你比迸。"行者骂道:"泼畜休言!老孙的兴头才来,管甚么天晚,是必与你定个输赢!"那怪物喝一声,虚幌一枪,逃了性命,帅群妖收转干戈,入洞中将门紧紧闭了。

这大圣拽棍方回,天神在岸头贺喜,都道:"是有能有力的大齐天,无量无边的真本事!"行者笑道:"承过奖!承过奖!"李天王近前道:"此言实非褒奖,真是一条好汉子!这一阵也不亚当时瞒地网罩天罗也①!"行者道:"且休题闲话。那妖魔被老孙打了这一场,必然疲倦。我也说不得辛苦,你们都放怀坐坐,等我再进洞去打听他的圈子,务要偷了他,捉住那怪,寻取兵器,奉还汝等归天。"太子道:"今已天晚,不若安眠一宿,明早去罢。"行者笑道:"这小郎不知世事,那见做贼的好白日里下手?似这等掏摸的,必须夜去夜来,不知不觉,才是买卖哩。"火德与雷公道:"三太子休言,这件事我们不知,大圣是个惯家熟套,须教他趁此时候,一则魔头困倦,二来夜黑无防,就请快去!快去!"

好大圣,笑唏唏的,将铁棒藏了。跳下高峰,又至洞口,摇身一变,变作一个促织儿,真个:

嘴硬须长皮黑,眼明爪脚丫叉。
风清月白叫墙涯,夜静如同人话。
泣露凄凉景色,声音断续堪夸。
客窗旅思怕闻他,偏在空阶床下。

登开大腿,三五跳,跳到门边,自门缝里钻将进去,蹲在那壁根下,迎着里面灯光,仔细观看。只见那大小群妖,一个个狼餐虎咽,正都吃东西哩。行者撲撲锤锤的叫了一遍②。少时间,收了家火,又都去安排窝铺,各各安身。约摸有一更时分,行者才到他后边房里,只听那老魔传令,教:"各门上小的醒睡!恐孙悟空又变甚么私入家偷盗。"又有些该班坐夜的,涤涤托托③,梆铃齐响。这大圣越好行事。钻入房门,见有一架石床,左右列几个抹粉搽胭的山精树鬼,展

---

①瞒:同"漫"。覆盖。
②撲(shé)撲锤锤:形容蟋蟀鸣叫的声音。
③涤涤托托:形容梆子的声音。

铺盖伏侍老魔,脱脚的脱脚①,解衣的解衣。只见那魔王宽了衣服,左臂膊上,白森森的套着那个圈子,原来像一个连珠琢头模样。你看他更不取下,转往上抹了两抹,紧紧的勒在肐膊上,方才睡下。行者见了,将身又变,变作一个黄皮虼蚤,跳上石床,钻入被里,爬在那怪的肐膊上,着实一口,叮的那怪翻身骂道:"这些少打的奴才!被也不抖,床也不拂,不知甚么东西,咬了我这一下!"他却把圈子又捋上两捋,依然睡下。行者爬上那圈子,又咬一口。那怪睡不得,又翻过身来道:"刺闹杀我也②!"

行者见他关防得紧,宝贝又随身,不肯除下,料偷他的不得。跳下床来,还变做促织儿③,出了房门,径至后面,又闻得龙吟马嘶。原来那层门紧锁,火龙、火马,都吊在里面。行者现了原身,走近门前,使个解锁法,念动咒语,用手一抹,抠揸一声,那锁双鐄俱就脱落;推开门,闯将进去观看,原来那里面被火器照得明幌幌的,如白日一般。忽见东西两边斜靠着几件兵器,都是太子的砍妖刀等物,并那火德的火弓、火箭等物。行者映火光,周围看了一遍,又见那门背后一张石桌子上有一个篾丝盘儿,放着一把毫毛。大圣满心欢喜,将毫毛拿起来,呵了两口热气,叫声:"变!"即变作三五十个小猴;教他都拿了刀、剑、杵、索、球、轮及弓、箭、枪、车、葫芦、火鸦、火鼠、火马,一应套去之物,跨了火龙,纵起火势,从里边往外烧来。只听得烘烘焰焰,扑扑乒乒,好便似咋雷连炮之声。慌得那些大小妖精,梦梦查查的④,抱着被,朦着头,喊的喊,哭的哭,一个个走头无路,被这火烧死大半。美猴王得胜回来,只好有三更时候。

却说那高峰上,李天王众位忽见火光幌亮,一拥前来,见行者骑着龙,喝喝呼呼,纵着小猴,径上峰头,厉声高叫道:"来收兵器!来收兵器!"火德与哪吒答应一声,这行者将身一抖,那把毫毛复上身

---

①脱脚:脱去鞋袜。
②刺闹:即"刺挠"。痒。
③促织儿:蟋蟀。
④梦梦查查:迷迷糊糊。

来。哪吒太子收了他六件兵器，火德星君着众火部收了火龙等物，都笑吟吟赞贺行者不题。

却说那金𠛬洞里火焰纷纷，唬得个兕大王魂不附体，急欠身开了房门，双手拿着圈子，东推东火灭，西推西火消，满空中冒烟突火，执着宝贝跑了一遍，四下里烟火俱熄。急忙收救群妖，已此烧杀大半，男男女女，收不上百十余丁；又查看藏兵之内，各件皆无；又去后面看处，见八戒、沙僧与长老还捆住未解，白龙马还在槽上，行李担亦在屋里。妖魔遂恨道："不知是那个小妖不仔细，失了火，致令如此！"傍有近侍的告道："大王，这火不干本家之事，多是个偷营劫寨之贼，放了那火部之物，盗了神兵去也。"老魔方然省悟道："没有别人，断乎是孙悟空那贼！怪道我临睡时不得安稳！想是那贼猴变化进来，在我这肐膊叮了两口。一定是要偷我的宝贝，见我抹勒得紧，不能下手，故此盗了兵器，纵着火龙，放此狠毒之心，意欲烧杀我也。贼猴呵！你枉使机关①，不知我的本事！我但带了这件宝贝，就是入大海而不能溺，赴火池而不能焚哩。这番若拿住那贼，只把刮了点垛②，方趁我心！"

说着话，懊恼多时，不觉的鸡鸣天晓。那高峰上太子得了六件兵器，对行者道："大圣，天色已明，不须怠慢。我们趁那妖魔挫了锐气，与火部等扶助你再去力战，庶几这次可擒拿也。"行者笑道："说得有理。我们齐了心，耍子儿去耶！"一个个抖擞威风，喜弄武艺，径至洞口。行者叫道："泼魔出来，与老孙打者！"原来那里两扇石门被火器化成灰烬，门里边有几个小妖，正然扫地撮灰，忽见众圣齐来，慌得丢了扫帚，撇下灰耙，跑入里又报道："孙悟空领着许多天神，又在门外骂战哩！"那兕怪闻报大惊，挖进进，钢牙咬响；滴溜溜，环眼睁圆，挺着长枪，带了宝贝，走出门来，泼口乱骂道："我把这个偷营放火的贼猴！你有多大手段，敢这等藐视我也？"行者笑脸儿骂道：

---

①机关：原指设有机件而能制动的器械。这里指计谋。
②点垛：即"点剁"。参见第十三回"兔肉点剁、鹿肉干巴"条注。

"泼怪物！你要知我的手段，且上前来，我说与你听：

自小生来手段强，乾坤万里有名扬。
当时颖悟修仙道，昔日传来不老方。
立志拜投方寸地，虔心参见圣人乡。
学成变化无量法，宇宙长空任我狂。
闲在山前将虎伏，闷来海内把龙降。
祖居花果称王位，水帘洞里逞刚强。
几番有意图天界，数次无知夺上方。
御赐齐天名大圣，敕封又赠美猴王。
只因宴设蟠桃会，无简相邀我性刚。
暗闯瑶池偷玉液，私行宝阁饮琼浆。
龙肝凤髓曾偷吃，百味珍羞我窃尝。
千载蟠桃随受用，万年丹药任充肠。
天宫异物般般取，圣府奇珍件件藏。
玉帝访我有手段，即发天兵摆战场。
九曜恶星遭我贬，五方凶宿被吾伤。
普天神将皆无敌，十万雄师不敢当。
威逼玉皇传旨意，灌江小圣把兵扬。
相持七十单三变，各弄精神个个强。
南海观音来助战，净瓶杨柳也相帮。
老君又使金刚套，把我擒拿到上方。
绑见玉皇张大帝①，曹官拷较罪该当②。
即差大力开刀斩，刀砍头皮火焰光。
百计千方弄不死，将吾押赴老君堂。

---

① 玉皇张大帝：唐代以后，民间传说"天翁"（即天公）姓张，如唐段成式《酉阳杂俎》记有张姓天翁从刘姓天翁手中夺得天庭的故事，后演化为玉帝姓张的传说。可参见张政烺《玉皇姓张考》。
② 拷较：拷问。

六丁神火炉中炼,炼得浑身硬似钢。
　　七七数完开鼎看,我身跳出又凶张。
　　诸神闭户无遮挡,众圣商量把佛央。
　　其实如来多法力,果然智慧广无量。
　　手中赌赛翻筋斗,将山压我不能强。
　　玉皇才设安天会,西域方称极乐场。
　　压困老孙五百载,一些茶饭不曾尝。
　　(当时)金蝉长老临凡世,东土差他拜佛乡。
　　欲取真经回上国,大唐帝主度先亡。
　　观音劝我皈依善,秉教迦持不放狂。
　　解脱高山根下难,如今西去取经章。
　　泼魔休弄獐狐智,还我唐僧拜法王!"

　　那怪闻言,指着行者道:"你原来是个偷天的大贼!不要走,吃吾一枪!"这大圣使棒来迎。两个正自相持,这壁厢哪吒太子生嗔,火德星君发狠,即将那六件神兵,火部等物,望妖魔身上抛来。孙大圣更加雄势。一边又雷公使楔,天王举刀,不分上下,一拥齐来。那魔头巍巍冷笑,袖子中暗暗将宝贝取出,撒手抛起空中,叫声:"着!"唿喇的一下,把六件神兵、火部等物、雷公楔、天王刀、行者棒,尽情又都捞去,众神灵依然赤手,孙大圣仍是空拳。妖魔得胜回身,叫:"小的们,搬石砌门,动土修造,从新整理房廊。待齐备了,杀唐僧三众来谢土①,大家散福受用。"众小妖领命维持不题。

　　却说那李天王帅众回上高峰,火德怨哪吒性急,雷公怪天王放刁,惟水伯在傍无语。行者见他们面不厮睹②,心有紫思,没奈何,怀恨强欢,对众笑道:"列位不须烦恼。自古道:'胜败兵家之常。'我和他论武艺,也只如此;但只是他多了这个圈子,所以为害,把我等兵

---

①谢土:旧时房屋落成后祭祀土神的仪式。宋洪迈《容斋四笔》卷一:"今世俗营建宅舍,或小遭疾厄,皆云犯土,故道家有谢土司章醮之文。"
②面不厮睹:不互相看。

器又套将去了。你且放心,待老孙再去查查他的脚色来也。"太子道:"你前启奏玉帝,查勘满天世界,更无一点踪迹;如今却又何处去查?"行者道:"我想起来,佛法无边,如今且上西天问我佛如来,教他着慧眼观看大地四部洲,看这怪是那方生长,何处乡贯住居,圈子是件甚么宝贝。不管怎的,一定要拿他,与列位出气,还汝等欢喜归天。"众神道:"既有此意,不须久停,快去快去!"好行者,说声去,就纵筋斗云,早至灵山。落下祥光,四方观看,好去处:

灵峰竦杰①,叠障清佳。仙岳顶巅摩碧汉,西天瞻巨镇,形势压中华。元气流通天地远,威风飞彻满台花。时闻钟磬音长,每听经声明朗。又见那青松之下优婆讲②,翠柏之间罗汉行。白鹤有情来鹫岭,青鸾着意伫闲亭。玄猴对对擎仙果,寿鹿双双献紫英③。幽鸟声频如诉语,奇花色绚不知名。回峦盘绕重重顾,古道湾环处处平。正是清虚灵秀地,庄严大觉佛家风。

那行者正然点看山景,忽听得有人叫道:"孙悟空,从那里来?往何处去?"急回头看,原来是比丘尼尊者。大圣作礼道:"正有一事,欲见如来。"比丘尼道:"你这个顽皮!既然要见如来,怎么不登宝刹,且在这里看山?"行者道:"初来贵地,故此大胆。"比丘尼道:"你快跟我来也。"这行者紧随至雷音寺山门下,又见那八大金刚,雄纠纠的,两边挡住,比丘尼道:"悟空,暂候片时,等我与你奏上去来。"行者只得住立门外。那比丘尼至佛前合掌道:"孙悟空有事,要见如来。"如来传旨令入,金刚才闪路放行。

行者低头礼拜毕,如来问道:"悟空,前闻得观音尊者解脱汝身,皈依释教,保唐僧来此求经,你怎么独自到此?有何事故?"行者顿首道:"上告我佛,弟子自秉迦持,与唐朝师父西来,行至金岘山金岘

---

①竦杰:挺拔。北魏郦道元《水经注·湘水》:"芙蓉峰最为竦杰,自远望之,苍苍隐天。"

②优婆:梵语音译,意为善男信女,优婆塞(善男)和优婆夷(善女)的省称。

③紫英:紫色花。

洞，遇着一个恶魔头，名唤兕大王，神通广大，把师父与师弟等摄入洞中。弟子向伊求取，没好意，两家比迸，被他将一个白森森的一个圈子，抢了我的铁棒。我恐他是天将思凡，急上界查勘不出。蒙玉帝差遣李天王父子助援，又被他抢了太子的六般兵器。及请火德星君放火烧他，又被他将火具抢去。又请水德星君放水淬他，一毫又淬他不着。弟子费若干精神气力，将那铁棒等物偷出，复去索战，又被他将前物依然套去，无法收降。因此特告我佛：望垂慈与弟子看看，果然是何物出身，我好去拿他家属四邻，擒此魔头，救我师父，合拱虔诚，拜求正果。"如来听说，将慧眼遥观，早已知识。对行者道："那怪物我虽知之，但不可与你说。你这猴儿口敞①，一传道是我说他，他就不与你斗，定要嚷上灵山，返遗祸于我也。我这里着法力助你擒他去罢。"行者再拜称谢道："如来助我甚么法力？"如来即令十八尊罗汉开宝库，取十八粒金丹砂与悟空助力。行者道："金丹砂却如何？"如来道："你去洞外，叫那妖魔比试。演他出来，却教罗汉放砂，陷住他，使他动不得身，拔不得脚，凭你揪打便了。"行者笑道："妙！妙！妙！趁早去来！"

那罗汉不敢迟延，即取金丹砂出门。行者又谢了如来。一路查看，止有十六尊罗汉，行者嚷道："这是那个去处，却卖放人②！"众罗汉道："那个卖放？"行者道："原差十八尊，今怎么只得十六尊？"说不了，里边走出降龙、伏虎二尊，上前道："悟空，怎么就这等放刁？我两个在后听如来分付话的。"行者道："忒卖法③！忒卖法！才自若嚷迟了些儿，你敢就不出来了。"众罗汉笑呵呵驾起祥云。

不多时，到了金岘山界。那李天王见了，帅众相迎，备言前事。罗汉道："不必叙繁，快去叫他出来。"这大圣捻着拳头，来于洞口，骂

---

①口敞：说话随便，不能保密。
②卖放：受贿私放。
③卖法：原指贪赃枉法，此意为耍花样，取巧。

道:"腽泼怪物①,快出来与你孙外公见个上下!"那小妖又飞跑去报。魔王怒道:"这贼猴又不知请谁来猖獗也!"小妖道:"更无甚将,止他一人。"魔王道:"那根棒子已被我收来,怎么却又一人到此?敢是又要走拳?"随带了宝贝,绰枪在手,叫小妖搬开石块,跳出门来,骂道:"贼猴!你几番家不得便宜,就该回避,如何又来吃喝?"行者道:"这泼魔不识好歹!若要你外公不来,除非你服了降,陪了礼,送出我师父师弟,我就饶你!"那怪道:"你那三个和尚已被我洗净了,不久便要宰杀,你还不识起倒?去了罢!"

行者听说"宰杀"二字,挖蹬蹬,腮边火发,按不住心头之怒,丢了架手,轮着拳,斜行拗步②,望妖魔使个挂面③。那怪缠长枪,劈手相迎。行者左跳右跳,哄那妖魔。妖魔不知是计,赶离洞口南来。行者即招呼罗汉把金丹砂望妖魔一齐抛下,共显神通,好砂!正是那:

似雾如烟初散漫,纷纷霭霭下天涯。白茫茫,到处迷人眼;昏漠漠,飞时找路差。打柴的樵子失了伴,采药的仙童不见家。细细轻飘如麦面,粗粗翻复似芝麻。世界朦胧山顶暗,长空迷没太阳遮。不比器尘随骏马,难言轻软衬香车。此砂本是无情物,盖地遮天把怪拿。只为邪魔侵正道,阿罗奉法逞豪华。手中就有明珠现,等时刮得眼生花。

那妖魔见飞砂迷目,把头低了一低,足下就有三尺余深;慌得他将身一纵,跳在浮上一层,未曾立得稳,须臾又有二尺余深。那怪急了,拔出脚来,即忙取圈子,往上一撇,叫声:"着!"唿喇的一下,把十八粒金丹砂又尽套去,拽回步,径归本洞。

那罗汉一个个空手停云。行者近前问道:"众罗汉,怎么不下砂了?"罗汉道:"适才响了一声,金丹砂就不见矣。"行者笑道:"又是那

---

①腽(tú)泼:祭祀用猪。腽,肥壮,多形容牲畜。
②拗步:参见第五十六回"蟒翻身拗步势"条注。
③挂面:照面,当面一拳。

话儿套将去了。"天王等众道："这般难伏呵,却怎么捉得他,何日归天,何颜见帝也?"傍有降龙、伏虎二罗汉对行者道："悟空,你晓得我两个出门迟滞何也?"行者道："老孙只怪你躲避不来,却不知有甚话说。"罗汉道："如来分付我两个说:'那妖魔神通广大,如失了金丹砂,就教孙悟空上离恨天兜率宫太上老君处寻他的踪迹,庶几可一股而擒也。'"行者闻言道："可恨!可恨!如来却也闪赚老孙!当时就该对我说了,却不免教汝等远涉?"李天王道："既是如来有此明示,大圣就当早起。"

好行者,说声去,就纵一道筋斗云,直入南天门里。时有四大元帅擎拳拱手道："擒怪事如何?"行者且行且答道："未哩,未哩,如今有处寻根去也。"四将不敢留阻,让他进了天门。不上灵霄殿,不入斗牛宫,径至三十三天之外离恨天兜率宫前,见两仙童侍立,他也不通姓名,一直径走,慌得两童扯住道："你是何人?待往何处去?"行者才说："我是齐天大圣,欲寻李老君哩。"仙童道："你怎这样粗鲁?且住下,让我们通报。"行者那容分说,喝了一声,往里径走。忽见老君自内而出,撞个满怀。行者躬身唱个喏道："老官,一向少看。"老君笑道："这猴儿不去取经,却来我处何干?"行者道："取经取经,昼夜无停;有些阻碍,到此行行。"老君道："西天路阻,与我何干?"行者道："西天西天,你且休言;寻着踪迹,与你缠缠。"老君道："我这里乃是无上仙宫,有甚踪迹可寻?"

行者入里,眼不转睛,东张西看。走遍几层廊宇,忽见那牛栏边一个童儿盹睡,青牛不在栏中。行者道："老官,走了牛也!走了牛也!"老君大惊道："这业畜几时走了?"正嚷间,那童儿方醒,跪于当面道："爷爷,弟子睡着,不知是几时走的。"老君骂道："你这厮如何盹睡?"童儿叩头道："弟子在丹房里拾得一粒丹,当时吃了,就在此睡着。"老君道："想是前日炼的'七返火丹',吊了一粒,被这厮拾吃了。那丹吃一粒,该睡七日哩,那业畜因你睡着,无人看管,遂乘机走下界去,今亦是七日矣。"即查可曾偷甚宝贝。行者道："无甚宝贝,只见他有一个圈子,甚是利害。"老君急查看时,诸般俱在,止不见了金刚琢。老君道:"是这畜偷了我金刚琢去了!"行者道:"原来是这件宝贝,当时打着老孙的是他。如今在下界张狂,不知套了我等多少物件!"老君道:"这业畜在甚地方?"行者道:"现住金岘山金岘洞。他捉了我唐僧进去,抢了我金箍棒。请天兵相助,又抢了太子的神兵。及请火德星君,又抢了他的火具。惟水伯虽不能淹死他,倒还不曾抢他物件。至请如来着罗汉下砂,又将金丹砂抢去。似你这老官,纵放怪物,抢夺伤人,该当何罪?"老君道:"我那金刚琢,乃是我过函关化胡之器,自幼炼成之宝。凭你甚么兵器,水火,俱莫能近他。若偷去我的芭蕉扇儿①,连我也不能奈他何矣。"

大圣才欢欢喜喜,随着老君。老君执了芭蕉扇,驾着祥云同行,出了仙宫,南天门外,低下云头,径至金岘山界。见了十八尊罗汉、雷公、水伯、火德、李天王父子,备言前事一遍。老君道:"孙悟空还去诱他出来,我好收他。"

这行者跳下峰头,又高声骂道:"腊泼业畜,趁早出来受死!"那小妖又去报知。老魔道:"这贼猴又不知请谁来也。"急绰枪带宝,迎出门来。行者骂道:"你这泼魔,今番坐定是死了!不要走,吃吾一掌!"急纵身跳个满怀,劈脸打了一个耳瓜子,回头就跑。那魔轮枪就赶,只听得高峰上叫道:"那牛儿还不归家,更待何日?"那魔抬头,看见是太上老君,就唬得心惊胆战道:"这贼猴真个是个地里鬼,却怎么就访得我的主公来也?"

老君念个咒语,将扇子搧了一下。那怪将圈子丢来,被老君一把接住;又一扇,那怪物力软筋麻,现了本相,原来是一只青牛。老君将金钢琢吹口仙气,穿了那怪的鼻子,解下勒袍带,系于琢上,牵

---

①芭蕉扇:历代太上老君造像,手里一般执一把绘有阴阳图案的宝扇。如宋贾善翔所著宣扬老君神迹的《犹龙传》卷六称:唐肃宗时,太上老君显圣,"立于山前,自地接天,通身白衣,左手垂下,右手执五明之扇,仪相炳然"。

在手中。至今留下个拴牛鼻的拘儿,又名"宾郎①",职此之谓②。老君辞了众神,跨上青牛背上,驾彩云,径归兜率院;缚妖怪,高升离恨天。

孙大圣才同天王等众打入洞里,把那百十个小妖尽皆打死。各取兵器,谢了天王回天,雷公入府,水伯回河,罗汉向西;然后才解放唐僧、八戒、沙僧,拿了铁棒。他三人又谢了行者,收拾马匹行装。师徒们离洞,找大路方走。

正走间,只听得路傍叫:"唐圣僧,吃了斋饭去。"那长老心惊。不知是甚人叫唤,且听下回分解。

---

①宾郎:俗称拴牛鼻子的钩环。
②职:犹"惟""只"。表示主要由于某种原因。

第五十三回

禅主吞餐怀鬼孕　黄婆运水解邪胎

德行要修八百①,阴功须积三千。
均平物我与亲冤②,始合西天本愿。
魔兕刀兵不怯,空劳水火无愆。
老君降伏却朝天,笑把青牛牵转。

话说那大路傍叫唤者谁?乃金岘山山神、土地,捧着紫金钵盂叫道:"圣僧呵,这钵盂是孙大圣向好处化来的。因你等不听良言,误入妖魔之手,致令大圣劳苦万端,今日方救得出。且来吃了饭,再去走路。莫孤负孙大圣一片恭孝之心也。"三藏道:"徒弟,万分亏你,言谢不尽!早知不出圈痕,那有此杀身之害?"行者道:"不瞒师父说。只因你不信我的圈子,却教你受别人的圈子。多少苦楚,可叹!可叹!"八戒道:"怎么又有个圈子?"行者道:"都是你这业嘴业舌的夯货,弄师父遭此一场大难!着老孙翻天覆地,请天兵水火与佛祖丹砂,尽被他使一个白森森的圈子套去。如来暗示了罗汉,对老孙说出那妖的根原,才请老君来收伏,却是个青牛作怪。"三藏闻言,感激不尽道:"贤徒,今番经此,下次定然听你分付。"遂此四人分吃那饭,那饭热气腾腾的。行者道:"这饭多时了,却怎么还热?"土地跪

---

① 德行要修八百:道教认为积满八百善行,可成地仙;积满三千善行,可成天仙。宋陈显微《周易参同契解》卷上:"功积三千,大罗为仙;行满八百,大罗为客。"此词袭自宋张伯端《悟真篇》,前半阙略同,后半阙为了符合故事情节作了修改。原作:"虎兕刀兵不害,无常火宅难牵。宝符降后去朝天,稳驾鸾车凤辇。"

② 均平物我与亲冤:看破外物与自我,亲友与仇敌的差别,一律平等对待,这才是修行的本愿。宋夏元鼎《紫阳真人悟真篇讲义》卷七释此二句:"物我亲冤同仁一视,始合神仙本愿。古语曰:欲修仙道,先尽人道是也。"

下道:"是小神知大圣功完,才自热来伺候。"须臾饭毕。收拾了钵盂,辞了土地、山神。那师父才攀鞍上马,过了高山。正是涤虑洗心皈正觉,餐风宿水向西行。行勾多时,又值早春天气。听了些:

紫燕呢喃,黄鹂睍睆。紫燕呢喃香嘴困,黄鹂睍睆巧音频。满地落红如布锦,遍山发翠似堆茵。岭前青梅结豆,崖前古柏留云。野润烟光淡,沙暄日色曛。几处园林花放蕊,阳回大地柳芽新。

正行处,忽遇一道小河,澄澄清水,湛湛寒波。唐长老勒过马观看,远见河那边有柳阴垂碧,微露着茅屋几椽。行者遥指那厢道:"那里人家,一定是摆渡的。"三藏道:"我见那厢也似这般,却不见船只,未敢开言。"八戒旋下行李,厉声高叫道:"摆渡的!撑船过来!"连叫几遍,只见那柳阴里面,咿咿哑哑的,撑出一只船儿。不多时,相近这岸。师徒们仔细看了那船儿,真个是:

短棹分波,轻桡泛浪①。橄堂油漆彩②,艎板满平仓③。船头上铁缆盘窝,船后边舵楼明亮。虽然是一苇之航④,也不亚泛湖浮海。纵无锦缆牙樯⑤,实有松桩桂楫。固不如万里神舟⑥,真可渡一河之隔。往来只在两崖边,出入不离古渡口。

那船儿须臾顶岸。有梢子叫云:"过河的,这里去。"三藏纵马近前看处,那梢子怎生模样:

---

①棹、桡:均为船桨。
②橄堂:即"艢堂",大船的两旁。《字汇补·舟部》:"艢,巨舟之两旁曰艢堂,官牒(授官的文书)多用此字。"
③艎:同"榥"。船板。此句意为船板平整地铺满了船舱。
④一苇之航:《诗经·卫风·河广》:"谁谓河广,一苇航之。"意为谁说黄河宽广,一束苇子就可以渡过。后以"一苇"代称小船。
⑤锦缆牙樯:指豪华的船,出自唐杜甫《秋兴》"锦缆牙樯起白鸥"。锦做的缆绳,装饰着象牙的桅杆。
⑥神舟:对远航大船的美称。如宋神宗曾赐高丽国海船名为"凌虚致远安济神舟"与"灵飞顺济神舟"。

头裹锦绒帕,足踏皂丝鞋。身穿百纳绵裆袄,腰束千针裙布挴①。手腕皮粗筋力硬,眼花眉皱面容衰。声音娇细如莺啭,近观乃是老裙钗。

行者近于船边道:"你是摆渡的?"那妇人道:"是。"行者道:"梢公如何不在,却着梢婆撑船?"妇人微笑不答,用手拖上跳板。沙和尚将行李挑上去,行者扶着师父上跳,然后顺过船来,八戒牵上白马,收了跳板。那妇人撑开船,摇动桨,顷刻间过了河。身登西岸,长老教沙僧解开包,取几文钱钞与他。妇人更不争多寡,将缆拴在傍水的楼上,笑嘻嘻径入庄屋里去了。三藏见那水清,一时口渴,便着八戒:"取钵盂,舀些水来我吃。"那呆子道:"我也正要些儿吃哩。"即取钵盂,舀了一钵,递与师父。师父吃了有一少半,还剩了多半,呆子接来,一气饮干,却伏侍三藏上马。

师徒们找路西行,不上半个时辰,那长老在马上呻吟道:"腹痛!"八戒随后道:"我也有些腹痛。"沙僧道:"想是吃冷水了?"说未毕,师父声唤道:"疼的紧!"八戒也道:"疼得紧!"他两个疼痛难禁,渐渐肚子大了。用手摸时,似有血团肉块,不住的骨冗骨冗乱动②。三藏正不稳便,忽然见那路傍有一村舍,树梢头挑着两个草把③。行者道:"师父,好了。那厢是个卖酒的人家。我们且去化他些热汤与你吃,就问可有卖药的,讨贴药,与你治治腹痛。"

三藏闻言甚喜,却打白马。不一时,到了村舍门口下马。但只见那门儿外有一个老婆婆,端坐在草墩上绩麻④。行者上前,打个问讯道:"婆婆,贫僧是东土大唐来的,我师父乃唐朝御弟。因为过河吃了河水,觉肚腹疼痛。"那婆婆喜哈哈的道:"你们在那边河里吃水来?"行者道:"是在此东边清水河吃的。"那婆婆欣欣的笑道:"好耍

---

① 挴:李卓吾评本作"禂",未详其义。或即同"缌",原指麻布(说详舒慧君《西游记异文研究》)。此处或引申为麻编的绳带之类。

② 骨冗:方言,指蠕动的样子。也作"咕容"。

③ 草把:即"草稕(zhùn)儿"。乡村酒店用作酒幌的草束。

④ 绩麻:把麻析成细缕捻接起来。

子,好耍子。你都进来,我与你说。"

行者即搀唐僧,沙僧即扶八戒,两人声声唤唤,腆着肚子,一个一个只疼得面黄眉皱,入草舍坐下。行者只叫:"婆婆,是必烧些热汤与我师父。我们谢你。"那婆婆且不烧汤,笑唏唏跑走后边,叫道:"你们来看!你们来看!"那里面,蹼蹄蹼踏的①,又走出两三个半老不老的妇人,都来望着唐僧洒笑②。行者大怒,喝了一声,把牙一嗟,唬得那一家子跌跌蹡蹡,往后就走。行者上前,扯住那老婆子道:"快早烧汤,我饶了你!"那婆子战兢兢的道:"爷爷呀,我烧汤也不济事,也治不得他两个肚疼。你放了我,等我说。"行者放了他,他说:"我这里乃是西梁女国③。我们这一国尽是女人,更无男子,故此见了你们欢喜。你师父吃的那水不好了。那条河唤做子母河④。我那国王城外,还有一座迎阳馆驿,驿门外有一个'照胎泉'。我这里人,但得年登二十岁以上,方敢去吃那河里水。吃水之后,便觉腹痛有胎。至三日之后,到那迎阳馆照胎水边照去。若照得有了双影,便就降生孩儿。你师吃了子母河水,以此成了胎气,也不日要生孩子。热汤怎么治得?"

三藏闻言,大惊失色道:"徒弟呵,似此怎了?"八戒扭腰撒胯的哼道:"爷爷呀!要生孩子,我们却是男身,那里开得产门?如何脱得出来。"行者笑道:"古人云:'瓜熟自落。'若到那个时节,一定从胁下裂个窟窿,钻出来也。"八戒见说,战兢兢,忍不得疼痛道:"罢了,

---

① 蹼蹄蹼踏:形容杂乱的脚步声。
② 洒笑:同"哂笑"。嘲笑。
③ 西梁女国:我国自古即有域外女国的传说。《后汉书·东夷传》:"海中有女国,无男人。或传国中有神井,窥之辄生子。"《大慈恩寺三藏法师传》卷四记载:"波剌斯国……南海岛有西女国,皆是女人,无男子,多珍宝。"即"西梁女国"的原型。
④ 子母河:唐杜佑《通典》卷一九三引杜环《经行记》:"又闻西有女国,感水而生。"《事林广记》前集卷五:"女人国,居东北海角,与奚部小如者部抵界,其国无男,母视井即生也。"与前引《后汉书》等"女国"事均为子母河与照胎泉的原型。

罢了！死了，死了！"沙僧笑道："二哥，莫扭，莫扭，只怕错了养儿肠①，弄做个胎前病。"那呆子越发慌了，眼中噙泪，扯着行者道："哥哥！你问这婆婆，看那里有手轻的稳婆②，预先寻下几个，这半会一阵阵的动荡得紧，想是摧阵疼③。快了！快了！"沙僧又笑道："二哥，既知摧阵疼，不要扭动，只恐挤破浆包耳。"

三藏哼着道："婆婆呵，你这里可有医家？教我徒弟去买一贴堕胎药吃了，打下胎来罢。"那婆子道："就有药也不济事。只是我们这正南街上有一座解阳山，山中有一个破儿洞，洞里有一眼'落胎泉'。须得那泉里水吃一口，方才解了胎气。却如今取不得水了，向年来了一个道人，称名如意真仙，把那破儿洞改作聚仙庵，护住落胎泉水，不肯善赐与人；但欲求水者，须要花红表里④，羊酒果盘，志诚奉献，只拜求得他一碗儿水哩。你们这行脚僧，怎么得许多钱财买办？但只可挨命，待时而生产罢了。"行者闻得此言，满心欢喜道："婆婆，你这里到那解阳山有几多路程？"婆婆道："有三千里⑤。"行者道："好了，好了。师父放心，待老孙取些水来你吃。"

好大圣，分付沙僧道："你好仔细看着师父。若这家子无礼，侵哄师父，你拿出旧时手段来，妆婴虎唬他，等我取水去。"沙僧依命。只见那婆子端出一个大瓦钵来，递与行者道："拿这钵头儿去，是必多取些来，与我们留着用急。"行者真个接了瓦钵，出草舍，纵云而去。那婆子才望空礼拜道："爷爷哑，这和尚会驾云！"才进去叫出那几个妇人来，对唐僧磕头礼拜，都称为罗汉菩萨。一壁厢烧汤办饭，供奉唐僧不题。

却说那孙大圣筋斗云起，少顷间见一座山头，阻住云角，即按云

---

①养儿肠：指孕妇的肚腹。
②稳婆：接生婆。
③摧阵疼：即阵痛，分娩前时断时续的疼痛。
④花红表里：即"花红表礼"。花红，旧指有关喜庆事的礼物。表礼，主要指作礼物用的绸缎衣料。
⑤三千：原作"三千"，疑为"三十"之误，否则女儿国居民来往不便。

光,睁睛看处,好山! 但见那:

　　幽花摆锦,野草铺蓝。涧水相连落,溪云一样闲。重重谷壑藤萝密,远远峰峦树木繁。鸟啼雁过,鹿饮猿攀。翠岱如屏嶂,青崖似髻鬟。尘埃滚滚真难到,泉石涓涓不厌看。每见仙童采药去,常逢樵子负薪还。果然不亚天台景①,胜似三峰西华山②。

　　这大圣正然点看那山不尽,又只见背阴处有一所庄院,忽闻得犬吠之声。大圣下山,径至庄所,却也好个去处,看那:

　　小桥通活水,茅舍倚青山。
　　村犬汪篱落,幽人自往还。

　　不时来至门首,见一个老道人,盘坐在绿茵之上。大圣放下瓦钵,近前道问讯。那道人欠身还礼道:"那方来者? 至小庵有何勾当?"行者道:"贫僧乃东土大唐钦差西天取经者。因我师父误饮了子母河之水,如今腹疼肿胀难禁。问及土人,说是结成胎气,无方可治。访得解阳山破儿洞有'落胎泉'可以消得胎气③,故此特来拜见如意真仙,求些泉水,搭救师父。累烦老道指引指引。"那道人笑道:"此间就是破儿洞,今改为聚仙庵了。我却不是别人,即是如意真仙老爷的大徒弟。你叫做甚么名字? 待我好与你通报。"行者道:"我是唐三藏法师的大徒弟,贱名孙悟空。"那道人问曰:"你的花红酒礼,都在那里?"行者道:"我是个过路的挂搭僧,不曾办得来。"道人笑道:"你好痴哑! 我老师父护住山泉,并不曾白送与人。你回去办将礼来,我好通报。不然请回,莫想,莫想。"行者道:"人情大似圣旨。你去说我老孙的名字,他必然做个人情,或者连井都送我也。"

　　那道人闻此言,只得进去通报。却见那真仙抚琴,只待他琴终,方才说道:"师父,外面有个和尚,口称是唐三藏大徒弟孙悟空,欲求

---

　　①天台:即天台山,位于今浙江台州。佛教天台宗和道教内丹南宗的发源地。
　　②三峰西华山:即西岳华山。三峰,指华山的莲花、毛女、松桧三山峰。
　　③落胎泉:原作"落胞泉"。世德堂本"胞"、"胎"二字常混,今改正,后不出注。

落胎泉水,救他师父。"那真仙不听说便罢;一听得说个悟空名字,却就怒从心上起,恶向胆边生;急起身,下了琴床,脱了素服,换上道衣,取一把如意钩子①,跳出庵门。叫道:"孙悟空何在?"行者转头,观见那真仙打扮:

  头戴星冠飞彩艳,身穿金缕法衣红。
  足下云鞋堆锦绣,腰间宝带绕玲珑。
  一双纳锦凌波袜,半露裙襕闪绣绒。
  手拿如意金钩子,镡利杆长若蟒龙。
  凤眼光明眉菂竖②,钢钗尖利口翻红。
  颔下髯飘如烈火,鬓边赤发短蓬松。
  形容恶似温元帅③,争奈衣冠不一同。

  行者见了,合掌作礼道:"贫僧便是孙悟空。"那先生笑道:"你真个是孙悟空,却是假名托姓者?"行者道:"你看先生说话,常言道:'君子行不更名,坐不改姓。'我便是悟空。岂有改托之理?"先生道:"你可认得我么?"行者道:"我因归正释门,秉诚僧教,这一向登山涉水,把我那幼时的朋友也都疏失,未及拜访,少识尊颜。适间问道子母河西乡人家,言及先生乃如意真仙,故此知之。"那先生道:"你走你的路,我修我的真,你来访我怎的?"行者道:"因我师父误饮了子母河水,腹疼成胎,特来仙府,拜求一碗落胎泉水,救解师难也。"

  那先生努目道:"你师父可是唐三藏么?"行者道:"正是,正是。"先生咬牙恨道:"你们可曾会着一个圣婴大王么?"行者道:"他是号山枯松涧火云洞红孩儿妖怪的绰号。真仙问他怎的?"先生道:"是我之舍侄。我乃牛魔王的兄弟。前者家兄处有信来报我,称说唐三

---

① 如意钩:一种兵器,前端为钩,后端为柄,长约三尺。
② 菂(dì)竖:即"的竖",参见第八十五回"的竖"条注。
③ 温元帅:道教护法神,名温琼,与华光帝君(马灵耀)、赵公元帅(赵公明)、关圣帝君(关羽)统称为"护法四神",俗称"四大元帅"。相传为浙江温州人,字永清,母梦火精入腹而生。青面赤发,顶盔贯甲,英勇无比,负责驱邪伏魔。

藏的大徒弟孙悟空急懒,将他害了。我这里正没处寻你报仇,你倒来寻我,还要甚么水哩!"行者陪笑道:"先生差了。你令兄也曾与我做朋友,幼年间也曾拜七弟兄。但只是不知先生尊府,有失拜望。如今令侄得了好处,现随着观音菩萨,做了善财童子,我等尚且不如,怎么反怪我也?"

先生喝道:"这泼猢狲!还弄巧舌!我舍侄还是自在为王好,还是与人为奴好?不得无礼!吃我这一钩!"大圣使铁棒架住道:"先生莫说打的话,且与些泉水去也。"那先生骂道:"泼猢狲,不知死活!如若三合敌得我,与你水去;敌不过,只把你剁为肉酱,方与我侄子报仇。"大圣骂道:"我把你不识起倒的业瘴!既要打,起开来看棍!"那先生如意钩劈手相还。二人在聚仙庵好杀:

> 圣僧误食成胎水,行者来寻如意仙。
> 那晓真仙原是怪,倚强护住落胎泉。
> 及至相逢讲仇隙①,争持决不遂如然。
> 言来语去成僝僽②,意恶情凶要报冤。
> 这一个因师伤命来求水,那一个为侄亡身不与泉。
> 如意钩强如蝎毒,金箍棒狠似龙巅③。
> 当胸乱刺施威猛,着脚斜钩展妙玄。
> 阴手棍丢伤处重,过肩钩起近头鞭。
> 锁腰一棍鹰持雀,压顶三钩螂捕蝉。
> 往往来来争胜败,返返复复两回还。
> 钩挛棒打无前后④,不见输赢在那边。

那先生与大圣战经十数合,敌不得大圣。这大圣越加猛烈,一条棒似滚滚流星,着头乱打。先生败了筋力,倒拖着如意钩,往山上

---

①仇隙:仇恨。
②僝僽(chán zhòu):责骂。《玉篇》卷三:"僝僽,恶骂也。"
③巅:同"颠"。疯狂。
④挛:卷曲。

第五十三回　禅主吞餐怀鬼孕　黄婆运水解邪胎

走了。

大圣不去赶他，却来庵内寻水。那个道人早把庵门关了。大圣拿着瓦钵，赶至门前，尽力气一脚，踢破庵门，闯将进去。见那道人伏在井栏上，被大圣喝了一声，举棒要打，那道人往后跑了。却才寻出吊桶来，正自打水，又被那先生赶到前边，使如意钩子把大圣钩着脚一跌，跌了个嘴硍地①。大圣爬起来，使铁棒就打。他却闪在傍边，执着钩子道："看你可取得我的水去！"大圣骂道："你上来！你上来！我把你这个业瘴，直打杀你！"那先生也不上前拒敌，只是禁住了，不许大圣打水。大圣见他不动，却使左手轮着铁棒，右手使吊桶，将索子才突鲁鲁的放下。他又来使钩。大圣一只手撑持不得，又被他一钩钩着脚，扯了个蹡踵，连井索通跌下井去了。大圣道："这厮却是无礼！"爬起来，双手轮棒，没头没脸的打将上去。那先生依然走了，不敢迎敌。大圣又要去取水，奈何没有吊桶，又恐怕来钩扯，心中暗暗想道："且去叫个帮手来。"

好大圣，拨转云头，径至村舍门首，叫一声："沙和尚。"那里边三藏忍痛呻吟，猪八戒哼声不绝。听得叫唤，二人欢喜道："沙僧啊，悟空来也。"沙僧连忙出门接着道："大哥，取水来了？"大圣进门，对唐僧备言前事，三藏滴泪道："徒弟呵，似此怎了？"大圣道："我来叫沙兄弟与我同去。到那庵边，等老孙和那厮敌斗，教沙僧乘便取水来救你。"三藏道："你两个没病的都去了，丢下我两个有病的，教谁伏侍？"那个老婆婆在傍道："老罗汉只管放心，不须要你徒弟，我家自然看顾伏侍你。你们早间到时，我等实有爱怜之意；却才见这位菩萨云来雾去，方知你是罗汉菩萨。我家决不敢复害你。"

行者咄的一声道："汝等女流之辈，敢伤那个？"老婆子笑道："爷爷哑，还是你们有造化，来到我家！若到第二家，你们也不得囫囵了！"八戒哼哼的道："不得囫囵，是怎么的？"婆婆道："我一家儿四五

①硍（kěn）：啃。

口,都是有几岁年纪的,把那风月事尽皆休了①,故此不肯伤你。若还到第二家,老小众大,那年小之人,那个肯放过你去!就要与你交合。假如不从,就要害你性命,把你们身上肉,都割了去做香袋儿哩。"八戒道:"若这等,我决无伤。他们都是香喷喷的,好做香袋;我是个臊猪,就割了肉去,也是臊的,故此可以无伤。"行者笑道:"你不要说嘴;省些力气,好生产也。"那婆婆道:"不必迟疑,快求水去。"行者道:"你家可有吊桶?借个使使。"那婆子即往后边取出一个吊桶,又窝了一条索子,递与沙僧。沙僧道:"带两条索子去。恐一时井深要用。"

沙僧接了桶索,即随大圣出了村舍,一同驾云而去。那消半个时辰,却到解阳山界。按下云头,径至庵外。大圣分付沙僧道:"你将桶索拿了,且在一边躲着,等老孙出头索战。你待我两人交战正浓之时,你乘机进去,取水就走。"沙僧谨依言命。

孙大圣掣了铁棒,近门高叫:"开门!开门!"那守门的看见,急入里通报道:"师父,那孙悟空又来了也。"那先生心中大怒道:"这泼猴老大无状!一向闻他有些手段,果然今日方知。他那条棒真是难敌。"道人道:"师父,他的手段虽高,你亦不亚与他,正是个对手。"先生道:"前面两回,被他赢了。"道人道:"前两回虽赢,不过是一猛之性;后面两次打水之时,被师父钩他两跌,却不是相比肩也②?先既无奈而去,今又复来,必然是三藏胎成身重,埋怨得紧,不得已而来也,决有慢他师之心。管取我师决胜无疑。"

真仙闻言,喜孜孜满怀春意,笑盈盈一阵威风,挺如意钩子,走出门来喝道:"泼猢狲!你又来作甚?"大圣道:"我来只是取水。"真仙道:"泉水乃吾家之井,凭是帝王宰相,也须表里羊酒来求③,方才仅与些须;况你又是我的仇人,擅敢白手来取?"大圣道,"真个不

---

①风月事:指男女之事。
②比肩:并列,居同等地位。
③羊酒:羊和酒,也泛指礼物。

与?"真仙道:"不与,不与!"大圣骂道:"泼业障!既不与水,看棍!"丢一个架手,抢个满怀,不容说,着头便打。那真仙侧身躲过,使钩子急架相还。这一场比前更胜。好杀:

金箍棒,如意钩,二人奋怒各怀仇。飞砂走石乾坤暗,播土扬尘日月愁。大圣救师来取水,妖仙为侄不容求。两家齐努力,一处赌安休。呀牙争胜负①,切齿定刚柔。添机见,越抖擞,喷云嗳雾鬼神愁。朴朴兵兵钩棒响,喊声哮吼振山丘。狂风滚滚催林木,杀气纷纷过斗牛。大圣愈争愈喜悦,真仙越打越绸缪②。有心有意相争战,不定存亡不罢休。

他两个在庵门外交手,跳跳舞舞的,斗到山坡之下,恨苦相持不题。却说那沙和尚提着吊桶,闯进门去,只见那道人在井边挡住道:"你是甚人,敢来取水!"沙僧放下吊桶,取出降妖宝杖,不对话,着头便打。那道人躲闪不及,把左臂膊打折,道人倒在地下挣命。沙僧骂道:"我要打杀你这业畜,争奈你是个人身,我还怜你,饶你去罢,让我打水!"那道人叫天叫地的,爬到后面去了。沙僧却才将吊桶向井中满满的打了一吊水,走出庵门,驾起云雾,望着行者喊道:"大哥,我已取了水去也!饶他罢!饶他罢!"

大圣听得,方才使铁棒支住钩子道:"你听老孙说,我本待斩尽杀绝,争奈你不曾犯法;二来看你令兄牛魔王的情上。先头来,我被钩了两下,未得水去。才然来,我是个调虎离山计,哄你出来争战,却着我师弟取水去了。老孙若肯拿出本事来打你,莫说你是一个甚么如意真仙,就是再有几个,也打死了。正是打死不如放生,且饶你教你活几年耳。已后再有取水者,切不可揕他③。"那妖仙不识好歹,演一演,就来钩脚;被大圣闪过钩头,赶上前,喝声:"休走!"那妖仙

---

① 呀(xiā):张开口。
② 绸缪:这里指招式连绵不断。
③ 揕(kèn):要挟,刁难。

措手不及,推了一个蹼辣①,挣踏不起。大圣夺过如意钩来,折为两段;总拿着又一抉,抉作四段,掷之于地道:"泼业畜!再敢无礼么?"那妖仙战战兢兢,忍辱无言。这大圣笑呵呵,驾云而起。有诗为证,诗曰:

> 真铅若炼须真水,真水调和真汞干。
> 真汞真铅无母气,灵砂灵药是仙丹。
> 婴儿枉结成胎象,土母施功不费难。
> 推倒傍门宗正教,心君得意笑容还②。

大圣纵着祥光,赶上沙僧。得了真水,喜喜欢欢,回于本处。按下云头,径来村舍。只见猪八戒腆着肚子,倚在门枋上哼哩③。行者悄悄上前道:"呆子,几时占房的④?"呆子慌了道:"哥哥莫取笑。可曾有水来么?"行者还要耍他,沙僧随后就到,笑道:"水来了!水来了!"三藏忍痛欠身道:"徒弟呀,累了你们也。"那婆婆却也欢喜,几口儿都出礼拜道:"菩萨呀,却是难得,难得!"即忙取个花磁盏子,舀了半盏儿,递与三藏道:"老师父,细细的吃;只消一口,就解了胎

---

① 蹼辣:跌倒的声音,这里指跌倒。
② "真铅若炼须真水"诗:真铅,指元气。真水,特指心静时的元气(此处用郭健《取经之道与务本之道:〈西游记〉内丹学发微》中的说法)。清刘一明注此诗"真铅外黑内白,内藏真一之壬水,炼真铅须用此真水也"也是这个意思。真汞干,此元气与元神(真汞)相调和,相互作用,结成内丹,而元气元神即都消尽,故称"真汞干"。若不知调和元气、元神,则二者独立,不相作用,不结内丹,故称"无母气"。灵砂灵药,即指结成的内丹。"婴儿枉结"二句,指唐僧、八戒此次怀胎,并非真正的"圣胎"(参见第一回"婴儿之本论"条注),而是饮了浊水(喻心怀杂念时产生的元气)结成的"幻丹",明伍守阳等《伍柳仙宗》:"水源既有清浊之殊,则成丹不无真幻之别?……凡有念虑存想,知见睹闻,皆属后天,所谓浊源也。阳精从此浊源中生,因而采封炼止,纵合玄妙天机,终成幻丹,以其水源不清也。"所以,要用真意(或元意,即土母,代指沙僧)协助元气、元神,使之结合。
③ 门枋(fāng):门框的竖木。
④ 占房:指孕妇分娩,坐月子。

气。"八戒道:"我不用盏子,连吊桶等我喝了罢。"那婆子道:"老爷爷,唬杀人罢了。若吃了这吊水,好道连肠子肚子都化尽了。"吓得呆子不敢胡为,也只吃了半盏。

那里有顿饭之时,他两个腹中绞痛,只听毂辘毂辘三五阵肠鸣。肠鸣之后,那呆子忍不住,大小便齐流,唐僧也忍不住要往静处解手。行者道:"师父阿,切莫出风地里去,怕人子①。一时冒了风,弄做个产后之疾。"那婆婆即取两个净桶来,教他两个方便。须臾间,各行了几遍,才觉住了疼痛,渐渐的销了肿胀,化了那血团肉块。那婆婆家又煎些白米粥与他补虚。八戒道:"婆婆,我的身子实落②,不用补虚。你且烧些汤水与我洗个澡。却好吃粥。"沙僧道:"哥哥,洗不得澡,坐月子的人弄了水浆致病。"八戒道:"我又不曾大生,左右只是个小产,怕他怎的?洗洗儿干净。"真个那婆子烧些汤与他两个净了手脚。唐僧才吃两盏儿粥汤,八戒就吃了十数碗,还只要添。行者笑道:"夯货,少吃些。莫弄做个'沙包肚'③,不像模样。"八戒道:"没事!没事!我又不是母猪,怕他做甚?"那家子真个又去收拾煮饭。

老婆婆对唐僧道:"老师父,把这水赐了我罢。"行者道:"呆子,不吃水了?"八戒道:"我的肚腹也不疼了,胎气想是已行散了。洒然无事,又吃水何为?"行者道:"既是他两个都好了,将水送你家罢。"那婆婆谢了行者,将余剩之水,装于瓦罐之中,埋在后边地下,对众老少道:"这罐水,勾我的棺材本也!"众老小无不欢喜。整顿斋饭,调开桌凳,唐僧们吃了斋。消消停停,将息了一宿。

次日天明,师徒们谢了婆婆家,出离村舍。唐三藏攀鞍上马,沙和尚挑着行囊,孙大圣前边引路,猪八戒拢了缰绳。这里才是:

洗净口业身干净,销化凡胎体自然。

毕竟不知到国界中还有甚么理会,且听下回分解。

---

①人子:方言,即"人"。"子"是语气词。
②实落:结实。
③沙包肚:病症名。指产妇产后进食太多,以致肚腹膨大,永不消退。

第五十四回

法性西来逢女国　心猿定计脱烟花

　　话说三藏师徒别了村舍人家,依路西进,不上三四十里,早到西梁国界。唐僧在马上指道:"悟空,前面城池相近,市井上人语喧哗,想是西梁女国。汝等须要仔细,谨慎规矩,切休放荡情怀,紊乱法门教旨。"三人闻言,谨遵言命。

　　言未尽,却至东关厢街口①。那里人都是长裙短袄,粉面油头。不分老少,尽是妇女。正在两街上做买做卖,忽见他四众来时,一齐都鼓掌呵呵,整容欢笑道:"人种来了！人种来了！"慌得那三藏勒马难行。须臾间就塞满街道,惟闻笑语。八戒口里乱嚷道:"我是个销猪！我是个销猪②！"行者道:"呆子,莫胡谈。拿出旧嘴脸便是。"八戒真个把头摇上两摇,竖起一双蒲扇耳,扭动莲蓬吊搭唇,发一声喊,把那些妇女们唬得跌跌爬爬。有诗为证。诗曰:

　　　　圣僧拜佛到西梁,国内衡阴世少阳③。
　　　　农士工商皆女辈,渔樵耕牧尽红妆。
　　　　娇娥满路呼人种,幼妇盈街接粉郎④。
　　　　不是悟能施丑相,烟花围困苦难当⑤！

　　遂此众皆恐惧,不敢上前。一个个都捻手抿腰,摇头咬指,战战

---

①关厢:城门外大街和附近的地区。
②销猪:即"劁猪",阉割过的猪。猪八戒在此表示自己已无性能力,以摆脱困境。销,同"劁"。按,俗字从"肖"者,如"睄"同"瞧","诮"同"谯","捎"同"撬",皆与"劁"音同。
③衡:纯。
④粉郎:三国时魏国何晏容貌俊美,脸上像搽了粉一样,人称粉侯或粉郎,后以粉郎称俊美的男子。
⑤烟花:美丽的春景,借指情爱。

第五十四回 法性西来逢女国 心猿定计脱烟花

兢兢,排塞街傍路下,都看唐僧。孙大圣却也弄出丑相开路,沙僧也妆婴虎维持。八戒采着马,掬着嘴,摆着耳朵,一行前进。又见那市井上房屋齐整,铺面轩昂,一般有卖盐卖米,酒肆茶房;鼓角楼台通货殖①,旗亭候馆挂帘栊②。师徒们转湾抹角,忽见有一女官侍立街下,高声叫道:"远来的使客,不可擅入城门。请投馆驿注名上簿,待下官执名奏驾,验引放行。"三藏闻言下马,观看那衙门上有一扁,上书"迎阳驿"三字。长老道:"悟空,那村舍人家传言是实,果有迎阳之驿。"沙僧笑道:"二哥,你却去'照胎泉'边照照,看可有双影。"八戒道:"莫弄我!我自吃了那盏儿落胎泉水,已此打下胎来了,还照他怎的?"三藏回头分付道:"悟能,谨言,谨言。"遂上前与那女官作礼。

女官引路,请他们都进驿内,正厅坐下,即唤看茶。又见那手下人尽是三绺梳头,两截穿衣之类③。你看他拿茶的也笑。少顷,茶罢。女官欠身问曰:"使客何来?"行者道:"我等乃东土大唐王驾下钦差上西天拜佛求经者。我师父便是唐王御弟,号曰唐三藏。我乃他大徒弟孙悟空。这两个是我师弟:猪悟能、沙悟净。一行连马五口。随身有通关文牒,乞为照验放行。"那女官执笔写罢,下来叩头道:"老爷恕罪。下官乃迎阳驿驿丞,实不知上邦老爷,知当远接。"拜毕起身,即令管事的安排饮馔,道:"爷爷们宽坐一时,待下官进城启奏我王,倒换关文,打领给④,送老爷们西进。"三藏忻然而坐不题。

且说那驿丞整了衣冠,径入城中五凤楼前,对黄门官道:"我是迎阳馆驿丞,有事见驾。"黄门即时启奏,降旨传宣至殿,问曰:"驿丞有何事来奏?"驿丞道:"微臣在驿,接得东土大唐王御弟唐三藏。有

---

① 货殖:经商盈利,也指商人和商品。
② 旗亭候馆:旗亭原指"市楼",古代观察、指挥集市的处所,上面挂旗;后指门前挂旗的酒店。候馆,宾馆,旅店。
③ 三绺梳头,两截穿衣:妇女的打扮,代指妇女。
④ 领给:指付予他人的钱财或生活必需品。明周履靖《锦笺记·遥访》:"明日早当奉候,少具领给。请问相公要在那处安歇? 小官随当送去。"

三个徒弟,名唤孙悟空、猪悟能、沙悟净,连马五口,欲上西天拜佛取经。特来启奏主公,可许他倒换关文放行?"女王闻奏,满心欢喜,对众文武道:"寡人夜来梦见金屏生彩艳,玉镜展光明,乃是今日之喜兆也。"众女官拥拜丹墀道:"主公,怎见得是今日之喜兆?"女王道:"东土男人,乃唐朝御弟。我国中自混沌开辟之时,累代帝王,更不曾见个男人至此。幸今唐王御弟下降,想是天赐来的。寡人以一国之富,愿招御弟为王,我愿为后,与他阴阳配合,生子生孙,永传帝业,却不是今日之喜兆也?"众女官拜舞称扬,无不欢悦。

驿丞又奏道:"主公之论,乃万代传家之好;但只是御弟三徒凶恶,不成相貌。"女王道:"卿见御弟怎生模样?他徒弟怎生凶丑?"驿丞道:"御弟相貌堂堂,丰姿英俊,诚是天朝上国之男儿,南赡中华之人物。那三徒却是形容狞恶,相貌如精。"女王道:"既如此,把他徒弟与他领给,倒换关文,打发他往西天,只留下御弟,有何不可?"众官拜奏道:"主公之言极当,臣等钦此钦遵。但只是匹配之事,无媒不可。自古道:'姻缘配合凭红叶①,月老夫妻系赤绳。'"女王道:"依卿所奏,就着当驾太师作媒,迎阳驿丞主婚,先去驿中与御弟求亲。待他许可,寡人却摆驾出城迎接。"那太师、驿丞,领旨出朝。

却说三藏师徒们在驿厅上正享斋饭,只见外面人报:"当驾太师与我们本官老姆来了②。"三藏道:"太师来却是何意?"八戒道:"怕是女王请我们也。"行者道:"不是相请,就是说亲。"三藏道:"悟空,假如不放,强逼成亲,却怎么是好?"行者道:"师父只管允他,老孙自有处治。"

说不了,二女官早至,对长老下拜。长老一一还礼道:"贫僧出

---

① 姻缘配合凭红叶:唐代经常有"红叶题诗"的故事,如唐范摅《云溪友议》卷十记中书舍人卢渥见御沟中流出一红叶,上有一绝句:"流水何太急,深宫尽日闲。殷勤谢红叶,好去到人间。"后宫中遣放宫女外出嫁人,卢渥得一宫女为配,恰是题诗之人。

② 本官:一个部门的主要官员。

家人,有何德能,敢劳大人下拜?"那太师见长老相貌轩昂,心中暗喜道:"我国中实有造化,这个男子,却也做得我王之夫。"二官拜毕起来,侍立左右道:"御弟爷爷,万千之喜了!"三藏道:"我出家人,喜从何来?"太师躬身道:"此处乃西梁女国,国中自来没个男子。今幸御弟爷爷降临,臣奉我王旨意,特来求亲。"三藏道:"善哉!善哉!我贫僧只身来到贵地,又无儿女相随,止有顽徒三个,不知大人求的是那个亲事?"驿丞道:"下官才进朝启奏,我王十分欢喜道,夜来得一吉梦,梦见金屏生彩艳,玉镜展光明。知御弟乃中华上国男儿,我王愿以一国之富,招赘御弟爷爷为夫,坐南面称孤,我王愿为帝后。传旨着太师作媒,下官主婚,故此特来求这亲事也。"三藏闻言,低头不语。太师道:"大丈夫遇时,不可错过。似此招赘之事,天下虽有;托国之富,世上实稀。请御弟速允,庶好回奏。"长老越加痴瘂。

八戒在傍掬着碓梃嘴叫道①:"太师,你去上覆国王:我师父乃久修得道的罗汉,决不爱你托国之富,也不爱你倾国之容;快些儿倒换关文,打发他往西去,留我在此招赘,如何?"太师闻说,胆战心惊,不敢回话。驿丞道:"你虽是个男身,但只形容丑陋,不中我王之意。"八戒笑道:"你甚不通变。常言道:'粗柳簸箕细柳斗②,世上谁见男儿丑?'"行者道:"呆子,勿得胡谈,任师父尊意。可行则行,可止则止。莫要担阁了媒妁工夫③。"

三藏道:"悟空,凭你怎么说好?"行者道:"依老孙说,你在这里也好。自古道,'千里姻缘似线牵'哩,那里再有这般相应处?"三藏道:"徒弟,我们在这里贪图富贵,谁却去西天取经?那不望坏了我大唐之帝主也?"太师道:"御弟在上,微臣不敢隐言。我王旨意,原只教求御弟为亲,教你三位徒弟赴了会亲筵宴,关付领给,倒换关

---

① 碓梃嘴:像舂米石碓一样的长嘴。
② 粗柳簸箕细柳斗:谚语,意为粗柳、细柳能各得其用,男人看用处,不论丑俊。
③ 媒妁:即媒人。媒,谋合二姓者或男方媒人。妁,斟酌二姓者或女方媒人。

文,往西天取经去哩。"行者道:"太师说得有理,我等不必作难,情愿留下师父,与你主为夫,快换关文,打发我们西去,待取经回来,好到此拜爷娘,讨盘缠,回大唐也。"那太师与驿丞对行者作礼道:"多谢老师玉成之恩①!"八戒道:"太师,切莫要'口里摆菜碟儿'②。既然我们许诺,且教你主先安排一席,与我们吃钟肯酒③,如何?"太师道:"有,有,有;就教摆设筵宴来也。"那驿丞与太师,欢天喜地,回奏女主不题。

却说唐长老一把扯住行者,骂道:"你这猴头,弄杀我也!怎么说出这般话来,教我在此招婚,你们西天拜佛,我就死也不敢如此。"行者道:"师父放心。老孙岂不知你性情,但只是到此地,遇此人,不得不将计就计。"三藏道:"怎么叫做将计就计?"行者道:"你若使住法儿不允他,他便不肯倒换关文,不放我们走路。倘或意恶心毒,喝令多人,割了你肉,做甚么香袋呵,我等岂有善报?一定要使出降魔荡怪的神通。你知我们的手脚又重,器械又凶,但动动手儿,这一国的人尽打杀了。他虽然阻当我等,却不是怪物妖精,还是一国人身;你又平素是个好善慈悲的人,在路上一灵不损;若打杀无限的平人,你心何忍!诚为不善了也。"三藏听说,道:"悟空,此论最善。但恐女主招我进去,要行夫妇之礼,我怎肯丧元阳④,败坏了佛家德行;走真精,堕落了本教人身?"行者道:"今日准了亲事,他一定以皇帝礼摆驾出城接你;你更不要推辞,就坐他凤辇龙车,登宝殿,面南坐下,问女王取出御宝印信来,宣我们兄弟进朝,把通关文牒用了印,再请

---

① 玉成:宋张载《西铭》:"贫贱忧戚,庸玉女于成也。"(大概会相助你取得成功。庸,大概。玉,相助。女,通"汝")意思是助之使成,后为成全之意。
② 口里摆菜碟儿:空许诺,说空话。
③ 肯酒:允婚酒,表示女方答允这门亲事。
④ 元阳:即"元精"。内丹术认为元精无形,寓于元气之中,若受外感(如女色),就会与元气分判,成为凡精(即精液)泄出体外。内丹术非常重视"元阳未泄"之身,以未曾遗精的少年为最上等修道人选。

女王写个手字花押,金押了交付与我们①。一壁厢教摆筵宴,就当与女王会喜②,就与我们送行。待筵宴已毕,再叫排驾,只说送我们三人出城,回来与女王配合。哄得他君臣欢悦,更无阻挡之心,亦不起毒恶之念,却待送出城外,你下了龙车凤辇,教沙僧伺候左右,伏侍你骑上白马,老孙却使个定身法儿,教他君臣人等皆不能动,我们顺大路只管西行。行得一昼夜,我却念个咒,解了术法,还教他君臣们苏醒回城。一则不伤了他的性命,二来不损了你的元神。这叫做'假亲脱网'之计,岂非一举两全之美也?"三藏闻言,如醉方醒,似梦初觉,乐以忘忧,称谢不尽道:"深感贤弟高见③。"四众同心会意,正自商量不题。

却说那太师与驿丞,不等宣诏,直入朝门白玉阶前奏道:"主公佳梦最准,鱼水之欢就矣④。"女王闻奏,卷珠帘,下龙床,启樱唇,露银齿,笑吟吟,娇声问曰:"贤卿见御弟,怎么说来?"太师道:"臣等到驿,拜见御弟毕,即备言求亲之事。御弟还有推托之辞,幸亏他大徒弟慨然见允,愿留他师父与我王为夫,面南称帝,只教先倒换关文,打发他三人西去;取得经回,好到此拜认爷娘,讨盘费回大唐也。"女王笑道:"御弟再有何说?"太师奏道:"御弟不言,愿配我王;只是他那二徒弟先要吃席肯酒。"

女王闻言,即传旨,教光禄寺排宴。一壁厢排大驾,出城迎接夫君。众女官即钦遵王命,打扫宫殿,铺设庭台。一班儿摆宴的,火速安排;一班儿摆驾的,流星整备。你看那西梁国虽是妇女之邦,那銮舆不亚中华之盛,但见:

---

① 金押:同"签押"。在文书上签名画押表示负责。
② 会喜:庆贺恭喜。
③ 贤弟:这里是对弟子或年岁较幼之友的敬称。如《儿女英雄传》第四十回乌克斋对学生安龙媒说:"老贤弟,你倒不可乱了方寸,努力为之。"
④ 鱼水之欢:《诗经》的逸诗有"浩浩者水,育育者鱼。未有家室,而安召我居?"意为浩浩的水,活泼的鱼,没有安家,让我住在哪里呢?后用"鱼水"比喻夫妻或男女恋人情深。

六龙喷彩,双凤生祥。六龙喷彩扶车出,双凤生祥驾辇来。馥郁异香蔼①,氤氲瑞气开。金鱼玉珮多官拥,宝髻云鬟众女排。鸳鸯掌扇遮銮驾②,翡翠珠帘影凤钗。笙歌音美,弦管声谐。一片欢情冲碧汉,无边喜气出灵台③。三檐罗盖摇天宇④,五色旌旗映御阶。此地自来无合卺⑤,女王今日配男才。

　　不多时,大驾出城,早到迎阳馆驿。忽有人报三藏师徒道:"驾到了。"三藏闻言,即与三徒整衣出厅迎驾。女王卷帘下辇道:"那一位是唐朝御弟?"太师指道:"那驿门外香案前穿襕衣者便是。"女王闪凤目,簇蛾眉,仔细观看,果然一表非凡,你看他:

　　丰姿英伟,相貌轩昂。齿白如银砌,唇红口四方。顶平额阔天仓满⑥,目秀眉清地阁长⑦。两耳有轮真杰士⑧,一身不俗是才郎。好个妙龄聪俊风流子,堪配西梁窈窕娘。

　　女王看到那心欢意美之处,不觉淫情汲汲,爱欲恣恣,展放樱桃小口,呼道:"大唐御弟,还不来占凤乘鸾也?"三藏闻言,耳红面赤,羞答答不敢抬头。猪八戒在傍,掬着嘴,饧眼观看那女王,却也袅娜,真个:

　　眉如翠羽,肌似羊脂。脸衬桃花瓣,鬟堆金凤丝。秋波湛湛妖娆态,春笋纤纤娇媚姿。斜蝉红绡飘彩艳,高簪珠翠显光辉。说甚么昭君美貌,果然是赛过西施。柳腰微展鸣金珮,莲步轻移动玉肢。月里嫦娥难到此,九天仙子怎如斯。宫妆巧样非凡类,诚然王母降

---

①馥郁:形容香气很浓。
②掌扇:长柄掌形扇,一种仪仗。
③灵台:古代帝王观察天文星象的建筑。
④三檐罗盖:即三重檐的伞盖。宋周密《武林旧事》卷二记驸马觐见礼仪:"乘涂金御仙花鞍辔狭座马,执丝鞭,张三檐伞。"
⑤合卺(jǐn):结婚时新郎、新娘喝的交杯酒。卺,是古代婚礼用的礼器。把一个葫芦劈为两个瓢,称为"卺",婚礼时夫妇各执一瓢饮酒。
⑥天仓:相术称两额角为天仓,天仓饱满为福相。
⑦地阁:相术称下颌为地阁,地阁方圆为福相。
⑧两耳有轮:耳郭的边缘,下连耳垂,相术以耳轮饱满如珠为福相。

第五十四回　法性西来逢女国　心猿定计脱烟花

瑶池。

那呆子看到好处,忍不住口嘴流涎,心头撞鹿,一时间骨软筋麻,好便似雪狮子向火①,不觉的都化去也。

只见那女王走近前来,一把扯住三藏,悄语娇声叫道:"御弟哥哥,请上龙车,和我同上金銮宝殿,匹配夫妇去来。"这长老战兢兢立站不住,似醉如痴。行者在侧教道:"师父不必太谦,请共师娘上辇。快快倒换关文,等我们取经去罢。"长老不敢回言,把行者抹了两抹,止不住落下泪来。行者道:"师父切莫烦恼,这般富贵不受用,还待怎么哩?"三藏没及奈何,只得依从。揩了眼泪,强整欢容,移步近前,与女主:

同携素手,共坐龙车。那女主喜孜孜欲配夫妻,这长老忧惶惶只思拜佛。一个要洞房花烛交鸳侣,一个要西宇灵山见世尊。女帝真情,圣僧假意。女帝真情,指望和谐同到老;圣僧假意,牢藏情意养元神。一个喜见男身,恨不得白昼并头谐伉俪;一个怕逢女色,只思量即时脱网上雷音。二人和会同登辇,岂料唐僧各有心。

那些文武官,见主公与长老同登凤辇,并肩而坐,一个个眉花眼笑,拨转仪从,复入城中。孙大圣才教沙僧挑着行李,牵着白马,随大驾后边同行。猪八戒往前乱跑,先到五凤楼前,嚷道:"好自在,好见成呀!这个弄不成!这个弄不成!吃了喜酒进亲才是!"唬得些执仪从引导的女官,都不敢前进,一个个回至驾边道:"主公,那一个长嘴大耳的,在五凤楼前嚷道要喜酒吃哩。"女主闻奏,与长老倚香肩,偎并桃腮,开檀口,悄声叫道:"御弟哥哥,长嘴大耳的是你那个高徒?"三藏道:"是我第二个徒弟,他生得食肠宽大,一生要图口肥;须是先安排些酒食与他吃了,方可行事。"女主急问:"光禄寺安排筵宴完否?"女官奏道:"已完,设了荤素两样,在东阁上哩。"女王又问:"怎么两样?"女官奏道:"臣恐唐朝御弟与高徒等平素吃斋,故有荤

---

① 雪狮子:用雪堆成的狮子。宋张耒(lěi)《戏作雪狮绝句》:"六出(雪花六角,故名六出)装来百兽王,日头出后便郎当(颓败破烂)。"

素两样。"女王却又笑吟吟,硍着长老的香腮道:"御弟哥哥,你吃荤吃素?"三藏道:"贫僧吃素,但是未曾戒酒。须得几杯素酒,与我二徒弟吃些。"

说未了,太师启奏:"请赴东阁会宴。今宵吉日良辰,就可与御弟爷爷成亲。明日天开黄道①,请御弟爷爷登宝殿面南,改年号即位。"女王大喜,即与长老携手相搀,下了龙车,共入端门里。但见那:

风飘仙乐下楼台,阊阖中间翠辇来。
凤阙大开光蔼蔼,皇宫不闭锦排排。
麒麟殿内炉烟袅,孔雀屏边扇影回。
亭阁峥嵘如上国,玉堂金马更奇哉②。

既至东阁之下,又闻得一派笙歌声韵美,又见两行红粉貌娇娆。正中堂排设两般盛宴:左边上首是素筵,右边上首是荤筵,下两路尽是单席。那女王敛袍袖,十指尖尖,奉着玉杯,便来安席③。行者近前道:"我师徒都是吃素。先请师父坐了左手素席,转下三席,分左右,我兄弟们好坐。"太师喜道:"正是,正是。师徒即父子也,不可并肩。"众女官连忙调了席面。女王一一传杯,安了他弟兄三位。行者又与唐僧丢个眼色,教师父回礼。三藏下来,却也擎玉杯,与女王安席。那些文武官,朝上拜谢了皇恩,各依品从,分坐两边,才住了音乐劝酒。

那八戒那管好歹,放开肚子,只情吃起。也不管甚么玉屑米饭、蒸饼、糖糕、蘑菇、香蕈、笋芽、木耳、黄花菜、石花菜、紫菜、蔓菁、芋

---

① 天开黄道:即"黄道吉日"。星命家认为青龙、明堂、金匮、天德、玉堂、司命等六辰是吉神,六辰值日之时,万事顺利,是办事的好日子,称为"黄道吉日"。

② 玉堂金马:玉堂殿和金马门的并称。玉堂殿和金马门都是汉朝皇宫里的建筑,为学士待诏之处,后来也用作翰林院的代称。

③ 安席:宴会入座时的敬酒礼节。

头、萝菔、山药、黄精①,一骨辣噇了个罄尽②。喝了五七杯酒,口里嚷道:"看添换来!拿大觥来!再吃几觥,各人干事去。"沙僧问道:"好筵席不吃,还要干甚事?"呆子笑道:"古人云:'造弓的造弓,造箭的造箭③。'我们如今招的招,嫁的嫁,取经的还去取经,走路的还去走路,莫只管贪杯误事,快早儿打发关文。正是'将军不下马,各自奔前程'。"女王闻说,即命取大杯来。近侍官连忙取几个鹦鹉杯、鸬鹚杓、金叵罗、银凿落、玻璃盏、水精盆、蓬莱碗、琥珀钟④,满斟玉液,连注琼浆。果然都各饮一巡。

三藏欠身而起,对女王合掌道:"陛下,多蒙盛设,酒已勾了。请登宝殿,倒换关文,赶天早,送他三人出城罢。"女王依言,携着长老,散了筵宴,上金銮宝殿,即让长老即位。三藏道:"不可!不可!适太师言过,明日天开黄道,贫僧才敢即位称孤。今日即印关文,打发他去也。"女王依言,仍坐了龙床,即取金交椅一张,放在龙床左首,

---

① 萝菔(fú):也称"萝蔔""莱菔"。即萝卜。

② 一骨辣噇(chuáng)了个罄尽:一骨辣,一齐,一股脑儿。噇,没有节制地吃喝。

③ 造弓的造弓,造箭的造箭:比喻各干各的,互不相干。

④ "鹦鹉杯"一句:这里提到的,都是古代著名的酒器。鹦鹉杯、鸬鹚杓,李白《襄阳歌》:"鸬鹚杓、鹦鹉杯,百年三万六千日,一日须倾三百杯。"宋杨齐贤注:"鸬鹚,水鸟,其颈长,刻杓为之形。"而"鹦鹉螺旋尖处屈而朱,如鹦鹉嘴,故以为名,壳上青绿斑,大者可受二升;壳内光莹如云母"。金叵罗,古代的一种金制酒器。《北齐书·祖珽传》记:祖珽盗北齐神武帝高欢金叵罗,倒扣在发髻上,后被发现。银凿落,银质的凿落。"凿落"又作"凿络",是镂刻金银的酒盏。宋叶廷珪《海录碎事·饮食》:"湘楚人以盏斝中镂镂金渡者为金凿络。"玻璃盏,玻璃,一作"颇黎",原指状如水晶的宝石。《说郛》卷九四下记:"隋文帝时,突厥献玻璃七宝杯,唐玄宗以酌李白。"水精盆,即水晶盆。《元史·宪宗纪》记:宪宗七年,"回鹘献水精盆、珍珠伞等物,可值银三万余锭"。蓬莱碗,即蓬莱盏,唐朝饮中八仙之一李适之的饮酒器。《说郛》卷一一九上记:李适之有酒器九品,其一名蓬莱盏,上有山,象海中三仙山,注酒以山没为限。琥珀钟,唐杜甫《奉送魏六丈佑少府之交广》:"掌中琥珀钟,行酒双逶迤。"

请唐僧坐了，叫徒弟们拿上通关文牒来。大圣便教沙僧解开包袱，取出关文。大圣将关文双手捧上。那女王细看一番，上有大唐皇帝宝印九颗，下有宝象国印、乌鸡国印、车迟国印。女王看罢，娇滴滴笑语道："御弟哥哥又姓陈？"三藏道："俗家姓陈，法名玄奘。因我唐王圣恩认为御弟，赐姓我为唐也。"女王道："关文上如何没有高徒之名？"三藏道："三个顽徒，不是我唐朝人物。"女王道："既不是你唐朝人物，为何肯随你来？"三藏道："大的个徒弟，祖贯东胜神洲傲来国人氏；第二个乃西牛贺洲乌斯庄人氏①；第三个乃流沙河人氏。他三人都因罪犯天条，南海观世音菩萨解脱他苦，秉善皈依，将功折罪，情愿保护我上西天取经。皆是途中收得，故此未注法名在牒。"女王道："我与你添注法名，好么？"三藏道："但凭陛下尊意。"女王即令取墨笔来，浓磨香翰，饱润香毫，牒文之后，写上孙悟空、猪悟能、沙悟净三人名讳，却才取出御印，端端正正印了；又画个手字花押，传将下去。孙大圣接了，教沙僧包裹停当。

那女王又赐出碎金碎银一盘，下龙床递与行者道："你三人将此权为路费，早上西天；待汝等取经回来，寡人还有重谢。"行者道："我们出家人不受金银，途中自有乞化之处。"女王见他不受，又取出绫锦十匹，对行者道："汝等行色匆匆，裁制不及，将此路上做件衣服遮寒。"行者道："出家人穿不得绫锦，自有护体布衣。"女王见他不受，教："取御米三升，在路权为一饭。"八戒听说个"饭"字，便就接了，捎在包袱之间。行者道："兄弟，行李见今沉重，且倒有气力挑米？"八戒笑道："你那里知道，米好的是个日消货②。只消一顿饭，就了帐也。"遂此合掌谢恩。

三藏道："敢烦陛下相同贫僧送他三人出城，待我嘱付他们几句，教他好生西去，我却回来，与陛下永受荣华。无挂无牵，方可会

---

① 乌斯庄：当作"乌斯藏"。本书中"藏"（也写作"匨"）、"庄"（繁体作"莊"）常混。又见第二十四回"五庄观"条注。
② 日消货：每天都要消耗的东西。

鸾交凤友也①。"女王不知是计,便传旨摆驾,与三藏并倚香肌,同登凤辇,出西城而去。满城中都盏添净水,炉降真香。一则看女王銮驾,二来看御弟男身。没老没小,尽是粉容娇面、绿鬓云鬟之辈。

不多时,大驾出城,到西关之外。行者、八戒、沙僧同心合意,结束整齐,径迎着銮舆,厉声高叫道:"那女王不必远送,我等就此拜别。"长老慢下龙车,对女王拱手道:"陛下请回,让贫僧取经去也。"女王闻言,大惊失色,扯住唐僧道:"御弟哥哥,我愿将一国之富,招你为夫。明日高登宝位,即位称君,我愿为君之后,喜筵通皆吃了,如何却又变卦?"八戒听说,发起个风来,把嘴乱扭,耳朵乱摇,闯至驾前,嚷道:"我们和尚家和你这粉骷髅做甚夫妻②!放我师父走路!"那女王见他那等撒泼弄丑,唬得魂飞魄散,跌入辇驾之中。沙僧却把三藏抢出人丛,伏侍上马。只见那路傍闪出一个女子,喝道:"唐御弟,那里走!我和你耍风月儿去来!"沙僧骂道:"贼辈无知!"掣宝杖劈头就打。那女子弄阵旋风,呜的一声,把唐僧摄将去了,无影无踪,不知下落何处。咦!正是:

　　脱得烟花网,又遇风月魔。

毕竟不知那女子是人是怪,老师父的性命得死得生,且听下回分解。

①鸾交凤友:比喻情侣、夫妻。
②粉骷髅:涂脂抹粉的骷髅,对美貌妇女的轻蔑之词。意思是姣好的容颜最终也只能变成骷髅,佛道二教常以此启发人作世事无常之想。明瞿佑《剪灯新话·牡丹灯记》载:元至正年间,有乔生于元宵节夜深时遇一美女,便常与幽会,邻居老翁偷窥,"见一粉骷髅与生并坐于灯下,大骇",方知是鬼。

第五十五回

色邪淫戏唐三藏　性正修持不坏身

却说孙大圣与猪八戒正要使法定那些妇女,忽闻得风响处,沙僧嚷闹,急回头时,不见了唐僧。行者道:"是甚人来抢师父去?"沙僧道:"是一个女子,弄阵旋风,把师父摄了去也。"行者闻言,唿哨跳在云端里,用手搭凉篷,四下里观看,只见一阵灰尘,风滚滚,往西北上去了。急回头叫道:"兄弟们,快驾云同我赶师父去来!"八戒与沙僧即把行囊捎在马上,响一声,都跳在半空里去。

慌得那西梁国君臣女辈,跪在尘埃,都道:"是白日飞升的罗汉,我主不必惊疑。唐御弟也是个有道的禅僧,我们都有眼无珠,错认了中华男子,枉费了这场神思。请主公上辇回朝也。"女王自觉惭愧,多官都一齐回国不题。

却说孙大圣兄弟三人腾空踏雾,望着那阵旋风,一直赶来。前至一座高山,只见灰尘息静,风头散了,更不知怪向何方。兄弟们按留云雾,找路寻访,忽见一壁厢,青石光明,却似个屏风模样。三人牵着马转过石屏,石屏后有两扇石门,门上有六个大字,乃是"毒敌山琵琶洞"①。八戒无知,上前就使钉钯筑门。行者急止住道:"兄弟莫忙,我们随旋风赶,便赶到这里,寻了这会,方遇此门,又不知深浅如何。倘不是这个门儿,却不惹他见怪?你两个且牵了马,还转石屏前立等片时,待老孙进去打听打听,察个有无虚实,却好行事。"沙僧听说,大喜道:"好!好!好!正是粗中有细,果然急处从宽。"他二人牵马回头。

---

① 毒敌山琵琶洞:毒,指蝎毒,又指蝎尾的毒钩。琵琶,蝎子形如琵琶。晋干宝《搜神记·安阳亭》记:有书生在安阳城南一亭遇妖怪,问明来源后,"乃握剑至昨夜应处,果得老蝎,大如琵琶,毒长数尺"。

孙大圣显个神通,捻着诀,念个咒语,摇身一变,变作蜜蜂儿,真个轻巧!你看他:

翅薄随风软,腰轻映日纤。
嘴甜曾觅蕊,尾利善降蟾。
酿蜜功何浅,投衙礼自谦①。
如今施巧计,飞舞入门檐。

行者自门瑕处钻将进去②,飞过二层门里,只见正当中花亭子上端坐着一个女怪,左右列几个彩衣绣服、丫髻两擎的女童③,都欢天喜地,正不知讲论甚么。这行者轻轻的飞上去,丁在那花亭格子上,侧耳才听,又见两个总角蓬头女子④,捧着两盘热腾腾的面食,上亭来道:"奶奶,一盘是人肉馅的荤馍馍,一盘是邓沙馅的素馍馍⑤。"那女怪笑道:"小的们,搀出唐御弟来。"几个彩衣绣服的女童,走向后房,把唐僧扶出。那师父面黄唇白,眼红泪滴。行者在暗中嗟叹道:"师父中毒了。"

那女走下亭,露春葱十指纤纤,扯住长老道:"御弟宽心。我这虽不是西梁女国的宫殿,不比富贵奢华,其实却也清闲自在,正好念佛看经。我与你做个道伴儿,真个是百岁和谐也。"三藏不语,那怪道:"且休烦恼。我知你在女国中赴宴之时,不曾进得饮食。这里荤素面饭两盘,凭你受用些儿压惊。"三藏沉思默想道:"我待不说话,不吃东西,此怪比那女王不同,女王还是人身,行动以礼;此怪乃是妖神,恐为加害,奈何我三个徒弟,不知我困陷在于这里,倘或加害,

---

① 投衙:群蜂早晚聚集,簇拥蜂王,如旧时官吏到上司衙门排班参见。宋陆游《青羊官小饮赠道士》诗:"微雨晴时看鹤舞,小窗幽处听蜂衙。"
② 瑕:裂缝,空隙。《管子·制分》:"凡用兵者,攻坚则韧,乘瑕则神。"
③ 丫髻两擎(chōu):指双髻分梳在头上两边像"丫"字一样。擎,束。
④ 总角蓬头:未成年人的装扮。总角,古时儿童束发为两结,向上分开,形状如角。蓬头,头发不梳起。
⑤ 邓沙:即"澄沙",纯净的豆沙。元《居家必用事类全集》"澄沙糖馅"条:"红豆炕熟,研烂淘去皮,小蒲包滤极干,入沙糖食。"

却不枉丢性命?"以心问心,无计所奈,只得强打精神,开口道:"荤的何如? 素的何如?"女怪道:"荤的是人肉馅馍馍,素的是邓沙馅馍馍。"三藏道:"贫僧吃素。"那怪笑道:"女童,看热茶来,与你家长爷爷吃素馍馍。"一女童果捧着香茶一盏,放在长老面前。那怪将一个素馍馍劈破,递与三藏。三藏将个荤馍馍囫囵递与女怪。女怪笑道:"御弟,你怎么不劈破与我?"三藏合掌道:"我出家人,不敢破荤。"那女妖道:"你出家人不敢破荤,怎么前日在子母河边吃水高,今日又好吃邓沙馅?"三藏道:"水高船去急,沙陷马行迟①。"

行者在格子眼听着两个言语相攀,恐怕师父乱了真性,忍不住,见了本相,掣铁棒喝道:"业畜无礼!"那女怪见了,口喷一道烟光,把花亭子罩住,教:"小的们,收了御弟!"他却拿一柄三股钢叉,跳出亭门,骂道:"泼猴惫懒!怎么敢私入吾家,偷窥我容貌?不要走,吃老娘一叉!"这大圣使铁棒架住,且战且退。

二人打出洞外。那八戒、沙僧,正于石屏前等候,忽见他两人争持,慌得八戒将白马牵过道:"沙僧,你只管看守行李马匹,等老猪去帮打帮打。"好呆子,双手举钯,赶上前叫道:"师兄靠后,让我打这泼贱!"那怪见八戒来,他又使个手段,嘑了一声,鼻中出火,口内生烟,把身子抖了一抖,三股叉飞舞冲迎。那女怪也不知有几只手,没头没脸的滚将来。这行者与八戒,两边攻住。那怪道:"孙悟空,你好不识进退!我便认得你,你是不认得我。你那雷音寺里佛如来,也还怕我哩,量你这两个毛人,到得那里?都上来,一个个仔细看打!"这一场怎见得好战:

女怪威风长,猴王气概兴。天蓬元帅争功绩,乱举钉钯要显能。那一个手多叉紧烟光绕,这两个性急兵强雾气腾。女怪只因求配偶,男僧怎肯泄元精! 阴阳不对相持斗,各逞雄才恨苦争。阴静养

---

① 水高船去急,沙陷马行迟:这里与前句的"吃水高""沙馅",均仅是谐音,本无实际意义,只用来表示女妖的挑逗和唐僧的头脑昏乱。

荣思动动,阳收息卫爱清清①。致令两处无和睦,叉钯铁棒赌输赢。这个棒有力,钯更能,女怪钢叉丁对丁。毒敌山前三不让,琵琶洞外两无情。那一个喜得唐僧谐凤侣,这两个必随长老取真经。惊天动地来相战,只杀得日月无光星斗更。

三个斗罢多时,不分胜负。那女怪将身一纵,使出个"倒马毒"春②,不觉的把大圣头皮上扎了一下。行者叫声:"苦呵!"忍耐不得,负痛败阵而走。八戒见事不谐,拖着钯彻身而退。那怪得了胜,收了钢叉。

行者抱头,皱眉苦面,叫声:"利害!利害!"八戒到根前问道:"哥哥,你怎么正战到好处,却就叫苦连天的走了?"行者抱着头,只叫:"疼!疼!疼!"沙僧道:"想是你头风发了?"行者跳道:"不是!不是!"八戒道:"哥哥,我不曾见你受伤,却头疼,何也?"行者哼哼的道:"了不得,了不得。我与他正然打处,他见我破了他的叉势,他就把身子一纵,不知是件甚么兵器,着我头上扎了一下,就这般头疼难禁,故此败了阵来。"八戒笑道:"只这等静处常夸口,说你的头是铁炼过的。却怎么就不禁这一下儿?"行者道:"正是。我这头自从修炼成真,盗食了蟠桃仙酒、老子金丹;大闹天宫时,又被玉帝差大力鬼王、二十八宿,押赴斗牛宫外处斩。那些神将使刀斧锤剑,雷打火

---

①"阴静养荣思动动"二句:荣、卫,中医术语,也称营卫。荣指血的循环,卫指气的周流。荣气行于脉中,滋养全身,属阴;卫气行于脉外,卫护肌表,属阳。荣卫二气散布全身,内外相贯,运行不已,对人体起着滋养和保卫作用。《灵枢经》卷四"营卫生会":"人受气于谷,谷入于胃,以传与肺,五藏六府皆以受气,其清者为营,浊者为卫。营在脉中,卫在脉外。营周不休,五十而复大会,阴阳相贯,如环无端。"

②"倒马毒"春:倒马毒,似言其毒性大,能毒倒一匹马。宋江休复《嘉祐杂志》记:京城西有毒蝎,"蝎食马血,尤毒"。春,不详其义。别本作"椿(即桩)",不妥。《西游记》世德堂刻本"春"常误作"去",如六十五回杏仙对三藏说:"我与你倚玉偎香,耍子春来。"此"春"显系"去"之误。结合本回下文"今番使不得倒马毒了",并不与"春"或"椿"连用,故此处似当为"使出个'倒马毒'去"。

烧;及老子把我安于八卦炉,锻炼四十九日,俱未伤损。今日不知这妇人用的是甚么兵器,把老孙头弄伤也!"沙僧道:"你放了手,等我看看。莫破了。"行者道:"不破!不破!"八戒道:"我去西梁国讨个膏药你贴贴。"行者道:"又不瘇不破①,怎么贴得膏药?"八戒笑道:"哥呵,我的胎前产后病倒不曾有,你倒弄了个脑门痈了②。"沙僧道:"二哥且休取笑。如今天色晚矣,大哥伤了头,师父又不知死活,怎的是好!"

行者哼道:"师父没事。我进去时,变作蜜蜂儿,飞入里面,见那妇人坐在花亭子上。少顷,两个丫鬟,捧两盘馍馍:一盘是人肉馅,荤的;一盘是邓沙馅,素的。又着两个女童扶师父出来吃一个压惊,又要与师父做甚么道伴儿。师父始初不与那妇人答话,也不吃馍馍;后见他甜言美语,不知怎就开口说话,却说吃素的。那妇人就将一个素的劈开递与师父,师父将个囫囵荤的递与那妇人。妇人道:'怎不劈破?'师父道:'出家人不敢破荤。'那妇人道:'既不破荤,前日怎么在子母河边饮水高,今日又好吃邓沙馅?'师父不解其意,答他两句道:'水高船去急,沙陷马行迟。'我在格子上听见,恐怕师父乱性,便就现了原身,掣棒就打。他也使神通,喷出烟雾,叫'收了御弟',就轮叉与老孙打出洞来也。"沙僧听说,咬指道:"这泼贱也不知从那里就委将我们来③,把上项事都知道了。"

八戒道:"这等说,便我们安歇不成?莫管甚么黄昏半夜,且去他门上索战,嚷嚷闹闹,搅他个不睡,莫教他捉弄了我师父。"行者道:"头疼,去不得!"沙僧道:"不须索战。一则师兄头痛,二来我师父是个真僧,决不以色空乱性,且就在山坡下闭风处,坐这一夜,养养精神,待天明再作理会。"遂此三个弟兄拴牢白马,守护行囊,就在

---

①瘇(zhǒng):肌肉肿胀。
②痈(yōng):肿疡。一种皮肤和皮下组织化脓性的炎症。
③委:跟随。清蒲松龄《聊斋志异·素秋》:"公子阴使人委送之,至胶莱之界。"一本作"尾"。

第五十五回　色邪淫戏唐三藏　性正修持不坏身

坡下安歇不题。

却说那女怪放下凶恶之心，重整欢愉之色，叫："小的们，把前后门都关紧了。"又使两个支更，防守行者。但听门响，即时通报。却又教："女童，将卧房收拾齐整，掌烛焚香，请唐御弟来，我与他交欢。"遂把长老从后边搀出。那女怪弄出十分娇媚之态，携定唐僧道："常言'黄金未为贵，安乐值钱多'。且和你做会夫妻儿，耍子去也。"

这长老咬定牙关，声也不透。欲待不去，恐他生心害命，只得战兢兢，跟着他步入香房。却如痴如瘂，那里抬头举目，更不曾看他房里是甚床铺幔帐，也不知有甚箱笼梳妆。那女怪说出的雨意云情，亦漠然无听。好和尚，真是那：

目不视恶色，耳不听淫声。他把这锦绣娇容如粪土，金珠美貌若灰尘。一生只爱参禅，半步不离佛地。那里会惜玉怜香，只晓得修真养性。那女怪，活泼泼，春意无边；这长老，死丁丁，禅机有在。一个似软玉温香，一个如死灰槁木。那一个，展鸳衾，淫兴浓浓；这一个，束褊衫，丹心耿耿。那个要贴胸交股和鸾凤，这个要面壁归山访达摩。女怪解衣，卖弄他肌香肤腻；唐僧敛袄，紧藏了糙肉粗皮。女怪道："我枕剩衾闲何不睡？"唐僧道："我头光服异怎相陪！"那个道："我愿作前朝柳翠翠①。"这个道："贫僧不是月阇黎②。"女怪道："我美若西施还裹娜。"唐僧道："我越王因此久埋尸③。"女怪道："御弟，你记得'宁教花下死，做鬼也风流'？"唐僧道："我的真阳为至宝，

---

① 柳翠翠：指月明和尚引度妓女柳翠复归佛道的故事。元杂剧《月明和尚度柳翠》载：观音菩萨净瓶内的杨柳枝因偶污微尘，被罚往人间，在杭州作风尘妓女，名为柳翠。三十年后，罗汉月明尊者化成疯魔和尚，为其说法，使柳翠醒悟，同时坐化升天。

② 月阇(shé)黎：即月明和尚。

③ 越王：这里应为"吴王"。春秋时，越国败于吴国，越王勾践卧薪尝胆，又把美女西施送给吴王夫差，让吴王寻欢作乐，意志消沉。十年后，越王兴兵复仇，吴王自尽。

怎肯轻与你这粉骷髅？"

他两个散言碎语的，只斗到更深，唐长老全不动念。那女怪扯扯拉拉的不放，这师父只是老老成成的不肯①。他缠到有半夜时候，把那怪弄得恼了，叫："小的们，拿绳来！"可怜将一个心爱的人儿，一条绳，捆的像个猱狮模样②。又教拖在房廊下去，却吹灭银灯，各归寝处。一夜无词。

不觉的鸡声三唱。那山坡下孙大圣欠身道："我这头疼了一会，到如今也不疼不麻，只是有些作痒。"八戒笑道："痒便再教他扎一下，何如？"行者啐了一口道："放！放！放！"八戒又笑道："放！放！放！我师父这一夜倒浪！浪！浪！"沙僧道："且莫斗口。天亮了，快赶早儿捉妖怪去。"行者道："兄弟，你只管在此守马，休得动身。猪八戒跟我去。"

那呆子抖擞精神，束一束皂锦直裰，相随行者，各带了兵器，跳上山崖，径至石屏之下。行者道："你且立住，只怕这怪物夜里伤了师父，先等我进去打听打听。倘若被他哄了，丧了元阳，真个亏了德行，却就大家散火；若不乱性情，禅心未动，却好努力相持，打死精灵，救师西去。"八戒道："你好痴哑！常言道，'干鱼可好与猫儿作枕头'？就不如此，就不如此，也要抓你几把是！"行者道："莫胡疑乱说，待我看去。"

好大圣，转石屏，别了八戒。摇身还变个蜜蜂儿，飞入门里，见那门里有两个丫鬟，头枕着梆铃，正然睡哩。却到花亭子观看，那妖精原来弄了半夜，都辛苦了，一个个都不知天晓，还睡着哩。行者飞

---

① 老老成成：规规矩矩。
② 猱(náo)狮：此指一种长毛狗。元《至顺镇江志·土产》"狗：有数种……长毛名猱狮狗"。清胡文英《吴下方言考》卷五："《说文》：㺁，犬恶毛也。案，㺁，毛长而卷也，今吴谚谓之㺁狮狗。"㺁音猱。清程穆衡《水浒传注略》卷下"金毛犬"注："据内典，金毛，狮子也。犬号金毛，则犬而狮矣。今人家畜犬，色黄而毛毯(xiǎn，换毛)者，俗呼猱狮狗，知狞犬固有狮名也。"这里意为将唐僧捆得像一只长毛狗。

第五十五回　色邪淫戏唐三藏　性正修持不坏身

来后面,影影的只听见唐僧声唤。忽抬头,见那步廊下四马攒蹄捆着师父。行者轻轻的丁在唐僧头上,叫:"师父。"唐僧认得声音,道:"悟空来了? 快救我命!"行者道:"夜来好事如何?"三藏咬牙道:"我宁死也不肯如此!"行者道:"昨日我见他有相怜相爱之意,却怎么今日把你这般挫折?"三藏道:"他把我缠了半夜,我衣不解带,身未沾床。他见我不肯相从,才捆我在此。你千万救我取经去也!"他师徒们正然问答,早惊醒了那个妖精。妖精虽是下狠,却还有流连不舍之意。一觉翻身,只听见"取经去也"一句,他就滚下床来,厉声高叫道:"好夫妻不做,却取甚经去?"

行者慌了,撇却师父,急展翅,飞将出去,现了本相,叫声:"八戒。"那呆子转过石屏道:"那话儿成了否?"行者笑道:"不曾! 不曾! 老师父被他摩弄不从,恼了,捆在那里。正与我诉说前情,那怪惊醒了,我慌得出来也。"八戒道:"师父曾说甚来?"行者道:"他只说衣不解带,身未沾床。"八戒笑道:"好! 好! 好! 还是个真和尚,我们救他去!"

呆子粗鲁,不容分说,举钉钯,望他那石头门上尽力气一钯,唿喇喇筑做几块。唬得那几个枕榔铃睡的丫鬟,跑至二层门外,叫声:"开门! 前门被昨日那两个丑男人打破了!"那女怪正出房门,只见四五个丫鬟跑进去报道:"奶奶,昨日那两个丑男人又来,把前门已打碎矣。"那怪闻言,即忙叫:"小的们! 快烧汤,洗面梳妆!"叫:"把御弟连绳抬在后房收了。等我打他去!"好妖精,走出来,举着三股叉骂道:"泼猴! 野彘! 老大无知! 你怎敢打破我门!"八戒骂道:"滥淫贱货! 你倒困陷我师父,返敢硬嘴! 我师父是你哄将来做老公的? 快快送出饶你! 敢再说半个'不'字,老猪一顿钯,连山也筑倒你的!"那妖精那容分说,抖擞身躯,依前弄法,鼻口内喷烟冒火,举钢叉就刺八戒。八戒侧身躲过,着钯就筑。孙大圣使铁棒并力相帮。那怪又弄神通,也不知是几只手,左右遮拦来。交锋三五个回合,不知是甚兵器,把八戒嘴唇上,也又扎了一下。那呆子拖着钯,侮着嘴,负痛逃生。孙大圣却也有些醋他,虚丢一棒,败阵而走。那妖精得胜而回，叫小的们搬石块垒叠了前门不题。

却说那沙和尚正在坡前放马，只听得那里猪哼。忽抬头，见八戒侮着嘴哼将来。沙僧道："怎的说？"呆子哼道："了不得！了不得！疼疼疼！"说不了，行者也到根前笑道："好呆子呵，昨日咒我是脑门痛，今日却也弄做个瘤嘴瘟了！"八戒哼道："难忍难忍！疼得紧！利害，利害！"

两人正然难处，只见一个老妈妈儿，左手提着一个青竹篮儿，自南山路上挑菜而来。沙僧道："大哥，那妈妈来得近了，等我问他个信儿，看这个是甚妖精，是甚兵器，这般伤人。"行者道："你且住，等老孙问他去来。"行者急睁睛看，只见头直上有祥云盖顶，左右有香雾笼身。行者认得，即叫："兄弟们，还不来叩头！那妈妈是菩萨来也。"慌得猪八戒忍疼下拜，沙和尚牵马躬身，孙大圣合掌跪下，叫声："南无大慈大悲救苦救难灵感观世音菩萨。"

那菩萨见他每认得元光，即踏祥云，起在半空，现了真像。原来是鱼篮之像。行者赶到空中，拜告道："菩萨，恕弟子失迎之罪！我等努力救师，不知菩萨下降；今遇魔难难收，万望菩萨搭救搭救！"菩萨道："这妖精十分利害。他那三股叉是生成的两只钳脚。扎人痛者，是尾上一个钩子，唤做'倒马毒'。本身是个蝎子精。他前者在雷音寺听佛谈经，如来见了，不合用手推他一把，他就转过钩子，把如来左手中拇指上扎了一下。如来也疼难禁，即着金刚拿他。他却在这里。若要救得唐僧，除是别告一位方好。我也是近他不得。"行者再拜道："望菩萨指示指示，别告那位去好，弟子即去请他也。"菩萨道："你去东天门里光明宫告求昴日星官①，方能降伏。"言罢，化作一道金光，径回南海。

孙大圣才按云头，对八戒、沙僧道："兄弟放心，师父有救星了。"沙僧道："是那里救星？"行者道："才然菩萨指示，教我告请昴日星官。老孙去来。"八戒侮着嘴哼道："哥阿，就问星官讨些止疼的药饵

———————
① 昴日星官：即"昴日鸡"，二十八宿之一，西方白虎七宿的第四位。

第五十五回　色邪淫戏唐三藏　性正修持不坏身

来。"行者笑道："不须用药,只似昨日疼过夜就好了。"沙僧道："不必烦叙,快早去罢。"

好行者,急忙驾筋斗云。须臾,到东天门外。忽见增长天王当面作礼道："大圣何往?"行者道："因保唐僧西方取经,路遇魔瘴缠身,要到光明宫见昴日星官走走。"忽又见陶、张、辛、邓四大元帅,也问何往。行者道："要寻昴日星官去降怪救师。"四元帅道："星官今早奉玉帝旨意,上观星台巡札去了①。"行者道："可有这话?"辛天君道："小将等与他同下斗牛宫,岂敢说假?"陶天君道："今已许久,或将回矣。大圣还先去光明宫;如未回,再去观星台可也。"大圣遂喜,即别他们,至光明宫门首,果是无人,复抽身就走,只见那壁厢有一行兵士摆列,后面星官来了。那星官还穿的是拜驾朝衣,一身金缕,但见他:

冠簪五岳金光彩,笏执山河玉色琼。

袍挂七星云叆叇,腰围八极宝环明。

叮当珮响如敲韵,迅速风声似摆铃。

翠羽扇开来昴宿,天香飘袭满门庭。

前行的兵士看见行者立于光明宫外,急转身报道："主公,孙大圣在这里也。"那星官敛云雾整束朝衣,停执事分开左右②,上前作礼道："大圣何来?"行者道："专来拜烦救师父一难。"星官道："何难?在何地方?"行者道："在西梁国毒敌山琵琶洞。"星官道："那山洞有甚妖怪,却来呼唤小神?"行者道："观音菩萨适才显化,说是一个蝎子精。特举先生方能治得,因此来请。"星官道："本欲回奏玉帝,奈大圣至此,又感菩萨举荐,恐迟误事。小神不敢请献茶,且和你去降妖精,却再来回旨罢。"

大圣甚喜,即同出东天门,直至西梁国。望见毒敌山不远,行者指道："此山便是。"星官按下云头,同行者至石屏前山坡之下。沙僧

---

①巡札:巡察点札。

②执事:仪仗。

见了道:"二哥起来,大哥请得星官来了。"那呆子还侮着嘴道:"恕罪恕罪,有病在身,不能行礼。"星官道:"你是修行之人,何病之有?"八戒道:"早间与那妖精交战,被他着我唇上扎了一下,至今还疼哑。"星官道:"你上来,我与你医治医治。"呆子才放了手,口里哼哼喷喷道:"千万治治,待好了谢你。"那星官用手把嘴唇上摸了一摸,吹一口气,就不疼了。呆子欢喜下拜道:"妙阿!妙阿!"行者笑道:"烦星官也把我头上摸摸。"星官道:"你未遭毒,摸他何为?"行者道:"昨日也曾遭过,只是过了夜,才不疼;如今还有些麻痒,只恐发天阴,也烦治治。"星官真个也把头上摸了一摸,吹口气,也就解了余毒,不麻不痒了。八戒发狠道:"哥哥,去打那泼贱去!"星官道:"正是,正是。你两个叫他出来,等我好降他。"

行者与八戒跳上山坡,又至石屏之后。呆子口里乱骂,手似捞钩,一顿钉钯,把那洞门外垒叠的石块爬开;闯至一层门,又一钉钯,将二门筑得粉碎。慌得那门里小妖飞报:"奶奶!那两个丑男人,又把二层门也打破了!"那怪正教解放唐僧,讨素茶饭与他吃的,听见打破二门,即便跳出花亭子,轮叉来刺八戒。八戒使钉钯迎架。行者在傍,又使铁棒来打。那怪赶至身边,要下毒手,他两个识得方法,回头就走。

那怪赶过石屏之后,行者叫声:"昴宿何在?"只见那星官立于山坡上,变出本相,原来是一只双冠子大公鸡①,昂起头来,约有六七尺高,对妖精叫一声,那怪即时就现了本像,是个琵琶来大小的蝎子精。星官再叫一声,那怪浑身酥软,死在坡前。有诗为证,诗曰:

花冠绣颈若团缨,爪硬距长目努睛②。

---

①双冠子大公鸡:公鸡按性状不同,有生单冠者,有生双冠者。明管时敏《鹰鸡行》记一只从鹰爪中脱险的鸡:"锦毛渐长双冠耸,可爱花阴斗时勇。"

②距:雄鸡爪子后面突出像脚趾的部分,可以用来搏斗。

踊跃雄威全五德①,峥嵘壮势羡三鸣②。
　　岂如凡鸟啼茅屋,本是天星显圣名。
　　毒蝎枉修人道行,还原反本见真形。

八戒上前,一只脚�住那怪的胸背道:"业畜!今番使不得倒马毒了!"那怪动也不动,被呆子一顿钉钯,捣作一团烂酱。那星官复聚金光,驾云而去。行者与八戒、沙僧朝天拱谢道:"有累!有累!改日赴宫拜酬。"

三人谢毕,却才收拾行李、马匹,都进洞里,见那大小丫鬟,两边跪下拜道:"爷爷,我们不是妖邪,都是西梁国女人,前者被这妖精摄来的。你师父在后边香房里坐着哭哩。"行者闻言,仔细观看,果然不见妖气,遂入后边叫道:"师父!"那唐僧见众齐来,十分欢喜道:"贤弟,累及你们了!那妇人何如也?"八戒道:"那厮原是个大母蝎子。幸得观音菩萨指示,大哥去天宫里请得那昴日星官下降,把那厮收伏。才被老猪筑做个泥了。方敢深入于此,得见师父之面。"唐僧谢之不尽。又寻些素米、素面,安排了饭食,吃了一顿。把那些摄将来的女子赶下山,指与回家之路。点上一把火,把几间房宇,烧毁罄尽。请唐僧上马,找寻大路西行。正是:

　　割断尘缘离色相,推干金海悟禅心③。

毕竟不知几年上才得成真,且听下回分解。

---

① 五德:汉韩婴《韩诗外传》卷二称:鸡头上有冠,是文德;足后有距能斗,是武德;敌前敢于拼杀,是勇德;有食物招呼同类,是仁德;守夜不失时,天明报晓,是信德。

② 三鸣:公鸡每天早晨叫三遍,分初鸣、再鸣、三鸣,三鸣之后天亮。《史记·历书》:"鸡三号卒(卒,于是,终于)明。"唐杜甫《鸡》诗:"纪德名标五,初鸣度必三。"

③ 金海:黄金之海,比喻充满物欲的世界。

第五十六回

神狂诛草寇　道昧放心猿

诗曰：
　　灵台无物谓之清，寂寂全无一念生①。
　　猿马牢收休放荡，精神谨慎莫峥嵘②。
　　除六贼，悟三乘，万缘都罢自分明。
　　色除永灭超真界，坐享西方极乐城。

话说唐三藏咬钉嚼铁，以死命留得一个不坏之身；感蒙行者等打死蝎子精，救出琵琶洞。一路无词，又早是朱明时节③。但见那：
　　熏风时送野兰香，濯雨才晴新竹凉。
　　艾叶满山无客采④，蒲花盈涧自争芳⑤。
　　海榴娇艳游蜂喜⑥，溪柳阴浓黄雀狂。
　　长路那能包角黍⑦，龙舟应吊汨罗江⑧。

---

① "灵台"二句：原出《太上老君内日用妙经》："十二时辰，常要清静。灵台无物为之清，一念不起为之静。"
② 峥嵘：这里指放荡，不平静。明李东阳《风雨叹》："峥嵘巨浪高比山，水底长鲸作人立。"
③ 朱明：夏季。《尸子》："春为青阳，夏为朱明。"
④ 艾叶：艾蒿的叶。艾蒿是一种草药，端午节习俗，人们用艾叶插门以避邪。
⑤ 蒲：指菖蒲，水生植物，有香气，也是一种草药，端午节习俗，饮菖蒲雄黄酒，并用它和艾叶扎在一起挂在门前。
⑥ 海榴：石榴，因来自海外，又称"海石榴"，简称"海榴"。古代诗文中多指石榴花。
⑦ 角黍：即粽子，古代粽子馅用粘黍，又因包成三角形，故称角黍。
⑧ 汨(mì)罗江：端午节风俗，人们划龙舟竞赛，纪念战国时投汨罗江而死的爱国诗人屈原。

他师徒们行赏端阳之景,虚度中天之节①,忽又见一座高山阻路。长老勒马回头叫道:"悟空,前面有山,恐又生妖怪,是必谨防。"行者等道:"师父放心。我等皈命投诚,怕甚妖怪!"长老闻言甚喜,加鞭催骏马,放辔趱蛟龙。须臾上了山崖,举头观看,真个是:

　　顶巅松柏接云青,石壁荆榛挂野藤。万丈崔巍,千层悬削。万丈崔巍峰岭峻,千层悬削壑崖深。苍苔碧藓铺阴石,古桧高槐结大林。林深处,听幽禽,巧声觑睆实堪吟。涧内水流如泻玉,路旁花落似堆金。山势恶,不堪行,十步全无半步平。狐狸麋鹿成双遇,白鹿玄猿作对迎。忽闻虎啸惊人胆,鹤鸣振耳透天庭。黄梅红杏堪供食,野草闲花不识名。

　　四众进山,缓行良久,过了山头。下西坡,乃是一段平阳之地。猪八戒卖弄精神,教沙和尚挑着担子,他双手举钯,上前赶马。那马更不惧他,凭那呆子嗒答答的赶,只是缓行不紧。行者道:"兄弟,你赶他怎的?让他慢慢走罢了。"八戒道:"天色将晚,自上山行了这一日,肚里饿了,大家走动些,寻个人家化些斋吃。"行者闻言道:"既如此,等我教他快走。"把金箍棒幌一幌,喝了一声,那马溜了缰,如飞似箭,顺平路往前去了。你说马不怕八戒,只怕行者何也?行者五百年前曾受玉帝封在大罗天御马监养马,官名弼马温,故此传留至今,是马皆惧猴子。那长老挽不住缰口,只扳紧着鞍桥,让他放了一路辔头②,有二十里向开田地,方才缓步。

　　正走处,忽听得一棒锣声,路两边闪出三十多人,一个个枪刀棍棒,挡住路口道:"和尚那里走!"唬得个唐僧战兢兢,坐不稳,跌下马来,蹲在路傍草科里,只叫:"大王饶命!大王饶命!"那为头的两个大汉道:"不打你,只是有盘缠留下。"方才省悟,知他是伙强人,却欠身抬头观看,但见他:

---

①中天之节:即"中天节",端午节的别称。因为端午节前后是一年中太阳最高的时候,阳气最盛,故称中天节。

②放了一路辔头:方言,放松辔头,让马奔跑称"放辔头"。

一个青脸獠牙欺太岁,一个暴睛圜眼赛丧门。鬓边红发如飘火,颔下黄须似插针。他两个头戴虎皮花磕脑①,腰系貂裘彩战裙。一个手中执着狼牙棒,一个肩上横担扢挞藤。果然不亚巴山虎,真个犹如出水龙。

三藏见他这般凶恶,只得走起来,合掌当胸道:"大王,贫僧是东土唐王差往西天取经者。自别了长安,年深日久,就有些盘缠也使尽了。出家人专以乞化为由,那得个财帛?万望大王方便方便,让贫僧过去罢。"那两个贼帅众向前道:"我们在这里起一片虎心,截住要路,专要些财帛,甚么方便方便?你果无财帛,快早脱下衣服,留下白马,放你过去!"三藏道:"阿弥陀佛。贫僧这件衣服,是东家化布,西家化针,零零碎碎化来的。你若剥去,可不害杀我也?只是这世里做得好汉,那世里变畜生哩!"

那贼闻言大怒,掣大棍,上前就打。这长老口内不言,心中暗想道:"可怜,你只说你的棍子,还不知我徒弟的棍子哩。"那贼那容分说,举着棍,没头没脸的打来。长老一生不会说谎,遇着这急难处,没奈何,只得打个诳语道:"二位大王,且莫动手,我有个小徒弟,在后面就到。他身上有几两银子,把与你罢。"那贼道:"那和尚是也吃不得亏,且捆起来。"众喽啰一齐下手,把一条绳捆了,高高吊在树上。

却说三个撞祸精随后赶来。八戒呵呵大笑道:"师父去得好快,不知在那里等我们哩。"忽见长老在树上,他又说:"你看师父。等便罢了,却又有这般心肠,爬上树去,扯着藤儿打秋千耍子哩!"行者见了道:"呆子,莫乱谈。师父吊在那里不是?你两个慢来,等我去看看。"好大圣,急登高坡细看,认得是伙强人,心中暗喜道:"造化,造化,买卖上门了。"即转步,摇身一变,变做个干干净净的小和尚,穿一领缁衣,年纪只有二八,肩上背着一个蓝布包袱。拽开步,来到边前,叫道:"师父,这是怎么说话?这都是些甚么歹人?"三藏道:"徒

---

①磕脑:古代男子裹头的巾。

弟呀,还不救我一救,还问甚的?"行者道:"是干甚勾当的?"三藏道:"这一伙拦路的,把我拦住,要买路钱。因身边无物,遂把我吊在这里,只等你来计较计较。不然,把这匹马送与他罢。"行者闻言笑道:"师父不济。天下也有和尚,似你这样皮松的却少①。唐太宗差你往西天见佛,谁教你把这龙马送人?"三藏道:"徒弟哑,似这等吊起来,打着要,怎生是好?"行者道:"你怎么与他说来?"三藏道:"他打的我急了,没奈何,把你供出来也。"行者道:"师父,你好没搭撒。你供我怎的?"三藏道:"我说你身边有些盘缠,且教道莫打我,是一时救难的话儿。"行者道:"好!好!好!承你抬举,正是这样供。若肯一个月供得七八十遭,老孙越有买卖。"

　　那伙贼见行者与他师父讲话,撒开势,围将上来道:"小和尚,你师父说你腰里有盘缠,趁早拿出来,饶你们性命!若道半个'不'字,就都送了你的残生!"行者放下包袱道:"列位长官,不要嚷。盘缠有些在此包袱,不多,只有马蹄金二十来锭②,粉面银二三十锭,散碎的未曾见数。要时就连包儿拿去,切莫打我师父。古书云,'德者,本也;财者,末也③。'此是末事。我等出家人自有化处;若遇着个斋僧的长者,衬钱也有,衣服也有,能用几何?只望放下我师父来,我就一并奉承。"那伙贼闻言,都甚欢喜道:"这老和尚悭吝,这小和尚倒还慷慨。"教:"放下来。"那长老得了性命,跳上马,顾不得行者,操着鞭,一路跑回旧路。

　　行者忙叫道:"走错路了。"提着包袱,就要追去。那伙贼拦住道:"那里走?将盘缠留下,免得动刑!"行者笑道:"说开,盘缠须三分分之。"那贼头道:"这小和尚忒乖,就要瞒着他师父留起些儿。也

---

① 皮松:比喻无能,懦弱。

② 马蹄金:铸成马蹄状的黄金。五代后晋和凝《疑狱集》卷二载:唐代凤翔有人从田中掘得马蹄金一瓮。汉武帝因获白麟、神马,故用黄金铸麟迹、马蹄,以纪念此祥瑞,"其后民间效之"。

③ "德者"四句:出自《礼记·大学》。意为德是为人的根本,财物是次要的。

罢,拿出来看。若多时,也分些与你背地里买果子吃。"行者道:"哥哑,不是这等说。我那里有甚盘缠?说你两个打劫别人的金银,是必分些与我。"那贼闻言大怒,骂道:"这和尚不知死活!你倒不肯与我,返问我要。不要走,看打!"轮起一条挖挞藤棍,照行者光头上打了七八下。行者只当不知,且满面陪笑道:"哥呀,若是这等打,就打到来年打罢春①,也是不当真的。"那贼大惊道:"这和尚好硬头!"行者笑道:"不敢,不敢,承过奖了,也将就看得过。"那贼那容分说,两三个一齐乱打。行者道:"列位息怒,等我拿出来。"好大圣,耳后摸一摸,拔出一个绣花针儿道:"列位,我出家人,果然不曾带得盘缠,只这个针儿送你罢。"那贼道:"晦气呀!把一个富贵和尚放了,却拿住这个穷秃驴。你好道会做裁缝?我要针做甚的?"行者听说不要,就拈在手中,幌了一幌,变作碗来粗细的一条棍子。那贼害怕道:"这和尚生得小,倒会弄术法儿。"行者将棍子插在地下道:"列位拿得动,就送你罢。"两个贼上前抢夺,可怜就如蜻蜓撼石柱,莫想禁动半分毫。这条棍本是如意金箍棒,天秤称的,一万三千五百斤重,那伙贼怎么知得?大圣走上前,轻轻的拿起,丢一个蟒翻身拗步势②,指着强人道:"你都造化低,遇着我老孙了!"那贼上前来,又打了五六十下。行者笑道:"你也打得手困了,且让老孙打一棒儿,却休当真。"你看他展开棍子,幌一幌,有井栏粗细,七八丈长短;盪的一棍,把一个打倒在地,嘴唇揾土,再不做声。那一个开言骂道:"这秃厮老大无礼!盘缠没有,转伤我一个人。"行者笑道:"且消停,且消停!待我一个个打来,一发教你断了根罢!"盪的又一棍,把第二个又打死了,唬得那众喽啰撒枪弃棍,四路逃生而走。

---

①打罢春:旧时州县在立春这一天制作土牛,用鞭子抽打,祈祷五谷丰登,这种习俗叫"打春牛"或"打春"。宋孟元老《东京梦华录·立春》:"立春前一日……置春牛于府前,至日绝早,府僚打春。"

②蟒翻身拗步势:蟒翻身,棍法招式的一种。拗步,与"顺步"相对而言,凡右腿左手在前或左腿右手在前的步型,均称拗步。与之相应的拳械招势称"拗势"。

却说唐僧骑着马,往东正跑,八戒、沙僧拦住道:"师父往那里去?错走路了。"长老兜马道:"徒弟呵,趁早去与你师兄说,教他棍下留情,莫要打杀那些强盗。"八戒道:"师父住下,等我去来。"呆子一路跑到边前,厉声高叫道:"哥哥,师父教你莫打人哩。"行者道:"兄弟,那曾打人?"八戒道:"那强盗往那里去了?"行者道:"别个都散了,只是两个头儿在这里睡觉哩。"八戒笑道:"你两个遭瘟的,好道是熬了夜,这般辛苦,不往别处睡,却睡在此处。"呆子行到身边,看看道:"倒与我是一起的,干净张着口睡,淌出些粘涎来了。"行者道:"是老孙一棍子打出豆腐来了。"八戒道:"人头上又有豆腐?"行者道:"打出脑子来了。"八戒听说打出脑子来,慌忙跑转去,对唐僧道:"散了伙也。"三藏道:"善哉,善哉,往那条路上去了?"八戒道:"打也打得直了脚①,又会往那里去走哩!"三藏道:"你怎么说散伙?"八戒道:"打杀了,不是散火是甚的?"三藏问:"打的怎么模样?"八戒道:"头上打了两个大窟窿。"三藏教:"解开包,取几文衬钱,快去那里讨两个膏药与他两个贴贴。"八戒笑道:"师父好没正经,膏药只好贴得活人的疮瘟,那里好贴得死人的窟窿?"三藏道:"真打死了?"就恼起来,口里不住的絮絮叨叨,猢狲长,猴子短,兜转马,与沙僧、八戒至死人前,见那血淋淋的,倒卧山坡之下。

这长老甚不忍见,即着八戒:"快使钉钯,筑个坑子埋了,我与他念卷《倒头经》②。"八戒道:"师父左使了人也。行者打杀人,还该教他去烧埋,怎么教老猪做土工?"行者被师父骂恼了,喝着八戒道:"泼懒夯货!趁早儿去埋!迟了些儿,就是一棍!"呆子

---

① 直了脚:直脚,义同"伸腿",指死亡。
②《倒头经》:丧葬时做法事为死者念诵的经卷,如《往生咒》《七佛灭罪真言》等,意在为死者消除罪业,超度亡魂,俗称"倒头经"。清张文治《广宁县志》卷四"风俗":"丧礼皆作佛事,死之日曰倒头经,三日曰暖伴经,逢七则广召浮屠,挂榜扬幡,行香取水,曰念大经。"

慌了,往山坡下筑了有三尺深,下面都是石脚石根,㧢住钯齿①;呆子丢了钯,便把嘴拱;拱到软处,一嘴有二尺五,两嘴有五尺深,把两个贼尸埋了,盘作一个坟堆。三藏叫:"悟空,取香烛来,待我祷祝,好念经。"行者努着嘴道:"好不知趣!这半山之中,前不爬村,后不着店,那讨香烛?就有钱也无处去买。"三藏恨恨的道:"猴头过去!等我撮土焚香祷告。"这是三藏离鞍悲野冢,圣僧善念祝荒坟,祝云:

"拜惟好汉,听祷原因:念我弟子,东土唐人。奉太宗皇帝旨意,上西方求取经文。适来此地,逢尔多人,不知是何府何州何县,都在此山内结党成群。我以好话,哀告殷勤。尔等不听,返善生嗔。却遭行者,棍下伤身。切念尸骸暴露,吾随掩土盘坟。折青竹为光烛,无光彩,有心勤;取顽石作施食,无滋味,有诚真。你到森罗殿下兴词,倒树寻根,他姓孙,我姓陈,各居异姓。冤有头,债有主,切莫告我取经僧人。"

八戒笑道:"师父推了干净,他打时却也没有我们两个。"三藏真个又撮土祷告道:"好汉告状,只告行者,也不干八戒、沙僧之事。"大圣闻言,忍不住笑道:"师父,你老人家忒没情义。为你取经,我费了多少殷勤劳苦,如今打死这两个毛贼,你倒教他去告老孙。虽是我动手打,却也只是为你。你不往西天取经,我不与你做徒弟,怎么会来这里,会打杀人?索性等我祝他一祝。"揝着铁棒,望那坟上捣了三下,道:"遭瘟的强盗,你听着!我被你前七八棍,后七八棍,打得我不疼不痒的,触恼了性子,一差二误,将你打死了,尽你到那里去告,我老孙实是不怕:玉帝认得我,天王随得我;二十八宿惧我,九曜星官怕我;府县城隍跪我,东岳天齐怖我;十代阎君曾与我为仆从,五路猖神曾与我当后生;不论三界五司,十方诸宰,都与我情深面

---

①㧢(gāng):方言。顶住。

熟,随你那里去告①!"三藏见说出这般恶话,却又心惊道:"徒弟呀,我这祷祝是教你体好生之德,为良善之人。你怎么就认真起来?"行者道:"师父,这不是好耍子的勾当。且和你赶早寻宿去。"那长老只得怀嗔上马。

孙大圣有不睦之心,八戒、沙僧亦有嫉妒之意,师徒都面是背非。依大路向西正走,忽见路北下有一座庄院。三藏用鞭指定道:"我们到那里借宿去。"八戒道:"正是。"遂行至庄舍边下马,看时,却也好个住场。但见:

野花盈径,杂树遮扉。远岸流山水,平畴种麦葵。蒹葭露润轻鸥宿,杨柳风微倦鸟栖。青柏间松争翠碧,红蓬映蓼斗芳菲。村犬吠,晚鸡啼,牛羊食饱牧童归。爨烟结雾黄粱熟,正是山家入暮时。

长老向前,忽见那村舍门里走出一个老者,即与相见,道了问讯。那老者问道:"僧家从那里来?"三藏道:"贫僧乃东土大唐钦差往西天求经者。适路过宝方,天色将晚,特求檀府告宿一宵。"老者笑道:"你贵处到我这里,程途迢递,怎么涉水登山,独自到此?"三藏道:"贫僧还有三个徒弟同来。"老者问:"高徒何在?"三藏用手指道:

---

① "玉帝认得我"以下数句:这段孙悟空的祝语形式,脱胎于道教咒语,如《道法会元》卷一六一《天童护命运雷隐梵经法》咒语:"皇天生我,皇地载我,日月照我,星辰荣我,诸仙举我,司命与我,太乙任我,玉宸诏我,三官保我,五帝卫我……"雷法讲究"宇宙在乎手,万化生乎心"。"知此道者,我大天地,天地小我",将我与天地合为一体,存想自己即是行法大神,普天神将都要听从我的调遣,"应之在彼,行之在我。是以雷霆由我作,神明由我召",法术才能灵验。五路猖神,即五猖神,又叫五通神,旧时江南民间供奉的邪神。传说为兄弟五人,是五种动物的精灵,又称"五圣""五郎"等。五司,传说地狱中有五司,主管审察人生前的善恶。《法苑珠林》卷七引《净度三昧经》等称:地狱有五官:鲜官禁杀,水官禁盗,铁官禁淫,土官禁两舌,天官禁酒。此"五官"遂演变为民间信仰中的地狱五司。又道教亦有"五司"之说。《灵宝无量度人上经大法》卷一二"五司秘讳符"所谓"五司",指五方之神孟章(延生固精)、监兵(注禄固灵)、凌光(保命固神)、执明(守体存真)、穹隆(炼形镇心)。

"那大路傍立的便是。"老者猛抬头,看见他每面貌丑陋,急回身往里就走;被三藏扯住道:"老施主,千万慈悲,告借一宿。"老者战兢兢拑口难言,摇着头,摆着手道:"不、不、不像人模样!是、是、是几个妖精!"三藏陪笑道:"施主切休恐惧,我徒弟生得是这等相貌,不是妖精。"老者道:"爷爷哑,一个夜叉,一个马面,一个雷公。"行者闻言,厉声高叫道:"雷公是我孙子,夜叉是我重孙,马面是我玄孙哩!"那老者听见,魄散魂飞,面容失色,只要进去。三藏搀住他,同到草堂,陪笑道:"老施主,不要怕他。他都是这等粗鲁,不会说话。"

正劝解处,只见后面走出一个婆婆,携着五六岁的一个小孩儿,道:"爹爹为何这般惊恐?"老者才叫:"妈妈,看茶来。"那婆婆真个丢了孩儿,入里面捧出二钟茶来。茶罢,三藏却转下来,对婆婆作礼道:"贫僧是东土大唐差往西天取经的。才到贵处,拜求尊府借宿,因是我三个徒弟貌丑,老家长见了虚惊也。"婆婆道:"见貌丑的就这等虚惊,若见了老虎豺狼,却怎么好?"老者道:"妈妈哑,人面丑陋还可,只是言语一发吓人。我说他像夜叉、马面、雷公,他吆喝道,雷公是他孙子,夜叉是他重孙,马面是他玄孙。我听此言,故然悚惧。"唐僧道:"不是,不是。像雷公的,是我大徒孙悟空。像马面的,是我二徒猪悟能。像夜叉的,是我三徒沙悟净。他们虽是丑陋,却也秉教沙门,皈依善果,不是甚么恶魔毒怪,怕他怎么!"

公婆两个,闻说他名号,皈正沙门之言,却才定性回惊。教:"请来,请来。"长老出门叫来。又分付道:"适才这老者甚恶你等。今进去相见,切勿抗礼,各要尊重些。"八戒道:"我俊秀,我斯文,不比师兄撒泼。"行者笑道:"不是嘴长、耳大、脸丑,便也是一个好男子。"沙僧道:"莫争讲,这里不是那抓乖弄俏之处①。且进去,且进去。"遂此把行囊、马匹,都到草堂上,普同唱了个喏②,坐定。

那妈妈儿贤慧,即便携转小儿,分付煮饭,安排一顿素斋,他师

---

①抓乖弄俏:也作"抓乖卖俏"。耍聪明,卖弄乖巧。
②普同:即"普通"。不分高低彼此。

徒吃了。渐渐晚了,又掌起灯来,都在草堂上闲叙。长老才问:"施主高姓?"老者道:"姓杨。"又问年纪。老者道:"七十四岁。"又问:"几位令郎?"老者道:"止得一个。适才妈妈携的是小孙。"长老:"请令郎相见拜揖。"老者道:"那厮不中拜。老拙命苦,养不着他,如今不在家了。"三藏道:"何方生理①?"老者点头而叹:"可怜!可怜!若肯何方生理,是吾之幸也!那厮专生恶念,不务本等②,专好打家截道,杀人放火,相交的都是些狐群狗党。自五日之前出去,至今未回。"三藏闻说,不敢言喘,心中暗想道:"或者悟空打杀的就是也。"长老神思不安,欠身道:"善哉!善哉!如此贤父母,何生恶逆儿?"行者近前道:"老官儿,似这等不良不肖、奸盗邪淫之子,连累父母,要他何用?等我替你寻他来打杀了罢。"老者道:"我待也要送了他③,奈何再无以次人丁④,总是不才,一定还留他与老汉掩土⑤。"沙僧与八戒笑道:"师兄,莫管闲事,你我不是官府。他家不肖,与我何干?且告施主,见赐一束草儿,在那厢打铺睡觉,天明走路。"老者即起身,着沙僧到后园里拿两个稻草,教他每在园中草团瓢内安歇⑥。行者牵了马,八戒挑了行李,同长老俱到团瓢内安歇不题。

却说那伙贼内果有老杨的儿子。自天早在山前被行者打死两个贼首,他们都四奔逃生,约摸到四更时候,又结坐一伙,在门前打门。老者听得门响,即披衣道:"妈妈,那厮们来也。"妈妈道:"既来,你去开门,放他来家。"老者方才开门,只见那一伙贼都嚷道:"饿了!饿了!"这老杨的儿子忙入里面,叫起他妻来,打米煮饭;却厨下无

---

① 何方生理:意即在哪里做生计。生理,生计,职业。
② 本等:本分。
③ 送:这里指送交官府查办。《官场现形记》第一回厨师与举人赵温的爷爷吵闹说:"咱老子不做啦,等他送罢。"明代法制,父母可以忤逆的罪名向官府告发儿子,参见第八回"告了忤逆"条注。
④ 以次人丁:更小的儿子。以次,位置在后。
⑤ 掩土:埋葬,送终。
⑥ 团瓢:又称"团焦""团标"。圆形的草屋。

柴，往后园里拿柴到厨房里，问妻道："后园里白马是那里的？"其妻道："是东土取经的和尚，昨晚至此借宿，公公婆婆管待他一顿晚斋，教他在草团瓢内睡哩。"

那厮闻言，走出草堂，拍手打掌笑道："兄弟们，造化，造化，冤家在我家里也。"众贼道："那个冤家？"那厮道："却是打死我们头儿的和尚，来我家借宿，现睡在草团瓢里。"众贼道："却好！却好！拿住这些秃驴，一个个剁成肉酱，一则得那行囊白马，二来与我们头儿报仇！"那厮道："且莫忙。你们且去磨刀。等我煮饭熟了，大家吃饱些，一齐下手。"真个那些贼磨刀的磨刀，磨枪的磨枪。

那老儿听得此言，悄悄的走到后园，叫起唐僧四位道："那厮领众来了。知得汝等在此，意欲图害。我老拙念你远来，不忍伤害，快早收拾行李，我送你往后门出去罢！"三藏听说，战兢兢的叩头谢了老者，即唤八戒牵马，沙僧挑担，行者拿了九环锡杖。老者开后门，放他去了，依旧悄悄的来前睡下。

却说那厮们磨快了刀枪，吃饱了饭食，时已五更天气，一齐来到园中看处，却不见了。即忙点灯着火，寻勾多时，四无踪迹，但见后门开着，都道："从后门走了！走了！"发一声喊："赶上拿来。"一个个如飞似箭，只赶到东方日出，却才望见唐僧。那长老忽听得喊声，回头观看，后面有二三十人，枪刀簇簇而来。便叫："徒弟呵，贼兵追至，怎生奈何？"行者道："放心，放心，老孙了他去来。"三藏勒马道："悟空，切莫伤人，只吓退他便罢。"行者那肯听信，急掣棒回首相迎道："列位那里去？"众贼骂道："秃厮无礼！还我大王的命来！"那厮每圈子阵把行者围在中间，举枪刀乱砍乱搠。这大圣把金箍棒幌一幌，碗来粗细，把那伙贼打得星落云散，汤着的就死，挽着的就亡；搕着的骨折，擦着的皮伤；乖些的跑脱几个，痴些的都见阎王。

三藏在马上，见打倒许多人，慌的放马奔西。猪八戒与沙和尚，紧随鞭镫而去。行者问那不死带伤的贼人道："那个是那杨老儿的儿子？"那贼哼哼的告道："爷爷，那穿黄的是。"行者上前，夺过刀来，把个穿黄的割下头来，血淋淋提在手中，收了铁棒，拽开云步，赶到唐僧马前,提着头道:"师父,这是杨老儿的逆子,被老孙取将首级来也。"三藏见了,大惊失色,慌得跌下马来,骂道:"这泼猢狲唬杀我也!快拿过,快拿过!"八戒上前,将人头一脚踢下路傍,使钉钯筑些土盖了。

沙僧放下担子,搀着唐僧道:"师父请起。"那长老在地下正了性,口中念起《紧箍儿咒》来,把个行者勒得耳红面赤,眼胀头昏,在地下打滚,只教:"莫念!莫念!"那长老念勾有十余遍,还不住口。行者翻筋斗,竖蜻蜓,疼痛难禁,只叫:"师父饶我罪罢!有话便说,莫念!莫念!"三藏却才住口道:"没话说,我不要你跟了,你回去罢!"行者忍疼磕头道:"师父,怎的就赶我去耶?"三藏道:"你这泼猴,凶恶太甚,不是个取经之人。昨日在山坡下打死那两个贼头,我已怪你不仁。及晚到老者之家,蒙他赐斋借宿,又蒙他开后门放我等逃了性命。虽然他的儿子不肖,与我无干,也不该就枭他首。况又杀死多人,坏了多少生命,伤了天地多少和气①。屡次劝你,更无一毫善念,要你何为?快走!快走!免得又念真言!"行者害怕,只教:"莫念,莫念!我去也!"说声去,一路筋斗云,无影无踪,遂不见了。咦!这正是:

心有凶狂丹不熟,神无定位道难成。

毕竟不知那大圣投向何方,且听下回分解。

---

① 和气:古人认为万物之生,缘自天地间阴气与阳气之交合。故肆行杀戮谓之"伤和气"。后引申为和睦的感情。

第五十七回

真行者落伽山诉苦　假猴王水帘洞誊文

却说孙大圣恼恼闷闷,起在空中,欲待回花果山水帘洞,恐本洞小妖见笑,笑我出乎尔反乎尔,不是个大丈夫之器;欲待要投奔天宫,又恐天宫内不容久住;欲待要投海岛,却又羞见那三岛诸仙;欲待要奔龙宫,又不伏气求告龙王;真个是无依无倚,苦自忖量道:"罢!罢!罢!我还去见我师父,还是正果。"

遂按下云头,径至三藏马前侍立道:"师父,恕弟子这遭。向后再不敢行凶,一一受师父教诲。千万还得我保你西天去也。"唐僧见了,更不答应,兜住马,即念《紧箍儿咒》。颠来倒去,又念有二十余遍,把大圣咒倒在地,箍儿陷在肉里有一寸来深浅,方才住口道:"你不回去,又来缠我怎的?"行者只教:"莫念!莫念!我是有处过日子的,只怕你无我去不得西天。"三藏发怒道:"你这猢狲杀生害命,连累了我多少,如今实不要你了!我去得去不得,不干你事,快走快走!迟了些儿,我又念真言,这番决不住口,把你脑浆都勒出来哩。"大圣疼痛难忍,见师父更不回心,没奈何,只得又驾筋斗云,起在空中。忽然省悟道:"这和尚负了我心,我且向普陀崖告诉观音菩萨去来。"

好大圣,拨回筋斗,那消一个时辰,早至南洋大海。住下祥光,直至落伽山上,撞入紫竹林中,忽见木叉行者迎面作礼道:"大圣何往?"行者道:"要见菩萨。"木叉即引行者至朝云洞口,又见善财童子作礼道:"大圣何来?"行者道:"有事要告菩萨。"善财听见一个"告"字,笑道:"好刁嘴猴儿!还像当时我拿住唐僧被你欺哩!我菩萨是个大慈大悲,大愿大乘,救苦救难,无边无量的圣善菩萨,有甚不是处,你要告他?"行者满怀闷气,一闻此言,心中怒发,咄的一声,把善财童子喝了个倒退,道:"这个背义忘恩的小畜生,着实愚鲁！你那时节作怪成精，我请菩萨收了你，皈正迦持，如今得这等极乐长生，自在逍遥，与天同寿，还不拜谢老孙，转倒这般侮慢！我是有事来告求菩萨，却怎么说我刁嘴要告菩萨？"善财陪笑道："还是个急猴子，我与你作笑耍子，你怎么就变脸了？"

　　正讲处，只见白鹦歌飞来飞去，知是菩萨呼唤，木叉与善财遂向前引导，至宝莲下。行者望见菩萨，倒身下拜，止不住泪如泉涌，放声大哭。菩萨教木叉与善财扶起道："悟空，有甚伤感之事，明明说来。莫哭，莫哭，我与你救苦消灾也。"行者垂泪再拜道："当年弟子为人，曾受那个气来？自蒙菩萨解脱天灾，秉教沙门，保护唐僧往西天拜佛求经，我弟子舍身拚命，救解他的魔瘴，就如老虎口里夺脆骨，蛟龙背上揭生鳞。只指望归真正果，洗业除邪，怎知那长老背义忘恩，直迷了一片善缘，更不察皂白之苦！"菩萨道："且说那皂白原因来我听。"行者即将那打杀草寇前后始终，细陈了一遍。却说唐僧因他打死多人，心生怨恨，不分皂白，遂念《紧箍儿咒》，赶他几次。上天无路，入地无门，特来告诉菩萨。菩萨道："唐三藏奉旨投西，一心要秉善为僧，决不轻伤性命。似你有无量神通，何苦打死许多草寇？草寇虽是不良，到底是个人身，不该打死。比那妖禽怪兽、鬼魅精魔不同。那个打死，是你的功绩；这人身打死，还是你的不仁。但哄退散①，自然救了你师父，据我公论，还是你的不善。"

　　行者噙泪叩头道："纵是弟子不善，也当将功折罪，不该这般逐我。万望菩萨舍大慈悲，将《松箍儿咒》念念，褪下金箍，交还与你，放我仍往水帘洞逃生去罢！"菩萨笑道："《紧箍儿咒》，本是如来传我的。当年差我上东土寻取经人，赐我三件宝贝，乃是锦襕袈裟、九环锡杖、金紧禁三个箍儿，秘受与咒语三篇，却无甚么《松箍儿咒》。"行者道："既如此，我告辞菩萨去也。"菩萨道："你辞我往那里去？"行者道："我上西天，拜告如来，求念《松箍儿咒》去也。"菩萨

---

①哄：疑当同"轰"，驱赶，李评本等作"祛"。

道:"你且住,我与你看看祥晦如何①。"行者道:"不消看,只这样不祥也勾了。"菩萨道:"我不看你,看唐僧的祥晦。"

好菩萨,端坐莲台,运心三界,慧眼遥观,遍周宇宙,霎时间开口道:"悟空,你那师父顷刻之际,就有伤身之难,不久便来寻你。你只在此处,待我与唐僧说,教他还同你去取经,了成正果。"孙大圣只得皈依,不敢造次,侍立于宝莲台下不题。

却说唐长老自赶回行者,教八戒引马,沙僧挑担,连马四口,奔西走不上五十里远近,三藏勒马道:"徒弟,自五更时出了村舍,又被那弼马温着了气恼,这半日饥又饥,渴又渴,那个去化些斋来我吃?"八戒道:"师父且请下马,等我看可有邻近的庄村,化斋去也。"三藏闻言,滚下马来。呆子纵起云头,半空中仔细观看,一望尽是山岭,莫想有个人家。八戒按下云来,对三藏道:"却是没处化斋。一望之间,全无庄舍。"三藏道:"既无化斋之处,且得些水来解渴也可。"八戒道:"等我去南山涧下取些水来。"沙僧即取钵盂,递与八戒。八戒托着钵盂,驾起云雾而去。那长老坐在路傍,等勾多时,不见回来,可怜口干舌苦难熬。有诗为证,诗曰:

保神养气谓之精②,情性原来一禀形③。
心乱神昏诸病作,形衰精败道元倾。
三花不就空劳碌④,四大萧条枉费争⑤。

----

① 祥晦:祸福。晦,世本作"悔",灾祸。《醒世恒言·薛录事鱼服证仙》:"莫非他眼下灾悔脱害,故此身上全无一丝一缕。"
② 保神养气谓之精:语出《太上老君内观经》:"从道受生谓之命,自一禀形谓之性。……流行骨肉谓之血,保神养气谓之精。"
③ 情性:参见第十九回"'金性刚强能克木'诗"条注。
④ 三花:道教指精、气、神。参见第十九回"三花聚顶"条注。
⑤ 四大:佛教认为组成世界的(亦即组成人体的)是四种基本元素:地、水、火、风。

第五十七回　真行者落伽山诉苦　假猴王水帘洞誊文

土木无功金水绝①，法身疏懒几时成！

沙僧在傍，见三藏饥渴难忍，八戒又取水不来，只得稳了行囊，拴牢了白马道："师父，你自在着，等我去催水来。"长老含泪无言，但点头相答。沙僧急驾云光，也向南山而去。

那师父独炼自熬，渴之太甚。正在怆惶之际，忽听得一声响亮，唬得长老欠身看处，原来是孙行者跪在路傍，双手捧着一个磁杯道："师父，没有老孙，你连水也不能勾哩。这一杯好凉水，你且吃口水解渴，待我再去化斋。"长老道："我不吃你的水！立地渴死，我当任命，不要你了，你去罢。"行者道："无我你去不得西天也。"三藏道："去得去不得，不干你事。泼猢狲，只管来缠我做甚？"那行者变了脸，发怒生嗔，喝骂长老道："你这个狠心的泼秃，十分贱我！"轮铁棒，丢了磁杯，望长老脊背上砑了一下②。那长老昏晕在地，不能言语，被他把两个青毡包袱，提在手中，驾筋斗云，不知去向。

却说八戒托着钵盂，只奔山南坡下，忽见山凹之间，有一座草舍人家。原来在先看时，被山高遮住，未曾见得；今来到边前，方知是个人家。呆子暗想道："我若是这等丑嘴脸，决然怕我，枉劳神思，断然化不得斋饭。须是变好，须是变好。"

好呆子，捻着诀，念个咒，把身摇了七八摇，变作一个食痨病黄胖和尚③，口里哼哼喷喷的，挨近门前，教道："施主，厨中有剩饭，路上有饥人。贫僧是东土来往西天取经的，我师父在路饥渴了，家中有锅巴冷饭，千万化些儿救口。"原来那家子男人不在，都去插秧种谷去了，只有两个女人在家，正才煮了午饭，盛起两盆，却收拾送下

---

① 金水：按照内丹术"三五合一"的说法，五行可以合为三家，金水一家，木火一家，土自成一家，故这里土指沙僧，木指猪八戒，而金水都指孙悟空。参见第十九回"'金性刚强能克木'诗"条注。

② 砑（yà）：碾压。

③ 食痨病黄胖：明孙志宏《简明医彀·疸证》称："黄肿，即俗谓黄胖。起于食积，湿郁伤脾，脾气虚败，色黄而肿。"即今所谓钩虫病，是钩虫寄生于人体小肠所致的疾病。患病者肤色萎黄，贫血浮肿，营养不良。

田,锅里还有些饭与锅巴,未曾盛了。那女人见他这等病容,却又说东天往西天去的话,只恐他是病昏了胡说,又怕跌倒,死在门首。只得哄哄弄弄①,将些剩饭锅巴,满满的与了一钵。呆子拿转来,现了本像,径回旧路。

正走间,听得有人叫"八戒"。八戒抬头看时,却是沙僧站在山崖上喊道:"这里来!这里来!"及下崖,迎至面前道:"这涧里好清水不舀,你往那里去的?"八戒笑道:"我到这里,见山凹子有个人家,我去化了这一钵干饭来了。"沙僧道:"饭也用着,只是师父渴得紧了,怎得水去?"八戒道:"要水也容易;你将衣襟来兜着这饭,等我使钵盂去舀水。"

二人欢欢喜喜,回至路上,只见三藏面磕地,倒在尘埃;白马撒缰,在路傍长嘶跑跳,行李挑不见踪影。慌得八戒跌脚捶胸,大呼小叫道:"不消讲!不消讲!这还是孙行者赶走的余党,来此打杀师父,抢了行李去了!"沙僧道:"且去把马拴住!"只叫:"怎么好!怎么好!这诚所谓半途而废,中道而止也!"叫一声:"师父!"满眼抛珠,伤心痛哭。八戒道:"兄弟,且休哭。如今事已到此,取经之事,且莫说了。你看着师父的尸灵②,等我把马骑到那个府州县乡村店集卖几两银子,买口棺木,把师父埋了,我两个各寻道路散伙。"

沙僧实不忍舍,将唐僧扳转身体,以脸温脸,哭一声:"苦命的师父!"只见那长老口鼻中吐出热气,胸前温暖,连叫:"八戒,你来,师父未伤命哩。"那呆子才近前扶起。长老苏醒,呻吟一会,骂道:"好泼猢狲,打杀我也!"沙僧、八戒问道:"是那个猢狲?"长老不言,只是叹息。却讨水吃了几口,才说:"徒弟,你们刚去,那悟空更来缠我。是我坚执不收,他遂将我打了一棒,青毡包袱都抢去了。"八戒听说,咬响口中牙,发起心头火道:"叵耐这泼猴子,怎敢这般无礼!"教沙僧道:"你伏侍师父,等我到他家讨包袱去!"沙僧道:"你且休发怒。

---

① 哄哄弄弄(nuò):不详,似指随手捧了几捧。弄,同"搦"。捧持。
② 尸灵:尸体,遗体。

我们扶师父到那山凹人家化些热茶汤,将先化的饭热热,调理师父,再去寻他。"

八戒依言,把师父扶上马,拿着钵盂,兜着冷饭,直至那家门首。只见那家止有个老婆子在家,忽见他们,慌忙躲过。沙僧合掌道:"老母亲,我等是东土唐朝差往西天去者。师父有些不快,特拜府上,化口热茶汤,与他吃饭。"那妈妈道:"适才有个食痨病和尚,说是东土差来的,已化斋去了,怎么又有个甚么东土的?我没人在家,请别转转。"长老闻言,扶着八戒,下马躬身道:"老婆婆,我弟子有三个徒弟,合意同心,保护我上天竺国大雷音拜佛求经。只因我大徒弟唤孙悟空,一生凶恶,不遵善道,是我逐回。不期他暗暗走来,着我背上打了一棒,将我行囊衣钵抢去。如今要着一个徒弟寻他取讨,因在那空路上不是坐处,特来老婆婆府上权安息一时。待讨将行李来就行,决不敢久住。"那妈妈道:"刚才一个食痨病黄胖和尚,他化斋去了,也说是东天往西天去的,怎么又有一起?"八戒忍不住笑道:"就是我。因我生得嘴长耳大,恐你家害怕,不肯与斋,故变作那等模样。你不信,我兄弟衣兜里不是你家锅巴饭?"

那妈妈认得果是他与的饭,遂不拒他,留他们坐了。却烧了一罐热茶,递与沙僧泡饭。沙僧即将冷饭泡了,递与师父。师父吃了几口,定性多时,道:"那个去讨行李?"八戒道:"我前年因师父赶他回去,我曾寻他一次,认得他花果山水帘洞。等我去,等我去。"长老道:"你去不得。那猕猴原与你不和,你又说话粗鲁,或一言两句之间,有些差池,他就要打你。着悟净去罢。"沙僧应承道:"我去,我去。"长老又分付沙僧道:"你到那里,须看个头势。他若肯与你包袱,你就假谢谢拿来①;若不肯,切莫与他争竞,径至南海菩萨处,将此情告诉,请菩萨去问他要。"沙僧一一听从,向八戒道:"我今寻他去,你千万莫僝僽,好生供养师父。这人家亦不可撒泼,恐他不肯供饭。我去就回。"八戒点头道:"我理会得。但你去,讨得讨不得,次

---

①假谢谢:表面态度谦恭,虚情假意。

早回来,不要弄做尖担担柴两头脱也①。"沙僧遂捻了诀,驾起云光,直奔东胜神洲而去。真个是:

> 身在神飞不守舍,有炉无火怎烧丹。
> 黄婆别主求金老,木母延师奈病颜。
> 此去不知何日返,这回难量几时还。
> 五行生克情无顺,只待心猿复进关。

那沙僧在半空里,行经三昼夜,方到了东洋大海。忽闻波浪之声,低头观看,真个是黑雾涨天阴气盛,沧溟衔日晓光寒。他也无心观玩,望仙山渡过瀛洲,向东方直抵花果山界。乘海风,踏水势,又多时,却望见高峰排戟,峻壁悬屏。即至峰头,按云找路下山,寻水帘洞。步近前,只听得一派喧声,见那山中无数猴精,滔滔乱嚷。沙僧又近前仔细再看,原来是孙行者高坐石台之上,双手扯着一张纸,朗朗的念道:

"东土大唐王皇帝李,驾前敕命御弟圣僧陈玄奘法师,上西方天竺国娑婆灵山大雷音寺专拜如来佛祖求经。朕因促病侵身,魂游地府,幸有阳数臻长②,感冥君放送回生,广陈善会,修建度亡道场。感蒙救苦救难观世音菩萨金身出现,指示西方有佛有经,可度幽亡超脱,特着法师玄奘,远历千山,询求经偈。倘过西邦诸国,不灭善缘,照牒施行。大唐贞观一十三年秋吉日御前文牒。

自别大国以来,经度诸邦,中途收得大徒弟孙悟空行者,二徒弟猪悟能八戒,三徒弟沙悟净和尚。"

念了从头又念。沙僧听得是通关文牒,止不住近前厉声高叫:"师兄,师父的关文你念他怎的?"那行者闻言,急抬头,不认得是沙僧,叫:"拿来!拿来!"众猴一齐围绕,把沙僧拖拖扯扯,拿近前来,喝道:"你是何人,擅敢近吾仙洞?"沙僧见他变了脸,不肯相认,只得

---

① 尖担担柴两头脱:比喻处理不善,两头落空。尖担,挑柴用的长棍,两端削尖以便插入柴束内。两头无阻挡,容易滑落。

② 臻:意为增加。

朝上行礼道:"上告师兄,前者实是师父性暴,错怪了师兄,把师兄咒了几遍,逐赶回家。一则弟等未曾劝解,二来又为师父饥渴去寻水化斋。不意师兄好意复来,又怪师父执法不留,遂把师父打倒,昏晕在地,将行李抢去。后救转师父,特来拜兄,若不恨师父,还念昔日解脱之恩,同小弟将行李回见师父,共上西天,了此正果。倘怨恨之深,不肯同去,千万把包袱赐弟。兄在深山,乐桑榆晚景①,亦诚两全其美也。"

行者闻言,呵呵冷笑道:"贤弟,此论甚不合我意。我打唐僧,抢行李,不因我不上西方,亦不因我爱居此地。我今熟读了牒文,我自己上西方拜佛求经,送上东土,我独成功,教那南赡部洲人立我为祖,万代传名也。"沙僧笑道:"师兄言之欠当,自来没个孙行者取经之说。我佛如来造下三藏真经,原着观音菩萨向东土寻取经人求经,要我们苦历千山,询求诸国,保护那取经人。菩萨曾言:取经人乃如来门生,号曰金蝉长老。只因他不听佛祖谈经,贬下灵山,转生东土,教他果正西方,复修大道。遇路上该有这般魔瘴,解脱我等三人,与他做护法。兄若不得唐僧去,那个佛祖肯传经与你!却不是空劳一场神思也?"那行者道:"贤弟,你原来懞懂,但知其一,不知其二。谅你说你有唐僧,同我保护,我就没有唐僧?我这里另选个有道的真僧在此,老孙独力扶持,有何不可!已选明日大走起身去矣②。你不信,待我请来你看。"叫:"小的们,快请老师父出来。"果跑进去,牵出一匹白马,请出一个唐三藏,跟着一个八戒,挑着行李;一个沙僧,拿着锡杖。

这沙僧见了大怒道:"我老沙行不更名,坐不改姓,那里又有一个沙和尚!不要无礼,吃我一杖!"好沙僧,双手举降妖杖,把一个假沙僧劈头一下打死,原来这是一个猴精。那行者恼了,轮金箍棒,帅

---

①桑榆晚景:日落时阳光照在桑、榆树端,故桑榆指日暮。代指人的晚年。《太平御览》卷三引《淮南子》:"日西垂,景在树端,谓之桑榆。"
②大走:远行,出远门。

众猴,把沙僧围了。沙僧东冲西撞,打出路口,纵云雾逃生,道:"这泼猴如此怠懒,我告菩萨!"那行者见沙僧打死一个猴精,把沙和尚逼得走了,他也不来追赶,回洞教小的们把打死的妖尸拖在一边,剥了皮,取肉煎炒,将椰子酒、葡萄酒,同众猴都吃了。另选一个会变化的妖猴,还变一个沙和尚,从新教道,要上西方不题。

沙僧一驾云离了东海,行经一昼夜,到了南海。正行时,早见落伽山不远,急至前,低停云雾观看。好去处!果然是:

包乾之奥,括坤之区。会百川而浴日滔星①,归众流而生风漾月。潮发腾凌大鲲化②,波翻浩荡巨鳌游。水通西北海,浪合正东洋。四海相连同地脉,仙方洲岛各仙宫。休言满地蓬莱,且看普陀云洞。好景致!山头霞彩壮元精③,岩下祥风漾月晶④。紫竹林中飞孔雀,绿杨枝上语灵鹦。琪花瑶草年年秀,宝树金莲岁岁生。白鹤几番朝顶上,素鸾数次到山亭。游鱼也解修真性,跃浪穿波听讲经。

沙僧徐步落伽山,玩看仙境。只见木叉行者当面相迎道:"沙悟净,你不保唐僧取经,却来此何干?"沙僧作礼毕道:"有一事特来朝见菩萨,烦为引见引见。"木叉情知是寻行者,更不题起,即先进去对菩萨道:"外有唐僧的小徒弟沙悟净朝拜。"孙行者在台下听见,笑道:"这定是唐僧有难,沙僧来请菩萨的。"即命木叉门外叫进。这沙

---

① "包乾之奥"以下数句:《宋史·乐志》载祭祀海神之曲:"堪舆之间,最巨维瀛。包乾括坤,吐日滔星。"奥区,指深奥之处,这里指落伽山是天地间幽深之处。浴日,《淮南子·天文训》:"日出于旸谷,浴于咸池。"后以"浴日"指太阳刚从水面升起。滔星,震荡着星辰。滔,震荡。

② 腾凌大鲲化:腾凌,也作"腾陵",腾跃。大鲲化,《庄子·逍遥游》:"北冥有鱼,其名为鲲,鲲之大,不知其几千里也。化而为鸟,其名而鹏,鹏之背,不知其几千里也。"

③ 元精:天地的精气。明许承钦《夏仲自正觉寺游佛峪》:"奥区元精合,万古青濛濛。"

④ 月晶:晶明的月光。宋王炎《和汪诚之韵》:"譬如黄流污,宁浣皎月晶。"

僧倒身下拜。拜罢抬头,正欲告诉前事,会见孙行者站在傍边,等不得说话,就掣降妖杖望行者劈脸便打。这行者更不回手,彻身躲过。沙僧口里乱骂道:"我把你个犯十恶造反的泼猴!你又来影瞒菩萨哩①!"菩萨喝道:"悟净不要动手,有甚事先与我说。"

　　沙僧收了宝杖,再拜台下,气冲冲的对菩萨道:"这猴一路行凶,不可数计。前日在山坡下打杀两个剪路的强人,师父怪他;不期晚间就宿在贼窝主家里,又把一伙贼人尽情打死,又血淋淋提一个人头来与师父看。师父唬得跌下马来,骂了他几句,赶他回来。分别之后,师父饥渴太甚,教八戒去寻水。久等不来,又教我去寻他。不期孙行者见我二人不在,复回来把师父打一铁棍,将两个青毡包袱抢去。我等回来,将师父救醒,特来他水帘洞寻他讨包袱,不想他变了脸,不肯认我,将师父关文念了又念。我问他念了做甚,他说不保唐僧,他要自上西天取经,送上东土,算他的功果,立他为祖,万古传扬。我又说:'没唐僧,那肯传经与你?'他说他选了一个有道的真僧。及请出,果是一匹白马,一个唐僧,后跟着八戒、沙僧。我道:'我便是沙和尚,那里又有个沙和尚?'是我赶上前,打了他一宝杖,原来是个猴精。他就帅众拿我,是我特来告请菩萨。不知他会使筋斗云,预先到此处;又不知他将甚巧语花言,影瞒菩萨也。"菩萨道:"悟净,不要赖人,悟空到此今已四日。我更不曾放他回去,他那里有另请唐僧,自去取经之意?"沙僧道:"见如今水帘洞有一个孙行者,怎敢欺诳?"菩萨道:"既如此,你休发急,教悟空与你同去花果山看看。是真难灭,是假易除。到那里自见分晓。"这大圣闻言,即与沙僧辞了菩萨。这一去,到那:

　　　　花果山前分皂白,水帘洞口辨真邪。

　　毕竟不知如何分辨,且听下回分解。

----

　　①影瞒:遮掩,欺骗。

第五十八回

二心搅乱大乾坤　一体难修真寂灭

这行者与沙僧拜辞了菩萨,纵起两道祥光,离了南海。原来行者筋斗云快,沙和尚仙云觉迟,行者就要先行。沙僧扯住道:"大哥不必这等藏头露尾,先去安根。待小弟与你一同走。"大圣本是良心,沙僧却有疑意,真个二人同驾云而去。不多时,果见花果山,按下云头,二人洞外细看,果见一个行者,高坐石台之上,与群猴饮酒作乐。模样与大圣无异:也是黄发金箍,金睛火眼;身穿也是锦布直裰,腰系虎皮裙;手中也拿一条儿金箍铁棒;足下也踏一双麂皮靴;也是这等毛脸雷公嘴,朔腮别土星①,查耳额颅阔,獠牙向外生。这大圣怒发,一撒手,撒了沙和尚,掣铁棒上前骂道:"你是何等妖邪,敢变我的相貌,敢占我的儿孙,擅居吾仙洞,擅作这威福!"那行者见了,公然不答,也使铁棒来迎。二行者在一处,果是不分真假,好打哑:

　　两条棒,二猴精,这场相敌不非轻。都要护持唐御弟,各施功绩立英名。真猴实受沙门教,假怪虚称佛子情。盖为神通多变化,无真无假两相平。一个是混元一气齐天圣,一个是久炼千灵缩地精。这个是如意金箍棒,那个是随心铁杆兵。隔架遮拦无胜败,撑持抵敌没输赢。先前交手在洞外,少顷争持起半空。

　　他两个各踏云光,跳斗上九霄云内。沙僧在傍,不敢下手,见他每战此一场,诚然难认真假;欲待拔刀相助,又恐伤了真的。忍耐良久,且纵身跳下山崖,使降妖宝杖,打近水帘洞外,惊散群妖,掀翻石凳,把饮酒食肉的器皿,尽情打碎;寻他的青毡包袱,四下里全然不

---

①朔腮别土星:朔腮,缩腮。相术称鼻子为"土星"。此句意为腮凹入,鼻梁塌陷。

见。原来他水帘洞本是一股瀑布飞泉,遮挂洞门,远看似一条白布帘儿,近看乃是一股水脉,故曰水帘洞。沙僧不知进步来历,故此难寻。即便纵云赶他,九霄云里,轮着宝杖,又不好下手。大圣道:"沙僧,你既助不得力,且回复师父,说我等这般这般,被老孙与此妖打上南海普陀山菩萨前辨个真假①。"道罢,那行者也如此说。沙僧见两个相貌、声音,更无一毫差别,皂白难分,只得依言,拨转云头,回复唐僧不题。

你看那两个行者,且行且斗,只嚷到南海,径至落伽山,打打骂骂,喊声不绝。早惊动护法诸天,即报入潮音洞里道:"菩萨,果然两个孙悟空打将来也。"那菩萨与木叉行者、善才童子、龙女降莲台出门喝道:"那业畜那里走!"这两个递相揪住道:"菩萨,这厮果然像弟子模样。才自水帘打起,跳斗多时,不分胜负。沙悟净肉眼愚蒙,不能分识,有力难助,是弟子教他回西路去回师父。我与这厮打到宝山,借菩萨慧眼,与弟子认个真假,辨明邪正。"道罢,那行者也如此说一遍。众诸天与菩萨都看良久,莫想能认。菩萨道:"且放了手,两边站下,等我再看。"果然撒手,两边站定。这边说:"我是真的!"那边说:"他是假的!"

菩萨唤木叉与善才上前,悄悄分付:"你一个帮住一个②,等我暗念《紧箍儿咒》,看那个害疼的便是真,不疼的便是假。"他二人果各帮一个。菩萨暗念真言,两个一齐喊疼,都抱着头,地下打滚,只叫:"莫念!莫念!"菩萨不念,他两个果一齐揪住,照旧嚷斗。菩萨无计奈何,即令诸天、木叉,上前助力。众神恐伤真的,亦不敢下手。菩萨叫声"孙悟空",两个一齐答应。菩萨道:"你当年官拜'弼马温',大闹天宫时,神将皆认得你;你且上界去分辨回话。"这大圣谢恩,那行者也谢恩。

二人扯扯拉拉,口里不住的嚷斗,径至南天门外,慌得那广目天

---

①被:疑是"等"之误。
②帮住:靠拢,挤住。

王帅马、赵、温、关四大天将①,及把门大小众神,各使兵器挡住道:"那里走!此间可是争斗之处?"大圣道:"我因保护唐僧往西天取经,在路上打杀贼徒,那三藏赶我回去,我径到普陀崖见观音菩萨诉告,不想这妖精几时就变作我的模样,打倒唐僧,抢去包袱。有沙僧至花果山寻讨,只见这妖精占了我的巢穴。后到普陀崖告请菩萨,又见我侍立台下,沙僧诳说是我驾筋斗云,又先在菩萨处遮饰。菩萨却是个正明②,不听沙僧之言,命我同他到花果山看验。原来这妖精果像老孙模样,才自水帘洞打到普陀山见菩萨,菩萨也难识认。故打至此间,烦诸天眼力,与我认个真假。"道罢,那行者也似这般这般说了一遍。

　　众天神看勾多时,也不能辨。他两个吆喝道:"你们既不能认,让开路,等我们去见玉帝!"众神搪抵不住,放开天门,直至灵霄宝殿,马元帅同张、葛、许四天师奏道:"下界有一般两个孙悟空,打进天门,口称见王。"说不了,两个直嚷将进来,唬得那玉帝即降立宝殿,问曰:"你两个因甚事擅闹天宫,嚷至朕前寻死?"大圣口称:"万岁!万岁!臣今皈命,秉教沙门,再不敢欺心诳上;只因这个妖精变作臣的模样……"如此如彼,把前情备陈了一遍:"指望与臣辨个真假!"那行者也如此陈了一遍。玉帝即传旨宣托塔李天王,教:"把照妖镜来照这厮谁真谁假,教他假灭真存。"天王即取镜照住,请玉帝同众神观看。镜中乃是两个孙悟空的影子,金箍、衣服,毫发不差。玉帝亦辨不出,赶回本处。

　　这大圣呵呵冷笑,那行者也哈哈欢喜,揪头抹颈,复打出天门,坠落西方路上道:"我和你见师父去!我和你见师父去!"

　　却说那沙僧自花果山辞他两个,又行了三昼夜,回至本庄,把前事对唐僧说了一遍。唐僧自家悔恨道:"当时只说是孙悟空打我一

---

①马、赵、温、关:道教的四大护法神,又称四元帅,分别为马灵耀、赵公明、温琼、关羽。参见第五十三回"温元帅"条注。
②正明:公正明智。

棍,抢去包袱,岂知却是妖精假变的行者!"沙僧又告道:"这妖又假变一个长老,一匹白马;又有一个八戒挑着我们包袱,又有一个变作是我。我忍不住恼怒,一杖打死,原是一个猴精。因此惊散,又到菩萨处诉告。菩萨着我与师兄又同去识认,那妖果与师兄一般模样。我难助力,故先来回复师父。"三藏闻言,大惊失色。八戒哈哈大笑:"好!好!好!应了这施主家婆婆之言了。他说有几起取经的,这却不又是一起?"

那家子老老小小的,都来问沙僧:"你这几日往何处讨盘缠去的?"沙僧笑道:"我往东胜神洲花果山寻大师兄取讨行李,又到南海普陀山拜见观音菩萨,却又到花果山,方才转回至此。"那老者又问:"往返有多少路程?"沙僧道:"约有二十余万里。"老者道:"爷爷哑,似这几日,就走了这许多路,只除是驾云,方能勾得到。"八戒道:"不是驾云,如何过海?"沙僧道:"我们那算得走路? 若是我大师兄,只消一二日,可往回也。"那家子听言,都说是神仙,八戒道:"我们虽不是神仙,神仙还是我们的晚辈哩!"

正说间,只听半空中喧哗人嚷。慌得都出来看,却是两个行者打将来。八戒见了,忍不住手痒道:"等我去认认看。"好呆子,急纵身跳起,望空高叫道:"师兄莫嚷,我老猪来也!"那两个一齐应道:"兄弟,来打妖精! 来打妖精!"那家子又惊又喜道:"是几位腾云驾雾的罗汉歇在我家! 就是发愿斋僧的,也斋不着这等好人!"更不计较茶饭,愈加供养,又说:"这两个行者只怕斗不出好来,地覆天翻,作祸在那里!"三藏见那老者当面是喜,背后是忧,即开言道:"老施主放心,莫生忧叹。贫僧收伏了徒弟,去恶归善,自然谢你。"那老者满口回答道:"不敢! 不敢!"沙僧道:"施主休讲,师父可坐在这里,等我和二哥去,一家扯一个来到你面前,你就念念那话儿,看那个害疼的就是真的,不疼的就是假的。"三藏道:"言之极当。"

沙僧果起在半空道:"二位住了手,我同你到师父面前辨个真假去。"这大圣放了手,那行者也放了手。沙僧揾住一个,叫道:"二哥,你也揾住一个。"果然揾住,落下云头,径至草舍门外。三藏见了,就念《紧箍儿咒》。二人一齐叫苦道："我们这等苦斗,你还咒我怎的?莫念!莫念!"那长老本心慈善,遂住了口不念,却也不认得真假。他两个挣脱手,依然又打。这大圣道："兄弟们,保着师父,等我与他打到阎王前折辨去也!"那行者也如此说,二人抓抓揪揪①,须臾,又不见了。

八戒道："沙僧,你既到水帘洞,看见假八戒挑着行李,怎么不抢将来?"沙僧道："那妖精见我使宝杖打他假沙僧,他就乱围上来要拿,是我顾性命走了。及告菩萨,与行者复至洞口,他两个打在空中,是我去掀翻他的石凳,打散他的小妖,只见一股瀑布泉水流,竟不知洞门开在何处,寻不着行李,所以空手回复师命也。"八戒道："你原来不晓得。我前年请他去时,先在洞门外相见;后被我说泛了他②,他就跳下,去洞里换衣来时,我看见他将身往水里一钻,那一股瀑布水流,就是洞门。想必那怪将我们包袱收在那里面也。"三藏道："你既知道门,你可趁他都不在家,先到他洞里取出包袱,我们往西天去罢。他就来,我也不用他了。"八戒道："我去。"沙僧说："二哥,他那洞前有千数小猴,你一人恐弄他不过,反为不美。"八戒笑道："不怕!不怕!"急出门,纵着云雾,径上花果山寻取行李不题。

却说那两个行者又打嚷到阴山背后,唬得那满山鬼战战兢兢,藏藏躲躲。有先跑的,撞入阴司门里,报上森罗宝殿道："大王,背阴山上,有两个齐天大圣打得来也!"慌得那第一殿秦广王传报与二殿楚江王、三殿宋帝王、四殿卞城王、五殿阎罗王、六殿平等王、七殿太山王、八殿都市王、九殿忤官王、十殿转轮王。一殿转一殿,霎时间,十王会齐,又着人飞报与地藏王。尽在森罗殿上,点聚阴兵,等擒真假。

只听得那强风滚滚,惨雾漫漫,二行者一翻一滚的,打至森罗殿下。阴君近前挡住道："大圣有何事,闹我幽冥?"这大圣道："我因保

---

①抓抓揪揪:拉拉扯扯。
②说泛:说得动心。

唐僧西天取经，路过西梁国，至一山，有强贼截劫我师，是老孙打死几个，师父怪我，把我逐回。我随到南海菩萨处诉告，不知那妖精怎么就绰着口气，假变作我的模样，在半路上打倒师父，抢夺了行李。有弟沙僧向我本山取讨前件①，这妖假立师名，要往西天取经。沙僧逃遁至南海见菩萨，我正在侧。他备说原因，菩萨又命我同他至花果山观看，果被这厮占了我巢穴。我与他争辨到菩萨处，其实相貌、言语等俱一般，菩萨也难辨真假。又与这厮打上天堂，众神亦果难辨，因见我师。我师念《紧箍儿咒》试验，与我一般忍疼。故此闹至幽冥，望阴君与我查看生死簿，看假行者是何出身，快早追他魂魄，免教二心沌乱。"那怪亦如此说一遍。阴君闻言，即唤管簿判官一一从头查勘，更无个假行者之名。再看毛虫文簿，那猴子一百三十条已是孙大圣幼年得道之时，大闹阴司，消死名一笔勾之，自后来凡是猴属，尽无名号。查勘毕，当殿回报，阴君各执笏对行者道："大圣，幽冥处既无名号可查，你还到阳间去折辨。"

正说处，只听得地藏王菩萨道："且住！且住！等我着谛听与你听个真假②。"原来那谛听是地藏菩萨经案下伏的一个兽名。他若伏在地下，一霎时，将四大部洲山川社稷，洞天福地之间，赢虫、鳞虫、毛虫、羽虫、昆虫、天仙、地仙、神仙、人仙、鬼仙，可以照鉴善恶，察听贤愚。那兽奉地藏钧旨，就于森罗庭院之中，俯伏在地。须臾，抬起头来，对地藏道："怪名虽有，但不可当面说破，又不能助力擒他。"地藏道："当面说出便怎么？"谛听道："当面说出，恐妖精恶发，搔扰宝殿，致令阴府不安。"又问："何为不能助力擒拿？"谛听道："妖精神

---

① 前件：前已述及的人或事物。多用于判词状纸及叙述性文字。

② 谛听：唐开元末年，新罗国僧人法名地藏者（一说姓金名乔觉）渡海到九华山修行，多显神异。圆寂多年后，相貌如生，骨节若金锁相连。明代以后，民间开始将僧人金地藏与地藏菩萨混淆，以至认为他即地藏菩萨的化身。又有传说金地藏有一白犬，清释仪润《百丈丛林清规证义记》卷三称金地藏"年二十四岁祝发。携白犬善听，航海而来"。后世遂将白犬善听（也称地听、谛听）也神化，认为它能辅佐地藏菩萨，遍知天下之事。

通,与孙大圣无二。幽冥之神,能有多少法力,故此不能擒拿。"地藏道:"似这般怎生祛除?"谛听言:"佛法无边。"地藏早已省悟。即对悟空道:"你两个形容如一,神通无二,若要辨明,须到雷音寺释迦如来那里,方得明白。"两个一齐嚷道:"说的是!说的是!我和你西天佛祖之前折辨去!"那十殿阴君送出,谢了地藏,回上翠云宫,着鬼使闭了幽冥关隘不题。

看那两个行者,飞云奔雾,打上西天。有诗为证,诗曰:

> 人有二心生祸灾,天涯海角致疑猜。
> 欲思宝马三公位,又忆金銮一品台①。
> 南征北讨无休歇,东挡西除未定哉。
> 禅门须学无心诀,静养婴儿结圣胎。

他两个在那半空里,扯扯拉拉,抓抓挝挝,且行且斗,只嚷至大西天灵鹫仙山雷音宝刹之外。早见那四大菩萨、八大金刚、五百阿罗、三千揭谛、比丘尼、比丘僧、优婆塞、优婆夷诸大圣众,都到七宝莲台之下,各听如来说法。那如来正讲到这:

"不有中有,不无中无。不色中色,不空中空。非有为有,非无为无。非色为色,非空为空。空即是空,色即是色。色无定色,色即是空。空无定空,空即是色。知空不空,知色不色。名为照了,始达妙音②。"

概众稽首皈依。流通诵读之际,如来降天花普散缤纷,即离宝座,对大众道:"汝等俱是一心,且看二心竞斗而来也。"

大众举目看之,果是两个行者,吆天喝地,打至雷音胜境。慌得那八大金刚上前挡住道:"汝等欲往那里去?"这大圣道:"妖精变作我的模样,欲至宝莲台下,烦如来为我辨个虚实也。"众金刚抵挡不

---

① 金銮一品台:指皇帝的宝座。
② "不有中有"以下数句:这一段如来说法的文字,出自道教经典《太上洞玄灵宝升玄消灾护命妙经》。佛教教主讲道教经典,应为作者借取经故事宣扬道教理论,或者只是一种游戏笔墨而已。

住,直嚷至台下,跪于佛祖之前,拜告道:"弟子保护唐僧,来造宝山,求取真经,一路上炼魔缚怪,不知费了多少精神。前至中途,偶遇强徒劫掳,委是弟子二次打伤几人,师父怪我赶回,不容同拜如来金身。弟子无奈,只得投奔南海,见观音诉苦。不期这个妖精,假变弟子声音相貌,将师父打倒,把行李抢去。师弟悟净寻至我山,被这妖假捏巧言,说有真僧取经之故。悟净脱身至南海,备说详细。观音知之,遂令弟子同悟净再至我山。因此两人比并真假,打至南海,又打到天宫,又曾打见唐僧,打见冥府,俱莫能辨认。故此大胆轻造,千乞大开方便之门,广垂慈悯之念,与弟子辨明邪正,庶好保护唐僧亲拜金身,取经回东土,永扬大教。"大众听他两张口一样声俱说一遍,众亦莫辨;惟如来则通知之。正欲道破,忽见南下彩云之间,来了观音,参拜我佛。

我佛合掌道:"观音尊者,你看那两个行者,谁是真假?"菩萨道:"前日在弟子荒境,委不能辨。他又至天宫地府,亦俱难认。特来拜告如来,千万与他辨明辨明。"如来笑道:"汝等法力广大,只能普阅周天之事,不能遍识周天之物,亦不能广会周天之种类也①。"菩萨又请示周天种类。如来才道:"周天之内有五仙:乃天、地、神、人、鬼。有五虫:乃蠃、鳞、毛、羽、昆。这厮非天、非地、非神、非人、非鬼;亦非蠃、非鳞、非毛、非羽、非昆。又有四猴混世,不入十类之种。"菩萨道:"敢问是那四猴?"如来道:"第一是灵明石猴,通变化,识天时,知

---

① 广会周天之种类:广泛地了解天下万物的种类。《楞严经》卷八:"修三摩提(又译三昧,即远离昏沉,心识专一的定境)受阴尽者……从是凡身,上历菩萨六十圣位,得意生身随往无碍。"卷九:"修三摩提想阴尽者……生灭根元从此披露。见诸十方十二众生,毕殚其类。"佛教将"色(物质)、受(感觉)、想(印象)、行(身心活动)、识(判断推理)"称为五阴,认为是人生所有痛苦的根本,应用修三摩地(禅定)的方法将五阴依次破尽。据上述经文,受阴尽即可得"意生身",即其身可随意念化生至千万,任意所至,故能"普阅周天之事",是初地以上菩萨的果位。而要"见诸十方十二众生,毕殚其类",须修得想阴尽方可。

地利,移星换斗。第二是赤尻马猴,晓阴阳,会人事,善出入①,避死延生。第三是通臂猿猴,拿日月,缩千山,辨休咎②,乾坤摩弄。第四是六耳猕猴,善聆音,能察理,知前后,万物皆明。此四猴者,不入十类之种,不达两间之名。我观假悟空乃六耳猕猴也。此猴若立一处,能知千里外之事。凡人说话,亦能知之。故此善聆音,能察理,知前后,万物皆明。与真悟空同像同音者,六耳猕猴也。"

那猕猴闻得如来说出他的本像,胆战心兢,急纵身,跳起来就走。如来见他走时,即令大众下手,早有四菩萨、八金刚、五百阿罗、三千揭谛、比丘僧、比丘尼、优婆塞、优婆夷、观音、木叉,一齐围绕。孙大圣也要上前,如来道:"悟空休动手,待我与你擒他。"那猕猴毛骨悚然,料着难脱,即忙摇身一变,变作个蜜蜂儿,往上便飞。如来将金钵盂撇起去③,正盖着那蜂儿,落下来。大众不知,以为走了,如来笑云:"大众休言,妖精未走,见在我这钵盂之下。"大众一发上前,把钵盂揭起,果然见了本像,是一个六耳猕猴。孙大圣忍不住,轮起铁棒,劈头一下打死,至今绝此一种。如来不忍,道声:"善哉!善哉!"大圣道:"如来不该慈悯他,他打伤我师父,抢夺我包袱,依律问他个得财伤人,白昼抢夺④,也该个斩罪哩!"如来道:"你自快去保护唐僧来此求经罢。"大圣叩头谢道:"上告如来得知,那师父定是不要我;我此去,若不收留,却不又劳一番神思!望如来方便,把《松箍儿咒》念一念,褪下这个金箍,交还如来,放我还俗去罢。"如来道:"你

---

①出入:这里指出入生死的界限。
②休咎:吉凶,善恶。
③金钵盂:即佛钵,佛陀所持用之食钵,后被神化。据《太子瑞应本起经》卷下,佛陀初成道时,四天王各献频那山之石钵。佛受此四钵,置于左手中,右手按其上,以神力使合为一钵。佛陀涅槃后,此钵屡显神迹,如《法显传》载月氏王欲取佛钵,但以大象、四轮车等载运,均不能移动。《莲华面经》卷下称佛钵曾为罽宾国王打碎,因佛力之故,破钵复完好如初。《出三藏记集·智猛法师传》记此钵"光色紫绀,四边灿然",能轻能重。
④白昼抢夺:《大明律》卷十八《刑律·贼盗》"强盗"条规定:"凡白昼抢夺人财物伤人者,斩。"

休乱想,切莫耍刁。我教观音送你去,不怕他不收。好生保护他去,那时功成归极乐,汝亦坐莲台。"

那观音在傍听说,即合掌谢了圣恩。领悟空,辄驾云而去。随后木叉行者、白鹦哥,一同赶上。不多时,到了中途草舍人家,沙和尚看见,急请师父拜门迎接。菩萨道:"唐僧,前日打你的,乃假行者六耳猕猴也。幸如来知识,已被悟空打死。你今须是收留悟空,一路上魔障未消,必得他保护你,才得到灵山,见佛取经,再休嗔怪。"三藏叩头道:"谨遵教旨。"

正拜谢时,只听得正东上狂风滚滚,众目视之,乃猪八戒背着两个包袱,驾风而至。呆子见了菩萨,倒身下拜道:"弟子前日别了师父至花果山水帘洞寻得包袱,果见一个假唐僧、假八戒,都被弟子打死,原是两个猴身。却入里,方寻着包袱,当时查点,一物不少。却驾风转此。更不知两行者下落如何。"菩萨把如来识怪之事,说了一遍。那呆子十分欢喜,称谢不尽。师徒们拜谢了,菩萨回海,却都照旧合意同心,洗冤解怒。又谢了那村舍人家,整束行囊、马匹,找大路而西。正是:

中道分离乱五行,降妖聚会合元明。
神归心舍禅方定,六识祛降丹自成①。

毕竟这去,不知三藏几时得面佛求经,且听下回分解。

---

①六识:佛教认为眼、耳、鼻、舌、身、意为六识。参见第十四回"六贼""主人公"条注。

第五十九回

唐三藏路阻火焰山　孙行者一调芭蕉扇

若干种性本来同,海纳无穷。
千思万虑终成妄,般般色色和融。
有日功完行满,圆明法性高隆。
休教差别走西东,紧锁牢笼。
收来安放丹炉内,炼得金乌一样红。
朗朗辉辉娇艳,任教出入乘龙①。

话表三藏遵菩萨教旨,收了行者,与八戒、沙僧剪断二心,锁拢猿马,同心戮力,赶奔西天。说不尽光阴似箭,日月如梭。历过了夏月炎天,却又值三秋霜景。但见那:

薄云断绝西风紧,鹤鸣远岫霜林锦。
光景正苍凉,山长水更长。
征鸿来北塞②,玄鸟归南陌。
客路怯孤单,衲衣容易寒。

师徒四众,进前行处,渐觉热气蒸人。三藏勒马道:"如今正是

---

① "若干种性本来同"以下数句:这篇韵文的主要内容,系从元何道全《般若心经注解》中杂凑而来。如"海纳无穷""千思万虑终成妄""休教差别走西东""收来安放丹炉内,炼得金乌一样红"是何书中原有的句子,其余如何书中"种性合而为一""般般之色,混同一色""圆明法性""烨烨光辉"也与词中语句意思相同。此词大意是每个人的真性都是相同的,但要放下种种妄想,心地圆明,勤奋修炼,将来自然成仙成佛。

② 征鸿:迁徙的雁,多指秋天南飞的雁。

秋天,却怎返有热气?"八戒道:"原来不知,西方路上有个斯哈哩国①,乃日落之处,俗呼为'天尽头'。若到申酉时②,国王差人上城,擂鼓吹角,混杂海沸之声。日乃太阳真火,落于西海之间,如火淬水,接声滚沸;若无鼓角之声混耳,即振杀城中小儿。此地热气蒸人,想必到日落之处也。"大圣听说,忍不住笑道:"呆子莫乱谈,若论斯哈哩国,正好早哩。似师父朝三暮二的③,这等担阁,就从小至老,老了又小,老小三生,也还不到。"八戒道:"哥阿,据你说,不是日落之处,为何这等酷热?"沙僧道:"想是天时不正,秋行夏令故也④。"他三个正都争讲,只见那路傍有座庄院,乃是红瓦盖的房舍,红砖砌的垣墙,红油门扇,红漆板榻,一片都是红的。三藏下马道:"悟空,你去那人家问个消息,看那炎热之故何也。"

大圣收了金箍棒,整肃衣裳,扭捏作个斯文气象,绰下大路,径至门前观看。那门里忽然走出一个老者,但见他:

穿一领黄不黄、红不红的葛布深衣⑤;带一顶青不青、皂不皂的篾丝凉帽⑥。手中拄一根湾不湾、直不直暴节竹杖;足下踏一双新不新、旧不旧掰靿鞋⑦。面似红铜,须如白练。两道寿眉遮碧眼,一

---

① 斯哈哩国:《事林广记》前集卷五"方国类"记有斯伽里野国,"山上有深穴,四季出火","每五年一次,火从穴出"。荼弼沙国:"系太阳没入之地,至晚日入,其声极震,洪于雷霆。国王每于城上用千人吹角,及鸣锣打鼓杂混日声,不然则小儿惊死也。"以上二国,并见于宋赵汝适《诸蕃志》、元汪大渊《岛夷志略》等书。此处"斯哈哩国"当即斯伽里野国,并混淆了荼弼沙国的特征。按:根据学者廖大珂的考证,此国系阿拉伯语 Djabulsa 或 Djabirso 的译音,阿拉伯人传说中西方日落之处,即欧洲。
② 申酉时:申时和酉时,指下午三点到七点这一段时间。
③ 朝三暮二:没有定准,主意多变。
④ 夏令:夏天的节令、气候。
⑤ 深衣:古代上下衣相连缀的一种服装。
⑥ 篾丝:竹篾劈成的细丝。
⑦ 掰(bāi)靿鞋(wèng)鞋:可以掰着穿的棉鞋。掰,用手分开,此似指穿鞋时用手分开鞋面。如今所谓"剪刀口鞋"。靿,清桂馥《札朴·乡言正字·服饰》:"棉鞋曰靿。"

张哈口露金牙①。

那老者猛抬头,看见行者,吃了一惊,拄着竹杖,喝道:"你是那里来的怪人?在我这门首何干?"行者答礼道:"老施主,休怕我。我不是甚么怪人,贫僧是东土大唐钦差上西方求经者。师徒四人,适至宝方,见天气蒸热,一则不解其故,二来不知地名,特拜问指教一二。"那老者却才放心,笑云:"长老勿罪。我老汉一时眼花,不识尊颜。"行者道:"不敢。"老者又问:"令师在那条路上?"行者道:"那南首大路上立的不是!"老者教:"请来,请来。"行者欢喜,把手一招,三藏即同八戒、沙僧,牵白马、挑行李近前,都对老者作礼。

老者见三藏丰姿标致,八戒、沙僧相貌奇稀,又惊又喜;只得请入里坐,教小的们看茶,一壁厢办饭。三藏闻言,起身称谢道:"敢问公公:贵处遇秋,何返炎热?"老者道:"敝地唤做火焰山。无春无秋,四季皆热。"三藏道:"火焰山却在那边?可阻西去之路?"老者道:"西方却去不得。那山离此有六十里远,正是西方必由之路,却有八百里火焰,四周围寸草不生。若过得山,就是铜脑盖,铁身躯,也要化成汁哩。"三藏闻言,大惊失色,不敢再问。

只见门外一个少年男子,推一辆红车儿,住在门傍,叫声:"卖糕!"大圣拔根毫毛,变个铜钱,问那人买糕。那人接了钱,不论好歹,揭开车儿上衣裹,热气腾腾,拿出一块糕递与行者。行者托在手中,好似火盆里的灼炭,煤炉内的红钉。你看他左手倒在右手,右手换在左手,只道:"热,热,热!难吃,难吃!"那男子笑道:"怕热莫来这里。这里是这等热。"行者道:"你这汉子,好不明理。常言道'不冷不热,五谷不结'②。他这等热得狠,你这糕粉,自何而来?"那人道:"若知糕粉米,敬求铁扇仙。"行者道:"铁扇仙怎的?"那人道:"铁扇仙有柄芭蕉扇。求得来,一扇息火,二扇生风,三扇下雨,我们就

---

①哈(hāi)口:笑口,嘴角含笑。
②不冷不热,五谷不结:指没有温度和适当的温差,庄稼就不能生长。明徐光启《农政全书》卷十一:"六月不热,五谷不结。"

布种,及时收割,故得五谷养生;不然,诚寸草不能生也。"

行者闻言,急抽身走入里面,将糕递与三藏道:"师父放心,且莫隔年焦着①,吃了糕,我与你说。"长老接糕在手,向本宅老者道:"公公请糕。"老者道:"我家的茶饭未奉,敢吃你糕?"行者笑道:"老人家,茶饭倒不必赐。我问你:铁扇仙在那里住?"老者道:"你问他怎的?"行者道:"适才那卖糕人说,此仙有柄芭蕉扇。求将来,一扇息火,二扇生风,三扇下雨,你这方布种收割,才得五谷养生。我欲寻他讨来搧息火焰山过去,且使这方依时收种,得安生也。"老者道:"故有此说;你们却无礼物,恐那圣贤不肯来也。"三藏道:"他要甚礼物?"老者道:"我这里人家,十年拜求一度。四猪四羊,花红表里,异香时果,鸡鹅美酒,沐浴虔诚,拜到那仙山,请他出洞,至此施为。"行者道:"那山坐落何处?唤甚地名?有几多里数?等我问他要扇子去。"老者道:"那山在西南方,名唤翠云山。山中有一仙洞,名唤芭蕉洞。我这里众信人等去拜仙山,往回要走一月,计有一千四百五六十里。"行者笑道:"不打紧,就去就来。"那老者道:"且住,吃些茶饭,办些干粮,须得两人做伴。那路上没有人家,又多狼虎,非一日可到,莫当耍子。"行者笑道:"不用,不用,我去也。"说一声,忽然不见。那老者慌张道:"爷爷呀,原来是腾云驾雾的神人也!"

且不说这家子供奉唐僧加倍,却说那行者霎时径到翠云山,按住祥光,正自找寻洞口,忽然闻得丁丁之声,乃是山林内一个樵夫伐木。行者即趋步至前,又闻得他道:

"云际依依认旧林,断崖荒草路难寻。
　西山望见朝来雨,南涧归时渡处深②。"

行者近前作礼道:"樵哥,问讯了。"那樵子撇了柯斧,答礼道:"长老何往?"行者道:"敢问樵哥,这可是翠云山?"樵子道:"正是。"行者道:"有个铁扇仙的芭蕉洞在何处?"樵子笑道:"这芭蕉洞虽有,

---

① 隔年焦:比喻为将来遥远的事情担心。
② "云际依依"诗:此诗为宋欧阳修七言绝句《樵者》。

却无个铁扇仙,只有个铁扇公主,又名罗刹女。"行者道:"人言他有一柄芭蕉扇,能熄得火焰山,敢是他么?"樵子道:"正是,正是。这圣贤有这件宝贝,善能熄火,保护那方人家,故此称为铁扇仙。我这里人家用不着他,只知他叫做罗刹女,乃大力牛魔王妻也。"

行者闻言,大惊失色,心中暗想道:"又是冤家了!当年伏了红孩儿,说是这厮养的。前在那解阳山破儿洞遇他叔子,尚且不肯与水,要作报仇之意;今又遇他父母,怎生借得这扇子耶?"樵子见行者沉思默虑,嗟叹不已,便笑道:"长老,你出家人,有何忧疑?这条小路儿向东去,不上五六里,就是芭蕉洞。休得心焦。"行者道:"不瞒樵哥说,我是东土唐朝差往西天求经的唐僧大徒弟。前年在火云洞,曾与罗刹之子红孩儿有些言语,但恐罗刹怀仇不与,故生忧疑。"樵子道:"大丈夫见貌辨色,只以求扇为名,莫认往时之溲话①,管情借得。"行者闻言,深深唱个大喏道:"谢樵哥教诲,我去也。"遂别了樵夫,径至芭蕉洞口,但见那两扇门紧闭牢关,洞外风光秀丽。好去处!正是那:

山以石为骨,石作土之精。烟霞含宿润,苔藓助新青。嵯峨势耸欺蓬岛,幽静花香若海瀛。几树乔松栖野鹤,数株衰柳语山莺。诚然是千年古迹,万载仙踪。碧梧鸣彩凤,活水隐苍龙。曲径荜萝垂挂,石梯藤葛攀笼。猿啸翠岩忻月上,鸟啼高树喜晴空。两林竹荫凉如雨,一径花浓没绣绒。时见白云来远岫,略无定体漫随风。

行者上前叫:"牛大哥,开门!开门!"呀的一声,洞门开了,里边走出一个毛儿女②,手中提着花篮,肩上担着锄子,真个是一身蓝缕无妆饰,满面精神有道心。行者上前迎着,合掌道:"女童,累你转报公主一声。我本是取经的和尚,在西方路上,难过火焰山,特来拜借芭蕉扇一用。"那毛女道:"你是那寺里和尚?叫甚名字?我好与你通报。"行者道:"我是东土来的,叫做孙悟空和尚。"

---

①溲话:旧话。溲,同"馊"。指食物因时间久而变味。
②毛儿女:古代传说中有毛女,是华山中的仙女,这里仅指女仙童。

那毛女即便回身,转于洞内,对罗刹跪下道:"奶奶,洞门外有个东土来的孙悟空和尚,要见奶奶,拜求芭蕉扇,过火焰山一用。"那罗刹听见"孙悟空"三字,便似提盐入火,火上浇油;骨都都红生脸上,恶狠狠怒发心头。口中骂道:"这泼猴,今日来了!"叫:"丫鬟,取披挂,拿兵器来!"随即取了披挂,拿两口青锋宝剑,整束出来。行者在洞外闪过,偷看怎生打扮,只见他:

> 头裹团花手帕,身穿纳锦云袍。
> 腰间双束虎筋绦,微露绣裙偏绡。
> 凤嘴弓鞋三寸,龙须膝裤金销。
> 手提宝剑怒声高,凶比月婆容貌①。

那罗刹出门,高叫道:"孙悟空何在?"行者上前,躬身施礼道:"嫂嫂,老孙在此奉揖。"罗刹咄的一声道:"谁是你的嫂嫂!那个要你奉揖!"行者道:"尊府牛魔王,当初曾与老孙结义,乃七兄弟之亲。今闻公主是牛大哥令正②,安得不以嫂嫂称之!"罗刹道:"你这泼猴!既有兄弟之亲,如何坑陷我子?"行者佯问道:"令郎是谁?"罗刹道:"我儿是号山枯松涧火云洞圣婴大王红孩儿,被你倾了③。我们正没处寻你报仇,你今上门纳命,我肯饶你!"行者满脸陪笑道:"嫂嫂原来不察理,错怪了老孙。你令郎因是捉了师父,要蒸要煮,幸亏了观

---

① 月婆:这里指月孛,七政四余之一,属凶星。参见第五十一回"罗睺、计都、炁孛四馀"条注。月孛形象本非女性。《道法会元》载月孛神:"姓朱讳光,天人相,披发裸体,黑云掩膊,红履鞋,左手提早魃头,右手杖剑。"性威严,好刑杀。但世俗传为女性。同书"雷霆三要一气火雷使者法"求雨,其法即存想一美妇人,口中吐出一人,"妇人见之而怒,即裸身披发仗剑斩之,左手提人头,右手执剑,飞入北斗第五星中",此或即月孛神之变相。清顾公燮《丹午笔记》载法师胡怀德"请行月孛法。……胡登坛,裸妇人,以剑指其私处,书符念咒。霎时,云行雨施,雷电交作"。通俗小说中也常以月孛为女凶神。
② 令正:对别人嫡妻的敬词。
③ 倾:用同"坑"。坑害。

音菩萨收他去,救出我师。他如今现在菩萨处做善财童子,实受了菩萨正果,不生不灭,不垢不净,与天地同寿,日月同庚。你倒不谢老孙保命之恩,返怪老孙,是何道理?"罗刹道:"你这个巧嘴的泼猴!我那儿虽不伤命,再怎生得到我的跟前,几时能见一面?"行者笑道:"嫂嫂要见令郎,有何难处?你且把扇子借我,搧息了火,送我师父过去,我就到南海菩萨处请他来见你,就送扇子还你,有何不可?那时节,你看他可曾损伤一毫?如有些须之伤,你也怪得有理;如比旧时标致,还当谢我。"罗刹道:"泼猴少要饶舌,伸过头来,等我砍上几剑,若受得疼痛,就借扇子与你;若忍耐不得,教你早见阎君!"行者叉手向前,笑道:"嫂嫂切莫多言。老孙伸着光头,任尊意砍上多少,但没气力便罢。是必借扇子用用。"那罗刹不容分说,双手轮剑,照行者头上乒乒乓乓,砍有十数下,这行者全不认真。罗刹害怕,回头要走,行者道:"嫂嫂,那里去?快借我使使。"那罗刹道:"我的宝贝原不轻借。"行者道:"既不肯借,吃你老叔一棒!"

好猴王,一只手扯住,一只手去耳内掣出棒来,幌一幌,有碗来粗细。那罗刹挣着手,举剑来迎,行者随又轮棒便打。两个在翠云山前,不论亲情,却只讲仇隙。这一场好杀:

裙钗本是修成怪,为子怀仇恨泼猴。
行者虽然生狠怒,因师路阻让娥流。
先言拜借芭蕉扇,不展骁雄耐性柔。
罗刹无知轮剑砍,猴王有意说亲由。
女流怎与男儿斗,到底男刚压女流。
这个金箍铁棒多凶猛,那个霜刃青锋甚紧稠。
劈面打,照头丢,恨苦相持不罢休。
左挡右遮施武艺,前迎后架骋奇谋。
却才斗到沉酣处,不觉西方坠日头。
罗刹忙将真扇子,一搧挥动鬼神愁。

那罗刹女与行者相持到晚,见行者棒重,却又解数周密,料斗他不过,即便取出芭蕉扇,幌一幌,一扇阴风,把行者搧得无影无形,莫想收留得住。这罗刹得胜回归。

那大圣飘飘荡荡,左沉不能落地,右坠不得存身。就如旋风翻败叶,流水淌残花。滚了一夜,直至天明,方才落在一座山上,双手抱住一块峰石。定性良久,仔细观看,却才认得是小须弥山。大圣长叹一声道:"好利害妇人!怎么就把老孙送到这里来了?我当年曾记得在此处告求灵吉菩萨降黄风怪救我师父。那黄风岭至此直南上有三千余里,今在西路转来,乃东南方隅,不知有几万里。等我下去问灵吉菩萨一个消息,好回旧路。"

正踌躇间,又听得钟声响亮,急下山坡,径至禅院。那门前道人认得行者的形容,即入里面报道:"门前是前年请菩萨降黄风怪的那个毛脸大圣又来了。"菩萨知是悟空,连忙下宝座相迎,入内施礼道:"恭喜,取经来耶?"悟空答道:"正好未到,早哩,早哩。"灵吉道:"既未曾得到雷音,何以回顾荒山?"行者道:"自上年蒙盛情降了黄风怪,一路上,不知历过多少苦楚。今到火焰山,不能前进,询问土人,说有个铁扇仙,芭蕉扇搧得火灭。老孙特来寻访,原来那仙是牛魔王的妻,红孩的母。他说我把他儿子做了观音菩萨的童子,不得常见,恨我为仇,不肯借扇,与我争斗。他见我的棒重难撑,遂将扇子把我一搧,搧得我攸攸荡荡,直至于此,方才落住。故此轻造禅院①,问个归路,此处到火焰山,不知有多少里数?"灵吉笑道:"那妇人唤名罗刹女,又叫做铁扇公主。他的那芭蕉扇本是昆仑山后,自混沌开辟以来,天地产成的一个灵宝,乃太阴之精叶,故能灭火气。假若搧着人,要飘八万四千里,方息阴风。我这山到火焰山,只有五万余里。此还是大圣有留云之能,故止住了。若是凡人,正好不得住也。"行者道:"利害,利害,我师父却怎生得度那方?"灵吉道:"大圣放心。此一来,也是唐僧的缘法,合教大圣成功。"行者道:"怎见成功?"灵吉道:"我当年受如来教旨,赐我一粒定风丹,一柄飞龙杖。飞龙杖已降了风魔,这定风丹尚未曾见用,如今送了大圣,管教那厮

---

①轻造:冒昧地拜访。

搧你不动。你却要了扇子,搧息火,却不就立此功也?"行者低头作礼,感谢不尽。那菩萨即于衣袖中取出一个锦袋儿,将那一粒定风丹与行者安在衣领里边,将针线紧紧缝了。送行者出门道:"不及留款。往西北上去,就是罗刹的山场也。"

行者辞了灵吉,驾筋斗云,径返翠云山,顷刻而至。使铁棒打着洞门叫道:"开门!开门!老孙来借扇子使使哩!"慌得那门里女童即忙来报:"奶奶,借扇子的又来了。"罗刹闻言,心中悚惧道:"这泼猴真有本事!我的宝贝,扇着人,要去八万四千里,方能停止;他怎么才吹去就回来也?这番等我一连搧他两三扇,教他找不着归路。"急纵身,结束整齐,双手提剑,走出门来道:"孙行者,你不怕我,又来寻死!"行者笑道:"嫂嫂勿得悭吝,是必借我使使。保得唐僧过山,就送还你。我是个志诚有余的君子,不是那借物不还的小人。"

罗刹又骂道:"泼猕猴!好没道理,没分晓!夺子之仇,尚未报得;借扇之意,岂得如心?你不要走,吃我老娘一剑!"大圣公然不惧,使铁棒劈手相迎。他两个往往来来,战经五七回合,罗刹女手软难轮,孙行者身强善敌。他见事势不谐,即取扇子,望行者搧了一扇,行者巍然不动。行者收了铁棒,笑吟吟的道:"这番不比那番。任你怎么搧来,老孙若动一动,就不算汉子!"那罗刹又搧两搧,果然不动。罗刹慌了,急收宝贝,转回走入洞里,将门紧紧关上。

行者见他闭了门,却就弄个手段,拆开衣领,把定风丹噙在口中,摇身一变,变作一个蟭蟟虫儿,从他门隙处钻进。只见罗刹叫道:"渴了,渴了!快拿茶来!"近侍女童即将香茶一壶,沙沙的满斟一碗,冲起茶末漕漕。行者见了欢喜,嘤的一翅,飞在茶末之下。那罗刹渴极,接过茶,两三气都喝了。行者已到他肚腹之内,现原身厉声高叫道:"嫂嫂,借扇子我使使!"罗刹大惊失色,叫:"小的们,关了前门否?"俱说:"关了。"他又说:"既关了门,孙行者如何在家里叫唤?"女童道:"在你身上叫哩。"罗刹道:"孙行者,你在那里弄术哩?"行者道:"老孙一生不会弄术,都是些真手段,实本事,已在尊嫂尊腹之内耍子,已见其肺肝矣①。我知你也饥渴了,我先送你个坐碗儿解渴!"却就把脚往下一登。那罗刹小腹之中,疼痛难禁,坐于地下叫苦。行者道:"嫂嫂休得推辞,我再送你个点心充饥!"又把头往上一顶。那罗刹心痛难禁,只在地上打滚,疼得他面黄唇白,只叫:"孙叔叔饶命!"行者却才收了手脚道:"你才认得叔叔么?我看牛大哥情上,且饶你性命。快将扇子拿来我使使。"罗刹道:"叔叔,有扇,有扇,你出来拿了去!"行者道:"拿扇子我看了出来。"罗刹即叫女童拿一柄芭蕉扇,执在傍边。行者探到喉咙之上见了道:"嫂嫂,我既饶你性命,不在腰肋之下搠个窟窿出来,还自口出。你把口张三张儿。"那罗刹果张开口。行者还作个蟭蟟虫,先飞出来,丁在芭蕉扇上。那罗刹不知,连张三次,叫:"叔叔出来罢。"行者化原身,拿了扇子,叫道:"我在此间不是?谢借了!谢借了!"拽开步,往前便走,小的们连忙开了门,放他出洞。

这大圣拨转云头,径回东路,霎时按落云头,立在红砖壁下。八戒见了欢喜道:"师父,师兄来了!来了!"三藏即与本庄老者同沙僧出门接着,同至舍内。把芭蕉扇靠在傍边道:"老官儿,可是这个扇子?"老者道:"正是!正是!"唐僧喜道:"贤弟有莫大之功。求此宝贝,甚劳苦了。"行者道:"劳苦倒也不说。那铁扇仙,你道是谁?那厮原来是牛魔王的妻,红孩儿的母,名唤罗刹女,又唤铁扇公主。我寻到洞外借扇,他就与我讲起仇隙,把我砍了几剑。是我使棒吓他,他就把扇子搧了我一下,飘飘荡荡,只刮到小须弥山。幸见灵吉菩萨,送了我一粒定风丹,指与归路,复至翠云山,又见罗刹女。罗刹女又使扇子,搧我不动,他就回洞。是老孙变作一个蟭蟟虫,飞入洞去。那厮正讨茶吃,是我又钻在茶末之下,到他肚里,做起手脚。他疼痛难禁,不住口的叫我做叔叔饶命,情愿将扇借与我,我却饶了他,拿将扇来。待过了火焰山,仍送还他。"三藏闻言,感谢不尽,师

---

① 已见其肺肝矣:语出《礼记·大学》"人之视己,如见其肺肝"。意思是看得很透彻。这是孙悟空谐谑之语。

徒们俱拜辞老者。

一路西来,约行有四十里远近,渐渐酷热蒸人。沙僧只叫:"脚底烙得慌!"八戒又道:"爪子盪得痛!"马比寻常又快,只因地热难停,十分难进。行者道:"师父且请下马。兄弟们莫走。等我搧息了火,待风雨之后,地土冷些,再过山去。"行者果举扇,径至火边,尽力一搧,那山上火光烘烘腾起;再一扇,更着百倍;又一扇,那火足有千丈之高,渐渐烧着身体。行者急回,已将两股毫毛烧净,径跑至唐僧面前叫:"快回去,快回去!火来了,火来了!"

那师父爬上马,与八戒、沙僧,复东来有二十余里,方才歇下,道:"悟空,如何了呀!"行者丢下扇子道:"不停当,不停当,被那厮哄了!"三藏听说,愁蹙眉尖,闷添心上,止不住两泪浇流,只道:"怎生是好!"八戒道:"哥哥,你急急忙忙叫回去是怎么说?"行者道:"我将扇子搧了一下,火光烘烘;第二扇,火气愈盛;第三扇,火头飞有千丈之高。若是跑得不快,把毫毛都烧尽矣!"八戒笑道:"你常说雷打不伤,火烧不损,如今何又怕火?"行者道:"你这呆子,全不知事!那时节用心防备,故此不伤;今日只为搧息火光,不曾捻避火诀,又未使护身法,所以把两股毫毛烧了。"沙僧道:"似这般火盛,无路通西,果怎生是好?"八戒道:"只拣无火处走便罢。"三藏道:"那方无火?"八戒道:"东方、南方、北方,俱无火。"又问:"那方有经?"八戒道:"西方有经。"三藏道:"我只欲往有经处去哩!"沙僧道:"有经处有火,无火处无经,诚是进退两难!"

师徒每正自胡谈乱讲,只听得有人叫道:"大圣不须烦恼,且来吃些斋饭再议。"四众回看时,见一老人,身披飘风氅,头顶偃月冠①,手持龙头杖,足踏铁鞴靴,后带着一个雕嘴鱼腮鬼②,鬼头上顶着一

---

① 偃月冠:道士所戴的一种冠,形如新月,黑色,前低后高。
② 雕嘴鱼鳃鬼:土地神本是鬼仙。晋干宝《搜神记》卷十五载会稽贺瑀灵魂登天,取得一柄能役使社公(即土地神)之剑。还魂后,"果有鬼来,称社公"。所以土地神平时所役使的也是鬼物。

个铜盆,盆内有些蒸饼糕糜,黄粮米饭,在于西路下躬身道:"我本是火焰山土地。知大圣保护圣僧,不能前进,特献一斋。"行者道:"吃斋小可,这火光几时灭得,让我师父过去?"土地道:"要灭火光,须求罗刹女借芭蕉扇。"行者去路傍拾起扇子道:"这不是?那火光越搧越着,何也?"土地看了,笑道:"此扇不是真的,被他哄了。"行者道:"如何方得真的?"那土地又控背躬身,微微笑道:

  "若还要借真蕉扇,须是寻求大力王。"

  毕竟不知大力王有甚缘故,且听下回分解。

第六十回

牛魔王罢战赴华筵　孙行者二调芭蕉扇

土地说:"大力王即牛魔王也。"行者道:"这山本是牛魔王放的火,假名火焰山?"土地道:"不是,不是。大圣若肯赦小神之罪,方敢直言。"行者道:"你有何罪?直说无妨。"土地道:"这火原是大圣放的。"行者怒道:"我在那里?你这等乱谈,我可是放火之辈?"土地道:"是你也认不得我了。此间原无这座山。因大圣五百年前大闹天宫时,被显圣擒了,压赴老君,将大圣安于八卦炉内,煅炼之后开鼎,被你登倒丹炉,落了几个砖来,内有余火,到此处化为火焰山。我本是兜率宫守炉的道人。当被老君怪我失守,降下此间,就做了火焰山土地也。"猪八戒闻言恨道:"怪道你这等打扮,原来是道士变的土地。"

行者半信不信道:"你且说,早寻大力王何故?"土地道:"大力王乃罗刹女丈夫。他这向撇了罗刹,现在积雷山摩云洞。有个万岁狐王,那狐王死了,遗下一个女儿,叫做玉面公主。那公主有百万家私,无人掌管;二年前,访着牛魔王神通广大,情愿倒陪家私,招赘为夫。那牛王弃了罗刹,久不回顾。若大圣寻着牛王,拜求来此,方借得真扇。一则搧息火焰,可保师父前进;二来永除火患,可保此地生灵;三者赦我归天,回缴老君法旨。"行者道:"积雷山坐落何处?到彼有多少程途?"土地道:"在正南方。此间到彼有三千余里。"行者闻言,即分付沙僧、八戒保护师父。又教土地陪伴勿回。随即忽的一声,渺然不见。

那里消半个时辰,早见一座高山凌汉。按落云头,停立巅峰之上观看,真是好山:

高不高,顶摩碧汉;大不大,根扎黄泉。山前日暖,岭后风寒。山前日暖,有三冬草木无知;岭后风寒,见九夏冰霜不化。龙潭接涧水长流,虎穴依崖花放早。水流千派似飞琼,花放一心如布锦。湾环岭上湾环树,挖挜石外挖挜松。真个是高的山,峻的岭,陡的崖,深的涧,香的花,美的果,红的藤,紫的竹,青的松,翠的柳;八节四时颜不改,千年万古色如龙。

大圣看勾多时,步下尖峰,入深山,找寻路径。正自没个消息,忽见松阴下,有一女子,手折了一枝香兰,袅袅娜娜而来。大圣闪在怪石之傍,定睛观看,那女子怎生模样:

娇娇倾国色,缓缓步移莲。貌若王嫱①,颜如楚女。如花解语,似玉生香。高髻堆青蝉碧鸦②,双睛蘸绿横秋水。湘裙半露弓鞋小,翠袖微舒粉腕长。说甚么暮雨朝云③,真个是朱唇皓齿。锦江滑腻蛾眉秀,赛过文君与薛涛④。

那女子渐渐走近石边,大圣恭然施礼,缓缓而言曰:"女菩萨何往?"那女子未曾远坐,听得叫问,却自抬头;忽见大圣的相貌丑陋,老大心惊,欲退难退,欲行难行,只得战兢兢,勉强答道:"你是何方来者? 敢在此间问谁?"大圣沉思道:"我若说出取经求扇之事,恐这厮与牛王有亲。且只以假亲托意,来请魔王之言而答方可。"那女子见他不语,变了颜色,怒声喝道:"你是何人,敢来问我?"大圣躬身陪笑道:"我是翠云山来的,初到贵处,不知路径。敢问菩萨,此间可是积雷山?"那女子道:"正是。"大圣道:"有个摩云洞,座落何处?"那女子道:"你寻那洞做甚?"大圣道:"我是翠云山芭蕉洞铁扇公主请牛

---

① 王嫱:即王昭君,汉代的官女,为和亲出嫁匈奴,是著名的美女之一。
② 碧鸦:形容女子的秀发。鸦,黑色,多形容女子头发。唐谷神子《博异志·许汉阳》:"有二青衣,双鬟若鸦。"
③ 暮雨朝云:战国宋玉《高唐赋》,有巫山神女与楚王幽会,并称自己"旦为朝云,暮为行雨"。后以"暮雨朝云"指男女间的情爱与欢会。
④ "锦江"二句:唐元稹《寄赠薛涛》诗:"锦江滑腻蛾眉秀,幻出文君与薛涛。"锦江,在成都。蛾眉,即四川佛教名山峨眉山。二者均为蜀中名胜。文君,卓文君,司马相如的妻子,汉代的著名美女。薛涛,唐代著名的才女。二人均为蜀中美女。

魔王的。"

那女子一听铁扇公主请牛魔王之言,心中大怒,彻耳根子通红,泼口骂道:"这贱婢,着实无知!牛王自到我家,未及二载,也不知送了他多少珠翠金银,绫罗缎匹;年供柴,月供米,自自在在受用,还不识羞,又来请他怎的?"大圣闻言,情知是玉面公主,故意子掣出铁棒大喝一声道:"你这泼贱,将家私买住牛王,诚然是陪钱嫁汉。你倒不羞,却敢骂谁!"那女子见了,唬得魄散魂飞,没好步乱躧金莲,战兢兢回头便走。这大圣吆吆喝喝,随后相跟。原来穿过松阴,就是摩云洞口。女子跑进去,扑的把门关了。大圣却收了铁棒,咳咳停步看时,好所在:

树林森密,崖削崚嶒。薛萝阴冉冉,兰蕙味馨馨。流泉漱玉穿修竹,巧石知机带落英。烟霞笼远岫,日月照云屏。龙吟虎啸,鹤唳莺鸣。一片清幽真可爱,琪花瑶草景常明。不亚天台仙洞,胜如海上蓬瀛。

且不言行者这里观看景致。却说那女子跑得粉汗淋淋,唬得兰心吸吸①,径入书房里面。原来牛魔王正在那里静玩丹书。这女子没好气倒在怀里,抓耳挠腮,放声大哭。牛王满面陪笑道:"美人,休得烦恼。有甚话说?"那女子跳天索地,口中骂道:"泼魔害杀我也!"牛王笑道:"你为甚事骂我?"女子道:"我因父母无依,招你护身养命。江湖中说你是条好汉,你原来是个惧内的慵夫!"牛王闻说,将女子抱住道:"美人,我有那些不是处,你且慢慢说来,我与你陪礼。"女子道:"适才我在洞外闲步花阴,折兰采蕙,忽有一个毛脸雷公嘴的和尚,猛地前来施礼,把我吓了个呆挣。及定性问是何人,他说是铁扇公主央他来请牛魔王的。被我说了两句,他倒骂了我一场,将一根棍子,赶着我打。若不是去得快些,几乎被他打死!这不是招你为祸?害杀我也!"牛王闻言,却与他整容陪礼,温存良久,女子方才息气。魔王却发狠道:"美人在上,不敢相瞒。那芭蕉洞虽是僻静,却清幽自在。我山妻自幼修持,也是个得道的女仙,却是家门严

---

①兰心吸吸:形容女子受惊心跳的声音。

谨,内无一尺之童①,焉得有雷公嘴的男子央来？这想是那里来的妖怪,或者假绰名声,至此访我。等我出去看看。"

好魔王,拽开步,出了书房；上大厅取了披挂,束结了。拿了一条混铁棒,出门高叫道："是谁人在我这里无状？"行者在傍,见他那模样,与五百年前又大不同。只见：

头上戴一顶水磨银亮熟铁盔,身上贯一副绒穿锦绣黄金甲,足下踏一双卷尖粉底麂皮靴,腰间束一条攒丝三股狮蛮带。一双眼光如明镜,两道眉艳似红霓。口若血盆,齿排铜板。吼声响震山神怕,行动威风恶鬼慌。四海有名称混世,西方大力号魔王。

这大圣整衣上前,深深的唱个大喏道："长兄,还认得小弟么？"牛王答礼道："你是齐天大圣孙悟空么？"大圣道："正是,正是,一向久别未拜。适才到此问一女子,方得见兄。丰采果胜常,可贺也！"牛王喝道："且休巧舌！我闻你闹了天宫,被佛祖降压在五行山下,近解脱天灾,保护唐僧西天见佛求经,怎么在号山枯松涧火云洞把我小儿牛圣婴害了？正在这里恼你,你却怎么又来寻我？"大圣作礼道："长兄勿得误怪小弟。当时令郎捉住吾师,要食其肉,小弟近他不得,幸观音菩萨欲救我师,劝他归正。现今做了善财童子,比兄长还高,享极乐之门堂,受逍遥之永寿,有何不可,返怪我耶？"牛王骂道："这个乖嘴的猢狲！害子之情,被你说过；你才欺我爱妾,打上我门何也？"大圣笑道："我因拜谒长兄,向那女子拜问,不知就是二嫂嫂；因他骂了我几句,是小弟一时粗鲁,惊了嫂嫂。望长兄宽恕宽恕。"牛王道："既如此说,我看故旧之情,饶你去罢。"

大圣道："既蒙宽恩,感谢不尽,但尚有一事奉渎,万望周济周济。"牛王骂道："这猢狲不识起倒！饶了你,倒还不走,反来缠我,甚么周济周济？"大圣道："实不瞒长兄。小弟因保唐僧西进,路阻火焰山,不能前进。询问土人,知尊嫂罗刹女有一柄芭蕉扇,欲求一用。昨到旧府,奉拜嫂嫂,嫂嫂坚执不借,是以特求长兄。望兄长开天地

---

①内无一尺之童：连个男孩子都没有,表示严守妇道,不纳异性。

之心,同小弟大嫂处一行,千万借扇搧灭火焰,保得唐僧过山,即时完璧。"牛王闻此言,心如火发,咬响钢牙骂道:"你说你不无礼,你原来是借扇之故。一定先欺我山妻,山妻想是不肯,故来寻我,且又赶我爱妾。常言道:'朋友妻,不可欺;朋友妾,不可灭。'你既欺我妻,又灭我妾,多大无礼?上来吃我一棍!"大圣道:"哥要说打,弟也不惧。但求宝贝,是我真心。万乞借我使使!"牛王道:"你若三合敌得我,我着山妻借你;如敌不过,打死你,与我雪恨!"大圣道:"哥说得是,小弟这一向疏懒,不曾与兄相会,不知这几年武艺比昔日如何,我兄弟们请演演棍看。"那牛王那容分说,掣混铁棍,劈头就打。这大圣持金箍棒,随手相迎。两个这场好斗:

金箍棒,混铁棍,变脸不以朋友论。那个说:"正怪你这猢狲害子情。"这个说:"你令郎已得道休嗔恨!"那个说:"你无知怎敢上我门?"这个说:"我有因特地来相问。"一个要求扇子保唐僧,一个不借芭蕉忒鄙吝。语去言来识旧情,无家无义皆生忿。牛王棍起赛蛟龙,大圣棒迎神鬼遁。初时争斗在山前,后来齐驾祥云进。半空之内显神通,五彩光中施妙运。两条棍响振天关,不见输赢皆傍寸。

这大圣与那牛王斗经百十回合,不分胜负。正在难解难分之际,只听得山峰上有人叫道:"牛爷爷,我大王多多拜上,幸赐早临,好安座也。"牛王闻说,使混铁棍支住金箍棒,叫道:"猢狲,你且住了,等我去一个朋友家赴会来者!"言毕,按下云头,径至洞里,对玉面公主道:"美人,才那雷公嘴的男子,乃孙悟空猢狲,被我一顿棍打走了,再不敢来。你放心耍子。我到一个朋友处吃酒去也。"他才卸了盔甲,穿一领鸦青剪绒袄子①,走出门,跨上辟水金睛兽②,着小的们看守门庭,半云半雾,一直向西北方向去。

大圣在高峰上看着,心中暗想道:"这老牛不知又结识了甚么朋

---

① 剪绒:一种绒毛短平的纺织品。
② 辟水金睛兽:下文又作"辟水金精兽""辟水金晴兽"等,今统一作"辟水金睛兽"。

第六十回　牛魔王罢战赴华筵　孙行者二调芭蕉扇

友,往那里去赴会。等老孙跟他走走。"好行者,将身幌一幌,变作一阵清风赶上,随着同走。不多时,到了一座山中,那牛王寂然不见。大圣聚了原身,入山寻看,那山中有一面清水深潭,潭边有一座石碣,碣上有六个大字,乃"乱石山碧波潭"。大圣暗想道:"老牛断然下水去了。水底之精,若不是蛟精,必是龙精、鱼精,或是龟鳖鼋鼍之精。等老孙也下去看看。"

好大圣,捻着诀,念个咒语,摇身一变,变作一个螃蟹,不大不小的,有三十六斤重。扑的跳在水中,径沉潭底。忽见一座玲珑剔透的牌楼,楼下拴着那个辟水金睛兽。进牌楼里面,却就没水。大圣爬进去,仔细观看时,只见那壁厢一派音乐之声,但见:

朱宫贝阙,与世不殊。黄金为屋瓦,白玉作门枢。屏开玳瑁甲,槛砌珊瑚珠。祥云瑞蔼辉莲座,上接三光下八衢①。非是天宫并海藏,果然此处赛蓬壶②。高堂设宴罗宾主,大小官员冠冕珠。忙呼玉女捧牙槃,催唤仙娥调律吕③。长鲸鸣,巨蟹舞,鳖吹笙,鼍击鼓,骊颔之珠照樽俎④。鸟篆之文列翠屏⑤,虾须之帘挂廊庑⑥。八音迭奏

---

①三光:指日、月、星。八衢:四通八达的道路。
②蓬壶:即蓬莱,古代传说中的海中仙山,因壶形而得名。晋王嘉《拾遗记·高辛》:"三壶则海中三山也。一曰方壶,则方丈也;二曰蓬壶,则蓬莱也;三曰瀛壶,则瀛洲也,形如壶器。"
③律吕:古代校正乐律的器具,用竹管或金属管制成,分两组,一组叫"律",一组叫"吕",后代指乐律或音律。
④骊颔:参见第十五回"项下明珠"条注。樽俎:酒杯和切肉板,指宴席的摆设。
⑤鸟篆:篆体古文字。形如鸟的爪迹,故称。传说妖仙所用文字常为古篆。《太平广记·欧阳纥》中白猿精"所居常读木简,字若符篆,了不可识"。同书《李自良》记唐将领李自良从狐仙手中抢得两纸文书,"其字皆古篆,人莫之识"。
⑥虾须之帘:用海中巨虾的须制作的帘子。清王士祺《分甘余话》卷二记海中大虾,"长二三丈,游则竖其须,须长数尺,可为帘,故以为名"。

杂仙韶①,宫商响彻遏云霄。青头鲈妓抚瑶瑟,红眼马郎品玉箫②。鳜婆顶献香獐脯,龙女头簪金凤翘。吃的是天厨八宝珍羞味,饮的是紫府琼浆熟酝醪。

那上面坐的是牛魔王,左右有三四个蛟精,前面坐着一个老龙精,两边乃龙子龙孙、龙婆龙女。正在那里觥筹交错之际,孙大圣一直走将上去,被老龙看见,即命:"拿下那个野蟹来!"龙子龙孙一拥上前,把大圣拿住。大圣忽作人言,只叫:"饶命!饶命!"老龙道:"你是那里来的野蟹?怎么敢上厅堂,在尊客之前横行乱走?快早供来,免汝死罪!"好大圣,假捏虚言,对众供道:

"生自湖中为活,傍崖作窟权居。

盖因日久得身舒,官受横行介士③。

踏草拖泥落索④,从来未习行仪。

不知法度冒王威,伏望尊慈恕罪!"

坐上众精闻言,都拱身对老龙作礼道:"蟹介士初入瑶宫,不知王礼,望尊公饶他去罢。"老龙称谢了。众精即教:"放了那厮,且记打,外面伺候。"大圣应了一声,往外逃命,径至牌楼之下。心中暗想道:"这牛王在此贪杯,那里等得他散?就是散了,也不肯借扇与我。不如偷了他的金睛兽,变做魔王,去哄那罗刹女,骗他扇子,送我师父过山为妙。"

好大圣,即现本像,将金睛兽解了缰绳,扑一把,跨上雕鞍,径直骑出水底。到于潭外,将身变作牛王模样。打着兽,纵着云,不多时,已至翠云山芭蕉洞口。叫声:"开门!"那洞门里有两个女童,闻得声音开了门,看见是牛魔王嘴脸,即入报:"奶奶,爷爷来家了。"那

---

① 八音:我国古代对乐器的统称,通常为金、石、丝、竹、匏(葫芦)、土、革、木八种不同质材所制。韶:上古圣王虞舜时的音乐名。这里指仙乐。

② 品:这里指演奏乐器。

③ 横行介士:宋傅肱《蟹谱》卷下:"出师下寨之际,忽见蟹,则呼为横行介士,权以安众。"是一种军中迷信。

④ 落索:冷落萧索。

罗刹听言，忙整云鬟，急移莲步，出门迎接。这大圣下雕鞍牵进金睛兽，弄大胆诓骗女佳人。罗刹女肉眼认他不出，即携手而入。着丫鬟设座看茶，一家子见是主公，无不敬谨。

须臾间，叙及寒温。"牛王"道："夫人久阔。"罗刹道："大王万福。"又云："大王宠幸新婚，抛撇奴家，今日是那阵风儿吹你来的？"大圣笑道："非敢抛撇，只因玉面公主招后，家事繁冗，朋友多顾，是以稽在外，却也又治得一个家当了。"又道："近闻悟空那厮，保唐僧，将近火焰山界，恐他来问你借扇子。我恨那厮害子之仇未报，但来时，可差人报我，等我拿他，分尸万段，以雪我夫妻之恨。"罗刹闻言，滴泪告道："大王，常言说：'男儿无妇财无主，女子无夫身无主。'我的性命，险些儿不着这猢狲害了！"大圣得故子发怒骂道："那泼猴几时过去了？"罗刹道："还未去。昨日到我这里借扇子，我因他害孩儿之故，披挂了，轮宝剑出门，就砍那猢狲。他忍着疼，叫我做嫂嫂，说大王曾与他结义。"大圣道："是，五百年前曾拜为七兄弟。"罗刹道："被我骂也不敢回言，砍也不敢动手，后被我一扇子搧去。不知在那里寻得个定风法儿，今早又在门外叫唤。是我又使扇搧，莫想得动。急轮剑砍时，他就不让我了。我怕他棒重，就走入洞里，紧关上门。不知他又从何处钻在我肚腹之内，险被他害了性命。是我叫他几声叔叔，将扇与他去也。"大圣又假意捶胸道："可惜！可惜！夫人错了，怎么就把这宝贝与那猢狲？恼杀我也！"

罗刹笑道："大王息怒。与他的是假扇，但哄他去了。"大圣问："真扇在于何处？"罗刹道："放心放心，我收着哩。"叫丫环整酒接风贺喜，遂擎杯奉上道："大王，燕尔新婚①，千万莫忘结发，且吃一杯乡中之水。"大圣不敢不接，只得笑吟吟举筋在手道："夫人先饮。我因

---

① 燕尔新婚：形容新婚的欢乐。出自《诗经·邶风·谷风》："宴（燕）尔新昏（婚），如兄如弟。"

图治外产,久别夫人,早晚蒙护守家阃①,权为酬谢。"罗刹复接杯斟起,递与大王道:"自古道:'妻者,齐也②。'夫乃养身之父,讲甚么谢?"两人谦谦讲讲,方才坐下巡酒。大圣不敢破荤,只吃几个果子,与他言言语语。酒至数巡,罗刹觉有半酣,色情微动,就和孙大圣挨挨擦擦,搭搭拈拈;携着手,俏语温存;并着肩,低声俯就。将一杯酒,你喝一口,我喝一口,却又哺果。大圣假意虚情,相陪相笑;没奈何,也与他相倚相偎。果然是:

　　钓诗钩,扫愁帚,破除万事无过酒。男儿立节放襟怀,女子忘情开笑口。面赤似夭桃,身摇如嫩柳。絮絮叨叨话语多,捻捻掐掐风情有。时见掠云鬟,又见轮尖手。几番常把脚儿跷,数次每将衣袖抖。粉项自然低,蛮腰渐觉扭。合欢言语不曾丢,酥胸半露松金钮。醉来真个玉山颓,饧眼磨娑几弄丑。

　　大圣见他这等酣然,暗自留心,挑斗道:"夫人,真扇子你收在那里?早晚仔细。但恐孙行者变化多端,却又来骗去。"罗刹笑嘻嘻的,口中吐出,只有一个杏叶儿大小,递与大圣道:"这个不是宝贝?"大圣接在手中,却又不信,暗想着:"这些些儿,怎生搧得火灭?怕又是假的。"罗刹见他看着宝贝沉思,忍不住上前,将粉面揾在行者脸上,叫道:"亲亲,你收了宝贝吃酒罢。只管出神想甚么哩?"大圣就趁脚儿跷,问他一句道:"这般小小之物,如何搧得八百里火焰?"罗刹酒陶真性,无忌惮,就说出方法道:"大王,与你别了二载,你想是昼夜贪欢,被那玉面公主弄伤了神思,怎么自家的宝贝事情也都忘了?只将左手大指头捻着那柄儿上第七缕红丝,念一声'呬嘘呵吸

---

①家阃:即"门阃",借指家门、门庭。唐杜甫《李监宅》诗之一:"门阃多喜色,女婿近乘龙。"阃,栅栏。
②妻者,齐也:《白虎通义》:"妻者,齐也,与夫齐体。"意思是妻子是和丈夫地位对等的人。

嘻吹呼'①,即长一丈二尺长短。这宝贝变化无穷,那怕他八万里火焰,可一扇而消也。"

大圣闻言,切切记在心上。却把扇儿也嚼在口里,把脸抹一抹,现了本像,厉声高叫道:"罗刹女!你看看我可是你亲老公?就把我缠了这许多丑勾当,不羞!不羞!"那女子一见是孙行者,慌得推倒桌席,跌落尘埃,羞愧无比,只叫:"气杀我也!气杀我也!"

这大圣不管他死活,摔脱手,拽大步,径出了芭蕉洞。正是无心贪美色,得意笑颜回。将身一纵,踏祥云,跳上高山,将扇子吐出来,演演方法。将左手大指头捻着那柄上第七缕红丝,念了一声"呬嘘呵吸嘻吹呼",果然长了有一丈二尺长短。拿在手中,仔细看了又看,比前番假的果是不同,只见祥光幌幌,瑞气纷纷,上有三十六缕红丝,穿经度络,表里相联。原来行者只讨了个长的方法,不曾讨他个小的口诀,左右只是那等长短。没奈何,只得擎在肩上,找旧路而回,不题。

却说那牛魔王在碧波潭底与众精散了筵席,出得门来,不见了辟水金睛兽。老龙王聚众精问道:"是谁偷放牛爷的金睛兽也?"众精跪下道:"没人敢偷。我等俱在筵前供酒捧盘,供唱奏乐,更无一人在前。"老龙道:"家乐儿断乎不敢,可曾有甚生人进来?"龙子龙孙道:"适才安座之时,有个蟹精到此。那个便是生人。"牛王闻说,顿然省悟道:"不消讲了,早间贤友着人邀我时,有个孙悟空保唐僧取经,路遇火焰山难过,曾问我求借芭蕉扇。我不曾与他,他和我赌斗一场,未分胜负。我却丢了他,径赴盛会。那猴子千般伶俐,万样机关,断乎是那厮变作蟹精,来此打探消息,偷了我兽,去山妻处骗了那一把芭蕉扇儿也!"众精见说,一个个胆战心惊,问道:"可是那大闹天宫的孙悟空么?"牛王道:"正是。列公若在西天路上有不是处,

---

① 呬嘘呵吸嘻吹呼:这个口诀出自南朝梁陶弘景《服气疗病篇》(《云笈七签》卷三十二)"内气有一,吐气有六。内气一者,谓吸也;吐气六者,谓吹、呼、唏、呵、嘘、呬,皆出气也。凡人之息,一呼一吸,元有此数。"呬,音 xì,世本"呬"作"咽",非。

切要躲避他些儿。"老龙道："似这般说,大王的骏骑,却如之何?"牛王笑道："不妨,不妨。列公各散,等我赶他去来。"

遂而分开水路,跳出潭底,驾黄云,径至翠云山芭蕉洞。只听得罗刹女跌脚捶胸,大呼小叫。推开门,又见璧水金睛兽拴在下边,牛王高叫："夫人,孙悟空那厢去耶?"众女童看见牛魔,一齐跪下道："爷爷来了?"罗刹女扯住牛王,磕头撞脑,口里骂道："泼老天杀的!怎么这般不谨慎,着那猢狲偷了金睛兽,变作你的模样,到此骗我!"牛王切齿道："猢狲那厢去了?"罗刹捶着胸膛骂道："那泼猴赚了我的宝贝,现出原身走了,气杀我也!"牛王道："夫人保重,勿得心焦。等我赶上猢狲,夺了宝贝,剥了他皮,剉碎他骨,摆出他的心肝,与你出气!"叫："拿兵器来!"女童道："爷爷的兵器,不在这里。"牛王道："拿你奶奶的兵器来罢。"侍婢将两把青锋宝剑捧出。牛王脱了那赴宴的鸦青绒袄,束一束贴身的小衣,双手绰剑,走出芭蕉洞,径奔火焰山上赶来。正是那:

忘恩汉骗了痴心妇,烈性魔来近木叉人①。

毕竟不知此去吉凶如何,且听下回分解。

---

①木叉:本是梵语"波罗提木叉"之省称,意即解脱。玄奘法师在印度,曾获"木叉提婆"之美称,意即"解脱天"。作为本书中观世音菩萨护法的木叉,参见第六回"惠岸行者"条注。但"木叉人"不详其意,若无误字,可能即指解脱的人,或因观音护法木叉而借指勇猛的人。

第六十一回

猪八戒助力破魔王　孙行者三调芭蕉扇

　　话表牛魔王赶上孙大圣,只见他肩膊上掮着那柄芭蕉扇,怡颜悦色而行。魔王大惊道:"猢狲原来把运用的方法儿也叩话得来了①。我若当面问他索取,他定然不与。倘若搧我一扇,要去十万八千里远,却不遂了他意?我闻得唐僧在那大路上等候。他二徒弟猪精,三徒弟沙流精,我当年做妖怪时,也曾会他。且变作猪精的模样,返骗他一场。料猢狲以得意为喜,必不详细提防。"

　　好魔王,他也有七十二变,武艺也与大圣一般,只是身子狼冗些,欠钻疾,不活达些②;把宝剑藏了,念个咒语,摇身一变,即变作八戒一般嘴脸,抄下路,当面迎着大圣,叫道:"师兄,我来也!"这大圣果然欢喜。古人云"得胜的猫儿欢似虎"也,只倚着强能,更不察来人的意思。见是个八戒的模样,便就叫道:"兄弟,你往那里去?"牛魔王绰着经儿道:"师父见你许久不回,恐牛魔王手段大,你斗他不过,难得他的宝贝,教我来迎你的。"行者笑道:"不必费心,我已得了手了。"牛王又问道:"你怎么得的?"行者道:"那老牛与我战经百十合,不分胜负。他就撇了我,去那乱石山碧波潭底,与一伙蛟精、龙精饮酒。是我暗跟他去,变作个螃蟹,偷了他所骑的辟水金睛兽,变了老牛的模样,径至芭蕉洞哄那罗刹女。那女子与老孙结了一场干夫妻,是老孙设法骗将来的。"牛王道:"却是生受了③。哥哥劳碌太甚,可把扇子我拿。"孙大圣那知有假,也虑不及此,遂将扇子递

---

①叩话(tiǎn):探取,套骗。《孟子·尽心下》:"士未可以言而言,是以言话之。"
②活达:灵便。
③生受:烦劳,用作敬辞,表示有劳别人。

与他。

原来那牛王,他知那扇子收放的根本;接过手,不知捻个甚么诀儿,依然小似一个杏叶,现出本像,开言骂道:"泼猢狲!认得我么?"行者见了,心中自悔道:"是我的不是了!"恨了一声,跌足高呼道:"咦!逐年家打雁,今却被小雁儿鹐了眼睛①。"恨得他爆燥如雷,掣铁棒,劈头便打。那魔王就使扇子搧他一下。不知那大圣先前变蟭蟟虫入罗刹女腹中之时,将定风丹噙在口里,不觉的咽下肚里,所以五脏皆牢,皮骨皆固;凭他怎么搧,再也搧他不动。牛王慌了,把宝贝丢入口中,双手轮剑就砍。那两个在那半空中这一场好杀:

齐天孙大圣,混世泼牛王,只为芭蕉扇,相逢各骋强。粗心大圣将人骗,大胆牛王把扇诓。这一个金箍棒起无情义,那一个双刃青锋有智量。大圣施威喷彩雾,牛王放泼吐豪光。齐斗勇,两不良,咬牙剉齿气昂昂。播土扬尘天地暗,飞砂走石鬼神藏。这个说:"你敢无知返骗我!"那个说:"我妻许你共相将②!"言村语泼,性烈情刚。那个说:"你哄人妻女真该死,告到官司有罪殃!"伶俐的齐天圣,凶顽的大力王,一心只要杀,更不待商量。棒打剑迎齐努力,有些松慢见阎王。

且不说他两个相斗难分。却表唐僧坐那途中,一则火气蒸人,一来心焦口渴,对火焰山土地道:"敢问尊神,那牛魔王法力如何?"土地道:"那牛王神通不小,法力无边,正是孙大圣的敌手。"三藏道:"悟空是个会走路的,往常家二千里路,一霎时便回,怎么如今去了一日?断是与那牛王赌斗。"叫:"悟能,悟净,你两个那一个去迎你师兄一迎?倘或遇敌,就当用力相助,求得扇子来,解我烦燥,早早过山,赶路去也。"八戒道:"今日天晚,我想着要去接他,但只是不认得积雷山路。"土地道:"小神认得。且教沙僧与你师父做伴,我与你

---

①"逐年家打雁"二句:比喻长时间遏制对方,一不注意反倒吃了对方的亏。鹐(qiān),鸟啄物。

②相将:相随,相伴。

去来。"三藏大喜道："有劳尊神,功成再谢。"那八戒抖擞精神,束一束皂锦直裰,挈着钯,即与土地纵起云雾,径回东方而去。正行时,忽听得喊杀声高,狂风滚滚。八戒按住云头看时,原来孙行者与牛王厮杀哩。土地道："八戒还不上前怎的?"呆子掣钉钯,厉声高叫道："师兄,我来也!"行者恨道："你这夯货,误了我多少大事!"八戒道："师父教我来迎你,因认不得山路,商议良久,教土地引我,故此来迟;如何误了大事?"行者道："不是怪你来迟。这泼牛十分无礼!我向罗刹处弄得扇子来,却被这厮变作你的模样,口称迎我,我一时欢悦,转把扇子递在他手。他却现了本像,与老孙在此比并,所以误了大事也。"八戒闻言大怒,举钉钯,当面骂道："我把你这血皮胀的遭瘟①!你怎敢变作你祖宗的模样,骗我师兄,使我兄弟不睦!"你看他没头没脸的使钉钯乱筑。那牛王一则是与行者斗了一日,力倦神疲;二则是见八戒的钉钯凶猛,遮架不住,败阵就走。只见那火焰山土地帅领阴兵当面挡住道："大力王,且住手。唐三藏西天取经,无神不保,无天不佑,三界通知,十方拥护。快将芭蕉扇来搧息火焰,教他无灾无障,早过山去。不然,上天责你罪谴,定遭诛也。"牛王道："你这土神,全不察理!那泼猴夺我子,欺我妾,骗我妻,番番无道,我恨不得刨囵吞他下肚,化作大便喂狗,怎么肯将宝贝借他!"

说不了,八戒赶上骂道："我把你个结心癀②!快拿出扇来,饶你性命!"那牛王只得回头,使宝剑又战八戒。孙大圣举棒相帮。这一场在那里好杀:

　　成精豕,作怪牛,兼上偷天得道猴。
　　禅性自来能战炼,必当用土合元由。
　　钉钯九齿尖还利,宝剑双锋快更柔。

---

①血皮胀的遭瘟:指牛腹胀。牛因过食草料、食道阻塞等原因,常导致腹胀欲死。这是牛的一种常见急症,尤以春季多发。

②结心癀(huáng):黄疸病的一种,也作"结心黄"。见敦煌医学残卷伯2662号。

> 铁棒卷舒为主仗,土神助力结丹头。
> 三家刑克相争竞,各展雄才要运筹。
> 捉牛耕地金钱长,唤豕归炉木气收。
> 心不在焉何作道,神常守舍要拴猴①。
> 胡一嚷,苦相求,三般兵刃响搜搜。
> 钯筑剑伤无好意,金箍棒起有因由。
> 只杀得星不光兮月不皎,一天寒雾黑悠悠。

那魔王奋勇争强,且行且斗,斗上一夜,不分上下,早又天明。前面是他的积雷山摩云洞口,他三个与土地、阴兵,又喧哗振耳,惊动那玉面公主,唤丫环看是那里人嚷。只见守门小妖来报:"是我家爷爷与昨日那雷公嘴汉子,并一个长嘴大耳的和尚同火焰山土地等众厮杀哩!"玉面公主听言,即命外护的大小头目,各执枪刀助力。前后点起七长八短,有百十余口。一个个卖弄精神,拈枪弄棒,齐告:"大王爷爷,我等奉奶奶内旨,特来助力也!"牛王大喜道:"来得好!来得好!"众妖一齐上前乱砍。八戒措手不及,倒拽着钯,败阵而走。大圣纵筋斗云跳出重围。众土神亦四散奔走。老牛得胜,聚群妖归洞,紧闭了洞门不题。

---

① "三家刑克相争竞"六句:刑克,伤害,克制。"捉牛耕地"二句,意为勤将元气、元神收归丹田,以备结丹。捉牛耕地金钱长,意为培养收集元气。语出托名吕洞宾《纯阳真人浑成集》卷下七言律诗"铁牛耕地种金钱,刻石童儿把贯穿"。内丹术以脐下(另有眉间、心下二处)比作种植丹药之田,故称"丹田",即所"耕"之"地"。金王重阳《重阳全真集》卷四《南乡子·邵公索要下手修行》:"我命不由天,熟耨(nòu,锄草)三田守妙玄。甘雨泽深先布种,金钱,遍地黄芽最色鲜。"则"金钱"略同"黄芽",指铅,即元气的别名。唤豕归炉木气收,意为培养收集元神。将五行属木的元神收归炉中,即指将元神和元气交会后送入下丹田封固以结丹。炉,指烹炼内丹之炉,喻元神、元气交会后而凝结沉降的地方,即下丹田。元神于五行中属木、火,本书喻猪八戒。参见第十九回"'金性刚强能克木'诗"条注。"心不在焉"二句,意为修道要一心专守,不能心不在焉,要牢牢拴住浮躁如猿猴般散逸的心。

行者道:"这厮骁勇!自昨日申时前后,与老孙战起,直到今夜,未定输赢,却得你两个来接力。如此苦斗半日一夜,他更不见劳困。才这一伙小妖,却又莽壮。他将洞门紧闭不出,如之奈何?"八戒道:"哥哥,你昨日巳时离了师父,怎么到申时才与他斗起?你那两三个时辰,在那里的?"行者道:"别你后,顷刻就到这座山上,见一个女子问讯,原来就是他爱妾玉面公主。被我使铁棒唬他一唬,他见跑进洞,叫出那牛王来。与老孙劗言劗语,嚷了一会,又与他交手,斗了有一个时辰。正打处,有人请他赴饮去了。是我跟他到那乱石山碧波潭底,变作一个螃蟹,探了消息,偷了他辟水金睛兽,假变牛王模样,复至翠云山芭蕉洞,骗了罗刹女,哄得他扇子出门。试演试演方法,把扇子弄长了,只是不会收小。正掮了走处,被他假变做你的嘴脸,返骗了去,故此耽阁两三个时辰也。"

八戒道:"这正是俗语云:'大海里翻了豆腐船,汤里来,水里去'①。如今难得他扇子,如何保得师父过山?且回去,转路走他娘罢!"土地道:"大圣休焦恼,八戒莫懈怠。但说转路,就是入了旁门,不成个修行之类,古语云'行不由径'②,岂可转走?你那师父,在正路上坐着,眼巴巴只望你们成功哩!"行者发狠道:"正是,正是!呆子莫要胡谈,土地说得有理。我们正要与他:

赌输赢,弄手段,等我施为地煞变。
自到西方无对头,牛王本是心猿变③。
今番正好会源流,断要相持借宝扇。
趁清凉,息火焰,打破顽空参佛面。

---

① "大海里翻了豆腐船"三句:比喻用什么方式得来的,又以什么方式失去。
② 行不由径:出自《论语•雍也》,意思是走正路,不抄小道。径,小路。
③ 牛王本是心猿变:禅宗有《十牛图》,以牧童牧牛,黑牛变为白牛的过程,比喻蒙蔽、放逸之心性逐渐宁静、清洁的过程。又马钰《满庭芳》:"怕无常限到,意马牢拴。神炁休教败坏,锁白牛、常在金栏。修行事,自家性命,莫作等闲看。"则此"白牛"与"心猿"略同,均指躁动不停的心性。

行满超升极乐天,大家同赴龙华宴①!"
　　那八戒听言,便生努力,殷勤道:

　　"是是是,去去去,管甚牛王会不会。
　　木生在亥配为猪,牵转牛儿归土类。
　　申下生金本是猴,无刑无克多和气。
　　用芭蕉,为水意,焰火消除成既济。
　　昼夜休离苦尽功,功完赶赴盂兰会②。"

　　他两个领着土地、阴兵一齐上前,使钉钯,轮铁棒,乒乒乓乓,把一座摩云洞的前门打得粉碎。唬得那外护头目,战战兢兢,闯入里边报道:"大王,孙悟空率众打破前门也!"那牛王正与玉面公主备言其事,懊恨孙行者哩。听说打破前门,十分发怒,急披挂③,拿了铁棍,从里边骂出来道:"泼猢狲!你是多大个人儿,敢这等上门撒泼,打破我门扇?"八戒近前乱骂道:"泼老剥皮!你是个甚样人物,敢量那个大小!不要走,看钯!"牛王喝道:"你这个馕糟食的夯货,不见

---

①龙华宴:即"龙华会",佛教术语,即龙华三会,指弥勒在龙华树下三次聚会说法,度脱众生的事情。
②"是是是"以下数句:此诗阐释了猪(木)、猴(金)、牛(土)、芭蕉扇(水)、火焰山(火)之间的五行生克关系。木克土(八戒来战牛王),土生金(牛王是孙悟空成功的条件),金生水(孙悟空取到扇子),水克火(芭蕉扇灭火)。刑、克,即"刑害"。星相家谓五行(包括与五行对应的十二支)之间的克伤。《淮南子·天文训》"木生在亥",故此处以亥猪属木。《三命通会》卷五,亥子、寅卯、巳午、申酉,分配水、木、火、金。而土寄于丑、辰、未、戌,故申猴属金,五牛属土。既济:本是《周易》卦名,内丹学借以指水火相交,事之既成,各得其用。元李道纯《中和集》认为"水升火降曰既济","惩忿则火降,窒欲则水升",按:"水火"是抽象概念,《中和集》"上而炎者皆为火,下而润者皆为水",火可以指一切积极的、好动的、破坏性的因素,水可以指一切消极的、停滞的、保守性的因素,参见第二十二回"'五行匹配合天真'诗"条注。芭蕉扇是"太阴之精叶",所以成为水的象征。
③披挂:原本"挂"字上半漫漶,下半作"女"。杨闽斋本作"发",李卓吾评本作"挂",今从李本。

怎的,快叫那猴儿上来!"行者道:"不知好歹的饲草①!我昨日还与你论兄弟,今日就是仇人了!仔细吃吾一棒!"那牛王奋勇而迎。这场比前番更胜。三个英雄,厮混在一处。好杀:

　　钉钯铁棒逞神威,同帅阴兵战老牺②。
　　牺牲独展凶强性,遍满同天法力恢③。
　　使钯筑,着棍擂,铁棒英雄又出奇。
　　三般兵器叮当响,隔架遮拦谁让谁?
　　他道他为首,我道我夺魁。
　　土兵为证难分解,木土相煎上下随。
　　这两个说:"你如何不借芭蕉扇?"
　　那一个道:"你焉敢欺心骗我妻。
　　赶妾害儿仇未报,敲门打户又惊疑。"
　　这个说:"你仔细提防如意棒,擦着些儿就破皮。"
　　那个说:"好生躲避钯头齿,一伤九孔血淋漓!"
　　牛魔不怕施威猛,铁棍高擎有见机。
　　翻云覆雨随来往,吐雾喷风任发挥。
　　恨苦这场都拚命,各怀恶念喜相持。
　　丢架手,让高低,前迎后挡总无亏。
　　兄弟二人齐努力,单身一棍独施为。
　　卯时战到辰时后,战罢牛魔束手回。

　　他三个舍死忘生,又斗有百十余合。八戒发起呆性,仗着行者神通,举钯乱筑。牛王遮架不住,败阵回头,就奔洞门。却被土地、阴兵拦住洞门,喝道:"大力王,那里走!吾等在此!"那老牛不得进洞,急抽身,又见八戒、行者赶来,慌得卸了盔甲,丢了铁棒,摇身一

——————

①饲(xuàn)草:骂人的话,即"楦草"。将皮完整剥下,内以草充满,是明代的一种酷刑。明郎瑛《七修续稿》卷七:"成祖时,都御史景清犯驾伏诛,以尸楦草,悬于长安门。"
②牺:和下文"牺牲"义同,是古代祭祀用的纯色牲畜。
③恢:宏大,宽广。

变,变做一只天鹅,望空飞走。行者看见,笑道:"八戒,老牛去了。"那呆子漠然不知,土地亦不能晓,一个个东张西觑,只在积雷山前后乱找。行者指道:"那空中飞的不是?"八戒道:"那是一只天鹅。"行者道:"正是老牛变的。"土地道:"既如此,却怎生么?"行者道:"你两个打进此门,把群妖尽情剿除,拆了他的窝巢,绝了他的归路,等老孙与他赌变化去。"那八戒与土地,依言攻破洞门不题。

这大圣收了金箍棒,捻诀念咒,摇身一变,变作一个海东青,搜的一翅,钻在云眼里,倒飞下来,落在天鹅身上,抱住颈项嗛眼。那牛王也知是孙行者变化,急忙抖抖翅,变作一只黄鹰,返来嗛海青。行者又变作一个乌凤①,专一赶黄鹰。牛王识得,又变作一只白鹤,长唳一声,向南飞去。行者立定,抖抖翎毛,又变作一只丹凤,高鸣一声。那白鹤见凤是鸟王,诸禽不敢妄动,刷的一翅,淬下山崖,将身一变,变作一只香獐,乜乜些些②,在崖前吃草。行者认得,也就落下翅来,变作一只饿虎,剪尾跑蹄,要来赶獐作食。魔王慌了手脚,又变作一只金钱花斑的大豹,要伤饿虎。行者见了,迎着风,把头一幌,又变作一只金眼狻猊,声如霹雳,铁额铜头,复转身要食大豹。牛王着了急,又变作一个人熊,放开脚,就来擒那狻猊。行者打个滚,就变作一只赖象,鼻似长蛇,牙如竹笋,撒开鼻子,要去卷那人熊。牛王嘻嘻的笑了一笑,现出原身——一只大白牛。头如峻岭,眼若闪光。两只角似两座铁塔。牙排利刃。连头至尾有千余丈长短,自蹄至背有八百丈高下。对行者高叫道:"泼猢狲,你如今将奈我何?"行者也就现了原身,抽出金箍棒来,把腰一躬,喝声叫:"长!"长得身高万丈,头如泰山,眼如日月,口似血池,牙似门扇,手执一条铁棒,着头就打。那牛王硬着头,使角来触。这一场,真个是撼岭摇

---

① 乌凤:传说中的一种珍禽,宋范成大《桂海虞衡志》记西南边陲有乌凤:"如喜鹊,色绀碧,颈毛类雄鸡鬟,头有冠,尾垂二弱骨,各长一尺四五寸。"叫声像凤鸣,又能模仿各种虫子的鸣叫。

② 乜(miē)乜些些:痴呆的样子。

山,惊天动地!有诗为证。诗曰:

> 道高一尺魔千丈,奇巧心猿用力降。
> 若得火山无烈焰,必须宝扇有清凉。
> 黄婆大志扶元老①,木母留情扫荡妖。
> 和睦五行归正果,炼魔涤垢上西方。

他两个大展神通,在半山中赌斗,惊得那过往虚空一切神众与金头揭谛、六甲六丁、一十八位护教伽蓝都来围困魔王。那魔王公然不惧,你看他东一头,西一头,直挺挺、光耀耀的两只铁角,往来抵触;南一撞,北一撞,毛森森、筋暴暴的一条硬尾,左右敲摇。孙大圣当面迎,众多神四面打。牛王急了,就地一滚,复本像,便投芭蕉洞去。行者也收了法象,与众多神随后追袭。那魔王闯入洞里,闭门不出。盖众把一座翠云山围得水屑不通。正都上门攻打,忽听得八戒与土地、阴兵嚷嚷而至。行者见了,问曰:"那摩云洞事体如何?"八戒笑道:"那老牛的娘子,被我一钯筑死,剥开衣看,原来是个玉面狸精。那伙群妖,俱是些驴骡犊特②,獾狐狢獐,羊虎麋鹿等类。已此尽皆剿戮,又将他洞府房廊放火烧了。土地说他还有一处家小③,住居此山,故又来这里扫荡也。"行者道:"贤弟有功。可喜可喜。老孙空与那老牛赌变化,未曾得胜。他变做无大不大的白牛,我变了法天象地的身量。正和他抵触之间,幸蒙诸神下降。围困多时,他却复原身,走进洞去矣。"八戒道:"那可是芭蕉洞么?"行者道:"正是!正是!罗刹女正在此间。"八戒发狠道:"既是这般,怎么不打进去,剿除那厮,问他要扇子,倒让他停留长智,两口儿叙情!"

好呆子,抖擞威风,举钯照门一筑,忽辣的一声,将那石崖连门筑倒了一边。慌得那女童忙报:"爷爷,不知甚人把前门都打坏了!"牛王方跑进去,喘嘘嘘的,正告诵罗刹女与孙行者夺扇子赌斗之事,

---

①元老:这里指唐僧。
②驴骡犊特:此为《千字文》中的一句。特,公牛。
③一处:原作"三处"。

闻报心中大怒。就口中吐出扇子，递与罗刹女。罗刹女接扇在手，满眼垂泪道："大王！把这扇子送与那猢狲，教他退兵去罢。"牛王道："夫人呵，物虽小而恨则深。你且坐着，等我再和他比并去来。"那魔重整披挂，又选两口宝剑，走出门来。正遇着八戒使钯筑门。老牛更不打话，掣剑劈脸便砍。八戒举钯迎着，向后倒退了几步，出门来，早有大圣轮棒当头。那牛魔即驾狂风，跳离洞府，又都在那翠云山上相持。众多神四面围绕，土地兵左右攻击。这一场，又好杀哩：

　　云迷世界，雾罩乾坤。飒飒阴风砂石滚，巍巍怒气海波浑。重磨剑二口，复挂甲全身。结冤深似海，怀恨越生嗔。你看齐天大圣因功绩，不讲当年老故人。八戒施威求扇子，众神护法捉牛君。牛王双手无停息，左遮右挡弄精神。只杀得那过鸟难飞皆敛翅，游鱼不跃尽潜鳞。鬼泣神嚎天地暗，龙愁虎怕日光昏！

　　那牛王拚命捐躯，斗经五十余合，抵敌不住，败了阵，往北就走。早有五台山碧摩岩神通广大泼法金刚阻住，道："牛魔，你往那里去！我等乃释迦牟尼佛祖差来，布列天罗地网，至此擒汝也！"正说间，随后有大圣、八戒、众神赶来。那魔王慌转身向南走，又撞着峨眉山清凉洞法力无量胜至金刚挡住，喝道："吾奉佛旨在此，正要拿住你也！"牛王心慌脚软，急抽身往东便走，却逢着须弥山摩耳崖毗罗沙门大力金刚迎住道："你老牛何往？我蒙如来密令，教来捕获你也！"牛王又悚然而退，向西就走，又遇着昆仑山金霞岭不坏尊王永住金刚敌住，喝道："这厮又将安走！我领西天大雷音寺佛老亲言，在此把截，谁放你也！"那老牛心惊胆战，悔之不及。见那四面八方都是佛兵天将，真个似罗网高张，不能脱命。正在怆惶之际，又闻得行者帅众赶来，他就驾云头，望上便走。

　　却好有托塔李天王并哪吒太子，领鱼肚、药叉、巨灵神将，漫住空中，叫道："慢来！慢来！吾奉玉帝旨意，特来此剿除你也！"牛王急了，依前摇身一变，还做一只大白牛，使两只铁角去触天王。天王使刀来砍。随后孙行者又到。哪吒太子厉声高叫："大圣，衣甲在身,不能为礼。愚父子昨日见佛如来,发檄奏闻玉帝,言唐僧路阻火焰山,孙大圣难伏牛魔王,玉帝传旨,特差我父王领众助力。"行者道:"这厮神通不小!又变作这等身躯,却怎奈何?"太子笑道:"大圣勿疑,你看我擒他。"

这太子即喝一声:"变!"变得三头六臂,飞身跳在牛王背上,使斩妖剑望颈项上一挥,不觉得把个牛头斩下。天王收刀,却才与行者相见。那牛王腔子里又钻出一头来,口吐黑气,眼放金光。被哪吒又砍一剑,头落处,又钻出一个头来。一连砍了十数剑,随即长出十数个头。哪吒取出火轮儿挂在那老牛角上,便吹真火,焰焰烘烘,把牛王烧得张狂哮吼,即待摇头摆尾,才要变化脱身,又被托塔天王将照妖镜照住本像,腾那不动,无计逃生,只叫:"莫伤我命!情愿归顺佛家也!"哪吒道:"既惜身命,快拿扇子出来!"牛王道:"扇子在我山妻处收着哩。"

哪吒见说,将缚妖索子解下,跨在他那颈项上,一把拿住鼻头,将索穿在鼻孔里,用手牵来。孙行者却会聚了四大金刚、六丁六甲、护教伽蓝、托塔天王、巨灵神将并八戒、土地、阴兵,簇拥着白牛,回至芭蕉洞口。老牛叫道:"夫人,将扇子出来,救我性命!"罗刹听叫,急卸了钗环,脱了色服,挽青丝如道姑,穿缟素似比丘,双手捧那柄丈二长短的芭蕉扇子,走出门;又见有金刚众圣与天王父子,慌忙跪在地下,磕头礼拜道:"望菩萨饶我夫妻之命,愿将此扇奉承孙叔叔成功去也!"行者近前接了扇,同大众共驾祥云,径回东路。

却说那三藏与沙僧,立一会,坐一会,盼望行者,许久不回,何等忧虑!忽见祥云满空,瑞光满地,飘飘飖飖,盖众神行将近。这长老害怕道:"悟净,那壁厢是谁神兵来也?"沙僧认得道:"师父呵,那是四大金刚、金头揭谛、六甲六丁、护教伽蓝与过往众神。牵牛的是哪吒三太子。拿镜的是托塔李天王。大师兄执着芭蕉扇,二师兄并土地随后,其余的都是护卫神兵。"三藏听说,换了毗卢帽,穿了袈裟,与悟净拜迎众圣,称谢道:"我弟子有何德能,敢劳列位尊圣临凡也!"四大金刚道:"圣僧喜了,十分功行将完。吾等奉佛旨差来助汝,汝当竭力修持,勿得须臾怠惰。"三藏叩齿叩头,受身受命。

孙大圣执着扇子,行近山边,尽气力挥了一扇,那火焰山平平息焰,寂寂除光;行者喜喜欢欢,又扇一扇,只闻得习习潇潇,清风微动;第三扇,满天云漠漠,细雨落霏霏。有诗为证。诗曰:

火焰山遥八百程,火光大地有声名。
火煎五漏丹难熟①,火燎三关道不清②。
时借芭蕉施雨露,幸蒙天将助神功。
牵牛归佛休颠劣,水火相联性自平③。

此时三藏解燥除烦,清心了意。四众归依,谢了金刚,各转宝山。六丁六甲升空保护。过往神祇四散,天王、太子牵牛径归佛地回缴。止有本山土地,押着罗刹女,在旁伺候。行者道:"那罗刹,你不走路,还立在此等甚?"罗刹跪道:"万望大圣垂慈,将扇子还了我罢。"八戒喝道:"泼贱人,不知高低!饶了你的性命,就勾了,还要讨甚么扇子,我们拿过山去,不会卖钱买点心吃?费了这许多精神力气,又肯与你?雨濛濛的,还不回去哩!"罗刹再拜道:"大圣原说搧息了火还我。今此一场,诚悔之晚矣。只因不偢倸④,致令劳师动众。我等也修成人道,只是未归正果。见今真身现象归西,我再不敢妄作。愿赐本扇,从立自新,修身养命去也。"土地道:"大圣,趁此女深知息火之法,断绝火根,还他扇子。小神居此苟安,拯救这方生民,求些血食,诚为恩便。"行者道:"我当时问着乡人说,这山搧息火,只收得一年五谷,便又火发。如何治得除根?"罗刹道:"要是断

---

①五漏:魂、魄、神、精、意从眼、鼻、口、耳、身散逸,称为五漏。宋张伯端《金丹四百字序》:"魂在肝而不从眼漏,魄在肺而不从鼻漏,神在心而不从口漏,精在肾而不从耳漏,意在脾而不从四肢孔窍漏。"

②三关:指尾闾、夹脊、玉枕三关,内丹术认为真气从这里流动时较为费力。

③"牵牛归佛"二句:比喻逸动的心性得到降伏。明张三丰《玄要篇·五更道情》:"目前仗起青锋剑,倒跨白牛走上山,阳神去把阴兵战。顷刻间水火既济,一霎时撞过三关。"

④不偢倸:不爽快。偢倸,豪爽洒脱。

绝火根,只消连搧四十九扇,永远再不发了。"

行者闻言,执扇子,使尽筋力,望山头连搧四十九扇,那山上大雨淙淙。果然是宝贝:有火处下雨,无火处天晴。他师徒们立在这无火处,不遭雨湿。坐了一夜,次早才收拾马匹、行李,把扇子还了罗刹。又道:"老孙若不与你,恐人说我言而无信。你将扇子回山,再休生事。看你得了人身,饶你去罢!"那罗刹接了扇子,念个咒语,捏做个杏叶儿,嚼在口里,拜谢了众圣,隐姓修行。后来也得了正果,经藏中万古流名。罗刹、土地,俱感激谢恩,随后相送。行者、八戒、沙僧,保着三藏遂此前进,真个是身体清凉,足下滋润。诚所谓:

坎离既济真元合,水火均平大道成。

毕竟不知几年才回东土,且听下回分解。

第六十二回

涤垢洗心惟扫塔　缚魔归正乃修身

　　十二时中忘不得,行功百刻全收。
　　五年十万八千周。休教神水涸,莫纵火光愁。
　　水火调停无损处,五行联络如钩。
　　阴阳和合上云楼。乘鸾登紫府,跨鹤赴瀛洲①。

　　这一篇词,牌名《临江仙》。单道唐三藏师徒四众,水火既济,本性清凉。借得纯阴宝扇,搧息燥火遥山。不一日行过了八百之程。师徒们散诞逍遥,向西而去。正值秋末冬初时序,见了些:

　　野菊残英落,新梅嫩蕊生。村村纳禾稼,处处食香羹。平林木落远山现,曲涧霜浓幽壑清。应钟气②,闭蛰营③,纯阴阳月,帝元

---

① "十二时中忘不得"以下几句:十二时,指一昼夜十二个时辰,为内丹术抽添火候的周期。百刻,也指一昼夜。古代用刻漏计时,一昼夜分百刻。内丹术重视一刻功夫,认为一月的盈虚变化是一年寒暑消长的缩影,一日是的昏去明来是一月盈虚变化的缩影,乃至一刻是一日的缩影。认为体内每时每刻,都有真气流转,阴阳相生。故有"年中取月不用年,月中取日日徒然。日中取时易日时,时中有刻而玄玄"的说法(明李攀龙注崔希范《入药镜》)。宋夏宗禹《紫阳真人悟真篇讲义》卷七:"以一日十二时分为阴阳升降之节,以子初阳生为冬至,以午后阴生为夏至。亦以一时辰为一卦……昼夜循环于百刻之内。"五年,当作三年,一年三百六十日,每日百刻,三年共十万八千刻,故称"十万八千周"。"休教"以下四句,丹家常谓"水怕干,火怕寒",认为内丹必须水火调和,方能五行攒簇。清刘一明注此词称:"言一时八刻,一日十二时百刻,三年十万八千刻,刻刻行功,不得神水涸干,火性飞扬","言以水济火,须调和而无损;五行攒簇,当联络而一家也","金丹成就,诸缘消灭,而即人紫府瀛洲之仙境矣。"

② 应钟:古乐律名,古乐有十二律(相当于音阶)之一。古人以十二律与十二月相配,应钟与孟冬十月相应。

③ 闭蛰营:动物开始进入冬眠。

冥①,盛水德②,舜日怜晴③。地气下降,天气上升④。虹藏不见影⑤,池沼渐生冰。悬崖挂索藤花败,松竹凝寒色更青。

四众行勾多时,前又遇城池相近。唐僧勒住马叫徒弟:"悟空,你看那厢楼阁峥嵘,是个甚么去处?"行者抬头观看,乃是一座城池。真个是:

龙蟠形势,虎踞金城。四垂华盖近⑥,百转紫垣平⑦。玉石桥栏排巧兽,黄金台座列贤明。真个是神州都会,天府瑶京。万里邦畿固⑧,千年帝业隆。蛮夷拱服君恩远,海岳朝元圣会盈⑨。御阶洁净,辇路清宁。酒肆歌声闹,花楼喜气生。未央宫外长春树,应许朝阳彩凤鸣。

行者道:"师父,那座城池,是一国帝王之所。"八戒笑道:"天下府有府城,县有县城,怎么就见是帝王之所?"行者道:"你不知,帝王之居,与府县自是不同。你看他四面有十数座门,周围有百十余里,

---

① 纯阴阳月,帝元冥:汉董仲舒《雨雹对》:"十月阴虽用事,而阴不孤立。此月纯阴,疑于无阳,故谓之阳月。"故此处称十月为"纯阴阳月",是秦汉以来阴阳家的说法。《礼记·月令》认为:一年中,每个为期三个月的季节都有一位天帝、一位天神主管。主管孟冬(十月)、仲冬(十一月)、季冬(十二月)三个月的天帝是颛顼,天神是玄冥。元,当作"玄"。

② 盛水德:《礼记·月令》载,立冬时,"盛德在水",意为冬天具备五行中水的特征。

③ 舜日怜晴:古代传说上古帝王尧舜时天下太平,故以尧天、舜日指太平盛世。怜晴,吝惜晴天。意为冬季的晴天很珍贵。

④ 地气下降,天气上升:语出《礼记·月令》,孟冬之月"天气上腾,地气下降"。

⑤ 虹藏不见影:《礼记·月令》载:孟冬之月,"虹藏不见"。

⑥ 四垂华盖近:四垂,四方边境。垂,通"陲"。华盖,指华盖星,今属仙后座。

⑦ 百转紫垣平:指皇城很高,迂回而上,上接紫微垣。紫垣,即紫微垣,中国古代天文学指北极附近的天区。底本误作"坧",非。

⑧ 邦畿:王城及其所属周围千里的地域,泛指国家。

⑨ 圣会:圣明时代的际遇。

楼台高耸,云雾缤纷。非帝京邦国,何以有此壮丽?"沙僧道:"哥哥眼明,虽识得是帝王之处,却唤做甚么名色?"行者道:"又无牌扁旌号,何以知之?须到城中询问,方可知也。"

长老策马,须臾到门。下马过桥,进门观看。只见六街三市,货殖通财;又见衣冠隆盛,人物豪华。正行时,忽见有十数个和尚,一个个披枷戴锁,沿门乞化,着实的蓝缕不堪。三藏叹曰:"兔死狐悲,物伤其类。"叫:"悟空,你上前去问他一声,为何这等遭罪?"行者依言,即叫:"那和尚,你是那寺里的?为甚事披枷戴锁?"众僧跪倒道:"爷爷,我等是金光寺负屈的和尚。"行者道:"金光寺坐落何方?"众僧道:"转过隅头就是。"行者将他带在唐僧前,问道:"怎生负屈,你说我听。"众僧道:"爷爷,不知你们是那方来的,我等似有些面善。此间不敢在此奉告,请到荒山,具说苦楚。"长老道:"也是。我们且到他那寺中去,仔细询问缘由。"同至山门,门上横写七个金字"敕建护国金光寺"。师徒们进得门来观看,但见那:

古殿香灯冷,虚廊叶扫风。凌云千尺塔,养性几株松。满地落花无客过,檐前蛛网任攀笼。空架鼓,柱悬钟,绘壁尘多彩像朦。讲座幽然僧不见,禅堂静矣鸟常逢。凄凉堪叹息,寂寞苦无穷。佛前虽有香炉设,灰冷花残事事空。

三藏心酸,止不住眼中出泪。众僧们顶着枷锁,将正殿推开,请长老上殿拜佛。长老只得奉上心香①,叩齿三匝。却转于后面,见那方丈檐柱上又锁着六七个小和尚,三藏甚不忍见。及到方丈,众僧俱来叩头,问道:"列位老爷像貌不一,可是东土大唐来的么?"行者笑道:"这和尚有甚未卜先知之法?我每正是。你怎么认得?"众僧道:"爷爷,我等有甚未卜先知之法,只是痛负了屈苦,无处分明,日逐家只是叫天叫地。想是惊动天神,昨日夜间,各人都得一梦:说有个东土大唐来的圣僧,救得我等性命,庶此冤苦可伸。今日果见老爷这般异像,故认得也。"

---

①心香:佛教认为只要中心虔诚,就如供佛焚香一般。此指唐僧虔心礼佛。

三藏闻言大喜道:"你这里是何地方?有何冤屈?"众僧跪告:"爷爷,此城名唤祭赛国,乃西邦大去处。当年有四夷朝贡:南月陀国,北高昌国,东西梁国,西本钵国。年年进贡美玉明珠,娇妃骏马。我这里不动干戈,不去征讨,他那里自然拜为上邦。"三藏道:"既拜为上邦,想是你这国王有道,文武贤良。"众僧道:"爷爷,文也不贤,武也不良,国君也不是有道。我这金光寺,自来宝塔上祥云笼罩,瑞霭高升;夜放霞光,万里有人曾见;昼喷彩气,四国无不同瞻。故此以为天府神京,四夷朝贡。只是三年之前,孟秋朔日,夜半子时,下了一场血雨。天明时,家家害怕,户户生悲。众公卿奏上国王,不知天公甚事见责。当时延请道士打醮,和尚看经,答天谢地。谁晓得我这寺里黄金宝塔污了,这两年外国不来朝贡。我王欲要征伐,众臣谏道:'我寺里僧人偷了塔上宝贝,所以无祥云瑞霭,外国不朝。'昏君更不察理。那些赃官将我僧众拿了去,千般拷打,万样追求。当时我这里有三辈和尚,前两辈已被拷打不过,死了;如今又捉我辈问罪枷锁。老爷在上,我等怎敢欺心,盗取塔中之宝!万望爷爷怜念,方以类聚,物以群分①,舍大慈大悲,广施法力,拯救我等性命。"

　　三藏闻言,点头叹道:"这桩事暗昧难明。一则是朝廷失政,二来是汝等有灾。既然天降血雨,污了宝塔,那时节何不启本奏君,致令受苦?"众僧道:"爷爷,我等凡人,怎知天意,况前辈俱未辨得,我等如何处之!"三藏道:"悟空,今日甚时分了?"行者道:"有申时前后。"三藏道:"我欲面君倒换关文,奈何这众僧之事,不得明白,难以对君奏言。我当时离了长安,在法门寺里立愿:上西方逢庙烧香,遇寺拜佛,见塔扫塔。今日至此,遇有受屈僧人,乃因宝塔之累。你与我办一把新笤帚,待我沐浴了,上去扫扫,即看这污秽之事何如,不放光之故何如。访着端的,方好面君奏言,解救他每这苦难也。"

　　这些枷锁的和尚听说,连忙去厨房取把厨刀,递与八戒道:"爷爷,你将此刀打开那柱子上锁的小和尚铁锁,放他去安排斋饭香汤,

---

①方以类聚,物以群分:语出《周易·系辞》,指同类事物相聚一处。

伏侍老爷进斋沐浴。我等且上街化把新笤帚来与老爷扫塔。"八戒笑道："开锁有何难哉？不用刀斧，教我那一位毛脸老爷，他是开锁的积年。"行者真个近前，使个解锁法，用手一抹，几把锁簧俱退落下。那小和尚俱跑到厨中，净刷锅灶，安排茶饭。三藏师徒们吃了斋，渐渐天昏，只见那枷锁的和尚，拿了两把笤帚进来，三藏甚喜。正说处，一个小和尚点了灯，来请洗澡。此时满天星月光辉，谯楼上更鼓齐发，正是那：

> 四壁寒风起，万家灯火明。
> 六街关户牖，三市闭门庭。
> 钓艇归深树，耕犁罢短绳。
> 樵夫柯斧歇，学子诵书声。

三藏沐浴毕，穿了小袖褊衫，束了环绦，足下换一双软公鞋①，手里拿一把新笤帚，对众僧道："你等安寝，待我扫塔去来。"行者道："塔上既被血雨所污，又况日久无光，恐生恶物；一则夜静风寒，又没个伴侣，自去恐有差池。老孙与你同上如何？"三藏道："甚好！甚好！"两人各持一把，先到大殿上，点起琉璃灯，烧了香，佛前拜道："弟子陈玄奘奉东土大唐差往灵山参见我佛如来取经，今至祭赛国金光寺，遇本僧言宝塔被污，国王疑僧盗宝，衔冤取罪，上下难明。弟子竭诚扫塔，望我佛威灵，早示污塔之原因，莫致凡夫之冤屈。"祝罢，与行者开了塔门，自下层望上而扫。只见这塔，真是：

> 峥嵘倚汉，突兀凌空。正唤做五色琉璃塔，千金舍利峰。梯转如穿窟，门开似出笼。宝瓶影射天边月②，金铎声传海上风。但见那虚檐拱斗，绝顶留云。虚檐拱斗，作成巧石穿花凤；绝顶留云，造就浮屠绕雾龙。远眺可观千里外，高登似在九霄中。层层门上琉璃灯，有尘无火；步步檐前白玉栏，积垢飞虫。塔心里，佛座上香烟尽绝；窗棂外，神面前蛛网牵朦。炉中多鼠粪，盏内少油镕。只因暗失

---

①软公鞋：不详，或即"软翰鞋"，参见第五十九回"挚靸翰鞋"条注。
②宝瓶：这里指作宝瓶顶形状的塔刹（佛塔顶部装饰物）。

中间宝,苦杀僧人命落空。三藏发心将塔扫,管教重见旧时容。

　　唐僧用帚子扫了一层,又上一层。如此扫至第七层上,却早二更时分。那长老渐觉困倦,行者道:"困了,你且坐下,等老孙替你扫罢。"三藏道:"这塔是多少层数?"行者道:"怕不有十三层哩。"长老耽着劳倦道:"是必扫了,方趁本愿。"又扫了三层,腰酸腿痛,就于十层上坐倒道:"悟空,你替我把那三层扫净下来罢。"行者抖擞精神,登上第十一层,霎时又上到第十二层。正扫处,只听得塔顶上有人言语。行者道:"怪哉!怪哉!这早晚有三更时分,怎么得有人在这顶上言语?断乎是邪物也,且看看去。"

　　好猴王,轻轻的挟着笤帚,撒起衣服,钻出前门,踏着云头观看。只见第十三层塔心里坐着两个妖精,面前放一盘下饭,一只碗,一把壶,在那里猜拳吃酒哩。行者使个神通,丢了笤帚,掣出金箍棒,拦住塔门喝道:"好怪物,偷塔上宝贝的原来是你!"两个怪物慌了,急起身,拿壶拿碗乱掼,被行者横铁棒拦住道:"我若打死你,没人供状。"只把棒逼将去。那怪贴在壁上,莫想挣扎得动,口里只叫:"饶命!饶命!不干我事,自有偷宝贝的在那里也。"行者使个拿法,一只手抓将过来,径拿下第十层塔中,报道:"师父,拿住偷宝贝之贼了!"三藏正自盹睡,忽闻此言,又惊又喜道:"是那里拿来的?"行者把怪物揪到面前跪下道:"他在塔顶上猜拳吃酒耍子,是老孙听得喧哗,一纵云,跳到顶上拦住,未曾着力。但恐一棒打死,没人供状,故此轻轻捉来。师父可取他个口词,看他是那里妖精,偷的宝贝在于何处。"

　　那怪物战战兢兢,口叫:"饶命!"遂从实供道:"我两个是乱石山碧波潭万圣龙王差来巡塔的。他叫做奔波儿灞,我叫做灞波儿奔①。他是鲇鱼怪,我是黑鱼精。因我万圣老龙生了一个女儿,就唤做万圣公主。那公主花容月貌,有二十分人才。招得一个驸马,唤做九

---

①　灞波儿奔:原作"灞波奔",下文又作"灞波儿泭"。今二妖统作"奔波儿灞""灞波儿奔"。

头驸马,神通广大。前年与龙王来此,显大法力,下了一阵血雨,污了宝塔,偷了塔中的舍利子佛宝。公主又去大罗天上,灵虚殿前,偷了王母娘娘的九叶灵芝草①,养在那潭底下,金光霞彩,昼夜光明。近日闻得有个孙悟空往西天取经,说他神通广大,沿路上专一寻人的不是,所以这些时常差我等来此巡拦。若还有那孙悟空到时,好准备也。"行者闻言,嘻嘻冷笑道:"那业畜等这等无礼!怪道前日请牛魔王在那里赴会,原来他结交这伙泼魔,专干不良之事。"

说未了,只见八戒与两三个小和尚,自塔下提着两个灯笼,走上来道:"师父,扫了塔不去睡觉,在这里讲甚么哩?"行者道:"师弟,你来正好。塔上的宝贝,乃是万圣老龙偷了去。今着这两个小妖巡塔,探听我等来的消息,却才被我拿住也。"八戒道:"叫做甚么名字,甚么妖精?"行者道:"才然供了口词,一个叫做奔波儿灞,一个叫做灞波儿奔;一个是鲇鱼怪,一个是黑鱼精。"八戒掣钯就打,道:"既是妖精,取了口词,不打死何待?"行者道:"你不知,且留着活的,好去见皇帝讲话,又好做凿眼去寻贼追宝②。"好呆子,真个收了钯,一家一个,都抓下塔来。那怪只叫:"饶命!"八戒道:"正要你鲇鱼、黑鱼做些鲜汤,与那负冤屈的和尚吃哩!"

两三个小和尚,喜喜欢欢,提着灯笼,引长老下了塔。一个先跑报众僧道:"好了!好了!我们得见青天了!偷宝贝的妖怪,已是爷爷们捉将来矣!"行者且教:"拿铁索来,穿了琵琶骨,锁在这里。汝等看守,我们睡觉去,明日再做理会。"那些和尚都紧紧的守着,让三藏们安寝。

不觉的天晓。长老道:"我与悟空入朝,倒换关文去来。"长老即穿了锦襕袈裟,戴了毗卢帽,整束威仪,拽步前进。行者也束一束虎皮裙,整一整锦布直裰,取了关文同去。八戒道:"怎么不带这两个

---

① 九叶灵芝草:传说中的仙草。《汉书·武帝纪》:"甘泉宫内中产芝,九茎连叶。"

② 凿眼:暗中帮助侦察、窥探,担任向导的人。

妖贼?"行者道:"待我们奏过了,自有驾帖着人来提他①。"遂行至朝门外。看不尽那朱雀黄龙②,清都绛阙③。三藏到东华门,对阁门大使作礼道:"烦大人转奏,贫僧是东土大唐差去西天取经者,意欲面君,倒换关文。"那黄门官果与通报,至阶前奏道:"外面有两个异容异服僧人,称言南赡部洲东土唐朝差往西方拜佛求经,欲朝我王,倒换关文。"国王闻言,传旨教宣。长老即引行者入朝。文武百官见了行者,无不惊怕。有的说是猴和尚,有的说是雷公嘴和尚。个个悚然,不敢久视。长老在阶前舞蹈山呼的行拜,大圣叉着手,斜立在傍,公然不动。长老启奏道:"臣僧乃南赡部洲东土大唐国差来拜西方天竺国大雷音寺佛求取真经者。路经宝方,不敢擅过。有随身关文,乞倒验方行。"那国王闻言大喜。传旨教宣唐朝圣僧上金銮殿,安绣墩赐坐。长老独上殿,先将关文捧上,然后谢恩敢坐。

那国王将关文看了一遍,心中喜悦道:"似你大唐王有疾,能选高僧,不避路途遥远,拜我佛取经。寡人这里和尚,专心只是做贼,败国倾君。"三藏闻言,合掌道:"怎见得败国倾君?"国王道:"寡人这国,乃是西域上邦,常有四夷朝贡,皆因国内有个金光寺,寺内有座黄金宝塔,塔上有光彩冲天。近被本寺贼僧,暗窃了其中之宝,三年无有光彩,外国这二年也不来朝,寡人心痛恨之。"三藏合掌笑云:"万岁,差之毫厘,失之千里矣。贫僧昨晚到于天府,一进城门,就见十数个枷纽之僧。问及何罪,他道是金光寺负冤屈者。因到寺细审,更不干本寺僧人之事。贫僧入夜扫塔,已获那偷宝之妖贼矣。"国王大喜道:"妖贼安在?"三藏道:"现被小徒锁在金光寺里。"

---

①驾帖:明代秉承皇帝意旨,由刑科(属都察院主管)签发的逮捕人的公文。
②朱雀黄龙:朱雀、黄龙原为中国古代天文学的星区,位于南方。唐杨炯《浑天赋》:"南宫则黄龙赋象,朱鸟成形。五帝之座,三光之庭。"这里代指皇宫南面的宫殿。
③清都:传说中的天帝宫阙。《列子·周穆王》:"清都、紫微、钧天、广乐,帝之所居。"绛阙:宫殿寺观前的朱色门阙。亦借指朝廷、寺庙、仙宫等。

那国王急降金牌："着锦衣卫快到金光寺取妖贼来①，寡人亲审。"三藏却奏道："万岁，虽有锦衣卫，还得小徒去方可。"国王道："高徒在那里？"三藏用手指道："那玉阶旁立者便是。"国王见了，大惊道："圣僧如此丰姿，高徒怎么这等像貌？"孙大圣听见了，厉声高叫道："陛下，'人不可貌相，海水不可斗量'。若爱丰姿者，如何捉得妖贼也？"国王闻言，回惊作喜道："圣僧说的是。朕这里不选人材，只要获贼得宝归塔为上。"再着当驾官看车盖，教锦衣卫好生伏侍圣僧去取妖贼来。那当驾官即备大轿一乘，黄伞一柄，锦衣卫点起校尉，将行者八抬八绰，大四声喝路，径至金光寺。自此惊动满城百姓，无处无一人不来看圣僧及那妖贼。

八戒、沙僧听得喝道，只说是国王差官，急出迎接，原来是行者坐在轿上。呆子当面笑道："哥哥，你得了本身也②。"行者下了轿，搀着八戒道："我怎么得了本身？"八戒道："你打着黄伞，抬着八人轿，却不是猴王之职分③？故说你得了本身。"行者道："且莫取笑。"遂解下两个妖物，押见国王。沙僧道："哥哥，也带挈小弟带挈。"行者道："你只在此看守行李、马匹。"那枷锁之僧道："爷爷们都去承受皇恩，等我们在此看守。"行者道："既如此，等我去奏过国王，却来放你。"八戒揪着一个妖贼，沙僧揪着一个妖贼，孙大圣依旧坐了轿，摆开头搭，将两个妖怪押赴当朝。

须臾，至白玉阶。对国王道："那妖贼已取来了。"国王遂降龙

---

① 锦衣卫：原为明代管理护卫皇官的禁卫军和掌管皇帝出入仪仗的官署，后逐渐演变为皇帝的心腹，兼管刑狱和巡察缉捕，成为监视文武百官直到平民百姓的特务组织。

② 本身：原来的身份。

③ 猴王之职分：明制，都御史（正二品）以上始得乘八抬大轿。《礼部志稿》卷八十："弘治十六年十二月，……各王府将军、中尉（郡王除嫡长子外诸子封镇国将军，诸孙封辅国将军，玄孙封奉国将军。奉国将军诸子封镇国中尉，诸孙封辅国中尉）并夫人以下服色伞盖马匹等项，务要各照原授官职封号品级服用，不许张打销金红伞，扛抬八人朱红漆轿。"则八抬轿，销金伞，本是郡王才能服用。此处孙悟空用之，故称是"猴王之职分"。

床,与唐僧与文武多官,同目视之。那怪一个是暴腮乌甲,尖嘴利牙;一个是滑皮大肚,巨口长须。虽然是有足能行,大抵是变成的人像。国王问曰:"你是何方贼怪,那处妖精,几年侵吾国土,何年盗我宝贝,一盘共有多少贼徒,都唤做甚么名字,从实一一供来!"二怪朝上跪下,颈内血淋淋的,更不知疼痛。供道:

"三载之外,七月初一,有个万圣龙王,帅领许多亲戚,住居在本国东南,离此处路有百十。潭号碧波,山名乱石。生女多娇,妖娆美色。招赘一个九头驸马,神通无敌。他知你塔上珍奇,与龙王合盘做贼①,先下血雨一场,后把舍利偷讫。见如今照耀龙宫,纵黑夜明如白日。公主施能,寂寂密密,又偷了王母灵芝,在潭中温养宝物。我两个不是贼头,乃龙王差来小卒。今夜被擒,所供是实。"

国王道:"既取了供,如何不供自家名字?"那怪道:"我唤做奔波儿灞,他唤做灞波儿奔。奔波儿灞是个鲇鱼怪,灞波儿奔是个黑鱼精。"国王教锦衣卫好生收监。传赦,赦了金光寺众僧的枷锁,"快教光禄寺排宴,就于麒麟殿上谢圣僧获贼之功,议请圣僧捕擒贼首。"

光禄寺即时备了荤素两样筵席。国王请唐僧四众上麒麟殿叙坐。问道:"圣僧尊号?"唐僧合掌道:"贫僧俗家姓陈,法名玄奘。蒙君赐姓唐,贱号三藏。"国王又问:"圣僧高徒何号?"三藏道:"小徒俱无号。第一个名孙悟空,第二个名猪悟能,第三个名沙悟净:此乃南海观世音菩萨起的名字。因拜贫僧为师,贫僧又将悟空叫做行者,悟能叫做八戒,悟净叫做和尚。"国王听毕,请三藏坐了上席,孙行者坐了侧首左席,猪八戒、沙和尚坐了侧首右席。俱是素果素菜、素茶素饭。前面一席荤的,坐了国王;下首有百十席荤的,坐了文武多官。臣谢了君恩,徒告了师罪,坐定。国王把盏,三藏不敢饮酒,他三个各受了安席酒。下边只听得管弦齐奏,乃是教坊司动乐②。你

---

① 合盘:合谋。
② 教坊司:明代教坊司,隶属礼部,其前身是唐宋时的"教坊"。负责管理官廷音乐、舞蹈、百戏的教习、排练、演出等事务。

看八戒放开食嗓，真个是虎咽狼吞，将一席果菜之类，吃得罄尽。少顷间，添换汤饭又来，又吃得一毫不剩。巡酒的来，又杯杯不辞。这场筵席，直乐到午后方散。

　　三藏谢了盛宴。国王又留住道："这一席聊表圣僧获怪之功。"教光禄寺："快翻席到建章宫里，再请圣僧定捕贼首、取宝归塔之计。"三藏道："既要捕贼取宝，不劳再宴。贫僧等就此辞王，就擒捉妖怪去也。"国王不肯，一定请到建章宫，又吃了一席。国王举酒道："那位圣僧帅众出师，降妖捕贼？"三藏道："教大徒弟孙悟空去。"大圣拱手应承。国王道："孙长老既去，用多少人马？几时出城？"八戒忍不住高声叫道："那里用甚么人马！又那里管甚么时辰！趁如今酒醉饭饱，我共师兄去，手到擒来！"三藏甚喜道："八戒这一向勤紧阿！"行者道："既如此，着沙弟保护师父，我两个去来。"那国王道："二位长老既不用人马，可用兵器？"八戒笑道："你家的兵器，我们用不得。我弟兄自有随身器械。"国王闻说，即取大觥来，与二位长老送行。孙大圣道："酒不吃了，只教锦衣卫把两个小妖拿来，我们带了他去做凿眼。"国王传旨，即时提出。二人采着两个小妖，驾风头，使个摄法，径上东南去了。噫！他那：

　　　　君臣一见腾风雾，才识师徒是圣僧。
　　毕竟不知此去如何擒获，且听下回分解。

第六十三回

二僧荡怪闹龙宫　群圣除邪获宝贝

　　却说祭赛国王与大小公卿，见孙大圣与八戒腾风驾雾，提着两个小妖，飘然而去。一个个朝天礼拜道："话不虚传，今日方知有此辈神仙活佛！"又见他远去无踪，却拜谢三藏、沙僧道："寡人肉眼凡胎，只知高徒有力量，拿住怪贼便了；岂知乃腾云驾雾之上仙也。"三藏道："贫僧无些法力，一路上多亏这三个小徒。"沙僧道："不瞒陛下说。我大师兄乃齐天大圣归依。他曾大闹天宫，使一条金箍棒，十万天兵，无一个对手，只闹得太上老君害怕，玉皇大帝心惊。我二师兄乃天蓬元帅果正。他也曾掌管天河八万水兵大众。惟我弟子无法力，乃卷帘大将受戒。愚弟兄若干别事无能，若说擒妖缚怪，拿贼捕亡，伏虎降龙，踢天弄井，以至搅海翻江之类，略通一二。这腾云驾雾，唤雨呼风，与那换斗移星，担山赶月，特余事耳，何足道哉！"国王闻说，愈十分加敬。请唐僧上坐，口口称为老佛，将沙僧等皆称为菩萨。满朝文武忻然，一国黎民顶礼不题。

　　却说孙大圣与八戒驾着狂风，把两个小妖摄到乱石山碧波潭，住定云头，将金箍棒吹了一口仙气，叫："变！"变作一把戒刀，将一个黑鱼怪割了耳朵，鲇鱼精割了下唇，撇在水里，喝道："快早去对那万圣龙王报知，说我齐天大圣孙爷爷在此，着他即送祭赛国金光寺塔上的原宝出来，免他一家性命！若进半个'不'字，我将这潭水搅净，教他一门儿老幼遭诛！"

　　那两个小妖，得了命，负痛逃生，拖着锁索，淬入水内，唬得那些鼋鼍龟鳖，虾蟹鱼精，都来围住问道："你两个为何拖绳带索？"一个掩着耳，摇头摆尾；一个侮着嘴，跌脚捶胸；都嚷嚷闹闹，竟上龙王宫殿报："大王，祸事了！"那万圣龙王正与九头驸马饮酒，忽见他两个来，即停杯问何祸事。那两个即告道："昨夜巡拦，被唐僧、孙行者扫塔捉获，用铁索拴锁。今早见国王，又被那行者与猪八戒抓着我两个，一个割了耳朵，一个割了嘴唇，抛在水中，着我来报，要索那塔顶宝贝。"遂将前后事细说了一遍。那老龙听说是孙行者齐天大圣，唬得魂不附体，魄散九霄。战兢兢对驸马道："贤婿阿，别个来还好计较。若果是他，却不善也！"驸马笑道："太岳放心①，愚婿自幼学了些武艺，四海之内，也曾会过几个豪杰，怕他做甚！等我出去与他交战三合，管取那厮缩首归降，不敢仰视。"

好妖怪，急纵身披挂了，使一般兵器，叫做月牙铲，步出宫，分开水道，在水面上："叫做个甚么齐天大圣！快上来纳命！"行者与八戒立在岸边，观看那妖精怎生打扮：

戴一顶烂银盔，光欺白雪；贯一副兜鍪甲②，亮敌秋霜。上罩着锦征袍，真个是彩云笼玉；腰束着犀纹带，果然像花蟒缠金。手执着月牙铲，霞飞电掣；脚穿着猪皮靴，水利波分。远看时一头一面，近睹处四面皆人。前有眼，后有眼，八方通见；左也口，右也口，九口言论。一声吆喝长空振，似鹤飞鸣贯九宸③。

他见无人对答，又叫一声："那个是齐天大圣？"行者按一按金箍，理一理铁棒道："老孙便是。"那怪道："你家居何处？身出何方？怎生得到祭赛国，与那国王守塔，却大胆获我头目，又敢行凶，上吾宝山索战？"行者骂道："你这贼怪，原来不识你孙爷爷哩！你上前，听我道：

老孙祖住花果山，大海之间水帘洞。
自幼修成不坏身，玉皇封我齐天圣。
只因大闹斗牛宫，天上诸神难取胜。
当请如来展妙高，无边智慧非凡用。
为翻筋斗赌神通，手化为山压我重。

---

①太岳：岳父。
②兜鍪(móu)：古代作战时戴的头盔。
③九宸：即九天。宸，北极星所居之处，代指天。

> 整到如今五百年,观音劝解方逃命。
> 大唐三藏上西天,远拜灵山求佛颂。
> 解脱吾身保护他,炼魔净怪从修行。
> 路逢西域祭赛城,屈害僧人三代命。
> 我等慈悲问旧情,乃因塔上无光映。
> 吾师扫塔探分明,夜至三更天籁静。
> 捉住鱼精取实供,他言汝等偷宝贝。
> 合盘为盗有龙王,公主连名称万圣。
> 血雨浇淋塔上光,将他宝贝偷来用。
> 殿前供状更无虚,我奉君言驰此境。
> 所以相寻索战争,不须再问孙爷姓。
> 快将宝贝献还他,免汝老少全家命。
> 敢若无知骋胜强,教你水涸山颓都蹭蹬!"

那驸马闻言,微微冷笑道:"你原来是取经的和尚,没要紧罗织管事。我偷他的宝贝,你取佛的经文,与你何干,却来厮斗?"行者道:"这贼怪甚不达理,我虽不受国王的恩惠,不食他的水米,不该与他出力;但是你偷他的宝贝,污他的宝塔,屡年屈苦金光寺僧人。他是我一门同气,我怎么不与他出力,辨明冤枉?"驸马道:"你既如此,想是要行赌赛。常言道'武不善作'①。但只怕起手处,不得留情,一时间伤了你的性命,误了你去取经。"行者大怒,骂道:"这泼贼怪,有甚强能,敢开大口! 走上来,吃老爷一棒!"那驸马更不心慌,把月牙铲架住铁棒,就在那乱石山头,这一场真个好杀:

> 妖魔盗宝塔无光,行者擒妖报国王。
> 小怪逃生回水内,老龙破胆各商量。
> 九头驸马施威武,披挂前来展素强。
> 怒发齐天孙大圣,金箍棒起十分刚。
> 那怪物九个头颅十八眼,前前后后放豪光;

---

① 武不善作:指既要动武,就不能讲斯文,就会有伤害发生。

>　　这行者一双铁臂千斤力,蔼蔼纷纷并瑞祥。
>　　铲似一阳初现月①,棒如万里遍飞霜。
>　　他说你:"无干休把不平报。"
>　　我道你:"有意偷宝真不良。
>　　那泼贼,少轻狂,还他宝贝得安康!"
>　　棒迎铲架争高下,不见输赢练战场。

　　他两个往往来来,斗经三十余合,不分胜负。猪八戒立在山前,见他每战到甜美之处,举着钉钯,从妖精背后一筑。原来那怪九个头,转转都是眼睛,看得明白,见八戒在背后来时,即使铲镈架着铁钯,铲头抵着铁棒。又耐了五七合,挡不得前后齐轮,他却打个滚,腾空跳起,现了本像,乃是一个九头虫,观其形像十分恶,见此身模怕杀人!他生得:

　　毛羽铺锦,团身结絮。方圆有丈二规模,长短似鼋鼍样致。两只脚尖利如钩,九个头攒环一处。展开翅极善飞扬,纵大鹏无他力气。发起声远振天涯,比仙鹤还能高唳。眼多闪灼幌金光,气傲不同凡鸟类。

　　猪八戒看见心惊道:"哥阿!我自为人,也不曾见这等个恶物,是甚血气生此禽兽也②?"行者道:"真个罕有!真个罕有!等我赶上打去!"好大圣,急纵祥云,跳在空中,使铁棒照头便打。那怪物大显身,展翅斜飞,搜的打个转身,掠到山前,半腰里又伸出一个头来,张开口如血盆相似,把八戒一口咬着鬃,半拖半扯,捉下碧波潭水内而去。及至龙宫外,还变作前番模样,将八戒掷之于地,叫:"小的们何在?"那里面鲭鲌鲤鳜之鱼精,龟鳖鼋鼍之介怪,一拥齐来,道声:"有!"驸马道:"把这个和尚,绑在那里,与我巡拦的小卒报仇!"众精推推嚷嚷,抬进八戒去时,那老龙王欢喜,迎出道:"贤婿有功,怎生

---

①一阳初现月:一弯新月。
②血气:血液和气息。指人和动物体内维持生命活动的两种要素。汉王充《论衡·四讳》:"人生何以异于六畜?皆含血气怀子,子生与人无异。"

捉他来也?"那驸马把上项原故说了一遍,老龙即命排酒贺功不题。

却说孙行者见妖精抢了八戒,心中惧道:"这厮恁般利害!我待回朝见师,恐那国王笑我。待要开言骂战,曾奈我又单身?况水面之事不惯。且等我变化了进去,看那怪把呆子怎生摆布。若得便,且偷他出来干事。"好大圣,捻着诀,摇身一变,还变做一个螃蟹,淬于水内,径至牌楼之前。原来这条路是他前番袭牛魔王盗金睛兽走熟了的。直至那宫阙之下,横爬过去。又见那老龙王与九头虫阖家儿欢喜饮酒。行者不敢相近,爬过东廊之下,见几个虾精蟹精,纷纷纭纭耍子。行者听了一会言谈,却就学语学话,问道:"驸马爷爷拿来的那长嘴和尚,这会死了不曾?"众精道:"不曾死。缚在那西廊下哼的不是?"

行者听说,又轻轻的爬过西廊。真个那呆子绑在柱上哼哩。行者近前道:"八戒,认得我么?"八戒听得声音,知是行者,道:"哥哥,怎么了!返被这厮捉住我也!"行者四顾无人,将拑咬断索子叫走。那呆子脱了手道:"哥哥,我的兵器被他收了,又奈何?"行者道:"你可知道收在那里?"八戒道:"当被那怪拿上宫殿去了。"行者道:"你先去牌楼下等我。"八戒逃生,悄悄的溜出。行者复身爬上宫殿观看,左首下有光彩森森,乃是八戒的钉钯放光,使个隐身法,将钯偷出。到牌楼下,叫声:"八戒,接兵器!"呆子得了钯,便道:"哥哥,你先走,等老猪打进宫殿。若得胜,就捉住他一家子;若不胜,败出来,你在这潭岸上救应。"行者大喜,只教仔细。八戒道:"不怕他!水里本事,我略有些儿。"行者丢了他,负出水面不题。

这八戒束了皂直裰,双手缠钯,一声喊,打将进去。慌得那大小水族奔奔波波跑上宫殿,吆喝道:"不好了!长嘴和尚挣断绳返打进来了!"那老龙与九头虫并一家子俱措手不及,跳起来,藏藏躲躲。这呆子不顾死活,闯上宫殿,一路钯,筑破门扇,打破桌椅,把些吃酒的家火之类,尽皆打碎。有诗为证。诗曰:

木母遭逢水怪擒,心猿不舍苦相寻。

暗施巧计偷开锁,大显神威怒恨深。

驸马忙携公主躲,龙王战栗绝声音。

水官绛阙门窗损,龙子龙孙尽没魂。

这一场,被八戒把玳瑁屏打得粉碎,珊瑚树掼得凋零。那九头虫将公主安藏在内,急取月牙铲赶至前宫喝道:"泼夯豕彘,怎敢欺心惊吾眷族!"八戒骂道:"这贼怪,你焉敢将我捉来!这场不干我事,是你请我来家打的!快拿宝贝还我,回见国王了事;不然,决不饶你一家命也!"那怪那肯容情,咬定牙齿,与八戒交锋。那老龙才定了神思,挟龙子、龙孙,各执枪刀,齐来攻取。八戒见事体不谐,虚幌一钯,撤身便走。那老龙帅众追来。须臾,撺出水中,都到潭面上翻腾。

却说孙行者立于潭岸等候,忽见他每追赶八戒,出离水中,就半踏云雾,掣铁棒,喝声:"休走!"只一下,把个老龙头打得稀烂。可怜血溅潭中红水泛,尸飘浪上败鳞浮。唬得那龙子龙孙各各逃命;九头驸马收龙尸,转宫而去。

行者与八戒且不追袭,回上岸,备言前事。八戒道:"这厮锐气挫了!被我那一路钯打进去时,打得落花流水,魂散魄飞。正与那驸马厮斗,被那老龙王赶着,却亏了你打死。那厮们回去,一定停丧挂孝,决不肯出来。今又天色晚了,却怎奈何?"行者道:"管甚么天晚!乘此机会,你还下去攻战。务必取出宝贝,方可回朝。"那呆子意懒情疏,徉徉推托。行者催逼道:"兄弟不必多疑,还像刚才引出来,等我打他。"

两人正自商量,只听得狂风滚滚,惨雾阴阴,忽从东方径往南去。行者仔细观看,乃是二郎显圣,领梅山六兄弟,架着鹰犬,挑着狐兔,抬着獐鹿,一个个腰挎弯弓,手持利刃,纵风雾踊跃而来。行者道:"八戒,那是我七圣兄弟,倒好留请他们,与我助战。若得成功,倒是一场大机会也。"八戒道:"既是兄弟,极该留请。"行者道:"但内有显圣大哥,我曾受他降伏,不好见他。你去拦住头,叫道:'真君,且略住住。齐天大圣在此进拜。'他若听见是我,断然住了。待他安下,我却好见。"

那呆子急纵云头，上山拦住，厉声高叫道："真君，且慢车驾。有齐天大圣请见哩。"那爷爷见说，即传令，就停住，六兄弟与八戒相见毕，问："齐天大圣何在？"八戒道："现在山下听呼唤。"二郎道："兄弟每，快去请来。"六兄弟乃是康、张、姚、李、郭、直，各各出营叫道："孙悟空哥哥，大哥有请。"行者上前，对众作礼，遂同上山。二郎爷爷迎见，携手相搀，一同相见道："大圣，你去脱大难，受戒沙门，刻日功完，高登莲座，可贺！可贺！"行者道："不敢。向蒙莫大之恩，未展斯须之报。虽然脱难西行，未知功行何如。今因路遇祭赛国，搭救僧灾，在此擒妖索宝。偶见兄长车驾，大胆请留一助。未审兄长自何而来，肯见爱否？"二郎笑道："我因闲暇无事，同众兄弟采猎而回。幸蒙大圣不弃留会，足感故旧之情。若命挟力降妖，敢不如命？却不知此地是何怪贼？"六圣道："大哥忘了？此间是乱石山，山下乃碧波潭，万圣之龙宫也。"二郎惊讶道："万圣老龙却不生事，怎么敢偷塔宝？"行者道："他近日招了一个驸马，乃是九头虫成精。他郎丈两个做贼①，将祭赛国下了一场血雨，把金光寺塔顶舍利佛宝偷来。那国王不解其意，苦拿着僧人拷打。是我师父慈悲，夜来扫搭，当被我在塔上拿住两个小妖，是他差来巡探的。今早押赴朝中，实实供招了。那国王就请我师收降，师命我等到此。先一场战，被九头虫腰里伸出一个头来，把八戒衔了去。我却又变化下水，解了八戒。才然大战一场，是我把老龙打死，那厮每收尸挂孝去了。我两个正议索战，却见兄长仪仗降临，故此轻渎也。"二郎道："既伤了老龙，正好与他攻击，使那厮不能措手，却不连窝巢都灭绝了？"八戒道："虽是如此，奈天晚何？"二郎道："兵家云，征不待时，何怕天晚！"康、姚、郭、直道："大哥莫忙，那厮家眷在此，料无处去。孙二哥也是贵客，猪刚鬣又归了正果，我们营内有随带的酒肴。教小的们取火，就此铺设。一则与二位贺喜，二来也当叙情。且欢会这一夜，待天明索战何迟？"二郎大喜道："贤弟说得极当。"却命小校安排。行者道：

---

①郎丈：女婿和丈人。郎，指女婿。

"列位盛情,不敢固却。但自做和尚,都是斋戒,恐荤素不便。"二郎道:"有素果品,酒也是素的。"众兄弟在星月光前,幕天席地,举杯叙旧。

　　正是寂寞更长,欢娱夜短。早不觉东方发白。那八戒几钟酒吃得兴抖抖的道:"天将明了,等老猪下水去索战也。"二郎道:"元帅仔细。只要引他出来,我兄弟每好下手。"八戒笑道:"我晓得,我晓得。"你看他敛衣缠钯,使分水法,跳将下去,径至那牌楼下;发声喊,打入殿内。此时那龙子披了麻,看着龙尸哭;龙孙与那驸马在后面收拾棺材哩。这八戒骂上前,手起处,钯头着重,把个龙子挟头连头,一钯筑了九个窟窿。唬得那龙婆与众往里乱跑,哭道:"长嘴和尚又把我儿打死了!"那驸马闻言,即使月牙铲,带龙孙往外杀来。这八戒举钯迎敌,且战且退,跳出水中。这岸上齐天大圣与七兄弟一拥上前,枪刀乱扎,把个龙孙剁成几断肉饼。那驸马见不停当,在山前打个滚,又现了本像,展开翅,旋绕飞腾。二郎即取金弓,安上银弹,扯满弓,往上就打。那怪急杀翅,掠到边前,要咬二郎;半腰里才伸出一个头来,被那头细犬撺上去,汪的一口,把头血淋淋的咬将下来。那怪物负痛逃生,径投北海而去。八戒便要赶去。行者止住道:"且莫赶他。正是'穷寇勿追'。他被细犬咬了头,必定是多死少生。等我变做他的模样,你分开水路,赶我进去,寻那宫主,诈他宝贝来也。"二郎与六圣道:"不赶他,倒也罢了;只是遗这种类在世,必为后人之害。"至今有个九头虫滴血①,是遗种也。

　　那八戒依言,分开水路,行者变作怪像前走,八戒吆吆喝喝后追。渐渐追至龙宫,只见那万圣宫主道:"驸马,怎么这等慌张?"行者道:"那八戒得胜,把我赶将进来,觉道不能敌他。你快把宝贝好生藏了!"那公主急忙难识真假,即于后殿里取出一个浑金匣子来,

---

①九头虫滴血:九头虫,又称鬼车。宋周密《齐东野语·鬼车鸟》载:九头鸟原有十头,为犬咬掉其中一个,若血滴入居民家中,便为灾咎,故闻其叫声者,必呼犬灭灯,驱赶其迅速飞过。

递与行者道:"这是佛宝。"又取出一个白玉匣子,也递与行者道:"这是九叶灵芝。你拿这宝贝藏去,等我与猪八戒斗上两三合,挡住他。你将宝贝收好了,再出来与他合战。"行者将两个匣儿收在身边,把脸一抹,现了本像道:"公主,你看我可是驸马么?"公主慌了,便要抢夺匣子,被八戒跑上去,着背一钯,筑倒在地。还有一个老龙婆撤身就走,被八戒扯住,举钯才筑,行者道:"且住!莫打死他,留个活的,好去国内见功。"遂将龙婆捉出水面。行者随后捧着两个匣子上岸,对二郎道:"感兄长威力,得了宝贝,扫净妖贼也。"二郎道:"一则是那国王洪福齐天,二则是贤昆玉神通无量,我何功之有!"兄弟每俱道:"孙二哥既已功成,我每就此告别。"行者感谢不尽,欲留同见国王。诸公不肯,遂帅众回灌口去讫。

行者捧着匣子,八戒拖着龙婆,半云半雾,顷刻间到了国内。原来那金光寺解脱的和尚,都在城外迎接。忽见他两个云雾定时,近前磕头礼拜,接入城中。那国王与唐僧正在殿上讲论。这里有先走的和尚,仗着胆,入朝门奏道:"万岁,孙、猪二老爷擒贼获宝而来也。"那国王听说,连忙下殿,共唐僧、沙僧,迎着称谢神功不尽,随命排筵谢恩。三藏道:"且不须赐饮,着小徒归了塔中之宝,方可饮宴。"三藏又问行者道:"汝等昨日离国,怎么今日才来?"行者把那战驸马,打龙王,逢真君,败妖怪,及变化诈宝贝之事,细说了一遍。三藏与国王、大小文武俱喜之不胜。

国王又问:"龙婆能人言语否?"八戒道:"乃是龙王之妻,生了许多龙子、龙孙,岂不知人言?"国王道:"既知人言,快早说前后做贼之事。"龙婆道:"偷佛宝,我全不知,都是我那夫君龙鬼与那驸马九头虫,知你塔上之光乃是佛家舍利子,三年前下了血雨,乘机盗去。"又问:"灵芝草是怎么偷的?"龙婆道:"只是我小女万圣公主私入大罗天上,灵虚殿前,偷的王母娘娘九叶灵芝草。那舍利子得这草的仙气温养着,千年不坏,万载生光,去地下,或田中,扫一扫,即有万道霞光,千条瑞气。如今被你夺来,弄得我夫死子绝,婿丧女亡,千万饶了我的命罢!"八戒道:"正不饶你哩!"行者道:"家无全犯,我便饶你,只便要你长远替我看塔。"龙婆道:"好死不如恶活。但留我命,凭你教做甚么。"行者叫取铁索来。当驾官即取铁索一条,把龙婆琵琶骨穿了。教沙僧:"请国王来看我们安塔去。"

那国王不敢排驾,遂同三藏携手出朝,并文武多官,随至金光寺上塔。将舍利子安在第十三层塔顶宝瓶中间,把龙婆锁在塔心柱上,念动真言,唤出本国土地、城隍与本寺伽蓝,每三日送饮食一餐,与这龙婆度口;少有差讹,即行处斩。众神暗中领护。行者却将芝草把十三层塔层层扫过,安在瓶内,温养舍利子。这才是整旧如新,霞光万道,瑞气千条,依然八方共睹,四国同瞻。下了塔门,国王就谢道:"不是老佛与三位菩萨到此,怎生得明此事也!"行者道:"陛下,'金光'二字不好,不是久住之物:金乃流动之物,光乃闪灼之气。贫僧为你劳碌这场,将此寺改作伏龙寺,教你永远常存。"那国王即命换了字号,悬上新扁,乃是"敕建护国伏龙寺"。一壁厢安排御宴,一壁厢召丹青写下四众生形,五凤楼注了名号。国王摆銮驾,送唐僧师徒,赐金玉酬答,师徒们坚辞,一毫不受。这真个是:

邪怪剪除万境静,宝塔回光大地明。

毕竟不知此去前路如何,且听下回分解。

第六十四回

荆棘岭悟能努力　木仙庵三藏谈诗

　　话表祭赛国王谢了唐三藏师徒获宝擒怪之恩。所赠金玉，分毫不受。却命当驾官照依四位常穿的衣服，各做两套，鞋袜各做两双，绦环各做两条，外备干粮烘炒，倒换了通关文牒，大排銮驾，并文武多官，满城百姓，伏龙寺僧人，大吹大打，送四众出城。约有二十里，先辞了国王。众人又送二十里辞回。伏龙寺僧人，送有五六十里不回。有的要同上西天，有的要修行伏侍。行者见都不肯回去，遂弄个手段，拔毫毛拔了三四十根，吹口仙气，叫："变！"都变作斑斓猛虎，拦住前路，哮吼踊跃。众僧方惧，不敢前进。大圣才引师父策马而去。少时间，去得远了。众僧人放声大哭，都喊："有恩有义的老爷！我等无缘，不肯度我们也！"

　　且不说众僧啼哭。却说师徒四众，走上大路，却才收回毫毛，一直西去。正是时序易迁，又早冬残春至，不暖不寒，正好逍遥行路。忽见一条长岭，岭顶上是路。三藏勒马观看，那岭上荆棘丫叉，薜萝牵绕，虽是有道路的痕迹，左右却都是荆刺棘针。唐僧叫："徒弟，这路怎生走得？"行者道："怎么走不得？"又道："徒弟呵，路痕在下，荆棘在上，只除是蛇虫伏地而游，方可去了；若你们走，腰也难伸，教我如何乘马？"八戒道："不打紧，等我使出钯柴手来，把钉钯分开荆棘，莫说乘马，就抬轿也包你过去。"三藏道："你虽有力，长远难熬，却不知有多少远近，怎生费得这许多精神！"行者道："不须商量，等我去看看。"将身一纵，跳在半空看时，一望无际。真个是：

　　匝地远天①，凝烟带雨。夹道柔茵乱，漫山翠盖张。密密搓搓初发叶，攀攀扯扯正芬芳。遥望不知何所尽，近观一似绿云茫。蒙蒙茸

---

　　①匝(zā)地：遍地，满地。

茸,郁郁苍苍。风声飘索索,日影映煌煌。那中间有松有柏还有竹,多梅多柳更多桑。薛萝缠古树,藤葛绕垂杨。盘团似架,联络如床。有处花开真布锦,无端卉发远生香。为人谁不遭荆棘,那见西方荆棘长。

行者看罢多时,将云头按下道:"师父,这去处远哩!"三藏问:"有多少远?"行者道:"一望无际,似有千里之遥。"三藏大惊道:"怎生是好?"沙僧笑道:"师父莫愁,我们也学烧荒的,放上一把火,烧绝了荆棘过去。"八戒道:"莫乱谈!烧荒的须在十来月,草衰木枯,方好引火。如今正是蕃盛之时,怎么烧得!"行者道:"就是烧得,也怕人子。"三藏道:"这般怎生得度?"八戒笑道:"要得度,还依我。"

好呆子,捻个诀,念个咒语,把腰躬一躬,叫:"长!"就长了有二十丈高下的身躯;把钉钯幌一幌,教:"变!"就变了有三十丈长短的钯柄;拽开步,双手使钯,将荆棘左右搂开:"请师父跟我来也!"三藏见了甚喜,即策马紧随。后面沙僧挑着行李,行者也使铁棒拨开。这一日未曾住手,行有百十里,将次天晚,见有一块空阔之处。当路上有一通石碣,上有三个大字,乃"荆棘岭";下有两行十四个小字,乃"荆棘蓬攀八百里,古来有路少人行"。八戒见了笑道:"等我老猪与他添上两句:'自今八戒能开破,直透西方路尽平!'"三藏忻然下马道:"徒弟呵,累了你也!我们就在此住过了今宵,待明日天光再走。"八戒道:"师父莫住,赶此天色晴明,我等有兴,连夜搂开路走他娘!"那长老只得相从。

八戒上前努力,师徒们人不住手,马不停蹄,又行了一日一夜,却又天色晚矣。那前面蓬蓬结结,又闻得风敲竹韵,飒飒松声。却好又有一段空地,中间乃是一座古庙,庙门之外,有松柏凝青,桃梅斗丽。三藏下马,与三个徒弟同看,只见:

岩前古庙枕寒流,落日荒烟锁废丘。
白鹤丛中深岁月,绿芜台下自春秋。
竹摇青珮疑闻语①,鸟弄馀音似诉愁。

----

①青珮:指竹的叶子。

第六十四回　荆棘岭悟能努力　木仙庵三藏谈诗

鸡犬不通人迹少，闲花野蔓绕墙头。

行者看了道："此地少吉多凶，不宜久坐。"沙僧道："师兄差疑了。似这杳无人烟之处，又无个怪兽妖禽，怕他怎的？"说不了，忽见一阵阴风，庙门后转出一个老者，头戴角巾①，身穿淡服，手持拐杖，足踏芒鞋，后跟着一个青脸獠牙、红须赤身鬼使，头顶着一盘面饼，跪下道："大圣，小神乃荆棘岭土地。知大圣到此，无以接待，特备蒸饼一盘，奉上老师父，各请一餐。此地八百里更无人家，聊吃些儿充饥。"八戒欢喜，上前舒手，就欲取饼。不知行者端详已久，喝一声："且住！这厮不是好人，休得无礼！你是甚么土地，来诳老孙！看棍！"那老者见他打来，将身一转，化作一阵阴风，呼的一声，把个长老摄将起去，飘飘荡荡，不知摄去何所。慌得那大圣没跟寻处；八戒、沙僧俱相顾失色，白马亦只自惊吟。三兄弟连马四口，恍恍忽忽，远望高张，并无一毫下落，前后找寻不题。

却说那老者同鬼使，把长老抬到一座烟霞石屋之前，轻轻放下。与他携手相搀道："圣僧休怕，我等不是歹人，乃荆棘岭十八公是也②。因风清月霁之宵，特请你来会友谈诗，消遣情怀故耳。"那长老却才定性，睁眼仔细观看，真个是：

漠漠烟云去所，清清仙境人家。
正好洁身修炼，堪宜种竹栽花。
每见翠岩来鹤，时闻青沼鸣蛙。
更赛天台丹灶③，仍期华岳明霞。
说甚耕云钓月④，此间隐逸堪夸。
坐久幽怀如海，朦胧月上窗纱。

---

①角巾：方巾，有棱角的头巾。为古代隐士冠饰。
②十八公：《艺文类聚》卷八八引晋张勃《吴录》载：三国时吴人丁固梦见肚子上长出一株松树，对人说："'松'字可拆为'十八公'三字。过十八年我应当被封为公。"后来果然做了司徒（三公之一）。
③天台丹灶：汉末葛玄曾在天台山炼丹，故"天台丹灶"比喻超凡脱俗之处。
④耕云钓月：指隐逸的生活。参见第五十回"喘月犁云"条注。

三藏正自点看,渐觉月明星朗,只听得人语相谈。都道:"十八公请得圣僧来也。"长老抬头观看,乃是三个老者:前一个霜姿丰采,第二个绿鬓婆娑,第三个虚心黛色。各各面貌衣服俱不相同,都来与三藏作礼。长老还了礼,道:"弟子有何德行,敢劳列位仙翁下爱?"十八公笑道:"一向闻知圣僧有道,等待多时,今幸一遇。如果不吝珠玉,宽坐叙怀,足见禅机真派。"三藏躬身道:"敢问仙翁尊号?"十八公道:"霜姿者号孤直公①,绿鬓者号凌空子②,虚心者号拂云叟③,老拙号曰劲节④。"三藏道:"四翁尊寿几何?"孤直公道:

"我岁今经千岁古,撑天叶茂四时春。
香枝郁郁龙蛇状,碎影重重霜雪身。
自幼坚刚能耐老,从今正直喜修真。
乌栖凤宿非凡辈⑤,落落森森远俗尘。"

凌空子笑道:

"吾年千载傲风霜,高干灵枝力自刚。
夜静有声如雨滴,秋晴荫影似云张。
盘根已得长生诀,受命尤宜不老方。
留鹤化龙非俗辈,苍苍爽爽近仙乡。"

拂云叟笑道:

"岁寒虚度有千秋,老景潇然清更幽。

---

① 孤直公:唐李白《古风三十二首》:"松柏本孤直,难为桃李颜。"故柏树精号孤直公。

② 凌空子:宋苏轼《王复秀才所居双桧二首》:"凛然相对敢相欺,直干凌云未要奇。"故桧树精号凌空子。

③ 拂云叟:唐杜甫《严郑公宅同咏竹》:"但令无剪伐,会见拂云长。"故竹精号拂云叟。

④ 劲节:南朝梁诗人范云《咏寒松》诗:"凌风识劲节,负霜知真心。"故松树精号劲节。

⑤ 乌栖:《汉书·朱博传》载:朱博为御史大夫,府中有柏树,常有数千只乌鸦在上面栖息。凤宿:唐杜甫《病柏》诗:"丹凤领九雏,哀鸣翔其外。"

不杂嚣尘终冷淡,饱经霜雪自风流。
七贤作侣同谈道①,六逸为朋共唱酬②。
戛玉敲金非琐琐③,天然情性与仙游。"

劲节十八公笑道:

"我亦千年约有余,苍然贞秀自如如④。
堪怜雨露生成力,借得乾坤造化机。
万壑风烟惟我盛,四时洒落让吾疏。
盖张翠影留仙客,博弈调琴讲道书。"

三藏称谢道:"四位仙翁,俱享高寿,但劲节翁又千岁余矣。高年得道,丰采清奇,得非汉时之四皓乎⑤?"四老道:"承过奖,承过奖,吾等非四皓,乃深山之四操也⑥。敢问圣僧,妙龄几何?"三藏合掌躬身答曰:

"四十年前出母胎,未产之时命已灾。
逃生落水随波滚,幸遇金山脱本骸⑦。
养性看经无懈怠,诚心拜佛敢俄捱⑧?
今蒙皇上差西去,路遇仙翁下爱来。"

四老咸称道:"圣僧自出娘胎,即从佛教,果然是从小修行,真中

---

① 七贤:晋阮籍、嵇康、山涛、刘伶、向秀、王戎、阮咸等七人,经常到竹林里游览,当时人称为"竹林七贤"。
② 六逸:唐诗人李白常和孔巢父、韩准、裴政、张叔明、陶沔等人在徂徕山隐居,后人称为竹溪六逸。
③ 戛玉敲金非琐琐:这里形容风吹竹林的声音。宋张半湖《扫花游》:"窗外风竹打。似破戛玉敲金,送声潇洒。"戛,敲击。琐琐,双关语,一指敲击的声音,二指平凡之辈。
④ 贞秀:参见第二回"秀贞姿"条注。
⑤ 四皓:指秦末隐居在商山的四位隐士东园公、用(lù)里先生、绮里季和夏黄公。汉惠帝为太子时,曾经请四人辅佐。四人须眉皆白,故称"四皓"。
⑥ 操:操守,志节,引申为有操守的人。
⑦ 幸遇金山脱本骸:指被金山寺长老救出抚养的事。
⑧ 敢俄捱:意为"岂敢有一刻耽搁"。俄,俄顷,一会儿。

正有道之上僧也。吾等幸接台颜①,敢求大教。望以禅法指教一二,足慰生平。"长老闻言,慨然不惧,即对众言曰:

"禅者,静也;法者,度也。静中之度,非悟不成。悟者,洗心涤虑,脱俗离尘是也。夫人身难得,中土难生,正法难遇:全此三者,幸莫大焉。至德妙道,渺漠希夷,六根六识,遂可扫除。菩提者,不死不生,无余无欠,空色包罗,圣凡俱遣。访真了元始钳锤,悟实了牟尼手段。发挥象罔,踏碎涅槃。必须觉中觉了悟中悟,一点灵光全保护。放开烈焰照婆婆,法界纵横独显露。至幽微,更守固,玄关口说谁人度?我本元修大觉禅,有缘有志方能悟。"②

四老侧耳受了,无边喜悦,一个个稽首皈依,躬身拜谢道:"圣僧

---

①台颜:尊贵的容貌。
②"禅者,静也"以下数句:唐僧的这段话,由三部分杂糅而成。从"禅者静也"至"幸莫大焉",是根据佛教教义对修禅的粗浅解释。而"至德妙道"以下至"踏碎涅槃",却袭自《鸣鹤余音》卷九冯尊师《升堂文》。"必须觉中觉"之后,袭目同卷冯尊师《悟真歌》。这段话貌似讲参禅,实际上大部分是道士所言。"人身难得"三句,佛教谓修道求解脱有六种难处,北本《涅槃经》卷二十三:"一佛世难遇,二正法难闻,三善心难生,四中国(原指印度恒河中下游一带佛所教化的地方)难生,五人身难得,六诸根难具。"此六难,道教也有袭用,如《太上玄灵北斗本命延生真经》简为三难:"老君告天师曰:人身难得,中土难生,假使得生,正法难遇。"希夷,虚空玄妙,形容所谓的"道"是不可捉摸的。《老子》:"视而不见名曰夷,听而不闻名曰希。"元始钳锤,即至道的约束打造,"牟尼手段"类此。钳锤,钳以约束,锤以打造,比喻佛法使其信徒成器。《大慧普觉语录·鼓山宗逮》条:"故一味本分以钳锤似之,后来自在打发别处,大法既明,向所受过底钳锤,得一时受用。"象罔,《庄子》寓言中的人物。含无心、无形迹之意。《庄子·天地》载:黄帝遗失玄珠,遍寻不得,而不以智求、不以目视的象罔得之。宋林希逸释此句为:"此段言求道不在于聪明,不在于言语,即佛经所谓以有思惟心求大圆觉,如以萤火烧须弥山。"(《南华真经口义》)踏碎涅槃:略同"踏碎虚空"。佛道二教常以"虚空粉碎"、"踏碎虚空"等比喻打破外在形相,露出本来面目。明莲池袾宏《皇明名僧辑略·天琦瑞禅师》谓参禅:"莫管纯熟不纯熟,只故参将去。参来参去……忽然爆地一声,虚空粉碎,大地平沉,独露一个本来面目。"元丘处机《修道二十首》之六:"踏碎虚空界,崩开造化权。浮云收静境,慧日照禅天。"元李道纯《中和集》卷三:"身外有身,未为奇特。虚空粉碎,方露全真。"全保护:原作"无遮护",数句大意为觉而又觉,悟而再悟,显露本性灵光,包涵照耀婆婆世界。

乃禅机之悟本也!"拂云叟道:"禅虽静,法虽度,须要性定心诚。总为大觉真仙,终坐无生之道。我等之玄,大不同也。"三藏云:"道乃非常,体用合一,如何不同?"拂云叟笑云:

"我等生来坚实,体用比尔不同。感天地以生身,蒙雨露而滋色。笑傲风霜,消磨日月。一叶不凋,千枝节操。似这话不叩冲虚。你执持梵语。道也者,本安中国,反来求证西方。空费了草鞋,不知寻个甚么?石狮子剜了心肝,野狐涎灌彻骨髓。忘本参禅,妄求佛果,都似我荆棘岭葛藤谜语,萝蓏浑言。此般君子,怎生接引?这等规模,如何印授?必须要检点见前面目,静中自有生涯。没底竹篮汲水,无根铁树生花。灵宝峰头牢着脚,归来雅会上龙华。_{原注:蓏音庹。}"①

三藏闻言,叩头拜谢。十八公用手搀扶。孤直公将身扯起。凌

---

① "我等生来坚实"以下数句:也袭自《鸣鹤余音》卷九冯尊师《升堂文》,为唐僧所云文字的后半篇。大意为至道本在眼前,本在身中,不必执着于文字,苦苦外求。只有见到本来面目,才能成仙了道。"道也者"四句,《坛经》等禅宗著作认为修行应从自心中求,谓:"东方人造罪,念佛求生西方。西方人造罪,念佛求生何国?""石狮子"句:义近《磨砖作镜》,比喻不能放下执着,空费力气的修行。"都似我荆棘岭葛藤谜语,萝蓏(luǒ)浑言"二句,原作"葛藤谜语,敢把人瞒",葛藤谜语,在冯尊师原文中指徒然讲经论道,不从心中求,结果被文字所缠绕。禅宗和全真道士常以"葛藤"比喻使人心混乱的文字。《续传灯录》卷六"雁荡灵岩寺德初禅师",僧问:"心生种种法生。如何是种种法生?"师曰:"我与汝葛藤。"则《西游记》作者似将"葛藤谜语"创造出荆棘岭树精纠缠三藏的情节。蓏,瓜类植物的果实。没底竹篮、无根铁树,比喻凡夫的生命损耗不停,顽固难化。道教常以竹篮水满、铁树花开比喻丹成得道。《鸣鹤余音》卷七《迎仙客》:"咽龙肝,吞凤卵。金丹养就,没底篮儿满。"金于道显《赠移刺答院》:"直待三阳真火降,堂前铁树也开花。"灵宝峰,指"精气"或"性命"。元李道纯《中和集》卷三:"问:儒有先天《易》,释有《般若经》,道有《灵宝经》,莫非文字乎? 曰:非也。皆圣人以无言而形于有言,显真常之道也。"此《灵宝经》即《灵宝无量度人上品妙经》,又称《度人经》。元陈致虚注此经:"何为灵宝? 气谓之灵,精谓之宝。寂然不动,感而遂通,曰灵;上无复祖,唯道为身,曰宝。"又宋郑思肖《太极祭炼内法》:"诸家注《度人经》,释'灵宝'二字,皆未善。夫灵者,性也;宝者,命也。""灵宝峰头牢着脚"二句,意即牢牢把握自身的元精、元气,性命双修,才能超凡入圣,进入神仙的行列。龙华,即龙华会,参见第六十一回"龙华宴"条注。清刘一明评三藏与拂云叟两段文字云:"长老对众一篇禅机,空性之学,无甚奇特。至于拂云所言……此金丹之要着,学者若能于此处寻出个消息,大事可以了了。"

空子打个哈哈道:"拂云之言,分明漏泄。圣僧请起,不可尽信。我等趁此月明,原不为讲论修持,且自吟哦逍遥,放荡襟怀也。"拂云叟笑指石屋道:"若要吟哦,且入小庵一茶,何如?"

长老真个欠身,向石屋前观看。门上有三个大字,乃"木仙庵"。遂此同入,又叙了坐次。忽见那赤身鬼使捧一盘茯苓膏①,将五盏香汤奉上。四老请唐僧先吃,三藏惊疑,不敢便吃。那四老一齐享用,三藏却才吃了两块,各饮香汤收去。三藏留心偷看,只见那里边玲珑光彩,如月下一般:

> 水自石边流出,香从花里飘来。
> 满座清虚雅致,全无半点尘埃。

那长老见此仙境,以为得意,情乐怀开,十分欢喜。忍不住念了一句道:"禅心似月迥无尘。"

劲节老笑而即联道:"诗兴如天青更新。"

孤直公道:"好句漫裁抟锦绣②。"

凌空子道:"佳文不点唾奇珍③。"

拂云叟道:"六朝一洗繁华尽④,四始重删雅颂分⑤。"

三藏道:"弟子一时失口,胡谈几字,诚所谓班门弄斧。适闻列仙之言,清新飘逸,真诗翁也。"劲节老道:"圣僧不必闲叙。出家人

---

① 茯苓:参见第一回"茯苓"条注。古人认为茯苓是药中珍品,产于千年松根上。《淮南子·说山训》:"千年之松,下有茯苓。"故此处以茯苓待客。

② 好句漫裁抟(tuán)锦绣:意为随意地吟成美妙的句子,就像团弄锦绣一样。裁,对文字的安排取舍。抟,捏而成团。

③ 佳文不点唾奇珍:意为文章不加修改,一气呵成,文字优美就像随口吐出珠玉一样。唐李白《妾薄命》:"咳唾落九天,随风生珠玉。"

④ 六朝一洗繁华尽:六朝指在南京建都的吴、东晋、宋、齐、梁、陈,六朝的诗文奢靡空虚,唐代以后,诗人对这种风格进行了很大的改变。

⑤ 四始重删雅颂分:四始指《诗经》的"风""大雅""小雅""颂"四个部分(说法不一,这里取唐孔颖达的说法),据说孔子对《诗经》作了删定和整理工作。这里取孔子删诗的典故,借指改变奢靡空虚的诗风,重新恢复诗教的正统。

全始全终。既有起句,何无结句?望卒成之。"三藏道:"弟子不能,烦十八公结而成篇为妙。"劲节道:"你好心肠。你起的句,如何不肯结果?悭吝珠玑①,非道理也。"三藏只得续后二句云:"半枕松风茶未熟,吟怀潇洒满腔春。"

十八公道:"好个'吟怀潇洒满腔春'!"孤直公道:"劲节,你深知诗味,所以只管咀嚼。何不再起一篇?"十八公亦慨然不辞道:"我却是顶针字起②:春不荣华冬不枯,云来雾往只如无。"

凌空子道:"我亦体前顶针二句:无风摇拽婆娑影,有客忻怜福寿图。"

拂云叟亦顶针道:"图似西山坚节老,清如南国没心夫③。"

孤直公亦顶针道:"夫因侧叶称梁栋④,台为横柯作宪乌⑤。"

长老听了,赞叹不已道:"真是阳春白雪,浩气冲霄!弟子不才,敢再起两句。"孤直公道:"圣僧乃有道之士,大养之人也。不必再相联句,请赐教全篇,庶我等亦好勉强而和。"三藏无已,只得笑吟一律曰:

"杖锡西来拜法王,愿求妙典远传扬。

金芝三绣诗坛瑞⑥,宝树千花莲瑞香。

百尺竿头须进步,十方世界立行藏⑦。

修成玉像庄严体,极乐门前是道场。"

---

①悭吝珠玑:吝惜自己的作品,不肯拿出来。珠玑,对别人诗文的美称。

②顶针:上一句的最后一个字是下一句的第一个字,这种作文方法叫顶针。

③没心夫:指竹,因竹竿中空故名。

④侧叶:即侧柏。清胡渭《禹贡锥指》:"叶扁而侧生者为柏,俗谓之侧柏。"

⑤宪乌:指御史台之乌鸦。参见本回"乌栖"条注。

⑥三绣:即"三秀",灵芝的别名。因传说灵芝一年开三次花故称。《楚辞·九歌·山鬼》:"采三秀兮于山间。"两句袭自金元好问《赠答普安师》:"金芝三秀诗坛瑞,宝树千花佛界春。"

⑦"百尺竿头须进步"二句:语出《五灯会元》卷四湖南长沙景岑招贤禅师偈语:"百尺竿头坐底人,虽然得入未为真。百尺竿头须进步,十方世界是全身。"意为修行已到极高的境界,如坐在百尺竿头的人,但仍算不得真正得道。必须打破原有的执着,放下已修得的成果,再进一步,方能与十方世界真正同体。

四老听毕,俱极赞扬。十八公道:"老拙无能,大胆搅越,也勉和一首":

"劲节孤高笑木王①,灵椿不似我名扬②。
山空百丈龙蛇影,泉沁千年琥珀香③。
解与乾坤生气概,喜因风雨化行藏④。
衰残自愧无仙骨,惟有苓膏结寿场。"

孤直公道:"此诗起句豪雄,联句有力,但结句自谦太过矣。堪羡!堪羡!老拙也和一首。"云:

"霜姿常喜宿禽王,四绝堂前大器扬⑤。
露重珠缨蒙翠盖,风轻石齿碎寒香⑥。
长廊夜静吟声细,古殿秋阴淡影藏⑦。
元日迎春曾献寿⑧,老来寄傲在山场。"

---

①木王:即梓树。《埤雅·释木》:"今呼牡丹,谓之花王。梓为木王,盖木莫良于梓。"
②灵椿:传说中寿命极长的椿树。《庄子·逍遥游》:"上古有大椿者,以八千岁为春,以八千岁为秋。"
③琥珀:松脂的化石。《神仙传》:"松柏脂入地千年化为茯苓,茯苓化琥珀。"
④"解与"二句:袭自宋王公韶《老松》诗:"解与乾坤生气概,几因风雨长精神。"
⑤四绝堂:湖南长沙道林寺,建有厅堂,珍藏沈传师和裴休(后改为欧阳询)的书法和宋之问、杜甫的诗歌,称为"四绝堂",堂前有柏树,相传为晋名将陶侃所植。
⑥"露重"二句:袭自宋苏轼《登州孙氏万松堂》:"露重珠璎蒙翠盖,风来石齿碎寒江。"珠缨,形容露珠成串的样子。石齿,齿状的石头,亦指山石间的水流。
⑦"长廊"二句:袭自唐温庭筠《晋朝柏树》:"长廊夜静声疑雨,古殿秋深影胜云。"吟声,比喻风吹柏树的细碎声音。
⑧元日迎春:即元旦用柏叶酒献寿的习俗。古代风俗,以柏叶浸酒,元旦共饮,以祝寿和避邪。汉应劭《汉官仪》卷下:"正旦饮柏叶酒上寿。"

凌空子笑而言曰："好诗！好诗！真个是月胁天心①，老拙何能为和？但不可空过，也须扯淡几句。"曰：

"梁栋之材近帝王，太清宫外有声扬。
晴轩恍若来青气，暗壁寻常度翠香②。
壮节凛然千古秀，深根结矣九泉藏③。
凌云势盖婆娑影，不在群芳艳丽场。"

拂云叟道："三公之诗，高雅清淡，正是放开锦绣之囊也④。我身无力，我腹无才，得三公之教，茅塞顿开。无已，也打油几句，幸勿哂。"诗曰：

"淇澳园中乐圣王⑤，渭川千亩任分扬⑥。
翠筠不染湘娥泪⑦，班箨堪传汉史香⑧。
霜叶自来颜不改，烟梢从此色何藏？

---

① 月胁天心：唐皇甫湜《顾况集》序："偏于逸歌长句，骏发踔厉，往往若穿天心，出月胁，意外惊人，语非寻常所能及。"此处比喻诗歌清雅，意境高绝。
② "梁栋之材"四句：裘自元傅若金《古杉行题陈兵曹所藏李遵道画灵隐道中二杉图》："山林万里那得致，见者皆惊栋梁器。暗壁寻常度雨声，晴窗仿佛生秋气。"太清宫，亳州太清宫有八株桧树，传为老子亲手植。
③ 深根结矣九泉藏：形容桧树根深。宋苏轼《王复秀才所居双桧二首》："根到九泉无曲处，世间惟有蛰龙知。"
④ 锦绣之囊：《新唐书·李贺传》载，李贺出行，常骑弱马，背古锦囊，有得诗句，则记下投入囊中。
⑤ 淇澳：《诗经·卫风·淇澳》："瞻彼淇奥，绿竹猗猗。"意为淇水之澳（水边弯曲处），长满了盈盈绿竹。用以歌颂卫武公英明贤德。
⑥ 渭川千亩：《史记·货殖列传》载，"齐鲁千亩桑麻，渭川千亩竹……此其人皆与千户侯等"。意为在渭川种植千亩竹林，生活可以达到王侯一样富庶。
⑦ 翠筠不染湘娥泪：传说大舜南巡，在路上去世，他的两个妃子娥皇、女英伤心地哭泣，泪滴在竹子上，变成有斑点的湘妃竹。筠，竹的青皮。
⑧ 班箨堪传汉史香：此指汉代班固在竹简上撰著《汉书》。箨，竹笋壳，此处代指竹子。又世德堂本"班""斑"常混用。则"班箨"即"斑箨"，指有斑点的湘妃竹。

子猷去世知音少①,亘古留名翰墨场。"

三藏道:"众仙老之诗,真个是吐凤喷珠,游夏莫赞②。厚爱高情,感之极矣。但夜已深沉,三个小徒不知在何处等我。意者弟子不能久留,敢此告回寻访,尤无穷之至爱也。望老仙指示归路。"四老笑道:"圣僧勿虑,我等也是千载奇逢。况天光晴爽,虽夜深却月明如昼,再宽坐坐,待天晓自当远送过岭,高徒一定可相会也。"

正话间,只见石屋之外,有两个青衣女童,挑一对绛纱灯笼,后引着一个仙女。那仙女撚着一枝杏花,笑吟吟进门相见。那仙女怎生模样?他生得:

青姿妆翡翠,丹脸赛胭脂。星眼光还彩,蛾眉秀又齐。下衬一条五色梅浅红裙子,上穿一件烟里火比甲轻衣③。弓鞋弯凤嘴,绫袜锦拖泥。妖娆娇似天台女④,不亚当年俏妲姬⑤。

四老欠身问道:"杏仙何来?"那女子对众道了万福,道:"知有佳客在此赓酬,特来相访。敢求一见。"十八公指着唐僧道:"佳客在此,何劳求见!"三藏躬身,不敢言语。那女子叫:"快献茶来。"又有两个黄衣女童,捧一个红漆丹盘,盘内有六个细磁茶盂,盂内设几品异果,横担着匙儿,提一把白铁嵌黄铜的茶壶,壶内香茶喷鼻。斟了茶,那女子微露春葱,捧磁盂先奉三藏,次奉四老,然后一盏,自取而陪。

---

① 子猷去世知音少:袭自唐罗隐《竹》诗:"子猷死后知音少,粉节霜筠漫岁寒。"子猷,晋王羲之之子王徽之的字。《世说新语·任诞》载,王徽之最爱竹,即便是寄居一处,也要种竹,并说:"何可一日无此君!"

② 游夏莫赞:《史记·孔子世家》称孔子著《春秋》时,文字精审,"子夏之徒不能赞一辞",即子夏等人不能添上一句话。游即子游,夏即子夏,均为以文学闻名的孔子弟子。这里形容诗句字字精当,不可改易。

③ 烟里火比甲:黑底红色花纹的背心。

④ 天台女:指天台山的仙女。晋干宝《搜神记》载,汉代剡县居民刘晨、阮肇入天台山迷路,忽遇二仙女留宿,经半年,告辞出山,发现山外已过数百年。

⑤ 妲姬:即"妲己"。商朝纣王的妃子。

凌空子道:"杏仙为何不坐?"那女子方才去坐。茶毕欠身问道:"仙翁今宵盛乐,佳句请教一二如何?"拂云叟道:"我等皆鄙俚之言,惟圣僧真盛唐之作,甚可嘉羡。"那女子道:"如不吝教,乞赐一观。"四老即以长老前诗后诗并禅法论,宣了一遍。那女子满面春风,对众道:"妾身不才,不当献丑。但聆此佳句,似不可虚,也勉强将后诗奉和一律如何?"遂朗吟道:

"上盖留名汉武王①,周时孔子立坛场②。
董仙爱我成林积③,孙楚曾怜寒食香④。
雨润红姿娇且嫩,烟蒸翠色显还藏。
自知过熟微酸意,落处年年伴麦场⑤。"

四老闻诗,人人称贺。都道:"清雅脱尘,句内包含春意。好个'雨润红姿娇且嫩'!'雨润红姿娇且嫩'!"那女子笑而悄答道:"惶恐!惶恐!适闻圣僧之章,诚然锦心绣口。如不吝珠玉,赐教一阕如何?"唐僧不敢答应。那女子渐有见爱之情,挨挨轧轧,渐近坐边,低声悄语呼道:"佳客莫者,趁此良宵,不要子待要怎的? 人生光景,能有几何?"十八公道:"杏仙尽有仰高之情,圣僧岂可无俯就之意?如不见怜,是不知趣了也。"孤直公道:"圣僧乃有道有名之士,决不苟且行事。如此样举措,是我等取罪过了。污人名,坏人德,非远达

---

①汉武王:汉武帝宫中多杏。《西京杂记》载上林苑有蓬莱杏、文杏。东海都尉于台献仙人所食杏一株,开五色花。《酉阳杂俎》卷十八载,济南东南有分流山,山上多杏,大如梨,黄如橘,土人谓之汉帝杏。
②孔子立坛场:传说孔子曾经在杏坛授徒,周围杏树环绕。《庄子·渔父》:"孔子……休坐乎杏坛之上。弟子读书,孔子弦歌鼓琴。"
③董仙:据晋葛洪《神仙传》载,三国时期吴国名医董奉给人看病不要诊费,被治好的重病人给他种杏五株,轻病人给他种杏一株。如此数年,达十万余株,蔚然成林。
④孙楚曾怜寒食香:南朝梁宗懔《荆楚岁时记》载,古代寒食节有饮杏酪(杏仁粥)之习俗,晋代孙楚在寒食节曾用杏酪祭祀春秋时晋国名臣介子推。
⑤落处年年伴麦场:指杏成熟的时候正赶上麦收。

也。果是杏仙有意,可教拂云与十八公做媒,我与凌空子保亲,成此姻眷,何不美哉!"

三藏听言,遂变了颜色,跳起来高叫道:"汝等皆是一类邪物,这般诱我!当时只以砥行之言,谈玄谈道可也;如今怎么以美人局来骗害贫僧?是何道理!"四老见三藏发怒,一个个咬指担惊,再不复言。那赤身鬼使爆燥如雷道:"这和尚好不识抬举!我这姐姐那些儿不好?他人材俊雅,玉质娇姿,不必说那女工针指,只这一段诗材,也配得过你。你怎么这等推辞!休错过了!孤直公之言甚当,如果不可苟合,待我再与你主婚。"三藏大惊失色,凭他们怎么胡谈乱讲,只是不从。鬼使又道:"你这和尚,我们好言好语,你不听从。若是我们发起村野之性,还把你摄了去,教你和尚不得做,老婆不得取,却不枉为人一世也?"那长老心如金石,坚执不从。暗想道:"我徒弟们不知在那里寻我哩。"说一声,止不住眼中堕泪。那女子陪着笑,挨至身边,翠袖中取出一个蜜合绫汗巾儿①,与他揩泪道:"佳客勿得烦恼,我与你倚玉偎香,耍子去来。"长老咄的一声喝道,跳起身来就走;被那些人扯扯拽拽,嚷到天明。

忽听得那里叫声:"师父!师父!你在那方言语也?"原来那孙大圣与八戒、沙僧,牵着马,挑着担,一夜不曾住脚,穿荆度棘,东寻西找;却好半云半雾的,过了八百里荆棘岭西下,听得唐僧吆喝,却就喊了一声。那长老挣出门来,叫声:"悟空,我在这里哩,快来救我!快来救我!"那四老与鬼使,那女子与女童,幌一幌都不见了。

须臾间,八戒、沙僧俱到边前道:"师父,你怎么得到此也?"三藏扯住行者道:"徒弟呵,多累了你们了。昨日晚间见的那个老者,言说土地送斋一事,是你喝声要打,他就把我抬到此方。他与我携手相搀,走入门,又见三个老者,来此会我,俱道我做'圣僧',一个个言谈清雅,极善吟诗。我与他赓和相攀②,觉有夜半时候,又见一个美

---

① 蜜合:即蜜合色。清李斗《扬州画舫录》:"浅黄白色曰蜜合。"
② 赓和:续用他人原韵或题意唱和。赓,继续。

貌女子，执灯火，也来这里会我，吟了一首诗，称我做'佳客'。因见我相貌，欲求配偶，我方省悟，正不从时，又被他要做媒的做媒，保亲的保亲，主婚的主婚，我立誓不肯。正欲挣着要走，与他嚷闹，不期你们到了。一则天明，二来还是怕你，只才还扯扯拽拽，忽然就不见了。"行者道："你既与他叙话谈诗，就不曾问他个名字？"三藏道："我曾问他之号。那老者唤做十八公，号劲节。第二个号孤直公，第三个号凌空子，第四个号拂云叟，那女子人称他做杏仙。"八戒道："此物在于何处？才往那方去了？"三藏道："去向之方，不知何所，但只谈诗之处，去此不远。"

他三人同师父看处，只见一座石崖，崖上有"木仙庵"三字。三藏道："此间正是。"行者仔细观之，却原来是一株大桧树，一株老柏，一株老松，一株老竹。竹后有一株丹枫。再看崖那边，还有一株老杏，二株腊梅，二株丹桂。行者笑道："你可曾看见妖怪？"八戒道："不曾。"行者道："你不知，就是这几株树木在此成精也。"八戒道："哥哥怎得知成精者是树？"行者道："十八公乃松树，孤直公乃柏树，凌空子乃桧树，拂云叟乃竹竿，赤身鬼乃枫树，杏仙即杏树，女童即丹桂、即腊梅也。"八戒闻言，不论好歹，一顿钉钯，三五长嘴，连拱带筑，把两颗腊梅、丹桂、老杏、枫杨俱挥倒在地，果然那根下俱鲜血淋漓①。三藏近前扯住道："悟能，不可伤了他！他虽成了气候，却不曾伤我，我等找路去罢。"行者道："师父不可惜他，恐日后成了大怪，害人不浅也。"那呆子索性一顿钯，将松、柏、桧、竹一齐皆筑倒，却才请师父上马，顺大路一齐西行。毕竟不知前去如何，且听下回分解。

---

①果然那根下俱鲜血淋漓：传说树木成精或年深日久，便有血液。北魏郦道元《水经注•汶水》引《从征记》："泰山有下中上三庙，墙阙严整。庙中柏树夹两阶，大二十余围，盖汉武所植也。赤眉尝斫一树，见血而止，今斧创犹存。"《晋书•五行志》："魏武帝在洛阳起建始殿，伐濯龙树而血出，又掘徙梨，根伤亦血出。帝恶之，遂寝疾，是月崩。"

第六十五回

妖邪假设小雷音　四众皆遭大厄难

　　这回因果,劝人为善,切休作恶。
　　一念生,神明照鉴,任他为作。
　　拙蠢乖能君怎学,两般还是无心药①。
　　趁生前有道正该修,莫浪泊②。
　　认根源,脱本壳。
　　访长生,须把捉。
　　要时时明见,醍醐斟酌③。
　　贯彻三关填黑海④,管教善者乘鸾鹤。
　　那其间愍故更慈悲⑤,登极乐。

　　话表唐三藏一念虔诚,且休言天神保护,似这草木之灵,尚来引送,雅会一宵,脱出荆棘针刺,再无萝蓏攀缠。四众西进,行勾多时,又值冬残,正是那三春之日:

　　物华交泰,斗柄回寅。草芽遍地绿,柳眼满堤青。一岭桃花红锦浣⑥,半溪烟水碧罗明。几多风雨,无限心情。日晒花心艳,燕衔

---

① 无心药:出自《大法鼓经》。佛对迦叶说:"汝当观彼无心凡鼓,以无心药,若涂、若熏、若打,有如是力,饶益众生。"佛教将息心绝念、不起妄想比喻为能治疗贪嗔痴等病的药物。此指无论是拙蠢还是乖觉有才能的人,都是一样的,都需要用无心药,即息心绝念的方法修行。
② 浪泊:空过。
③ 醍醐:此指使人彻悟的教义。参见第三十一回"醍醐灌顶"条注。
④ 贯彻三关填黑海:三关,参见第四十一回"三关"条注。黑海,指藏精之处。因肾属水,以五色配五行为黑色,故称黑海。此句指三关通畅,精气充满,为成仙道打好基础。
⑤ 愍故:愍,怜悯,与"慈悲"义略同。故,因此。
⑥ 浣(wò):浸渍,染上。

苔蕊轻。山色王维画浓淡,鸟声季子舌纵横①。芳菲铺绣无人赏,蝶舞蜂歌却有情。

师徒也自寻芳踏翠,缓随马步。正行之间,忽见一座高山,远望着与天相接。三藏扬鞭指道:"悟空,那座山也不知有多少高,可便似接着青天,透冲碧汉。"行者道:"古诗不云'只有天在上,更无山与齐'②。但言山之极高,无可与他比并。岂有接天之理!"八戒道:"若不接天,如何把昆仑山号为'天柱'③?"行者道:"你不知。自古'天不满西北'。昆仑山在西北乾位上,故有顶天塞空之意,遂名天柱。"沙僧笑道:"大哥把这好话儿莫与他说。他听了去,又降别人④。我们且走路。等上了那山,就知高下也。"

那呆子赶着沙僧厮要厮斗。老师父马快如飞,须臾,到那山崖之边。一步步往上行来,只见那山:

林中风飒飒,涧底水潺潺。鸦雀飞不过,神仙也道难。千崖万壑,亿曲百湾。尘埃滚滚无人到,怪石磷磷不厌看。有处有云如水滉,是方是树鸟声繁⑤。鹿衔芝去,猿摘桃还。狐貉往来崖上跳,麖獐出入岭头顽。忽闻虎啸惊人胆,斑豹苍狼把路拦。

唐三藏一见心惊,孙行者神通广大,你看他一条金箍棒,哮吼一声,吓过了狼虫虎豹,剖开路,引师父直上高山。行过岭头,下西平处,忽见祥光蔼蔼,彩雾纷纷,有一所楼台殿阁,隐隐的钟磬悠扬。三藏道:"徒弟每,看是个甚么去处。"行者抬头,用手搭凉篷,仔细观看,那壁厢好个所在!真个是:

---

①鸟声季子舌纵横:形容鸟舌像苏秦的舌头一样纵横。季子,战国时期舌辩之士苏秦,字季子,口才出众。

②只有天在上,更无山与齐:这是宋代名臣寇准八岁时所作《咏华山诗》中的两句。

③天柱:《神异经》载,昆仑山上有铜柱高入天,即所谓天柱。

④降别人:降服别人。这里指去向别人炫耀,使别人钦佩自己。

⑤"有处有云"二句:意为只要是一个地方,一个位置,就有云彩像水一样波荡,就有树木,有鸟在树上啼叫。滉(huàng),波动,摇荡。

珍楼宝座,上刹名方。谷虚繁地籁,境寂散天香。青松带雨遮高阁,翠竹留云护讲堂。霞光缥缈龙宫显,彩色飘飖沙界长。朱栏玉户,画栋雕梁。谈经香满座,语箓月当窗①。鸟啼丹树内,鹤饮石泉傍。四围花发琪园秀,三面门开舍卫光。楼台突兀门迎嶂,钟磬虚徐声韵长②。窗开风细,帘卷烟茫。有僧情散淡,无俗意和昌③。红尘不到真仙境,静土招提好道场。

行者看罢,回复道:"师父,那去处是便是座寺院,却不知禅光瑞蔼之中,又有些凶气何也。观此景象,也似雷音,却又路道差池。我每到那厢,决不可擅入,恐遭毒手。"唐僧道:"既有雷音之景,莫不就是灵山? 你休误了我诚心,担阁了我来意。"行者道:"不是,不是,灵山之路,我也走过几遍,那是这路途?"八戒道:"纵然不是,也必有个好人居住。"沙僧道:"不必多疑。此条路未免从那门首过,是不是一见可知也。"行者道:"悟净说得有理。"

那长老策马加鞭,至山门前,见"雷音寺"三个大字,慌得滚下马来,倒在地下,口里骂道:"泼猢狲,害杀我也! 现是雷音寺,还哄我哩!"行者陪笑道:"师父莫恼,你再看看。山门上乃四个字,你怎么只念出三个来,倒还怪我?"长老战兢兢的爬起来再看,真个是四字,乃"小雷音寺"。三藏道:"就是小雷音寺,必定也有个佛祖在内。经上言三千诸佛,想是不在一方:似观音在南海,普贤在峨眉,文殊在五台。这不知是那一位佛祖的道场。古人云:'有佛有经,无方无宝。'我们可进去来。"行者道:"不可进去。此处少吉多凶。若有祸患,你莫怪我。"三藏道:"就是无佛,也必有个佛像。我弟子心愿,遇佛拜佛,如何怪你?"即命八戒取袈裟,换僧帽,结束了衣冠,举步前进。

只听得山门里有人叫道:"唐僧,你自东土来拜见我佛,怎么还

---

①语箓:同"语录"。这里指佛教禅宗的僧人所说禅语的记录。
②虚徐:从容不迫,舒缓。
③和昌:安和而富有生机。

第六十五回　妖邪假设小雷音　四众皆遭大厄难

这等怠慢？"三藏闻言，即便下拜。八戒也磕头，沙僧也跪倒；惟大圣牵马、收拾行李在后。方入到二层门内，就见如来大殿。殿门外宝台之下，摆列着五百罗汉、三千揭谛、四金刚、八菩萨、比丘尼、优婆塞，无数的圣僧、道者。真个也香花艳丽，瑞气缤纷。慌得那长老与八戒、沙僧一步一拜，拜上宝台之间。行者公然不拜。又闻得莲台座上厉声高叫道："那孙悟空，见如来怎么不拜？"不知行者又仔细观看，见得是假，遂丢了马匹、行囊，掣棒在手，喝道："你这伙业畜，十分胆大！怎么假倚佛名，败坏如来清德？不要走！"双手轮棒，上前便打。只听得半空中叮当一声，撇下一副金铙，把行者连头带足，合在金铙之内。慌得个猪八戒、沙和尚连忙使起钯杖，就被些阿罗、揭谛、圣僧、道者一拥近前围绕。他两个措手不及，尽被拿了。将三藏捉住，一齐都绳缠索绑，紧缚牢栓。

原来那莲花座上妆佛祖者乃是个妖王，众阿罗等，都是些小怪。遂收了佛象体像①，依然现出妖身。将三众抬入后边收藏；把行者合在金铙之中，永不开放。只阁在宝台之上，限三昼夜化为脓血。化后，才将铁笼蒸他三个受用。这正是：

　　碧眼胡儿识假真，禅机见像拜金身。
　　黄婆盲目同参礼，木母痴心共话论。
　　邪怪生强欺本性，魔头怀恶诈天人。
　　诚为道小魔为大，错入旁门枉费身。

那时群妖将唐僧之众收藏在后；把马拴在后边，把他的袈裟、僧帽安在行李担内，亦收藏了。一壁厢严紧不题。

却说行者合在金铙里，黑冻冻的，燥得满身流汗，左拱右撞，不能得出。急得他使铁棒乱打，莫想得动分毫。他心里没了算计，将身往外一挣，却要挣破那金铙。遂捻着一个诀，就长有千百丈高，那金铙也随他身长，全无一些瑕缝光明。却又捻诀把身子往下一小，

---

①佛象体像："体"原作"休"，杨闽斋本作"伕"，即"佛"之俗字。李卓吾评本作"体"。今从李卓吾评本。

小如芥菜子儿,那铙也就随身小了,更没些些孔窍。他又把铁棒吹口仙气,叫:"变!"即变做幡竿一样,撑住金铙。他却把脑后毫毛,选长的拔下两根,叫:"变!"即变做梅花头五瓣钻儿,挨着棒下,钻有千百下,只钻得苍苍响喨,再不钻动一些。行者急了,却捻个诀,念一声"唵嚂静法界,乾元亨利贞"的咒语①,拘得那五方揭谛,六丁六甲、一十八位护教伽蓝,都在金铙之外道:"大圣,我等俱保护着师父,不教妖魔伤害,你又拘唤我等做甚?"行者道:"我那师父,不听我劝解,就弄死他也不亏!但只你等怎么快作法将这铙钹掀开,放我出来,再作处治。这里面不通光亮,满身爆燥,却不闷杀我也?"众神真个掀铙,就如长就的一般,莫想揭得分毫。金头揭谛道:"大圣,这铙钹不知是件甚么宝贝,连上带下,合成一块。小神力薄,不能掀动。"行者道:"我在里面,不知使了多少神通,也不得动。"揭谛闻言,即着六丁神保护着唐僧,六甲神看守着金铙,众伽蓝前后照察。他却纵起祥光,须臾间,闯入南天门里。不待宣召,直上灵霄宝殿之下,见玉帝俯伏启奏道:"主公,臣乃五方揭谛使。今有齐天大圣保唐僧取经,路遇一山,名小雷音寺。唐僧错认灵山进拜,原来是妖魔假设,因陷他师徒,将大圣合在一副金铙之内,进退无门,看看至死,特来启奏。"即传旨:"差二十八宿星辰,快去释厄降妖。"

那星宿不敢少缓,随同揭谛出了天门,至山门之内。有二更时分,那些大小妖精,因获了唐僧,老妖俱犒赏了,各去睡觉。众星宿更不惊张,都到铙钹之外报道:"大圣,我等是玉帝差来二十八宿,到

---

① 唵嚂净法界,乾元亨利贞:密宗咒语中有"净法界真言",是两个字"唵嚂",或"唵嚂",其义在于净除罪障,成就胜事,后也被道教袭用。乾元亨利贞,原是《周易》乾卦的卦辞,作"乾,元亨利贞"。意为乾卦是万物的初始,亨通顺利,祥和有益,贞正坚固。唐李亢《独异志》记载,唐傅奕不信佛法,曾与胡僧争论。胡僧善用法术,口吐烈火,喷向傅奕。傅奕口诵:"乾元亨利贞,邪不干正。"于是火焰返回,反将胡僧烧死。后来"乾元亨利贞"成为常用道教咒语,如《玄门早晚课诵·安土地咒》《万法归宗》中所记请仙箕法净水咒等。

此救你。"行者听说大喜,便教:"动兵器打破,老孙就出来了。"众星宿道:"不敢打。此物乃浑金之宝,打着必响;响时惊动妖魔,却难救拔。等我们用兵器捎他。你那里但见有一些光处就走。"行者道:"正是。"你看他们使枪的使枪,使剑的使剑,使刀的使刀,使斧的使斧;扛的扛,抬的抬,掀的掀,捎的捎。弄到有三更天气,漠然不动,就是铸成了囫囵的一般。那行者在里边,东张张,西望望,爬过来,滚过去,莫想看见一些光亮。

亢金龙道:"大圣呵,且休焦燥。观此宝定是个如意之物,断然也能变化。你在那里面,于那合缝之处用手摸着,等我使角尖儿拱进来。你可变化了,顺松处脱身。"行者依言,真个在里面乱摸。这星宿把身变小了,那角尖儿就似个针尖一样,顺着钹合缝口上,伸将进去。可怜用尽千斤之力,方能穿透里面。却将本身与角使法象,叫:"长!长!长!长!"角就有碗来粗细。那钹口倒也不像金铸的,好似皮肉长成的,顺着亢金龙的角,紧紧噙住,四下里更无一丝拔缝①。行者摸着他的角,叫道:"不济事,上下没有一毫松处!没奈何,你忍着些儿疼,带我出去。"好大圣,即将金箍棒变作一把钢钻儿②,将他那角尖上钻了一个孔窍,把身子变得似个芥菜子儿,拱在那钻眼里蹲着,叫:"扯出角去!扯出角去!"这星宿又不知费了多少力,方才拔出,使得力尽筋柔,倒在地下。

行者却自他角尖钻眼里钻出,现了原身,掣出铁棒,照铙钹唿的一声打去,就如崩倒铜山,咋开金矿,可惜把个佛门之器,打做个千百块散碎之金。唬得那二十八宿惊张,五方揭谛发竖。大小群妖皆梦醒。老妖王睡里慌张,急起来,披衣擂鼓,聚点群妖,各执器械。此时天将黎明,一拥赶到宝台之下。只见孙行者与列宿围在碎破金铙之外,大惊失色,即令:"小的每!紧关了前门,不要放出人去!"

行者听说,即携星众,驾云跳在九霄空里。那妖王收了碎金,排

---

① 拔缝:拼接处的缝隙。世德堂本"戢缝",据李卓吾评本改。
② 钢钻儿:世德堂本作"五钻儿",当是"五"后脱一"瓣"字,据李卓吾评本改。

开妖卒,列在山门外。妖王怀恨,没奈何披挂了,使一根短软狼牙棒,出营高叫:"孙行者!好男子不可远走高飞!快向前与我交战三合!"行者忍不住,即引星众,按落云头观看,那妖精怎生模样,但见他:

蓬着头,勒一条扁薄金箍;光着眼,簇两道黄眉的竖。悬胆鼻孔窍开查,四方口牙齿尖利。穿一副扣结连环铠,勒一条生丝攒穗绦。脚踏乌喇鞋一对①,手执狼牙棒一根。此形似兽不如兽,相貌非人却似人。

行者挺着铁棒喝道:"你是个甚么怪物,擅敢假妆佛祖,侵占山头,虚设小雷音寺?"那妖王道:"这猴儿是也不知我的姓名,故来冒犯仙山。此处唤做小西天,因我修行,得了正果,天赐与我的宝阁珍楼。我名乃是黄眉老佛。这里人不知,但称我为黄眉大王、黄眉爷爷。一向久知你往西去,有些手段,故此设像显能,诱你师父进来,要和你打个赌赛。如若斗得过我,饶你师徒,让汝等成个正果;如若不能,将汝等打死,等我去见如来取经,果正中华也。"行者笑道:"妖精,不必海口!既要赌,快上来领棒!"那妖王喜孜孜,使狼牙棒抵住。这一场好杀:

两条棒,不一样,说将起来有形状:一条短软佛家兵,一条坚硬藏海藏。都有随心变化功,今番相遇争强壮。短软狼牙杂锦妆,坚硬金箍蛟龙象。若粗若细实可夸,要短要长甚停当。猴与魔,齐打仗,这场真个无虚诳。驯猴秉教作心猿,泼怪欺天弄假像。嗔嗔恨恨各无情,恶恶凶凶都有样。那一个当头手起不放松,这一个架丢劈脸难谦让。喷云照日昏,吐雾遮峰嶂。棒来棒去两相迎,忘生忘死因三藏。

看他两个斗经五十回合,不见输赢。那山门口,鸣锣擂鼓,众妖精呐喊摇旗。这壁厢有二十八宿天兵共五方揭谛众圣,各掮器械,吆喝一声,把那魔头围在中间,吓得那山门外群妖难擂鼓,战兢兢手

---

① 乌喇鞋:也作"靰鞡鞋"。一种防寒皮鞋。

软不敲锣。老妖魔公然不惧,一只手使狼牙棒架着众兵;一只手去腰间解下一条旧白布搭包儿①,往上一抛,滑的一声响亮,把孙大圣、二十八宿与五方揭谛,一搭包了,通装将去,挎在肩上,拽步回身。众小妖个个欢然得胜而回。老妖教小的们取了三五十条麻索,解开搭包,拿一个,捆一个。一个个都骨软筋麻,皮肤㧓皱②。捆了抬去后边,不分好歹,俱掷之于地。妖王又命排筵畅饮,自旦至暮方散,各归寝处不题。

却说孙大圣与众神捆至夜半,忽闻有悲泣之声。侧耳听时,却原来是三藏声音。哭道:"悟空呵!我

　　自恨当时不听伊,致令今日受灾危。
　　金铙之内伤了你,麻绳捆我有谁知。
　　四众遭逢缘命苦,三千功行尽倾颓。
　　何由解得迍遭难,坦荡西方去复归。"

行者听言,暗自怜悯道:"那师父虽是未听吾言,今遭此毒,然于患难之中,还有忆念老孙之意。趁此夜静妖眠,无人防备,且去解脱众等逃生也。"

好大圣,使了个遁身法,将身一小,脱下绳来,走近唐僧身边,叫声:"师父。"长老认得声音,叫道:"你为何到此?"行者悄悄的把前项事告诉了一遍。长老甚喜,道:"徒弟,快救我一救。向后事,但凭你处,再不强了。"行者才动手,先解了师父,放了八戒、沙僧,又将二十八宿、五方揭谛,个个解了,又牵过马来,教快先走出去。方出门,却不知行李在何处,又来找寻。亢金龙道:"你好重物轻人!既救了你师父就勾了,又还寻甚行李?"行者道:"人固要紧,衣钵尤要紧。包袱中有通关文牒、锦襕袈裟、紫金钵盂,俱是佛门至宝,如何不要?"八戒道:"哥哥,你去找寻,我等先去路上等你。"你看那星众,簇拥着

---

①搭包:也称"褡包"。长而宽的腰带,用以装钱物。
②㧓(wā)皱:下凹,起皱。

唐僧,使个摄法,共弄神通,一阵风,撮出垣围①,奔大路,下了山坡,却屯于平处等候。

约有三更时分,孙大圣轻挪慢步,走入里面,原来一层层门户甚紧。他就爬上高楼看时,窗牖皆关。欲要下去,又恐怕窗棂儿响,不敢推动。捻着诀,摇身一变,变做一个仙鼠,俗名蝙蝠。你道他怎生模样:

> 头尖还似鼠,眼亮亦如之。
> 有翅黄昏出,无光白昼居。
> 藏身穿瓦穴,觅食扑蚊儿。
> 偏喜晴明月,飞腾最识时。

他顺着不封瓦口椽子之下,钻将进去。越门过户,到了中间看时,只见那第三进楼窗之下,闪灼灼一道光毫,也不是灯烛之光,香火之光,又不是飞霞之光,掣电之光。他半飞半跳,近于光前看时,却是包袱放光。那妖精把唐僧的袈裟脱了,不曾摺,就乱乱的摁在包袱之内。那袈裟本是佛宝,上边有如意珠、摩尼珠、红玛瑙、紫珊瑚、舍利子、夜明珠,所以透的光彩。他见了此衣钵,心中一喜,就现了本像,拿将过来,也不管担绳偏正,抬上肩,往下就走。不期脱了一头,扑的落在楼板上,唿喇的一声响。噫!有这般事:可可的老妖精在楼下睡觉,一声响,把他惊醒,跳起来乱叫道:"有人了!有人了!"那些大小妖都起来,点灯打火,一齐呐喊,前后去看。有的来报道:"唐僧走了!"又有的来报道:"行者众人俱走了!"老妖急传号令教拿,各门上谨慎。行者听言,恐又遭他罗网,挑不成包袱,纵筋斗就跳出楼窗外走了。

那妖精前前后后寻不着唐僧等,又见天色将明,取了棒,帅众来赶,只见那二十八宿与五方揭谛等神,云雾腾腾,屯住山坡之下。妖王喝了一声:"那里去!吾来也!"角木蛟急唤:"兄弟每,怪物来了!"亢金龙、氐土蝠、房日兔、心月狐、尾火虎、箕水豹、斗木獬、牛金牛、

---

①垣:矮墙,泛指墙。

第六十五回　妖邪假设小雷音　四众皆遭大厄难

女土貉、虚日鼠、危月燕、室火猪、壁水㺄、奎木狼、娄金狗、胃土雉、昴日鸡、毕月乌、觜火猴、参水猿、井木犴、鬼金羊、柳土獐、星日马、张月鹿、翼火蛇、轸水蚓①，领着金头揭谛、水头揭谛、六甲丁等神、护教伽蓝②，同八戒、沙僧，不领唐三藏，丢了白龙马，各执兵器，一拥而上。这妖王见了，呵呵冷笑，叫一声哨子，有四五千大小妖精，一个个威强力胜，浑战在西山坡上。好杀：

魔头泼恶欺真性，真性温柔怎奈魔。百计施为难脱苦，千方妙用不能和。诸天来拥护，众圣助干戈。留情亏木母，定志感黄婆。浑战惊天并振地，强争设网与张罗。那壁厢摇旗呐喊，这壁厢擂鼓筛锣。枪刀密密寒光荡，剑戟纷纷杀气多。妖卒凶还勇，神兵怎奈何。愁云遮日月，惨雾罩山河。苦掤苦拽来相战③，皆因三藏拜弥陀。

那妖精倍加勇猛，帅众上前掩杀。正在那不分胜败之际，只闻得行者叱咤一声道："老孙来了！"八戒迎着道："行李如何？"行者道："老孙的性命几乎难免，却便说甚么行李！"沙僧执着宝杖道："且休叙话，快去打妖精也！"那星宿、揭谛、丁甲等神，被群妖围在垓心浑杀，老妖使棒来打他三个。这行者、八戒、沙僧丢开棍杖，轮着钉钯抵住。真个是地暗天昏，不能取胜，只杀得太阳星西没山根，太阴星东生海峤④。那妖见天晚，打个哨子，教群妖各各留心，他却取出宝贝。孙行者看得分明。那怪解下搭包，理在手中。行者道声："不好

---

①㺄(yǔ)：即"猰㺄"，上古传说中的一种恶兽。《淮南子·本经训》："猰㺄、凿齿、九婴、大风、封豨、修蛇，皆为民害。"汉高诱注："猰㺄，兽名，状若龙首，或曰似狸，善走而食人。"犴：北方的一种野狗。形如狐狸，黑嘴。《文选·司马相如〈子虚赋〉》："其下则有白虎玄豹，蟃蜒貙犴。"郭璞注："犴，胡地野犬也，似狐而小。"

②水头揭谛：世德堂本、唐僧西游记本、杨闽斋本均作"水头揭谛"，李卓吾评本及以后清刻本作"银头揭谛"，则作"水头揭谛"较近"五方揭谛"的原始状貌，当是以金、木、水、火、土五行为五方揭谛命名。

③掤：同"绷"。勉力支撑。

④海峤：海边的山岭。

了,走阿!"他就顾不得八戒、沙僧、诸天等众,一路筋斗,跳上九霄空里。众神、八戒、沙僧不解其意,被他抛起去,又都装在里面,只是走了行者。那妖王收兵回寺,又教取出绳索,照旧绑了。将唐僧、八戒、沙僧悬梁高吊;白马拴在后边;诸神亦俱绑缚,抬在地窖子内,封了盖锁。那众妖遵依,一一收了不题。

却说行者跳在九霄,全了性命;见妖兵回转,不张旗号,已知众等遭擒。他却按下祥光,落在那东山顶上,咬牙恨怪物,滴泪想唐僧,仰面朝天望,悲嗟忽失声。叫道:"师父阿!你是那世里造下这迍遭难,今生里步步遇妖精。似这般苦楚难逃,怎生是好!"独自一个,嗟叹多时,复又宁神思虑,以心问心道:"这妖魔不知是个甚么搭包子,那般装得许多物件?如今将天神、天将,许多人又都装进去了。我待求救于天,奈恐玉帝见怪。我记得有个北方真武①,号曰荡魔天尊,他如今现在南赡部洲武当山上②,等我去请他来搭救师父一难。"正是:

　　仙道未成猿马散,心神无主五行枯。

毕竟不知此去端的如何,且听下回分解。

---

①真武:即真武大帝,参见第十八回"荡魔祖师"条注。
②武当山:在今湖北省西北部,又名太和山,据说真武大帝在这里修行得道,故"武当"意为"非真武不足以当此山"。

第六十六回

诸神遭毒手　弥勒缚妖魔

　　话表孙大圣无计可施,纵一朵祥云,驾筋斗,竟转南赡部洲去拜武当山,参请荡魔天尊,解释三藏、八戒、沙僧、天兵等众之灾。他在半空里无停止,不一日,早望见祖师仙境,轻轻按落云头,定睛观看,好去处:

　　巨镇东南,中天神岳。芙蓉峰竦杰,紫盖岭巍峨。九江水尽荆扬远,百越山连翼轸多①。上有太虚之宝洞,朱陆之灵台②。三十六宫金磬响,百千万客进香来。舜巡禹祷,玉简金书③。楼阁飞青鸟,幢幡摆赤裾④。地设名山雄宇宙,天开仙境透空虚。几树榔梅花正放⑤,满山瑶草色皆舒。龙潜涧底,虎伏崖中。幽禽如诉语⑥,驯鹿

---

① "九江水尽"二句:荆扬,荆州和扬州,泛指长江中下游地区。百越,我国古代南方越人的总称。分布在今浙江到广西一带,因部落众多,所以总称百越。翼轸,翼和轸都属于二十八宿,古代有分星和分野的说法,认为天上的星辰和地理区域有一一对应的关系。武当山属于楚地,翼和轸是楚地的分星,楚地是翼和轸的分野。这两句原出元傅若金《登南岳》诗。
② 太虚之宝洞,朱陆之灵台:太虚洞、朱陵台("陆"繁体作"陸",与"陵"字相近)和前文的芙蓉峰、紫盖岭,都是南岳衡山(位于湖南,也属于楚地)的名胜,下文的"舜巡禹祷"即舜帝和大禹前来巡察,也是衡山的典故,和武当山无关。所以这段话应当是描写衡山的,系作者混用。
③ 玉简金书:金和玉制作的简策,古代帝王祭祀名山的时候投放在山顶。
④ 赤裾:代指道士。裾,衣服的前后襟。
⑤ 榔梅:武当山出产的一种水果,传说是真武大帝栽种的,果实像杏,核像桃核。
⑥ 幽禽:原作"幽含",形近而误。按"幽禽如诉语"又见《梼杌闲评》。宋汪翔龙《访黄吏部不值》:"闲蝶自专花富贵,幽禽如语竹平安。"

近人行。白鹤伴云栖老桧,青鸾丹凤向阳鸣。玉虚师相真仙地①,金阙仁慈治世门。

上帝祖师,乃净乐国王与善胜皇后梦吞日光,觉而有孕,怀胎一十四个月,于开皇元年甲辰之岁三月初一日午时降诞于王宫。那爷爷:

幼而勇猛,长而神灵。不统王位,惟务修行。父母难禁,弃舍皇宫。参玄入定,在此山中。功完行满,白日飞升。玉皇敕号,真武之名。玄虚上应,龟蛇合形。周天六合,皆称万灵。无幽不察,无显不成。劫终劫始,剪伐魔精②。

孙大圣玩着仙境景致,早来到一天门、二天门、三天门,却至太和宫外,忽见那祥光瑞气之间,簇拥着五百灵官③。那灵官上前迎着道:"那来的是谁?"大圣道:"我乃齐天大圣孙悟空,要见师相。"众灵官听说,随报。祖师即下殿,迎到太和宫。行者作礼道:"我有一事奉劳。"问:"何事?"行者道:"保唐僧西天取经,路遭险难。至西牛贺洲,有座山唤小西天,小雷音寺有一妖魔。我师父进得山门,见有阿罗、揭谛、比丘、圣僧排列,以为真佛,倒身才拜,忽被他拿住绑了。我又失于防闲,被他抛一副金铙,将我罩在里面,无纤毫之缝,口合如钳。甚亏金头揭谛请奏玉帝,钦差二十八宿,当夜下界,掀揭不起。幸得亢金龙将角透入铙内,将我度出,被我打碎金铙,惊醒怪

---

① 玉虚师相:出自真武大帝圣号"玉虚师相北极玄天上帝"。指真武大帝能为玉帝的师长和辅佐。

② "上帝祖师"至"剪伐魔精":是道教经典《元始天尊说北方真武妙经》里所叙述的真武大帝诞生故事。"幼而勇猛"以下韵文,袭自《元始天尊说北方真武妙经》中元始天尊所说咒。龟蛇,按经中称:"真武神将,敬奉天尊教劫。乃披发跣足,踏腾蛇八卦神龟,部领三十万神将,六丁六甲,五雷神兵,巨虬狮子,毒龙猛兽,……天下邪鬼并皆清荡。"六合,四方加上下,叫做六合,泛指天地、宇宙。

③ 五百灵官:据说真武大帝早年为净乐国王太子,出家修道不回,净乐国王派五百兵士寻找,这五百人受到太子的点化,全部出家成仙,就成为真武大帝手下的五百灵官。参见第七回"王灵官"条注。

物。赶战之间,又被撒一个白布搭包儿,将我与二十八宿并五方揭谛尽皆装去,复用绳捆了。是我当夜脱逃,救了星辰等众与我唐僧等。后为找寻衣钵,又惊醒那妖,与天兵赶战。那怪又拿出搭包儿,理弄之时,我却知道前音,遂走了,众等被他依然装去。我无计可施,特来拜求师相一助力也。"祖师道:"我当年威镇北方,统摄真武之位,剪伐天下妖邪,乃奉玉帝敕旨。后又披发跣足①,踏腾蛇神龟,领五雷神将、巨虺狮子、猛兽毒龙,收降东北方黑气妖氛,乃奉元始天尊符召。今日静享武当山,安逸太和殿,一向海岳平宁,乾坤清泰。奈何我南赡部洲并北具芦洲之地,妖魔剪伐,邪鬼潜踪。今蒙大圣下降,不得不行;只是上界无有旨意,不敢擅动干戈。假若法遣众神,又恐玉帝见罪;十分却了大圣,又是我逆了人情。我谅着那西路上纵有妖邪,也不为大害。我今着龟、蛇二将并五大神龙与你助力②,管教擒妖精,救你师之难。"

行者拜谢了祖师,即同龟、蛇、龙神各带精锐之兵,复转西洲之界。不一日,到了小雷音寺,按下云头,径至山门外叫战。却说那黄眉大王聚众怪在宝阁下说:"孙行者这两日不来,又不知往何方去借兵也。"说不了,只见前门上小妖报道:"行者引几个龙蛇龟相,在门外叫战。"妖魔道:"这猴儿怎么得个龙蛇龟相?此等之类,却是何方来者?"叫取披挂,随时装束,高叫:"汝等是那路龙神,敢来造吾仙境?"五龙二将相貌峥嵘,精神抖擞,喝道:"那泼怪!我乃武当山太和宫混元教主荡魔天尊之前五位神龙、龟、蛇二将。今蒙齐天大圣相邀,我天尊符召,到此捕你这妖精,快送唐僧与天星等出来,免你

---

①从"威震北方"到"奉元始天尊符召":这段真武大帝的自述也出自《元始天尊说北方真武妙经》。跣足,赤脚。

②五大神龙:应即五龙神,《玄天上帝启圣录》卷一"五龙捧圣"载真武大帝得道时:"玄帝在岩,潜虚玄一。默会万真,四十二年矣,大得上道。……须臾,五炁龙君捧拥,驾云而升,至大顶天柱峰乃止。"又据宋元妙宗编《太上助国救民总真秘要》卷二,五龙神为"上清北极天心正法"中北极大帝的护法神将,常为雷法所驱遣。

一死！不然，将这一山之怪，碎劈其尸；几间之房，烧为灰烬！"那怪闻言，心中大怒道："这畜牲，有何法力，敢出大言！不要走，吃吾一棒！"这五条龙翻云使雨，那两员将播土扬沙，各执枪刀剑戟，一拥而攻。孙大圣又使铁棒随后。这一场好杀：

　　凶魔施武，行者求兵。凶魔施武，擅据珍楼施佛像；行者求兵，远参宝境借龙神。龟蛇生水火，妖怪动刀兵。五龙奉旨来西路，行者因师在后收。剑戟光明摇彩电，枪刀晃亮闪霓虹。这个狼牙棒，强能短软；那个金箍棒，随意如心。只听得扢扑响声如爆竹，叮哨音韵似敲金。水火齐来征怪物，刀兵共簇绕精灵。喊杀惊狼虎，喧哗振鬼神。浑战正当无胜处，妖魔又取宝和珍。

　　行者帅五龙、二将，与妖魔战经半个时辰，那妖精即解下搭包在手。行者见了心惊，叫道："列位仔细！"那龙神、蛇、龟不知甚么仔细，一个个都停住兵，近前抵挡。那妖精幌的一声，把搭包儿撒将起去；孙大圣顾不得五龙、二将，驾筋斗，跳在九霄逃脱。他把个龙神、龟、蛇一搭包子又装将去了。妖精得胜回寺，也将绳捆了，抬在地窖子里盖住不题。

　　你看那大圣落下云头，斜敧在山巅之上，没精没采，懊恨道："这怪物十分利害。"不觉的合着眼，似睡一般。猛听得有人叫道："大圣，休推睡，快早上紧求救。你师父性命，只在须臾间矣！"行者急睁睛跳起来看，原来是日值功曹。行者喝道："你这毛神，这向在那方贪图血食，不来点卯？今日却来惊我，伸过孤拐来，让老孙打两棒解闷。"功曹慌忙施礼道："大圣，你是人间之喜仙，何闷之有！我等早奉菩萨旨令，教我等暗中护佑唐僧，乃同土地等神，不敢暂离左右，是以不得常来参见。怎么反见责也？"行者道："你既是保护，如今那众星、揭谛、伽蓝并我师等，被妖精困在何方？受甚罪苦？"功曹道："你师父、师弟，都吊在宝殿廊下；星辰等众，都收在地窖之间受罪。这两日不闻大圣消息，却才见妖精又拿了神龙、龟、蛇，又送在地窖去了，方知是大圣请来之兵，小神特来寻大圣。大圣莫辞劳倦，千万再急急去求救援。"

行者闻言及此,不觉对功曹滴泪道:"我如今愧上天宫,羞临海藏,怕问菩萨之原由,愁见如来之玉像。才拿去者,乃真武师相之龟、蛇、五龙圣众。教我再无方求救,奈何?"功曹笑道:"大圣宽怀。小神想起一处精兵,请来断然可降。适才大圣至武当,是南赡部洲之地。这枝兵也在南赡部洲盱眙山蠙城①,即今泗州是也。那里有个大圣国师王菩萨②,神通广大。他手下有一个徒弟,唤名小张太子③,还有四大神将,昔年曾降伏水母娘娘④。你今若去请他。他来施恩相助,准可捉怪救师也。"行者心喜道:"你且去保护我师父,勿令伤他,待老孙去请也。"

行者纵起筋斗云,躲离怪处,直奔盱眙山。不一日早到。细观,真好去处:

南近江津,北临淮水。东通海峤,西接封浮⑤。山顶上有楼观峥嵘,山凹里有涧泉浩涌。嵯峨怪石,槃秀乔松。百般果品应时新,千样花枝迎日放。人如蚁阵往来多,船似雁行归去广。上边有瑞岩观、东岳宫、五显祠、龟山寺,钟韵香烟冲碧汉;又有玻璃泉、五塔峪、八仙台、杏花园,山光树色映蠙城。白云横不度,幽鸟倦还鸣。说甚泰嵩衡华秀,此间仙景若蓬瀛。

---

① 盱眙山蠙城:即今江苏盱眙县,古称泗州。
② 大圣国师王菩萨:即"泗州大圣",淮河流域人们崇拜的神灵,原型是唐代高僧僧伽大师,民间传说他是观世音的化身。
③ 小张太子:不详来历。似与泗州传说有关。元杨景贤《西游记杂剧·女王逼婚》:"若鬼子母将如来围定在灵山上,巫枝祗(即无支祁)把张僧拿住在龟山上。"此张僧或即小张太子原型。
④ 水母娘娘:淮河流域自古传说有水怪,善于兴风作浪,名无支祁,被大禹锁在龟山之下。后期逐渐演变为水母故事。《录鬼簿》及续编记元杂剧有高文秀和须子寿的"泗州大圣降水母",然已失传。京剧、豫剧中,都有《泗州城》,即今《虹桥赠珠》的底本,故事说水母变作一位姑娘,到泗州城观光,爱上了青年乌延玉,就用法术把他带到水府,但乌延玉设法逃回,水母大怒,作法水淹泗州,观世音带各路神仙下界,才把水母降服。
⑤ 封浮:当指封丘和浮丘,均在今河南省,泗州之西。

大圣点玩不尽,径过了淮河,入蟠城之内,到大圣禅寺山门外①。又见那殿宇轩昂,长廊彩丽,有一座宝塔峥嵘。真是:

　　插云倚汉高千丈,仰视金瓶透碧空。
　　上下有光凝宇宙,东西无影映帘栊。
　　风吹宝铎闻天乐,日映冰虬对梵宫。
　　飞宿灵禽时诉语,遥瞻淮水渺无穷②。

行者且观且走,直至二层门下。那国师王菩萨早已知之,即与小张太子出门迎迓。相见叙礼毕,行者道:"我保唐僧西天取经,路上有个小雷音寺,那里有个黄眉怪,假充佛祖。我师父不辨真伪,就下拜,被他拿了。又将金铙把我罩了,幸亏天降星辰救出。是我打碎金铙,与他赌斗,又将一个布搭包儿,把天神、揭谛、伽蓝与我师父、师弟尽皆装了进去。我前去武当山请玄天上帝救援,他差五龙龟蛇拿怪,又被他一搭包子装去。弟子无依无倚,故来拜请菩萨,大展威力,将那收水母之神通,拯生民之妙用,同弟子去救师父一难,取得经回,永传中国,扬我佛之智慧,兴般若之波罗也。"国师王道:"你今日之事,诚我佛教之兴隆,礼当亲去。奈时值初夏,正淮水泛涨之时。新收了水猿大圣③,那厮遇水即兴;恐我去后,他乘空生顽,无神可治。今着小徒领四将和你去助力,炼魔收伏罢。"行者称谢。

---

①大圣禅寺:又称"普照王寺"。唐代始创,中有僧伽塔,葬僧伽大师灵骨。
②"插云倚汉"以下数句:金瓶,即塔顶鎏金的塔刹。铎,古代的一种乐器,形如大铃,后泛指铃铛。冰虬,白玉或白石雕刻的龙,"冰虬"和"宝铎""金瓶"都是大圣禅寺里的装饰物。《梼杌闲评》第一回:"公同各官下山,时日已过午,见山脚下金光焰焰,瑞气层层。朱公问道:'那放光的是甚么?'巡捕官禀道:'是大圣寺宝塔上金顶映日之光。'"前所谓瑞岩观、玻璃泉等,也都是泗州名胜。此段为实写泗州景物。
③水猿大圣:淮河流域民间传说的妖怪,原型是淮河水神无支祁。宋王象之《舆地纪胜》卷四四《淮南东路盱眙军》:"水母洞在龟山寺,俗传泗州僧伽降水母于此。"唐李公佐《古岳渎经》载,大禹治水,获淮河水神巫支祈,"善应对言语,辨江淮之浅深,原隰之远近,形若猕猴,缩鼻高额,青躯白首,金目雪牙,颈伸百尺,力踰九象。"

即同四将并小张太子,又驾云回小西天,直至小雷音寺。小张太子使一条楮白枪,四大将轮四把锟𫓧剑,和孙大圣上前骂战。小妖又去报知,那妖王复帅群妖,鼓噪而出道:"猢狲!你今又请得何人来也?"说不了,小张太子指挥四将,上前喝道:"泼妖精!你面上无肉,不认得我等在此!"妖王道:"是那方小将,敢来与他助力?"太子道:"吾乃泗州大圣国师王菩萨弟子,帅领四大神将,奉令擒你!"妖王笑道:"你这孩儿有甚武艺,擅敢到此轻薄?"太子道:"你要知我武艺,等我道来:

祖居西土流沙国,我父原为沙国王。
自幼一身多疾苦,命干华盖恶星妨。
因师远慕长生诀,有分相逢舍药方。
半粒丹砂祛病退,愿从修行不为王。
学成不老同天寿,容颜永似少年郎。
也曾赶赴龙华会,曾也腾云到佛堂。
捉雾拿风收水怪,擒龙伏虎镇山场。
抚民高立浮屠塔,静海深明舍利光。
楮白枪尖能缚怪,淡缁衣袖把妖降。
如今静乐蠙城内,大地扬名说小张!"

妖王听说,微微冷笑道:"那太子,你舍了国家,从那国师王菩萨,修的是甚么长生不老之术?只好收捕淮河水怪。却怎么听信孙行者诳谬之言,千山万水,来此纳命!看你可长生可不老也!"

小张闻言,心中大怒,缠枪当面便刺,四大将一拥齐攻,孙大圣使铁棒上前又打。好妖精,公然不惧,轮着他那短软狼牙棒,左遮右架,直挺横冲。这场好杀:

小太子,楮白枪,四柄锟𫓧剑更强。悟空又使金箍棒,齐心围绕杀妖王。妖王其实神通大,不惧分毫左右搪。狼牙棒是佛中宝,剑砍枪轮莫可伤。只听狂风声吼吼,又观恶气混茫茫。那个有意思凡弄本事,这个专心拜佛取经章。几番驰骋,数次张狂。喷云雾,闭三光,奋怒怀嗔各不良。多时三乘无上法,致令百艺苦相将。

概众争战多时,不分胜负。那妖精又解搭包儿。行者又叫:"列位仔细!"太子并众等不知"仔细"之意。那怪滑的一声,把四大将与太子,一搭包又装将进去,只是行者预先知觉走了。那妖王得胜回寺,又教取绳捆了,送在地窖,牢封固锁不题。

这行者纵筋斗云,起在空中,见那怪回兵闭门,方才按下祥光,立于西山坡上,怅望悲啼道:"师父呵,我

> 自从秉教入禅林,感荷菩萨脱难深。
> 保你西来求大道,相同辅助上雷音。
> 只言平坦羊肠路,岂料崔巍怪物侵。
> 百计千方难救你,东求西告枉劳心!"

大圣正当凄惨之时,忽见那西南上一朵彩云坠地,满山头大雨缤纷,有人叫道:"悟空,认得么?"行者急走前看处,那个人:

> 大耳横颐方面相①,肩查腹满身躯胖。
> 一腔春意喜盈盈,两眼秋波光荡荡。
> 敞袖飘然福气多,芒鞋洒落精神壮。
> 极乐场中第一尊,南无弥勒笑和尚。

行者见了,连忙下拜道:"东来佛祖那里去②?弟子失回避了。万罪!万罪!"佛祖道:"我此来,专为这小雷音妖怪也。"行者道:"多蒙老爷盛德大恩。敢问那妖是那方怪物,何处精魔,不知他那搭包儿是件甚么宝贝,烦老爷指示指示。"佛祖道:"他是我面前司磬的一个黄眉童儿。三月三日,我因赴元始会去,留他在宫看守,他把我这

---

① 颐:下巴。
② 东来佛祖:即弥勒佛,佛教认为他是候补佛,等待释迦牟尼的法灭尽后,他就正式成为娑婆世界的教主。五代时明州奉化县有僧人名契此,佯狂疯颠,出语不定,常携一布袋,号为"布袋师"。临终时留偈:"弥勒真弥勒,分身千百亿。时时示时人,时人不自识。"后人认为他是弥勒的化身。布袋和尚即世俗所见弥勒佛形象的原型。然此处称"东来佛祖",不详,似应为"未来佛祖"。

几件宝贝拐来,假佛成精。那搭包儿是我的后天袋子,俗名唤做'人种袋'①。那条狼牙棒是个敲磬的槌儿。"行者听说,高叫一声道:"好个笑和尚!你走了这童儿,教他诓称佛祖,陷害老孙,未免有个家法不谨之过!"弥勒道:"一则是我不谨,走失人口;二则是你师徒们魔障未完,故此百灵下界,应该受难。我今来与你收他去也。"行者道:"这妖精神通广大,你又无些兵器,何以收之?"弥勒笑道:"我在这山坡下,设一草庵,种一田瓜果在此,你去与他索战。交战之时,许败不许胜,引他到我这瓜田里。我别的瓜都是生的,你却变做一个大熟瓜。他来定要瓜吃,我却将你与他吃。吃下肚中,任你怎么在内摆布他。那时等我取了他的搭包儿,装他回去。"行者道:"此计虽妙,你却怎么认得变的熟瓜?他怎么就肯跟我来此?"弥勒笑道:"我为治世之尊,慧眼高明,岂不认得你!凭你变作甚物,我皆知之。但恐那怪不肯跟来耳。我却教你一个法术。"行者道:"他断然是以搭包儿装我,怎肯跟来?有何法术可来也?"弥勒笑道:"你伸手来。"行者即舒左手,递将过去。弥勒将右手食指,蘸着口中神水,在行者掌上写了一个"禁"字,教他捏着拳头,见妖精当面放手,他就跟来。

行者揝拳,欣然领教。一只手轮着铁棒,直至山门外,高叫道:"妖魔,你孙爷爷又来了!可快出来,与你见个上下!"小妖又忙忙奔告。妖王问道:"他又领多少兵来叫战?"小妖道:"别无甚兵,止他一个。"妖王笑道:"那猴儿计穷力竭,无处求人,断然是送命来也。"随又结束整齐,带了宝贝,举着那轻软狼牙棒,走出门来叫道:"孙悟空,今番挣挫不得了!"行者骂道:"泼怪物,我怎么挣挫不得?"妖王道:"我见你计穷力竭,无处求人,独自个强来支持,如今拿住,再没

---

① 人种袋:据杜贵晨《从铍之意象看〈西游记〉作者为泰安或久居泰安之人》一文,黄眉怪的三件法宝均系男女性器之隐喻,可能是插科打诨的段子。其中"短软狼牙棒"隐喻男子阳具,人种袋喻睾丸,而"如皮肉长成的"金铙喻女阴。旧称男女行房为"入铙"。《金瓶梅》五十七回"三个光头好像师父、师兄并师弟,只是铙钹原何在里床",亦同此意,至今山东西部方言尚存痕迹。

个甚么神兵救拔,此所以说你挣挫不得也。"行者道:"这怪不知死活!莫说嘴,吃吾一棒!"那妖王见他一只手轮棒,忍不住笑道:"这猴儿,你看他弄巧,怎么一只手使棒支吾?"行者道:"儿子,你禁不得我两只手打。若是不使搭包子,再着三五个,也打不过老孙这一只手。"妖王闻言,道:"也罢!也罢!我如今不使宝贝,只与你实打,比个雌雄。"即举狼牙棒,上前来斗。孙行者迎着面,把拳头一放,双手轮棒。那妖精着了禁,不思退步,果然不弄搭包,只顾使棒来赶。行者虚幌一下,败阵就走。

那妖精直赶到西山坡下。行者见有瓜田,打个滚,钻入里面,即变做一个大熟瓜,又熟又甜。那妖精停身四望,不知行者那方去了。他却赶至庵边叫道:"瓜是谁人种的?"弥勒变作一个种瓜叟,出草庵答道:"大王,瓜是小人种的。"妖王道:"可有熟瓜么?"弥勒道:"有熟的。"妖王叫:"摘个熟的来我解渴。"弥勒即把行者变的那瓜,双手递与妖王。妖王更不察情,到此接过手,张口便啃。那行者乘此机会,一毂辘钻入咽喉之下,等不得好歹,就弄手脚。抓肠蒯腹①,翻根头,竖蜻蜓,任他在里面摆布。那妖精疼得偻牙倈嘴,眼泪汪汪,把一块种瓜之地,滚得似个打麦之场,口中只叫:"罢了!罢了!谁人救我一救!"弥勒却现了本像,嘻嘻笑叫道:"孽畜,认得我么?"那妖抬头看见,慌忙跪倒在地,双手揉着肚子,磕头撞脑,只叫:"主人公,饶我命罢!饶我命罢!再不敢了!"弥勒上前,一把揪住,解了他的后天袋儿,夺了他的敲磬槌儿,叫:"孙悟空,看我面上,饶他命罢。"行者十分恨苦,却又左一拳,右一脚,在里面乱掏乱捣。那怪万分疼痛难忍,倒在地下。弥勒又道:"悟空,他也勾了,你饶他罢。"行者才叫:"你张大口,等老孙出来。"那怪虽是肚腹绞痛,还未伤心。俗语云:"人未伤心不得死,花残叶落是根枯。"他听见叫张口,即便忍着疼,把口大张。行者方才跳出,现了本像,急掣棒还要打时,早被佛祖把妖精装在袋里,斜跨在腰间。手执着磬槌,骂道:"孽畜,金铙偷了那

---

①蒯(kuǎi):挠,抓。

里去了?"那怪却只要怜生,在后天袋内哼哼喷喷的道:"金铙是孙悟空打破了。"佛祖道:"铙破,还我金来。"那怪道:"碎金堆在殿莲台上哩。"

那佛祖提着袋子,执着磬槌,嘻嘻笑叫着:"悟空,我和你去寻金还我。"行者见此法力,怎敢违误。只得引佛上山,回至寺内,收取金查。只见那山门紧闭。佛祖使槌一指,门开入里看时,那些小妖,已知得老妖被擒,各自收拾囊底,都要逃生四散。被行者见一个,打一个;见两个,打两个;把五七百个小妖,尽皆打死。各现原身,都是些山精树怪,兽孽禽魔。佛祖将金收攒一处,吹口仙气,念声咒语,即时返本还原,复得金铙一副,别了行者,驾祥云,径转极乐世界。

这大圣却才解下唐僧、八戒、沙僧。那呆子吊了几日,饿得慌了,且不谢大圣,却就虾着腰①,跑到厨房寻饭吃。原来那怪正安排了午饭,因行者索战,还未得吃。这呆子看见,即吃了半锅,却拿出两钵头叫师父、师弟们各吃了两碗,然后才谢了行者。问及妖怪原由。行者把先请祖师,龟、蛇,后请大圣借太子,并弥勒收降之事,细陈了一遍。三藏闻言,谢之不尽,顶礼了诸天,道:"徒弟,这些神圣,困于何所?"行者道:"昨日日值功曹对老孙说,都在地窖之内。"叫:"八戒,我与你去解脱他等。"

那呆子得食力壮,抖擞精神,寻着他的钉钯,即同大圣到后面打开地窖,将众等解了绳,请出珍楼之下。三藏披了袈裟,朝上一一拜谢。这大圣才送五龙、二将回武当;送小张太子与四将回盱眙城;后二十八宿归天府;放揭谛,伽蓝各回境。师徒们却宽住了半日,喂饱了白马,收拾行囊,至次早登程。临行时,放上一把火,将那些珍楼宝座、高阁讲堂,俱尽烧为灰烬。这里才

    无挂无牵逃难去,消灾消瘴脱身行。

毕竟不知几时才到大雷音,且听下回分解。

---

  ①虾着腰:即"哈着腰"。弯着腰。

第六十七回

拯救驼罗禅性稳 脱离秽污道心清

　　话说三藏四众,躲离了小西天,忻然上路。行经个月程途,正是春深花放之时,见了几处园林皆绿暗,一番风雨又黄昏。三藏勒马道:"徒弟呵,天色晚矣,往那条路上求宿去?"行者笑道:"师父放心。若是没有借宿处,我三人都有些本事,叫八戒砍草,沙和尚扳松,老孙会做木匠,就在这路上搭个庵蓬,好道也住得年把。你忙怎的?"八戒道:"哥呀,这个所在,岂是住场?满山多虎豹狼虫,遍地有魑魅魍魉。白日里尚且难行,黑夜里怎生敢宿?"行者道:"呆子,越发不长进了。不是老孙海口,只这条棒子揝在手里,就是塌下天来,也撑得住!"

　　师徒们正然讲论,忽见一座山庄不远。行者道:"好了,有宿处了。"长老问:"在何处?"行者指道:"那树丛里不是个人家?我们去借宿一宵,明早走路。"长老忻然,促马至庄门外下马。只见那柴扉谨闭。长老敲门道:"开门,开门。"里面有一老者,手拖藜杖,足踏蒲鞋,头顶乌巾,身穿素服,开了门,便问:"是甚人在此大呼小叫?"三藏合掌当胸,躬身施礼道:"老施主,贫僧乃东土差往西天取经者。适到贵地,天晚,特造尊府假宿一宵。万望方便方便。"老者道:"和尚,你要西行,却是去不得阿。此处乃小西天。若到大西天,路途甚远。且休道前去艰难,只这个地方,已此难过。"三藏问:"怎么难过?"老者用手指道:"我这庄村西去三十余里,有一条稀柿衕①,山名'七绝'②。"三藏道:"何为七绝?"老者道:"这山径过有八百里,满山尽是柿果。古云柿树有七绝:一,益寿;二,多阴;三,无鸟巢;四,无

---

　　①衕(tòng):巷,狭长的街道。
　　②七绝:此处所谓的柿有七绝,出自唐段成式《酉阳杂俎》卷十八。

虫;五,霜叶可玩;六,嘉实;七,落叶肥大。故名七绝山。我这敝处地阔人稀,那深山亘古无人走到。每年家熟烂柿子落在路上,将一条夹石衕衕①,尽皆填满;又被雨露雪霜,经霉过夏,作成一路污秽。这方人家,俗呼为稀屎衕。但刮西风,有一股秽气,就是淘东圊也不似这般恶臭②。如今正值春深,东南风大作,所以还不闻见也。"

三藏心中烦闷不言。行者忍不住高叫道:"你这老儿甚不通便!我等远来投宿,你就说出这许多话来唬人,十分你家窄偪没处睡,我等在此树下蹲一蹲,也就过了此宵;何故这般絮聒?"那老者见了他相貌丑陋,便也拧住口,惊嚁嚁的③,硬着胆,喝了一声,用藜杖指定道:"你这厮,骨挝脸,磕额头,塌鼻子,凹颉腮,毛眼毛睛痨病鬼,不知高低,尖着个嘴,敢来冲撞我老人家!"行者陪笑道:"老官儿,你原来有眼无珠,不识我这痨病鬼哩!相法云'形容古怪,石中有美玉之藏'。你若以言貌取人,干净差了,我虽丑便丑,却倒有些手段。"老者道:"你是那方人氏?姓甚名谁?有何手段?"行者笑道:"我

祖居东胜大神洲,花果山前自幼修。

身拜灵台方寸祖,学成武艺甚全周。

也能搅海降龙母,善会担山赶日头④。

缚怪擒魔称第一,移星换斗鬼神愁。

偷天转地英名大,我是变化无穷美石猴!"

老者闻言,回嗔作喜。躬着身,便教:"请,请入寒舍安置。"遂此四众牵马挑担,一齐进去。只见那荆针棘刺,铺设两边;二层门是砖石垒的墙壁,又是荆棘苦盖;入里才是三间瓦房。老者便扯椅安坐

---

① 衕衕:也作"胡同"。北方对小街小巷的通称。
② 东圊(qīng):古代房屋建筑,厕所往往在屋子东角,所以叫东厕或东圊。圊,厕所。
③ 惊嚁嚁:惊悸不安的样子。
④ 担山赶日头:多用来形容法力高强。如二郎救母传说,《二郎宝卷》:"王母娘娘赐我宝贝,开了库房,飞了金乌,两座名山在我肩上,昼夜常担,为因救母,担山赶太阳。"

待茶,又叫办饭。少顷,移过桌子,摆着许多面筋、豆腐、芋苗、萝白、辣芥、蔓菁、香稻米饭、醋烧葵汤①,师徒们尽饱一餐。吃毕,八戒扯过行者,背云:"师兄,这老儿始初不肯留宿,今返设此盛斋,何也?"行者道:"这个能值多少钱!到明日,还要他十果十菜的送我们哩。"八戒道:"不羞,凭你那几句大话,哄他一顿饭吃了,明日却要跑路,他又管待送你怎的?"行者道:"不要忙,我自有个处治。"

不多时,渐渐黄昏,老者又叫掌灯。行者躬身问道:"公公高姓?"老者道:"姓李。"行者道:"贵地想就是李家庄?"老者道:"不是,这里唤做驼罗庄,共有五百多人家居住。别姓俱多,惟我姓李。"行者道:"李施主,府上有何善意,赐我等盛斋?"那老者起身道:"才闻得你说会拿妖怪,我这里却有个妖怪,累你替我们拿拿,自有重谢。"行者就朝上唱个喏道:"承照顾了。"八戒道:"你看他惹祸!听见说拿妖怪,就是他外公也不这般亲热,预先就唱个喏。"行者道:"贤弟,你不知。我唱个喏就是下了个定钱,他再不去请别人了。"

三藏闻言道:"这猴儿凡事便要自专。倘或那妖精神通广大,你拿他不住,可不是我出家人打诳语么?"行者笑道:"师父莫怪,等我再问了看。"那老道:"还问甚?"行者道:"你这贵处,地势清平,又许多人家居住,更不是偏僻之方,有个甚么妖精,敢上你这高门大户?"老者道:"实不瞒说。我这里久矣康宁。只这三年六月间,忽然一阵风起,那时人家甚忙,打麦的在场上,插秧的在田里,俱着了慌,只说是天变了。谁知风过处,有个妖精,将人家牧放的牛马吃了,猪羊吃了,见鸡鹅囫囵咽,遇男女夹活吞。自从那次,这二年常来伤害。长老阿,你若有手段,拿了他,扫净此土,我等决然重谢,不敢轻慢。"行者道:"这个却是难拿。"八戒道:"真是难拿,难拿。我们乃行脚僧,借宿一宵,明日走路,拿甚么妖精!"老者道:"你原来是骗饭吃的和尚!初见时夸口弄舌,说会换斗移星,降妖缚怪,及说起此事,就推却难拿。"行者道:"老儿,妖精好拿。只是你这方人家不齐心,

---

①萝白:即"萝卜"。

所以难拿。"老者道:"怎见得人心不齐?"行者道:"妖精搅扰了三年,也不知伤害了多少生灵。我想着每家只出银一两,五百家可凑五百两银子,不拘到那里,也寻一个法官把妖拿了①,却怎么就甘受他三年磨折?"老者道:"若论说使钱,好道也羞杀人!我们那家不花费三五两银子!前年曾访着山南里有个和尚,请他到此拿妖,未曾得胜。"行者道:"那和尚怎的拿来?"老者道:

"那个僧伽②,披领袈裟。

先谈《孔雀》③,后念《法华》。

香焚炉内,手把铃拿。

正然念处,惊动妖邪。

风生云起,径至庄家。

僧和怪斗,其实堪夸:

一递一拳捣④,一递一把抓。

和尚还相应⑤,相应没头发。

须臾妖怪胜,径直返烟霞。原来晒干疤。

我等近前看,光头打的似个烂西瓜。"

行者笑道:"这等说,吃了亏也。"老者道:"他只拚得一命,还是我们吃亏:与他买棺木殡葬,又把些银子与他徒弟。那徒弟心还不歇,至今还要告状,不得干净。"

行者道:"再可曾请甚么人拿他?"老者道:"旧年又请了一个道士。"行者道:"那道士怎么拿他?"老者道:"那道士:

头戴金冠,身穿法衣。

令牌敲响,符水施为。

---

①法官:对道士的尊称。
②僧伽:即僧人。本为梵语译音,意为大众。原指出家佛教徒四人以上组成的团体,后单个和尚也称"僧伽"。
③《孔雀》:即《孔雀经》。参见第十三回《孔雀经》条注。
④一递一:一下一下交替的动作。
⑤相应:相宜,合适。

> 驱神使将,拘到妖魑。
> 狂风滚滚,黑雾迷迷。
> 即与道士,两个相持。
> 斗到天晚,怪返云霄。
> 乾坤清朗朗,我等众人齐。
> 出来寻道士,淬死在山溪。
> 捞得上来大家看,却如一个落汤鸡。"

行者笑道:"这等说,也吃亏了。"老者道:"他也只舍得一命,我们也又使勾闷数钱粮①。"行者道:"不打紧,不打紧,等我替你拿他来。"老者道:"你若果有手段拿得他,我请几个本庄长者与你写个文书:若得胜,凭你要多少银子相谢,半分不少;如若有亏,切莫和我等放赖,各听天命。"行者笑道:"这老儿被人赖怕了。我等不是那样人。快请长者去。"

那老者满心欢喜,即命家僮,请几个左邻右舍、表弟姨兄、亲家朋友,共有八九位老者,都来相见。会了唐僧,言及拿妖一事,无不忻然。众老问:"是那一位高徒去拿?"行者叉手道:"是我小和尚。"众老悚然道:"不济!不济!那妖精神通广大,身体狼犺。你这个长老,瘦瘦小小,还不勾他填牙齿缝哩!"行者笑道:"老官儿,你估不出人来。我小自小,结实,都是'吃了磨刀水的——秀气在内'哩②!"众老见说,只得依从道:"长老,拿住妖精,你要多少谢礼?"行者道:"何必说要甚么谢礼?俗语云,说金子幌眼,说银子傻白,说铜钱腥气。我等乃积德的和尚,决不要钱。"众老道:"既如此说,都是受戒的高僧。既不要钱,岂有空劳之理?我等各家俱以鱼田为活。若果降了妖孽,净了地方,我等每家送你两亩良田,共凑一千亩,坐落一处,你师徒们在上起盖寺院,打坐参禅,强似方上云游。"行者又笑道:"越

---

① 闷数钱粮:这里指冤枉钱。
② 吃了磨刀水的——秀气在内:秀,谐音"锈",磨刀水含有铁锈,这里比喻外表虽然平常,内心却很聪慧。

不停当！但说要了田，就要养马当差，纳粮办草，黄昏不得睡，五鼓不得眠。好倒弄杀人也。"众老道："诸般不要，却将何谢？"行者道："我出家人，但只是一茶一饭，便是谢了。"众老喜道："这个容易。但不知你怎么拿他？"行者道："他但来，我就拿住他。"众老道："那怪大着哩！上柱天，下柱地；来时风，去时雾。你却怎生近得他？"行者笑道："若论呼风驾雾的妖精，我把他当孙子罢了；若说身体长大，有那手段打他！"

正讲处，只听得呼呼风响，慌得那八九个老者，战战兢兢道："这和尚盐酱口①！说妖精，妖精就来了！"那老李开了腰门，把几个亲戚，连唐僧，都叫："进来，进来，妖怪来了！"唬得那八戒也要进去，沙僧也要进去。行者两只手扯住两个道："你们忒不循理，出家人，怎么不分内外？站住，不要走！跟我去天井里，看看是个甚么妖精。"八戒道："哥阿，他们都是经过帐的②，风响便是妖来。他都去躲，我们又不与他有亲，又不相识，又不是交契故人，看他做甚？"原来行者力量大，不容说，一把拉在天井里站下。那阵风越发大了。好风：

倒树摧林狼虎忧，播江搅海鬼神愁。

掀翻华岳三峰石，提起乾坤四部洲。

村舍人家皆闭户，满庄儿女尽藏头。

黑云漠漠遮星汉，灯火无光遍地幽。

慌得那八戒战战兢兢，伏之于地，把嘴拱开土，埋在地下，却如钉了钉一般。沙僧蒙着头脸，眼也难睁。行者闻风认怪，一霎时，风头过处，只见那半空中隐隐的两盏灯来，即低头叫道："兄弟们，风过了，起来看！"那呆子扯出嘴来，抖抖灰土，仰着脸，朝天一望，见有两盏灯光，忽失声笑道："好耍子！好耍子！原来是个有行止的妖精③！该和他做朋友！"沙僧道："这般黑夜，又不曾觌面相逢，怎么就知好

---

①盐酱口：指说不吉利的话有应验。

②经过帐的：经历过的。

③行止：行步和止息，代指品行。

歹?"八戒道:"古人云:'夜行以烛,无烛则止'①。你看他打一对灯笼引路,必定是个好的。"沙僧道:"你错看了。那不是一对灯笼,是妖精的两只眼亮。"这呆子就唬矮了三寸,道:"爷爷呀!眼有这般大呵,不知口有多少大哩!"行者道:"贤弟莫怕。你两个护持着师父,待老孙上去讨他个口气,看他是甚妖精。"八戒道:"哥哥,不要供出我们来。"

好行者,纵身打个唿哨,跳到空中。执铁棒,厉声高叫道:"慢来,慢来,有吾在此!"那怪见了,挺住身躯,将一根长枪乱舞。行者执了棍势,问道:"你是那方妖怪?何处精灵?"那物更不答应,只是舞枪。行者又问,又不答,只是舞枪。行者暗笑道:"好是耳聋口哑,不要走,看棍!"那怪更不怕,乱舞枪遮拦。在那半空中,一来一往,一上一下,斗到三更时分,未见胜败。八戒、沙僧在李家天井里,看得明白。原来那怪只是舞枪遮架,更无半分儿攻杀。行者一条棒不离那怪的头上。八戒笑道:"沙僧,你在这里护持,让老猪去帮打帮打,莫教那猴子独干这功,领头一钟酒。"

好呆子,就便跳起云头,赶上就筑。那怪物又使一条枪抵住。两条枪,就如飞蛇掣电。八戒夸奖道:"这妖精好枪法!不是'山后枪',乃是'缠丝枪';也不是'马家枪'②,却叫做个'软柄枪'!"行者道:"呆子莫胡谈!那里有个甚么'软柄枪'!"八戒道:"你看他使出枪尖来架住我们,不见枪柄,不知收在何处。"行者道:"或者是个'软

---

① 无烛则止:语出《礼记·内则》。意为夜晚出行要点火把,没有火把就不要出行,表示行为光明正大。烛,火把。

② 山后枪、马家枪:山后枪,当即所谓"杨家枪"。杨家枪相传始于宋代红袄军女将领杨妙真。明戚继光《纪效新书》卷十:"夫长枪之法始于杨氏……二十年梨花枪,天下无敌手。"辽金时,称云州、应州、朔州等地(均在今山西省)为"山后",杨氏为山后大姓,抗辽名将杨业(即杨家将故事中的杨继业原型)即山后人。此"山后枪"似结合山后杨氏和杨家枪而来。明郑若曾《江南经略》卷八记枪法有十七家,首二家即为杨家枪、马家枪,为明代最著名的两家枪法。马家枪有上中下十八盘等法,相传为南京回族马家所创,代表人物为明代南直隶彭城卫指挥马仲良。

第六十七回　拯救驼罗禅性稳　脱离秽污道心清

柄枪'。但这怪物还不会说话,想是还未归人道,阴气还重。只怕天明时阳气胜,他必要走。但走时,一定赶上,不可放他。"八戒道:"正是！正是！"

又斗多时,不觉东方发白。那怪不敢恋战,回头就走。行者与八戒一齐赶来,忽闻得那秽污之气旭人①,乃是七绝山稀柿衕也。八戒道:"是那家淘毛厕哩！哏！臭气难闻！"行者侮着鼻子只叫:"快快赶妖精！快快赶妖精！"那怪物撺过山去,现了本像,乃是一条红鳞大蟒。你看他:

眼射晓星,鼻喷朝雾。密密牙排钢剑,弯弯爪曲金钩。头戴一条肉角,好便似千千块玛瑙攒成；身披一派红鳞,却就如万万片烟脂砌就②。盘地只疑为锦被,飞空错认作虹霓。歇卧处有腥气冲天,行动时有赤云罩体。大不大,两边人不见东西；长不长,一座山跨占南北。

八戒道:"原来是这般一个长蛇,若要吃人呵,一顿也得五百个,还不饱足。"行者道:"那软柄枪乃是两条信捵③。我们赶他软了,从后打出去！"这八戒纵身赶上,举钯便筑。那怪物一头钻进窟里,还有七八尺长尾巴丢在外边。八戒放下钯,一把挝住道:"着手！着手！"尽力气往外乱扯,莫想扯得动一毫。行者笑道:"呆子！放他进去,自有处置,不要这等倒扯蛇④。"八戒真个撒了手,那怪缩进去了。八戒怨道:"才不放手时,半截子已是我们的了。似这般缩了,却怎么得他出来？这不是叫做没蛇弄了⑤？"行者道:"这厮身体狼犺,窟穴窄小,断然转身不得,一定是个照直撺的,定有个后门出头。你快去后门外拦住,等我在前门外打。"

---

①旭:也作"蓄"。熏。
②烟脂:同"胭脂"。唐元稹《春六十韵》:"腻粉梨园白,烟脂桃径红。"烟,同"胭"。
③信捵(tiàn):蛇的舌头。又叫信子、芯子。
④倒扯蛇:方言,也称"倒拔蛇"。比喻费劲而无效果。
⑤没蛇弄:义同"没戏唱"。意为事情不成,无法维持。

那呆子真个一溜烟，跑过山去。果见有个孔窟。他就扎定脚，还不曾站稳，不期行者在前门外使棍子往里一捣，那怪物护疼，径往后门撺出。八戒未曾防备，被他一尾巴打了一跌，莫能挣挫得起，睡在地下忍疼。行者见窟中无物，拿着棍，穿进去叫赶妖怪。那八戒听得吆喝，自己害羞，忍着疼，爬起来，使钯乱扑。行者见了，笑道："妖怪走了，你还扑甚的了？"八戒道："老猪在此'打草惊蛇'哩！"行者道："活呆子，快赶上！"

　　二人赶过涧去，见那怪盘做一团，竖起头来，张开巨口，要吞八戒。八戒慌得往后便退。这行者反迎上前，被他一口吞之。八戒捶胸跌脚，大叫道："哥耶，倾了你也！"行者在妖精肚里支着铁棒道："八戒莫愁，我教他搭个桥儿你看！"那怪物躬起腰来，就似一道路东虹。八戒道："虽是像桥，只是没人敢走。"行者道："我再叫他变做个船儿你看！"在肚里将铁棒撑着肚皮。那怪物肚皮贴地，翘起头来，就似一只赣保船①。八戒道："虽是像船，只是没有桅篷，不好使风②。"行者道："你让开路，等我教他使个风你看。"又在里面尽着力，把铁棒从脊背一搠将出去，约有五七丈长，就似一根桅杆。那厮忍疼挣命，往前一撺，比使风更快，撺回旧路，下了山，有二十余里，却才倒在尘埃，动荡不得，呜呼丧矣。八戒随后赶上来，又举钯乱筑。行者把那物穿了一个大洞，钻将出来道："呆子，他死也死了，你还筑他怎的？"八戒道："哥阿，你不知我老猪一生好打死蛇？"遂此收了兵器，抓着尾巴，倒拉将来。

　　却说那驼罗庄上李老儿与众等对唐僧道："你那两个徒弟，一夜不回，断然倾了命也。"三藏道："决不妨事。我们出去看看。"须臾间，只见行者与八戒拖着一条大蟒，吆吆喝喝前来，众人却才欢喜。满庄上老幼男女，都来跪拜道："爷爷，正是这个妖精在此伤人。今

---

①赣保船：也称"赣船"，行驶于江西一带。明汤显祖《牡丹亭·婚走》："叫童儿寻只赣船，贪夜开去，以灭其踪，意下何如？"
②使风：利用风力，张帆行船。

幸老爷施法,斩怪除邪,我辈庶各得安生也。"众家都是感激,东请西邀,各各酬谢。师徒们被留住五七日,苦辞无奈,方肯放行。又各家见他不要钱物,都办些干粮果品,骑骡压马①,花红彩旗,尽来饯行。此处五百人家,倒有七八百人相送。

一路上喜喜欢欢,不时到了七绝山稀柿衕口。三藏闻得那般恶秽,又见路道填塞,道:"悟空,似此怎生度得?"行者侮着鼻子道:"这个却难也。"三藏见行者说难,便就眼中垂泪。李老儿与众上前道:"老爷勿得心焦。我等送到此处,都已约定意思了。令高徒与我们降了妖精,除了一庄祸害,我们各办虔心,另开一条好路,送老爷过去。"行者笑道:"你这老儿,俱言之欠当。你初然说这山径过有八百里,你等又不是大禹的神兵②,那里会开山凿路?若要我师父过去,还得我们着力,你们都成不得。"三藏下马,道:"悟空,怎生着力么?"行者笑道:"眼下就要过山,却也是难;若说再开条路,却又难也。须是还从旧衕衕过去。只恐无人管饭。"李老儿道:"长老说那里话!凭你四位担阁多时,我等俱养得起,怎么说无人管饭?"行者道:"既如此,你们去办得两石米的干饭,再做些蒸饼馍馍来。等我那长嘴和尚吃饱了,变了大猪,拱开旧路,我师父骑在马上,我等扶持着,管情过去了。"

八戒闻言,道:"哥哥,你们都要图个干净,怎么独教老猪出臭?"三藏道:"悟能,你果有本事拱开衕衕,领我过山,注你这场头功。"八戒笑道:"师父在上,列位施主们都在此,休笑话。我老猪本来有三十六般变化。若说变轻巧华丽飞腾之物,委实不能;若说变山,变树,变石块,变土墩,变赖象、科猪、水牛、骆驼③,真个全会。只是身体变得大,肚肠越发大,须是吃得饱了,才好干事。"众人道:"有东

---

① 压马:原指让没役使的马负重跑动,以锻炼马的体力。此指骑马。
② 大禹的神兵:传说大禹治水,手下有很多神灵和神兽为他助力,开凿山石,疏通河道,如章律、庚辰、应龙、玄龟等。
③ 科猪:同"窠猪"。母猪。

西！有东西！我们都带得有干粮、果品、烧饼、馉饳在此①。原要开山相送的。且都拿出来,凭你受用。待变化了,行动之时,我们再着人回去做饭送来。"八戒满心欢喜,脱了皂直裰,丢了九齿钯,对众道:"休笑话,看老猪干这场臭功。"好呆子,捻着诀,摇身一变,果然变做一个大猪。真个是:

　　嘴长毛短半脂膘,自幼山中食药苗。
　　黑面环睛如日月,圆头大耳似芭蕉。
　　修成坚骨同天寿,炼就粗皮比铁牢。
　　齆齆鼻音呱诂叫②,喳喳喉响喷喁哮③。
　　白蹄四只高千尺,刚鬣长身百丈饶。
　　从见人间肥豕彘,未观今日老猪魈。
　　唐僧等众齐称赞,羡美天蓬法力高。

孙行者见八戒变得如此,即命那些相送人等,快将干粮等物堆攒一处,叫八戒受用。那呆子不分生熟,一捞食之④,却上前拱路。行者叫沙僧脱了脚,好生挑担,请师父稳坐雕鞍。他也脱了鞝鞋,分付众人回去:"若有情,快早送些饭来与我师弟接力。"那些人有七八百相送随行,多一半有骡马的,飞星回庄做饭;还有三百人步行的,立于山下遥望他行。原来此庄至山有三十余里,待回取饭来,又三十余里;往回担阁,约有百里之遥,他师徒们已此去得远了。众人不舍,催趱骡马进蓿蓿,连夜赶至,次日方才赶上。叫道:"取经的老爷,慢行!慢行!我等送饭来也!"长老闻言,称谢不尽,道:"真是善信之人。"叫八戒住了,再吃些饭食壮神。那呆子拱了两日,正在饥饿之际。那许多人何止有七八石饭食。他也不论米饭、面饭,收积来一捞用之。饱餐一顿,却又上前拱路。三藏与行者、沙僧谢了众

---

　　①馉饳(gǔ duò):一种面食。清程穆衡《水浒传注略》卷上:"裹面蒸之,一名起面,一名裹蒸,如今馒头。"
　　②齆(wèng):鼻子阻塞,发音不清。
　　③喁(yóng)哮:发声咆哮。喁,应和声。
　　④捞:同"捞"。

人,分手两别。正是:

　　驼罗庄客回家去,八戒开山过衕来。
　　三藏心诚神力拥,悟空法显怪魔衰。
　　千年稀柿今朝净,七绝衕衕此日开。
　　六欲尘情皆剪绝,平安无阻拜莲台。

这一去不知还有多少路程,还遇甚么妖怪,且听下回分解。

第六十八回

朱紫国唐僧论前世　　孙行者施为三折肱[①]

善正万缘收,名誉传扬四部洲。
智慧光明登彼岸,飕飕。
瑷瑷云生天际头。
诸佛共相酬,永住瑶台万万秋。
打破人间蝴蝶梦,休休。
涤净尘氛不惹愁。

话表三藏师徒,洗污秽之衠衠,上逍遥之道路,光阴迅速,又值炎天。正是:

海榴舒锦弹,荷叶绽青盘。
两路绿杨藏乳燕,行人避暑扇摇纨。

进前行处,忽见有一城池相近。三藏勒马叫:"徒弟们,你看那是甚么去处?"行者道:"师父原来不识字,亏你怎么领唐王旨意离朝也!"三藏道:"我自幼为僧,千经万典皆通,怎么说我不识字?"行者道:"就识字,怎么那城头上杏黄旗明书三个大字,就不认得,却问是甚去处何也?"三藏喝道:"这泼猴胡说!那旗被风吹得乱摆,总有字也看不明白。"行者道:"老孙偏怎看见?"八戒、沙僧道:"师父,莫听师兄捣鬼。这般遥望,城池尚不明白,如何就见是甚字号?"行者道:"却不是'朱紫国'三字?"三藏道:"朱紫国必是西邦王位,却要倒换关文。"行者道:"不消讲了。"

不多时,至城门下马过桥,入进三层门里,真个好个皇州!但见:

[①] 三折肱(gōng):《左传·定公十三年》:"三折肱,知为良医。"意为多次折断手臂,就有了治疗断臂的经验。肱,手臂。

第六十八回　朱紫国唐僧论前世　孙行者施为三折肱

门楼高耸,垛叠齐排①。周围活水通流,南北高山相护。六街三市货资多,万户千家生意盛。果然是个帝王都会处,天府大京城。绝域梯航至②,遐方玉帛盈③。形胜连山远④,宫垣接汉清⑤。三关严锁钥⑥,万古乐升平。

师徒们在那大街市上行时,但见人物轩昂,衣冠齐整,言语清朗,真不亚大唐世界。那两边做买做卖的,忽见猪八戒相貌丑陋,沙和尚面黑身长,孙行者脸毛额郭⑦,丢了买卖,都来争看。三藏只叫:"不要撞祸,低着头走。"八戒遵依,把个把子嘴揣在怀里;沙僧不敢仰视;惟行者东张西望,紧随唐僧左右。那些人有知事的,看看儿就回去了。有那游手好闲的,并那顽童们,烘烘笑笑,都上前抛瓦丢砖,与八戒作戏。唐僧捏着一把汗⑧,只教:"莫要生事!"那呆子不敢抬头。不多时,转过隅头,忽见一座门墙,上有"会同馆"三字⑨。唐僧道:"徒弟,我们进这衙门去也。"行者道:"进去怎的?"唐僧道:"会同馆乃天下通会通同之所,我们也打搅得。且到里面歇下。待我见驾,倒换了关文,再赶出城走路。"八戒闻言,掣出嘴来,把那些随看的人唬倒了数十个。他上前道:"师父说的是,我们且到里边藏下,免得这伙鸟人吵嚷。"遂进馆去,那些人方渐渐而退。

却说那馆中有两个大使,乃是一正一副,都在厅上查点人夫,要

---

① 垛叠:同"垛堞"。城墙上成凹凸状的小墙,又称女墙。
② 梯航:代称长途跋涉,又称"梯山航海"。梯,可以登山。航,船,可以用来渡水。
③ 遐方:远方。
④ 形胜:指地理位置优越,地势险要。
⑤ 汉:指河汉,天河。
⑥ 锁钥:锁和钥匙,比喻军事重镇,交通要道。
⑦ 郭:扩张。
⑧ 汗:原作"脉",第九十一回"唐僧捏着一把汗","汗"原亦作"脉"。据李卓吾评本改。
⑨ 会同馆:元、明、清接待各国使者的机构。《明史·职官志》:"会同馆大使一人,正九品,副使二人,从九品。"

往那里接官,忽见唐僧来到,个个心惊,齐道:"是甚么人?是甚么人?往那里走?"三藏合掌道:"贫僧乃东土大唐驾下差往西天取经者。今到宝方,不敢私过,有关文欲倒验放行,权借高衙暂歇。"那两个馆使听言,屏退左右,一个个整冠束带,下厅迎上相见,即命打扫客房安歇,教办清素支应①,三藏谢了,二官带领人夫出厅而去。手下人请老爷客房安歇,三藏便走。行者恨道:"这厮怠懒,怎么不让老孙在正厅?"三藏道:"他这里不服我大唐管属,又不与我国相连,况不时又有上司过客往来,所以不好留此相待。"行者道:"这等说,我偏要他相待。"正说处,有管事的送支应来,乃是一盘白米、一盘白面、两把青菜、四块豆腐、两个面筋、一盘干笋、一盘木耳。三藏教徒弟收了,谢了管事的,管事的道:"西房里有干净锅灶,柴火方便,请自去做饭。"三藏道:"我问你一声,国王可在殿上么?"管事的道:"我万岁爷爷久不上朝,今日乃黄道良辰,正与文武多官议出黄榜。你若要倒换关文,赶此急去,还赶上;到明日就不能勾了,不知还有多少时伺候哩。"三藏道:"悟空,你们在此安排斋饭,等我急急去验了关文回来,吃了走路。"八戒急取出袈裟关文。三藏整束了进朝,只是分付徒弟们,切不可出外去生事。

不一时,已到五凤楼前,说不尽那殿阁峥嵘,楼台壮丽。直至端门外,烦奏事官转达天廷,欲倒验关文。那黄门官果至玉阶前启奏道:"朝门外有东土大唐钦差一员僧,前往西天雷音寺拜佛求经,欲倒换通关文牒,听宣。"国王闻言,喜道:"寡人久病,不曾登基;今上殿出榜招医,就有高僧来国。"即传旨宣至阶下。三藏即礼拜俯伏。国王又宣上金殿赐坐,命光禄寺办斋。三藏谢了恩,将关文献上。国王看毕,十分欢喜道:"法师,你那大唐,几朝君正?几辈臣贤?至于唐王,因甚作疾回生,着你远涉山川求经?"这长老因问,即欠身合掌道:"贫僧那里:

  三皇治世,五帝分伦。

---

①支应:应酬,接待。也指供应的物资。

尧舜正位,禹汤安民①。
成周子众,各立乾坤②。
倚强欺弱,分国称君。
邦君十八③,分野边尘。
后成十二④,宇宙安淳。
因无万马⑤,却又相吞。
七雄争胜⑥,六国归秦。
天生鲁沛⑦,各怀不仁。
江山属汉,约法钦遵⑧。
汉归司马⑨,晋又纷纭。

---

①禹汤:大禹和商汤,是夏代和商代的开国君主。
②"成周"二句:指周代统治者分封众子为诸侯。成周,指周代都城洛邑。
③邦君十八:指东周的十八个诸侯国。历史上的东周诸侯国很多。这里所谓邦君十八为其中之大者,及戏曲小说相传之成数。据元杂剧《临潼斗宝》第一折:"目今楚国平公即位,天下十八国诸侯,各相吞并。"为秦、齐、鲁、晋、宋、郑、吴、卫、燕、越、曹、滕、莒、许、薛、蔡、陈、楚十八国。
④后成十二:指战国时期各诸侯国。据《战国策》,为东周、西周、秦、楚、齐、赵、魏、韩、燕、宋、卫、中山十二国(战国时,周天子仅据有洛邑附近之地,实际已成一小国。公元前440年,周考王将国内部分土地封给其弟姬揭,为西周桓公,史称"西周",而称原周考王之地为"东周")。
⑤万马:当指军队,浅野世本作"刀马",似亦可指军队。
⑥七雄:指战国秦、楚、齐、赵、魏、燕、韩七个大国。
⑦鲁沛:指项羽与刘邦。楚怀王曾封项羽为鲁公。《史记·项羽本纪》:"王召宋义与计事,而大悦,因置以为上将军,项羽为鲁公,为次将。"刘邦为沛县人,起兵后被立为沛公。《史记·高祖本纪》:"父老乃率子弟共杀沛令,开城门迎刘季(刘邦的字)……乃立季为沛公。"
⑧约法钦遵:指刘邦进咸阳之后废除秦的严刑峻法,与百姓约法三章之事。
⑨汉归司马:汉末期,曹魏政权代汉而立,天下分为魏、蜀、吴三国,魏国后来又被司马氏夺得政权,接着统一了全国,即晋朝。

南北十二①,宋齐梁陈。
列祖相继,大隋绍真。
赏花无道②,涂炭多民。
我王李氏,国号唐君。
高祖晏驾,当今世民。
河清海晏,大德宽仁。
兹因长安城北,有个怪水龙神,
刻减甘雨,应该损身。
夜间托梦,告王救迍。
王言准赦,早召贤臣。
款留殿内,慢把棋轮。
时当日午,那贤臣梦斩龙身。"

国王闻言,忽作呻吟之声,问道:"法师,那贤臣是那邦来者?"三藏道:"就是我王驾前丞相,姓魏名徵。他识天文,知地理,辨阴阳,乃安邦立国之大宰辅也。因他梦斩了泾河龙王,那龙王告到阴司,说我王许救又杀之故,我王遂得促病,渐觉身危。魏徵又写书一封,与我王带至冥司,寄与酆都城判官崔珏。少时,唐王身死,至三日复得回生。亏了魏徵,感崔判官改了文书,加王二十八年寿。今要做水陆大会,故遣贫僧远涉道途,询求诸国,拜佛祖,取大乘经三藏,超度孽苦升天也。"那国王又呻吟叹道:"诚乃是天朝大国,君正臣贤!似我寡人久病多时,并无一臣拯救。"长老听说,偷睛观看,见那皇帝面黄肌瘦,形脱神衰。长老正欲启问,有光禄寺官奏王,请僧奉斋。王传旨,教:"在披香殿,连朕之膳摆下,与法师同享。"三藏谢了恩,与王同进膳进斋不题。

---

①南北十二:南北朝分裂时期,南朝有宋、齐、梁、陈,北朝有北魏、东魏、西魏、北齐、北周及隋。此言十二,似推及南朝宋之前南北对峙的东晋及前秦。

②赏花无道:相传隋炀帝听说扬州琼花开放,故劳民伤财,修运河,至扬州赏花,致使国力凋散,导致灭亡。

第六十八回　朱紫国唐僧论前世　孙行者施为三折肱

却说行者在会同馆中，着沙僧安排茶饭，并整治素菜。沙僧道："茶饭易煮，蔬菜不好安排。"行者问道："如何？"沙僧道："油盐酱醋俱无也。"行者道："我这里有几文衬钱，教八戒上街买去。"那呆子躲懒道："我不敢去。嘴脸欠俊，恐惹下祸来，师父怪我。"行者道："公平交易，又不化他，又不抢他，何祸之有！"八戒道："你才不曾看见獐智？在这门前扯出嘴来，把人唬倒了十来个；若到闹市丛中，也不知唬杀多少人是。"行者道："你只知闹市丛中，你可曾看见那市上卖的是甚么东西？"八戒道："师父只教我低着头，莫撞祸，实是不曾看见。"行者道："酒店、米铺、磨坊，并绫罗杂货不消说；着然又好茶房、面店、大烧饼、大馍馍，饭店又有好汤饭，好椒料、好蔬菜，与那异品的糖糕、蒸酥、点心、卷子、油食、蜜食，无数好东西，我去买些儿请你如何？"那呆子闻说，口内流涎，喉咙里咽咽的咽唾，跳起来道："哥哥！这遭我扰你，待下次趱钱①，我也请你回席②。"行者暗笑道："沙僧，好生煮饭，等我们去买调和来③。"沙僧也知是要呆子，只得顺口应承道："你们去，须是多买些，吃饱了来。"那呆子捞个碗盏拿了，就跟行者出门。有两个在官人问道："长老那里去？"行者道："买调和。"那人道："这条街往西去，转过拐角鼓楼，那郑家杂货店，凭你买多少，油盐酱醋、姜椒茶叶俱全。"

他二人携手相搀，径上街西而去。行者过了几处茶房，几家饭店，当买的不买，当吃的不吃。八戒叫道："师兄，这里将就买些用罢。"那行者原是耍他，那里肯买，道："贤弟，你好不经纪④，再走走，拣大的买吃。"两个人说说话儿，又领了许多人跟随争看。不时，到了鼓楼边，只见那楼下无数人喧嚷，挤挤挨挨，填街塞路。八戒见了道："哥哥，我不去了。那里人嚷得紧，只怕是拿和尚的。又况是面

---

① 趱：同"攒"。积累。
② 回席：回请。
③ 调和：调味用的佐料。
④ 经纪：指对产业的经营管理，这里指经营的能力。

生可疑之人,拿了去,怎的了?"行者道:"胡谈! 和尚又不犯法,拿我怎的? 我们走过去,到郑家店买些调和来。"八戒道:"罢! 罢! 罢! 我不撞祸。这一挤到人丛里,把耳朵掭了两掭,唬得他跌跌爬爬,跌死几个,我倒偿命是!"行者道:"既然如此,你在这壁根下站定,等我过去买了,回来与你买素面烧饼吃罢。"那呆子将碗盏递与行者,把嘴拄着墙根,背着脸,死也不动。

这行者走至楼边,果然挤塞。直挨入人丛里听时,原来是那皇榜张挂楼下,故多人争看。行者挤到近处,闪开火眼金睛,仔细看时,那榜上却云:

"朕西牛贺洲朱紫国王,自立业以来,四方平服,百姓清安。近因国事不祥,沉疴伏枕,淹延日久难痊。本国太医院屡选良方,未能调治。今出此榜文,普招天下贤士。不拘北往东来,中华外国,若有精医药者,请登宝殿,疗理朕躬。稍得病愈,愿将社稷平分,决不虚示。为此出给张挂①。须至榜者。"

览毕,满心欢喜道:"古人云'行动有三分财气'②。早是不在馆中呆坐。即此不必买甚调和,且把取经事宁耐一日,等老孙做个医生耍耍。"好大圣,弯倒腰,丢了碗盏,拈一撮土,往上洒去,念声咒语,使个隐身法,轻轻的上前揭了榜。又朝着巽地上吸口仙气吹来,那阵旋风起处,他却回身,径到八戒站处。只见那呆子嘴拄着墙根,却似睡着了一般。行者更不惊他,将榜文摺了,轻轻揣在他怀里,拽转步,先往会同馆去了不题。

却说那楼下众人见风起时,各各蒙头闭眼。不觉风过时,没了皇榜,众皆悚惧。那榜原有十二个太监,十二个校尉,早朝领出。才挂不上三个时辰,被风吹去,战兢兢左右追寻。忽见猪八戒怀中露出个纸边儿来,众人近前道:"你揭了榜来耶?"那呆子猛抬头,把嘴

---

①出给:发给,付给。
②行动有三分财气:意思是只要去做就总会有好处。

一撾①,唬得那几个校尉,踉踉蹡蹡,跌倒在地。他却转身要走,又被面前几个胆大的扯住道:"你揭了招医的皇榜,还不进朝医治我万岁去,却待何往?"那呆子慌慌张张道:"你儿子便揭了皇榜!你孙子便会医治!"校尉道:"你怀中揣的是甚?"呆子却才低头看时,真个有一张字纸。展开一看,咬着牙骂道:"那猢狲害杀我也!"恨一声,便要扯破,早被众人架住道:"你是死了!此乃当今国王出的榜文,谁敢扯坏?你既揭在怀中,必有医国之手②,快同我去!"八戒喝道:"汝等不知,这榜不是我揭的,是我师兄孙悟空揭的。他暗暗揣在我怀中,他却丢下我去了。若得此事明白,我与你寻他去。"众人道:"说甚么乱话!'现钟不打打铸钟'③?你现揭了榜文,教我们寻谁?不管你,扯了去见主上!"那伙人不分清白,将呆子推推扯扯。这呆子立定脚,就如生了根般,十来个人也弄他不动。八戒道:"汝等不知高低,再扯一会,扯得我呆性子发了,你却休怪。"

不多时,闹动了街人,将他围绕。内有两个年老的太监道:"你这相貌稀奇,声音不对,是那里来的,这般村强④?"八戒道:"我们是东土差往西天取经的,我师父乃唐王御弟法师,却才入朝倒换关文去了。我与师兄来此买办调和,我见楼下人多,未曾敢去,是我师兄教我在此等候。他原来见有榜文,弄阵旋风揭了,暗揣我怀内,先去了。"那太监道:"我头前见了白面胖和尚,径奔朝门而去,想就是你师父?"八戒道:"正是,正是。"太监道:"你师兄往那里去了?"八戒道:"我们一行四众。师父去倒换关文,我三众并行囊马匹俱歇在会同馆。师兄弄了我,他先回馆中去了。"太监道:"校尉,不要扯他。我等同到馆中,便知端的。"八戒道:"你这两个奶奶知事。"众校尉

---

①撾:同"撾"。
②医国:原指为国家去除弊病,这里指医术高明。
③现钟不打打铸钟:现有的钟不敲,反倒等着敲还没铸的钟,比喻舍近求远。与第三回"赊三不敌现二"义同。
④村强:愚鲁倔强。

道:"这和尚委不识货,怎么赶着公公叫起奶奶来耶①?"八戒笑道:"不羞,你这反了阴阳的②!他二位老妈妈儿,不叫他做婆婆、奶奶,倒叫他做公公!"众人道:"莫弄嘴!快寻你师兄去。"

那街上人吵吵闹闹,何止三五百,共扛到馆门首。八戒道:"列位住了。我师兄却不比我们,任你作戏。他却是个猛烈认真之士。汝等见了,须要行个大礼,叫他声'孙老爷',他就招架了③。不然呵,他就变了嘴脸,这事却弄不成也。"众太监、校尉俱道:"你师兄果有手段,医好国王,他也该有一半江山,我等合该下拜。"

那些闲杂人都在门外喧哗。八戒领着一行太监、校尉,径入馆中。只听得行者与沙僧在客房里,正说那揭榜之事要笑哩。八戒上前扯住,乱嚷道:"你可成个人!哄我去买素面烧饼、馍馍我吃,原来都是空头!又弄旋风,揭了甚么皇榜,暗暗的揣在我怀里,拿我妆胖④!这可成个弟兄!"行者笑道:"你这呆子,想是错了路,走向别处去。我过鼓楼,买了调和,急回来寻你不见,我先来了,在那里揭甚皇榜?"八戒道:"见有寻榜的官员在此。"说不了,只见那几个太监、校尉朝上礼拜道:"孙老爷,今日我王有缘,天遣老爷下降,是必大展经纶手⑤,微施三折肱。治得我王病愈,江山有分,社稷平分也。"行者闻言,正了声色,接了八戒的榜文,对众道:"你们想是看榜的官么?"太监叩头道:"奴婢乃司礼监内臣⑥。这几个是锦衣校尉⑦。"行者道:"这招医榜委是我揭了,故遣我师弟引见。既然你主有病,常

---

① 公公:对太监的称呼,太监无胡须,故猪八戒称之为"奶奶"。下文猪八戒口中的公公指老年男子。
② 反了阴阳:不辨男女。
③ 招架:此指接受。
④ 妆胖:充数,顶缸。
⑤ 经纶:整理丝缕、理出丝绪和编丝成绳,统称经纶。引申为筹划治理国家大事。
⑥ 司礼监:明朝内廷机构,由太监担任,主管皇城内礼仪、政务、差役等事。明朝中后期权力渐大。
⑦ 锦衣校尉:锦衣卫的属官。

言道'药不跟卖,病不讨医'①。你去教那国王亲来请我。我有手到病除之功。"太监闻言,无不惊骇。校尉道:"口出大言,必有度量。我等着一半在此哑请②,着一半入朝启奏。"

当分了四个太监,六个校尉,更不待宣召,径入朝,当阶奏道:"主公万千之喜!"那国王正与三藏膳毕清谈,忽闻此奏,问道:"喜自何来?"太监奏道:"奴婢等早领出招医皇榜,鼓楼下张挂,有东土大唐远来取经的一个圣僧孙长老揭了。现在会同馆内,要王亲自去请他,他有手到病除之功。故此特来启奏。"国王闻言满心欢喜,就问唐僧道:"法师有几位高徒?"三藏合掌答曰:"贫僧有三个顽徒。"国王问:"那一位高徒善医?"三藏道:"实不瞒陛下说,我那顽徒俱是山野庸才,只会挑包背马,转涧寻波,带领贫僧登山涉岭,或者到险峻之处,可以伏魔擒怪,捉虎降龙而已;更无一个能知药性者。"国王道:"法师何故太谦?朕当今日登殿,幸遇法师来朝,诚天缘也。高徒既不知医,他怎肯揭我榜文,教寡人亲迎?断然有医国之能也。"叫:"文武众卿,寡人身虚力怯,不敢乘辇;汝等可替寡人,俱到朝外,敦请孙长老看朕之病。汝等见他,切不可轻慢,称他做'神僧孙长老',皆以君臣之礼相见。"

那众臣领旨,与看榜的太监、校尉径至会同馆,排班参拜。唬得那八戒躲在房厢,沙僧闪于壁下。那大圣,看他坐在当中,端然不动。八戒暗地里怨恶道:"这猢狲活活的折杀也!怎么这许多官员礼拜,更不还礼,也不站将起来!"不多时,礼拜毕,分班启奏道:"上告神僧孙长老,我等俱朱紫国王之臣,今奉王旨,敬以洁礼参请神僧,入朝看病。"行者方才立起身来,对众道:"你王如何不来?"众臣道:"我王身虚力怯,不敢乘辇,特令臣等代见君之礼,拜请神僧也。"

---

① 药不跟卖,病不讨医:卖药的不会主动跟着人卖,而是等抓药者上门自选;人得病也不会因有会治这种病的大夫才得,而是非常随机。这两句意为虽然医生和药物能治人病,但病人首先得有为自己病负责的主动态度。更不能要求自己只要得了病,医生就得会治。

② 哑请:敬候。

行者道:"既如此说,列位请前行,我当随至。"众臣各依品从,作队而走。行者整衣而起,八戒道:"哥哥,切莫攀出我们来①。"行者道:"我不攀你,只要你两个与我收药。"沙僧道:"收甚么药?"行者道:"凡有人送药来与我,照数收下,待我回来取用。"二人领诺不题。

这行者即同多官,项间便到。众臣先走,奏知那国王,高卷珠帘,闪龙睛凤目,开金口御言,便问:"那一位是神僧孙长老?"行者进前一步,厉声道:"老孙便是。"那国王听得声音凶狠,又见像貌刁钻,唬得战兢兢,跌在龙床之上。慌得那女官内宦,急扶入宫中,道:"唬杀寡人也!"众官都嗔怨行者道:"这和尚怎么这等粗鲁村疏!怎敢就擅揭榜!"行者闻言,笑道:"列位错怪了我也。若像这等慢人②,你国王之病,就是一千年也不得好。"众臣道:"人生能有几多阳寿?就一千年也还不好?"行者道:"他如今是个病君,死了是个病鬼,再转世也还是个病人,却不是一千年也还不好?"众臣怒曰:"你这和尚,甚不知礼!怎么敢这等满口胡柴!"行者笑道:"不是胡柴,你都听我道:

医门理法至微玄,大要心中有转旋③。
望闻问切四般事④,缺一之时不备全:
第一望他神气色,润枯肥瘦起和眠;
第二闻声清与浊,听他真语及狂言;
三问病原经几日,如何饮食怎生便;
四才切脉明经络⑤,浮沉表里是何般⑥。
我不望闻并问切,今生莫想得安然。"

---

①攀:牵扯。
②慢人:怠慢别人。
③大要心中有转旋:大要,要旨,概要。转旋,变化。
④望闻问切:中医诊断疾病的四种方法,望气色、听声息、问症状、切脉象,合称四诊。
⑤经络:中医术语,经脉和络脉。人体中联络脏腑、气血的通路。
⑥浮沉:中医切脉的脉象。脉搏跳动部位表浅为浮脉,深沉为沉脉。表里:中医指病变部位的浅深。一般来讲,躯壳为表,脏腑为里;皮肤为表,筋骨为里。

第六十八回 朱紫国唐僧论前世 孙行者施为三折肱 879

　　那两班文武丛中，有太医院官，一闻此言，对众称扬道："这和尚也说得有理。就是神仙看病，也须望闻问切，谨合着神圣功巧也。"众官依此言，着近侍的传奏道："长老要用望闻问切之理，方可认病用药。"那国王睡在龙床上，声声唤道："叫他去罢！寡人见不得生人面了！"近侍的出宫来道："那和尚，我王旨意，教你去罢，见不得生人面哩。"行者道："若见不得生人面呵，我会悬丝诊脉。"众官暗喜道："悬丝诊脉，我等耳闻，不曾眼见。再奏去来。"那近侍的又入宫奏道："主公，那孙长老不见主公之面，他会悬丝诊脉。"国王心中暗想道："寡人病了三年，未曾试此，宣他进来。"近侍的即忙传出道："主公已许他悬丝诊脉，快宣孙长老进宫诊视。"

　　行者却就上了宝殿。唐僧迎着骂道："你这泼猴，害了我也！"行者笑道："好师父，我倒与你壮观①，你返说我害你？"三藏喝道："你跟我这几年，那曾见你医好谁来！你连药性也不知，医书也未读，怎么大胆撞这个大祸！"行者笑道："师父，你原来不晓得。我有几个草头方儿②，能治大病，管情医得他好便是。就是医杀了，也只问得个庸医杀人罪名③，也不该死，你怕怎的！不打紧，不打紧，你且坐下看我的脉理如何。"长老又道："你那曾见《素问》《难经》《本草》《脉诀》④，

---

①壮观：增加雄伟的景象，这里指增光添彩。
②草头方：民间不见于医书记载的方子。
③庸医杀人罪名：《大明律·刑律》"庸医杀伤人"条规定："凡庸医为人用药针刺，误不如方，因而致死者……以过失杀人论，不许行医。"只要不是故意，不判死罪。
④《素问》：全称《黄帝内经·素问》，现存最早的中医理论著作，约成书于春秋战国时代。《难经》：中医理论著作。原名《黄帝八十一难经》，作者把自己认为的难点和疑点提出，然后逐一解释阐发，全书共分八十一难，对经络、诊脉、针灸等很多问题作了论述。《本草》：《神农本草经》的省称，古代著名药书。因所记各药以草类为多，故称《本草》。约成书于汉朝，后人不断增补修订。《脉诀》：脉学著作，讲授切脉的理论与方法。宋崔嘉彦、刘开等人都著过《脉诀》。

是甚般章句①,怎生注解,就这等胡说散道,会甚么悬丝诊脉!"行者笑道:"我有金线在身,你不曾见哩。"即伸下手去,尾上拔了三根毫毛,捻一把,叫声:"变!"即变作三条丝线,每条各长二丈四尺,按二十四气,托于手内,对唐僧道:"这不是我的金线?"近侍宦官在旁道:"长老且休讲口,请入宫中诊视去来。"行者别了唐僧,随着近侍入宫看病。正是那:

    心有秘方能治国,内藏妙诀注长生。

  毕竟这去不知看出甚么病来,用甚么药品。欲知端的,且听下回分解。

---

  ①章句:诗文的章节和句子,这里指章句的意义。

第六十九回

心主夜间修药物　君王筵上论妖邪

话表孙大圣同近侍宦官,到于皇宫内院,直至寝宫门外立定。将三条金线与宦官拿入里面,分付:"教内宫妃后或近侍太监,先系在圣躬左手腕下①,按寸、关、尺三部上②,却将线头从窗棂儿穿出与我。"真个那宦官依此言,请国王坐在龙床,按寸、关、尺以金线一头系了,一头理出窗外。行者接了线头,以自己右手大指先托着食指,看了寸脉;次将中指按大指,看了关脉;又将大指托定无名指,看了尺脉;调停自家呼吸,分定四气、五郁、七表、八里、九候、浮中沉、沉中浮③,辨明了虚实之端。又教解下左手,依前系在右手腕下部位。行者即以左手指一一从头诊视毕,却将身抖了一抖,把金线收上身来。厉声高呼道:"陛下左手寸脉弦而紧,关脉涩而缓,尺脉芤且沉;右手寸脉浮而滑,关脉迟而结,尺脉数而牢。夫左寸弦而紧者,中虚心痛也;关涩而缓者,汗出肌麻也;尺芤而沉者,小便赤而大便带血也。右手寸脉浮而滑者,内结经闭也;关迟而结者,宿食留饮也;尺数而牢者,烦满虚寒相持也。诊此贵恙,是一个惊恐忧思,号为双鸟

---

①圣躬:相当于圣体。臣下称皇帝的身体,也代指皇帝。
②寸、关、尺:中医切脉的三个部位。手腕桡骨突起处为关,关前为寸,关后为尺。
③四气:中医将药物分为寒、热、温、凉四种药性,称为四气。五郁:《素问·六元正纪大论》称:天地之间五气的变化,可导致郁结,分为土郁、木郁、金郁、火郁、水郁。七表、八里:均是脉象名。七表为浮、芤(kōu,浮而中空)、华、实、弦、紧、洪。八里为微、沉、缓、涩、迟、伏、濡、弱。下文的牢、滑、结等也是脉象名。九候:即三部九候。指中医在病人的寸、关、尺三个部位各用浮、中、沉三种手法切脉,合称九候。浮中沉:切脉手法,手轻按为浮,中按为中,重按为沉。

失群之症。"那国王在内闻言，满心欢喜。打起精神，高声应道："指下明白！指下明白！果是此疾，请出外面用药来也。"

大圣却才缓步出宫。早有在旁听见的太监，已先对众报知。须臾，行者出来，唐僧即问如何。行者道："诊了脉，如今对症制药哩。"众官上前道："神僧长老，适才说'双鸟失群之症'，何也？"行者笑道："有雌雄二鸟，原在一处同飞；忽被暴风骤雨惊散，雌不能见雄；雄不能见雌，雌乃想雄，雄亦想雌：这不是'双鸟失群'也？"众官闻说，齐声喝采道："真是神僧！真是神医！"称赞不已。当有太医官问道："病势已看出矣，但不知用何药治之？"行者道："不必执方，见药就要。"医官道："经云：'药有八百八味，人有四百四病①。'病不在一人之身，药岂有全用之理？如何见药就要？"行者道："古人云：'药不执方，合宜而用②。'故此全征药品，而随便加减也。"那医官不复再言。既出朝门之外，差本衙当直之人，遍晓满城生熟药铺③，即将药品每味各办三斤，送与行者。行者道："此间不是制药处，可将诸药之数并制药一应器皿，却送入会同馆，交与我师弟二人收下。"医官听命，即将八百八味每味三斤及药碾、药磨、药罗、药乳并乳钵、乳槌之类都送至馆中，一一交付收讫。

行者往殿上请师父同至馆中制药。那长老正自起身，忽见内宫传旨，教阁下留住法师，同宿文华殿。待明朝服药之后，病痊酬谢，倒换关文送行。三藏大惊道："徒弟呵，此意是留我做当头哩。若医

---

① 四百四病：《佛说佛医经》称：人身中本有地水火风四病，从此四病，起四百四病。旧题宋琼瑶真人《针灸神书》卷三："人有四百四病，药有八百八般，各有以源道。"

② 药不执方，合宜而用：指用药不能定死方子，只要适合就行。明张介宾《景岳全书》："药不执方，合宜而用，此方之不必有也；方以立法，法以制宜，此方之不可无也。"

③ 生熟药铺：生药指未经炮制的药材和天然药材。熟药是指经过加工炮制的药材，也指成药。

得好,欢喜起送;若医不好,我命休矣。你须仔细上心,精虔制度也①。"行者笑道:"师父放心在此受用。老孙自有医国之手。"

好大圣,别了三藏,辞了众臣,径至馆中。八戒迎着笑道:"师兄,我知道你了。"行者道:"你知甚么?"八戒道:"知你取经之事不果,欲作生涯无本②,今日见此处富庶,设法要开药铺哩。"行者喝道:"莫胡说!医好国王,得意处辞朝走路,开甚么药铺!"八戒道:"终不然,这八百八味药,每味三斤,共计二千四百二十四斤,只医一人,能用多少?不知多少年代方吃得了哩!"行者道:"那里用得许多?他那太医院官都是些愚盲之辈,所以取这许多药品,教他没处捉摸,不知我用的是那几味,难识我神妙之方也。"

正说处,只见两个馆史③,当面跪下道:"请神僧老爷进晚斋。"行者道:"早间那般待我,如今却跪而请之,何也?"馆史叩头道:"老爷来时,下官有眼无珠,不识尊颜。今闻老爷大展三折之肱,治我一国之主,若主上病愈,老爷江山有分,我辈皆臣子也,礼当拜请。"行者见说,忻然登堂上坐。八戒、沙僧分坐左右,摆上斋来。沙僧便问道:"师兄,师父在那里哩?"行者笑道:"师父被国王留住作当头哩。只待医好了病,方才酬谢送行。"沙僧又问:"可有些受用么?"行者道:"国王岂无受用?我来时,他已有三个阁老陪侍左右④,请入文华殿去也。"八戒道:"这等说,还是师父大哩。他倒有阁老陪侍,我们只得两个馆史奉承。且休管他,让老猪吃顿饱饭也。"兄弟们遂自在受用一番。

天色已晚。行者叫馆史:"收了家火,多办些油蜡,我等到夜静时方好制药。"馆使果送若干油蜡,各命散讫。至半夜,天街人静,万

---

① 精虔制度:用心虔诚地制作。
② 欲作生涯无本:要做生意,没有本钱。生涯,生意。
③ 馆史:即"馆使"。史,同"使"。
④ 阁老:明清时对内阁中主管诏令的大学士的称呼(唐代对中书舍人中年资深久者及中书省、门下省属官敬称阁老。五代、宋以后亦用为对宰相的称呼。明清又用为对翰林中掌诰敕的学士的称呼)。

籁无声。八戒道:"哥哥,制何药? 赶早干事。我瞌睡了。"行者道:"你将大黄取一两来,碾为细末。"沙僧乃道:"大黄味苦,性寒,无毒。其性沉而不浮,其用走而不守;夺诸郁而无壅滞,定祸乱而致太平;名之曰将军。此行药耳,但恐久病虚弱,不可用此①。"行者笑道:"贤弟不知。此药利痰顺气,荡肚中凝滞之寒热。你莫管我。你去取一两芭豆②,去壳去膜,捶去油毒,碾为细末来。"八戒道:"巴豆味辛,性热,有毒;削坚积,荡肺腑之沉寒;通闭塞,利水谷之道路;乃斩关夺门之将③,不可轻用。"行者道:"贤弟,你也不知。此药破结宣肠④,能理心膨水胀。快制来,我还有佐使之味辅之也。"他二人即时将二药碾细道:"师兄,还用那几十味?"行者道:"不用了。"八戒道:"八百八味,每味三斤,只用此二两,诚为起夺人了⑤。"行者将一个花磁盏子,道:"贤弟莫讲,你拿这个盏儿,将锅脐灰刮半盏过来。"八戒道:"要怎的?"行者道:"药内要用。"沙僧道:"小弟不曾见药内用锅灰。"行者道:"锅灰名为'百草霜'⑥,能调百病,你不知道。"那呆子真个刮了半盏,又碾细了。行者又将盏子递与他道:"你再去把我们的马尿等半盏来⑦。"八戒道:"要怎的?"行者道:"要丸药⑧。"沙僧又笑道:

---

① "大黄味苦"以下数句:大黄,药草名,叶子像蓖麻,根像芋头,也称"川军"。根茎入药,能泻火解毒,治便秘腹胀等病。此数句及此下叙述巴豆特性的文字,均见于明清以来的医书。诸郁,即中医的郁症。行药,常行的药,普遍有效的药物。
② 芭豆:即"巴豆"。巴豆树的果实,形状像豆,治便秘、腹水肿胀等病,有毒。
③ 斩关夺门之将:是对巴豆药性猛烈的比喻。
④ 破结宣肠:破除郁结,宣导肠胃。
⑤ 起夺:和人开玩笑,戏弄人。
⑥ 百草霜:《本草纲目》卷七:百草霜又名灶头墨,是灶筒和烟炉中的墨烟。"其质轻细,故谓之霜","气味辛温无毒,主治消化积滞,入下食药中用"。
⑦ 马尿:《本草纲目》卷五十:白马溺"气味辛,微寒有毒,主治消渴,破症坚积聚"。宋唐慎微《证类本草》卷二,治疗积聚症瘕(jiǎ,腹中结块)的药物,有大黄、巴豆、白马溺。孙悟空治疗积食不化用到这三味药,是有一定道理的。
⑧ 丸药:把药制成药丸。

"哥哥,这事不是耍子。马尿腥臊,如何入得药品?我只见醋糊为丸①、陈米糊为丸、炼蜜为丸②,或只是清水为丸,那曾见马尿为丸?那东西腥腥臊臊,脾虚的人,一闻就吐;再服巴豆、大黄,弄得人上吐下泻,可是耍子?"行者道:"你不知就里,我那马不是凡马。他本是西海龙身。若得他肯去便溺。凭你何疾,服之即愈,但急不可得耳。"八戒闻言,真个去到边前。那马斜伏地下睡哩。呆子一顿脚踢起,衬在肚下,等了半会,全不见撒尿。他跑将来,对行者说:"哥呵,且莫去医皇帝,且快去医医马来。那亡人干结了③,莫想尿得出一点儿!"行者笑道:"我和你去。"沙僧道:"我也去看看。"

三人都到马边,那马跳将起来,口吐人言,厉声高叫道:"师兄,你岂不知?我本是西海飞龙,因为犯了天条,观音菩萨救了我,将我锯了角,退了鳞,变作马,驮师父往西天取经,将功折罪。我若过水撒尿,水中游鱼食了成龙;过山撒尿,山中草头得味,变作灵芝,仙僮采去长寿。我怎肯在此尘俗之处轻抛却也?"行者道:"兄弟谨言。此间乃西方国王,非尘俗也,亦非轻抛弃也。常言道,'众毛攒裘'。要与本国之王治病哩。医得好时,大家光辉。不然,恐俱不得善离此地也。"那马才叫声:"等着。"你看他往前扑了一扑,往后存了一存④,咬得那满口牙龈支支的响哝,仅努出几点儿,将身立起。八戒道:"这个亡人!就是金汁子,再撒些儿也罢!"那行者见有小半盏,道:"勾了,勾了,拿去罢。"沙僧方才欢喜。

三人回至厅上,把前项药饵搅和一处,搓了三个大丸子。行者道:"兄弟,忒大了。"八戒道:"只有核桃大。若论我吃,还不勾一口哩。"遂此收在一个小盒儿里。兄弟们连衣睡下,一夜无词。

早是天晓。却说那国王耽病设朝,请唐僧见了,即命众官快往会同馆参拜神僧孙长老取药去。多官随至馆中,对行者拜伏于地

---

① 醋糊:用陈醋和淀粉、中药粉末调成的糊状物。
② 炼蜜:熬炼过的蜂蜜。
③ 干结:缺乏水分。
④ 存:也作"蹲(cún)"。脚猛然踏地。

道："我王特命臣等拜领妙剂。"行者叫八戒取盒儿，揭开盖子，递与多官。多官启问："此药何名？好见王回话。"行者道："此名'乌金丹'。"八戒二人暗中作笑道："锅灰拌的，怎么不是乌金！"多官又问道："用何引子①？"行者道："药引儿两般都下得。有一般易取者，乃六物煎汤送下。"多官问："是何六物？"行者道：

"半空飞的老鸦屁，紧水负的鲤鱼尿②。王母娘娘搽脸粉，老君炉里炼丹灰，玉皇戴破的头巾要三块，还要五根困龙须。六物煎汤送此药，你王忧病等时除。"

多官闻言道："此物乃世间所无者。请问那一般引子是何？"行者道："用无根水送下③。"众官笑道："这个易取。"行者道："怎见得易取？"多官道："我这里人家俗论：若用无根水，将一个碗盏，到井边或河下，舀了水，急转步，更不落地，亦不回头，到家与病人吃药便是。"行者道："井中河内之水，俱是有根的。我这无根水，非此之论，乃是天上落下者，不沾地就吃，才叫做无根。"多官又道："这也容易。等到天阴下雨时，再吃药便罢了。"遂拜谢了行者，将药持回献上。

国王大喜，即命近侍接上来。看了道："此是甚么丸子？"多

---

①引子：中药方剂中附加的药味，能调节药性，增强药效。

②紧水负的：在急流中游的。在急流中游的鲤鱼尿和在半空中放的老鸦屁，都是无法获得之物。见下文"无根水"条注。负，同"凫"。

③无根水：本指初汲的井水。明李时珍《本草纲目·水一·水泉井》："反酌而清曰倒流，出甃（zhòu，井壁）未放曰无根。"这里的两种药引，似都暗含着对当时庸医的讽刺。庸医治病不愈，便常给病人出难题，要求用难以获得的药材或药引，借此抽身，谓之"退场"。如清王端履《重论文斋笔录》卷二载姚文燮、汪继培晚年患痴呆症，医生称得一百匹活马之脑，食之可愈，"营制（军制），马有定额，安能得其百脑以疗病？盖明知疾不可为，姑为大言以欺世耳。近世医者云治噎膈用狮子油，治耳聋用啄木鸟亦皆此类，啄木鸟尚一见之，狮子油从何得哉"。上文"六物煎汤"送下的六物，固然非凡间所有；而"无根水"在医书中本有其义，但作者借孙悟空之口故意曲解，不许用井水而必用雨水者，因雨水并非即时可得，药效便难以当时检验，庸医即可借机逃走，故也可以用作"退场"。

第六十九回　心主夜间修药物　君王筵上论妖邪　887

官道:"神僧说是'乌金丸',用无根水送下。"国王便教宫人取无根水。众臣道:"神僧说,无根水不是井河中者,乃是天上落下不沾地的才是。"国王即唤当驾官传旨,教请法官求雨。众官遵依出榜不题。

却说行者在会同馆厅上,叫猪八戒道:"适间允他天落之水,才可用药,此时急忙,怎么得个雨水?我看这王,倒也是个大贤大德之君,我与你助他些雨儿下药,如何?"八戒道:"怎么样助?"行者道:"你在我左边立下,做个辅星。"又叫沙僧:"你在我右边立下,做个弼宿。等老孙助他些无根水儿。"好大圣,步了罡诀①,念声咒语,早见那正东上一朵乌云,渐近于头顶上,叫道:"大圣,东海龙王敖广来见。"行者道:"无事不敢捻烦②,请你来助些无根水与国王下药。"龙王道:"大圣呼唤时,不曾说用水,小龙只身来了,不曾带得雨器,亦未有风云雷电,怎生降雨?"行者道:"如今用不着风云雷电,亦不须多雨,只要些须引药之水便了。"龙王道:"既如此,待我打两个喷涕,吐些涎津溢,与他吃药罢。"行者大喜道:"最好,最好,不必迟疑,趁早行事。"

那老龙在空中,渐渐低下乌云,直至皇宫之上,隐身潜像,嗅一口津唾,遂化作甘霖。那满朝官齐声喝采道:"我主万千之喜,天公降下甘雨来也!"国王即传旨,教:"取器皿盛着。不拘宫内外及官大小,都要等贮仙水,拯救寡人。"你看那文武多官并三宫六院妃嫔与三千彩女,八百烟娇,一个个擎杯托盏,举碗持盘,等接甘雨。那老龙在半空运化津涎,不离了王宫前后。将有一个时辰,龙王辞了大圣回海。众臣将杯盂碗盏收来,也有等着一点两点者,也有等着三

---

①步了罡诀:即"踏罡步斗"。道教法术。罡,北斗斗杓最末一颗星。踏罡时先推算出罡星所在方位,然后在地上依方位画出北斗之形,或铺设绘有北斗的罡单,用一种特殊的步伐,按照七星的位置依次而踏。辅星、弼宿:即辅、弼,位于斗柄附近的两颗星。这里是在踏罡时以人象征辅弼二星。

②捻烦:打扰,麻烦。

点五点者,也有一点不曾等着者,共合一处,约有三盏之多,总献至御案。真个是异香满袭金銮殿,佳味熏飘天子庭。

那国王辞了法师,将着乌金丹并甘雨至宫中,先吞了一丸,吃了一盏甘雨;再吞了一丸,又吃了一盏甘雨;三次三丸俱吞了,三盏甘雨俱送下。不多时,腹间作响,如辘轳之声不绝①,即取净桶,连行了三五次,服了些米饮,欹倒在龙床之上。有两个妃子将净桶捡看,说不尽那秽污痰涎,内有糯米饭块一团。妃子近龙床前来报:"病根都行下来也。"国王闻此言甚喜,又进一次米饭。少顷,渐觉心胸宽泰,气血调和,就精神抖擞,脚力强健。下了龙床,穿上朝服,即登宝殿,见了唐僧,辄倒身下拜。那长老忙忙还礼。拜毕,以御手搀着,便教阁下:"快具简帖,帖上写朕'再拜顿首'字样,差官奉请法师高徒三位。一壁厢大开东阁,光禄寺排宴酬谢。"多官领旨,具简的具简,排宴的排宴,正是国家有倒山之力,霎时俱完。

却说八戒见官投简,喜不自胜道:"哥阿,果是好妙药!今来酬谢,乃兄长之功。"沙僧道:"二哥说那里话!常言道:'一人有福,带挈一屋②。'我们在此合药,俱是有功之人。只管受用去,再休多话。"呀!你看他弟兄每俱欢欢喜喜,径入朝来。众官接引,上了东阁,早见唐僧、国王、阁老,已都在那里安排筵宴哩。这行者与八戒、沙僧,对师父唱了个喏,随后众官都至。只见那上面有四张素桌面,都是吃一看十的筵席③;前面有一张荤桌面,也是吃一看十的珍馐。左右有四五百张单桌面,真个排得齐整:

古云:"珍羞百味,美禄千钟④。"琼膏酥酪,锦缕肥红。宝妆花彩

---

①辘轳:井上汲水用的轮轴,搅动时能发出咕噜咕噜的声音。

②一人有福,带挈一屋:指一人有了福分,全家和亲近的人都跟着受益。

③吃一看十:指筵席上菜肴丰富,但实际吃的少,摆着看的多。

④美禄:指酒。《汉书·食货志下》:"酒者,天之美禄。帝王所以颐养天下,享祀祈福,扶衰养疾。"

艳,果品味香浓。斗糖龙缠列狮仙①,饼锭拖炉摆凤侣。荤有猪羊鸡鹅鱼鸭般般肉,素有蔬肴笋芽木耳并蘑菰。几样香汤饼,数次透糖酥②。滑软黄粱饭,清新菰米糊。色色粉汤香又辣,般般添换美还甜。君臣举盏方安席,名分品级慢传壶。

那国王御手擎杯,先与唐僧安坐。三藏道:"贫僧不会饮酒。"国王道:"素酒。法师饮此一杯,何如?"三藏道:"酒乃僧家第一戒。"国王甚不过意道:"法师戒饮,却以何物为敬?"三藏道:"顽徒三众代饮罢。"国王却才欢喜,转金卮,递与行者。行者接了酒,对众礼毕,吃了一杯。国王见他吃得爽利,又奉一杯。行者不辞,又吃了。国王笑道:"吃个三宝钟儿。"行者不辞,又吃了。国王又叫斟上:"吃个四季杯儿。"八戒在旁,见酒不到他,忍得他咽咽咽唾;又见那国王苦劝行者,他就叫将起来道:"陛下吃的药,也亏了我,那药里有马——"这行者听说,恐怕呆子走了消息,却将手中酒递与八戒。八戒接着就吃,却不言语。国王问道:"神僧说药里有马,是甚么马?"行者接过口来道:"我这兄弟,是这般口敞,但有个经验的好方儿,他就要说与人。陛下早间吃药,内有马兜铃。"国王问众官道:"马兜铃是何品味?能医何症?"时有太医院官在旁道:"主公:

  兜铃味苦寒无毒,定喘消痰大有功。

---

①斗糖龙缠列狮仙:斗糖龙缠,即斗糖斗缠。明海瑞《备忘集》卷五载其禁造奢侈之物,如"忠靖凌云巾、宛红撒金纸、斗糖斗缠、大定胜饼桌席"等,又称"象生缠糖"或"糖缠"。《格致镜原》卷二十三:"缠糖或以茶、芝麻、砂仁、胡桃、杏仁、薄荷各为体缠之。"明宋诩《竹屿山房杂部·养生部》糖缠制法:"凡白砂糖一斤,入铜铁铫中,加水少许,置炼火上镕化,投以果物和匀,速宜离火,俟其糖性少凝,则每颗碎析,纸间火焙干。"宴席时摆于桌上,既可观赏,也可食用。狮仙,用模具浇成的狮子、八仙形状的糖果,现在称糖人、糖狮子。明宋应星《天工开物·造白糖附造兽糖》:"凡造兽糖者,每巨釜一口,受糖五十斤……下用自风慢火温之,看定火色,然后入模。凡狮象糖模,两合如瓦为之,杓泻糖入,随手覆转倾下。"

②透糖:冰糖。

　　　　通气最能除血蛊①,补虚宁嗽又宽中。"

　　国王笑道:"用得当!用得当!猪长老再饮一杯。"呆子亦不言语,却也吃了个三宝钟。国王又递了沙僧酒,也吃了三杯,却俱叙坐。

　　饮宴多时,国王又擎大爵,奉与行者。行者道:"陛下请坐。老孙依巡痛饮,决不敢推辞。"国王道:"神僧恩重如山,寡人酬谢不尽。好歹进此一巨觥,朕有话说。"行者道:"有甚话说了,老孙好饮。"国王道:"寡人有数载忧疑病,被神僧一帖灵丹打通,所以就好了。"行者笑道:"昨日老孙看了陛下,已知是忧疑之疾,但不知忧惊何事?"国王道:"古人云:'家丑不可外谈。'奈神僧是朕恩主,惟不笑方可告之。"行者道:"怎敢笑话,请说无妨。"国王道:"神僧东来,不知经过几个邦国?"行者道:"经有五六处。"又问:"他国之后,不知是何称呼。"行者道:"国王之后,都称为正宫、东宫、西宫。"国王道:"寡人不是这等称,将正宫称为金圣宫,东宫称为玉圣宫,西宫称为银圣宫。现今只有银、玉二后在宫。"行者道:"金圣宫因何不在宫中?"国王滴泪道:"不在已三年矣。"行者道:"向那厢去了?"国王道:"三年前,正值端阳之节,朕与嫔后都在御花园海榴亭下解粽插艾,饮菖蒲雄黄酒,看斗龙舟。忽然一阵风至,半空中现出一个妖精,自称赛太岁,说他在麒麟山獬豸洞居住,洞中少个夫人,访得我金圣宫生得貌美姿娇,要做个夫人,教朕快早送出。如若三声不献出来,就要先吃寡人,循吃众臣,将满城黎民,尽皆吃绝。那时节,朕却忧国忧民,无奈将金圣宫推出海榴亭外,被那妖响一声摄将去了。寡人为此着了惊恐,把那粽子凝滞在内,况又昼夜忧思不息,所以成此苦疾三年。今得神僧灵丹服后,行了数次,尽是那三年前积滞之物,所以这会体健神轻,精神如旧。今日之命,皆是神僧所赐,岂但如泰山之重而已乎!"

　　行者闻得此言,满心喜悦,将那巨觥之酒,两口吞之,笑问国王

---

　　①血蛊:中医指血瘀蓄于脾肠等处,体瘦而大腹膨胀,渐渐鼓满的病症。

曰:"陛下原来是这等惊忧!今遇老孙,幸而获愈。但不知可要金圣宫回国?"那国王滴泪道:"朕切切思思,无昼无夜,但只是没一个能获得妖精的。岂有不要他回国之理!"行者道:"我老孙与你去伏妖邪,那时何如?"国王跪下道①:"若救得朕后,朕愿领三宫九嫔,出城为民,将一国江山,尽付神僧,让你为帝。"八戒在旁,见出此言,行此礼,忍不住呵呵大笑道:"这皇帝失了体统!怎么为老婆就不要江山,跪着和尚?"行者急上前,将国王挽起道:"陛下,那妖精自得金圣宫去后,这一向可曾再来?"国王道:"他前年五月节摄了金圣宫,至十月间,来要取两个宫娥,是说伏侍娘娘,朕即献出两个。至旧年三月间,又来要两个宫娥;七月间,又要去两个;今年二月里,又要去两个;不知到几时又要来也。"行者道:"似他这等频来,你们可怕他么?"国王道:"寡人见他来得多遭,一则惧怕,二来又恐有伤害之意,旧年四月内,是朕命工起了一座避妖楼,但闻风响,知是他来,即与二后、九嫔入楼躲避。"行者道:"陛下不弃,可携老孙去看那避妖楼一番,何如?"那国王即将左手携着行者出席,众官亦皆起身。猪八戒道:"哥哥,你不达礼!这般御酒不吃,摇席破坐的②,且去看甚么哩?"国王闻说,情知八戒是为嘴,即命当驾官抬两张素桌面看酒,在避妖楼外俟候。呆子却才不嚷,同师父、沙僧笑道:"翻席去也③。"

一行文武官引导,那国王并行者相搀,穿过皇宫到了御花园后,更不见楼台殿阁。行者道:"避妖楼何在?"说不了,只见两个太监,拿两根红漆杠子,往那空地上掬起一块四方石板。国王道:"此间便是。这底下有三丈多深,甃成的九间朝殿,内有四个大缸,缸内满注清油,点着灯火,昼夜不息。寡人听得风响,就入里边躲避,外面着人盖上石板。"行者笑道:"那妖精还是不害你;若要害你,这里如何躲得?"正说间,只见那正南上呼呼的吹得风响,播土扬尘。唬得那

---

①跪下:原无此二字。杨闽斋本作"下礼",据李卓吾评本补。
②摇席破坐:指在宴席上不安分,中途离席。
③翻席:宴会一席没吃完,在别处另设一席。

多官齐声报怨道:"这和尚盐酱口,讲起甚么妖精,妖精就来了!"慌得那国王丢了行者,即钻入地穴。唐僧也就跟入。众官一躲个魍净①。八戒、沙僧也都要躲,被行者左右手扯住他两个道:"兄弟们,不要怕得。我和你认他一认,看是个甚么妖精。"八戒道:"可是扯淡!认他怎的?众官躲了,师父藏了,国王避了,我们不去了罢,炫的是那家世②!"那呆子左挣右挣,挣不得脱手,被行者拿定多时,只见那半空里闪出一个妖精。你看他怎生模样:

九尺长身多恶狞,一双环眼闪金灯。
两轮查耳如撑扇,四个钢牙似插钉。
鬓绕红毛眉竖焰,鼻垂糟准孔开明③。
髭髯几缕朱砂线,颧骨嶙嶒满面青。
两臂红筋蓝靛手,十条尖爪把枪擎。
豹皮裙子腰间系,赤脚蓬头若鬼形。

行者见了道:"沙僧,你可认得他?"沙僧道:"我又不曾与他相识,那里认得!"又问:"八戒,你可认得他?"八戒道:"我又不曾与他会茶会酒,又不是宾朋邻里,我怎么认得他!"行者道:"他却像东岳天齐手下把门的那个醮面金睛鬼④。"八戒道:"不是,不是。"行者道:"你怎知他不是?"八戒道:"我岂不知,鬼乃阴灵也,一日至晚,交申酉戌亥时方出。今日还在巳时,那里有鬼敢出来?就是鬼,也不会驾云。纵会弄风,也只是一阵旋风耳,有这等狂风?或者他就是赛

---

① 魍净:即完全干净。魍,形容程度深。也作"魍静"。《型世言》第二十回:"(马夫、门子)两个又躲了魍静。"

② 炫的是那家世:炫耀自己是哪里的大族。这里指充好汉。

③ 糟准:酒糟鼻子。鼻子因皮肤病而呈红酒糟的颜色。准,鼻子。

④ 醮面金睛鬼:当即"焦面鬼",又称焦面大士、面燃大士。佛教认为是观世音化身饿鬼形象(道教认为是太乙救苦天尊),教化饿鬼界。今山西蒲县东岳庙地狱门前尚有明代彩塑焦面大士。环眼金睛,獠牙大耳,鬓绕红须,皮肤青蓝,与本回描述之形象正相似。且居东岳庙地狱门前,为诸鬼首领,正与"东岳天齐手下把门的"相合。

太岁也。"行者笑道:"好呆子,倒也有些论头。既如此说,你两个护持在此,等老孙去问他个名号,好与国王救取金圣宫来朝。"八戒道:"你去自去,切莫供出我们来。"行者昂然不答,急纵祥光,跳将上去。咦!正是:

　　安邦先却君王病,守道须除爱恶心。

毕竟不知此去,到于空中,胜败如何,怎么擒得妖怪,救得金圣宫,且听下回分解。

第七十回

妖魔宝放烟沙火　悟空计盗紫金铃

却说那孙行者抖擞神威,持着铁棒,踏祥光,起在空中,迎面喝道:"你是那里来的邪魔,待往何方狷獗!"那怪物厉声高叫道:"吾党不是别人,乃麒麟山獬豸洞赛太岁大王爷爷部下先锋。今奉大王令,到此取宫女二名,伏侍金圣娘娘。你是何人,敢来问我?"行者道:"吾乃齐天大圣孙悟空。因保东土唐僧西天拜佛,路过此国,知你这伙邪魔欺主,特展雄才,治国祛邪。正没处寻你,却来此送命!"那怪闻言,不知好歹,展长枪就刺行者。行者举铁棒劈手相迎。在半空里这一场好杀:

棍是龙宫镇海珍,枪乃人间转炼铁①。
凡兵怎敢比仙兵,擦着些儿神气泄。
大圣原来太乙仙,妖精本是邪魔孽。
鬼祟焉能近正人,一正之时邪就灭。
那个弄风播土唬皇王,这个踏雾腾云遮日月。
丢开架手赌输赢,无能谁敢夸豪杰。
还是齐天大圣能,乒乓一棍枪先折。

那妖精被行者一铁棒把根枪打做两截,慌得顾性命,拨转风头,径往西方败走。

行者且不赶他,按下云头,来至避妖楼地穴之外,叫道:"师父,请同陛下出来。怪物已赶去矣。"那唐僧才扶着君王,同出穴外。见满天清朗,更无妖邪之气。那皇帝即至酒席前,自己拿壶把盏,满斟金杯,奉与行者道:"神僧,权谢,权谢。"这行者接杯在手,还未回言,只听得朝门外有官来报:"西门上火起了!"行者闻说,将金杯

---

① 转炼:同"抟炼"。打造锤炼。

连酒望空一撒,哨的一声响亮,那个金杯落地。君王着了忙,躬身施礼道:"神僧,恕罪,恕罪,是寡人不是了。礼当请上殿拜谢,只因有这方便酒在此,故就奉耳。神僧却把杯子撒了,却不是有见怪之意?"行者笑道:"不是这话,不是这话。"少顷间,又有官来报:"好雨哑!才西门上起火,被一场大雨把火灭了。满街上流水,尽都是酒气。"行者又笑道:"陛下,你见我撒杯,疑有见怪之意,非也。那妖败走西方,我不曾赶他,他就放起火来。这一杯酒,却是我灭了妖火①,救了西城里外人家,岂有他意?"国王更十分欢喜加敬。即请三藏四众同上宝殿,就有推位让国之意。行者笑道:"陛下,才那妖精,他称是赛太岁部下先锋,来此取宫女的。他如今战败而回,定然报与那厮。那厮定要来与我相争。我恐他一时兴风帅众,未免又惊伤百姓,恐唬陛下。欲来迎他一迎,就在那半空中擒了他,取回圣后。但不知向那方去,这里到他那山洞有多少远近?"国王道:"寡人曾差夜不收军马到那里探听声息②,往来倒行五十余日。坐落南方,的有三千余里。"行者闻言叫:"八戒、沙僧,护持在此,老孙去来。"国王扯住道:"神僧且从容一日,待安排些干粮烘炒,与你些盘缠银两,选一匹快马,方才可去。"行者笑道:"陛下说得是巴山转岭步行之话。我老孙不瞒你说,似这三千里路,斟酒在钟不冷,就打个往回。"国王道:"神僧,你不要怪我说。你这尊貌,却像个猿猴一般,怎生有这等法力会走路也?"行者道:

"我身虽是猿猴数,自幼打开生死路。

遍访明师把道传,山前修炼无朝暮。

---

①灭了妖火:晋葛洪《神仙传》记载,汉栾巴在一次群臣会饮之时,忽然含酒而起,向西南方向喷去。汉顺帝问其原因,栾巴说:"臣家乡成都失火,故为救之。"顺帝派使者前往探查,回报说:"失火时,有雨自东北来灭火,皆作酒气。"《太平御览》《初学记》等书也记载邵信臣、郭宪、樊英、成仙公等均曾使用此法术。孙悟空此处的法术,其原型即此。

②夜不收:古代军队中的哨探。因为彻夜在外活动,故称"夜不收"。

倚天为顶地为炉,两般药物团乌兔。
采取阴阳水火交,时间顿把玄关悟①。
全仗天罡搬运功,也凭斗柄迁移步②。
退炉进火最依时③,抽铅添汞相交顾④。
攒簇五行造化生,合和四象分时度。

---

①时间:立即。玄关:又称"玄关一窍",修炼者能体认到玄关的存在,才能真正使精气神发动,走上修炼内丹的正途。随着内丹术的发展,许多丹家认为,玄关并非实有的人体部位,而是一种心理和生理互相结合、作用的微妙状态,是排除思虑而使元神出现的一种景象。《金丹直指》注:"其实玄关一窍……皆谓人念头超灭处。"
②"全仗天罡"二句:指以心驭气,在体内运转。天罡,原指北斗勺柄之第七星,内丹术因其每年运转一周天,故借指人心控制精气神在体内运转,这个运转周期也称"周天"。《玄珠歌》"天罡运转,七曜芒寒"白玉蟾注:"天罡,心也,以心运诸气。"斗柄,义同天罡。也指在心意控制下的周天运转。故称"搬运"、"迁移"。宋张伯端《金丹四百字》:"斗柄运周天,要人会攒簇。"
③退炉进火:又称"退符进火"。内丹术认为,人体生命规律与自然界相似,一月一日,甚至一呼一吸之间,都蕴含了一个阴阳消长的循环过程。所以修炼时要精确把握时机。内丹术将意念、呼吸比作烧丹之火,当人体一阳初生之时(所谓子时,一般的征兆是外阴无念而勃起),要以神御气,使其进入丹田,意念逐渐振奋,呼吸逐渐加强,称为进火。相反,当一阴初生之时,意念、呼吸要转舒缓,如同熄火,称为退炉,也称退符(符是一个时间单位,一日十二时,每时分三符,相当于四十分钟)。可参见第二回"子前午后"条注。依时:即按照人体运行的时间规律,子时进火,午时退符。此子午时不是自然界的子午时辰,而是指人体自身的周期而言。
④抽铅添汞:即抽添。铅喻元气,汞喻元神。内丹术认为进火之时,精逐渐添入气中,气逐渐添入神中。在进火、退符中,元精渐少,而与元神合凝。这个过程称为"抽铅添汞"。

二气归于黄道间,三家会在金丹路①。
悟通法律归四肢②,本来筋斗如神助。
一纵纵过太行山,一打打过凌云渡。
何愁峻岭几千重,不怕长江百十数。
只因变化没遮拦,一打十万八千路!"

那国王见说,又惊又喜,笑吟吟捧着一杯御酒递与行者道:"神僧远劳,进此一杯引意。"这大圣一心要去降妖,那里有心吃酒,只叫:"且放下,等我去了回来再饮。"好行者,说声去,唿哨一声,寂然不见。那一国君臣,皆惊讶不题。

却说行者将身一纵,早见一座高山,阻住雾角。即按云头,立在那巅峰之上。仔细观看,好山:

冲天占地,碍日生云。冲天处尖峰矗矗,占地处远脉迢迢。碍日的,乃岭头松郁郁;生云的,乃崖下石磷磷。松郁郁,四时八节常青;石磷磷,万载千年不改。林中每听野猿啼,涧内常闻妖蟒过。山禽声咽咽,山兽吼呼呼。山獐山鹿,成双作对纷纷走;山鸦山鹊,打阵攒群密密飞③。山草山花看不尽,山桃山果映时新。虽然倚险不堪行,却是妖仙隐逸处。

这大圣看看不厌,正欲找寻洞口,只见那山凹里烘烘火光飞出,霎时间,煤天红焰,红焰之中冒出一股恶烟,比火更毒,好烟!但

---

① "攒簇五行"四句:此四句化用了宋张伯端《悟真篇》序:"夫炼金液还丹者,则难遇而易成,要须洞晓阴阳,深达造化,方能超二气于黄道,会三性于元宫。攒簇五行,和合四象。"攒簇五行,参见第二回"'攒簇五行颠倒用'二句"条注。合和四象,也作"和合四象"。内丹术认为人体内含有的水、金、火、木本来相互间隔,需要土的媒介作用,才能相合而结成真胎。其义与攒簇五行、三家相见等大致相同。二气,指心肾之气。黄道:内丹术认为人身药物运行之路有三道。黑道为肾,红道为心,沿任督二脉(位于人体胸前和背后的中心线)循环。另外,自会阴直达泥丸为黄道,中央意土主之。三家,即金木土"三姓",参见第十九回"'金性刚强能克木'诗"条注。
② 法律:此指悟到的道法。
③ 打阵:禽兽成群地聚集。

见那:

火光迸万点金灯,火焰飞千条红虹。那烟不是灶筒烟,不是草木烟,烟却有五色:青红白黑黄。熏着南天门外柱,燎着灵霄殿上梁。烧得那窝中走兽连皮烂,林内飞禽羽尽光。但看这烟如此恶,怎入深山伏怪王!

孙大圣正自恐惧,又见那山中迸出一道沙来。好沙,真个是遮天闭日!你看:

纷纷绞绞遍天涯①,邓邓浑浑大地遮。

细尘到处迷人目,粗灰满谷滚芝麻。

采药仙僮迷失伴,打柴樵子没寻家。

手中就有明珠现,时间刮得眼生花。

这行者只顾看玩,不觉沙灰飞入鼻内,痒斯斯的,打了两个喷嚏,即回头伸手,在岩下摸了两个鹅卵石,塞住鼻子;摇身一变,变做一个攒火的鹞子②,飞入烟火中间,蓦了几蓦③,却就没了沙灰,烟火也息了。急现本像下来,又看时,只听得丁丁东东的,一个铜锣声响。却道:"我走错了路也!这里不是妖精住处。锣声似铺兵之锣,想是通国的大路,有铺兵去下文书。且等老孙去问他一问。"

正走处,忽见是个小妖儿,担着黄旗,背着文书,敲着锣儿,急走如飞而来,行者笑道:"原来是这厮打锣。他不知送的是甚么书信,等我听他一听。"好大圣,摇身一变,变做个蟭虫儿,轻轻的飞在他书包之上。只听得那妖精敲着锣,绪绪聒聒的自念自诵道:"我家大王,忒也心毒。三年前到朱紫国强夺了金圣皇后,一向无缘,未得沾身,只苦了要来的宫女顶缸。两个来弄杀了,四个来也弄杀了。前

---

①绞绞(gāi):形容丛聚的样子。

②攒火的鹞子:古代传说中有许多善灭火的鸟类,如《山海经》所记的异鸟窃脂、鷅、鹜等,"岷山……有鸟焉,其状如鸮(即鱼鹰),而赤身白首,其名曰'窃脂',可以御火"。鹞,鹰的一种。攒,同"钻"。

③蓦:穿入,跨过。

年要了,去年又要,今年还要,却撞个对头来了。那个要宫女的先锋被个甚么孙行者打败了,不发宫女。我大王因此发怒,要与他国争持,教我去下甚么战书。这一去,那国王不战则可,战必不利。我大王使出烟火飞沙,那国中君臣百姓,莫想一个得活。那时我等占了他的城池,大王称帝,我等称臣,虽然也有个大小官爵,只是天理难容也!"行者听了,暗喜道:"妖精也有存心好的。似他后边这两句话说'天理难容',却不是个好的?但只说金圣皇后一向无缘,未得沾身,此话却不解其意。等我问他一问。"嘤的一声,一翅飞离了妖精,转向前路,有十数里地,摇身一变,又变做一个道僮:

　　头挽双抓髻,身穿百衲衣。
　　手敲鱼鼓简,口唱道情词。

　　转山坡,迎着小妖,打个起手道:"长官,那里去?送的是甚么公文?"那妖物就像认得他的一般。住了锣槌,笑嘻嘻的还礼道:"我大王差我到朱紫国下战书的。"行者借口问道:"朱紫国那话儿,可曾与大王配合哩?"小妖道:"自前年摄得来,当时就有一个神仙,送一件五彩仙衣与金圣宫妆新①。他自穿了那衣,就浑身上下都生了针刺,我大王摸也不敢摸他一摸。但挽着些儿,手心就痛,不知是甚缘故。自始至今,尚未沾身。早间差先锋去要宫女伏侍,被一个甚么孙行者战败了。大王奋怒,所以教我去下书,明日与他交战也。"行者道:"怎的大王却着恼呵?"小妖道:"正在那里着恼哩。你去与他唱个道情词儿解解闷也好。"

　　行者拱手抽身就走。那物依旧敲锣前行。行者就行起凶来,掣出棒,复转身,望小妖脑后一下,可怜就打得头烂血流浆迸出,皮开颈折命倾之。收了棍子,却又自悔道:"急了些儿,不曾问他叫做个甚么名字。罢了。"却去取下他的战书,藏于袖内;将他黄旗、铜锣,藏在路旁草里;因扯着脚要往涧下摔时,只听哨的一声,腰间露出一

---

①妆新:赠送新婚时所用的衣服、被褥、枕头等物。

个镶金的牙牌①。牌上有字,写道:

"心腹小校一名,有来有去。五短身材,挜挞脸,无须。长川悬挂,无牌即假。"

行者笑道:"这厮名字叫做有来有去,这一棍子,打得'有去无来'也。"将牙牌解下,带在腰间,欲要摔下尸骸;却又思量起烟火之毒,且不敢寻他洞府,即将棍子举起,着小妖胸前捣了一下,挑在空中,径回本国,且当报一个头功。你看他自思自念,唿哨一声,到了国界。

那八戒在金銮殿前,正护持着王、师,忽回头看见行者半空中将个妖精挑来,他却怨道:"嗳!不打紧的买卖。早知老猪去拿来,却不算我一功?"说未毕,行者按落云头,将妖精摔在阶下。八戒跑上去,就筑了一钯道:"此是老猪之功。"行者道:"是你甚功?"八戒道:"莫赖我,我有证见。你不看一钯筑了九个眼子哩!"行者道:"你看看可有头没头。"八戒笑道:"原来是没头的,我道如何筑他也不动儿。"行者道:"师父在那里?"八戒道:"在殿里与王叙话哩。"行者道:"你且去请他出来。"八戒急上殿,点点头。三藏即便起身下殿,迎着行者。行者一封战书揣在三藏袖里道:"师父收下,且莫与国王看见。"说不了,那国王也下殿,迎着行者道:"神僧孙长老来了。拿妖之事如何?"行者用手指道:"那阶下不是妖精?被老孙打杀了也。"国王见了道:"是便是个妖尸,却不是赛太岁。赛太岁寡人亲见他两次:身长丈八,膊阔五停,面似金光,声如霹雳,那里是这般鄙矮。"

行者笑道:"陛下认得,果然不是。这是一个报事的小妖,撞见老孙,却先打死,挑回来报功。"国王大喜道:"好!好!好!该算头功!寡人这里常差人去打探,更不曾得个的实。似神僧一出,就捉了一个回来,真神通也!"叫:"看暖酒来!与长老贺功。"行者道:"吃

---

① 牙牌:象牙腰牌,宋元以后为官员的身份凭证。古代没有照相技术,故常在需要辨明身份的证件上用文字描述证件主人的相貌特征,以资甄别。如"面黄有须""面黄微须"等。《儒林外史》第四十五回无为州官府公文:"要犯余持,系五河贡生,身中,面白,微须,年约五十多岁。"

酒还是小事。我问陛下,金圣宫别时,可曾留下个甚么表记①?你与我些儿。"那国王听说"表记"二字,却似刀剑剜心,忍不住失声泪下,说道:

"当年佳节庆朱明,太岁凶妖发喊声。
强夺御妻为压寨,寡人献出为苍生。
更无会话并离话,那有长亭共短亭。
表记香囊全没影,至今撇我苦伶仃。"

行者道:"陛下在迩,何以恼为?那娘娘既无表记,他在宫时,可有甚么心爱之物,与我一件也罢。"国王道:"你要怎的?"行者道:"那妖王实有神通。我见他放烟、放火、放沙,果是难收。纵收了,又恐娘娘见我面生,不肯同我回国。须是得他平日心爱之物一件,他方信我,我好带他回来。为此故要带去。"国王道:"昭阳宫里,梳妆阁上,有一双黄金宝串②,原是金圣宫手上带的。只因那日端午,要缚五色彩线,故此褪下,不曾戴上。此乃是他心爱之物。如今现收在减妆盒里。寡人见他遭此离别,更不忍见;一见即如见他玉容,病又重几分也。"行者道:"且休题这话,且将金串取来。如舍得,都与我拿去;如不舍,只拿一只去也。"国王遂命玉圣宫取出,取出即递与国王。国王见了,叫了几声知疼着热的娘娘,遂递与行者。行者接了,套在肐膊上。

好大圣,不吃得功酒,且驾筋斗云,唿哨一声,又至麒麟山上。无心玩景,径寻洞府而去。正行时,只听得人言喧嚷,即伫立凝睛观看。原来那獬豸洞口把门的大小头目,约摸有五百名,在那里:

森森罗列,密密挨排。森森罗列,执干戈映日光明;密密挨排,展旌旗迎风飘闪。虎将熊师③能变化,豹头彪帅弄精神。苍狼多猛

---

① 表记:信物,纪念品。
② 宝串:手镯。
③ 熊师:意即熊军师。下文"豹头"意即豹头目,非豹子头颅。

烈,赖象更骁雄。狡兔乖獐轮剑戟,长蛇大蟒挎刀弓。猩猩能解人言语①,引阵安营识汛风。

　　行者见了,不敢前进,抽身径转旧路。你道他抽身怎么?不是怕他。他却至那打死小妖之处,寻出黄旗、铜锣,迎风捏诀,想象腾那,即摇身一变,变做那有来有去的模样,乒乓敲着锣,大踏步一直前来,径撞至獬豸洞。正欲看看洞景,只闻得猩猩出语道:"有来有去,你回来了?"行者只得答应道:"来了。"猩猩道:"快走!大王爷爷正在剥皮亭上等你回话哩。"行者闻言,拽开步,敲着锣,径入前门里看处,原来是悬崖削壁,石屋虚堂,左右有琪花瑶草,前后多老柏乔松。不觉又至二门之内,忽抬头见一座八窗明亮的亭子,亭子中间有一张饯金的交椅②,椅子上端坐着一个魔王,真个生得恶像。但见他:

　　　　幌幌霞光生顶上,威威杀气迸胸前。
　　　　口外獠牙排利刃,鬓边焦发放红烟。
　　　　嘴上髭须如插箭,遍体昂毛似叠毡。
　　　　眼突铜铃欺太岁,手持铁杵若摩天。

　　行者见了,公然傲慢那妖精,更不循一些儿礼法。调转脸,朝着外,只管敲锣。妖王问道:"你来了?"行者不答,又问:"有来有去,你来了?"也不答应。妖王上前扯住道:"你怎么到了家还筛锣?问之又不答,何也?"行者把锣往地下一掼道:"甚么'何也,何也'!我说我不去,你却教我去。行到那厢,只见无数的人马列成阵势,见了我,就都叫'拿妖精!拿妖精'!把我揪揪扯扯,拽拽扛扛,拿进城去,见了那国王,国王便教斩了,幸亏那两班谋士道:'两家相争,不斩来使。'把我饶了。收了战书,又押出城外,对军前打了三十顺腿③,放我来回话。他那里不久就要来此与你交战哩。"

---

　　①猩猩能解人言语:古人认为猩猩能作人言。《礼记·曲礼上》:"猩猩能言,不离禽兽。"《水经注·叶榆河》:"猩猩……善与人言,音声丽妙,如妇人好女对语交言。"
　　②饯金:在器物图案上嵌金。
　　③顺腿:指用刑杖打腰腿部,使顺腿流血的刑罚。

妖王道:"这等说,是你吃亏了。怪不道问你更不言语。"行者道:"却不是怎的?只为护疼,所以不曾答应。"妖王道:"那里有多少人马?"行者道:"我也唬昏了,又吃他打怕了,那里曾查他人马数目!只见那里森森兵器摆列着:

弓箭刀枪甲与衣,干戈剑戟并缨旗。

剽枪月铲兜鍪铠①,大斧团牌铁蒺藜。

长闷棍,短窝槌,钢叉铳铇及头盔。

打扮得鞔鞋护顶并胖袄②,简鞭袖弹与铜槌。"

那王听了笑道:"不打紧!不打紧!似这般兵器,一火皆空。你且去报与金圣娘娘得知,教他莫恼。今早他听见我发狠,要去战斗,他就眼泪汪汪的不干。你如今去说那里人马骁勇,必然胜我,且宽他一时之心。"

行者闻言,十分欢喜道:"正中老孙之意。"你看他偏是路熟,转过脚门,穿过厅堂。那里边尽都是高堂大厦,更不似前边的模样。直到后面宫里,远见彩门壮丽,乃是金圣娘娘住处。直入里面看时,有两班妖狐妖鹿,一个个都妆成美女之形,侍立左右。正中间坐着那个娘娘,手托着香腮,双眸滴泪,果然是:

玉容娇嫩,美貌妖娆。懒梳妆散鬓堆鸦,怕打扮钗镮不戴。面无粉,冷淡了胭脂;发无油,蓬松了云鬓。努樱唇紧咬银牙,皱蛾眉泪淹星眼。一片心,只忆着朱紫君王;一时间,恨不离天罗地网。诚然是自古红颜多薄命,恹恹无语对东风。

行者上前打了个问讯道:"接喏。"那娘娘道:"这泼村怪,十分无状!想我在那朱紫国中,与王同享荣华之时,那太师宰相见了,就俯伏尘埃,不敢仰视。这野怪怎么叫声'接喏'?是那里来的,这般村泼?"众侍婢上前道:"太太息怒。他是大王爷爷心腹的小校,唤名有

---

① 剽枪:同"标枪"。

② 胖袄:也作"袢袄"。御寒的衣服,通常用作军服。因内填棉絮,外形肥大而得名。

来有去。今早差下战书的是他。"娘娘听说,忍怒问曰:"你下战书,可曾到朱紫国界?"行者道:"我持书直至城里,到于金銮殿,面见君王,已讨回音来也。"娘娘道:"你面君,君有何言?"行者道:"那君王敌战之言,与排兵布阵之事,才与大王说了。只是那君王有思想娘娘之意,有一句合心的话儿,特来上禀。奈何左右人众,不是说处。"娘娘闻言,喝退两班狐鹿。行者掩上宫门,把脸一抹,现了本像。对娘娘道:"你休怕我。我是东土大唐差往大西天天竺国雷音寺见佛求经的和尚。我师父是唐王御弟唐三藏。我是他大徒弟孙悟空。因过你国倒换关文,见你君臣出榜召医,是我大施三折之肱,将他相思之病治好了。排宴谢我,饮酒之间,说出你被妖摄来。我会降龙伏虎,特请我来捉妖,救你回国。那战败先锋是我,打死小妖也是我。我见他门外凶狂,是我变作有来有去模样,舍身到此,与你通信。"那娘娘听说,沉吟不语。行者取出宝串,双手奉上道:"你若不信,看此物何来?"娘娘一见垂泪,下座拜谢道:"长老,你果是救得我回朝,没齿不忘大恩①!"行者道:"我且问你,他那放火,放烟,放沙的,是件甚么宝贝?"娘娘道:"那里是甚宝贝!乃是三个金铃②。他将头一个幌一幌,有三百丈火光烧人;第二个幌一幌,有三百丈烟光熏人;第三个幌一幌,有三百丈黄沙迷人。烟火还不打紧,只是黄沙最毒。若钻入人鼻孔,就伤了性命。"行者道:"利害!利害!我曾经着,打了两个嚏喷,却不知他的铃儿放在何处?"娘娘道:"他那肯放下,只是带在腰间,行住坐卧,再不离身。"行者道:"你若有意于朱紫国,还要相会国王,把那烦恼忧愁都且权解,使出个风流喜悦之容,与他叙个夫妻之情,教他把铃儿与你收贮。待我取便偷了,降了这妖怪,那时节,好带你回去,重谐鸾凤,共享安宁也。"

---

① 没齿:终身。齿,年龄。
② 金铃:道教有"火铃咒"等法术,想象用法器"流火金铃"驱邪降魔,《度人经》称流火金铃"一掷万里,流光焕烂"。此紫金铃原型当即流火金铃等法器。

那娘娘依言。这行者还作心腹小校,开了宫门,唤进左右侍婢。娘娘叫:"有来有去,快往前亭,请你大王来,与他说话。"好行者,应了一声,即至剥皮亭对妖精道:"大王,圣宫娘娘有请。"妖王欢喜道:"娘娘常时只骂,怎么今日有请?"行者道:"那娘娘问朱紫国王之事,是我说:'他不要你了,他国中另扶了皇后。'娘娘听说,故此没了想头,方才令我来奉请。"妖王大喜道:"你却中用。待我剿除了他国,封你为个随朝的太宰。"行者顺口谢恩,疾与妖王来至后宫门首。那娘娘欢容迎接,就去用手相搀。那妖王喏喏而退道:"不敢!不敢!多承娘娘下爱,我怕手疼,不敢相傍。"娘娘道:"大王请坐,我与你说。"妖王道:"有话但说不妨。"娘娘道:"我蒙大王辱爱,今已三年,未得共枕同衾。也是前世之缘,做了这场夫妻;谁知大王有外我之意,不以夫妻相待。我想着当时在朱紫国为后,外邦凡有进贡之宝,君看毕,一定与后收之。你这里更无甚么宝贝,左右穿的是貂裘,吃的是血食,那曾见绫锦金珠,只一味铺皮盖毯。或者就有些宝贝,你因外我,也不教我看见,也不与我收着。且如闻得你有三个铃铛,想就是件宝贝,你怎么走也带着,坐也带着?你就拿与我收着,待你用时取出,未为不可。此也是做夫妇一场,也有个心腹相托之意。如此不相托付,非外我如何?"妖王大笑陪礼道:"娘娘怪得是!怪得是!宝贝在此,今日就当付你收之。"便即揭衣取宝。行者在旁,眼不转睛,看着那怪揭起两三层衣服,贴身带着三个铃儿。他解下来,将些木绵塞了口儿,把一块豹皮作一个包袱儿包了,递与娘娘道:"物虽微贱,却要用心收藏,切不可摇幌着他。"娘娘接过手道:"我晓得。安在这妆台之上,无人摇动。"叫:"小的们,安排酒来,我与大王交欢会喜,饮几杯儿。"众侍婢闻言,即铺排果菜,摆上些獐犯兔鹿之肉,将椰子酒斟来奉上。那娘娘做出妖娆之态,哄着精灵。

孙大圣在旁取事,但挨挨摸摸,行近妆台,把三个金铃轻轻拿过,慢慢移步,溜出宫门,径离洞府。到了剥皮亭前无人处,展开豹皮幅子看时,中间一个,有茶钟大;两头两个,有拳头大。他不知利害,就把绵花扯了。只闻得哨的一声响亮,骨都都的迸出烟火黄沙,急收不住，满亭中烘烘火起。唬得那把门精怪一拥撞入内宫，惊动了妖王，慌忙教："去救火！救火！"出来看时，原是有来有去拿了金铃儿哩。妖王上前喝道："好贱奴！怎么偷了我的金铃宝贝，在此胡弄！"叫："拿来！拿来！"那前门前虎将、熊师、豹头、彪帅、赖象、苍狼、乖獐、狡兔、长蛇、大蟒、猩猩，帅众妖一齐攒簇。那行者慌了手脚，丢了金铃，现出本像。掣出金箍如意棒，撒开解数，往前乱打。那妖王收了宝贝，传号令，教："关了前门！"众妖听了，关门的关门，打仗的打仗。那行者难得掣肘，收了棒，摇身一变，变作个痴苍蝇儿，钉在那无火处石壁上。众妖寻不见，报道："大王，走了贼也！走了贼也！"妖王问："可曾自门里走出去？"众妖都说："前门紧锁牢拴在此，不曾走出。"妖王只叫："仔细搜寻！"有的取水泼火，有的仔细搜寻，更无踪迹。妖王怒道："是个甚么贼子，好大胆，变作有来有去的模样，进来见我回话，又跟在身边，乘机盗吾宝贝！早是不曾拿将出去！若拿出山头，见了天风，怎生是好？"

　　虎将上前道："大王的洪福齐天，我等的气数不尽，故此知觉了。"熊师上前道："大王，这贼不是别人，定是那败先锋的那个孙悟空。想必路上遇着有来有去，伤了性命，夺了黄旗、铜锣、牙牌，变作他的模样，到此欺骗了大王也。"妖王道："正是！正是！见得有理！"叫："小的们，仔细搜求防避，切莫开门放出走了！"这才是个有分教：

　　　　弄巧翻成拙，作耍却为真。

　　毕竟不知孙行者怎么脱得妖门，且听下回分解。

第七十一回

行者假名降怪犼　观音现象伏妖王

　　色即空兮自古，空言是色如然。
　　人能悟彻色空禅，何用丹砂炮炼。
　　德行全修休懈，工夫苦用熬煎。
　　有时行满始朝天，永注仙颜不变①。

　话说那赛太岁紧关了前后门户，搜寻行者。只嚷到黄昏时分，不见踪迹。坐在那剥皮亭上，点聚群妖，发号施令，都教各门上提铃喝号，击鼓敲梆。一个个弓上弦，刀出鞘，支更坐夜。

　原来孙大圣变做个痴苍蝇，钉在门旁。见前面防备甚紧，他即抖开翅，飞入后宫门首看处，见金圣娘娘伏在御案上，清清滴泪，隐隐声悲。行者飞进门去，轻轻的落在他那乌云散髻之上，听他哭的甚么。少顷间，那娘娘忽失声道："主公阿！我和你：

　　前生烧了断头香②，今世遭逢泼怪王。
　　拆凤三年何日会，分鸳两处致悲伤。
　　差来长老才通信，惊散佳音一命亡。
　　只为金铃难解识，相思又比旧时狂。"

　行者闻言，即移身到他耳根后，悄悄的叫道："圣宫娘娘，你休恐惧。我还是你国差来的神僧孙长老，未曾伤命。只因自家性急，近

---

① "色即空兮自古"词：此词词牌为《西江月》。色即是空，空即是色，这是自古而然的道理。人如果能悟彻这个道理即能得道，并不需要烧炼丹药等具体的形式。德、行要同时苦修，等到功行圆满，便可飞升天界，永驻仙颜。色是指一切有形的物质，这些物质都是因缘和合而生的，本属空无。德行，所成之善谓为德，能成之道谓为行。仝，同。
② 断头香：断折或点了一半的香。俗谓以断头香供佛，来生会得与亲人离散的果报。

妆台偷了金铃,你与妖王吃酒之时,我却脱身私出了前亭,忍不住打开看看。不期扯动那塞口的绵花,那铃响一声,迸出烟火。我就慌了手脚,把金铃丢了,现出原身,使铁棒苦战不出。恐遭毒手,故变作一个苍蝇儿,钉在门枢上,躲到如今。那妖王愈加严紧,不肯开门。你可去再以夫妻之礼,哄他进来安寝,我好脱身行事,别作区处救你也①。"那娘娘一闻此言,战兢兢,发似神揪;虚怯怯,心如杵筑。泪汪汪的道:"你如今是人是鬼?"行者道:"我也不是人,我也不是鬼,如今变作个苍蝇儿在此。你休怕,快去请那妖王也。"娘娘不信,泪滴滴,悄语低声道:"你莫魇寐我②。"行者道:"我岂敢魇寐你?你不信,你张开手,等我跳下来你看。"那娘娘真个把左手张开,行者轻轻飞下,落在他玉掌之间,好便似:

菡萏蕊头钉黑豆,牡丹花上歇游蜂。
绣球心里葡萄落③,百合枝边黑点浓。

金圣宫高擎玉掌,教他:"神僧!"行者嘤嘤的应道:"我是神僧变的。"那娘娘方才信了。悄悄的道:"我去请那妖王来时,你却怎生行事?"行者道:"古人云:'断送一生惟有酒④。'又云:'破除万事无过酒⑤。'酒之为用多端。你只以饮酒为上。你将那贴身的侍婢,唤一个进来,指与我看,我就变作他的模样,在旁边伏侍,却好下手。"那娘娘真个依言,即叫:"春娇何在?"那屏风间转出一个玉面狐狸来,

---

①区处:处理,筹划安排。
②魇寐:即"魇昧"。用法术使人神智迷糊。
③绣球:又称"粉团""八仙花"。成五瓣,簇聚呈球形,花白色或淡红色,是著名的观赏植物。
④断送一生惟有酒:语出唐韩愈《游城南》:"断送一生惟有酒,寻思百计不如闲。莫忧世事兼身事,须著人间比梦间。"
⑤破除万事无过酒:语出唐韩愈《赠郑兵曹》:"杯行到君莫停手,破除万事无过酒。"后成习语。北宋黄庭坚《西江月》:"断送一生惟有,破除万事无过。远山横黛蘸秋波,不饮旁人笑我。"

跪下道：“娘娘唤春娇有何使令？”娘娘道：“你去叫他们来点纱灯，焚脑麝①，扶我上前庭，请大王安寝也。”那春娇即转前面，叫了七八个怪鹿妖狐，打着两对灯笼，一对提炉②，摆列左右。娘娘欠身叉手，那大圣早已飞去。好行者，展开翅，径飞到那玉面狐狸头上，拔下一根毫毛，吹口仙气，叫："变！"变作一个瞌睡虫，轻轻的放在他脸上。原来瞌睡虫到了人脸上，往鼻孔里爬；爬进孔中，即瞌睡了。那春娇果然渐觉困倦，立不住脚，摇桩打盹，即忙寻着原睡处，丢倒头，只情呼呼的睡起。行者跳下来，摇身一变，变做那春娇一般模样，转屏风，与众排立不题。

　　却说那金圣宫娘娘往前正走，有小妖看见，即报赛太岁道："大王，娘娘来了。"那妖王急出剥皮亭外迎迓。娘娘道："大王呵，烟火既息，贼已无踪，深夜之际，特请大王安置。"那妖满心欢喜道："娘娘珍重。却才那贼乃是孙悟空。他败了我先锋，打杀我小校，变化进来，哄了我们。我们这般搜检，他却渺无踪迹，故此心上不安。"娘娘道："那厮想是走脱了。大王放心勿虑，且自安寝去也。"妖精见娘娘侍立敬请，不敢坚辞，只得分付群妖，各要小心火烛，谨防盗贼，遂与娘娘径往后宫。行者假变春娇，从两班侍婢引入。娘娘叫："安排酒来与大王解劳。"妖王笑道："正是，正是，快将酒来，我与娘娘压惊。"假春娇即同众怪铺排了果品，整顿些腥肉，调开桌椅。那娘娘擎杯，这妖王也以一杯奉上，二人穿换了酒杯。假春娇在傍，执着酒壶道："大王与娘娘今夜才递交杯盏，请各饮干，穿个双喜杯儿③。"真个又各斟上，又饮干了。假春娇又道："大王娘娘喜会，众侍婢会唱的供唱，善舞的起舞来耶。"说未毕，只听得一派歌声，齐调音律，唱的唱，舞的舞。他两个又饮了许多。娘娘叫住了歌舞。众侍婢分班，出屏风外摆列；惟有假春娇执壶，上下奉酒。娘娘与那妖王专说得是夫

---

①脑麝：龙脑与麝香的并称，也泛指此类香料。
②提炉：有提梁的香炉，是一种仪仗。
③双喜杯：指夫妻成双对饮一杯。

妻之话。你看那娘娘一断云情雨意①,哄得那妖王骨软筋麻。只是没福,不得沾身。可怜!真是"猫咬尿疱空欢喜"②。

叙了一会,笑了一会,娘娘问道:"大王,宝贝不曾伤损么?"妖王道:"这宝贝乃先天抟铸之物,如何得损!只是被那贼扯开塞口之绵,烧了豹皮包袱也。"娘娘说:"怎生收拾?"妖王道:"不用收拾,我带在腰间哩。"假春娇闻得此言,即拔下毫毛一把,嚼得粉碎,轻轻挨近妖王,将那毫毛放在他身上,吹了三口仙气,暗暗的叫:"变!"那碎毫毛即变做三样恶物,乃虱子、虼蚤、臭虫,拱入妖王身内,挨着皮肤乱咬。那妖王燥痒难禁,伸手入怀揣摸揉痒,用指头捏出几个虱子来,拿近灯前观看。娘娘见了,含忖道③:"大王,想是衬衣襻了,久不曾浆洗,故生此物耳。"妖王惭愧道:"我从来不生此物,可可的今宵出丑。"娘娘笑道:"大王何为出丑?常言道'皇帝身上也有三个御虱'哩④。且脱下衣服来,等我替你捉捉。"妖王真个解带脱衣。假春娇在傍,着意看着那妖王身上,衣服层层皆有虼蚤跳,件件皆排大臭虫;子母虱密密浓浓,就如蝼蚁出窝中。不觉的揭到第三层见肉之处,那金铃上纷纷垓垓的,也不胜其数。假春娇道:"大王,拿铃子来,等我也与你捉捉虱子。"那妖王一则羞,二则恼,却也不认得真假,将三个铃儿递与假春娇。假春娇接在手中,理弄多时,见那妖王低着头抖这衣服,他即将金铃藏了,拔下一根毫毛,变作三个铃儿,一般无二,拿向灯前翻检;却又把身子扭扭捏捏的,抖了一抖,将那虱子、臭虫、虼蚤,收了归在身上,把假金铃儿递与那怪。那怪接在手中,一发朦胧无措,那里认得甚么真假,双手托着那铃儿,递与娘娘道:"今番你却收好了。却要仔细仔细,不要像前一番。"那娘娘接过来,轻轻的揭开衣箱,把那假铃收了,用黄金锁锁了。却又与妖王

---

①断:同"段"。

②疱(pào):皮肤上生长的疮疱。此用同"泡"。

③含忖:讥笑,揭短。

④皇帝身上也有三个御虱:比喻任何事情都有缺陷。

叙饮了几杯酒,教侍婢:"净拂牙床①,展开锦被,我与大王同寝。"那妖王喏喏连声道:"没福!没福!不敢奉陪。我还带个宫女往西宫里睡去。娘娘请自安置。"遂此各归寝处不题。

却说那假春娇得了手,将他宝贝带在腰间,现了本相,把身子抖一抖,收去那个瞌睡虫儿,径往前走,只听得梆铃齐响,紧打三更。好行者,捏着诀,念动真言,使个隐身法,直至门边。又见那门上拴锁甚密,却就取出金箍棒,望门一指,使出那解锁之法,那门就轻轻开了。急拽步出门站下,应声高叫道:"赛太岁!还我金圣娘娘来!"连叫两三遍,惊动大小群妖,急急看处,前门开了,即忙掌灯寻锁,把门儿依然锁上,着几个跑入里边去报道:"大王!有人在大门外呼唤大王尊号,要金圣娘娘哩!"那里边侍婢,即出宫门,悄悄的传言道:"莫吆喝,大王才睡着了。"行者又在门前高叫,那小妖又不敢去惊动。如此者三四遍,俱不敢去通报。那大圣在外嚷嚷闹闹的,只弄到天晓。忍不住,手轮着铁棒,上前打门。慌得那大小群妖,顶门的顶门,报信的报信。

那妖王一觉方醒,只闻得乱撺撺的喧哗,欠身穿了衣服,即出罗帐之外,问道:"嚷甚么?"众侍婢才跪下道:"爷爷,不知是甚人在洞外叫骂了半夜,如今却又打门。"妖王走出宫门,只见那几个传报的小妖,乱抢抢的磕头道:"外面有人叫骂,要金圣宫娘娘哩!若说半个'不'字,他就说出无数的歪话,甚不中听。见天晓大王不出,逼得打门也。"那妖道:"且休开门。你去问他是那里来的,姓甚名谁,来报。"小妖急出去,隔门问道:"打门的是谁?"行者道:"我是朱紫国拜请来的外公,来取圣宫娘娘回国哩!"

那小妖听得,即以此言回报。那妖随往后宫,会问来历②。原来那娘娘才起来,还未梳洗,早见侍婢来报:"爷爷来了。"那娘娘急整衣,散挽黑云,出宫迎迓。才坐下,还未及问,又听得小妖来报:"那

---

①牙床:用象牙装饰的床或坐榻,泛指精美的床。
②会问:聚众查问。

来的外公已将门打破矣。"那妖笑道:"娘娘,你朝中有多少将帅?"娘娘道:"在朝有四十八卫人马①,良将千员,各边上元帅总兵,不计其数。"妖王道:"可有个姓外的么?"娘娘道:"我在宫,只知内里辅助君王,早晚教诲妃嫔,外事无边,我怎记得名姓?"妖王道:"这来者称为'外公',我想着《百家姓》上,更无个姓外的。娘娘赋性聪明,出身高贵,居皇宫之中,必多览书籍。记得那本书上有此姓也?"娘娘道:"止《千字文》上②,有句'外受傅训'③,想必就是此矣。"

妖王喜道:"定是!定是!"即起身辞了娘娘,到剥皮亭上,结束整齐,点出妖兵,开了门,直至外面,手持一柄宣花钺斧,厉声高叫道:"那个是朱紫国来的外公?"行者把金箍棒逼左右手下④,将左手指定道:"贤甥,叫我怎的?"那妖王见了,心中大怒道:"你这厮:

相貌若猴子,嘴脸似猢狲。

七分真是鬼,大胆敢欺人!"

行者笑道:"你这个诳上欺君的泼怪,原来没眼!想我五百年前大闹天宫时,九天神将见了我,无一个'老'字,不敢称呼。你叫我声'外公',那里亏了你!"妖王喝道:"快早说出姓甚名谁,有些甚么武艺,敢到我这里猖獗!"行者道:"你若不问姓名犹可,若要我说出姓名,只怕你寸身无地!你上来,站稳着,听我道:

生身父母是天地,日月精华结圣胎。

仙石怀抱无岁数,灵根孕育甚奇哉。

当年产我三阳泰,今日归真万会谐。

曾聚众妖称帅首,能降众怪拜丹崖。

玉皇大帝传宣旨,太白金星捧诏来。

---

①卫:明代的军队编制,一卫有五千多人。

②《千字文》:古代儿童启蒙读物,共一千个不重复的字,每四字一句,合辙押韵,主要讲授基本的自然、历史以及社会知识。

③外受傅训:《千字文》的一句。指在外面接受师傅的教导。

④逼左右手下:疑有误字,天理、浅野本同。李评本作"搭在右手"。

请我上天承职裔①,官封弼马不开怀。
初心造反谋山洞,大胆兴兵闹御阶。
托塔天王并太子,交锋一阵尽偎衰②。
金星复奏玄穹帝,再降招安敕旨来。
封做齐天真大圣,那时方称栋梁材。
又因搅乱蟠桃会,仗酒偷丹惹下灾。
太上老君亲奏驾,西池王母拜瑶台。
情知是我欺王法,即点天兵发火牌③。
十万凶星并恶曜,干戈剑戟密排排。
天罗地网漫山布,齐举刀兵大会垓④。
恶斗一场无胜败,观音推荐二郎来。
两家对敌分高下,他有梅山兄弟侪⑤。
各逞英雄施变化,天门三圣拨云开⑥。
老君丢了金钢套,众神擒我到金街。
不须详允书供状⑦,罪犯凌迟杀斩灾⑧。
斧剁锤敲难损命,刀轮剑砍怎伤怀?
火烧雷打只如此,无计摧残长寿胎。
押赴太清兜率院,炉中煅炼尽安排。
日期满足才开鼎,我向当中跳出来。
手挺这条如意棒,翻身打上玉龙台。

---

①职裔:职务和爵位。裔,后代,此指世袭的爵位。
②偎衰:即"猥獕"。狼狈。偎,同"猥"。《元典章·工部三》:"居官至此偎琐,良可叹哉!"
③火牌:古代军中的符信,军人传达命令、执行任务、支领口粮的凭证。
④会垓:会战。刘邦曾率韩信等围项羽于垓下,后戏剧小说谓会战为"会垓"。
⑤侪(chái):同辈,同类。
⑥天门三圣:指当时观战的观音、太上老君和玉皇大帝。
⑦详允:指将状纸、文书等报准,批准。
⑧凌迟:又称剐刑,将犯人肢体碎割致死。

各星各象皆潜躲,大闹天宫任我歪。
　　巡视灵官忙请佛,释伽与我逞英才。
　　手心之内翻筋斗,游遍周天去复来。
　　佛使先知赚哄法,被他压住在天崖。
　　到今五百余年矣,解脱微躯又弄乖。
　　特保唐僧西域去,悟空行者甚明白。
　　西方路上降妖怪,那个妖邪不惧哉!"

　　那妖王听他说出悟空行者,遂道:"你原来是大闹天宫的那厮。你既脱身保唐僧西去,你走你的路去便罢了。怎么罗织管事,替那朱紫国为奴,却到我这里寻死!"行者喝道:"贼泼怪!说话无知!我受朱紫国拜请之礼,又蒙他称呼管待之恩,我老孙比那王位还高千倍,他敬之如父母,事之如神明,你怎么说出'为奴'二字!我把你这诳上欺君之怪,不要走,吃外公一棒!"那妖慌了手脚,即闪身躲过,使宣花斧劈面相迎。这一场好杀!你看:

　　金箍如意棒,风刃宣花斧。一个咬牙发狠凶,一个切齿施威武。这个是齐天大圣降临凡,那个是作怪妖王来下土。两个喷云嗳雾照天宫,真是走石扬沙遮斗府。往往来来解数多,翻翻复复金光吐。齐将本事施,各把神通赌。这个要取娘娘转帝都,那个喜同皇后居山坞①。这场都是没来由,舍死忘生因国主。

　　他两个战经五十回合,不分胜负。那妖王见行者手段高强,料不能取胜,将斧架住他的铁棒道:"孙行者,你且住了。我今日还未早膳,待我进了膳,再来与你定雌雄。"行者情知是要取铃铛,收了铁棒道:"'好汉子不赶乏兔儿'②,你去!你去!吃饱些,好来领死!"

　　那妖急转身闯入里边,对娘娘道:"快将宝贝拿来!"娘娘道:"要宝贝何干?"妖王道:"今早叫战者,乃是取经的和尚之徒,叫做孙悟空行者,假称'外公'。我与他战到此时,不分胜负。等我拿宝贝出

---

①山坞:山间比较平的地。
②好汉子不赶乏兔儿:有本事的人不欺负疲乏的对手,也指不逼人太甚。

去,放些烟火,烧这猴头。"娘娘见说,心中忐忑①:欲不取出铃儿,恐他见疑;欲取出铃儿,又恐伤了孙行者性命。正自踌躇未定,那妖王又催逼道:"快拿出来!"这娘娘无奈,只得将锁钥开了,把三个铃儿递与妖王。妖王拿了,就走出洞。娘娘坐在宫中,泪如雨下,思量行者不知可能逃得性命。两人却俱不知是假铃也。

那妖出了门,就占起上风,叫道:"孙行者,休走!看我摇摇铃儿!"行者笑道:"你有铃,我就没铃? 你会摇,我就不会摇?"妖王道:"你有个甚么铃儿,拿出来我看。"行者将铁棒捏做个绣花针儿,藏在耳内,却去腰间解下三个真宝贝来,对妖王说:"这不是我的紫金铃儿?"妖王见了,心惊道:"跷蹊! 跷蹊! 他的铃儿怎么与我的铃儿就一般无二! 纵然是一个模子铸的,好道打磨不到,也有多个瘢儿②,少个蒂儿,却怎么这等一毫不差?"又问道:"你那铃儿是那里来的?"行者问:"贤甥,你那铃儿却是那里来的?"妖王老实,便就说道:"我这铃儿是:

  太清仙境道源深③,八卦炉中久炼金。
  结就铃儿称至宝,老君留下到如今。"

行者笑道:"老孙的铃儿也是那时来的。"妖王道:"怎生出处?"行者道:"我这铃儿是:

  道祖烧丹兜率宫,金铃抟炼在炉中。
  二三如六循环宝,我的雌来你的雄。"

妖王道:"铃儿乃金丹之宝,又不是飞禽走兽,如何辨得雌雄④?

---

①忐忑:犹"忐忑"。心神不定。
②瘢(bān)儿:和下文的"蒂儿"指金属器皿上的痕迹和凸起。
③太清:道教谓三清之一,道德天尊(即太上老君)居住的地方。故太上老君又称太清天尊。
④如何辨得雌雄:金属有雌雄之分。《抱朴子内篇》:"取牡(雄性)铜以为雄剑,取牝(雌性)铜以为雌剑。"东晋王嘉《拾遗记》卷二:"禹铸九鼎……使工师以雌金为阴鼎,以雄金为阳鼎。"唐段成式《酉阳杂俎•广知》:"炼铜时……以水灌铜,铜当分为两段。有凸起者,牡铜也;凹陷者,牝铜也。"

但只是摇出宝来，就是好的。"行者道："口说无凭，做出便见。且让你先摇。"那妖王真个将头一个铃儿幌了三幌，不见火出；第二个幌了三幌，不见烟出；第三个幌了三幌，也不见沙出。妖王慌了手脚道："怪哉，怪哉，世情变了。这铃儿想是惧内①，雄见了雌，所以不出来了。"行者道："贤甥，住了手，等我也摇摇你看。"好猴子，一把揝了三个铃儿，一齐摇起。你看那红火、青烟、黄沙，一齐滚出，骨都都燎树烧山。大圣口里又念个咒语，望巽地上叫："风来！"真个是风催火势，火仗风威，红焰焰，黑沉沉，满天烟火，遍地黄沙，把那赛太岁唬得魄散魂飞，走头无路，在那火当中，怎逃性命！

　　只闻得半空中厉声高叫："孙悟空，我来了也！"行者急回头上望，原是观音菩萨，左手托着净瓶，右手拿着杨柳，洒下甘露救火哩。慌得行者把铃儿藏在腰间，即合掌倒身下拜。那菩萨将柳枝连拂几点甘露，霎时间烟火俱无，黄沙绝迹。行者叩头道："不知大慈临凡，有失回避。敢问菩萨何往？"菩萨道："我特来收寻这个妖怪物。"行者道："这怪是何来历，敢劳金身下降收之？"菩萨道："他是我跨的个金毛犼②。因牧童盹睡，失于防守，这孽畜咬断铁索走来，却与朱紫国王消灾也。"行者闻言急欠身道："菩萨反说了，他在这里欺君骗后，败俗伤风，与那国王生灾，却说是消灾，何也？"菩萨道："你不知之。当时朱紫国先王在位之时，这个王还做东宫太子，未曾登基。他年幼间极好射猎。他率领人马，纵放鹰犬，正来到落凤坡前，有西方佛母孔雀大明王菩萨所生二子，乃雌雄两个雀雏，停翅在山坡之下，被此王弓开处，射伤了雄孔雀，那雌孔雀也带箭归西。佛母忏悔以后，分付教他拆凤三年，身耽啾疾③。那时节，我跨着这犼，同听此

---

① 惧内：怕老婆。
② 犼：一种传说中佛的坐骑，像狗，样子凶猛，能吃人。元明以后，盛行骑犼渡海观音的造像，多作观音骑于犼上，犼摇头摆尾，项带金铃。今尚存苏州宝山寺铜像、山西平遥双林寺泥塑等实物。
③ 啾疾：啾唧，此指病。

言,不期这业畜留心,故来骗了皇后,与王消灾。至今三年,冤愆满足,幸你来救治王患。我特来收妖邪也。"行者道:"菩萨,虽是这般故事,奈何他玷污了皇后,败俗伤风,坏伦乱法,却是该他死罪。今蒙菩萨亲临,饶得他死罪,却饶不得他活罪。让我打他二十棒,与你带去罢。"菩萨道:"悟空,你既知我临凡,就当看我分上,一发都饶了罢,也算你一番降妖之功。若是动了棍子,他也就是死了。"

行者不敢违言,只得拜道:"菩萨既收他回海,再不可令他私降人间,贻害不浅!"那菩萨才喝了一声:"孽畜!还不还原,待何时也!"只见那怪打个滚,现了原身,将毛衣抖抖,菩萨骑上。菩萨又望项下一看,不见了三个金铃。菩萨道:"悟空,还我铃来。"行者道:"老孙不知。"菩萨喝道:"你这贼猴!若不是你偷了这铃,莫说一个悟空,就是十个,也不敢近身!快拿出来!"行者笑道:"实不曾见。"菩萨道:"既不曾见,等我念念《紧箍儿咒》。"那行者慌了,只教:"莫念,莫念,铃儿在那里哩!"这正是:犼项金铃何人解?解铃人还问系铃人①。菩萨将铃儿套在犼项下,飞身高坐。你看他四足莲花生焰焰,满身金缕迸森森。大慈悲回南海不题。

却说孙大圣整束了衣裙,轮铁棒打进獬豸洞去,把群妖众怪,尽情打死,剿除干净。直至宫中,请圣宫娘娘回国。那娘娘顶礼不尽。行者将菩萨降妖并拆凤原由备说了一遍,寻些软草,扎了一条草龙,

---

① 解铃人还问系铃人:据宋惠洪《林间集》:法眼禅师问大众:"虎项金铃,是谁解得?"众人无言可对,泰钦禅师说:"系者解得。"后用"解铃还须系铃人"比喻由谁引起的事端,仍须由谁去解决。这里是化用了这一说法。宋元话本《陈巡检梅岭失妻记》记载:广东梅岭有猴精,名申阳公,又号齐天大圣,掳走陈巡检夫人张如春,又常到红莲寺与旃大惠长老讲论佛法,一次问长老:"小圣无能断除爱欲,只为色心,迷恋本性,谁能虎项解金铃?"长老便劝申阳公放走如春,申阳公不听。最终陈巡检请来紫阳真人,才降伏申阳公。元《西游记》杂剧中,齐天大圣也自称"入地府取金鼎国母为妻",这里金铃、金鼎国、紫阳真人救助、掳妻等,都在此数回中留下了痕迹。只是齐天大圣的劣行尽数剥离,赋予赛太岁身上而已。

教:"娘娘跨上,合着眼,莫怕,我带你回朝见主也。"

那娘娘谨遵分付,行者使起神通,只听得耳内风响。半个时辰,带进城,按落云头叫:"娘娘开眼。"那皇后睁开眼看,认得是凤阁龙楼,心中欢喜,撇了草龙,与行者同登宝殿。那国王见了,急下龙床,就来扯娘娘玉手,欲诉离情,猛然跌倒在地,只叫:"手疼!手疼!"八戒哈哈大笑道:"嘴脸!没福消受!一见面就蜇杀了也!"行者道:"呆子,你敢扯他扯儿么?"八戒道:"就扯他扯儿便怎的?"行者道:"娘娘身上生了毒刺,手上有蜇阳之毒。自到麒麟山,与那赛大王三年,那妖更不曾沾身。但沾身就害身疼,但沾手就害手疼。"众官听说,道:"似此怎生奈何?"此时外面众官忧疑,内里妃嫔悚惧,旁有玉圣、银圣二宫,将君王扶起。俱正在仓皇之际,忽听得那半空中有人叫大圣道:"我来也。"行者抬头观看,只见那:

> 肃肃冲天鹤唳,飘飘径至朝前。
> 缭绕祥光道道,氤氲瑞气翩翩①。
> 棕衣苫体放云烟,足踏芒鞋罕见。
> 手执龙须蝇帚②,丝绦腰下围缠。
> 乾坤处处结人缘,大地逍遥游遍。
> 此乃是大罗天上紫云仙,今日临凡解厌③。

行者上前迎住道:"张紫阳何往④?"紫阳真人直至殿前,躬身施礼道:"大圣,小仙张伯端起手。"行者答礼道:"你从何来?"真人道:"小仙三年前曾赴佛会,因打这里经过,见朱紫国王有拆凤之忧,我恐那妖将皇后玷辱,有坏人伦,后日难与国王复合。是我将一件旧棕衣变作一领新霞裳,光生五彩,进与妖王,教皇后穿了妆新。那皇

---

① 氤氲:浓郁的烟气或香气。南朝梁沈约《咏竹火笼》:"覆持鸳鸯被,白鹤吐氤氲。"

② 蝇帚:即拂尘。

③ 解厌(yā):此指解除法术。"厌"指镇伏他人或邪魅的法术,又称"厌胜"。

④ 张紫阳:即张伯端,宋代道士,号紫阳,称紫阳真人,《悟真篇》的作者,传说他晚年得道成仙。

第七十一回　行者假名降怪犼　观音现象伏妖王

后穿上身,即生一身毒刺。毒刺者,乃棕毛也。今知大圣成功,特来解厌。"行者道:"既如此,累你远来,且快解脱。"真人走向前,对娘娘用手一指,即脱下那件棕衣。那娘娘遍体如旧。真人将衣抖一抖,披在身上,对行者道:"大圣勿罪,小仙告辞。"行者道:"且住,待君王谢谢。"真人笑道:"不劳,不劳。"遂长揖一声,腾空而去。慌得那皇帝、皇后及大小众臣,一个个望空礼拜。

　　拜毕,即命大开东阁,酬谢四僧。那君王领众跪拜,夫妻才得重谐。正当欢宴时,行者叫:"师父,拿那战书来。"长老袖中取出,递与行者。行者递与国王道:"此书乃那怪差小校送来者。那小校已先被我打死,送来报功。后复至山中,变作小校,进洞回复,因得见娘娘,盗出金铃,几乎被他拿住;又变化,复偷出,与他对敌。幸遇观音菩萨将他收去,又与我说拆凤之故。"从头至尾,细说了一遍。那举国君臣内外,无一人不感谢称赞。唐僧道:"一则是贤王之福,二来是小徒之功。今蒙盛宴,至矣,至矣。就此拜别,不要误贫僧向西去也。"那国王恳留不得,遂换了关文,大排銮驾,请唐僧稳坐龙车,那君王、妃后,俱捧毂转轮,相送而别。正是:

　　　　有缘洗净忧疑病,绝念无思心自宁。

　　毕竟这去后面再有甚么吉凶之事,且听下回分解。

第七十二回

盘丝洞七情迷本　濯垢泉八戒忘形

话表三藏别了朱紫国王，整顿鞍马西进。行勾多少山原，历尽无穷水道，不觉的秋去冬残，又值春光明媚。师徒们正在路踏青玩景，忽见一座庵林。三藏滚鞍下马，站立大道之傍。行者问道："师父，这条路平坦无邪，因何不走？"八戒道："师兄好不通情！师父在马上坐得困了，也让他下来关关风是。"三藏道："不是关风，我看那里是个人家，意欲自去化些斋吃。"行者笑道："你看师父说的是那里话。你要吃斋，我自去化。俗语云：'一日为师，终身为父。'岂有为弟子者高坐，教师父去化斋之理？"三藏道："不是这等说。平日间一望无边无际，你们没远没近的去化斋，今日人家逼近，可以叫应，也让我去化一个来。"八戒道："师父没主张。常言道：'三人出外，小的儿苦①。'你况是个父辈，我等俱是弟子。古书云：'有事弟子服其劳②。'等我老猪去。"三藏道："徒弟呵，今日天气晴明，与那风雨之时不同。那时节，汝等必定远去；此个人家，等我去。有斋无斋，可以就回走路。"沙僧在傍笑道："师兄，不必多讲。师父的心性如此，不必违拗③。若恼了他，就化将斋来，他也不吃。"

八戒依言，即取出钵盂，与他换了衣帽。拽开步，直至那庄前观看，却也好座住场，但见：

石桥高耸，古树森齐。石桥高耸，潺潺流水接长溪；古树森齐，聒

---

①三人出外，小的儿苦：几个人外出，辈分小的多干事。此处似存早期西游故事痕迹。据张锦池《西游记考论》，元杨景贤《西游记杂剧》，猪八戒最后成为唐僧的弟子。朝鲜《朴通事谚解》述《西游记平话》，唐僧三徒排列顺序也是孙悟空、沙和尚、猪八戒。

②有事弟子服其劳：语出《论语·为政》，意思是父母遇到事情，年轻人要去效劳。

③违拗：即"违拗"。傲，同"拗"。《醒世姻缘传》第三十回："那元朝毕竟傲他（文天祥）不过。"

聒幽禽鸣远岱。桥那边有数椽茅屋,清清雅雅若仙庵;又有那一座蓬窗,白白明明欺道院。窗前忽见四佳人,都在那里刺凤描鸾做针线。

长老见那人家没个男儿,只有四个女子,不敢进去,将身立定,闪在桥林之下。只见那女子,一个个:

闺心坚似石,兰性喜如春。
娇脸红霞衬,朱唇绛脂匀。
蛾眉横月小,蝉鬓叠云新。
若到花间立,游蜂错认真①。

少停有半个时辰,一发静悄悄,鸡犬无声。自家思虑道:"我若没本事化顿斋饭,也惹那徒弟笑我;敢道为师的化不出斋来,为徒的怎能去拜佛。"长老没计奈何,也滞了几分不是②,趋步上桥。又走了几步,只见那茅屋里面有一座木香亭子③,亭子下又有三个女子在那里踢气球哩。你看那三个女子,比那四个又生得不同。但见那:

飘扬翠袖,摇拽缃裙。飘扬翠袖,低笼着玉笋纤纤;摇拽缃裙,半露金莲窄窄。形容体势十分全,动静脚跟千样蹓。拿头过论有高低,张泛送来真又楷。转身踢个出墙花,退步翻成大过海。轻接一团泥,单枪急对拐。明珠上佛头,实捏来尖挚。窄砖偏会拿,卧鱼将脚捱。平腰折膝蹲,扭顶翘跟蹁。板凳能喧泛,披肩甚脱洒。绞当任往来,锁项随摇摆。踢的是黄河水倒流,金鱼滩上买。那个错认是头儿,这个转身就打拐。端然捧上廉,周正尖来捽。提跟溅草鞋,倒插回头采。退步泛肩妆,钩儿只一歹。版篓下来长,便把夺门揣。踢到美心时,佳人齐喝采。一个个汗流粉腻透罗裳,兴懒情疏方

---

① 游蜂错认真:比喻蜜蜂以为花间的女子是真花朵,前来采蜜。
② 滞:积聚。
③ 木香亭子:缠绕着荼蘼花的亭子。木香,荼蘼花的别名。

叫海①。

言不尽,又有诗为证。诗曰:

蹴鞠当场三月天,仙风吹下素婵娟。
汗沾粉面花含露,尘染蛾眉柳带烟。
翠袖低垂笼玉笋,缃裙斜拽露金莲。
几回踢罢娇无力,云鬓蓬松宝髻偏。

三藏看得时辰久了,只得走上桥头,应声高叫道:"女菩萨,贫僧这里随缘布施些儿斋吃。"那些女子听见,一个个喜喜欢欢抛了针线,撇了气球,都笑笑吟吟的接出门来道:"长老,失迎了。今到荒

---

①"飘扬翠袖"至"举懒情疏方叫海"一段:蹴鞠是我国古代的一种足球运动,这段韵语包含了各种踢球的身段,总结了宋代以后蹴鞠的玩法,根据《蹴鞠谱》、元曲《女校尉》、《蹴鞠》等,可以识别的蹴鞠术语有:蹁,踢球用无根的小鞋。拿头过论,《隋史遗文》卷五引作"丢头过论"。"论"即球,拿头过论即用头顶的方式传球。泛,踢到位的球。张,即观察、观看。楷,合乎规范、端正。出墙花,或即转花枝,是三人踢法。大过海,即八仙过海,为八人踢法。一团泥,即沾泥的球,《蹴鞠谱》"归晚玉人陪笑面,春衫犹带气毬泥","有钱难买气毬泥"。单枪急对拐,即"担枪搭拐"。明珠上佛头,即身段"佛顶珠"。实捏,即"实蹑"。《蹴鞠谱》"杂踢作"有虚蹑、实蹑。挚:同"摆",布列。卧鱼,卧鱼蹑。挴(wǎi),同"崴"。扭伤脚。平腰折膝蹲,接球姿势,《蹴鞠谱》有"若是平腰放过拿""拐要合膝折腰取"。板凳,当是"班蹬","杂踢作"的一种。披肩,"杂踢作"有足斡披肩蹬、足斡披肩膝、足斡披肩拐等。绞裆,即"交裆",两腿根之下。锁项,当即球绕脖颈之动作。黄河水倒流,当是球从脚面上倒滚上腿。元关汉卿《女校尉》有"入脚面黄河逆流"。金鱼滩上买,可能是"鲤鱼板拐"。错认,"杂踢作"有"错认膝""错认拐"。臁(lián),小腿的两侧。尖来捽,脚尖像喷射一样踢出。潠,喷。妆,《蹴鞠谱》所记的一种踢法。以上四句描写一踢一接的激烈场面。钩儿只一歹,《蹴鞠谱》有"借力轻在脚尖住",即所谓"金钩挂",是踢法"控"的一种。歹,停留,这里指球在脚面上停留。版篓,"杂踢作"有左右板篓。美心,即"踢花心",《蹴鞠谱》九人踢法:"凡九人名为花心,一人居中为心,八人在边厢为花。"踢花心以踢得低为精彩,称为"美",故《事林广记》蹴鞠诗中说"下住处全在低美"。海,淮方言。罢休,完结。

庄,决不敢拦路斋僧,请里面坐。"三藏闻言,心中暗道:"善哉,善哉,西方正是佛地。女流尚且注意斋僧,男子岂不虔心成佛?"长老向前问罢了,相随众女入茅屋。过木香亭看处,呀!原来那里边没甚房廊,只见那:

峦头高耸,地脉遥长。峦头高耸接云烟,地脉遥长通海岳。门近石桥,九曲九湾流水顾;园栽桃李,千株千颗斗浓华。藤薜挂悬三五树,芝兰香散万千花①。远观洞府欺蓬岛,近睹山林压太华②。正是妖仙寻隐处,更无邻舍独成家。

有一女子上前,把石头门推开两扇,请唐僧里面坐。那长老只得进去。忽抬头看时,铺设的都是石桌、石凳,冷气阴阴。长老心惊,暗自思忖道:"这去处少吉多凶,断然不善。"众女子喜笑吟吟,都道:"长老请坐。"长老没奈何,只得坐了。少时间,打个冷禁。众女子问道:"长老是何宝山?化甚么缘?还是修桥补路,建寺礼塔,还是造佛印经?请缘簿出来看看③。"长老道:"我不是化缘的和尚。"女子道:"既不化缘,到此何干?"长老道:"我是东土大唐差去西天大雷音求经者。适过宝方,腹间饥馁,特造檀府,募化一斋,贫僧就行也。"众女子道:"好!好!好!常言道:'远来的和尚好看经。'妹妹们,不可怠慢,快办斋来。"

此时有三个女子陪着,言来语去,论说些因缘。那四个到厨中撩衣敛袖,炊火刷锅。你道他安排的是些甚么东西?原来是人油炒炼,人肉煎熬,熬得黑胡充作面筋样子,剜的人脑煎作豆腐块片。两盘儿捧到石桌上放下,对长老道:"请了。仓卒间不曾备得好斋,且将就吃些充腹。后面还有添换来也。"那长老闻了一闻,见那腥膻,不敢开口,欠身合掌道:"女菩萨,贫僧是胎里素。"众女子笑道:"长老,此是素的。"长老道:"阿弥陀佛!若像这等素的呵,我和尚吃了,

---

①芝兰:芷和兰的合称,都是香草名。芝,通"芷"。
②太华:山名,即西岳华山。
③缘簿:僧道化缘的账本。

莫想见得世尊,取得经卷。"众女子道:"长老,你出家人,切莫拣人布施①。"长老道:"怎敢,怎敢! 我和尚奉大唐旨意,一路西来,微生不损,见苦就救;遇谷粒手拈入口,逢丝缕联缀遮身,怎敢拣主布施!"众女子笑道:"长老虽不拣人布施,却只有些上门怪人。莫嫌粗淡,吃些儿罢。"长老道:"实是不敢吃,恐破了戒。望菩萨养生不若放生,放我和尚出去罢。"那长老挣着要走,那女子拦住门,怎么肯放,俱道:"上门的买卖,倒不好做! '放了屁儿,却使手掩'②。你往那里去?"他一个个都会些武艺,手脚又活,把长老扯住,顺手牵羊,扑的掼倒在地。众人按住,将绳子捆了,悬梁高吊,这吊有个名色,叫做"仙人指路"。原来是一只手向前,牵丝吊起;一只手拦腰捆住,将绳吊起;两只脚向后一条绳吊起;三条绳把长老吊在梁上,却是脊背朝上,肚皮朝下。那长老忍着疼,噙着泪,心中暗恨道:"我和尚这等命苦! 只说是好人家化顿斋吃,岂知道落了火坑! 徒弟呵! 早来救我,还得见面;但迟两个时辰,我命休矣!"

那长老虽然苦恼,却还留心看着那些女子。那些女子把他吊得停当,便去脱剥衣服。长老心惊,暗自忖道:"这一脱了衣服,是要打我的情了,或者夹生儿吃我的情也有哩。"原来那女子们只解了上身罗衫,露出肚腹,各显神通:一个个腰眼中冒出丝绳,有鸭蛋粗细,骨都都的,迸玉飞银,时下把庄门瞒了不题。

却说那行者、八戒、沙僧,都在大道之傍。他二人都放马看担,惟行者是个顽皮,他且跳树攀枝,摘叶寻果。忽回头,只见一片光亮,慌得跳下树来,吆喝道:"不好,不好! 师父造化低了!"行者用手指道:"你看那庄院如何?"八戒,沙僧共目视之,那一片,如雪又亮如雪,似银又光似银。八戒道:"罢了! 罢了! 师父遇着妖精了! 我们快去救他也!"行者道:"贤弟莫嚷。你都不见怎的,等老孙去来。"沙僧道:"哥哥仔细。"行者道:"我自有处。"好大圣,束一束虎皮裙,掣

———

①拣人布施:化缘时挑挑拣拣。
②放了屁儿,却使手掩:比喻已经做了某事,不肯负责,反倒想掩盖推托。

出金箍棒,拽开脚,两三步跑到边前,看见那丝绳缠了有千百层厚,穿穿道道,却似经纬之势①;用手按了一按,有些粘软沾人。行者更不知是甚么东西,他即举棒道:"这一棒,莫说是几千层,就有几万层,也打断了。"正欲打,又停住手道:"若是硬的便可打断,这个软的,只好打匾罢了。假如惊了他,缠住老孙,反为不美。等我且问他一问再打。"

你道他问谁?即捻一个诀,念一个咒,拘得个土地老儿在庙里似推磨的一般乱转。土地婆儿道:"老儿,你转怎的?好道是羊儿风发了!"土地道:"你不知!你不知!有一个齐天大圣来了,我不曾接他,他那里拘我哩。"婆儿道:"你去见他便了,却如何在这里打转?"土地道:"若去见他,他那棍子好不重,他管你好歹?就打哩!"婆儿道:"他见你这等老了,那里就打你?"土地道:"他一生好吃没钱酒,偏打老年人②。"

两口讲一会,没奈何只得走出去,战兢兢的,跪在路傍,叫道:"大圣,当境土地叩头。"行者道:"你且起来,不要假忙。我且不打你,寄下在那里。我问你,此间是甚地方?"土地道:"大圣从那厢来?"行者道:"我自东土往西来的。"土地道:"大圣东来,可曾在那山岭上?"行者道:"正在那山岭上。我们行李马匹还都歇在那岭上不是!"土地道:"那岭叫做盘丝岭。岭下有洞,叫做盘丝洞。洞里有七个妖精。"行者道:"是男怪女怪?"土地道:"是女怪。"行者道:"他有多大神通?"土地道:"小神力薄威短,不知他有多大手段;只知那正南上,离此有三里之遥,有一座濯垢泉,乃天生的热水,原是上方七仙姑的浴池。自妖精到此居住,占了他的濯垢泉,仙姑更不曾与他争竞,平白地就让与他了。我见天仙不惹妖魔怪,必定精灵有大能。"行者道:"占了此泉何干?"土地道:"这怪占了浴池,一日三遭,出来洗澡。如今巳时巳过,午时将来哑。"行者听言道:"土地,你且

---

①经纬:织物的纵线和横线。
②好吃没钱酒,偏打老年人:比喻顽皮无赖的行径。

回去,等我自家拿他罢。"那土地老儿磕了一个头,战兢兢的回本庙去了。

这大圣独显神通,摇身一变,变作个麻苍蝇儿,钉在路傍草梢上等待。须臾间,只听得呼呼吸吸之声,犹如蚕食叶,却似海生潮。只好有半盏茶时,丝绳皆尽,依然现出庄村,还像当初模样。又听得呀的一声,柴扉响处,里边笑语喧哗,走出七个女子。行者在暗中细看,见他一个个携手相搀,挨肩执袂,有说有笑的,走过桥来,果是标致。但见:

比玉香尤胜,如花语更真。

柳眉横远岫,檀口破樱唇。

钗头翘翡翠,金莲闪绛裙。

却似嫦娥临下界,仙子落凡尘。

行者笑道:"怪不得我师父要来化斋,原来是这一般好处。这七个美人儿,假若留住我师父,要吃也不勾一顿吃,要用也不勾两日用,要动手轮流一摆布就是死了。且等我去听他一听,看他怎的算计。"

好大圣,嘤的一声,飞在那前面走的女子云髻上钉住。才过桥来,后边的走向前来呼道:"姐姐,我们洗了澡来,蒸那胖和尚吃去。"行者暗笑道:"这怪物好没算计!煮还省些柴,怎么转要蒸了吃!"那些女子采花斗草向南来。不多时,到了浴池。但见一座门墙,十分壮丽。遍地野花香艳艳,满傍兰蕙密森森。后面一个女子,走上前,唿哨的一声,把两扇门儿推开,那中间果有一塘热水。这水:

自开辟以来,太阳星原贞有十[①],后被羿善开弓,射落九乌坠

[①]原贞有十:原来正有十个。

地①,止存金乌一星,乃太阳之真火也。天地有九处汤泉,俱是众乌所化。那九阳泉?乃香伶泉、伴山泉、温泉、东合泉、潢山泉、孝安泉、广汾泉、汤泉,此泉乃濯垢泉。

有诗为证。诗曰:

> 一气无冬夏,三秋永注春。
> 炎波如鼎沸,热浪似汤新。
> 分溜滋禾稼,停流荡俗尘。
> 涓涓珠泪泛,滚滚玉团津。
> 暖滑原非酿,清平还自温②。
> 瑞祥本地秀,造化乃天真③。
> 佳人洗处冰肌滑,涤荡尘烦玉体新。

那浴池约有五丈余阔,十丈多长,内有四尺深浅,但见水清彻底。底下水一似滚珠泛玉骨都都冒将上来。四面有六七个孔窍通流。流去二三里之遥,淌到田里,还是温水。池上又有三间亭子。亭子中近后壁放着一张八只脚的板凳。两山头放两个描金采漆的衣架。行者暗中喜嘤嘤的,一翅飞在那衣架头上钉住。你看些女子见水清又热,便要洗浴,即脱了衣服,搭在衣架上。一齐下去,被行者看见:

> 褪放纽扣儿,解开罗带结。
> 酥胸白似银,玉体浑如雪。
> 肘膊赛冰铺,香肩欺粉贴。
> 肚皮软又绵,脊背光还洁。
> 膝腕半围团,金莲三寸窄。

---

① 九乌坠地:上古传说,天上有十个太阳,神箭手后羿射落了九个,《天中记》引《庄子疏》称九日落在海中,化为沃焦,能将海水蒸干。明黎近《温泉》诗:"羿乌堕地烛龙骧,脉脉长成百沸汤。无垢光中看妙相,九京深处蕴真阳。"
② "暖滑"二句:水质润滑,却不是酒。水面平静,温度适宜。
③ "瑞祥"二句:此泉水是地上的祥瑞,上天的造化。

中间一段清,露出风流穴。

那女子都跳下水去,一个个濯浪翻波,负水顽耍。行者道:"我若打他呵,只消把这棍子往池中一搅,就叫做'滚汤泼老鼠,一窝儿都是死'。可怜!可怜!打便打死他,只是低了老孙的名头。常言道:'男不与女斗。'我这般一条汉子,打杀这几个丫头,着实不济。不要打他,只送他一个绝后计,教他动不得身,出不得水,多少是好。"

好大圣,捻着诀,念个咒,摇身一变,变作一个饿老鹰,但见:

毛犹霜雪,眼若明星。妖狐见处魂皆丧,狡兔逢时胆尽惊。钢爪锋芒快,雄姿猛气横。会使老拳供口腹①,不辞亲手逐飞腾。万里寒空随上下,穿云检物任他行。

呼的一翅,飞向前,轮开利爪,把他那衣架上搭的七套衣服,尽情雕去,径转岭头,现出本像来见八戒、沙僧道:"你看。"那八戒呆子迎着对沙僧笑道:"师父原来是典当铺里拿了去的。"沙僧道:"怎见得?"八戒道:"你不看师兄把他些衣服都抢将来也?"行者放下道:"此是妖精穿的衣服。"八戒道:"怎么就有这许多?"行者道:"七套。"八戒道:"如何这般剥得容易,又剥得干净?"行者道:"那曾用剥。原来此处唤做盘丝岭。那庄村唤做盘丝洞。洞中有七个女怪,把我师父拿住,吊在洞里,都向濯垢泉去洗浴。那泉却是天地产成的一塘子热水。他都算计着洗了澡,要把师父蒸吃。是我跟到那里,见他脱了衣服下水,我要打他,恐怕污了棍子,又怕低了名头,是以不曾动棍,只变做一个饿老鹰,雕了他的衣服。他都忍辱含羞,不敢出头,蹲在水中哩。我等快去解下师父走路罢。"

八戒笑道:"师兄,你凡干事,只要留根。既见妖精,如何不打杀他,却就去解师父?他如今纵然藏羞不出,到晚间必定出来。他家里还有旧衣服,穿上一套,来赶我们。纵然不赶,他久住在此,我们

---

① 会使老拳供口腹:裘自唐章孝标《鹰》诗:"会使老拳供口腹,莫辞亲手唼腥臊。穿云自怪身如电,煞兔谁知吻胜刀。"老拳,指鹰类猛禽的爪掌。

取了经,还从那条路回去。常言道:'宁少路边钱,莫少路边拳①。'那时节,他拦住了吵闹,却不是个仇人也?"行者道:"凭你如何主张?"八戒道:"依我,先打杀了妖精,再去解放师父,此乃斩草除根之计。"行者道:"我是不打他。你要打,你去打他。"

八戒抖擞精神,欢天喜地,举着钉钯,拽开步,径直闹到那里。忽的推开门看时,只见那七个女子,蹲在水里,口中乱骂那鹰哩,道:"这个匾毛畜生②!猫嚼头的亡人!把我们衣服都雕去了,教我们怎的动手!"八戒忍不住笑道:"女菩萨,在这里洗澡哩,也携带我和尚洗洗,何如?"那怪见了,作怒道:"你这和尚,十分无礼!我们是在家的女流,你是个出家的男子。古书云:'七年男女不同席③。'你好和我们同塘洗澡?"八戒道:"天气炎热,没奈何,将就容我洗洗儿罢。那里调甚么书担儿④,同席不同席!"

呆子不容说,丢了铁钯,脱了皂锦直裰,扑的跳下水去。那怪心中烦恼,一齐上前要打。不知八戒水势极熟,到水里摇身一变,变做一个鲇鱼精。那怪就都摸鱼,赶上拿他不住。东边摸,忽的又渍了西去;西边摸,忽的又渍了东去;滑扢虀的⑤,只在那腿裆里乱钻。原来那水有搀胸之深⑥,水上盘了一会,又盘在水底,都盘倒了,喘嘘嘘的,精神倦怠。八戒却才跳将上来,现了本相,穿了直裰,执着钉钯,喝道:"我是那个?你把我当鲇鱼精哩!"那怪见了,心惊胆战,对八戒道:"你先来是个和尚,到水里变作鲇鱼,及拿你不住,却又这般打

---

① 宁少路边钱,莫少路边拳:指出门在外,宁可没有钱,也不能没有防身的本领。
② 匾毛畜生:即"扁毛畜生",骂鸟类的话。扁毛,指鸟的羽毛。下文"猫嚼头"同此。
③ 七年男女不同席:语出《礼记·内则》,意为古代男女有别,七岁的男女儿童吃饭时就要分坐了。
④ 调甚么书担儿:即"掉什么书袋儿",说话喜欢引证古书,卖弄渊博。
⑤ 滑扢虀(jī)。方言,即滑咕叽的,滑溜。
⑥ 搀胸:没到胸前。

扮。你端的是从何来此？是必留名。"八戒道："这伙泼怪当真的不认得我！我是东土大唐取经的唐长老之徒弟，乃天蓬元帅悟能八戒是也。你把我师父吊在洞里，算计要蒸他受用！我的师父又好蒸吃？快早伸过头来，各筑钉钯，教你断根！"

那些妖闻此言，魂飞魄散，就在水中跪拜道："望老爷方便方便！我等有眼无珠，误捉了你师父，虽然吊在那里，不曾敢加刑受苦。望慈悲饶了我的性命，情愿贴些盘费，送你师父往西天去也。"八戒摇手道："莫说这话！俗语说得好：'曾着卖糖君子哄，到今不信口甜人①。'是便筑一钯，各人走路！"呆子一味粗夯，显手段，那有怜香惜玉之心，举着钯，不分好歹，赶上前乱筑。

那怪慌了手脚，那里顾甚么羞耻，只是性命要紧，随用手侮着羞处，跳出水来，都跑在亭子里站立，作出法来：脐孔中骨都都冒出丝绳，瞒天搭了个大丝篷，把八戒罩在当中。那呆子忽抬头，不见天日，即抽身往外便走。那里举得脚步！原来放了绊脚索，满地都是丝绳，动动脚，跌个跶踵。左边去，一个面磕地；右边去，一个倒栽葱；急转身，又跌了个嘴揾地；忙爬起，又跌了个竖蜻蜓。也不知跌了多少跟头，把个呆子跌得身麻脚软，头晕眼花，爬也爬不动，只睡在地下呻吟。

那怪物却将他困住，也不打他，也不伤他，一个个跳出门来，将丝篷遮住天光，各回本洞。到了石桥上站下，念动真言，霎时间，把丝篷收了，赤条条的，跑入洞里，侮着那话，从唐僧面前笑嘻嘻的跑过去。走入石房，取几件旧衣穿了，径至后门口立定叫："孩儿们何在？"原来那妖精一个有一个儿子，却不是他养的，都是他结拜的干儿子。有名唤做蜜、蚂、蛉、班、蜢、蜡、蜻：蜜是蜜蜂，蚂是蚂蜂，蛉是

---

① 曾着卖糖君子哄，到今不信口甜人：比喻曾经吃亏上当，从此不再轻易相信他人的花言巧语。

卢蜂①,班是班毛②,蜢是牛蜢,蜡是抹蜡③,蜻是蜻蜓。原来那妖精幔天结网,掳住这七般虫蛭,却要吃他。古云:"禽有禽语,兽有兽语。"当时这些虫哀告饶命,愿拜为母,遂此春采百花供怪物,夏寻诸卉孝妖精。忽闻一声呼唤,都到面前,问:"母亲有何使令?"众怪道:"儿呵,早间我们错惹了唐朝来的和尚,才然被他徒弟拦在池子里,出了多少丑,几乎丧了性命!汝等努力,快出门前去退他一退。如得胜后,可到你舅舅家来会我。"那些怪既得逃生,往他师兄处,辇嘴生灾不题。你看这些虫蛭,一个个摩拳擦掌,出来迎敌。

却说八戒跌得昏头昏脑,猛抬头,见丝篷丝索俱无,他才一步一探,爬将起来,忍着疼,找回原路。见了行者,用手扯住道:"哥哥,我的头可肿,脸可青么?"行者道:"你怎的来?"八戒道:"我被那厮将丝绳罩住,放了绊脚索,不知跌了多少跟头,跌得我腰拖背折,寸步难移。却才丝篷索子俱空,方得了性命回来也。"沙僧见了道:"罢了,罢了!你闯下祸来也!那怪一定往洞里去伤害师父,我等快去救他!"

行者闻言,急拽步便走。八戒牵着马,急急来到庄前。但见那石桥上有七个小妖儿挡住道:"慢来,慢来,吾等在此。"行者看了道:"好笑,干净都是些小人儿。长的也只有二尺五六寸,不满三尺;重的也只有八九斤,不满十斤。"喝道:"你是谁?"那怪道:"我乃七仙姑的儿子。你把我母亲欺辱了,还敢无知,打上我门!不要走!仔细!"好怪物,一个个手之舞之,足之蹈之④,乱打将来。八戒见了生嗔,本是跌恼了的性子,又见那伙虫蛭小巧,就发狠举钯来筑。

那些怪见呆子凶猛,一个个现了本像,飞将起去,喝声:"变!"须臾间,一个变十个,十个变百个,百个变千个,千个变万个,个个都变

---

① 卢蜂:即卢蜂,又叫细腰蜂。
② 班毛:即斑蝥(máo),黑色有毒,可以放出毒气。
③ 抹蜡:即虮蜡,螳虫。又叫蚂蚱、抹扎。参见第一回"虮蜡"条注。
④ 手之舞之,足之蹈之:语出《孟子·离娄上》,这里形容妖怪手舞足蹈的丑态。

成无穷之数。只见:

　　满天飞抹蜡,遍地舞蜻蜓。
　　蜜蚂追头额,蠦蜂扎眼睛。
　　班毛前后咬,牛蜢上下叮。
　　扑面漫漫黑,翛翛神鬼惊①。

　　八戒慌了道:"哥呵,只说经好取,西方路上,虫儿也欺负人哩!"行者道:"兄弟,不要怕,快上前打!"八戒道:"扑头扑脸,浑身上下,都钉有十数层厚,却怎么打?"行者道:"没事,没事,我自有手段!"沙僧道:"哥呵,有甚手段,快使出来罢!一会子光头上都钉肿了!"好大圣,拔了一把毫毛,嚼得粉碎,喷将出去,即变做些黄、麻、鵃、白、雕、鱼、鹞。八戒道:"师兄,又打甚么市语,黄阿、麻阿哩?"行者道:"你不知之,黄是黄鹰,麻是麻鹰,鵃是鵃鹰,白是白鹰,雕是雕鹰,鱼是鱼鹰,鹞是鹞鹰。那妖精儿子是七样虫,我的毫毛是七样鹰②。"鹰最能嗛虫,一嘴一个,爪打翅敲,须臾,打得罄尽,满空无迹,地积尺余。

　　三兄弟方才闯过桥去,径入洞里。只见老师父吊在那里哼哼的哭哩。八戒近前道:"师父,你是要来这里吊了耍子,不知作成我跌了多少跟头哩!"沙僧道:"且解下师父再说。"行者即将绳索挑断,放下唐僧,都问道:"师父,妖精那里去了?"唐僧道:"那七个怪赤条条的都往后边叫儿子去了。"行者道:"兄弟们,跟我来寻去。"三人各持兵器,往后园里寻处,不见踪迹。都到那桃李树上寻遍不见。八戒道:"去了!去了!"沙僧道:"不必寻他,等我扶师父去也。"弟兄们复来前面,请唐僧上马道:"师父,下次化斋,还让我们去。"唐僧道:"徒

---

①翛翛(xiāo):形容昆虫飞行的迅速。
②七样鹰:黄鹰、白鹰、麻鹰,都是指鹰的毛色而言。区别来说,一岁的鹰毛黄色,称为黄鹰。白鹰是白色的鹰,古代认为是祥瑞之物。麻鹰,又叫黑鸢,身体褐色。鵃(sōng)鹰,似鹰而小,能捕雀,据《热河志》载,产于黑龙江一带。雕鹰,即雕,一种猛禽,像鹰,但是比鹰大,又叫"鹫"。鱼鹰,即鹗,体大,善捕鱼。鹞鹰,即雀鹰,比鹰小,黄褐色。

弟呵，以后就是饿死，也再不自专了。"八戒道："你们扶师父走着，等老猪一顿钯筑倒他这房子，教他来时没处安身。"行者笑道："筑还费力，不若寻些柴来，与他个断根罢。"好呆子，寻了些朽松破竹、干柳枯藤，点上一把火，烘烘的都烧得干净。师徒却才放心前来。咦！毕竟这去，不知那怪的凶吉如何，且听下回分解。

第七十三回

情因旧恨生灾毒　心主遭魔幸破光

　　话说孙大圣扶持着唐僧,与八戒、沙僧奔上大路,一直西来。不半晌,忽见一处楼阁重重,宫殿巍巍。唐僧勒马道:"徒弟,你看那是个甚么去处?"行者举头观看,但见:

　　山环楼阁,溪绕亭台。门前杂树密森森,宅外野花香艳艳。柳间栖白鹭,浑如烟里玉无瑕;桃内啭黄莺,却似火中金有色。双双野鹿,忘情闲踏绿莎茵;对对山禽,飞语高鸣红树杪①。真如刘阮天台洞②,不亚神仙阆苑家。

　　行者报道:"师父,那所在也不是王侯第宅,也不是豪富人家,却像一个庵观寺院。到那里方知端的。"三藏闻言,加鞭促马。师徒们来至门前观看,门上嵌着一块石板,上有"黄花观"三字。三藏下马。八戒道:"黄花观乃道士之家。我们进去会他一会也好,他与我们衣冠虽别,修行一般。"沙僧道:"说得是。一则进去看看景致,二来也当撒货头口③。看方便处,安排些斋饭与师父吃。"长老依言,四众共入。但见二门上有一对春联:"黄芽白雪神仙府④,瑶草琪花羽士家。"行者笑道:"这个是烧茅炼药⑤,弄炉火,提罐子的道士。"三藏捻他一把道:"谨言!谨言!我们不与他相识,又不认亲,左右暂时一会,管他怎的?"说不了,进了二门,只见那正殿谨闭,东廊下坐着一

---

①　树杪:树梢。
②　刘阮天台洞:即汉代刘晨、阮肇入天台山遇仙女的传说,参见第六十四回"天台女"条注。
③　撒货头口:喂牲口,溜马。
④　黄芽白雪:黄芽指铅,白雪指汞,都是道教炼丹的原料。
⑤　烧茅:炼丹时焚烧茅草。《悟真篇》"七言四韵"之六:"丹熟自然金满屋,何须寻草学烧茅。"

个道士,在那里丸药。你看他怎生打扮:

戴一顶红艳艳饯金冠,穿一领黑缁缁乌皂服,踏一双绿阵阵云头履,系一条黄拂拂吕公绦。面如瓜铁①,目若朗星。准头高大类回回,唇口翻张如达达②。道心一片隐轰雷,伏虎降龙真羽士。

三藏见了,厉声高叫道:"老神仙,贫僧问讯了。"那道士猛抬头,一见心惊,丢了手中之药,按簪儿,整衣服,降阶迎接道:"老师父失迎了。请里面坐。"长老欢喜上殿。推开门,见有三清圣像,供桌有炉有香,即拈香注炉,礼拜三匝,方与道士行礼。遂至客位中,同徒弟们坐下。急唤仙童看茶。当有两个小童,即入里边,寻茶盘,洗茶盏,擦茶匙,办茶果。忙忙的乱走,早惊动那几个冤家。

原来那盘丝洞七个女怪与这道士同堂学艺。自从穿了旧衣,唤出儿子,径来此处。正在后面裁剪衣服,忽见那童子看茶,便问道:"童儿,有甚客来了,这般忙冗③?"仙童道:"适间有四个和尚进来,师父教来看茶。"女怪道:"可有个白胖和尚?"道:"有。"又问:"可有个长嘴大耳朵的?"道:"有。"女怪道:"你快去递了茶,对你师父丢个眼色,着他进来,我有要紧的话说。"果然那仙童将五杯茶拿出去。道士敛衣,双手拿一杯递与三藏,然后与八戒、沙僧、行者。茶罢收钟,小童丢个眼色。那道士就欠身道:"列位请坐。"教:"童儿,放了茶盘陪侍,等我去去就来。"此时长老与徒弟们,并一个小童出殿上观玩不题。

却说道士走进方丈中,只见七个女子齐齐跪倒,叫:"师兄,师兄,听小妹子一言!"道士用手搀起道:"你们早间来时,要与我说甚么话,可可的今日丸药,这枝药忌见阴人,所以不曾答你。如今又有客在外面,有话且慢慢说罢。"众怪道:"告禀师兄。这桩事,专为客

---

①瓜铁:当是一种青黑色的铁。《元史·食货志》:"凡铁之等不一,有生黄铁、生青铁、青瓜铁、筒铁。"
②达达:即"鞑靼",参见第八回"鞑靼"条注。
③忙冗:忙碌。

来,方敢告诉;若客去了,纵说也没用了。"道士笑道:"你看贤妹说话,怎么专为客来才说?却不风了?且莫说我是个清静修仙之辈,就是个俗人家,有妻子老小家务事,也等客去了再处。怎么这等不贤,替我妆幌子哩①!且让我出去。"

众怪又一齐扯住道:"师兄息怒。我问你,前边那客,是那方来的?"道士唾着脸②,不答应。众怪道:"方才小童进来取茶,我闻得他说,是四个和尚。"道士作怒道:"和尚便怎么?"众怪道:"四个和尚,内有一个白面胖的,有一个长嘴大耳的,师兄可曾问他是那里来的?"道士说:"内中是有这两个,你怎么知道?想是在那里见他来?"女子道:"师兄原不知这个委曲。那和尚乃唐朝差往西天取经去的。今早到我洞里化斋,委是妹子们闻得唐僧之名,将他拿了。"道士说:"你拿他怎的?"女子道:"我等久闻人说,唐僧乃十世修行的真体,有人吃他一块肉,延寿长生,故此拿了他。后被那个长嘴大耳朵的和尚把我们拦在濯垢泉里,先抢了衣服,后弄本事,强要同我等洗浴,也止他不住。他就跳下水,变作一个鲇鱼,在我们腿旁里钻来钻去,欲行奸骗之事。果有十分惫懒!他又跳出水去,现了本相。见我们不肯相从,他就使一柄九齿钉钯,要伤我们性命。若不是我们有些见识③,几乎遭他毒手。故此战兢兢逃生,又着你愚外甥与他敌斗,不知存亡如何。我们特来投兄长,望兄长念昔日同窗之雅,与我今日做个报冤之人!"

那道士闻此言,却就恼恨,遂变了声色道:"这和尚原来这等无礼!这等惫懒!你们都放心,等我摆布他!"众女子谢道:"师兄如若动手,等我们都来相帮打他。"道士道:"不用打!不用打!常言道:

---

① 妆幌子:出丑。
② 唾着脸:拉着脸,不高兴的样子。
③ 见识:原作"见试"。世德堂本"识"常误为"试",又八十三回回目"心猿试得丹头","试"亦当为"识"。据李卓吾评本改。

'一打三分低①。'你们都跟我来。"

众女子相随左右。他入房内,取了梯子,转过床后,爬上屋梁,拿下一个小皮箱儿。那箱儿有八寸高下,一尺长短,四寸宽窄,上有一把小铜锁儿锁住。即于袖中拿出一方鹅黄绫汗巾儿来。汗巾须上系着一把小钥匙儿。开了锁,取出一包儿药来,此药乃是:

山中百鸟粪②,扫积上千斤。
是用铜锅煮,煎熬火候匀。
千斤熬一杓,一杓炼三分。
三分还要炒,再煅再重薰。
制成此毒药,贵似宝和珍。
如若尝他味,入口见阎君。

道士对七个女子道:"妹妹,我这宝贝,若与凡人吃,只消一厘③,入腹就死;若与神仙吃,也只消三厘就绝;这些和尚,只怕也有些道行,须得三厘。快取等子来④。"内一女子急拿了一把等子,道:"称出一分二厘,分作四分。"却拿了十二个红枣儿,将枣掐破些儿,捏上一厘,分在四个茶钟内;又将两个黑枣儿做一个茶钟,着一个托盘安了,对众女说:"等我去问他。不是唐朝的便罢;若是唐朝来的,就教换茶,你却将此茶令童儿拿出。但吃了,个个身亡,就与你报了此仇,解了烦恼也。"七女感激不尽。

那道士换了一件衣服,虚礼谦恭,走将出去,请唐僧等又至客位坐下,道:"老师父莫怪。适间去后面分付小徒,教他们挑些青菜、萝卜,安排一顿素斋供养,所以失陪。"三藏道:"贫僧素手进拜,怎么敢

---

① 一打三分低:指只要动手打人就输了理。
② 百鸟粪:鸟粪多具毒性。如雀粪、鸽粪、鹰粪、白鹭粪、鸱鹕粪、孔雀粪、鸩鸟粪等,其中有的是传说,有的确有毒性。如《本草纲目》载:"蜀水花(即鸱鹕粪的别名),气味冷,微毒。"《广东通志·物产》载孔雀"其胆与粪尤毒,能杀人"。鸩鸟"屎溺着石,石烂如泥"(《尔雅翼》)。
③ 厘:重量单位,斤的万分之一。
④ 等子:即戥子,用来称量微量物品的小型杆秤。

劳赐斋?"道士笑云:"你我都是出家人,见山门就有三升俸粮,何言素手? 敢问老师父,是何宝山?到此何干?"

三藏道:"贫僧乃东土大唐驾下差往西天大雷音寺取经者。却才路过仙宫,竭诚进拜。"道士闻言,满面生春道:"老师乃忠诚大德之佛,小道不知,失于远候,恕罪! 恕罪!"叫:"童儿,快去换茶来,一厢作速办斋。"那小童走将进去,众女子招呼他来道:"这里有见成好茶,拿出去。"那童子果然将五钟茶拿出。道士连忙双手拿一个红枣儿茶钟奉与唐僧。他见八戒身躯大,就认做大徒弟;沙僧认做二徒弟;见行者身量小,认做三徒弟,所以第四钟才奉与行者。

行者眼乖,接了茶钟,早已见盘子里那钟茶是两个黑枣儿。他道:"先生,我与你穿换一杯。"道士笑道:"不瞒长老说。山野中贫道士,茶果一时不备。才然在后面亲自寻果子,止有这十二个红枣,做四钟茶奉敬。小道又不可空陪,所以将两个下色枣儿作一杯奉陪。此乃贫道恭敬之意也。"行者笑道:"说那里话? 古人云:'在家不是贫,路上贫杀人①。'你是住家儿的,何以言贫! 像我们这行脚僧,才是真贫哩,我和你换换,我和你换换。"三藏闻言道:"悟空,这仙长实乃爱客之意,你吃了罢,换甚的?"行者无奈,将左手接了,右手盖住,看着他们。

却说那八戒,一则饥,二则渴,原来食肠大大的,见那钟子里有三个红枣子,拿起来咽的都咽在肚里。师父也吃了,沙僧也吃了。一霎时,只见八戒脸上变色,沙僧满眼泪流,唐僧口中吐沫。他们都坐不住,运倒在地②。这大圣情知是毒,将茶钟手举起来,望道士劈脸一掼。道士将袍袖隔起,唿的一声,把个锤子跌得粉碎。道士怒道:"你这和尚,十分村鲁! 怎么把我锤子摔了?"行者骂道:"你这畜生! 你看我那三个人是怎么说! 我与你有甚相干,你却将毒药茶药

---

① 在家不是贫,路上贫杀人:在家虽然穷困,还可以想办法解决;在路上遇到困难,就一点办法都没有。
② 运:同"晕"。眩晕,昏厥。宋范仲淹《乞小郡表》:"自后久坐则头运。"

倒我的人?"道士道:"你这个村畜生,闯下祸来,你岂不知?"行者道:"我们才进你门,方叙了坐次,道及乡贯,又不曾有个高言,那里闯下甚祸?"道士道:"你可曾在盘丝洞化斋么?你可曾在濯垢泉洗澡么?"行者道:"濯垢泉乃七个女怪。你既说出这话,必定与他苟合,必定也是妖精!不要走,吃吾一棒!"

好大圣,去耳朵里摸出金箍棒,幌一幌,碗来粗细,望道士劈脸打来。那道士急转身躲过,取一口宝剑来迎。他两个厮骂厮打,早惊动那里边的女怪。他七个一拥出来,叫道:"师兄且莫劳心,待小妹子拿他。"行者见了,越生嗔怒,双手轮铁棒,丢开解数,滚将进去乱打。只见那七个敞开怀,腆着雪白肚子,脐孔中作出法来,骨都都丝绳乱冒,搭起一个天篷,把行者盖在底下。行者见事不谐,即翻身念声咒语,打个筋斗,扑的撞破天篷走了;忍着性气,淤淤的立在空中看处①,见那怪丝绳幌亮,穿穿道道,却似穿梭的经纬,顷刻间,把黄花观的楼台殿阁都遮得无影无踪。行者道:"利害,利害,早是不曾着他手。怪道猪八戒跌了若干,似这般怎生是好!我师父与师弟却又中了毒药。这伙怪合意同心,却不知是个甚来历,待我还去问那土地神也。"

好大圣,按落云头,捻着诀,念声"唵"字真言,把个土地老儿又拘来了,战兢兢跪下路傍,叩头道:"大圣,你去救你师父的,为何又转来也?"行者道:"早间救了师父,前去不远,遇一座黄花观。我与师父等进去看看,那观主迎接。才叙话间,被他把毒药茶药倒我师父等。我幸不曾吃茶,使棒就打他,却说出盘丝洞化斋、濯垢泉洗澡之事,我就知那厮是怪。才举手相敌,只见那七个女子跑出,吐放丝绳,老孙亏有见识走了。我想你在此间为神,定知他的来历。是个甚么妖精,老实说来,免打!"土地叩头道:"那妖精到此,住不上十年。小神自三年前检点之后,方见他的本相,乃是七个蜘蛛精。他吐那些丝绳,乃是蛛丝。"

———

① 淤淤的:气呼呼的。

行者闻言,十分欢喜道:"据你说,却是小可。既这般,你回去,等我作法降他也。"那土地叩头而去。行者却到黄花观外,将尾巴上毛捋下七十根,吹口仙气,叫:"变!"即变做七十个小行者。又将金箍棒吹口仙气,叫:"变!"即变做七十个双角叉儿棒①。每一个小行者与他一根。他自家使一根,站在外边,将叉儿搅那丝绳,一齐着力,打个号子,把那丝绳都搅断,各搅了有十余斤。里面拖出七个蜘蛛,足有巴斗大小的身躯。一个个攒着手脚,索着头,只叫:"饶命!饶命!"此时七十个小行者,按住七个蜘蛛,那里肯放。行者道:"且不要打他,只教还我师父、师弟来。"那怪厉声高叫道:"师兄,还他唐僧,救我命也!"那道士从里边跑出道:"妹妹,我要吃唐僧哩,救不得你了。"行者闻言,大怒道:"你既不还我师父,且看你妹妹的样子!"好大圣,把叉儿棒幌一幌,复了一根铁棒,双手举起,把七个蜘蛛精,尽情打烂,却似七个剁肉布袋儿②,脓血淋淋。却又将尾巴摇了两摇,收了毫毛,单身轮棍,赶入里边来打道士。

　　那道士见他打死了师妹,心甚不忍,即发狠举剑来迎。这一场各怀忿怒,一个个大展神通。这一场好杀:

　　妖精轮宝剑,大圣举金箍。都为唐朝三藏,先教七女鸣呼。如今大展经纶手,施威弄法逞金吾③。大圣神光壮,妖仙胆气粗。浑身解数如花锦,双手腾那似辘轳。乒乓剑棒响,惨淡野云浮。剿言语,使机谋,一来一往如画图。杀得风响沙飞狼虎怕,天昏地暗斗星无。

　　那道士与大圣战经五六十回合,渐觉手软;一时间松了筋节,便解开衣带,忽辣的响一声,脱了皂袍。行者笑道:"我儿子!打不过人,

---

① 双角叉儿棒:原本此下尚有"又把叉儿棒幌一幌叫变,即变作七十一条叉儿棒"二十字。
② 剁肉布袋儿:装碎肉的袋子。剁,砍,剁。
③ 金吾:铜制的大棒,两头镶金。汉朝有官名"执金吾",主管宫廷的保卫。这里取"金吾"的原义。

就脱剥了也是不能勾的!"原来这道士剥了衣裳,把手一齐抬起,只见那两胁下有一千只眼,眼中迸放金光,十分利害:

森森黄雾,艳艳金光。森森黄雾,两边胁下似喷云;艳艳金光,千只眼中如放火。左右却如金桶,东西犹似铜钟。此乃妖仙施法力,道士显神通。幌眼迷天遮日月,罩人炮燥气朦胧;把个齐天孙大圣,困在金光黄雾中。

行者慌了手脚,只在那金光影里乱转,向前不能举步,退后不能动脚,却便似在个桶里转的一般。无奈又炮燥不过,他急了,往上着实一跳,却撞破金光,扑的跌了一个倒栽葱。觉道撞的头疼,急伸手摸摸,把顶梁皮都撞软了,自家心焦道:"晦气! 晦气! 这颗头今日也不济了! 常时刀砍斧剁,莫能伤损,却怎么被这金光撞软了皮肉? 久以后定要贡脓①。纵然好了,也是个破伤风。"一会家炮燥难禁②。却又自家计较道:"前去不得,后退不得,左行不得,右行不得,往上又撞不得,却怎么好? 往下走他娘罢!"

好大圣,念个咒语,摇身一变,变做个穿山甲,又名鲮鲤鳞。真个是:

四只铁爪,钻山碎石如挝粉;满身鳞甲,破岭穿岩似切葱。两眼光明,好便似双星幌亮;一嘴尖利,胜强如钢钻金锥。药中有性穿山甲③,俗语呼为鲮鲤鳞。

你看他硬着头,往地下一钻,就钻了有二十余里,方才出头。原来那金光只罩得十余里。出来现了本相,力软筋麻,浑身痛疼,止不住眼中流泪。忽失声叫道:"师父呵!

当年秉教出山中,共称西来苦用工。

---

①贡脓:创口内腐烂生脓。
②一会家:一会儿。
③药中有性穿山甲:穿山甲可以入药。《本草纲目》卷四十三:"穿山甲气味咸,微寒有毒,主治五邪惊啼悲伤。"

大海洪波无恐惧，阳沟之内却遭风①！"

美猴王正当悲切，忽听得山背后有人啼哭，即欠身揩了眼泪，回头观看。但见一个妇人，身穿重孝，左手托一盏凉浆水饭，右手执几张烧纸黄钱，从那厢一步一声哭着走来。行者点头嗟叹道："正是'流泪眼逢流泪眼，断肠人遇断肠人'！这一个妇人，不知所哭何事，待我问他一问。"那妇人不一时走上路来，迎着行者。行者躬身问道："女菩萨，你哭的是甚人？"妇人噙泪道："我丈夫因与黄花观观主买竹竿争讲，被他将毒药茶药死，我将这陌纸钱烧化，以报夫妇之情。"行者听言，眼中泪下。那妇女见了作怒道："你甚无知！我为丈夫烦恼生悲，你怎么泪眼愁眉，欺心戏我？"行者躬身道："女菩萨息怒。我本是东土大唐钦差御弟唐三藏大徒弟孙悟空行者。因往西天，行过黄花观歇马。那观中道士，不知是个甚么妖精，他与七个蜘蛛精结为兄妹。蜘蛛精在盘丝洞要害我师父，是我与师弟八戒、沙僧救解得脱。那蜘蛛精走到他这里，背了是非，说我等有欺骗之意。道士将毒药茶药倒我师父师弟共三人，连马四口，陷在他观里。惟我不曾吃他茶，将茶锺掼碎，他就与我相打。正嚷时，那七个蜘蛛精跑出来吐放丝绳，将我捆住，是我使法力走脱。问及土地，说他本相，我却又使分身法搅绝丝绳，拖出妖来，一顿棒打死。这道士即与他报仇，举宝剑与我相斗。斗经六十回合，他败了阵，随脱了衣裳，两胁下放出千只眼，有万道金光，把我罩定。所以进退两难，才变做一个鲮鲤鳞，从地下钻出来。正自悲切，忽听得你哭，故此相问。因见你为丈夫，有此纸钱报答，我师父丧身，更无一物相酬，所以自怨生悲，岂敢相戏！"

那妇女放下水饭、纸钱，对行者陪礼道："莫怪，莫怪，我不知你是被难者。才据你说将起来，你不认得那道士。他本是个百眼魔君，又唤做多目怪。你既然有此变化，脱得金光，战得许久，必定有大神通，却只是还近不得那厮。我教你去请一位圣贤，他能破得金

---

① 阳沟：露出地面的排水沟。

第七十三回　情因旧恨生灾毒　心主遭魔幸破光　943

光,降得道士。"行者闻言,连忙唱喏道:"女菩萨知此来历,烦为指教指教。果是那位圣贤,我去请求,救我师父之难,就报你丈夫之仇。"妇人道:"我就说出来,你去请他,降了道士,只可报仇而已,恐不能救你师父。"行者道:"怎不能救?"妇人道:"那厮毒药最狠。药倒人,三日之间,骨髓俱烂。你此往回恐迟了,故不能救。"行者道:"我会走路,凭他多远,千里只消半日。"女子道:"你既会走路,听我说:此处到那里有千里之遥。那厢有一座山,名唤紫云山,山中有个千花洞。洞里有位圣贤,唤做毗蓝婆①。他能降得此怪。"行者道:"那山坐落何方?却从何方去?"女子用手指定道:"那直南上便是。"行者回头看时,那女子早不见了。行者慌忙礼拜道:"是那位菩萨?我弟子钻昏了,不能相识,千乞留名,好谢!"只见那半空中叫道:"大圣,是我。"行者急抬头看处,原是黎山老姆②。赶至空中谢道:"老姆从何来指教我也?"老姆道:"我才自龙华会上回来,见你师父有难,假做孝妇,借夫丧之名。免他一死。你快去请他。但不可说出是我指教,那圣贤有些多怪人。"

行者谢了,辞别,把筋斗云一纵,随到紫云山上。按定云头,就见那千花洞。那洞外:

　　青松遮胜境,翠柏绕仙居。
　　绿柳盈山道,奇花满涧渠。

---

① 毗蓝婆:又写作"毗岚""随蓝",梵语"暴风"的音译。佛经中有十位罗刹女,第二位即名毗蓝婆。
② 黎山老姆:即"骊山老母",参见第十六回"骊山老母"条注。按:骊山老母叮嘱孙悟空不准透露她的消息,似有隐情。元杨景贤《西游记杂剧》第十九出,铁扇公主出场时唱"我在巽宫(八卦属风)里居,离宫(八卦属火)里过","孟婆是我教成,风神是我正果。我和骊山老母是姊妹两个,我通风他通火",而毗蓝婆也是印度传说中的风神,且是十罗刹女之一。毗蓝婆和铁扇公主(罗刹女)似有共同的形象来源,都是风的化身。而此风神与骊山老母竟是姊妹关系,且分掌风、火,则在《西游记》之外的戏剧小说里,或许能找到二人有过节的故事。

>　　香兰围石屋,芳草映岩峿①。
>　　流水连溪碧,云封古树虚。
>　　野禽声聒聒,幽鹿步徐徐。
>　　修竹枝枝秀,红梅叶叶舒。
>　　寒鸦栖古树,春鸟噪高樗。
>　　夏盈田田广,秋禾遍地馀。
>　　四时无不落,八节有花如。
>　　每生瑞霭连霄汉,常放祥云接太虚。

　　这大圣喜喜欢欢走将进去,一程一节,看不尽无边的景致。直入里面,更没个人见,静静悄悄的,鸡犬之声也无。心中暗道:"这圣贤想是不在家了。"又进数里看时,见一个女道姑坐在榻上。你看他怎生模样:

>　　头戴五花纳锦帽,身穿一领织金袍。
>　　脚踏云尖凤头履,腰系攒丝双穗绦。
>　　面似秋容霜后老,声如春燕社前娇②。
>　　腹中久谙三乘法,心上常修四谛饶③。
>　　悟出空空真正果,炼成了了自逍遥④。
>　　正是千花洞里佛,毗蓝菩萨姓名高。

　　行者止不住脚,近前叫道:"毗蓝婆菩萨,问讯了。"那菩萨即下榻,合掌回礼道:"大圣,失迎了。你从那里来的?"行者道:"你怎么就认得我是大圣?"毗蓝婆道:"你当年大闹天宫时,普地里传了你的

---

① 峿(yú):山势曲折险峻处。
② 社:古代祭祀土神的地方,春天的燕子往往在春社日(一般指立春后第五个戊日)前后归来。
③ 四谛:佛教术语,又名"四圣谛"。指苦谛(人生多苦)、集谛(苦之来源皆由造业)、灭谛(涅槃才是真正归宿)、道谛(达到涅槃的正道)。谛,真谛,真理。
④ 了了:指了脱一切的智慧。

形像,谁人不知,那个不识?"行者道:"正是'好事不出门,恶事传千里'①。像我如今皈正佛门,你就不晓得了!"毗蓝道:"几时皈正?恭喜!恭喜!"行者道:"近能脱命,保师父唐僧上西天取经,师父遇黄花观道士,将毒药茶药倒。我与那厮赌斗,他就放金光罩住我,是我使神通走脱了。闻菩萨能灭他的金光,特来拜请。"菩萨道:"是谁与你说的?我自赴了盂兰会,到今三百余年,不曾出门。我隐姓埋名,更无一人知得,你却怎么得知?"行者道:"我是个地理鬼②,不管那里,自家都会访着。"毗蓝道:"也罢,也罢。我本当不去,奈蒙大圣下临,不可灭了求经之善,我和你去来。"行者称谢了,道:"我忒无知,擅自催促,但不知曾带甚么兵器。"菩萨道:"我有个绣花针儿,能破那厮。"行者忍不住道:"老姆误了我,早知是绣花针,不须劳你,就问老孙要一担也是有的。"毗蓝道:"你那绣花针,无非是钢铁金针,用不得。我这宝贝,非钢,非铁,非金,乃我小儿日眼里炼成的③。"行者道:"令郎是谁?"毗蓝道:"小儿乃昴日星官。"行者惊骇不已。

早望见金光艳艳,即回向毗蓝道:"金光处便是黄花观也。"毗蓝随于衣领里取出一个绣花针,似眉毛粗细,有五六分长短,拈在手,望空抛去。少时间,响一声,破了金光。行者喜道:"菩萨,妙哉,妙哉!寻针,寻针!"毗蓝托在手掌内道:"这不是?"行者却与按下云头,走入观里,只见那道士合了眼,不能举步。行者骂道:"你这泼怪妆瞎子哩!"耳朵里取出棒来就打。毗蓝扯住道:"大圣莫打,且看你师父去。"

行者径至后面客位里看时,他三人都睡在地上吐痰吐沫哩。行

---

① 好事不出门,恶事行千里:禅宗僧人经常问:"如何是西来意?"即达摩祖师从印度来中国的含意是什么。这是古代禅宗丛林中经常提起的话头,宋代绍宗禅师对这话头的回答是:"好事不出门,恶事行千里。"见《景德传灯录·绍宗禅师》。

② 地理鬼:熟悉地理的鬼怪。借指熟悉山川地形、街巷村落、居民住处的人。

③ 日眼:《太乙金华宗旨》:"夫元化之中。有阳光为主宰。有形者为日。在人为目。"

者垂泪道:"却怎么好!却怎么好!"毗蓝道:"大圣休悲,也是我今日出门一场,索性积个阴德,我这里有解毒丹,送你三丸。"行者转身拜求。那菩萨袖中取出一个破纸包儿,内将三粒红丸子递与行者,教放入口里。行者把药扳开他每牙关,每人捱了一丸。须臾,药味入腹,便就一齐呕哕①,遂吐出毒味,得了性命。那八戒先爬起道:"闷杀我也!"三藏、沙僧俱醒了道:"好晕也!"行者道:"你们那茶里中了毒了,亏这毗蓝菩萨搭救,快都来拜谢。"三藏欠身整衣谢了。八戒道:"师兄,那道士在那里?等我问他一问,为何这般害我!"行者把蜘蛛精上项事说了一遍,八戒发狠道:"这厮既与蜘蛛为姊妹,定是妖精!"行者指道:"他在那殿外立定妆瞎子哩。"八戒拿钯就筑,又被毗蓝止住道:"圣僧息怒,大圣知我洞里无人,待我收他去看守门户也。"行者道:"感蒙大德,岂不奉承!但只是教他现本像,我们看看。"毗蓝道:"容易。"即上前用手一指,那道士扑的倒在尘埃,现了原身,乃是一个七尺长短的大蜈蚣精。毗蓝使小指头挑起,驾祥云径转千花洞去。八戒打仰道:"这妈妈儿却也利害,怎么就降这般恶物?"行者笑道:"我问他有甚兵器破他金光,他道有个绣花针儿,是他儿子在日眼里炼的。及问他令郎是谁,他道是昴日星官。我想日星是只公鸡,这老妈妈子必定是个母鸡。鸡最能降蜈蚣,所以能收伏也。"三藏闻言顶礼不尽,教:"徒弟们,收拾去罢。"那沙僧即在里面寻了些米粮,安排了些斋,俱饱餐一顿。牵马挑担,请师父出门。行者从他厨中放了一把火,把一座观霎时烧得煨烬,却拽步长行。正是:

唐僧得命感毗蓝,了性消除多目怪。

毕竟向前去还有甚么事体,且听下回分解。

---

① 哕(yuě):呕吐。

第七十四回

长庚传报魔头狠　行者施为变化能

情欲原因总一般，有情有欲自如然。
沙门修炼纷纷士，断欲忘情即是禅。
须着意，要心坚，一尘不染月当天。
行功进步休教错，行满功完大觉仙。

话表三藏师徒们打开欲网，跳出情牢，放马西行。走多时，又是夏尽秋初，新凉透体。但见那：

急雨收残暑，梧桐一叶惊。
萤飞莎径晚，蛩语月华明①。
黄葵开映露，红蓼遍沙汀。
蒲柳先零落，寒蝉应律鸣②。

三藏正然行处，忽见一座高山，峰插碧空，真个是摩星碍日。长老心中害怕，叫悟空道："你看前面这山，十分高耸，但不知有路通行否。"行者笑道："师父说那里话。自古道：'山高自有客行路，水深自有渡船人。'岂无通达之理？可放心前去。"长老闻言，喜笑花生，扬鞭策马而进，径上高岩。行不数里，见一老者，鬓蓬松，白发飘摇；须稀朗，银丝摆动；项挂一串数珠子，手持拐杖现龙头。远远的立在那山坡上高呼："西进的长老，且暂住骅骝，紧兜玉勒。这山上有一伙妖魔，吃尽了阎浮世上人，不可前进！"三藏闻言，大惊失色。一是马的足下不平，二是坐个雕鞍不稳，扑的跌下马来，挣挫不动，睡在草里哼哩。行者近前搀起道："莫怕，莫怕，有我哩。"长老道："你听那高岩上老者，报道这山上有伙妖魔，吃尽阎浮世上人，谁敢去问他一

---

① 蛩（qióng）：蟋蟀。
② 应律：符合节拍和音调。

个真实端的?"行者道:"你且坐地,等我去问他。"三藏道:"你的相貌丑陋,言语粗俗,怕冲撞了他,问不出个实信。"行者笑道:"我变个俊些儿的去问他。"三藏道:"你是变了我看。"

好大圣,捻着诀,摇身一变,变做个干干净净的小和尚儿,真个是目秀眉清,头圆脸正;行动有斯文之气象,开口无俗类之言辞;抖一抖锦衣直裰,拽步上前,向唐僧道:"师父,我可变得好么?"三藏见了大喜道:"变得好!"八戒道:"怎么不好!只是把我们都比下去了。老猪就滚上二三年,也变不得这等俊俏!"

好大圣,躲离了他们,径直近前,对那老者躬身道:"老公公,贫僧问讯了。"那老儿见他生得俊雅,年少身轻,待答不答的,还了他个礼,用手摸着他头儿,笑嘻嘻问道:"小和尚,你是那里来的?"行者道:"我们是东土大唐来的,特上西天拜佛求经。适到此,闻得公公报道有妖怪,我师父胆小怕惧,着我来问一声端的:是甚妖精,他敢这般短路①!烦公公细说与我知之,我好把他贬解起身②。"那老儿笑道:"你这小和尚年幼,不知好歹,言不帮寸③。那妖魔神通广大得紧,怎敢就说贬解他起身!"行者笑道:"据你之言,似有护他之意,必定与他有亲,或是紧邻契友;不然,怎么长他的威智,兴他的节概④,不肯倾心吐胆说他个来历?"公公点头笑道:"这和尚倒会弄嘴,想是跟你师父游方,到处儿学些法术,或者会驱缚魍魉,与人家镇宅降邪,你不曾撞见十分狠怪哩!"行者道:"怎的狠?"公公道:"那妖精一封书到灵山,五百阿罗都来迎接;一纸简上天宫,十一大曜个个相钦⑤。四海龙曾与他为友,八洞仙常与他作会,十地阎君以兄弟相

---

①短路:拦路抢劫。
②贬解:押解。
③帮寸:此指"沾边",有分寸。
④节概:志气和气概。
⑤十一大曜:即"七政"(日、月、金木水火土五星)与"四馀"(罗睺、计都、紫炁、月孛)的合称。参见第五回"九曜星"和第五十一回"罗睺、计都、炁孛四馀"条注。钦:恭敬,尊重。

称,社令城隍以宾朋相爱①。"大圣闻言,忍不住呵呵大笑,用手扯着老者道:"不要说！不要说！那妖精与我后生小厮为兄弟、朋友,也不见十分高作。若知是我小和尚来阿,他连夜就搬起身去了！"公公道:"你这小和尚胡说！不当人子！那个神圣是你的后生小厮？"行者笑道:"实不瞒你说,我小和尚祖居傲来国花果山水帘洞,姓孙,名悟空。当年也曾做过妖精,干过大事。曾因会众魔,多饮了几杯酒睡着,梦中见二人将批勾我去到阴司。一时怒发,将金箍棒打伤鬼判,唬倒阎王,几乎掀翻了森罗殿。吓得那掌案的判官拿纸,十阎王签名画字,教我饶他打,情愿与我做后生小厮。"那公公闻说道:"阿弥陀佛！这和尚说了这过头话②,莫想再长得大了。"行者道:"官儿③,似我这般大也勾了。"公公道:"你年几岁了？"行者道:"你猜猜看。"老者道:"有七八岁罢了。"行者笑道:"有一万个七八岁！我把旧嘴脸拿出来你看看,你却莫怪。"公公道:"怎么又有个嘴脸？"行者道:"不瞒你说,我小和尚有七十二副嘴脸哩。"那公公不识窍,只管问他,他就把脸抹一抹,即现出本像,咨牙俫嘴,两股通红,腰间系一条虎皮裙,手里执一根金箍棒,立在石崖之下,就像个活雷公。那老者见了,吓得面容失色,腿脚酸麻,站不稳,扑的一跌；爬起来,又一个跳踵。大圣上前道:"老官儿,不要虚惊,我等山恶人善。莫怕！莫怕！适间蒙你好意,报有妖魔。委的有多少怪,一发累你说说,我好谢你。"那老儿战战兢兢,口不能言,又推耳聋,一句不应。

　　行者见他不言,即抽身回坡。长老道:"悟空,你来了,所问如何？"行者笑道:"不打紧！不打紧！西天有便有个把妖精儿,只是这里人胆小,把他放在心上。没事,没事,有我哩！"长老道:"你可曾问他此处是甚么山,甚么洞,有多少妖怪,那条路通得雷音？"八戒道:

---

①社令:一州的土地神。天下九州每州各有社令。据《道法会元》卷五十六:一郡一县之中,若有忠义报国之士、孝勇猛烈之人,因忠孝而死者,一州一土,建有神庙,祈求感应,称为社令。
②过头话:超过分寸的话,夸口的话。过去认为说这种话折损寿命。
③官儿:"老倌儿"的省称。

"师父,莫怪我说。若论赌变化,使促掐,捉弄人,我们三五个也不如师兄;若论老实,像师兄就摆一队伍,也不如我。"唐僧道:"正是,正是,你还老实。"八戒道:"他不知怎么钻过头不顾尾的①,问了两声,不尴不尬的②,就跑回来了。等老猪去问他个实信来。"唐僧道:"悟能,你仔细着。"

好呆子,把钉钯撒在腰里,整一整皂直裰,扭扭捏捏,奔上山坡,对老者叫道:"公公,唱喏了。"那老儿见行者回去,方拄着杖挣得起来,战战兢兢的要走,忽见八戒,愈觉惊怕道:"爷爷呀!今夜做的甚么恶梦,遇着这伙恶人!为先的那和尚丑便丑,还有三分人相;这个和尚,怎么这等个碓梃嘴,蒲扇耳朵,铁片脸,鬃毛颈项,一分人气儿也没有了!"八戒笑道:"你这老公公不藏兴,有些儿好褒贬人③,你是怎的看我哩?丑便丑,奈看④,再停一时就俊了。"那老者见他说出人话来,只得开言问他:"你是那里来的?"八戒道:"我是唐僧第二个徒弟,法名叫做悟能八戒。才自先问的,叫做悟空行者,是我师兄。师父怪他冲撞了公公,不曾问得实信,所以特着我来拜问。此处果是甚山、甚洞,洞里果是甚妖,那里是西去大路,烦尊一指示指示。"老者道:"可老实么?"八戒道:"我生平不敢有一毫虚的。"老者道:"你莫像才来的那个和尚走花弄水的胡缠⑤。"八戒道:"我不像他。"

公公拄着杖,对八戒说:"此山叫做八百里狮驼岭,中间有座狮驼洞,洞里有三个魔头。"八戒啐了一声:"你这老儿却也多心!三个妖魔,也费心劳力的来报遭信!"公公道:"你不怕么?"八戒道:"不瞒你说,这三个妖魔,我师兄一棍就打死一个,我一钯就筑死一个;我还有个师弟,他一降妖杖又打死一个。三个都打死,我师父就过去

----

①钻过头不顾尾:形容做事顾前不顾后。
②不尴不尬:不明不白。
③褒贬:赞扬或贬低,特指贬低。
④奈:同"耐"。
⑤走花弄水:胡乱牵扯,不着边际。

了,有何难哉!"那老者笑道:"这和尚不知深浅!那三个魔头,神通广大得紧哩!他手下小妖,南岭上有五千,北岭上有五千;东路口有一万,西路口有一万;巡哨的有四五千,把门的也有一万;烧火的无数,打柴的也无数,共计算有四万七八千。这都是有名字带牌儿的,专在此吃人。"

那呆子闻得此言,战兢兢跑将转来,相近唐僧,且不回话,放下钯,在那里出恭。行者见了,喝道:"你不回,却蹲在那里怎的?"八戒道:"唬出屎来了①!如今也不消说,赶早儿各自顾命去罢!"行者道:"这个呆根!我问信偏不惊恐,你去问就这等慌张失智!"长老道:"端的何如?"八戒道:"这老儿说:此山叫做八百里狮驼山,中间有座狮驼洞,洞里有三个老妖,有四万八千小妖,专在那里吃人。我们若蹭着他些山边儿,就是他口里食了。莫想去得!"三藏闻言,战兢兢,毛骨悚然道:"悟空,如何是好?"行者笑道:"师父放心,没大事。想是这里有便有几个妖精,只是这里人胆小,把他就说出许多人,许多大,所以自惊自怪。有我哩!"八戒道:"哥哥说得是那里话!我比你不同。我问的是实,决无虚谬之言。满山满谷都是妖魔,怎生前进?"行者笑道:"呆子,嘴脸,不要虚惊!若论满山满谷之魔,只消老孙一路棒,半夜打个罄净!"八戒道:"不羞,不羞,莫说大话!那些妖精点卯也得七八日,怎么就打得罄净?"行者道:"你说怎样打?"八戒道:"凭你抓倒,捆倒,使定身法定倒,也没有这等快的。"行者笑道:"不用甚么抓拿捆缚。我把这棍子两头一扯,叫'长',就有四十丈长短;幌一幌,叫'粗',就有八丈围圆粗细。往山南一滚,滚杀五千;山北一滚,滚杀五千;从东往西一滚,只怕四五万砑做肉泥烂酱。"八戒道:"哥哥,若是这等赶面打②,或者二更时也都了了。"沙僧在傍笑道:"师父,有大师兄恁样神通,怕他怎的!请上马走阿。"唐僧见他们讲论手段,没奈何,只得宽心上马而走。

---

①屎:诸明本均作"尿"。据《新说西游记》改。
②赶面:同"擀面"。用棍压扁面块。

正行间，不见了那报信的老者，沙僧道："他就是妖怪，故意狐假虎威的来传报，恐唬我们哩。"行者道："不要忙，等我去看看。"好大圣，跳上高峰，四顾无迹，急转面，见半空中有彩霞幌亮，即纵云赶上看时，乃是太白金星。走到身边，用手扯住，口口声声只叫他的小名道："李长庚，李长庚，你好魇懒！有甚话，当面来讲便好，怎么妆做个山林之老，魇样老孙①！"金星慌忙施礼道："大圣，报信来迟，乞勿罪，乞勿罪。这魔头果是神通广大，势要峥嵘②，只看你挪移变化，乖巧机谋，可便过去；如若怠慢些儿，其实难去。"行者谢道："感激！感激！果然此处难行，望老星上界与玉帝说声，借些天兵帮助老孙帮助。"金星道："有！有！有！你只口信带去，就是十万天兵，也是有的。"

大圣别了金星，按落云头，见了三藏道："适才那个老儿，原是太白星来与我们报信的。"长老合掌道："徒弟，快赶上他，问他那里另有个路，我们转了去罢。"行者道："转不得，此山径过有八百里，四周围不知更有多少路哩，怎么转得？"三藏闻言，止不住眼中流泪道："徒弟，似此艰难，怎生拜佛？"行者道："莫哭莫哭！一哭便脓包行了③！他这报信，必有几分虚话，只是要我们着意留心，诚所谓'以告者，过也'④。你且下马来坐着。"八戒道："又有甚商议？"行者道："没甚商议，你且在这里用心保守师父，沙僧好生看守行李、马匹。等老孙先上岭打听打听，看前后共有多少妖怪，拿住一个，问他个详细。教他写个执结⑤，开个花名，把他老老小小，一一查明，分付他关了洞门，不许隘路，却请师父静静悄悄的过去，方显老孙手段！"沙僧只教："仔细！仔细！"行者笑道："不消嘱付，我这一去，就是东洋大海

---

① 魇样：同"演样"。迷惑。
② 势要：有权势，有威风。
③ 行：这里是某一类人的意思。
④ 以告者，过也：语出《论语·子路》，意为"把这件事告诉你的人说错了"。
⑤ 执结：旧时对官署提出表示负责的字据，即保证书。

第七十四回　长庚传报魔头狠　行者施为变化能

也汤开路,就是铁裹银山也撞透门!"

好大圣,唿哨一声,纵筋斗云,跳上高峰。扳藤负葛,平山观看,那山里静悄无人。忽失声道:"错了!错了!不该放这金星老儿去了,他原来虎唬我。这里那有个甚么妖精!他就出来跳风顽耍,必定拈枪弄棒,操演武艺;如何没有一个?"正自家揣度,只听得山背后,叮叮当当,辟辟剥剥,梆铃之声。急回头看处,原来是个小妖儿,掮着一杆"令"字旗,腰间悬着铃子,手里敲着梆子,从北向南而走。仔细看他,有一丈二尺的身子。行者暗笑道:"他必是个铺兵,想是送公文下报帖的。且等我去听他一听,看他说些甚话。"好大圣,捻着诀,念个咒,摇身一变,变做个苍蝇儿,轻轻飞在他帽子上,侧耳听之。只见那小妖走上大路,敲着梆,摇着铃,口里作念道:"我等巡山的,各人要谨慎提防孙行者:他会变苍蝇!"行者闻言,暗自惊疑道:"这厮看见我了。若未看见,怎么就知我的名字,又知我会变苍蝇!"原来那小妖也不曾见他,只是那魔头不知怎么就分付他这话,却是个谣言,着他这等胡念。行者不知,反疑他看见,就要取出棒来打他,却又停住,暗想道:"曾记得八戒问金星时,他说老妖三个,小妖有四万七八千名。似这小妖,再多几万,也不打紧,却不知这三个老魔有多大手段。等我问他一问,动手不迟。"

好大圣,你道他怎么去问?跳下他的帽子来,丁在树头上,让那小妖先行几步,急转身腾那,也变做个小妖儿,照依他敲着梆,摇着铃,掮着旗,一般衣服,只是比他略长了三五寸,口里也那般念着,赶上前叫道:"走路的,等我一等。"那小妖回头道:"你是那里来的?"行者笑道:"好人呀!一家人也不认得!"小妖道:"我家没你呀。"行者道:"怎的没我?你认认看。"小妖道:"面生,认不得!认不得!"行者道:"可知道面生。我是烧火的,你会得我少。"小妖摇头道:"没有!没有!我洞里就是烧火的那些兄弟,也没有这个嘴尖的。"行者暗想道:"这个嘴好的变尖了些了。"即低头,把手侮着嘴揉一揉道:"我的嘴不尖阿。"真个就不尖了。那小妖道:"你刚才是个尖嘴,怎么揉一揉就不尖了？疑惑人子①！大不好认！不是我一家的！少会，少会！可疑，可疑！我那大王家法最严，烧火的只管烧火，巡山的只管巡山，终不然教你烧火，又教你来巡山？"行者口乖，就趁过来道："你不知道。大王见我烧得火好，就升我来巡山。"小妖道："也罢，我们这巡山的，一班有四十名，十班共四百名，各自年貌，各自名色。大王怕我们乱了班次，不好点卯，一家与我们一个牌儿为号。你可有牌儿？"行者只见他那般打扮，那般报事，遂照他的模样变了；因不曾看见他的牌儿，所以身上没有。好大圣，更不说没有，就满口应承道："我怎么没牌？但只是刚才领的新牌。拿你的出来我看。"那小妖那里知这个机括，即揭起衣服，贴身带着个金漆牌儿，穿条绿绒绳儿②，扯与行者看看。行者见那牌背是个"威镇诸魔"的金牌，正面有三个真字③，是"小钻风"，他却心中暗想道："不消说了！但是巡山的，必有个'风'字坠脚。"便道："你且放下衣走过，等我拿牌儿你看。"即转身，插下手，将尾巴梢儿的小毫毛拔下一根，捻他把，叫："变！"即变做个金漆牌儿，也穿上个绿绒绳儿，上书三个真字，乃"总钻风"，拿出来，递与他看了。小妖大惊道："我们都叫做个小钻风，偏你又叫做个甚么总巡风！"行者干事找绝，说话合宜，就道："你实不知，大王见我烧得火好，把我升个巡风；又与我个新牌，叫做总巡风，教我管你这一班四十名兄弟也。"那妖闻言，即忙唱喏道："长官，长官，新点出来的，实是面生，言语冲撞，莫怪！"行者还着礼笑道："怪便不怪你，只是一件：见面钱却要哩。每人拿出五两来罢。"小妖道："长官不要忙，待我向南岭头会了我这一班的人，一总打发罢。"行者道："既如此，我和你同去。"那小妖真个前走，大圣随后相跟。

不数里，忽见一座笔峰。何以谓之笔峰？那山头上长出一条峰来，约有四五丈高，如笔插在架上一般，故以为名。行者到边前，把

---

①疑惑人子：可疑的人。
②绿绒绳：原作"緑绒绳"，下文浅野世本作"绿绒绳"，今统一。
③真字：楷体字。

尾巴掬一掬,跳上去,坐在峰尖儿上,叫道:"钻风!都过来!"①那些小钻风在下面躬身道:"长官,伺候。"行者道:"你可知大王点我出来之故?"小妖道:"不知。"行者道:"大王要吃唐僧,只怕孙行者神通广大,说他会变化,只恐他变作小钻风,来这里蹳着路径,打探消息,把我升作总钻风,来查勘你们这一班可有假的。"小钻风连声应道:"长官,我们俱是真的。"行者道:"你既是真的,大王有甚本事,你可晓得?"小钻风道:"我晓得。"行者道:"你晓得,快说来我听。如若说的合着我,便是真的;若说差了一些儿,便是假的,我定拿去见大王处治。"那小钻风见他坐在高处,弄獐弄智,呼呼喝喝的,没奈何,只得实说道:"我大王神通广大,本事高强,一口曾吞了十万天兵。"行者闻说,吐出一声道:"你是假的!"小钻风慌了道:"长官老爷,我是真的,怎么说是假的?"行者道:"你既是真的,如何胡说!大王身子能有多大,一口都吞了十万天兵?"小钻风道:"长官原来不知。我大王会变化,要大能撑天堂,要小就如菜子。因那年王母娘娘设蟠桃大会,邀请诸仙,他不曾具束来请。我大王意欲争天,被玉皇差十万天兵来降我大王。是我大王变化法身,张开大口,似城门一般,用力吞将去,唬得众天兵不敢交锋,关了南天门,故此是一口曾吞十万兵。"行者闻言暗笑道:"若是讲手头之话,老孙也曾干过。"又应声道:"二大王有何本事?"小钻风道:"二大王身高三丈,卧蚕眉,丹凤眼,美人声,匾担牙,鼻似蛟龙。若与人争斗,只消一鼻子卷去,就是铁背铜

---

① 都过来那:世德堂本自"必有个'风'字坠脚,便道:'你且放'"之后,至"如何胡说!大王身子"一大段,原缺,此据李卓吾评本补。清以后通行之《西游记》文本,此处多作:"(孙悟空)叫道:'钻风,都过来。'那些小钻风在下面躬身道:'长官,伺候。'"但是孙悟空打死了一个小钻风之后,其余钻风居然并无反应,也无一人回洞报信,在情理为不合。故黄周星《西游证道书》增加了许多文字,以作弥缝。此处据李卓吾评本点作:"(孙悟空)叫道:'钻风,都过来那!'这小钻风在下面躬身道:'长官,伺候。'"(另两个明本:杨闽斋本、唐僧本同此)则稍可通顺,即孙悟空似并未及到"南岭头"见到更多的钻风,即在笔峰对此小钻风作了单独盘问并打杀灭口。

身,也就魂亡魄丧!"行者道:"鼻子卷人的妖精也好拿。"又应声道:"三大王也有几多手段?"小钻风道:"我三大王不是凡间之怪物,名号云程万里鹏,行动时,抟风运海,振北图南①。随身有一件儿宝贝,唤做'阴阳二气瓶'。假若是把人装在瓶中,一时三刻,化为浆水。"行者听说,心中暗惊道:"妖魔倒也不怕,只是仔细防他瓶儿。"又应声道:"三个大王的本事,你倒也说得不差,与我知道的一样;但只是那个大王要吃唐僧哩?"小钻风道:"长官,你不知道?"行者喝道:"我比你不知些儿!因恐汝等不知底细,分付我来,着实盘问你哩!"小钻风道:"我大大王与二大王久住在狮驼岭狮驼洞。三大王不在这里住。他原住处离此西下有四百里远近。那厢有座城,唤做狮驼国。他五百年前吃了这城国王及文武官僚,满城大小男女也尽被他吃了干净,因此上夺了他的江山。如今尽是些妖怪。不知那一年打听得东土唐朝差一个僧人去西天取经,说那唐僧乃十世修行的好人,有人吃他一块肉,就延寿长生不老;只因怕他一个徒弟孙行者十分利害,自家一个难为,径来此处与我这两个大王结为兄弟,合意同心,打伙儿捉那个唐僧也。"行者闻言,心中大怒道:"这泼魔十分无礼!我保唐僧成正果,他怎么算计要吃我的人!"恨一声,咬响钢牙,掣出铁棒,跳下高峰,把棍子望小妖头上砑了一砑,可怜,就砑得像一个肉陀。自家见了,又不忍道:"咦!他倒是个好意,把些家常话儿都与我说了,我怎么却这一下子就结果了他?也罢,也罢!左右是左右②!"好大圣,只为师父阻路,没奈何干出这件事来。就把他牌儿解下,带在自家腰里,将"令"字旗搠在背上,腰间挂了铃,手里敲着梆子,迎风捻个诀,口里念个咒语,摇身一变,变的就像小钻风模样。拽回步,径转旧路,找寻洞府,去打探那三个老妖魔的虚实。这

---

① 抟风运海,振北图南:这里化用了《庄子》里描写大鹏的句子:"海运则将徙于南冥。""抟扶摇羊角而上者九万里,绝云气,负青天,然后图南。"意思是乘着狂风和海潮的流动,飞翔在南北海之间。
② 左右是左右:反正是这样,表示下定决心干某事的样子。

正是：千般变化美猴王，万样腾那真本事。

闯入深山，依着旧路，正走走处，忽听得人喊马嘶之声，即举目观之，原来是狮驼洞口有万数小妖，排列着枪刀剑戟，旗帜旌旄。这大圣心中暗喜道："李长庚之言，真是不妄！真是不妄！"原来这摆列的有些路数，二百五十名作一大队伍①。他只见有四十名杂彩长旗，盈风乱舞，就知有万名人马。却又自揣自度道："老孙变作小钻风，这一进去，那老魔若问我巡山的话，我必随机答应。倘或一时言语差讹，认得我阿，怎生脱体？就要往外跑时，那伙把门的挡住，如何出得门去？要拿洞里妖王，必先除了门前众怪！"你道他怎么除得众怪？好大圣，想着："那老魔不曾与我会面，就知我老孙的名头，我且倚着我的这个名头，仗着威风，说些大话，吓他一吓看。果然中土众僧有缘有分，取得经回，这一去，只消我几句英雄之言，就吓退那门前若干之怪；假若众僧无缘无分，取不得真经呵，就是总然说得莲花现，也除不得西方洞外精。"心问口，口问心，思量此计；敲着梆，摇着铃，径直闯到狮驼洞口，早被前营上小妖挡住道："小钻风来了？"行者不应，低着头就走。走至二层营里，又被小妖扯住道："小钻风来了？"行者道："来了。"众妖道："你今早巡风去，可曾撞见甚么孙行者么？"行者道："撞见的，正在那里磨杠子哩。"众妖害怕道："他怎么个模样？磨甚么杠子？"行者道："他蹲在那涧边，还似个开路神；若站起来，好道有十数丈长！手里拿着一条铁棒，就似碗来粗细的一根大杠子，在那石崖上抄一把水，磨一磨，口里又念着：'杠子阿！这一向不曾拿你出来显显神通，这一去就有十万妖精，也都替我打死！等我杀了那三个魔头祭你！'他要磨得明了，先打杀你门前一万精哩！"那些小妖闻得此言，一个个心惊胆战，魂散魄飞。行者又道："列位，那唐僧的肉也不多几斤，也分不到我处，我们替他顶这个缸

---

① 二百五十名作一大队伍：据明刘昌《悬笥琐探·阵法》，最小作战单位为5人小队，5个小队合一个25人队，五个25人队合一个125人队，两个125人队合为250人队，称为"营"。这里所谓"大队伍"，指一营的兵数。

怎的！不如我们各自散一散罢。"众妖都道："说得是，我们各自顾命去来。"假若是些军民人等，服了圣化①，就死也不敢走。原来此辈都是些狼虫虎豹，走兽飞禽，呜的一声，都哄然而去了。这个倒不像孙大圣几句铺头话，却就如楚歌声吹散了八千兵②！行者暗自喜道："好了，老妖是死了！闻名就走，怎敢觌面相逢？这进去还似此言方好；若说差了，才这伙小妖有一两个倒走进去听见，却不走了风汛？"你看他

　　　　存心来古洞，仗胆入深门。

毕竟不知见那个老魔头有甚吉凶，且听下回分解。

---

①圣化：圣人忠君爱国的教化。
②楚歌声吹散了八千兵：楚汉争战时，项羽被刘邦围困在垓下，汉军唱起楚地的歌曲。项羽手下的士兵都来自楚地，听了家乡的歌，军心动摇，纷纷跑散了。《史记·高祖本纪》："项羽卒闻汉军之楚歌，以为汉尽得楚地，项羽乃败而走，是以兵大败。"

第七十五回

心猿钻透阴阳窍　魔王还归大道真

却说孙大圣进于洞口,两边观看。只见:

骷髅若岭,骸骨如林。人头发踙成毡片,人皮肤烂作泥尘。人筋缠在树上,干焦幌亮如银。真个是尸山血海,果然腥臭难闻。东边小妖,将活人拿了剐肉;西下泼魔,把人肉鲜煮鲜烹。若不美猴王如此英雄胆,第二个凡夫也进不得他门。

不多时,行入二层门里看时,呀! 这里却比外面不同:清奇幽雅,秀丽宽平;左右有瑶草仙花,前后有乔松翠竹。一行七八里远近,才到三层门。闪着身,偷着眼看处,那上面高坐三个老妖,十分狞恶。中间的那个生得:

凿牙锯齿,圆头方面。声吼若雷,眼光如电。仰鼻朝天,赤眉飘焰。但行处百兽心慌,若坐下群魔胆战。这一个是兽中王,青毛狮子怪。

左手下那个生得:

凤目金睛,黄牙粗腿。长鼻银毛,看头似尾①。圆额皱眉,身躯磊磊。细声如窈窕佳人,玉面似牛头恶鬼。这一个是藏齿修身多年的黄牙老象。

右手下那一个生得:

金翅鲲头,星睛豹眼。振北图南,刚强勇敢。变生翱翔②,鹍笑

---

① 看头似尾:大象的头上有一根长鼻子,和尾巴很相似。
② 变生翱翔:指《庄子·逍遥游》所载北冥之鲲鱼化为大鹏,飞升上天的传说。

龙惨①。抟风翻百鸟藏头②,舒利爪诸禽丧胆。这个是云程九万的大鹏雕③。

　　那两下列着有百十大小头目,一个个全装披挂,介胄整齐,威风凛凛,杀气腾腾。行者见了,心中欢喜,一些儿不怕,大踏步,径直进门,把梆铃卸下,朝上叫声"大王"。三个老魔笑呵呵问道:"小钻风,你来了?"行者应声道:"来了。""你去巡山,打听孙行者的下落何如?"行者道:"大王在上,我也不敢说起。"老魔道:"怎么不敢说?"行者道:"我奉大王命,敲着梆铃,正然走处,猛抬头,只看见一个人,蹲在那里磨杠子,还像个开路神,若站将起来,足有十数丈长短。他就着那涧崖石上,抄一把水,磨一磨,口里又念一声,说他那杠子到此还不曾显个神通,他要磨明,就来打大王。我因此知他是孙行者,特来报知。"

　　那老魔闻此言,浑身是汗,唬得战呵呵的道:"兄弟,我说莫惹唐僧。他徒弟神通广大,预先作了准备,磨棍打我们,却怎生是好?"教:"小的们,把洞外大小俱叫进来,关倒门,让他过去罢。"那头目中有知道的报:"大王,门外小妖已都散了。"老魔道:"怎么都散了?想是闻得风声不好也,快早关门!快早关门!"众妖乒乒把前后门尽皆牢拴紧闭。行者自心惊道:"这一关了门,他再问我家长里短的事,我对不来,却不弄走了风,被他拿住?且再唬他一唬,教他开着门,好跑。"又上前道:"大王,他还说得不好。"老妖道:"他又说甚么?"行者道:"他说拿大大王剥皮,二大王剐骨,三大王抽筋。你们若关了门不出去呵,他会变化,一时变了个苍蝇儿,自门缝里飞进,把我们

---

①鹦(yàn)笑龙惨:《庄子·逍遥游》载:斥鹦(一种小鸟)嘲笑大鹏说,我飞起来不过几尺高就掉下来了,大鹏要飞到哪里去呢?这里形容这样的小鸟目光短浅。龙惨,佛教认为大鹏以龙为食,所以龙见到大鹏要害怕。

②翮(hé):鸟羽的茎,代指鸟的翅膀。

③云程九万:《庄子·逍遥游》"抟扶摇而上者九万里",指大鹏乘风直上,直到九万里的高空。

都拿出去,却怎生是好?"老魔道:"兄弟每仔细,我这洞里,递年家没个苍蝇①。但是有苍蝇进来,就是孙行者。"行者暗笑道:"就变个苍蝇吓他一吓,好开门。"大圣闪在傍边,伸手去脑后拔了一根毫毛,吹一口仙气,叫:"变!"即变做一个金苍蝇,飞去望老魔劈脸撞了一头。那老怪慌了道:"兄弟,不停当!旧话儿进门来了!"惊得那大小群妖,一个个丫钯扫帚,都上前乱扑苍蝇。这大圣忍不住,欷欷的笑出声来②。干净他不宜笑,这一笑笑出原嘴脸来了,却被那第三个老妖魔跳上前一把扯住道:"哥哥,险些儿被他瞒了!"老魔道:"贤弟,谁瞒谁?"三怪道:"刚才这个回话的小妖,不是小钻风,他就是孙行者。必定撞见钻风,不知是他怎么打杀了,却变化来哄我们哩。"行者慌了道:"他认得我了!"即把手摸摸,对老怪道:"我怎么是孙行者?我是小钻风,大王错认了。"老魔笑道:"兄弟,他是小钻风。他一日三次在面前点卯,我认得他。"又问:"你有牌儿么?"行者道:"有。"撸着衣服,就拿出牌子。老怪一发认实道:"兄弟,莫屈了他。"三怪道:"哥哥,你不曾看见他,他才子闪着身③,笑了一声,我见他就露出个雷公嘴来。见我扯住时,他又变作个这等模样。"叫:"小的们,拿绳来!"众头目即取绳索。三怪把行者扳翻倒,四马攒蹄捆住;揭起衣裳看时,足足是个弼马温。原来行者有七十二般变化,若是变飞禽、走兽、花木、器皿、昆虫之类,却就连身子滚去了;但变人物,却只是头脸变了,身子变不过来。果然一身黄毛,两块红股,一条尾巴。老妖看着道:"是孙行者的身子,小钻风的脸皮。是他了!"教:"小的们,先安排酒来,与你三大王递个得功之杯。既拿倒了孙行者,唐僧坐定是我们口里食也。"三怪道:"且不要吃酒。孙行者溜撒,他会逃遁之法,只怕走了。教小的们抬出瓶来,把孙行者装在瓶里,我们才好吃酒。"老魔大笑道:"正是!正是!"即点三十六个小妖,入里面开

---

①递年:一年又一年,每年。
②欷欷(xī):同"嘻嘻"。笑声。
③才子:方言。刚才。

了库房门,抬出瓶来。你说那瓶有多大? 只得二尺四寸高。怎么用得三十六个人抬? 那瓶乃阴阳二气之宝,内有七宝八卦、二十四气①,要三十六人,按天罡之数,才抬得动。不一时,将宝瓶抬出,放在三层门外,展得干净②,揭开盖,把行者解了绳索,剥了衣服,就着那瓶中仙气,搜的一声,吸入里面,将盖子盖上,贴了封皮。却去吃酒道:"猴儿今番入我宝瓶之中,再莫想那西方之路。若还能勾拜佛求经,除是转背摇车,再去投胎夺舍是。"你看那大小群妖,一个个笑呵呵都去贺功不题。

却说大圣到了瓶中,被那宝贝将身束得小了,索性变化,蹲在当中。半响,那边荫凉,忽失声笑道:"这妖精外有虚名,内无实事。怎么告诵人说这瓶装了人,一时三刻,化为脓血? 若似这般凉快,就住上七八年也无事!"咦! 大圣原来不知那宝贝根由:假若装了人,一年不语,一年荫凉;但闻得人言,就有火来烧了。大圣未曾说话,只见满瓶都是火焰。幸得他有本事,坐在中间捻着避火诀,坐在中间,全然不惧。耐到半个时辰,四周围钻出四十条蛇来咬。行者轮开手,抓将过来,尽力气一揫③,揫做八十段。少时间,又有三条火龙出来,把行者上下盘绕,着实难禁,自觉慌张无措道:"别事好处,这三条火龙难为。再过一会不出,弄得火气攻心,怎了?"他想道:"我把身子长一长,券破罢④。"好大圣,捻着诀,念声咒,叫:"长!"即长了丈数高下,那瓶紧靠着身,也就长起去;他把身子往下一小,那瓶儿也就小下来了。行者心惊道:"难! 难! 难! 怎么我长他也长,我小他也小? 如之奈何?"说不了,孤拐上有些痛疼,急伸手摸摸,却被火烧软了,自己心焦道:"怎么好? 孤拐烧软了? 弄做个残疾之人了。"忍

---

① 七宝:佛教和道教都有七宝之说,指七种珍宝,具体的种类说法不一,《法华经》认为是金、银、琉璃、砗磲、玛瑙、真珠、玫瑰。
② 展:揩抹。
③ 揫(jiū):同"揪"。
④ 券:用身子撞、撑。

不住吊下泪来，这正是：遭魔遇苦怀三藏，着难临危虑圣僧。道："师父呵！当年归正，蒙观音菩萨劝善，脱离天灾。我与你苦历诸山，收殄多怪，降八戒，得沙僧，千辛万苦，指望同证西方，共果正道。何期今日遭此毒魔，老孙误入于此，倾了性命，撇你在半山之中，不能前进。想是我昔日名高，故有今朝之难！"正此凄怆，忽想起："菩萨当年在蛇盘山曾赐我三根救命毫毛，不知有无，且等我寻一寻看。"即伸手浑身摸了一把，只见脑后有三根毫毛，十分挺硬，忽喜道："身上毛都如彼软熟，只此三根如此硬抢①，必然是救我命的。"即便咬着牙，忍着疼，拔下毛，吹口仙气，叫："变！"一根即变作金钢钻，一根变作竹片，一根变作绵绳。扳张篾片弓儿②，牵着那钻，照瓶底下搜搜的一顿钻，钻成一个眼孔，透进光亮。喜道："造化！造化！却好出去也！"才变化出身，那瓶复荫凉了。怎么就凉？原来被他钻了，把阴阳之气泄了，故此遂凉。

好大圣，收了毫毛，将身一小，就变做个蟭蟟虫儿，十分轻巧，细如须发，长似眉毛，自孔中钻出；且还不走，径飞在老魔头上钉着。那老魔正饮酒，猛然放下杯儿道："三弟，孙行者这回化了么？"三魔笑道："还到此时哩？"老魔教传令抬上瓶来。那下面三十六个小妖即便抬瓶，瓶就轻了许多，慌得众小妖报道："大王，瓶轻了！"老魔喝道："胡说！宝贝乃阴阳二气之全功，如何轻了？"内中有一个勉强的小妖，把瓶提上来道："你看这不轻了？"老魔揭盖看时，只见里面透亮，忍不住失声叫道："这瓶里空者，控也③！"大圣在他头上，也忍不住道一声："我的儿呵！搜者④，走也！"众怪听见道："走了！走了！"即传令："关门！关门！"

---

① 硬抢：挺硬。
② 篾片弓儿：形状像弓，把钻头垂直缠在弦上，来回拉动竹篾做的弓片，钻头就会转动，用来钻透东西。
③ 空者，控也：控，指将容器出口向下，使其中液体流尽，这是幽默地借用了古文的句法，如《孟子》说："庠者，养也；校者，教也。"
④ 搜：原作"赵"，据《西游证道书》改。

那行者将身一抖,收了剥去的衣服,现本相,跳出洞外。回头骂道:"妖精不要无礼!瓶子钻破,装不得人了,只好拿了出恭!"喜喜欢欢,嚷嚷闹闹,踏着云头,径转唐僧处。那长老正在那里撮土为香,望空祷祝。行者且停云头,听他祷祝甚的。那长老合掌朝天道:

"祈请云霞众位仙,六丁六甲与诸天。
愿保贤徒孙行者,神通广大法无边。"

大圣听得这般言语,更加努力,收敛云光,近前叫道:"师父,我来了!"长老挽住道:"悟空劳碌!你远探高山,许久不回,我甚忧虑。端的这山中有何吉凶?"行者笑道:"师父,才这一去,一则是东土众僧有缘有分,二来是师父功德无量无边,三也亏弟子法力。"将前项妆钻风、陷瓶里及脱身之事,细陈了一遍:"今得见尊师之面,实为两世之人也!"长老感谢不尽道:"你这番不曾与妖精赌斗么?"行者道:"不曾。"长老道:"这等保不得我过山了。"行者是个好胜的人,叫喊道:"我怎么保你过山不得?"长老道:"不曾与他见个胜负,只这般含糊,我怎敢前进!"大圣笑道:"师父,你也忒不通变。常言道'单丝不线,孤掌难鸣'。那魔三个,小妖千万,教老孙一人,怎生与他赌斗?"长老道:"寡不敌众,是你一人也难处。八戒、沙僧他也都有本事,教他们都去,与你协力同心,扫净山路,保我过去罢。"行者沉吟道:"师言最当。着沙僧保护你,着八戒跟我去罢。"那呆子慌了道:"哥哥没眼色!我又粗夯,无甚本事,走路扛风①,跟你何益?"行者道:"兄弟,你虽无甚本事,好道也是个人。俗云:'放屁添风。'你也可壮我些胆气。"八戒道:"也罢,也罢,望你带挈带挈。但只急溜处,莫捉弄我。"长老道:"八戒在意,我与沙僧在此。"

那呆子抖擞神威,与行者纵着狂风,驾着云雾,跳上高山,即至洞口,早见那洞门紧闭,四顾无人。行者上前,执铁棒,厉声高叫道:"妖怪开门!快出来与老孙打耶!"那洞里小妖报入,老魔心惊胆战道:"几年都说猴儿狠,话不虚传果是真!"二老怪衬在傍边问道:"哥

---

① 扛风:兜风,因身躯胖大而顶风。

哥怎么说?"老魔道:"那行者早间变小钻风混进来,我等不能相识。幸三贤弟认得,把他装在瓶里。他弄本事,钻破瓶儿,却又摄去衣服走了。如今在外叫战,谁敢与他打个头仗?"更无一人答应。又问,又无人答,都在那妆聋推哑。老魔发怒道:"我等在西方大路上,忝着个丑名①,今日孙行者这般眇视,若不出去与他见阵,也低了名头。等我舍了这老性命去与他战上三合。三合战得过,唐僧还是我们口里食;战不过,那时关了门,让他过去罢。"遂取披挂结束了,开门前走。行者与八戒在门傍观看,真是好一个怪物:

铁额铜头戴宝盔,盔缨飘舞甚光辉。
辉辉掣电双睛亮,亮亮铺霞两鬓飞。
勾爪如银尖且利,锯牙似凿密还齐。
身披金甲无丝缝,腰束龙绦有见机。
手执钢刀明幌幌,英雄威武世间稀。
一声吆喝如雷震,问道敲门者是谁?

大圣转身道:"是你孙老爷齐天大圣也。"老魔笑道:"你是孙行者?大胆泼猴!我不惹你,你却为何在此叫战?"行者道:"'有风方起浪,无潮水自平'。你不惹我,我好寻你?只因你狐群狗党,结为一伙,算计吃我师父,所以来此施为。"老魔道:"你这等雄纠纠的,嚷上我门,莫不是要打么?"行者道:"正是。"老魔道:"你休猖獗!我若调出妖兵,摆开阵势,摇旗擂鼓,与你交战,显得我是坐家虎②,欺负你了。我只与你一个对一个,不许帮丁!"行者闻言,叫:"猪八戒走过,看他把老孙怎的!"那呆子真个闪在一边。老魔道:"你过来,先与我做个桩儿③,让我尽力气着光头砍上三刀,就让你唐僧过去;假若禁不得,快送你唐僧来,与我做一顿下饭!"行者闻言笑道:"妖怪,你洞里若有纸笔,取出来,与你立个合同。自今日起,就砍到明年,

---

① 忝:羞辱,有愧于,常用做谦辞。
② 坐家虎:比喻在家门口仗势摆威风的人。
③ 桩儿:练习劈刺的靶子。

我也不与当真!"那老魔抖擞威风,丁字步站定,双手举刀,望大圣劈顶就砍。这大圣把头往上一迎,只闻扢扠一声响,头皮儿红也不红。那老魔大惊道:"这猴子好个硬头呵!"大圣笑道:"你不知,老孙是:

　　生就铜头铁脑盖,天地乾坤世上无。
　　斧砍锤敲不得碎,幼年曾入老君炉。
　　四斗星官监临造①,二十八宿用工夫。
　　水浸几番不得坏,周围扢搭板筋铺。
　　唐僧还恐不坚固,预先又上紫金箍。"

　　老魔道:"猴儿不要说嘴! 看我这二刀来,决不容你性命!"行者道:"不见怎的,左右也只这般砍罢了。"老魔道:"猴儿,你不知这刀:

　　金火炉中造,神工百炼熬。
　　锋刃依三略,刚强按六韬。
　　却似苍蝇尾②,犹如白蟒腰。
　　入山云荡荡,下海浪滔滔。
　　琢磨无遍数,煎熬几百遭。
　　深山古洞放,上阵有功劳。
　　搀着你这和尚天灵盖,一削就是两个瓢!"

　　大圣笑道:"这妖精没眼色! 把老孙认做个瓢头哩! 也罢,误砍误让,教你再砍一刀看怎么。"那老魔举刀又砍,大圣把头迎一迎,乒乓的劈做两个半;大圣就地打个滚,变做两个身子。那魔一见慌了,手按下钢刀。猪八戒远远望见,笑道:"老魔好砍两刀的! 却不是四个人了?"老魔指定行者道:"闻你能使分身法,怎么把这法儿拿出在我这前使!"大圣道:"何为分身法?"老魔道:"为甚么先砍你一刀不动,如今砍你一刀,就是两个人?"大圣笑道:"妖怪,你切莫害怕。砍上一万刀,还你二万个人!"老魔道:"你这猴儿,你只会分身,不会收

---

①四斗星官:指东、西、南、北四大斗星的神灵。参见第四回"五斗星君"条注。
②苍蝇尾:形容宝刀刃薄灵活。

身。你若有本事收做一个,打我一棍去罢。"大圣道:"不许说谎,你要砍三刀,只砍了我两刀;教我打两棍,若打了棍半,就不姓孙!"老魔道:"正是,正是。"

好大圣,就把身搂上来,打个滚,依然一个身子,掣棒劈头就打。那老魔举刀架住道:"泼猴无礼!甚么样个哭丧棒,敢上门打人?"大圣喝道:"你若问我这条棍,天上地下,都有名声。"老魔道:"怎见名声?"他道:

"棒是九转镔铁炼①,老君亲手炉中煅。
禹王求得号神珍,四海八河为定验。
中间星斗暗铺陈,两题箍裹黄金片②。
花纹密布鬼神惊,上造龙纹与凤篆。
名号灵阳棒一条,深藏海藏人难见。
成形变化要飞腾,飘飘五色霞光现。
老孙得道取归山,无穷变化多经验。
时间要大瓮来粗,或小些微如铁线。
粗如南岳细如针,长短随吾心意变。
轻轻举动彩云生,亮亮飞腾如闪电。
攸攸冷气逼人寒,条条杀雾空中现。
降龙伏虎谨随身,天涯海角都游遍。
曾将此棍闹天宫,威风打散蟠桃宴。
天王赌斗未曾赢,哪吒对敌难交战。
棍打诸神没躲藏,天兵十万都逃窜。
雷霆众将护灵霄,飞身打上通明殿。
掌朝天使尽皆忙,护驾仙卿俱搅乱。
举棒掀翻北斗宫,回首振开南极院。
金阙天皇见棍凶,特请如来与我见。

---

①九转镔铁:这里指锤打过多次的精铁。
②题:物体的顶端。

>兵家胜败自如然,困苦灾危无可办。
>整整挨排五百年,亏了南海菩萨劝。
>大唐有个出家僧,对天发下洪誓愿。
>枉死城中度鬼魂,灵山会上求经卷。
>西方一路有妖魔,行动甚是不方便。
>已知铁棒世无双,央我途中为侣伴。
>邪魔汤着赴幽冥,肉化红尘骨化面。
>处处妖精棒下亡,论万成千无打算。
>上方击坏斗牛宫,下方压损森罗殿。
>天将曾将九曜追,地府打伤催命判。
>半空丢下振山川,胜如太岁新华剑①。
>全凭此棍保唐僧,天下妖魔都打遍!"

那魔闻言,战兢兢舍着性命,举刀就砍。猴王笑吟吟,使铁棒前迎。他两个先时在洞前撑持,然后跳起去,都在半空里厮杀。这一场好杀:

>天河定底神珍棒,棒名如意世间高。夸称手段魔头恼,大杆刀擎法力豪。门外争持还可近,空中赌斗怎相饶!一个随心更面目,一个立地长身腰。杀得满天云气重,遍野雾飘飘。那一个几番立意擒三藏,这一个广施法力保唐朝。都因佛祖传经典,邪正分明恨苦交。

那老魔与大圣斗经二十余合,不分输赢。原来八戒在底下见他两个战到好处,忍不住掣钯架风,跳将起去,望妖魔劈脸就筑。那魔慌了,不知八戒是个嘑头性子②,冒冒实实的吓人,他只道嘴长耳大,手硬钯凶,败了阵,丢了刀,回头就走。大圣喝道:"赶上!赶上!"这

---

① 太岁新华剑:不详,似指星命家所谓"太岁""剑锋"而言。太岁、剑锋都是星命术中的凶煞名。剑锋,凶煞之一,命中遇剑锋,主刀兵斗杀,多有损伤。

② 嘑头:有冲劲而不能持久。

呆子仗着威风,举着钉钯,即忙赶下怪去。老魔见他赶的相近,在坡前立定,迎着风头,幌一幌,现了原身,张开大口,就要来吞八戒。八戒害怕,急抽身往草里一钻,也管不得荆针棘刺,也顾不得刮破头疼,战兢兢的,在草里听着梆声。随后行者赶到,那怪也张口来吞,却中了他的机关,收了铁棒,迎将上去,被老魔一口吞之。唬得个呆子在草里囊囊咄咄的埋怨道①:"这个弼马温,不识进退!那怪来吃你,你如何不走,返去迎他!这一口吞在肚中,今日还是个和尚,明日就是个大恭也②!"那魔得胜而去。这呆子才钻出草来,溜回旧路。

却说三藏在那山坡下,正与沙僧盼望,只见八戒喘呵呵的跑来。三藏大惊道:"八戒,你怎么这等狼狈?悟空如何不见?"呆子哭哭啼啼道:"师兄被妖精一口吞下肚去了!"三藏听言,唬倒在地,半晌间跌脚拳胸道:"徒弟呀!只说你善会降妖,领我西天见佛,怎知今日死于此怪之手!苦哉,苦哉!我弟子同众的功劳,如今都化作尘土矣!"那师父十分苦痛。你看那呆子,他也不来解劝师父,却叫:"沙和尚,你拿将行李来,我两个分了罢。"沙僧道:"二哥,分怎的?"八戒道:"分开了,各人散火,你往流沙河,还去吃人;我往高老庄,看看我浑家。将白马卖了,与师父买个寿器送终。"长老气嗟嗟的,闻得此言,叫黄天,放声大哭,且不题。

却说那老魔吞了行者,以为得计,径回本洞。众妖迎问出战之功。老魔道:"拿了一个来了。"二魔喜道:"哥哥拿得是谁?"老魔道:"是孙行者。"二魔道:"拿在何处?"老魔道:"被我一口吞在腹中哩。"第三个魔头大惊道:"大哥阿,我就不曾分付你,孙行者不中吃!"那大圣肚里道:"忒中吃!又坚饥③,再不得饿。"慌得那小妖道:"大王,不好了!孙行者在你肚里说话哩!"老魔道:"怕他说话!有本事吃

---

① 囊囊咄咄:嘟嘟囔囔,自言自语。
② 大恭:大便,相对小恭(小便)而言。
③ 坚饥:即充饥。《普济方》卷二百五十八"面饼方":"将大麦作饼食之,压石(压制服钟乳石后的不良反应)坚饥。"坚,充实。

了他,没本事摆布他不成?你们快去烧些盐白汤①,等我灌下肚去,把他哕出来,慢慢的煎了吃酒。"小妖真个冲了半盆盐汤。老怪一饮而干,洼着口,着实一呕,那大圣在肚里生了根,动也不动;却又拦着喉咙,往外又吐,吐得头晕眼花,黄胆都破了,行者越发不动。老魔喘息了,叫声:"孙行者,你不出来?"行者道:"早哩,正好不出来哩!"老魔道:"你怎么不出?"行者道:"你这妖精,甚未通变。我自做和尚,十分淡薄,如今秋凉,我还穿个单直裰。这肚里倒暖,又不透风,等我住过冬才好出来。"众妖听说,都道:"大王,孙行者要在你肚里过冬哩!"老魔道:"他要过冬,我就打起禅来②,使个搬运法,一冬不吃饭,就饿杀那弼马温!"大圣道:"我儿子,你不知事!老孙保唐僧取经,从广里过③,带了个摺叠锅儿④,进来煮杂碎吃⑤。将你这里边的肝肠肚肺细细儿受用,还勾盘缠到清明哩⑥!"那二魔大惊道:"哥呵,这猴子他干得出来!"三魔道:"哥呵,吃了杂碎也罢,不知在那里支锅?"行者道:"三叉骨上好支锅⑦。"三魔道:"不好了!假若支起锅,烧动火,烟熰到鼻孔里,打嚔喷么?"行者笑道:"没事!等老孙把金箍棒往顶门里一搠,搠个窟窿,一则当天窗,二来当烟洞。"老魔听说,虽说不怕,却也心惊。只得硬着胆叫:"兄弟们,莫怕;把我那药酒拿来,等我吃几锺下去,把猴儿药杀了罢!"行者暗笑道:"老孙五

---

① 盐白汤:沸盐水。
② 打起禅来:坐起禅来,佛教认为坐禅的功夫深湛时可以不需饮食。
③ 广里:即广东。明清时广东冶铁业发达,佛山更有"佛山之冶遍天下"的说法。据清屈大均《广东新语》,广东出产的铁锅,名为"广锅"。
④ 摺叠锅儿:应是一种便携锅,锅底带三足,足中部有类似合页的轴,可以折叠。用时打开支起,锅底升高,下面可以生火。不用时折起来,使足变短,以便携带,所以下文说"三叉骨上好支锅"。类似的实物可参见荆州黄山战国楚墓出土的折叠三足铜鼎。
⑤ 杂碎:动物的内脏。
⑥ 盘缠:这里是消耗的意思。
⑦ 三叉骨:位于脊椎骨末端。元金月岩《抱一子三峰老人丹诀》:"人身脊骨有二十四节,从下数起第一节下,名尾闾穴……又名三叉骨。"

百年前大闹天宫时,吃老君丹、玉皇酒、王母桃,及凤髓龙肝,那样东西我不曾吃过?是甚么药酒,敢来药我?"那妖精真个将药酒筛了两壶,满满斟了一锺,递与老魔。老魔接在手中,大圣在肚里就闻得酒香,道:"不要与他吃!"好大圣,把头一扭,变做个喇叭口子,张在他喉咙之下。那怪咽的咽下,被行者咽的接吃了。第二锺咽下,被行者咽的又接吃了。一连咽了七八锺,都是他接吃了。老魔放下锺道:"不吃了,这酒常时吃两锺,腹中如火;却才吃了七八锺,脸上红也不红!"原来这大圣吃不多酒,接了他七八锺吃了,在肚里撒起酒风来,不住的支架子①,跌四平,踢飞脚,抓住肝花打秋千,竖蜻蜓,翻根头乱舞。那怪物疼痛难禁,倒在地下。不知死活何如,且听下回分解。

---

①支架子:摆武术的架势。

第七十六回

心神居舍魔归性　木母同降怪体真

　　话表孙大圣在老魔肚里支吾一会,那魔头倒在尘埃,无声无气,若不言语,想是死了,却又把手放放。魔头回过气来,叫一声:"大慈大悲齐天大圣菩萨!"行者听见道:"儿子,莫废工夫,省几个字儿,只叫孙外公罢。"那妖魔惜命,真个叫:"外公!外公!是我的不是了!一差二误吞了你,你却如今反害我。万望大圣慈悲,可怜蝼蚁贪生之意,饶了我命,愿送你师父过山也。"大圣虽英雄,甚为唐僧进步。他见妖魔哀告,好奉承的人,也就回了善念,叫道:"妖怪,我饶你,你怎么送我师父?"老魔道:"我这里也没甚么金银、珠翠、玛瑙、珊瑚、琉璃、琥珀、玳瑁珍奇之宝相送;我兄弟三个,抬一乘香藤轿儿,把你师父送过此山。"行者笑道:"既是抬轿相送,强如要宝。你张开口,我出来。"那魔头真个就张开口。那三魔走近前,悄悄的对老魔道:"大哥,等他出来时,把口往下一咬,将猴儿嚼碎,咽下肚,却不得磨害你了。"

　　原来行者在里面听得,便不先出去,却把金箍棒伸出,试他一试。那怪果往下一口,挖喳的一声,把个门牙都迸碎了。行者抽回棒道:"好妖怪!我倒饶你性命出来,你返咬我,要害我命!我不出来,活活的只弄杀你!不出来!不出来!"老魔报怨三魔道:"兄弟,你是自家人弄自家人了。且是请他出来好了,你却教我咬他。他倒不曾咬着,却迸得我牙龈疼痛,这是怎么起的!"三魔见老魔怪他,他又作个激将法,厉声高叫道:"孙行者,闻你名如轰雷贯耳,说你在南天门外施威,灵霄殿下逞势;如今在西天路上降妖缚怪,原来是个小辈的猴头!"行者道:"我何为小辈?"三怪道:"'好汉千里客,万里去传名'。你出来,我与你赌斗,才是好汉;怎么在人肚里做勾当!非小辈如何?"行者闻言,心中暗想道:"是,是,是,我若如今扯断他肠,

第七十六回　心神居舍魔归性　木母同降怪体真

摁破他肝,弄杀这怪,有何难哉?但真是坏了我的名头。也罢,也罢,你张口,我出来与你比迸。但只是你这洞口窄偪,不好使家火,须往宽处去。"三魔闻说,即点大小怪,前前后后,有三万多精,都执着精锐器械,出洞摆开一个三才阵势①,专等行者出口,一齐上阵。那二怪搀着老魔,径至门外叫道:"孙行者,好汉出来!此间有战场,好斗!"

大圣在他肚里,闻得外面鸦鸣鹊噪,鹤唳风声,知道是宽阔之处。却想着:"我不出去,是失信与他;若出去,这妖精人面兽心,先时说送我师父,哄我出来咬我,今又调兵在此。也罢也罢,与他个两全其美:出去便出去,还与他肚里生下一个根儿。"即转手将尾上毫毛拔了一根,吹口仙气,叫:"变!"即变一条绳儿,只有头发粗细,倒有四十丈长短。那绳儿理出去,见风就长粗了。把一头拴着妖怪的肝,系上,打做个活扣儿。那扣儿不扯不紧,扯紧就痛。却拿着一头,笑道:"这一出去,他送我师父便罢;如若不送,乱动刀兵,我也没工夫与他打,只消扯此绳儿,就如我在肚里一般。"又将身子变得小小的,往外爬;爬到咽喉之下,见妖精大张着方口,上下钢牙,排如利刃,忽思量道:"不好!不好!若从口里出去扯这绳儿,他怕疼,往下一嚼,却不咬断了?我打他没牙齿的所在出去。"好大圣,理着绳儿,从他那上腭子往前爬②,爬到他鼻孔里。那老魔鼻子发痒,"阿凄"的一声,打了个嚏喷,却迸出行者。

行者见了风,把腰躬一躬,就长了有三丈长短,一只手扯着绳儿,一只手拿着铁棒。那魔头不知好歹,见他出来了,就举钢刀,劈脸来砍。这大圣一只手使铁棒相迎。只见那二怪使枪,三怪使戟,没头没脸的乱上。大圣放松了绳,收了铁棒,急纵身驾云走了。原来怕那伙小妖围绕,不好干事。他却跳出营外,去那空阔山头上,落

---

① 三才阵势:一种阵法,把士兵分为左、中、右三个部分,见于明戚继光《纪效新书》。
② 上腭子:分隔口腔和鼻腔的组织。

下云,双手把绳尽力一扯,老魔心里才疼。他害疼,往上一挣,大圣复往下一扯。众小妖远远看见,齐声高叫道:"大王,莫惹他!让他去罢!这猴儿不按时景①,清明还未到,他却那里放风筝也!"大圣闻言,着力气邓了一邓②,那老魔从空中,拍剌剌似纺车儿一般,跌落尘埃。就把那山坡下死硬的黄土跌做个二尺浅深之坑。慌得那二怪三怪一齐按下云头,上前拿住绳儿,跪在坡下,哀告道:"大圣呵,只说你是个宽洪海量之仙,谁知是个鼠腹蜗肠之辈。实实的哄你出来,与你见阵,不期你在我家兄心上拴了一根绳子!"行者笑道:"你这伙泼魔,十分无礼!为前哄我出,便就咬我;这番哄我出,却又摆阵敌我。似这几万妖兵,战我一个,理上也不通。扯了去!扯了去见我师父!"那怪一齐叩头道:"大圣慈悲,饶我性命,愿送老师父过山!"行者笑道:"你要性命,只消拿刀把绳子割断罢了。"老魔道:"爷爷呀,割断外边的,这里边的拴在心上,喉咙里又搋搋的恶心③,怎生是好?"行者道:"既如此,张开口,等我再进去解出绳来。"老魔慌了道:"这一进去,又不肯出来,却难也!却难也!"行者道:"我有本事外边就可以解得里面绳头也。解了可实实的送我师父么?"老魔道:"但解就送,决不敢打诳语。"大圣审得是实,即便将身一抖,收了毫毛,那怪的心就不疼了。这是孙大圣掩样的法儿,使毫毛拴着他的心;收了毫毛,所以就不害疼也。三个妖纵身而起,谢道:"大圣请回,上覆唐僧,收拾下行李,我们就抬轿来送。"众怪偃干戈,尽皆归洞。

大圣收绳子,径转山东,远远的看见唐僧睡在地下打滚痛哭;猪八戒与沙僧解了包袱,将行李搭分儿,在那里分哩。行者暗暗嗟叹道:"不消讲了,这定是八戒对师父说我被妖精吃了,师父舍不得我痛哭,那呆子却分东西散火哩。咦!不知可是此意,且等我叫他一

---

①时景:时令,季节。
②邓:即"扽(dèn)"。用力拽扯。
③搋搋:形容有东西在喉咙里的感觉。

声看。"落下云头,叫道:"师父!"沙僧听见,报怨八戒道:"你是个棺材座子①,专一害人!师兄不曾死,你却说他死了,在这里干这个勾当,那里不叫将来了?"八戒道:"我分明看见他被妖精一口吞了。想是日辰不好,那猴子来显魂哩。"

行者到跟前,一把挝住八戒脸,一个巴掌打了个踉跄,道:"夯货!我显甚么魂?"呆子侮着脸道:"哥哥,你实是那怪吃了,你、你怎么又活了?"行者道:"像你这个不济事的脓包!他吃了我,我就抓他肠,捏他肺,又把这条绳儿穿住他的心,扯得他疼痛难禁,一个个叩头哀告,我才饶了他性命。如今抬轿来送我师父过山也。"那三藏闻言,一骨鲁爬起来,对行者躬身道:"徒弟呵,累杀你了!若信悟能之言,我已绝矣!"行者轮拳打着八戒骂道:"这个馕糠的呆子,十分懈怠,甚不成人!师父,你切莫恼,那怪就来送你耶。"沙僧也甚生惭愧。连忙遮掩,收拾行李,扣背马匹,都在途中等候不题。

却说三个魔头帅群精回洞。二怪道:"哥哥,我只道是个九头八尾的孙行者,原来是恁的个小小猴儿!你不该吞他,只与他斗时,他那里斗得过你我!洞里这几万妖精,吐唾沫也可淬杀他。你却将他吞在肚里,他便弄起法来,教你受苦,怎么敢与他比较!才自说送唐僧,都是假意,实为兄长性命要紧,所以哄他出来。决不送他!"老魔道:"贤弟不送之故,何也?"二怪道:"你与我三千小妖,摆开阵势,我有本事拿住这个猴头!"老怪道:"莫说三千,凭你起老营去;只是拿住他,便大家有功。"那二魔即点三千小妖,径到大路傍点开,着一个蓝旗手往来传报②,教:"孙行者!赶早出来,我二大王爷爷交战!"八戒听见,笑道:"哥呵,常言道:'说谎不瞒当乡人③。'就来弄虚头捣鬼!怎么说降了妖精,就抬轿来送师父,却又来叫战,何也?"行者

---

①棺材座子:垫棺材的物品,指晦气、倒霉的东西。
②蓝旗手:即前哨,负责清道、通报诸事。明戚继光《纪效新书》卷七:"凡前哨官前途,给与清道蓝旗十面、令旗一面,凡遇大小事务,俱要差人传报中军。清道旗手仍先期禁断人畜,不许搀入队伍,冲冒旗蠹。"
③说谎不瞒当乡人:指不能在知情人面前说谎话。

道:"老怪已被我降了,不敢出头,闻着个'孙'字儿,也害头疼。这定是二妖魔不伏气送我们,故此叫战。我道兄弟,这妖精有弟兄三个,这般义气;我弟兄也是三个,就没些义气?我已降了大魔,二魔出来,你就去与他战战,未为不可。"八戒道:"怕他怎的!等我去打他一仗来!"行者道:"要去便去罢。"八戒笑道:"哥呵,去便去,你把那绳儿借与我使使。"行者道:"你要怎的?你又没本事钻在肚里,你又没本事拴在他心上,要他何用?"八戒道:"我要扣在这腰间,做个救命索。你与沙僧扯住后手,放我出去,与他交战。估着赢了他,你便放绳,我把他拿住;若是输与他,你把我扯回来,莫教他拉了去。"真个行者暗笑道:"也是捉弄呆子一番。"就把绳儿扣在他腰里,撮弄他出战。

那呆子举钉钯跑上山崖,叫道:"妖精出来,与你猪祖宗打来!"那蓝旗手急报道:"大王,有一个长嘴大耳朵的和尚来了。"二怪即出营,见了八戒,更不打话,挺枪劈面刺来。这呆子举钯上前迎住。他两个在山坡前搭上手,斗不上七八回合,呆子手软,架不得妖魔,急回头叫:"师兄,不好了!扯扯救命索,扯扯救命索!"这壁厢大圣闻言,转把绳子放松了,抛将去。那呆子败了阵,往后就跑。原来那绳子拖着走,还不觉;转回来,因松了,倒有些绊脚,自家绊倒了一跌,爬起来又一跌。始初还跌个踉蹡,后面就跌了个嘴揾地。被妖精赶上,摔开鼻子,就如蛟龙一般,把八戒一鼻子卷住,得胜回洞。众妖凯歌齐唱,一拥而归。

这坡下三藏看见,又恼行者道:"悟空,怪不得悟能咒你死哩。原来你兄弟全无相亲相爱之意,专怀相嫉相妒之心。他那般说,教你扯扯救命索,你怎么不扯,还将索子丢去?如今教他被害,却如之何?"行者笑道:"师父也忒护短,忒偏心罢了。像老孙拿去时,你略不挂念,左右是舍命之材①;这呆子才自遭擒,你就怪我。也教他受些苦恼,方见取经之难。"三藏道:"徒弟呵,你去,我岂不挂念?想着

---

①舍命之材:指卖命的人。

你会变化,断然不至伤身。那呆子生得狼犺,又不会腾那,这一去,少吉多凶。你还去救他一救。"行者道:"师父不得报怨,等我去救他。"急纵身,赶上山,暗中恨道:"这呆子咒我死,且莫与他个快活。且跟去看那妖精怎么摆布他,等他受些罪,再去救他。"即捻诀念起真言,摇身一变,即变做个蟭蟟虫,飞将去,钉在八戒耳朵根上,同那妖精到了洞里。

二魔帅三千小怪,大吹大打的,至洞口屯下。自将八戒拿入里边道:"哥哥,我拿了一个来也。"老怪道:"拿来我看。"他把鼻子放松,摔下八戒道:"这不是?"老怪道:"这厮没用。"八戒闻言道:"大王,没用的放出去,寻那有用的捉来罢。"三怪道:"虽是没用,也是唐僧的徒弟猪八戒。且捆了,送在后边池塘里浸着。待浸退了毛,破开肚子,使盐腌了晒干,等天阴下酒。"八戒大惊道:"罢了!罢了!撞见贩腌的妖怪也!"众怪一齐下手,把呆子四马攒蹄捆住,扛扛抬抬,送至池塘边,往中间一推,尽皆转去。

大圣却飞起来看处,那呆子四肢朝上,掘着嘴,半浮半沉,嘴里呼呼的,着然好笑,倒像八九月经霜落了子儿的一个大黑莲蓬。大圣见他那嘴脸,又恨他,又怜他,说道:"怎的好么?他也是龙华会上的一个人。但只恨他动不动分行李散火,又要撺掇师父念《紧箍咒》咒我。我前日曾闻得沙僧说,他攒了些私房,不知可有否。等我且吓他一吓看。"好大圣,飞近他耳边,假捏声音叫声:"猪悟能!猪悟能!"八戒慌了道:"晦气哑!我这悟能是观世音菩萨起的,自跟了唐僧,又呼做八戒,此间怎么有人知我叫做悟能?"呆子忍不住问道:"是那个叫我的法名?"行者道:"是我。"呆子道:"你是那个?"行者道:"我是勾司人。"那呆子慌了道:"长官,你是那里来的?"行者道:"我是五阎王差来勾你的①。"呆子道:"长官,你且回去,上覆五阎王,他与我师兄孙悟空交得甚好,教他让我一日儿,明日来勾罢。"行者道:"胡说,阎王注定三更死,谁敢留人到四更!赶早跟我去,免得套

---

①五阎王:即十殿阎君的第五殿阎罗王。

上绳子扯拉!"呆子道:"长官,那里不是方便?看我这般嘴脸,还想活哩?死是一定死,只等一日,这妖精连我师父们都拿来,会一会,就都了帐也。"行者暗笑道:"也罢,我这批上有三十个人,都在这中前后,等我拘将来就你,便有一日耽阁。你可有盘缠,把些儿我去?"八戒道:"可怜呵!出家人那里有甚么盘缠?"行者道:"若无盘缠,索了去!跟着我走!"呆子慌了道:"长官不要索,我晓得你这绳儿叫做追命绳,索上就要断气。有!有!有!有便有些儿,只是不多。"行者道:"在那里?快拿出来!"八戒道:"可怜,可怜!我自做了和尚,到如今,有些善信的人家斋僧,见我食肠大,衬钱比他们略多些儿。我拿了攒在这里,零零碎碎有五钱银子。因不好收拾,前者到城中,央了个银匠煎在一处,他又没天理,偷了我巳分①,只得四钱六分一块儿。你拿了去罢。"行者暗笑道:"这呆子裤子也没得穿,却藏在何处?咄!你银子在那里?"八戒道:"在我这左耳朵眼儿里摁着哩。我捆了拿不得,你自家拿了去罢。"行者闻言,即伸手在耳朵窍中摸出,真个是块马鞍儿银子,足有四钱五六分重;拿在手里,忍不住哈哈的一声大笑。那呆子认是行者声音,在水里乱骂道:"天杀的弼马温!到这们苦处,还来打诈财物哩!"行者又笑道:"我把你这馕糟的!老孙保师父,不知受了多少苦难,你倒攒下私房!"八戒道:"嘴脸!这是甚么私房!都是牙齿上刮下来的。我不舍得买了嘴吃,留了买匹布儿做件衣服,你却吓了我的②。还分些儿与我。"行者道:"半分也没得与你!"八戒骂道:"买命钱上与你罢,好道也救我出去是。"行者道:"莫发急,等我救你。"将银子藏了,即现原身,掣铁棒,把呆子划拢,用手提着脚,扯上来,解了绳。八戒跳起来,脱下衣裳,整干了水,抖一抖,潮溜溜的披在身上,道:"哥哥,开后门走了罢。"行者道:"后门里走,可是个长进的?还打前门上去。"八戒道:"我的脚捆麻了,跑不动。"行者道:"快跟我来。"

---

①巳(sì):原文如此,应作"四"或"几"。
②吓:威胁诈骗。

好大圣,把铁棒一路丢开解数,打将出去。那呆子忍着麻,只得跟定他。只看见二门下靠着的是他的钉钯,走上前,推开小妖,捞过来往前乱筑。与行者打出三四层门,不知打杀了多少小妖。那老魔听见,对二魔道:"拿得好人!拿得好人!你看孙行者劫了猪八戒,门上打伤小妖也!"那二魔急纵身,绰枪在手,赶出门来,应声骂道:"泼猢狲!这般无礼!怎敢渺视我等!"大圣听得,即应声站下。那怪物不容讲,使枪便刺。行者正是会家不忙,掣铁棒劈面相迎。他两个在洞门外,这一场好杀:

  黄牙老象变人形,义结狮王为弟兄。
  因为大魔来说合,同心计算吃唐僧。
  齐天大圣神通广,辅正除邪要灭精。
  八戒无能遭毒手,悟空拯救出门行。
  妖王赶上施英猛,枪棒交加各显能。
  那一个枪来好似穿林蟒,这一个棒起犹如出海龙。
  龙出海门云霭霭,蟒穿林树雾腾腾。
  算来都为唐和尚,恨苦相持太没情。

  那八戒见大圣与妖精交战,他在山嘴上竖着钉钯,不来帮打,只管呆呆的看着。那妖精见行者棒重,满身解数,全无破绽,就把枪架住,摔开鼻子,要来卷他。行者知道他的勾当,双著手把金箍棒横起来,往上一举,被妖精一鼻子卷住腰胯,不曾卷手。你看他两只手在妖精鼻头上丢花棒儿耍子①。八戒见了,捶胸道:"咦!那妖怪晦气呀!卷我这夯的,连手都卷住了,不能得动;卷那们滑的,倒不卷手。他那两只手拿着棒,只消往鼻里一搠,那孔子里害疼流涕,怎能卷得他住?"行者原无此意,倒是八戒教了他。他就把棒幌一幌,小如鸡子,长有丈余,真个往他鼻孔里一搠。那妖怪害怕,沙的一声,把鼻子摔放,被行者转手过来,一把挝住,用气力往前一拉。那妖精护疼,徐着手,举步跟来。八戒方才敢近,拿钉钯望妖精胯子上乱筑。

———
①丢花棒儿:舞棒花,使棍棒旋转的动作。

行者道："不好！不好！那钯齿儿尖，恐筑破皮，淌出血来，师父看见，又说我们伤生，只调柄子来打罢。"真个呆子举钯柄，走一步，打一下，行者牵着鼻子，就似两个象奴，牵至坡下。

只见三藏凝睛盼望，见他两个嚷嚷闹闹而来，即唤："悟净，你看悟空牵的是甚么？"沙僧见了笑道："师父，大师兄把妖精揪着鼻子拉来，真爱杀人也！"三藏道："善哉！善哉！那般大个妖精！那般长个鼻子！你且问他：他若喜喜欢欢送我等过山呵，饶了他，莫伤他性命。"沙僧急纵前迎着，高声叫道："师父说：那怪果送师父过山，教不要伤他命哩。"那怪闻说，连忙跪下，口里呜呜的答应。原来被行者揪着鼻子，捏儴了①，就如重伤风一般。叫道："唐老爷，若肯饶命，即便抬轿相送。"行者道："我师徒俱是善胜之人②，依你言，且饶你命。快抬轿来。如再变卦，拿住决不再饶！"那怪得脱手，磕头而去。行者同八戒见唐僧，备言前事。八戒惭愧不胜，在坡前晾晒衣服，等候不题。

那二魔战战兢兢回洞，未到时，已有小妖报知老魔、三魔，说二魔被行者揪着鼻子拉去。老魔悚惧，与三魔帅众方出，见二魔独回，又皆接入，问及放回之故。二魔把三藏慈悯善胜之言，对众说了一遍。一个个面面相睹，更不敢言。二魔道："哥哥，可送唐僧么？"老魔道："兄弟，你说那里话！孙行者是个广施仁义的猴头，他先在我肚里，若肯害我性命，一千个也被他弄杀了。却才揪住你鼻子，若是扯了去不放回，只捏破你的鼻子头儿，却也惶恐。快早安排送他去罢。"三魔笑道："送！送！送！"老魔道："贤弟这话，却又像尚气的了③。你不送，我两个送去罢。"三魔又笑道："二位兄长在上，那和尚倘不要我们送，只这等瞒过去，还是他的造化；若要送，不知正中了

---

①儴(nàng)：同"齉(nàng)"。鼻子阻塞时发声不清。
②善胜：善良，不与人相争。《老子》："善战者不怒，善胜故者不与（不相争）。"
③尚气：赌气。

我的调虎离山之计哩。"老怪道："何为调虎离山？"三怪道："如今把满洞群妖，点将起来，万中选千，千中选百，百中选十六个，又选三十个。"老怪道："怎么既要十六，又要三十？"三怪道："要三十个会烹煮的，与他些精米、细面、竹笋、茶芽、香蕈、蘑菇、豆腐、面筋，着他二十里，或三十里，搭下窝铺，安排茶饭，管待唐僧。"老怪道："又要十六个何用？"三怪道："着八个抬，八个喝路。我弟兄相随左右，送他一程。此去向西四百余里，就是我的城池。我那里自有接应的人马。若至城边，如此如此，着他师徒首尾不能相顾。要捉唐僧，全在此十六个身鬼功①。"老怪闻言，欢忻不已。真是如醉方醒，似梦方觉，道："好！好！好！"即点众妖，先选三十，与他物件；又选十六，抬一顶香藤轿子。同出门来，又分付众妖俱不许上山闲走，道："孙行者是个多心的猴子，若见汝等往来，他必生疑，识破此计。"

　　老怪遂帅众至大路傍高叫道："唐老爷，今日不犯红沙②，请老爷早早过山。"三藏闻言道："悟空，是甚人叫我？"行者指定道："那厢是老孙降伏的妖精抬轿送你哩。"三藏合掌朝天道："善哉！善哉！若不是贤徒如此之能，我怎生得去？"径直向前，对众妖作礼道："多承列位之爱，我弟子取经东回，向长安当传扬善果也。"众妖叩首道："请老爷上轿。"那三藏肉眼凡胎，不知是计；孙大圣又是太乙金仙，忠正之性，只以为擒纵之功③，降了妖怪，亦岂期他都有异谋，却也不曾详察，尽着师父之意。即命八戒将行囊捎在马上，与沙僧紧随。他使铁棒向前开路，顾盼吉凶。八个抬起轿子，八个一递一声喝路。三个妖扶着轿杠。师父喜喜欢欢的端坐轿上。上了高山，依大路而行。

---

①身鬼功：不详，李卓吾评本作"鬼成功"。
②红沙：也作"红煞"。星命家的说法，红煞是恶星当值，不宜出行。
③擒纵之功：捉住后释放，表示仁义，使敌人心服口服。

此一去,岂知欢喜之间愁又至。经云泰极否还生①。时运相逢真太岁,又值丧门吊客星。那伙妖魔,同心合意的,侍卫左右,早晚殷勤。行经三十里献斋,五十里又斋,未晚请歇,沿路齐齐整整。一日三餐,遂心满意;良宵一宿,好处安身。西进有四百里余程,忽见城池相近。大圣举铁棒,离轿仅有一里之遥,见城池,把他吓了一跌,挣挫不起。你道他只这般大胆,如何见此着唬?原来望见那城中有许多恶气。乃是:

攒攒簇簇妖魔怪,四门都是狼精灵。
斑斓老虎为都管②,白面雄彪作总兵③。
丫叉角鹿传文引,伶俐狐狸当道行。
千尺大蟒围城走,万丈长蛇占路程。
楼下苍狼呼令使,台前花豹作人声。
摇旗擂鼓皆妖怪,巡更坐铺尽山精。
狡兔开门弄买卖,野猪挑担赶营生。
先年原是天朝国,如今翻作虎狼城。

那大圣正当悚惧,只听得耳后风响,急回头观看,原来是三魔双手举一柄画杆方天戟,往大圣头上打来。大圣急翻身爬起,使金箍棒劈面相迎。他两个各怀恼怒,气嘑嘑,更不打话;咬着牙,各要相争。又见那老魔头,传声号令,拎钢刀便砍八戒。八戒慌得丢了马,轮着钯,向前乱筑。那二魔缠长枪,望沙僧刺来。沙僧使降妖杖支开架子敌住。三个魔头与三个和尚,一个敌一个,在那山头舍死忘生苦战。那十六个小妖却遵号令,各各效能。抢了白马行囊,把三藏一拥,抬着轿子径至城边,高叫道:"大王爷爷定计,已拿得唐僧来了!"那城上大小妖精,一个个跑下,将城门大开,分付各营卷旗息鼓,不许呐喊筛锣,说:"大王原有令在前,不许吓了唐僧;唐僧禁不

---

①泰极否还生:否和泰是《周易》的两个卦象,否代表闭塞,泰代表通畅,两者达到一定条件可以互相转化。
②都管:总管,管家。
③总兵:明代指统帅军队出征的将领,后成为镇守一方的地方武官。

得恐吓,一吓就肉酸不中吃了。"众精都欢天喜地邀三藏,控背躬身接主僧。

把唐僧一轿子抬上金銮殿,请他坐在当中,一壁厢献茶献饭,左右旋绕。那长老昏昏沉沉,举眼无亲。毕竟不知性命何如,且听下回分解。

第七十七回

群魔欺本性　一体拜真如

　　且不言唐长老困苦。却说那三个魔头，齐心竭力，与大圣兄弟三人，在城东半山内努力争持。这一场，正是那铁刷帚刷铜锅，家家挺硬。好杀：

　　六般体相六般兵，六样形骸六样情。六恶六根缘六欲①，六门六道赌输赢②。三十六宫春自在③，六六刑伤恨有名。这一个金箍棒千般解数，那一个方天戟百样峥嵘。八戒钉钯凶更猛，二怪长枪俊又能。小沙僧宝杖非凡，有心打死；老魔头钢刀快利，举手无情。这

---

①六恶：即"六恶贼"，也称"六贼"，指色、声、香、味、触、法。参见第十四回"六贼"条注。

②六门：即"六根"，眼、耳、鼻、舌、身、意。参见第十七回"六根清净"条注。

③三十六宫春自在：三十六宫，本指帝王宫殿甚多。汉班固"离宫别馆，三十六所"。宋邵雍有名句"天根月窟常来往，三十六宫都是春"，据朱熹所说，天根、月窟，并无实际意义，只是阳和阴的代名词。三十六宫，指易经的36个卦象。《易经》共有64卦，但可分为两部分，一部分是上下不对称的卦象，所以其中的一些卦象可由另一些卦象颠倒而成，例如"蒙"卦䷃，上下颠倒之后，就成了"屯"卦䷂，这样可以颠倒形成新卦的卦象，共有28个。另一部分，是8个上下对称的卦象：乾、坤、坎、离、大过、颐、小过、中孚。如"小过"卦䷽，颠倒过来仍是它本身。这两部分合起来共36个卦象。28个卦颠倒一次，形成56卦，再加上8个上下对称的卦，合为64卦。所以可以认为，全部64卦是由这36个基本卦象衍生的。由于古人认为《易经》的64卦可以代表万事万物，所以这36卦也可以代表万事万物。故全句意为宇宙中阴阳运行，万物皆有春天般的生命力。内丹术又认为人体是一个小宇宙，故常借邵雍此二句，指阴阳相合的真气在体内不断地流动，使人体的每个部分都获得了滋养生发。此处仅取"三十六"之义，因参战的是六个人物、六般兵器、六种形象，故每两组之间都可以具备三十六种组合。

第七十七回　群魔欺本性　一体拜真如

三个是护卫真僧无敌将,那三个是乱法欺君泼野精。起初犹可,向后弥凶。六枚都使升空法,云端里面各翻腾。一时间吐雾喷云天地暗,哮哮吼吼只闻声。

　　他六个斗罢多时,渐渐天晚。却又是风雾漫漫,霎时间,就黑暗了。原来八戒耳大,盖着眼皮,越发昏濛;手脚慢,又遮架不住,拖着钯,败阵就走,被老魔举刀砍去,几乎伤命;幸躲过头脑,被口刀削断几根鬃毛。赶上张开口咬着领头,拿入城中,丢与小怪,捆在金銮殿。老妖又驾云,起在半空助力。沙和尚见事不谐,虚幌着宝杖,顾本身回头便走,被二魔摔开鼻子,响一声,连手卷住,拿到城里,也教小妖捆在殿下,却又腾空去叫拿行者。行者见两个兄弟遭擒,他自家独难撑架,正是"好手不敌双拳,双拳难敌四手"。他喊一声,把棍子隔开三个妖魔的兵器,纵筋斗驾云走了。三怪见行者驾筋斗时,即抖抖身,现出本像,搧开两翅,赶上大圣。你道他怎能赶上?当时如行者闹天宫,十万天兵也拿他不住者,以他会驾筋斗云,一去有十万八千里路,所以诸神不能赶上。这妖精搧一翅就有九万里①,两搧就赶过了,所以被他一把挝住,拿在手中,左右挣挫不得。欲思要走,莫能逃脱。即使变化法、遁法,又往来难行:变大些儿,他就放松了挝住;变小些儿,他又揸紧了挝住。复拿了径回城内,放了手,摔下尘埃。分付群妖,也照八戒、沙僧捆在一处。那老魔、二魔俱下来迎接。三个魔头,同上宝殿。噫!这一番倒不是捆住行者,分明是与他送行。

　　此时有二更时候,众怪一齐相见毕,把唐僧推下殿来。那长老于灯光前,忽见三个徒弟都捆在地下,老师父伏于行者身边,哭道:"徒弟呵!常时逢难,你却在外运用神通,到那里取救降魔;今番你亦遭擒,我贫僧怎么得命!"八戒、沙僧听见师父这般苦楚,便也一齐放声痛哭。行者微微笑道:"师父放心,兄弟莫哭。凭他怎的,决然无伤。等那老魔安静了,我们走路。"八戒道:"哥阿,又来捣鬼了!

---

①九万里:参见第七十五回"云程九万"条注。

麻绳捆住,松些儿还着水喷,想你这瘦人儿不觉,我这胖的遭瘟哩!不信,你看两膊上,入肉已有二寸,如何脱身?"行者笑道:"莫说是麻绳捆的,就是碗粗的棕缆,只也当秋风过耳,何足罕哉!"

  师徒们正说处,只闻得那老魔道:"三贤弟有力量,有智谋,果成妙计,拿将唐僧来了!"叫:"小的们,着五个打水,七个刷锅,十个烧火,二十个抬出铁笼来,把那四个和尚蒸熟,我兄弟们受用,各散一块儿与小的们吃,也教他个个长生。"八戒听见,战兢兢的道:"哥哥,你听那妖精计较,要蒸我们吃哩!"行者道:"不要怕,等我看他是雏儿妖精,是把势妖精。"沙和尚哭道:"哥呀!且不要说宽话,如今已与阎王隔壁哩,且讲甚么雏儿把势!"说不了,又听得二怪说:"猪八戒不好蒸。"八戒欢喜道:"阿弥陀佛,是那个积阴骘的,说我不好蒸?"三怪道:"不好蒸,剥了皮蒸。"八戒慌了,厉声喊道:"不要剥皮!粗自粗,汤响就烂了!"老怪道:"不好蒸的,安在底下一格。"行者笑道:"八戒莫怕,是雏儿,不是把势。"沙僧道:"怎么认得?"行者道:"大凡蒸东西,都从上边起。不好蒸的,安在上头一格,多烧把火,圆了气①,就好了。若安在底下,一住了气,就烧半年也是不得气上的。他说八戒不好蒸,安在底下,不是雏儿是甚的!"八戒道:"哥呵,依你说,就活活的弄杀人了!他打紧见不上气,抬开了,把我翻转过来,再烧起火,弄得我两边俱熟,中间不夹生了?"

  正讲时,又见小妖来报:"汤滚了。"老怪传令叫抬。众妖一齐上手,将八戒抬在底下一格,沙僧抬在二格。行者估着来抬他,他就脱身道:"此灯光前好做手脚。"拔下一根毫毛,吹口仙气,叫声:"变!"即变做一个行者,捆了麻绳;将真身出神,跳在半空里,低头看着。那群妖那知真假,见人就抬。把个假行者抬在上三格。才将唐僧揪翻倒捆住,抬上第四格。干柴架起烈火,气焰腾腾。大圣在云端里嗟叹道:"我那八戒、沙僧,还捱得两滚;我那师父,只消一滚就烂。若不用法救他,顷刻丧矣!"好行者,在空中捻着诀,念一声"唵蓝净

---

①圆了气:蒸气上升。

法界,乾元亨利贞"的咒语,拘唤得北海龙王早至。只见那云端里一朵乌云,应声高叫道:"北海小龙敖顺叩头。"行者道:"请起!请起!无事不敢相烦,今与唐师父到此,被毒魔拿住,上铁笼蒸哩。你去与我护持护持,莫教蒸坏了。"龙王随即将身变作一阵冷风,吹入锅下,盘旋围护,更没火气烧锅,他三人方不损命。

将有三更尽时,只闻得老魔发放道:"手下的,我等用计劳形,拿了唐僧四众,又因相送辛苦,四昼夜未曾得睡。今已捆在笼里,料应难脱。汝等用心看守,着十个小妖轮流烧火,让我们退宫,略略安寝。到五更天色将明,必然烂了,可安排下蒜泥盐醋,请我们起来,空心受用①。"众妖各各遵命。三个魔头,却各转寝宫而去。

行者在云端里,明明听着这等分付,却低下云头,不听见笼里人声。他想着:"火气上腾,必然也热,他们怎么不怕,又无言语哼噴?莫敢是蒸死了?等我近前再听。"好大圣,踏着云,摇身一变,变作个黑苍蝇儿,钉在铁笼格外听时,只闻得八戒在里面道:"晦气,晦气!不知是闷气蒸,又不知是出气蒸哩。"沙僧道:"二哥,怎么叫做闷气、出气?"八戒道:"闷气蒸是盖了笼头,出气蒸不盖。"三藏在浮上一层应声道:"徒弟,不曾盖。"八戒道:"造化,今夜还不得死,这是出气蒸了。"行者听得他三人都说话,未曾伤命,便就飞了去,把个铁笼盖,轻轻儿盖上。三藏慌了道:"徒弟,盖上了!"八戒道:"罢了!这个是闷气蒸,今夜必是死了!"沙僧与长老嘤嘤的啼哭。八戒道:"且不要哭,这一会烧火的换了班了。"沙僧道:"你怎么知道?"八戒道:"早先抬上来时,正合我意。我有些儿寒湿气的病,要他腾腾②。这会子反冷气上来了。咦!烧火的长官,添上些柴便怎的?要了你的哩!"行者听见,忍不住暗笑道:"这个夯货!冷还好捱,若热就要伤命。再说两遭,一定走了风了,快早去救他。且住!要救他须是要现本相。假如现了,这十个烧火的看见,一齐乱喊,惊动老怪,却不又费事?

---

①空心:空腹。
②腾腾:即"烚烚"。把食物放在笼屉上加热。

等我先送他个法儿。"忽想起:"我当初做大圣时,曾在北天门与护国天王猜枚耍子,赢的他瞌睡虫儿,还有几个,送了他罢。"即往腰间顺带里摸摸,还有十二个。"送他十个,还留两个做种。"即将虫儿抛了去,散在十个小妖脸上,钻入鼻孔,渐渐打盹,都睡倒了。只有一个拿火叉的睡不稳,揉头搓脸,把鼻子左捏右捏,不住的打嚏喷。行者道:"这厮晓得勾当了,我再与他个'双捻灯'①。"又将一个虫儿抛在他脸上。"两个虫儿,左进右出,右出左进,谅有一个安住。"那小妖两三个大呵欠,把腰伸一伸,丢了火叉,也扑的睡倒,再不翻身。

　　行者道:"这法儿真是妙而且灵!"即现原身,走近前叫声:"师父。"唐僧听见道:"悟空,救我呵!"沙僧道:"哥哥,你在外面叫哩?"行者道:"我不在外面,好和你们在里边受罪?"八戒道:"哥呵,溜撒的溜了,我们都是顶缸的,在此受闷气哩。"行者笑道:"呆子莫嚷,我来救你。"八戒道:"哥阿,救便要脱根救,莫又要复笼蒸。"行者却揭开笼头,解了师父,将假变的毫毛,抖了一抖,收上身来;又一层层放了沙僧,放了八戒。那呆子才解了,巴不得就要跑。行者道:"莫忙!莫忙!"却又念声咒语,发放了龙神,才对八戒道:"我们这去到西天,还有高山峻岭,师父没脚力难行,等我还将马来。"你看他轻手轻脚,走到金銮殿下,见那些大小群妖俱睡熟了。却解了缰绳,更不惊动。那马原是龙马,若是生人,飞踢两脚,便嘶几声。行者曾养过马,授弼马温之官,又是自家一伙,所以不跳不叫。悄悄的牵来,束紧了肚带,扣备停当,请师父上马。长老战兢兢的骑上,也就要走。行者道:"也且莫忙,我们西去还有国王,须要关文,方才去得。不然,将甚执照?等我还去寻行李来。"唐僧道:"我记得进门时,众怪将行李放在金殿左手下,担儿也在那一边。"行者道:"我晓得了。"即抽身跳在宝殿寻时,忽见光彩飘飘。行者知是行李,怎么就知?以唐僧的锦襕袈裟上有夜明珠,故此放光。急到前,见担儿原封未动,连忙拿

---

①双捻灯:原意指在同时拨灯火的两侧,使之明亮。这里指两个瞌睡虫同时发挥作用。

下去,付与沙僧挑着。八戒牵着马,他引了路,径奔正阳门。只听得梆铃乱响,门上有锁,锁上贴了封皮。行者道:"这等防守,如何去得?"八戒道:"后门里去罢。"行者引路,径奔后门。后宰门外,也有梆铃之声,门上也有封锁:"却怎生是好?我这一番,若不为唐僧是个凡体,我三人不管怎的,也驾云弄风走了。只为唐僧未超三界外,见在五行中,一身都是父母浊骨,所以不得升驾,难逃。"八戒道:"哥哥,不消商量,我们到那没梆铃,不防卫处,撮着师父爬过墙去罢①。"行者笑道:"这个不好。此时无奈,撮他过去。到取经回来,你这呆子口敞,延地里就对人说②,我们是爬墙头的和尚了。"八戒道:"此时也顾不得行检,且逃命去罢。"行者也没奈何,只得依他。到那净墙边,算计爬出。

噫!有这般事!也是三藏灾星未脱。那三个魔头,在宫中正睡,忽然惊觉,说走了唐僧。一个个披衣忙起,急登宝殿。问曰:"唐僧蒸了几滚了?"那些烧火的小妖已是有睡魔虫,都睡着了,就是打也莫想打得一个醒来。其余没执事的,惊醒几个,冒冒失失的答应道:"七——七——七——七滚了!"急跑近锅边,只见笼格子乱丢在地下,烧火的还都睡着,慌得又来报道:"大王,走——走——走——走了!"三个魔头都下殿,近锅前仔细看时,果见那笼格子乱丢在地下,汤锅尽冷,火脚俱无。那烧火的俱呼呼鼾睡如泥。慌得众怪一齐呐喊,都叫:"快拿唐僧!快拿唐僧!"这一片喊声振起,把些前前后后,大大小小妖精,都惊起来。刀枪簇拥,至正阳门下,见那封锁不动,梆铃不绝,问外边巡夜的道:"唐僧从那里走了?"俱道:"不曾走出人来。"急赶至后宰门,封锁梆铃一如前门;复乱抢抢的,灯笼火把,燸天通红,就如白日,却明明的照见他四众爬墙哩。老魔赶近,喝声:"那里走!"那长老吓得脚软筋麻,跌下墙来,被老魔拿住。二魔捉了沙僧,三魔擒倒八戒,众妖抢了行李马匹,只是走了行者。那

---

① 撮:方言。抬着,举着。
② 延地:即"沿地"。到处。

八戒啯啯哝哝的报怨行者道:"天杀的!我说要救便脱根救,如今却又复笼蒸了!"

众魔把唐僧擒至殿上,却不蒸了。二怪分付把八戒绑在殿前檐柱上,三怪分付把沙僧绑在殿后檐柱上;惟老魔把唐僧抱住不放。三怪道:"大哥,你抱住他怎的?终不然就活吃?却也没些趣味。此物比不得那愚夫俗子,拿了可以当饭;此是上邦稀奇之物,必须待天阴闲暇之时,拿他出来,整制精洁,猜枚行令,细吹细打的吃方可。"老魔笑道:"贤弟之言虽当,但孙行者又要来偷哩。"三魔道:"我这皇宫里面有一座锦香亭子,亭子内有一个铁柜。依着我,把唐僧藏在柜里,关了亭子,却传出谣言,说唐僧已被我们夹生吃了。令小妖满城讲说。那行者必然来探听消息,若听见这话,他必死心塌地而去。待三五日不来搅扰,却拿出来,慢慢受用,如何?"老怪、二怪俱大喜道:"是,是,是。兄弟说得有理!"可怜把个唐僧连夜拿将进去,锁在柜中,闭了亭子。传出谣言,满城里都乱讲不题。

却说行者自夜半顾不得唐僧,驾云走脱。径至狮驼洞里,一路棍,把那万数小妖,尽情剿绝。急回来,东方日出。到城边,不敢叫战,正是单丝不线,孤掌难鸣。他落下云头,摇身一变,变作个小妖儿,演入门里,大街小巷缉访消息。满城里俱道:"唐僧被大王夹生儿连夜吃了。"前前后后,都是这等说。行者着实心焦,行至金銮殿前观看,那里边有许多精灵,都戴着皮金帽子,穿着黄布直身①,手拿着红漆棍,腰挂着象牙牌,一往一来,不住的乱走。行者暗想道:"此必是穿宫的妖怪。就变做这个模样,进去打听打听。"

好大圣,果然变得一般无二,混入金门。正走处,只见八戒绑在殿前柱上哼哩。行者近前,叫声:"悟能。"那呆子认得声音,道:"师兄,你来了?救我一救!"行者道:"我救你,你可知师父在那里?"八戒道:"师父没了。今夜被妖精夹生儿吃了。"行者闻言,忽失声泪似泉涌。八戒道:"哥哥莫哭。我也是听得小妖乱讲,未曾眼见。你休

---

① 直身:古代一种日常穿的长衫。

误了,再去寻问寻问。"这行者却才收泪,又往里面找寻。忽见沙僧绑在后檐柱上,即近前摸着他胸脯子叫道:"悟净。"沙僧也识声音,道:"师兄,你变化进来了?救我!救我!"行者道:"救你容易,你可知师父在那里?"沙僧滴泪道:"哥阿!师父被妖精等不得蒸,就夹生儿吃了!"大圣听得两个言语相同,心如刀搅,泪似水流,急纵身望空跳起,且不救八戒、沙僧,回至城东山上,按落云头,放声大哭。叫道:"师父呵!

　　恨我欺天困网罗,师来救我脱沉疴。
　　潜心笃志同参佛,努力修身共炼魔。
　　岂料今朝遭蜇害,不能保你上娑婆。
　　西方胜境无缘到,气散魂消怎奈何!"

　　行者凄凄惨惨的,自思自忖,以心问心道:"这都是我佛如来坐在那极乐之境,没得事干,弄了那三藏之经。若果有心劝善,礼当送上东土,却不是个万古流传?只是舍不得送去,却教我等来取。怎知道苦历千山,今朝到此丧命!罢!罢!罢!老孙且驾个筋斗云,去见如来,备言前事。若肯把经与我送上东土,一则传扬善果,二则了我等愿心。若不肯与我,教他把《松箍咒》念念,褪下这个箍子,交还与他。老孙还归本洞,称王道寡,耍子儿去罢。"

　　好大圣,急翻身驾起筋斗云,径投天竺。那里消一个时辰,早望见灵山不远。须臾间,按落云头,直至鹫峰之下。忽抬头,见四大金刚挡住道:"那里走?"行者施礼道:"有事要见如来。"当头又有昆仑山金霞岭不坏尊王永住金刚喝道:"这泼猴甚是粗狂!前者大困牛魔,我等为汝努力,今日面见,全不为礼!有事且待先奏,奉召方行。这里比南天门不同,教你进去出来,两边乱走?咄!还不靠开!"那大圣正是烦恼处,又遭此抢白①,气得哮吼如雷,忍不住大呼小叫,早惊动如来。如来佛祖正端坐在九品宝莲台上,与十八尊轮世的阿罗汉讲经,即开口道:"孙悟空来了,汝等出去接待接待。"大众阿罗遵

---

①抢白:当面说奚落、指责的话。

佛旨,两路幢幡宝盖,即出山门应声道:"孙大圣,如来有旨相唤哩。"那山门口四大金刚却才闪开路,让行者前进。

众阿罗引至宝莲台下,见如来倒身下拜,两泪悲啼。如来道:"悟空,有何事这等悲啼?"行者道:"弟子屡蒙教训之恩,托庇在佛爷爷之门下,自归正果,保护唐僧,拜为师范,一路上苦不可言。今至狮驼山狮驼洞狮驼城,有三个毒魔,乃狮王、象王、大鹏,把我师父捉将去,连弟子一概遭迍,都捆在蒸笼里,受汤火之灾。幸弟子脱逃,唤龙王救免。是夜偷出师等,不料灾星难脱,复又擒回。及至天明,入城打听,叵耐那魔十分狠毒,万样骁凶,把师父连夜夹生吃了,如今骨肉无存。又况师弟悟能、悟净见绑在那厢,不久性命亦皆倾矣。弟子没及奈何,特地到此参拜如来。望大慈悲,将《松箍咒》儿念念,褪下我这头上箍儿,交还如来,放我弟子回花果山宽闲耍子去罢!"说未了,泪如泉涌,悲声不绝。

如来笑道:"悟空少得烦恼。那妖精神通广大,你胜不得他,所以这等心痛。"行者跪在下面,捶着胸膛道:"不瞒如来说。弟子当年闹天宫,称大圣,自为人以来,不曾吃亏,今番却遭这毒魔之手!"如来闻言道:"你且休恨,那妖精我认得他。"行者猛然失声道:"如来!我听见人讲说,那妖精与你有亲哩。"如来道:"这个刁猢狲!怎么个妖精与我有亲?"行者笑道:"不与你有亲,如何认得?"如来道:"我慧眼观之,故此认得。那老怪与二怪有主。"叫阿傩迦叶来:"你两个分头驾云,去五台山、峨眉山宣文殊、普贤来见①。"二尊者即奉旨而去。

如来道:"这是老魔、二怪之主。但那三怪,说将起来,也是与我有些亲处。"行者道:"亲是父党?是母党?"如来道:"自那混沌分时,天开于子,地辟于丑,人生于寅,天地再交合,万物尽皆生。万物有走兽飞禽。走兽以麒麟为之长,飞禽以凤凰为之长。那凤凰又得交合之气,育生孔雀、大鹏。孔雀出世之时,最恶,能吃人,四十五里

---

① 峨眉山:通常作"峨眉山",普贤菩萨的道场。

路,把人一口吸之。我在雪山顶上,修成丈六金身①,早被他也把我吸下肚去。我欲从他便门而出,恐污真身,是我剖开他脊背,跨上灵山。欲伤他命,当被诸佛劝解:伤孔雀如伤我母②。故此留他在灵山会上,封他做佛母孔雀大明王菩萨。大鹏与他是一母所生,故此有些亲处。"行者闻言笑道:"如来,若这般比论,你还是妖精的外甥哩。"如来道:"那怪须是我去,方可收得。"行者叩头:"启上如来,千万望挪玉一降③!"

如来即下莲台,同诸佛众径出山门。又见阿傩、迦叶,引文殊、普贤来见。二菩萨对佛礼拜。如来道:"菩萨之兽,下山多少时了?"文殊道:"七日了。"如来道:"山中方七日,世上已千年。不知在那厢伤了多少生灵,快随我收他去。"二菩萨相随左右,同众飞空。只见那:

> 满天缥缈瑞云分,我佛慈悲降法门。
> 明示开天生物理,细言辟地化身文。
> 面前五百阿罗汉,脑后三千揭谛神。
> 迦叶阿傩随左右,普文菩萨殄妖氛。

大圣有此人情,请得佛祖与众前来,不多时,早望见城池。行者报道:"如来,那放黑气的乃是狮驼国也。"如来道:"你先下去,到那城中与妖精交战,许败不许胜。败上来,我自收他。"大圣即按云头,径至城上,脚踏着垛儿骂道:"泼业畜!快出来与老孙交战!"慌得那城楼上小妖急跳下城中报:"大王,孙行者在城上叫战哩。"老妖道:

---

① 丈六金身:《观无量寿经》:"阿弥陀佛神通如意,于十方国现变自在,或现大身满虚空中,或现小身丈六八尺,所现之形皆有金色。"故称佛身为"丈六金身"。

② 伤孔雀如伤我母:根据印度佛教寓言集《本生经》的《孔雀本生谭》,佛前世为孔雀,曾宿一孔雀卵之中。按:这里的如来所谓凤凰、孔雀、大鹏的来历,未见于佛经,可能来自密宗传说。下文所谓大鹏"在光焰上做个护法",也较常见于密宗佛像。

③ 挪玉:"挪动玉趾"的省称。劳烦别人动身的敬辞。

"这猴儿两三日不来,今朝却又叫战,莫不是请了些救兵来耶?"三怪道:"怕他怎的!我们都去看来。"

三个魔头各持兵器,赶上城来。见了行者,更不打话,举兵器一齐乱刺。行者轮铁棒擎手相迎。斗经七八回合,行者佯输而走。那妖王喊声大振,叫道:"那里走!"大圣筋斗一纵,跳上半空,三个精即驾云来赶。行者将身一闪,藏在佛爷爷金光影里,全然不见。只见那过去、未来、见在的三尊佛像与五百阿罗汉、三千揭谛神,布散左右,把那三个妖王围住,水泄不通。老魔慌了手脚,叫道:"兄弟,不好了!那猴子真是个地里鬼!那里请得个主人公来也!"三魔道:"大哥休得悚惧。我们一齐上前,使枪刀搠倒如来,夺他那雷音宝刹!"

这魔头不识起倒,真个举刀上前乱砍。却被文殊、普贤,念动真言,喝道:"这孽畜还不皈正,更待怎生!"唬得老怪、二怪不敢撑持,丢了兵器,打个滚,现出本相。二菩萨将莲花台抛在那怪的脊背上,飞身跨坐,二怪遂泯耳皈依①。

二菩萨既收了青狮、白象,只有那第三个妖魔不伏。腾开翅,丢了方天戟,扶摇直上,轮利爪要刁捉猴王②。原来大圣藏在光中,他怎敢近?如来情知此意,即闪金光,把那鹊巢贯顶之头③,迎风一幌,变做鲜红的一块血肉。妖精轮利爪刁他一下,被佛爷把手往上一指,那妖翅膊上就了筋。飞不去,只在佛顶上,不能远遁,现了本相,乃是一个大鹏金翅雕。即开口对佛应声叫道:"如来,你怎么使大法力困住我也?"如来道:"你在此处多生业障,跟我去,有进益之功。"妖精道:"你那里持斋把素,极贫极苦;我这里吃人肉,受用无穷。你若饿坏了我,你有罪愆。"如来道:"我管四大部洲,无数众生瞻仰,凡

---

① 泯耳:同"抿耳"。耳朵合拢,是野兽驯顺的样子。
② 刁:抓取。
③ 鹊巢贯顶:宋普济《五灯会元》卷一:"昔如来在雪山修道,乌尼(野鹊子)巢于顶上。"故称"鹊巢贯顶"。

做好事,我教他先祭汝口①。"那大鹏欲脱难脱,要走怎走,是以没奈何,只得皈依。行者方才转出,向如来叩头道:"佛爷,你今收了妖精,除了大害,只是没了我师父也。"大鹏咬着牙根道:"泼猴头,寻这等狠人困我!你那老和尚几曾吃他?如今在那锦香亭铁柜里不是?"行者闻言,忙叩头谢了佛祖。佛祖不敢松放了大鹏,也只教他在光焰上做个护法,引众回云,径归宝刹。

行者却按落云头,直入城里。那城里一个小妖儿也没有了。正是"蛇无头儿不行,鸟无翅儿不飞"。他见佛祖收了妖王,各自逃生而去。行者才解救了八戒、沙僧,寻着龙马行李,与他二人说:"师父不曾吃,都跟我来。"引他两个径入内院,找着锦香亭,打开门看,内有一个铁柜,只听得三藏有啼哭之声。沙僧使降妖杖打开铁锁,揭开柜盖,叫声:"师父!"三藏见了,放声大哭道:"徒弟呵!怎生降得妖魔?如何得到此寻着我也?"行者把上项事,从头至尾细陈了一遍。三藏感谢不尽。师徒们在那宫殿里寻了些米粮,安排些茶饭,饱餐一餐,收拾出城,找大路投西而去。正是:

真经必得真人取,意嚷心劳总是虚②。

毕竟这一去,不知几时得面如来,且听下回分解。

---

①先祭汝口:佛教午斋前仪轨需要诵午时出食偈咒:"大鹏金翅鸟,旷野鬼神众。罗刹鬼子母,甘露悉充满。"意思是吃斋前要先把食物施给金翅鸟、旷野鬼、罗刹等众。据《法苑珠林》卷六《修福部》及佛教仪轨载:金翅鸟喜食龙,尤喜从龙尾吃起。海中有一龙子,奉持佛之八戒(即在家弟子所奉"八关斋戒",信徒须于每月八日、十四日、十五日等六日离家,在僧众附近居住,持戒杀、戒盗、戒淫等八条戒律),被大鹏金翅鸟衔去,挂在须弥山北大铁树上。金翅鸟寻找龙尾,忽然不见。第二日,龙才露出尾巴,告诉金翅鸟,这是我持八关斋法的缘故,我若不持,必受灾难。金翅鸟闻言,感佛之威神,悔过自责,亦受八关斋法,发誓从此不再杀生。后斋饭前施食,即先给金翅鸟一份,使其不再吃龙。

②嚷:此处用同"攘",扰乱。

第七十八回

比丘怜子遣阴神　金殿识魔谈道德

　　一念才生动百魔，修持最苦奈他何。
　　但凭洗涤无尘垢，也用收拴有琢磨。
　　扫退万缘归寂灭，荡除千怪莫蹉跎。
　　管教跳出樊笼套，行满飞升上大罗。

　话说孙大圣用尽心机，请如来收了众怪，解脱三藏师徒之难，离狮驼城西行。又经数月，早值冬天。但见那：

　　岭梅将破玉①，池水渐成冰。
　　红叶俱飘落，青松色更新。
　　淡云飞欲雪，枯草伏山平。
　　满目寒光迥，阴阴透骨冷。

　师徒们冲寒冒冷，宿雨餐风。正行间，又见一座城池。三藏问道："悟空，那厢又是甚么所在？"行者道："到跟前自知。若是西邸王位②，须要倒换关文；若是府州县，径过。"师徒言语未毕，早至城门之外。三藏下马，一行四众进了月城③。见一个老军，在向阳墙下，偎风而睡。行者近前，摇他一下，叫声："长官。"那老军猛然惊觉，麻麻糊糊的睁开眼，看见行者，连忙跪下磕头，叫："爷爷！"行者道："你休胡惊作怪。我又不是甚么恶神，你叫'爷爷'怎的！"老军磕头道："你是雷公爷爷。"行者道："胡说！吾乃东土去西天取经的僧人。适才到此，不知地名，问你一声的。"那老军闻言，却才正了心，打个呵欠，

---

①破玉：指开出洁白的花。
②西邸：原指王侯的客舍或私第，这里代指王侯。语出《南史·梁纪上·武帝》，竟陵王萧子良"开西邸，招文学"。
③月城：即瓮城，城门外所筑的半圆形的小城，作掩护城门，加强防御之用。

第七十八回　比丘怜子遭阴神　金殿识魔谈道德　997

爬起来伸伸腰道："长老，长老，恕小人之罪。此处地方，原唤比丘国，今改作小子城。"行者道："国中有帝王否？"老军道："有！有！有！"行者却转身对唐僧道："师父，此处原是比丘国，今改小子城。但不知改名之意何故也。"唐僧疑惑道："既云比丘，又何云小子？"八戒道："想是比丘王崩了，新立王位的是个小子，故名小子城。"唐僧道："无此理！无此理！我们且进去，到街坊上再问。"沙僧道："正是。那老军一则不知，二则被大哥唬得胡说。且入城去询问。"

又入三层门里，到通衢大市观看，倒也衣冠济楚，人物清修。但见那：

　　酒楼歌馆语声喧，彩铺茶房高挂帘①。
　　万户千门生意好，六街三市广财源。
　　买金贩锦人如蚁，夺利争名只为钱。
　　礼貌庄严风景盛，河清海晏太平年。

师徒四众牵着马，挑着担，在街市上行勾多时，看不尽繁华气概。但只见家家门口一个鹅笼。三藏道："徒弟呵，此处人家都将鹅笼放在门首，何也？"八戒听说，左右观之，果是鹅笼排列，五色彩缎遮幔。呆子笑道："师父，今日想是黄道良辰，宜结婚姻会友。都行礼哩②。"行者道："胡谈！那里就家家都行礼？其间必有缘故。等我上前看看。"三藏扯住道："你莫去。你嘴脸丑陋，怕人怪你。"行者道："我变化个儿去来。"

好大圣，捏着诀，念声咒语，摇身一变，变作一个蜜蜂儿，展开翅，飞近边前，钻进幔里观看。原来里面坐的是个小孩儿。再去第二家笼里看，也是个小孩儿。连看八九家，都是个小孩儿。却是男身，更无女子。有的坐在笼中顽耍，有的坐在里边啼哭；有的吃果子，有的或睡坐。行者看罢，现原身回报唐僧道："那笼里是些小孩子，大者不满七岁，小者只有五岁，不知何故。"三藏见说，疑思不定。

---

①彩铺：出售彩纸、彩绸的店铺。
②行礼：这里指举行庆典活动。

忽转街见一衙门,乃金亭馆驿。长老喜道:"徒弟,我们且进这驿里去。一则问他地方,二则撒和马匹①,三则天晚投宿。"沙僧道:"正是,正是,进去耶。"四众忻然而入。只见那在官人果报与驿丞。接入门,各各相见。叙坐定,驿丞问:"长老自何方来?"三藏言:"贫僧东土大唐差往西天取经者。今到贵处,有关文理当照验,权借高衙一歇②。"驿丞即命看茶。茶毕即办支应,命当直的安排管待。三藏称谢,又问:"今日可得入朝见驾,照验关文?"驿丞道:"今晚不能,须待明日早朝。今晚且于敝衙门宽住一宵。"

少顷,安排停当,驿丞即请四众同吃了斋供。又教手下人打扫客房安歇。三藏感谢不尽。既坐下,长老道:"贫僧有一件不明之事请教,烦为指示。贵处养孩儿,不知怎生看待?"驿丞道:"天无二日③,人无二理。养育孩童,父精母血,怀胎十月,待时而生。生下乳哺三年,渐成体相。岂有不知之理!"三藏道:"据尊言与敝邦无异。但贫僧进城时,见街坊人家各设一鹅笼,都藏小儿在内。此事不明,故敢动问。"驿丞附耳低言道:"长老莫管他,莫问他,也莫理他说他。请安置,明早走路。"长老闻言,一把扯住不放,定要问个明白。驿丞摇头摇指,只叫:"谨言!"三藏一发不放,执死的要问个详细。驿丞无奈,只得屏去一应在官人等,独在灯光之下,悄悄而言道:"适所问鹅笼之事,乃是当今国主无道之事。你只管问他怎的?"三藏道:"何为无道?必见教明白,我方得放心。"驿丞道:"此国原是比丘国,近有民谣,改作小子城。三年前,有一老人打扮做道人模样,携一小女子,年方一十六岁。其女形容娇俊,貌若观音,进贡与当今。陛下爱其色美,宠幸在宫,号为美后。近来把三宫娘娘,六院妃子,全无正眼相觑,不分昼夜,贪欢不已。如今弄得精神瘦倦,身体尫羸,饮食少进,命在须臾。太医院检尽良方,不能疗治。那进女子的道人,受

---

①撒和马匹:义同第七十三回的"撒货头口"。喂牲口,遛马。
②高衙:对对方官署的尊称。
③天无二日:语出《礼记·坊记》:"天无二日,土无二王,家无二主。"

我主诰封,称为国丈。国丈有海外秘方,甚能延寿,前者去十洲三岛采将药来,俱已完备。但只是药引子利害:单用着一千一百一十一个小儿的心肝,煎汤服药,服后有千年不老之功。这些鹅笼里的小儿,俱是选就的,养在里面。人家父母,惧怕王法,俱不敢啼哭,遂传播谣言,叫做小儿城。此非无道而何?长老明早到朝,只去倒换关文,不得言及此事。"言毕,抽身而退。唬得个长老骨软筋麻,止不住腮边泪堕,忽失声叫道:"昏君,昏君!为你贪欢爱美,弄出病来,怎么屈伤这许多小儿性命!苦哉!苦哉!痛杀我也!"有诗为证。诗曰:

  邪主无知失正真,贪欢不省暗伤身。
  因求永寿戕童命,为解天灾杀小民。
  僧发慈悲难割舍,官言利害不堪闻。
  灯前洒泪长吁叹,痛倒参禅向佛人。

八戒近前道:"师父,你是怎的起?专把别人棺材抬在自家家里哭①,不要烦恼。常言道:'君教臣死,臣不死不忠;父教子亡,子不亡不孝。'他伤的是他的子民,与你何干?且来宽衣服睡觉,莫替古人耽忧。"三藏滴泪道:"徒弟呵,你是一个不慈悯的!我出家人积功累行,第一要行方便。怎么这昏君一味胡行?从来也不见吃人心肝可以延寿。这都是无道之事,教我怎不伤悲!"沙僧道:"师父且莫伤悲。等明早倒换关文,觌面与国王讲过。如若不从,看他是怎么模样的一个国丈。或恐那国丈是个妖精,欲吃人的心肝,故设此法,未可知也。"行者道:"悟净说得有理。师父,你且睡觉,明日等老孙同你进朝,看国丈的好歹。如是人,只恐他走了傍门,不知正道,徒以采药为真,待老孙将先天之要旨化他皈正②;若是妖邪,我把他拿住,与这国王看看,教他宽欲养身,断不教他伤了那些孩童性命。"三藏

---

①专把别人棺材抬在自家家里哭:比喻无缘无故自寻烦恼。
②先天之要旨:指修炼元精、元炁、元神(又称先天精、先天炁、先天神)的内丹术理论。内丹术认为烧炼、服食等皆属旁门,不能得道。

闻言，急躬身，反对行者施礼道："徒弟呵，此论极妙！极妙！但只是见了昏君，不可便问此事，恐那昏君不分远近，并作谣言见罪，却怎生区处！"行者笑道。"老孙自有法力。如今先将鹅笼小儿摄离此城，教他明日无物取心。地方官自然奏表，那昏君必有旨意，或与国丈商量，或者另行选报。那时节借此举奏，决不致罪坐于我也。"三藏甚喜。又道："如今怎得小儿离城？若果能脱得，真贤弟天大之德！可速为之，略迟缓些，恐无及也。"行者抖擞神威，即起身，分付八戒、沙僧："同师父坐着，等我施为。你看但有阴风刮动，就是小儿出城了。"他三人一齐俱念："南无救生药师佛①！南无救生药师佛！"

这大圣出得门外，打个唿哨，起在半空，捻了诀，念动真言，叫一声"唵净法界"，拘得那城隍、土地、社令、真官②，并五方揭谛、四值功曹、六丁六甲与护教伽蓝等众，都到空中，对他施礼道："大圣，夜唤吾等，有何急事？"行者道："今因路过比丘国，国王无道，听信妖邪，要取小儿心肝做药引子，指望长生。我师父十分不忍，欲要救生灭怪，故老孙特请列位，各使神通，与我把这城中各街坊人家鹅笼里的小儿，连笼都摄出城外山凹中，或树林深处，收藏一二日，与他些果子食用，不得饿损。再暗的护持，不得使他惊恐啼哭。待我除了邪，治了国，劝正君王，临行时，送来还我。"众神听令。即便各使神通，按下云头。满城中阴风滚滚，惨雾漫漫。阴风刮暗一天星，惨雾遮昏千里月。起初时还荡荡悠悠，次后来就轰轰烈烈。悠悠荡荡，各寻门户救孩童；烈烈轰轰，都看鹅笼援骨血。冷气浸人怎出头，寒威透体衣如铁。父母徒张皇，兄嫂皆悲切。满地卷阴风，笼儿被神摄。此夜纵孤恓③，天明尽欢悦。

诗曰：

---

① 救生药师佛：即药师琉璃光如来，据《药师经》，药师佛发愿救助病苦贫乏众生，使之免除疾患危难，所求皆令满足。
② 真官：有官职的仙人，这里泛指地方上有实职的神仙。
③ 孤恓：同"孤凄"。孤单凄凉。

> 释门慈悯古来多,正善成功说摩诃。
> 万圣千真皆积德,三皈五戒要从和。
> 比丘一国非君乱,小子千名是命讹。
> 行者因师同救护,这场阴骘胜波罗①。

当夜有三更时分,众神祇把鹅笼摄去,各处安藏。行者按下祥光,径至驿庭上。只听得他三人还念"南无救生药师佛"哩。他也心中暗喜,近前叫:"师父,我来也。阴风之起何如?"八戒道:"好阴风!"三藏道:"救儿之事,却怎么说?"行者道:"已一一救他出去,待我们起身时送还。"长老谢了又谢,方才就寝。

至天晓,三藏醒来,遂结束齐备道:"悟空,我趁早朝,倒换关文去也。"行者道:"师父,你自家去恐不济事。待老孙和你同去,看那国丈邪正如何。"三藏道:"你去却不肯行礼,恐国王见怪。"行者道:"我不现身,暗中跟随你,就当保护。"三藏甚喜,分付八戒、沙僧看守行李、马匹。却才举步,只见驿丞又来相见。看这长老打扮起来,比昨日又甚不同。但见他身上穿一领:

> 锦襕异宝佛袈裟,头戴金顶毗卢帽。
> 九环锡杖手中拿,胸藏一点神光妙。
> 通关文牒紧随身,包裹袋中缠锦套。
> 行似阿罗降世间,诚如活佛真容貌。

那驿丞相见礼毕,附耳低言,只教莫管闲事。三藏点头应声。大圣闪在门傍,念个咒语,摇身一变,变做个蟭蟟虫儿,嘤的一声,飞在三藏帽儿上。出了馆驿,径奔朝中。及到朝门外,见有黄门官,即施礼道:"贫僧乃东土大唐差往西天取经者。今到贵地,理当倒换关文。意欲见驾,伏乞转奏转奏。"那黄门官果为传奏。国王喜道:"远来之僧,必有道行。"教请进来。黄门官复奉旨,将长老请入。长老阶下朝见毕,复请上殿赐坐。长老又谢恩坐了。只见那国王相貌尪

---

① 波罗:即"波罗蜜",梵语音译。意为到彼岸,即由此岸(生死岸)度人到彼岸,达到涅槃、寂灭的境界。

赢,精神倦怠:举手处,揖让差池;开言时,声音断续。长老将文牒献上,那国王眼目昏濛,看了又看,方才取宝印用了花押,递与长老。长老收讫。

那国王正要问取经原因,只听得当驾官奏道:"国丈爷爷来矣。"那国王即扶着近侍小宦,挣下龙床,躬身迎接。慌得那长老急起身,侧立于傍。回头观看,原来是一个老道者,自玉阶前摇摇摆摆而进。但见他:

头上戴一顶淡鹅黄九锡云锦纱巾①,身上穿一领箝顶梅沉香绵丝鹤氅。腰间系一条绉蓝三股攒绒带,足下踏一对麻经葛纬云头履。手中拄一根九节枯藤盘龙拐杖,胸前挂一个描龙刺凤团花锦囊。玉面多光润,苍髯颔下飘。金睛飞火焰,长目过眉梢。行动云随步,逍遥香雾饶。阶下众官都拱接,齐呼国丈进王朝。

那国丈到宝殿前,更不行礼,昂昂烈烈②,径到殿上。国王欠身道:"国丈仙踪,今喜早降。"就请左手绣墩上坐。三藏起一步,躬身施礼道:"国丈大人,贫僧问讯了。"那国丈端然高坐,亦不回礼。转面向国王道:"僧家何来?"国王道:"东土唐朝差上西天取经者。今来倒验关文。"国丈笑道:"西方之路,黑漫漫有甚好处?"三藏道:"自古西方乃极乐之胜境,如何不好?"那国王问道:"朕闻上古有云'僧是佛家弟子'。端的不知为僧可能不死,向佛可能长生?"三藏闻言,急合掌应道:

"为僧者万缘都罢,了性者诸法皆空。大智闲闲,澹泊在不生之内;真机默默,逍遥于寂灭之中。三界空而百端治,六根净而千种穷。若乃坚诚知觉,须当识心。心净则孤明独照,心存则万境皆侵。

---

①九锡:本是古代天子赐给大臣的九种器物:车马、衣服、斧钺等,代表着最高礼遇。又传说汉茅盈修道成仙,曾受天帝九锡,为策书、华冠、龙车等物。此处皆不确,"九锡"当为"九陽(阳)"。九阳巾,为道士常戴之巾,也称纯阳巾、九梁巾,帽顶高起,前有帛垂下,上缝九道梁。
②昂昂烈烈:形容自得自满、旁若无人的样子。

真容无欠亦无余,生前可见;幻相有形终有坏,分外何求?行功打坐,乃为入定之原;布惠施恩,诚是修行之本。大巧若拙,还知事事无为;善计非筹,必须头头放下。但使一心不动,万行自全;若云采阴补阳,诚为谬语;服饵长寿,实乃虚词。只要尘尘缘总弃,物物色皆空。素素纯纯寡爱欲,自然享寿永无穷①。"

那国丈闻言,付之一笑,用手指定唐僧道:"呵!呵!呵!你这和尚满口胡柴!寂灭门中,须云认性;你不知那性从何如灭,枯坐参条,尽是些盲修瞎炼。俗语云:'坐,坐,坐!你的屁股破!火熬煎,反成祸。'更不知我这:

修仙者,骨之坚秀;达道者,神之最灵。携筇瓢而入山访友,采百药而临世济人。摘仙花以砌笠,折香蕙以铺裀。歌之鼓掌,舞罢眠云。阐道法,扬太上之正教;施符水,除人世之妖氛。夺天地之秀气,采日月之华精。运阴阳而丹结,按水火而胎凝。二八阴消兮,若恍若惚;三九阳长兮,如杳如冥。应四时而采取药物,养九转而修炼丹成。跨青鸾,升紫府;骑白鹤,上瑶京。参满天之华采,表妙道之殷勤。比你那静禅释教,寂灭阴神,涅槃遗臭壳,又不脱凡尘。三教

---

① "为僧者"以下数句:唐僧的这段话,出自《鸣鹤余音》记载的三于真人《心地赋》。大智闲闲,《庄子·齐物论》:"大知闲闲,小知间间。"指大智慧的人从容自得,小智慧的人斤斤计较。真机默默,《庄子·在宥》:"至道之精,窈窈冥冥;至道之极,昏昏默默。"指至道看不见、听不到,玄妙莫测。"心净"二句,指心地清净,本性显露,照耀大千世界;一念之生,便有万物侵扰。真容无欠亦无余,真容即所将至道的真相。《关尹子》卷一:"是以圣人不望道而歉,不恃道而丰,不借道于圣,不贾道于愚。"元牛道淳注:"真空妙道,本自具足,无欠无余,圣人了了洞彻。道本具足,故不望道而欠少,真空无有,亦不恃道而余多,道既人人具足,亦不假借道于圣人。圣人不能出道以示人,亦不卖道于愚。""幻相"二句,佛教认为诸法皆由因缘而生灭,本身并无实,故可以成,也可以坏,不必贪求。善计非筹,语出《老子·巧用章》:"善计不用筹策。"善计者以不计为计,故不用筹策。

之中无上品,古来惟道独称尊①!"

那国王听说,十分欢喜。满朝官都喝采道:"好个'惟道独称尊'!'惟道独称尊!'"长老见人都赞他,不胜羞愧。国王又叫光禄寺安排素斋,待那远来之僧出城西去。三藏谢恩而退。才下殿,往外正走,行者飞下帽顶儿来,在耳边叫道:"师父,这国丈是个妖邪。国王受了妖气。你先去驿中等斋,待老孙在这里听他消息。"三藏知

---

① "修仙者"以下数句:国丈的这段话,出自《鸣鹤余音》记载的宋仁宗《尊道赋》托名。"二八阴消"以下六句,《钟吕传道集·论还丹》:"二八阴消,真气生而心无阴,以绝二也,大药就而肝无阴,以绝八也。既二八阴消,而九三阳可长矣。肝以绝阳助于心,则三之,肝气盛矣;七既还心,以绝肺液,而肺之九转而助心,则九三之阳长,九转还丹也。"道教据《周易》,以数字一三五七九为阳,二四六八十为阴。又以一二三四五、六七八九十分配水火木金土五行:"水为肾,肾得一与六也;火为心,而心得二与七矣;木为肝,而肝得三与八矣;金为肺,而肺得四与九矣,土为脾,而脾得五与十矣。"每脏各分得一个阴数,一个阳数,故各有阴阳(分到五和十的脾,在先天气液相生中暂且不用)。根据《钟吕传道集》的气液相生理论(参见第二十二回"'明堂肾水入华池'二句"条注),肾生阳气由肝至心,心生阴液由肺至肾。表现在数字上,即心阳最盛(七)而阴始生(二),至肺阳极(九。极是盛的过度发展,阳极则将衰,复从一开始),至肾阴最盛(六)而阳始生(一),至肝阴极(八。阴极则将衰,复从二开始)。故称"气到心太极而生阴,以二在心,而八在肝也","液到肾太极而生阳,以一在肾,而九在肺也"。修道者要炼纯阳之体,故采心中正阳之气,使阴消阳长。"真气生,而心无阴,以绝二(心之阴)也;大药就,而肝无阴,以绝八(肝之阴)也",故称"二八阴消"。肝之阴消,故肝至心之阳气(三)渐盛;心之阴消,心至肺之阴液渐绝,故肺之阳(九),转而助心。故称"三九阳长",即钟离权所谓"则九三之阳长,九转还丹也"。阴神,内丹术认为禅宗只修性功,不修命功。故即使入定得道,也只能炼成"阴神",而不能炼成隐显自如,飞升无碍的"阳神",《钟吕传道集·论真仙》:"修持之人,始也不悟大道,而欲于速成。形如槁木,心若死灰,神识内守,一志不散。定中以出阴神,乃清灵之鬼,非纯阳之仙。以其一志阴灵不散,故曰鬼仙。虽曰仙,其实鬼也。古今崇释之徒,用功到此,乃曰得道,诚可笑也。"托名吕洞宾《敲爻歌》:"只修性,不修命,此是修行第一病。只修祖性不修丹,万劫阴灵难入圣。"

会了,独出朝门不题。

看那行者,一翅飞在金銮殿翡翠屏中钉下,只见那班部中闪出五城兵马官奏道①:"我主,今夜一阵冷风,将各坊各家鹅笼里小儿,连笼都刮去了,更无踪迹。"国王闻奏,又惊又恼,对国丈道:"此事乃天灭朕也!连月病重,御医无效。幸国丈赐仙方,专待今日午时开刀,取此小儿心肝作引,何期被冷风刮去。非天欲灭朕而何?"国丈笑道:"陛下且休烦恼。此儿刮去,正是天送长生与陛下也。"国王道:"见把笼中之儿刮去,何以返说天送长生?"国丈道:"我才入朝来,见了一个绝妙的药引,强似那一千一百一十一个小儿之心。那小儿之心,只延得陛下千年之寿;此引子,吃了我的仙药,就可延万万年也。"国王漠然不知是何药引,请问再三,国丈才说:"那东土差去取经的和尚,我观他器宇清净②,容颜齐整,乃是个十世修行的真体,自幼为僧,元阳未泄。比那小儿更强万倍。若得他的心肝煎汤,服我的仙药,足宝万年之寿。"

那昏君闻言,十分听信,对国丈道:"何不早说?若果如此有效,适才留住,不放他去了。"国丈道:"此何难哉!适才分付光禄寺办斋待他,他必吃了斋,方才出城。如今急传旨,将各门紧闭,点兵围了金亭馆驿,将那和尚拿来,必以礼求其心。如果相从,即时剖而取出,遂御葬其尸,还与他立庙享祭。如若不从,就与他个武不善作,即时捆住,剖开取之。有何难事!"那昏君如其言,即传旨,把各门闭了。又差羽林卫大小官军,围住馆驿。

行者听得这个消息,一翅飞奔馆驿,现了本相,对唐僧道:"师父,祸事了!祸事了!"那三藏才与八戒、沙僧领御斋,忽闻此言,唬得三尸神散,七窍烟生,倒在尘埃,浑身是汗,眼不定睛,口不能言。慌得沙僧上前搀住,只叫:"师父苏醒!师父苏醒!"八戒道:"有甚祸

---

①五城兵马官:即"五城兵马司"。兵马司是明代官名,分东、西、南、北、中五城,管理京城捕盗和疏理沟渠、街道等事务。
②器宇:仪表,气概。

事？有甚祸事？你慢些儿说便也罢，却唬得师父如此！"行者道："自师父出朝，老孙回视，那国丈是个妖精。少顷，有五城兵马来奏冷风刮去小儿之事。国王方恼，他却转教喜欢，道：'这是天送长生与你。'要取师父的心肝做药引，可延万年之寿。那昏君听信谗言，所以点精兵来围馆驿，差锦衣官来请师父求心也。"八戒笑道："行的好慈悯！救的好小儿！刮的好阴风！今番却撞出祸来了！"

三藏战兢兢的，爬起来扯着行者，哀告道："贤徒呵！此事如何是好？"行者道："若要好，大做小。"沙僧道："怎么叫做大做小？"行者道："若要全命，师作徒，徒作师，方可保全。"三藏道："你若救得我命，情愿与你做徒子做徒孙也。"行者道："既如此，不必迟疑。"教："八戒，快和些泥来。"那呆子即使钉钯，筑了些土。又不敢外面去取水，后就撅起衣服撒溺①，和了一团臊泥，递与行者。行者没奈何，将泥扑作一片，往自家脸上一安，做下个猴像的脸子，叫唐僧站起休动，再莫言语，贴在唐僧脸上，念动真言，吹口仙气，叫："变！"那长老即变做个行者模样。脱了他的衣服，以行者的衣服穿上。行者却将师父的衣服穿了，捏着诀，念个咒语，摇身变作唐僧的嘴脸。八戒、沙僧也难识认。

正当合心妆扮停当，只听得锣鼓齐鸣，又见那枪刀簇拥。原来是羽林卫官，领三千兵把馆驿围了。又见一个锦衣官走进驿庭问道："东土唐朝长老在那里？"慌得那驿丞战兢兢的跪下，指道："在下面客房里。"锦衣官即至客房道："唐长老，我王有请。"八戒、沙僧左右参差护住假行者。只见假唐僧出门施礼道："锦衣大人，陛下召贫僧，有何话说？"锦衣官上前一把扯住道："我与你进朝去。想必有取用也。"咦！这正是：

妖诬胜慈善，慈善反招凶。

毕竟不知此去端的性命何如，且听下回分解。

---

①撒溺：撒尿。

第七十九回

寻洞擒妖逢老寿　当朝正主救婴儿

却说那锦衣官把假唐僧扯出馆驿,与羽林军围围绕绕,直至朝门外,对黄门官言:"我等已请唐僧到此,烦为转奏。"黄门官急进朝,依言奏上,昏君随请进去。众官都在阶下跪拜,惟假唐僧挺立阶心,口中高叫:"比丘王,请我贫僧何说?"君王笑道:"朕得一疾,缠绵日久不愈。幸国丈赐得一方,药饵俱已完备,只少一味引子。特请长老,求些药引。若得病愈,与长老修建祠堂,四时奉祭,永为传国之香火①。"假唐僧道:"我乃出家人,只身至此,不知陛下问国丈要甚东西作引?"昏君道:"特求长老的心肝。"假唐僧道:"不瞒陛下说。心便有几个儿,不知要的甚么色样。"那国丈在傍指定道:"那和尚,要你的黑心。"假唐僧道:"既如此,快取刀来,剖开腹胸。若有黑心,谨当奉命。"那昏君欢喜相谢,即着当驾官取一把牛耳短刀,递与假僧。假僧接刀在手,解开衣服,㐲起胸膛②,将左手抹腹,右手持刀,唿喇的响一声,把腹皮剖开,那里头就骨都都的滚出一堆心来。唬得文官失色,武将身麻。国丈在殿上见了道:"这是个多心的和尚!"假僧将那些心,血淋淋的,一个个捡开与众观看,却都是些红心、白心、黄心、悭贪心、利名心、嫉妒心、计较心、好胜心、望高心、我慢心、杀害心、狠毒心、恐怖心、谨慎心、邪妄心、无名隐暗之心、种种不善之心,更无一个黑心。那昏君唬得呆呆挣挣,口不能言,战兢兢的教:"收了去!收了去!"那假唐僧忍耐不住,收了法心,现出本相。对昏君道:"陛下全无眼力!我和尚家都是一片好心,惟你这国丈是个黑心,好做药引。你不信,等我替你取他的出来看看。"那国丈听见,急

---

①传国之香火:意为永远祭祀,只要国家不灭,香火就不绝。
②㐲:同"腆"。挺起,突出。

睁睛仔细观看。见那和尚变了面皮,不是那般模样。咦!认得当年孙大圣,五百年前旧有名。却抽身,腾云就起。被行者翻筋斗,跳在空中喝道:"那里走!吃吾一棒!"那国丈即使蟠龙拐杖来迎。他两个在半空中这场好杀:

　　如意棒,蟠龙拐,虚空一片云霭霭。原来国丈是妖精,故将怪女称娇色。国主贪欢病染身,妖邪要把儿童宰。相逢大圣显神通,捉怪救人将难解。铁棒当头着实凶,拐棍迎来堪喝采。杀得那满天雾气暗城池,城里人家都失色。文武多官魂魄飞,嫔妃绣女容颜改。唬得那比丘昏主乱身藏,战战兢兢没布摆。棒起犹如虎出山,拐轮却似龙离海。今番大闹比丘城,致令邪正分明白。

　　那妖精与行者苦禁二十余合,蟠龙拐抵不住金箍棒,虚幌了一拐,将身化作一道寒光,落入皇宫内院,把进贡的妖后带出宫门,并化寒光,不知去向。

　　大圣按落云头,到了宫殿下,对多官道:"你们的好国丈阿!"多官一齐礼拜,感谢神僧。行者道:"且休拜,且去看你那昏主何在。"多官道:"我主见争战时,惊恐潜藏,不知向那座宫中去也。"行者即命:"快寻!莫被美后拐去!"多官听言,不分内外,同行者先奔美后宫,漠然无踪,连美后也通不见了。正宫、东西宫,六院概众后妃,都来拜谢大圣。大圣道:"且请起,不到谢处哩。且去寻你主公。"少时,见四五个太监,搀着那昏君自谨身殿后面而来。众臣俯伏在地,齐声启奏道:"主公!主公!感得神僧到此,辨明真假。那国丈乃是个妖邪,连美后亦不见矣。"国王闻言,即请行者出皇宫,到宝殿,拜谢了道:"长老,你早间来的模样,那般俊伟,这时如何就改了形容?"行者笑道:"不瞒陛下说。早间来者,是我师父,乃唐朝御弟三藏。我是他徒弟孙悟空。还有二个师弟猪悟能,沙悟净,见在金亭馆驿。因知你信了妖言,要取我师父心肝做药引,是老孙变作师父模样,特来此降妖也。"那国王闻说,即传旨着阁下太宰快去驿中请师众来朝。

　　那三藏听见行者现了相,在空中降妖,吓得魂飞魄散。幸有八戒、沙僧护持。他又脸上戴着一片子臊泥,正闷闷不快,只听得人叫道:"法师,我等乃比丘国王差来的阁下太宰,特请入朝谢恩也。"八戒笑道:"师父。莫怕!莫怕!这不是又请你取心,想是师兄得胜,请你酬谢哩。"三藏道:"虽是得胜来请,但我这个臊脸,怎么见人?"八戒道:"没奈何,我们且去见了师兄,自有解释。"真个那长老无计,只得扶着八戒沙僧,挑着担,牵着马,同去驿庭之上。那太宰见了,害怕道:"爷爷呀!这都相似妖头怪脑之类!"沙僧道:"朝士休怪丑陋。我等乃是生成的遗体①。若我师兄来见朝,见了我师兄,他就俊了。"与众来朝,不待宣召,直至殿下。行者看见,即转身下殿,迎着面,把师父的泥脸子抓下,吹口仙气,叫:"正!"那唐僧即时复了原身,精神愈觉爽利。国王下殿亲迎,口称:"法师老佛。"师徒们将马拴住,都上殿来相见。

　　行者道:"陛下可知那怪来自何方?等老孙去与你一并擒来,剪除后患。"三宫六院,诸嫔群妃,都在那翡翠屏后。听见行者说剪除后患,也不避内外男女之嫌,一齐出来拜告道:"万望神僧老佛大施法力,剪草除根,把他剪除尽绝,诚为莫大之恩,自当重报!"行者忙忙答礼,只教国王说他住居。

　　国王含羞告道:"三年前他到时,朕曾问他。他说离城不远,只在向南去七十里路,有一座柳树坡清华庄上。国丈年老无儿,止后妻生一女,年方十六,不曾配人,愿进与朕。朕因那女貌婷婷②,遂纳了,宠幸在宫。不期得疾,太医屡药无功。他说他有仙方,止用小儿心煎汤为引。是朕不才,轻信其言,遂选民间小儿,择定今日午时开刀取心。不料神僧下降,恰恰又遇笼儿都不见了。他就说神僧十世修真,元阳未泄,得其心,比小儿心更加万倍。一时误犯,不知神僧识透妖魔。敢望广施大法,剪其后患,朕以倾国之资酬谢。"行者笑道:"实不相瞒。笼中小儿,是我师慈悲,着我藏了。你且休题甚么

---

①遗体:这里指父母赐给的身体。
②婷婷:姿态美好的样子。

赍财相谢,待我捉了妖怪,是我的功行。"叫:"八戒,跟我去来。"八戒道:"谨依兄命。但只是腹中空虚,不好着力。"国王即传旨教:"光禄寺快办斋供。"不一时斋到。八戒尽饱一餐,抖擞精神,随行者驾云而起。唬得那国王、妃后与文武多官,一个个朝空礼拜。都道:"是真仙真佛降临凡也!"

那大圣携着八戒,径到南方七十里之地,住下风云,找寻妖处。但只见一股清溪,两边夹岸,岸上有千千万万的杨柳,更不知清华庄在于何处。正是那万顷野田观不尽,千堤烟柳隐无踪。

孙大圣寻觅不着,即捻诀,念一声"唵"字真言,拘出一个当方土地,战兢兢近前跪下叫道:"大圣,柳林坡土地叩头。"行者道:"你休怕,我不打你。我问你:柳林坡有个清华庄,在于何方?"土地道:"此间有个清华洞,不曾有个清华庄。小神知道了,大圣想是自比丘国来的?"行者道:"正是,正是。比丘国王被一个妖精哄了。是老孙到那厢,识得是妖怪,当时战退那怪,化一道寒光,不知去向。及问比丘王,他说三年前进美女时,曾问其由,怪言居住城南七十里柳林坡清华庄。适寻到此,只见林坡,不见清华庄,是以问你。"土地叩头道:"望大圣恕罪。比丘王亦我地之主也,小神理当鉴察。奈何妖精神威法大,如我泄漏他事,就来欺凌,故此未获。大圣今来,只去那南岸九叉头一棵杨树根下,左转三转,右转三转,用两手齐扑树上,连叫三声'开门',即现清华洞府。"

大圣闻言,即令土地回去,与八戒跳过溪来,寻那颗杨树。果然有九条叉枝,总在一颗根上。行者分付八戒:"你且远远的站定,待我叫开门,寻着那怪,赶将出来,你却接应。"八戒闻命,即离树有半里远近立下。这大圣依土地之言,近树根,左转三转,右转三转,双手齐扑其树,叫:"开门!开门!"霎时间,一声响亮,唿喇喇的门开两扇,更不见树的踪迹。那里边光明霞采,亦无人烟。行者趁神威,撞将进去,但见那里好个去处:

烟霞幌亮,日月偷明。白云常出洞,翠藓乱漫庭。一径奇花争艳丽,遍阶瑶草斗芳荣。温暖气,景常春,浑如阆苑,不亚蓬瀛。滑凳攀长蔓,平桥挂乱藤。蜂衔红蕊来岩窟,蝶戏幽兰过石屏。

行者急拽步,行近前边细看,见石屏上有四个大字"清华仙府"。他忍不住,跳过石屏看处,只见那老怪怀中搂着个美女,喘嘘嘘的,正讲比丘国事,齐声叫道:"好机会来!三年事,今日得完,被那猴头破了!"行者跑近身,掣棒高叫道:"我把你这伙毛团,甚么好机会?吃吾一棒!"那老怪丢放美人,轮起蟠龙拐,急架相迎。他两个在洞前,这场好杀,比前又甚不同:

棒举迸金光,拐轮凶气发。那怪道:"你无知敢进我门来!"行者道:"我有意降邪怪!"那怪道:"我恋国主你无干,怎的欺心来展抹?"行者道:"僧修政教本慈悲,不忍儿童活见杀。"语去言来各恨仇,棒迎拐架当心扎。促损琪花为顾生①,踢破翠苔因把滑②。只杀得那洞中霞采欠光明,岩上芳菲俱掩压。乒乓惊得鸟难飞,吆喝唬得美人散。只存老怪与猴王,呼呼卷地狂风刮。看看斗出洞门来,又撞悟能呆性发。

原来八戒在外边,听见他们里面嚷闹,激得他心痒难挠,掣钉钯,把一颗九叉杨树刨倒;使钯筑了几下,筑得那鲜血直冒,嘤嘤的似乎有声。他道:"这颗树成了精也!这颗树成了精也!"按在地下,又正筑处,只见行者引怪出来。那呆子不打话,赶上前,举钯就筑。那老怪战行者已是难敌,见八戒钯来,愈觉心慌,败了阵,将身一幌,化道寒光,径投东走。他两个决不放松,向东赶来。

正当喊杀之际,又闻得鸾鹤声鸣,祥光缥缈。举目视之,乃南极老人星也③。那老人把寒光罩住。叫道:"大圣慢来,天蓬休赶。老道在此施礼哩。"行者即答礼道:"寿星兄弟,那里来?"八戒笑道:"肉头老儿,罩住寒光,必定捉住妖怪了。"寿星陪笑道:"在这里,在这里。望二公饶他命罢。"行者道:"老怪不与老弟相干,为何来说人

---

① 促:同"蹴"。踢。
② 把滑:控制住使不滑倒。
③ 南极老人星:即寿星。参见第二十六回"寿星、福星、禄星"条注。

情?"寿星笑道:"他是我的一副脚力①,不意走将来,成此妖怪。"行者道:"既是老弟之物,只教他现出本像来看看。"寿星闻言,即把寒光放出,喝道:"业畜!快现本相,饶你死罪!"那怪打个转身,原来是只白鹿。寿星拿起拐杖道:"这业畜,连我的拐棒也偷来也。"那只鹿俯伏在地,口不能言,只管叩头滴泪。但见他:

  一身如玉简斑斑②,两角参差七汊弯。
  几度饥时寻药圃,有朝渴处饮云潺。
  年深学得飞腾法,日久修成变化颜。
  今见主人呼唤处,现身泯耳伏尘寰。

  寿星谢了行者,就跨鹿而行。被行者一把扯住道:"老弟且慢走。还有两件事未完哩。"寿星道:"还有甚么未完之事?"行者道:"还有美人未获,不知是个甚么怪物。还又要同到比丘城见那昏君,现相回旨也。"寿星道:"既这般说,我且宁耐。你与天蓬下洞擒捉那美人来,同去现相可也。"行者道:"老弟略等等儿,我们去了就来。"那八戒抖擞精神,随行者径入清华仙府,呐声喊,叫:"拿妖怪!拿妖怪!"那美人战战兢兢,正自难逃,又听得喊声大振,即转石屏之内,又没个后门可以出头。被八戒喝声:"那里走!我把你这个哄汉子的臊精!看钯!"那美人手中又无兵器,不能迎敌,将身一闪,化道寒光,往外就走。被大圣抵住寒光,乒乓一棒,那怪立不住脚,倒在尘埃,现了本相,原来是一个白面狐狸。呆子忍不住手,举钯照头一筑,可怜把那个倾城倾国千般笑,化作毛团狐狢形。

  行者叫道:"莫打烂他,且留他此身去见昏君。"那呆子不嫌秽污,一把揪着尾子,拖拖扯扯,跟随行者出得门来。只见那寿星老儿手摸着鹿头骂道:"好业畜阿!你怎么背主逃去,在此成精?若不是我来,孙大圣定打死你了。"行者跳出来道:"老弟说甚么?"寿星道:"我嘱鹿哩!我嘱鹿哩!"八戒将个死狐狸掼在鹿的面前道:"这可是

---

① 脚力:指代步的牲畜。
② 简:同"茧"。鹿身上的花纹。

你的女儿么?"那鹿点头幌脑,伸着嘴,闻他几闻,呦呦发声,似有眷恋不舍之意。被寿星劈头扑了一掌道:"业畜!你得命足矣,又闻他怎的?"即解下勒袍腰带,把鹿扣住颈项,牵将起来,道:"大圣,我和你比丘国相见去也。"行者道:"且住!索性把这边都扫个干净,庶免他年复生妖孽。"八戒闻言,举钯将柳树乱筑。行者又念声"唵"字真言,依然拘出当坊土地,叫:"寻些枯柴,点起烈火,与你这方消除妖患,以免欺凌。"那土地即转身,阴风飒飒,帅起阴兵,搬取了些迎霜草、秋青草、蓼节草、山蕊草、萋蒿柴、龙骨柴、芦荻柴,都是隔年干透的枯焦之物,见火如同油腻一般。行者叫:"八戒,不必筑树。但得此物填塞洞里,放起火来,烧他个干净。"火一起,果然把一座清华妖怪宅,烧作火池坑。

这里才喝退土地,同寿星牵着鹿,拖着狐狸,一齐回到殿前,对国王道:"这是你的美后。与他耍子儿么?"那国王胆战心惊。又只见孙大圣引着寿星,牵着白鹿,都到殿前,唬得那国里君臣妃后,一齐下拜。行者近前,搀住国王笑道:"且休拜我。这鹿儿却是国丈,你只拜他便是。"那国王羞愧无地,只道:"感谢神僧救我一国小儿,真天恩也!"即传旨教光禄寺安排素宴,大开东阁,请南极老人与唐僧四众,共坐谢恩。三藏拜见了寿星,沙僧亦以礼见,都问道:"白鹿既是老寿星之物,如何得到此间为害?"寿星笑道:"前者东华帝君过我荒山,我留坐着棋,一局未终,这业畜走了。及客去,寻他不见,我因屈指询算①,知他走在此处,特来寻他,正遇着孙大圣施威。若果来迟,此畜休矣。"叙不了,只见报道:"宴已完备。"好素宴:

五彩盈门,异香满座。桌挂绣纬生锦艳,地铺红毯幌霞光。宝鸭内,沉檀香袅;御筵前,蔬品香馨。看盘高果砌楼台,龙缠斗糖摆走兽。鸳鸯锭②,狮仙糖,似模似样;鹦鹉杯,鹭鹚杓,如相如形。席

---

① 询算:同"巡算"。占卜方法,也称掐算,用手指纹推巡占算,断定吉凶祸福。

② 鸳鸯锭:和狮仙糖一样,都是做成鸟兽形状的糖果。

前果品般般盛,案上斋肴件件精。魁圆茧栗,鲜荔子桃。枣儿柿饼味甘甜,松子葡萄香腻酒。几般蜜食,数品蒸酥。油札糖浇,花团锦砌。金盘高垒大馍馍,银碗满盛香稻饭。辣燃燃汤水粉条长,香喷喷相连添换美。说不尽蘑菇木耳、嫩笋黄精,十香素菜,百味珍羞。往来绰摸不曾停,进退诸般皆盛设。

当时叙了坐次,寿星首席,长老次席,国王前席。行者、八戒、沙僧侧席。傍又有两三个太师相陪左右。即命教坊司动乐。国王擎着紫霞杯①,一一奉酒。惟唐僧不饮。八戒向行者道:"师兄,果子让你,汤饭等须请让我受用受用。"那呆子不分好歹,一齐乱上,但来的吃个精空。一席筵宴已毕,寿星告辞。那国王又近前跪拜寿星,求祛病延年之法。寿星笑道:"我因寻鹿,未带丹药。欲传你修养之方,你又筋衰神败,不能还丹②。我这衣袖中只有三个枣儿,是与东华帝君献茶的,我未曾吃,今送你罢。"国王吞之,渐觉身轻病退。后得长生者,皆原于此。八戒看见,就叫道:"老寿,有火枣,送我几个吃吃。"寿星道:"未曾带得。待改日我送你几斤。"遂出了东阁,道了谢意,将白鹿一声喝起,飞跨背上,踏云而去。这朝中君王妃后,城中黎庶居民,各各焚香礼拜不题。

三藏教:"徒弟,收拾辞王。"那国王又苦留求教。行者道:"陛下,从此色欲少贪,阴功多积,凡百事将长补短,自足以祛病延年,就是教也。"遂拿出两盘散金碎银,奉为路费。唐僧坚辞,分文不受。国王无已,命摆銮驾,请唐僧端坐凤辇龙车。王与嫔后,俱推轮转毂③,方送出朝。六街三市,百姓群黎,亦皆盏添净水,炉降真香,又送出城。忽听得半空中一声风响,路两边落下一千一百一十一个鹅

---

①紫霞杯:唐高丽国进贡的宝杯名"紫霞杯",由五彩玻璃烧制而成。
②不能还丹:内丹术认为修习内丹应趁年轻。年老体衰时,作为内丹原料的精气神均已消耗殆尽,不能修炼。即使一定要炼,也须将身体补回到青壮年的状态。参见第二十四回"原本"条注。
③推轮转毂:参见第四十回"捧毂推轮"条注。

笼，内有小儿啼哭，暗中有原护的城隍、土地、社令、真官、五方揭谛、四值功曹、六丁六甲、护教伽蓝等众，应声高叫道："大圣，我等前蒙分付，摄去小儿鹅笼，今知大圣功成起行，一一送来也。"那国王妃后与一应臣民，又俱下拜。行者望空道："有劳列位，请各归祠，我着民间祭祀谢你。"呼呼淅淅，阴风又起而退。

行者叫城里人家来认领小儿。当时传播，俱来各认出笼中之儿，欢欢喜喜，跑出叫哥哥，叫肉儿①，跳的跳，笑的笑，都叫："扯住唐朝爷爷，到我家奉谢救儿之恩！"无大无小，若男若女，都不怕他相貌之丑，抬着猪八戒，扛着沙和尚，顶着孙大圣，撮着唐三藏，牵着马，挑着担，一拥回城。那国王也不能禁止。这家也开宴，那家也设席。请不及的，或做僧帽、僧鞋、褊衫、布袜，里里外外，大小衣裳，都来相送。如此盘桓，将有个月，才得离城。又有传下影神，立起牌位，顶礼焚香供养。这才是：

阴功高垒恩山重，救活千千万万人。

毕竟不知向后又有甚么事体，且听下回分解。

---

① 肉儿：表示对孩子疼爱的昵称。

第八十回

姹女育阳求配偶①　心猿护主识妖邪

却说比丘国君臣黎庶,送唐僧四众出城,有二十里之远,还不肯舍。三藏勉强下辇,乘马辞别而行。目送者只至望不见踪影方回。四众行勾多时,又过了冬残春尽,看不了野花山树,景物芳菲。前面又见一座高山峻岭。三藏心惊,问道:"徒弟,前面高山有路无路,是必小心!"行者笑道:"师父这话,也不像个走长路的,却似个公子王孙,坐井观天之类。自古道:'山不碍路,路自通山②。'何以言有路无路?"三藏道:"虽然是山不碍路,但恐险峻之间生怪物,密查深处出妖精。"八戒道:"放心,放心!这里来相近极乐不远,管取太平无事!"

师徒正说,不觉的到了山脚下。行者取出金箍棒,走上石崖,叫道:"师父,此间乃转山的路儿,忒好走。快来!快来!"长老只得放怀策马。沙僧教:"二哥,你把担子挑一肩儿。"真个八戒接了担子挑上。沙僧拢着缰绳,老师父稳坐雕鞍,随行者都奔山崖上大路。但见那山:

云雾笼峰顶,潺湲涌涧中。百花香满路,万树密丛丛。梅青李白,柳绿桃红。杜鹃啼处春将暮,紫燕呢喃社已终。嵯峨石,翠盖松。崎岖岭道,突兀玲珑。削壁悬崖峻,薜萝草木秾。千岩竞秀如排戟,万壑争流远浪洪。

老师父缓观山景,忽闻啼鸟之声,又起思乡之念。兜马叫道:"徒弟!

---

① 姹女育阳:日本丹波康赖(其时代相当于唐代)《医心方》载有女性房中术"西王母养阴法",认为女性和童男交配,辅以一定的方法,可以长保青春。
② 山不碍路,路自通山:和"车到山前必有路"义同。

我自天牌传旨意,锦屏风下领关文。
　　观灯十五离东土,才与唐王天地分。
　　甫能龙虎风云会,却又师徒拗马军。
　　行尽巫山峰十二,何时对子见当今①?"

行者道:"师父,你常以思乡为念,全不似个出家人。放心且走,莫要多忧,古人云:'欲求生富贵,须下死工夫。'"三藏道:"徒弟,虽然说得有理,但不知西天路还在那里哩!"八戒道:"师父,我佛如来舍不得那三藏经,知我们要取去,想是搬了;不然,如何只管不到?"沙僧道:"莫胡谈! 只管跟着大哥走,只把工夫捱他,终须有个到之之日。"

师徒正自闲叙,又见一派黑松大林。唐僧害怕,又叫道:"悟空,我们才过了那崎岖山路,怎么又遇这个深黑松林? 是必在意。"行者道:"怕他怎的!"三藏道:"说那里话!'不信直中直,须防人不仁'。我也与你走过好几处松林,不似这林深远。你看:

　　东西密摆,南北成行。东西密摆彻云霄,南北成行侵碧汉。密查荆棘周围结,蓼却缠枝上下盘。藤来缠葛,葛去缠藤。藤来缠葛,东西客旅难行;葛去缠藤,南北经商怎进。这林中,住半年,那分日月;行数里,不见斗星。你看那背阴之处千般景,向阳之所万丛花。

---

① "我自天牌"以下数句:这是一首用骨牌术语集成的诗。骨牌(又称牙牌、牌九)有三十二张,每张均有特定的名称;同时不同的骨牌组合,也都有特定的名称。这里天牌、锦屏风、观灯十五、天地分、龙虎风云会、拗马军、巫山峰十二(即十二峰)、对子等都是骨牌或骨牌组合的名称。据清佚名《宣和牌谱》,牌面上有两列六点并排者,称"天牌"。红头(十点,上四红点,下六绿点),称"锦屏风"。两张板凳(四点)、中间一张黑七(七点),共合十五点,故称"观灯十五"。一张天牌和一张地牌(两点)组合,称"天地分"。梅牌(十点,上下各五点,作两朵梅花状)、斧头(十一点)、天牌的组合,称"风云际会"。两张红头、一张梅牌,称"拗马军"。两张长三(六点,上下各斜向三点),合为十二点,故称"十二峰"。成对的两张牌,称"对子"。

又有那千年槐、万载桧、奈寒松、山桃果、野芍药、旱芙蓉①,一攒攒密砌重堆,乱纷纷神仙难画。又听得百鸟声:鹦鹉哨,杜鹃啼,喜鹊穿枝,乌鸦反哺②;黄鹂飞舞,百舌调音③;鹧鸪鸣,紫燕语;八哥儿学人说话,画眉郎也会看经。又见那大虫摆尾,老虎磕牙;多年狐狢妆娘子,日久苍狼吼振林。就是托塔天王来到此,总会降妖也失魂!"

孙大圣公然不惧,使铁棒上前劈开大路,引唐僧径入深林,逍逍遥遥,行经半日,未见出林之路。唐僧叫道:"徒弟,一向西来,无数的山林崎险,幸得此间清雅,一路太平。这林中琪花异卉,其实可人情意。我要在此坐坐:一则歇马;二则腹中饥了,你去那里化些斋来我吃。"行者道:"师父请下马,老孙化斋去来。"那长老果然下了马。八戒将马拴在树上,沙僧歇下行李,取了钵盂,递与行者。行者道:"师父稳坐,莫要惊怕,我去了就来。"三藏端坐松阴之下,八戒、沙僧都去寻花觅果闲耍。

却说大圣纵筋斗,到了半空,伫定云光,回头观看,只见松林中祥云缥缈,瑞霭氤氲,他忽失声叫道:"好阿!好阿!"你道他叫好做甚?原来夸奖唐僧,说:"他是金蝉长老转世,十世修行的好人,所以有此祥瑞罩头。若我老孙,方五百年前大闹天宫之时,云游海角,放荡天涯,聚群精,自称齐天大圣,降龙伏虎,消了死籍;头戴着三额金冠,身穿着黄金铠甲,手执着金箍棒,足踏着步云鞋,手下有四万七千群怪,都称我做大圣爷爷,着实为人。如今脱却天灾,做小伏低④,与你做了徒弟。相师父头顶上有祥云瑞霭罩定,径回东土,必定有些好处,老孙也必定得个正果。"正自家这等夸念中间,忽然见林南下有一股子黑气,骨都都的冒将上来。行者大惊道:"那黑气里必定有邪了。我那八戒、沙僧却不会放甚黑气。"那大圣在半空中,详察不定。

---

①旱芙蓉:又称旱莲花、金莲花,草本植物,开黄色或橘黄色花,可以入药。
②反哺:指小乌鸦长成后,能衔食喂养母亲。
③百舌:鸟名,又称乌鸫,据说能模仿很多种鸟的叫声,故称百舌。
④做小伏低:甘居人下。

却说三藏坐在林中,明心见性,讽念那《摩诃般若波罗密多心经》,忽听得嘤嘤的叫声"放人"。三藏大惊道:"善哉!善哉!这等深林里,有甚么人叫?想是狼虫虎豹唬倒的,待我看看。"那长老起身挪步,穿过千年柏,隔起万年松,附葛攀藤,近前视之,只见那大树上绑着一个女子,上半截使葛藤绑在树上,下半截埋在土里。长老立定脚,问他一句道:"女菩萨,你有甚事,绑在此间?"咦!分明这厮是个妖怪,长老肉眼凡胎,却不能认得。那怪见他来问,泪如泉涌。你看他桃腮垂泪,有沉鱼落雁之容;星眼含悲,有闭月羞花之貌。长老实不敢近前,又开口问道:"女菩萨,你端的有何罪过?说与贫僧,却好救你。"那妖精巧语花言,虚情假意,忙忙的答应道:"师父,我家住在贫婆国①。离此有二百余里。父母在堂,十分好善,一生的和亲爱友。时遇清明,邀请诸亲及本家老小拜扫先茔,一行轿马,都到了荒郊野外。至茔前,摆开祭礼,刚烧化纸马,只闻得锣鸣鼓响,跑出一伙强人,持刀弄杖,喊杀前来,慌得我们魂飞魄散。父母诸亲,得马得轿的,各自逃了性命;奴奴年幼,跑不动,唬倒在地,被众强人拐来山内,大大王要做夫人,二大王要做妻室,第三第四个都爱我美色,七八十家一齐争吵,大家都不忿气,所以把奴奴绑在林间,众强人散盘而去②。今已五日五夜,看看命尽,不久身亡。不知是那世里祖宗积德,今日遇着老师父到此。千万发大慈悲,救我一命,九泉之下,决不忘恩。"说罢,泪下如雨。

三藏真个慈心,也就忍不住吊下泪来,声音哽咽。叫道:"徒弟。"那八戒、沙僧正在林中寻花觅果,猛听得师父叫得凄怆,呆子道:"沙和尚,师父在此认了亲耶。"沙僧笑道:"二哥胡缠!我们走了这些时,好人也不曾撞见一个,亲从何来?"八戒道:"不是亲,师父那里与人哭么?我和你去看来。"沙僧真个回转旧处,牵了马,担了担,

---

① 贫婆国:佛经中有"频婆娑罗王",佛在世摩竭陀国王之名。又苹果原称"频婆果",亦系梵语音译。此当据梵语"频婆"而虚拟的国名。

② 散盘:江湖黑话,散伙。

至跟前叫:"师父,怎么说?"唐僧用手指定那树上,叫:"八戒,解下那女菩萨来,救他一命。"呆子不分好歹,就去动手。

却说那大圣在半空中,又见那黑云浓厚,把祥光尽情盖了,道声:"不好,不好!黑气罩暗祥光,怕不是妖邪害俺师父!化斋还是小事,且去看我师去。"即返云头,按落林里,只见八戒乱解绳儿。行者上前,一把揪住耳朵,扑的摔了一跌。呆子抬头看见,爬起来说道:"师父教我救人,你怎么恃你有力,将我掼这一跌!"行者笑道:"兄弟,莫解他。他是个妖怪,弄喧儿骗我们哩。"三藏喝道:"你这泼猴,又来胡说了!怎么这等一个女子,就认得他是个妖怪!"行者道:"师父原来不知。这都是老孙干过的买卖,想人肉吃的法儿,你那里认得!"八戒唝着嘴道①:"师父,莫信这弼马温哄你。这女子乃是此间人家。我们东土远来,不与相较,又不是亲眷,如何说他是妖精?他打发我们丢了前去,他却翻筋斗,弄神法,转来和他干巧事儿,倒踏门也。"行者喝道:"夯货,莫乱谈!我老孙一向西来,那里有甚恁懒处?似你这个重色轻生,见利忘义的馕糟,不识好歹,替人家哄了招女婿②,绑在树上哩!"三藏道:"也罢,也罢。八戒呵,你师兄常时也看得不差。既这等说,不要管他,我们去罢。"行者大喜道:"好了,师父是有命的了!请上马,出松林外,有人家化斋你吃。"四人果一路前进,把那怪撇了。

却说那怪绑在树上,咬牙恨齿道:"几年家闻人说孙悟空神通广大,今日见他,果然话不虚传。那唐僧乃童身修行,一点元阳未泄,正欲拿他去配合,成太乙金仙。不知被此猴识破吾法,将他救去了。若是解了绳,放我下来,随手捉将去,却不是我的人儿也?今被他一篇散言碎语带去,却又不是劳而无功?等我再叫他两声看如何。"好妖精,不动绳索,把几声善言善语,用一阵顺风,嘤嘤的吹在唐僧耳

---

①唝(gǒng)着嘴:撅嘴,翘嘴。
②替人家哄了:这里指"四圣试禅心"中猪八戒招女婿的旧事。替,方言。给,被。

内。你道叫的甚么?他叫道:"师父呵,你放着活人的性命还不救,昧心拜佛取何经?"

唐僧在马上听得又这般叫唤,即勒马叫:"悟空,去救那女子下来罢。"行者道:"师父走路,怎么又想起他来了?"唐僧道:"他又在那里叫哩。"行者问:"八戒,你听见么?"八戒道:"耳大遮住了,不曾听见。"又问:"沙僧,你听见么?"沙僧道:"我挑担前走,不曾在心,也不曾听见。"行者道:"老孙也不曾听见。师父,他叫甚么?偏你听见。"唐僧道:"他叫得有理,说道:'活人性命还不救,昧心拜佛取何经?'救一人命,胜造七级浮屠。快去救他下来,强似取经拜佛。"行者笑道:"师父要善将起来,就没药医。你想你离了东土,一路西来,却也过了几重山场,遇着许多妖怪,常把你拿将进洞,老孙来救你,使铁棒,常打死千千万万。今日一个妖精的性命舍不得,要去救他?"唐僧道:"徒弟呀,古人云:'勿以善小而不为,勿以恶小而为之①。'还去救他救罢。"行者道:"师父既然如此,只是这个担儿,老孙却担不起。你要救他,我也不敢苦劝你,劝一会,你又恼了。任你去救。"唐僧道:"猴头莫多话!你坐着,等我和八戒救他去。"

唐僧回至林里,教八戒解了上半截绳子,用钯筑出下半截身子。那怪跌跌鞋,束束裙,喜孜孜跟着唐僧出松林,见了行者,行者只是冷笑不止。唐僧骂道:"泼猴头,你笑怎的?"行者道:"我笑你'时来逢好友,运去遇佳人'。"三藏又骂道:"泼猢孙胡说!我自出娘肚皮,就做和尚。如今奉旨西来,虔心礼佛求经,又不是利禄之辈,有甚运退时!"行者笑道:"师父,你虽是自幼为僧,却只会看经念佛,不曾见王法条律。这女子生得年少标致,我和你乃出家人,同他一路行走。

---

① 勿以善小而不为,勿以恶小而为之:语出《三国志·蜀书·先主传》裴松之注引刘备遗诏,是告诫其子刘禅的话。

倘或遇着歹人，把我们拿送官司，不论甚么取经拜佛，且都打做奸情①。纵无此事，也要问个拐带人口：师父追了度牒，打个小死；八戒该问充军；沙僧也问摆站；我老孙也不得干净，饶我口能，怎么折辩，也要问个不应。"三藏喝道："莫胡说！终不然我救他性命，有甚贻累不成②！带了他去，凡有事，都在我身上。"行者道："师父，虽说有事在你，却不知你不是救他，反是害他。"三藏道："我救他出林，得其活命，怎么反是害他？"行者道："他当时绑在林间，或三五日，十日，半月，没饭吃饿死了，还得个完全身体归阴。如今带他出来，你坐得是个快马，行路如风，我们只得随你。那女子脚小，移步艰难，怎么跟得上走？一时把他丢下，若遇着狼虫虎豹，一口吞之，却不是反害其生也？"三藏道："正是呀，这件事却亏你格③，如何处置？"行者笑道："抱他抱上来，和你同骑着马走罢。"三藏沉吟道："我那里好与他同马！"——他怎生得去？"三藏道："教八戒驮他走罢。"行者笑道："呆子造化到了！"八戒道："'远路没轻担'④，教我驮人，有甚造化？"行者道："你那嘴长，驮着他，转过嘴来，计较私情话儿，却不便益⑤？"八戒闻此言，捶胸爆跳道："不好！不好！师父要打我几下，宁可忍疼，背着他决不得干净。师兄一生会赃埋人。我驮不成！"三藏道："也罢，也罢。我也还走得几步哩，等我下来，慢慢的同走，着八戒牵着空马罢。"行者大笑道："呆子倒有买卖，师父照顾你牵马哩。"三藏道："这猴头又胡说哩！古人云：'马行千里，无人不能自返。'假如我在路上慢走，你好丢了我去？我若慢，你们也慢。大家一处同这女菩萨走

---

① 打做奸情：《大明律》卷二十五《犯奸》规定，犯奸者杖八十至一百不等，僧尼罪加二等。嫖妓饮酒者发回原籍为民。卷十八《贼盗》"略人略卖人"条规定，贩卖人口者，发配边疆充军。
② 贻累：牵累，招致祸害。
③ 亏你格：亏你想到了。格，语尾词。李评本作"亏你想"，则"格"亦似"想"之误字。
④ 远路没轻担：也说"百步无轻担"。路程远了，负担就会体现出来。
⑤ 便益：方便，便利。

下山去,或到庵观寺院,有人家之处,留他在那里,也是我们救他一场。"行者道:"师父说得有理,请前进。"

三藏撩前走,沙僧挑担,八戒牵着空马,引着女子,行者拿着棒,一行前进。不二三十里,天色将晚,又见一座楼台殿阁。三藏道:"徒弟,那里必定是座庵观寺院,就此借宿了,明日早行。"行者道:"师父说得是,各各走动些。"霎时到了门首,分付道:"你们略站远些,等我先去借宿。若有方便处,着人来叫你。"众人俱立在柳阴之下,惟行者拿铁棒,辖着那女子。长老拽步近前,只见那门东倒西歪,零零落落。推开看时,忍不住心中凄惨:长廊寂静,古刹消疏;苔藓盈庭,蒿荇满径;惟萤火之飞灯,只蛙声而代漏①。长老忽然吊下泪来,真个是:

殿宇凋零倒塌,廊房寂寞倾颓。断砖破瓦十余堆,尽是些歪梁拆柱。前后尽生青草,尘埋朽烂香厨②。钟楼崩坏鼓无皮,琉璃香炉破损。佛祖金身没色,罗汉倒卧东西。观音淋坏尽成泥,杨柳净瓶坠地。日内无僧人,夜间尽宿狐狸。只听风响吼如雷,都是虎豹藏身之处。四下墙垣皆倒,亦无门扇关居。

诗云:

　　多年古刹没人修,狼狈凋零倒更休。
　　猛风吹裂伽蓝面,大雨浇残佛像头。
　　金刚跌损随淋洒,土地无房夜不收。
　　更有两般堪叹处,铜钟着地没悬楼。

三藏硬着胆,走进二层门,见那钟鼓楼俱倒了,止有一口铜钟,扎在地下。上半截如雪之白,下半截如靛之青。原来是日久年深,上边被雨淋白,下边是土气上的铜青。三藏用手摸着钟,高叫道:"钟阿! 你

---

① 蛙声而代漏:古代计算时间用漏壶,这两句话的意思是寺院荒芜,只好用萤火虫代替灯笼,用蛙声代替漏壶。
② 香厨:即香积厨,僧人的厨房。语出《维摩诘经·香积品》:"菩萨以满钵香饭与维摩诘,饭香普薰毗耶离城及三千大千世界。"

也曾悬挂高楼吼,也曾鸣远彩梁声。
也曾鸡啼就报晓,也曾天晚送黄昏。
不知化铜的道人归何处,铸铜匠作那边存。
想他二命归阴府,他无踪迹你无声。"

长老高声赞叹,不觉的惊动寺里之人。那里边有一个侍奉香火的道人,他听见人语,扒起来,拾一块断砖,照钟上打将去。那钟当的响了一声,把个长老唬了一跌。挣起身要走,又绊着树根,扑的又是一跌。长老倒在地下,抬头又叫道:"钟呵!

贫僧正然感叹你,忽的叮当响一声。
想是西天路上无人到,日久多年变作精。"

那道人赶上前,一把搀住道:"老爷请起。不干钟成精之事,却才是我打得钟响。"三藏抬头,见他的模样丑黑,道:"你莫是魍魉妖邪?我不是寻常之人,我是大唐来的,我手下有降龙伏虎的徒弟。你若撞着他,性命难存也。"道人跪下道:"老爷休怕,我不是妖邪,我是这寺里奉侍香火的道人。却才听见老爷善言相赞,就欲出来迎接。恐怕是个邪鬼敲门,故此拾一块断砖,把钟打一下压胆,方敢出来。老爷请起。"那唐僧方然正性道:"住持,险些儿唬杀我,你带我进去。"

那道人引定唐僧,直至三层门里看处,比外边甚是不同,但见那:

青砖砌就彩云墙,绿瓦盖成琉璃殿。黄金妆圣象,白玉造阶台。大雄殿上舞青光,毗罗阁下生锐气。文殊殿结采飞云,轮藏堂描花堆翠①。三檐顶上宝瓶尖,五福楼中平绣盖。千株翠竹摇禅榻,万种青松映佛门。碧云宫里放金光,紫雾丛中飘瑞霭。朝闻四野香风远,暮听山高画鼓鸣。应有朝阳补破衲,岂无对月了残经?又只见

---

① 轮藏堂:收藏佛经的书架设有机轮,可以旋转,轮藏堂为收藏佛经的地方。参见第十一回"六道轮回"条注。

半壁灯光明后院,一行香雾照中庭。

三藏见了,不敢进去,叫:"道人,你这前边十分狼狈,后边这等齐整,何也?"道人笑道:"老爷,这山中多有妖邪强寇,天色清明,沿山打劫,天阴就来寺里藏身。被他把佛像推倒垫坐,木植搬来烧火。本寺僧人软弱,不敢与他讲论,因此把这前边破房都舍与那些强人安歇,从新另化了些施主,所以盖得那一所寺院。清混各一,这是西方的事情。"三藏道:"原来是如此。"正行间,又见山门上有五个大字,乃"镇海禅林寺"。才举步,跨入门里,忽见一个和尚走来。你看他怎生模样:

　　头戴左笲绒锦帽①,一对铜圈坠耳根。
　　身着颇罗毛线服②,一双白眼亮如银。
　　手中摇着播郎鼓③,口念番经听不真。
　　三藏原来不认得,这是西方路上喇嘛僧④。

那喇嘛和尚走出门来,看见三藏眉清目秀,额阔顶平,耳垂肩,手过膝,好似罗汉临凡,十分俊雅。他走上前扯住,满面笑唏唏的与他捻手捻脚,摸他鼻子,揪他耳朵,以示亲近之意。携至方丈中,行礼毕,却问:"老师父何来?"三藏道:"弟子乃东土大唐驾下钦差往西方天竺国大雷音寺拜佛取经者。适行至宝方天晚,特奔上刹借宿一宵,明日早行,望垂方便一二。"那和尚笑道:"不当人子!不当人子!

---

① 左笲绒锦帽:藏传佛教僧人所戴的帽子。《明史·西域传》载,万历七年(1579),西藏帕木竹巴政权首领札释藏卜进贡,物品有"画佛、铜佛、铜塔、珊瑚、犀角、氆氇、左髻毛缨、足力麻、铁力麻、刀剑、明甲胄"等。左髻可能是藏传佛教徒所戴法帽,俗称"鸡冠帽",顶上有绒穗聚拢者,名"卓孜玛"(即所谓"左髻毛缨"),为有地位的僧人所戴;绒穗散开者,名"卓鲁",为一般僧人所戴。"左笲"或即"卓孜"的音译。

② 颇罗:即"叵罗",见第十三回"叵罗衣"条注。明憨山大师《憨山老人梦游集》卷五十五"张韶州奉紫叵罗衣为寿",可知叵罗、颇罗,是僧人常服。

③ 播郎鼓:一种长柄摇鼓,摇动时两个悬锤击鼓作声。此处当指藏传佛教手鼓,又名嘎巴拉鼓。

④ 喇嘛僧:藏传佛教的僧人。

我们不是好意要出家的,皆因父母生身,命犯华盖,家里养不住,才舍断了出家。既做了佛门子弟,切莫说脱空之话①。"三藏道:"我是老实话。"和尚道:"那东土到西天,有多少路程!路上有山,山中有洞,洞内有精。像你这个单身,又生得娇嫩,那里像个取经的!"三藏道:"院主也见得是,贫僧一人,岂能到此?我有三个徒弟,逢山开路,遇水叠桥,保我弟子,所以到得上刹。"那和尚道:"三位高徒何在?"三藏道:"现在山门外伺候。"那和尚慌了道:"师父,你不知我这里有虎狼、妖贼、鬼怪伤人。白日里不敢远出,未经天晚,就关了门户。这早晚把人放在外边!"叫:"徒弟,快去请将进来。"

有两个小喇嘛儿,跑出外去,看见行者,吓了一跌;见了八戒,又是一跌。扒起来往后飞跑道:"爷爷,造化低了!你的徒弟不见,只有三四个妖怪站在那门首也。"三藏问道:"怎么模样?"小和尚道:"一个雷公嘴,一个碓挺嘴,一个青脸獠牙。傍有一个女子,倒是个油头粉面。"三藏笑道:"你不认得。那三个丑的是我徒弟,那一个女子,是我打松林里救命来的。"那喇嘛道:"爷爷呀,这们好俊师父,怎么寻这般丑徒弟?"三藏道:"他丑自丑,却俱有用。你快请他进来,若再迟了些儿,那雷公嘴的有些撞祸,不是个人生父母养的,他就打进来也。"

那小和尚即忙跑出,战兢兢的跪下道:"列位老爷,唐老爷请哩。"八戒笑道:"哥呵,他请便罢了,却这般战兢兢的,何也?"行者道:"看见我们丑陋害怕。"八戒道:"可是扯淡!我们乃生成的,那个是好要丑哩!"行者道:"把那丑且略收拾收拾!"呆子真个把嘴揣在怀里,低着头,牵着马,沙僧挑着担,行者在后面,拿着棍辖着那女子,一行进去。穿过了倒塌房廊,入三层门里。拴了马,歇了担,进方丈中,与喇嘛僧相见,分了坐次。那和尚入里边,引出七八十个小喇嘛来,见礼毕,收拾办斋管待。正是:

    积功须在慈悲念,佛法兴时僧赞僧。

毕竟不知怎生离寺,且听下回分解。

---

①脱空之话:大话,谎话。

第八十一回

镇海寺心猿知怪　黑松林三众寻师

话表三藏师徒到镇海禅林寺,众僧相见,安排斋供。四众食毕,那女子也得些食力①。渐渐天昏,方丈里点起灯来,众僧一则是问唐僧取经来历,二则是贪看那女子,都攒攒簇簇,排列灯下。三藏对那初见的喇嘛僧道:"院主,明日离了宝山,西去的路途如何?"那僧双膝跪下,慌得长老一把扯住道:"院主请起,我问你个路程,你为何行礼?"那僧道:"老师父明日西行,路途平正,不须费心。只是眼下有件事儿不尴尬,一进门就要说,恐怕冒犯洪威②,却才斋罢,方敢大胆奉告:老师东来,路遥辛苦,都在小和尚房中安歇甚好;只是这位女菩萨,不方便,不知请他那里睡好?"三藏道:"院主,你不要生疑,说我师徒们有甚邪意。早间打黑松林过,撞见这个女子绑在树上。小徒孙悟空不肯救他,是我发菩提心,将他救了,到此随院主送他那里睡去。"那僧谢道:"既老师宽厚,请他到天王殿里,就在天王爷爷身后,安排个草铺,教他睡罢。"三藏道:"甚好,甚好。"遂此时,众小和尚引那女子往殿后睡去。长老就在方丈中,请众院主自在,遂各散去。三藏分付悟空:"辛苦了,早睡早起。"遂一处都睡了,不敢离侧,护着师父。渐入夜深,正是那:

　　玉兔高升万籁宁,天街寂静断人行③。
　　银河耿耿星光灿,鼓发谯楼僭换更④。

一宵晚话不题。及天明了,行者起来,教八戒沙僧收拾行囊、马

---

①食力:指腹中有食物而产生的气力。
②洪威:强大的威力。这里是对人的敬称,指冒犯威严。
③天街:京城中的街道。
④谯楼:城门上的瞭望楼。僭(zǎn),急忙,同"趱"。

匹，却请师父走路。此时长老还贪睡未醒，行者近前叫声："师父。"那师父把头抬了一抬，又不曾答应得出。行者问："师父怎么说？"长老呻吟道："我怎么这般头悬眼胀，浑身皮骨皆疼？"八戒听说，伸手去摸摸，身上有些发热。呆子笑道："我晓得了，这是昨晚见没钱的饭，多吃了几碗，倒沁着头睡①，伤食了②。"行者喝道："胡说！等我问师父，端的何如。"三藏道："我半夜之间，起来解手，不曾戴得帽子，想是风吹了。"行者道："这还说得是，如今可走得路么？"三藏道："我如今起坐不得，怎么上马？但只误了路啊！"行者道："师父说那里话！常言道：'一日为师，终身为父。'我等与你做徒弟，就是儿子一般。又说道：'养儿不用阿金溺银，只是见景生情便好。'你既身子不快，说甚么误了行程，便宁耐几日何妨？"兄弟们都伏侍着师父，不觉的早尽午来昏又至，良宵才过又侵晨。

　　光阴迅速，早过了三日。那一日，师父欠起身来叫道："悟空，这两日病体沉疴，不曾问得你，那个脱命的女菩萨，可曾有人送些饭与他吃？"行者笑道："你管他怎的，且顾了自家的病着。"三藏道："正是，正是。你且扶我起来，取出我的纸、笔、墨，寺里借个砚台来使使。"行者道："要怎的？"长老道："我要修一封书，并关文封在一处，你替我送上长安驾下，见太宗皇帝一面。"行者道："这个容易，我老孙别事无能，若说送书，人间第一。你把书收拾停当与我，我一筋斗送到长安，递与唐王，再一筋斗转将回来，你的笔砚还不干哩。但只是你寄书怎的？且把书意念念我听，念了再写不迟。"长老滴泪道："我写着：

　　　　臣僧稽首三顿首，万岁山呼拜圣君。
　　　　文武两班同入目，公卿四百共知闻。
　　　　当年奉旨离东土，指望灵山见世尊。
　　　　不料途中遭厄难，何期半路有灾迍。

----

①倒沁着头：方言。倒垂着头。
②伤食：饮食过量，消化不良。

僧病沉疴难进步，佛门深远接天门。

有经无命空劳碌，启奏当今别遣人。"

行者听得此言，忍不住呵呵大笑道："师父，你忒不济，略有些些病儿，就起这个意念。你若是病重，要死要活，只消问我。我老孙自有个本事，问道：'那个阎王敢起心？那个判官敢出票①？那个鬼使来勾取？'若恼了我，我拿出那大闹天宫之性子，又一路棍，打入幽冥，捉住十代阎王，一个个抽了他的筋，还不饶他哩！"三藏道："徒弟呀，我病重了，切莫说这大话。"八戒上前道："师兄，师父说不好，你只管说好，十分不尴尬。我们趁早商量，先卖了马，典了行囊，买棺木送终散火。"行者道："呆子又胡说了！你不知道师父是我佛如来第二个徒弟，原叫做金蝉长老；只因他轻慢佛法，该有这场大难。"八戒道："哥阿，师父既是轻慢佛法，贬回东土，在是非海内，口舌场中，托化做人身，发愿往西天拜佛求经，遇妖精就捆，逢魔头就吊，受诸苦恼，也勾了；怎么又叫他害病？"行者道："你那里晓得，老师父不曾听佛讲法，打了一个盹，往下一失②，左脚下踹了一粒米，下界来，该有这三日病。"八戒惊道："像老猪吃东西泼泼撒撒的③，也不知害多少年代病哩！"行者道："兄弟，佛不与你众生为念。你又不知，人云：'锄禾日当午，汗滴禾下土。谁知盘中餐，粒粒皆辛苦。'师父只今日一日，明日就好了。"三藏道："我今日比昨不同，咽喉里十分作渴。你去那里，有凉水寻些来我吃。"行者道："好了！师父要水吃，便是好了。等我取水去。"

即时取了钵盂，往寺后面香积厨取水。忽见那些和尚一个个眼儿通红，悲啼哽咽，只是不敢放声大哭。行者道："你们这些和尚，忒小家子样！我们住几日，临行谢你，柴火钱照日算还。怎么这等脓

---

①出票：出传票，旧时以阎王勾命比拟官府传人犯，认为地府里勾人也需要传票。

②往下一失：身子往下一歪。

③泼泼撒撒：形容从容器中散洒出来的样子。

包!"众僧慌跪下道:"不敢!不敢!"行者道:"怎么不敢?想是我那长嘴和尚食肠大,吃伤了你的本儿也?"众僧道:"老爷,我这荒山,大大小小,也有百十众和尚,每一人养老爷一日,也养得起百十日。怎么敢欺心,计较甚么食用!"行者道:"既不计较,你却为甚么啼哭?"众僧道:"老爷,不知是那山里来的妖邪在这寺里。我们晚夜间着两个小和尚去撞钟打鼓,只听得钟鼓响罢,再不见人回。至次日找寻,只见僧帽僧鞋,丢在后边园里,骸骨尚存,将人吃了。你们住了三日,我寺里不见了六个和尚。故此,我兄弟们不由的不怕,不由的不伤。因见你老师父贵恙,不敢传说,忍不住泪珠偷垂也。"

　　行者闻言,又惊又喜道:"不消说了,必定是妖魔在此伤人也,等我与你剿除他。"众僧道:"老爷,妖精不精者不灵,一定会腾云驾雾,一定会出幽入冥。古人道得好:'莫信直中直,须防人不仁。'老爷,你莫怪我们说:你若拿得他住哩,便与我荒山除了这条祸根,正是三生有幸了;若还拿他不住呵,却有好些儿不便处。"行者道:"怎叫做好些不便处?"众僧道:"直不相瞒老爷说。我这荒山,虽有百十众和尚,却都只是自小儿出家的,发长寻刀削,衣单破衲缝。早晨起来,洗着脸,叉手躬身,皈依大道;夜来收拾,烧着香,虔心叩齿①,念的弥陀。举头看见佛,莲九品,秋三乘②,慈航共法云,愿见祇园释世尊;低头看见心,受五戒,度大千,生生万法中,愿悟顽空与色空。诸檀越来呵③,老的、小的、长的、矮的、胖的、瘦的,一个个敲木鱼,击金磬,挨挨挼挼④,两卷《法华经》,一第《梁王忏》;诸檀越不来呵,新的、旧的、生的、熟的、村的、俏的,一个个合着掌,瞑着目,悄悄冥冥,入定蒲团上,牢关月下门。一任他莺啼燕语闲争斗,不上我方便慈悲大法乘。因此上,也不会伏虎,也不会降龙;也不识的怪,也不识的

---

①叩齿:牙齿上下相碰击,是一种养生之法,也是一种祈祷的仪式。
②秋:同"艺"。虔心学习。
③檀越:梵语音译,施主。
④挼挼挼挼(zǎn):挤来挤去。

精。你老爷若还惹起那妖魔呵,我百十个和尚只彀他斋一饱。一则堕落我众生轮回;二则灭抹了这禅林古迹;三则如来会上,全没半点儿光辉。这却是好些儿不便处。"

行者闻得众和尚说出这一端的话说,他便怒从心上起,恶向胆边生,高叫一声:"你这众和尚好呆哩!只晓得那妖精,就不晓得我老孙的行止么?"众僧轻轻的答道:"实不晓得。"行者道:"我今日略节说说①,你们听着:我也曾花果山伏虎降龙,我也曾上天堂大闹天宫。饥时把老君的丹,略略咬了两三颗;渴时把玉帝的酒,轻轻噇了六七钟。睁着一双不白不黑的金睛眼,天惨淡,月朦胧;拿着一条不短不长的金箍棒,来无影,去无踪。说甚么大精小怪,那怕他瓮懒臡脓②!一赶赶上去,跑的跑,颤的颤,躲的躲,慌的慌;一捉捉将来,锉的锉,烧的烧,磨的磨,舂的舂。正是八仙同过海,独自显神通。众和尚,我拿这妖精与你看看,你才认得我老孙!"

众僧听着,暗点头道:"这贼秃开大口,说大话,想是有些来历。"都一个个诺诺连声,只有那喇嘛僧道:"且住!你老师父贵恙,你拿这妖精不至紧③。俗语道:'公子登筵,不醉便饱;壮士临阵,不死即伤④。'你两下里角斗之时,倘贻累你师父,不当稳便⑤。"行者道:"有理!有理!我且送凉水与师父吃了再来。"掇起钵盂,着上凉水,转出香积厨,就到方丈,叫声:"师父,吃凉水哩。"三藏正当烦渴之时,便抬起头来,捧着水,只是一吸,真个"渴时一滴如甘露,药到真方病即除"。行者见长老精神渐爽,眉目舒开,就问道:"师父,可吃些汤饭么?"三藏道:"这凉水就是灵丹一般,这病儿减了一半,有汤饭也吃得些。"行者连声高高叫道:"我师父好了,要汤饭吃哩。"教那些和

---

①略节:简要的书面报告,这里指简要地描述。
②臡脓:不详其义,似同"败脓"或"拔脓"。形容人腐朽无能。
③不至紧:不打紧,不要紧。
④"公子登筵"数句:意为经常做某种事情,免不了受到这种事带来的危险。
⑤不当:不太,不很。

尚忙忙的安排淘米,煮饭,捍面①,烙饼,蒸馍馍,做粉汤,抬了四五桌。唐僧只吃得半碗儿米汤。行者、沙僧止用了一席,其余的都是八戒一肚餐之。家火收去,点起灯来,众僧各散。

三藏道:"我们今住几日了?"行者道:"三整日矣。明朝向晚,便就是四个日头。"三藏道:"三日误了许多路程。"行者道:"师父,也算不得路程,明日去罢。"三藏道:"正是,就带几分病儿,也没奈何。"行者道:"既是明日要去,且让我今晚捉了妖精者。"三藏惊道:"又捉甚么妖精?"行者道:"有个妖精在这寺里,等老孙替他捉捉。"唐僧道:"徒弟呀,我的病身未可,你怎么又兴此念?倘那怪有神通,你拿他不住呵,却又不是害我?"行者道:"你好灭人威风!老孙到处降妖,你见我弱与谁的?只是不动手,动手就要赢。"三藏扯住道:"徒弟,常言说得好:'遇方便时行方便,得饶人处且饶人。操心怎似存心好,争气何如忍气高。'"孙大圣见师父苦苦劝他,不许降妖,他说出老实话来道:"师父,实不瞒你说,那妖在此吃了人了。"唐僧大惊道:"吃了甚么人?"行者说道:"我们住了三日,已是吃了这寺里六个小和尚了。"长老道:"兔死狐悲,物伤其类②。他既吃了寺内之僧,我亦僧也,我放你去,只但用心仔细些。"行者道:"不消说,老孙的手到就消除了。"

你看他灯光前分付八戒、沙僧看守师父。他喜孜孜跳出方丈,径来佛殿看时,天上有星,月还未上,那殿里黑暗暗的。他就吹出真火,点起琉璃,东边打鼓,西边撞钟。响罢,摇身一变,变做个小和尚儿,年纪只有十二三岁,披着黄绢褊衫,白布直裰,手敲着木鱼,口里念经。等到一更时分,不见动静。二更时分,残月才升,只听见呼呼的一阵风响。好风:

黑雾遮天暗,愁云照地昏。四方如泼墨,一派靛妆浑。先刮时扬尘播土,次后来倒树摧林。扬尘播土星光现,倒树摧林月色昏。

---

①捍:同"擀"。
②兔死狐悲,物伤其类:比喻因同类的失败或死亡而感到悲伤。

只刮得嫦娥紧抱梭罗树,玉兔团团找药盆。九曜星官皆闭户,四海龙王尽掩门。庙里城隍觅小鬼,空中仙子怎腾云?地府阎罗寻马面,判官乱跑赶头巾。刮动昆仑顶上石,卷得江湖波浪混。

那风才然过处,猛闻得兰麝香熏,环珮声响,即欠身抬头观看,呀!却是一个美貌佳人,径上佛殿。行者口里呜哩呜喇,只情念经。那女子走近前,一把搂住道:"小长老,念的甚么经?"行者道:"许下的①。"女子道:"别人都自在睡觉,你还念经怎么?"行者道:"许下的,如何不念?"女子搂住,与他亲个嘴道:"我与你到后面耍耍去。"行者故意的扭过头去道:"你有些不晓事!"女子道:"你会相面?"行者道:"也晓得些儿。"女子道:"你相我怎的样子?"行者道:"我相你有些儿偷生抓熟②,被公婆赶出来的。"女子道:"相不着!相不着!我

  不是公婆赶逐,不因抓熟偷生。
  奈我生前命薄,投配男子年轻。
  不会洞房花烛,避夫逃走之情。

趁如今星光月皎,也是有缘千里来相会,我和你到后园中交欢配鸾俦去也③。"行者闻言,暗点头道:"那几个愚僧,都被色欲引诱,所以伤了性命,他如今也来哄我。"就随口答应道:"娘子,我出家人年纪尚幼,却不知甚么交欢之事。"女子道:"你跟我去,我教你。"行者暗笑道:"也罢,我跟他去,看他怎生摆布。"

他两个搂着肩,携着手,出了佛殿,径至后边园里。那怪把行者使个绊子腿,跌倒在地,口里"心肝哥哥"的乱叫,将手就去掐他的臊根④。行者道:"我的儿,真个要吃老孙哩!"却被行者接住他手,使个小坐跌法⑤,把那怪一辘轳掀翻在地上。那怪口里还叫道:"心肝哥

---

①许下的:指在佛前发下愿心所承诺的。
②偷生抓(wǎ)熟:指女人偷情不择生人熟人。抓,方言。用勺或手舀。
③鸾俦:即"鸾凤俦",指夫妻。俦,伴侣。
④臊根:男性生殖器。
⑤小坐跌法:一种擒拿摔跤的手法。

哥,你倒会跌你的娘哩!"行者暗算道:"不趁此时下手他,还到几时!正是'先下手为强,后下手为殃'。"就把手一叉,腰一躬,一跳跳起来,现出原身法象,轮起金箍铁棒,劈头就打。那怪倒也吃了一惊,他心想道:"这个小和尚,这等利害!"打开眼一看,原来是那唐长老的徒弟姓孙的,他也不惧他。你说这精怪是甚么精怪:

金作鼻,雪铺毛。地道为门屋,安身处处牢。养成三百年前气,曾向灵山走几遭。一饱香花和蜡烛,如来分付下天曹。托塔天王恩爱女,哪吒太子认同胞。也不是个填海鸟①,也不是个戴山鳌②。也不怕的雷焕剑③,也不怕的吕虔刀④。往往来来,一任他水流江汉阔;上上下下,那论他山耸泰恒高?你看他月貌花容娇滴滴,谁识得是个鼠老成精逞黠豪!

他自恃的神通广大,便随手架起双股剑,玎玎珰珰的响,左遮右格,随东倒西。行者虽强些,却也捞他不倒。阴风四起,残月无光,你看他两人,后园中一场好杀:

阴风从地起,残月荡微光。阒静梵王宇⑤,阑珊小鬼廊。后园里一片战争场:孙大士,天上圣;毛姹女,女中王,赌赛神通未肯降。一个儿扭转芳心嗔黑秃,一个儿圆睁慧眼恨新妆。两手剑飞,那认得

---

① 填海鸟:指精卫鸟。据《山海经·北山经》等神话传说,炎帝的女儿到东海边游玩,溺死在海里,精魂化成精卫鸟,每天衔木石投入海中,发誓要填平大海。

② 戴山鳌:即传说中驮着仙山浮于海上的巨鳌。据《列子·汤问》,东海有岱舆、员峤、方壶、瀛洲、蓬莱五仙山,浮于海上,常随潮波上下往还。天帝恐怕仙山顺水流走,故命海神禺强派十五只巨鳌驮负仙山。戴,用头顶着。

③ 雷焕剑:据《晋书·张华传》,西晋时张华知识渊博,他与雷焕发现一个地方剑气冲天,就派雷焕到那里去做县令,在县城中找到了龙泉和太阿两把宝剑。

④ 吕虔刀:据《晋书·王祥传》,三国时吕虔有一口宝刀,听人说这口刀只有三公才能佩带,他认为自己不够资格,便把刀送给了王祥。王祥入晋后果然官居太保,并封为公。

⑤ 阒(qù)静:寂静。

女菩萨;一根棍打,狠似个活金刚。响处金箍如电掣,霎时铁白耀星芒。玉楼抓翡翠①,金殿碎鸳鸯。猿啼巴月小,雁叫楚天长。十八尊罗汉,暗暗喝采;三十二诸天,个个慌张。

那孙大圣精神抖擞,棍儿没半点差池。妖精自料敌他不住,猛可的眉头一蹙,计上心来,抽身便走。行者喝道:"泼货!那走!快快来降!"那妖精只是不理,直往后退。等行者赶到紧急之时,即将左脚上花鞋脱下来,吹口仙气,念个咒语,叫一声:"变!"就变做本身模样,使两口剑舞将来,真身一幌,化阵清风而去。这却不是三藏的灾星?他便竟撞到方丈里,把唐三藏摄将去云头上,杳杳冥冥,霎霎眼,就到了陷空山,进了无底洞,叫小的们安排素筵席成亲不题。

却说行者斗得心焦性燥,闪一个空,一棍把那妖精打落下来,乃是一只花鞋。行者晓得中了他计,连忙转身来看师父。那有个师父?只见那呆子和沙僧口里呜哩呜哪说甚么。行者怒气填胸,也不管好歹,捞起棍来一片打,连声叫道:"打死你们!打死你们!"那呆子慌得走也没路。沙僧却是个灵山大将,见得事多,就软款温柔,近前跪下道:"兄长,我知道了,想你要打杀我两个,也不去救师父,径自回家去哩。"行者道:"我打杀你两个,我自去救他!"沙僧笑道:"兄长说那里话!无我两个,真是'单丝不线,孤掌难鸣'。兄阿,这行囊马匹,谁与看顾?宁学管鲍分金②,休仿孙庞斗智③。自古道'打虎还得亲弟兄,上阵须教父子兵',望兄长且饶打,待天明和你同心戮

---

①玉楼抓翡翠:形容兵器碰撞叮叮当当的声音。

②管鲍分金:据《史记·管晏列传》,春秋时,齐国的管仲和鲍叔牙是好朋友,两人一起经商,获得的利润管仲总要多拿一些,鲍叔牙非常理解,因为他知道管仲家里穷,而且有老母亲要赡养,所以后人以管鲍分金形容朋友感情深厚。

③孙庞斗智:据《史记·孙子吴起列传》,战国时孙膑和庞涓是同学,后来庞涓当了魏国的大将,嫉妒孙膑的才能,将孙膑骗去,诬陷他犯了罪,用了刑罚。孙膑逃出,跑到齐国,受到重用,在一次战役中,孙膑埋伏下人马,把庞涓射死。后人就用孙庞斗智来形容朋友反目成仇。

力,寻师去也。"行者虽是神通广大,却也明理识时。见沙僧苦苦哀告,便就回心道:"八戒,沙僧,你都起来。明日找寻师父,却要用力。"那呆子听见饶了,恨不得天也许下半边,道:"哥阿,这个都在老猪身上。"兄弟们思思想想,那曾得睡,恨不得点头唤出扶桑日,一口吹散满天星。

三众只坐到天晓,收拾要行,早有寺僧拦门来问:"老爷那里去?"行者笑道:"不好说,昨日对众夸口,说与他们拿妖精,妖精未曾拿得,倒把我个师父不见了。我们寻师父去哩。"众僧害怕道:"老爷,小可的事,倒带累老师,却往那里去寻?"行者道:"有处寻他。"众僧又道:"既去莫忙,且吃些早斋。"连忙的端了两三盆汤饭。八戒尽力吃个干净,道:"好和尚!我们寻着师父,再到你这里来耍子。"行者道:"还到这里吃他饭哩!你去天王殿里看看那女子在否。"众僧道:"老爷,不在了,不在了。自是当晚宿了一夜,第二日就不见了。"

行者喜喜欢欢的辞了众僧,着八戒、沙僧牵马挑担,径回东走。八戒道:"哥哥差了,怎么又往东行?"行者道:"你岂知道!前日在那黑松林绑的那个女子,老孙火眼金睛,把他认透了,你们都认做好人。今日吃和尚的也是他,摄师父的也是他。你们救得好女菩萨!今既摄了师父,还从旧路上找寻去也。"二人叹服道:"好,好,好!真是粗中有细。去来去来。"三人急急到于林内,只见那:

云蔼蔼,雾漫漫。石层层,路盘盘。

狐踪兔迹交加走,虎豹豺狼往复钻。

林内更无妖怪影,不知三藏在何端。

行者心焦,掣出棒来,摇身一变,变作大闹天宫的本相,三头六臂,六只手,理着三根棒,在林里辟哩拨喇的乱打。八戒见了道:"沙僧,师兄着了恼,寻不着师父,弄做个气心风了①。"原来行者打了一路,打出两个老头儿来,一个是山神,一个是土地,上前跪下道:"大圣,山神、土地来见。"八戒道:"好灵根阿!打了一路,打出两个山神

---

① 气心风:指发怒后精神失常。

土地;若再打一路,连太岁都打出来也。"行者问道:"山神、土地,汝等这般无礼!在此处专一结伙强盗,强盗得了手,买些猪羊祭赛你,又与妖精结掳①,打伙儿把我师父摄来。如今藏在何处?快快的从实供来,免打!"二神慌了道:"大圣错怪了我耶。妖精不在小神山上,不伏小神管辖,但只夜间风响处,小神略知一二。"行者道:"既知,一一说来!"土地道:"那妖精摄你师父去,在那正南下,离此有千里之遥。那厢有座山,唤做陷空山,山中有个洞,叫做无底洞。是那山里妖精,到此变化摄去也。"

行者听言,暗自惊心,喝退了山神、土地,收了法身,现出本相,与八戒、沙僧道:"师父去得远了。"八戒道:"远便腾云赶去。"好呆子,一纵狂风先起,随后是沙僧驾云,那白马原是龙子出身,驮了行李,也踏了风雾。大圣即起筋斗,一直南来。不多时,早见一座大山,阻住云脚。三人采住马,都按定云头,见那山:

顶摩碧汉,峰接青霄。周围杂树万万千,来往飞禽喳喳噪。虎豹成阵走,獐鹿打丛行。向阳处,琪花瑶草馨香;背阴方,腊雪顽冰不化。崎岖峻岭,削壁悬崖。直立高峰,湾环深涧。松郁郁,石磷磷,行人见了悚其心。打柴樵子全无影,采药仙童不见踪。眼前虎豹能兴雾,遍地狐狸乱弄风。

八戒道:"哥阿,这山如此险峻,必有妖邪。"行者道:"不消说了。山高原有怪,岭峻岂无精?"叫:"沙僧,我和你且在此,着八戒先下山凹里打听打听,看那条路好走,端的可有洞府,再看是那里开门,俱细细打探,我们好一齐去寻师父救他。"八戒道:"老猪晦气!先拿我顶缸!"行者道:"你夜来说都在你身上,如何打仰②?"八戒道:"不要嚷,等我去。"呆子放下钯,抖抖衣服,空着手,跳下高山,找寻路径。这一去,毕竟不知好歹如何,且听下回分解。

---

①结掳:勾结盗匪。
②打仰:向后仰,这里是退却的意思。

第八十二回

姹女求阳　元神护道①

却说八戒跳下山,寻着一条小路,依路前行,有五六里远近,忽见两个女怪,在那井上打水。他怎么认得是两个女怪?见他头上戴一顶一尺二三寸高的篾丝鬏髻②,甚不时兴。呆子走近前叫声"妖怪",那怪闻言大怒,两人互相说道:"这和尚忞懒!我们又不与他相识,平时又没有吊得嘴惯③,他怎么叫我们做妖怪!"那怪恼了,轮起抬水的杠子,劈头就打。

这呆子手无兵器,遮架不得,被他捞了几下,侮着头跑上山来道:"哥阿,回去罢!妖怪凶!"行者道:"怎么凶?"八戒道:"山凹里两个女妖精在井上打水,我只叫了他一声,就被他打了我三四杠子!"行者道:"你叫他做甚么的?"八戒道:"我叫他做妖怪的。"行者笑道:"打得还少。"八戒道:"谢你照顾!头都打肿了,还说少哩!"行者道:"'温柔天下去得,刚强寸步难行'。他们是此地之怪,我们是远来之僧,你一身都是手,也要略温存。你就去叫他做妖怪,他不打你,打我?'人将礼乐为先'。"八戒道:"一发不晓得!"行者道:"你自幼在山中吃人,你晓得有两样木么?"八戒道:"不知,是甚么木?"行者道:"一样是杨木,一样是檀木。杨木性格甚软,巧匠取来,或雕圣像,或刻如来,妆金立粉,嵌玉装花,万人烧香礼拜,受了多少无量之福。

---

①护道:原作"获道"。据闻本改。
②篾丝鬏髻:即"鬏髻",用篾丝编的假髻。明范濂《云间据目钞》卷二记上海、松江一带妇女发饰:"妇人头髻,在隆庆初年皆尚圆扁。"明陈大声《嘲北妓》:"头上鬏髻高尺二,村娘,那里有雾髻云鬟官样妆。"故下文说"甚不时兴"。
③吊得嘴惯:开惯玩笑。吊嘴,同"调嘴"。耍嘴皮子,开玩笑。清佚名《第一奇女》四十八回:"你这狗才,专管吊嘴!"

那檀木性格刚硬,油房里取了去,做柞撒①,使铁箍箍了头,又使铁锤往下打,只因刚强,所以受此苦楚。"八戒道:"哥阿,你这好话儿,早与我说说也好,却不受他打了。"行者道:"你还去问他个端的。"八戒道:"这去他认得我了。"行者道:"你变化了去。"八戒道:"哥阿,且如我变了,却怎么问么?"行者道:"你变了去,到他跟前,行个礼儿,看他多大年纪。若与我们差不多,叫他声'姑娘';若比我们老些儿,叫他声'奶奶'。"八戒笑道:"可是蹭蹬!这般许远的田地,认得是甚么亲!"行者道:"不是认亲,要套他的话哩。若是他拿了师父,就好下手;若不是他,却不误了我别处干事?"八戒道:"说得有理,等我再去。"

好呆子,把钉钯撒在腰里,下山凹,摇身一变,变做个黑胖和尚,摇摇摆摆,走近怪前,深深唱个大喏道:"奶奶,贫僧稽首了。"那两个喜道:"这个和尚却好,会唱个喏儿,又会称道一声儿。"问道:"长老,那里来的?"八戒道:"那里来的。"又问:"那里去的?"又道:"那里去的。"又问:"你叫做甚么名字?"又答道:"我叫做甚么名字。"那怪笑道:"这和尚好便好,只是没来历,会说顺口话儿。"八戒道:"奶奶,你们打水怎的?"那怪道:"和尚,你不知道。我家老夫人今夜里摄了一个唐僧在洞里,要管待他,我洞中水不干净,差我两个来此打这阴阳交媾的好水,安排素果素菜的筵席,与唐僧吃了,晚间要成亲哩。"

那呆子闻得此言,急抽身跑上山叫:"沙和尚,拿将行李来,我们分了罢!"沙僧道:"二哥,又分怎的?"八戒道:"分了便你还去流沙河吃人,我去高老庄探亲,哥哥去花果山称圣,白龙马归大海成龙,师父已在这妖精洞内成亲哩。我们都各安生理去也。"行者道:"这呆子又胡说了!"八戒道:"你的儿子胡说!才那两个抬水的妖精,说安排素筵席与唐僧吃了成亲哩!"行者道:"那妖精把师父困在洞里,师父眼巴巴的望我们去救,你却在此说这样话!"八戒道:"怎么救?"行者道:"你两个牵着马,挑着担,我们跟着那两个女怪,做个引子,引

---

① 柞撒:旧式油坊榨油用的大木楔。

到那门前,一齐下手。"真个呆子只得随行。

行者远远的标着那两怪①,渐入深山,有一二十里远近,忽然不见。八戒惊道:"师父是日里鬼拿了去!"行者道:"你好眼力!怎么就看出他本相来?"八戒道:"那两个怪,正抬着水走,忽然不见,却不是个日里鬼?"行者道:"想是钻进洞去了,等我去看。"

好大圣,急睁火眼金睛,漫山看处,果然不见动静,只见那陡崖前,有一座玲珑剔透细妆花、堆五采、三檐四簇的牌楼。他与八戒沙僧近前观看,上有六个大字,乃"陷空山无底洞"。行者道:"兄弟呀,这妖精把个架子支在这里,还不知门向那里开哩。"沙僧说:"不远,不远,好生寻。"都转身看时,牌楼下,山脚下有一块大石,约有十余里方圆;正中间有缸口大的一个洞儿,爬得光溜溜的。八戒道:"哥阿,这就是妖精出入洞也。"行者看了道:"怪哉!我老孙自保唐僧,瞒不得你两个,妖精也拿了些,却不见这样洞府。八戒,你先下去试试,看有多少浅深,我好进去救师父。"八戒摇头道:"这个难!这个难!我老猪身子夯夯的,若塌了脚吊下去,不知二三年可得到底哩!"行者道:"就有多深么?"八戒道:"你看!"大圣伏在洞边上,仔细往里看处,咦!深阿!周围足有三百余里,回头道:"兄弟,果然深得紧!"八戒道:"你便回去罢。师父救不得耶!"行者道:"你说那里话!莫生懒惰意,休起怠荒心,且将行李歇下,把马拴在牌楼柱上,你使铁钯,沙僧使杖,拦住洞门,让我进去打听打听。若师父果在里面,我将铁棒把妖精从里打出,跑至门口,你两个却在外面挡住,这是里应外合。打死精灵,才救得师父。"二人遵命。

行者却将身一纵,跳入洞中,足下彩云生万道,身边瑞气护千层。不多时,到于深远之间,那里边明明朗朗,一般的有日色,有风声,又有花草果木。行者喜道:"好去处阿!想老孙出世,天赐与水

---

①标:盯,注视。

帘洞,这里也是个洞天福地。"正看时,又见有一座二滴水的门楼①,团团都是松竹,内有许多房舍。"此必是妖精的住处,到那里打听打听。且住!若是这般去呵,他认得我了,且变化了去。"摇身捻诀,就变做个苍蝇儿,轻轻的飞在门楼上听听。只见那怪高坐在草亭内,他那模样,比在松林里救他、寺里拿他便是不同,越发打扮得俊了:

发盘云髻似堆鸦,身着绿绒花比甲。
一对金莲刚半蘸②,十指如同春笋发。
团团粉面若银盆,朱唇一似樱桃滑。
端端正正美人姿,月里嫦娥还喜恰。
今朝拿住取经僧,便要欢娱同枕榻。

行者且不言语,听他说甚话。少时,绽破樱桃③,喜孜孜的叫道:"小的们,快排素筵席来。我与唐僧哥哥吃了成亲。"行者暗笑道:"真个有这话!我只道八戒作耍子乱说哩!且等我飞进去寻寻,看师父在那里。不知他的心性如何。假若被他摩弄动了呵,留他在这里也罢。"即展翅飞到里边看处,那东廊下上明下暗的红纸格子里面,坐着唐僧哩。行者一头撞破隔子眼,飞在唐僧光头上丁着,叫声:"师父。"三藏认得声音,叫道:"徒弟,救我命阿!"行者道:"师父不济呀!那妖精安排筵宴,与你吃了成亲哩。或生下一男半女,也是你和尚之后代,你愁怎的?"长老闻言,咬牙切齿道:"徒弟,我自出了长安,到两界山中收你,一向西来,那个时辰动荤?那一日子有甚歪意?今被这妖精拿住,要求配偶,我若把真阳丧了,我就身堕轮回,打在那阴山背后,永世不得翻身!"行者笑道:"莫发誓,既有真心往西天取经,老孙带你去罢。"三藏道:"进来的路儿,我通忘了。"行者道:"莫说你忘了。他这洞,不比走进来走出去的,是打上头往下钻。如今救了你,要打底下往上钻。若是造化高,钻着洞口儿,就出

---

①二滴水:"滴水"是传统建筑的瓦名,一端有下垂的边,盖房时置于檐口。两层屋檐,称为"二滴水"。
②蘸:即"拃"。拇指尖到中指尖的长度。
③绽破樱桃:形容女子张开口。

去了;若是造化低,钻不着,还有个闷杀的日子了。"三藏满眼垂泪道:"似此艰难,怎生是好?"行者道:"没事!没事!那妖精整治酒与你吃,没奈何,也吃他一钟。只要斟得急些儿,斟起一个喜花儿来①,等我变作个蟭蟟虫儿,飞在酒泡之下,他把我一口吞下肚去,我就捻破他的心肝,扯断他的肺腑,弄死那妖精,你才得脱身出去。"三藏道:"徒弟,这等说,只是不当人子。"行者道:"只管行起善来,你命休矣。妖精乃害人之物,你惜他怎的!"三藏道:"也罢,也罢;你只是要跟着我。"正是那孙大圣护定唐三藏,取经僧全靠着美猴王。

他师徒两个,商量未定,早是那妖精安排停当,走近东廊外,开了门锁,叫声:"长老。"唐僧不敢答应。又叫一声,又不敢答应。他不敢答应者何意?想着"口开神气散,舌动是非生"。却又一条心儿想着,若死住法儿不开口②,怕他心狠,顷刻间就害了性命。正是那进退两难心问口,三思忍耐口问心,正自狐疑,那怪又叫一声:"长老。"唐僧没奈何,应他一声道:"娘子,有。"

那长老应出这一句言来,真是肉落千斤③。人都说唐僧是个真心的和尚,往西天拜佛求经,怎么与这女妖精答话?不知此时正是危急存亡之秋,万分出于无奈,虽是外有所答,其实内无所欲。妖精见长老应了一声,他推开门,把唐僧搀起来,和他携手挨背,交头接耳。你看他做出那千般娇态,万种风情,岂知三藏一腔子烦恼!行者暗中笑道:"我师父被他这般哄诱,只怕一时动心。"正是:

真僧魔苦遇娇娃,妖怪娉婷实可夸。

淡淡翠眉分柳叶,盈盈丹脸衬桃花。

绣鞋微露双钩凤,云髻高盘两鬓鸦。

含笑与师携手处,香飘兰麝满袈裟。

妖精挽着三藏,行近草亭道:"长老,我办了一杯酒,和你酌酌。"

----

①喜花儿:酒斟出来的泡沫形成的花儿,取吉祥的意思,称之为喜花儿。

②死住法儿:死着心。

③肉落千斤:比喻内心如同身上掉肉一般痛苦。

唐僧道："娘子，贫僧自不用荤。"妖精道："我知你不吃荤，因洞中水不干净，特命山头上取阴阳交媾的净水，做些素果素菜筵席，和你耍子。"唐僧跟他进去观看，果然见那：

盈门下绣缠彩结，满庭中香喷金猊①。摆列着黑油垒钿桌②，朱漆篾丝盘。垒钿桌上，有异样珍羞；篾丝盘中，盛稀奇素物。林檎橄榄，莲肉葡桃。榧柰榛松，荔枝龙眼。山栗风菱③，枣儿柿子。胡桃银杏，金橘香橙。果子随山有；蔬菜更时新：豆腐面筋，木耳鲜笋。蘑菇香蕈，山药黄精。石花菜、黄花菜，青油煎炒；扁豆角、江豆角，熟酱调成。王瓜瓠子④、白菜蔓菁。镟皮茄子鹌鹑做⑤，剔种冬瓜方旦名⑥。烂煨芋头糖拌着，白煮萝卜醋浇烹。椒姜辛辣般般美，鹾淡调和色色平⑦。

那妖精露尖尖之玉指，捧幌幌之金杯，满斟美酒，递与唐僧，口里叫道："长老哥哥妙人，请一杯交欢酒儿。"三藏羞答答的接了酒，望空浇奠，心中暗祝道："护法诸天、五方揭谛、四值功曹：弟子陈玄奘，自离东土，蒙观世音菩萨差遣列位众神暗中保护，拜雷音，见佛求经，今在途中被妖精拿住，强逼成亲，将这一杯酒递与我吃。此酒果是素酒，弟子勉强吃了，还得见佛成功；若是荤酒，破了弟子之戒，永堕轮回之苦！"孙大圣，他却变得轻巧，在耳根后，若像一个耳报⑧。

---

① 金猊：炉盖雕成狻猊形的香炉。

② 垒钿：一种手工艺品。用螺蛳壳或贝壳镶嵌在漆器、硬木家具或雕镂器物的表面，做成有天然彩色光泽的花纹、图形。

③ 风菱：即菱角。

④ 王瓜：黄瓜。瓠（hù）子：也称瓠瓜、葫子，瓜首尾粗细略同，可食。

⑤ 镟皮：用刀把圆形蔬果的皮削去。

⑥ 剔种冬瓜方旦名：方旦，不详，疑有误。冬瓜宜切方块形，明宋诩《竹屿山房杂部》卷二、卷五载冬瓜食用方法，均言"冬瓜去皮瓤，方切小菹（zū，腌菜，这里指切成方形的小块），加葱白屑"。剔种，剔去种子，即去瓤。旦，或即"菹"（苴）字之脱坏形讹。同书卷五制笋法有"切笋为方菹"。

⑦ 鹾（cuó）：咸。

⑧ 耳报：一种据说能在耳边报告消息的法术。明王士性《广志绎》："奉新有樟柳神者，假托九天玄女之术，俗名耳报。……耳边传言。"

但他说话,惟三藏听见,别人不闻。他知师父平日好吃葡萄做的素酒,教吃他一钟。那师父没奈何吃了,急将酒满斟一钟,回与妖怪,果然斟起有一个喜花儿。行者变作个蟭蟟虫儿,轻轻的飞入喜花之下。那妖精接在手,且不吃,把杯儿放住,与唐僧拜了两拜,口里娇娇怯怯,叙了几句情话。却才举杯,那花儿已散,就露出虫来。妖精也认不得是行者变的,只以为虫儿,用小指挑起,往下一弹。行者见事不谐,料难入他腹,即变做个饿老鹰。真个是:

  玉爪金睛铁翮,雄姿猛气拄云。
  妖狐狡兔见他昏,千里山河时遁①。
  饥处迎风逐雀,饱来高贴天门。
  老拳钢硬最伤人,得志凌霄嫌近。

飞起来,轮开玉爪;响一声,掀翻桌席,把些素果素菜、盘碟家火,尽皆摔碎,撇却唐僧,飞将出去。唬得妖精心胆皆裂,唐僧的骨肉通酥。妖精战战兢兢,搂住唐僧道:"长老哥哥,此物是那里来的?"三藏道:"贫僧不知。"妖精道:"我费了许多心,安排这个素宴与你耍耍,却不知这个扁毛畜生从那里飞来,把我的家火打碎!"众小妖道:"夫人,打碎家火犹可,将些素品都泼散在地,秽了怎用?"三藏分明晓得是行者弄法,他那里敢说。那妖精道:"小的们,我知道了,想必是我把唐僧困住,天地不容,故降此物。你们将碎家火拾出去,另安排些酒肴,不拘荤素,我指天为媒,指地作订,然后再与唐僧成亲。"依然把长老送在东廊里坐下不题。

却说行者飞出去,现了本相,到于洞口,叫声"开门"。八戒笑道:"沙僧,哥哥来了。"他二人撒开兵器。行者跳出,八戒上前扯住道:"可有妖精?可有师父?"行者道:"有!有!有!"八戒道:"师父在里边受罪哩?绑着是捆着?要蒸是要煮?"行者道:"这个事倒没有,只是安排素宴,要与他干那个事哩。"八戒道:"你造化,你造化!你吃了陪亲酒来了?"行者道:"呆子阿!师父的性命也难保,吃甚么

---

①千里山河时遁:千里的路程一时就飞过了。

陪亲酒!"八戒道:"你怎的就来了?"行者把见唐僧施变化的上项事说了一遍,道:"兄弟们,再休胡思乱想。师父已在此间,老孙这一去,一定救他出来。"复翻身入里面,还变做个苍蝇儿,丁在门楼上听之。

只闻得这妖怪气嗤嗤的,坐在亭子上分付:"小的们,不论荤素,拿来烧纸。借烦天地为媒订,务要与他成亲。"行者听见,暗笑道:"这妖精全没一些儿廉耻!青天白日的,把个和尚关在家里摆布。且不要忙,等老孙再进去看看。"嘤的一声,飞在东廊之下,见那师父坐在里边,清滴滴腮边泪淌。行者钻将进去,丁在他头上,又叫声"师父"。长老认得声音,跳起来咬牙恨道:"猢狲呵!别人胆大,还是身包胆;你的胆大,就是胆包身!你弄变化神通,打破家火,能值几何!斗得那妖精淫兴发了,那里不分荤素安排,定要与我交媾,此事怎了?"行者暗中陪笑道:"师父莫怪,有救你处。"唐僧道:"那里救得我?"行者道:"我才一翅飞起去时,见他后边有个花园。你哄他往园里去耍子,我救了你罢。"唐僧道:"园里怎么样救?"行者道:"你与他到园里,走到桃树边,就莫走了。等我飞上桃枝,变作个红桃子。你要吃果子,先拣红的儿摘下来。红的是我,他必然也要摘一个,你把红的定要让他。他若一口吃了,我却在他肚里。等我捣破他的皮袋①,扯断他的肝肠,弄死他,你就脱身了。"三藏道:"你若有手段,就与他赌斗便了,只要钻在他肚里怎么?"行者道:"师父,你不知趣。他这个洞,若好出入,便可与他赌斗。只为出入不便,曲道难行,若就动手,他这一窝子老老小小,连我都扯住,却怎么了?须是这般摔手干,大家才得干净。"三藏点头听信,只叫:"你跟定我。"行者道:"晓得!晓得!我在你头上。"

师徒们商量定了,三藏才欠起身来,双手扶着那格子叫道:"娘子,娘子。"那妖精听见,笑唏唏的跑近跟前道:"妙人哥哥②,有甚话

---

①皮袋:指人的身体。
②妙人:此处指年少风流的男子。

说?"三藏道:"娘子,我出了长安,一路西来,无日不山,无日不水。昨在镇海寺投宿,偶得伤风重疾,今日出了汗,略才好些。又蒙娘子盛情,携来仙府,只得坐了这一日,又觉心神不爽。你带我往那里略散散心,耍耍儿去么?"那妖精十分欢喜道:"妙人哥哥倒有些兴趣,我和你去花园里耍耍。"叫:"小的们,拿钥匙来开了园门,打扫路径。"众妖都跑去开门收拾。

这妖精开了格子,搀出唐僧。你看那许多小妖,都是油头粉面,袅娜娉婷,簇簇拥拥,与唐僧径上花园而去。好和尚!他在这绮罗队里无他故①,锦绣丛中作瘂聋,若不是这铁打的心肠朝佛去,第二个酒色凡夫也取不得经。一行都到了花园之外,那妖精俏语低声叫道:"妙人哥哥,这里耍耍,真可散心释闷。"唐僧与他携手相搀,同入园里,抬头观看,其实好个去处。但见那:

萦回曲径,纷纷尽点苍苔;窈窕绮窗,处处暗笼绣箔。微风初动,轻飘飘展开蜀锦吴绫;细雨才收,娇滴滴露出冰肌玉质。日匀鲜杏,红如仙子晒霓裳;月映芭蕉,青似太真摇羽扇②。粉墙四面,万株杨柳啭黄鹂;闲馆周围,满院海棠飞粉蝶。更看那凝香阁、青蛾阁、解醒阁、相思阁,层层卷映,朱帘上,钩控虾须。又见那养酸亭、披素亭、画眉亭、四雨亭、个个峥嵘。华扁上③,字书鸟篆。看那浴鹤池、洗觞池、怡月池、濯缨池,青萍绿藻耀金鳞;又有墨花轩、异箱轩、适趣轩、慕云轩,玉斗琼卮浮绿蚁④。池亭上下,有太湖石、紫英石、鹦落石、锦川石,青青栽着虎须蒲;轩阁东西,有木假山、翠屏山、啸风山、玉芝山,处处丛生凤尾竹。荼䕷架、蔷薇架,近着秋千架,浑如锦帐罗帏;松柏亭、辛夷亭,对着木香亭,却似碧城绣幕。芍药栏,牡丹丛,朱朱紫紫斗秾华;夜合台,茉藜槛,岁岁年年生妩媚。涓涓滴露

---

① 绮罗队:同"锦绣丛"。富贵者丛集的地方,也指繁华浮艳的生活环境。
② 太真:指唐杨贵妃,历史上有名的美人,号太真。
③ 华扁:华丽的匾额。
④ 绿蚁:酒面上浮起的绿色泡沫。亦借指酒。

紫含笑,堪画堪描;艳艳烧空红拂桑,宜题宜赋。论景致,休夸阆苑蓬莱;较芳菲,不数姚黄魏紫①。若到三春闲斗草,园中只少玉琼花。

　　长老携着那怪,步赏花园,看不尽的奇葩异卉。行过了许多亭阁,真个是渐入佳境。忽抬头,到了桃树林边,行者把师父头上一捻,那长老就知。行者飞在桃树枝儿上,摇身一变,变作个红桃儿,其实红得可爱。长老对妖精道:"娘子,你这苑内花香,枝头果熟,苑内花香蜂竞采,枝头果熟鸟争衔。怎么那桃树上果子青红不一,何也?"妖精笑道:"天无阴阳,日月不明;地无阴阳,草木不生;人无阴阳,不分男女。这桃树上果子,向阳处有日色相烘者先熟,故红;背阴处无日者还生,故青。此阴阳之道理也。"三藏道:"谢娘子指教,其实贫僧不知。"即向前伸手摘了个红桃。妖精也去摘了一个青桃。三藏躬身将红桃奉与妖怪道:"娘子,你爱色,请吃这个红桃,拿青的来我吃。"妖精真个换了,且暗喜道:"好和尚阿!果是个真人②!一日夫妻未做,却就有这般恩爱也。"那妖精喜喜欢欢的,把唐僧亲敬。这唐僧把青桃拿过来就吃,那妖精喜相陪,把红桃儿张口便咬。启朱唇,露银牙,未曾下口,原来孙行者十分性急,毂辘一个跟头,翻入他咽喉之下,径到肚腹之中。妖精害怕,对三藏道:"长老呵,这个果子利害。怎么不容咬破,就滚下去了?"三藏道:"娘子,新开园的果子爱吃③,所以去得快了。"妖精道:"未曾吐出核子,他就撺下去了。"三藏道:"娘子意美情佳,喜吃之甚,所以不及吐核,就下去了。"

　　行者在他肚里,复了本相,叫声:"师父,不要与他答嘴,老孙已得了手也!"三藏道:"徒弟方便着些。"妖精听见道:"你和那个说话哩?"三藏道:"和我徒弟孙悟空说话哩。"妖精道:"孙悟空在那里?"三藏道:"在你肚里哩,却才吃的那个红桃子不是?"妖精慌了道:"罢

---

①姚黄魏紫:牡丹的两个名贵品种,相传由洛阳姚氏和魏仁溥所栽培,因姓得名。
②真人:真性情的人。
③爱吃:好吃。

了,罢了!这猴头钻在我肚里,我是死也!孙行者,你千方百计的钻在我肚里怎的?"行者在里边恨道:"也不怎的,只是吃了你的六叶肝肺,三毛七孔心,五脏都掏净,弄做个梆子精①!"妖精听说,唬得魂飞魄散,战兢兢的,把唐僧抱住道:"长老呵!我只道

　　夙世前缘系赤绳,鱼水相和两意浓。
　　不料鸳鸯今拆散,何期鸾凤又西东。
　　蓝桥水涨难成事②,祆庙烟沉嘉会空③。
　　着意一场今又别,何年与你再相逢!"

行者在他肚里听见说时,只怕长老慈心,又被他哄了,便就轮拳跳脚,支架子,理四平,几乎把个皮袋儿捣破了。那妖精忍不得疼痛,倒在尘埃,半晌家不敢言语。行者见不言语,想是死了,却把手略松一松,他又回过气来,叫:"小的们在那里?"原来那些小妖,自进园门来,各人知趣,都不在一处,各自去采花斗草,任意随心耍子,让那妖精与唐僧两个自在叙情儿。忽听得叫,却才都跑将来,又见妖精倒在地上,面容改色,口里哼哼的爬不动,连忙搀起,围在一处道:"夫人,怎的不好?想是急心疼了?"妖精道:"不是!不是!你莫要问,我肚里已有了人也!快把这和尚送出去,留我性命!"那些小妖,真个都来扛抬。行者在肚里叫道:"那个敢抬!要便是你自家献我

---

① 梆子精:梆子外面是一层木壳,里面是空的,所以孙悟空这样说。
② 蓝桥水涨:各种民间戏剧都有《水淹蓝桥》的故事,为一爱情悲剧,人物情节各有差异。基本梗概为:一书生与一少女互相爱慕,约夜晚在蓝桥相会。当晚下起大雨,蓝桥水涨,先到者守约不离,终于溺死。后到者见情侣死亡,也投水自尽。
③ 祆(xiān)庙烟沉:明彭大翼《山堂肆考》卷三十九引《蜀志》:蜀帝公主与乳母陈氏的儿子相爱,两人约定在祆庙(祆教祭祀火神的寺庙。祆教传为公元前六世纪古波斯琐罗亚斯德创,以火为善神的代表,南北朝时传入中国。唐盛行,唐后渐微)相会。公主来到庙里,见陈生正在熟睡,就解下玉环放在陈生怀里离去。陈生醒来,知道恋人远去,就心生怨气,化为火焰,与祆庙一起焚为灰烬。

师父出去,出到外边,我饶你命!"那妖精没及奈何,只是惜命之心,急挣起来,把唐僧背在身上,拽开步,往外就走。小妖跟随道:"老夫人,往那里去?"妖精道:"'留得五湖明月在,何愁没处下金钩'①,把这厮送出去,等我别寻一个头儿罢!"

好妖精,一纵云光,直到洞口。又闻得叮叮当当,兵刃乱叫,三藏道:"徒弟,外面兵器响哩。"行者道:"是八戒揉钯哩,你叫他一声。"三藏便叫:"八戒!"八戒听见道:"沙和尚!师父出来也!"二人掣开钯杖,妖精把唐僧驮出。咦!正是:

　　心猿里应降邪怪,土木司门接圣僧。

毕竟不知那妖精性命如何,且听下回分解。

---

①"留得五湖明月在"二句:指保存实力,等待时机。

第八十三回

心猿识得丹头① 姹女还归本性

却说三藏着妖精送出洞外,沙和尚近前问曰:"师父出来,师兄何在?"八戒道:"他有算计,必定贴换师父出来也②。"三藏用手指着妖精道:"你师兄在他肚里哩。"八戒笑道:"腌脏杀人!在肚里做甚?出来罢!"行者在里边叫道:"张开口,等我出来!"那怪真个把口张开。行者变得小小的,趴在咽喉之内,正欲出来,又恐他无理来咬,即将铁棒取出,吹口仙气,叫:"变!"变作个枣核钉儿,撑住他的上腭子,把身一纵,跳出口外,就把铁棒顺手带出,把腰一躬,还是原身法象,举起棒来就打。那妖精也随手取出两口宝剑,叮当架住。两个在山头上这场好杀:

双舞剑飞当面架,金箍棒起照头来。一个是天生猴属心猿体,一个是地产精灵姹女骸。他两个,恨冲怀,喜处生仇大会垓。那个要取元阳成配偶,这个要战纯阴结圣胎。棒举一天寒雾漫,剑迎满地黑尘筛。因长老,拜如来,恨苦相争显大才,水火不投母道损,阴阳难合各分开。两家斗罢多时节,地动山摇树木摧。

八戒见他们赌斗,口里絮絮叨叨,返恨行者,转身对沙僧道:"兄弟,师兄胡缠!才子在他肚里,轮起拳来,送他一个满肚红,巴开肚皮钻出来,却不了帐?怎么又从他口里出来;却与他争战,让他这等猖狂!"沙僧道:"正是,却也亏了师兄深洞中救出师父,返又与妖精厮战。且请师父自家坐着,我和你各持兵器,助助大哥,打倒妖精去来。"八戒摆手道:"不不不!他有神通,我们不济。"沙僧道:"说那里

---

① 丹头:参见第二十五回"丹头"条注,此当指作为降妖契机的天王牌位等物。

② 贴换:双方兑换时,一方给另一方贴补价值差额,泛指兑换。

话!都是大家有益之事,虽说不济,却也放屁添风。"

那呆子一时兴发,掣了铁钯,叫声:"去来!"他两个不顾师父,一拥驾风赶上,举钉钯,使宝杖,望妖精乱打。那妖精战行者一个已是不能,又见他二人,怎生抵敌,急回头抽身就走。行者喝道:"兄弟们赶上!"那妖精见他们赶得紧,即将右脚上花鞋脱下来,吹口仙气,念个咒语,叫:"变!"即变作本身模样,使两口剑舞将来。真身一幌,化一阵清风,径直回去。这番也只说战他们不过,顾命而回,岂知又有这般样事!也是三藏灾星未退,他到了洞门前牌楼下,却见唐僧在那里独坐,他就近前一把抱住,抢了行李,咬断缰绳,连人和马复又摄将进去不题。

且说八戒闪个空,一钯把妖精打落地,乃是一只花鞋。行者看见道:"你这两个呆子!看着师父罢了,谁要你来帮甚么功!"八戒道:"沙和尚,如何么!我说莫来。这猴子好的有些夹脑风,我们替他降了妖怪,返落得他生报怨!"行者道:"在那里降了妖怪?那妖怪昨日与我战时,使了个遗鞋计哄了。你们走了,不知师父如何,我们快去看看!"三人急回来,果然没了师父,连行李白马一并无踪。慌得个八戒两头乱跑,沙僧前后跟寻,孙大圣亦心焦性燥。正寻觅处,只见那路傍边斜蹲着半截儿缰绳。他一把拿起,止不住眼中流泪,放声叫道:"师父阿!我去时辞别人和马,回来只见这些绳!"正是那见鞍思俊马,滴泪想亲人。八戒见他垂泪,吓得仰天大笑①。行者骂道:"你这个夯货!又是要散火哩!"八戒又笑道:"哥阿,不是这话,师父一定又被妖精摄进洞去了。常言道'事无三不成',你进洞两遭了,再进去一遭,管情救出师父来也。"行者揩了眼泪道:"也罢,到此地位,势不容已,我还进去。你两个没了行李马匹耽心,却好生把守洞口。"

---

① 吓:象声词,形容笑声。本书第九十六回:"那呆子吓吓的暗笑,不敢复言。"《日下旧闻考》卷十七引农谚:"正月见三白(正月里多次下雪),田公笑吓吓。"此处或脱一"吓"字。清刻本或改作"忍不住仰天大笑",亦通。

好大圣,即转身跳入里面,不施变化,就将本身法相。真个是:

古怪别腮心里强,自小为怪神力壮。
高低面赛马鞍鞒①,眼放金光如火亮。
浑身毛硬似钢针,虎皮裙系明花响②。
上天撞散万云飞,下海混起千层浪。
当天倚力打天王,挡退十万八千将。
官封大圣美猴精,手中惯使金箍棒。
今日西方任显能,复来洞内扶三藏。

你看他停住云光,径到了妖精宅外,见那门楼门关了,不分好歹,轮铁棒一下打开,闯将进去。那里边静悄悄,全无人迹,东廊下不见唐僧。亭子上桌椅与各处家火,一件也无。原来说他洞里周围有三百余里,妖精窠穴甚多。前番摄唐僧在此,被行者寻着,今番摄了,又怕行者来寻,当时搬了,不知去向。恼得这行者跌脚捶胸,放声高叫道:"师父呵!你是个晦气转成的唐三藏,灾殃铸就的取经僧!噫!这条路且是走熟了,如何不在?却教老孙那里寻找也!"

正自吆喝爆燥之间,忽闻得一阵香烟扑鼻,他回了性道③:"这香烟是从后面飘出,想是在后头哩。"拽开步,提着铁棒,走将进去看时,也不见动静。只见有三间倒坐儿④,近于后壁铺一张龙吞口雕漆供桌⑤,桌上有一个大流金香炉⑥,炉内有香烟馥郁。那上面供养着一个大金字牌,牌上写着"尊父李天王位",略次些儿写着"尊兄哪吒三太子位"。行者见了满心欢喜,也不去搜妖怪找唐僧,把铁棒捻作个绣花针儿,揌在耳朵里,轮开手,把那牌子并香炉拿将起来,返云

---

① 高低面赛马鞍鞒:脸上高低不平,像马鞍子的模样。
② 明花响:指花纹明亮。
③ 回了性:定了神。
④ 倒坐儿:也作"倒座儿"。与正房相对的房屋。
⑤ 龙吞口:指器物的边缘饰成龙口吞衔的形状。
⑥ 流金:同"鎏金"。一种传统工艺,用金泥涂饰器物的表面,再经过烘烤,使黄金固结于器物上。

光,径出门去。至洞口,唏唏哈哈,笑声不绝。

八戒、沙僧听见,掣放洞口,迎着行者道:"哥哥这等欢喜,想是救出师父也?"行者笑道:"不消我们救,只问这牌子要人。"八戒道:"哥呵,这牌子不是妖精,又不会说话,怎么问他要人?"行者放在地下道:"你们看!"沙僧近前看时,上写着"尊父李天王之位"、"尊兄哪吒三太子位"。沙僧道:"此意何也?"行者道:"这是那妖精家供养的。我闯入他住居之所,见人物俱无,惟有此牌。想是李天王之女,三太子之妹,思凡下界,假捻妖邪,将我师父摄去。不问他要人,却问谁要?你两个且在此把守,等老孙执此牌位,径上天堂玉帝前告个御状,教天王爷儿们还我师父。"八戒道:"哥呵,常言道'告人死罪得死罪'①。须是理顺,方可为之。况御状又岂是可轻易告的②?你且与我说怎的告他?"行者笑道:"我有主张,我把这牌位香炉做个证见,另外再备纸状儿。"八戒道:"状儿上怎么写?你且念念我听。"行者道:

"告状人孙悟空,年甲在牒③,系东土唐朝西天取经僧唐三藏徒弟。告为假妖摄陷人口事。彼有托塔天王李靖同男哪吒太子,闺门不谨,走出亲女,在下方陷空山无底洞变化妖邪,迷害人命无数。今将吾师摄陷曲邃之所,渺无寻处。若不状告,切思伊父子不仁,故纵

---

① 告人死罪得死罪:指诬告者要反坐,担当他诬告别人的罪名。《大明律·刑律五·诉讼》"诬告"条:"凡诬告人……至死罪,所诬之人已决者,反坐以死。"

② 御状又岂是可轻易告的:根据明代法律,臣民可以向皇帝直接上诉,即"告御状",但是受理、审查也极其严格。《明太祖实录》卷三十七:"置登闻鼓(允许臣民直接敲击申诉的鼓)于午门外,日令监察御史一人监之。凡民间词讼皆自下而上,或府州县省官及按察司不为伸理,及有冤抑重事不能自达者,许击登闻鼓。监察御史随即引奏,敢沮诋毁诽谤告者死。其户婚田土诸细事皆归有司,不许击鼓。"拦驾、拦路上访,若情况不实,受杖责或治重罪。

③ 年甲在牒:年龄记载在度牒上。古代合法僧人均持有度牒,登记有姓名、相貌、年龄等项。

女氏成精害众。伏乞怜准,行拘至案,收邪救师,明正其罪,深为恩便。有此上告。"

八戒、沙僧闻其言,十分欢喜道:"哥阿,告的有理,必得上风。切须早来,稍迟恐妖精伤了师父性命。"行者道:"我快!我快!多时饭熟,少时茶滚就回。"

好大圣,执着这牌位、香炉,将身一纵,驾祥云,直至南天门外。时有把天门的大力天丁与护国天王见了行者,一个个都控背躬身,不敢拦阻,让他进去。直至通明殿下,有张葛许丘四大天师迎面作礼道:"大圣何来?"行者道:"有纸状儿,要告两个人哩。"天师吃惊道:"这个赖皮,不知要告那个。"无奈,将他引入灵霄殿下启奏。蒙旨宣进,行者将牌位香火放下,朝上礼毕,将状子呈上。葛仙翁接了,铺在御案。玉帝从头看了,见这等这等,即将原状批作圣旨①,宣西方长庚太白金星领旨到云楼宫宣托塔李天王见驾。行者上前奏道:"望天主好生惩治;不然,又别生事端。"玉帝又分付:"原告也去。"行者道:"老孙也去?"四天师道:"万岁已出了旨意,你可同金星去来。"

行者真个随着金星,纵云头,早至云楼宫。原来是天王住宅号云楼宫。金星见宫门首有个童子侍立,那童子认得金星,即入里报道:"太白金星老爷来了,"天王遂出迎迓,又见金星捧着旨意,即命焚香②。及转身,又见行者跟入,天王即又作怒。你道他作怒为何?当年行者大闹天宫时,玉帝曾封天王为降魔大元帅,封哪吒太子为三坛海会之神,帅领天兵,收降行者,屡战不能取胜。还是五百年前

---

① 原状批作圣旨:指帝王在状纸或奏章上书写处理意见,即以此状用圣旨的名义下发。称"朱批谕旨"或"朱批""批旨"。例如光绪十年,福建巡抚张兆栋因向光绪帝上奏台湾行政区划增添改设等事宜。光绪批旨:"知道了。所有应办事宜,即着该署抚督饬属员详细查明,妥为筹议,会同何璟奏明办理。钦此。"地方官即"恭录转行钦遵"(据《皇朝道咸同光奏议》卷三十九)。

② 焚香:古代迎接圣旨的仪式,需要焚香叩拜。

败阵的仇气,有些恼他,故此作怒。他且忍不住道:"老长庚,你赍得是甚么旨意?"金星道:"是孙大圣告你的状子。"那天王本自烦恼,听见说个"告"字,一发雷霆大怒道:"他告我怎的?"金星道:"告你假妖摄陷人口事。你焚了香,请自家开读。"那天王气嗻嗻的,设了香案,望空谢恩。拜毕,展开旨意看了,原来是这般这般,如此如此,恨得他手扑着香案道:"这个猴头,他也错告我了!"金星道:"且息怒,现有牌位、香炉在御前作证,说是你亲女哩。"天王道:"我止有三个儿子,一个女儿。大小儿名君叱①,侍奉如来,做前部护法。二小儿名木叉,在南海随观世音做徒弟。三小儿名哪吒,在我身边,早晚随朝护驾。一女年方七岁,名贞英,人事尚未省得,如何会做妖精?不信,抱出来你看。这猴头着实无礼!且莫说我是天上元勋,封受先斩后奏之职,就是下界小民,也不可诬告。律云:'诬告加三等②。'"叫手下:"将缚妖索把这猴头捆了!"那庭下摆列着巨灵神、鱼肚将、药叉雄帅,一拥上前,把行者捆了。金星道:"李天王,莫闯祸阿!我在御前同他领旨意来宣你的人。你那索儿颇重,一时捆坏他,阁气。"天王道:"金星呵,似他这等诈伪告扰,怎该容他!你且坐下,待我取砍妖刀砍了这个猴头,然后与你见驾回旨。"金星见他取刀,心惊胆战,对行者道:"你干事差了,御状可是轻易告的?你也不访的实,似这般乱弄,伤其性命,怎生是好?"行者全然不惧,笑吟吟的道:

---

① 君叱:据《封神演义》等小说、戏剧,李天王长子名"金吒",与次子"木吒"以金木之序排行。而据元《绘图三教源流搜神大全》作"军吒",与此略同。"军叱"即"军吒利",一般作"军荼利"(或"军茶利"),亦名"军持",原意为瓶。军荼利明王,为著名密教神名,五大明王之一。唐不空大师有《甘露军荼利菩萨供养仪轨》,影响极广;又有"军吒利金刚童子"。《全唐文》卷五百六权德舆《殇孙进马墓志铭》:"权氏殇子名顺孙,小字文昌,以被病用桑门法更其字曰君吒。"是军荼利信仰早行世间,且有为小儿命名之习。而其字作"君",与世德堂本《西游记》同。

② 诬告加三等:据《大明律》卷二十二《刑律·诉讼》"诬告":"凡诬告人。答罪者,加所诬罪二等,流徒。杖罪,加所诬罪三等。"

"老官儿放心,一些没事。老孙的买卖,原是这等做,一定先输后赢。"

说不了,天王轮过刀来,望行者劈头就砍。早有那三太子赶上前,将斩妖剑架住,叫道:"父王息怒。"天王大惊失色。噫!父见子以剑架刀,就当喝退,怎么返大惊失色?原来天王生此子时,他左手掌上有个"哪"字,右手掌上有个"吒"字,故名哪吒。这太子三朝儿就下海净身闯祸,踏倒水晶宫,捉住蛟龙,要抽筋为绦子。天王知道,恐生后患,欲杀之。哪吒奋怒,将刀在手,割肉还母,剔骨还父,还了父精母血,一点灵魂,径到西方极乐世界告佛。佛正与众菩萨讲经,只闻得幢幡宝盖有人叫道:"救命!"佛慧眼一看,知是哪吒之魂,即将碧藕为骨,荷叶为衣,念动起死回生真言,哪吒遂得了性命。运用神力,法降九十六洞妖魔,神通广大,后来要杀天王,报那剔骨之仇。天王无奈,告求我佛如来。如来以和为尚,赐他一座玲珑剔透舍利子如意黄金宝塔,那塔上层层有佛,艳艳光明。唤哪吒以佛为父,解释了冤仇。所以称为托塔李天王者,此也。今日因闲在家,未曾托着那塔,恐哪吒有报仇之意,故吓个大惊失色。却即回手,向塔座上取了黄金宝塔,托在手间问哪吒道:"孩儿,你以剑架住我刀,有何话说?"哪吒弃剑叩头道:"父王,是有女儿在下界哩。"天王道:"孩儿,我只生了你姊妹四个,那里又有个女儿?"哪吒道:"父王忘了,那女儿原是个妖精,三百年前成怪,在灵山偷食了如来的香花宝烛,如来差我父子天兵将他拿住。拿住时,只该打死,如来分付道:'积水养鱼终不钓,深山喂鹿望长生。'当时饶了他性命。积此恩念,拜父王为父,拜孩儿为兄,在下方供设牌位,侍奉香火。不期他又成精,陷害唐僧,却被孙行者搜来到巢穴之间,将牌位拿来,就做名告了御状①。此是结拜之恩女,非我同胞之亲妹也。"天王闻言,悚然惊讶道:"孩儿,我实忘了,他叫做甚么名字?"太子道:"他有三个名字:

---

①做名:同"坐名"。指名。

他的本身出处,唤做金鼻白毛老鼠精①;因偷香花宝烛,改名唤做半截观音;如今饶他下界,又改了,唤做地涌夫人是也。"天王却才省悟,放下宝塔,便亲手来解行者。行者就放起刁来道:"那个敢解我!要便连绳儿抬去见驾,老孙的官事才赢!"慌得天王手软,太子无言,众家将委委而退。

那大圣打滚撒赖,只要天王去见驾。天王无计可施,哀求金星说个方便。金星道:"古人云'万事从宽'。你干事忒紧了些儿,就把他捆住,又要杀他。这猴子是个有名的赖皮,你如今教我怎的处?若论你令郎讲起来,虽是恩女,不是亲女,却也晚亲义重,不拘怎生折辨,你也有个罪名。"天王道:"老星怎说个方便,就没罪了?"金星道:"我也要和解你们,却只是无情可说。"天王笑道:"你把那奏招安授官衔的事说说,他也罢了。"真个金星上前,将手摸着行者道:"大圣,看我薄面,解了绳好去见驾。"行者道:"老官儿,不用解,我会滚法,一路滚就滚到也。"金星笑道:"你这猴忒恁寡情②,我昔日也曾有些恩义儿到你。你这些些事儿,就不依我?"行者道:"你与我有甚恩义?"金星道:"你当年在花果山为怪,伏虎降龙,强消死籍,聚群妖大地猖狂,上天欲要擒你,是老身力奏,降旨招安,把你宣上天堂,封你做'弼马温'。你吃了玉帝仙酒,后又招安,也是老身力奏,封你做'齐天大圣'。你又不守本分,偷桃盗酒,窃老君之丹,如此如此,才得个无灭无生。若不是我,你如何得到今日?"行者道:"古人说得好,'死了莫与老头儿同墓,干净会揭挑人'③。我也只是做弼马温、

---

①金鼻白毛老鼠精:托塔天王系从佛教毗沙门天王演变而来。而神鼠在传说中曾为毗沙门天王效力。例如唐高僧不空在《毗沙门仪规》中记载:唐玄宗天宝年间,大石、康国等发兵围安西,唐玄宗祈祷毗沙门天王显灵救护。不久,前线回报:毗沙门天王显灵,敌人的弓弦、器械等,都被老鼠咬断。这里说老鼠精是托塔天王的义女,即从这类传说衍生而来。参见第四回"增长天王"和"托塔李天王"二条注。
②寡情:薄情,缺少情谊。
③"死了莫与老头儿同墓"二句:指老年人了解情况,会揭别人的老底。

闹天宫罢了,再无甚大事。也罢,也罢,看你老人家面皮,还教他自己来解。"天王才敢向前,解了缚,请行者着衣上坐,一一上前施礼。

行者朝了金星道:"老官儿,何如?我说先输后赢,买卖儿原是这等做。快催他去见驾,莫误了我的师父。"金星道:"莫忙,弄了这一会,也吃钟茶儿去。"行者道:"你吃他的茶,受他的私,卖放犯人,轻慢圣旨,你得何罪?"金星道:"不吃茶!不吃茶!连我也奈将起来了①!李天王,快走快走!"天王那里敢去,怕他没的说做有的,放起刁来,口里胡道乱说,怎生与他折辨?没奈何,又央金星,教说方便。金星道:"我有一句话儿,你可依我?"行者道:"绳捆刀砍之事,我也通看你面,还有甚话?你说,你说。说得好,就依你;说得不好,莫怪。"金星道:"一日官事十日打②,你告了御状,说妖精是天王的女儿,天王说不是,你两个只管在御前折辨,反复不已,我说天上一日,下界就是一年。这一年之间,那妖精把你师父陷在洞中,莫说成亲,若有个喜花下儿子③,也生了一个小和尚儿,却不误了大事?"行者低头想道:"是阿!我离八戒沙僧,只说多时饭熟、少时茶滚就回。今已弄了这半会,却不迟了?老官儿,既依你说,这旨意如何回缴?"金星道:"教李天王点兵,同你下去降妖,我去回旨。"行者道:"你怎么样回?"金星道:"我只说原告脱逃,被告免提。"行者笑道:"好阿!我倒看你面情罢了,你倒说我脱逃!教他点兵在南天门外等我,我方和你回旨缴状去。"天王害怕道:"他这一去,若有言语,是臣背君也。"行者道:"你把老孙当甚么样人?我也是个大丈夫。'一言既出,驷马难追',岂又有污言顶你?"

天王即谢了行者,行者与金星回旨。天王点起本部天兵,径出

---

①奈:当作"赖"。

②一日官事十日打:指打官司程序复杂,头绪繁多,非常耗费时间。清裕谦《戒讼说》:"讼则终凶害多不测,小而结怨耗财,废时失业;大且倾家荡产,招祸亡身,何不自爱之甚也?"

③有个喜花:即生儿育女。花,此指生育的子女。男孩、女孩,谓之男花、女花。

南天门外。金星与行者回见玉帝道:"陷唐僧者,乃金鼻白毛老鼠成精,假设天王父子牌位。天王知之,已点兵收怪去了,望天尊赦罪。"玉帝已知此情,降天恩免究。行者即返云光,到南天门外,见天王、太子布列天兵等候。噫!那些神将,风滚滚,雾腾腾,接住大圣,一齐坠下云头,早到了陷空山上。

八戒、沙僧眼巴巴正等,只见天兵与行者来了。呆子迎着天王施礼道:"累及!累及!"天王道:"天蓬元帅,你却不知,只因我父子受他一炷香,致令妖精无理,困了你师父,来迟莫怪。这个山就是陷空山了?但不知他的洞门还向那边开?"行者道:"我这条路且是走熟了。只是这个洞叫做个无底洞,周围有三百余里,妖精窠穴甚多。前番我师父在那两滴水的门楼里,今番静悄悄,鬼影也没个,不知又搬在何处去也。"天王道:"任他设尽千般计,难脱天罗地网中。到洞门前,再作道理。"大家就行。咦,约有十余里,就到了那大石边。行者指那缸口大的门儿道:"兀的便是也。"天王道:"'不入虎穴,安得虎子'!谁敢当先?"行者道:"我当先。"三太子道:"我奉旨降妖,我当先。"那呆子便莽撞起来,高声叫道:"当头还要我老猪!"天王道:"不须啰唣,但依我分摆①:孙大圣和太子同领着兵将下去,我们三人在口上把守,做个里应外合,教他上天无路,入地无门,才显些些手段。"众人都答应了一声"是"。

你看那行者和三太子领了兵将,望洞里只是一溜。驾起云光,闪闪烁烁,抬头一望,果然好个洞呵:

依旧双轮日月,照般一望山川。
珠渊玉井暖弢烟②,更有许多堪羡。
叠叠朱楼画阁,巍巍赤壁青田。
三春杨柳九秋莲,兀的洞天罕见。

顷刻间,停住了云光,径到那妖精旧宅。挨门儿搜寻,吆吆喝

---

①分摆:分配,安排。
②弢(tāo):同"韬"。收藏,收敛。

喝,一重又一重,一处又一处,把那三百里地草都踏光了,那见个妖精?那见个三藏?都只说:"这孽畜一定是早出了这洞,远远去哩。"

那晓得在那东南黑角落上,望下去,另有个小洞。洞里一重小小门,一间矮矮屋,盆栽了几种花,檐傍着数竿竹,黑气氤氲,暗香馥馥。老怪摄了三藏,搬在这里,逼住成亲,只说行者再也找不着。谁知他命合该休:那些小怪在里面,一个个唶唶嘈嘈,挨挨簇簇。中间有个大胆些的,伸起颈来,望洞外略看一看,一头撞着个天兵,一声嚷道:"在这里!"那行者恼起性来,捻着金箍棒,一下闯将进去。那里边窄小,窝着一窟妖精。三太子纵起天兵,一齐拥上,一个个那里去躲?行者寻着唐僧和那龙马和那行李。那老怪寻思无路,看着哪吒太子,只是磕头求命。太子道:"这是玉旨来拿你,不当小可。我父子只为受了一炷香。险些儿'和尚拖木头,做出了寺'①!"哼声②:"天兵,取下缚妖索,把那些妖精都捆了!"老怪也少不得吃场苦楚。返云光,一齐出洞。行者口里嘻嘻嘎嘎③。天王挈开洞口,迎着行者道:"今番却见恁师父也④。"行者道:"多谢了!多谢了!"就引三藏拜谢天王,次及太子。沙僧、八戒只是要碎剐那老精,天王道:"他是奉玉旨拿的,轻易不得。我们还要去回旨哩。"一边天王同三太子领着天兵神将,押住妖精,去奏天曹,听候发落;一边行者拥着唐僧,沙僧收拾行李,八戒拢马,请唐僧骑马,齐上大路。这正是:

  割断丝罗干金海,打开玉锁出樊笼。

毕竟不知前去何如,且听下回分解。

————

① 和尚拖木头,做出了寺:歇后语,比喻发生不测的事情,"寺"和"事"谐音。
② 哼(hèng):发狠的声音。
③ 嘻嘻嘎嘎(gā):同"嘻嘻哈哈"。
④ 恁(nín):您。清李渔《奈何天·误相》:"恁要在画中求爱宠,叫俺在影里做情郎。"

第八十四回

难灭伽持圆大觉　法王成正体天然

　　唐三藏固住元阳,出离了烟花苦套,随行者投西前进。不觉夏时,正值那薰风初动①,梅雨丝丝②。好光景:

　　冉冉绿阴密,风轻燕引雏。
　　新荷翻沼面,修竹渐扶苏③。
　　芳草连天碧,山花遍地铺。
　　溪边蒲插剑④,榴火壮行图⑤。

　　师徒四众,耽炎受热,正行处,忽见那路傍有两行高柳,柳阴中走出一个老母,右手下搀着一个小孩儿,对唐僧高叫道:"和尚,不要走了,快早儿拨马东回,进西去都是死路。"唬得个三藏跳下马来,打个问讯道:"老菩萨,古人云:'海阔从鱼跃,天空任鸟飞⑥。'怎么西进便没路了?"那老母用手朝西指道:"那里去,有五六里远近,乃是灭法国。那国王前生那世里结下冤仇,今世里无端造罪。二年前许下一个罗天大愿,要杀一万个和尚。这两年陆陆续续,杀勾了九千九百九十六个无名和尚,只要等四个有名的和尚,凑成一万,好做圆满

---

　　①薰风:东南风,和风。经常出现在夏天。
　　②梅雨:指初夏江淮流域梅子黄熟时的阴雨。
　　③扶苏:同"扶疏"。枝叶繁茂分披的样子。
　　④蒲插剑:蒲叶长成后像剑的形状,故称"蒲插剑"。
　　⑤榴火壮行图:石榴似火,使行进的这番图景更加雄壮。
　　⑥海阔从鱼跃,天空任鸟飞:宋阮阅《诗话总龟·前集》卷三十引《古今诗话》称:唐代大历年间,禅僧元览在竹上题诗:"大海从鱼跃,长空任鸟飞。"比喻可以充分自由地行动,或无拘无束地施展才能。

哩①。你们去,若到城中,都是送命王菩萨②!"三藏闻言,心中害怕,战兢兢的道:"老菩萨,深感盛情,感谢不尽!但请问可有不进城的方便路儿,我贫僧转过去罢。"那老母笑道:"转不过去,转不过去。只除是会飞的,就过去了也。"八戒在傍边卖嘴道③:"妈妈儿莫说黑话④。我们都会飞哩。"

行者火眼金睛,其实认得好歹,那老母搀着孩儿,原是观音菩萨与善才童子。慌得倒身下拜,叫道:"菩萨,弟子失迎!失迎!"那菩萨一朵祥云,轻轻驾起,吓得个唐长老寸身无地,只情跪着磕头。八戒、沙僧也慌跪下,朝天礼拜。一时间,祥云漂渺,径回南海而去。行者起来,扶着师父道:"请起来,菩萨已回宝山也。"三藏起来道:"悟空,你既认得是菩萨,何不早说?"行者笑道:"你还问话不了,我即下拜,怎么还是不早哩?"八戒、沙僧对行者道:"感蒙菩萨指示,前边必是灭法国,要杀和尚,我等怎生奈何?"行者道:"呆子休怕!我们曾遭着那毒魔狠怪,虎穴龙潭,更不曾伤损。此间乃是一国凡人,有何惧哉?只奈这里不是住处。天色将晚,且有乡村人家,上城买卖回来的,看见我们是和尚,嚷出名去,不当稳便⑤。且引师父找下大路,寻个僻静之处,却好商议。"真个三藏依言,一行都闪下路来,到一个坑坎之下坐定。行者道:"兄弟,你两个好生保守师父,待老孙变化了,去那城中看看,寻一条僻路,连夜去也。"三藏叮嘱道:"徒弟呵,莫当小可。王法不容。你须仔细!"行者笑道:"放心!放心!老孙自有道理。"

好大圣,话毕将身一纵,忽哨的跳在空中。怪哉:
　　上面无绳扯,下头没棍撑。

---

①圆满:指佛事完毕。
②送命王菩萨:谑语,佛经里经常有某某王菩萨的称号,如地藏王菩萨、孔雀大明王菩萨等,这里借送命王菩萨指前面是死路一条。
③卖嘴:耍嘴皮子。
④黑话:旧时帮会、无业游民、盗匪使用的秘密语言。这里指吓唬人的话。
⑤稳便:妥当,方便,稳妥。

一般同父母,他便骨头轻。

伫立在云端里往下观看,只见那城中喜气冲融①,祥光荡漾。行者道:"好个去处,为何灭法?"看一会,渐渐天昏,又见那:

十字街灯光灿烂,九重殿香霭钟鸣。七点皎星昭碧汉,八方客旅卸行踪②。六军营,隐隐的画角才吹;五鼓楼,点点的铜壶初滴。四边宿雾昏昏③,三市寒烟蔼蔼。两两夫妻归绣幕,一轮明月上东方。

他想着:"我要下去到街坊打看路径,这般个嘴脸,撞见人,必定说是和尚;等我变一变了。"捻着诀,念动真言,摇身一变,变做个扑灯蛾儿:

形细翼硗轻巧④,灭灯扑烛投明。

本来面目化生成,腐草中间灵应⑤。

每爱炎光触焰,忙忙飞绕无停。

紫衣香翅赶流萤,最喜夜深风静。

但见他翩翩翻翻,飞向六街三市。傍房檐,近屋角。正行时,忽见那隅头拐角上一湾子人家⑥,人家门首挂着个灯笼儿。他道:"这人家过元宵哩?怎么挨排儿都点灯笼⑦?"他硬硬翅,飞近前来,仔细观看。正当中一家子方灯笼上,写着"安歇往来商贾"六字,下面又写着"王小二店"四字。行者才知是开饭店的。又伸头打一看,看见

---

①冲融:充溢弥漫的样子。

②卸:这里是丢失、消失的意思。

③宿雾:夜雾。

④硗(qiāo):薄。

⑤腐草中间灵应:参见第九十二回"腐草为萤"条注。

⑥一湾子人家:一带人家。

⑦挨排儿都点灯笼:旧时街市晚上以灯烛照明。《东京梦华录》卷三"天晓诸人入市"条:"每日交五更……诸门桥市井已开,如瓠羹店门首坐一小儿,叫饶骨头,间有灌肺及炒肺。酒店多点灯烛沽卖,每分不过二十文,并粥饭点心。亦间或有卖洗面水,煎点汤茶药者,直至天明。"

有八九个人，都吃了晚饭，宽了衣服，卸了头巾，洗了脚手，各各上床睡了。行者暗喜道："师父过得去了。"你道他怎么就知过得去？他要起个不良之心，等那些人睡着，要偷他的衣服、头巾，妆做俗人进城。

噫，有这般不遂意的事！正思忖处，只见那小二走向前，分付："列位官人仔细些！我这里君子小人不同①，各人的衣物、行李都要小心着。"你想那在外做买卖的人，那样不仔细？又听得店家分付，越发谨慎。他都爬起来道："主人家说得有理。我们走路的人辛苦，只怕睡着，急忙不醒，一时失所，奈何？你将这衣服、头巾、搭联都收进去②，待天将明交付与我们起身。"那王小二真个把些衣物之类，尽情都搬进他屋里去了。行者性急，展开翅就飞入他里面，丁在一个头巾架上。又见王小二去门首摘了灯笼，放下吊搭③，关了门窗，却才进房，脱衣睡下。那小二有个婆子，带了两个孩子，哇哇聒噪，急忙不睡。那婆子又拿了一件破衣，补补纳纳，也不见睡。行者暗想道："若等这婆子睡了下手，却不误了师父？"又恐更深，城门闭了，他就忍不住飞下去，望灯上一扑。真是舍身投火焰，焦额探残生。那盏灯早是息了。他又摇身一变，变作个老鼠，喷喷哇哇的叫了两声，跳下来，拿着衣服、头巾，往外就走。那婆子慌慌张张的道："老头子，不好了，夜耗子成精也！"行者闻言，又弄手段，拦着门厉声高叫道："王小二，你莫听你婆子胡说。我不是夜耗子成精。明人不做暗事。吾乃齐天大圣临凡，保唐僧往西天取经。你这国王无道，特来借此衣冠，妆扮我师父。一时过了城去，就便送还。"那王小二听言，一毂辘起来，黑天摸地，又是着忙的人，捞着裤子当衫子，左穿也穿不上，右套也套不上。

---

① 君子小人不同：有君子，也有小人，这里指店里的旅客好坏不齐，这是过去提醒客人注意的套话。
② 搭联：同"褡裢"。
③ 吊搭：帘子。

那大圣使个摄法,早已驾云出去。复翻身,径至路下坑坎边前。三藏见星光月皎,探身凝望,见是行者,来得至近,即开口叫道:"徒弟,可过得灭法国么?"行者上前放下衣物道:"师父,要过灭法国,和尚做不成。"八戒道:"哥,你勒掯那个哩?不做和尚也容易,只消半年不剃头,就长出毛来也。"行者道:"那里等得半年?眼下就都要做俗人哩。"那呆子慌了:"但你说话,通不察理。我们如今都是和尚,眼下要做俗人,却怎么戴得头巾?就是边儿勒住,也没收顶绳处①。"三藏喝道:"不要打花②,且干正事!端的何如?"行者道:"师父,他这城池我已看了。虽是国王无道杀僧,却倒是个真天子,城头上有祥光喜气。城中的街道我也认得。这里的乡谈③,我也省得,会说。却才在饭店里借了这几件衣服头巾,我们且扮作俗人进城去,借了宿,至四更天就起来,教店家安排了斋吃。捱到五更时候,挨城门而去,奔大路西行,就有人撞见扯住,也好折辨。只说是上邦钦差的,灭法王不敢阻滞,放我们来的。"沙僧道:"师兄处的最当。且依他行。"真个长老无奈,脱了褊衫,去了僧帽,穿了俗人的衣服,戴了头巾。沙僧也换了。八戒的头大,戴不得巾儿,被行者取了些针线,把头巾扯开,两顶缝做一顶,与他搭在头上;拣件宽大的衣服,与他穿了。然后自家也换上一套道:"列位,这一去,把'师父徒弟'四个字儿且收起。"八戒道:"除了此四字,怎的称呼?"行者道:"都做弟兄:师父叫做唐大官儿,你叫做朱三官儿,沙僧叫做沙四官儿,我叫做孙二官儿。但到店中,你们切休言语,只让我一个开口答话。等他问甚么买卖,只说是贩马的客人。把这白马做个样子,说我们是十弟兄,我四个先来赁店房卖马。那店家必然款待我们,我们受用了,临行时,

---

① 收顶绳:明朝人戴头巾,用一幅布包头,顶上用绳带系住发髻,和尚没有头发,所以说没有收顶绳处。
② 打花:闲谈,说笑。
③ 乡谈:方言土语。

等我拾块瓦查儿,变块银子谢他,却就走路。"长老无奈,只得曲从①。

四众忙忙的牵马挑担,跑过那边。此处是个太平境界,入更时分尚未关门,径直进去,行到王小二店门首,只听得里边叫哩。有的说:"我不见了头巾!"有的说:"我不见了衣服!"行者只推不知,引着他们,往斜对门一家安歇。那家子还未收灯笼,即近门叫道:"店家,可有闲房儿,我们安歇?"那里边有个妇人答应道:"有,有,有。请官人们上楼。"说不了,就有一个汉子来牵马。行者把马儿递与牵进去。他引着师父,从灯影儿后面,径上楼门。那楼上有方便的桌椅,推开窗格,映月光齐齐坐下。只见有人点上灯来。行者拦门一口吹息道:"这般月亮不用灯。"

那人才下去,又一个丫环拿四碗清茶。行者接住,楼下又走上一个妇人来,约有五十七八岁的模样,一直上楼,站着傍边。问道:"列位客官,那里来的? 有甚宝货?"行者道:"我们是北方来的,有几匹粗马贩卖②。"那妇人道:"贩马的客人尚还小。"行者道:"这一位是唐大官,这一位是朱三官,这一位是沙四官,我学生是孙二官。"妇人笑道:"异姓。"行者道:"正是异姓同居。我们共有十个弟兄,我四个先来赁店房打火③;还有六个在城外借歇。领着一群马,因天晚不好进城。待我们赁了房子,明早都进来。只等卖了马才回。"那妇人道:"一群有多少马?"行者道:"大小有百十匹儿,都像我这个马的身子,却只是毛片不一。"妇人笑道:"孙二官人诚然是个客纲客纪④。早是来到舍下,第二个人家也不敢留你。我舍下院落宽阔,槽札齐备,草料又有,凭你几百匹马都养得下。却一件:我舍下在此开店多年,也有个贱名。先夫姓赵,不幸去世久矣。我唤做赵寡妇店。我

---

① 曲从:委曲顺从。
② 粗马:对自己所贩马的谦称。清石成金《笑得好》:"有一人每与人比论,无不以粗自谦。一日请客在家饮酒,不觉月上。客喜曰:'今夜如此好月。'其人即拱手曰:'不敢欺,这不过是舍下的一个粗月儿。'"
③ 打火:旅途中休息做饭。
④ 客纲客纪:指遵守规矩的出门人。纲纪,规矩。

店里三样儿待客。如今先小人,后君子,先把房钱讲定,后好算帐。"行者道:"说得是。你府上是那三样待客?常言道:'货有高低三等价,客无远近一般心①。'你怎么说三样待客?你可试说说我听。"赵寡妇道:"我这里是上、中、下三样②。上样者:五果五菜的筵席。狮仙斗糖桌面,二位一张,请小娘儿来陪唱陪歇。每位该银五钱,连房钱在内。"行者笑道:"相应阿!我那里五钱银子还不勾请小娘儿哩。""中样者:合盘桌儿,只是水果,热酒筛来,凭自家猜枚行令,不用小娘儿,每位只该二钱银子。"行者道:"一发相应!下样儿怎么?"妇人道:"不敢在尊客面前说。"行者道:"也说说无妨。我们好拣相应的干。"妇人道:"下样者:没人伏侍,锅里有方便的饭,凭他怎么吃,吃饱了,拿个草儿,打个地铺,方便处睡觉,天光时,凭赐几文饭钱,决不争竞。"八戒听说道:"造化,造化!老朱的买卖到了!等我看着锅吃饱了饭,锅门前睡他娘!"行者道:"兄弟,说那里话!你我在江湖上,那里不撰几两银子?把上样的安排将来。"那妇人满心欢喜,即叫:"看好茶来。厨下快整治东西。"遂下楼去,忙叫:"宰鸡宰鹅,煮腌下饭。"又叫:"杀猪杀羊,今日用不了,明日也可用。看好酒。拿白米做饭,白面擀饼。"三藏在楼上听见道:"孙二官,怎好?他去宰鸡鹅,杀猪羊,倘送将来,我们都是长斋,那个敢吃?"行者道:"我有主张。"去那楼门边跌跌脚道:"赵妈妈,你上来。"那妈妈上来道:"二官人有甚分付?"行者道:"今日且莫杀生,我们今日斋戒。"寡

---

① 货有高低三等价,客无远近一般心:指货物虽价格不一,但对顾客一视同仁,热情服务之心并无区别。
② 上、中、下三样:据《金瓶梅》第十六回反映的明代物价水平,西门庆等十人做生日宴,用银五两,合每人五钱。并请两位"小优儿"(男优)弹唱助兴,每人二钱。另与一般妓女歇宿一夜,约一至二两。清刘廷玑《在园杂志》载明陈大声《嘲北妓》:"门前一阵骡车过,灰扬。那里有踏花归去马蹄香?……行云行雨在何方?土炕。那里有鸳鸯夜宿芙蓉帐。五钱一两戥头昂,便忘。那里有嫁得刘郎胜阮郎。"可知一两以下的价格,只能请到廉价的歌妓;单吃酒席每人二钱银子,所以孙悟空认为便宜。

妇惊讶道:"官人们是长斋,是月斋?"行者道:"俱不是,我们唤做'庚申斋'。今朝乃是庚申日,当斋;只过三更后,就是辛酉,便开斋了。你明日杀生罢。如今且去安排些素的来,定照上样价钱奉上。"

那妇人越发欢喜,跑下去教:"莫宰!莫宰!取些木耳、闽笋、豆腐、面筋,园里拔些青菜,做粉汤,发面蒸卷子,再煮白米饭,烧香茶。"咦!那些当厨的庖丁,都是每日家做惯的手段,霎时间就安排停当,摆在楼上。又有现成的狮仙糖果,四众任情受用。又问:"可吃素酒?"行者道:"止唐大官不用,我们也吃几杯。"寡妇又取了一壶暖酒,他三个方才斟上,忽听得乒乓板响,行者道:"妈妈,底下倒了甚么家火了?"寡妇道:"不是,是我小庄上几个客子送租米来晚了①,教他在底下睡。因客官到,没人使用,教他们抬轿子去院中请小娘儿陪你们②。想是轿杠撞得楼板响。"行者道:"早是说哩。快不要去请。一则斋戒日期,二则兄弟们未到。索性明日进来,一家请个表子③,在府上耍耍时,待卖了马起身。"寡妇道:"好人!好人!又不失了和气,又养了精神。"教:"抬进轿子来,不要请去。"四众吃了酒饭,收了家火,都散讫。

三藏在行者耳根边悄悄的道:"那里睡?"行者道:"就在楼上睡。"三藏道:"不稳便。我们都辛辛苦苦的,倘或睡着,这家子一时再有人来收拾,见我们或滚了帽子,露出光头,认得是和尚,嚷将起来,却怎么好?"行者道:"是阿!"又去楼前跌跌脚。寡妇又上来道:"孙官人又有甚分付?"行者道:"我们在那里睡?"妇人道:"楼上好睡。又没蚊子,又是南风。大开着窗子,忒好睡觉。"行者道:"睡不得。我这朱三官儿有些寒湿气,沙四官儿有些漏肩风④。唐大哥只

---

① 客子:雇工。
② 院:此指妓院。《水浒传》第六十九回:"(史进)与院子里一个娼妓有交。" 小娘儿:妓女。
③ 表子:同"婊子"。妓女的贱称。
④ 漏肩风:即今所谓"肩周炎",裸露的肩部受寒气的侵袭所致。

要在黑处睡,我也有些儿羞明①。此间不是睡处。"

那妈妈走下去,倚着柜栏叹气。他有个女儿,抱着个孩子近前道:"母亲,常言道,'十日滩头坐,一日行九滩'。如今炎天,虽没甚买卖,到交秋时,还做不了的生意哩。你嗟叹怎么?"妇人道:"儿阿,不是愁没买卖。今日晚间,已是将收铺子,入更时分,有这四个马贩子来赁店房,他要上样管待。实指望撰他几钱银子,他却吃斋,又撰不得他钱,故此嗟叹。"那女儿道:"他既吃了饭,不好往别人家去。明日还好安排荤酒,如何撰不得他钱?"妇人又道:"他都有病,怕风,羞亮,都要在黑处睡。你想家中都是些单浪瓦儿的房子②,那里去寻黑暗处?不若舍一顿饭与他吃了,教他往别家去罢。"女儿道:"母亲,我家有个黑处,又无风色,甚好,甚好。"妇人道:"是那里?"女儿道:"父亲在日曾做了一张大柜。那柜有四尺宽,七尺长,三尺高下,里面可睡六七个人。教他们往柜里睡去罢。"妇人道:"不知可好,等我问他一声——孙官人,舍下蜗居③,更无黑处,止有一张大柜,不透风,又不透亮,往柜里睡去如何?"行者道:"好!好!好!"即着几个客子把柜抬出,打开盖儿,请他们下楼。行者引着师父,沙僧拿担,顺灯影后径到柜边。八戒不管好歹就先跐进柜去。沙僧把行李递入,搀着唐僧进去,沙僧也到里边。行者道:"我的马在那里?"旁有伏侍的道:"马在后屋拴着吃草料哩。"行者道:"牵来。把槽抬来,谨挨着柜儿拴住。"方才进去,叫:"赵妈妈,盖上盖儿,插上销钉,锁上锁子,还替我们看看,那里透亮,使些纸儿糊糊,明日早些儿来开。"寡妇道:"忒小心了!"遂此各各关门去睡不题。

却说他四个到了柜里。可怜阿!一则乍戴个头巾④,二来天气炎热,又闷住了气,略不透风。他都摘了头巾,脱了衣服,又没把扇

---

①羞明:即畏光,遇光眼睛涩痛。
②单浪瓦儿:指简陋的建筑。
③蜗居:谦辞,比喻窄小的住所。
④乍戴个头巾:以前没准备,忽然戴个头巾。

子,只将僧帽扑扑搧搧。你挨着我,我挤着你,浓到有二更时分①,却都睡着。惟行者有心闯祸,偏他睡不着,伸过手,将八戒腿上一捻。那呆子缩了脚,口里哼哼的道:"睡了罢!辛辛苦苦的,有甚么心肠还捻手捻脚的耍子?"行者捣鬼道:"我们原来的本身是五千两②,前者马卖了三千两,如今两搭联里现有四千两,这一群马还卖他三千两,也有一本一利③。勾了!勾了!"八戒要睡的人,那里答对。

岂知他这店里走堂的,挑水的,烧火的,素与强盗一伙。听见行者说有许多银子,他就着几个溜出去,伙了二十多贼,明火执杖的来打劫马贩子。冲开门进来,唬得那赵寡妇娘女们战战兢兢的关了房门,尽他外边收拾。原来那贼不要店中家火,只寻客人。到楼上不见形迹,打着火把,四下照看,只见天井中一张大柜,柜脚上拴着一匹白马,柜盖紧锁,掀翻不动。众贼道:"走江湖的人,都有手眼④。看这柜势重,必是行囊财帛锁在里面。我们偷了马,抬柜出城,打开分用,却不是好?"那些贼果找起绳扛。把柜抬着就走,幌啊幌的。八戒醒了道:"哥哥,睡罢。摇甚么?"行者道:"莫言语!没人摇。"三藏与沙僧忽地也醒了,道:"是甚人抬着我们哩?"行者道:"莫嚷,莫嚷!等他抬!抬到西天,也省得走路。"

那贼得了手,不往西去,倒抬向城东,杀了守门的军,打开城门

---

① 浓:用同"𪡀(nǒng)"。清胡文英《吴下方言考》卷七:"𪡀(音农上声),扬子《方言》,南楚凡大,多谓之'𪡀'。凡人言语过度及妄施行亦谓之'𪡀'。案'𪡀',充也,勉强也。吴中谓勉强而充曰'𪡀得过'。"
② 本身:本钱。
③ 一本一利:指本钱和利息相等。《明世宗实录》卷四九二载,嘉靖四十年(1561)正月,巡按直隶御史建议平抑马价,"请以江南江北马匹尽折准改折每匹马征银二十四两"。明代自永乐之后,天下太平,故马价便宜,后随着边界用兵,价格又逐渐上涨。此处"百十匹"马可卖三千两白银,折每匹三十两左右,与嘉靖中二十四两的马价基本相当。
④ 手眼:伎俩,花招。

出去。当时就惊动六街三市①，各铺上火甲人夫②，都报与巡城总兵、东城兵马。那总兵、兵马，事当干己，即点人马弓兵，出城赶贼。那贼见官军势大，不敢抵敌，放下大柜，丢了白马，各自落草逃走。众官军不曾拿得半个强盗，只是夺下柜，捉住马，得胜而回。总兵在灯光下见那马，好马：

鬃分银线，尾軃玉条。说甚么八骏龙驹③，赛过了骅骝款段④。千金市骨⑤，万里追风⑥。登山每与青云合，啸月浑如白雪匀。真是蛟龙离海岛，人间喜有玉麒麟。

总兵官把自家马儿不骑，就骑上这个白马，帅军兵进城。把柜子抬在总府，同兵马写个封皮封了，令人巡守，待天明启奏，请旨定夺。官军散讫不题。

却说唐长老在柜里埋怨行者道："你这个猴头，害杀我也！若在外边，被人拿住，送与灭法国王，还好折辨。如今锁在柜里，被贼劫去，又被官军夺来，明日见了国王，见见成成的开刀请杀，却不凑了他一万之数？"行者道："外面有人。打开柜，拿出来不是捆着，便是

---

① 六街三市：唐时长安左右有六街，后代都城多保留这个制度，故"六街三市"指都市中的繁华区。
② 火甲人夫：明朝制度，选服役的民众持锣、鼓和梆子半夜巡逻，提醒市民小心火烛，报时报刻，兼管防盗。这种制度称为"火甲"，服役的人称为"人夫"。
③ 八骏：相传为周穆王的八匹名马。
④ 款段：形容马行步从容徐缓。也可指马，如赵孟頫《湖上暮归》："独骑款段绕湖归。"明朱谋㙔《骈雅·释兽》："款段，小马也。"
⑤ 千金市骨：据《战国策·燕策一》，燕昭王要招纳人才，老臣郭隗说："古代有个国王，要花千金去买一匹千里马，不想马死了，他为了表达诚意，就花五百两金子把马骨头买了回来。百姓听说了，认为国王真的爱马，于是纷纷前来贡献千里马。"于是燕昭王就厚待郭隗，果然四方的人才听说了，就都前来投奔，后人就用"千金市骨"比喻招揽人才的迫切。
⑥ 万里追风：南北朝时后魏河间王元琛从西域买到的名马，号"追风赤骥"，后人就用"万里追风"比喻好马。

吊着。且忍耐些儿,免了捆吊。明日见那昏君,老孙自有登答,管你一毫儿也不伤。且放心睡睡。"

挨到三更时分,行者弄个手段,顺出棒来,吹口仙气,叫:"变!"即变做三尖头的钻儿,挨柜脚两三钻,钻了一个眼子。收了钻,摇身一变,变做个蜢蚁儿,趴将出去。现原身,踏起云头,径入皇宫门外。那国王正在睡浓之际。他使个"大分身普会神法",将左臂上毫毛都拔下来,吹口仙气,叫:"变!"都变做小行者。右臂上毛,也都拔下来,吹口仙气,叫:"变!"都变做瞌睡虫。念一声"唵"字真言,教当坊土地领众布散。皇宫内院,五府六部①,各衙门大小官员宅内,但有品职者,都与他一个瞌睡虫,人人稳睡,不许翻身。又将金箍棒取在手中,掂一掂,幌一幌,叫声:"宝贝,变!"即变做千百口剃头刀儿。他拿一把,分付小行者各拿一把,都去皇宫内院、五府六部、各衙门里剃头。咦!这才是:

法王灭法法无穷,法贯乾坤大道通。

万法原因归一体,三乘妙相本来同。

钻开玉柜明消息,布散金毫破蔽蒙。

管取法王成正果,不生不灭去来空。

这半夜剃削成功。念动咒语,喝退土地神祇。将身一抖,两臂上毫毛归伏。将剃头刀总捻成真,依然认了本性,还是一条金箍棒,收来些小之形,藏于耳内。复翻身还做蜢蚁,钻入柜内。现了本相,与唐僧守困不题②。

却说那皇宫内院宫娥彩女,天不亮起来梳洗,一个个都没了头发。穿宫的大小太监,也都没了头发。一拥齐来,到于寝宫外,奏乐惊寝,个个噙泪,不敢传言。少时,那三宫皇后醒来,也没了头发。

---

① 五府六部:古代中央五个官署的合称,所指历代不同,在周代指太府、玉府、内府、外府和膳府。六部是中央行政机构吏部、户部、礼部、兵部、刑部、工部的合称。

② 守困:原指安于贫困,这里指困而不睡。

第八十四回　难灭伽持圆大觉　法王成正体天然

忙移灯到龙床下看处，锦被窝中，睡着一个和尚，皇后忍不住言语出来，惊醒国王。那国王急睁睛，见皇后的头光，他连忙爬起来道："梓童，你如何这等？"皇后道："主公亦如此也。"那皇帝摸摸头，唬得三尸神咋，七魄飞空，道："朕当怎的来耶！"正慌忙处，只见那六院嫔妃，宫娥彩女，大小太监，都光着头跪下道："主公，我们做了和尚耶！"国王见了，眼中流泪道："想是寡人杀害和尚……"即传旨分付："汝等不得说出落发之事，恐文武群臣褒贬国家不正。且都上殿设朝。"

却说那五府六部，合衙门大小官员，天不明都要去朝王拜阙。原来这半夜一个个也没了头发，各人都写表启奏此事。只听那：

　　静鞭三响朝皇帝，表奏当今剃发因。

毕竟不知那总兵官夺下柜里贼赃如何，与唐僧四众的性命如何，且听下回分解。

第八十五回

心猿妒木母　魔主计吞禅

　　话说那国王早朝，文武多官俱执表章启奏道："主公，望赦臣等失仪之罪①。"国王道："众卿礼貌如常，有何失仪？"众卿道："主公阿，不知何故，臣等一夜把头发都没了。"国王执了这没头发之表，下龙床对群臣道："果然不知何故。朕宫中大小人等，一夜也尽没了头发。"君臣们都阁汪汪滴泪道："从此后，再不敢杀戮和尚也。"王复上龙位，众官各立本班。王又道："有事出班来奏，无事卷帘散朝。"只见那武班中闪出巡城总兵官，文班中走出东城兵马使②，当阶叩头道："臣蒙圣旨巡城，夜来获得贼赃一柜，白马一匹。微臣不敢擅专，请旨定夺。"国王大喜道："连柜取来。"

　　二臣即退至本衙，点起齐整军余将柜抬出③。三藏在内，魂不附体道："徒弟们，这一到国王前，如何理说？"行者笑道："莫嚷！我已打点停当了。开柜时，他就拜我们为师哩。只教八戒不要争竞长短。"八戒道："但只免杀，就是无量之福，还敢争竞哩！"说不了，抬至朝外，入五凤楼，放在丹墀之下。

　　二臣请主公开看，国王即命打开。方揭了盖，猪八戒就忍不住往外一跳，唬得那多官胆战，口不能言。又见孙行者搀出唐僧，沙和

---

①失仪：指在朝堂上有不符合礼节仪式的行为。《大明会典》卷一六五《礼律》"失仪"条："凡祭祀，及谒拜园陵，若朝会行礼差错，及失仪者，罚俸钱半月。其纠仪官，应纠举而不纠者，罪同。"若喧哗、耳语、步履不稳重，甚至咳嗽摇晃，均可能被指为失仪。

②东城兵马使：参见第七十八回"五城兵马官"条注，为五城兵马司之一。明代五城兵马司隶属于主管监察、弹劾的都察院，故称"文班"。

③军余：指未取得正式军籍的军人。《明史·华敏传》："又有华敏者，南京锦衣卫军余也。"

尚搬出行李。八戒见总兵官牵着马，走上前，咄的一声道："马是我的！拿过来！"吓得那官儿翻跟头跌倒在地。四众俱立在阶中。那国王看见是四个和尚，忙下龙床，宣召三宫妃后，下金銮宝殿，同群臣拜问道："长老何来？"三藏道："是东土大唐驾下差往西方天竺国大雷音寺拜活佛取真经的。"国王道："老师远来，为何在这柜里安歇？"三藏道："贫僧知陛下有愿心杀和尚，不敢明投上国，扮俗人，夜至宝方饭店里借宿。因怕人识破原身，故此在柜中安歇。不幸被贼偷出，被总兵捉获抬来。今得见陛下龙颜，所谓拨云见日。望陛下赦放贫僧，海深恩便也！"国王道："老师是天朝上国高僧，朕失迎迓。朕常年有愿杀僧者，曾因僧谤了朕，朕许天愿，要杀一万和尚做圆满。不期今夜归依，教朕等为僧。如今君臣后妃，都剃落了，望老师勿吝高贤，愿为门下。"

八戒听言，呵呵大笑道："既要拜为门徒，有何赘见之礼？"国王道："师若肯从，愿将国中财宝献上。"行者道："莫说财宝，我和尚是有道之僧。你只把关文倒换了，送我们出城，保你皇图永固，福寿长臻。"那国王听说，即着光禄寺大排筵宴。君臣合同，拜归于一。即时倒换关文，请师父改号。行者道："陛下，'法国'之名甚好，但只'灭'字不通。自经我过，可改号'钦法国'①，管教你海晏河清千代胜，风调雨顺万方安。"国王谢了恩。摆整朝銮驾，送唐僧四众出城西去。君臣们秉善归真不题。

却说长老辞别了钦法国王，在马上忻然道："悟空，此一法甚善，大有功也。"沙僧道："哥阿，是那里寻这许多整容匠，连夜剃这许多头？"行者把那施变化弄神通的事说了一遍。师徒们都笑不合口。

正欢喜处，忽见一座高山阻路。唐僧勒马道："徒弟们，你看这面前山势崔巍，切须仔细！"行者笑道："放心！放心！保你无事！"三藏道："休言无事。我见那山峰挺立，远远的有些凶气，暴云飞出②，

---

① 钦法国：敬重佛法之国。钦，敬。
② 暴云：翻腾滚动的云。

渐觉惊惶,满身麻木,神思不安。"行者笑道:"你把乌巢禅师的《多心经》早已忘了。"三藏道:"我记得。"行者道:"你虽记得,还有四句颂子你却忘了哩。"三藏道:"那四句?"行者道:

"佛在灵山莫远求,灵山只在汝心头。

人人有个灵山塔,好向灵山塔下修①。"

三藏道:"徒弟,我岂不知?若依此四句,千经万典,也只是修心。"行者道:"不消说了。心静孤明独照,心存万境皆清。差错些儿成懈慢,千年万载不成功。但要一片志诚,雷音只在眼下。似你这般恐惧惊惶,神思不安,大道远矣,雷音亦远矣。且莫胡疑,随我去。"那长老闻言,心神顿爽,万虑皆休。四众一同前进。不几步,到于山上。举目看时:

那山真好山,细看色斑斑。顶上云飘荡,崖前树影寒。飞禽淅沥,走兽凶顽。林内松千干,峦头竹几竿。吼叫的是苍狼夺食,咆哮的是饿虎争餐。野猿长啸寻鲜果,麋鹿攀花上翠岚。风洒洒,水潺潺,时闻幽鸟语间关②。几处藤萝牵又扯,满溪瑶草杂香兰。磷磷怪石,削削峰岩。狐狢成群走,猴猿作队顽。行客正愁多险峻,奈何古道又湾还!

师徒们怯怯惊惊,正行之时,只听得呼呼一阵风起。三藏害怕道:"风起了!"行者道:"春有和风,夏有薰风,秋有金风,冬有朔风,四时皆有风。风起怕怎的?"三藏道:"这风来得甚急,决然不是天风。"行者道:"自古来风从地起,云自山出。怎么得个天风?"说不了,又见一阵雾起。那雾真个是:

漠漠连天暗,濛濛匝地昏。

日色全无影,鸟声无处闻。

宛然如混沌,仿佛似飞尘。

---

①"佛在灵山"以下数句:此诗较早见于宋宗镜《销释金刚经科仪》。

②间关:形容鸟鸣叫的声音。唐白居易《琵琶行》:"间关莺语花底滑,幽咽泉流冰下难。"

不见山头树，那逢采药人。

三藏一发心惊道："悟空，风还未定，如何又这般雾起？"行者道："且莫忙。请师父下马，你兄弟二个在此保守，等我去看看是何吉凶。"

好大圣，把腰一躬，就到半空。用手搭在眉上，圆睁火眼向下观之，果见那悬岩边坐着一个妖精。你看他怎生模样：

炳炳文斑多采艳，昂昂雄势甚兜搜①。
坚牙出口如钢钻，利爪藏蹄似玉钩。
金眼圆睛禽兽怕，银须的竖鬼神愁②。
张狂哮吼施威猛，嗳雾喷风运智谋。

又见逼左右手下有三四十个小妖摆列，他在那里逼法的喷风嗳雾。行者暗笑道："我师父也有些儿先兆③。他说不是天风，果然不是，却是个妖精在这里弄喧儿哩。若老孙使铁棒往下就打，这叫做'捣蒜打'，打便打死了，只是坏了老孙的名头。"那行者一生豪杰，再不晓得暗算计人。他道："我且回去，照顾猪八戒照顾，教他来先与这妖精见一仗。若是八戒有本事，打倒这妖，算他一功；若无手段，被这妖拿去，等我再去救他，才好出名。"他又想道："八戒有些躲懒，不肯出头，却只是有些口紧④，好吃东西。等我哄他一哄，看他怎么说。"

即时落下云头，到三藏前。三藏问道："悟空，风雾处吉凶何如？"行者道："这会子明净了，没甚风雾。"三藏道："正是，觉到退下些去了。"行者笑道："师父，我常时间还看得好，这番却看错了。我只说风雾之中恐有妖怪，原来不是。"三藏道："是甚么？"行者道："前

---

① 兜搜：即"抖擞"。
② 的竖：直竖。的，原指山峰耸立。南朝梁宣帝《游七山寺赋》："神簪岩岩而独立，仙的皎皎以孤临。"此泛指耸立。
③ 先兆：此指预见。
④ 口紧：嘴馋。

面不远,乃是一庄村。村上人家好善,蒸的白米干饭、白面馍馍斋僧哩。这些雾,想是那些人家蒸笼之气,也是积善之应。"八戒听说,认了真实,扯过行者,悄悄的道:"哥哥,你先吃了他的斋来的?"行者道:"吃不多儿,因那菜蔬太咸了些,不喜多吃。"八戒道:"啐!凭他怎么咸,我也尽肚吃他一饱。十分作渴,便回来吃水。"行者道:"你要吃哩?"八戒道:"正是。我肚里有些饥了,先要去吃些儿,不知如何?"行者道:"兄弟莫题。古书云:'父在,子不得自专①。'师父又在此,谁敢先去?"八戒笑道:"你若不言语,我就去了。"行者道:"我不言语,看你怎么得去。"那呆子吃嘴的见识偏有,走上前,唱个大喏道:"师父,适才师兄说,前村里有人家斋僧。你看这马,有些要打搅人家,便要草要料,却不费事?幸如今风雾明净,你们且略坐坐,等我去寻些嫩草儿,先喂喂马,然后再往那家子化斋去罢。"唐僧欢喜道:"好阿!你今日却怎肯这等勤谨?快去快来。"那呆子暗暗笑着便走。行者赶上扯住道:"兄弟,他那里斋僧,只斋俊的,不斋丑的。"八戒道:"这等说,又要变化是。"行者道:"正是。你变变儿去。"

好呆子,他也有三十六般变化,走到山凹里,捻着诀,念动咒语,摇身一变,变做个矮瘦和尚。手里敲个木鱼,口里哼阿哼的,又不会念经,只哼的是"上大人"②。

却说那怪物收风敛雾,号令群妖,在于大路口上摆开一个圈子

---

① 父在,子不得自专:见于《论语·学而》"父在观其志,父没观其行"孔安国注,意思是父亲在的时候,儿子不能擅自做主,擅自行动。

② 上大人:旧时塾师教授儿童的描红字帖,开头几句是"上大人、孔乙己、化三千、七十士……"大意是上古伟大的人物,孔子一人而已,教授了三千人,杰出的有七十多个。明叶盛《水东日记》卷十"描朱":"'上大人丘乙己化三千七十士尔小生八九子佳作仁可知礼也。尚仕由山水,中人坐竹林。王生自有性,平子本留心。王子去求仙,丹成入九天。山中方七日,世上已千年。'已上数语,凡乡学小童,临仿字书,皆昉(fǎng 开始)于此,谓之描朱。尔传我习,几遍海内,然皆莫知所谓。或云仅取字画简少无他义,或云义有了了可解者,且有出也。"

阵,专等行客。这呆子晦气,不多时,撞到当中,被群妖围住。这个扯住衣服,那个扯着丝绦,推推拥拥,一齐下手。八戒道:"不要扯,等我一家家吃将来。"群妖道:"和尚,你要吃甚的?"八戒道:"你们这里斋僧,我来吃斋的。"群妖道:"你想这里斋僧,不知我这里专要吃僧。我们都是山中得道的妖仙,专要把你们和尚拿到家里,上蒸笼蒸熟吃哩。你倒还想来吃斋!"

八戒闻言,心中害怕,才报怨行者道:"这个弼马温,其实愈懒!他哄我说是这村里斋僧,这里那得村庄人家,那里斋甚么僧是,原来是些妖精!"那呆子被他扯急了,即便现出原身,腰间掣钉钯一顿乱筑,筑退那些小妖。小妖急跑去报与老怪道:"大王,祸事了!"老怪道:"有甚祸事?"小妖道:"山前来了一个和尚,且是生得干净。我说拿家来蒸他吃,若吃不了,留些儿防天阴,不想他会变化。"老妖道:"变化甚的模样?"小妖道:"那里成个人相!长嘴大耳朵,背后又有鬃,双手轮一根钉钯,没头没脸的乱筑,唬得我们跑回来报大王也。"老怪道:"莫怕,等我去看。"轮着一条铁杵,走近前看时,见呆子果然丑恶。他生得:

　　碓嘴初长三尺零,獠牙觜出赛银钉①。

　　一双圆眼光如电,两耳搧风唿唿声。

　　脑后鬃长排铁箭,浑身皮糙癞还青。

　　手中使件蹊跷物,九齿钉钯个个惊。

妖精硬着胆喝道:"你是那里来的,叫甚名字?快早说来,饶你性命!"八戒笑道:"我的儿,你是也不认得你猪祖宗哩!上前说与你听:

　　巨口獠牙神力大,玉皇升我天蓬帅。

　　掌管天河八万兵,天宫快乐多自在。

　　只因酒醉戏宫娥,那时就把英雄卖。

　　一嘴拱倒斗牛宫,吃了王母灵芝菜。

---

①觜(zī):原指猫头鹰头上的毛角,后指形状像毛角之物。

> 玉皇亲打二千钯,把吾贬下三天界。
> 教吾立志养元神,下方却又为妖怪。
> 正自高庄喜结亲,命低撞着孙兄在。
> 金箍棒下受他降,低头才把沙门拜。
> 背马挑包做夯工①,前生少了唐僧债。
> 铁脚天蓬本姓猪,法名改作猪八戒。"

那妖精闻言,喝道:"你原来是唐僧的徒弟。我一向闻得唐僧的肉好吃,正要拿你哩。你却撞得来,我肯饶你?不要走!看杵②!"八戒道:"孽畜,你原来是个染博士出身③。"妖精道:"我怎么是染博士?"八戒道:"不是染博士,怎么会使棒槌④?"那怪那容分说,近前乱打。他两个在山凹里,这一场好杀:

> 九齿钉钯,一条铁棒。钯丢解数滚狂风,杵运机谋飞骤雨。一个是无名恶怪阻山程,一个是有罪天蓬扶性主⑤。性正何愁怪与魔,山高不得金生土。那个杵架犹如蟒出潭,这个钯来却似龙离浦。喊声叱咤振山川,吆喝雄威惊地府。两个英雄各逞能,舍身却把神通赌。

八戒长起威风,与妖精厮斗,那怪喝令小妖把八戒一齐围住不题。

却说行者在唐僧背后,忽失声冷笑。沙僧道:"哥哥冷笑,何

---

① 夯(bèn)工:干粗活的佣工。
② 杵:古代一种棒状的武器。《宋史·呼延赞传》:"及作破阵刀、降魔杵、铁折上巾,两旁有刃,皆重数十斤。"
③ 染博士:从事染色业的工匠。这里的"博士"和前文的"磨博士"(四十九回)义同。
④ 棒槌:古代丝织品较粗糙,故染色上浆后,需要用木杵在石砧上反复捶打,使其柔和细腻,这是染坊的一道工序。近代吴慎因《染经》:"例如生绢十两,练熟了只得八两左右……又可在棍上以木杵轻敲,唐诗云'万户捣衣声'是也。"故猪八戒说妖精是染匠出身,会使棒槌。
⑤ 性主:心性的主人。这里指唐僧。

也?"行者道:"猪八戒真个呆呀!听见说斋僧,就被我哄去了。这早晚还不见回来。若是一顿钯打退妖精,你看他得胜而回,争嚷功果;若战他不过,被他拿去,却是我的晦气。背前面后,不知骂了多少弼马温哩!悟净,你休言语,等我去看看。"好大圣,他也不使长老知道,悄悄的脑后拔了一根毫毛,吹口仙气,叫:"变!"即变做本身模样,陪着沙僧,随着长老。他的真身出个神,跳在空中观看,但见那呆子被怪围绕,钉钯势乱,渐渐的难敌。行者忍不住,按落云头,厉声高叫道:"八戒不要忙,老孙来了!"那呆子听得是行者声音,仗着势,愈长威风,一顿钯,向前乱筑。那妖精抵敌不住,道:"这和尚先前不济,这会子怎么又发起狠来。"八戒道:"我的儿,不可欺负我,我家里人来也!"一发向前,没头没脸筑去。那妖精委架不住,领群妖败阵去了。行者见妖精败去,他就不曾近前,拨转云头,径回本处,把毫毛一抖,收上身来。长老的肉眼凡胎,那里认得。

不一时,呆子得胜,也自转来,累得那粘涎鼻涕白沫生生,气嚯嚯的走将来,叫声:"师父!"长老见了,惊讶道:"八戒,你去打马草的,怎么这般狼狈回来?想是山上人家有人看护,不容你打草么?"呆子放下钯,搥胸跌脚道:"师父莫要问,说起来就活活羞杀人!"长老道:"为甚么羞来?"八戒道:"师兄捉弄我!他先头说风雾里不是妖精,没甚凶兆,是一庄村人家好善,蒸白米干饭、白面馍馍斋僧的,我就当真,想着肚里饥了,先去吃些儿,假倚打草为名。岂知若干妖怪把我围了,苦战了这一会,若不是师兄的哭丧棒相助,我也莫想得脱罗网回来也!"行者在傍笑道:"这呆子胡说!你若做了贼,就攀上一牢人是。我在这里看着师父,何曾侧离?"长老道:"是阿,悟空不曾离我。"那呆子跳着嚷道:"师父,你不晓得,他有替身!"长老道:"悟空,端的可有怪么?"行者瞒不过,躬身笑道:"是有个把小妖儿,他不敢惹我们。八戒,你过来,一发照顾你照顾。我们既保师父,走过险峻山路,就似行军的一般。"八戒道:"行军便怎的?"行者道:"你做个开路将军,在前剖路。那妖精不来便罢,若来时，你与他赌斗。打倒妖精，算你的功果。"八戒量着那妖精手段与他差不多，却说："我就死在他手里也罢，等我先走。"行者笑道："这呆子先说晦气话，怎么得长进。"八戒道："哥阿，你知道'公子登筵，不醉即饱；壮士临阵，不死带伤'？先说句错话儿，后便有威风。"行者欢喜，即忙背了马，请师父骑上，沙僧挑着行李，相随八戒，一路入山不题。

却说那妖精帅几个败残的小妖，径回本洞，高坐在那石头崖上，默默无言。洞中还有许多看家的小妖，都上前问道："大王常时出去，喜喜欢欢回来，今日如何烦恼？"老妖道："小的们，我往常出洞巡山，不管那里的人与兽，定捞几个来家，养赡汝等。今日造化低，撞见一个对头。"小妖问："是那个对头？"老妖道："是一个和尚，乃东土唐僧取经的徒弟，名唤猪八戒。我被他一顿钉钯，把我筑得败下阵来。好恼阿！我这一向常闻得人说，唐僧乃十世修行的罗汉，有人吃他一块肉，可以延寿长生。不期他今日到我山里，正好拿住他蒸吃，不知他手下有这等徒弟！"

说不了，班部丛中闪上一个小妖，对老妖哽哽咽咽哭了三声，又嘻嘻哈哈的笑了三声。老妖喝道："你又哭又笑，何也？"小妖跪下道："大王才说要吃唐僧，唐僧的肉不中吃。"老妖道："人都说吃他一块肉可以长生不老，与天同寿，怎么说他不中吃？"小妖道："若是中吃，也到不得这里，别处妖精，也都吃了。他手下有三个徒弟哩。"老妖道："你知是那三个？"小妖道："他大徒弟是孙行者，三徒弟是沙和尚。这个是他二徒弟猪八戒。"老怪道："沙和尚比猪八戒如何？"小妖道："也差不多儿。""孙行者比他如何？"小妖吐舌道："不敢说！那孙行者神通广大，变化多端。他五百年前曾大闹天宫，上方二十八宿、九曜星官、十二元辰、五卿四相、东西星斗、南北二神、五岳四渎，普天神将，也不曾惹得他过，你怎敢要吃唐僧？"老妖道："你怎么晓得他这等详细？"小妖道："我当初在狮驼岭狮驼洞与那大王居住，那大王不知好歹，要吃唐僧，被孙行者使一条金箍棒，打进门来，可怜就打得犯了骨牌名,都'断幺绝六'①。还亏我有些见识,从后门走了,来于此处,蒙大王收留。故此知他手段。"老妖听言,大惊失色,这正是"大将军怕谶语"②。他闻得自家人这等说,安得不惊。

正都在悚惧之际,又一个小妖上前道:"大王莫恼,莫怕。常言道'事从缓来',若是要吃唐僧,等我定个计策拿他。"老妖道:"你有何计?"小妖道:"我有个'分瓣梅花计'。"老妖道:"怎么叫做'分瓣梅花计'?"小妖道:"如今把洞中大小群妖,点将起来,千中选百,百中选十,十中只选三个,须是有能干、会变化的,都变做大王的模样,顶大王之盔,贯大王之甲,执大王之杵,三处埋伏。先着一个战猪八戒,再着一个战孙行者,再着一个战沙和尚。舍着三个小妖,调开他弟兄三个,大王却在半空伸下拿云手去捉这唐僧,就如探囊取物,就如鱼水盆里捻苍蝇③,有何难哉!"老妖闻此言,满心欢喜道:"此计绝妙!绝妙!这一去,拿不得唐僧便罢;若是拿了唐僧,决不轻你,就封你做个前部先锋。"小妖叩头谢恩,叫点妖怪。即将洞中大小妖精点起,果然选出三个有能的小妖,俱变做老妖,各持铁杵埋伏,等待唐僧不题。

却说这唐长老无虑无忧,相随八戒上大路,行勾多时,只见那路傍边扑禄的一声响亮,跳出一个小妖,奔向前边,要捉长老。孙行者叫道:"八戒!妖精来了,何不动手?"那呆子不认真假,掣钉钯赶上乱筑。那妖精使铁杵急架相迎。他两个一往一来的,在山坡下正然赌斗,又见那草科里响一声,又跳出个怪来,就奔唐僧。行者道:"师父,不好了!八戒的眼拙,放那妖精来拿你了,等老孙打他去!"急掣棒迎上前喝道:"那里去!看棒!"那妖精更不打话,举杵来迎。他两

---

①断幺绝六:都是骨牌术语。断幺,指手中牌无一张带"幺"(即牌一端有单个红点)者,如幺二、幺四等。绝六,指手中牌无一张带"六"(即牌一端有六个白点或绿点)者,如四六、五六等。摸到这两种情况为最劣。此处仅指断根绝户,无一幸存。

②谶语:古代巫师、方士所作的预言,迷信观念称将来会应验。

③鱼水盆里捻苍蝇:比喻非常容易做到的事情。

个在草坡下一撞一冲,正相持处,又听得山背后呼的风响,又跳出个妖精来,径奔唐僧。沙僧见了,大惊道:"师父!大哥与二哥的眼都花了,把妖精放将来拿你了!你坐在马上,等老沙拿他去!"这老沙也不分好歹,即掣杖,对面挡住那妖精铁杵,恨苦相持。吆吆喝喝,乱嚷乱斗,渐渐的调远。那老怪在半空中,见唐僧独坐马上,伸下五爪钢钩,把唐僧一把挝住。那师父丢了马,脱了镫,被妖精一阵风径摄去了。可怜!这正是"禅性遭魔难正果,江流又遇苦灾星"。

老妖按下风头,把唐僧拿到洞里,叫:"先锋!"那定计的小妖上前跪倒,口中道:"不敢!不敢!"老妖道:"何出此言?大将军一言既出,如白染皂。当时说拿不得唐僧便罢,拿了唐僧,封你为前部先锋。今日你果妙计成功,岂可失信于你?你可把唐僧拿来,着小的们挑水刷锅,搬柴烧火,把他蒸一蒸,我和你都吃他一块肉,以图延寿长生也。"先锋道:"大王,且不可吃。"老怪道:"既拿来,怎么不可吃?"先锋道:"大王吃了他不打紧,猪八戒也做得人情①,沙和尚也做得人情,但恐孙行者那主子刮毒②。他若晓得是我们吃了,他也不来和我们厮打,他只把那金箍棒往山腰里一刷,捣个窟窿,连山都搠倒了,我们安身之处也无之矣。"老怪道:"先锋,凭你有何高见?"先锋道:"依着我,把唐僧送在后园,绑在树上,两三日不要与他饭吃,一则图他里面干净,一则等他三人只不来门前寻找。打听得他们回去了,我们却把他拿出来,自自在在的受用,却不是好?"

老怪笑道:"正是,正是,先锋说得有理。"一声号令,把唐僧拿入后园,一条绳绑在树上,众小妖都去前面去听候。你看那长老苦捱着绳缠索绑,紧缚牢拴,止不住腮边流泪,叫道:"徒弟呀!你们在山中擒怪,甚路里赶妖?我被泼魔捉来,此处受灾,何日相会?痛杀吾也!"正自两泪交流,只见对面树上有人叫道:"长老,你也进来了!"长老正了性道:"你是何人?"那人道:"我是本山中的樵子,被那山主

---

①做得人情:指以某种行动或东西结好于人。
②主子:相当于"角色",比喻生活中遇到的某种类型的人物。

前日拿来，绑在此间，今已三日，算计要吃我哩。"长老滴泪道："樵夫阿，你死只是一身，无甚挂碍，我却死得不甚干净。"樵子道："长老，你是个出家人，上无父母，下无妻子，死便死了，有甚么不干净？"长老道："我本是东土往西天取经去的，奉唐朝太宗皇帝御旨拜活佛，取真经，要超度那幽冥无主的孤魂。今若丧了性命，可不盼杀那君王，孤负那臣子？那柱死城中无限的冤魂，却不大失所望，永世不得超生？一场功果，尽化作风尘，这却怎么得干净也？"樵子闻言，眼中堕泪道："长老，你死也只如此，我死又更伤情。我自幼失父，与母鳏居①，更无家业，止看着打柴为生。老母今年八十三岁，只我一人奉养。倘若无常，谁与他埋尸送老？苦哉，苦哉！痛杀我也！"长老闻言，放声大哭道："可怜，可怜！山人尚有思亲意，空教贫僧会念经！事君事亲，皆同一理。你为亲恩，我为君恩。"正是那"流泪眼观流泪眼，断肠人送断肠人"。

且不言三藏身遭困苦，却说孙行者在草坡下战退小妖，急回来，路傍边，不见了师父，止存白马、行囊。慌得他牵马挑担，向山头找寻。咦！正是那：

有难的江流专遇难，降魔的大圣亦遭魔。

---

①鳏（guān）居：独身没有妻室。

第八十六回

木母助威征怪物　金公施法灭妖邪

话说孙大圣牵着马，挑着担，满山头寻叫师父，忽见猪八戒气呼呼的跑将来道："哥哥，你喊怎的？"行者道："师父不见了，你可曾看见？"八戒道："我原来只跟唐僧做和尚的，你又捉弄我，教做甚么将军！我舍着命，与那妖精战了一会，得命回来。师父是你与沙僧看着的，反来问我？"行者道："兄弟，我不怪你。你不知怎么眼花了，把妖精放回来拿师父。我去打那妖精，教沙和尚看着师父的，如今连沙和尚也不见了。"八戒笑道："想是沙和尚带师父那里出恭去了。"说不了，只见沙僧来到。行者问道："沙僧，师父那里去了？"沙僧道："你两个眼都昏了，把妖精放将来拿师父，老沙去打那妖精的，师父自家在马上坐来。"行者气得暴跳道："中他计了！中他计了！"沙僧道："中他甚么计？"行者道："这是'分瓣梅花计'，把我弟兄们调开，他劈心里捞了师父去了。天！天！天！却怎么好！"止不住腮边泪滴。八戒道："不要哭，一哭就脓包了。横竖不远，只在这座山上，我们寻去来。"

三人没急奈何，只得入山找寻。行了有二十里远近，只见那悬崖之下，有一座洞府：

削峰掩映，怪石嵯峨。奇花瑶草馨香，红杏碧桃艳丽。崖前古树，霜皮溜雨四十围①；门外苍松，黛色参天二千尺。双双野鹤，常来洞口舞清风；对对山禽，每向枝头啼白昼。簇簇黄藤如挂索，行行烟柳似垂金。方塘积水，深穴依山。方塘积水，隐穷鳞未变的蛟龙；深穴依山，住多年吃人的老怪。果然不亚神仙境，真是藏风聚气巢。

行者见了，两三步跳到门前看处，那石门紧闭，门上横安着一块

---

①霜皮溜雨四十围：和下文"黛色参天二千尺"均出自唐杜甫《古柏行》。

石版,石版上有八个大字,乃"隐雾山折岳连环洞"。行者道:"八戒,动手阿!此间乃妖精住处,师父必在他家也。"那呆子仗势行凶,举钉钯尽力筑将去,把他那石头门筑了一个大窟窿,叫道:"妖怪!快送出我师父来,免得钉钯筑倒门,一家子都是了帐!"守门的小妖急急跑入报道:"大王,闯出祸来了!"老怪道:"有甚祸?"小妖道:"门前有人把门打破,嚷道要师父哩。"老怪大惊道:"不知是那个寻将来也。"先锋道:"莫怕!等我出去看看。"那小妖奔至前门,从那打破的窟窿处,歪着头往外张,见是个长嘴大耳朵,即回头高叫:"大王莫怕他!这个是猪八戒,没甚本事,不敢无理。他若无理,开了门,拿他进来凑蒸。怕便只怕那毛脸雷公嘴的和尚。"八戒在外边听见道:"哥阿,他不怕我,只怕你哩。师父定在他家了。你快上前。"行者骂道:"泼孽畜,你孙外公在这里!送我师父出来,饶你命罢!"先锋道:"大王不好了,孙行者也寻将来了!"老怪报怨道:"都是你定的甚么'分瓣分瓣',却惹得祸事临门,怎生结果?"先锋道:"大王放心,且休埋怨。我记得孙行者是个宽洪海量的猴头,虽则他神通广大,却好奉承。我们拿个假人头出去哄他一哄,奉承他几句,只说他师父是我们吃了。若还哄得他去了,唐僧还是我们受用;哄不过再作理会。"老怪道:"那里得个假人头?"先锋道:"等我做一个儿看。"

好妖怪,将一把衘钢刀斧,把柳树根砍做个人头模样,喷上些人血,糊糊涂涂的,着一个小怪,使漆盘儿拿至门下,叫道:"大圣爷爷,息怒容禀。"孙行者果好奉承,听见叫声"大圣爷爷",便就止住八戒:"且莫动手,看他有甚话说。"拿盘的小怪道:"你师父被我大王拿进洞来,洞里小妖村顽,不识好歹,这个来吞,那个来啃,抓的抓,咬的咬,把你师父吃了,只剩了一个头在这里也。"行者道:"既吃了便罢,只拿出人头来,我看是真是假。"那小怪从门窟里抛出那个头来。猪八戒见了就哭道:"可怜呵!那们个师父进去,弄做这们个师父出来也!"行者道:"呆子,你且认认是真是假。就哭!"八戒道:"不羞!人头有个真假的?"行者道:"这是个假人头。"八戒道:"怎认得是假?"行者道:"真人头抛出来,扑搭不响;假人头抛得像梆子声。你不信,等我抛了你听。"拿起来往石头上一掼,唿的一声响亮。沙和尚道:"哥哥,响哩!"行者道:"响便是个假的。我教他现出本相来你看。"急掣金箍棒,扑的一下,打破了。八戒看时,乃是个柳树根。呆子忍不住骂起来道:"我把你这伙毛团!你将我师父藏在洞里,拿个柳树根哄你猪祖宗,莫成我师父是柳树精变的!"

慌得那拿盘的小怪,战兢兢跑去报道:"难,难,难!难,难,难!"老妖道:"怎么有许多难?"小妖道:"猪八戒与沙和尚倒哄过了,孙行者却是个'贩古董的——识货①!识货!'他就认得是个假人头。如今得个真人头与他,或者他就去了。"老怪道:"怎么得个真人头?我们那剥皮亭内有吃不了的人头选一个来。"众妖即至亭内拣了个新鲜的头,教啃净头皮,滑塌塌的,还使盘儿拿出,叫:"大圣爷爷,先前委是个假头。这个真正是唐老爷的头,我大王留了镇宅子的,今特献出来也。"扑通的把个人头又从门窗里抛出,血滴滴的乱滚。

孙行者认得是个真人头,没奈何就哭。八戒、沙僧也一齐放声大哭。八戒噙着泪道:"哥哥,且莫哭,天气不是好天气,恐一时弄臭了。等我拿将去,乘生气埋下再哭②。"行者道:"也说得是。"那呆子不嫌秽污,把个头抱在怀里,跑上山崖。向阳处寻了个藏风聚气的所在,取钉钯筑了一个坑,把头埋了,又筑起一个坟冢。才叫沙僧:"你与哥哥哭着,等我去寻些甚么供养供养他。"就走向涧边,攀几根大柳枝,拾几块鹅卵石,回至坟前,把柳枝儿插在左右,鹅卵石堆在面前。行者问道:"这是怎么说?"八戒道:"这柳枝权为松柏,与师父遮遮坟顶;这石子权当点心,与师父供养供养③。"行者喝道:"夯货!人已死了,还将石子儿供他!"八戒道:"表表生人意,权为孝道心。"

---

①贩古董的——识货:古董行业的货物真假难认,古董商要凭眼力和经验辨别真假优劣,所以叫"贩古董的——识货"。清李渔《意中缘·毒饵》:"单靠一双识货眼,贱收骨董(同"古董")卖湖边。"

②生气:新鲜。

③供养:祭祀时摆设供品。

行者道:"且休胡弄!教沙僧在此,一则庐墓①,二则看守行李、马匹。我和你去打破他的洞府,拿住妖魔,碎尸万段,与师父报仇去来。"沙和尚滴泪道:"大哥言之极当。你两个着意,我在此处看守。"

好八戒,即脱了皂锦直裰,束一束着体小衣,举钯随着行者。二人努力向前,不容分辨,径自把他石门打破,喊声振天,叫道:"还我活唐僧来耶!"那洞里大小群妖,一个个魂飞魄散,都报怨先锋的不是。老妖问先锋道:"这些和尚打进门来,却怎处治?"先锋道:"古人说得好:'手插鱼篮,避不得腥②。'一不做,二不休,左右帅领家兵杀那和尚去来!"老怪闻言,无计可奈,真个传令,叫:"小的们,各要齐心,将精锐器械跟我去出征。"果然一齐呐喊,杀出洞门。这大圣与八戒,急退几步,到那山场平处,抵住群妖,喝道:"那个是出名的头儿③?那个是拿我师父的妖怪?"那群妖扎下营盘,将一面锦绣花旗闪一闪。老怪持铁杵,应声高呼道:"那泼和尚,你认不得我?我乃南山大王④,数百年放荡于此。你唐僧已是我拿吃了,你敢如何?"行者骂道:"这个大胆的毛团!你能有多少的年纪,敢称'南山'二字?李老君乃开天辟地之祖,尚坐于太清之右⑤;佛如来是治世之尊,还坐于大鹏之下;孔圣人是儒教之尊,亦仅呼为'夫子'⑥。你这个孽畜,敢称甚么南山大王,数百年之放荡!不要走,吃你外公老爷一棒!"那妖精侧身闪过,使杵抵住铁棒,睁圆眼问道:"你这嘴脸像个

---

①庐墓:古人在父母或师长死后,服丧期间在墓旁搭盖小屋(草庐)居住,守护坟墓,称庐墓。
②手插鱼篮,避不得腥:已经插手某事,想避嫌也不行。
③出名的头儿:对事情负责任的首领。
④南山大王:典出汉刘向《列女传·陶答子妻》:"妾闻南山有玄豹,隐雾雨七日而不下食者,何也?欲以泽其毛而成文章也。故藏而远害。犬彘不择食以肥其身,生而须死耳。"故此处豹子精称名南山大王,居隐雾山。
⑤太清之右:老君又称"太清道德天尊",这里的"太清之右"当为"玉清之右",指"玉清元始天尊"。道观中三清塑像,元始天尊居中,太上老君在元始天尊的右手边。
⑥夫子:古代男子的敬称,也是学生对老师的敬称。

猴儿模样,敢将许多言语压我!你有甚么手段,在吾门下猖狂?"行者笑道:"我把你个无名的孽畜!是也不知老孙!你站住,硬着胆,且听我说:

> 祖居东胜大神洲,天地包含几万秋。
> 花果山头仙石卵,卵开产化我根苗。
> 生来不比凡胎类,圣体原从日月俦①。
> 本性自修非小可,天姿颖悟大丹头。
> 官封大圣居云府,倚势行凶斗斗牛②。
> 十万神兵难近我,满天星宿易为收。
> 名扬宇宙方方晓,智贯乾坤处处留。
> 今幸皈依从释教,扶持长老向西游。
> 逢山开路无人阻,遇水支桥有怪愁。
> 林内施威擒虎豹,崖前复手捉貔貅③。
> 东方果正来西域,那个妖邪敢出头。
> 孽畜伤师真可恨,管教时下命将休!"

那怪闻言,又惊又恨。咬着牙,跳近前来,使铁杵望行者就打。行者轻轻的用棒架住,还要与他讲话,那八戒忍不住,掣钯乱筑那怪的先锋。先锋帅众齐来。这一场在山中平地处混战,真是好杀:

东土大邦上国僧,西方极乐取真经。南山大豹喷风雾,路阻深山独显能。施巧计,弄乖伶,无知误捉大唐僧。相逢行者神通广,更遭八戒有名声。群妖混战山平处,尘土纷飞天不清。那阵上小妖呼哮,枪刀乱举;这壁厢神僧吆喝,钯棒齐兴④。大圣英雄无敌手,悟能

---

① 俦(chóu):比,相比。
② 斗斗牛:在天上战斗。第二个"斗"音 dǒu,与"牛"均为二十八宿之一,此代指天官。
③ 复手:同"覆手"。把手掌向下一翻,比喻事情容易办成。貔貅:古代传说的两种猛兽。清徐珂《清稗类钞·动物·貔貅》:"貔貅,形似虎,或曰似熊,毛色灰白,辽东人谓之白熊。雄者曰貔,雌者曰貅,故古人多连举之。"
④ 兴:举起。

精壮喜神生①。南禺老怪,部下先锋,都为唐僧一块肉,致令舍死又亡生。这两个因师性命成仇隙,那两个为要唐僧忒恶情。往来斗经多半会,冲冲撞撞没输赢。

孙大圣见那些小妖勇猛,连打不退。即使个分身法,把毫毛拔下一把,嚼在口中,喷出去,叫声:"变!"都变做本身模样,一个使一条金箍棒,从前边往里打进。那一二百个小妖,顾前不能顾后,遮左不能遮右,一个个各自逃生,败走归洞。这行者与八戒,从阵里往外杀来。可怜那些不识俊的妖精,汤着钯,九股血出;挽着棒,骨肉如泥。唬得那南山大王滚风生雾,得命逃回。那先锋不能变化,早被行者一棒打倒,现出本相,乃是个铁背苍狼怪。八戒上前扯着脚,翻过来看了道:"这厮从小儿也不知偷了人家多少猪牙子、羊羔儿吃了②!"行者将身一抖,收上毫毛道:"呆子,不可迟慢!快赶老怪,讨师父的命去来!"八戒回头,就不见那些小行者,道:"哥哥的法相儿都去了?"行者道:"我已收来也。"八戒道:"妙阿!妙阿!"两个喜喜欢欢,得胜而回。

却说那老怪逃了命回洞,分付小妖搬石块,挑土,把前门堵了。那些得命的小妖,一个个战兢兢的,把门都堵了,再不敢出头。这行者引八戒,赶至门首吆喝,内无人答应。八戒使钯筑时,莫想得动。行者知之,道:"八戒,莫费气力,他把门已堵了。"八戒道:"堵了门,师仇怎报?"行者道:"且回上墓前,看看沙僧去。"

二人复至本处,见沙僧还哭哩。八戒越发伤悲,丢了钯,伏在坟上,手扑着土哭道:"苦命的师父呵!远乡的师父阿!那里再得见你耶!"行者道:"兄弟,且莫悲切。这妖精把前门堵了,一定有个后门出入。你两个只在此间,等我再去寻看。"八戒滴泪道:"哥阿!仔细着,莫连你也捞去了,我们不好哭得:哭一声师父,哭一声师兄,就要哭得乱了。"行者道:"没事,我自有手段。"

---

①神生:原作"袒年",不详其义。据《新说西游记》改。
②猪牙子:同"猪伢子"。小猪崽。

好大圣,收了棒,束束裙,拽开步,转过山坡,忽听得潺潺水响。急回头看处,原来是涧中水响,上溜头冲泄下来。又见涧那边有座门儿,门左边有一个出水的暗沟,沟中流出红水来。他道:"不消讲,那就是后门了。若要是原嘴脸,恐有小妖开门看见认得,等我变作个水蛇儿过去。且住!变水蛇,恐师父的阴灵儿知道,怪我出家人变蛇缠长①;变作个小螃蟹儿过去罢。也不好,恐师父怪我出家人脚多。"即做一个水老鼠,搜的一声撺过去,从那出水的沟中钻至里面天井中。探着头儿观看,只见那向阳处有几个小妖,拿些人肉巴子,一块块的理着晒哩。行者道:"我的儿阿!那想是师父的肉,吃不了,晒干巴子防天阴的。我要现本相,赶上前,一棍子打杀,显得我有勇无谋;且再变化进去,寻那老怪,看是何如。"跳出沟,摇身又一变,变做个有翅的马蚁儿②。真个是:

力微身小号玄驹③,日久藏修有翅飞。
闲渡桥边排阵势,喜来床下斗仙机④。
善知雨至常封穴⑤,垒积尘多遂作灰⑥。
巧巧轻轻能爽利,几番不觉过柴扉。

---

①缠长:同"缠帐"。纠缠,搅扰。
②马蚁:即"蚂蚁"。唐段成式《酉阳杂俎》卷十七:"秦中多巨黑蚁,好斗,俗呼为马蚁。"
③玄驹:也作"玄蚼",蚂蚁的别名。汉扬雄《方言》第十一:"蚍蜉,西南梁、益州(相当于今陕西、四川)之间谓之玄蚼。"
④"闲渡"二句:蚂蚁好群斗,组织严密,类似布阵。《关尹子》:"圣人……师战蚁置兵。"宋陆佃《埤雅·释虫》:"蚁……斗輒酣战不解,有行列队伍。"后有人训练蚂蚁相斗,以作表演。清褚人获《坚瓠广集》卷二引王兆云《湖海搜奇》:"京师教坊有以赤、黑蚁子列阵,能合鼓进、金退之节,无一混淆者。"
⑤善知雨至常封穴:蚂蚁能感知天气,若天阴将雨,则填塞洞穴口。汉焦赣《易林》:"蚁封穴户,大雨将集。"
⑥垒积尘多遂作灰:天将下雨,蚂蚁会从洞中运土至洞口,积成土堆。宋陆佃《埤雅·释虫》:"蚁将雨则出,而拥土成峰。"

他展开翅,无声无影,一直飞入中堂。只见那老怪烦烦恼恼正坐,有一个小妖,从后面跑将来报道:"大王万千之喜!"老妖道:"喜从何来?"小妖道:"我才在后门外涧头上探看,忽听得有人大哭。即趿上峰头望望,原来是猪八戒、孙行者、沙和尚在那里拜坟痛哭。想是把那个人头认做唐僧的头葬下,搁作坟墓哭哩。"行者在暗中听说,心内欢喜道:"若出此言,我师父还藏在那里,未曾吃哩。等我再去寻寻,看死活如何,再与他说话。"

好大圣,飞在中堂,东张西看,见傍边有个小门儿,关得甚紧。即从门缝儿里钻去看时,原是个大园子,隐隐的听得悲声。径飞入深处,但见一丛大树,树底下绑着两个人,一个正是唐僧。行者见了,心痒难挠,忍不住,现了本相,近前叫声:"师父。"那长老认得,滴着泪道:"悟空,你来了? 快救我一救! 悟空! 悟空!"行者道:"师父莫只管叫名字。面前有人,怕走了风讯。你既有命,我可救得你。那怪只说已将你吃了,拿个假人头哄我,我们与他恨苦相持。师父放心,且再熬熬儿,等我把那妖精弄倒,方好来解救。"

大圣念声咒语,却又摇身还变做个蚂蚁儿,复入中堂,丁在正梁之上。只见那些未伤命的小妖,簇簇攒攒,纷纷嚷嚷。内中忽跳出一个小妖,告道:"大王,他们见堵了门,攻打不开,死心塌地,舍了唐僧,将假人头弄做个坟墓。今日哭一日,明日再哭一日,后日复了三①,好道回去。打听得他们散了阿,把唐僧拿出来,碎劙碎剁,把些大料煎了②,香喷喷的大家吃一块儿,也得个延年长寿。"又一个小妖拍着手道:"莫说! 莫说! 还是蒸了吃的有味!"又一个说:"煮了吃,还省柴。"又一个道:"他本是个稀奇之物,还着些盐儿腌腌,吃得长久。"

行者在那梁中听见,心中大怒道:"我师父与你有甚毒情,这般算计吃他!"即将毫毛拔了一把,口中嚼碎,轻轻吹出,暗念咒语,都

---

①复了三:指死人埋葬三天,家人招魂祭奠,至此葬礼告一段落。
②大料:即八角茴香,一种调料。

教变做瞌睡虫儿,往那众妖脸上抛去。一个个钻入鼻中,小妖渐渐打盹。不一时,都睡倒了。只有那个老妖睡不稳,他两只手揉头搓脸,不住的打涕喷,捏鼻子。行者道:"莫是他晓得了? 与他个双捺灯!"又拔一根毫毛,依母儿做了①,抛在他脸上,钻于鼻孔内。两个虫儿,一个从左进,一个从右入。那老妖孤起来,伸伸腰,打两个呵欠,呼呼的也睡倒了。

　　行者暗喜,才跳下来,现出本相。耳朵里取棒来,幌一幌,有鸭蛋粗细,唿的一声,把旁门打破,跑至后园,高叫:"师父!"长老道:"徒弟,快来解解绳儿,绑坏我了!"行者道:"师父不要忙,等我打杀妖精,再来解你。"急抽身跑至中堂。正举棍要打,又殢住手道②:"不好! 等解了师父来打。"复至园中,又思量道:"等打了来救。"如此者两三番,却才跳跳舞舞的到园里。长老见了,悲中作喜道:"猴儿,想是看见我不曾伤命,所以欢喜得没是处③,故这等作跳舞也?"行者才至前,将绳解了,挽着师父就走。又听得对面树上绑的人叫道:"老爷舍大慈悲,也救我一命!"长老立定身,叫:"悟空,那个人也解他一解。"行者道:"他是甚么人?"长老道:"他比我先拿进一日。他是个樵子,说有母亲年老,甚是思想,倒是个尽孝的。一发连他都救了罢。"

　　行者依言,也解了绳索,一同带出后门,孤上石崖,过了陡涧。长老谢道:"贤徒,亏你救了他与我命。悟能、悟净都在何处?"行者道:"他两个都在那里哭你哩,你可叫他一声。"长老果厉声高叫道:"八戒! 八戒!"那呆子哭得昏头昏脑的,揩揩鼻涕眼泪道:"沙和尚,师父回家来显魂哩。在那里叫我们不是?"行者上前,喝了一声道:"夯货! 显甚么魂? 这不是师父来了?"那沙僧抬头见了,忙忙跪在面前道:"师父,你受了多少苦阿! 哥哥怎生救得你来也?"行者把上项事

---

①母儿:即"模子"。
②殢(tì):滞。
③没是处:不得了,没办法。

说了一遍。八戒闻言，咬牙恨齿，忍不住举起钯，把那坟冢一顿筑倒，掘出那人头，一顿筑得稀烂。唐僧道："你筑他为何？"八戒道："师父阿，不知他是那家的亡人，教我朝着他哭！"长老道："亏他救了我命哩。你兄弟们打上他门，嚷着要我，想是拿他来搪塞。不然阿，就杀了我也。还把他埋一埋，见我们出家人之意。"那呆子听长老此言，遂将一包稀烂骨肉埋下，也捆起个坟墓。

行者却笑道："师父，你请略坐坐，等我剿除去来。"即又跳下石崖，过涧入洞，把那绑唐僧与樵子的绳索拿入中堂，那老妖还睡着了，即将他四马攒蹄捆倒，使金箍棒掬起来，握在肩上，径出后门。猪八戒远远的望见道："哥哥好干这握头事！再寻一个儿趁头挑着不好？"行者到跟前放下，八戒举钯就筑。行者道："且住！洞里还有小妖怪未拿哩。"八戒道："哥阿，有便带我进去打他。"行者道："打又费工夫了，不若寻些柴，教他断根罢。"那樵子闻言，即引八戒去东凹里寻了些破梢竹、败叶松、空心柳、断根藤、黄蒿、老荻、芦苇、干桑①，挑了若干，送入后门里。行者点上火，八戒两耳搧起风。那大圣将身跳上，抖一抖，收了瞌睡虫的毫毛。那些小妖及醒来，烟火齐着。可怜！莫想有半个得命，连洞府烧得精空，却回见师父。师父听见老妖方醒声唤，便教："徒弟，妖精醒了。"八戒上前一钯，把老怪筑死，现出本相，原来是个艾叶花皮豹子精②。行者道："花皮会吃老虎，如今又会变人。这顿打死，才绝了后患也。"长老谢之不尽，攀鞍上马。那樵子道："老爷，向西南去不远，就是舍下。请老爷到舍，见见家母，叩谢老爷活命之恩，送老爷上路。"

长老忻然，遂不骑马，与樵子并四众同行。向西南迤逦前来③，不多路，果见那：

---

①荻：与芦同类，生长在水边，根茎像竹子。

②艾叶花皮：即艾叶豹，一说为云豹，一说为雪豹。明李时珍《本草纲目》卷五十一"其文……如艾叶者，曰艾叶豹。"宋梅尧臣《文豹篇》："壮哉南山豹，不畏白额虎。"故传闻会吃老虎。

③迤逦：同"迤逦"。慢慢地走。

> 石径重漫苔藓，柴门篷络藤花。
> 四面山光连接，一林鸟雀喧哗。
> 密密松篁交翠，纷纷异卉奇葩。
> 地僻云深之处，竹篱茅舍人家。

远见一个老妪，倚着柴扉，眼泪汪汪的，儿天儿地的痛哭。这樵子看见是他母亲，丢了长老，急忙忙先跑到柴扉前，跪下叫道："母亲，儿来也！"老妪一把抱住道："儿阿！你这几日不来家，我只说是山主拿你去，害了性命，是我心疼难忍。你既不曾被害，何以今日才来？你绳担柯斧俱在何处？"樵子叩头道："母亲，儿已被山主拿去，绑在树上，实是难得性命，幸亏这几位老爷。这老爷是东土唐朝往西天取经的罗汉。那老爷倒也被山主拿去绑在树上。他那三位徒弟老爷，神通广大，把山主一顿打死，却是个艾叶花皮豹子精。概众小妖，俱尽烧死，却将那老老爷解下救出，连孩儿都解救出来。此诚天高地厚之恩！不是他们，孩儿也死无疑了。如今山上太平，孩儿彻夜行走，也无事矣。"

那老妪听言，一步一拜，拜接长老四众，都入柴扉茅舍中坐下。娘儿两个磕头称谢不尽，慌慌忙忙的，安排些素斋酬谢。八戒道："樵哥，我见你府上也寒薄，只可将就一饭，切莫费心大摆布。"樵子道："不瞒老爷说。我这山间实是寒薄，没甚么香蕈、蘑菇、川椒、大料，只是几品野菜奉献老爷，权表寸心。"八戒笑道："聒噪，聒噪，放快些儿就是，我们肚中饥了。"樵子道："就有！就有！"果然不多时，展抹桌凳，摆将上来。果是几盘野菜。但见那：

> 嫩焯黄花菜，酸虀白鼓丁。浮蔷马齿苋，江荠雁肠英。燕子不来香且嫩，芽儿拳小脆还青。烂煮马蓝头，白燎狗脚迹。猫耳朵，野落荜，灰条熟烂能中吃；剪刀股，牛塘利，倒灌窝螺操帚荠。碎米荠，莴菜荠，几品青香又滑腻。油炒乌英花，菱科甚可夸；蒲根菜并苨儿菜，四般近水实清华。看麦娘，娇且佳；破破纳，不穿他；苦麻台下藩篱架。雀儿绵单，猢孙脚迹，油灼灼煎来只好吃。斜蒿青蒿抱娘蒿，灯蛾儿飞上板荞荞。羊耳秃，枸杞头，加上乌蓝不用油。几般野菜

第八十六回　木母助威征怪物　金公施法灭妖邪　1097

一餐饭，樵子虔心为谢酬①。

---

① "嫩焯黄花菜"以下数句：这里提到的为当时常见野菜，均见于明王磐《野菜谱》记载(以下引文若无特别说明，均据《野菜谱》)。黄花菜，常见蔬菜，又名黄花儿。齑(jī)，细切后用盐酱等浸渍的蔬菜。白鼓丁，即蒲公英。浮蔷，即雨久花。"秋生水田，状类白菜，熟食"。马齿苋，常见野菜。又称长命菜、五方草等。江荠，即荠菜。"生熟皆可用，花时不可食，但可作齑。腊月生"。雁肠英，即繁缕，又称鹅肠菜、雁肠子。"二月生如豆芽菜，熟食之；生亦可食"。燕子不来香，"可熟食。燕来时，则腥臭不堪食，故名"。芽儿拳，"正二月采，熟食"，又"芽儿拳，生树边，白如雪，软似绵"。马蓝头，又称马拦头、马兰头、马菜。"二三月丛生。熟食。又可作齑"。清袁枚《随园食单》："摘取嫩者，醋合笋拌食。油腻后食之可以醒脾。"熝(āo)，一种烹调法，近似今之卤菜。狗脚迹，一茎五叶，味淡涩。"生霜降时采之，熟食。叶如狗印，故名"。猫耳朵，又名清明草、佛耳草。"正二月采，捣烂和粉作饼，蒸食"。野落荜，又称野落篱，一说即灰菜。"正二月采，汤过可食"。灰条，即藜。"此菜二种：一种叶大而赤，即藜藋；一种叶小而青，即今所采者，汤过，油盐拌食。此蘽也。叶间有勃，故称灰焉。北方蘽、条同音"。剪刀股，又称鸭舌草、鹅公英，菊科苦荬菜属植物。牛塘利，"二三月采，熟食；亦可作齑"。倒灌窝螺操帚荠，即倒灌荠、窝螺荠、扫帚荠三种野菜。倒灌荠"生于旱田"，窝螺荠"正二月采之，生于水边"。扫帚荠，即地肤，"春采，熟食"。碎米荠，叶细碎，"三月采，止可作齑"。莴菜荠，又称莴柴荠。"正二三月采，熟食。又可作齑"。乌英花，即蒲菜。"入夏，生水泽中。生熟皆食。六月不可用"。菱科，即菱，水生，果实名菱角。蒲根菜，即蒲草的嫩根。茭儿菜，又名菰笋、茭笋。"入夏生水泽中，即茭芽也。生熟皆用"。四般，指乌英花、菱科、蒲根菜、茭儿菜四种野菜，均为水生植物。看麦娘，常见麦田杂草。"随麦生陇上，因名。春采，熟食"。破破纳，即婆婆纳，又称地黄。"腊月便生，正二月采，熟食。三月老不堪食"。苦麻台，又称苦麻薹。"三月，采用叶捣，和面作饼；生亦可食"。藩篱架，即藩篱头。生于篱笆侧，"腊月采，熟食。入春不用"。雀儿绵单，"三月采，可作齑。此菜甚延蔓，铺地而生，故名"。猢狲脚迹，"三月采之，熟食"。油灼灼，又称十字菜。明末清初顾景星《野菜赞》："水苹大者，曰油灼灼"。斜蒿，"三四月生。小者一科(同棵)俱可用；大者，摘嫩头于汤中略过，晒干，再用汤泡，油盐拌食，白食亦可"。青蒿，"即茵陈蒿。春月采之，炊食。时俗二月二日，和粉作饼者是也。"抱娘蒿，又称莪蒿、麦蒿、萝蒿，水生。"二三月采，熟食。丛生，故名"。灯蛾儿，布地而生。"二月采，熟食"。板荞荞，"正二月和菱采之，炊食；三四月结角，老不堪用"。羊耳秃，生于篱笆侧。"二三月采，熟食"，"羊耳秃，短簇簇；穿藩篱，如瓶触"。枸杞头，即枸杞的嫩芽。"村人呼为甜菜头。春夏采嫩头，熟食。秋实，即枸杞子。冬采根，即地骨皮"。乌蓝，又称乌蓝担，水生。"此菜但可熟食。乌，大也。村人呼大为乌"。

师徒们饱餐一顿,收拾起程。那樵子不敢久留,请母亲出来,再拜再谢。樵子只是磕头,取了一条枣木棍,结束了衣裙,出门相送。沙僧牵马,八戒挑担,行者紧随左右,长老在马上拱手道:"樵哥,烦先引路,到大路上相别。"一齐登高下坂,转涧寻坡。长老在马上思量道:"徒弟呵!

　　自从别主来西域,递递迢迢去路遥①。
　　水水山山灾不脱,妖妖怪怪命难逃。
　　心心只为唐三藏,念念仍求上九霄。
　　碌碌劳劳何日了,几时行满转唐朝!"

樵子闻言道:"老爷切莫忧思。这条大路,向西方不满千里,就是天竺国极乐之乡也。"长老闻言,翻身下马道:"有劳远涉。既是大路,请樵哥回府,多多拜上令堂老安人②。适间厚扰盛斋,贫僧无甚相谢,只是早晚诵经,保佑你母子平安,百年长寿。"那樵子喏喏相辞,复回本路。师徒遂一直投西。正是:

　　降怪解冤离苦厄,受恩上路用心行。

毕竟不知还有几日得到西天,且听下回分解。

---

①递递迢迢:同"迢迢递递"。遥远的样子。
②安人:原是对妇女的封号,宋代自朝奉郎以上,其妻封安人。明清时,六品官之妻封安人。后来演变为对妇人的尊称。

第八十七回

凤仙郡冒天止雨　孙大圣劝善施霖

　　大道幽深，如何消息，说破鬼神惊骇。
　　挟藏宇宙，剖判玄光，真乐世间无赛。
　　灵鹫峰前，宝珠拈出，明映五般光彩。
　　照乾坤上下群生，知者寿同山海①。

　　却说三藏师徒四众，别樵子下了隐雾山，奔上大路。行经数日，忽见一座城池相近。三藏道："悟空，你看那前面城池，可是天竺国么？"行者摇手道："不是！不是！如来处虽称极乐，却没有城池，乃是一座大山。山中有楼台殿阁，唤做灵山大雷音寺。就到了天竺国，也不是如来住处。天竺国还不知离灵山有多少路哩。那城想是天竺之外郡，到边前方知明白。"

　　不一时至城外。三藏下马，入到三层门里，见那民事荒凉②，街衢冷落。又到市口之间，见许多穿青衣者左右摆列③，有几个冠带者立于房檐之下。他四众顺街行走，那些人更不逊避。猪八戒村愚，把长嘴掬一掬，叫道："让路！让路！"那些人猛抬头，看见模样，一个

---

①"大道幽深"以下数句：这首词引自《鸣鹤余音》冯尊师《苏武慢》上阕。消息，消长。消，减少。息，增加。"挟藏"二句，指宇宙包含于大道之中，宇宙最初的光，也从大道中剖分而出。宝珠，即"玄珠"。内丹术所谓炼成的丹。宋张伯端《青华秘文》："阳中有阴，阴中有阳。二气交感，凝结不散，遂成玄珠。"五般光彩，指内丹所融汇的五行之光。宋张伯端《青华秘文》："五行既全于鼎器之中，物以类聚。五行又环列于鼎器之外，内外相感而丹始成。形状黍米相似，非青、非黄、非黑、非白，不可得而名状也。"
②民事：民间生活的事务，也专指农事。
③青衣：古代求雨者常穿青衣。《春秋繁露》卷十六载汉董仲舒求雨之法，小童、村夫皆穿青衣，斋戒舞龙。唐求雨法，用小童执青竹，穿青衣，唱："蜥蜴蜥蜴，兴云吐雾。雨若滂沱，放汝归去。"

个骨软筋麻,跌跌蹡蹡,都道:"妖精来了! 妖精来了!"唬得那檐下冠带者战兢兢躬身问道:"那方来者?"三藏恐他们闯祸,一力当先,对众道:"贫僧乃东土大唐驾下拜天竺国大雷音寺佛祖求经者。路过宝方,一则不知地名,二则未落人家,才进城甚失回避,望列公恕罪。"那官人却才施礼道:"此处乃天竺外郡,地名凤仙郡。连年干旱,郡侯差我等在此出榜,招求法师祈雨救民也。"行者闻言道:"你的榜文何在?"众官道:"榜文在此,适间才打扫廊檐,还未张挂。"行者道:"拿来我看看。"众官即将榜文展开,挂在檐下。行者四众上前同看。榜上写着:

"大天竺国凤仙郡郡侯上官,为榜聘明师,招求大法事①。兹因郡土宽弘,军民殷实,连年亢旱,累岁干荒,民田灾而军地薄,河道浅而沟浍空②。井中无水,泉底无津。富民聊以全生,穷军难以活命。斗粟百金之价③,束薪五两之资。十岁女易米三升,五岁男随人带去。城中惧法,典衣当物以存身;乡下欺公,打劫吃人而顾命。为此出给榜文,仰望十方贤哲,祷雨救民,恩当重报。愿以千金奉谢,决不虚言。须至榜者。"

行者看罢,对众官道:"'郡侯上官'何也④?"众官道:"上官乃是姓。此我郡侯之姓也。"行者笑道:"此姓却少。"八戒道:"哥哥不曾读书。《百家姓》后有一句'上官欧阳'。"三藏道:"徒弟们,且休闲讲。那个会求雨,与他求一场甘雨,以济民瘼⑤,此乃万善之事。如不会,就行,莫误了走路。"行者道:"祈雨有甚难事! 我老孙翻江搅

---

① 大法:这里指法力高深的法师。
② 浍(kuài):田间的水沟。
③ 斗粟百金之价:灾荒时物价腾贵,人民卖儿鬻女。明郑廉《豫变纪略》卷二记明崇祯时河南旱灾:"米麦斗值钱三千,禾二千七百。人相食,有父食子,妻食夫者。"清《临潼县志》记明泰昌元年大灾:"十岁儿易一斗粟。"
④ 郡侯:原是爵位名,后来指一个郡的长官,明朝称知府。
⑤ 民瘼(mò):民众的疾苦。语出《诗经·大雅·皇矣》:"监观四方,求民之瘼。"瘼,疾苦。

海,换斗移星,踢天弄井,吐雾喷云,担山赶月,唤雨呼风,那一件儿不是幼年耍子的勾当?何为稀罕!"

众官听说,着两个急去郡中报道:"老爷,万千之喜至也!"那郡侯正焚香默祝,听得报声喜至,即问:"何喜?"那官道:"今日领榜,方至市口张挂,即有四个和尚,称是东土大唐差往天竺国大雷音拜佛求经者,见榜即道能祈甘雨,特来报知。"

那郡侯即整衣步行,不用轿马多人,径至市口,以礼敦请。忽有人报道:"郡侯老爹来了①。"众人闪过。那郡侯一见唐僧,不怕他徒弟丑恶,当街心倒身下拜道:"下官乃凤仙郡郡侯上官氏,熏沐拜请老师祈雨救民②。望师大舍慈悲,运神功拔济拔济③。"三藏答礼道:"此间不是讲话处。待贫僧到那寺观,却好行事。"郡侯道:"老师同到小衙,自有洁净之处。"

师徒们遂牵马挑担,径至侯府,一一相见。郡侯即命看茶摆斋。少顷斋至,那八戒放量吞餐,如同饿虎。唬得那些拿盘的心惊胆战,一往一来,添汤添饭,就如走马灯儿一般,刚刚供上,只吃得饱满方休。斋毕,唐僧谢了斋,却问:"郡侯大人,贵处干旱几时了?"郡侯道:

"敞地大邦天竺国,凤仙外郡吾司牧④。
一连三载遇干荒,草子不生绝五谷。
大小人家买卖难,十门九户俱啼哭。
三停饿死二停人,一停还似风中烛。
下官出榜遍求贤,幸遇真僧来我国。

---

① 老爹:明代对地方长官的称呼。清王应奎《柳南随笔》卷五:"前明时缙绅惟九卿称老爷,词林(翰林)称老爷,外任司道以上称老爷,余止称爷,乡称老爹而已。"近代瞿兑之《人物风俗制度丛谈·老爷太太》载,明代官员少有称"老爷"者,"明时巡按止称老爹,府县止称相公"。
② 熏沐:熏香沐浴,梳妆打扮。
③ 拔济:佛教术语,指拯救。
④ 司牧:管理统治。牧,统治,驾驭。

若施寸雨济黎民,愿奉千金酬厚德!"

行者听说,满面喜生,呵呵的笑道:"莫说莫说,若说千金为谢,半点甘雨全无。但论积功累德,老孙送你一场大雨。"那郡侯原来十分清正贤良,爱民心重,即请行者上坐,低头下拜道:"老师果舍慈悲,下官必不敢悖德。"行者道:"且莫讲话,请起。但烦你好生看着我师父,等老孙行事。"沙僧道:"哥哥,怎么行事?"行者道:"你和八戒过来,就在他这堂下,随着我做个羽翼①,等老孙唤龙来行雨。"八戒、沙僧谨依使令。三个人都在堂下。郡侯焚香礼拜,三藏坐着念经。

行者念动真言,诵动咒语,即时见正东上一朵乌云,渐渐落至堂前,乃是东海老龙王敖广。那敖广收了云脚,化作人形,走向前,对行者躬身施礼道:"大圣唤小龙来,那方使用?"行者道:"请起。累你远来,别无甚事。此间乃凤仙郡,连年干旱,问你如何不来下雨?"老龙道:"启上大圣得知,我虽能行雨,乃上天遣用之辈。上天不差,岂敢擅自来此行雨?"行者道:"我因路过此方,见久旱民苦,特着你来此施雨救济,如何推托?"龙王道:"岂敢推托?但大圣念真言呼唤,不敢不来。一则未奉上天御旨,二则未曾带得行雨神将,怎么动得雨部?大圣既有拔济之心,容小龙回海点兵,烦大圣到天宫奏准,请一道降雨的圣旨,请水官放出龙来,我却好照旨意数目下雨。"

行者见他说出理来,只得发放老龙回海。他即跳出罡斗②,对唐僧备言龙王之事。唐僧道:"既然如此,你去为之,切莫打诳语。"行者即分付八戒、沙僧:"保着师父,我上天宫去也。"好大圣,说声去,寂然不见。那郡侯胆战心惊道:"孙老爷那里去了?"八戒笑道:"驾云上天去了。"郡侯十分恭敬,传出飞报,教满城大街小巷,不拘公卿士庶③,军民人等,家家供养龙王牌位,门设清水缸,缸插杨柳枝,侍

---

①羽翼:即"辅弼"。参见第六十九回"步了罡诀"条注。
②跳出罡斗:跳出所布画的罡斗位置。参见第六十九回"步了罡诀"条注。
③士庶:士人和普通百姓,泛指人民、百姓。

奉香火，拜天不题。

却说行者一驾筋斗云，径到西天门外，早见护国天王引天丁、力士上前迎接道："大圣，取经之事完乎？"行者道："也差不远矣。今行至天竺国界，有一外郡，名凤仙郡。彼处三年不雨，民甚艰苦，老孙欲唤雨拯救。呼得龙王到彼，他言无旨，不敢私自为之，特来朝见玉帝请旨。"天王道："那壁厢敢是不该下雨哩。我向时闻得说：那郡侯撒泼，冒犯天地，上帝见罪，立有米山、面山、黄金大锁。只等此三事倒断，才该下雨。"行者不知此意是何，要见玉帝。天王不敢拦阻，让他进去。径至通明殿外，又见四大天师迎道："大圣到此何干？"行者道："因保唐僧，路至天竺国界，凤仙郡无雨，郡侯召师祈雨。老孙呼得龙王，意命降雨，他说未奉玉帝旨意，不敢擅行，特来求旨，以苏民困。"四大天师道："那方不该下雨。"行者笑道："该与不该，烦为引奏引奏，看老孙的人情何如。"葛仙翁道："俗语云'苍蝇包网儿，好大面皮'①。"许旌阳道："不要乱谈，且只带他进去。"丘洪济、张道龄与葛、许四真人引至灵霄殿下，启道："万岁，有孙悟空路至天竺国凤仙郡，欲与求雨，特来请旨。"玉帝道："那厮三年前十二月二十五日②，朕出师监观万天，浮游三界，驾至他方，见那上官正不仁，将斋天素供，推倒喂狗，口出秽言，造有冒犯之罪，朕即立以三事，在于披香殿内。汝等引孙悟空去看。果三事倒断，即降旨与他；如不倒断，且休管闲事。"

四天师即引行者至披香殿里看时，见有一座米山，约有十丈高下；一座面山，约有二十丈高下。米山边有一只拳大之鸡，在那里紧

---

① 苍蝇包网儿，好大面皮：苍蝇戴网巾，冒充头大脸大，讥刺人冒充面子大。网儿，网巾。
② 十二月二十五日：旧时民俗，腊月二十五日有"接玉皇"的习俗。明刘侗《帝京景物略》卷二："（十二月）廿五日，五更焚香楮（chǔ，烧纸），接玉皇，曰玉皇下查人间也。竟此日，无妇姁詈（lì，骂）声。三十日五更又焚香楮送迎，送玉皇上界矣，迎新灶君下界矣。"这里郡侯与妻子恶言相斗，故遭到了玉帝的惩罚。

一嘴,慢一嘴,嗛那米吃。面山边有一只金毛哈巴狗儿,在那里长一舌,短一舌,餂那面吃①。左边悬一座铁架子,架子挂一把金锁,约有一尺三四寸长短,锁梃有指头粗细②,下面有一盏明灯,灯焰儿燎着那锁梃。行者不知其意,回头问天师曰:"此何意也?"天师道:"那厮触犯了上天,玉帝立此三事,只等鸡嗛了米尽,狗餂得面尽,灯燎断锁梃,那方才该下雨哩。"

　　行者闻言,大惊失色,再不敢启奏。走出殿,满面含羞。四大天师笑道:"大圣不必烦恼,这事只宜作善可解。若有一念善慈,惊动上天,那米、面山即时就倒,锁梃即时就断。你去劝他归善,福自来矣。"行者依言,不上灵霄辞玉帝,径来下界复凡夫。须臾,到西天门,又见护国天王,天王道:"请旨如何?"行者将米山、面山、金锁之事说了一遍,道:"果依你言,不肯传旨。适间天师送我,教劝那厮归善,即福原也。"遂相别,降云下界。

　　那郡侯同三藏、八戒、沙僧、大小官员人等接着,都簇簇攒攒来问。行者将郡侯喝了一声道:"只因你这厮三年前十二月二十五日冒犯了天地,致令黎民有难,如今不肯降雨!"郡侯慌得跪伏在地道:"老师如何得知三年前事?"行者道:"你把那斋天的素供,怎么推倒喂狗,可实实说来!"那郡侯不敢隐瞒,道:"三年前十二月二十五日,献供斋天,在于本衙之内,因妻不贤,恶言相斗,一时怒发无知,推倒供桌,泼了素馔,果是唤狗来吃了。这两年忆念在心,神思慌忽,无处可以解释③。不知上天见罪,遗害黎民。今遇老师降临,万望明示,上界怎么样计较?"行者道:"那一日正是玉皇下界之日。见你将斋供喂狗,又口出秽言,玉帝即立三事记汝。"八戒问道:"哥,是那三事?"行者道:"披香殿立一座米山,约有十丈高下;一座面山,约有二十丈高下。米山边有拳大的一只小鸡,在那里紧一嘴,慢一嘴的嗛

----

①餂:同"舔"。
②锁梃:锁的销子、锁杆。
③解释:这里指消解。

那米吃;面山边有一个金毛哈巴狗儿,在那里长一舌,短一舌的餂那面吃。左边又一座铁架子,架上挂一把黄金大锁,锁梃儿有指头粗细,下面有一盏明灯,灯焰儿燎着那锁梃。只等那鸡嗛米尽,狗餂面尽,灯燎断锁梃,他这里方才该下雨哩。"八戒笑道:"不打紧!不打紧!哥肯带我去,变出法身来,一顿把他的米面都吃了,锁梃子弄断了,管取下雨。"行者道:"呆子莫胡说,此乃上天所设之计,你怎么得见?"三藏道:"似这等说,怎生是好?"行者道:"不难,不难!我临行时,四天师曾对我言,但只作善可解①。"那郡侯拜伏在地,哀告道:"但凭老师指教,下官一一归依也。"行者道:"你若回心向善,趁早儿念佛看经,我还替你为作。汝若仍前不改,我亦不能解释,不久天即诛之,性命不能保矣。"

那郡侯磕头礼拜,誓愿归依。当时召请本处僧道,启建道场,各各写发文书,申奏三天。郡侯领众拈香瞻拜,答天谢地,引罪自责。三藏也与他念经。一壁厢又出飞报,教城里城外大家小户,不论男女人等,都要烧香念佛。自此时一片善声盈耳,行者却才欢喜,对八戒、沙僧道:"你两个好生护持师父,等老孙再与他去去来。"八戒道:"哥哥,又往那里去?"行者道:"这郡侯听信老孙之言,果然受教,恭敬善慈,诚心念佛,我这去再奏玉帝,求些雨来。"沙僧道:"哥哥既要去,不必迟疑,且担阁我们行路;必求雨一坛,庶成我们之正果也。"

好大圣,又纵云头,直至天门外,还遇着护国天王。天王道:"你今又来做甚?"行者道:"那郡侯已归善矣。"天王亦喜。正说处,早见直符使者②,捧定了道家文书,僧家关牒,到天门外传递。那符使见了行者,施礼道:"此意乃大圣劝善之功。"行者道:"你将此文牒送去何处?"符使道:"直送至通明殿上,与天师传递到玉皇大天尊前。"行者道:"如此,你先行,我当随后而去。"那符使入天门去了。护国天王道:"大圣,不消见玉帝了。你只往九天应元府下借点雷神,径自

---

①作善:行善,做善事。
②直符使者:汉代负责执掌印信法令、值守公务的佐吏,称直符史或直符。

声雷掣电,还他就有雨下也。"

真个行者依言,入天门里,不上灵霄殿求请旨意,转云步,径往九天应元府,见那雷门使者、纠录典者、廉访典者都来迎着①,施礼道:"大圣何来?"行者道:"有事要见天尊。"三使者即为传奏。天尊随下九凤丹霞之扆,整衣出迎。相见礼毕,行者道:"有一事特来奉求。"天尊道:"何事?"行者道:"我因保唐僧,至凤仙郡,见那干旱之甚,已许他求雨,特来告借贵部官将到彼声雷。"天尊道:"我知那郡侯冒犯上天,立有三事,不知可该下雨哩。"行者笑道:"我昨日已见玉帝请旨。玉帝着天师引我去披香殿看那三事,乃是米山、面山、金锁。只要三事倒断,方传旨意。我愁难得倒断,天师教我劝化郡侯等众作善,以为'人有善念,天必从之'。庶几可以回天心,解灾难也。今已善念顿生,善声盈耳。适间直符使者已将改行从善的文牒奏上玉帝去了。老孙因特造尊府,告借雷部官将相助相助。"天尊道:"既如此,差邓辛张陶帅领闪电娘子,即随大圣下降凤仙郡声雷。"

那四将同大圣,不多时,至于凤仙境界。即于半空中作起法来。只听得忽鲁鲁的雷声,又见那淅沥沥的闪电。真个是:

电掣紫金蛇,雷轰群蛰哄②。
荧煌飞火光③,霹雳崩山洞。
列缺满天明④,震惊连地纵。
红绡一闪发萌芽⑤,万里江山都撼动。

那凤仙城里城外,大小官员,军民人等,整三年不曾听见雷电;

---

①雷门使者、纠录典者、廉访典者:均是九天应元雷声普化天尊的属吏。见于《九天应元雷声普化天尊玉枢宝经》,下文天尊的"九凤丹霞之扆",也是此经中雷声普化天尊的服用之物。
②群蛰哄:蛰伏的动物纷纷喧闹。
③荧煌:辉煌。
④列缺:原指闪电划过天空的空隙,后来用作闪电的代称。
⑤红绡:同"红绡"。红色的绸子,用来比喻闪电。

今日见有雷声霍闪①,一齐跪下,头顶着香炉,有的手拈着柳枝,都念:"南无阿弥陀佛!南无阿弥陀佛!"这一声善念,果然惊动上天。正是那古诗云:

"人心生一念,天地悉皆知。
善恶若无报,乾坤必有私。"

且不说孙大圣指挥雷将,掣电轰雷于凤仙郡,人人归善。却说那上界执符使者,将僧道两家的文牒送至通明殿,四天师传奏灵霄殿。玉帝见了道:"那厮们既有善念,看三事如何。"正说处,忽有披香殿看管的将官报道:"所立米面山俱倒了。霎时间米面皆无。锁梃亦断。"奏未毕,又有当驾天官引凤仙郡土地、城隍、社令等神齐来拜奏道:"本郡郡主并满城大小黎庶之家,无一家一人不归依善果,礼佛敬天。今启垂慈普降甘雨,救济黎民。"玉帝闻言大喜,即传旨:"着风部、云部、雨部各遵号令,去下方,按凤仙郡界,即于今日今时,声雷布云,降雨三尺零四十二点。"时有四大天师奉旨,传与各部随时下界,各逞神威,一齐振作。

行者正与邓、辛、张、陶令闪电娘子在空中调弄②,只见众神都到,合会一天。那其间风云际会,甘雨滂沱。好雨:

漠漠浓云,濛濛黑雾。雷车轰轰③,闪电灼灼。滚滚狂风,淙淙骤雨。所谓一念回天,万民满望。全亏大圣施元运,万里江山处处阴。好雨!倾河倒海,蔽野迷空。檐前垂瀑布,窗外响玲珑。万户千门人念佛,六街三市水流洪。东西河道条条满,南北溪湾处处通。槁苗得润,枯木回生。田畴麻麦盛,村堡豆粮升。客旅喜通贩卖,农

---

①霍闪:闪电。唐顾云《天威行》:"金蛇飞状霍闪过,白日倒挂银绳长。"
②调弄:原指演奏、表演,这里指摆布、施行。
③雷车:雷神的车子,传说雷神出行有车。这里指雷声。题为晋陶潜《搜神后记》卷五:"永和中,义兴人姓周……向一更中,闻外有小儿唤阿香声,女应诺。寻(随即)云:'官唤汝推雷车。'女乃辞行,云:'今有事当去。'夜遂大雷雨。"

夫爱尔耘耕。从今黍稷多条畅①,自然稼穑得丰登。风调雨顺民安乐,海晏河清享太平。

一日雨,下足了三尺零四十二点,众神祇渐渐收回。孙大圣厉声高叫道:"那四部众神,且暂停云从②,待老孙去叫郡侯拜谢列位。列位可拨开云雾,各现真身,与这凡夫亲眼看看,他才信心供奉也。"众神听说,只得都停在空中。

这行者按落云头,径至郡里。早见三藏、八戒、沙僧,都来迎接。那郡侯一步一拜来谢。行者道:"且慢谢我。我已留住四部神祇,你可传召多人同此拜谢,教他向后好来降雨。"郡侯随传飞报,召众同酬,都一个个拈香朝拜。只见那四部神祇,开明云雾,各现真身。四部者,乃雨部、雷部、云部、风部。只见那:

龙王显像,雷将舒身。云童出现,风伯垂真。龙王显像,银须苍貌世无双;雷将舒身,钩嘴威颜诚莫比。云童出现,谁如玉面金冠;风伯垂真,曾似燥眉环眼。齐齐显露青霄上,各各挨排现圣仪。凤仙郡界人才信,顶礼拈香恶性回。今日仰朝天上将,洗心向善尽皈依。

众神祇宁待了一个时辰③,人民拜之不已。孙行者又起在云端,对众作礼道:"有劳!有劳!请列位各归本部。老孙还教郡界中人家,供养高真④,遇时节醮谢。列位从此后,五日一风,十日一雨⑤,还来拯救拯救。"众神依言,各各转部不题。

却说大圣坠落云头,与三藏道:"事毕民安,可收拾走路矣。"那郡侯闻言,急转行礼道:"孙老爷说那里话!今此一场,乃无量无边

---

①条畅:繁衍茂盛。
②云从:指随从。《诗经·齐风·敝笱》:"齐子归止,其从如云。"后用"云从"比喻随从很多。
③宁待:停留。
④高真:得道成仙的人,这里指仙人的像。
⑤五日一风,十日一雨:语出汉王充《论衡》。五天一刮风,十天一下雨,这样就能风调雨顺。

之恩德。下官这里差人办备小宴，奉答厚恩。仍买治民间田地，与老爷起建寺院，立老爷生祠，勒碑刻名，四时享祀。虽刻骨镂心，难报万一，怎么就说走路的话！"三藏道："大人之言虽当，但我等乃西方挂搭行脚之僧，不敢久住。一二日间，定走无疑。"那郡侯那里肯放。连夜差多人治办酒席，起盖祠宇。

次日，大开佳宴，请唐僧高坐；孙大圣与八戒、沙僧列坐。郡侯同本郡大小官员部臣把杯献馔，细吹细打，款待了一日。这场果是忻然。有诗为证：

  田畴久旱逢甘雨，河道经商处处通。
  深感神僧来郡界，多蒙大圣上天宫。
  解除三事从前恶，一念归依善果弘。
  此后愿如尧舜世，五风十雨万年丰。

一日筵，二日宴；今日酬，明日谢；扳留将有半月，只等寺院生祠完备。一日，郡侯请四众往观。唐僧惊讶道："功程浩大，何成之如此速耶？"郡侯道："下官催趱人工，昼夜不息，急急命完，特请列位老爷看看。"行者笑道："果是贤才能干的好贤侯也。"即时都到新寺。见那殿阁巍峨，山门壮丽，俱称赞不已。行者请师父留一寺名。三藏道："有，留名当唤做'甘霖普济寺'。"郡侯称道："甚好。甚好。"用金贴广招僧众侍奉香火①。殿左边立起四众生祠，每年四时祭祀；又起盖雷神、龙神等庙，以答神功。看毕，即命趱行。那一郡人民，知久留不住，各备赆仪②，分文不受。因此合郡官员人等，盛张鼓乐，大展旌幢，送有三十里远近，犹不忍别，遂掩泪目送，直至望不见方回。这正是：

  硕德神僧留普济③，齐天大圣广施恩。

毕竟不知此去还有几日方见如来，且听下回分解。

---

①金贴：底本作"金□贴□"，杨闽斋本作"金妆贴装"，疑有缺字。"金贴"或亦可释为"郑重华贵的请帖"。
②赆(jìn)仪：送行的礼物。赆，送行时送的财物。
③硕德：大德。

第八十八回

禅到玉华施法会　心猿木母授门人

话说唐僧喜喜欢欢别了郡侯,在马上向行者道:"贤徒,这一场善果,真胜似比丘国搭救儿童,皆尔之功也。"沙僧道:"比丘国只救得一千一百一十一个小儿,怎似这场大雨,滂沱浸润,活勾者万万千千性命!弟子也暗自称赞大师兄的法力通天,慈恩盖地也。"八戒笑道:"哥的恩也有,善也有,却只是外施仁义,内包祸心。但与老猪走,就要作践人。"行者道:"我在那里作践你?"八戒道:"也勾了!也勾了!常照顾我捆,照顾我吊,照顾我煮,照顾我蒸。今在凤仙郡施了恩惠与万万之人,就该住上半年,带挈我吃几顿自在饱饭,却只管催趱行路!"长老闻言,喝道:"这个呆子,怎么只思量掳嘴①!快走路,再莫斗口!"八戒不敢言,掬掬嘴,挑着行囊,打着哈哈,师徒们奔上大路。此时光景如梭,又值深秋之候。但见:

水痕收,山骨瘦。红叶纷飞,黄花时候。霜晴觉夜长,月白穿窗透。家家烟火夕阳多,处处湖光寒水溜。白蘋香,红蓼茂。橘绿橙黄,柳衰谷秀。荒村雁落碎芦花,野店鸡声收菽豆②。

四众行勾多时,又见城垣影影。长老举鞭遥指叫:"悟空,你看那里又有一座城都,却不知是甚去处。"行者道:"你我俱未曾到,何以知之?且行至边前问人。"

说不了,忽见树丛里走出一个老者,手持竹杖,身着轻衣,足踏一对棕鞋,腰束一条扁带,慌得唐僧滚鞍下马,上前道个问讯。那老者扶杖还礼道:"长老那方来的?"唐僧合掌道:"贫僧东土唐朝差往

---

① 掳嘴:争嘴,贪嘴。
② 菽:豆类的总称。

雷音拜佛求经者，今至宝方，遥望城垣，不知是甚去处，特问老施主指教。"那老者闻言，口称："有道禅师，我这敝处，乃天竺国下郡，地名玉华县。县中城主，就是天竺皇帝之宗室，封为玉华王。此王甚贤，专敬僧道，重爱黎民。老禅师若去相见，必有重敬。"三藏谢了，那老者径穿树林而去。

三藏才转身对徒弟备言前事。他三人忻喜，扶师父上马。三藏道："没多路，不须乘马。"四众遂步至城边街道观看。原来那关厢人家，做买做卖的，人烟凑集，生意亦甚茂盛。观其声音相貌，与中华无异。三藏分付："徒弟们谨慎。切不可放肆。"那八戒低头了，沙僧掩着脸，惟孙行者搀着师父。两边人都来争看，齐声叫道："我这里只有降龙伏虎的高僧，不曾见降猪伏猴的和尚。"八戒忍不住，把嘴一掬道："你们可曾看见降猪王的和尚？"唬得那街上人，跌跌孤孤，都往两边闪过。行者笑道："呆子，快藏了嘴，莫妆扮，仔细脚下过桥。"那呆子低着头，只是笑。过了吊桥，入城门内，又见那大街上酒楼歌馆，热闹繁华，果然是神州都邑。有诗为证。诗曰：

锦城铁瓮万年坚，临水依山色色鲜。
百货通湖船入市，千家沽酒店垂帘。
楼台处处人烟广，巷陌朝朝客贾喧。
不亚长安风景好，鸡鸣犬吠亦般般。

三藏心中暗喜道："人言西域诸番，更不曾到此。细观此景，与我大唐何异！所谓极乐世界，诚此之谓也。"又听得人说，白米四钱一石，麻油八厘一斤①，真是五谷丰登之处。

---

① 白米四钱一石，麻油八厘一斤：据记载了明代中期物价的沈榜《宛署杂记》与何士晋《工部厂库须知》，白米依品种用途，每石价值五钱至一两四钱不等，香油每斤约三分。这里白米四钱一石，麻油八厘一斤，比《西游记》成书时的物价确属便宜。

行勾多时,方到玉华国府①。府门左右,有长史府、审理厅、典膳所、待客馆。三藏道:"徒弟,此间是府,等我进去朝王,验牒而行。"八戒道:"师父进去,我们可好在衙门前站立?"三藏道:"你不看这门上是'待客馆'三字?你们都去那里坐下,看有草料,买些喂马。我见了王,倘或赐斋,便来唤你等同享。"行者道:"师父放心前去,老孙自当理会。"那沙僧把行李挑至馆中。馆中有看馆的人役,见他们面貌丑陋,也不敢问他,也不敢教他出去,只得让他坐下不题。

却说老师父换了衣帽,拿了关文,径至王府前。早见引礼官迎着问道②:"长老何来?"三藏道:"东土大唐差来大雷音拜佛祖求经之僧,今到贵地,欲倒换关文,特来朝参千岁。"引礼官即为传奏。那王子果然贤达,即传旨召进。三藏至殿下施礼,王子即请上殿赐坐。三藏将关文献上。王看了,又见有各国印信手押,也就忻然将宝印了,押了花字,收折在案,问道:"国师长老,自你那大唐至此,历遍诸邦,共有几多路程?"三藏道:"贫僧也未记程途。但先年蒙观音菩萨在我王御前显身,曾留了颂子,言西方十万八千里。贫僧在路,已经过一十四遍寒暑矣。"王子笑道:"十四遍寒暑,即十四年了。想是途中有甚耽阁。""一言难尽。万蛰千魔,也不知受了多少苦楚,才到得宝方!"那王子十分欢喜。即着典膳官备素斋管待。三藏启上殿下:"贫僧有三个小徒,在外等候,不敢领斋,但恐迟误行程。"王子教当殿官,快去请长老三位徒弟,进府同斋。

当殿官随出外相请。都道:"未曾见,未曾见。"有跟随的人道:"待客馆中坐着三个丑貌和尚,想必是也。"当殿官同众至馆中,即问看馆的道:"那个是大唐取经僧的高徒?我王有旨,请吃斋也。"八戒正坐打盹,听见一个斋字,忍不住跳起身来答道:"我们是!我们是!"当殿官一见了,魂飞魄丧,都战战的道:"是个猪魈!猪魈!"行

---

① 玉华国府:此处作者是按明代藩王府邸的规模描写玉华国府的。《明史·职官志四》:王府"设长史司,辖审理所,典膳所"。长史司总揽行政事务,管理以下各所。审理所主管审理案件。典膳所主管祭祀、宾客、饮食。
② 引礼官:明代藩王府设有引礼舍人,负责礼仪事务。

者听见,一把扯住八戒道:"兄弟,放斯文些,莫撒村野。"那众官见了行者,又道:"是个猴精!猴精!"沙僧拱手道:"列位休得惊恐。我三人都是唐僧的徒弟。"众官见了,又道:"灶君①!灶君!"孙行者即教八戒牵马,沙僧挑担,同众入玉华王府。当殿官先入启知。

　　那王子举目见那等丑恶,却也心中害怕。三藏合掌道:"千岁放心,顽徒虽是貌丑,却都心良。"八戒朝上唱个喏道:"贫僧问讯了。"王子愈觉心惊。三藏道:"顽徒都是山野中收来的,不会行礼,万望赦罪。"王奈着惊恐,教典膳官请众僧官去暴纱亭吃斋。三藏谢了恩,辞王下殿,同至亭内。三藏埋怨八戒道:"你这夯货,全不知一毫礼体!索性不开口,便也罢了,怎么那般粗鲁!一句话,足足冲倒泰山!"行者笑道:"还是我不唱喏的好,也省些力气。"沙僧道:"他唱喏又不等齐②,预先就抒着个嘴吆喝。"八戒道:"活淘气③!活淘气!师父前日教我,见人打个问讯儿是礼④;今日行问讯,又说不好,教我怎的干么!"三藏道:"我教你见了人打个问讯,不曾教你见王子就此歪缠!常言道:'物有几等物,人有几等人。'如何不分个贵贱?"正说处,见那典膳官带领人役,调开桌椅,摆上斋来。师徒们却不曾言语,各各吃斋。

　　却说那王子退殿进宫,宫中有三个小王子,见他面容改色,即问:"父王今日为何有此惊恐?"王道:"适才有东土大唐差来拜佛取经的一个和尚,倒换关文,却一表非凡。我留他吃斋,他说有徒弟在府前,我即命请。少时进来,见我不行大礼,叫个问讯,我已不快。及抬头看时,一个个丑似妖魔,心中不觉惊骇,故此面容改色。"原来那三个小王子比众不同,一个个好武好强,便就伸拳掳袖道:"莫敢是那山里走来的妖精,假妆人像。待我们拿兵器出去看来!"

---

①灶君:灶神的别称。灶神黑脸,所以用来称呼沙僧。
②不等齐:多人唱喏应齐声,此指八戒不等齐声,便抢先唱喏。
③淘气:怄气。
④问讯:僧尼等和人应酬时合掌致敬。

好王子,大的个拿一条齐眉棍,第二个轮一把九齿钯,第三个使一根乌油黑棒子,雄纠纠、气昂昂的走出王府。吆喝道:"甚么取经的和尚!在那里?"时有典膳官员人等跪下道:"小王,他们在这暴纱亭吃斋哩。"小王子不分好歹,闯将进去,喝道:"汝等是人是怪,快早说来,饶你性命!"唬得三藏面容失色,丢下饭碗,躬着身道:"贫僧乃唐朝来取经者。人也,非怪也。"小王子道:"你便还像个人,那三个丑的,断然是怪!"八戒只管吃饭不采。沙僧与行者欠身道:"我等俱是人,面虽丑而心良,身虽夯而性善。汝三个却是何来,却恁样海口轻狂?"傍有典膳等官道:"三位是我王之子小殿下。"八戒丢了碗道:"小殿下,各拿兵器怎么?莫是要与我们打哩?"

二王子掣开步,双手舞钯,便要打八戒。八戒嘻嘻笑道:"你那钯只好与我这钯做孙子罢了!"即揭衣,腰间取出钯来,幌一幌,金光万道;丢了解数,有瑞气千条。把个王子唬得手软筋麻,不敢舞弄。行者见大的个使一条齐眉棍,跳阿跳的,即耳朵里取出金箍棒来,幌一幌,碗来粗细,有丈二三长短。着地下一捣,捣了有三尺深浅,竖在那里,笑道:"我把这棍子送你罢!"那王子听言,即丢了自己棍,去取那棒,双手尽气力一拔,莫想得动分毫;再又端一端,摇一摇,就如生根一般。第三个撒起莽性,使乌油杆棒来打。被沙僧一手劈开,取出降妖宝杖,捻一捻,艳艳光生,纷纷霞亮,唬得那典膳等官,一个个呆呆挣挣,口不能言。三个小王子一齐下拜道:"神师!神师!我等凡人不识,万望施展一番,我等好拜授也。"行者走近前,轻轻的把棒拿将起来道:"这里窄狭,不好展手,等我跳在空中,耍一路儿,你们看看。"

好大圣,唿哨一声,将筋斗一抖,两只脚踏着五色祥云,起在半空,离地约有三百步高下,把金箍棒丢开个撒花盖顶,黄龙转身,一上一下,左旋右转。起初时人与棒似锦上添花,次后来不见人,只见一天棒滚。八戒在底下喝声采,也忍不住脚手,厉声喊道:"等老猪也去耍耍来!"好呆子,驾起风头,也到半空,丢开钯,上三下四,左五右六,前七后八,满身解数,只听得呼呼风响。正使到热闹处,沙僧对长老道:"师父,也等老沙去操演操演。"好和尚,双着脚一跳,轮着杖,也起在空中,只见那锐气氤氲,金光缥缈;双手使降妖杖,丢一个丹凤朝阳,饿虎扑食,紧迎慢挡,即转忙撺。弟兄三个即展神通,都在那半空中,一齐扬威耀武。这才是:

真禅景象不凡同,大道缘由满太空。
金木施威盈法界,刀圭展转合圆通。
神兵精锐随时显,丹器花生到处崇。
天竺虽高还戒性,玉华王子总归中。

唬得那三个小王子跪在尘埃。暴纱亭大小人员,并王府里老王子,满城中军民男女,僧尼道俗,一应人等,家家念佛磕头,户户拈香礼拜。果然是:

见像归真度众僧,人间作福享清平。
从今果正菩提路,尽是参禅拜佛人。

他三个各逞雄才,使了一路,按下祥云,把兵器收了。到唐僧道了问讯,谢了师恩,各各坐下不题。

那三个小王子急回宫里,告奏老王道:"父王万千之喜!今有莫大之功也!适才可曾看见半空中舞弄么?"王笑道:"我才见半空霞彩,就在宫院内同你母亲等众焚香启拜,更不知是那里神仙降聚也。"小王子道:"不是那里神仙,就是那取经僧三个丑徒弟。一个使金箍铁棒,一个使九齿钉钯,一个使降妖宝杖,把我三个的兵器,比的通没有分毫。我们教他使一路,他嫌地上窄狭,不好支吾:'等我起在空中,使一路你看。'他就各驾云头,满空中祥云缥缈,瑞气氤氲。才然落下,都坐在暴纱亭里。做儿的十分欢喜,欲要拜他为师,学他手段,保护我邦。此诚莫大之功。不知父王以为何如?"

老王闻言,信心从愿。当时父子四人,不摆驾,不张盖,步行到暴纱亭。他四众收拾行李,欲进府谢斋,辞王起行。偶见玉华王父子上亭来倒身下拜,慌得长老舒身,扑地行礼;行者等闪过傍边,微微冷笑。众拜毕,请四众进府堂上坐。四众忻然而入。老王起身道:"唐老师父,孤有一事奉求,不知三位高徒,可能容否?"三藏道:

"但凭千岁分付,小徒不敢不从。"老王道:"孤先见列位时,只以为唐朝远来行脚僧,其实肉眼凡胎,多致轻亵。适见孙师、朱师、沙师起舞在空,方知是仙是佛。孤三个犬子,一生好弄武艺,今谨发虔心,欲拜为门徒,学些武艺。万望老师开天地之心,普运慈舟,传度小儿,必以倾城之资奉谢。"行者闻言,忍不住呵呵笑道:"你这殿下,好不会事!我等出家人,巴不得要传几个徒弟。你令郎既有从善之心,切不可说起分毫之利。但只以情相处,足为爱也。"王子听言,十分欢喜,随命大排筵宴,就于本府正堂摆列。噫!一声旨意,即刻俱完。但见那:

结彩飘飘,香烟馥郁。戗金桌子挂绞绡,幌人眼目;彩漆椅儿铺锦绣,添座风光。树果新鲜,茶汤香喷。三五道闲食清甜,一两餐馒头丰洁。蒸酥蜜煎更奇哉,油札糖烧真美矣。有几瓶香糯素酒,斟出来,赛过琼浆;献几番阳羡仙茶①,捧到手,香欺丹桂。般般品品皆齐备,色色行行尽出奇。

一壁厢叫承应的歌舞吹弹②,撮弄演戏。他师徒们并王父子尽乐一日。不觉天晚,散了酒席,又叫即于暴纱亭铺设床帏,请师安宿;待明早竭诚焚香,再拜求传武艺。众皆听从,即备香汤,请师沐浴,众却归寝。此时那:

众鸟高栖万籁沉,诗人下榻罢哦吟。
银河光显天弥亮,野径荒凉草更深。
砧杵丁东敲别院,关山杳窵动乡心③。
寒蛩声朗知人意,呖呖床头破梦魂。

一宵晚景题过。明早,那老王父子,又来相见这长老。昨日相见,还是王礼,今日就行师礼。那三个小王子对行者、八戒、沙僧当面叩头,拜问道:"尊师之兵器,还借出与弟子们看看。"八戒闻言,忻

---

①阳羡:今江苏宜兴,盛产名茶。
②承应:指妓女、艺人应官廷或官府之召表演侍奉。
③杳窵(diào):遥远。

然取出钉钯,抛在地下。沙僧将宝杖抛出,倚在墙边。二王子与三王子跳起去便拿,就如蜻蜓撼石柱,一个个挣得红头赤脸,莫想拿动半分毫。大王子见了,叫道:"兄弟,莫费力了。师父的兵器,俱是神兵,不知有多少重哩!"八戒笑道:"我的钯也没多重,只有一藏之数①,连柄五千零四十八斤。"三王子问沙僧道:"师父宝杖多重?"沙僧笑道:"也是五千零四十八斤。"大王子求行者的金箍棒看。行者去耳朵里取出一个针儿来,迎风幌一幌,就有碗来粗细,直直的竖立面前。那王父子都皆悚惧,众官员个个心惊。三个小王子礼拜道:"朱师、沙师之兵,俱随身带在衣下,即可取之。孙师为何自耳中取出?见风即长,何也?"行者笑道:"你不知我这棍不是凡间等闲可有者。这棍是:

鸿濛初判陶熔铁②,大禹神人亲所设。
湖海江河浅共深,曾将此棍知之切。
开山治水太平时,流落东洋镇海阙。
日久年深放彩霞,能消能长能光洁。
老孙有分取将来,变化无方随口诀。
要大弥于宇宙间,要小却似针儿节。
棍名如意号金箍,天上人间称一绝。
重该一万三千五百斤,或粗或细能生灭。
也曾助我闹天宫,也曾随我攻地阙。
伏虎降龙处处通,炼魔荡怪方方彻。
举头一指太阳昏,天地鬼神皆胆怯。
混沌仙传到至今,原来不是凡间铁。"

那王子听言,一个个顶礼不尽。三人向前重重拜礼,虔心求授。行者道:"你三人不知学那般武艺?"王子道:"愿使棍的就使棍,惯使

---

① 一藏之数:《西游记》认为一藏佛经为五千零四十八部(卷),详见九十八回"一藏之数"条注。
② 陶镕:陶铸熔炼。

钯的就学钯,爱用杖的就学杖。"行者笑道:"教便也容易,只是你等无力量,使不得我们的兵器,恐学之不精,如画虎不成反类狗也①。古人云:'训教不严师之惰,学问无成子之罪②。'汝等既有诚心,可去焚香来拜了天地,我先传你些神力,然后可授武艺。"

三个小王子闻言,满心欢喜。即便亲抬香案,沐手焚香,朝天礼拜。拜毕,请师传法。行者转下身来,对唐僧行礼道:"告尊师,恕弟子之罪。自当年在两界山蒙师父大德救脱弟子,秉教沙门,一向西来,虽不曾重报师恩,却也曾渡水登山,竭尽心力。今来佛国之乡,幸遇贤王三子,投拜我等,欲学武艺。彼既为我等之徒弟,即为我师之徒孙也。谨禀过我师,庶好授受。"三藏十分大喜。八戒、沙僧见行者行礼,也即转身朝三藏磕头道:"师父,我等愚鲁,拙口钝腮,不会说话,望师父高坐法位,也让我两个各招个徒弟耍耍,也是西方路上之忆念。"三藏俱忻然允之。

行者才教三个王子就于暴纱亭后,静室之间,画了罡斗。教三人都俯伏于内,一个个瞑目宁神。这里却暗暗念动真言,诵动咒语,将仙气吹入他三人心腹之中,把元神收归本舍,传与口诀,各授得万千之膂力,运添了火候,却像个脱胎换骨之法。运遍了子午周天③,那三个小王子,方才苏省,一齐爬将起来,抹抹脸,精神抖擞,一个个骨壮筋强。大王子就拿动金箍棒,二王子就轮得九齿钯,三王子就

---

① 画虎不成反类狗:参见第三十七回"画虎刻鹄"条注,比喻好高骛远,终无成就,反贻笑柄。也比喻仿效失真,反而弄得不伦不类。

② "训教"二句:明范立本《明心宝鉴》载,司马温公曰:"养子不教父之过,训导不严师之惰。父教师严两无外,学问无成子之罪。"《三字经》有"教不严,师之惰"。意为训导的教师负有重要责任,但关键的还是在自己。

③ 子午周天:又称小周天,内丹术认为通过练功可以打通任、督二脉,使精气沿任至督周流不息,路线是从下丹田经会阴,沿脊背正中到头顶,从头顶沿胸腹正中回到下丹田的一条闭合环路。明李时珍《奇经八脉考》:"任督二脉,人身之子午也。乃丹家阳火阴符(指内丹火候,参见第七十一回"退炉进火"条注)升降之道,坎离水火交媾之乡。"

举得降妖杖。

老王见了，欢喜不胜。又排素宴，启谢他师徒四众。就在筵前各传各授：学棍的演棍，学钯的演钯，学杖的演杖。虽然打几个转身，丢几般解数，终是有些着力。走一路，便喘气嘘嘘，不能奈久。盖他那兵器都有变化，其进退攻扬，随消随长，皆有自然之妙，此等终是凡夫，岂能以遽及也。

当日散了筵宴。次日，三个王子又来称谢道："感蒙神师授赐了膂力，纵然轮得师的神器，只是转换艰难。意欲命工匠依师神器式样，减削斤两，打造一般，未知师父肯容否？"八戒道："好！好！好！说得像话。我们的器械，一则你们使不得，二则我们要护法降魔，正该另造另造。"王子又随宣召铁匠，买办钢铁万斤，就于王府内前院搭厂支炉铸造。先一日将钢铁炼熟，次日请行者三人将金箍棒、九齿钯、降妖杖，都取出放在蓬厂之间①，看样造作，遂此昼夜不收。

噫！这器原是他们随身之宝，一刻不可离者，各藏在身，自有许多光彩护体。今放在厂院中几日，那霞光有万道冲天，瑞气有千般罩地。其夜有一妖精，离城只有七十里远近，山唤豹头山，洞唤虎口洞，夜坐之间，忽见霞光瑞气，即驾云头而看，原是州城之光彩。他按下云来，近前观看，乃是这三般兵器放光。妖精又喜又爱道："好宝贝！好宝贝！这是甚人用的，今放在此？也是我的缘法，拿了去呀！拿了去呀！"他爱心一动，弄起威风，将三般兵器，一股收之，径转本洞。正是那：

道不须臾离，可离非道也②。
神兵尽落空，枉费参修者。

毕竟不知怎生寻得这兵器，且听下回分解。

---

①蓬厂：棚子。

②道不须臾离，可离非道也：语出《礼记·中庸》，原文是"道也者，不可须臾离也，可离非道也"。意为正道一刻也不能离开，如果能离开，就不是道了。

第八十九回

黄狮精虚设钉钯宴　金木土计闹豹头山

却说那院中几个铁匠,因连日辛苦,夜间俱自睡了。及天明起来打造,篷下不见了三般兵器,一个个呆挣神惊,四下寻找。只见那三个王子出宫来看,那铁匠一齐磕头道:"小主呵,神师的三般兵器,都不知那里去了。"小王子听言,心惊胆战道:"想是师父今夜收拾去了。"急奔暴纱亭看时,见白马尚在廊下,忍不住叫道:"师父还睡哩?"沙僧道:"起来了。"即将房门开了,让王子进里看时,不见兵器,慌慌张张问道:"师父的兵器都收来了?"行者跳起道:"不曾收阿!"王子道:"三般兵器,今夜都不见了。"八戒连忙爬起道:"我的钯在么?"小王道:"适才我等出来,只见众人前后找寻不见,弟子恐是师父收了,却才来问。老师的宝贝,俱是能长能消,想必藏在身边哄弟子哩。"行者道:"委的未收,都寻去来。"随至院中篷下,果然不见踪影。八戒道:"定是这伙铁匠偷了,快拿出来!略迟了些儿,就都打死!打死!"那铁匠慌得磕头滴泪道:"爷爷!我们连日辛苦,夜间睡着,及至天明起来,遂不见了。我等乃一概凡人,怎么拿得动?望爷爷饶命!饶命!"行者无语暗恨道:"还是我们的不是,既然看了式样,就该收在身边,怎么却丢放在此!那宝贝霞彩光生,想是惊动甚么歹人,今夜窃去也。"八戒不信道:"哥哥说那里话!这般个太平境界,又不是旷野深山,怎得个歹人来?定是铁匠欺心,他见我们的兵器光彩,认得是三件宝贝,其夜走出王府,伙些人来,抬的抬,拉的拉,偷出去了。拿过来打哑!打哑!"众匠只是磕头发誓。

正嚷处,只见老王子出来,问及前事,却也面无人色,沉吟半晌,道:"神师兵器,本不同凡,就有百十余人也禁挫不动。况孤在此城,今已五代,不是大胆海口,孤也颇有个贤名在外。这城中军民匠作人等,也颇惧孤之法度,断是不敢欺心。望神师再思可矣。"行者笑道:"不用再思,也不须苦赖铁匠。我问殿下:你这州城四面,可有甚么山林妖怪?"王子道:"神师此问,甚是有理。孤这州城之北有一座豹头山,山中有一座虎口洞。往往人言洞内有仙,又言有虎狼,又言有妖怪。孤未曾访得端的,不知果是何物。"行者笑道:"不消讲了,定是那方歹人,知道俱是宝贝,一夜偷将去了。"叫:"八戒、沙僧,你都在此保着师父,护着城池,等老孙寻访去来。"又叫铁匠们不可住了炉火,一一炼造。

好猴王,辞了三藏,唿哨一声,形影不见,早跨到豹头山上。原来那城相去只有三十里,一瞬即到。径上山峰观看,果然有些妖气,真是:

龙脉悠长,地形远大。尖峰挺挺插天高,陡涧沉沉流水急。山前有瑶草铺茵,山后有奇花布锦。乔松老柏,古树修篁。山鸦山鹊乱飞鸣,野鹤野猴皆啸哽。悬崖下麋鹿双双,削壁前獾狐对对。一起一伏远来龙,九曲九湾潜地脉。埂头相接玉华州①,万古千秋兴胜处。

行者正然看时,忽听得山背后有人言语,急回头视之,乃两个狼头妖怪,朗朗的说着话,向西北上走。行者揣道:"这定是巡山的怪物,等老孙跟他去听听,看他说些甚的。"捻着诀,念个咒,摇身一变,变做个蝴蝶儿,展开翅,翩翩翻翻,径自赶上。果然变得有样范:

一双粉翅,两道银须。乘风飞去急,映日舞来徐。渡水过墙能疾俏,偷香弄絮甚欢娱。体轻偏爱鲜花味,雅态芳情任卷舒。

他飞在那个妖精头直上,飘飘荡荡,听他说话。那妖猛的叫道:"二哥,我大王连日侥幸。前月里得了一个美人儿,在洞内盘桓②,十分快乐。昨夜里又得了三般兵器,果然是无价之宝。明朝开宴庆'钉钯会'哩,我们都有受用。"这个道:"我们也有些侥幸!拿这二十

----
①埂头:小土堤,这里指山的余脉。
②盘桓:玩乐。

两银子买猪羊去。如今到了乾方集上,先吃几壶酒儿。把东西开个花帐儿①,落他二三两银子②,买件绵衣过寒,却不是好!"两个怪说说笑笑的,上大路急走如飞。

行者听得要庆钉钯会,心中暗喜。欲要打杀他,争奈不管他事,况手中又无兵器。他即飞向前边,现了本相,在路口上立定。那怪看看走到边前,被他一口法唾喷将去,念一声"唵吽咤唎"③,即使个定身法,把两个狼头精定住。眼睁睁,口也难开;直挺挺,双脚站住。又将他扳翻倒,揭衣搜捡,果是有二十两银子,着一条搭包儿打在腰间裙带上,又各挂着一个粉漆牌儿,一个上写着"刁钻古怪",一个上写着"古怪刁钻"。

好大圣,收了他银子,解了他牌儿,返跨步回至州城。到王府中,见了王子、唐僧并大小官员、匠作人等,具言前事。八戒笑道:"想是老猪的宝贝,霞彩光明,所以买猪羊,治筵席庆贺哩。但如今怎得他来?"行者道:"我兄弟三人俱去。这银子是买办猪羊的,且将这银子赏了匠人,教殿下寻几个猪羊。八戒,你变做刁钻古怪,我变做古怪刁钻,沙僧妆做个贩猪羊的客人,走进那虎口洞里,得便处,各人拿了兵器,打绝那妖邪,回来却收拾走路。"沙僧笑道:"妙,妙,妙!不宜迟!快走!"老王依然此计,即教管事的买办了七八口猪,四五腔羊。

他三人辞了师父,在城外大显神通。八戒道:"哥哥,我未曾看见那刁钻古怪,怎生变得他的模样?"行者道:"那怪被老孙使了定身法定住在那里,只到明日此时方醒。我记得他的模样,你站下,等我教你变。如此,如彼,就是他的模样了。"那呆子真个口里念着咒,行

---

①花帐:虚报的账目。

②落:捞,赚。《笑林广记》卷三"裁缝":"太守命法官祈雨,雨不至,太守怒,欲治之。"注官禀云:"小道本事平常,不如其裁缝最好。"太守曰:"何以见得?"答曰:"他要落几尺就是几尺。"

③唵吽咤唎:道教常用咒语,多用于雷法、天蓬法、马灵官法等。《太极祭炼内法仪略》认为此四字是"心神之内讳"。

者吹口仙气,霎时就变得与那刁钻古怪一般无二,将一个粉牌儿带在腰间。行者即变做古怪刁钻,腰间也带了一个牌儿。沙僧打扮的像个贩猪羊的客人,一起儿赶着猪羊,上大路,径奔山来。不多时,进了山凹里,又遇见一个小妖。他生得嘴脸也恁地凶恶。看那:

圆滴溜两只眼,如灯幌亮;红刺媸一头毛,似火飘光。糟鼻子,歪㑒口①,獠牙尖利;查耳朵,砍额头②,青脸泡浮③。身穿一件浅黄衣,足踏一双莎蒲履④。雄雄纠纠若凶神,急急忙忙如恶鬼。

那怪左胁下挟着一个彩漆的请书匣儿,迎着行者三人叫道:"古怪刁钻,你两个来了?买了几口猪羊?"行者笑道:"这赶的不是?"那怪朝沙僧道:"此位是谁?"行者道:"就是贩猪羊的客人。还少他几两银子,带他来家取的。你往那里去?"那怪道:"我往竹节山去请老大王明早赴会。"行者绰他的口气儿,就问:"共请多少人?"那怪道:"请老大王坐首席,连本山大王共头目等众,约有四十多位。"正说处,八戒道:"去罢,去罢,猪羊都四散走了。"行者道:"你去邀着⑤,等我讨他帖儿看看。"那怪见自家人,即揭开取出,递与行者。行者展开看时,上写着:

"明辰敬治肴酌庆'钉钯嘉会',屈尊过山一叙。幸勿外,至感⑥! 右启祖翁九灵元圣老大人尊前⑦。门下孙黄狮顿首

---

①歪㑒口:咧着嘴。
②砍额头:低削的额头。
③泡浮:肿胀。
④莎蒲履:蒲草编成的鞋子。
⑤邀:同"吆"。使牲畜听从指令。
⑥至感:书信及公文中常语,极感激的意思。
⑦祖翁九灵元圣:记载太乙救苦天尊信仰的主要经典《太乙救苦护身妙经》载天尊"足蹑莲花,圆光照耀。手执柳枝净水,九头狮子左右从随","是九阳之精,甚灵甚灵","此圣最尊最贵,最圣最灵"。又同经载太上老君咒云:"元元之祖气,妙化九阳精。"故天尊的坐骑九头狮子号"九灵元圣",即从这些经文捏合而来。祖翁,祖父。

百拜。"

行者看毕，仍递与那怪。那怪放在匣内，径往东南上去了。沙僧问道："哥哥，帖儿上是甚么话头？"行者道："乃庆钉钯会的请帖。名字写着'门下孙黄狮百拜'。请的是祖翁九灵元圣老大人。"沙僧笑道："黄狮想必是个金毛狮子成精。但不知九灵元圣是个何物。"八戒听言，笑道："是老猪的货了！"行者道："怎见得是你的货？"八戒道："古人云'癞母猪专赶金毛狮子'，故知是老猪之货物也。"他三人说说笑笑，邀着猪羊。却就望见虎口洞门。但见那门儿外：

　　周围山绕翠，一脉气连城。
　　削壁扳青蔓，高崖挂紫荆。
　　鸟声深树匝，花影洞门迎。
　　不亚桃源洞，堪宜避世情。

渐渐近于门口，又见一丛大大小小的杂项妖精，在那花树之下顽耍。忽听得八戒"呵！呵！"赶猪羊到时，都来迎接，便就捉猪的捉猪，捉羊的捉羊，一齐捆倒。早惊动里面妖王，领十数个小妖，出来问道："你两个来了？买了多少猪羊？"行者道："买了八口猪，七腔羊，共十五个生口。猪银该一十六两，羊银该九两①。前者领银二十两，仍欠五两。这个就是客人，跟来找银子的。"妖王听说，即唤："小的们，取五两银子，打发他去。"行者道："这客人一则来找银子，二来要看看嘉会。"那妖大怒骂道："你这个刁钻儿忒懒！你买东西罢了，又与人说甚么会不会！"八戒上前道："主人公得了宝贝，诚是天下之奇珍，就教他看看怕怎的？"那怪咄的一声道："你这古怪也可恶！我这宝贝，乃是玉华州城中得来的。倘这客人看了，去那州中传说，说得人知，那王子一时来访求，却如之何？"行者道："主公，这个客人，乃乾方集后边的人，去州许远，又不是他城中人，也那里去传说？二则他肚里也饥了，我两个也未曾吃饭。家中有现成酒饭，赏他些吃

---

① 猪银该一十六两，羊银该九两：据《宛署杂记》所载明代万历时物价，一口猪约值一两五钱银，一头羊约值五钱银。

了,打发他去罢。"说不了,有一小妖,取了五两银子,递与行者。行者将银子递与沙僧道:"客人,收了银子,我与你进后面去吃些饭来。"

沙僧仗着胆,同八戒、行者进于洞内。到二层敞厅之上,只见正中间桌上,高高的供养着一柄九齿钉钯,真个是光彩映目;东山头靠着一条金箍棒,西山头靠着一条降妖杖。那怪王随后跟着道:"客人,那中间放光亮的就是钉钯。你看便看,只是出去,千万莫与人说。"沙僧点头称谢了。

噫!这正是"物见主,必定取"①。那八戒一生是个鲁夯的人,他见了钉钯,那里与他叙甚么情节②,跑上去,拿下来,轮在手中,现了本相。丢了解数,望妖精劈脸就筑。这行者、沙僧也奔至两山头各拿器械,现了原身。三弟兄一齐乱打,慌得那怪王急抽身闪过,转入后边,取一柄四明铲,杆长镈利,赶到天井中,支住他三般兵器,厉声喝道:"你是甚人,敢弄虚头,骗我宝贝!"行者骂道:"我把你这个贼毛团!你是认我不得!我们乃东土圣僧唐三藏的徒弟。因至玉华州倒换关文,蒙贤王教他三个王子拜我们为师,学习武艺,将我们宝贝作样,打造如式兵器。因放在院中,被你这贼毛团夤夜入城偷来③,倒说我弄虚头骗你宝贝!不要走,就把我们这三件兵器,各奉承你几下尝尝!"那妖精就举铲来敌。这一场,从天井中斗出前门。看他三僧攒一怪,好杀:

呼呼棍若风,滚滚钯如雨。

降妖杖举满天霞,四明铲架云生绮。

好似三仙炼大丹④,火光彩幌惊神鬼。

---

①物见主,必定取:物主在别人处见到自己的东西,必定取回。
②情节:交情和礼节。
③夤(yín)夜:深夜。
④三仙:传说三国吴主孙权之祖孙钟以种瓜为业,有三仙人乞瓜,孙钟厚待之。仙人于是指一块葬地,称若以此为坟地,后代当出天子,言讫化为三鹤飞去。事见《太平广记》卷三八九引《祥瑞记·孙钟》。

> 行者施威甚有能,妖精盗宝多无礼。
> 天蓬八戒显神通,大将沙僧英更美。
> 弟兄合意运机谋,虎口洞中兴斗起。
> 那怪豪强弄巧乖,四个英雄堪厮比。
> 当时杀至日头西,妖邪力软难相抵。

他都在豹头山战斗多时,那妖精抵敌不住,向沙僧前喊一声:"看铲!"沙僧让个身法躲过,妖精得空而走,向东南巽宫上乘风飞去。八戒拽步要赶,行者道:"且让他去。自古道'穷寇勿追'。且只来断他归路。"八戒依言。

三人径至洞口,把那百十个若大若小的妖精,尽皆打死。原来都是些虎狼彪豹,马鹿山羊。被大圣使个手法,将他那洞里细软物件并打死的杂项兽身与赶来的猪羊,通皆带出。沙僧就取出干柴放起火来,八戒使两个耳朵搧风,把一个巢穴霎时烧得干净,却将带出的诸物,即转州城。

此时城门尚开,人家未睡。老王父子与唐僧俱在暴纱亭盼望。只见他们扑哩扑剌的丢下一院子死兽、猪羊及细软物件,一齐叫道:"师父,我们已得胜回来也!"那殿下喏喏相谢。唐长老满心欢喜。三个小王子跪拜于地,沙僧揽起道:"且莫谢,都近前看看那物件。"王子道:"此物俱是何来?"行者笑道:"那虎狼彪豹,马鹿山羊,都是成精的妖怪。被我们取了兵器,打出门来。那老妖是个金毛狮子。他使一柄四明铲,与我等战到天晚,败阵逃生,往东南上走了。我等不曾赶他,却扫除他归路,打杀这些群妖,搜寻他这些物件,带将来的。"老王听说,又喜又忧。喜的是得胜而回,忧的是那妖日后报仇。行者道:"殿下放心。我已虑之熟,处之当矣。一定与你扫除尽绝,方才起行,决不至贻害于后。我午间去时,撞见一个青脸红毛的小妖送请书。我看他帖子上写着'明辰敬治肴酌庆钉钯嘉会,屈尊车从过山一叙。勿外,万感。右启祖翁九灵元圣老大人尊前',名字是'门下孙黄狮顿首百拜'。才子那妖精败阵,必然向他祖翁处去会话。明辰断然寻我们报仇,当情与你扫荡干净①。"老王称谢了,摆上晚斋。师徒们斋毕,各归寝处不题。

却说那妖精果然向东南方奔到竹节山。那山中有一座洞天之处,唤名九曲盘桓洞。洞中的九灵元圣是他的祖翁。当夜足不停风,行至五更时分,到于洞口,敲门而进。小妖见了道:"大王,昨晚有青脸儿下请书,老爷留他住到今早,欲同他去赴你钉钯会,你怎么又绝早亲来邀请?"妖精道:"不好说,不好说!会成不得了!"正说处,见青脸儿从里边走出道:"大王,你来怎的?老大王爷爷起来,就同我去赴会哩。"妖精慌张张的,只是摇手不言。

少顷,老妖起来了,唤入。这妖精丢了兵器,倒身下拜,止不住腮边泪落。老妖道:"贤孙,你昨日下柬,今早正欲来赴会,你又亲来,为何发悲烦恼?"妖精叩头道:"小孙前夜对月闲行,只见玉华州城中有光彩冲空。急去看时,乃是王府院中三般兵器放光:一件是九齿渗金钉钯,一件是宝杖,一件是金箍棒。小孙当使神法摄来,立名'钉钯嘉会',着小的们买猪羊果品等物,设宴庆会,请祖爷爷赏之,以为一乐。昨差青脸来送柬之后,只见原差买猪羊的刁钻儿等赶着几个猪羊,又带了一个贩卖的客人来找银子。他定要看看会去,是小孙恐他外面传说,不容他看。他又说肚中饥饿,讨些饭吃,因教他后边吃饭。他走到里边,看见兵器,说是他的。三人就各抢去一件,现出原身:一个是毛脸雷公嘴的和尚,一个是长嘴大耳朵的和尚,一个是晦气色脸的和尚。他都不分好歹,喊一声乱打。是小孙急取四明铲赶出与他相持,问是甚么人敢弄虚头。他道是东土大唐差往西天去的唐僧之徒弟,因过州城,倒换关文,被王子留住,习学武艺,将他这三件兵器作样子打造,放在院内,被我偷来,遂此不忿相持。不知那三个和尚叫做甚名,却真有本事。小孙一人敌他三个不过,所以败走祖爷处。望拔刀相助,拿那和尚报仇,庶见我祖爱孙之意也!"

---

①当情:一定。

老妖闻言,默想片时,笑道:"原来是他。我贤孙,你错惹了他也!"妖精道:"祖爷知他是谁?"老妖道:"那长嘴大耳者,乃猪八戒;晦气色脸者,乃沙和尚,这两个犹可。那毛脸雷公嘴者,叫做孙行者。这个人其实神通广大,五百年前曾大闹天宫,十万天兵也不曾拿得住。他专意寻人的。他便就是个搜山揭海,破洞攻城,撞祸的个都头①!你怎么惹他?也罢,等我和你去,把那厮连玉华王子都擒来替你出气!"那妖精听说,即叩头而谢。

当时老妖点猱狮、雪狮、狻猊、白泽、伏狸、搏象诸孙②,各执锋利器械,黄狮引领,各纵狂风,径至豹头山界。只闻得烟火之气扑鼻,又闻得有哭泣之声。仔细看时,原来是刁钻、古怪二人在那里叫主

---

①都头:军职名。又称"都将",这里的意思是首领、头脑。

②猱狮:一种体型短小的狮子。元陶宗仪《辍耕录》记官廷朝会:"虎豹熊象之属——列置讫,然后狮子至,身材短小,绝类人家所畜猱狗,诸兽见之,畏惧俯伏,不敢仰视。"雪狮:用雪堆成的狮子。明冯梦龙《金声巧联·雪消月满》:"时大雪缤纷,路积尺许。里中好事者,戏作雪狮子,伏于道左。"宋周密《乾淳岁时记·赏雪》:"禁中赏雪……后苑进大小雪狮儿,并以金铃彩缕为饰,且作雪花、雪灯、雪山之类。"又:雪狮(Seng–ge–dkar–mo)为藏族神话传说中的一种出没于雪山间的狮子,鬃毛绿色,身体白色,常绘于佛教唐卡或徽章上(参见[英]罗伯特·比尔著,向红笳译《藏传佛教象征符号与器物图解》)。明代藏传佛教在中土较为兴盛,故其艺术形象对本书作者可能有所启迪。白泽:传说中的神兽,像狮子,能作人言。《云笈七签》卷一百:"黄帝得白泽神兽,能言,达于万物之情。"伏狸:据晋张华《博物志》卷三所记神兽而造的狮子之名:"魏武帝伐冒顿,经白狼山,逢狮子。使人格之,杀伤甚众,王乃自率常从军数百击之,狮子哮吼奋起,左右咸惊。王忽见一物从林中出,如狸,起上王车轭,狮子将至,此兽便跳起在狮子头上,即伏不敢起。于是遂杀之,得狮子一。还,来至洛阳,三十里鸡犬皆伏,无鸣吠。"搏象:一种能攻击大象的狮子,见于《初学记》卷二十九引宗炳《狮子击象图序》:"沙门释僧吉云:尝从天竺欲向大秦,其间忽闻数十里外哮哮槛槛,惊天怖地。顷之,见百兽率走,跄地足绝,而四巨象俄焉而至,以鼻卷泥自厚,涂数尺,数数喷鼻隅立。俄有师(狮)子三头,搏象血若滥泉,巨树草偃。"金圣叹批评《水浒传》:"忆大雄氏有言:狮子搏象用全力,搏兔亦用全力。"

公哭主公哩。妖精近前喝道:"你是真刁钻儿,假刁钻儿?"二怪跪倒,噙泪叩头道:"我们怎是假的?昨日这早晚领了银子去买猪羊,走至山西边大冲之内,见一个毛脸雷公嘴的和尚,他啐了我们一口,我们就脚软口强①,不能言语,不能移步。被他扳倒,把银子搜了去,牌儿解了去。我两个昏昏沉沉,只到此时才醒。及到家,见烟火未息,房舍尽皆烧了。又不见主公并大小头目。故在此伤心痛哭。不知这火是怎生起的?"

那妖精闻言,止不住泪如泉涌,双脚齐跌,喊声振天,恨那秃厮千分狠恶:"怎么干出这般毒事,把我洞府烧尽,美人烧死,家当老小一空!气杀我也,气杀我也!"老妖叫猱狮扯他过来道:"贤孙,事已至此,徒恼无益。且养全锐气,到州城里拿那和尚去。"那妖精犹不肯住哭,道:"老爷!我那们个山场,非一日治的。今被这秃厮尽毁,我却要此命做甚的!"挣起来,往石崖上撞头磕脑,被雪狮、猱狮等苦劝方止。当时丢了此处,都奔州城。

只听得那风滚滚,雾腾腾,来得甚近。唬得那城外各关厢人等,拖男挟女,顾不得家私,都往州城中走。走入城门,将门闭了。有人报入王府中道:"祸事!祸事!"那王子唐僧等,正在暴纱亭吃早斋,听得人报祸事,却出门来问。众人道:"一群妖精,飞沙走石,喷雾掀风的,来近城了!"老王大惊道:"怎么好?"行者笑道:"都放心!都放心!这是虎口洞妖精,昨日败阵,往东南方去,伙了那甚么九灵元圣儿来也。等我挽兄弟们出去,分付教关了四门,汝等点人夫看守城池。"那王子果传令把四门闭了,点起人夫上城。他父子并唐僧在城楼上点札,旌旗蔽日,炮火连天。行者三人,却半云半雾,出城迎战。这正是:

失却慧兵缘不谨,顿教魔起众邪凶。

毕竟不知这场胜败如何,且听下回分解。

---

①强:硬。

第九十回

师狮授受同归一　盗道缠禅静九灵

却说孙大圣同八戒、沙僧出城头,觌面相迎,见那伙妖精都是些杂毛狮子。黄狮精在前引领,狻猊狮在左,白泽狮、伏狸狮在右,抟猊狮、雪狮、抟象狮在后,中间却是一个九头狮子。那青脸儿怪执一面锦绣团花宝幢,紧挨着九头狮子。刁钻古怪儿、古怪刁钻儿打两面红旗,齐齐的都布在坎宫之地①。

八戒掁莽,走近前骂道:"偷宝贝的贼怪!你去那里伙这几个毛团来此怎的?"黄狮精切齿骂道:"泼狠秃恶!昨日三个敌我一个,我败回去,让你为人罢了②;你怎么这般狠恶,烧了我的洞府,损了我的山场,伤了我的眷族!我和你冤仇深如大海!不要走!吃你老爷一铲!"好八戒,举钯就迎。两个才交手,还未见高低,那猱狮精轮一根铁蒺藜③,雪狮精使一条镵楞简④,径来奔打。八戒发一声喊道:"来得好!"你看他横冲直抵,斗在一处。这壁厢,沙和尚急掣降妖杖,近前相助。又见那狻猊精、白泽精与抟象、伏狸二精,一拥齐上。这里孙大圣使金箍棒架住群精。狻猊使闷棍⑤,白泽使铜锤,抟象使锡枪,伏狸使钺斧。那七个狮子精,这三个狠和尚,好杀:

---

①坎宫:正北方。参见第三十五回"乾宫夬地"条注。

②为人:这里是体面的意思。

③铁蒺藜:即"铁蒺藜骨朵"。为一长棍,顶端置一锤头。锤头浑圆者称蒜头骨朵,带刺者称蒺藜骨朵。明王圻《三才图会·兵器》:"骨朵有二色,曰蒺藜,曰蒜头。"

④镵(chán)楞简:锋利的带楞铁铜。镵,锋利。

⑤闷棍:明朱国祯《涌幢小品》卷十二:"棍有五等:曰双头,曰闷棍,曰脚棍,曰操钩,曰狼头棒。"据《醒世姻缘传》第二十回,皮匠小鸦儿杀掉和人通奸的妻子唐氏与奸夫晁源,随身的武器就有闷棍,是一种短棍。

棍锤枪斧镴楞筒,蒺藜骨朵四明铲。
七狮七器甚锋芒,围战三僧齐呐喊。
大圣金箍铁棒凶,沙僧宝杖人间罕。
八戒颠风骋势雄,钉钯幌亮光华惨。
前遮后挡各施功,左架右迎都勇敢。
城头王子助威风,擂鼓筛锣齐壮胆。
授来抢去弄神通①,杀得昏蒙天地反。

那一伙妖精,齐与大圣三人,战经半日,不觉天晚。八戒口吐粘涎,看看脚软,虚幌一钯,败下阵去,被那雪狮、猱狮二精喝道:"那里走!看打!"呆子躲闪不及,被他照脊梁上打了一简,睡在地下,只叫:"罢了!罢了!"两个精把八戒采鬃拖尾,扛将去见那九头狮子,报道:"祖爷,我等拿了一个来也。"

说不了,沙僧、行者也都战败。众妖精一齐赶来,被行者拔一把毫毛,嚼碎喷将去,叫声"变!"即变做百十个小行者,围围绕绕,将那白泽、狻猊、搏象、伏狸并金毛狮怪围裹在中。沙僧、行者却又上前攒打。到晚,拿住狻猊、白泽。走了伏狸、搏象。金毛报知老妖,老怪见失了二狮,分付:"把猪八戒捆了,不可伤他性命。待他还我二狮,却将八戒与他。他若无知,坏了我二狮,即将八戒杀了对命!"当晚群妖安歇城外不题。

却说孙大圣把两个狮子精抬近城边,老王见了,即传令开门,差二三十个校尉,拿绳杠出门,绑了狮精,扛入城里。孙大圣收了法毛,挟沙僧径至城楼上②,见了唐僧。唐僧道:"这场事甚是利害呀!悟能性命,不知有无?"行者道:"没事!我每把这两个妖精拿了,他那里断不敢伤。且将二精牢拴紧缚,待明早抵换八戒也。"三个小王子对行者叩头道:"师父先前赌斗,只见一身,及后伴输而回,却怎么就有百十位师身?至于拿住妖精,近城来还是一身,此是甚么法

---

①授:底本如此,疑误。
②挟:底本如此,或即"携"之误字。

力?"行者笑道:"我身上有八万四千毫毛①,以一化十,以十化百,百千万亿之变化,皆身外之身法也。"那王子一个个顶礼,即时摆上斋来,就在城楼上吃了。各垛口上都要灯笼旗帜,梆铃锣鼓,支更传箭,放炮呐喊。

早又天明。老怪即唤黄狮精定计道:"汝等今日用心拿那行者、沙僧,等我暗自飞空上城,拿他那师父并那老王父子,先转九曲盘桓洞,待你得胜回报。"黄狮领计,便引猱狮、雪狮、搏象、伏狸各执兵器到城边,滚风酿雾的索战。这里行者与沙僧跳出城头,厉声骂道:"贼泼怪!快将我师弟八戒送还我,饶你性命!不然,都教你粉骨碎尸!"那妖精那容分说,一拥齐来。这大圣弟兄两个,各运机谋,挡住五个狮子。这杀比昨日又甚不同:

呼呼刮地狂风恶,暗暗遮天黑雾浓。
走石飞沙神鬼怕,推林倒树虎狼惊。
勾枪狠狠钺斧明,棍铲铜锤太毒情②。
恨不得囫囵吞行者,活泼泼擒住小沙僧。
这大圣一条如意棒,卷舒收放甚精灵。
沙僧那柄降妖杖,灵霄殿外有名声。
今番干运神通广,西域施功扫荡精。

这五个杂毛狮子精与行者、沙僧正自杀到好处,那老妖驾着黑云,径直腾至城楼上,摇一摇头,唬得那城上文武大小官员并城夫人等,都滚下城去。被他奔入楼中,张开口,把三藏与老王父子一顿噙出,复至坎宫地下,将八戒也着口噙之。原来他九个头就有九张口。一口噙着唐僧,一口噙着八戒,一口噙着老王,一口噙着大王子,一口噙着二王子,一口噙着三王子,六口噙着六人,还空了三张口,发声喊叫道:"我先去也!"

这五个小狮精见他祖得胜,一个个愈展雄才。行者闻得城上人

---

①八万四千:佛教常用的数字,极言其多,并不是实指。
②毒情:冤仇。

第九十回　师狮授受同归一　盗道缠禅静九灵

喊嚷,情知中了他计,急唤沙僧仔细。他却把臂膊上毫毛尽皆拔下,入口嚼烂喷出,变作千百个小行者,一拥攻上,当时拖倒猱狮,活捉了雪狮,拿住了搏象狮,扛翻了伏狸狮,将黄狮打死。烘烘的嚷到州城之下,倒转走脱了青脸儿与刁钻古怪、古怪刁钻儿二怪。那城上官看见,却又开门,将绳把五个狮精又捆了,抬进城去。还未发落,只见那王妃哭哭啼啼,对行者礼拜道:"神师呵,我殿下父子并你师父,性命休矣!这孤城怎生是好?"大圣收了法毛,对王妃作礼道:"贤后莫愁。只因我拿他七个狮精,那老妖弄摄法,定将我师父与殿下父子摄去,料必无伤。待明日绝早,我兄弟二人去那山中,管情捉住老妖,还你四个王子。"那王妃一簇女眷闻此言,都对行者下拜道:"愿求殿下父子全生,皇图坚固!"拜毕,一个个含泪还宫。行者分付各官:"将打死的黄狮精,剥了皮。六个活狮精,牢牢拴锁。取些斋饭来,我们吃了睡觉。你们都放心,保你无事。"

至次日,大圣领沙僧驾起祥云,不多时,到于竹节山头。按云头观看,好座高山!但见:

峰排突兀,岭峻崎岖。深涧下潺湲水激,陡崖前锦绣花香。回峦重叠,古道湾环。真是鹤来松有伴,果然云去石无依。玄猿觅果向晴晖,麋鹿寻花欢日暖。青鸾声渐呖,黄鸟语绵蛮①。春来桃李争妍,夏至柳槐竞茂。秋到黄花布锦,冬交白雪飞绵。四时八节好风光,不亚瀛州仙景象。

他两个正在山头上看景,忽见那青脸儿手拿一条短棍,径跑出崖谷之间。行者喝道:"那里走!老孙来也!"唬得那小妖一翻一滚的跑下崖谷。他两个一直追来,又不见踪迹。向前又转几步,却是一座洞府。两扇花斑石门,紧紧关闭。门榁上横嵌着一块石版②,楷镌了十个大字,乃是"万灵竹节山,九曲盘桓洞"。

---

①绵蛮:专指黄鸟鸣叫的声音。
②榁(tíng):当用同"桯(tīng)"。横木。《醒世姻缘传》第八十回:"这小珍珠……在门背后桯上吊挂身死。"

那小妖原来跑进洞去，即把洞门闭了。到中间对老妖道："爷爷，外面又有两个和尚来了。"老妖道："你大王并猱狮、雪狮、抟象、伏狸可曾来？"小妖道："不见！不见！只是两个和尚，在山峰高处眺望。我看见回头就跑，他赶将来，我却闭门来也。"老妖听说，低头不语。半晌，忽的吊下泪来，叫声："苦阿！我黄狮孙死了！猱狮孙等又尽被和尚捉进城去矣。此恨怎生报得！"八戒捆在傍边，与王父子、唐僧，俱攒簇一处，恓恓惶惶受苦。听见老妖说声"众孙被和尚捉进城去"，暗暗喜道："师父莫怕，殿下休愁。我师兄已得胜，捉了众妖，寻到此间救拔吾等也。"说罢，又听得老妖叫："小的们，好生在此看守，等我出去拿那两个和尚进来，一发惩治。"

　　你看他身无披挂，手不拈兵，大搭步走到前边，只闻得孙行者吆喝哩。他就大开了洞门，不打话，径奔行者。行者使铁棒当头支住。沙僧轮宝杖就打。那老妖把头摇一摇，左右八个头，一齐张开口，把行者、沙僧轻轻的又衔于洞内，教："取绳索来！"那刁钻古怪、古怪刁钻与青脸儿是昨夜逃生而回者，即拿两条绳，把他二人着实捆了。老妖问道："你这泼猴，把我那七个儿孙捉了，我今拿住你和尚四个，王子四个，也足以抵得我儿孙之命！小的们，选荆条柳棍来，且打这猴头一顿，与我黄狮孙报报冤仇！"那三个小妖，各执柳棍，专打行者。行者本是熬炼过的身体，那些些柳棍儿，只好与他拂痒，他那里做声？凭他怎么捶打，略不介意。八戒、唐僧与王子见了，一个个毛骨悚然。少时，打折了柳棍。只打到天晚，也不计其数。沙僧见打得多了，甚不过意道："我替他打百十下罢。"老妖道："你且莫忙，明日就打到你了。一个个挨资次儿打将来。"八戒着忙道："后日就打到我老猪也！"打一会，渐渐的天昏了。老妖叫："小的们，且住，点起灯火来，你们吃些饮食，让我到锦云窝略睡睡去①。汝三人都是遭过害的，却用心看守，待明早再打。"三个小妖移过灯来，拿柳棍又打行

---

①锦云窝：指彩云缭绕的栖息之处。元张可久《明月楼》："玉斧磨，锦云窝，阑干四时秋意多。"

者脑盖,就像敲梆子一般,剔剔托,托托剔,紧几下,慢几下。夜将深了,却都盹睡。

行者就使个遁法,将身一小,脱出绳来,抖一抖毫毛,整束了衣服,耳朵内取出棒来,幌一幌,有吊桶粗细,二丈长短,朝着三个小妖道:"你这业畜,把你老爷就打了许多棍子!老爷还只照旧,老爷也把这棍子略捱你捱,看倒如何!"把三个小妖轻轻一捱,就捱做三个肉饼。却又剔亮了灯,解放沙僧。八戒捆急了,忍不住大声叫道:"哥哥!我的手脚都捆肿了,倒不来先解放我!"这呆子喊了一声,却早惊动老妖。老妖一毂辘爬起来道:"是谁人解放?"那行者听见,一口吹息灯,也顾不得沙僧等众,使铁棒打破几重门走了。那老妖到中堂里叫:"小的们,怎么没了灯光?先只莫走了人也?"叫一声,没人答应;又叫一声,又没人答应;及取灯火来看时,只见地下火淋淋的三块肉饼①,老王父子及唐僧、八戒俱在,只不见了行者、沙僧。点着火前后赶看,忽见沙僧还背贴在廊下站哩。被他一把拿住捽倒,照旧捆了。又找寻行者,但见几层门尽皆破损,情知是行者打破走了,也不去追赶,将破门补的补,遮的遮,固守家业不题。

却说孙大圣出了那九曲盘桓洞,跨祥云,径转玉华州。但见那城头上各方厢土地神祇与城隍之神迎空拜接。行者道:"汝等怎么今夜才见?"城隍道:"小神等知大圣下降玉华州,因有贤王款留,故不敢见。今知王等遇怪,大圣降魔,特来叩接。"行者正在嗔怪处,又见金头揭谛、六甲六丁神将,押着一尊土地,跪在面前道:"大圣,吾等捉得这个地里鬼来也。"行者喝道:"汝等不在竹节山护我师父,却怎么嚷到这里?"丁甲神道:"大圣,那妖精自你逃时,复捉住卷帘大将,依然捆了。我等见他法力甚大,却将竹节山土地押解至此。他知那妖精的根由,乞大圣问他一问,便好处治,以救圣僧、贤王之苦。"行者听言甚喜。那土地战兢的叩头道:"那老妖前年下降竹节

---

① 火淋淋:当作"血淋淋"。本书血、火似有通用现象。第八回形容沙僧的大口似"屠家火钵",火也应作"血",文义方通。

山。那九曲盘桓洞原是六狮之窝。那六个狮子,自得老妖至此,就都拜为祖翁。祖翁乃是个九头狮子,号为九灵元圣。若得他灭,须去到东极妙岩宫请他主人公来①,方可收伏。他人莫想来也。"行者闻言,思忆半晌道:"东极妙岩宫,是太乙救苦天尊阿②!他坐下正是个九头狮子。这等说……"便教:"揭谛、金甲,还同土地回去,暗中护佑师父、师弟并王父子。本处城隍守护城池,走出去来。"各神各各遵守去讫。

这大圣纵筋斗云,连夜前行。约有寅时分,到了东天门外,正撞着广目天王与天丁、力士一行仪从。众皆停住,拱手迎道:"大圣何往?"行者对众礼毕,道:"前去妙岩宫走走。"天王道:"西天路不走,却又东天来做甚?"行者道:"西天路到玉华州,州王相款,遣三子拜我等弟兄为师,习学武艺。不期被怪。今访着妙岩宫太乙救苦天尊乃怪之主人公也,欲请他为我降怪救师。"天王道:"那厢因你欲为人师,所以惹出这一窝狮子来也③。"行者笑道:"正为此!正为此!"众天丁、力士一个个拱手让道而行。大圣进了东天门,不多时,到妙岩宫前。但见:

彩云重叠,紫气茏葱。瓦漾金波焰,门排玉兽崇。花盈双阙红霞绕④,日映骞林翠雾笼⑤。果然是万真环拱,千圣兴隆。殿阁层层

---

① 东极妙岩宫:当作"东极妙严宫"。崇信救苦天尊的《青玄救苦宝忏》:"青华长乐界,本无声无色之天;东极妙严宫,有大慈大悲之父。"
② 太乙救苦天尊:又称"寻声救苦天尊",《太乙救苦护身妙经》载,东方长乐世界有大慈仁者,神通无量,化身无数,循声救苦。参见第八十九回"祖翁九灵元圣"条注。
③ 一窝狮子:师、狮同音,旧常因谐音而互相借用。例如雕塑、绘画大小狮子,谓之"太狮""少狮",即谐音官名"太师""少师",以取吉利。又狮子古亦称"师子"。《汉书·西域传》乌弋山离国产"师子、犀牛"。
④ 双阙:古代官殿门外两侧建有高台,中间是道路,称"双阙"。
⑤ 骞林:传说中的月中树林。《云笈七签》卷二三:"(月辉之圜)有七宝浴池,八骞之林……比十七日至二十九日,于骞林树下,采三气之华,拂日月之光也。"《太乙救苦宝诰》:"青华长乐界,东极妙严宫,七宝芳骞林,九色莲花座,万真环拱内,百亿瑞光中。"

锦,窗轩处处通。苍龙盘护祥光蔼,黄道光辉瑞气浓①。这的是青华长乐界,东极妙岩宫。

那宫门里立着一个穿霓帔的仙童②,忽见孙大圣,即入宫报道:"爷爷,外面是闹天宫的齐天大圣来了。"太乙救苦天尊听得,即唤侍卫众仙迎接。迎至宫中,只见天尊高坐九色莲花座上,百亿瑞光之中。见了行者,下座来相见。行者朝上施礼,天尊答礼道:"大圣,这几年不见,前闻得你弃道归佛,保唐僧西天取经,想是功行完了。"行者道:"功行未完,却也将近。但如今因保唐僧到玉华州,蒙王子遣三子拜老孙为师。习学武艺,把我们三件神兵照样打造兵器,不期夜被贼偷去。及天明寻找,原是城北豹头山虎口洞一个金毛狮子成精盗去。老孙用计取出,那精就伙了若干狮精与老孙大闹。内有一个九头狮子,神通广大,将我师父与八戒并王父子四人都衔去,到一竹节山九曲盘桓洞。次日,老孙与沙僧近寻,亦被衔去。老孙被他捆打无数,幸而弄法走了。他们正在彼处受罪。问及当坊土地,始知天尊是他主人,特来奉请收降解救。"

天尊闻言,即令仙将到狮子房唤出狮奴来问。那狮奴熟睡,被众将推摇方醒,揪至中厅来见。天尊问道:"狮兽何在?"那奴儿垂泪叩头,只教:"饶命!饶命!"天尊道:"孙大圣在此,且不打你。你快说为何不谨,走了九头狮子。"狮奴道:"爷爷,我前日在大千甘露殿中见一瓶酒,不知偷去吃了,不觉沉醉睡着,失于拴锁,是以走了。"天尊道:"那酒是太上老君送的,唤做'轮回琼液'③。你吃了该醉三日不醒。那狮兽今走几日了?"大圣道:"据土地说,他前年下降,到今二三年矣。"天尊笑道:"是了,是了,天宫里一日,在凡世就是一

---

① 黄道:太阳在天空中移动的路线。
② 霓帔:参见第十一回"霞帔"条注。
③ 轮回琼液:《太乙救苦护身妙经》载太上老君闻元始天尊讲解太乙救苦天尊的功德之后,便"闭目定神,弹指叩头,咒曰:元元之祖气,妙化九阳精……恭敬生琼液,奉之免渴饥,万灵当信礼。八苦不能随"。本文"轮回琼液"及"万灵竹节山",当袭自此处。

年。"叫狮奴道:"你且起来,饶你死罪,跟我与大圣下方去收他来。汝众仙都回去,不用跟随。"

天尊遂与大圣、狮奴踏云径至竹节山。只见那五方揭谛、六丁六甲、本山土地都来跪接。行者道:"汝等护佑,可曾伤着我师?"众神道:"妖精着了恼睡哩,更不曾动甚刑罚。"天尊道:"我那元圣儿也是一个久修得道的真灵。他喊一声,上通三圣①,下彻九泉,等闲也便不伤生。孙大圣,你去他门首索战,引他出来,我好收之。"

行者听言,果掣棒跳近洞口,高骂道:"泼妖精,还我人来也!泼妖精,还我人来也!"连叫了数声。那老妖睡着了,无人答应。行者性急起来,轮铁棒,往里打进,口中不住的喊骂。那老妖方才惊醒,心中大怒。爬起来,喝一声:"赶战②!"摇摇头,便张口来衔。行者回头跳出。妖精赶到外边,骂道:"贼猴!那里走!"行者立在高崖上笑道:"你还敢这等大胆无礼!你死活也不知哩!这不是你老爷主公在此?"那妖精赶到崖前,早被天尊念声咒语,喝道:"元圣儿!我来了!"那妖认得是主人,不敢展挣,四只脚伏之于地,只是磕头。傍边跑过狮奴儿,一把挝住项毛,用拳着项上打勾百十,口里骂道:"你这畜生,如何偷走,教我受罪!"那狮兽合口无言,不敢摇动。狮奴儿打得手困,方才住了,即将锦韂安在他身上。天尊骑了,喝声教走。他就纵声驾起彩云,径转妙岩宫去。

大圣望空称谢了,却入洞中,先解玉华王,次解唐三藏,次又解了八戒、沙僧并三王子,共搜他洞里物件,逍逍停停,将众领出门外。八戒就取了若干枯柴,前后堆上,放起火来,把一个九曲盘桓洞,烧做个乌焦破瓦窑。大圣又发放了众神,还教土地在此镇守。却令八戒、沙僧,各使法把王父子背驮回州,他搀着唐僧。不多时,到了州城,天色渐晚,当有妃后官员,都来接见了。摆上斋筵,共坐享之。

---

①三圣:指三清,代指天官。《太乙救苦护身妙经》:"又见帝君(太乙救苦天尊的化身)化一真人,足蹑莲花,手放神光,上通九天,下通九地,九头狮子左右从随,乘空而去。"

②赶战:追上去打。

长老师徒还在暴纱亭安歇,王子们入宫各寝。一宵无话。

次日,王又传旨,大开素宴。合府大小官员,一一谢恩。行者又叫屠子来,把那六个活狮子杀了,共那黄狮子都剥了皮,将肉安排将来受用。殿下十分欢喜,即命杀了。把一个留在本府内外人用,一个与王府长史等官分用;把五个都剁做一二两重的块子,差校尉给散州城内外军民人等,各吃些须。一则尝尝滋味,二则押押惊恐。那些家家户户,无不瞻仰。

又见那铁作人等造成了三般兵器,对行者磕头道:"爷爷,小的们工都完了。"问道:"各重多少斤两?"铁匠道:"金箍棒有千斤,九齿钯与降妖杖各有八百斤。"行者道:"也罢了。"叫请三位王子出来,各人执兵器。三子对老王道:"父王,今日兵器完矣。"老王道:"为此兵器,几乎伤了我父子之命。"小王子道:"幸蒙神师施法救出我等,却又扫荡妖邪,除了后患。诚所谓海晏河清,太平之世界也!"当时老王父子赏劳了匠作,又至暴纱亭拜谢了师恩。

三藏又教大圣等快传武艺,莫误行程。他三人就各轮兵器,在王府院中,一一传授。不数日,那三个王子尽皆操演精熟,其于攻退之方,紧慢之法,各有七十二般解数,无不知之。一则那诸王子心坚,二则亏孙大圣先授了神力,此所以于那千斤之棒,八百斤之钯杖,俱能举能运。较之初时自家弄的武艺,真天渊也。有诗为证,诗曰:

缘因善庆遇神师,习武何期动怪狮。
扫荡群邪安社稷,皈依一体定边夷。
九灵数合元阳理,四面精通道果之①。
授受心明遗万古,玉华永乐太平时。

---

① "九灵数合元阳理"二句:清刘一明注此二句:"言灵知之思,亦能会合元阳,若用之得当,改知格物,穷理尽性至命,通微达妙,可以知道也。"刘一明引"道果之"作"道果知"。九,最大的阳数。

那王子又大开筵宴,谢了师教。又取出一大盘金银,用答微情。行者笑道:"快拿进去!快拿进去!我们出家人,要他何用?"八戒在傍道:"金银实不敢受,奈何我这件衣服被那些狮子精扯拉破了,但与我们换件衣服,足为爱也。"那王子随命针工,照依色样,取青锦、红锦、茶褐锦各数匹,与三位各做了一件。三人忻然领受,各穿了锦布直裰,收拾了行装起程。只见那城里城外,若大若小,无一人不称是罗汉临凡,活佛下界。鼓乐之声,旌旗之色,盈街塞道。正是家家户外焚香火,处处门前献彩灯,送至许远方回,他四众方得离城西去。这一去顿脱群思①,潜心正果。才是:
　　　　无虑无忧来佛界,诚心诚意上雷音。
　　毕竟不知到灵山还有几多路程,何时行满,且听下回分解。

---

① 顿脱群思:摆脱各种杂念。思,谐音"狮"。此处借狮子精比喻修道中内心产生的各种思虑杂念。

第九十一回

金平府元夜观灯 玄英洞唐僧供状

修禅何处用工夫？马劣猿颠速剪除。
牢捉牢拴生五彩，暂停暂住堕三途。
若教自在神丹漏，才放从容玉性枯。
喜怒忧思须扫净，得玄得妙恰如无①。

话表唐僧师徒四众离了玉华城，一路平稳，诚所谓极乐之乡。去有五六日程途，又见一座城池。唐僧问行者道："此又是甚么处所？"行者道："是座城池。但城上有杆无旗，不知地方，俟近前再问。"及至东关厢，见那两边茶坊酒肆喧哗，米市油房热闹。街衢中有几个无事闲游的浪子，见猪八戒嘴长，沙僧脸墨，孙行者眼红，都拥拥簇簇的争看，只是不敢近前而问。唐僧捏着一把汗，惟恐他们惹祸。又走过几条巷口，还不到城，忽见有一座山门，门上有"慈云寺"三字，唐僧道："此处略进去歇歇马，打一个斋如何？"行者道："好！好！"四众遂一齐而入。但见那里边：

珍楼壮丽，宝座峥嵘。佛阁高云外，僧房静月中。丹霞缥缈浮

---

①"修禅何处用工夫"诗：此诗出自全真教祖师金人马钰的《渐悟集》。原题为《瑞鹧鸪》，稍有改动。全诗意为：修道时要剪除如心猿意马般的杂念。牢守自心，才能见道；略有停滞，即堕落三途道。稍一散漫懈怠，所炼的内丹即漏，心性即毁。扫净喜怒忧思等情感的牵缠，一旦悟道通玄，却似无形无相一般。五彩，参见第八十七回"'大道幽深'以下数句"条注。三途，指六道轮回中的地狱道（火途）、畜生道（刀途）、饿鬼道（血途），与天、人、阿修罗三善道相比，地狱、畜生、饿鬼三道要遭受更多的痛苦，故称三途恶道。神丹漏，参见第四十八回"大丹脱漏"条注。玉性，玉质坚硬，千年不朽。性，道教术语，参见第二回"性命"条注。全真教常以玉的这种特性，比喻成道后获得的永恒之性。马钰《过修善村求斋》："清清净净金光莹，湛湛澄澄玉性芳。"

屠挺,碧树阴森轮藏清。真净土,假龙宫,大雄殿上紫云笼。两廊不绝闲人戏,一塔常开有客登。炉中香火时时爇,台上灯花夜夜荧。忽闻方丈金钟韵,应佛僧人朗诵经①。

四众正看时,又见廊下走出一个和尚,对唐僧作礼道:"老师何来?"唐僧道:"弟子中华唐朝来者。"那和尚倒身下拜,慌得唐僧挽起道:"院主何为行此大礼?"那和尚合掌道:"我这里向善的人,看经念佛,都指望修到你中华地托生。才见老师丰采衣冠,果然是前生修到的,方得此受用,故当下拜。"唐僧笑道:"惶恐!惶恐!我弟子乃行脚僧,有何受用!若院主在此闲养自在,才是享福哩。"那和尚领唐僧入正殿,拜了佛像。唐僧方招呼:"徒弟来耶。"行者三人自见那和尚与师父讲话,他都背着脸,牵着马,守着担,立在一处,和尚不曾在心。忽的闻唐僧叫"徒弟",他三人方才转面,那和尚见了,慌得叫:"爷爷呀!你高徒如何恁般丑样?"唐僧道:"丑则虽丑,倒颇有些法力。我一路甚亏他们保护。"

正说处,里面又走出几个和尚作礼。先见的那和尚对后的说道:"这老师是中华大唐来的人物,那三位是他高徒。"众僧且喜且惧道:"老师中华大国,到此何为?"唐僧言:"我奉唐王圣旨,向灵山拜佛求经。适过宝方,特奔上刹,一则求问地方,二则打顿斋食就行。"那僧人个个欢喜,又邀入方丈,方丈里又有几个与人家做斋的和尚。这先进去的又叫道:"你们都来看看中华人物。原来中华有俊的,有丑的。俊的真个难描难画,丑的却十分古怪。"那许多僧同斋主都来相见。见毕,各坐下。茶罢,唐僧问道:"贵处是何地名?"众僧道:"我这里乃天竺国外郡,金平府是也。"唐僧道:"贵府至灵山还有许多远近?"众僧道:"此间到都下有二千里,这是我等走过的。西去到灵山,我们未走,不知还有多少路,不敢妄对。"唐僧谢了。

少时,摆上斋来。斋罢,唐僧要行,却被众僧并斋主款留道:"老师宽住一二日,过了元宵,耍耍去不妨。"唐僧惊问道:"弟子在路,只

---

① 应佛僧:专门支应佛事(如超度、祈福等)的和尚,又称"应付僧""应赴僧"。

知有山,有水,怕的是逢怪,逢魔,把光阴都错过了,不知几时是元宵佳节?"众僧笑道:"老师拜佛与悟禅心重,故不以此为念。今日乃正月十三,到晚就试灯①,后日十五上元。只至十八九,方才谢灯。我这人家好事,本府太守老爷爱民,各地方俱高张灯火,彻夜笙箫。还有个金灯桥②,乃上古传留,至今丰盛。老爷们宽住数日,我荒山颇管待得起。"唐僧无已,遂俱住下。当晚只听得佛殿上钟鼓喧天,乃是街坊众信人等送灯来献佛。唐僧等都出方丈来看了灯,各自归寝。

次日,寺僧又献斋。吃罢,同步后园闲耍。果然好个去处。正是:

时维正月,岁届新春。园林幽雅,景物妍森。四时花木争奇,一派峰峦叠翠。芳草阶前萌动,老梅枝上生馨。红入桃花嫩,青归柳色新。金谷园富丽休夸③,《辋川图》流风慢说④。水流一道,野凫出没无常;竹种千竿,墨客推敲未定。芍药花、牡丹花、紫薇花、含笑花⑤,天机方醒;山茶花、红梅花、迎春花、瑞香花,艳质先开。阴崖积雪犹含冻,远树浮烟已带春。又见那鹿向池边照影,鹤来松下听琴。东几厦,西几亭,客来留宿;南几堂,北几塔,僧静安禅。花卉中,有一两座养性楼,重檐高拱;山水内,有三四处炼魔室,静几明窗。真

---

①试灯:民俗农历正月十五日元宵节晚上张灯,未到元宵节而张灯预赏,谓之试灯。《日下旧闻考》卷一四七"风俗":"十四日夜试灯,十五正灯,十六日罢灯。"

②金灯桥:旧俗元宵节有"走桥"之说。《日下旧闻考》卷一四七"风俗":"正月十六日夜妇女俱出门走桥,不过桥者云不得长寿。"

③金谷园:晋代富豪石崇的园林,在今河南洛阳。

④《辋川图》:辋川,在陕西蓝田,唐朝诗人王维曾在这里隐居,他把这里的名胜画成了图,称《辋川图》。

⑤含笑花:又叫含笑梅、香蕉花,开黄色花,气味像熟透的香蕉,产于我国南方。

个是天然堪隐逸,又何须他处觅蓬瀛。

师徒们玩赏一日,至晚,殿上掌了灯,又都去看灯游戏。但见那:

玛瑙花城,琉璃仙洞,水晶云母诸宫。似重重锦绣,叠叠玲珑。星桥影幌乾坤动,看数株火树摇红。六街箫鼓,千门璧月,万户香风。几处鳌峰高耸①,有鱼龙出海,鸾凤腾空。羡灯光月色,和气融融。绮罗队里,人人喜听笙歌,车马轰轰。看不尽花容玉貌,风流豪侠,佳景无穷。

众等既在本寺里看了灯,又到东门厢各街上游戏。到二更时,方才回转安置。次日,唐僧对众僧道:"弟子原有扫塔之愿,趁今日上元佳节,请院主开了塔门,让弟子了此愿心。"众僧随开了门。沙僧取了袈裟,随从唐僧。到了一层,就披了袈裟,拜佛祷祝毕,即将笤帚扫了一层,卸了袈裟,付与沙僧。又扫二层,一层层直扫上绝顶。那塔上层层有佛,处处开窗,扫一层,赏玩赞美一层。扫毕下来,已此天晚,又都点上灯火。此夜正是十五元宵,众僧道:"老师父,我们前晚只在荒山与关厢看灯。今晚正节,进城里看看金灯如何?"唐僧忻然从之,同行者三人及本寺多僧进城看灯。正是:

三五良宵节,上元春色和。

花灯悬闹市,齐唱太平歌。

又见那六街三市灯亮,半空一鉴初升②。那月如冯夷推上烂银盘③,这灯似仙女织成铺地锦。灯映月,增一倍光辉;月照灯,添十分灿烂。观不尽铁锁星桥,看不了灯花火树④。雪花灯、梅花灯,春冰

---

①鳌峰:也叫"鳌山",堆成巨鳌形状的灯山。

②鉴:镜子,这里指月亮。

③冯夷:神话传说中的水神。

④铁锁星桥、灯花火树:唐苏味道《正月十五夜》:"火树银花合,星桥铁锁开。"火树,晋傅玄《朝会赋》:"华灯若乎火树。"形容灿烂的灯火。星桥,原指天上鹊桥,此用"星桥铁锁开"代指唐都城长安在元宵之夜取消"宵禁"(即入夜不准在街上行走),任民众狂欢。

第九十一回　金平府元夜观灯　玄英洞唐僧供状　1145

剪碎；绣屏灯、画屏灯，五彩攒成。核桃灯、荷花灯，灯楼高挂；青狮灯、白象灯，灯架高檠。虾儿灯、鳖儿灯，棚前高弄；羊儿灯、兔儿灯，檐下精神。鹰儿灯、凤儿灯，相连相并；虎儿灯、马儿灯，同走同行。仙鹤灯、白鹿灯，寿星骑坐；金鱼灯、长鲸灯，李白高乘①。鳌山灯，神仙聚会②；走马灯，武将交锋。万千家灯火楼台，十数里云烟世界。那壁厢，索琅琅玉鞴飞来；这壁厢，毂辘辘香车辇过。看那红妆楼上，倚着栏，隔着帘，平着肩，携着手，双双美女贪欢；绿水桥边，闹吵吵，锦簇簇，醉醺醺，笑呵呵，对对游人戏彩。满城中箫鼓喧哗，彻夜里笙歌不断。

诗曰：

锦绣场中唱彩莲，太平境内簇人烟。

灯明月皎元宵夜，雨顺风调大有年③。

此时正是金吾不禁④。乱烘烘的，无数人烟，有那跳舞的，蹓跶

---

①李白高乘：传说李白快去世的时候，坐在船头赏月，这时水中浮出一条长鲸，载李白上天去了。唐杜甫《送孔巢父谢病归游江东兼呈李白》诗"几岁寄我空中书，南寻禹穴见李白"清仇兆鳌注："南寻句，一作'若逢李白骑鲸鱼'。按：骑鲸鱼，出汉扬雄《羽猎赋》。俗传太白醉骑鲸鱼，溺死浔阳，皆缘此句而附会之耳。"

②神仙聚会：鳌山规模庞大，模仿海岛中的仙山扎成，上面有很多神仙的造型。宋孟元老《东京梦华录》卷六"元宵"："大内前自岁前冬至后，开封府绞缚山棚，立木正对宣德楼……灯山上彩金碧相射，锦绣交辉，面北悉以彩结，山沓（一作沓）上皆画神仙故事……彩山左右，以彩结文殊、普贤，跨狮子白象，各于手指出水五道，其手摇动。用辘轳绞水上灯山尖高处，用木柜贮之，逐时放下，如瀑布状。"宋柳永《倾杯乐》："对咫尺鳌山开羽扇。会乐府两籍神仙，梨园四部弦管。"明代有《众神圣庆贺元宵节》等杂剧，以供搬演。

③大有：《周易》的一个卦象，象征大，多。后指丰收。

④金吾不禁：古代由掌管京城警卫的执金吾禁止夜行，只有正月十五日开放夜禁，故称"金吾不禁"。金吾，铜制大棒。

的①,妆鬼的,骑象的,东一攒,西一簇,看看不尽。却才到金灯桥上,唐僧与众僧近前看处,原来是三盏金灯。那灯有缸来大,上照着玲珑剔透的两层楼阁,都是细金丝儿编成;内托着琉璃薄片,其光幌月,其油喷香。唐僧回问众僧道:"此灯是甚油?怎么这等异香扑鼻?"众僧道:"老师不知,我这府后有一县,名唤旻天县。县有二百四十里。每年审造差徭,共有二百四十家灯油大户。府县的各项差徭犹可,惟有此大户甚是吃累。每家当一年,要使二百多两银子。此油不是寻常之油,乃是酥合香油②。这油每一两值价银二两,每一斤值三十二两银子。三盏灯,每缸有五百斤,三缸共一千五百斤,共该银四万八千两。还有杂项缴缠使用,将有五万余两,只点得三夜。"行者道:"这许多油,三夜何以就点得尽?"众僧道:"这缸内每缸有四十九个大灯马③,都是灯草扎的把,裹了丝绵,有鸡子粗细。只点过今夜,见佛爷现了身,明夜油也没了,灯就昏了。"八戒在傍笑道:"想是佛爷连油都收去了。"众僧道:"正是此说,满城里人家,自古及今,皆是这等传说。但油干了,人俱说是佛祖收了灯,自然五谷丰登。若有一年不干,却就年程荒旱,风雨不调。所以人家都要这供献。"

正说处,只听得半空中呼呼风响,唬得些看灯的人尽皆四散。那些和尚也立不住脚道:"老师,回去罢,风来者,是佛爷降祥,到此看灯也。"唐僧道:"怎见得是佛来看灯?"众僧道:"年年如此,不上三

---

①蹦跷的:踩高跷的。
②酥合香油:即苏合香油。苏合,金缕梅科乔木。原产小亚细亚。树脂称"苏合香",可提制苏合香油,用作香精中的定香剂;亦可杀虫,治疥癣。《太平御览》卷九八二引晋郭义恭《广志》:"苏合出大秦,或云苏合国。人采之,筌(笮)其汁以为香膏,卖滓与贾客。或云合诸香草,煎为苏合,非自然一种也。"宋赵汝适《诸蕃志》卷上"弼琶啰国(即今索马里柏培拉)":"产龙涎、大象牙及大犀角。象牙有重百余斤,犀角重十余斤。亦多木香、苏合香油。"
③灯马:成束的灯心。

更,就有风来。知道是诸佛降祥,所以人皆回避。"唐僧道:"我弟子原是思佛念佛拜佛的人,今逢佳景,果有诸佛降临,就此拜拜,多少是好。"众僧连请不回。少时,风中果现出三位佛身,近灯来了。慌得那唐僧跑上桥顶,倒身下拜。行者急忙扯起道:"师父,不是好人,必定是妖邪也。"说不了,见灯光昏暗,呼的一声,把唐僧抱起,驾风而去。噫!不知是那山那洞真妖怪,积年假佛看金灯。唬得那八戒两边寻找,沙僧左右招呼。行者叫道:"兄弟!不须在此叫唤,师父乐极生悲,已被妖精摄去了!"那几个和尚害怕道:"爷爷,怎见得是妖精摄去?"行者笑道:"原来你这伙凡人,累年不识,故被妖邪惑了,只说是真佛降祥,受此灯供。刚才风到处见佛身者,就是三个妖精。我师父亦不能识,上桥顶就拜,却被他侮暗灯光①,将器皿盛了油,连我师父都摄去。我略走迟了些儿,所以他三个化风而遁。"沙僧道:"师兄,这般却如之何?"行者道:"不必迟疑。你两个同众回寺,看守马匹、行李,等老孙趁此风追赶去也。"

好大圣,急纵筋斗云,起在半空,闻着那腥风之气,往东北上径赶。赶至天晓,倐尔风息。见有一座大山,十分险峻,着实嵯峨。好山:

重重丘壑,曲曲源泉。藤萝悬削壁,松柏挺虚岩。鹤鸣晨雾里,雁唳晓云间。峨峨矗矗峰排戟,突突磷磷石砌磐②。顶巅高万仞,冈岭叠千湾。野花佳木知春发,杜宇黄莺应景妍。能巍奕③,实巉岩④,古怪崎岖险又艰。停玩多时人不语,只听虎豹有声奰。香獐白鹿随来往,玉兔青狼去复还。深涧水流千万里,回湍激石响潺潺。

大圣在山崖上,正自找寻路径,只见四个人,赶着三只羊,从西坡下,齐吆喝:"开泰。"大圣闪火眼金睛,仔细观看,认得是年、月、

---

①侮:同"捂"。
②磐:大石,也指纡回层叠的山石。
③巍奕:高大。
④巉岩:山岩险峻。

日、时四值功曹使者,隐像化形而来。大圣即掣出铁棒,幌一幌,碗来粗细,有丈二长短,跳下崖来,喝道:"你都藏头缩颈的那里走!"四值功曹见他说出风息,慌得喝散三羊,现了本相,闪下路傍施礼道:"大圣,恕罪!恕罪!"行者道:"这一向也不曾用着你们,你们见老孙宽慢,都一个个弄懈怠了,见也不来见我一见,是怎么说!你们不在暗中保佑吾师,都往那里去?"功曹道:"你师父宽了禅性①,在于金平府慈云寺贪欢,所以泰极生否,乐盛成悲,今被妖邪捕获。他身边有护法伽蓝保着哩,吾等知大圣连夜追寻,恐大圣不识山林,特来传报。"行者道:"你既传报,怎么隐姓埋名,赶着三个羊儿,吆吆喝喝作甚?"功曹道:"设此三羊,以应开泰之言,唤做三阳开泰②,破解你师之否塞也③。"行者哏哏的要打,见有此意,却就免之。收了棒,回嗔作喜道:"这座山可是妖精之处?"功曹道:"正是,正是。此山名青龙山,内有洞,名玄英洞,洞中有三个妖精:大的个名辟寒大王④,第二个号辟暑大王⑤,第三个号辟尘大王⑥,这妖精在此有千年了。他自幼儿爱食酥合香油。当年成精,到此假妆佛像,哄了金平府官员人等,设立金灯,灯油用酥合香油。他年年到正月半变佛像收油。今年见你师父,他认得是圣僧之身,连你师都摄在洞里,不日要割剐你

---

①宽了禅性:放松了对禅性的修行。
②三阳开泰:参见第一回"三阳交泰"条注。
③否塞:闭塞不通。
④辟寒大王:源出唐玄宗时交趾国进贡辟寒犀之事。五代王仁裕《开元天宝遗事》卷一:"开元二年冬至,交趾国进犀一株,色黄如金;使者请以金盘置于殿中,温温然有暖气袭人。上问其故,使者对曰:'此辟寒犀也。顷自隋文帝时,本国曾进一株,直至今日。'上甚悦,厚赐之。"
⑤辟暑大王:源出唐文宗赐臣子李训的辟暑犀。唐苏鹗《杜阳杂编》卷中,唐文宗召李训讲《周易》,"时方盛夏,遂命取水玉腰带及辟暑犀如意以赐训"。
⑥辟尘大王:源出岭南出产辟尘犀的传说。唐刘恂《岭表录异》卷中:"又有骇鸡犀、辟尘犀、辟水犀、光明犀,此数犀,但闻其说,不可得而见之。""辟尘犀"下原注:"为妇人簪梳,尘不着也。"

师之肉,使酥合香油煎吃哩。你快用工夫,救援去也。"

行者闻言,喝退四功曹,忽过山崖,找寻洞府。行未数里,只见那涧边有一石崖,崖下是座石屋,屋有两扇石门,半开半掩。门傍立有石碣,上有六字,却是"青龙山玄英洞"。行者不敢擅入,立定步,叫声:"妖怪!快送我师父出来!"那里唿喇一声,大开了门,跑出一阵牛头精,邓邓呆呆的问道:"你是谁,敢在这里呼唤?"行者道:"我本是东土大唐取经的圣僧唐三藏之大徒弟。路过金平府观灯,我师被你家魔头摄来,快早送还,免汝等性命!如或不然,掀翻你窝巢,教你群精都化为脓血!"

那些小妖听言,急入里边报道:"大王,祸事了!祸事了!"三个老妖正把唐僧拿在那洞中深远处,那里问甚么青红皂白,教小的选剥了衣裳,汲湍中清水洗净,算计要细切细挫,着酥合香油煎吃。忽闻得报声"祸事",老大着惊,问是何如。小妖道:"大门前有一个毛脸雷公嘴的和尚嚷道:大王摄了他师父来,教快送出去,免吾等性命、不然,就要掀翻窝窠,教我们都化为脓血哩!"那老妖听说,个个心惊道:"才拿了这厮,还不曾问他个姓名来历。小的们,且把衣服与他穿了,带过来审他一审,端是何人,何自而来也。"众妖一拥上前,把唐僧解了索,穿了衣服,推至座前,唬得唐僧战兢兢的跪在下面,只叫:"大王,饶命,饶命!"三个妖精异口同声道:"你是那方来的和尚?怎么见佛像不躲,却冲撞我的云路?"唐僧磕头道:"贫僧是东土大唐驾上差来的,前往天竺国大雷音寺拜佛祖取经的。因到金平府慈云寺打斋,蒙那寺僧留过元宵看灯。正在金灯桥上,见大王显现佛像,贫僧乃肉眼凡胎,见佛就拜,故此冲撞大王云路。"那妖精道:"你那东土到此,路程甚远。一行共有几众,都叫甚名字,快实实供来,我饶你性命。"唐僧道:"贫僧俗名陈玄奘,自幼在金山寺为僧。后蒙唐皇敕赐在长安洪福寺为僧官。又因魏徵丞相梦斩泾河老龙,唐王游地府,回生阳世,开设水陆大会,超度阴魂,蒙唐王又选赐贫僧为坛主、大阐都纲。幸观世音菩萨出现,指化贫僧,说西天大雷音寺有三藏真经,可以超度亡者升天,差贫僧来取,因赐号三藏,即倚唐为姓,所以人都呼我为唐三藏。我有三个徒弟,大的个姓孙,名悟空行者,乃齐天大圣归正。"群妖闻得此名,着了一惊道:"这个齐天大圣,可是五百年前大闹天宫的?"唐僧道:"正是,正是。第二个姓猪,名悟能八戒,乃天蓬大元帅转世。第三个姓沙,名悟净和尚,乃卷帘大将临凡。"

　　三个妖王听说,个个心惊道:"早是不曾吃他。小的们,且把唐僧将铁绳锁在后面,待拿他三个徒弟来凑吃。"遂点了一群山牛精、水牛精、黄牛精,各持兵器,走出门,掌了号头①,摇旗擂鼓。三个妖披挂整齐,都到门外喝道:"是谁人敢在我这里吆喝!"行者闪在石崖上,仔细观看,那妖精生得:

　　彩面环睛,二角峥嵘。尖尖四只耳,灵窍闪光明②。一体花文如彩画,满身锦绣若蜚英③。第一个,头顶狐裘花帽暖,一脸昂毛热气腾。第二个,身挂轻纱飞烈焰,四蹄花莹玉玲玲;第三个,镇雄声吼如雷振,獠牙尖利赛银灯。个个勇而猛,手持三样兵:一个使铁斧,一个大刀能;但看第三个,肩上横担挖挞藤。

　　又见那七长八短、七肥八瘦的大大小小妖精,都是些牛头鬼怪,各执枪棒。有三面大旗,旗上明明书着"辟寒大王"、"辟暑大王"、"辟尘大王"。孙行者看了一会,忍耐不得,上前高叫道:"泼贼怪!认得老孙么?"那妖喝道:"你是那闹天宫的孙悟空?真个是'闻名不曾见面,见面羞杀天神'。你原来是这等个猢狲儿,敢说大话!"行者大怒,骂道:"我把你这个偷灯油的贼!油嘴妖怪,不要胡谈!快还我师父来!"赶近前,轮铁棒就打。那三个老妖,举三般兵器,急架相迎。这一场在山凹中好杀:

――――――

①号头:即号角,用于军中传令。
②灵窍:灵动的眼睛。
③蜚英:这里指飞舞的花瓣。蜚,同"飞"。犀牛身有彩色花纹者,是罕见之物。《岭表录异》卷中:"牸犀……千百犀中或遇有通者花点大小奇异,固无常定,有偏花路通,有顶花大而根花小者,谓之倒插通。此二种亦五色无常矣。"

钺斧钢刀扢挞藤,猴王一棍敢来迎。
辟寒辟暑辟尘怪,认得齐天大圣名。
棍起致令神鬼怕,斧来刀斫乱飞腾。
好一个混元有法真空像,抵住三妖假佛形。
那三个偷油润鼻今年犯,务捉钦差驾上僧。
这个因师不惧山程远,那个为嘴常年设献灯。
乒乓只听刀斧响,劈朴惟闻棍有声。
冲冲撞撞三攒一,架架遮遮各显能。
一朝斗至天将晚,不知那个亏输那个赢。

孙行者一条棍与那三个妖魔斗经百五十合,天色将晚,胜负未分。只见那辟尘大王把扢挞藤闪一闪,跳过阵前,将旗摇了一摇,那伙牛头怪簇拥上前,把行者围在垓心,各轮兵器,乱打将来。行者见事不谐,唿喇的纵起筋斗云,败阵而走。那妖更不来赶,招回群妖,安排些晚食,众各吃了。也叫小妖送一碗与唐僧,只待拿住孙行者等才要整治。那师父一则长斋,二则愁苦,哭啼啼的未敢沾唇不题。

却说行者驾云回至慈云寺里,叫声:"师弟。"那八戒、沙僧正自盼望商量,听得叫时,一齐出接道:"哥哥,如何去这一日方回?端的师父下落何如?"行者笑道:"昨夜闻风而赶,至天晓到一山,不见。幸四值功曹传信道:那山叫做青龙山,山中有一玄英洞。洞中有三个妖精,唤做辟寒大王、辟暑大王、辟尘大王。原来积年在此偷油,假变佛像,哄了金平府官员人等。今年遇见我们,他不知好歹,反连师父都摄去。老孙审得此情,分付功曹等众暗中保护师父,我寻近门前叫骂。那三怪齐出,都像牛头鬼形。大的个使钺斧,第二个使大刀,第三个使藤棍,后引一窝子牛头鬼怪,摇旗擂鼓,与老孙斗了一日,杀个手平。那妖王摇动旗,小妖都来,我见天晚,恐不能取胜,所以驾筋斗回来也。"八戒道:"那里想是酆都城鬼王弄喧。"沙僧道:"你怎么就猜道是酆都城?"八戒笑道:"哥哥说是牛头鬼怪,故知之耳。"行者道:"不是,不是。若论老孙看那怪,是三只犀牛成的精。"八戒道:"若是犀牛,且拿住他锯下角来,倒值好几两银子哩!"

正说处,众僧道:"孙老爷可吃晚斋?"行者道:"方便吃些儿,不吃也罢。"众僧道:"老爷征战这一日,岂不饥了?"行者笑道:"这日把儿那里便得饥!老孙曾五百年不吃饮食哩!"众僧不知是实,只以为说笑。须臾拿来,行者也吃了,道:"且收拾睡觉,待明日我等都去相持,拿住妖王,庶可救师父也。"沙僧在傍道:"哥哥说那里话!常言道'停留长智'。那妖精倘或今晚不睡,把师父害了,却如之何?不若如今就去,嚷得他措手不及,方才好救师父。少迟恐有失也。"八戒闻言,抖擞神威道:"沙兄弟说得是!我们都趁此月光去降魔耶!"行者依言,即分付寺僧:"看守行李、马匹。待我等把妖精捉来,对本府刺史证其假佛,免却灯油,以酥概县小民之困①,却不是好!"众僧领诺,称谢不已。他三个遂纵起祥云,出城而去。正是那:

　　懒散无拘禅性乱,灾危有分道心蒙。

毕竟不知此去胜败何如,且听下回分解。

────────

①酥概县小民之困:解除全县百姓的困扰。酥,同"苏"。拯救。概,全。

第九十二回

三僧大战青龙山　　四星挟捉犀牛怪

　　却说孙大圣挟同二弟滚着风,驾着云,向东北艮地上,顷刻至青龙山玄英洞口,按落云头。八戒就欲筑门,行者道:"且消停,待我进去看看师父生死如何,再好与他争持。"沙僧道:"这门闭紧,如何得进?"行者道:"我自有法力。"好大圣,收了棒,捻着诀,念声咒语,叫:"变!"即变做个火焰虫儿①。真个也疾伶!你看他:

　　　　展翅星流光灿,古云腐草为萤②。
　　　　神通变化不非轻,自有徘徊之性。
　　　　飞近石门悬看,傍边瑕缝穿风③。
　　　　将身一纵到幽庭,打探妖魔动静。

　　他自飞入,只见几只牛横敲直倒,一个个呼吼如雷,尽皆睡熟。又至中厅里面,全无消息。四下门户通关,不知那三个妖精睡在何处。才转过厅房,向后又照,只闻得啼泣之声,乃是唐僧锁在后房檐柱上哭哩。行者暗暗听他哭甚,只见他哭道:

　　　　"一别长安十数年,登山涉水苦熬煎。
　　　　幸来西域逢佳节,喜到金平遇上元。
　　　　不识灯中假佛像,概因命里有灾愆。
　　　　贤徒追袭施威武,但愿英雄展大权④。"

　　行者闻言,满心欢喜,展开翅,飞近师前。唐僧揩泪道:"呀!西方景象不同,此时正月,蛰虫始振,为何就有萤飞?"行者忍不住,叫

---

①火焰虫:即萤火虫。
②腐草为萤:古人认为萤火虫是腐草变化而来。语出《礼记·月令》:"季夏之月……腐草为萤。"
③瑕缝:同"狭缝"。
④权:威势。

声:"师父,我来了!"唐僧喜道:"悟空,我心说正月怎得萤火,原来是你。"行者即现了本相道:"师父呵,为你不识真假,误了多少路程,费了多少心力。我一行说不是好人,你就下拜。却被这怪侮暗灯光,盗取酥合香油,连你都摄将来了。我当分付八戒、沙僧回寺看守,我即闻风追至此间,不识地名,幸遇四值功曹传报,说此山名青龙山玄英洞。我日间与此怪斗至天晚方回,与师弟辈细道此情,却就不曾睡,同他两个来此。我恐夜深不便交战,又不知师父下落,所以变化进来,打听师情。"唐僧喜道:"八戒、沙僧如今在外边哩?"行者道:"在外边,才子老孙看时,妖精都睡着。我且解了锁,捆开门,带你出去罢。"唐僧点头称谢。

　　行者使个解锁法,用手一抹,那锁早自开了,领着师父往前正走,忽听得妖王在中厅内房里叫道:"小的们,紧闭门户,小心火烛。这会怎么不叫更巡逻,梆铃都不响了?"原来那伙小妖征战一日,俱辛辛苦苦睡着;听见叫唤,却才醒了。梆铃响处,有几个执器械的,敲着锣,从后而走,可可的撞着他师徒两个。众小妖一齐喊道:"好和尚阿!扭开锁往那里去!"行者不容分说,掣出棒幌一幌,碗来粗细,就打。棒起处,打死两个,其余的丢了器械,近中厅,打着门叫:"大王!不好了,不好了!毛脸和尚在家里打杀人了!"那三怪听见,一毂辘爬将起来,只教:"拿住!拿住!"唬得个唐僧手软脚软。行者也不顾师父,一路棍滚向前来。众小妖遮架不住,被他放倒三两个,推倒两三个,打开几层门,径自出来,叫道:"兄弟们何在?"八戒、沙僧正举着钯杖等待,道:"哥哥,如何了?"行者将变化入里解放师父,正走被妖惊觉,顾不得师父打出来的事,讲说一遍不题。

　　那妖王把唐僧捉住,依然使铁索锁了。执着刀,轮着斧,灯火齐明,问道:"你这厮怎样开锁,那猴子如何得进?快早供来,饶你个活命!不然,就一刀两段!"慌得那唐僧战兢兢的跪道:"大王爷爷!我徒弟孙悟空,他会七十二般变化。才变个火焰虫儿,飞进来救我。不期大王知觉,被小大王等撞见,是我徒弟不知好歹打伤两个。众皆喊叫,举兵着火,他遂顾不得我走出去了。"三个妖王呵呵大笑道:

"早是惊觉,未曾走了你。"

小的们把前后门紧紧关闭,亦不喧哗。沙僧道:"闭门不喧哗,想是暗弄我师父,我们动手耶!"行者道:"说得是。快早打门。"那呆子卖弄神通,举钯尽力筑去,把那石门筑得粉碎,却又厉声喊骂道:"偷油的贼怪!快送吾师出来也!"唬得那门内小妖,滚将进去,报道:"大王,不好了!不好了!前门被和尚打破了!"三个妖王十分烦恼道:"这厮着实无礼!"即命取披挂结束了,各持兵器,帅小妖出门迎敌。此时约有三更时候,半天中月明如昼。走出来更不打话,便就轮兵。这里行者抵住钺斧,八戒敌住大刀,沙僧迎住大棍。这场好杀:

僧三众,棍杖钯,三个妖魔胆气加。
钺斧钢刀藤纥绖,只闻风响并尘沙。
初交几合喷愁雾,次后飞腾散彩霞。
钉钯解数随身滚,铁棒英豪更可夸。
降妖宝杖人间少,妖怪顽心不让他。
钺鈇口明尖鐏利,藤条节懞一身花①。
大刀幌亮如门扇,和尚神通偏赛他。
这壁厢因师性命发狠打,
那壁厢不放唐僧劈脸抯。
斧剁棒迎争胜负,钯轮刀砍两交搽。
纥绖藤条降怪杖,翻翻复复趁豪华②。

三僧三怪赌斗多时,不见输赢。那辟寒大王喊一声,叫:"小的们上来!"众精各执兵刃齐来,早把个八戒绊倒在地,被几个水牛精,揪揪扯扯,拖入洞里捆了。沙僧见没了八戒,又见那群牛发喊呃声③。即掣宝杖,望辟尘大王虚丢了架子要走。又被群精一拥而来,

---

① 懞:同"蒙"。
② 豪华:这里指豪杰。
③ 呃:不详其义,应为牛叫的声音。

拉了个跷蹱,急挣不起,也被捉去捆了。行者觉道难为,纵筋斗云脱身而去。当时把八戒、沙僧拖至唐僧前。唐僧见了,满眼垂泪道:"可怜你二人也遭了毒手!悟空何在?"沙僧道:"师兄见捉住我们,他就走了。"唐僧道:"他既走了,必然那里去求救。但我等不知何日方得脱网。"师徒们凄凄惨惨不题。

却说行者驾筋斗云复至慈云寺,寺僧接着,来问:"唐老爷救得否?"行者道:"难救!难救!那妖精神通广大,我弟兄三个,与他三个斗了多时,被他呼小妖先捉了八戒,后捉了沙僧,老孙幸走脱了。"众僧害怕道:"爷爷这般会腾云驾雾,还捉获不得,想老师父被倾害也。"行者道:"不妨!不妨!我师父自有伽蓝、揭谛、丁甲等神暗中护佑;却也曾吃过草还丹,料不伤命。只是那妖精有本事。汝等可好看马匹、行李,等老孙上天去求救兵来。"众僧胆怯道:"爷爷又能上天?"行者笑道:"天宫原是我的旧家。当年我做齐天大圣,因为乱了蟠桃会,被我佛收降。如今没奈何,保唐僧取经,将功折罪。一路上辅正除邪,我师父该有此难,汝等却不知也。"众僧听此言,又磕头礼拜。行者出得门,打个唿哨,即时不见。

好大圣,早至西天门外,忽见太白金星与增长天王,殷、朱、陶、许四大灵官讲话①。他见行者来,都慌忙施礼道:"大圣那里去?"行者道:"因保唐僧行至天竺国东界金平府旻天县,我师被本县慈云寺僧留赏元宵。比至金灯桥,有金灯三盏,点灯用酥合香油,价贵白金五万余两,年年有诸佛降祥受用。正看时,果有三尊佛像降临,我师不识好歹,上桥就拜。我说不是好人,早被他侮暗灯光,连油并我师一风摄去。我随风追袭,至天晓到一山,幸四功曹报道:'那山名青

---

①殷、朱、陶、许四大灵官:不详所指,应是雷部神祇。据《山阳艺文志》卷二《重修雷神殿记》,淮安一带崇奉陶、许二雷神,不仅因他们能使令雷霆,而且能"屡显异以医人之危疾",故建殿"专祀陶许二神"。明卢中苓《北帝伏魔经法建坛仪》记有"天医院总管许仙定、飞天毒雷纠察陶公济、地司太岁殷郊、火犀雷府朱彦"等。尤其是许仙定(一作许先定)、陶公济,常出现在祈请天医院官将的雷法之中。

龙山,山有玄英洞,洞有三怪,名辟寒大王、辟暑大王、辟尘大王。'老孙急上门寻讨,与他赌斗,一阵未胜。是我变化入里,见师父锁住未伤,随解了欲出,又被他知觉,我遂走了。后又同八戒、沙僧苦战,复被他将二人也捉去捆了。老孙因此特启玉帝,查他来历,请命将降之。"金星呵呵冷笑道:"大圣既与妖怪相持,岂看不出他的出处?"行者道:"认便认得,是一伙牛精。只是他大有神通,急不能降也。"金星道:"那是三个犀牛之精。他因有天文之象①,累年修悟成真,亦能飞云步雾。其怪极爱干净②,常嫌自己影身,每欲下水洗浴。他的名色也多:有兕犀③,有雄犀,有牯犀,有斑犀,又有胡冒犀、堕罗犀、通天花文犀。都是一孔三毛二角④,行于江海之中,能开水道⑤。似那辟寒、辟暑、辟尘都是角有贵气,故以此为名而称大王也。若要拿他,只是四木禽星见面就伏⑥。"行者连忙唱喏问道:"是那四木禽星?

---

① 天文之象:传闻犀牛角中有白星,是天上星入其角而致。《埤雅》卷三:"世云犀望星而入角,即此也,可以破水。"宋唐慎微《证类本草》卷十七:"通天犀乃胎时见天上物过,形于角上,故曰通天。但以月下以水盆映之则知。"
② 其怪极爱干净:唐段成式《酉阳杂俎》卷十六:"犀之通天者必恶影,常饮浊水。"
③ 兕犀:以下各犀牛名目,见于《岭表录异》卷中:"岭表所产犀牛,大约似牛,而猪头,脚似象蹄,有三甲。首有二角,一在额上为兕犀,一在鼻上较小为胡帽犀;鼻上者,皆窘束而花点少,多有奇文。牯犀亦有二角,皆为毛犀……又有堕罗犀,犀中最大,一株有重七八斤者。"
④ 一孔三毛:即每个毛孔中生三根毛。宋陆佃《埤雅》卷三《释兽·犀》:"犀性绝躁,似豕,一管三毛。"二角:《埤雅》引《交州记》:"犀有二角,鼻上角长,额上角短,或曰三角者水犀也,二角者山犀也。"
⑤ 能开水道:《白氏六帖》卷二十九:"得通天(犀角)一尺,刻作鱼,衔入水,水开三尺。"
⑥ 四木禽星:这里的四木禽星与犀牛的关系,均出自星命学中的禽星术。四木在禽星术中与牛相克。明佚名《演禽通纂》卷下载:"牛角合宫,宗亲丧魄","牛见狼惊"。故下文说"三个妖王看他四星,自然害怕。"《禽星易见·禽星吞啖》:"角亢吞危并食牛。"井木犴、角木蛟、奎木狼为禽星中较勇猛者。明池本理《禽星易见·高禽》:"井木犴伏一切山水禽","角木蛟伏一切水禽并飞禽","奎木狼伏一切山禽"。犀牛属山禽,又能行水。故受四木禽星降伏。

烦长庚老为一明示明示。"金星笑道:"此星在斗牛宫外,罗布乾坤。你去奏闻玉帝,便见分晓。"行者拱拱手称谢,径入天门里去。

不一时,到于通明殿下,先见葛、丘、张、许四大天师。天师问道:"何往?"行者道:"近行至金平府地方,因我师宽放禅性,元夜观灯,遇妖魔摄去。老孙不能收降,特来奏闻玉帝求救。"四天师即领行者至灵霄宝殿启奏。各各礼毕,备言其事,玉帝传旨:"教点那路天兵相助?"行者奏道:"老孙才到西天门,遇长庚星说:'那怪是犀牛成精,惟四木禽星可以降伏。'"玉帝即差许天师同行者去斗牛宫点四木禽星下界收降。

及至宫外,早有二十八宿星辰来接,天师道:"吾奉圣旨,教点四木禽星与孙大圣下界降妖。"傍即闪过角木蛟、斗木獬、奎木狼、井木犴应声呼道:"孙大圣,点我等何处降妖?"行者笑道:"原来是你。这长庚老儿却隐匿我,不解其意,早说是二十八宿中的四木,老孙径来相请,又何必劳烦旨意?"四木道:"大圣说那里话!我等不奉旨意,谁敢擅离?端的是那方?快早去来。"行者道:"在金平府东北艮地青龙山玄英洞,犀牛成精。"斗木獬、奎木狼、角木蛟道:"若果是犀牛成精,不须我们,只消井宿去罢。他能上山吃虎,下海擒犀①。"行者道:"那犀不比望月之犀,乃是修行得道,都有千年之寿者。须得四位同去才好,切勿推调。倘一时一位拿他不住,却不又费事了?"天师道:"你们说得是甚话!旨意着你四人,岂可不去?趁早飞行,我回旨去也。"那天师遂别行者而去。

四木道:"大圣不必迟疑,你先去索战,引他出来,我们随后动手。"行者即近前骂道:"偷油的贼怪!还我师来!"原是八戒夜间筑破的,几个小妖弄了几块板儿搪住,在里边听得骂詈,急跑进报道:"大王,孙和尚在外面骂哩!"辟尘儿道:"他败阵去了,这一日怎么又来?想是那里求些救兵来了。"辟寒、辟暑道:"怕他甚么救兵!快取

---

①上山吃虎,下海擒犀:明池本理《禽星易见》:"井禽在天号天威星,其状如虎,二十八宿之主,禽星之王也。上山吞虎豹,下水食蛟龙。"

披挂来！小的们，都要用心围绕，休放他走了。"那伙精不知死活，一个个各执枪刀，摇旗擂鼓，走出洞来，对行者喝道："你个不怕打的猢狲儿，你又来了！"行者最恼得是这"猢狲"两字，咬牙发狠，举铁棒就打。三个妖王调小妖跑个圈子阵，把行者圈在垓心。那壁厢四木禽星一个个各轮兵刃道："孽畜！休动手！"那三个妖王看他四星，自然害怕，俱道："不好了，不好了！他寻将降手儿来了！小的们，各顾性命走耶！"只听得呼呼吼吼，喘喘呵呵，众小妖都现了本身，原来是那山牛精、水牛精、黄牛精，满山乱跑。那三个妖王也现了本相，放下手来，还是四只蹄子，就如铁炮一般，径往东北上跑。这大圣帅井木犴、角木蛟紧追急赶，略不放松。惟有斗木獬、奎木狼在东山凹里、山头上、山涧中、山谷内，把些牛精打死的、活捉的，尽皆收净。却向玄英洞里解了唐僧、八戒、沙僧。

沙僧认得是二星，随同拜谢，因问："二位如何到此相救？"二星道："吾等是孙大圣奏玉帝请旨调来，收怪救你也。"唐僧又滴泪道："我悟空徒弟怎么不见进来？"二星道："那三个老怪是三只犀牛，他见吾等，各各顾命，向东北艮方逃遁。孙大圣帅井木犴、角木蛟追赶去了。我二星扫荡群牛到此，特来解放圣僧。"唐僧复又顿首拜谢，朝天又拜，八戒搀起道："师父，礼多必诈，不须只管拜了。四星官一则是玉帝圣旨，二则是师兄人情。今既扫荡群妖，还不知老妖如何降伏。我们且收拾些细软东西出来，掀翻此洞，以绝其根，回寺等候师兄罢。"奎木狼道："天蓬元帅说得有理。你与卷帘大将保护你师回寺安歇，待吾等还去艮方迎敌。"八戒道："正是，正是，你二位还协同一捉，必须剿尽，方好回旨。"二星官即时追袭。

八戒与沙僧将他洞内细软宝贝，有许多珊瑚、玛瑙、珍珠、琥珀、珲琚、宝贝、美玉、良金①，搜出一石，搬在外面，请师父到山崖上坐了。他又进去放起火来，把一座洞烧成灰烬，却才领唐僧找路回金平慈云寺去。正是：

---

①珲琚：即"砗磲"。海中的大贝。参见第二十八回"碟石"条注。

经云泰极还生否,好处逢凶实有之。
爱赏花灯禅性乱,喜游美景道心漓①。
大丹自古宜长守,一失原来到底亏。
紧闭牢拴休旷荡,须臾懈怠见参差。

且不言他三众得命回寺,却表斗木獬、奎木狼二星官驾云直向东北艮方赶妖怪来。二人在那半空中寻看不见。只到西洋大海,远望见孙大圣在海上吆喝。他两个按落云头道:"大圣,妖怪那里去了?"行者恨道:"你两个怎么不来追降? 这会子却冒冒失失的问甚?"斗木獬道:"我见大圣与井、角二星战败妖魔追赶,料必擒拿。我二人却就打荡群精,入玄英洞救出你师父、师弟。搜了山,烧了洞,把你师父付托与你二弟领回府城慈云寺。多时不见车驾回转,故又追寻到此也。"行者闻言,方才喜谢道:"如此,却是有功,多累!多累! 但那三个妖魔,被我赶到此间,他就钻下海去。当有井、角二星,紧紧追拿,教老孙在岸边抵挡。你两个既来,且在岸边把截,等老孙也再去来。"

好大圣,轮着棒,捻着诀,辟开水径,直入波涛深处,只见那三个妖魔在水底下与井木犴、角木蛟舍死忘生苦斗哩。他跳近前喊道:"老孙来也!"那妖精抵住二星官,措手不及,正在危难之处,忽听得行者叫喊,顾残生,拨转头往海心里飞跑。原来这怪头上角极能分水,只闻得花花花,冲开明路。这后边二星官并孙大圣并力追之。

却说西海中有个探海的夜叉,巡海的介士②,远见犀牛分开水势,又认得孙大圣与二天星,即赴水晶宫对龙王慌慌张张报道:"大王! 有三只犀牛,被齐天大圣和二位天星赶来也!"老龙王敖顺听言,即唤太子摩昂:"快点水兵,想是犀牛精辟寒、辟暑、辟尘儿三个惹了孙行者。今既至海,快快拔刀相助。"敖摩昂得令,即忙点兵。顷刻间,龟鳖鼋鼍,鲌白鳜鲤,与虾兵蟹卒等,各执枪刀,一齐呐喊,腾

---

①漓:背离,丧失。
②介士:穿铠甲的武士。介,铠甲。

出水晶宫外,挡住犀牛精。犀牛精不能前进,急退后,又有井、角二星并大圣拦阻,慌得他失了群,各各逃生,四散奔走,早把个辟尘儿被老龙王领兵围住。孙大圣见了心欢,叫道:"消停!消停!捉活的,不要死的。"摩昂听令,一拥上前,将辟尘儿扳翻在地,用铁钩子穿了鼻,攒蹄捆倒。

老龙王又传号令,教分兵赶那两个,挟助二星官擒拿。即时小龙王帅众前来,只见井木犴现原身,按住辟寒儿,大口小口的啃着吃哩。摩昂高叫道:"井宿!井宿!莫咬死他,孙大圣要活的,不要死的哩。"连喊是喊①,已是被他把颈项咬断了。摩昂分付虾兵蟹卒,将个死犀牛抬转水晶宫,却又与井木犴向前追赶。只见角木蛟把那辟暑儿倒赶回来,只撞着井宿。摩昂帅龟鳖鼋鼍,撒开簸箕阵围住,那怪只教:"饶命!饶命!"井木犴走近前,一把揪住耳朵,夺了他的刀,叫道:"不杀你!不杀你!拿与孙大圣发落去来。"

即时倒干戈,复至水晶宫外,报道:"都捉来也。"行者见一个断了头,血淋津的,倒在地下;一个被井木犴拖着耳朵,推跪在地,近前仔细看了道:"这头不是兵刀伤的呵。"摩昂笑道:"不是我喊得紧,连身子都着井星官吃了。"行者道:"既是如此,也罢,取锯子来,锯下他的这两只角,剥了皮带去。犀牛肉还留与龙王贤父子享之。"又把辟尘儿穿了鼻,教角木蛟牵着;辟暑儿也穿了鼻,教井木犴牵着:"带他上金平府见那刺史官,明究其由,问他个积年假佛害民,然后的决②。"

众等遵言,辞龙王父子,都出西海。牵着犀牛,会着奎、斗二星,驾云雾径转金平府。行者足踏祥光,半空中叫道:"金平府刺史、各

---

①连喊是喊:即连连喊叫。连某是某,江苏方言,表示连续做某事。又如第九十九回"连请是请",表示连连邀请。

②的决:旧律,受杖刑,按判定数施行,谓之的决。亦泛指定罪。《金史·逆臣传·纥石烈执中》:"执中怒,殴伤移剌保(人名),诏的决五十。"

佐贰郎官并府城内外军民人等听着①：吾乃东土大唐差往西天取经的圣僧。你这府县，每年家供献金灯，假充诸佛降祥者，即此犀牛之怪。我等过此，因元夜观灯，见这怪将灯油并我师父摄去，是我请天神收伏。今已扫清山洞，剿尽妖魔，不得为害，以后你府县再不可供献金灯，劳民伤财也。"那慈云寺里，八戒沙僧方保唐僧进得山门，只听见行者在半空言语，即便撇了师父，丢下担子，纵风云起到空中，问行者降妖之事。行者道："那一只被井星咬死，已锯角剥皮在此。"八戒道："这两个索性推下此城，与官员人等看看，也认得我们是圣是神，左右累四位星官收云下地，同到府堂，将这怪的决。已此情真罪当②，再有甚讲！"四星道："天蓬帅近来知理明律，却好呀！"八戒道："因做了这几年和尚，也略学得些儿。"

众神果推落犀牛，一簇彩云，降至府堂之上。唬得这府县官员，城里城外人等，都家家设香案，户户拜天神。少时间，慈云寺僧把长老用轿抬进府门，会着行者，口中不离"谢"字道："有劳上宿星官救出我等，因不见贤徒，悬悬在念，今幸得胜而回。然此怪不知赶向何方才捕获也！"行者道："自前日别了尊师，老孙上天查访，蒙太白金星识得妖魔是犀牛，指示请四木禽星。当时奏闻玉帝，蒙旨差委，直至洞口交战。妖王走了，又蒙斗、奎二宿救出尊师。老孙与井、角二宿并力追妖，直赶到西洋大海，又亏龙王遣子帅兵相助。所以捕获到此审究也。"长老赞扬称谢不已。又见那府县正官并佐贰首领，都在那里高烧宝烛，满斗焚香③，朝上礼拜。

少顷间，八戒发起性来，掣出戒刀，将辟尘儿头一刀斫下，又一刀把辟暑儿头也斫下。随即取锯子锯下四只角来。孙大圣更有主

---

① 佐贰：辅佐主司的官员。
② 情真罪当：案情真实，定罪合宜，旧时法律常用语。《明孝宗实录》卷三十一："弘治二年'法司奉旨会官审录死罪罪囚，决情真罪当者九十四人，释情可矜疑发边卫充军者四十三人'。"
③ 斗：许多股香攒扎成塔形，称斗香。清《保德州志》载《太守袁公德政去思碑记》，知州袁某"往来戎马间，百姓戴香斗跪道左以谢"。

张,就教:"四位星官,将此四只犀角,拿上界去,进贡玉帝,回缴圣旨。"把自己带来的二只:"留一只在府堂镇库,以作向后免征灯油之证。我们带一只去,献灵山佛祖。"四星心中大喜,即时拜别大圣,忽驾彩云回奏而去。

府县官留住他师徒四众,大排素宴,遍请乡官陪奉。一壁厢出给告示,晓谕军民人等下年不许点设金灯,永蠲买油大户之役①。一壁厢叫屠子宰剥犀牛之皮,硝熟熏干,制造铠甲;把肉普给官员人等。又一壁厢动支柱罚无碍钱粮②,买民间空地,起建四星降妖之庙。又为唐僧四众建立生祠,各各树碑刻文,用传千古,以为报谢。

师徒们索性宽怀领受③。又被那二百四十家灯油大户,这家酬,那家请,略无虚刻。八戒遂心满意受用,把洞里搜来的宝物,每样各笼些须在袖,以为各家斋筵之赏。住经个月,犹不得起身,长老分付:"悟空,将余剩的宝物,尽送慈云寺僧,以为谢礼。瞒着那些大户人家,天不明走罢。恐只管贪乐,误了取经,惹佛祖见罪,又生灾厄,深为不便。"行者随将前件一一处分。

次日五更早起,唤八戒备马。那呆子吃了自在酒饭,睡得梦梦乍道④:"这早备马怎的?"行者喝道:"师父教走路哩!"呆子抹抹脸道:"又是这长老没正经! 二百四十家大户都请,才吃了有三十几顿饱斋,怎么又弄老猪忍饿!"长老听言骂道:"囊糟的夯货! 莫胡说! 快早起来! 再略强嘴,教悟空拿金箍棒打牙!"那呆子听见说打,慌了手脚道:"师父今番变了,常时疼我,爱我,念我蠢夯护我;哥要打时,他又劝解;今日怎么发狠转教打么?"行者道:"师父怪你为嘴,误了路程,快早收拾行李、备马,免打!"那呆子真个怕打,跳起来穿了

---

① 蠲(juān):革除。
② 柱罚无碍钱粮:违规罚没的,没有确定用项的钱粮。
③ 领受:底本作"饮爱",此据证道书本改。"饮爱"或为"饮受"之误。饮受,享受。饮,受。宋苏轼《叶嘉传》:"吾子孙必盛于中土,当饮其惠矣。"
④ 梦梦乍:迷迷糊糊。

衣服，吆喝沙僧道："快起来！打将来了！"沙僧也随跳起，各各收拾皆完。长老摇手道："寂寂悄悄的，不要惊动寺僧。"连忙上马，开了山门，找路而去。这一去，正所谓：

　　暗放玉笼飞彩凤，私开金锁走蛟龙。

毕竟不知天明时，酬谢之家端的如何，且听下回分解。

第九十三回

给孤园问古谈因　天竺国朝王遇偶

　　起念断然有爱①，留情必定生灾。
　　灵明何事辨三台②？行满自归元海③。
　　不论成仙成佛，须从个里安排④。
　　清清净净绝尘埃，果正飞升上界。

　　却说寺僧，天明不见了三藏师徒，都道："不曾留得，不曾别得，不曾求告得，清清的把个活菩萨放得走了！"正说处，只见南关厢有几个大户来请，众僧扑掌道："昨晚不曾防御，今夜都驾云去了。"众人齐望空拜谢。此言一讲，满城中官员人等，尽皆知之，叫此大户人家，俱治办五牲花果，往生祠祭献酬恩不题。

　　却说唐僧四众，餐风宿水，一路平宁，行有半个多月。忽一日，见座高山，唐僧又悚惧道："徒弟，那前面山岭拱峭，是必小心。"行者笑道："这边路上将近佛地，断乎无甚妖邪，师父放怀勿

---

①起念断然有爱：佛教和道教都认为，人之所以不能超脱，是因为有各种各样的念头；要出离尘世，必须修得一念不起。《地藏经·如来赞叹品》："南阎浮提众生，举止动念，无不是业，无不是罪。"元李道纯《中和集》卷六："若欲见性，必先以决定之志，夺习俗之气，以严持之力，保洞然之明，然后照破种种空妄，心不着物，念不随情。念是烦恼根，心是法尘种。念起则一切烦恼起，念息则一切烦恼息。"

②三台：即上台、中台、下台，原为星座名，位于大熊星座，内丹术用来指上中下三丹田。《悟真篇·七言绝句》："太乙在炉宜慎守，三田聚宝应三台。"

③元海：元气之海，指脐下之下丹田。元《养生秘录》："盖脐乃人之气海，所聚元气，尽藏于兹。"宋张伯端《青华秘文》："真息既定之时，气归元海之理。"

④须从个里安排：指无论成仙成佛，都应从这个修炼方法中入手，即从修炼元神、元气的金丹大道入手。个里，此中，其中。

虑。"唐僧道："徒弟,虽然佛地不远,但前日那寺僧说,到天竺国都下有二千里,还不知是有多少路哩。"行者道："师父,你好是又把乌巢禅师《心经》忘记了也?"三藏道："《般若心经》是我随身衣钵。自那乌巢禅师教后,那一日不念,那一时得忘? 颠倒也念得来,怎会忘得!"行者道："师父只是念得,不曾求那师父解得。"三藏说："猴头,怎又说我不曾解得? 你解得么?"行者道："我解得,我解得。"自此,三藏、行者再不作声。旁边笑倒一个八戒,喜坏一个沙僧,说道："嘴靶①! 替我一般的做妖精出身②,又不是那里禅和子,听过讲经;那里应佛僧,也曾见过说法? 弄虚头,找架子,说甚么晓得、解得? 怎么就不作声? 听讲,请解!"沙僧说："二哥,你也信他? 大哥扯长话③,哄师父走路。他晓得弄棒罢了,他那里晓得讲经!"三藏道："悟能、悟净,休要乱说。悟空解得是无言语文字,乃是真解。"

他师徒们正说话间,却倒也走过许多路程,离了几个山冈,路旁早见一座大寺。三藏道："悟空,前面是座寺啊,你看那寺,倒也:

不小不大,却也是琉璃碧瓦;半新半旧,却也是八字红墙。隐隐见苍松偃盖,也不知是几千百年间故物到于今;潺潺听流水鸣弦,也不道是那朝代时分开山留得在。三门上,大书着'布金禅寺';悬匾上,留题着'上古遗迹'。"

行者看得是"布金禅寺",八戒也道："是布金禅寺。"三藏在马上沉思道："布金,布金,这莫不是舍卫国界了么?"八戒道："师父,奇啊! 我跟师父几年,再不曾见识得路,今日也识得路了。"三藏说道:

---

① 嘴靶:当即"嘴吧吧",高谈阔论的样子(据刘瑞明先生说)。《盘山了宗禅师语录》卷三:"如今有一等禅和子,做工夫未曾透彻,嘴吧吧的满口说禅,不知禅是何物。"

② 替我一般的:相当于"和我一般的"。

③ 扯长话:闲扯。

"不是,我常看经诵典,说是佛在舍卫城祇树给孤园①。这园说是给孤笃长者问太子买了,请佛讲经。太子说:'我这园不卖。他若要买我的时,除非黄金满布园地。'给孤笃长者听说,随以黄金为砖,布满园地,才买得太子祇园,才请得世尊说法。我想这布金寺莫非就是这个故事?"八戒笑道:"造化!若是就是这个故事,我们也去摸他块把砖儿送人。"大家又笑了一会,三藏才下得马来,进得三门。

只见三门下,挑担的,背包的,推车的,整车坐下;也有睡的去睡,讲的去讲。忽见他们师徒四众,俊的又俊,丑的又丑,大家有些害怕,却也就让开些路儿。三藏生怕惹事,口中不住只叫:"斯文!斯文!"这时节,却也大家收敛。转过金刚殿后,早有一位禅僧走出,却也威仪不俗。真是:

　　　　面如满月光,身似菩提树。
　　　　拥锡袖飘风,芒鞋石头路。

三藏见了问讯。那僧即忙还礼道:"师从何来?"三藏道:"弟子陈玄奘,奉东土大唐皇帝之旨,差往西天拜佛求经。路过宝方,造次奉谒,便求一宿,明日就行。"那僧道:"荒山十方常住②,都可随喜③,况长老东土神僧,但得供养,幸甚。"三藏谢了,随即唤他三人同行。过了回廊香积,径入方丈。相见礼毕,分宾主坐定,行者三人亦垂手坐了。

这时寺中听说到了取经僧人,东土大唐话说,寺中若大若小,不

---

① 祇树给孤园:即祇园,又称祇树给孤独园、祇园精舍、祇洹精舍、逝多林给孤独园等。据《大唐西域记》卷六,有善施长者聪敏仁惠,拯救贫穷,哀孤恤老,人称"给孤独"。长者闻佛功德,深生尊敬,愿建精舍,请佛降临,觅到舍卫国波斯匿王太子逝多(又译祇陀、祇洹)有一好园林,"寻诣太子,具以情告,太子戏言:'金遍乃卖。'善施闻之心豁如(晓悟,明白)也。即出藏金,随言布地。有少未满,太子请留曰:'佛诚良田,宜植善种。'即于空地建立精舍。世尊即之告阿难曰:'园地善施所买。林树逝多所施。'"故称此地为逝多林给孤独园。
② 十方常住:佛教称庙宇为常住。十方常住即各处僧人都可来居住的庙宇。
③ 随喜:佛教语。谓欢喜之情随瞻拜佛像而生,因用以称游谒寺院。

问长住、挂褡、长老、行童①,一一都来参见。茶罢,摆上斋供。这时长老还正开斋念偈,八戒早是要紧,馒头、素食、粉汤一搅直下。这时方丈却也人多,有知识的,赞说三藏威仪;好耍子的,都看八戒吃饭。却说沙僧眼溜,看见头底②,暗把八戒捏了一把,说道:"斯文。"八戒着忙,急的叫将起了,说道:"斯文斯文,肚里空空。"沙僧笑道:"二哥,你不晓的,天下多少斯文,若论起肚子里来,正替你我一般哩。"八戒方才肯住。三藏念了结斋,左右撤了席面,三藏称谢。

寺僧问起东土来音,三藏说到古迹,才问布金寺名之由。那僧答曰:"这寺原是舍卫国给孤笃园寺,又名祇园。因是给孤笃长者请佛讲经,金砖布地,又易今名。我这寺一望之前③,乃是舍卫国,那时给孤独长者正在舍卫国居住。我荒山原是长者之祇园,因此遂名给孤布金寺,寺后边还有祇园基址。近年间,若遇时雨滂霈④,还淋出金银珠儿,有造化的,每每拾着。"三藏道:"话不虚传果是真。"又问道:"才进宝山,见门下两廊有许多骡马车担的行商,为何在此歇宿?"众僧道:"我这山唤做百脚山。先年且是太平,近因天气循环,不知怎的,生几个蜈蚣精,常在路下伤人。虽不至于伤命,其实人不敢走。山下有一座关,唤做鸡鸣关。但到鸡鸣之时,才敢过去。那些客人因到晚了,惟恐不便,权借荒山一宿,等鸡鸣后便行。"三藏道:"我们也等鸡鸣后去罢。"

师徒们正说处,又见拿上斋来,却与唐僧等吃毕。此时上弦月皎,三藏与行者步月闲行,又见个道人来报道:"我们老师爷要见见中华人物。"三藏急转身,见一众老和尚,手持竹杖,向前作礼道:"此位就是中华来的师父?"三藏答礼道:"不敢。"老僧称赞不已。因问:"老师高寿?"三藏道:"虚度四十五年矣,敢问老院主尊寿?"老僧笑

---

①长住:长期住在寺院里的僧人。挂褡:同"挂搭"。借宿在寺院里的僧人。
　行童:供寺院役使的小和尚。
②头底:底细。
③一望:指目力所能达到的距离。
④滂霈(páng tuó):义同"滂沱"。雨大的样子。

道:"比老师痴长一花甲也。"行者道:"今年是壹百零五岁了,你看我有多少年纪?"老僧道:"师家貌古神清,况月夜眼花,急看不出来。"叙了一会,又向后廊看看。三藏道:"才说给孤园基址,果在何处?"老僧道:"后门外就是。"快教开门,但见是一块空地,还有些碎石叠的墙脚。三藏合掌叹曰:

"忆昔檀那须达多①,曾将金宝济贫疴。

祇园千古留名在,长者何方伴觉罗?"

他都玩着月,缓缓而行,行近后门外,至台上,又坐了一坐。忽闻得有啼哭之声。三藏静心诚听,哭的是爷娘不知苦痛之言。他就感触心酸,不觉泪堕,回问众僧道:"是甚人?在何处悲切?"老僧见问,即命众僧先回去煎茶,见无人,方才对唐僧、行者下拜。三藏搀起道:"老院主,为何行此礼?"老僧道:"弟子年岁百余,略通人事。每于禅静之间,也曾见过几番景象②。若老爷师徒,弟子聊知一二,与他人不同。若言悲切之事,非这位师家明辨不得。"行者道:"你且说是甚事?"老僧道:"旧年今日,弟子正明性月之时③,忽闻一阵风响,就有悲怨之声。弟子下榻,到祇园基上看处,乃是一个美貌端正之女。我问他:'你是谁家女子?为甚到于此地?'那女子道:'我是天竺国国王的公主。因为月下观花,被风刮来的。'我将他锁在一间

---

① 檀那:佛教语,指施主或布施。须达多:或称"苏达多",意译"善施"。印度古代舍卫国给孤独长者的本名,祇园的施主。

② 见过几番景象:指老僧道行很深,坐禅入定的时候见到许多神异的现象。例如《楞严经》卷八:"彼善男子修三摩提("定"的音译)想阴(参见第五十八回"广会周天之种类"条注)尽者,是人平常梦想销灭,寤寐恒一,觉明虚静,犹如晴空,无复粗重前尘影事;观诸世间大地山河如镜鉴明,来无所粘,过无踪迹。"

③ 性月:指心性之明净譬如月。唐不空译《金刚顶瑜伽中发阿耨多罗三藐三菩提心论》:"照见本心,湛然清净,犹如满月,光遍虚空,无所分别。"金道士刘志渊《性月》诗:"纤云不放翳霜天,性月当空极皎然。三界十方能应现,千潭普照一时圆。"

敞空房里,将那房砌作个监房模样,门上止留一小孔,仅递得碗过。当日与众僧传道:'是个妖邪,被我捆了。'但我僧家乃慈悲之人,不肯伤他性命。每日与他两顿粗茶粗饭,吃着度命。那女子也聪明,即解吾意,恐为众僧点污,就妆风作怪,尿里眠,屎里卧。白日家说胡话,呆呆邓邓的;到夜静处,却思量父母啼哭。我几番家进城乞化,打探公主之事,全然无损。故此坚收紧锁,更不放出。今幸老师来国,万望到了国中,广施法力,辨明辨明,一则救援良善,二则昭显神通也。"三藏与行者听罢,切切在心。正说处,只见两个小和尚请吃茶安置,遂而回去。

八戒与沙僧在方丈中,突突浓浓的道①:"明日要鸡鸣走路,此时还不来睡!"行者道:"呆子又说甚么?"八戒道:"睡了罢,这等夜深,还看甚景致。"因此,老僧散去,唐僧就寝。正是那:

人静月沉花梦悄,暖风微透壁窗纱。
铜壶点点看三汲②,银汉明明照九华③。

当夜睡还未久,即听鸡鸣。那前边行商烘烘皆起,引灯造饭。这长老也唤醒八戒沙僧,扣马收拾,行者叫点灯来。那寺僧已先起了,安排茶汤点心,在后候敬。八戒欢喜,吃了一盘馍馍,把行李、马匹牵出。三藏、行者对众辞谢,老僧又向行者道:"悲切之事,在心在心。"行者笑道:"谨领谨领,我到城中,自能聆音而察理,见貌而辨色也。"那伙行商,哄哄嚷嚷的,也一同上了大路,将有寅时,过了鸡鸣关。至巳时,方见城垣,真是铁瓮金城,神州天府。那城:

虎踞龙蟠形势高,凤楼麟阁彩光摇。

---

① 突突浓浓:嘟嘟哝哝。
② 三汲:不详其意。似指古代计时器漏壶而言。流水从漏壶中匀速漏出,以此定时刻;但古代由于没有水泵,流下的水不能循环,且陈水不宜再用,所以漏壶顶部容器需要经常补水,以保持充足的水量。为保证水质清洁,密度和成分恒定,宋沈括《浮漏议》规定:"一井不可他汲,数汲则泉浊。陈水不可再注。"三汲,当指已多次汲井补充新水,代指过去了很长时间。
③ 九华:宫殿名。后赵石虎建。此指王宫。

御沟流水如环带,福地依山插锦标。

晓日旌旗明辇路,春风箫鼓遍溪桥①。

国王有道衣冠胜②,五谷丰登显俊豪。

当日入于东市街,众商各投旅店。他师徒们进城,正走处,有一个会同馆驿,三藏等径入驿内。那驿内管事的即报驿丞道:"外面有四个异样的和尚,牵一匹白马进来了。"驿丞听说有马,就知是官差的③,出厅迎迓。三藏施礼道:"贫僧是东土唐朝钦差灵山大雷音见佛求经的。随身有关文,入朝照验。借大人高衙一歇,事毕就行。"驿丞答礼道:"此衙门原设待使客之处,理当款迓。请进,请进。"三藏喜悦,教徒弟们都来相见。那驿丞看见嘴脸丑陋,暗自心惊,不知是人是鬼,战兢兢的,只得看茶,摆斋。三藏见他惊怕,道:"大人勿惊,我等三个徒弟,相貌虽丑,心地俱良,俗谓'山恶人善',何以惧为!"驿丞闻言,方才定了心性,问道:"国师,唐朝在于何方?"三藏道:"在南赡部洲中华之地。"又问:"几时离家?"三藏道:"贞观十三年,今已历过十四载,苦经了些万水千山,方到此处。"驿丞道:"神僧!神僧!"三藏问道:"上国天年几何?"驿丞道:"我敝处乃大天竺国,自太祖太宗传到今,已五百余年。现在位的爷爷,爱山水花卉,

---

①箫鼓:箫与鼓。泛指乐奏。

②衣冠:衣和冠。古代士以上戴冠,故士阶层以上的服装称衣冠。借指文明礼教。

③听说有马,就知是官差的:古代驿站皆备有马匹,供往来旅客乘坐,称铺马。但使用这种铺马需要政府的凭证,如驿符、勘合、火牌等。官员或其他人士如僧、道等,经政府允许,发给凭证,即可使用铺马,称"给驿"。故此处驿丞听说唐僧骑马,"就知是官差的"。《元史·释老传》载泰定二年,西台御史李昌上言:"西番僧佩金字圆符,络绎道途,驰骑累百,传舍至不能容……用马至八百四十余匹。""国家之制圆符,本为边防警报之虞,僧人何事而辄佩之? 乞更正僧人给驿法。"

号做怡宗皇帝,改元靖宴①,今已二十八年了。"三藏道:"今日贫僧要去见驾倒换关文,不知可得遇朝?"驿丞道:"好!好!正好!近因国王的公主娘娘,年登二十青春,正在十字街头,高结彩楼,抛打绣球,撞天婚招驸马。今日正当热闹之际,想我国王爷爷还未退朝。若欲倒换关文,趁此时好去。"三藏忻然要走,只见摆上斋来,遂与驿丞、行者等吃了。

时已过午,三藏道:"我好去了。"行者道:"我保师父去。"八戒道:"我去。"沙僧道:"二哥罢么,你的嘴脸不见怎的,莫到朝门外妆胖,还教大哥去。"三藏道:"悟净说得好,呆子粗夯,悟空还有些细腻。"那呆子掬着嘴道:"除了师父,我三个的嘴脸也差不多儿。"三藏却穿了袈裟,行者拿了引袋同去②。只见街坊上士农工商、文人墨客、愚夫俗子齐咳咳都道:"看抛绣球去也!"三藏立于道傍,对行者道:"他这里人物衣冠,宫室器用,言语谈吐,也与我大唐一般。我想着我俗家先母也是抛打绣球遇旧姻缘,结了夫妇。此处亦有此等风俗。"行者道:"我们也去看看,如何?"三藏道:"不可,不可,你我服色不便,恐有嫌疑。"行者道:"师父,你忘了那给孤布金寺老僧之言?一则去看彩楼,二则去辨真假。似这般忙忙的,那皇帝必听公主之喜报,那里视朝理事?且去去来。"三藏听说,真与行者相随,见各项人等俱在那里看打绣球。呀!那知此去,却是渔翁抛下钩和线,从今钓出是非来。

话表那个天竺国王,因爱山水花卉,前年带后妃公主在御花园月夜赏玩,惹动一个妖邪,把真公主摄去,他却变做一个假公主。知得唐僧今年、今月、今日、今时到此,他假借国家之富,搭起彩楼,欲招唐僧为偶,采取元阳真气,以成太乙上仙。正当午时三刻,三藏与行者杂入人丛,行近楼下,那公主才拈香焚起,祝告天地。左右有五

---

①改元靖宴:君主改用名为"靖宴"的新年号纪年。这里的太祖太宗、怡宗皇帝、改元靖宴,都是作者按照中国的政治制度虚构出来的。靖,安定。宴,喜乐,欢乐。

②引袋:古代一种挂在腰带上装文件或财物的小袋子,类似今之公文袋。

第九十三回　给孤园问古谈因　天竺国朝王遇偶

七十烟娇绣女,近侍的捧着绣球。那楼八窗玲珑,公主转睛观看,见唐僧来得至近,将绣球取过来,亲手抛在唐僧头上。唐僧着了一惊,把个毗卢帽子打歪,双手忙扶着那球,那球毂辘的滚在他衣袖之内。那楼上齐声发喊道:"打着个和尚了!打着个和尚了!"

噫!十字街头,那些客商人等,济济哄哄,都来奔抢绣球,被行者喝一声,把牙傞一傞①,把腰躬一躬,长了有三丈高的个神威,弄出丑脸,唬得些人跌跌爬爬,不敢相近。霎时人散,行者还现了本像。那楼上绣女宫娥并大小太监,都来对唐僧下拜道:"贵人!贵人!请入朝堂贺喜。"三藏急还礼,扶起众人,回头埋怨行者道:"你这猴头,又是撮弄我也!"行者笑道:"绣球儿打在你头上,滚在你袖里,干我何事?埋怨怎么?"三藏道:"似此怎生区处?"行者道:"师父,你且放心。便入朝见驾,我回驿报与八戒、沙僧等候。若公主不招你便罢,倒换了关文就行;如必欲招你,你对国王说:'召我徒弟来,我要分付他一声。'那时召我三个入朝,我其间自能辨别真假。此是'倚婚降怪之计'。"唐僧无已从言,行者转身回驿。

那长老被众宫娥等撮拥至楼前。公主下楼,玉手相搀,同登宝辇,摆开仪从,回转朝门。早有黄门官先奏道:"万岁,公主娘娘搀着一个和尚,想是绣球打着,现在午门外候旨。"那国王见说,心甚不喜;意欲赶退,又不知公主之意何如,只得含情宣入。公主与唐僧遂至金銮殿下,正是一对夫妻呼万岁,两门邪正拜千秋。礼毕,又宣至殿上,开言问道:"僧人何来,遇朕女抛球得中?"唐僧俯伏奏道:"贫僧乃南赡部洲大唐皇帝差往西天大雷音寺拜佛求经的。因有长路关文,特来朝王倒换。路过十字街彩楼之下,不期公主娘娘抛绣球,打在贫僧头上。贫僧是出家异教之人,怎敢与玉叶金枝为偶!万望赦贫僧死罪,倒换关文,打发早赴灵山,见佛求经,回我国土,永注陛下之天恩也!"国王道:"你乃东土圣僧,正是'千里姻缘使线牵'。寡人公主,今登二十岁未婚,因择今日年月日时俱利,所以结彩楼抛绣

①傞:同"搓"。

球,以求佳偶。可可的你来抛着,朕虽不喜,却不知公主之意如何。"那公主叩道:"父王,常言'嫁鸡逐鸡,嫁犬逐犬'。女有誓愿在先,结了这球,告奏天地神明,撞天婚抛打。今日打着圣僧,即是前世之缘,遂得今生之遇,岂敢更移? 愿招他为驸马。"国王方喜,即宣钦天监正台官选择日期,一壁厢收拾妆奁,又出旨晓谕天下。三藏闻言,更不谢恩,只教:"放赦! 放赦!"国王道:"这和尚甚不通理。朕以一国之富,招你做驸马,为何不在此享用,念念只要取经! 再若推辞,教锦衣官校推出斩了!"长老唬得魂不附体,只得战兢兢叩头启奏道:"感蒙陛下天恩,但贫僧一行四众,还有三个徒弟在外,今当领纳,只是不曾分付得一言。万望召他到此,倒换关文,教他早去,不误了西求之意。"国王遂准奏道:"你徒弟在何处?"三藏道:"都在会同馆驿。"随即差官召圣僧徒弟领关文西去,留圣僧在此为驸马,长老只得起身侍立。有诗为证:

大丹不漏要三全①,苦行难成恨恶缘。
道在圣传修在己,善由人积福由天。
休逞六根之贪欲,顿开一性本来原。
无爱无思自清净,管教解脱得超然。

当时差官至会同馆驿,宣召唐僧徒弟不题。却说行者自彩楼下别了唐僧,走两步,笑两声,喜喜欢欢的回驿。八戒、沙僧迎着道:"哥哥,你怎么那般喜笑? 师父如何不见?"行者道:"师父喜了。"八戒道:"还未到地头,又不曾见佛取得经回,是何来之喜?"行者笑道:"我与师父只走至十字街彩楼之下,可可的被当朝公主抛绣球打中了师父,师父被些宫娥、彩女、太监推拥至楼前,同公主坐辇入朝,招为驸马,此非喜而何?"八戒听说,跌脚捶胸道:"早知我去好来! 都是那沙僧忿懒! 你不阻我阿,我径奔彩楼之下,一绣球打着我老猪,那公主招了我,却不美哉,妙哉! 俊刮标致,停当,大家造化耍子儿,

---

①三全:指全精、全气、全神,精气神充足饱满,是修习内丹的基本功。

何等有趣！"沙僧上前，把他脸上一抹道："不羞！不羞！好个嘴巴姑子①！'三钱银子买个老驴，自夸骑得②！'要是一绣球打着你，就连夜烧退送纸也还道迟了③，敢惹你这晦气进门！"八戒道："你这黑子不知趣。丑自丑，还有些风味。自古道：皮肉粗糙，骨格坚强，各有一得可取。"行者道："呆子莫胡谈！且收拾行李。但恐师父着了急，来叫我们，却好进朝保护他。"八戒道："哥哥又说差了。师父做了驸马，到宫中与皇帝的女儿交欢，又不是爬山蹚路，遇怪逢魔，要你保护他怎的！他那样一把子年纪，岂不知被窝里之事，要你去扶掖？"行者一把揪住耳朵，轮拳骂道："你这个淫心不断的夯货！说那甚胡说！"

正吵闹间，只见驿丞来报道："圣上有旨，差官来请三位神僧。"八戒道："端的请我们为何？"驿丞道："老神僧幸遇公主娘娘打中绣球，招为驸马，故此差官来请。"行者道："差官在那里？教他进来。"那官看行者施礼。礼毕，不敢仰视，只管暗念诵道："是鬼，是怪？是雷公，夜叉？"行者道："那官儿，有话不说，为何沉吟？"那官儿慌得战战兢兢的，双手举着圣旨，口里乱道："我主公有请会亲，我主公会亲有请！"八戒道："我这里没刑具，不打你，你慢慢说，不要怕。"行者道："莫成道怕你打？怕你那脸哩！快收拾挑担牵马进朝，见师父议事去也！"这正是：

路逢狭道难回避，定教恩爱反为仇。

毕竟不知见了国王有何话说，且听下回分解。

---

① 嘴巴姑子：即"嘴巴骨子"。嘴脸。清佚名《第一奇女》六十四回："奸相只得答应一声，强打精神，一步一步上金阶，在驾前拜倒。天子见他这一副嘴巴骨子，早已明白。"

② 三钱银子买个老驴，自夸骑得：比喻自己的东西本来不好，反而要自吹自擂。

③ 烧退送纸：旧俗把作祟的鬼神驱退送走，需要烧纸。《金瓶梅词话》四十八回："刘婆子看了说：'哥儿着了些惊气入肚，又路上撞见五道将军。不打紧，买些纸儿退送退送就好了。'"

第九十四回

四僧宴乐御花园　一怪空怀情欲喜

　　话表孙行者三人，随着宣召官至午门外，黄门官即时传奏宣进。他三个齐齐站定，更不下拜。国王问道："那三位是圣僧驸马之高徒？姓甚名谁？何方居住？因甚事出家？取何经卷？"行者即近前，意欲上殿，旁有护驾的喝道："不要走！有甚话，立下奏来。"行者笑道："我们出家人，得一步就进一步。"随后八戒、沙僧亦俱近前。长老恐他村鲁惊驾，便起身叫道："徒弟呵，陛下问你来因，你即奏上。"行者见他那师父在傍侍立，忍不住大呼一声道："陛下轻人轻己！既招我师为驸马，如何教他侍立？世间称女夫谓之'贵人'①，岂有贵人不坐之理！"国王听说，大惊失色，欲退殿，恐失了观瞻。只得硬着胆，教近侍的取绣墩来，请唐僧坐了。行者才奏道：

　　"老孙祖居东胜神洲傲来国花果山水帘洞。父天母地，石裂吾生。曾拜至人，学成大道。复转仙乡，啸聚在洞天福地。下海降龙，登山擒兽。消死名，上生籍，官拜齐天大圣。玩赏琼楼，喜游宝阁。会天仙，日日歌欢；居圣境，朝朝快乐。只因乱却蟠桃宴，大反天宫，被佛擒伏。困压在五行山下，饥餐铁弹，渴饮铜汁，五百年未尝茶饭。幸我师出东土，拜西方，观音教令脱天灾，离大难，皈正在瑜伽门下。旧讳悟空，称名行者。"

　　国王闻得这般名重，慌得下了龙床，走将来，以御手挽定长老道："驸马，也是朕之天缘，得遇你这仙姻仙眷。"三藏满口谢恩，请国王登位。复问："那位是第二高徒？"八戒掬嘴扬威道：

　　"老猪先世为人，贪欢爱懒。一生混沌，乱性迷心。未识天

---

①贵人：新郎的雅称。《再生缘》第十七回："纷纷执事排街道，荡荡黄罗罩贵人。"

高地厚,难明海阔山遥。正在幽闲之际,忽然遇一真人。半句话,解开业网;两三言,劈破灾门。当时省悟,立地投师,谨修二八之工夫,敬炼三三之前后①。行满飞升,得超天府。荷蒙玉帝厚恩,官赐天蓬元帅,管押河兵,逍遥汉阙。只因蟠桃酒醉,戏弄嫦娥,谪官衔,遭贬临凡;错投胎,托生猪像。住福陵山,造孽无边。遇观音,指明善道。皈依佛教,保护唐僧。径往西天,拜求妙典。法讳悟能,称为八戒。"

国王听言,胆战心惊,不敢观觑。这呆子越弄精神,摇着头,掬着嘴,撑起耳朵呵呵大笑。三藏又怕惊驾,即叱道:"八戒收敛!"方才叉手拱立,假扭斯文。又问:"第三位高徒,因甚皈依?"沙和尚合掌道:

"老僧原系凡夫,因怕轮回访道。云游海角,浪荡天涯。常得衣钵随身,每炼心神在舍。因此虔诚,得逢仙侣。养就孩儿②,配缘姹女。工满三千,合和四相③。超天界,拜玄穹,官授卷帘大将,侍御凤辇龙车,封号将军。也为蟠桃会上,失手打破玻璃盏,贬在流沙河,改头换面,造孽伤生。幸善菩萨远游东土,劝我皈依,等候唐朝佛子,往西天求经果正。从立自新,复修大觉。指河为姓,法讳悟净,称名沙僧。"

国王见说,多惊多喜。喜的是女儿招了活佛,惊的是三个实乃妖神。正在惊喜之间,忽有正台阴阳官奏道:"婚期已选本年本月十三日。壬子辰良,周堂通利④,宜配婚姻。"国王道:"今日是何日辰?"阴

---

① "谨修二八"二句:参见第三十六回"'月色光华'以下数句"条及第一回"三三行"条注。
② 养就孩儿:参见第十九回"'婴儿姹女配阴阳'以下四句"条注。孩儿,即内丹术所谓"婴儿"。
③ 合和四相:参见第七十回"'攒簇五行'四句"条注。
④ 周堂:选择嫁娶或纳婿时间的一种方法。以夫、厨、妇、灶、弟、翁、堂、姑等字逆时针排列一圈,称为"周堂图",在此图上按照一定的规则数日。例如预定本月初五日为嫁娶日,则以"夫"字为初一日,开始顺数,数至初五日,遇"弟"字,则吉。上文壬子日,为婚书所谓嫁娶吉日。

阳官奏:"今日初八,乃戊申之日,猿猴献果①,正宜进贤纳事。"国王大喜,即着当驾官打扫御花园馆阁楼亭,且请驸马同三位高徒安歇,待后安排合卺佳筵,着公主匹配。众等钦遵,国王退朝,多官皆散不题。

却说三藏师徒们都到御花园,天色渐晚,摆了素膳。八戒喜道:"这一日也该吃饭了。"管办人即将素米饭、面饭等物,整担挑来。那八戒吃了又添,添了又吃,只吃得撑肠拄腹,方才住手。少顷,又点上灯,设铺盖,各自归寝。长老见左右无人,却恨责行者,怒声叫道:"悟空!你这猢狲,番番害我!我说只去倒换关文,莫向彩楼前去,你怎么直要引我去看看?如今看得好么!却惹出这般事来,怎生是好?"行者陪笑道:"师父说,'先母也是抛打绣球,遇旧缘,成其夫妇'。似有慕古之意,老孙才引你去。又想着那个给孤布金寺长老之言,就此检视真假。适见那皇帝之面,略有些晦暗之色,但只未见公主何如耳。"

长老道:"你见公主便怎的?"行者道:"老孙的火眼金睛,但见面,就认得真假善恶,富贵贫穷,却好施为,辨明邪正。"沙僧与八戒笑道:"哥哥近日又学得会相面了。"行者道:"相面之士,当我孙子罢了。"三藏喝道:"且休调嘴!只是他如今定要招我,果何以处之?"行者道:"且到十二日会喜之时,必定那公主出来参拜父母,等老孙在傍观看。若还是个真女人,你就做了驸马,享用国内之荣华也罢。"三藏闻言,越生嗔怒,骂道:"好猢狲!你还害我哩!却是悟能说的,我们十节儿已上了九节七八分了,你还把热舌头铎我②?快早夹着,切莫开那臭口!再若无礼,我就念起咒来,教你了当不得③!"行者听说念咒,慌得跪在面前道:"莫念莫念!若是真女人,待拜堂时,我们

---

① 猿猴献果:六壬占卜术语,为吉卦。清汪寄《希夷梦海国春秋》第六回载,闾丘仲卿夜间见一青衣怪人,"疑非善类,掐指课来得'猿猴献果'",想道:'课既无咎,应有神益。'"今传失物预测法,即用掐指的方法(以指节对应不同的时辰),卜得"猿猴献果",为吉利。

② 热舌头铎我:闲言碎语议论人。铎,此处意为戳、刺。

③ 了当不得:承受不起。

一齐大闹皇宫,领你去也。"师徒说话,不觉早已入更。正是:

沉沉宫漏,荫荫花香。绣户垂珠箔①,闲庭绝火光。秋千索冷空留影,羌笛声残静四方。绕屋有花笼月灿,隔空无树显星芒。杜鹃啼歇,蝴蝶梦长。银汉横天宇,白云归故乡。正是离人情切处,风摇嫩柳更凄凉。

八戒道:"师父,夜深了,有事明早再议,且睡!且睡!"师徒们果然安歇一宵。夜景已题,早又金鸡唱晓。五更三点,国王即登殿设朝,但见:

宫殿开轩紫气高,风吹御乐透青霄。
云移豹尾旌旗动②,日射螭头玉佩摇③。
香雾细添宫柳绿,露珠微润苑花娇。
山呼舞蹈千官列,海晏河清一统朝。

众文武百官朝罢,又宣:"光禄寺安排十二日会喜佳筵。今日且整春疊,请驸马在御花园中款玩。"吩咐仪制司领三位贤亲去会同馆少坐④,着光禄寺安排三席素宴去彼奉陪。两处俱着教坊司奏乐,伏侍赏春景消迟日也⑤。八戒闻言,应声道:"陛下,我师徒自相会,更无一刻相离。今日既在御花园饮宴,带我们去耍两日,好教师父替你家做驸马。不然,这个买卖生意弄不成。"那国王见他丑陋,说话粗俗,又见他扭头捏颈,掬嘴巴,摇耳朵,即像有些风气⑥,犹恐搅破亲事,只得依从,便教:"在永镇华夷阁里安排二席,我与驸马同坐。留春亭上安排三席,请三位别坐。恐他师徒们坐次不便。"那呆子才

---

① 箔:帘子。
② 豹尾:古代旗帜常以豹尾(或绘豹纹)为装饰。
③ 螭头:古代礼器、碑额、庭柱、殿阶及印章等上面的螭龙头像。螭,一种无角的龙。
④ 仪制司:明代官署名,属于礼部管辖,主管典礼祭祀等事务。
⑤ 迟日:《诗经·豳风·七月》:"春日迟迟。"意思是春天的白昼渐渐长。后以"迟日"指春日。
⑥ 风气:同"疯气"。

朝上唱个喏,叫声多谢,各各而退。又传旨教内宫官排宴,着三宫六院后妃与公主上头①,就为添妆馂子②,以待十二日佳配。

将有巳时前后,那国王排驾,请唐僧都到御花园内观看。好去处:

径铺彩石,槛凿雕栏。径铺彩石,径边石畔长奇葩;槛凿雕栏,槛外栏中生异卉。夭桃迷翡翠,嫩柳闪黄鹂。步觉幽香来袖满,行沾清味上衣多。凤台龙沼,竹阁松轩。凤台之上吹箫,引凤来仪③;龙沼之间养鱼,化龙而去。竹阁有诗,费尽推敲裁白雪;松轩文集,考成珠玉注青编④。假山拳石翠,曲水碧波深。牡丹亭,蔷薇架,叠锦铺绒;茉藜槛,海棠畦,堆霞砌玉。芍药异香,蜀葵奇艳。白梨红杏斗芳菲,紫蕙金萱争烂熳。丽春花、木笔花、杜鹃花,夭夭灼灼;含笑花、凤仙花、玉簪花,战战巍巍。一处处红透胭脂润,一丛丛芳浓锦绣围。更喜东风回暖日,满园娇媚逞光辉。

一行君王几位,观之良久。早有仪制司官邀请行者三人入留春亭,国王携唐僧上华夷阁,各自饮宴。那歌舞吹弹,铺张陈设,真是:

峥嵘阊阖曙光生⑤,凤阁龙楼瑞霭横。

春色细铺花草绣,天光遥射锦袍明。

笙歌缭绕如仙宴,杯斝飞传玉液清。

君悦臣欢同玩赏,华夷永镇世康宁。

---

①上头:指为女子束发插笄,预备成亲。

②馂(nuǎn)子:女嫁后三日,母家或亲戚馈送食品或办酒祝贺。

③凤来仪:语出《尚书·益稷》:"凤皇(凰)来仪。"意为凤凰来舞而有容仪,古人认为这是一种瑞应。

④"竹阁有诗"四句:意为:在竹阁松轩里,费尽推敲的心机,写成阳春白雪般的诗句;著成珠玉般的文字,并整理成书。白雪,即"阳春白雪",喻指高雅的诗词。考成,制成,完成。青编,用青丝联缀成的竹简书。泛指古代史册。《类说》卷二引晋习凿齿《襄阳耆旧传·楚王冢》记齐建元中,有盗墓者掘楚王墓,"获玉镜、玉展,又得古书青丝简编"。

⑤阊阖:传说中的天门,代指京都的官门或城门。《楚辞·离骚》:"吾令帝阍开关兮,倚阊阖而望予。"汉王逸注:"阊阖,天门也。"

此时长老见那国王敬重，无计可奈，只得勉强随喜，诚是外喜而内忧也。坐间见壁上挂着四面金屏，屏上画着春夏秋冬四景，皆有题咏，皆是翰林名士之诗。《春景诗》曰：

　　　　周天一气转洪钧①，大地熙熙万象新。
　　　　桃李争妍花烂熳，燕来画栋叠香尘。

《夏景诗》曰：

　　　　薰风拂拂思迟迟，官院榴葵映日辉。
　　　　笛玉音调惊午梦，芰荷香散到庭帏②。

《秋景诗》曰：

　　　　金井梧桐一叶黄，珠帘不卷夜来霜。
　　　　燕知社日辞巢去，雁折芦花过别乡。

《冬景诗》曰：

　　　　天雨飞云暗淡寒，朔风吹雪积千山。
　　　　深宫自有红炉暖，报道梅开玉满栏。

　　那国王见唐僧恣意看诗，便道："驸马喜玩诗中之味，必定善于吟哦。如不吝珠玉，请依韵各和一首如何？"长老是个对景忘情，明心见性之意。见国王钦重，命和前韵，他不觉忽谈一句道："日暖冰消大地钧③。"国王大喜，即召侍卫官："取文房四宝，请驸马和完录下，俟朕缓缓味之。"长老忻然不辞，举笔而和。和《春景诗》曰：

　　　　日暖冰消大地钧，御园花卉又更新。
　　　　和风膏雨民沾泽，海晏河清绝俗尘。

和《夏景诗》曰：

　　　　斗指南方白昼迟，槐云榴火斗光辉。
　　　　黄莺紫燕啼宫柳，巧转双声入绛帏。

---

①洪钧：指天。钧是制作陶器用的转轮，洪钧即大钧。古人认为上天生育万物，就像陶器的转轮那样制作器皿。

②芰荷：指菱叶与荷叶。

③钧：这里是均衡、均匀的意思。《诗经·大雅·生民》："四镞既钧。"指四支箭配重均匀。

和《秋景诗》曰：

　　香飘橘绿与橙黄，松柏青青喜降霜。
　　篱菊半开攒锦绣，笙歌韵彻水云乡①。

和《冬景诗》曰：

　　瑞雪初晴气味寒，奇峰巧石玉团山。
　　炉烧兽炭煨酥酪，袖手高歌倚翠栏。

国王见和大喜，称唱道："好个'袖手高歌倚翠栏'！"遂命教坊司以新诗奏乐，尽日而散。行者三人在留春亭亦尽受用，各饮了几杯，也都有些酣意。正欲去寻长老，只见长老已同国王一阁。八戒呆性发作，应声叫道："好快活！好自在！今日也受用这一日了！却该趁饱儿睡觉去也！"沙僧笑道："二哥忒没修养。这气饱饫②，如何睡觉？"八戒道："你那里知道，俗语云'吃了饭儿不挺尸，肚里没板脂哩'③。"

唐僧与国王相别，只谨言，只谨言。既至亭内，嗔责他三人道："汝等越发村了！这是甚么去处，只管大呼小叫！倘或恼着国王，却不被他伤害性命？"八戒道："没事！没事！我们与他亲家礼，道的④他便不好生怪。常言道：'打不断的亲，骂不断的邻。'大家耍子，怕他怎的？"长老叱道，教："拿过呆子来，打他二十禅杖！"行者果一把揪翻，长老举杖就打，呆子喊叫道："驸马爷爷，饶罪！饶罪！"傍有陪宴官劝住，呆子爬将起来，突突囔囔的道："好贵人，好驸马！亲还未成，就行起王法来了！"行者侮着他嘴道："莫胡说！莫胡说！快早睡去。"他们又在留春亭住了一宿。到明早，依旧宴乐。

不觉乐了三四日，正值十二日佳辰。有光禄寺三部各官回奏道："臣等自八日奉旨，驸马府已修完，专等妆奁铺设。合卺宴亦已完备，荤素共五百余席。"国王心喜，正欲请驸马赴席，忽有内宫官对

---

①笙歌：和着笙唱歌，泛指奏乐唱歌。
②这气饱饫(yù)：这一阵了肚子吃饱。
③吃了饭儿不挺尸，肚里没板脂：意思是吃了饭要赶紧躺下睡觉，肚子里才能积累起油脂来。这是古代人们普遍营养不良时流传的谚语。
④道的：料想，以为。

御前启奏道:"万岁,正宫娘娘有请。"国王遂退入内宫,只见那三宫皇后,六院嫔妃,引领着公主,都在昭阳宫谈笑。真个是花团锦簇,那一片富丽妖娆,真胜似天堂月殿,不亚于仙府瑶宫。有《喜会佳姻》新词四首为证。

《喜词》云:

喜!喜!喜!忻然乐矣!结婚姻,恩爱美。巧样宫妆,嫦娥怎比。龙钗与凤钗,艳艳飞金缕。樱唇皓齿朱颜,袅娜如花轻体。锦重重,五彩丛中;香拂佛,千金队里。

《会词》云:

会!会!会!妖娆娇媚。赛毛嫱①,欺楚妹②。倾国倾城,比花比玉。妆饰更鲜妍,钗环多艳丽。兰心蕙性清高,粉脸冰肌荣贵。黛眉一线远山微③,窈窕嫣共攒锦队。

《佳词》云:

佳!佳!佳!玉女仙娃。深可爱,实堪夸。异香馥郁,脂粉交加。天台福地远,怎似国王家。笑语纷然娇态,笙歌缭绕喧哗。花堆锦砌千般美,看遍人间怎若他。

《姻词》云:

姻!姻!姻!兰麝香喷。仙子阵,美人群。嫔妃换彩,公主妆新。云鬓堆鸦壁④,霓裳压凤裙。一派仙音嘹亮,两行朱紫缤纷。当年曾结乘鸾信⑤,今朝幸喜会嘉姻。

---

① 毛嫱:古代美女名。据说是越王的宠妃。《庄子·齐物论》:"毛嫱、丽姬,人之所美也。"
② 楚妹:指巫山神女,相传是赤帝的女儿,名瑶姬,据说曾和楚襄王幽会。参见第六十回"暮雨朝云"条注。
③ 远山:《西京杂记》卷二称卓文君貌美,"眉色如望远山,脸际常若芙蓉"。后用"远山"形容女子秀丽的眉毛。
④ 鸦壁:此指鬓两侧的黑发。鸦,色黑。壁,面。
⑤ 乘鸾:汉刘向《列仙传·萧史》载,春秋时秦国有萧史,善于吹箫,秦穆公的女儿弄玉喜欢他,并嫁给了他,萧史教弄玉学吹箫模拟凤鸣,引来了凤凰,夫妇乘凤凰升天而去。

却说国王驾到，那后妃引着公主，并彩女、宫娥都来迎接。国王喜孜孜，进了昭阳宫坐下。后妃等朝拜毕，国王道："公主贤女，自初八日结彩抛球，幸遇圣僧，想是心愿已足。各衙门官又能体朕心，各项事俱已完备。今日正是佳期，可早赴合卺之宴，不要错过时辰。"那公主走近前，倒身下拜，奏道："父王，乞赦小女万千之罪。有一言启奏：这几日闻得宫官传说，唐圣僧有三个徒弟，他生得十分丑恶，小女不敢见他，恐见时必生恐惧。万望父王将他发放出城方好，不然惊伤弱体，反为祸害也。"国王道："孩儿不说，朕几乎忘了，果然生得有些丑恶，连日教他在御花园里留春亭管待。趁今日就上殿，打发他关文，教他出城，却好会宴。"公主叩头谢了恩，国王即出驾上殿，传旨："请驸马共他三位。"

原来那唐僧捏指头儿算日子，熬至十二日，天未明，就与他三人计较道："今日却是十二了，这事如何区处？"行者道："那国王我已识得他有些晦气，还未沾身，不为大害；但只不得公主见面，若得出来，老孙一觑，就知真假，方才动作。你只管放心。他如今一定来请，打发我等出城，你自应承莫怕。我闪闪身儿就来，紧紧随护你也。"师徒们正讲，果见当驾官同仪制司来请。行者笑道："去来，去来，必定是与我们送行，好留师父会合。"八戒道："送行必定有千百两黄金白银，我们也好买些人事回去。到我那丈人家，也再会亲耍子儿去耶。"沙僧道："二哥箝着口，休乱说，只凭大哥主张。"

遂此将行李、马匹，俱随那些官到于丹墀下。国王见了，教请行者三位近前道："汝等将关文拿上来，朕当用宝花押交付汝等，外多备盘缠，送你三位早去灵山见佛，若取经回来，还有重谢。留驸马在此，勿得悬念。"行者称谢，遂教沙僧取出关文递上。国王看了，即用了印，押了花字，又取黄金十锭，白金二十锭，聊达亲礼。八戒原来财色心重，即去接了。行者朝上唱个喏道："聒噪！聒噪！"便转身要走，慌得个三藏一毂辘爬起，扯住行者，咬响牙根道："你们都不顾我就去了！"行者把手捏着三藏手掌，丢个眼色道："你在这里宽怀欢会，我等取了经，回来看你。"那长老似信不信的，不肯放手。多官都看见,以为实是相别而去。早见国王又请驸马上殿,着多官送三位出城,长老只得放了手上殿。

行者三人同众出了朝门,各自相别。八戒道:"我们当真的走哩?"行者不言语,只管走。至驿中,驿丞接入,看茶,摆饭。行者对八戒、沙僧道:"你两个只在此,切莫出头。但驿丞问甚么事情,且含糊答应,莫与我说话,我保师父去也。"

好大圣,拔一根毫毛,吹口仙气,叫:"变!"即变作本身模样,与八戒沙僧同在驿内,真身却幌的跳在半空,变作一个蜜蜂儿,其实小巧。但见:

> 翅黄口甜尾利,随风飘舞颠狂。
>
> 最能摘蕊与偷香,度柳穿花摇荡。
>
> 辛苦几番淘染①,飞来飞去空忙。
>
> 酿成浓美自何尝,只好留存名状②。

你看他轻轻的飞入朝中。远见那唐僧在国王左边绣墩上坐着,愁眉不展,心存焦燥。竟飞至他毗卢帽上,悄悄的爬及耳边,叫道:"师父,我来了,切莫忧虑。"这句话,只有唐僧听见,那伙凡人莫想知觉。唐僧始觉心宽。不一时,宫官来请道:"万岁,合卺嘉筵已排设在鸳鸯宫中,娘娘与公主俱在宫伺候,专请万岁同贵人会亲也。"国王喜之不尽,道:"同驸马进宫而去。"正是那:

> 邪主爱花花作祸,禅心动念念生愁。

毕竟不知唐僧在内宫怎生解脱,且听下回分解。

---

①淘染:淘汰去除杂质,此指蜜蜂酿蜜。染,指蜜蜂将花粉沾于身上。
②只好留存名状:谓蜜蜂并不曾吃到自己酿的蜜,只将空名留传于世。名状,名称与形状。

第九十五回

假合形骸擒玉兔　真阴归正会灵元

却说那唐僧忧忧愁愁,随着国王至后宫,只听得鼓乐喧天,随闻得异香扑鼻,低着头,不敢仰视。行者暗里忻然,丁在那毗卢帽顶上,运神光,睁火眼金睛观看,又只见那两班彩女,摆列的似蕊宫仙府,胜强似锦帐春风。真个是:

娉婷袅娜,玉质冰肌。一双双娇欺楚女,一对对美赛西施。云鬓高盘飞彩凤,娥眉微显远山低。笙簧杂奏,箫鼓频吹。宫商角徵羽①,抑扬高下齐。清歌妙舞常堪爱,锦砌花团色色怡。

行者见师父全不动念,暗自里咂嘴夸称道:"好和尚!好和尚!身居锦绣心无爱,足步琼瑶意不迷。"少时,皇后嫔妃簇拥着公主出鸂鶒宫,一齐迎接,都道声:"我王万岁,万万岁!"慌的个长老战战兢兢,莫知所措。行者早已知识,见那公主头直上微露出一点妖氛,却也不十分凶恶,即忙爬近耳朵叫道:"师父,公主是个假的。"长老道:"是假的,却如何教他现相。"行者道:"使出法身,就此拿他耶。"长老道:"不可!不可!恐惊了主驾。且待君后退散,再使法力。"

那行者一生性急,那里容得,大咤一声,现了本相,赶上前,揪住公主骂道:"好孽畜!你在这里弄假成真,只在此这等受用也尽勾了。心尚不足,还要骗我师父,破他的真阳,遂你的淫性哩!"唬得那国王呆呆挣挣,后妃跌跌爬爬,宫娥彩女,无一个不东躲西藏,各顾性命。好便似:

春风荡荡,秋气潇潇。春风荡荡过园林,千花摆动;秋气潇潇来径苑,万叶飘摇。刮折牡丹敧槛下,吹歪芍药卧栏边。沼岸芙蓉乱

---

①宫商角徵羽:古代音乐的五个声调。

撼,台基菊蕊铺堆。海棠无力倒尘埃,玫瑰有香眠野境。春风吹折芰荷樗①,冬雪压歪梅嫩蕊。石榴花瓣,乱落在内院东西;岸柳枝条,斜睡在皇宫南北。好花风雨一宵狂,无数残红铺地锦。

三藏一发慌了手脚,战兢兢抱住国王,只叫:"陛下,莫怕!莫怕!此是我顽徒使法力,辨真假也。"

却说那妖精见事不谐,挣脱了手,解剥了衣裳;摔摔头,摇落了首饰,跑到御花园土地庙里,取出一条碓嘴样的短棍②,急转身来乱打行者。行者随即跟来,使铁棒劈手相迎。他两个吃吃喝喝,就在花园斗起,后却大显神通,各驾云雾,杀在空中。这一场:

金箍铁棒有名声,碓嘴短棍无人识。
一个因取真经到此方,一个为爱奇花来住迹。
那怪久知唐圣僧,要求配合元精液。
旧年摄去真公主,变作人身钦爱惜。
今逢大圣认妖氛,救援活命分虚的③。
短棍行凶着顶丢,铁棒施威迎面击。
喧喧嚷嚷两相持,云雾满天遮白日。

他两个杀在半空赌斗,吓得那满城中百姓心慌,大朝里多官胆怕。长老扶着国王,只叫:"休惊,请劝娘娘与众等莫怕。你公主是个假作真形的,等我徒弟拿住他,方知好歹也。"那些妃子,有胆大些把那衣服、钗环拿与皇后看了道:"这是公主穿的,戴的,今都丢下,精着身子,与那和尚在天上争打,必定是个妖邪。"此时王与后妃人等才正了性,望空仰视不题。

却说那妖精与大圣斗经半日,不知胜败。行者把棒丢起,叫一声:"变!"就以一变十,以十变百,以百变千,半天里,好似蛇游蟒搅,乱打妖邪。妖邪慌了手脚,将身一闪,化道清风,即奔碧空之上逃

---

① 樗:用当同"梃(tǐng)",植物的茎。
② 碓(duì)嘴:舂米的杵。末梢略尖如鸟嘴,故名。
③ 虚的(dǐ):虚假和真实。的,的实,真实。

走。行者念声咒语,将铁棒收做一根,纵祥光一直赶来。将近西天门,望见那旌旗闪灼,行者厉声高叫道:"把天门的,挡住妖精,不要放他走了!"真个那天门上有护国天王帅领着庞、刘、苟、毕四大元帅,各展兵器拦阻。妖邪不能前进,急回头,舍死忘生,使短棍又与行者相持。

　　这大圣用心力轮铁棒,仔细迎着看时,见那短棍儿一头奘①,一头细,却似春碓臼的杵头模样,叱咤一声喝道:"孽畜!你拿的是甚么器械,敢与老孙抵敌!快早降伏,免得这一棒打碎你的天灵!"那妖邪咬着牙道:"你也不知我这兵器!听我道:

　　　仙根是段羊脂玉,磨琢成形不计年。
　　　混沌开时吾已得,洪濛判处我当先。
　　　源流非比凡间物,本性生来在上天。
　　　一体金光和四相,五行瑞气合三元②。
　　　随吾久住蟾宫内,伴我常居桂殿边。
　　　因为爱花垂世境,故来天竺假婵娟③。
　　　与君共乐无他意,欲配唐僧了宿缘。
　　　你怎欺心破佳偶,死相赶战逞凶顽。
　　　这般器械名头大,在你金箍棒子前。
　　　唤做广寒捣药杵,打人一下命归泉!"

　　行者闻说,呵呵冷笑道:"好孽畜阿!你既住在蟾宫之内,就不知老孙的手段?你还敢在此支吾?快早现相降伏,饶你性命!"那怪道:"我认得你是五百年前大闹天宫的弼马温,理当让你。但只是破人亲事,如杀父母之仇,故此情理不甘,要打你欺天罔上的弼马温!"那大圣恼得是"弼马温"三字,他听得此言,心中大怒,举铁棒劈面就

---

①奘(zhuǎng):粗而大。
②三元:道教称天、地、水为"三元"。《云笈七签》卷五六:"夫混沌分后,有天地水三元之气,生成人伦,长养万物。"
③婵娟:姿态美好的样子,这里指美人。

打。那妖邪轮杵来迎，就于西天门前，发狠相持。这一场：

> 金箍棒，捣药杵，两般仙器真堪比。
> 那个为结婚姻降世间，这个因保唐僧到这里。
> 原是国王没正经，爱花引得妖邪喜。
> 致使如今恨苦争，两家都把顽心起。
> 一冲一撞赌输赢，劓语劓言齐斗嘴。
> 药杵英雄世罕稀，铁棒神威还更美。
> 金光湛湛幌天门，彩雾辉辉连地里。
> 来往战经十数回，妖邪力弱难搪抵。

那妖精与行者又斗了十数回，见行者的棒势紧密，料难取胜，虚了一杵，将身幌一幌，金光万道，径奔正南上败走。大圣随后追袭，忽至一座大山，妖精按金光，钻入山洞，寂然不见。又恐他遁身回国，暗害唐僧，他认了这山的规模，返云头径转国内。

此时有申时矣。那国王正扯着三藏，战战兢兢只叫："圣僧救我！"那些嫔妃皇后也正怆惶，只见大圣自云端里落将下来，叫道："师父，我来也！"三藏道："悟空立住，不可惊了圣躬。我问你：假公主之事端的如何？"行者立于鹁鸽宫外，叉手当胸道："假公主是个妖邪。初时与他打了半日，他战不过我，化道清风，径往天门上跑，是我吆喝天神挡住。他现了相，又与我斗到十数合，又将身化作金光，败回正南上一座山上。我急追至山，无处寻觅，怕他来此害你，特地回顾也。"国王听说，扯着唐僧问道："既然假公主是个妖邪，我真公主在于何处？"行者应声道："待我拿住假公主，你那真公主自然来也。"那后妃等闻得此言，都解了恐惧，一个个上前拜告道："望圣僧救得我真公主来，分了明暗，必当重谢，"行者道："此间不是我们说话处，请陛下与我师出宫上殿，娘娘等各转各宫，召我师弟八戒、沙僧来朝护佑，老孙却好去降妖。一则分了内外，二则免我悬心，谨当辨明，以表我一场心力。"国王依言，感谢不已，遂与唐僧携手出宫，径至殿上。众后妃各各回宫。一壁厢教备素膳，一壁厢请八戒、沙僧。须臾间，二人早至。行者备言前事，教他两个用心护持。这大圣纵筋斗云,飞空而去,那殿前多官,一个个望空礼拜不题。

孙大圣径至正南方那座山上寻找。原来那妖邪败了阵,到此山,钻入窝中,将门儿使石块挡塞,虚怯怯藏隐不出。行者寻一会不见动静,心甚焦恼,捻着诀,念动真言,唤出那山中土地、山神审问。少时,二神至了,叩头道:"不知!不知,知当远接。万望恕罪!"行者道:"我且不打你,我问你:这山叫做甚么名字?此处有多少妖精?从实说来,饶你罪过。"二神告道:"大圣,此山唤做毛颖山①,山中只有三处兔穴②。亘古至今,没甚妖精,乃五环之福地也③。大圣要寻妖精,还是西天路上去有。"行者道:"老孙到了西天天竺国,那国王有个公主被个妖精摄去,抛在荒野。他就变做公主模样,戏哄国王,结彩楼,抛绣球,欲招驸马。我保唐僧至其楼下,被他有心打着唐僧,欲为配偶,诱取元阳。是我识破,就于宫中现身捉获。他就脱了人衣、首饰,使一条短棍,唤名捣药杵,与我斗了半日,他就化清风而去。被老孙赶至西天门,又斗有十数合,他料不能胜,复化金光,逃至此处,如何不见?"

二神听说,即引行者去那三窟中寻找,始于山脚下窟边看处,亦有几个草兔儿,也惊得走了。寻至绝顶上窟中看时,只见两块大石头,将窟门挡住。土地道:"此间必是妖邪赶急钻进去也。"行者即使铁棒,捎开石块,那妖邪果藏在里面,呼的一声,就跳将出来,举药杵

---

① 毛颖:毛笔的别称,唐韩愈作《毛颖传》,以笔拟人,而得此称。古代的毛笔多用兔毛制作,故毛颖山暗示是兔子住的山。唐李白《草书歌行》:"墨池飞出北溟鱼,笔锋杀尽中山兔。"

② 三处兔穴:语出《战国策·齐策四》冯谖为孟尝君作退身避祸之计:"狡兔有三窟,仅得免其死耳;今君有一窟,未得高枕而卧也;请为君复凿二窟。"后以"狡兔三窟"喻藏身处多,便于避祸。

③ 五环:不详。语似出于《战国策·齐策三》,淳于髡借猛犬韩子卢追逐狡兔东郭逡,比喻齐魏相争会两败俱伤:"韩子卢者,天下之疾犬也。东郭逡者,海内之狡兔也。韩子卢逐东郭逡,环山者三,腾山者五(一作腾山者五,环山者三),兔极于前,犬废于后,犬兔俱罢(pí,同"疲"),各死其处。"

来打。行者轮起铁棒架住,唬得那山神倒退,土地忙奔。那妖邪口里囔囔突突的,骂着山神、土地道:"谁教你引着他往这里来找寻!"他支支撑撑的,抵着铁棒,且战且退,奔至空中。

正在危急之际,却又天色晚了。这行者愈发狠性,下切手,恨不得一棒打杀,忽听得九霄碧汉之间有人叫道:"行者,莫动手,莫动手!棍下留情!"行者回头看时,原来是太阴星君,后带些姮娥仙子①,降彩云到于当面。慌得行者收了铁棒,躬身施礼道:"老太阴,那里来的?老孙失回避了。"太阴道:"与你对敌的这个妖邪,是我广寒宫捣玄霜仙药之玉兔也②。私自偷开玉关金锁,走出宫来,经今一载。我算他目下有伤命之灾,特来救他性命,望大圣看老身饶他罢。"行者喏喏连声,只道:"不敢,不敢,怪道他会使捣药杵,原来是个玉兔儿。老太阴不知,他摄藏了天竺国王之公主,却又假合真形,欲破我圣僧师父之元阳。其情其罪,其实何甘!怎么便可轻恕饶他?"太阴道:"你亦不知。那国王之公主,也不是凡人,原是蟾宫中之素娥③。十八年前,他曾把玉兔儿打了一掌,却就思凡下界。一灵之光,遂投胎于国王正宫皇后之腹,当时得以降生。这玉兔儿怀那一掌之仇,故于旧年走出广寒,抛素娥于荒野。但只是不该欲配唐僧,此罪真不可逭。幸汝留心,识破真假,却也未曾伤损你师。万望看我面上,恕他之罪,我收他去也。"行者笑道:"既有这些因果,老孙也不敢抗违。但只是你收了玉兔儿,恐那国王不信,敢烦太阴君同

---

① 姮娥:嫦娥在汉以前之名。《淮南子·览冥训》:"羿请不死之药于西王母,姮娥窃以奔月。"汉代因为要避汉文帝刘恒的讳,故改为嫦娥。

② 玄霜:神话中的一种仙药。《初学记》卷二引《汉武帝内传》:"仙家上药有玄霜、绛雪。"唐裴铏《传奇·裴航》:"一饮琼浆百感生,玄霜捣尽见云英。"(云英:仙女名。裴航过蓝桥驿,以玉杵臼为聘礼,娶云英为妻。后夫妇俱入玉峰成仙)

③ 素娥:月官中之仙女。旧题唐柳宗元《龙城录·明皇梦游广寒宫》载唐明皇游月宫:"见有素娥十余人,皆皓衣,乘白鸾,往来舞笑于广陵大桂树之下。"

众仙妹将玉兔儿拿到那厢,对国王明证明证。一则显老孙之手段,二来说那素娥下降之因由,然后着那国王取素娥公主之身,以见显报之意也。"太阴君信其言,用手指定妖邪,喝道:"那孽畜还不归正同来!"玉兔儿打个滚,现了原身。真个是:

　　缺唇尖齿,长耳稀须。团身一块毛如玉,展足千山蹄若飞。直鼻垂酥,果赛霜华填粉腻;双睛红映,犹欺雪上点烟脂。伏在地,白穰穰一堆素练;伸开腰,白铎铎一架银丝。几番家吸残清露瑶天晓,捣药长生玉杵奇①。

那大圣见了,不胜忻喜,踏云光,向前引导。那太阴君领着众姮娥仙子,带着玉兔儿,径转天竺国界。此时正黄昏,看看月上,到城边,得闻谯楼上擂鼓。那国王与唐僧尚在殿内,八戒、沙僧与多官都在阶前。方议退朝,只见正南上一片彩霞,光明如昼。众抬头看处,又闻得孙大圣厉声高叫道:"天竺陛下请出,你那皇后嫔妃看者。这宝幢下乃月宫太阴星君,两边的仙妹乃月里嫦娥。这个玉兔儿却是你家的假公主,今现真相也。"那国王急召皇后、嫔妃与宫娥、彩女等众,朝天礼拜。他和唐僧及多官亦俱望空拜谢。满城中各家各户,也无一人不设香案,叩头念佛。正此观看处,猪八戒动了欲心,忍不住,跳走空中,把霓裳仙子抱住道:"姐姐,我与你是旧相识,我和你耍子儿去也。"行者上前,揪着八戒,打了两掌骂道:"你这个村泼呆子!此是甚么去处,敢动淫心!"八戒道:"拉闲散闷耍子而已②。"那太阴君令转仙幢,与众嫦娥收回玉兔,径上月宫而去。

行者把八戒揪落尘埃。这国王在殿上谢了行者,又问前因道:"多感神僧大法力捉了假公主,朕之真公主,却在何处所也?"行者道:"你那真公主也不是凡胎,就是月宫里素娥仙子。因十八年前,他将玉兔儿打了一掌,就思凡下界,投胎在你正宫腹内,生下身来。

---

①"几番吸残清露"二句:出自元白朴《水调歌头·咏月》:"银蟾吸清露,白兔捣玄霜。"

②拉闲:聊天,闲扯。

那玉兔儿怀恨前仇,所以于旧年间偷开玉关金锁走下来,把素娥摄抛荒野,他却变形哄你。这段因果,是太阴君亲口才与我说的。今日既去其假者,明日请御驾去寻其真者。"国王闻说,又心意惭惶,止不住腮边流泪道:"孩儿!我自幼登基,虽城门也不曾出去,却教我那里去寻你也!"行者笑道:"不须烦恼,你公主现在给孤布金寺里妆风。今且各散,到天明我还你个真公主便是。"众官又拜伏奏道:"我王且心宽。这几位神僧,乃腾云驾雾之神佛,必知未来过去之因由。明日即烦神僧四众。"至留春亭摆斋安歇。此时已近二更,正是那:

> 铜壶滴漏月华明,金铎叮当风送声。
>
> 杜宇正啼春去半,落花无路近三更。
>
> 御园寂寞秋千影,碧落空浮银汉横。
>
> 三市六街无客走,一天星斗夜光晴。

当夜各寝不题。这一夜,国王退了妖气,陡长精神,至五更三点复出临朝。朝毕,命请唐僧四众议寻公主。长老随至,朝上行礼。大圣三人一同打个问讯。国王欠身道:"昨所云公主孩儿,敢烦神僧为一寻救。"长老道:"贫僧前日自东来,行至天晚,见一座给孤布金寺,特进求宿,幸那寺僧相待。当晚斋罢,步月闲行,行至布金旧园,观看基址,忽闻悲声入耳。询问其由,本寺一老僧,年已百岁之外,他屏退左右,细细的对我说了一遍,道:悲声者,乃旧年春深时,我正明性月,忽然一阵风生,见西子毬掷在地①,就有悲怨之声。下榻到园基上看处,乃是一个女子。询问其故,女子道:'我是天竺国国王公主。因为夜间玩月观花,被风刮至于此。'那老僧多知人礼,即将公主锁在一间僻静房中。惟恐本寺顽僧污染,只说:'是妖精被我锁住。'公主识得此意,日间胡言乱语,讨些茶饭吃了;夜深无人处,思量父母悲啼。那老僧也曾来国打听几番,见公主在宫无恙,所以不敢声言举奏。因见我徒弟有些神通,那老僧千叮万祝,教贫僧到此

---

① "见西子毬"掷在地:以下数句疑有脱误,据李评本补至"询问其故"。闽斋堂本"西子毬"作"女子"。

查访。不期他原是蟾宫玉兔为妖,假合真形,变作公主模样。他却又有心要破我元阳。幸亏我徒弟施威显法,认出真假,今已被太阴星收去。贤公主见在布金寺妆风也。"国王见说此详细,放声大哭。早惊动三宫六院,都来问及前因。无一人不痛哭者。良久,国王又问:"布金寺离城多远?"三藏道:"只有六十里路。"国王遂传旨:"着东西二宫守殿,掌朝太师卫国。朕同正宫皇后帅多官、四神僧,去寺取公主也。"

当时摆驾,一行出朝。你看那行者就跳在空中,把腰一扭,先到了寺里。众僧慌忙跪接道:"老爷去时,与众步行,今日何从天上下来?"行者笑道:"你那老师在于何处?快叫他出来,排设香案接驾。天竺国王、皇后、多官与老师父都来了。"众僧不解其意,即请出那老僧。老僧见了行者,倒身下拜道:"老爷,公主之事如何?"行者把那假公主抛绣球欲配唐僧,并赶捉赌斗,与太阴星收去玉兔之言,备陈了一遍。那老僧又磕头拜谢。行者搀起道:"且莫拜,且莫拜。快安排接驾。"众僧才知后房里锁得是个女子。一个个惊惊喜喜,便都设了香案,摆列山门之外,穿了袈裟,撞起钟鼓等候。不多时,圣驾早到。果然是:

缤纷瑞霭满天香,一座荒山倏被祥。
虹流千载清河海①,电绕长春赛禹汤②。
草木沾恩添秀色,野花得润有馀芳。
古来长者留遗迹,今喜明君降宝堂。

国王到于山门之外,只见那众僧齐齐整整,俯伏接拜,又见孙行者立此中间,国王道:"神僧何先到此?"行者笑道:"老孙把腰略扭一扭儿,就到了,你们怎么就走这半日?"随后唐僧等俱到。长老引驾,到于后边房边,那公主还妆风胡说。老僧跪指道:"此房内就是旧年

---

① 虹流:与下文的"电绕"均为帝王降生的瑞应。《宋书·符瑞志》载上古帝王少昊氏母名女节,"见星如虹,下流华渚,既而梦接,意感生少昊"。
② 电绕:《史记》张守节正义载,黄帝母名附宝,"见大电绕北斗枢星,感而怀孕,二十四月而生黄帝"。

风吹来的公主娘娘。"国王即令开门。随即打开铁锁,开了门。国王与皇后见了公主,认得形容,不顾秽污,近前一把搂抱道:"我的受苦的儿呵!你怎么遭这等蛰磨,在此受罪!"真是父母子女相逢,比他人不同,三人抱头大哭。哭了一会,叙毕离情,即令取香汤,教公主沐浴更衣,上辇回国。

行者又对国王拱手道:"老孙还有一事奉上。"国王答礼道:"神僧有事分付,朕即从之。"行者道:"他这山名为百脚山。近来说有蜈蚣成精,黑夜伤人,往来行旅甚为不便。我思蜈蚣惟鸡可以降伏,可选绝大雄鸡千只,撒放山中,除此虫毒。就将此山名改换改换,赐文一道敕封,就当谢此僧存养公主之恩也。"国王甚喜,领诺,随差官进城取鸡;又改山名为宝华山,仍着工部办料重修,赐与封号,唤做"敕建宝华山给孤布金寺"。把那老僧封为"报国僧官",永远世袭,赐俸三十六石①。僧众谢了恩,送驾回宫。公主入宫,各各相见。安排筵宴,与公主释闷贺喜。后妃母子,复聚首团圆,国王君臣亦共喜,饮宴一宵不题。

次早,国王传旨,召丹青图下圣僧四众喜容,供养在华夷楼上。又请公主新妆重整出殿,谢唐僧四众救苦之恩。谢毕,唐僧辞王西去。那国王那里肯放,大设佳宴,一连吃了五六日,着实好了呆子,尽力放开肚量受用。国王见他们拜佛心重,苦留不住,遂取金银二百锭,宝贝各一盘奉谢,师徒们一毫不受。教摆銮驾,请老师父登辇,差官远送,那后妃并臣民人等俱各叩谢不尽。及至前途,又见众僧叩送,尽俱不忍相别。行者见送者不肯回去,无已,捻诀往巽地上吹口仙气,一阵暗风把送的人都迷了眼目,方才得脱身而去。这正是:

　　沐净恩波归了性,出离金海悟真空。

毕竟不知前路如何,且听下回分解。

---

① 三十六石:明代地方僧官制度,府设僧纲司,州设僧正司,县设僧会司。明初僧官依宋制,不给俸禄(据《明太祖实录》卷一百四十四)。后比照相应级别官员给俸。此处赐俸三十六石,为明代未入流(如县中之教谕、训导)品级的俸禄。

第九十六回

寇员外喜待高僧　唐长老不贪富惠

　　色色原无色,空空亦非空。
　　静喧语默本来同①,梦里何劳说梦。
　　有用用中无用②,无功功里施功③。
　　还如果熟自然红,莫问如何修种。

　话表唐僧师众使法力阻住那布金寺僧。僧见黑风过处,不见他师徒,以为活佛临凡,磕头而回不题。他师徒们西行,正是春尽夏初时节:

　　清和天气爽,池沼芰荷生。
　　梅逐雨馀熟,麦随风里成。
　　草香花落处,莺老柳枝轻。
　　江燕携雏习④,山鸡哺子鸣。

---

① 静喧语默:安静与喧哗,言语或沉默。《周易·系辞》:"君子之道,或出或处,或默或语。"本词袭自宋张伯端《悟真性宗直指》,原词前两句作"法法法元无法,空空空亦非空"。
② 有用用中无用:语出《庄子·人间世》:"桂可食,故伐之;漆可用,故割之。人皆知有用之用,而莫知无用之用也。"
③ 无功功里施功:宋张伯端《悟真篇》:"内有天然真火,炉中赫赫长红。外炉增减要勤功,妙绝无功真种。"清朱元育注:"在工夫须当增之又增,在本体则当减之又减。即增即减,直到无可增减处,自然元精化元炁,元炁化元神,元神还太虚,而无功真种出矣。盖有增有减尚属功夫边事,直到无增无减才是无功之功,无上至真妙道。"
④ 习:这里是"习"字的原义,指幼鸟反复地练习飞翔。《礼记·月令》:"季夏之月……鹰乃学习。"即小鹰反复地学飞。

斗南当日永①，万物显光明。

说不尽那朝餐暮宿，转涧寻波。在那平安路上，行经半月。前边又见一城垣相近。三藏问道："徒弟，此又是甚么去处！"行者道："不知，不知。"八戒笑道："这路是你行过的，怎说不知！却是又有些儿蹊跷，故意推不认得，捉弄我们哩。"行者道："这呆子全不察理。这路虽是走过几遍，那时只在九霄空里，驾云而来，驾云而去，何曾落在此地？事不关心，查他做甚？此所以不知。却有甚蹊跷，又捉弄你也？"说话间，不觉已至边前，三藏下马，过吊桥，径入门里。长街上，只见廊下坐着两个老儿叙话。三藏叫："徒弟，你们在那街心里站住，低着头，不要放恣，等我去那廊下，问个地方。"行者等果依言立住。长老近前合掌，叫声："老施主，贫僧问讯了。"那二老正在那里闲讲闲论，说甚么兴衰得失，谁圣谁贤，当时的英雄事业而今安在，诚可谓大叹息。忽听得道声问讯，随答礼道："长老有何话说？"三藏道："贫僧乃远方来拜佛祖的，适到宝方，不知是甚地名。那里有向善的人家，化斋一顿？"老者道："我敝处是铜台府。府后有一县，叫做地灵县。长老若要吃斋，不须募化，过此牌坊，南北街，坐西向东者，有一个虎坐门楼②，乃是寇员外家。他门前有个'万僧不阻'之牌。似你这远方僧，尽着受用。去，去，去，莫打断我们的话头。"三藏谢了。转身对行者道："此处乃铜台府地灵县。那二老道，过此牌房，南北街，向东虎坐门楼，有个寇员外家，他门前有个'万僧不阻'之牌。教我到他家去吃斋哩。"沙僧道："西方乃佛家之地，真个有斋僧的。此间既是府县，不必照验关文，我们去化些斋吃了，就好走路。"长老与三人缓步长街，又惹得那市口里人，都惊惊恐恐，猜猜疑疑，围绕争看他每相貌。长老分付破口，只教："莫放肆！莫放肆！"三人果低着头，不敢仰视。转过拐角，果见一条南北大街。正

---

① 斗南当日永：指夏季。夏季初昏，北斗斗柄指向南方，故称斗南，日永，白昼最长的时候。
② 虎坐门楼：中间高、两边低的门楼。

行时，见一个虎坐门楼，门里边影壁上挂着一面大牌，书着"万僧不阻"四字。三藏道："西方佛地，贤者、愚者，俱无诈伪。那二老说时，我犹不信，至此果如其言。"八戒村野，就要进去。行者道："呆子且住。待有人出来，问及何如，方好进去。"沙僧道："大哥说得有理。恐一时不分内外，惹施主烦恼。"在门口歇下马匹、行李。

须臾间，有个苍头出来，提着一把秤，一个篮儿，猛然看见，慌的丢了，倒跑进去报道："主公！外面有四个异样僧家来也！"那员外挂着拐，正在天井中闲走，口里不住的念佛，一闻报到，就丢了拐出来迎接。见他四众，也不怕丑恶，只叫："请进，请进。"三藏谦谦逊逊，一同都入。转过一条巷子，员外引路，至一座房里，说道："此上手房宇，乃管待老爷每的佛堂、经堂、斋堂。下手的，是我弟子老小居住。"三藏称赞不已，随取袈裟穿了拜佛，举步登堂观看，但见那：

香云叆叇，烛焰光辉。满堂中锦簇花攒，四下里金铺彩绚。朱红架高挂紫金钟，彩漆檠对设花腔鼓①。几对幡绣成八宝，千尊佛尽饯黄金。古铜炉，古铜瓶，雕漆桌，雕漆盒。古铜炉内，常常不断沉檀；古铜瓶中，每有莲花现彩。雕漆桌上五云鲜，雕漆盒中香瓣积。玻璃盏，净水澄清；瑠璃灯，香油明亮。一声金磬，响韵虚徐。真个是红尘不到赛珍楼，家奉佛堂欺上刹。

长老净了手，拈了香，叩头拜毕，却转回与员外行礼。员外搀住，请到经堂中相见。又见那：

方台竖柜，玉匣金函。方台竖柜，堆积着无数经文；玉匣金函，收贮着许多简札。彩漆桌上，有纸墨笔砚，都是些精精制制的文房；椒粉屏前，有书画琴棋，尽是些妙妙玄玄的真趣。放一口轻玉浮金之仙磬②，挂一柄披风披月之龙髯。清气令人神气爽，斋心自觉道心闲。

---

① 花腔鼓：也称花腔令鼓、花桱鼓，鼓框上绘有花纹的鼓。
② 轻玉浮金：语出旧题汉郭宪《洞冥记》，汉武帝建招仙阁，"其上悬浮金轻玉之磬，浮金者，色如金，自浮于水上。轻玉者，其质贞明而轻"。

长老到此，正欲行礼，那员外又搀住道："请宽佛衣。"三藏脱了袈裟，才与长老见了。又请行者三人见了，又叫把马喂了，行李安在廊下，方问起居。三藏道："贫僧是东土大唐钦差，诣宝方谒灵山见佛祖求真经者。闻知尊府敬僧，故此拜见，求一斋就行。"员外面生喜色，笑吟吟的道："弟子贱名寇洪，字大宽，虚度六十四岁。自四十岁上，许斋万僧，才做圆满。今已斋了二十四年，有一簿斋僧的帐目。连日无事，把斋过的僧名算一算，已斋过九千九百九十六员。止少四众，不得圆满。今日可可的天降老师四位，完足万僧之数，请留尊讳。好歹宽住月余，待做了圆满，弟子着轿马送老师上山。此间到灵山只有八百里路，苦不远也。"三藏闻言，十分欢喜，都就权且应承不题。

他那几个大小家僮，往宅里搬柴打水，取米面蔬菜，整治斋供，忽惊动员外妈妈问道："是那里来的僧，这等上紧？"僮仆道："才有四位高僧，爹爹问他起居，他说是东土大唐皇帝差来的，往灵山拜佛爷爷。到我们这里，不知有多少路程。爹爹说是天降的，分付我们，快整斋供养他也。"那老妪听说也喜，叫丫环："取衣服来我穿，我也去看看。"僮仆道："奶奶，只一位看得，那三位看不得，形容丑得狠哩。老妪道："汝等不知。但形容丑陋，古怪清奇，必是天人下界。快先去报你爹爹知道。"那仆僮跑至经堂对员外道："奶奶来了，要拜见东土老爷哩。"三藏听见，即起身下座。说不了，老妪已至堂前。举目见唐僧相貌轩昂，丰姿英伟，转面见行者三人模样非凡，虽知他是天人下降，却也有几分悚惧，朝上跪拜。三藏急急还礼道："有劳菩萨错敬。"老妪问员外说道："四位师父，怎不并坐？"八戒掬着嘴道："我三个是徒弟。"噫！他这一声，就如深山虎啸。那妈妈一发害怕。

正说处，又见一个家僮来报道："两个叔叔也来了。三藏急转身看时，原来是两个少年秀才。那秀才走上经堂，对长老倒身下拜，慌得三藏急便还礼。员外上前扯住道："这是我两个小儿，唤名寇梁、寇栋，在书房里读书方回，来吃午饭。知老师下降，故来拜也。"三藏喜道："贤哉！贤哉！正是'欲高门第须为善,要好儿孙在读书'。"二秀才启上父亲道："这老爷是那里来的？"员外笑道："来路远哩,南赡部洲东土大唐皇帝钦差到灵山拜佛祖爷爷取经的。"秀才道："我看《事林广记》上①,盖天下只有四大部洲。我每这里叫做西牛贺洲。还有个东胜神洲。想南赡部洲至此,不知走了多少年代？"三藏笑道："贫僧在路耽阁的日子多,行的日子少。常遭毒魔狠怪,万苦千辛。甚亏我三个徒弟保护,共计一十四遍寒暑,方得至宝方。"秀才闻言,称奖不尽道："真是神僧！真是神僧！"说未毕,又有个小的来请道："斋筵已摆,请老爷进斋。"员外着妈妈与儿子转宅,他却陪四众进斋堂吃斋。那里铺设的齐整,但见:

金漆桌案,黑漆交椅。前面是五色高果,俱巧匠新妆成的时样。第二行五盘小菜,第三行五碟水果,第四行五大盘闲食,般般甜美,件件馨香。素汤米饭,蒸卷馒头,辣辣爨爨热腾腾,尽皆可口,真足充肠。七八个僮仆往来奔奉,四五个庖丁不住手。

你看那上汤的上汤,添饭的添饭。一往一来,真如流星赶月。这猪八戒一口一碗,就是风卷残云。师徒们尽受用了一顿。长老起身,对员外谢了斋,就欲走路。那员外拦住道："老师,放心住几日儿。常言道：'起头容易结梢难。'只等我做过了圆满,方敢送程。"三藏见他心诚意恳,没奈何住了。

早经过五七遍朝夕,那员外才请了本处应佛僧二十四员,办做圆满道场。众僧们写作有三四日,选定良辰,开启佛事。他那里与大唐的世情一般,却倒也:

大扬幡铺设金容,齐秉烛烧香供养。擂鼓敲铙,吹笙捻管。云

---

①《事林广记》：一部民间日用的百科全书,南宋末年陈元靓编著,涉及天文、地理、社会、文学、游艺等很多方面,在民间流传很广。

锣儿横笛音清①,也都是尺工字样②。打一回,吹一盪③,朗言齐语开经藏。先安土地④,次请神将⑤。发了文书⑥,拜了佛像。谈一部《孔雀经》,句句消灾障;点一架药师灯⑦,焰焰辉光亮。拜水忏⑧,解冤愆;讽《华严》,除诽谤⑨。三乘妙法甚精勤,一二沙门皆一样。

　　如此做了三昼夜道场已毕,唐僧想着雷音,一心要去,又相辞

----

① 云锣:打击乐器。一名云璈。通常用十面小铜锣编悬在一个有方格的木架上,持小木槌击奏。各锣大小相同而厚薄不一,故发出的声音不同。也有用十三面、十五面、二十四面小铜锣者。

② 尺(chě)工:即"工尺",我国民族音乐音阶上各个音的总称,也是乐谱上各个记音符号的总称。符号各个时代不同,通用的有上、尺、工、凡、六、五、乙,大致相当于简谱的 do、re、mi、fa、sol、la、si。

③ 盪:量词,同"趟"。

④ 安土地:指诵安土地真言"南无三满哆。母驮喃。唵。度噜度噜。地尾莎诃",佛教认为,凡有建立道场、诵经坐禅讲解之处,可诵此咒,奉请坚牢地神禀报上天,常来拥护。

⑤ 请神将:指诵奉请佛教护法神将的祝文,如《药师经》所谓十二药叉大将宫毗罗大将、伐折罗大将、迷企罗大将等。佛教认为,在举行仪轨时,需要请这些神将来护卫道场。

⑥ 发了文书:指佛教法事时读诵焚化斋文、疏等。斋文,又称祭文,为斋供冥众、吊祭亡者或驱除邪魅所作之文。疏,为法会时于佛前表白发愿意趣之文。《禅苑清规》卷六:"法事唱礼,维那宣疏。"焚化此疏文,谓之"化疏"。

⑦ 药师灯:据《药师经》,礼拜供养药师琉璃光如来,可读《药师经》四十九遍,造七尊药师像,燃四十九盏灯,每像前各置七灯,每灯大如车轮,至四十九日光明不绝,即可免遭祸患,不受恶鬼侵扰。民间所用,多为七层轮式灯架。

⑧ 水忏:据《神僧传》,唐悟达禅师膝上生人面疮,依神僧之告而修忏悔,以三昧之水洗之,疮乃愈。因著《慈悲水忏法》三卷,简称《水忏》,使众生至诚忏罪,以消释宿世冤业。

⑨ 诽谤:即诽谤正法,指不信佛法,毁斥疑惑,或轻贱憎怨读诵佛法者,佛教认为其罪业最重。《药师经》谓"自是非他,嫌谤正法,为魔伴党,如是愚人,自行邪见……应于地狱、傍生、鬼趣流转无穷。若得闻此药师琉璃光如来名号,便合恶行,修诸善法,不堕恶趣"。

谢。员外道:"老师辞别甚急,想是连日佛事冗忙,多致简慢,有见怪之意。"三藏道:"深扰尊府,不知何以为报,怎敢言怪?但只当时圣君送我出廓①,问几时可回,我就误答三年可回,不期在路耽阁,今已十四年矣。取经未知有无,及回又得十二三年,岂不违背圣旨?罪何可当!望老员外让贫僧前去,待取得经回,再造府久住些时,有何不可?"八戒忍不住,高叫道:"师父忒也不从人愿,不近人情!老员外大家巨富,许下这等斋僧之愿,今已圆满,又况留得至诚,须住年把,也不妨事。只管要去怎的?放了这等现成好斋不吃,却往人家化募!前头有你甚老爷、老娘家哩?"长老咄的喝了一声道:"你这夯货,只知要吃,更不管回向之因②,正是那'槽里吃食,胃里擦痒'的畜生③!汝等既要贪瞋痴④,明日等我自家去罢。"行者见师父变了脸,即揪住八戒,着头打一顿拳,骂道:"呆子不知好歹,惹得师父连我们都怪了!"沙僧笑道:"打得好!打得好!只这等不说话,还惹人嫌,且又插嘴!"那呆子气呼呼的,立在傍边,再不敢言。员外见他师徒们生恼,只得满面陪笑道:"老师莫焦燥,今日且少宽容,待明日我办些旗鼓,请几个邻里亲戚,送你们起程。"

正讲处,那老妪又出来道:"老师父,既蒙到舍,不必苦辞。今到几日了?"三藏道:"已半月矣。"老妪道:"这半月算我员外的功德。老身也有些针线钱儿,也愿斋老师父半月。"说不了,寇栋兄弟又出来道:"四位老爷,家父斋僧二十余年,更不曾遇着好人,今幸圆满,四位下降,诚然是蓬荜生辉。学生年幼,不知因果,常闻得有云:'公

---

① 廓:当是"廓"之误,"廓"又混同"郭",外城。
② 回向:指将自己所做的各种功德贡献出来,使之在某一特定对象上发生作用,如将念佛功德回向给众生,回向给亲人等。
③ 胃(juàn):同"圈"。养牲畜的地方。
④ 贪瞋痴:佛教认为贪(贪婪)、瞋(瞋怒)、痴(迷痴)是造成烦恼的主要根源,称为"三毒"。这里所谓"贪瞋痴",语义不通,当是作者不明佛法或者是较为随便的说法。

修公得,婆修婆得,不修不得。'我家父、家母各欲献芹者,正是各求得些因果①,何必苦辞? 就是愚兄弟,也省得有些束脩钱儿②,也只望供养老爷半月,方才送行。"三藏道:"令堂老菩萨盛情,已不敢领,怎么又承贤昆玉爱厚? 决不敢领。今朝定要起身。万勿见罪。不然,久违钦限,罪不容诛矣。"那老妪与二子见他执一不住,便生起恼来道:"好意留他,他这等固执要去。要去便就去了罢,只管劳叨甚么?"母子遂抽身进去。八戒忍不住口,又对唐僧道:"师父,不要拿过了班儿③。常言道:'留得在,落得怪。'我们且住一个月儿,了了他母子的愿心也罢了,只管忙怎的?"唐僧又咄了一声喝道。那呆子就自家把嘴打了两下道:"啐! 啐! 啐!"说道:"莫多话,又做声了。"行者与沙僧忔忔的笑在一边。唐僧又怪行者道:"你笑甚么?"即捻诀要念《紧箍儿咒》,慌得个行者跪下道:"师父,我不曾笑,我不曾笑! 千万莫念,莫念!"

　　员外又见他师徒们渐生烦恼,再也不敢苦留,只叫:"老师不必吵闹,准于明早送行。"遂此出了经堂,吩咐书办④,写了百十个简帖儿,邀请邻里亲戚,明早奉送唐朝老师西行。一壁厢又叫庖人安排饯行的筵宴;一壁厢又叫管办的做二十对彩旗,觅一班吹鼓手乐人,南来寺里请一班和尚,东岳观里请一班道士,限明日巳时各项俱要齐整。众执事的俱领命去讫。不多时天又晚了,吃了晚斋,各归寝处。正是那:

---

① 各求得些因果:佛教认为,各人造作善因或恶因,各人自受其果,即使是至亲骨肉,也不能转移代替。《地藏经·地狱名号品》:"是故众生,莫轻小恶,以为无罪。死后有报,纤毫受之。父子至亲,歧路各别,纵然相逢,无肯代受。"

② 束脩:原指十条干肉,是古代入学敬师的礼物。《论语·述而》:"子曰:'自行束脩以上,吾未尝无诲焉。'"此指学生付给塾师的酬金。束,这里是量词,十件物品为束。脩,干肉,肉脯。

③ 拿过了班儿:摆架子过了头。

④ 书办:管办文书的属吏。这里指掌管文书翰墨的人。

几点归鸦过别村,楼头钟鼓远相闻。
六街三市人烟静,万户千门灯火昏。
月皎风清花弄影,银河惨淡映星辰。
子规啼处更深矣,天籁无声大地钧。

当时三四更天气,各管事的家僮,尽皆早起,买办各项物件。你看那办筵席的,厨上慌忙;置彩旗的,堂前吵闹;请僧道的,两脚奔波;叫鼓乐的,一身急纵;送简帖的,东走西跑;备轿马的,上呼下应。这半夜直嚷至天明,将巳时前后,各项俱完,也只是有钱不过。

却表唐僧师徒们早起,又有那一班人供奉。长老分付收拾行李,扣备马匹。呆子听说要走,又努嘴胖唇①,唧唧哝哝,只得将衣钵收拾,找启高肩担子。沙僧刷刨马匹,套起鞍辔伺候。行者将九环杖递在师父手里,他将通关文牒的引袋儿挂在胸前,只是一齐要走。员外又都请至后面大敞厅内,那里面又铺设了筵宴,比斋堂中相待的更是不同。但见那:

帘幕高挂,屏围四绕。正中间挂一轴寿山福海之图,两壁厢列四幅春夏秋冬之景。龙文鼎内香飘霭,鹊尾炉中瑞气生②。看盘簇彩,宝妆花色色鲜明③;排桌堆金,狮仙糖齐齐摆列。阶前鼓舞按宫商,堂上果肴铺锦绣。素汤素饭甚清奇,香酒香茶多美艳。虽然是百姓之家,却不亚王侯之宅。只听得一片欢声,真个也惊天动地。

---

①努嘴胖唇:鼓嘴凸唇,形容不高兴。
②鹊尾炉:明周嘉胄《香乘》卷二十六引《法苑珠林》:"香炉有柄可执者曰鹊尾炉。"
③宝妆花:也作"宝装花",用于装饰宴席的假花束。古代制作假花通常用通脱木(又称通草,茎中白瓤可切薄片,染色后可制花朵),称通草花,又名妆花。明方以智《通雅》卷四十一:"俗所谓妆花之通草,乃通脱木也。"《大清会典则例》卷一百五十四:"进士每席宝装花一座,绢花三朵。"又:"头绢花每朵一分,宝装花每座八分,果套每个八分,碗每个三分,南红纸每张二分二厘。"也用于供神,明沈榜《宛署杂记》祀河间王,用到"宝妆花三十朵、插花六十枝"。

长老正与员外作礼,只见家僮来报:"客俱到了。"却是那请来的左邻右舍、妻弟姨兄、姐夫妹丈;又有那些同道的斋公,念佛的善友,一齐都向长老礼拜。拜毕各各叙坐,只见堂下面鼓瑟吹笙,堂上边弦歌酒宴。这一席盛宴,八戒留心对沙僧道:"兄弟,放怀放量吃些儿。离了寇家,再没这好丰盛的东西了。"沙僧笑道:"二哥说那里话!常言道:'珍羞百味,一饱便休。只有私房路,那有私房肚?'"八戒道:"你忒也不济!不济!我这一顿尽饱吃了,就是三日也急忙不饿。"行者听见道:"呆子,莫胀破了肚子,如今要走路哩。"

说不了,日将中矣。长老在上举箸,念揭斋经。八戒慌了,拿过添饭来,一口一碗,又丢勾有五六碗,把那馒头、卷儿、饼子、烧果,没好没歹的,满满笼了两袖,才跟师父起身。长老谢了员外,又谢了众人,一同出门。你看那门外摆着彩旗宝盖,鼓手乐人。又见那两班僧道方来,员外笑道:"列位来迟,老师去急,不及奉斋,俟回来谢罢。"众等让叙道路,抬轿的抬轿,骑马的骑马,步行的步行,都让长老四众前行。只闻得鼓乐喧天,旗幡蔽目,人烟凑集,车马骈填①,都来看寇员外迎送唐僧。这一场富贵,真赛过珠围翠绕,诚不亚锦帐藏春。那一班僧,打一套佛曲;那一班道,吹一道玄音,俱送出府城之外。行至十里长亭,又设有箪食壶浆,擎杯把盏,相饮而别。那员外犹不忍舍,噙着泪道:"老师取经回来,是必到舍再住几日,以了我寇洪之心。"三藏感之不尽,谢之无已道:"我若到灵山,得见佛祖,首表员外之大德。回时定踵门叩谢,叩谢!"说说话儿,不觉的又有二三里路,长老恳切拜辞,那员外又放声大哭而转。这正是:

有愿斋僧归妙觉,无缘得见佛如来。

且不说寇员外送至十里长亭,同众回家。却说他师徒四众,行有四五十里之地,天色将晚。长老道:"天晚了,何方借宿?"八戒挑着担,努着嘴道:"放了现成茶饭不吃,清凉瓦屋不住,却要走甚么路,像抢丧撞魂的。如今天晚,倘下起雨来,却如之何!"三藏骂道:

---

① 骈填:即"骈阗"。聚会,连属。形容多。

"泼孽畜，又来报怨了！常言道，长安虽好，不是久恋之家。待我们有缘拜了佛祖，取得真经，那时回转大唐，奏过主公，将那御厨里饭，凭你吃上几年，胀死你这孽畜，教你做个饱鬼！"那呆子吓吓的暗笑，不敢复言。

行者举目遥观，只见大路傍有几间房宇，急请师父道："那里安歇，那里安歇。"长老至前，见是一座倒塌的牌坊，坊上有一旧扁，扁上有落颜色积尘的四个大字，乃"华光行院"。长老下了马道："华光菩萨是火焰五光佛的徒弟①，因剿除毒火鬼王，降了职，化做五显灵官。此间必有庙祝。"遂一齐进去。但见廊房俱倒，墙壁皆倾，更不见人之踪迹，只是些杂草丛荠②。欲抽身而出，不期天上黑云盖顶，大雨淋漓。没奈何，却在那破房之下，拣遮得风雨处将身躲避。密密寂寂，不敢高声，恐有妖邪知觉。坐的坐，站的站，苦捱了一夜未睡。咦！真个是：

泰极还生否，乐处又逢悲。

毕竟不知天晓向前去还是如何，且听下回分解。

---

① 华光菩萨：即华光天王，又称五显灵官、马元帅等，宋代以后，华光的故事流传较为广泛，据《南游记》，独火大王（又称独火鬼，即本文中的毒火鬼王）为灵山后洞中鬼王，将灵鹫山借给如来居住一年。如来耍赖，涂改借契，一直住到一千年。独火大王要找如来理论，被如来弟子妙吉祥（系佛前油灯所化）烧死。如来贬妙吉祥投胎，为马耳大王之子。后投火炎王光佛（即本文中的火焰五光佛）为师，大闹三界，终被封为五显灵官大帝。华光行院，即所谓"五显庙"，崇祀五显灵官华光大帝。

② 荠(jì)：一种野菜。

第九十七回

金酬外护遭魔毒　圣显幽魂救本原

且不言唐僧等在华光破屋中,苦奈夜雨存身。却说铜台府地灵县城内有伙凶徒,因宿娼、饮酒、赌博,花费了家私,无计过活,遂伙了十数人做贼,算道本城那家是第一个财主,那家是第二个财主,去打劫些金银用度。内有一人道:"也不用缉访,也不须算计,只有今日送那唐朝和尚的寇员外家,十分富厚。我们乘此夜雨,街上人也不防备,火甲等也不巡逻,就此下手,劫他些资本,我们再去嫖赌儿耍子,岂不美哉!"众贼欢喜,齐了心,都带了短刀蒺藜、拐子闷棍、麻绳火把,冒雨前来,打开寇家大门,呐喊杀入。慌得他家里若大若小,是男是女,俱躲个干净。妈妈儿躲在床底,老头儿闪在门后;寇梁、寇栋与着亲的几个儿女,都战战兢兢的四散逃走顾命。那伙贼拿着刀,点着火,将他家箱笼打开,把些金银宝贝,首饰衣裳,器皿家火,尽情搜劫。那员外割舍不得,拚了命,走出门来,对众强人哀道:"列位大王,勾你用的便罢,还留几件衣物与我老汉送终。"那众强人那容分说,赶上前,把寇员外撩阴一脚,踢翻在地,可怜三魂渺渺归阴府,七魄悠悠别世人。众贼得了手,走出寇家,顺城脚做了软梯,漫城墙一一系出,冒着雨连夜奔西而去。那寇家僮仆见贼退了,方才出头。及看时,老员外已死在地下。放声哭道:"天呀!主人公已打死了!"众皆伏尸而哭,悲悲啼啼。

将四更时,那妈妈想恨唐僧等不受他的斋供,因为花扑扑的送他①,惹出这场灾祸,便生妒害之心,欲陷他四众。扶着寇梁道:"儿阿,不须哭了。你老子今日也斋僧,明日也斋僧,岂知今日做圆满,斋着那一伙送命的僧也!"他兄弟道:"母亲,怎么是送命的僧?"妈妈

---

①花扑扑:形容隆重铺张,繁华热闹。

道:"贼势凶勇,杀进房来,我就躲在床下,战兢兢的留心向灯火处看得明白。你说是谁?点火的是唐僧,持刀的是猪八戒,搬金银的是沙和尚,打死你老子的是孙行者。"二子听言,认了真实道:"母亲既然看得明白,必定是了。他四人在我家住了半月,将我家门户墙垣、窗棂巷道,俱看熟了。财动人心,所以乘此雨夜复到我家,既劫去财物,又害了父亲,此情何毒!待天明到府里递失状坐名告他①。"寇栋道:"失状如何写?"寇梁道:"就依母亲之言。写道:

唐僧点着火,八戒叫杀人。
沙和尚劫出金银去,孙行者打死我父亲。"

一家子吵吵闹闹,不觉天晓。一壁厢传请亲人,置办棺木;一壁厢寇梁兄弟赴府投词。原来这铜台府刺史正堂大人:

平生正直,素性贤良。少年向雪案攻书,早岁在金銮对策。常怀忠义之心,每切仁慈之念。名扬青史播千年,龚黄再见②;声振黄堂传万古③,卓鲁重生④。

当时坐了堂,发放了一应事务,即令抬出放告牌⑤。这寇兄弟抱牌而入,跪倒高叫道:"爷爷,小的们是告强盗得财杀伤人命重情事!"刺史接上状去,看了这般这的,如此如彼,即问道:"昨日有人传说,你家斋僧圆满,斋得四众高僧,乃东土唐朝的罗汉,花扑扑的满

---

① 失状:指告发偷盗、抢劫案件的状纸及财物清单。明余自强《治谱》卷七"盗后立案":"凡一村之内,有一家被盗,保正人等,星夜报官。失主即补失状,保正补呈……将入门出门形状、劫去赃物,一一开写明。"

② 龚黄:汉代的龚遂和黄霸,历史上著名的有作为的地方官。

③ 黄堂:太守、刺史办事的公堂。宋范成大《吴郡志·官宇》:"黄堂,春申君子假君之殿也。后太守居之,以数失火,涂以雌黄,遂名黄堂,即今太守正厅是也。今天下郡治皆名黄堂。"

④ 卓鲁:汉代的卓茂和鲁恭,因做官忠于职守,推行教化而闻名。后以龚黄、卓鲁为贤吏的代称。

⑤ 放告牌:官衙用于接受民众告状的牌子。牌置于衙门外,告状者抱牌而进,方可受理。明余自强《治谱》卷二"置放告牌":"凡告衙门人首衙门弊者,抱此牌进,余仿此。"

街鼓乐送行,怎么却有这般事情?"寇梁等磕头道:"爷爷,小的父亲寇洪,斋僧二十四年,因这四僧远来,恰足万僧之数。因此做了圆满,留他住了半月。他就将路道、门窗都看熟了。当日送出,当晚复回,乘黑夜风雨,遂明火执杖,杀进房来,劫去金银财宝,衣服首饰,又将父打死在地。望爷爷与小民做主!"刺史闻言,即点起马步快手并民壮人役,共有百五十人,各执锋利器械,出西门一直来赶唐僧四众。

却说他师徒们,在那华光行院破屋下捱至天晓,方才出门,上路奔西。可可的那些强盗当夜打劫了寇家,系出城外,也向西方大路上。行经天晓,走过华光院西去,有二十里远近,藏于山凹中,分拨金银等物。分还未了,忽见唐僧四众顺路而来,众贼心犹不歇,指定唐僧道:"那不是昨日送行的和尚来了!"众贼笑道:"来得好!来得好!我们也是干这般没天理的买卖。这些和尚缘路来,又在寇家许久,不知身边有多少东西。我们索性去截住他,夺了盘缠,抢了白马凑分,却不是遂心满意之事?"众贼遂持兵器,呐一声喊,跑上大路,一字儿摆开,叫道:"和尚,不要走!快留下买路钱,饶你性命。牙迸半个'不'字,一刀一个,决不留存!"吓得个唐僧在马上乱战,沙僧与八戒心慌,对行者道:"怎的了?怎的了?苦奈得半夜雨天,又早遇强徒断路,诚所谓祸不单行也。"行者笑道:"师父莫怕,兄弟勿忧。等老孙去问他一问。"

好大圣,束一束虎皮裙子,抖一抖锦布直裰,走近前,叉手当胸道:"列位是做甚么的?"贼徒喝道:"这厮不知死活,敢来问我!你额颅下没眼,不认得我是大王爷爷?快将买路钱来,放你过去!"行者闻言,满面陪笑道:"你原来是剪径的强盗。"贼徒发狠叫:"杀了!"行者假假的惊恐道:"大王!大王!我是乡村中的和尚,不会说话,冲撞莫怪,莫怪!若要买路钱,不要问那三个,只消问我。我是个管帐的。凡有经钱、衬钱,那里化缘的、布施的,都在包袱中,尽是我管出入。那个骑马的,虽是我的师父,他却只会念经,不管闲事,财色双忘,一毫没有。那个黑脸的,是我半路上收的个后生,只会养马。那个长嘴的,是我雇的长工,只会挑担。你把三个放过去,我将盘缠、衣钵,尽情送你。"众贼听说:"这个和尚倒是个老实头儿。既如此,饶了你命,教那三个丢下行李,放他过去。"行者回头使个眼色,沙僧就丢了行李担子,与师父牵着马,同八戒往西径走。行者低头打开包袱,就地挝把尘土,往上一洒,念个咒语,乃是个定身之法,喝一声:"住!"那伙贼共有三十来名,一个个咬着牙,睁着眼,撒着手,直直的站定,莫能言语,不得动身。行者跳出路口,叫道:"师父,回来!回来!"八戒慌了道:"不好,不好!师兄供出我们来了。他身上又无钱财,包袱里又无金银,必定是叫师父要马哩,叫我们是剥衣服了。"沙僧笑道:"二哥莫乱说,大哥是个了得的,向者那般毒魔狠怪,也能收服,怕这几个毛贼?他那里招呼,必有话说,快回去看看。"长老听言,忻然转马回至边前,叫道:"悟空,有甚事叫回来也?"行者道:"你们看这些贼是怎的说?"八戒近前推着他,叫道:"强盗,你怎的不动掸了?"那贼浑然无知,不言不语。八戒道:"好的痴痖了。"行者笑道:"是老孙使个定身法定住也。"八戒道:"既定了身,未曾定口,怎么连声也不做?"行者道:"师父请下马坐看。常言道:'只有错拿,没有错放。'兄弟,你们把贼都扳翻倒捆了,教他供一个供状,看他是个雏儿强盗,把势强盗。"沙僧道:"没绳索哩。"行者即拔下些毫毛,吹口仙气,变作三十条绳索,一齐下手,把贼扳翻,都四马攒蹄捆住,却又念念解咒,那伙贼渐渐苏醒。

　　行者请唐僧坐在上首,他三人各执兵器喝道:"毛贼!你们一起有多少人?做了几年买卖?打劫了有多少东西?可曾杀伤人口?还是初犯,却是二犯、三犯?"众贼开口道:"爷爷饶命!"行者道:"莫叫唤,从实供来!"众贼道:"老爷,我们不是久惯做贼的,都是好人家子弟。只因不才,吃酒赌钱,宿娼顽耍,将父祖家业尽花费了,一向无干①,又无钱用。访知铜台府城中寇员外家赀财豪富,昨日合伙,当晚乘夜雨昏黑,就去行劫。劫的有些金银服饰,在这路北下山凹

---

①无干:没有活干,没有职业。

第九十七回　金酬外护遭魔毒　圣显幽魂救本原

里正自分赃。忽见老爷们来,内中有认得是寇员外送行的,必定身边有物;又见行李沉重,白马快走,人心不足,故又来邀截。岂知老爷有大神通法力,将我们困住。万望老爷慈悲,收去那劫的财物,饶了我的性命也!"

三藏听说是寇家劫的财物,猛然吃了一惊,慌忙站起道:"悟空,寇老员外十分好善,如何招此灾厄?"行者笑道:"只为送我们起身,那等彩帐花幢,盛张鼓乐,惊动了人眼目,所以这伙光棍就去下手他家。今又幸遇着我们,夺下他这许多金帛服饰。"三藏道:"我们扰他半月,感激厚恩,无以为报,不如将此财物护送他家,却不是一件好事?"行者依言,即与八戒、沙僧,去山凹里取将那些赃物,收拾了,驮在马上;又教八戒挑了一担金银,沙僧挑着自己行李。行者欲将这伙强盗一棍尽情打死,又恐唐僧怪他伤人性命,只得将身一抖,收上毫毛。那伙贼松了手脚,爬起来,一个个落草逃生而去。这唐僧转步回身,将财物送还员外。这一去,却似飞蛾投火,反受其殃。有诗为证,诗曰:

　　恩将恩报人间少,返把恩慈变作仇。
　　下水救人终有失,三思行事却无忧。

三藏师徒们将着金帛服饰拿转,正行处,忽见那枪刀簇簇而来。三藏大惊道:"徒弟,你看那兵器簇拥相临,是甚好歹?"八戒道:"祸来了,祸来了!这是那放去的强盗,他取了兵器,又伙了些人,转过路来与我们斗杀也。"沙僧道:"二哥,那来的不是贼势。大哥,你仔细观之。"行者悄悄的向沙僧道:"师父的灾星又到了,此必是官兵捕贼之意。"说不了,众兵卒至边前,撒开个圈子阵,把他师徒围住道:"好和尚,打劫了人家东西,还在这里摇摆哩!"一拥上前,先把唐僧抓下马来,用绳捆了;又把行者三人,也一齐捆了。穿上扛子,两个抬一个,赶着马,夺了担,径转府城。只见那:

　　唐三藏战战兢兢,滴泪难言。猪八戒絮絮叨叨,心中报怨。沙和尚囊突突,意下踌躇。孙行者笑唏唏,要施手段。

众官兵撮拥扛抬,须臾间拿到城里。径自解上黄堂报道:"老爷,民快人等捕获强盗来了①。"那刺史端坐堂上,赏犒了民快,检看了贼赃,当叫寇家领去。却将三藏等提近厅前,问道:"你这起和尚,口称是东土远来向西天拜佛,却原来是些设法踏看门路,打家劫舍之贼!"三藏道:"大人容告:贫僧实不是贼,决不敢假,随身现有通关文牒可照。只因寇员外家斋我等半月,情意深重,我等路遇强盗,夺转打劫寇家的财物,因送还寇家报恩。不期民快人等捉获,以为是贼,实不是贼。望大人详察。"刺史道:"你这厮见官兵捕获,却巧言报恩。既是路遇强盗,何不连他捉来,报官报恩?如何只是你四众?你看,寇梁递得失状,坐名告你,你还敢展挣?"三藏闻言,一似大海烹舟,魂飞魄丧,叫:"悟空,你何不上来折辨?"行者道:"有赃是实,折辨何为?"刺史道:"正是呵,赃证见存,还敢抵赖?"叫手下:"将脑箍来②,把这秃贼的光头箍他一箍,然后再打!"行者慌了,心中暗想道:"虽是我师父该有此难,还不可教他十分受苦。"他见那皂隶们收拾索子,结脑箍,即便开口道:"大人且莫箍那个和尚。昨夜打劫寇家,点火的也是我,持刀的也是我,劫财的也是我,杀人的也是我。我是个贼头,要打只打我,与他们无干。但只不放我便是。"刺史闻言,就教:"先箍起这个来。"皂隶们齐来上手,把行者套上脑箍,收紧了一勒,挜扑的把索子断了。又结又箍,又挜扑的断了。一连箍了三四次,他的头皮,皱也不曾皱一些儿。却又换索子再结时,只听得有人来报道:"老爷,都下陈少保爷爷到了③,请老爷出郭迎接。"那刺史即命刑房吏:"把贼收监,好生看辖,待我接过上司,再行拷问。"刑房吏遂将唐僧四众推进监门。八戒、沙僧将自己行李担进随身。

　　三藏道:"徒弟,这是怎么起的?"行者笑道:"师父,进去!进去!这里边没狗,倒好耍子。"可怜把四众捉将进去,一个个都推入

---

①民快:旧时官府专管缉捕的差役。
②脑箍:一种刑具,用结实的绳子箍住头部,再加钉木楔,使绳子张紧。《宋史·刑法志》:"或缠绳于首,加以木楔,名曰脑箍。"
③都下:京都。少保:指太子少保。辅导太子的官。

辖床,扣拽了滚肚、敲脑、攀胸①。禁子们又来乱打。三藏苦痛难禁,只叫:"悟空!怎的好?怎的好?"行者道:"他打是要钱哩②。常言道:'好处安身,苦处用钱。'如今与他些钱便罢了。"三藏道:"我的钱自何来?"行者道:"若没钱,衣物也是,把那袈裟与了他罢。"三藏听说,就如刀刺其心。一时间见他打不过,又要得紧,无奈只得开言道:"悟空,随你罢。"行者便叫:"列位长官,不必打了。我们担进来的那两个包袱中,有一件锦襕袈裟,价值千金。你们解开拿了去罢。"众禁子听言,一齐动手,把两个包袱解看。虽有几件布衣,虽有个引袋,俱不值钱。只见几层油纸包裹着一物,霞光焰焰,知是好物。抖开看时,只见:

巧妙明珠缀,稀奇佛宝攒。

盘龙铺绣结,飞凤锦沿边。

众皆争看,又惊动本司狱官。走来喝道:"你们来此嚷甚的?"禁

---

① "推入辖床"二句:辖床、滚肚、敲脑、攀胸,都是古代束缚囚犯的刑具。辖床,又名柙床、押床、匣床,床形刑具,将囚犯全身固定于内,不能移动。明吕坤《新吾吕先生实政录》卷二:"柙床之制,极为严密,头上有揪头镮,项间有夹项锁,胸前有拦胸铁索,腹上有压腹木梁,两手有双镮铁纽,两胫有短索铁镣,两足闸于柙栏。仍有号天板一叶,钉长三寸,密如猬刺,利如狼牙。其板盖于囚身,去面不及二寸,仍以橐木关闸,而禁卒卧于其上,以听囚犯动静。复有四面棂栏,状如鸟笼,八(即"绑扎",捆绑)缚在槛,四体如僵,手足不得屈伸,肩背不得辗转。"清李修行《梦中缘》第十四回:"遂把何鳝王学益俱打入押床里边,长舒挺脚,直直的仰在里面,两个长钉又紧紧刺在眼前,头也抬不得,身也动不得,腿也蜷不得。"滚肚、敲脑、攀胸,都是辖床上的部件。滚肚,束缚腹部的绳索或木棍。敲脑,即"揪头镮",又名脑秋,束缚头部的刑具。攀胸,束缚胸部的刑具,又名压胸板。清落魄道人《八贤传》第十六回:"王信先把王绪章头发解下将军柱,又解去捆肚绳、压胸板。"

② 他打是要钱哩:旧时监狱,狱卒常对犯人敲诈勒索。清于成龙《于清端政书》卷七:"更有牢头酷炙,新犯尤为惨烈。一待新囚入禁,百般苛索,讲盘敛费,苟不厌壑(满足欲壑。厌,满足),置之黑阱冤柙,以至吊拷威逼,汤火非刑,无所不至。"禁

子们跪道:"老爹才子却提控①,送下四个和尚,乃是大伙强盗。他见我们打了他几下,把这两个包袱与我。我们打开看时,见有此物,无可处置。若众人扯破分之,其实可惜;若独归一人,众人无利。幸老爹来,凭老爹做个劈着②。"狱官见了,乃是一件袈裟,又将别项衣服并引袋儿通检看了。又打开袋内关文一看,现有各国的宝印花押,道:"早是我来看呀,不然,你们都撞出事来了。这和尚不是强盗,切莫动他衣物。待明日太爷再审,方知端的。"众禁子听言,将包袱还与他,照旧包裹,交与狱官收讫。

　　渐渐天晚,听得楼头起鼓,火甲巡更。捱至四更三点,行者见他们都不呻吟,尽皆睡着。他暗想道:"师父该有这一夜牢狱之灾。老孙不开口折辨,不使法力者,盖为此耳。如今四更将近,灾将满矣,我须去打点打点,天明好出牢门。"你看他弄本事,将身小一小,脱出辖床,摇身一变,变做个蠓虫儿,从房檐瓦缝里飞出。见那星光月皎,正是清和夜静之天,他认了方向,径飞向寇家门首,只见那街西下一家儿灯火明亮。又飞近他门口看时,原来是个做豆腐的。见一个老头儿烧火,妈妈儿挤浆。那老儿忽的叫声:"妈妈,寇大宽且是有子有财,只是没寿。我和他小时同学读书,我还大他五岁。他老子叫做寇铭,当时也不上千亩田地,放些租帐,也讨不起③。他到二十岁时,那铭老儿死了,他掌着家当,其实也是他一步好运。娶的妻是那张旺之女,小名叫做穿针儿,却倒旺夫④。自进他门,种田又收,放帐又起;买着的有利,做着的赚钱,被他如今挣了有十万家私。他到四十岁上,就回心向善,斋了万僧。不期昨夜被强盗踢死,可怜!今年才六十四岁,正好享用,何期这等向善,不得好报,乃死于非命。可叹!可叹!"

---

　　①提控:上堂审案。
　　②劈着:评判,裁断。《警世通言·钝秀才一朝交泰》:"六姨是个女中丈夫,甚有劈着。"
　　③讨不起:要不来,讨不到。
　　④旺夫:旧时指女子能协助丈夫兴家成事。

行者一一听之,却早五鼓初点。他就飞入寇家,只见那堂屋里已停着棺材,材头边点着灯,摆列着香烛花果,妈妈在傍啼哭。又见他两个儿子也来拜哭,两个媳妇拿两碗饭儿贡献。行者就丁在他材头上,咳嗽了一声,唬得那两个媳妇,查手舞脚的往外跑。寇梁兄弟伏在地下不敢动,只叫:"爹爹!嚛①!嚛!嚛!"那妈妈子胆大,把材头扑了一把道:"老员外,你活了?"行者学着那员外的声音道:"我不曾活。"两个儿子一发慌了,不住的磕头垂泪,只叫:"爹爹!嚛!嚛!嚛!"妈妈子硬着胆,又问道:"员外,你不曾活,如何说话?"行者道:"我是阎王差鬼使押将来家与你们讲话的。"说道:"那张氏穿针儿柱口诳舌,陷害无辜。"那妈妈子听见叫他小名,慌得跪倒磕头道:"好老儿阿!这等大年纪还叫我的小名儿!我那些柱口诳舌,害甚么无辜?"行者喝道:"那里有个甚么'唐僧点着火,八戒叫杀人,沙僧劫出金银去,行者打死你父亲'?只因你诳言,把那好人受难。那唐朝四位老师,路遇强徒,夺将财物,送来谢我,是何等好意!你却假捏失状,着儿子们首官。官府又未细审,又如今把他们监禁。那狱神、土地、城隍俱慌了,坐立不宁,报与阎王。阎王转差鬼使押解我来家,教你们趁早解放他去。不然,教我在家搅闹一月,将合门老幼并鸡狗之类,一个也不存留!"寇梁兄弟又磕头哀告道:"爹爹请回,切莫伤残老幼。待天明就去本府投递解状②,愿认招回,只求存殁均安也。"行者听了,即叫:"烧纸,我去呀!"他一家儿都来烧纸。

　　行者一翅飞起,径又飞至刺史住宅里面,低头观看,那房内里已有灯光,见刺史已起来了。他就飞进中堂看时,只见中间后壁挂着

---

① 嚛(hù):语气词,这里形容哭声。
② 解状:当即结状。经调解撤诉的状纸。清庄伦裔《卢乡公牍》卷四李会清因挖泥争地纠纷告李铭玉案,二人调解后递交结状,"此案原递结状谓泥湾东一半归李铭典,西一半归李会清,各不挖泥,似尚平允"。

一轴画儿,是一个官儿骑着一匹点子马①,有几个从人,打着一把青伞,寨着一张校床②,更不识是甚么故事,行者就丁在中间。忽然那刺史自房里出来,弯着腰梳洗。行者猛的里咳嗽一声,把刺史唬得慌慌张张走入房内。梳洗毕,穿了大衣③,出来对着画儿焚香祷告道:"伯考姜公乾一神位④。孝侄姜坤三蒙祖上德荫,忝中甲科⑤,今叨受铜台府刺史,旦夕侍奉香火不绝,为何今日发声?切勿为邪为祟,恐吓家众。"行者暗笑道:"此是他大爷的神子⑥!"却就绰着经儿叫道:"坤三贤侄,你做官虽承祖荫,一向清廉,怎的昨日无知,把四个圣僧当贼,不审来音,因于禁内?那狱神、土地、城隍不安,报与阎君,阎君差鬼使押我来对你说,教你推情察理,快快解放他;不然,就教你去阴司折证也。"刺史听说,心中悚惧道:"大爷请回,小侄升堂,当就释放。"行者道:"既如此,烧纸来,我去见阎君回话。"刺史复添香烧纸拜谢。

　　行者又飞出来看时,东方早已发白。及飞到地灵县,又见那合县官却都在堂上。他思道:"蠓虫儿说话,被人看见,露出马脚来不好。"他就半空中改了个大法身,从空里伸下一只脚来,把个县堂蹬

---

①点子马:有斑点的马。清集芙主人《生绡剪》第十三回:"柳如山出了城门,端然一片空地上有大栗树一株,系着一匹梅花点子马。这马……通身雪压梅花,点点斑斑。"

②校床:即"交床"。胡床的别称,一种有靠背、能折叠的坐具。以其便携,故官长出行,常有从人持胡床跟随,以便随时休息。明江东伟《芙蓉镜寓言·豪爽》:"刘瓛谦率通美,不以高名自居。游诣故人,唯一门生持胡床随。"

③大衣:会客穿的长衣。

④伯考姜公乾一:即去世的伯父姜乾一。考,本是对去世的父亲的称呼,这里泛称已故的父辈。公,对人的尊称。

⑤甲科:此指进士。甲科原是古代考试科目名,汉时课士分甲乙丙三科,唐宋明经、进士均分甲乙科。后明清通称进士为甲科。

⑥大爷的神子:大伯的遗像。神子,祖先的遗像。清俞樾《茶香室续钞·神子》:"岁终悬祖先像,新年晨夕设供,至落灯而罢。"

满。口中叫道:"众官听着:吾乃玉帝差来的浪荡游神。说你这府监里屈打了取经的佛子,惊动三界诸神不安,教吾传说,趁早放他。若有差池,教我再来一脚,先踢死合府县官,后蹓死四境居民,把城池都踏为灰烬!"概县官吏人等,慌得一齐跪倒,磕头礼拜道:"上圣请回。我们如今进府,禀上府尊,即教放出。千万莫动脚,惊唬死下官。"行者才收了法身,仍变做个蟭蟟虫儿,从监房瓦缝儿飞入,依旧钻在辖床中间睡着。

却说那刺史升堂,才抬出投文牌去①,早有寇梁兄弟,抱牌跪门叫喊。刺史着令进来,二人将解状递上。刺史见了发怒道:"你昨日递了失状,就与你拿了贼来,你又领了赃去,怎么今日又来递解词?"二人滴泪道:"老爷,今夜小的父亲显魂道:'唐朝圣僧原将贼徒拿住,夺获财物,放了贼去,好意将财帛送还我家报恩,怎么反将他当贼,拿在狱中受苦?狱中土地城隍俱不安,报了阎王,阎王押解我来教你赴府再告,释放唐僧,庶免灾咎;不然,老幼皆亡。'因此,特来递个解词。望老爷方便方便。"

刺史听他说了这话,却暗想道:"他那父亲,乃是热尸新鬼②,显魂报应犹可。我伯父死去五六年了,却怎么今夜也来显魂,教我审放?看起来必是冤枉。"正忖度间,只见那地灵县知县等官急急跑上堂,乱道:"老大人,不好了!不好了!适才玉帝差浪荡游神下界,教你快放狱中好人。昨日拿的那些和尚,不是强盗,都是取经的佛子。若少迟延,就要踢杀我等官员,还要把城池连百姓俱尽踏为灰烬。"刺史又大惊失色,即叫刑房吏火速写牌提出。当时开了监门提出。八戒愁道:"今日又不知怎的打哩。"行者笑道:"管你一下儿也不敢

---

①投文牌:官衙用于接受民众投递文书状纸的牌子。清黄六鸿《福惠全书》卷二"堂规式":"早堂……先抬领文牌、将一应申覆公文应付原役领回者、应发铺司传递者,该房次第唱名分发。次抬投文牌,用长桌一张,把堂皂隶抬置当堂阶上,投文人等由东角门进,亲自跪投桌上,仍退立东阶下,听候,堂吏至桌前逐张点名讫,俱鱼贯西角门而出。次抬禀事牌。"
②热尸新鬼:指刚死了的人。

打。老孙俱已干办停当,上堂切不可下跪,他还要下来请我们上坐。却等我问他要行李,要马匹,少了一些儿,等我打他你看。"

说不了,已至堂口。那刺史、知县并府县大小官员一见,都下来迎接道:"圣僧昨日来时,一则接上司忙迫,二则又见了所获之赃,未及细问端的。"唐僧合掌躬身,又将前情细陈了一遍。众官满口认称,都道:"错了,错了。莫怪,莫怪!"又问狱中可曾有甚疏失。行者近前努目睁看,厉声高叫道:"我的白马是堂上人得了,行李是狱中人得了,快快还我!今日却该我拷较你们了①!诳拿平人做贼,你们该个甚罪?"府县官见他作恶,无一个不怕,即便叫收马的牵马来,收行李的取行李来,一一交付明白。你看他三人一个个逞凶,众官只以寇家遮饰。三藏劝解了道:"徒弟,是也不得明白。我们且到寇家去,一则吊问,二来与他对证对证,看是何人见我做贼。"行者道:"说得是。等老孙把那死的叫他起来,看是那个打他。"沙僧就在府堂上把唐僧撮上马,吆吆喝喝,一拥而出。那些府县多官,也一一俱到寇家,唬得那寇梁兄弟在门前不住的磕头,迎接进厅。只见他孝堂之中,一家儿都在孝幔里啼哭,行者叫道:"那打诳语栽害平人的妈妈子,且莫哭!等老孙叫你老公来,看他说是那个打死的,羞他一羞!"众官员只道孙行者说的是笑话,行者道:"列位大人,略陪我师父坐坐。八戒、沙僧,可好生保护。等我去了就来。"

好大圣,跳出门,望空就起。只见那遍地彩霞笼住宅,一天瑞气护元神。众等方才认得是个腾云驾雾之仙,起死回生之圣。这里一一焚香礼拜不题。

那大圣一路筋斗云,直至幽冥地界,径撞入森罗殿上,慌得那:

　　十代阎君拱手接,五方鬼判叩头迎。
　　千株剑树皆敧侧,万叠刀山尽坦平。
　　枉死城中魑魅化,奈河桥下鬼超生。

---

① 拷较:也作"考校"。拷囚问罪。明汪廷讷《狮吼记·摄对》:"早升殿视事,考校罪人。"

第九十七回　金酬外护遭魔毒　圣显幽魂救本原

正是那神光一照如天赦,黑暗阴司处处明。

十阎王接下大圣,相见了,问及何来何干。行者道:"铜台府地灵县斋僧的寇洪之鬼,是那个收了？快点查来与我。"秦广王道:"寇洪善士,也不曾有鬼使勾他,他自家到此,遇着地藏王的金衣童子,他引见地藏也。"行者即别了,径至翠云宫,见地藏王菩萨。菩萨与他礼毕,具言前事。菩萨喜道:"寇洪阳寿,止该卦数命终①。不染床席②,弃世而来。我因他斋僧,是个善士,收他做个掌善缘簿子的案长。既大圣来取,我再延他阳寿一纪,教他跟大圣去。"金衣童子遂领出寇洪,寇洪见了行者,声声叫道:"老师！老师！救我一救！"行者道:"你被强盗踢死。此乃阴司地藏王菩萨之处。我老孙特来取你到阳世间,对明此事。既蒙菩萨放回,又延你阳寿一纪,待十二年之后,你再来也。"那员外顶礼不尽。

行者谢辞了菩萨,将他吹化为气,掉于衣袖之间,同去幽府,复返阳间。驾云头到了寇家,即唤八戒捎开材盖,把他魂灵儿推付本身。须臾间,透出气来活了。那员外爬出材来,对唐僧四众磕头道:"师父！师父！寇洪死于非命,蒙师父至阴司救活,乃再造之恩！"言谢不已。及回头,见各官罗列,即又磕头道:"列位老爹都如何在舍？"那刺史道:"你儿子始初递失状,坐名告了圣僧,我即差人捕获。不期圣僧路遇杀劫你家之贼,夺取财物,送还你家。是我下人误捉,未得详审,当送监禁。今夜被你显魂,我先伯亦来家诉告。县中又蒙浪荡游神下界,一时就有这许多显应,所以放出圣僧,圣僧却又去救活你也。"那员外跪道:"老爹,其实枉了这四位圣僧。那夜有三十多名强盗,明火执杖,劫去家私,是我难舍,向贼理说,不期被他一脚撩阴踢死,与这四位何干？"叫过妻子来:"是谁人踢死,你等辄敢妄告？请老爹定罪。"当时一家老小只是磕头。刺史宽恩,免其罪过。寇洪教安排筵宴,酬谢府县厚恩,各各未坐回衙。至次日,再挂斋僧

---

①止该卦数：只能活六十四岁。卦数指六十四卦的数目。
②不染床席：不因卧病在床而死。

牌,又款留三藏,三藏决不肯住。却又请亲友,办旌幢,如前送行而去。咦!这正是:

地辟能存凶恶事①,天高不负善心人。

逍遥稳步如来径,只到灵山极乐门。

毕竟不知见佛何如,且听下回分解。

---

①辟:同"僻"。

第九十八回

猿熟马驯方脱壳　功成行满见真如

　　话表寇员外既得回生，复整理了幢幡鼓乐，僧道亲友，依旧送行不题。却说唐僧四众，上了大路。果然西方佛地，与他处不同。见了些琪花瑶草、古柏苍松。所过地方，家家向善，户户斋僧。每逢山下人修行，又见林间客诵经。师徒们夜宿晓行，又经有六七日，忽见一带高楼，几层杰阁。真个是：

　　冲天百尺，耸汉凌空。低头观落日，引手摘飞星。豁达窗轩吞宇宙，嵯峨栋宇接云屏。黄鹤信来秋树老，彩鸾书到晚风清。此乃是灵宫宝阙，琳馆珠庭。真堂谈道，宇宙传经。花向春来美，松临雨过青。紫芝仙果年年秀，丹凤仪翔万感灵。

　　三藏举鞭遥指道："悟空，好去处耶！"行者道："师父，你在那假境界，假佛像处，倒强要下拜；今日到了这真境界，真佛像处，倒还不下马，是怎的说？"三藏闻言，慌得翻身跳下来，已到了那楼阁门首。只见一个道童，斜立山门之前，应声叫道："那来者莫非东土取经人么？"长老急整衣，抬头观看。见他：

　　身披锦衣，手摇玉麈。身披锦衣，宝阁瑶池常赴宴；手摇玉麈，丹台紫府每挥尘。肘悬仙箓，足踏履鞋。飘然真羽士，秀丽实奇哉。炼就长生居胜境，修成永寿脱尘埃。圣僧不识灵山客，当年金顶大仙来。

　　孙大圣认得他，即叫："师父，此乃是灵山脚下玉真观金顶大仙，他来接我们哩。"三藏方才醒悟，进前施礼。大仙笑道："圣僧今年才到。我被观音菩萨哄了。他十年前领佛金旨，向东土寻取经人，原说二三年就到我处。我年年等候，渺无消息，不意今年才相逢也。"三藏合掌道："有劳大仙盛意，感激！感激！"遂此四众牵马挑担，同入观里。却又与大仙一一相见，即命看茶摆斋，又叫小童儿烧香汤

与圣僧沐浴了,好登佛地。正是那:

> 功满行完宜沐浴,炼驯本性合天真。
> 千辛万苦今方息,九戒三皈始自新①。
> 魔尽果然登佛地,灾消故得见沙门。
> 洗尘涤垢全无染,反本还原不坏身。

师徒们沐浴了,不觉天色将晚,就于玉真观安歇。次早,唐僧换了衣服,披上锦襕袈裟,戴了毗卢帽,手持锡杖,登堂拜辞大仙。大仙笑道:"昨日褴缕,今日鲜明,观此相,真佛子也。"三藏拜别就行。大仙道:"且住,等我送你。"行者道:"不必你送,老孙认得路。"大仙道:"你认得的是云路。圣僧还未登云路,当从本路而行。"行者道:"这个讲得是。老孙虽走了几遭,只是云来云去,实不曾踏着此地。既有本路,还烦你送送。我师父拜佛心重,幸勿迟疑。"那大仙笑吟吟,携着唐僧手,接引旃檀上法门。原来这条路不出山门,就自观宇中堂穿出后门便是②。大仙指着灵山道:"圣僧,你看那半天中有祥光五色,瑞霭千重的,就是灵鹫高峰,佛祖之圣境也。"唐僧见了就拜。行者笑道:"师父,还不到拜处哩。常言道'望山走倒马'。离此镇还有许远,如何就拜?若拜到顶上,得多少头磕是?"大仙道:"圣僧,你与大圣、天蓬、卷帘四位,已此到于福地,望见灵山,我回去也。"三藏遂拜辞而去。

---

① 九戒三皈:佛教并无"九戒"的说法,三皈九戒出于道教。如道教正一派入道,有"三皈九戒十二愿"之说。三皈依为皈依道、经、师三宝。九戒为:一者敬让,孝养父母。二者克勤,忠于君王。三者不杀,慈救众生。四者不淫,正身处物。五者不盗,推义损己。六者不嗔,凶怒凌人。七者不诈,谄贼害善。八者不骄,傲忽至真。九者不二,奉戒专一。

② 观宇中堂穿出后门:灵山是佛教圣地,本不应有道观。此处从道观后门上灵山,应是反映了作者佛道合一或借佛教宣扬内丹术的思想。认为修得金丹大道与成佛本来无二。清刘一明注此二句:"前面有为之道过去,即是后边无为之道,不必另寻门户,只此一乘法,余二皆非真也。"可参考本回"那个原来是你"及"不合藏数"等条注。

大圣引着唐僧等,徐徐缓步,登了灵山。不上五六里,见了一道活水,响潺潺滚浪飞流,约有八九里宽阔,四无人迹。三藏心惊道:"悟空,这路来得差了。敢莫大仙错指了?此水这般宽阔,这般汹涌,又不见舟楫,如何可渡?"行者笑道:"不差!你看那壁厢不是一座大桥?要从那桥上行过去,方成正果哩。"长老等又近前看时,桥边有一扁,扁上有"凌云渡"三字①,原来是一根独木桥。正是:

  远看横空如玉栋,近观断水一枯槎。
  维河架海还容易②,独木单梁人怎踏!
  万丈虹霓平卧影,千寻白练接天涯。
  十分细滑浑难渡,除是神仙步彩霞。

三藏心惊胆战道:"悟空,这桥不是人走的。我们别寻路径去来。"行者笑道:"正是路!正是路!"八戒慌了道:"这是路?那个敢走?水面又宽,波浪又涌,独独一根木头,又细又滑,怎生动脚?"行者道:"你都站下,等老孙走个儿你看。"

好大圣,拽开步,跳上独木桥,摇摇摆摆。须臾跑将过去,在那边招呼道:"过来!过来!"唐僧摇手。八戒、沙僧咬指道:"难!难!难!"行者又从那边跑过来,拉着八戒道:"呆子,跟我走,跟我走!"那八戒卧倒在地道:"滑!滑!滑!走不得,你饶我罢!让我驾风雾过去。"行者按住道:"这是甚么去处,许你驾风雾?必须从此桥上走过,方可成佛。"八戒道:"哥阿,佛做不成也罢,实是走不成。"

他两个在那桥边滚滚爬爬,扯扯拉拉的耍斗,沙僧走去劝解,才撒脱了手。三藏回头,忽见那下溜中有一人撑一个船来,叫道:"上

---

① 凌云渡:神话传说中,仙山之下往往有深沟大涧,用以隔绝仙凡。如昆仑山,凤麟洲之外,均有弱水绕之。明洪楩辑《清平山堂话本·张子房慕道记》载:张良辅佐汉高祖取得天下后,即出家修道。汉高祖思念不已,访至山中,"张良引驾,正行之间,前面一个仙童,指化一条大涧,横担独木高桥一根,请高祖先行。高祖恐怕木滚,不敢行过。张良拂袖而过此桥",而汉高祖被阻在涧对面。

② 维:维系,连接。

渡！上渡！"长老大喜道："徒弟，休得乱顽。那里有只渡船儿来了。"他三个跳起来站定，同眼观看，那船儿来得至近，原来是一只无底的舟儿①。行者火眼金睛，早已认得是接引佛祖，又称为南无宝幢光王佛。行者却不题破，只管叫："这里来！撑拢来！"霎时撑近岸边，又叫："上渡！上渡！"三藏见了，又心惊道："你这无底的破船儿，如何渡人？"佛祖道："我这船：

  鸿蒙初判有声名，幸我撑来不变更。
  有浪有风还自稳，无终无始乐升平。
  六尘不染能归一，万劫安然自在行。
  无底船儿难过海，今来古往渡群生②。"

孙大圣合掌称谢道："承盛意接引吾师。师父，上船去。他这船儿，虽是无底，却稳。纵有风浪也不得翻。"长老还自惊疑，行者抆着膊子，往上一推。那师父踏不住脚，毂辘的跌在水里，早被撑船人一把扯起，站在船上。师父还抖衣服，垛鞋脚，抱怨行者。行者却引沙僧、八戒，牵马挑担，也上了船，都立在䑩舳之上。那佛祖轻轻用力撑开，只见上溜头泱下一个死尸。长老见了大惊，行者笑道："师父莫怕。那个原来是你③。"八戒也道："是你，是你！"沙僧拍着手，也

---

① 无底的舟儿：禅宗常以"无底船"比喻能使人解脱而不可思议、无法用语言表述的佛法。宋《大慧普觉禅师语录》卷二十八书信《答杨教授》："欲来年春夏间，棹无底船，吹无孔笛，施无尽供，说无生话。"元普度禅师圆寂时作偈："八十二年，驾无底船。踏翻归去，明月一天。"

② 今来古往渡群生：佛教常以船渡人比喻救度众生。《华严经十行品》形容菩萨："譬如船师常以大船于河流中，不依此岸，不著彼岸，不住中流，而度众生，无有休息。"

③ 那个原来是你：《西游记》常将道教的修成金丹和佛教的"成佛"、取得真经混为一谈。所谓"真个佛法便是道，一个孩儿两个抱"(《性命圭旨》引刘海蟾语)。内丹术认为，金丹的最高成就是"出阳神"，即将元神、元炁凝炼成脱离于躯壳、永恒存在的生命体，名为阳神。时机成熟即可移出体外，而此躯壳则抛弃不用。而佛教中也有视肉身为皮囊，舍弃肉身成佛的说法。故唐僧见水面浮现己身死尸，即对这种佛道二教说法的艺术加工。

道:"是你,是你!"那撑船的打着号子,也说:"那是你!可贺,可贺!"

他们三人也一齐声相和。撑着船,不一时,稳稳当当的过了凌云仙渡。三藏才转身,轻轻的跳上彼岸。有诗为证。诗曰:

> 脱却胎胞骨肉身,相亲相爱是元神。
> 今朝行满方成佛,洗净当年六六尘①。

此诚所谓广大智慧,登彼岸无极之法。四众上岸回头,连无底船儿却不知去向,行者方说是接引佛祖。三藏方才省悟,急转身,返谢了三个徒弟。行者道:"两不相谢。彼此皆扶持也。我等亏师父解脱,借门路修功,幸成了正果;师父也赖我等保护,秉教伽持,喜脱了凡胎。师父,你这面前花草松篁,鸾凤鹤鹿之胜境,比那妖邪显化之处,孰美孰恶?何善何凶?"三藏称谢不已。一个个身轻体快,步上灵山。早见那雷音古刹:

> 顶摩霄汉中,根接须弥脉。巧峰排列,怪石参差。悬崖下瑶草琪花,曲径傍紫芝香蕙。仙猿摘果入桃林,却似火烧金;白鹤栖松立枝头,浑如烟捧玉。彩凤双双,青鸾对对。彩凤双双,向日一鸣天下瑞;青鸾对对,迎风耀舞世间稀。又见那黄森森金瓦叠鸳鸯,明幌幌花砖铺玛瑙。东一行,西一行,尽都是蕊宫珠阙;南一带,北一带,看不了宝阁珍楼。天王殿上放霞光,护法堂前喷紫焰。浮屠塔显,优钵花香②。正是地胜疑天别,云闲觉昼长。红尘不到诸缘静,万劫无亏大法堂。

师徒们逍逍遥遥走上灵山之巅,又见青松林下列优婆,翠柏丛

---

① 六六尘:当指"六六法",即人感知外境的六根(眼、耳、鼻、舌、身、意)对六境(也称六尘,即色、声、香、味、触、法)的作用,根据作用性质的不同,共三十六种:六识(六根对六境产生的分辨)、六触(六根接触六境后产生的认知)、六受(六根对六境的接受)、六想(六根对六境的想念)、六思(六根对六境的思虑)、六爱(六根对六境的爱恋)。尘即染污,指这些相互作用都可以染污人本来清净的心灵。

② 优钵花:梵语,又作"乌钵罗"或"优波罗""沤钵罗"。产于天竺,即青莲花,其花香洁。

中排善士。长老就便施礼,慌得那优婆塞、优婆夷、比丘僧、比丘尼合掌道:"圣僧且休行礼,待见了牟尼,却来相叙。"行者笑道:"早哩!早哩!且去拜上位者。"

那长老手舞足蹈,随着行者,直至雷音寺山门之外。那厢有二大金刚迎住道:"圣僧来耶?"三藏躬身道:"是弟子玄奘到了。"答毕,就欲进门。金刚道:"圣僧少待,容禀过再进。"那金刚着一个转山门报与二门上四大金刚,说唐僧到了;二门上又传入三门上,说唐僧到了。三山门内原是打供的神僧,闻得唐僧到时,急至大雄殿下,报与如来至尊释迦牟尼文佛说①:"唐朝圣僧到于宝山取经来了。"佛爷爷大喜。即召聚八菩萨、四金刚、五百阿罗、三千揭谛、十一大曜、十八伽蓝,两行排列,却传金旨,召唐僧进。那里边一层一节,钦依佛旨,叫:"圣僧进来。"这唐僧循规蹈矩,同悟空、悟能、悟净,牵马挑担,径入山门。正是:

当年奋志奉钦差,领牒辞王出玉阶。
清晓登山迎雾露,黄昏枕石卧云霾。
挑禅远步三千水,飞锡长行万里崖②。
念念在心求正果,今朝始得见如来。

四众到大雄宝殿殿前,对如来倒身下拜。拜罢,又向左右再拜。各各三匝以遍,复向佛祖长跪,将通关文牒奉上。如来一一看了,还递与三藏。三藏频囟作礼,启上道:"弟子玄奘,奉东土大唐皇帝旨意,遥诣宝山,拜求真经,以济众生。望我佛祖垂恩,早赐回国。"如来方开怜悯之口,大发慈悲之心,对三藏言曰:"你那东土乃南赡部洲。只因天高地厚,物广人稠,多贪多杀,多淫多诳,多欺多诈。不

---

① 释迦牟尼文佛:即释迦牟尼佛,"释迦牟尼"又译为"释迦文尼"或"释迦文"。
② 飞锡:传说有道行的僧人能持锡杖飞空,后以飞锡指僧人游方。《释氏要览》卷下:"今僧游行,嘉称飞锡。此因高僧隐峰游五台,出淮西,掷锡飞空而往也。若西天得道僧,往来多是飞锡。"

遵佛教，不向善缘，不理三光，不重五谷。不忠不孝，不义不仁，瞒心昧己，大斗小秤，害命杀牲，造下无边之孽；罪盈恶满，致有地狱之灾。所以永堕幽冥，受那许多碓捣磨舂之苦，变化畜类，有那许多披毛顶角之形，将身还债，将肉饲人。其永堕阿鼻，不得超升者，皆此之故也。虽有孔氏在彼①，立下仁义礼智之教；帝王相继，治有徒流绞斩之刑，其如愚昧不明，放纵无忌之辈何耶！我今有经三藏②，可以超脱苦恼，解释灾愆。三藏：有《法》一藏，谈天；有《论》一藏，说地；有《经》一藏，度鬼。共计三十五部，该一万五千一百四十四卷。真是修真之径，正善之门。凡天下四大部洲之天文、地理、人物、鸟兽、花木、器用、人事，无般不载。汝等远来，待要全付与汝取去，但那方之人，愚蠢村强，毁谤真言，不识我沙门之奥旨。"叫："阿傩、伽叶，你两个引他四众到珍楼之下，先将斋食待他。斋罢，开了宝阁，将我那三藏经中，三十五部之内，各检几卷与他，教他传留东土，永注洪恩。"

二尊者即奉佛旨，将他四众领至楼下。看不尽那奇珍异宝，摆列无穷。只见那设供的诸神铺排斋宴，尽皆是仙品仙肴、仙茶仙果，珍羞百味，与凡世不同。师徒们顶礼了佛恩，随心享用。其实是：

宝焰金光映目明，异香奇品更微精。
千层金阁无穷丽，一派仙音入耳清。
素味仙花人罕见，香茶异食得长生。
向来受尽千般苦，今日荣华喜道成。

这番造化了八戒，便宜了沙僧，佛祖处正寿长生脱胎换骨之馔，尽着他受用。二尊者陪奉四众餐毕，却入宝阁开门登看。那厢有霞

---

① 孔氏：指孔子，儒家的创始人。
② 三藏：为经、律、论三藏，印度佛教圣典的三种分类。"经藏"为佛陀教说的经典和教义，"律藏"为佛制定的律仪规章，"论藏"为对佛教经义进一步发挥论说的著作。而"法藏"是对佛教经典的笼统称呼。这种"法藏谈天，论藏说地，经藏度鬼"的说法并非三藏原义。参见第八回"三藏真经"条注。

光瑞气笼罩千重,彩雾祥云遮漫万道。经柜上,宝箧外,都贴了红签,楷书着经卷名目①。乃是:

《涅槃经》一部:七百四十八卷
《菩萨经》一部②:一千二十一卷
《虚空藏经》一部:四百卷
《首楞严经》一部:一百一十卷
《恩意经大集》一部③:五十卷
《决定经》一部④:一百四十卷
《宝藏经》一部:四十五卷
《华严经》一部:五百卷
《礼真如经》一部⑤:九十卷
《大般若经》一部:九百一十六卷
《大光明经》一部⑥:三百卷
《未曾有经》一部:一千一百一十卷

---

① 楷书着经卷名目:这个作者开出的经目,和今天流传的佛教经目有很大差异。这可能出于作者不懂佛法的杜撰,也可能是某些经书历史上经过了改名、合并、分离。明胡应麟《少室山房笔丛》卷三十一引有此经目,文字略同,并云"录此广异闻,不必论其有无"。今将《菩萨经》、《恩意经大集》等与正统佛教经典不同的书名一一作了注释,其余的如《金刚经》、《华严经》等确有其书,则不加注释(此类问题的具体研究,可参考曹炳建《〈西游记〉中所见佛经目考》)。

② 《菩萨经》:不是一部经书的名字,应是多部经书的总称,如《菩萨本缘经》、《菩萨本行经》、《菩萨本起经》等。

③ 《恩意经大集》:今无此经。据《释氏要览》卷中,以父母恩、众生恩、国主恩、三宝恩为"四恩",作者或根据四恩造此经书名。

④ 《决定经》:明胡应麟作《决宏经》。今传经书有《菩萨决定经》《法乘义决定经》《决定毗尼经》《决定义经》等。

⑤ 《礼真如经》:今无此经,明胡应麟作《李真经》。

⑥ 《大光明经》:应即《金光明经》,明胡应麟作《金光明品经》,下文唐僧所取得的经目亦作《金光明品经》。

《维摩经》一部：一百七十卷
《三论别经》一部①：二百七十卷
《金刚经》一部：一百卷
《正法轮经》一部②：一百二十卷
《佛本行经》一部：八百卷
《五龙经》一部③：三十二卷
《菩萨戒经》一部：一百一十六卷
《大集经》一部：一百三十卷
《摩竭经》一部④：三百五十卷
《法华经》一部：一百卷
《瑜伽经》一部：一百卷
《宝长经》一部⑤：二百二十卷
《西天论经》一部⑥：一百三十卷
《僧祇经》一部⑦：一百五十七卷

---

①《三论别经》：今无此经，佛教称《中论》、《十二门论》、《百论》为"三论"。隋吉藏撰有《三论玄义》。中国佛教三论宗即因主要研习"三论"而得名。
②《正法轮经》：今无此经，《开元释教录》卷五上有《一音显正法经》，卷十六有《一音演正法经》。《大正大藏经目录》有《大乘菩萨正法经》、《大集会正法经》等。
③《五龙经》：佛教典籍无此经书。宋人王则起义造反，曾传播《五龙经》，可见《五龙经》是民间传播的伪经，与佛教有一定关系。
④《摩竭经》：应为《三摩竭经》，讲述三摩竭菩萨的事迹。
⑤《宝长经》：今无此经，当作《宝常经》，佛教中有"宝常佛"，《宝常经》或可理解为宝常佛传教的经书。
⑥《西天论经》：今无此经。
⑦《僧祇经》：今无此经，"僧祇部"是佛教的一个流派，所以《僧祇经》或可理解为僧祇部的经典。

《佛国杂经》一部①：一千九百五十卷

《起信论经》一部②：一千卷

《大智度经》一部：一千八十卷

《宝威经》一部③：一千二百八十卷

《本阁经》一部④：八百五十卷

《正律文经》一部⑤：二百卷

《大孔雀经》一部：二百二十卷

《唯识论经》一部⑥：一百卷

《具舍论经》一部⑦：二百卷

阿傩、伽叶引唐僧看遍经名，对唐僧道："圣僧东土到此，有些甚么人事送我们？快拿出来，好传经与你去。"三藏闻言道："弟子玄奘，来路迢遥，不曾备得。"二尊者笑道："好，好，好！白手传经继世，后人当饿死矣！"行者见他讲口扭捏，不肯传经，他忍不住叫噪道："师父，我们去告如来，教他自家来把经与老孙也。"阿傩道："莫嚷！

---

①《佛国杂经》：今无此经，明胡应麟作《西天佛国杂经》。应为《十往生阿弥陀佛国经》《南无阿閦（chù）佛国经》等经书的合称。《开元释教录》多卷著录《阿佛国经》。卷十八著录有《十往生阿弥陀佛国经》。《大正大藏经目录》有《佛国经》。《南无诸佛要集经》卷二有《南无阿佛国经》。

②《起信论经》：通称《大乘起信论》或《起信论》。大乘佛教重要论书，相传为古印度马鸣著。

③《宝威经》：今无此经，佛教有"宝威力菩萨"、"宝威德菩萨"。《宝威经》可以理解为宝威力菩萨传的经书。

④《本阁经》：今无此经，有《楼阁经》，又称《大宝楼阁经》，见于《开元释教录》等。今有《大宝广博楼阁善住秘密陀罗尼经》。

⑤《正律文经》：今无此经，《佛学大辞典》"三藏"条曰："经律论也。此三者，各包藏文义，故名三藏。经说定学，律戒说学。"《宗教大辞典》"律"条曰："佛教对比丘、比丘尼所制定的禁戒，谓能制伏诸恶，故名。"此所谓"正律文"大概即指"禁戒"类经典。

⑥《唯识论经》：通称《唯识论》或《成唯识论》。佛教唯识学经典著作。

⑦《具舍论经》：应为《俱舍论》，佛教说一切有部论典。全称《阿毗达磨俱舍论》。印度世亲著。

此是甚么去处,你还撒野放刁!到这边来接着经。"八戒、沙僧耐住了性子,劝住了行者,转身来接。一卷卷收在包里,驮在马上,又捆了两担,八戒与沙僧担着,却来宝座前叩头,谢了如来,一直出门。逢一位佛祖拜两拜,见一尊菩萨拜两拜。又到大门,拜了比丘僧、尼,优婆夷、塞,一一相辞,下山奔路不题。

却说那宝阁上有一尊燃灯古佛,他在阁上,暗暗的听着那传经之事,心中甚明。原是阿傩、伽叶将无字之经传去,却自笑云:"东土众僧愚迷,不识无字之经,却不枉费了圣僧这场跋涉?"问:"座边有谁在此?"只见白雄尊者闪出。古佛分付道:"你可作起神威,飞星赶上唐僧,把那无字之经夺了,教他再来求取有字真经。"白雄尊者即驾狂风,滚离了雷音寺山门之外,大作神威。那阵好风,真个是:

佛前勇士,不比巽二风神。仙窍怒号,远赛吹嘘少女。这一阵,鱼龙皆失穴,江海逆波涛。玄猿捧果难来献,黄鹤回云找旧巢。丹凤清音鸣不美,锦鸡喔运叫声嘈。青松枝折,优钵花飘。翠竹竿竿倒,金莲朵朵摇。钟声远送三千里,经韵轻飞万壑高。崖下琪花残美色,路傍瑶草偃鲜苗。彩鸾难舞翅,白鹿躲山崖。荡荡异香漫宇宙,清清风气彻云霄。

那唐长老正行间,一闻香风滚滚,只道是佛祖之祯祥①,未曾提防。又闻得响一声,半空中伸下一只手来,将马驮的经轻轻抢去,唬得个三藏搥胸叫唤,八戒滚地来追,沙和尚护守着经担,孙行者急赶去如飞。那白雄尊者,见行者赶得将近,恐他棍头上没眼,一时间不分好歹,打伤身体,即将经包摔碎,抛落尘埃。行者见经包破落,又被香风吹得飘零,却就按下云头顾经,不去追赶。那白雄尊者收风敛雾,回报古佛不题。

八戒去追赶,见经本落下,遂与行者收拾背着,来见唐僧。唐僧满眼垂泪道:"徒弟呀!这个极乐世界,也还有凶魔欺害哩!"沙僧接

---

①祯祥:祥瑞。

了抱着的散经,打开看时,原来雪白,并无半点字迹。慌忙递与三藏道:"师父,这一卷没字。"行者又打开一卷看时,也无字。八戒打开一卷,也无字。三藏叫:"通打开来看看。"卷卷俱是白纸。长老短叹长吁的道:"我东土人果是没福!似这般无字的空本①,取去何用?怎么敢见唐王?诳君之罪,诚不容诛也!"行者早已知之,对唐僧道:"师父,不消说了。这就是阿傩、迦叶那厮,问我要人事没有,故将此白纸本子与我们来了。快回去告在如来之前,问他掯财作弊之罪。"八戒嚷道:"正是!正是!告他去来!"四众急急回山,无好步,忙忙又转上雷音。

　　不多时,到于山门之外。众皆拱手相迎,笑道:"圣僧是换经来的?"三藏点头称谢。众金刚也不阻挡,让他进去,直至大雄殿前。行者嚷道:"如来!我师徒们受了万蜇千魔,千辛万苦,自东土拜到此处,蒙如来分付传经,被阿傩、迦叶掯财不遂,通同作弊,故意将无字的白纸本儿教我们拿去,我们拿他去何用?望如来敕治!"佛祖笑道:"你且休嚷,他两个问你要人事之情,我已知矣。但只是经不可以轻传,亦不可以空取,向时众比丘圣僧下山,曾将此经在舍卫国赵长者家与他诵了一遍,保他家生者安全,亡者超脱,只讨得他三斗三升麦粒黄金回来②。我还说他们忒卖贱了,教后代儿孙没钱使用。你如今空手来取,是以传了白本。白本者,乃无字真经,倒也是好的。因你那东土众僧,愚迷不悟,只可以此传之耳。"即叫:"阿傩、迦叶,快将有字的真经,每部中各检几卷与他,来此报数。"

　　二尊者复领四众,到珍楼宝阁之下,仍问唐僧要些人事。三藏

---

①无字的空本:禅宗认为真正的佛法是不落文字、无法言说的。但为了让更多的人了解,只能勉强形成文字,但离本意已经相去甚远。《坛经》:"诸佛妙理,非关文字。"托名吕洞宾《真经歌》也称:"真经原来无一字,能度众生出大罗。"故下文称"无字真经,倒也是好的"。

②麦粒:原本作"笁粒",杨闽斋本作"麦粒",李卓吾评本作"米粒",此据杨闽斋本。

无物奉承,即命沙僧取出紫金钵盂,双手奉上道:"弟子委是穷寒路远,不曾备得人事。这钵盂乃唐王亲手所赐,教弟子持此沿路化斋。今特奉上,聊表寸心。万望尊者不鄙轻亵,将此收下,待回朝奏上唐王,定有厚谢。只是以有字真经赐下,庶不孤钦差之意,远涉之劳也。"那阿傩接了,但微微而笑。被那些管珍楼的力士,管香积的庖丁,看阁的尊者,你抹他脸,我扑他背,弹指的,扭唇的,一个个笑道:"不羞!不羞!须索取经的人事①!"须臾,把脸皮都羞皱了,只是拿着钵盂不放。迦叶却才进阁检经,一一查与三藏。三藏却叫:"徒弟们,你们都好生看看,莫似前番。"他三人接一卷,看一卷,却都是有字的。传了五千零四十八卷,乃一藏之数②。收拾齐整,驮在马上,剩下的,还装了一担,八戒挑着。自己行囊,沙僧挑着。行者牵了马,唐僧拿了锡杖,按一按毗卢帽,抖一抖锦袈裟,才喜喜欢欢,到我佛如来之前。正是那:

> 大藏真经滋味甜,如来造就甚精严。
> 须知玄奘登山苦,可笑阿傩却爱钱。
> 先次未详亏古佛,后来真实始安然。
> 至今得意传东土,大众均将雨露沾。

阿傩、伽叶引唐僧来见如来。如来高升莲座,指令降龙、伏虎二大罗汉敲响云磬,遍请三千诸佛、三千揭谛、八金刚、四菩萨、五百尊罗汉、八百比丘僧、大众优婆塞、比丘尼、优婆夷,各天各洞,福地灵

---

① 须索:即"需索"。敲诈勒索。
② 一藏之数:即所谓"五千四十八卷",语出唐释智升著《开元释教录》卷十:"都计大小乘经律论及贤圣传见入藏者,总一千七十六部。合五千四十八卷。"《开元释教录》是历史上较早较重要的佛经目录,后来编修之大藏经,卷数屡有增加,一般在六七千卷左右。日本 1934 年《大正新修大藏经》,已达一万余卷。清杨仁山《等不等观杂录》卷四"一藏数目辨":"今时僧俗持诵经咒,动称一藏。问其数,则云五千四十八也。尝考历代藏经目录,惟《开元释教录》有五千四十八卷之数,余则增减不等,至今乃有七千二百余卷矣。"

山,大小尊者、圣僧,该坐的请登宝座,该立的侍立两傍。一时间,天乐遥闻,仙音嘹亮,满空中祥光叠叠,瑞气重重,诸佛毕集,参见了如来。如来问:"阿傩、迦叶,传了多少经卷与他?可一一起数①。"二尊者即开报:"见付去唐朝:

《涅槃经》:四百卷

《菩萨经》:三百六十卷

《虚空藏经》:二十卷

《首楞严经》:三十卷

《恩意经大集》:四十卷

《决定经》:四十卷

《宝藏经》:二十卷

《华严经》:八十一卷

《礼真如经》:三十卷

《大般若经》:六百卷

《金光明品经》:五十卷

《未曾有经》:五百五十卷

《维摩经》:三十卷

《三论别经》:四十二卷

《金刚经》:一卷

《正法论经》:二十卷

《佛本行经》:一百一十六卷

《五龙经》:二十卷

《菩萨戒经》:六十卷

《大集经》:三十卷

《摩竭经》:一百四十卷

《法华经》:十卷

《瑜伽经》:三十卷

---

① 起数:次数。这里指计数。

《宝常经》：一百七十卷①

《西天论经》：三十卷

《僧祇经》：一百一十卷

《佛国杂经》：一千六百三十八卷

《起信论经》：五十卷

《大智度经》：九十卷

《宝威经》：一百四十卷

《本阁经》：五十六卷

《正律文经》：十卷

《大孔雀经》：十四卷

《维识论经》：十卷

《具舍论经》：十卷

在藏总经，共三十五部，各部中检出五千零四十八卷，与东土圣僧传留在唐。见俱收拾整顿于人马驮担之上，专等谢恩。"

三藏四众拴了马，歇了担，一个个合掌舒身，朝上礼拜。如来对唐僧言曰："此经功德，不可称量。虽为我门之龟鉴②，实乃三教之源流。若到你那南赡部洲，示与一切众生，不可轻慢，非沐浴斋戒，不可开卷。宝之！重之！盖此内有成仙了道之奥妙，有发明万化之奇方也。"三藏叩头谢恩，信受奉行，依然对佛祖遍礼三匝，承谨归诚，领经而去。去到三山门，一一又谢了众圣不题。

如来因打发唐僧去后，才散了传经之会。傍又闪上观世音菩萨合掌启佛祖道："弟子当年领金旨向东土寻取经之人，今已成功，共

---

① 一百七十卷：世德堂本原作"二百七十卷"，多于原数 220 卷，应有误，据李卓吾评本改，则所有经目卷数合计正好 5048 卷。

② 龟鉴：龟可以卜吉凶；鉴是镜子，可以照美丑，比喻可供人对照学习的榜样或引以为戒的教训。

计得一十四年,乃五千零四十日,还少八日,不合藏数①。望我世尊早赐圣僧回东转西,须在八日之内,庶完藏数,准弟子缴还金旨。"如来大喜道:"所言甚当。准缴金旨。"即叫八大金刚分付道:"汝等快使神威,驾送圣僧回东,把真经传留,即引圣僧西回。须在八日之内,以完一藏之数。勿得迟违。"金刚随即赶上唐僧,叫道:"取经的,跟我来!"唐僧等俱身轻体健,荡荡飘飘,随着金刚驾云而起。这才是:

　　　　见性明心参佛祖,功完行满即飞升。

毕竟不知回东土怎生传授,且听下回分解。

---

① 不合藏数:道教内丹术常援引佛教概念解释丹理,甚至认为"真经"即"真金(金丹)"。托名吕洞宾所作《真经歌》:"说真经,不脱空,西川涧底产黄金。五千四十归黄道,正合一部大藏经(此处为了诗句整齐,脱略了八日的零头)。"清傅金铨注:"一部大藏经,五千四十八卷,人身亦然。五千四十八日而黄道始开……五千四十八日,至此而气候始通。气候不通,则天地隔绝,气候既通,则天地相应,潮应于地,星应于天,此天地之理即道之理,天地之机即道之机也。"按:黄道,内丹术认为人体内自会阴直达泥丸,有一条运送药物的道路,为黄道,并参见第七十回"'攒簇五行'四句"条注。据此注文,人从出生起,至少需要过五千四十八天(按每年360天计,即十四岁零八天),身体成熟,黄道才能打通,此时"天地相应",修炼内丹才会成功。

第九十九回

九九数完魔灭尽[①]　三三行满道归根

话表八金刚既送唐僧回国不题。那三层门下,有五方揭谛、四值功曹、六丁六甲、护教伽蓝,走向观音菩萨前启道:"弟子等向蒙菩萨法旨,暗中保护圣僧,今日圣僧行满,菩萨缴了佛祖金旨,我等望菩萨准缴法旨。"菩萨亦甚喜道:"准缴,准缴。"又问道:"那唐僧四众,一路上心行何如?"诸神道:"委实心虔意志,料不能逃菩萨洞察。但只是唐僧受过之苦,真不可言。他一路上历过的灾愆患难,弟子已谨记在此。这就是他灾难的簿子。"菩萨从头看了一遍。这正是那:

"蒙差揭谛皈依旨,谨记唐僧难数清:
金蝉遭贬第一难。出胎几杀第二难。
满月抛江第三难。寻亲报冤第四难。
出城逢虎第五难。折从落坑第六难。
双叉岭上第七难。两界山头第八难。
陡涧换马第九难。失却袈裟第十难。
夜被火烧十一难。收降八戒十二难。
黄风怪阻十三难。请求灵吉十四难。
流沙难渡十五难。收得沙僧十六难。
四圣显化十七难。不识人参十八难。
五庄观中十九难。贬退心猿二十难。
松林失散二十一难。宝象国捎书二十二难。
金銮殿变虎二十三难。平顶山逢魔二十四难。
山压大圣二十五难。洞中高悬二十六难。

[①]灭:目录作"灭(滅)",正文作"残","残"应为"滅"之形误。

盗宝更名二十七难。乌鸡国救主二十八难。
被魔化身二十九难。号山逢怪三十难。
风摄圣僧三十一难。心猿遭害三十二难。
请圣降妖三十三难。搬运车迟三十四难。
大赌输赢三十五难。祛道兴僧三十六难。
路逢大水三十七难。身落天河三十八难。
鱼篮现身三十九难。金𤭢山逢怪四十难。
天神难伏四十一难。问佛根源四十二难。
吃水遭毒四十三难。女国留婚四十四难。
琵琶洞受苦四十五难。再贬心猿四十六难。
识得猕猴四十七难。火焰山高四十八难。
求取芭蕉扇四十九难。收缚魔王五十难。
赛城扫塔五十一难。取宝救僧五十二难。
小雷音遇难五十三难。大困天神五十四难。
朱紫国行医五十五难。拯救疲癃五十六难。
降妖取后五十七难。七情迷没五十八难。
多目遭伤五十九难。路阻狮驼六十难。
怪分三色六十一难。城里遇灾六十二难。
请佛收魔六十三难。比丘救子六十四难。
辨认真邪六十五难。凤仙国求雨六十六难。
救女怪卧僧房六十七难。无底洞遭困六十八难。
稀柿拜秽六十九难。花豹迷人七十难。
棘林吟咏七十一难。黑河沉没七十二难。
灭法国难行七十三难。元夜观灯七十四难。
赶捉犀牛七十五难。失落兵器七十六难。
会庆钉钯七十七难。天竺招婚七十八难。
夺帛酬恩七十九难。脱胎凌云八十难。
路遥十万八千里,圣僧历难簿分明。"

第九十九回　九九数完魔灭尽　三三行满道归根　1239

菩萨将难簿目过了一遍,急传声道:"佛门中九九归真①。圣僧受过八十难,还少一难,不得完成此数。"即令揭谛:"赶上金刚,还生一难者。"这揭谛得令,飞云一驾向东来。一昼夜赶上八大金刚,附耳低言道:"如此如此……谨遵菩萨法旨,不得违误。"八金刚闻得此言,刷的把风按下,将他四众,连马与经,坠落下地。噫!正是那:

九九归真道行难,坚持笃志立玄关②。

必须苦炼邪魔退,定要修持正法还。

莫把经章当容易,圣僧难过许多般。

古来妙合参同契③,毫发差殊不结丹。

三藏脚踏了凡地,自觉心惊。八戒呵呵大笑道:"好!好!好!这正是要快得迟。"沙僧道:"好!好!好!因是我们走快了些儿,教我们在此歇歇哩。"大圣道:"俗语云:'十日滩头坐,一日行九滩。'"三藏道:"你三个且休斗嘴。认认方向,看这是甚么地方。"沙僧转头四望道:"是这里!是这里!师父,你听听水响。"行者道:"水响想是你的祖家了。"八戒道:"他祖家乃流沙河。"沙僧道:"不是,不是,此通天河也。"三藏道:"徒弟呵,仔细看在那岸?"行者纵身跳起,用手搭凉篷,仔细看了,下来道:"师父,此是通天河西岸。"三藏道:"我记起来了。东岸是原有个陈家庄。那年到此,亏你救了他儿女,深感

---

① 佛门中九九归真:佛教本无八十一难的说法。道教经典,如《元始天尊说灵应药王救八十一难真经》,认为人生要经历八十一种苦难,如风寒暑湿、山岚瘴气等。此处谓"佛门中九九归真",当也是融合佛道的一种说法。另据此难簿顺序,与前文故事的顺序尚有不一致之处,例如本应在车迟国之前的"黑河沉没",在此簿中被列在灭法国之前,"棘林吟咏"也不与小西天故事衔接,则此难簿当体现了《西游记》早期的一种面貌,今不作订正,从保留其原貌。

② 玄关:佛教称入道的法门。

③ 参同契:本为东汉魏伯阳著,是一部用《周易》、黄老和炼丹三者参合的道教修炼著作。据宋陈显微《周易参同契解》,指周易、黄老和炉火。三者相通,合乎于道。参,三。同,相通。契,契合,符合。此处仅借"符合、契合"之义。

我们,要造船相送,幸白鼋伏渡。我记得西岸上四无人烟。这番如何是好?"八戒道:"只说凡人不作弊,原来这佛面前的金刚也会作弊。他奉佛旨,教送我们东回,怎么到此半路上就丢下我们?如今岂不进退两难,怎生过去?"沙僧道:"二哥休报怨。我的师父已得了道,前在凌云渡已脱了凡胎,今番断不落水。教师兄同你我都作起摄法,把师父驾过去也。"行者频频的暗笑道:"驾不去,驾不去。"你看他怎么就说个驾不去?若肯使出神通,说破飞升之奥妙,师徒们就一千个河也过去了;只因心里明白,知道唐僧九九之数未完,还该有一难,故稽留于此。

师徒们口里纷纷的讲,足下徐徐的行,直至水边,忽听得有人叫道:"唐圣僧,唐圣僧!这里来,这里来!"四众皆惊。举头观看,更无人迹,又没舟船,却是一个大白赖头鼋在岸边探着头叫道:"老师父,我等了你这几年,却才回也?"行者笑道:"老鼋,向年累你,今岁又得相逢。"三藏与八戒、沙僧都欢喜不尽。行者道:"老鼋,你果有接待之心,可上岸来。"那鼋纵身爬上河来。行者叫把马牵上他身。八戒还蹲在马尾之后。唐僧站在马颈左边,沙僧站在右边。行者一脚踏着老鼋的项,一脚踏着老鼋的头叫道:"老鼋,好生走稳着。"那老鼋登开四足,踏水面如行平地。将他师徒四众,连马五口,驮在身上,径向东岸而来。诚所谓:

不二门户法奥玄①,诸魔战退识人天。
本来面目今方见,一体原因始得全。
秉证三乘随出入,丹成九转任周旋。
挑包飞杖通休讲,幸喜还元遇老鼋。

老鼋驮着他们,蹴波踏浪,行经多半日,将次天晚,好近东岸,忽然问曰:"老师父,我向年曾央到西方见我佛如来,与我问声归着之事,还有多少年寿,果曾问否?"原来那长老自到西天玉真观沐浴,凌云渡脱胎,步上灵山,专心拜佛及参诸佛菩萨圣僧等众,意念只在取经,他事

---

①不二门户:即"不二法门"。佛教术语,指平等没有差异的至道。

一毫不理,所以不曾问得老鼋年寿,无言可答;却又不敢欺打诳语,沉吟半晌,不曾答应。老鼋即知不曾替问,他就将身一幌,唿喇的淬下水去,把他四众连马并经,通皆落水①。噫! 还喜得唐僧脱了胎,成了道,若似前番,已经沉底。又幸白马是龙,八戒、沙僧会水,行者笑巍巍显大神通,把唐僧扶驾出水,登彼东岸。只是经包、衣服、鞍辔俱湿了。

师徒方登岸整理,忽又一阵狂风,天色昏暗,雷闪并作,走石飞沙。但见那:

一阵风,乾坤播荡;一声雷,振动山川。一个闪,钻云飞火;一天雾,大地遮漫。风气呼号,雷声激烈。闪掣红绡,雾迷星月。风鼓的砂尘扑面,雷惊的虎豹藏形,闪幌的飞禽叫噪,雾漠的树木无踪。那风搅得个通天河波浪翻腾,那雷振得个通天河鱼龙丧胆,那闪照得个通天河彻底光明,那雾盖得个通天河岸崖昏惨。好风! 颓山裂石松篁倒。好雷! 惊蛰伤人威势豪。好闪! 流天照野金蛇走。好雾! 混混漫空蔽九霄。

唬得那三藏按住了经包,沙僧压住了经担,八戒牵住了白马,行者却双手轮起铁棒,左右护持。原来那风、雾、雷、闪乃是些阴魔作号②,欲夺所取之经。劳嚷了一夜,直到天明,却才止息。长老一身

---

① 通皆落水:据《大唐大慈恩寺三藏法师传》卷五载,玄奘法师携经回国途中,确曾有经卷落水之事:"又西北行三日至信度大河,河广五六里,经像及同侣人并坐船而进,法师乘象涉渡。时遣一人在船看守经及印度诸异花种,将至中流,忽然风波乱起,摇动船舫,数将覆没。守经者惶惧堕水,众人共救得出,遂失五十夹经本及花果种等。"

② 阴魔:这里似指金丹初成,阳神出现时的阴魔侵袭。内丹术认为,阳神初出时会遇到阴魔袭扰,若稍不慎,就会入于魔境,前功尽弃。清柳华阳《大成捷要》讲述阳神初出的景象:"阳神初出凡身,形仅三寸……端居金光之内,其丹光余气,悉化为天魔外道,百般景象,引诱阳神。差稍着声色于闻见,阳神既一去而不返,入于魔境。转生六道轮回,世人以为坐化小成之果,非也。而前功尽废矣,真可悲哉。此皆因炼已未绝,心无真死之过也。必须一意守定金光,死心不动,一切魔境,不着自退……此阴魔皆化为真神,现我面前,于色身一样,方保无失矣。"

水衣,战兢兢的道:"悟空,这是怎的起?"行者气呼呼的道:"师父,你不知就里。我等保护你取获此经,乃是夺天地造化之功,可以与乾坤并久,日月同明,寿享长春,法身不朽;此所以为天地不容,鬼神所忌,欲来暗夺之耳。一则这经是水湿透了;二则是你的正法身压住,雷不能轰,电不能照,雾不能迷;又是老孙轮着铁棒,使纯阳之性,护持住了;及至天明,阳气又盛,所以不能夺去。"

三藏、八戒、沙僧方才省悟,各谢不尽。少顷,太阳高照,却移经于高崖上,开包晒晾,至今彼处晒经之石尚存。他们又将衣鞋都晒在崖傍,立的立,坐的坐,跳的跳。真个是:

一体纯阳喜向阳,阴魔不敢逞强梁。
须知水胜真经伏,不怕风雷闪雾光。
自此清平归正觉,从今安泰到仙乡。
晒经石上留踪迹,千古无魔到此方。

他四众检看经本,一一晒晾,早有几个打鱼人,来过河边,抬头看见。内有认得的道:"老师父可是前年过此河往西天取经的?"八戒道:"正是,正是。你是那里人?怎么认得我们?"渔人道:"我们是陈家庄上人。"八戒道:"陈家庄离此有多远?"渔人道:"过此冲南有二十里就是也。"八戒道:"师父,我们把经搬了陈家庄上晒去。他那里有住坐,又有得吃,就教他家与我们浆浆衣服,却不是好?"三藏道:"不去罢。在此晒干了,就收拾找路回也。"那几个渔人,行过南冲,恰遇着陈澄。叫道:"二老官,前年在你家替祭儿子的师父回来了。"陈澄道:"你在那里看见?"渔人回指道:"都在那石上晒经哩。"

陈澄随带了几个佃户,走过冲来望见,跑近前跪下道:"老爷取经回来,功成行满,怎么不到舍下,却在这里盘弄①? 快请,快请到舍。"行者道:"等晒干了经,和你去。"陈澄又问道:"老爷,这经典、衣物,如何湿了?"三藏道:"昔年亏白鼋驮渡河西,今年又蒙他驮渡河东。已将近岸,被他问昔年托问佛祖寿年之事,我本未曾问得,他遂

---

①盘弄:徘徊,逗留。

淬在水内,故此湿了。"又将前后事细说了一遍。那陈澄拜请甚恳,三藏无已,遂收拾经卷。不期石上把《佛本行经》沾住了几卷,遂将经尾沾破了。所以至今《本行经》不全,晒经石上犹有字迹。三藏懊悔道:"是我们怠慢了,不曾看顾得!"行者笑道:"不在此!不在此!盖天地不全。这经原是全全的,今沾破了,乃是应不全之奥妙也。岂人力所能与耶!"师徒们果收拾毕,同陈澄赴庄。

那庄上人家,一个传十,十个传百,百个传千,若老若幼,都来接看。陈清闻说,就摆香案,在门前迎迓;又命鼓乐吹打。少顷到了,迎入。陈清领合家人眷,俱出来拜见,拜谢昔日救女儿之恩,随命看茶摆斋。三藏自受了佛祖的仙品、仙肴,又脱了凡胎成佛,全不思凡间之食。二老苦劝,没奈何,略见他意。孙大圣自来不吃烟火食,也道:"勾了。"沙僧也不甚吃。八戒也不似前番,就放下碗。行者道:"呆子也不吃了?"八戒道:"不知怎么,脾胃一时就弱了。"遂此收了斋筵,却又问取经之事。三藏又将先至玉真观沐浴,凌云渡身轻,及至雷音寺参如来,蒙珍楼赐宴,宝阁传经。始被二尊者索人事未遂,故传无字之经。后复拜告如来,始得授一藏之数,并白鼋淬水,阴魔暗夺之事,细细陈了一遍,就欲拜别。那二老举家如何肯放,且道:"向蒙救拔儿女深恩莫报,已创建一座院宇,名之曰救生寺,专侍奉香火不绝。"又抱出原替祭之儿女陈关保、一秤金叩谢①,复请至寺观看。三藏却又将经包儿收在他家堂前,与他念了一卷《宝常经》。后至寺中,只见陈家又设馔在此。还不曾坐下,又一起来请。还不曾举筋,又一起来请。络绎不绝,争不上手。三藏俱不敢辞,略略见意。只见那座寺果盖得齐整:

山门红粉腻,多赖施主功。一座楼台从此立,两廊房宇自今兴。朱红隔扇,七宝玲珑。香气飘云汉,清光满太空。几株嫩柏还浇水,数干乔松未结丛。活水迎前,通天叠叠翻波浪;高崖倚后,山脉重重

---

①抱出:以时间计,二童今已十四五岁,不应言"抱出"。作者忘记时间流逝,作"唤出"是。

接地龙。

三藏看毕,才上高楼。楼上果妆塑着他四众之像。八戒看见,扯着行者道:"兄长的相儿甚像。"沙僧道:"二哥,你的又像得紧。只是师父的又忒俊了些儿。"三藏道:"却好!却好!"遂下楼来。下面前殿后廊,还有摆斋的候请。行者却问:"向日大王庙儿如何了?"众老道:"那厮,当年拆了。老爷,这寺自建立之后,年年成熟,岁岁丰登,却是老爷之福庇。"行者笑道:"此天赐耳,与我们何与!但见我们自今下后,保你这一庄上人家子孙繁衍,六畜安生,年年风调雨顺,岁岁雨顺风调。"众等却叩头拜谢。

只见那前前后后,更有献果献斋的无限人家。八戒笑道:"我的蹭蹬!那时节吃得,却没人家连请是请;今日吃不得,却一家不了,又是一家。"饶他气满,略动手,又吃勾八九盘素食;纵然胃伤,又吃了二三十个馒头。已皆尽饱,又有人来相邀。三藏道:"弟子何能,感蒙至爱?望今夕暂停,明早再饮①。"时已深夜,三藏守定真经,不敢暂离,就于楼下打坐看守。将及三更,三藏悄悄的叫道:"悟空,这里人家,识得我们道成事完了。自古道:'真人不露相,露相不真人。'恐为久淹,失了大事。"行者道:"师父说得有理。我们趁此深夜,人皆熟睡,寂寂的去了罢。"八戒却也知觉,沙僧尽自分明,白马也能会意。遂此起了身,轻轻的抬上驮垛②,挑着担从庑廊驮出。到于山门,只见门上有锁。行者又使个解锁法,开了二门、大门,找路望东而去。只听得半空中有八大金刚叫道:"逃走的,跟我来!"那长老闻得香风荡荡,起在空中。这正是:

　　丹成识得本来面,体健如如拜主人。

毕竟不知怎生见那唐王,且听下回分解。

---

①饮:领。参见第九十二回"饮受"条注。
②驮垛:捆扎成垛供驮运的货物或行李。

第一百回

径回东土　五圣成真

　　且不言他四众脱身，随金刚驾风而起。却说陈家庄救生寺内多人，天晓起来，仍治果肴来献，至楼下，不见了唐僧。这个也来问，那个也来寻，俱慌慌张张，莫知所措，叫苦连天的道："清清把个活佛放去了！"一会家无计，将办来的品物，俱抬在楼上祭祀烧纸。以后每年四大祭，二十四小祭。还有那告病的，保安的，求亲许愿，求财求子的，无时无日不来烧香祭赛。真个是金炉不断千年火，玉盏常明万载灯，不题。

　　却说八大金刚使第二阵香风，把他四众不一日送至东土，渐渐望见长安。原来那太宗自贞观十三年九月望前三日送唐僧出城，至十六年，即差工部官在西安关外起建了望经楼接经，太宗年年亲至其地，恰好那一日出驾复到楼上。忽见正西方满天瑞霭，阵阵香风，金刚停在空中叫道："圣僧，此间乃长安城了。我每不好下去，这里人伶俐，恐泄漏吾像。孙大圣三位也不消去，汝自去传了经与汝主，即便回来。我在霄汉中等你，与你一同缴旨。"大圣道："尊者之言虽当，但吾师如何挑得经担？如何牵得这马？须得我等同去一送。烦你在空少等，谅不敢误。"金刚道："前日观音菩萨启过如来，往来只在八日，方完藏数。今已经四日有余，只怕八戒贪图富贵，误了期限。"八戒笑道："师父成佛，我也望成佛，岂有贪图之理！泼大粗人！都在此等我，待交了经，就来与你回向也。"呆子挑着担，沙僧牵着马，行者领着圣僧，都按下云头，落于望经楼边。

　　太宗同多官一齐见了，即下楼相迎道："御弟来也。"唐僧即倒身拜下。太宗搀起，又问："此三者何人？"唐僧道："是途中收的徒弟。"太宗大喜，即命侍官："将朕御车马扣背，请御弟上马，同朕回朝。"唐僧谢了恩，骑上马。大圣轮金箍棒紧随，八戒、沙僧俱扶马挑担，随驾后共入长安。真个是：

当年清宴乐升平,文武安然显俊英。
水陆场中僧演法,金銮殿上主差卿。
关文敕赐唐三藏,经卷原因配五行。
苦炼凶魔种种灭,功成今喜上朝京。

唐僧四众随驾入朝,满城中无一不知是取经人来了。却说那长安唐僧旧住的洪福寺大小僧人,看见几株松树一颗颗头俱向东,惊讶道:"怪哉!怪哉!今夜未曾刮风,如何这树头都扭过来了?"内有三藏的旧徒道:"快拿衣服来!取经的老师父来了!"众僧问道:"你何以知之?"旧徒曰:"当年师父去时,曾有言道:'我去之后,或三五年、六七年,但看松树枝头若是东向,我即回矣。'我师父佛口圣言,故此知之①。"急披衣而出,至西街时早已有人传播说:"取经的人适才方到,万岁爷爷接入城来了。"众僧听说,又急急跑来,却就遇着。一见大驾,不敢近前,随后跟至朝门之外。唐僧下马,同众进朝。唐僧将龙马与经担,同行者、八戒、沙僧,站在玉阶之下。太宗传宣御弟上殿,赐坐。唐僧又谢恩坐了,教把经卷抬来。行者等取出,近侍官传上。太宗又问:"多少经数?怎生取来?"三藏道:"臣僧到了灵山,参见佛祖,蒙差阿傩、迦叶二尊者先引至珍楼内赐斋,次到宝阁内传经。那尊者需索人事,因未曾备得,不曾送他,他遂以经与了。当谢佛祖之恩东行,忽被妖风抢了经去。幸小徒有些神通赶夺,却俱抛掷散漫。因展看,皆是无字空本。臣等着惊,复去拜告恳求。佛祖道:'此经成就之时,有比丘圣僧将下山与舍卫国赵长者家看诵了一遍,保佑他家生者安全,亡者超脱,止讨了他三斗三升麦粒黄金,意思还嫌卖贱了,后代子孙没钱使用。'我等知二尊者需索人事,

---

① "但看松树枝头"以下数句:《独异志》载:玄奘法师去西域,"于灵岩寺见有松一树,奘立于庭。以手摩其枝曰:'吾西去求佛教,汝可西长;若吾归,即却东回。使吾弟子知之。'及去,其枝年年西指,约长数丈。一年忽东回,门人弟子曰:'教主归矣!'乃而迎之,奘果还。"至今众谓此松为摩顶松。这里的松树故事,即脱胎于此。

佛祖明知，只得将钦赐紫金钵盂送他，方传了有字真经。此经有三十五部。各部中检了几卷传来，共计五千零四十八卷。此数盖合一藏数也。"太宗更喜，教："光禄设宴，开东阁酬谢。"忽见他三徒立在阶下，容貌异常，便问："高徒果外国人耶？"长老俯伏道："大徒弟姓孙，法名悟空，臣又呼他为孙行者。他出身原是东胜神洲傲来国花果山水帘洞人氏。因五百年前大闹天宫，被佛祖困压在西番两界山石匣之内，蒙观音菩萨劝善，情愿皈依，是臣到彼救出，保护甚亏此徒。二徒弟姓猪，法名悟能，臣又呼他为猪八戒。他出身原是福陵山云栈洞人氏，因在乌斯藏高老庄上作怪，亦蒙菩萨劝善，亏行者收之。一路上挑担有力，涉水有功。三徒弟姓沙，法名悟净，臣又呼他为沙和尚。他出身原是流沙河作怪者，也蒙菩萨劝善，秉教沙门。那匹马不是主公所赐者。"太宗道："毛片相同，如何不是？"三藏道："臣到蛇盘山鹰愁涧涉水，原马被此马吞之。亏行者请菩萨问此马来历，原是西海龙王之子，因有罪，也蒙菩萨救解，教他与臣作脚力。当时变作原马，毛片相同。幸亏他登山越岭，跋涉嵯峨，去时骑坐，来时驮经，亦甚赖其力也。"太宗闻言，称赞不已。又问："远涉西方，端的路程多少？"三藏道："总记菩萨之言，有十万八千里之远。途中未曾记数，只知经过了一十四遍寒暑。日日山，日日岭，遇林不小，遇水宽洪。还经几座国王，俱有照验的印信。"叫："徒弟，将通关文牒取上来，对主公缴纳。"当时递上。太宗看了，乃贞观一十三年九月望前三日给。太宗笑道："久劳远涉。今已贞观二十七年矣。"牒文上有宝象国印，乌鸡国印，车迟国印，西梁女国印，祭赛国印，朱紫国印，狮驼国印①，比丘国印，灭法国印；又有凤仙郡印，玉华州印，金

---

① 狮驼国印：按本书，狮驼国全城百姓已被大鹏精吃掉，不应有印。此或是本书狮驼国故事与本回非出一人之手，故有此纰漏。明朱鼎臣《西游释厄传·三藏过朱紫狮驼二国》："师徒又行，已到狮驼国，原来此国君臣被三个妖吃了，占坐此国。他师徒不知，进城误换关文，被魔王一齐绑倒，分付小妖蒸熟来吃。"据此情节，狮驼国方得有印。

平府印。太宗览毕,收了。

早有当驾官请宴,即下殿携手而行。又问:"高徒能礼貌乎①?"三藏道:"小徒俱是山村旷野之妖身,未谙中华圣朝之礼数。万望主公赦罪。"太宗笑道:"不罪他,不罪他。都同请东阁赴宴去也。"三藏又谢了恩,招呼他三众,都到阁内观看。果是中华大国,比寻常不同。你看那:

门悬彩绣,地衬红毡。异香馥郁,奇品新鲜。琥珀杯,琉璃盏,镶金点翠;黄金盘,白玉碗,嵌锦花缠。烂煮蔓菁,糖浇香芋。蘑菰甜美,海菜清奇。几次添来姜辣笋,数番办上蜜调葵。面筋椿树叶,木耳豆腐皮。石花仙菜,蕨粉干薇。花椒煮莱菔,芥末拌瓜丝。几盘素品还犹可,数种奇稀果夺魁。核桃柿饼,龙眼荔枝。宣州茧栗山东枣②,江南银杏兔头梨。榛松莲肉葡萄大,榧子瓜仁菱米齐。橄榄林檎,苹婆沙果。慈菇嫩藕,脆李杨梅。无般不备,无件不齐。还有些蒸酥蜜食兼嘉馔,更有那美酒香茶与异奇。说不尽百味珍馐真上品,果然是中华大国异西夷。

师徒四众与文武多官俱侍列左右。太宗皇帝仍正坐当中。歌舞吹弹,整齐严肃,遂尽乐一日。正是:

君王嘉会赛唐虞③,取的真经福有余。
千古流传千古盛,佛光普照帝王居。

当日天晚,谢恩宴散。太宗回宫,多官回宅,唐僧等归于洪福寺,只见那寺僧磕头迎接。方进山门里,众僧报道:"师父,这树头儿今早俱忽然向东。我们记得师父之言,遂出城去接。果然到了。"长老喜之不胜,遂入方丈。此时八戒也不嚷茶饭,也不弄喧头。行者、

---

①礼貌:这里指行礼拜揖等礼仪。

②宣州茧栗:宣州(今安徽宣城)盛产板栗。清方贞观《得家书》诗:"老妻书至劝还家,细数江乡乐事赊。彭泽鲤鱼无锡酒,宣州栗子霍山茶。"茧栗,原为形容牛角初生之状,言其形小如茧似栗。此指大小如蚕茧的栗子。

③唐虞:唐尧与虞舜的合称,也指尧与舜的时代,古人认为是太平盛世。

沙僧,个个稳重。只因道果完成,自然安静。当晚睡了。

次早,太宗升朝,因对群臣言曰:"朕思御弟之功,至深至大,无以为酬。一夜无寐,遂口占几句俚谈,权表谢意,但未曾写出。"叫:"中书官来,朕念与你,你一一写之。"其文盖云:

"尝闻二仪有象,显覆载以含生;四序无形,潜寒暑以化物。是以窥天鉴地,庸愚皆识其端;明阴洞阳,贤哲罕穷其数。然天地包乎阴阳而易识者,以其有象也;阴阳处乎天地而难穷者,以其无形也。故知象显可证,虽愚不惑;形潜莫睹,在智犹迷①。况乎佛道冲虚,乘幽空寂;宏济万品,典御十方。举威灵而无上,抑神力而无下;大之则弥于宇宙,细之则入于毫厘。无灭无生,历千劫而亘古;若潜若显,运百福而长今。妙道凝玄,遵遵莫知其际;法流湛寂,挹挹莫测其源。故知蠢蠢凡愚,区区庸鄙,投其旨趣,能无疑惑者哉②!

然大教之兴,基乎西土。腾汉庭而皎梦,照东域而流慈。昔者卜形卜迹之时,言未驰而成化;当常见常隐之世,民仰德而知遵。及乎晦影归真,迁移越世,金容掩色,不镜三千之光;丽象开图,空端四八之相。于是微言广被,拯禽类于三途;遗训遐宣,导

---

① "尝闻二仪有象"以下数句:这篇文字为唐玄宗为玄奘法师所作的《圣教序》,世德堂本《西游记》的原文与传世的文本有许多不同之处。因传世文本易得,故此处保留世本原文,不作订正,以便对读。注释限于篇幅,也仅作白话译文,不作逐字逐句的解释。此段意为:天地有形象,覆盖承载众生,四季没有形状,用寒暑潜自化育万物。所以天地的变化,庸人都能看到;阴阳的变化,智者却不见得明白。有无形象,是天地易明和阴阳难解的根本原因,所以只要有形象的东西,愚人都可以看懂,没有形象的东西,智者也会迷惑。

② "况乎佛道冲虚"以下数句:此段意为:佛道恬淡虚静,超脱一切,救济众生,掌控天下,运用起威灵神力来,威力莫比。佛的教义大则遍布宇宙,小则摄于毫毛,不生不灭,千载不衰;时显时藏,永不过时。佛法的妙理玄机和它的深邃,虽然探究寻访,但谁也不能穷尽。所以那些愚昧的平凡人,能不对这高深的理论表示疑惑吗?

群生于十地。佛有经,能分大小之乘;史有法,传讹邪正之术①。

我僧玄奘法师者,法门之领袖也。幼怀真敏,早悟三空之功;长契神清,先包四忍之行。松风水月,未足比其清华;仙露明珠,讵能方其朗润!故以智通无累,神测未形。超六尘而迥出,使千古而传芳。凝心内境,悲正潜灵;栖虑玄门,多门讹谬。思欲分条②。是以翘心净土,策杖孤征。积雪晨飞,途间失地;惊沙夕起,空外迷天。万里山川,拨烟霞而进步;百重寒暑,历霜雨而前踪。诚重劳轻,求深欲达。周游西宇,十有四年。穷历异邦,询求正教。双林八水,味道餐风;鹿苑鹫峰,瞻奇仰异。承至言于先圣,受真教于上贤。探赜妙门,精穷奥业。三乘六律之道,驰骤于心田;一藏百箧之文,波涛于海口③。

---

① "然大教之兴"以下数句:此段意为:佛教兴盛于西方,汉明帝梦见了佛,派人去求取,这慈悲的教义才流传到东土来。佛陀在世上初留形迹的有生之年,法教还没有广泛传播开来,就已教化了身边的众生。发生"当常""现常"争议的时候("当常""现常"是教内对"佛性"的两种解释,也是历史上玄奘法师西行求法研究的重要问题,此处多一"隐"字,是不明原义),人们还是敬慕它并知道遵行。佛涅槃后,过了很多年代,佛祖光辉的容颜被遮蔽,佛光照耀不到三千世界之上,人们能接触到的只有给在图上的佛像(佛身上有三十二种异象)。可是佛理却流传下来,拯救万物于苦海;佛的遗教远播,引导众生度过苦难。佛经有大小乘的分别,史传有辨明邪正的办法。
② "我僧玄奘法师者"以下数句:此段意为:玄奘法师是佛门的领袖,他从小就领悟"三空"的教义;长大后更是一心向佛,坚持"四忍"的修行。松风水月,仙露明珠,都不能和他比拟。所以他拥有智慧和洞察力,六尘不染,古今无人能比。他修炼内心,感慨于正统佛学的衰落;他静心地钻研佛教,痛心于经义的讹谬。于是他想分辨经文,弘扬真理。
③ "是以翘心净土"以下数句:此段意为:因此他向往净土,就到西域去求学,拄杖独自远行。大雪、迷途、飞沙,万里山河、重重寒暑,都挡不住他栉风沐雨的脚步。他怀着诚心,忘记了疲劳,期望心愿得以实现。他用十四年游遍了各国,寻求正教。在双林、八水,鹿苑、鹫峰等佛教圣地参观缅怀。他从先贤那里继承了学问,探求奥秘,学业非常精深。三乘、五律、千经万典,他牢记在心中,滔滔宣讲。

爰自所历之国无涯,求取之经有数。总得大乘要文,凡三十五部,计五千四十八卷,译布中华,宣扬胜业。引慈云于西极,注法雨于东陲。圣教阙而复全,苍生罪而还福。湿火宅之干焰,共拔幽途;朗金水之昏波,同臻彼岸。是知恶因业坠,善以缘升。升坠之端,惟人自作①。譬之桂生高岭,凌云方得泫其华;莲出绿波,飞尘不能染其叶。非莲性自洁而桂质本贞,良由所负者高,则微物不能累;所凭者净,则浊类不能沾。夫以卉木无知,犹资善而成善,矧以人伦有识,宁不缘庆而成庆哉?方冀真经传布,并日月而无穷;景福遐敷,与乾坤而永大也欤②!"

写毕,即召圣僧。此时长老已在朝门外候谢,闻宣急入,行俯伏之礼。太宗传请上殿,将文字递与长老,览遍复下谢恩,因奏:"主公文辞高古,理趣渊微。但不知是何名目?"太宗道:"朕夜口占,答谢御弟之意,名曰《圣教序》③,不知好否?"长老叩头称谢不已,太宗又曰:

"朕才愧圭璋,言惭金石。至于内典,尤所未闻。口占叙文,诚为鄙拙。秽翰墨于金简,标瓦砾于珠林。循躬省虑,靦面恧心。甚

---

① "爰自所历之国无涯"以下数句:此段意为:他游历了许多国家,取来了三十五部五千四十八卷大乘经典,在中华翻译流传,于是慈云法雨从西来东,补全了本土佛教的缺陷,有罪的万民获得了福报。佛法能扑灭使众生焦干的烈火,使欲海中人心变得澄澈,度人超脱。于是我们知道,升天堂和入地狱都是因果报应,都是出于自己的所作所为。

② "譬之桂生高岭"以下数句:此段意为:譬如山上的桂花,只有云朵才能将它沾湿;莲花出水,不受任何灰尘的污染,这并不是说莲桂原本贞洁,而是因为生在高处,处在净地,所以卑贱肮脏的东西就无法沾染。花草树木没有知觉,尚且能凭借好的条件成就善事;那么有智慧的人类,为什么不凭借善缘去寻求幸福呢?所以我希望真经的传播像日月一样永恒,佛法带来的福祉像天地一样广大。

③《圣教序》:这篇文章记叙了玄奘法师西行求法的历程,今西安大雁塔等地尚存碑文。《西游记》的作者为了使这篇文章符合书中的情节,对文字做了一些改动,如玄奘所取经典的数目,游历各国的年数等。

不足称,虚劳致谢①。原注:此太宗御制之文,缀于《心经》之首。"

当时多官齐贺,顶礼圣教御文,遍传内外。太宗道:"御弟,将真经演诵一番何如?"长老道:"主公,若演真经,须寻佛地。宝殿非可诵之处。"太宗甚喜,即问当驾官:"长安城中,有那座寺院洁净?"班中闪上大学士萧瑀奏道:"城中有一雁塔寺洁净。"太宗即令多官:"把真经各虔捧几卷,同朕到雁塔寺,请御弟谈经去来。"多官遂各各捧着,随太宗驾幸寺中,搭起高台,铺设齐整。长老仍命:"八戒、沙僧,牵龙马,理行囊。行者在吾左右。"又向太宗道:"主公欲将真经传流天下,须当誊录附本,方可布散。原本还当珍藏,不可轻亵。"太宗又笑道:"御弟之言甚当!甚当!"随召翰林院及中书科各官誊写真经。又建一寺,在城之东,名曰誊黄寺。

长老捧几卷登台,方欲讽诵,忽闻得香风缭绕,半空中有八大金刚现身高叫道:"诵经的,放下经卷,跟我回西去也!"这底下行者三人,连白马,平地而起。长老亦将经卷丢下,也从台上起于九霄,相随腾空而去。慌得那太宗与多官望空下拜。这正是:

圣僧努力取经编,西宇周流十四年。
苦历程途多患难,多经山水受迍邅。
功完八九还加九,行满三千及大千。
大觉妙文回上国,至今东土永留传。

太宗与多官拜毕,即选高僧,就于雁塔寺里修建水陆大会,看诵大藏真经,超脱幽冥孽鬼,普施善庆。将誊录过经文传布天下不题。

却说八大金刚驾香风引着长老四众,连马五口,复转灵山,连去连来,适在八日之内。此时灵山诸神,都在佛前听讲,八金刚引他师徒进去,对如来道:"弟子前奉金旨,驾送圣僧等,已到唐国,将经交

---

① "朕才愧圭璋"以下数句:这段文字本是唐太宗给玄奘法师的书面答复,口气很谦虚,大意是:朕的学问比不上那些才子,文章也和传世的著作差得很远;至于佛典,那更没有读过。随口说了一篇文字,十分鄙陋,真是给神圣的经典抹黑了。自己想来十分惭愧,不足称道,劳你致谢了。

纳,今特缴旨。"遂叫唐僧等近前受职①。

如来道:"圣僧,汝前世原是我之二徒,名唤金蝉子。因为汝不听说法,轻慢吾之大教,故贬汝之真灵,转生东土。今喜皈依,秉我迦持,又乘吾教,取去真经,甚有功果,加升大职正果,汝为旃檀功德佛②。孙悟空,汝因大闹天宫,吾以甚深法力,压在五行山下,幸天灾满足,归于释教。且喜汝隐恶扬善,在途中炼魔降怪有功,全终全始,加升大职正果,汝为斗战胜佛。猪悟能,汝本天河水神天蓬元帅,为汝蟠桃会上酗酒戏了仙娥,贬汝下界投胎,身如畜类,幸汝记爱人身,在福陵山云栈洞造孽,喜归大教,入吾沙门,保圣僧在路。却又有顽心,色情未泯。因汝挑担有功,加升汝职正果,做净坛使者。"八戒口中嚷道:"他们都成佛,如何把我做个净坛使者?"如来道:"因汝口壮身慵,食肠宽大。盖天下四大部洲,瞻仰吾教者甚多,凡诸佛事,教汝净坛,乃是个有受用的品级,如何不好?沙悟净,汝本是卷帘大将,先因蟠桃会上打碎玻璃盏,贬汝下界,汝落于流沙河,伤生吃人造孽。幸皈吾教,诚敬迦持,保护圣僧,登山牵马有功,加升大职正果,为金身罗汉。"又叫那白马:"汝本是西洋大海广晋龙

---

① 受职:亦作"授职"、"受职灌顶"。即菩萨自第九地入第十法云地(菩萨修行的最高地位,此时智慧如云,遍注甘露之雨)时,诸佛以智水灌其顶,以为受法王职之证明(菩萨为佛位之继承者,如世间之国王与太子,故称佛为法王,菩萨为法王子)。另,密宗传法灌顶,也称受职灌顶。学德俱佳的弟子由传法阿阇梨(规范矫正弟子之行的导师)以五智之瓶水灌其顶,授予法器。接受灌顶之后,即获得阿阇梨位,标志着其人可以传承法统,为密教最大修行之极位。

② 旃檀功德佛:此处旃檀功德佛、斗战胜佛,均见于《佛名经》等佛教经典。关于取经四众在历代文学作品中的封号,《大唐三藏取经诗话》结尾,唐太宗封玄奘为"三藏法师",猴行者为"铜筋铁骨大圣"。元末明初朝鲜汉语教科书《朴通事谚解》中对《西游记》的介绍中提到,唐三藏证果旃坛佛如来,孙行者证果大力王菩萨,朱八戒证果香华会上净坛使者。正果:此处依照世德堂本原句读。但依其意,此处同"证果",用为动词。使某人得到果位。

王之子,因汝违逆父命,犯了不孝之罪,幸得皈身皈法,皈我沙门。每日家亏你驮负圣僧来西,又亏你驮负圣经去东①,亦有功者,加升汝职正果,为八部天龙马②。"

　　长老四众俱各叩头谢恩,马亦谢恩讫。仍命揭谛引了马下灵山后崖化龙池边③,将马推落池中。须臾间,那马打个展身,即退了毛皮,换了头角,浑身上长起金鳞,腮颔下生出银须,一身瑞气,四爪祥云,飞出化龙池,盘绕在山门里擎天华表柱上④。诸佛赞扬如来的大法。孙行者却又对唐僧道:"师父,此时我已成佛,与你一般,莫成还戴金箍儿,你还念甚么《紧箍儿咒》掯勒我?趁早儿念个《松箍儿咒》,脱下来打得粉碎,切莫叫那甚么菩萨再去捉弄他人。"唐僧道:"当时只为你难管,故以此法制之。今已成佛,自然去矣。岂有还在你头上之理!你试摸摸看。"行者举手去摸一摸,果然无之。此时旃檀佛、斗战佛、净坛使者、金身罗汉俱正果了本位,天龙马亦自归真。有诗为证,诗曰:

　　　　一体真如转落尘,合和四相复修身。
　　　　五行论色空还寂,百怪虚名总莫论。
　　　　正果旃檀皈大觉,完成品职脱沉沦。

------

①驮负圣经去东:《西游记》之白马,源于汉明帝求经之驮经白马。汉明帝事参见第十一回"'至汉明帝始立胡神'以下数句"条注。北魏杨衒之《洛阳伽蓝记》卷四:"白马寺,汉明帝所立也,佛入中国之始……帝梦金神长丈六,项背日月光明,金神号曰佛。遣使向西域求之乃得经像焉。时白马负而来,因以为名。"

②八部天龙:即天龙八部,佛教所谓的八种人眼见不到的众生:天众、龙众、夜叉(华译勇健鬼)、乾闼婆(华译香神)、阿修罗(华译非天)、迦楼罗(华译金翅鸟)、紧那罗(华译非人)、摩睺罗迦(华译大蟒神或大腹行地龙)。又因为八部众以天龙为最殊胜,故又称天龙八部。

③化龙池,源自西域传说。玄奘《大唐西域记》卷一屈支国(在今新疆库车),"国东境城北天祠前有大龙池,诸龙易形,交合牝马。遂生龙驹,悷戾难驭。龙驹之子方乃驯驾。所以此国多出善马"。

④华表柱:古代立在桥梁、宫城、陵墓前兼作装饰用的巨大柱子。

经传天下恩光阔,五圣高居不二门①。

五圣果位之时,诸众佛祖、菩萨、圣僧、罗汉、揭谛、比丘、优婆夷塞,各山各洞的神仙、大神、丁甲、功曹、伽蓝、土地,一切得道的师仙,始初俱来听讲,至此各归方位。你看那:

灵鹫峰头聚霞彩,极乐世界集祥云。金龙稳卧,玉虎安然。乌兔任随来往,龟蛇凭汝盘旋。丹凤青鸾情爽爽,玄猿白鹿意怡怡。八节奇花,四时仙果。乔松古桧,翠柏修篁。五色梅时开时结,万年桃时熟时新。千果千花争秀,一天瑞霭纷纭。

大众合掌皈依,都念:

南无燃灯上古佛。南无药师光王佛。

南无释迦牟尼佛。南无过去未来见在佛。

南无清净喜佛。南无毗卢尸佛。

南无宝幢王佛。南无弥勒尊佛。

南无阿弥陀佛。南无无量寿佛。

南无接引归真佛。南无金刚不坏佛。

南无宝光佛。南无龙尊王佛。

南无精进善佛。南无宝月光佛。

南无现无愚佛。南无婆留那佛。

南无那罗延佛。南无功德华佛。

南无才功德佛。南无善游步佛。

南无旃檀光佛。南无摩尼幢佛。

南无慧炬照佛。南无海德光明佛。

南无大慈光佛。南无慈力王佛。

南无贤善首佛。南无广庄严佛。

---

① "一体真如转落尘"以下数句:此诗大意是:唐僧被贬凡尘,会合了师徒四人通过取经而修行。五位取经者配合五行,但如果从实物的角度来看,只是空寂而已;各种妖魔鬼怪也只是虚幻的影像。师徒最终成就了正果,各自获得了品职,使佛经流传天下,恩泽万人。取经的五位神圣也高居佛门,受人崇拜。

南无金华光佛。南无才光明佛。
南无智慧胜佛。南无世静光佛。
南无日月光佛。南无日月珠光佛。
南无慧幢胜王佛。南无妙音声佛。
南无常光幢佛。南无观世灯佛。
南无法胜王佛。南无须弥光佛。
南无大慧力王佛。南无金海光佛。
南无大通光佛。南无才光佛。
南无旃檀功德佛。南无斗战胜佛。
南无观世音菩萨。南无大势至菩萨。
南无文殊菩萨。南无普贤菩萨。
南无清净大海众菩萨。南无莲池海会佛菩萨。
南无西天极乐诸菩萨。南无三千揭谛大菩萨。
南无五百阿罗大菩萨。南无比丘夷塞尼菩萨。
南无无边无量法菩萨。南无金刚大士圣菩萨。
南无净坛使者菩萨。南无八宝金身罗汉菩萨。
南无八部天龙广力菩萨①。

如是等一切世界诸佛，愿以此功德，庄严佛净土。上报四重恩，下济三途苦。若有见闻者，悉发菩提心。同生极乐国，尽报此一身。十方三世一切佛，诸尊菩萨摩诃萨，摩诃般若波罗密。

---

① 八部天龙广力菩萨：台湾世本至此全书完。其后四句文据浅野世本补。某些版本后尚有"《西游记》至此终"一句。

附录一

《西游记》里的神灵体系

《西游记》可以说是中国神仙文化的集大成之作，上到玉皇大帝，下到土地阎王，几乎世界的所有角落都布满了神灵。

有人会想：能不能给这些神灵画一张图表，标明相互之间的隶属关系呢？其实是很难做到的，这是因为：这个庞大的神仙体系，不是某一个人一时兴起的创意，而是经历了长期的发展、融合，是历史的产物。

这就造成了这个体系存在两个问题：第一，在不同的历史阶段，神灵谱系是不同的，譬如汉代、魏晋、唐宋和明清，这四个阶段，民间流行的神灵谱系就很不一样，例如地位尊崇的玉皇大帝，他在《西游记》里的身份类似人间的皇帝，这其实是宋代之后才慢慢确立起来的。

第二，有人会说，既然《西游记》产生于明代，那么我们以明代的神灵谱系为标准行不行呢？这个标准也是很模糊的。因为这个谱系在明代也并没有一个完全的共识。佛教有佛教的说法，道教有道教的说法，民间信仰有民间信仰的说法。而且《西游记》毕竟是一部文学作品，文学作品注定有自己的说法。例如须菩提祖师和镇元大仙，这两位就是《西游记》的原创。此外还有一部《封神演义》，这部书给老子（太上老君）、元始天尊安排了一个师父鸿钧道人、一个师弟通天教主，这也是这部书的原创，道教人士是不承认的。

此外，明代还活跃着许多民间宗教，这些教派也都各有各的说法。佛教、道教、民间信仰、文人、民间教派，这五个方面的因素，都对《西游记》中的神仙体系产生了巨大的影响。更不要说佛道二教中还有许许多多的派别，不同的派别分歧也相当大；假如再考虑南方和北方，汉地和其他民族，那就更加混乱了。

所以，我们只能对这个体系作一些定性的描述；像绘制行政机关组织架构图一样，绘出神仙体系图来，是很难的事情。现在网络上也流传着许多神仙谱系图，但那都无一例外地加入了许多想象和假设，几乎成了再创作了。

不过，总的来说，《西游记》里的神谱还是有一定的共性的，它主要表现在：

一、以汉文化圈为主，且更侧重南方汉文化圈。例如华北地区香火极盛的碧霞元君，在《西游记》里就没有地位；而海神妈祖的两个侍从千里眼、顺风耳，竟然堂而皇之地成了玉帝的属下。

二、相对于宗教神灵，《西游记》里的神灵更倾向于世俗性，也就是我们平常说的民间俗神，如佛教的帝释天等诸天天主，道教位列"四御"的勾陈大帝，虽然地位尊崇，但在民间没有什么影响，所以也没有戏份。玉帝、太乙救苦天尊、如来、观音……虽然来自不同的教派，但已经在民间广泛扎根，就从宗教神变成了俗神。至于太白金星、二十八宿、风雨雷电众神，本来来自更早的自然崇拜，只是被道教吸纳了而已，所以在民间自然有更深厚的土壤。

三、有广泛的接受度，也就是香火旺盛。民间俗神多如牛毛，像运河水神金龙大王、鄱阳湖水神大姑小姑，以及杭州地方俗神草野三郎、宋九六相公、张六五相公等，其影响范围或仅在一地，或仅在某个行业，就很难在《西游记》里获得戏份。

基于这些特点，以及《西游记》原文里的描述，我们可以简单介绍一下《西游记》里的神灵谱系。

《西游记》里的神灵，大致可以分为三个大板块：神、佛、仙。

一、神

神是世界的主宰者，是秩序的维护者。神一定有职务，无论是玉帝、雷公、土地、阎王，乃至阴兵鬼卒，他们都有一定的职守，可以类比人间的官员。有无职守，是确定一个人物是否属于神的唯一标志。

神的世界,按管理领域又可以分为四大部分:天、人、地、水。

(一)"天"是指天宫众神,最高神为玉皇大帝,可以比拟为人间的皇帝,拥有最高的权力。天宫也可以类比于人间王朝的首都,人间、地府、水府众神,都要来这里汇报请示。玉帝的身份已经超越了道教,而具有了世俗意义上最高统治者的功能。

在玉帝周围,围绕着不同体系的神灵:

1.道教众神(宗教意味浓厚,基本上属于道教徒的创造):
- 三清(元始天尊、灵宝天尊、太上老君)。

三清在道教中的地位,实际位于玉帝之上。但因为在《西游记》的逻辑里,玉帝的职权早已超越了道教,类比人间皇帝。所以三清虽然在道教序列里地位最高,但仍然需要尊奉玉帝,类似人间朝廷的"国师"。

- 九天应元雷声普化天尊(以及其下的众雷将)
- 真武大帝(以及天蓬元帅、天猷元帅、王灵官)
- 太乙救苦天尊
- 四大天师(历史上的道教宗师被尊为神灵)
- 王母娘娘(以及七衣仙女)

2.源于远古的自然崇拜:
- 太白金星
- 二十八宿
- 九曜
- 文曲星君
- 武曲星君
- 火德星君
- 水德星君
- 太阳星
- 太阴星(以及嫦娥)
- 风雷云雨众神(书中实际上归雷声普化天尊调遣)
- 十二元辰

等

3. 吸纳的佛教神：
- 托塔天王
- 哪吒太子
- 四大天王

此外还有大量的底层支持者，负责各种服务工作：
1. 卷帘大将、金童玉女（类比人间帝王的卫士、内侍）
2. 六丁六甲、四值功曹、五方揭谛、一十八位护教伽蓝（揭谛、伽蓝也源于佛教，以上类比人间胥吏）

（二）"人"指人间众神，主要以遍及各地的城隍、土地、山神为主，他们和人类有交集，甚至直接管理人类事务。城隍、土地、山神等可以视为各地基层官吏，与天庭的关系可以视为地方和中央朝廷的关系。四川地方崇奉的俗神二郎神也在其内。

（三）"地"指地府众神，包括地藏菩萨、十殿阎王、判官、鬼卒等。地府众神呈现出典型的佛教本土化特征。地藏菩萨和阎王都源于印度神话，但在《西游记》里却向玉帝负责。

（四）"水"指水中众神，以四海龙王为首，以及天下江河湖海井泉的龙王、水神。

二、佛

佛这个系统，以如来佛（即释迦牟尼）为首，包括其下的八大菩萨、四大金刚、十八罗汉、五百罗汉、比丘僧、比丘尼、优婆塞、优婆夷等圣众。

这个系统的核心就是位于天竺国的灵山，各大菩萨都有自己的道场，例如文殊在五台山，普贤在峨眉山，观音在普陀山；灵吉菩萨是《西游记》的原创，在小须弥山。

以如来为首的灵山系统，虽然不受天宫统属，但也并不能视为西牛贺洲的统治者和管理者。因为玉帝名义上是最高统治者，有权管理四大洲，此外并不应存在第二个统治者。

灵山系统在玉帝眼里，只是一个较为遥远的、拥有强大力量的教派；其地位和以三清为首的道教基本上是对等的。只不过道教和天庭的关系更为紧密。而灵山系统因为地处遥远的西方，有一定的独立性，但也名义上尊奉玉帝的统治，有诏即来——这与明代中原人看待藏传佛教的眼光是很相似的。

在这个系统里，观音菩萨是比较特殊的存在。她归如来统辖，但实际上和玉帝保持着非常密切的关系，颇像灵山系统的派驻机构。

佛教人物不能像神界人物那样强分"天、人、地、水"，因为他们本来也不担任行政职能（除了极特殊的如地藏菩萨）。

三、仙

《西游记》里所谓的仙，实际上指有超能力的个体。他们和神的区别，在于神一定有职守，而仙没有（以仙人身份接受天庭任命的称为"仙官"）。如果说职守是神的标志，那么技术（或能力）则是仙的标志。他们当然也尊奉玉帝的管辖，但是实际上住在仙山古洞，过着逍遥自在的生活，只关心修炼法术或法宝，并不张官置吏，开府视事，这些人主要包括：

须菩提祖师，住在灵台方寸山斜月三星洞，是《西游记》的原创。须菩提祖师只修炼道法，开门授徒，并没有天庭的行政职务，甚至也不接受人间的香火供奉。

镇元大仙，地仙之祖，住在万寿山五庄观，也是《西游记》的原创。注意镇元大仙虽然是地仙之祖，但和五庄观的土地神并没有隶属关系。因为"地仙"在仙人里是一个单独的序列，镇元大仙只是居住在五庄观这块土地上而已，只关心种植人参果树，并不管理这块土地的行政事务。这些地仙只有接受了天庭的"聘用"（这时候就叫"仙官"），才和土地神成为同僚或上下级。

蓬莱三岛仙人，包括福禄寿三星、东华大帝君、九老。这个序列有一定的职守，地位介于神、仙之间。如三星负责给人间降下好运；东华大帝君也有一定的权柄，但是他只管天下修道之人的升降。所以书里说他们"丹诏无闻,仙符有籍""周天甲子难拘管,大地乾坤只自由"。

实际上,孙悟空也可以归入仙的序列。因为他受业于须菩提祖师,自行修炼成仙。当他受职弼马温的时候,才会成为"仙官",虽然官位卑小,却进入天宫诸神的行列了。但他不久又造反,天庭二次册封他"齐天大圣",也没有给他实际的职务,所以一直被称为"太乙散仙"。

《西游记》的神灵体系,基本就如上所述,可以看出:它既不出于某个人或某个教派的设计,也很难画出严密的隶属架构图,因为它毕竟是文学作品中所体现出来的神灵体系。

然而也正是这种大杂烩性质的体系,随着《西游记》的广为流传,反过来影响了国人的心理和信仰,至今的影视、文学,只要涉及到神仙世界的,无不在这个框架上加以增减,这不得不说是伟大文学作品的魅力所在。